盛永宏太郎

戦国北陸三国志

越嵐

桂書房

はじめに

本書は、室町初期から天下太平が成る江戸幕府創設当初までの間の、主に戦国期と称する時代に天下を動かした権力者の活躍と、それに連動した主に北陸武将の活躍を述べた合戦記である。第一章から第六章まで原則編年体を意識して年代順に記したが、各節や各項の細部では過去に遡ってその事象の原因となった事柄も書き加えて、その各節・各項の細部の文意が理解し易くなるように勉めた。

各文節は当時の戦記に係わる人物が中心であるのでその場の主人公が他の地方へ移れば当然登場場面もその地方に移る。そこで、各国（藩）・各地方に限定した歴史の流れも読めるように、この文章は何頁何行目からの続きで、次は何頁へ続く、という一文を各文章の文頭と文末にカッコ書きで示した。またこの様な地域限定の場面では、各章の時代の流れとして述べた文章と重複する箇所も生じる。そのような場合は（何頁何行目を参照）とその重複箇所をカッコで示した。それにより両方を読み比べることで地方と中央との状況が一層具体的に判るように配慮した。

本書では現在、時代劇でしか用いられていない死語となった語句もその場面の臨場感や当時の雰囲気が読み取れるように意識して多用した。それ故に多少、差し障りのある語句も敢えて用いたことを予めお断りして御容赦を戴きたい。また、その場の雰囲気を当時のままに伝えたい場面は底本に記された登場人物の発言や語句など、読み辛いがそのまま抜き書きして用いた。これらの基となる底本はあとがきに纏めて記した。また諺や古語なども多用した。

本書は読み物であって歴史書ではないが、努めて史実に沿うように配慮したつもりである。歴史好きな青少年諸君にも興味を持って楽しく読んで貰おうと努めてこの書を書いたので、漢字は概ね年月日と漢数字、読み方不明の人名を除いてルビを付した。人名は底本では名（諱）を避けて通称名や官名で表されているが、本書では現代に合せて敢えて人名事典やウェブサイトで名（諱）を調べ直して表記した（不明の名は原文通りに表した）。また死語になった語句や、普段使わない語句には意味を書き添え、古語・故事・諺類も文章の理解に資するように多用してその意味や原典（出典）も書き添えた。底本や文献から拾った地名は原文通りに記載したが、現在地もカッコ書きで付記して市販地図からその場所が特定出来るように配慮した。

第一章は室町幕府の動向を中心に据えて北陸の守護大名や諸将の活躍も加えて記した。

第二章は北陸地方の戦国期の歴史背景をなす一向一揆の動向について記した。

第三章は上杉謙信の活躍を中心に、北陸地方の状況を併せて記した。

第四章は織田信長の天下制覇と、柴田勝家・前田利家・佐々成政らの北陸進出を中心に記した。

第五章は豊臣秀吉の天下統一を中心に、北陸諸将の活躍を加えて記した。

第六章は徳川家康の江戸幕府創設前後の経緯と北陸諸国大名の興亡を記した。


本書は先にも記したように全体として戦国期の歴史の流れを時代を追って記したが、歴史の流れは各章、各節の登場人物の活躍に依るので、人物を知る目的で読むのであれば、文章は各節で完結しているから、読みたい人物の登場する節だけ読めばよい。また、興味のあるところから読み始めるのもよい。歴史の流れを読むのであれば第一章第一節から順次読まれることをお薦めしたい。

本書は「あとがき」に詳細を記したが、「群書類従」各輯や「史籍集覧」各冊に記載の諸々の「合戦部」を底本にして第一章から第三章を記した。第二章は笠原一男氏の「一向一揆の研究」に負うところが多い。第四章は「信長公記」、第五章は「武功夜話・前野家文書」と「太閤記」、第六章は「新訂増補　国史大系第三十八巻」と「同第三十九巻」に記載の「徳川実記」を底本に据え、その他にも関係各県の郷土史家の著書や各県の「県史」「市町村史」を読み漁って著述の参考とした。

序

越に山風　吹き始めると
草木は枯れて　冬景色
嵐は雪呼び　雪降り積んで
野山も里も　埋め尽くす

嵐を越えれば　雪解が進み
花咲き鳥鳴く　春が来る
春来るまでは　息止め潜み
やがて来る日の　春を待つ

（越は越の国、北陸地方の古称）

目次

はじめに……i
序……v
第一章　末世大乱……1
一．観応の擾乱……1
幕府誕生期の状況……1
越中国守護名越家滅亡と越中国情勢……4
足利直義横死……6
二．幕府隆盛……7
管領斯波家と畠山家……7
南北朝統一と絶頂期の幕府……10
三．嘉吉の乱……11
義教将軍就任と重臣弾圧……11
鎌倉公方と関東管領……13

将軍義教横死……13
赤松家没落と山名宗全台頭……15
四．畠山家騒動……16
畠山家隆盛……16
畠山家家督争い……18
畠山家分裂……21
五．寛正の大飢饉……28
六．大乱前夜……31
将軍義政夫人富子と将軍家家督義視……31
細川勝元と山名宗全の対立……34
畠山家騒動拡大……36
畠山家内乱……41
七．応仁の乱……45
細川・山名両家の武装対立……45
赤松家再興……47
斯波家内乱……48

全国諸将京へ出陣……49
大乱勃発……52
周防国大内政弘京へ出陣……58
相国寺の攻防……62
大乱の全国拡散……69
八．越前国斯波家と朝倉家……72
斯波家隆盛……72
斯波家家督争い……75
越前国情勢と朝倉家台頭……79
九．能登国畠山家……84
十．大乱終結……86
義尚将軍就任……86
十一．越中流れ公方……89
義材将軍就任……89
細川政元台頭と畠山政長自害並びに将軍義材入牢……91
堀越公方次男義澄の将軍就任と廃将軍義材の越中逃亡……96

畠山尚順の成長……101
第二章　宗教惣国……107
一．大谷本願寺……107
本願寺創建期……107
蓮如と大谷本願寺焼討……111
二．吉崎坊……119
北陸布教……119
一向宗興隆……123
三．加賀国富樫家……126
加賀国南北分断と赤松家入国……126
富樫家分裂抗争……128
富樫家一向宗排斥と吉崎坊焼討……132
四．田屋河原の合戦……134
福光地頭石黒光義の瑞泉寺襲撃……134
一向宗徒惣国出現……139

五．富樫家滅亡……141
一向宗排斥……141
一向宗徒決起……144
富樫家滅亡と加賀一国の一向宗徒惣国化……149
六．長尾能景越中侵攻……157
本願寺実如と細川政元……157
北陸諸国の守護大名と一向宗徒の対立……163
一向一揆衆の越中国制覇……167
越前朝倉家一向一揆衆撃退……169
越後長尾能景越中侵攻と戦死……170
七．足利義尹将軍復帰……175
細川政元横死並びに三好之長と細川高国の対立……175
足利義尹入京……177
八．長尾為景越中平定……179
越中国の情勢……179
越後国の情勢……182

長尾為景越中国平定……185
越中新川郡の割譲……192
越中国領土の分割再配分……194
九．大永一向一揆……194
十．大一揆・小一揆……196
本願寺下間頼秀・頼盛兄弟台頭……196
加賀一向宗徒と越前一向宗徒の抗争……199
加賀一向宗坊主破門と本願寺の加賀国直接支配……204
十一．法華一揆と山科本願寺焼亡……207
義稙再度の将軍廃位……207
一向一揆摂津・和泉国蹂躙……209
法華一揆の乱……213
第三章　遠交近攻……217
一．越中・能登錯乱……217
為景病没……217

越中守護代神保長職と同椎名康胤の抗争……218
能登温井総貞と遊佐続光の抗争並びに越中氷見鞍川家の滅亡……222
二．謙信出現……225
越後守護上杉家と守護代長尾家の内情……225
長尾景虎越後支配……227
相模北条家の台頭……230
謙信の関東出兵と上洛……231
当時の幕府の状況……236
越後長尾・甲斐武田・相模北条の三家鼎立……239
三．関東管領就任……246
神保長職信玄を頼み謙信に反抗……246
謙信鎌倉鶴岡八幡宮で関東管領就任……250
四．川中島の合戦……252
信濃出兵……252
川中島八幡原で上杉・武田両軍激突……253
五．越中・能登・飛騨各国および幕府の情勢……257

謙信再度・再々度の越中出兵……257
信玄本願寺顕如と同盟して謙信に対抗……262
一向宗徒顕如の意を受け北陸各国で勢力拡大……264
飛驒国姉小路家の興亡と三木家・江馬家……267
当時の幕府状況……272
六．越相同盟……275
謙信の関東出兵並びに北条・今川同盟と武田・織田同盟の抗争……275
能登畠山七人衆の抗争並びに越中神保長職・長住の父子対立……276
越後本庄繁長の謀反並びに謙信北条氏康と同盟……280
七．加賀・越中平定……286
北条氏政謙信と絶交し信玄と同盟……286
本願寺顕如金沢御堂衆に越後勢一掃指令……288
魚津松倉城陥落と椎名家没落……292
謙信本願寺顕如と和睦……295
八．能登平定……298
謙信能登国に畠山義綱を擁立並びに謙信急逝……298

九．跡目争い……302
第四章　天下布武……307
一．信長台頭……307
斯波家と織田家並びに信長誕生……307
尾張国平定と桶狭間の合戦……310
二．近江情勢と美濃平定……315
北近江浅井家の台頭と長政誕生……315
浅井長政南近江から小谷へ帰城……321
北近江浅井家南近江六角家と交戦……323
長政小谷城主となり六角勢を北近江から一掃……326
織田・浅井同盟……330
信長美濃国平定……336
三．将軍擁立……340
信長南近江を平定し義昭を担いで入京、義昭将軍に就任……340
四．叡山焼き討ち……346

朝倉義景討伐と浅井長政の裏切り……346
姉川合戦と石山本願寺攻撃……351
比叡山焼き討ち……355
五．将軍追放……359
信玄挙兵して三方ヶ原で徳川軍を一蹴……359
信玄急逝並びに将軍義昭を京から追放……362
六．越前・近江平定……367
越前朝倉家滅亡……367
北近江浅井家滅亡……370
越前錯乱……375
長篠の合戦……376
越前平定……378
七．加賀・能登平定と越中情勢並びに荒木村重の反乱……382
柴田勝家能登救援中の謙信軍と対峙……382
荒木村重謀反……384
本願寺と和睦および柴田勝家加賀国平定……386

長連竜織田越前衆の助勢を得て能登国平定と前田利家能登国領有……388
越中平定と佐々成政越中領有並びに越中諸将の動向……390
八．甲斐・信濃平定……397
武田家滅亡と甲斐・信濃国平定……397
九．越中魚津城の戦いと能登荒山合戦……401
長景連越後の助勢を得て能登討伐……401
魚津城の戦い……404
荒山合戦と石動山天平寺焼き討ち……409
十．本能寺の変……414
明智光秀西国へ出兵準備……414
織田信長横死……420
明智光秀三日天下……425
第五章　天下統一……430
一．山崎合戦……430
中国大返しと明智家滅亡……430

醍醐の花見と秀吉の死並びに朝鮮出征軍帰還……552

第六章　生生流転……558

一．関ヶ原の戦い……558

前田利家死去……558

前田利長謀反の噂……563

利長家康と和解……568

会津出陣……571

石田三成　家康に宣戦布告……574

細川ガラシャの最期と伏見城攻撃……577

西軍大垣城に集結と大津城陥落……580

東軍小山の陣評定と豊臣武断派の三成討伐に先陣……583

前田利長北陸道を西進し大聖寺城と小松城攻撃……587

小松城下浅井畷の合戦と利長の家康本陣伺候……591

徳川秀忠上田城で真田昌幸・幸村父子と交戦し関ヶ原の戦いに遅参……595

豊臣武断派西軍に与する尾張国境の美濃国諸城攻略……599

池田輝政・福島正則の木曽川渡河と岐阜城攻撃……603

岐阜城陥落……609
家康美濃赤坂に着陣……613
西軍関ヶ原に移動……615
東軍西軍が待ち受ける関ヶ原に侵入布陣……620
両軍激突と東軍圧勝……623
戦後処理……627
二．徳川・豊臣両家相克と方広寺鐘銘事件……635
家康に征夷大将軍宣下と豊臣秀頼右大臣昇進……635
方広寺再建と大仏殿落慶法要準備……638
鐘銘事件と徳川・豊臣両家の相克……641
三．大坂冬の陣……646
大阪方挙兵と家康出陣……646
鴫野・今福の戦いと大阪方籠城……650
加賀前田勢真田丸攻撃と惨敗並びに越前松平勢大阪城攻撃と惨敗……655
大阪城を大筒で砲撃と本丸御殿破壊……658
和議成立と大阪城外堀・内堀埋立……663

四　大坂夏の陣……665
大阪方再度挙兵……665
江戸方再出陣……668
後藤基次大和各地で焼き働き並びに大野治房和歌山へ進軍と敗退……671
片山・道明寺・誉田の戦いと後藤基次の死……676
八尾・若江の戦いと木村重成の死……678
江戸方岡山口と天王寺口へ進軍……680
天王寺口の攻防と本多忠朝・小笠原秀政の死……684
岡山口の攻防と加賀前田勢の大阪方撃破……688
家康本隊の危機並びに真田幸村の死と大阪方天王寺口の壊滅……689
大阪城落城と豊臣家滅亡……694
生生流転……699
あとがき……705
索引
地名索引……(24)
人名索引……(2)

二．清洲会議と賤ヶ岳合戦……435
織田家督に三法師を推戴……435
織田家所領の仕置と市　柴田勝家に婚嫁……439
秀吉　勝家と反目……441
賤ヶ岳の合戦……446
越前柴田家滅亡と織田信孝自害……449
三．小牧長久手の合戦……454
織田信雄　徳川・佐々・長宗我部らを頼んで秀吉と反目……454
池田恒興　秀吉に与して犬山城乗っ取り……458
秀吉　楽田に陣取り小牧山の家康と対峙……461
長久手合戦……464
秀吉　伊勢に転戦、織田信雄　秀吉に降伏……465
四．末森合戦と富山の役……469
佐々成政　加賀・能登侵攻……469
前田利家末森城救援……475
佐々成政厳冬期の飛騨山脈を越え家康を訪問……484

越嵐

戦国北陸三国志

第一章　末世大乱

一・観応の擾乱

幕府誕生期の状況

鎌倉幕府《かまくらばくふ》が滅《ほろ》び天皇親政《てんのうしんせい》が成《な》った建武元年《けんむがんねん》（一三三四年）、護良親王《もりながしんのう》が征夷大将軍《せいいたいしょうぐん》に就《つ》き武家《ぶけ》を統《す》べたが、討幕《とうばく》に大功《たいこう》がある足利尊氏《あしかがたかうじ》が事々《ことごと》に目《め》に障《さわ》り、密《ひそ》かに尊氏討伐《たかうじとうばつ》の令旨《りょうじ》を諸大名《しょだいみょう》に下《くだ》した。

この令旨《りょうじ》を手《て》にした尊氏《たかうじ》は継母准后《けいぼじゅんこう》に、親王《しんのう》が帝位簒奪《ていいさんだつ》の兵《へい》を募《つの》ると奏聞《そうもん》（上申）した。後醍醐天皇《ごだいごてんのう》は親王《しんのう》の令旨《りょうじ》を見《み》て激怒《げきど》し、親王《しんのう》を鎌倉《かまくら》に護送《ごそう》して尊氏《たかうじ》の弟《おとうと》の直義《なおよし》に預《あず》け入牢《にゅうろう》させた。

翌建武二年《よくけんむ》（一三三五年）、鎌倉幕府再興《かまくらばくふさいこう》を図《はか》った北条高時《ほうじょうたかとき》の遺子《いし》の時行《ときゆき》の軍《ぐん》が、鎌倉《かまくら》を守護《しゅご》する足利直義《あしかがなおよし》を追《お》い払《はら》って鎌倉《かまくら》を占拠《せんきょ》した（中先代の乱）。足利尊氏《あしかがたかうじ》は討伐軍《とうばつぐん》を起《お》こして乱《らん》を鎮圧《ちんあつ》し、後醍醐天皇《ごだいごてんのう》から征夷大将軍《せいいだいしょうぐん》としての権限《けんげん》が与《あた》えられぬままに鎌倉《かまくら》で論功行賞《ろんこうこうしょう》を行《おこな》った。

後醍醐天皇《ごだいごてんのう》は、『天皇親政《てんのうしんせい》』を無視《むし》し征夷大将軍気取《せいいたいしょうぐんきど》りで独断専行《どくだんせんこう》する足利尊氏《あしかがたかうじ》を見限《みかぎ》って、新田義貞《にったよしさだ》に尊氏追討《たかうじついとう》を命《めい》じた。尊氏《たかうじ》は東下《とうげ》して来《き》た新田義貞《にったよしさだ》の追討軍《ついとうぐん》を同年《どうねん》十二月、足柄村《あしがらむら》竹下《たけのした》で返《かえ》り討《う》ちして（箱根竹下の戦い）、翌建武《よくけんむ》三年正月《しょうがつ》に入京《にゅうきょう》を果《は》たしたが、新《あら》たに北畠顕家《きたばたけあきいえ》と楠木正成《くすのきまさしげ》の出撃《しゅつげき》を受《う》けて九州《きゅうしゅう》に逃《に》げ落《お》ちた。これを見《み》て北畠顕家《きたばたけあきいえ》も所領《しょりょう》（領地）の陸奥国《むつこく》へ引《ひ》き上《あ》げた。

同《どう》三年（一三三六年）、足利尊氏《あしかがたかうじ》は諸国《しょこく》の武家《ぶけ》の与力《よりき》（加勢）を得《え》て直《す》ぐに勢力《せいりょく》を盛《も》り返《かえ》し、上洛《じょうらく》遠征軍《えんせいぐん》を起《お》こして摂津国《せっつこく》湊川《みなとがわ》（神戸市）で楠木正成《くすのきまさしげ》を攻《せ》め滅《ほろ》ぼした（湊川の戦い）。

同年《どうねん》、足利尊氏《あしかがたかうじ》は光厳上皇《こうごんじょうこう》の院宣《いんせん》（上皇の書）を受《う》けて天皇《てんのう》と和睦《わぼく》し、後醍醐天皇《ごだいごてんのう》は退位《たいい》した。

そして光明天皇《こうみょうてんのう》が即位《そくい》して尊氏《たかうじ》は再度入京《さいどにゅうきょう》を果《は》たした（73頁1～3行目参照）。

同年《どうねん》、後醍醐天皇《ごだいごてんのう》は光厳上皇《こうごんじょうこう》の院宣《いんせん》を反故《ほご》にして三種《さんしゅ》の神器《じんぎ》を奉《ほう》じ、吉野《よしの》（奈良県）に移《うつ》って吉野朝廷《よしのちょうてい》（南朝）を開設《かいせつ》した（南朝暦で延元元年、以後本書では元号を北朝暦で記載）。

暦応元年《りゃくおうがんねん》（一三三八年）、足利尊氏《あしかがたかうじ》は光明天皇《こうみょうてんのう》（北朝）を担《かつ》いで征夷大将軍《せいいたいしょうぐん》（以後将軍）になった。

室町幕府草創期《むろまちばくふそうそうき》、将軍《しょうぐん》になった足利尊氏《あしかがたかうじ》は実弟《じってい》の足利直義《あしかがなおよし》と幕府《ばくふ》の役目《やくめ》を分担《ぶんたん》し、尊氏自身《たかうじじしん》は武家《ぶけ》の統領《とうりょう》（代表）の務《つと》めとして武家《ぶけ》の要望《ようぼう》の聞《き》き役《やく》になり、弟《おとうと》の直義《なおよし》は左兵衛督《さひょうえのかみ》になって幕府《ばくふ》の政《せい》・財務《ざいむ》を司《つかさど》り、朝廷《ちょうてい》や公家側《くげがわ》も立《た》てて武家《ぶけ》の要求《ようきゅう》を押《お》さえる役回《やくまわ》りになった。後醍醐天皇《ごだいごてんのう》や公家達《くげたち》は直義《なおよし》の裁《さば》きに期待《きたい》して直義《なおよし》に心《こころ》を寄《よ》せた。やがて年《とし》を経《へ》て、尊氏《たかうじ》と直義《なおよし》の間《あいだ》が武家《ぶけ》と朝廷《ちょうてい》の権力争《けんりょくあらそ》いに巻《ま》き込《こ》まれて次第《しだい》に気不味《きまず》くなった。

観応《かんおう》元年（一三五〇年）、足利直義《あしかがなおよし》は兄《あに》の尊氏《たかうじ》と袂《たもと》を分《わ》かって大和国《やまとこく》（奈良県）に落《お》ちた。その後《ご》一族郎党《いちぞくろうとう》を引《ひ》き連《つ》れて南朝方勢力《なんちょうがたせいりょく》の強《つよ》い北陸《ほくりく》に移《うつ》り、幕府《ばくふ》に反旗《はんき》を翻《ひるがえ》して『観応《かんおう》の擾乱《じょうらん》』を起《お》こした。

当時《とうじ》、越中国《えっちゅうこく》（富山県）の守護《しゅご》は桃井直常《ももいなおつね》だ。桃井《ももい》は越後国《えちごこく》（新潟県）守護《しゅご》の上杉朝定《うえすぎともさだ》、越前国《えちぜんこく》

（福井県）守護《しゅご》の斯波高経《しばたかつね》や丹波国《たんばこく》（京都府中部）守護《しゅご》の山名時氏《やまなときうじ》と諮《はか》り、足利直義《あしかがなおよし》の率《ひき》いる南朝方《なんちょうがた》に味方《みかた》した。

越中国守護名越家滅亡と越中国情勢

話《はなし》は多少前後《たしょうぜんご》するが、鎌倉幕府崩壊直前《かまくらばくふほうかいちょくぜん》の元弘《げんこう》三年（一三三三年）五月（旧暦。以後、本書では旧暦で記す）、この頃《ころ》の越中国守護《えっちゅうこくしゅご》は名越時有《なごしときあり》。時有《ときあり》は討幕《とうばく》の軍勢《ぐんぜい》が出羽国《でわこく》（秋田・山形両県）や越後国《えちごこく》（新潟県）から京都《きょう》（以後、本書では洛中・洛外や山城国を共に京都《きょう》と記す）を目指《めざ》して北陸路《ほくりくじ》を攻《せ》め上《のぼ》ると聞《き》いて、この討幕軍《とうばくぐん》を撃破《げきは》しようと越中《えっちゅう》・能登両国《のとりょうこく》から軍勢《ぐんぜい》を集《あつ》めて越中二塚《えっちゅうふたづか》（高岡市）に布陣《ふじん》した。そこへ京都《きょう》の六波羅《ろくはら》も鎌倉《かまくら》も共《とも》に既《すで》に陥落《かんらく》したという風聞《ふうぶん》が陣中《じんちゅう》に流《なが》れた。二塚《ふたづか》に参陣《さんじん》した軍勢《ぐんぜい》は動揺《どうよう》して、そこは烏合《うごう》の衆《しゅう》の悲《かな》しさ、皆我先《みなわれさき》に陣《じん》を抜《ぬ》け落《お》ちて敵《てき》の朝廷方《ちょうていがた》に寝返《ねがえ》った。時有《ときあり》の下《もと》には名越一族一門《なごしいちぞくいちもん》の七十余人《よにん》だけが残《のこ》った。二塚《ふたづか》には既《すで》に間近《まぢか》に敵方《てきがた》一万余《よ》が攻《せ》めて来《く》る。時有《ときあり》は

「我《われ》らこの小勢《こぜい》では合戦《かっせん》しても何程《なにほど》のことが出来《でき》よう。なまじ戦《いくさ》をして敵《てき》の手《て》に掛《かか》るよりは敵《てき》の寄《よ》せ来《きた》る前《まえ》に屋形《やかた》に残《のこ》した女御《にょうご》・子供衆《こどもしゅう》を舟《ふね》に乗《の》せて沖《おき》に沈《しず》め、我《われ》らは城《しろ》に戻《もど》って自害《じがい》しよう」

と皆《みな》に言《い》い聞《き》かせて放生津《ほうじょうづ》（射水市新湊）の守護屋形《しゅごやかた》に引《ひ》き上《あ》げた。放生津《ほうじょうづ》は庄川右岸《しょうがわうがん》の河口《かこう》に面《めん》する海城《うみしろ》だ。時有《ときあり》は女御衆《にょうごしゅう》によくよく言《い》い聞《き》かせて家人《かじん》に言《い》い付《つ》け、皆舟《みなふね》に乗《の》せて沖《おき》に漕《こ》ぎ出《だ》した。時有《ときあり》の子《こ》は九歳《さい》と七歳《さい》の二人《ふたり》。時有《ときあり》には弟《おとうと》が二人《ふたり》あり何《いず》れも妻帯《さいたい》。だが直《す》ぐ下《した》の弟《おとうと》有公《ありきみ》の妻《つま》は間《ま》もなく出産《しゅっさん》を控《ひか》えた身重《みおも》。末弟《まってい》の貞持《さだもち》は京《きょう》都から嫁《よめ》を娶《めと》ったばかりだ。この女御《にょうご》らも舟《ふね》に乗《の》せて奈呉《なご》ノ浦《うら》の沖《おき》に漕《こ》ぎ出《で》た。沖《おき》に出《で》た船中《せんちゅう》では哀《あわ》れ母子《ははこ》は抱《だ》き合《あ》い幼《おさな》い兄弟姉妹《きょうだいしまい》は手《て》に手《て》を取《と》り合《あ》って、来世《らいせ》の幸《しあわ》せを祈《いの》りながら波間《なみま》に飛《と》び込《こ》んで入水《じゅすい》して果《は》てた。名越時有《なごしときあり》ら一族郎党《いちぞくろうとう》七十余名《よめい》は、放生津《ほうじょうづ》の守護屋形《しゅごやかた》に入《はい》って屋形《やかた》に火《ひ》を掛《か》け自刃《じじん》した。後世《こうせい》、奈呉《なご》ノ浦《うら》に沈《しず》んだ名越《なごし》の女御衆《にょうごしゅう》が毎年《まいねん》五月《さつき》の命日《めいにち》に、波間《なみま》に浮《う》かんでそれが蜃気楼《しんきろう》になって見《み》えるのだと噂《うわさ》した。

鎌倉幕府《かまくらばくふ》が滅《ほろ》んだ建武《けんむ》の中興《ちゅうこう》の折《おり》、元名越家有力家臣《もとなごしけゆうりょくかしん》で越中松倉《えっちゅうまつくら》（魚津市）城主《じょうしゅ》の井上俊清《いのうえとしきよ》（別名 普門俊清）は名越討伐《なごしとうばつ》の手柄《てがら》が認《みと》められて越中国守護《えっちゅうこくしゅご》になった。だが間《ま》もなく康永《こうえい》三年（一三四四年）、越中国《えっちゅうこく》に散在《さんざい》する奈良《なら》・東大寺《とうだいじ》の荘園《しょうえん》を横奪《おうだつ》したとの罪《つみ》を得《え》て越中《えっちゅう》から追放《ついほう》された。

俊清《としきよ》に代《か》わって越中国守護《えっちゅうこくしゅご》になったのが桃井直常《ももいなおつね》。足利直義《あしかがなおよし》とは『肝胆相照《かんたんあいて》らす昵懇《じっこん》の仲《なか》』（互いに心底まで打ち明けて交わる親しい仲）だ。直常《なおつね》は足利家《あしかがけ》譜代《ふだい》の有力《ゆうりょく》家臣《かしん》で建武《けんむ》の中興《ちゅうこう》後《ご》に若狭国《わかさこく》守護《しゅご》になったが、越中国《えっちゅうこく》の守護《しゅご》が欠《か》けたのを受《う》けて越中《えっちゅう》に移《うつ》り住《す》み、守護《しゅご》になった。そしてこの観応《かんおう》の擾乱期《じょうらんき》を迎《むか》えた。

足利直義横死

話《はなし》は元《もと》に戻《もど》る。足利直義《あしかがなおよし》は越中国《えっちゅうこく》の桃井直常《ももいなおつね》を頼《たよ》って北陸《ほくりく》に入《はい》り、北陸諸国《ほくりくしょこく》の守護大名《しゅごだいみょう》や地《じ》頭《とう》（荘園の荘官）豪族《ごうぞく》らと同盟《どうめい》を結《むす》んだ後《のち》、信濃国《しなのこく》を経《へ》て武家権力《ぶけけんりょく》の中心地《ちゅうしんち》だった鎌倉《かまくら》に入《はい》った。

翌観応《よくかんおう》三年（一三五二年）、足利直義《あしかがなおよし》は兄《あに》の将軍尊氏《しょうぐんたかうじ》と和睦《わぼく》して降参《こうさん》した。実兄《じっけい》の故《ゆえ》に心《こころ》を許《ゆる》したが、和睦《わぼく》の調印《ちょういん》に鎌倉《かまくら》に出向《でむ》いた兄尊氏《あにたかうじ》に対面《たいめん》したところを騙《だま》され毒《どく》を盛《も》られて横死《おうし》（不慮の死）した。観応《かんおう》の擾乱《じょうらん》は終息《しゅうそく》した。だがこの後《のち》も越中国《えっちゅうこく》では桃井直常《ももいなおつね》は、守護《しゅご》だった当時《とうじ》の人《じん》脈《みゃく》を利用《りよう》して権力《けんりょく》を握《にぎ》り続《つづ》け、越中国《えっちゅうこく》に居座《いすわ》って子々孫々《ししそんそん》の代《だい》まで幕府《ばくふ》に刃向《はむ》かった。

二．幕府隆盛

管領斯波家と畠山家

延文《えんぶん》三年（一三五八年）四月、初代将軍足利尊氏《しょだいしょうぐんあしかがたかうじ》が没《ぼ》して子《こ》の義詮《よしあきら》が跡《あと》を継《つ》いだ。足利義詮《あしかがよしあきら》の治世《じせい》の貞治《じょうじ》六年（一三六七年）、斯波義将《しばよしまさ》が十三歳《さい》で越中国《えっちゅうこく》の守護《しゅご》になった。義将《よしまさ》の父《ちち》は斯波高《しばたか》経《つね》。幕府草創期《ばくふそうそうき》の幕府重鎮《ばくふじゅうちん》であったが、専横《せんおう》（わがまま）が過《す》ぎて将軍義詮《しょうぐんよしあきら》から勘気追放《かんきついほう》（勘当され幕府から追放）された。斯波高経《しばたかつね》は領国《りょうごく》の越前国《えちぜんこく》に蟄居《ちっきょ》し、失意《しつい》の内《うち》に病没《びょうぼつ》した。斯波義将《しばよしまさ》は父《ちち》高経《たかつね》の没後《ぼつご》、近江国守護《おうみこくしゅご》の佐々木京極道誉《ささききょうごくどうよ》の（以後、佐々木姓は略す。詳細は317頁2～4行目参照）仲介《ちゅうかい》で斯波家《しばけ》に科《か》された罪《つみ》が解《と》かれて赦免《しゃめん》され幕府《ばくふ》に復帰《ふっき》した（75頁1～2行目参照）。

この年貞治六年《としじょうじ》（一三六七年）十二月、将軍義詮《しょうぐんよしあきら》が没《ぼっ》した。

翌年早々《よくねんそうそう》、未《ま》だ十二歳《さい》の足利義満《あしかがよしみつ》が元服《げんぷく》し、父義詮《ちちよしあきら》の跡《あと》を継《つ》いで三代将軍《さんだいしょうぐん》になった。

康暦元年《こうれきがんねん》（一三七九年）、斯波義将《しばよしまさ》が管領《かんれい》（将軍補佐役で政務統括者）になった。管領《かんれい》は将軍《しょうぐん》に次《つ》ぐ幕《ばく》府《ふ》の権力者《けんりょくしゃ》だ。管領《かんれい》になった若《わか》き斯波義将《しばよしまさ》は今《いま》なお幕府《ばくふ》に反逆《はんぎゃく》する南朝方《なんちょうがた》の退治《たいじ》に心《こころ》を砕《くだ》いた。そこで先《ま》ずは、自身《じしん》が任《にん》ずる守護領《しゅごりょう》の越中国《えっちゅうこく》に居座《いすわ》り、今《いま》なお守護権力《しゅごけんりょく》を振《ふ》りかざす桃井《ももい》一族《いちぞく》を追討《ついとう》しようと思《おも》い立《た》った。そして程《ほど》なく賊《ぞく》を平定《へいてい》して、残党《ざんとう》は越中国五箇山《えっちゅうこくごかやま》に追放《ついほう》した。

翌康暦《よくこうれき》二年（一三八〇年）、斯波義将《しばよしまさ》は桃井《ももい》を討伐《とうばつ》した恩賞替《おんしょうがわ》りに斯波家本領《しばけほんりょう》の（経済支配権の及ぶ荘園領地）越前国守護《えちぜんこくしゅご》を求《もと》めた。越前国守護《えちぜんこくしゅご》は当時《とうじ》、畠山基国《はたけやまもとくに》だ。基国《もとくに》は斯波義将《しばよしまさ》に越前国守護《えちぜんこくしゅご》を譲《ゆず》って、替《か》わりに義将《よしまさ》から越中国守護《えっちゅうこくしゅご》を貰《もら》い受《う》けた（75頁6行目参照）。

斯波家《しばけ》と畠山家《はたけやまけ》は細川家《ほそかわけ》と共《とも》に、幕府《ばくふ》の管領職《かんれいしき》につく『三管《さんかん》』の家柄《いえがら》だ。畠山基国《はたけやまもとくに》は越中国《えっちゅうこく》守護《しゅご》になったが、自身《じしん》は守護領《しゅごりょう》に赴任《ふにん》せず在京《ざいきょう》して幕府《ばくふ》に出仕《しゅっし》した。

畠山基国《はたけやまもとくに》は守護《しゅご》に代《か》わる守護代《しゅごだい》を越中国各郡《えっちゅうこくかくぐん》に置《お》いた。新川郡《にいかわぐん》には、鎌倉期《かまくらき》からの土着《どちゃく》でこの頃《ころ》、井上《いのうえ》（5頁11行目参照）の後《あと》に松倉城《まつくらじょう》に入《はい》った椎名《しいな》に任《にん》じ、婦負郡《ねいぐん》と射水郡守護代《いみずぐんしゅごだい》には畠山《はたけやま》家譜代《けふだい》の神保《じんぼ》を、砺波郡守護代《となみぐんしゅごだい》にはこれも譜代《ふだい》の遊佐《ゆさ》に任《にん》じて送《おく》り込《こ》み、各々統治《おのおのとうじ》に当《あ》たらせた。

畠山基国《はたけやまもとくに》はやがて斯波義将《しばよしまさ》に替《かわ》って管領《かんれい》になった。畠山家《はたけやまけ》の本領《ほんりょう》は河内国《かわちこく》（大阪府東部）で、広《こう》大《だい》な荘園《しょうえん》を幾《いく》つも持《も》っていた。基国《もとくに》は本領《ほんりょう》の河内国《かわちこく》と越中国《えっちゅうこく》に加《くわ》えて能登国《のとこく》（石川県北部）と紀《き》伊国《いこく》（和歌山）も守護領国《しゅごりょうこく》にして、天下第一《てんかだいいち》の大々名《だいだいみょう》になった。

将軍義満《しょうぐんよしみつ》はこの頃《ころ》から年月《ねんげつ》をかけて京《きょう》都の室町《むろまち》に壮大《そうだい》な御殿《ごてん》を造営《ぞうえい》して移《うつ》り住《す》んだ。世間《せけん》はこれを『室町花《むろまちはな》の御所《ごしょ》』と呼《よ》んだ（後世、室町幕府と呼ぶ名の所以となる。以後、この御所を幕府御所と記す）。

ところで、この頃《ころ》の守護大名《しゅごだいみょう》の権力《けんりょく》は後《のち》の世《よ》の戦国大名《せんごくだいみょう》とは多少《たしょう》違《ちが》っていて、守護領内《しゅごりょうない》の訴訟裁量権《そしょうさいりょうけん》は持《も》ったが経済支配権《けいざいしはいけん》はなかった。経済支配権《けいざいしはいけん》は荘園領主《しょうえんりょうしゅ》にあった。荘園領主《しょうえんりょうしゅ》は『守護使不入《しゅごしふにゅう》の権《けん》』を持《も》ち、鎌倉《かまくら》・室町《むろまち》の両幕府《りょうばくふ》は荘園領主《しょうえんりょうしゅ》を取《と》り込《こ》むためにこれを認《みと》めた。領主《りょうしゅ》は公家《くげ》や神社仏閣《じんじゃぶっかく》、武家《ぶけ》・豪族達《ごうぞくたち》だ。だから守護大名《しゅごだいみょう》は戦国大名《せんごくだいみょう》とは違《ちが》って、領国《りょうごく》の絶対《ぜったい》権力者《けんりょくしゃ》ではなかった。だが、戦時《せんじ》の段銭《だんせん》（臨時税）の徴収《ちょうしゅう》などは行《おこな》ったので、領内《りょうない》の最高権力者《さいこうけんりょくしゃ》であることには違《ちが》いなかったし、また多《おお》くの場合《ばあい》、大荘園《だいしょうえん》を持《も》つ幕府《ばくふ》の宿老《しゅくろう》がその国《くに》の守護《しゅご》になっていた。

南北朝統一と絶頂期の幕府

明徳《めいとく》三年（一三九二年）、南北朝《なんぼくちょう》が合一《ごういつ》して世《よ》の中《なか》は平和《へいわ》になり、幕府《ばくふ》は絶頂期《ぜっちょうき》を迎《むか》えた。

応永元年《おうえいがんねん》（一三九四年）、三代将軍足利義満《さんだいしょうぐんあしかがよしみつ》は子《こ》の義持《よしもち》に将軍《しょうぐん》を譲《ゆず》って隠居《いんきょ》したが、幕府《ばくふ》の実権《じっけん》は握《にぎ》り続《つづ》けて公卿《くぎょう》の最高位《さいこうい》である太政大臣《だじょうだいじん》にも就任《しゅうにん》して、位人臣《くらいじんしん》を極《きわ》めた。この義満《よしみつ》は応永《おうえい》十五年（一四〇八年）に忽然《こつぜん》（突然）と死没《しぼつ》した。

これより先《さき》、応永《おうえい》六年（一三九九年）、畠山基国《はたけやまもとくに》は五十六歳《さい》で病没《びょうぼつ》。子《こ》の畠山満家《はたけやまみついえ》が跡《あと》を継《つ》いだ。

同年《どうねん》、畠山満家《はたけやまみついえ》の弟《おとうと》の満則《みつのり》は分家《ぶんけ》して能登国守護《のとこくしゅご》になった（84頁7～8行目参照）。

畠山宗家《はたけやまそうけ》を継《つ》いだ満家《みついえ》は永享《えいきょう》五年（一四三三年）、六十三歳《さい》で病没《びょうぼつ》し、子《こ》の畠山持国《はたけやまもちくに》が跡《あと》を継《つ》いだ。

三．嘉吉の乱

義教将軍就任と重臣弾圧

応永《おうえい》二十四年（一四一七年）、四代将軍足利義持《よんだいしょうぐんあしかがよしもち》は一粒種《ひとつぶだね》の義量《よしかず》を元服《げんぷく》させ、先代《せんだい》の義満《よしみつ》に倣《なら》って義量《よしかず》に将軍《しょうぐん》を譲《ゆず》り隠居《いんきょ》して院政《いんせい》をとった。

応永《おうえい》三十二年（一四二五年）、五代将軍《ごだいしょうぐん》になった足利義量《あしかがよしかず》は僅《わず》か十九歳《さい》で死没《しぼつ》した。義量《よしかず》には子《こ》が無《な》かった。

正長元年《しょうちょうがんねん》（一四二八年）、隠居《いんきょ》していた前将軍《ぜんしょうぐん》の義持《よしもち》も不治《ふじ》の病《やまい》に罹《かか》って後継《あとつ》ぎも決《き》めずに死《し》没《ぼつ》した。将軍家《しょうぐんけ》の宿老達《しゅくろうたち》はやむを得《え》ず次期《じき》将軍《しょうぐん》を決《き》めるのに、当時《とうじ》、神判《しんぱん》と称《しょう》して広《ひろ》く行《おこな》われていた籤引《くじび》きをした。籤《くじ》に当《あ》たったのは前将軍義持《ぜんしょうぐんよしもち》の弟《おとうと》で僧職《そうしょく》にあった義教《よしのり》だ。宿老達《しゅくろうたち》は義教《よしのり》を還俗《げんぞく》させて六代将軍《ろくだいしょうぐん》に推戴《すいたい》した。

六代将軍《ろくだいしょうぐん》になった足利義教《あしかがよしのり》は頽廃《たいはい》する幕府《ばくふ》を憂《うれ》いて幕府中興《ばくふちゅうこう》を志《こころざ》した。それには強権化《きょうけんか》して傍若無人《ぼうじゃくぶじん》に振《ふ》る舞《ま》う幕府《ばくふ》宿老達《しゅくろうたち》の勢力《せいりょく》を削《そ》ぐのが一番《いちばん》と考えた。そこで忠臣賢臣《ちゅうしんけんしん》の諫言《かんげん》も聞《き》かずに独裁政治《どくさいせいじ》を断行《だんこう》して家臣団弾圧《かしんだんだんあつ》に乗《の》り出《だ》した。

嘉吉元年《かきつがんねん》（一四四一年）、将軍義教《しょうぐんよしのり》は先《ま》ず当時《とうじ》もっとも栄華《えいが》を誇《ほこ》った畠山家《はたけやまけ》に眼《め》を付《つ》け、当主《とうしゅ》の畠山持国《はたけやまもちくに》を勘気追放《かんきついほう》して（勘当して幕府から追放）家督《かとく》（跡目）を庶弟《しょてい》（側室の弟）の持永《もちなが》に替《か》えた。

失脚《しっきゃく》した畠山持国《はたけやまもちくに》は長年管領《ながねんかんれい》にあり、河内国《かわちこく》や越中国《えっちゅうこく》など四箇国《よんかこく》を領《りょう》する幕府《ばくふ》の重鎮《じゅうちん》だったが、将軍《しょうぐん》の意向《いこう》一つで本領《ほんりょう》の河内国《かわちこく》に蟄居《ちっきょ》させられた。

次《つぎ》に将軍義教《しょうぐんよしのり》は侍所別当《さむらいどころべっとう》（軍事と警務の所管部署長官）の赤松満祐《あかまつみつすけ》に眼《め》をつけて「貞村《さだむら》に赤松家《あかまつけ》の領国《りょうごく》を与《あた》えるか」と呟《つぶや》いた。将軍義教《しょうぐんよしのり》は近習《きんしゅう》の赤松貞村《あかまつさだむら》を寵愛《ちょうあい》していた。貞村《さだむら》は赤松家庶流《あかまつけしょりゅう》の（分家）出自《しゅつじ》（出生）だ。これを将軍《しょうぐん》の近習《きんしゅう》が聞《き》いて噂《うわさ》した。

赤松満祐《あかまつみつすけ》はこの噂《うわさ》を耳《みみ》にして驚《おどろ》いて、如何《どう》したものかと思案《しあん》した。

丁度《ちょうど》この頃《ころ》、数年前《すうねんまえ》から関東《かんとう》の鎌倉府《かまくらふ》で主従《しゅじゅう》に不和《ふわ》が生《しょう》じて争《あらそ》っていた。将軍義教《しょうぐんよしのり》はこの鎌倉《かまくら》公方《くぼう》（鎌倉府の将軍）と関東管領《かんとうかんれい》（鎌倉府の管領）の争《あらそ》いに眼《め》を付《つ》けて鎌倉府廃止《かまくらふはいし》を強引《ごういん》に進《すす》めていた。

鎌倉公方と関東管領

話《はなし》はしばらく鎌倉府《かまくらふ》に移《うつ》る。鎌倉府《かまくらふ》は鎌倉幕府《かまくらばくふ》が滅《ほろ》んだ建武《けんむ》の中興《ちゅうこう》の時代《じだい》に関東鎮撫《かんとうちんぶ》のために置《お》かれた行政府《ぎょうせいふ》で、足利尊氏《あしかがたかうじ》の弟《おとうと》の直義《なおよし》が取《と》り仕切《しき》った。

室町期《むろまちき》に入《はい》って尊氏《たかうじ》と直義《なおよし》が争《あらそ》った観応《かんおう》の擾乱《じょうらん》以後《いご》は、二代将軍義詮《にだいしょうぐんよしあきら》の弟《おとうと》の基氏《もとうじ》が鎌倉府《かまくらふ》に派遣《はけん》されて直義《なおよし》の跡《あと》を継《つ》いだ。そして次第《しだい》に京都《きょう》の室町府《むろまちふ》から独立《どくりつ》して、関東十箇国《かんとうじゅっかこく》を領国化《りょうごくか》した。室町幕府《むろまちばくふ》はこれを黙認《もくにん》した。

鎌倉府《かまくらふ》は幕府《ばくふ》の組織《そしき》に倣《なら》って鎌倉公方《かまくらくぼう》と関東管領《かんとうかんれい》を置《お》いた。後世《こうせい》の人《ひと》は鎌倉公方《かまくらくぼう》の初代《しょだい》を基氏《もとうじ》とした。基氏《もとうじ》の跡《あと》は氏満《うじみつ》、次《つぎ》は満兼《みつかね》、次《つ》いで持氏《もちうじ》が継《つ》いだ。関東管領《かんとうかんれい》は上杉家《うえすぎけ》が代々《だいだい》継《つ》いだ。

将軍義教横死

話《はなし》は元《もと》に戻《もど》って（前頁末参照）、永享《えいきょう》十一年（一四三九年）、将軍義教《しょうぐんよしのり》は関東管領上杉憲実《かんとうかんれいうえすぎのりざね》に命《めい》じて、四代鎌倉公方《よんだいかまくらくぼう》の足利持氏《あしかがもちうじ》を攻《せ》め殺《ころ》し、鎌倉府《かまくらふ》を廃止《はいし》して関東以北《かんとういほく》を幕府直轄地《ばくふちょっかつち》にした（鎌倉府は76頁8行目に続く）。丁度今《ちょうどいま》、鎌倉公方《かまくらくぼう》の残党《ざんとう》を平定《へいてい》して平和《へいわ》が戻《もど》ったところだ。幕府侍所《ばくふさむらいどころ》では関東平定《かんとうへいてい》の祝賀《しゅくが》の宴《うたげ》を盛大《せいだい》に催《もよお》そうと話《はな》し合《あ》っていた。

赤松満祐《あかまつみつすけ》は『これぞ天佑《てんゆう》』（天の助け）と思《おも》った。そこで早速《さっそく》、幕府御所《ばくふごしょ》に出仕《しゅっし》して将軍義教《しょうぐんよしのり》に面会《めんかい》を求《もと》め、

「この度《たび》の関東平定《かんとうへいてい》は誠《まこと》に祝着至極《しゅうちゃくしごく》。ついては拙宅《せったく》にて祝賀《しゅくが》の宴《うたげ》を催《もよお》したく一同皆々《いちどうみなみな》の賛同《さんどう》を得《え》て御座《ござ》る。公方様《くぼうさま》（将軍）におかれても是非《ぜひ》のお運《はこ》びをお願《ねが》い致《いた》す次第《しだい》」と言《い》って、自宅《じたく》に宴《うたげ》の御殿《ごてん》を新築《しんちく》した。

嘉吉元年《かきつがんねん》（一四四一年）六月の宴《うたげ》の当日《とうじつ》、将軍義教《しょうぐんよしのり》は赤松満祐《あかまつみつすけ》の新築《しんちく》が成《な》った御殿《ごてん》に招待《しょうたい》されて宴《うたげ》が始《はじ》まった。庭先《にわさき》では面白《おもしろ》おかしく田楽《でんがく》や猿楽《さるがく》が演《えん》じられた。宴《うたげ》も酣《たけなわ》になって将軍義教《しょうぐんよしのり》始《はじ》め将《しょう》軍《ぐん》の側近《そっきん》も皆《みな》、機嫌《きげん》よく酔《よ》いが回《まわ》った。亭主《ていしゅ》の赤松満祐《あかまつみつすけ》はそこを見計《みはか》らって刺客《しきゃく》（暗殺者）を放《はな》ち、乱暴《らんぼう》にも将軍義教《しょうぐんよしのり》を切《き》り殺《ころ》した。

将軍《しょうぐん》を弑逆《しいぎゃく》（主君を殺す）して無事《ぶじ》に済《す》む筈《はず》がない。赤松満祐《あかまつみつすけ》は京都《きょう》の屋形《やかた》を出奔《しゅっぽん》（逃亡）して領《りょう》国《ごく》の播磨国《はりまこく》（兵庫県南西部）に逃《に》げ落《お》ちた。

赤松家没落と山名宗全台頭

幕府《ばくふ》は赤松討伐《あかまつとうばつ》を赤松家《あかまつけ》と同格《どうかく》で幕府四職《ばくふししき》（侍所別当職《さむらいどころべっとうしき》の四家）の位《くらい》にある山名持豊《やまなもちとよ》（入道して宗《そう》全《ぜん》。以後宗全）に命《めい》じた。山名宗全《やまなそうぜん》は一族郎党《いちぞくろうとう》を挙《あ》げて播磨国《はりまこく》に攻《せ》め入《い》り、居城《きょじょう》の書写山坂本城《しょしゃざんさかもとじょう》を落《お》とした。赤松満祐《あかまつみつすけ》は詰城《つめじろ》（根城）の木山城《きやまじょう》に移《うつ》って籠城《ろうじょう》し、一族《いちぞく》六十九人《にん》と共《とも》に腹《はら》を切《き》って自《じ》害《がい》した。

山名宗全《やまなそうぜん》はこの戦功《せんこう》で、自領《じりょう》の但馬国《たじまこく》（兵庫県北部）と備後国《びんごこく》（広島県東部）、安芸国《あきこく》（広島県西部）、伊賀国《いがこく》（三重県西部）に加《くわ》えて、赤松領《あかまつりょう》の播磨国《はりまこく》（前掲）と備前国《びぜんこく》（岡山県東南部）、美作国《みまさかこく》（岡山県東北部）も手《て》に入《い》れて大々名《だいだいみょう》に伸《の》し上《あ》がった。

将軍足利義教《しょうぐんあしかがよしのり》が横死《おうし》して、義教《よしのり》に引《ひ》き立《た》てられた畠山持永《はたけやまもちなが》は失脚《しっきゃく》した。持永《もちなが》は越中国《えっちゅうこく》を目指《めざ》して京《きょう》都を落《お》ちた。越中国守護代《えっちゅうこくしゅごだい》の神保《じんぼ》と椎名《しいな》・遊佐《ゆさ》は皆《みな》、畠山持国《はたけやまもちくに》に心酔《しんすい》していた。将軍義《しょうぐんよし》教《のり》が持国《もちくに》を勘気追放《かんきついほう》しても、越中国《えっちゅうこく》はこの命《めい》を誰《だれ》も受《う》け入《い》れず、従《したが》って畠山持永《はたけやまもちなが》の越中入国《えっちゅうにゅうこく》も認《みと》めなかった。持永《もちなが》が若《も》し入国《にゅうこく》すれば、追討軍《ついとうぐん》も攻《せ》め込《こ》んで国内《こくない》が混乱《こんらん》するのが目《め》に見《み》えた。

畠山持永《はたけやまもちなが》は越中守護代《えっちゅうしゅごだい》が我《わ》が身《み》を捕縛《ほばく》しようと待《ま》っているのを風《かぜ》の便《たよ》りに知《し》り、出奔途中《しゅっぽんとちゅう》で行方《ゆくえ》を眩《くら》ました。

将軍足利義教《しょうぐんあしかがよしのり》が横死《おうし》して、子《こ》の義勝《よしかつ》が僅《わず》か九歳《さい》で跡《あと》を継《つ》ぎ、七代将軍《ななだいしょうぐん》になった。そして翌《よく》年《ねん》、儚《はかな》くも病死《びょうし》した。将軍義勝《しょうぐんよしかつ》の跡《あと》は弟《おとうと》の義政《よしまさ》が継《つ》いだ。

四．畠山家騒動

畠山家隆盛

八代将軍《はちだいしょうぐん》になった足利義政《あしかがよしまさ》の幼名《ようみょう》は三寅丸《みとらまる》。永享《えいきょう》八年（一四三六年）正月《しょうがつ》二日の生《う》まれ。兄義《あによし》勝《かつ》の早世《そうせい》（若死）で嘉吉《かきつ》三年（一四四三年）、わずか八歳《さい》で将軍《しょうぐん》になった。義政《よしまさ》は幼時《ようじ》に幕府政所執事《ばくふまんどころしつじ》（政務に参与する上級役人）の平貞親《たいらさだちか》に育《そだ》てられた。義政《よしまさ》は貞親《さだちか》を『御父《おとう》』と呼《よ》んで甘《あま》えた。義政《よしまさ》の母《はは》は六代将軍義教《ろくだいしょうぐんよしのり》の側室《そくしつ》、日野重子《ひのしげこ》。義政《よしまさ》は母《はは》には頭《あたま》が上《あ》がらなかった。

時《とき》の管領《かんれい》は畠山持国《はたけやまもちくに》。翌々年《よくよくねん》の文安《ぶんあん》二年（一四四五年）、老衰《ろうすい》のためと称《しょう》して五十歳《さい》で管領《かんれい》を細川勝元《ほそかわかつもと》に譲《ゆず》った。勝元《かつもと》の父持之《ちちもちゆき》は嘉吉《かきつ》二年（一四四二年）に死没《しぼつ》していた。勝元《かつもと》は未《ま》だ十三歳《さい》、我儘一杯《わがままいっぱい》の世間《せけん》知《し》らずのままで家督《かとく》（跡目）を継《つ》いだ。そして十六歳《さい》で管領《かんれい》になった。将軍《しょうぐん》も管領《かんれい》も共《とも》に未《ま》だ未熟《みじゅく》だ。日野重子《ひのしげこ》と平貞親《たいらさだちか》は将軍義政《しょうぐんよしまさ》を操《あやつ》って、幕府《ばくふ》の政治《せいじ》を私《わたくし》（私物化）した。

この頃《ころ》、畠山持国《はたけやまもちくに》は剃髪入道《ていはつにゅうどう》して特本《とくほん》と名乗《なの》った（以後特本）。畠山特本《はたけやまとくほん》は気儘《きまま》に細川勝元《ほそかわかつもと》から管領《かんれい》を取《と》り上《あ》げて、再《ふた》び管領《かんれい》になった。取《と》り上《あ》げられた細川勝元《ほそかわかつもと》は特本《とくほん》を恨《うら》んだ。だがこの時《とき》は未《ま》だ無力《むりょく》で、やむなく特本《とくほん》に管領《かんれい》を返《かえ》した。この件《けん》がやがて、幕府《ばくふ》を揺《ゆ》るがす大騒動《おおそうどう》の下地《したじ》になった。それはさておき、畠山家《はたけやまけ》で御家騒動《おいえそうどう》の火種《ひだね》が生《しょう》じた。

畠山特本《はたけやまとくほん》は老齢《ろうれい》になるまで子《こ》が無《な》かった。そこで特本《とくほん》の弟《おとうと》の畠山持富《はたけやまもちとみ》の子《こ》の政長《まさなが》を養子《ようし》にして、畠山家《はたけやまけ》の家督《かとく》にした。ところが間《ま》もなく妾腹《しょうふく》（妾の腹）に子《こ》ができた。義就《よしなり》だ（幼名《ようみょう》は次郎《じろう》）。年老《としお》いてからの子《こ》はまた格別《かくべつ》だ。特本《とくほん》は義就《よしなり》を溺愛《できあい》した。

文安《ぶんあん》五年（一四四八年）、特本《とくほん》は畠山家《はたけやまけ》の家督《かとく》を政長《まさなが》から十二歳《さい》になった義就《よしなり》に取《と》り換《か》えた。

宝徳元年《ほうとくがんねん》（一四四九年）、足利将軍家《あしかがしょうぐんけ》では三寅丸《みとらまる》が十五歳《さい》になり、元服《げんぷく》して義成《よしなり》と名乗《なの》った。そして間《ま》もなく義政《よしまさ》と改名《かいめい》した。

この頃《ころ》の畠山家《はたけやまけ》は絶頂期《ぜっちょうき》だ。宝徳《ほうとく》二年（一四五〇年）、畠山特本《はたけやまとくほん》は山城国《やましろこく》（京都府南部）を守護領《しゅごりょう》に加《くわ》えた。また大和国《やまとこく》（奈良県）の筒井《つつい》、古市《ふるいち》や越智《おち》らの豪族《ごうぞく》と主従関係《しゅじゅうかんけい》を結《むす》んだ。畠山家《はたけやまけ》は河内《かわち》・越中《えっちゅう》・伊勢《いせ》（三重県中央部）に加《くわ》えて山城《やましろ》の各国《かっこく》を守護領国《しゅごりょうごく》とし、大和国《やまとこく》も傘下《さんか》に置《お》く誠《まこと》に天下無双《てんかむそう》の大々名《だいだいみょう》になった。

畠山家家督争い

ところで、畠山特本《はたけやまとくほん》の溺愛《できあい》を受《う》けて家督《かとく》に付《つ》いた義就《よしなり》は、我儘一杯《わがままいっぱい》に育《そだ》った上《うえ》に、気性《きしょう》が荒《あら》くて家人《かじん》皆《みな》に疎《うと》まれた。家老《かろう》の神保《じんぼ》、遊佐《ゆさ》をはじめ家人《かじん》は皆《みな》、家督《かとく》を外《はず》された苦労人《くろうにん》の政長《まさなが》を慕《した》った。それで義就《よしなり》を失脚《しっきゃく》させて政長《まさなが》を畠山家《はたけやまけ》の家督《かとく》に据《す》えようと密《ひそ》かに談合《だんごう》した。その談合《だんごう》が発覚《はっかく》した。

享徳《きょうとく》三年（一四五四年）四月、畠山特本《はたけやまとくほん》は密議《みつぎ》談合《だんごう》の場《ば》になった神保屋形《じんぼやかた》を襲撃《しゅうげき》した。神保宗家《じんぼそうけ》の次郎左衛門《じろうざえもん》は切腹《せっぷく》し、越中守護代《えっちゅうしゅごだい》の神保越中守《じんぼえっちゅうのかみ》は殺《ころ》された。畠山政長《はたけやままさなが》は細川勝元屋形《ほそかわかつもとやかた》に逃《に》げ込《こ》んで匿《かくま》われた。首謀者《しゅぼうしゃ》の一人《ひとり》で若手代表格《わかてだいひょうかく》の神保長誠《じんぼながのぶ》（越中婦負《ねい》・射水《いみず》両郡守護代の神保越中守の家督）と、同《おな》じく若手代表格《わかてだいひょうかく》の遊佐長直《ゆさながなお》（越中砺波郡守護代）は、細川勝元《ほそかわかつもと》の舅《しゅうと》の山名宗全《やまなそうぜん》の屋形《やかた》に逃《に》げ込《こ》んだ。

神保長誠《じんぼながのぶ》と遊佐長直《ゆさながなお》は畠山政長《はたけやままさなが》の同意《どうい》を得《え》て畠山政長《はたけやままさなが》を家督《かとく》に戻《もど》す訴訟《そしょう》を起《おこ》した。細川勝元《ほそかわかつもと》は畠山特本《はたけやまとくほん》が何《なに》かと『眼《め》の上《うえ》の瘤《こぶ》』（目障り）だったので山名宗全《やまなそうぜん》と相談《そうだん》してこの訴訟《そしょう》を助《たす》けた。

家人《かじん》が主《あるじ》の意《い》に従《したが》わずに、主家《しゅけ》の相続《そうぞく》に口《くち》を差《さ》し挟《はさ》む事《こと》は稀《まれ》な時代《じだい》だ。まして訴訟《そしょう》を起《お》こすなどは前代未聞《ぜんだいみもん》だ。

この時《とき》、将軍義政《しょうぐんよしまさ》は十九歳《さい》。何時《いつ》も近習《きんしゅう》の三人《さんにん》を傍近《そばちか》くに置《お》いて遊興《ゆうきょう》に耽《ふけ》った。この三人《さんにん》は、幕府四識《ばくふししき》の赤松家《あかまつけ》から分《わ》かれ出《で》た有馬持家《ありまもちいえ》と大納言《だいなごん》の烏丸資任《からすますけとう》、側室《そくしつ》の今参局《いままいりのつぼね》。将軍義政《しょうぐんよしまさ》は生来気《せいらいき》まぐれだ。世《よ》の中《なか》の動《うご》きは天運《てんうん》によって決《き》められていて、将軍《しょうぐん》といえども人間《にんげん》の力《ちから》では動《うご》かしようのないものだと達観《たっかん》していた。だから政治《せいじ》には関心《かんしん》が無《な》かった。幕府《ばくふ》の決済《けっさい》でさえも「良《よ》きに計《はか》らえ」としばしば気儘《きまま》にこの三人《さんにん》に預《あず》けた。三人《さんにん》は賄賂《わいろ》を取《と》って政道《せいどう》を歪《ゆが》めた。世間《せけん》はこの三人《さんにん》を『三魔《さんま》』と呼《よ》んで忌《い》み嫌《きら》い恐《おそ》れた。三人《さんにん》の呼《よ》び名《な》には共《とも》に『ま』の字《じ》が付《つ》いていた。

畠山家《はたけやまけ》の訴訟《そしょう》は、将軍家《しょうぐんけ》がこのような頽廃《たいはい》した頃《ころ》に起《お》こった。将軍義政《しょうぐんよしまさ》は気儘《きまま》に訴訟《そしょう》を聞《き》き入《い》れて畠山義就《はたけやまよしなり》を勘気追放《かんきついほう》して、替《か》わって畠山政長《はたけやままさなが》を取《と》り立《た》てた。

畠山政長《はたけやままさなが》は上意《じょうい》を受《う》けて畠山《はたけやま》の家督《かとく》についた。畠山家本領《はたけやまけほんりょう》の河内国守護代遊佐国助《かわちこくしゅごだいゆさくにすけ》は家臣団《かしんだん》の謀議《ぼうぎ》には加《くわ》わらず、主君《しゅくん》への忠節《ちゅうせつ》を旨《むね》として畠山特本《はたけやまとくほん》と義就父子《よしなりふし》に従《したが》った。ここに河内《かわち》の遊佐総《ゆさそう》本家《ほんけ》と京都《きょう》の遊佐総本家《ゆさそうほんけ》は、政長派《まさながは》と義就派《よしなりは》の二《ふた》つに分《わ》かれた。河内国内《かわちこくない》には両家《りょうけ》が所有《しょゆう》する広《こう》大《だい》な荘園《しょうえん》があった。この両家《りょうけ》の家臣達《かしんたち》も二《ふた》つに分《わ》かれた。そして子々孫々《ししそんそん》の争《あらそ》いが始《はじ》まった。

同年《どうねん》（享徳三年一四五四年）八月、共《とも》に越中守護代家《えっちゅうしゅごだいけ》を継《つ》いだ遊佐長直《ゆさながなお》と神保長誠《じんぼながのぶ》並びに在京《ざいきょう》の血気盛《けっきさか》んな若者達《わかものたち》は、細川勝元《ほそかわかつもと》の支援《しえん》を受《う》けて畠山屋敷《はたけやまやしき》を襲撃《しゅうげき》した。

畠山家分裂

畠山特本《はたけやまとくほん》は自《みずか》ら屋形《やかた》を焼《や》いて建仁寺《けんにんじ》（京都五山の一つ）に蟄居《ちっきょ》した。

畠山義就《はたけやまよしなり》も身《み》の危険《きけん》を感《かん》じて、遊佐国助《ゆさくにすけ》らと大和国《やまとこく》（奈良県）に落《お》ちのびた。大和《やまと》の越智家栄《おちいえひで》は嘗《かつ》て失脚《しっきゃく》したとき、畠山特本《はたけやまとくほん》に復活《ふっかつ》を許《ゆる》されて領地《りょうち》を安堵《あんど》（保証）された。特本《とくほん》が没落《ぼつらく》すれば自《じ》分《ぶん》の領地《りょうち》が危《あや》うくなる。だから一族《いちぞく》を挙《あ》げて義就《よしなり》に味方《みかた》した。

畠山義就《はたけやまよしなり》は幕府政所執事《ばくふまんどころしつじ》の平貞親《たいらさだちか》に取《と》り入《い》って、赦免《しゃめん》を将軍家《しょうぐんけ》に願《ねが》い出《で》た。

翌康正元年《よくこうしょうがんねん》（一四五五年）、畠山政長《はたけやままさなが》は罪無《つみな》くして将軍義政《しょうぐんよしまさ》に勘気追放《かんきついほう》されて河内国《かわちこく》の自領《じりょう》に蟄《ちっ》居《きょ》させられ、畠山義就《はたけやまよしなり》は赦免《しゃめん》された。

畠山義就《はたけやまよしなり》は将軍家《しょうぐんけ》の御教書《みきょうしょ》（親書・通達）を手《て》に入《い》れて政長追討軍《まさながついとうぐん》を募《つの》り河内《かわち》を目指《めざ》して進軍《しんぐん》

した。

管領《かんれい》の細川勝元《ほそかわかつもと》は畠山政長《はたけやままさなが》を支援《しえん》しようと大和《やまと》の筒井光宜《つついてるのぶ》に軍勢《ぐんぜい》を貸《か》して、越智家栄《おちいえひで》の所領《しょりょう》を攻撃《こうげき》させた。越智家栄《おちいえひで》が弱《よわ》まればそれだけ政長《まさなが》が助《たす》かる。家栄《いえひで》は何《なに》しろ政長攻撃《まさながこうげき》の中心勢力《ちゅうしんせいりょく》だ。

大和国《やまとこく》の筒井光宜《つついてるのぶ》は河内《かわち》に落《お》ちた畠山政長《はたけやままさなが》を全力《ぜんりょく》で味方《みかた》した。光宜《てるのぶ》は嘗《かつ》て家栄《いえひで》と争《あらそ》い、畠山特本《はたけやまとくほん》に失脚《しっきゃく》させられて領地《りょうち》を失《うしな》った。それを根《ね》に持《も》ち光宜《てるのぶ》は特本《とくほん》と義就父子《よしなりふし》を恨《うら》んだ。

康正元年《こうしょうがんねん》（一四五五年）畠山特本《はたけやまとくほん》は五十八歳《さい》で没《ぼっ》した。畠山義就《はたけやまよしなり》は晴《は》れて畠山家《はたけやまけ》の家督《かとく》を相続《そうぞく》して河内《かわち》・越中《えっちゅう》・紀伊《きい》と山城国《やましろこく》の守護《しゅご》になった。

丁度《ちょうど》この年《とし》、康正元年《こうしょうがんねん》（一四五五年）、将軍義政《しょうぐんよしまさ》は嫁《よめ》を娶《めと》った。日野富子《ひのとみこ》だ。富子《とみこ》は日野重政《ひのしげまさ》の娘《むすめ》で大納言日野勝光《だいなごんひのかつみつ》の妹《いもうと》だ。細川勝元《ほそかわかつもと》はこの日野勝光《ひのかつみつ》とも謀《はか》って政長赦免《まさながしゃめん》を将軍家《しょうぐんけ》に願《ねが》い出《で》た。

寛正元年《かんしょうがんねん》（一四六〇年）、畠山義就《はたけやまよしなり》は又々将軍家《またまたしょうぐんけ》から追放処分《ついほうしょぶん》を受《う》けた。幕閣《ばっかく》の飯尾《いいお》と伊勢《いせ》の両人《りょうにん》が将軍家《しょうぐんけ》の使者《ししゃ》として畠山屋形《はたけやまやかた》に出向《でむ》き、

「早々《そうそう》に屋形《やかた》を政長《まさなが》に明《あ》け渡《わた》して領国《りょうごく》に下向《げこう》されよ。もし遅引《ちいん》すれば上意《じょうい》への背信《はいしん》。この罪《つみ》、万《ばん》

死《し》に当《あ》たる」と申《もう》し渡《わた》した。畠山義就《はたけやまよしなり》は生来我儘《せいらいわがまま》で短気《たんき》。使者《ししゃ》に対《たい》して、

「某《それがし》、更《さら》に御勘気《ごかんき》を被《こうむ》る覚《おぼ》えは御座《ござ》らぬ。これはただの虎口《ここう》の讒言《ざんげん》（陥《おとしい》れるための告《つ》げ口）。罪科《ざいか》の条目《じょうもく》は何《なん》でござる」と怒気《どき》を含《ふく》んで言《い》い返《かえ》したが所詮許《しょせんゆる》される筈《はず》もなく、やむなく
「上意《じょうい》に任《にん》じて領国《りょうごく》へ下《くだ》ると致《いた》すが、やがて重《かさ》ねて愁訴致《しゅうそいた》す（嘆き訴える）所存《しょぞん》。御役目御苦労《おやくめごくろう》」

と使者《ししゃ》に捨《す》て台詞《ぜりふ》を吐《は》いて河内国《かわちこく》に落《お》ちていった。

畠山政長《はたけやままさなが》が代《か》わって畠山家《はたけやまけ》の家督《かとく》に収《おさ》まり河内《かわち》・越中《えっちゅう》・紀伊《きい》・山城各国《やましろかっこく》の守護《しゅご》になった。

同年《どうねん》九月、畠山政長《はたけやままさなが》は朝廷《ちょうてい》に働《はたら》きかけて畠山義就追討《はたけやまよしなりついとう》の宣旨《せんじ》を受《う》けた。幕府《ばくふ》侍所《さむらいどころ》も幕府《ばくふ》の軍勢《ぐんぜい》を畠山政長《はたけやままさなが》に付《つ》けて支援《しえん》した。畠山政長《はたけやままさなが》は畠山勢《はたけやまぜい》に加《くわ》えて幕府軍《ばくふぐん》も率《ひき》い、威風堂々《いふうどうどう》と進軍《しんぐん》して畠山義就《はたけやまよしなり》の居城《きょじょう》の河内国若江城《かわちこくわかえじょう》（東大阪市）に向《む》かった。大和国《やまとこく》の筒井光宣《つついてるのぶ》も馳《は》せ参《さん》じて政長軍《まさながぐん》に加《くわ》わった。畠山政長《はたけやままさなが》は河内国《かわちこく》に到着《とうちゃく》して、小勢《こぜい》の先陣《せんじん》を若江城《わかえじょう》に向《む》かわせ様子《ようす》を探《さぐ》らせた。別途《べっと》、先陣《せんじん》に続《つづ》いて敵《てき》に気付《きづ》かれぬように遊撃隊《ゆうげきたい》も送《おく》り込《こ》んだ。

畠山義就《はたけやまよしなり》は畠山政長《はたけやままさなが》の先陣勢《せんじんぜい》が少《すく》なくて統制《とうせい》も取《と》れていないのを見《み》て初戦《しょせん》の勝利《しょうり》を確信《かくしん》し、遊《ゆ》

佐国助《さくにすけ》と越智備中《おちびっちゅう》に命《めい》じて夜討《ようち》を仕掛《しか》けさせた。

畠山政長《はたけやままさなが》はこれを予期《よき》して遊撃隊《ゆうげきたい》を送《おく》ったのだ。予想《よそう》が的中《てきちゅう》した。寄《よ》せ手《て》は先陣《せんじん》と遊撃隊《ゆうげきたい》が示《しめ》し合《あわ》せて総力《そうりょく》を挙《あ》げて夜討勢《ようちぜい》を押《お》し包《つつ》んだ。夜討勢《ようちぜい》は予想《よそう》に反《はん》して、多勢《たぜい》の軍《ぐん》が待《ま》ち構《かま》えているのを見《み》て腰《こし》を抜《ぬ》かした。そこを突《つ》かれて散々《さんざん》に打《う》ち負《ま》かされ、越智備中《おちびっちゅう》、遊佐国助《ゆさくにすけ》をはじめ誉田《こんだ》三河《みかわ》ら数百人《すうひゃくにん》が討《う》ち死《じに》した。

畠山義就《はたけやまよしなり》は若江城《わかえじょう》を落《お》ちて詰城《つめじろ》（根城）の河内国嶽山城《かわちこくだけやまじょう》（富田林市）に入《はい》って籠城《ろうじょう》した。嶽山城《だけやまじょう》は天下無双《てんかむそう》の山城《やまじろ》だ。この時《とき》、大和国《やまとこく》の越智家栄《おちいえひで》が畠山義就《はたけやまよしなり》を助勢《じょせい》しようと援軍《えんぐん》を率《ひき》いて嶽山《だけやま》の近《ちか》くの金胎寺城《きんたいじじょう》（富田林市）に入《はい》った。

畠山政長勢《はたけやままさながぜい》は気安《きやす》くは手《て》が出《だ》せなくなって持久戦《じきゅうせん》になった。

寛正《かんしょう》二年（一四六一年）春《はる》が過《す》ぎ、夏《なつ》になっても睨《にら》み合《あ》いが続《つづ》いた。籠城《ろうじょう》の畠山義就勢《はたけやまよしなりぜい》は兵糧《ひょうろう》が乏《とぼ》しくなった。そこで六月、畠山政長《はたけやままさなが》の弘川《ひろかわ》（太子町）の陣所《じんしょ》に夜討《ようち》を仕掛《しか》けようと相談《そうだん》して、須屋孫二郎《すやまごじろう》をはじめ平《たいら》・小野《おの》・柳《やなぎ》ら二百余人《よにん》が、夜半《やはん》に三隊《さんたい》に分《わ》かれて敵陣《てきじん》に向《む》かった。ところが月《つき》は無《な》く闇夜《やみよ》で道《みち》に迷《まよ》った。夏《なつ》の夜《よ》は短《みじか》い。先発隊《せんぱつたい》が弘川《ひろかわ》に着《つ》いた時《とき》には既《すで》に東《ひがし》の空《そら》が白《しら》み始《はじ》めた。陣所《じんしょ》には三重《さんじゅう》の大木戸《おおきど》と高櫓《たかやぐら》が築《きず》かれて備《そな》えは万全《ばんぜん》だ。

寄《よ》せ手《て》の先発隊《せんぱつたい》は小勢《こぜい》だ。だが、全員《ぜんいん》の到着《とうちゃく》を待《ま》てば夜《よ》が明《あ》ける。夜《よ》が明《あ》けては戦《いくさ》にならない。全員《ぜんいん》の到着《とうちゃく》など待《ま》てる訳《わけ》が無《な》かった。直《ただ》ちに先発隊《せんぱつたい》のみで討《う》ち入《い》って風上《かざかみ》に廻《まわ》って火《ひ》を掛《か》けた。

畠山政長《はたけやままさなが》の陣中《じんちゅう》は急襲《きゅうしゅう》を受《う》けて周章狼狽《しゅうしょうろうばい》（慌《あわ》てふためく）した。寄《よ》せ手《て》の須屋孫二郎《すやまごじろう》は長刀《なぎなた》で慌《あわ》てふためく兵卒《へいそつ》を撫《な》で切《き》り、その骸《むくろ》に足《あし》を掛《か》けてさらに多《おお》くと渡《わた》り合《あ》った。だが、空《そら》が次第《しだい》に白《しら》み明《あか》るくなって、討《う》ち入《い》った軍勢《ぐんぜい》がほんの僅《わず》かだと知《し》れてしまった。守《まも》り手《て》は多勢《たぜい》、攻《せ》め手《て》は無勢《ぶぜい》、須屋《すや》は廻《まわ》りから矢《や》を射立《いた》てられて哀《あわ》れ『弁慶《べんけい》の立《た》ち往生《おうじょう》』（進退極まる様。源平合戦での弁慶の故事）そのまま壮絶《そうぜつ》な最期《さいご》を遂《と》げた。後発《こうはつ》の本隊《ほんたい》も到着《とうちゃく》して弘川《ひろかわ》の陣《じん》に切《き》り込《こ》んだが、結果《けっか》は既《すで》に明《あき》らかだ。下界《げかい》はもう明《あか》るい。夜討《ようち》の兵《へい》だけで渡《わた》り合《あ》うには余《あま》りにも小勢《こぜい》だ。守《まも》り手《て》の反撃《はんげき》を受《う》けて夜討勢《ようちぜい》は全滅《ぜんめつ》した。

畠山義就《はたけやまよしなり》は以後《いご》、嶽山《だけやま》と金胎寺《きんたいじ》の両城《りょうじょう》を固《かた》く守《まも》って出撃《しゅつげき》しなくなった。

寛正《かんしょう》三年（一四六二年）四月、将軍義政《しょうぐんよしまさ》は管領細川勝元《かんれいほそかわかつもと》の意見《いけん》を入《い》れて、諸国《しょこく》の大名《だいみょう》に畠山政《はたけやままさ》長《なが》に味方《みかた》して義就《よしなり》を退治《たいじ》するよう御教書《みきょうしょ》を下《くだ》した。

畠山政長《はたけやままさなが》の軍勢《ぐんぜい》には畠山守護領国《はたけやましゅごりょうごく》の河内《かわち》・越中《えっちゅう》・紀伊《きい》・山城《やましろ》の各国《かっこく》と大和《やまと》の軍勢《ぐんぜい》に加《くわ》えて、細川勝元《ほそかわかつもと》の守護領諸国《しゅごりょうしょこく》など全国《ぜんこく》二十余州《よしゅう》からも軍勢《ぐんぜい》が新《あら》たに集《あつ》まった。

ところで寄《よ》せ手《て》はここ数年《すうねん》の全国的《ぜんこくてき》な大凶作《だいきょうさく》の真最中《まっさいちゅう》で兵糧《ひょうろう》が不足《ふそく》し、戦《いくさ》どころでなかった。

一方《いっぽう》、畠山義就《はたけやまよしなり》の嶽山城《だけやまじょう》は要害堅固《ようがいけんご》。しかも南《みなみ》は越智《おち》の城《しろ》に通《つう》じて兵糧《ひょうろう》が手《て》に入《はい》った。降参《こうさん》する気配《けはい》は微塵《みじん》も無《な》かった。

寛正《かんしょう》四年（一四六三年）、畠山政長《はたけやままさなが》は大和国《やまとこく》の筒井光宣《つついてるのぶ》の策《さく》を用《もち》い、嶽山南方《だけやまなんぽう》の国見峠《くにみとうげ》に陣《じん》を張《は》って嶽山城《だけやまじょう》へ入《はい》る兵糧《ひょうろう》を止《と》めた。

畠山義就《はたけやまよしなり》は兵糧《ひょうろう》が尽《つ》きて籠城《ろうじょう》出来《でき》なくなった。同年《どうねん》三月、遂《つい》に城《しろ》を捨《す》てた。そして紀伊国《きいこく》を目指《めざ》して落《お》ちのびた。その途上《とじょう》紀伊見峠《きいみとうげ》に差《さ》し掛《か》かった。義就《よしなり》は峠《とうげ》で一息《ひといき》いれて来《こ》し方行《かたゆ》く末《すえ》を

振《ふ》り返《かえ》り

『夏《なつ》落《お》つる木《き》の実《み》峠《とうげ》の行《ゆ》く末《すえ》を知《し》らぬはげにも断《ことわ》りにこそ』と我《わ》が身《み》を歌《うた》に託《たく》して儚《はかな》んだ。

畠山政長《はたけやままさなが》は嶽山落城《だけやまらくじょう》を幕府《ばくふ》に注進《ちゅうしん》した。将軍義政《しょうぐんよしまさ》はじめ幕閣《ばっかく》は皆《みな》、安堵《あんど》（安心）して歓《よろこ》んだ。

畠山義就《はたけやまよしなり》は一旦《いったん》、生地《いくじ》ガ館《やかた》（海南市大野中）に辿《たど》り着《つ》いて一同《いちどう》と談合《だんごう》した。一同《いちどう》は「高野山《こうやさん》の宗徒《しゅうと》を頼《たよ》れば五年《ねん》や十年《ねん》は無事《ぶじ》に隠《かく》れ通《とお》せよう」と義就《よしなり》に高野山《こうやさん》行《ゆ》きを薦《すす》めた。義就《よしなり》は薦《すす》めに従《したが》って領国《りょうごく》の紀伊国《きいこく》から大和国吉野《やまとこくよしの》に隠《かく》れた。

畠山政長《はたけやままさなが》は河内《かわち》の若江城《わかえじょう》に遊佐長直《ゆさながなお》を残《のこ》し、自身《じしん》は上洛《じょうらく》（上京）して幕府御所《ばくふごしょ》に出仕《しゅっし》した。

寛正《かんしょう》五年（一四六四年）、畠山政長《はたけやままさなが》は細川勝元《ほそかわかつもと》に引《ひ》き立《た》てられて管領《かんれい》になった。政長《まさなが》は勝元《かつもと》から受《う》けた大恩《だいおん》を肝《きも》に銘《めい》じて生涯心《しょうがいこころ》から勝元《かつもと》に服従《ふくじゅう》した。

五．寛正の大飢饉

話《はなし》は多少前後《たしょうぜんご》する。

長禄《ちょうろく》三年（一四五九年）、春先《はるさき》から夏《なつ》にかけて、全国的《ぜんこくてき》に日照《ひで》りが続《つづ》き、秋《あき》に入《はい》ると一転《いってん》して長《なが》雨《あめ》、低温《ていおん》になった。更《さら》には暴風《ぼうふう》と虫害《ちゅうがい》も加《くわ》わった。これが翌寛正元年《よくかんしょうがんねん》（一四六〇年）も続《つづ》き、日《に》本国中《ほんこくじゅう》、空前絶後《くうぜんぜつご》の大凶作《だいきょうさく》になった。

特《とく》に近畿《きんき》を中心《ちゅうしん》として北陸《ほくりく》、山陰一帯《さんいんいったい》の被害《ひがい》が大《おお》きく『世上《せじょう》、三《さん》の二《に》（3分の2）は餓死《がし》に及《およ》ぶ』と言《い》い伝《つた》わる中世最大《ちゅうせいさいだい》の大飢饉《だいききん》になった。全国各地《ぜんこくかくち》の百姓《ひゃくしょう》（農民）には領主《りょうしゅ》からの救済《きゅうさい》は一切《いっさい》なく、年貢《ねんぐ》（小作料・地代）だけが厳《きび》しく取《と》り立《た》てられた。

百姓《ひゃくしょう》は地頭《じとう》（荘園代官）豪族《ごうぞく》やその家来《けらい》から年貢取《ねんぐと》り立《た》てに際《さい》して過酷《かこく》な暴言《ぼうげん》や暴力《ぼうりょく》を受《う》け、明《あ》日《す》の食《た》べ物《もの》さえも取《と》り上《あ》げられた。どこの百姓《ひゃくしょう》も荘園《しょうえん》では生《い》きていけなくなって、座《ざ》して死《し》を待《ま》つよりはと荘園《しょうえん》を集団脱走《しゅうだんだっそう》して流浪《るろう》した。そして野山《のやま》に分《わ》け入《い》って木《き》の実草《みくさ》の実《み》は元《もと》より、口《くち》にできる野山《のやま》に生《は》えるヨモギやイタドリ、セリやクズ、コゴミ、ギボウシ、オオバコ、ドクダミなど口《くち》に入《はい》る物《もの》は何《なん》でも手当《てあ》たり次第《しだい》に取《と》り尽《つ》くして食《た》べた。道端《みちばた》は何処《どこ》も裸《はだか》になった。それでも飢《う》えは癒《いや》せない。流民《るみん》は誰云《だれい》うとなく

「オラトコの米《こめ》は皆《みな》、領主様《りょうしゅさま》のオラッシャル京都《みやこ》に運《はこ》ばれトルンヤト」

「京都《みやこ》は米《こめ》で溢《あふ》れトルトナ」と噂《うわさ》しあった。流民《るみん》は日《ひ》ごとに京都《きょう》に集《あつ》まった。

京都《きょう》では、流民《るみん》に対《たい》する施《ほどこ》しは何《なに》もなかった。公家《くげ》や豪族《ごうぞく》、幕府《ばくふ》や朝廷《ちょうてい》でさえも何《なん》の救済策《きゅうさいさく》も取《と》らなかった。僅《わず》かに願阿弥《がんあみ》（時宗の僧、越中国の漁師の生まれ。著名な勧進聖《かんじんひじり》で南禅寺仏殿の再建や清水寺を再建）が賀茂《かも》の河畔《かはん》に救済小屋《きゅうさいこや》を建《た》てて粥《かゆ》の施《ほどこ》しを行《おこな》った。だが余《あま》りの飢餓者《きがしゃ》の多《おお》さに資金《しきん》が途《と》絶《だ》えて沙汰止《さたや》みになった。

明《あ》けて寛正《かんしょう》二年（一四六一年）、京都《きょう》は食《しょく》に飢《う》えた流浪《るろう》の民《たみ》で溢《あふ》れた。流民《るみん》は皆《みな》、顔《かお》は青《あお》く浮腫《むく》み、眼《め》は塞《ふさ》がって足《あし》は腫《は》れあがり、手足《てあし》の傷口《きずぐち》は破《やぶ》れ爛《ただ》れて化膿《かのう》して膿《うみ》が流《なが》れ出《で》た。青膨《あおぶく》れして賀茂《かも》の河原《かわら》と言《い》わず、路上《ろじょう》と言《い》わず、あちこちに蹲《うずくま》って蝿《はえ》やウジ虫《むし》が集《たか》った。ギョロリと動《うご》い

た虚《うつ》ろな眼《め》もやがては動《うご》かなくなってそのまま息絶《いきた》えた。この年《とし》、京都《きょう》で飢《う》え死《じに》した者《もの》、八万二千人。京都中《きょうじゅう》に死臭《ししゅう》が漂《ただよ》った。

加《くわ》えて京都《きょう》では土一揆《つちいっき》（最下層民の武装蜂起）が横行《おうこう》した。蓮田兵衛《はすだひょうえ》は地下人《じげにん》（最下層の民）を集《あつ》めて唆《そそのか》し、神社《じんじゃ》、仏閣《ぶっかく》や富豪《ふごう》の屋形《やかた》に押《お》し入《い》って略奪放火《りゃくだつほうか》の限《かぎ》りを尽《つ》くした。食《く》い詰《つ》めた京都在郷《きょうざいごう》の人々《ひとびと》も、この騒《さわ》ぎに倣《なら》って略奪強盗《りゃくだつごうとう》に走《はし》った。京都《きょう》は混乱《こんらん》の巷《ちまた》と化《か》した。

世間《せけん》は『寛正《かんしょう》の大飢饉《だいききん》』と呼《よ》んで後世《こうせい》にその惨状《さんじょう》を伝《つた》えた。

将軍義政《しょうぐんよしまさ》はこの大惨状《だいさんじょう》に関心《かんしん》がなかった。『虫《むし》けら』どもは如何《どう》なってもよかった。義政《よしまさ》の関《かん》心《しん》は専《もっぱ》ら幕府御所《ばくふごしょ》の改築《かいちく》にあった。そして後土御門天皇《ごつちみかどてんのう》の即位式《そくいしき》や将軍《しょうぐん》の拝賀式《はいがしき》などの儀式《ぎしき》の準備《じゅんび》に余念《よねん》がなかった。

寛正《かんしょう》三年（一四六二年）から四年（一四六三年）にかけても全国各地《ぜんこくかくち》で飢饉《ききん》が延々《えんえん》と続《つづ》いた。全国《ぜんこく》の荘園農地《しょうえんのうち》は百姓《ひゃくしょう》の逃亡《とうぼう》で荒《あ》れ果《は》てた。全国各地《ぜんこくかくち》で野垂《のた》れ死《じに》する者《もの》、幾《いく》千万人《にん》とも数知《かずし》れず、天《てん》下《か》尽《ことごと》く死《し》に絶《た》えるかに見《み》えた。京都《きょう》でも全国各地《ぜんこくかくち》の荘園《しょうえん》から入《はい》る筈《はず》の年貢《ねんぐ》が途絶《とだ》えて、食糧《しょくりょう》は欠乏《けつぼう》した。将軍家《しょうぐんけ》の一族郎党《いちぞくろうとう》も困窮《こんきゅう》した。

六． 大乱前夜

将軍義政夫人富子と将軍家家督義視

寛正《かんしょう》五年（一四六四年）冬《ふゆ》、将軍義政《しょうぐんよしまさ》は三十歳《さい》になった。義政《よしまさ》と夫人《ふじん》の富子《とみこ》の間《あいだ》に子《こ》が未《ま》だ無《な》かった。義政《よしまさ》はこの頃《ころ》になって、漸《よう》くこの大飢饉《だいききん》の惨状《さんじょう》の重大《じゅうだい》さに気付《きづ》いて戸惑《とまど》った。そしてこの世《よ》を変《か》えるには自分《じぶん》が引退《いんたい》するより他《ほか》にないと思《おも》った。この頃《ころ》、天変地異《てんぺんちい》を鎮《しず》めるには天下《てんか》の主《あるじ》が交代《こうたい》しなければならないという迷信《めいしん》があった。義政《よしまさ》はこの迷信《めいしん》を信《しん》じた。そこで、この前《まえ》まで管領《かんれい》をしていた細川勝元《ほそかわかつもと》に相談《そうだん》した。この頃《ころ》の勝元《かつもと》は若江城《わかえじょう》から凱旋《がいせん》した畠山政長《はたけやままさなが》を取《と》り立《た》て、政長《まさなが》に管領《かんれい》を譲《ゆず》っていた。勝元《かつもと》は義尋《ぎじん》に将軍《しょうぐん》を譲《ゆず》るよう進言《しんげん》した。

将軍義政《しょうぐんよしまさ》は自分《じぶん》の弟《おとうと》で当時《とうじ》、浄土寺《じょうどじ》の新門主《しんもんしゅ》になっていた義尋《ぎじん》を還俗《げんぞく》させて、将軍家《しょうぐんけ》の家督《かとく》にした。この時代《じだい》の京都《きょう》の上流《じょうりゅう》階級《かいきゅう》は家督《かとく》一人《ひとり》を残《のこ》して、他《た》の子《こ》は皆幼《みなおさな》い内《うち》に仏門《ぶつもん》に入《い》れた。相《そう》続争《ぞくあらそ》いを未然《みぜん》に防《ふせ》ぐためだ。将軍家《しょうぐんけ》も例外《れいがい》でなかった。

義尋《ぎじん》は還俗《げんぞく》して足利義視《あしかがよしみ》と名乗《なの》った。義視《よしみ》はこの時《とき》二十六歳《さい》。室町《むろまち》の幕府御所《ばくふごしょ》に隣接《りんせつ》する今出《いまで》川《がわ》に屋敷《やしき》を構《かま》えた。世間《せけん》の人々《ひとびと》は『今出川殿《いまでがわどの》』と呼《よ》んだ。

将軍義政夫人《しょうぐんよしまさふじん》の富子《とみこ》は義視《よしみ》を家督《かとく》にしたことに憤慨《ふんがい》して幕府御所《ばくふごしょ》を抜《ぬ》け出《だ》し、乳母《うば》が出仕《しゅっし》する宮中《きゅうちゅう》の局《つぼね》に隠《かく》れた。やがて何事《なにごと》も無《な》かったように幕府御所《ばくふごしょ》に帰《かえ》った。

寛正《かんしょう》六年（一四六五年）十一月、富子《とみこ》は男子《だんし》を出産《しゅっさん》した。世間《せけん》の人々《ひとびと》は

「あれは宮中《きゅうちゅう》で宿《やど》した不義《ふぎ》の子《こ》だ」と噂《うわさ》した。富子《とみこ》は息子《むすこ》が誕生《たんじょう》してからは、何《なん》としても義視《よしみ》を退《しりぞ》けて我《わ》が子《こ》を家督《かとく》にしたいと念《ねん》じた。だが将軍義政《しょうぐんよしまさ》は聞《き》き入《い》れない。富子《とみこ》は密《ひそ》かに山名宗全《やまなそうぜん》に文《ふみ》を送《おく》って協力《きょうりょく》を求《もと》めた。

山名宗全《やまなそうぜん》は権力《けんりょく》並《なら》ぶ者無《ものな》き大々名《だいだいみょう》だ。宗全《そうぜん》は富子《とみこ》の文《ふみ》を開《ひら》き見《み》て考《かんが》えた。

「今《いま》、我《わ》が意《い》に従《したが》わぬ者《もの》は細川勝元《ほそかわかつもと》ただ一人《ひとり》。勝元《かつもと》は我《わ》が婿《むこ》だが、我《わ》が意《い》に逆《さか》らって播磨国《はりまこく》（兵

庫県南西部）を取《と》り戻《もど》そうと企《たくら》む赤松政則《あかまつまさのり》を寵愛贔屓《ちょうあいひいき》する。許《ゆる》し難《がた》いことながら、故無《ゆえな》くして勝手《かって》に勝元《かつもと》を滅《ほろ》ぼすことも出来《でき》ぬが…」と呟《つぶや》いた。

これには次《つぎ》の様《よう》な訳《わけ》があった。

赤松政則《あかまつまさのり》は嘉吉《かきつ》の乱《らん》で山名宗全《やまなそうぜん》に攻《せ》め滅《ほろ》ぼされた赤松満祐《あかまつみつすけ》の弟《おとうと》の満則《みつのり》の孫《まご》だ。赤松家《あかまつけ》の旧臣《きゅうしん》、石見太郎左衛門《いわみたろうざえもん》と中村太郎四郎《なかむらたろうしろう》が赤松家再興《あかまつけさいこう》を願《ねが》って、長禄《ちょうろく》二年（一四五八年）に大和国吉野《やまとこくよしの》の南朝《なん ちょう》方御所《がたごしょ》に忍《しの》び込《こ》んで、朝廷《ちょうてい》に代々伝《だいだいつた》わる八尺瓊勾玉《やさかにのまがたま》（三種《さんしゅ》の神器《じんぎ》の一つ）を奪取《だっしゅ》して幕府《ばくふ》に献上《けんじょう》した。

この功績《こうせき》により細川勝元《ほそかわかつもと》は将軍義政《しょうぐんよしまさ》に取《と》りなして赤松家《あかまつけ》の再興《さいこう》を許《ゆる》し、赤松政則《あかまつまさのり》に領地《りょうち》として加賀国《かがこく》（石川県南部）の北半分《きたはんぶん》を与《あた》えた（127頁8行目参照）。政則《まさのり》は赤松家《あかまつけ》を復興《ふっこう》し、その勢《いきお》いを駆《か》って山名宗全《やまなそうぜん》に奪《うば》われた領国《りょうごく》を回復《かいふく》しようと企《たくら》んだ。

細川勝元と山名宗全の対立

話《はなし》は元《もと》に戻《もど》る（前頁2行目の続き）。山名宗全《やまなそうぜん》は己《おのれ》を無視《むし》する細川勝元《ほそかわかつもと》の態度《たいど》を苦々《にがにが》しく思《おも》い、勝元《かつもと》を失脚《しっきゃく》させることに腐心《ふしん》した。そして今《いま》が当《まさ》にその時《とき》、『時節到来《じせつとうらい》』と歓《よろこ》んで富子《とみこ》に「若君《わかぎみ》の御事《おんこと》については向後《こうご》（今後）は御心《おこころ》を安《やす》く思《おぼ》し召《め》し給《たま》え」と返事《へんじ》した。宗全《そうぜん》は胸《むね》の内《うち》で「畠山義就《はたけやまよしなり》が赦免《しゃめん》になれば畠山政長《はたけやままさなが》が失脚《しっきゃく》し、政長《まさなが》が失脚《しっきゃく》すれば彼《かれ》を贔屓《ひいき》にする細川勝元《ほそかわかつもと》が傷《きず》つく」と考《かんが》えた。そこで山名宗全《やまなそうぜん》は姉《あね》の禅尼《ぜんに》の安清院《あんせいいん》を折《おり》に触《ふ》れて富子《とみこ》のもとに参上《さんじょう》させて、「畠山義就《はたけやまよしなり》の赦免《しゃめん》が成《な》れば、若君《わかぎみ》の右手《めて》となる」と口説《くど》かせた。

間《ま》もなく京都《きょう》に忽然《こつぜん》として

「公方様《くぼうさま》（将軍）が御舎弟《ごしゃてい》の今出川公《いまでがわこう》（足利義視《よしみ》）を討伐《とうばつ》なさる」という噂《うわさ》が流《なが》れた。

足利義視《あしかがよしみ》は今出川《いまでがわ》の屋形《やかた》を慌《あわ》てて抜《ぬ》け出《だ》して、細川勝元《ほそかわかつもと》の屋敷《やしき》に隠《かく》れた。

文正元年《ぶんしょうがんねん》（一四六六年）九月、細川勝元《ほそかわかつもと》は将軍義政《しょうぐんよしまさ》に迫《せま》って政所《まんどころ》執事《しつじ》の平貞親《たいらさだちか》を幕府《ばくふ》から追放《ついほう》した。平貞親《たいらさだちか》は将軍義政《しょうぐんよしまさ》を幼少《ようしょう》の頃《ころ》より養育《よういく》した義政《よしまさ》の側近中《そっきんちゅう》の側近《そっきん》だ。貞親《さだちか》は富子《とみこ》の意《い》を受《う》けて、将軍義政《しょうぐんよしまさ》に義視《よしみ》討伐《とうばつ》を進言《しんげん》した。その進言《しんげん》が漏《も》れて細川勝元《ほそかわかつもと》の知《し》るところとなり、勝元《かつもと》は貞《さだ》親追放《ちかついほう》の手《て》を打《う》ったのだ。突然《とつぜん》のことで山名宗全《やまなそうぜん》は平貞親《たいらさだちか》を庇《かば》えなかった。

山名宗全《やまなそうぜん》は富子《とみこ》に

「かくなる上《うえ》は外《そと》に漏《も》れぬように畠山義就《はたけやまよしなり》の赦免《しゃめん》を将軍義政《しょうぐんよしまさ》に口説《くど》かれよ」と言《い》い送《おく》った。

文正元年《ぶんしょうがんねん》（一四六六年）の秋《あき》、畠山義就《はたけやまよしなり》は富子《とみこ》の口利《くちき》きで赦免《しゃめん》された。義就《よしなり》は熊野《くまの》の北山《きたやま》（熊野市）から出国《しゅっこく》して河内国《かわちこく》（大阪府東部）に入《はい》った。河内《かわち》では遊佐長直《ゆさながなお》の手勢《てぜい》に阻《はば》まれた。だが、勇《ゆう》猛果敢《もうかかん》な義就《よしなり》の姿《すがた》を見《み》て、長直勢《ながなおぜい》は恐《おそ》れをなして一戦《いっせん》も交《まじ》えず逃《にげ》げ去《さ》った。

畠山義就《はたけやまよしなり》は易々《やすやす》と河内国《かわちこく》に入国《にゅうこく》した。そして遊佐国助《ゆさくにすけ》の遺子《いし》を元服《げんぷく》させて遊佐河内守《ゆさかわちのかみ》を名乗《なの》らせ河内国守護代《かわちこくしゅごだい》に任《にん》じて、遊佐長直《ゆさながなお》が逃《に》げ捨《す》てた若江城《わかえじょう》（東大阪市）を守《まも》らせた。

同年《どうねん》十一月、畠山義就《はたけやまよしなり》は五千の兵《へい》を従《したが》えて帰洛《きらく》（帰京）した。

山名宗全《やまなそうぜん》は出迎《でむか》えて終夜《しゅうや》の酒宴《しゅえん》を張《は》った。京童《きょうわらべ》は、

「右衛門佐《うえもんのすけ》（義就の官名）戴《いただ》くものぞ二《ふた》つある　山名《やまな》の足《あし》と御所《ごしょ》の杯《さかずき》」と落首《らくしゅ》（狂歌の落書）して畠《はたけ》

山義就《やまよしなり》を嘲《あざけ》った。

畠山家騒動拡大

応仁元年《おうにんがんねん》（一四六七年）。正月《しょうがつ》二日は将軍《しょうぐん》が管領家《かんれいけ》を訪《おとず》れるのが恒例行事《こうれいぎょうじ》だ。ところが突然《とつぜん》、将《しょう》軍義政夫人《ぐんよしまさふじん》の富子《とみこ》の口利《くちき》きで

「管領畠山政長《かんれいはたけやままさなが》は勘気《かんき》（勘当）を被《こうむ》る。御成《おな》りは中止《ちゅうし》」の触《ふ》れが出《で》た。

これを伝《つた》え聞《き》いて畠山義就《はたけやまよしなり》は喜《よろこ》んだ。

「政長《まさなが》が御勘気《ごかんき》を被《こうむ》ったからには速《すみ》やかに領国《りょうごく》に蟄居《ちっきょ》すべし。在洛《ざいらく》（在京）は許《ゆる》さぬ。畠山屋形《はたけやまやかた》は元々義就《もともとよしなり》の屋形《やかた》なれば、即刻政長《そっこくまさなが》を追《お》い出《だ》して彼《か》の屋形《やかた》に引《ひ》き移《うつ》る」と家臣《かしん》に触《ふ》れを出《だ》した。

家臣《かしん》の誉田《こんだ》、隅屋《すみや》や甲斐達《かいたち》は直《ただ》ちに討《う》ち入《い》りの支度《したく》に掛《かか》った。

畠山政長《はたけやままさなが》の執事《しつじ》（家老）で越中国婦負《えっちゅうこくねい》・射水両郡守護代《いみずりょうぐんしゅごだい》の神保長誠《じんぼながのぶ》はこれを伝《つた》え聞《き》いて

「義就《よしなり》の在所《ざいしょ》（居場所）に押《お》し掛《か》けて蹴散《けち》らす手間《てま》が省《はぶ》けたわ。我《われ》も二条京極《にじょうきょうごく》の屋形《やかた》より春日《かすが》

万里小路《までのこうじ》の仏陀寺《ぶつだじ》（現・京都御苑の南東部付近か？）へ移《うつ》って畠山屋形《はたけやまやかた》と堀《ほり》を一《ひと》つにし、櫓《やぐら》も立《た》てて待《ま》ち受《う》けると致《いた》そう」と言《い》って自分《じぶん》の住《す》まいを畠山屋形《はたけやまやかた》の隣《となり》に移《うつ》し、用心《ようじん》を怠《おこた》らなかった。

細川勝元《ほそかわかつもと》も心配《しんぱい》して畠山政長《はたけやままさなが》を助勢《じょせい》した。

畠山義就《はたけやまよしなり》は事《こと》が大《おお》きくなり過《す》ぎて屋形《やかた》の明《あ》け渡《わた》しを求《もと》めることが出来《でき》なくなった。

同年正月十五日《どうねんしょうがつ》、山名宗全《やまなそうぜん》は室町《むろまち》の幕府御所《ばくふごしょ》に出仕《しゅっし》して一味同心《いちみどうしん》の大名《だいみょう》を集《あつ》めた。また別《べっ》途《と》、今出川《いまでがわ》の足利義視《あしかがよしみ》の屋形《やかた》へも使《つか》いを出《だ》して、

「即刻《そっこく》、幕府御所《ばくふごしょ》まで参上《さんじょう》されたし」と伝《つた》えた。

山名宗全《やまなそうぜん》は足利義視《あしかがよしみ》の到着《とうちゃく》を待《ま》って、嫡子《ちゃくし》の山名政豊《やまなまさとよ》や畠山義就《はたけやまよしなり》、越前《えちぜん》と尾張《おわり》（愛知県西部）・遠江《とおとうみ》（静岡県西部）三国守護《さんごくしゅご》の斯波義廉《しばよしかど》、能登国《のとこく》（石川県北部）守護《しゅご》の畠山義統《はたけやまよしむね》、伊勢《いせ》（三重県北中部）と若狭国《わかさこく》（福井県南西部）守護《しゅご》の一色義直《いっしきよしなお》、近江国《おうみこく》（滋賀県）守護《しゅご》の六角高頼《ろっかくたかより》、北加賀国《きたかがこく》（石川県中部）の富樫幸千代《とがしこうちよ》（128頁6～7行目参照）など、諸国《しょこく》の守護大名《しゅごだいみょう》三十余名《よめい》を従《したが》えて将軍義政《しょうぐんよしまさ》の御前《ごぜん》に参《さん》上《じょう》した。そして、

「畠山義就《はたけやまよしなり》が御赦免《ごしゃめん》を受《う》けて万里小路《までのこうじ》の畠山屋形《はたけやまやかた》に移《うつ》ろうとすると、細川勝元《ほそかわかつもと》が畠山政長《はたけやままさなが》を贔屓《ひいき》して力《ちから》を尽《つ》くしてこれを拒《こば》もうとする。上意《じょうい》に背《そむ》くなされ様《よう》なれば、上使《じょうし》をもって仔細《しさい》を問《と》うて下《くだ》され」と強訴《ごうそ》した。

将軍義政《しょうぐんよしまさ》は承知《しょうち》して上使《じょうし》を立《た》て、畠山屋形《はたけやまやかた》の明《あ》け渡《わた》しを命《めい》じた。しかし細川勝元《ほそかわかつもと》は「御返答《ごへんとう》は当方《とうほう》より別途申《べっともう》し上《あ》げる」と言《い》って、上使《じょうし》を追《お》い返《かえ》し、将軍《しょうぐん》の命《めい》には承服《しょうふく》しなかった。

幕府御所《ばくふごしょ》では山名宗全《やまなそうぜん》と一味同心《いちみどうしん》の大名《だいみょう》が細川方《ほそかわがた》より不心得《ふこころえ》な兵共《へいども》が乱入《らんにゅう》しないかと昼《ひる》も夜《よる》も警護《けいご》の兵《へい》を出《だ》して用心怠《ようじんおこた》らなかった。

細川方《ほそかわがた》も幕府御所《ばくふごしょ》より討手《うって》が来《く》るかと心配《しんぱい》して、細川一族《ほそかわいちぞく》をはじめ南加賀《みなみかが》の富樫政親《とがしまさちか》と北加賀《きたかが》の赤松政則《あかまつまさのり》（128頁3行目参照）、京極持清《きょうごくもちきよ》、武田信賢《たけだのぶかた》、山名是豊《やまなこれとよ》らが細川勝元《ほそかわかつもと》の屋形《やかた》に詰《つ》めかけた。

山名是豊《やまなこれとよ》は山名宗全《やまなそうぜん》の一族《いちぞく》だが、その昔相続《むかしそうぞく》の時《とき》に細川勝元《ほそかわかつもと》に恩《おん》を受《う》けていたので細川方《ほそかわがた》に加担《かたん》した。

山名宗全《やまなそうぜん》は宮中《きゅうちゅう》と幕府御所《ばくふごしょ》の守護《しゅご》を名目《めいもく》にして警護《けいご》の兵《へい》を出《だ》し、主上《しゅじょう》（天皇）と将軍《しょうぐん》を手中《しゅちゅう》に収《おさ》めた。そして宗全自身《そうぜんじしん》も室町《むろまち》の幕府御所《ばくふごしょ》に居《きょ》を移《うつ》した。宗全《そうぜん》はしきりに「政長《まさなが》と勝元《かつもと》を共《とも》に退治《たいじ》しなくては天下《てんか》が治《おさ》まりませぬ」と将軍《しょうぐん》に言上《ごんじょう》した。だが将軍義政《しょうぐんよしまさ》は承諾《しょうだく》しない。そこで山名宗全《やまなそうぜん》は先《ま》ず、畠山義就《はたけやましなり》の手勢《てぜい》のみで畠山屋形《はたけやまやかた》を襲撃《しゅうげき》させようとした。

将軍義政《しょうぐんよしまさ》はこの様子《ようす》を見《み》て、

「斯《か》くの如《ごと》く互《たが》いに戦《たたか》えば天下騒乱《てんかそうらん》となるは必定《ひつじょう》」と心配《しんぱい》して

「この度《たび》の混乱《こんらん》は畠山家《はたけやまけ》の内輪《うちわ》もめに過《す》ぎず」と断《だん》を下《くだ》して、他家《たけ》が畠山家《はたけやまけ》の争《あらそ》いに介入《かいにゅう》することを固《かた》く禁《きん》じた。

将軍義政《しょうぐんよしまさ》は幕府御所《ばくふごしょ》に居《きょ》を移《うつ》した山名宗全《やまなそうぜん》に、軍勢《ぐんぜい》の移動禁止《いどうきんし》を言《い》い渡《わた》した。

山名宗全《やまなそうぜん》は将軍義政《しょうぐんよしまさ》の独断裁可《どくだんさいか》に憤《いきどお》った。畠山義就《はたけやまよしなり》は宗全《そうぜん》の好意《こうい》に感謝《かんしゃ》しながらも、

「明日《あす》は政長《まさなが》の宿所《しゅくしょ》に押《お》し寄《よ》せて雌雄《しゆう》を決《けっ》する覚悟《かくご》。ご覧候《らんそうら》へ」と言《い》って宗全《そうぜん》を宥《なだ》めた。

将軍義政《しょうぐんよしまさ》はまた、伊藤備中守《いとうびっちゅうのかみ》と飯尾下総守《いいおしもふさのかみ》の両人《りょうにん》を細川勝元《ほそかわかつもと》の屋形《やかた》へ出向《でむ》かせた。両使《りょうし》は勝《かつ》元《もと》に軍勢《ぐんぜい》の移動禁止《いどうきんし》を申《もう》し渡《わた》して、

「もし政長《まさなが》に合力《ごうりき》あれば、公方《くぼう》（将軍）の御敵《おんてき》として必《かなら》ず成敗《せいばい》が下《くだ》ることで御座《ござ》ろう」と伝《つた》えた。勝元《かつもと》は一向《いっこう》に聞《き》き入《い》れようとはしなかった。将軍義政《しょうぐんよしまさ》は今出川《いまでがわ》の足利義視《あしかがよしみ》に依頼《いらい》して、細川教春《ほそかわのりはる》を再度遣《さいどつか》わした。教春《のりはる》は勝元《かつもと》の伯父《おじ》の細川道賢《ほそかわどうけん》を伴《ともな》って勝元《かつもと》を諫《いさ》めた。漸《ようや》く勝元《かつもと》は了承《りょうしょう》して政長《まさなが》への合力《ごうりき》を断念《だんねん》した。そしてその仔細《しさい》を畠山政長屋形《はたけやままさながやかた》に伝《つた》えた。

畠山政長屋形《はたけやままさながやかた》では話《はな》し合《あ》いが続《つづ》いた。神保長誠《じんぼながのぶ》は政長《まさなが》に

「細川殿《ほそかわどの》の助勢《じょせい》があれば京極持清殿《きょうごくもちきよどの》などの合力《ごうりき》もあろうと存《ぞん》ずるが、事態《じたい》がこうなればこの屋形《やかた》はただの要害無《ようがいな》き平野《へいや》の一軒家《いっけんや》に同《おな》じで至《いた》って守《まも》り難《がた》い。さればこの屋形《やかた》は捨《す》てて上御霊社《かみごりょうしゃ》（上京区）へ移《うつ》り住《す》み、藪《やぶ》を楯《たて》にとって戦《たたか》ったら宜《よろ》しいかと存《ぞん》ずる」と薦《すす》めた。そして一同《いちどう》に向《む》かって

「もし、難儀《なんぎ》に及《およ》ぶとも、上御霊社《かみごりょうしゃ》ならば後《うし》ろは細川屋形《ほそかわやかた》でござる。勝元殿《かつもとどの》がたとえ見放《みはな》すとも、彼《か》の屋形《やかた》の安富民部《やすとみみんぶ》はそれがしの盟友《めいゆう》なればよもや見放《みはな》すことはなかろうと存《ぞん》ずる。万一《まんいち》、戦《いくさ》に敗《やぶ》れたときは宮中《きゅうちゅう》に乱《みだ》れ入《い》って主上《しゅじょう》（天皇）を取《と》り奉《たてまつ》って戦《たたか》えば一味《いちみ》の方々皆《かたがたみな》、参《まい》られるべ

し」と言《い》い張《は》って皆《みな》の同意《どうい》を求《もと》めた。畠山政長《はたけやままさなが》は長誠《ながのぶ》の意見《いけん》に同意《どうい》した。

畠山家内乱

応仁元年《おうにんがんねん》（一四六七年）正月《しょうがつ》十七日夜《よる》、畠山政長《はたけやままさなが》は畠山屋形《はたけやまやかた》に火《ひ》を掛《か》けて、遊佐《ゆさ》や神保《じんぼ》および大和国《やまとこく》から応援《おうえん》に駆《か》けつけた筒井光宣《つついみつのぶ》らと共《とも》に御霊《ごりょう》の森《もり》に移《うつ》って陣《じん》を張《は》った。

山名宗全《やまなそうぜん》は畠山政長《はたけやままさなが》が宮中《きゅうちゅう》へ乱入《らんにゅう》するのを恐《おそ》れ、供回《ともまわ》りの警護《けいご》を厳重《げんじゅう》に揃《そろ》えて三種《さんしゅ》の神器《じんぎ》と共《とも》に主上《しゅじょう》を幕府御所《ばくふごしょ》へ移《うつ》した。

翌《よく》十八日早朝《そうちょう》、畠山義就《はたけやまよしなり》は政長《まさなが》が屋形《やかた》に火《ひ》をかけて退《の》いたのを見《み》て「勝《か》ちに乗《の》るは戦《いくさ》の習《なら》い」と、軍勢《ぐんぜい》を引《ひ》き連《つ》れて御霊《ごりょう》の社《やしろ》へ押《お》し寄《よ》せた。この森《もり》は南《みなみ》は相国寺《しょうこくじ》の藪大堀《やぶおおほり》で西《にし》は細川屋敷《ほそかわやしき》に連《つら》なっている。寄《よ》せ手《て》は南《みなみ》と西《にし》を避《さ》けて北《きた》と東《ひがし》から攻《せ》め掛《か》けた。

畠山義就方《はたけやまよしなりがた》の遊佐河内守《ゆさかわちのかみ》が真《ま》っ先《さき》に攻《せ》め込《こ》んだ。遊佐《ゆさ》の従卒《じゅうそつ》も皆競《みなきそ》って攻《せ》め込《こ》み鳥居《とりい》の脇《わき》の家々《いえいえ》に火《ひ》をかけた。たまたま風《かぜ》が逆《ぎゃく》になって寄《よ》せ手《て》に向《む》かい、炎《ほのお》や煙《けむり》が吹《ふ》き付《つ》けた。寄《よ》せ手《て》は煙《けむり》で前後《ぜんご》が見《み》えずに進退《しんたい》を失《うしな》った。そこに社《やしろ》の森《もり》より守《まも》り手《て》の竹田興次《たけだおきつぐ》の射手《いて》の面々《めんめん》が矢《や》を雨《あめ》あられと射《い》かけて、多数《たすう》の寄《よ》せ手《て》が射殺《いころ》された。中《なか》でも哀《あわ》れなのは十三、四歳《さい》の少年《しょうねん》。小太刀《こたち》を抜《ぬ》いて

「出会《であ》え、出会《であ》え」と叫《さけ》びながら真《ま》っ先《さき》に駆《か》け込《こ》んだところを突如射出《とつじょいだ》した矢《や》に胸板《むないた》を射抜《いぬ》かれて息絶《いきた》えた。郎党《ろうとう》（従者）らが骸《むくろ》を楯《たて》に乗《の》せて寄《よ》せ手《て》の中《なか》へ引《ひ》き戻《もど》した。見物《けんぶつ》の群衆《ぐんしゅう》は「あれは楠木《くすのき》の末葉《まつよう》（子孫）で河内《かわち》の住人《じゅうにん》須屋孫二郎《すやまごじろう》（25頁6行目参照）の一子《いっし》でナア。彼《か》の父親《てておや》は先年《せんねん》、嶽山《だけやま》の合戦《かっせん》で敵《てき》の弘川《ひろかわ》の陣《じん》へ夜中《よなか》に忍《しの》び入《い》って将兵多数《しょうへいたすう》を撫《な》で切《き》り敵《てき》に一泡《ひとあわ》吹《ふ》かせた（驚かせうろたえさせた）豪《ごう》の者《もの》の子《こ》やそうナ」と噂《うわさ》して涙《なみだ》した。

寄《よ》せ手《て》は山名政豊《やまなまさとよ》や斯波義廉《しばよしかど》の家臣《かしん》の朝倉孝景《あさくらたかかげ》らに入《い》れ替《か》わった。畠山政長《はたけやままさなが》は小勢《こぜい》だが血気盛《けっきさか》んな者《もの》ばかり。益々勇《ますますいさ》んで懸《か》け合《あ》った。

夕闇《ゆうやみ》が迫《せま》り夜《よる》になった。寄《よ》せ手《て》も守《まも》り手《て》も夜戦《よいくさ》は不利《ふり》と断《だん》じて、どちらからともなく軍勢《ぐんぜい》を引《ひ》き、この日一日《ひいちにち》の戦《いくさ》は終《お》わった。

この夜《よ》、神保長誠《じんぼながのぶ》は細川屋形《ほそかわやかた》へ使者《ししゃ》を立《た》てて細川家臣《ほそかわかしん》の安富元綱《やすとみもとつな》に「上意《じょうい》に従《したが》う故合力《ゆえごうりき》は願《ねが》わぬ。ただ、酒樽《さかたる》を一荷賜《いっかたまわ》りたい。主君《しゅくん》の政長《まさなが》に献上《けんじょう》して最期《さいご》の酒宴《しゅえん》を催《もよお》したく御座《ござ》れば」と申《もう》し入《い》れた。

安富元綱《やすとみもとつな》は使者《ししゃ》から受《う》け取《と》った文《ふみ》を細川勝元《ほそかわかつもと》に差《さ》し出《だ》した。細川勝元《ほそかわかつもと》は神保《じんぼ》の文《ふみ》を見《み》て

「我《われ》は元《もと》より政長《まさなが》とは一心同体《いっしんどうたい》なれども今《いま》は公方《くぼう》と今出川公始《いまでがわこうはじ》め禁裏《きんり》（宮中）までも皆《みな》、山名《やまな》に取《と》り籠《こ》められて、この勝元《かつもと》が動《うご》けばたちまち朝敵《ちょうてき》の汚名《おめい》が着《き》せられる。かくなる上《うえ》は将来《やがて》を慮《おもんばか》って政長《まさなが》に自害《じがい》の真似《まね》をさせて退《の》かせるに如《し》くはなし。然《さ》すれば敵《てき》も油断《ゆだん》あるべし。そこを突《つ》いて公方《くぼう》を手《て》にすれば後《あと》は我等《われら》が思《おも》いのまま。山名《やまな》と義就《よしなり》を公方《くぼう》の御敵《おんてき》に落《お》とし追討《ついとう》の御《み》教書《きょうしょ》を申《もう》し受《う》けて退治《たいじ》すればそれまでのこと。政長《まさなが》もこの思慮《しりょ》はあるべき者《もの》と存《ぞん》ずる。神保《じんぼ》にはただ鏑矢《かぶらや》を一筋渡《ひとすじわた》して返《かえ》されよ」と申《もう》し付《つ》けた。

神保長誠《じんぼながのぶ》は細川《ほそかわ》より送《おく》られた鏑矢《かぶらや》を主君《しゅくん》の畠山政長《はたけやままさなが》の前《まえ》に差《さ》し出《だ》した。鏑矢《かぶらや》は戦《いくさ》の矢《や》ではなくて、射《い》れば笛《ふえ》のような音《おと》を発《はっ》する合図《あいず》の矢《や》だ。

畠山政長《はたけやままさなが》は流石《さすが》に天下《てんか》の名将《めいしょう》だ。その意《い》を直《す》ぐに悟《さと》った。それで
「これは後日《ごじつ》を期《き》して、戦《たたか》うことなく一旦《いったん》はここから飛《と》び出《だ》せとの合図《あいず》の印《しるし》なるぞ」と言《い》い、
「即刻《そっこく》、今日討死《こんにちうちじに》した敵味方《てきみかた》の死骸《しがい》を社《やしろ》の拝殿《はいでん》に集《あつ》め火《ひ》を放《はな》って焼《や》き立《た》てよ」と下知《げち》して社《やしろ》に火《ひ》を懸《か》け何処《いずこ》とも知《し》れずに逃《に》げ落《お》ちた。
畠山義就方《はたけやまよしなりがた》の士卒《しそつ》は戦《いくさ》に疲《つか》れて休《やす》んだところへ、社《やしろ》が燃《も》え上《あが》るのを見《み》て喜《よろこ》び勇《いさ》んで攻《せ》め込《こ》んだ。焼《や》け落《お》ちた拝殿《はいでん》の跡《あと》から多数《たすう》の死骸《しがい》が出《で》た。寄《よ》せ手《て》の士卒《しそつ》は皆《みな》、畠山政長《はたけやままさなが》が終日拝殿《しゅうじつはいでん》で合戦《かっせん》の指揮《しき》をしているのを見《み》ていたので
「定《さだ》めてこの中《なか》に、政長《まさなが》の死骸《しがい》もあるに相違《そうい》なし」と決《き》め込《こ》んだ。そして畠山義就《はたけやまよしなり》には
「政長亡《まさながほろ》ぶ」と報告《ほうこく》した。
畠山義就《はたけやまよしなり》は喜《よろこ》んで幕府御所《ばくふごしょ》へ引《ひ》き上《あ》げ祝勝《しゅくしょう》の宴《うたげ》を催《もよお》した。
京都《きょう》の人々《ひとびと》は畠山政長《はたけやままさなが》が亡《ほろ》んだのを憐《あわ》れみ、且《か》つ細川勝元《ほそかわかつもと》が救《すく》わなかったのを非難《ひなん》して
「細川《ほそかわ》の水無瀬《みなせ》を知《し》らで頼《たの》み来《き》て畠山田《はたけやまだ》は焼《や》けて果《は》てたる」と落首《らくしゅ》（狂歌の落書）した。また思慮《しりょ》

深《ぶか》い世間《せけん》の人々《ひとびと》は

「勝元《かつもと》は忠臣《ちゅうしん》なり。恥辱《ちじょく》に耐《た》えて公儀《こうぎ》を守《まも》る。後日必《ごじつかなら》ず深《ふか》き謀《はか》りごともあるべし」と噂《うわさ》した。

応仁元年《おうにんがんねん》（一四六七年）正月《しょうがつ》二十日、主上《しゅじょう》は禁裏《きんり》へ帰還《きかん》。今出川《いまでがわ》の足利義視《あしかがよしみ》は厳重《げんじゅう》な供廻《ともまわ》りを従《したが》えて警護《けいご》した。

山名宗全《やまなそうぜん》や畠山義就《はたけやまよしなり》の他《ほか》一味同心《いちみどうしん》の面々《めんめん》は皆愁眉《みなしゅうび》（シカメ面）を開《ひら》いて喜《よろこ》び

「この上《うえ》は何事《なにごと》かあるべき」と話《はな》し合《あ》って、面々《めんめん》の諸勢《しょぜい》は皆帰国《みなきこく》の途《と》についた。

七．応仁の乱

細川・山名両家の武装対立

応仁元年《おうにんがんねん》（一四六七年）三月三日の節句《せっく》の日《ひ》には室町《むろまち》の幕府御所《ばくふごしょ》から今出川御殿《いまでがわごてん》までの通《とお》りを二町《にちょう》（1町は約100ｍ）余《あま》り、衣装《いしょう》を凝《こ》らして飾《かざ》り立《た》てた行列《ぎょうれつ》があった。行列《ぎょうれつ》には山名宗全《やまなそうぜん》を始《はじ》め山《やま》名一族《ないちぞく》の山名教之《やまなのりゆき》や護豊《もりとよ》、政清《まさきよ》、その他《ほか》にも各国守護大名《かっこくしゅごだいみょう》の斯波義廉《しばよしかど》・畠山義就《はたけやまよしなり》・畠山義統《はたけやましむね》・一色義直《いっしきよしなお》・土岐成頼《ときなりより》・六角高頼《ろっかくたかより》らとその従者《じゅうしゃ》およそ三千人。何《いず》れも山名方《やまながた》の面々《めんめん》だ。その壮観《そうかん》たるや京都《きょう》の人々《ひとびと》の眼《め》を奪《うば》った。

細川方《ほそかわがた》の大名《だいみょう》には幕府御所《ばくふごしょ》からの招待《しょうたい》はなかった。そこで細川家《ほそかわけ》の主《おも》だった一族郎党《いちぞくろうとう》は寄《よ》り集《あつ》まって密《ひそ》かに談合《だんごう》（相談）した。細川道賢《ほそかわどうけん》は

「山名宗全《やまなそうぜん》の公儀《こうぎ》を蔑《ないがしろ》にした恣《ほしいまま》の振《ふ》る舞《ま》いは許《ゆる》されるものに非《あら》ず。剰《あまつさえ》（そればかりか）先般《せんぱん》、当《とう》家《け》は公命《こうめい》を固《かた》く守《まも》って畠山政長《はたけやままさなが》を救《すく》わぬが故《ゆえ》に却《かえ》って世間《せけん》の嘲笑《ちょうしょう》を受《う》け、心外《しんがい》の恥辱《ちじょく》を被《こうむ》ったは慙愧《ざんき》の極《きわ》み。断《だん》じて討《う》つべし。早々《そうそう》に兵《へい》を起《お》こしたまえ」と甥《おい》の勝元《かつもと》に涙《なみだ》ながらに訴《うった》えた。

細川勝元《ほそかわかつもと》の家臣《かしん》の香川《かがわ》、内藤《ないとう》や安富《やすとみ》らも皆頷《みなうなず》いて同調《どうちょう》した。勝元《かつもと》も涙《なみだ》して

「尤《もっと》もと心得《こころえ》る。某《それがし》もその覚悟《かくご》はあるが、先般《せんぱん》は主上《しゅじょう》（天皇）と公方《くぼう》（将軍）を共《とも》に山名《やまな》に取《と》られて心《こころ》ならずも政長《まさなが》を救《すく》えずに過《す》ごしたは当方《とうほう》の全《まった》くの不覚《ふかく》で御座《ござ》った。宗全《そうぜん》が警戒《けいかい》を解《と》いた今《いま》こそ当《まさ》に時節到来《じせつとうらい》。汚名《おめい》を漱《すす》ぐ好機《こうき》」と了承《りょうしょう》した。

細川勝元《ほそかわかつもと》と山名宗全《やまなそうぜん》は元々《もともと》、婿《むこ》と舅《しゅうと》だ。宗全《そうぜん》の娘《むすめ》を勝元《かつもと》は嫁《よめ》に迎《むか》えていた。日頃《ひごろ》は両家《りょうけ》の家臣《かしん》一同《いちどう》は軒《のき》を並《なら》べて和《なご》やかに往来《ゆきき》した。このことがあってから俄《にわ》かに細川方《ほそかわがた》は心《こころ》を隔《へだ》て、屋敷《やしき》の境《さかい》に堀《ほり》をほり塀《へい》を打《う》った。京童《きょうわらべ》や山名方《やまながた》はこれを見《み》て「畠山政長《はたけやままさなが》を御霊《ごりょう》の森《もり》で救《すく》わず、天下《てんか》の嘲《あざけ》りを受《う》けて、今頃《いまごろ》また戦《いくさ》の支度《したく》とは、臆病者《おくびょうもの》の『賊《ぞく》後《ご》の弓《ゆみ》』か」（賊が去ってから弓を引くという臆病者の例え）と、また冷笑《れいしょう》した。

畠山政長《はたけやままさなが》は大和国吉野《やまとこくよしの》に潜《ひそ》んでいたが、噂《うわさ》を聞《き》き譜代《ふだい》の残党《ざんとう》を集《あつ》めて細川勝元《ほそかわかつもと》の下《もと》へ馳《は》せ参《さん》じた。遊佐《ゆさ》、神保《じんぼ》も粉河寺《このかわでら》（紀の川市の古刹）より出《で》てきた。勝元《かつもと》は喜《よろこ》んで政長《まさなが》を右翼《うよく》の大将《たいしょう》に任《にん》じた。

赤松家再興

応仁元年《おうにんがんねん》（一四六七年）五月、赤松政則《あかまつまさのり》は細川勝元《ほそかわかつもと》に背中《せなか》を押《お》されて、嘉吉《かきつ》の乱《らん》を生《い》き延《の》びた家《か》臣団《しんだん》を従《したが》え、その昔山名宗全《むかしやまなそうぜん》に取《と》られた旧領播磨国《きゅうりょうはりまこく》（兵庫県南西部）に乱入《らんにゅう》して山名《やまな》の守護代《しゅごだい》を追《お》い出《だ》し、国中《くにじゅう》を瞬《また》く間《ま》に手《て》に入《い》れた。次《つ》いで元《もと》の領国《りょうごく》の美作国《みまさかこく》（岡山県東北部）にも攻《せ》め入《い》ろうとした時《とき》に、「京都《きょう》で細川《ほそかわ》と山名《やまな》の間《あいだ》が風雲急《ふううんきゅう》」との注進《ちゅうしん》（急報）があり、続《つづ》いて勝元《かつもと》からも「即刻京都《そっこくきょう》へ軍《ぐん》を返《かえ》すべし」との命《めい》が来《き》た。赤松政則《あかまつまさのり》にとっては細川勝元《ほそかわかつもと》の後押《あとお》しがあっての播磨国《はりまこく》であり美作国《みまさかこく》だ。政則《まさのり》は美作国《みまさかこく》への討《う》ち入《い》りを投《な》げ捨《す》てて細川勝元《ほそかわかつもと》の下《もと》へ馳《はせ》せ参《さん》じた。

斯波家内乱

尾張国《おわりこく》（愛知県西部）と遠江国《とおとうみこく》（静岡県西部）、越前国《えちぜんこく》（福井県北部）は斯波家《しばけ》の領国《りょうごく》だ。斯波家《しばけ》は将《しょう》軍義政《ぐんよしまさ》の代《だい》に後継《あとつ》ぎが亡《な》くなり、一族《いちぞく》は談合《だんごう》して大野家《おおのけ》の義敏《よしとし》に斯波宗家《しばそうけ》を継《つ》がせた。だがこの義敏《よしとし》は将軍義政《しょうぐんよしまさ》から勘気《かんき》を受《う》けて幕府《ばくふ》から追放《ついほう》され、代《か》わって渋川家《しぶかわけ》の義廉《よしかど》を斯波宗家《しばそうけ》に入《い》れた。怒《いか》った義敏《よしとし》は細川勝元《ほそかわかつもと》の助《たす》けを得《え》て尾張国《おわりこく》に攻《せ》め込《こ》み、義廉《よしかど》は山名宗全《やまなそうぜん》の後援《こうえん》を得《え》て反撃《はんげき》した。丁度《ちょうど》この時《とき》に細川《ほそかわ》と山名《やまな》から各々《おのおの》に帰洛《きらく》の命《めい》が下《くだ》り、共《とも》に京都《きょう》に陣《じん》を急《いそ》ぎ帰《かえ》した（斯波家の詳細は75頁10行目以降参照）。

全国諸将京へ出陣

他にも、細川勝元《ほそかわかつもと》の後押《あとお》しで、美濃国《みののこく》（岐阜県南部）の土岐一族《ときいちぞく》の世保政康《よやすまさやす》が伊勢国《いせこく》（三重県）に侵入《しんにゅう》して乱《らん》を起《お》こした。伊勢国《いせこく》は山名勢《やまなぜい》の一色義直《いっしきよしなお》の領地《りょうち》だ。世保《よやす》の舅亀山城主《しゅうとかめやまじょうしゅ》（三重県亀山市）の関盛元《せきもりもと》も乱《らん》に同調《どうちょう》したが、後《うし》ろ盾《だて》の細川勝元《ほそかわかつもと》から上洛参陣《じょうらくさんじん》の命《めい》が届《とど》いて共《とも》に急《いそ》ぎ京都《きょうと》へ馳《は》せ上《のぼ》った。

若狭国《わかさこく》も伊勢国《いせこく》と同《おな》じく一色義直《いっしきよしなお》の領地《りょうち》だ。ここに細川勝元《ほそかわかつもと》の支援《しえん》を受《う》けた武田信賢《たけだのぶかた》が攻《せ》め入《い》って義直勢《よしなおぜい》を追《お》い出《だ》した。ここでも京都《きょうと》の異変《いへん》の報《ほう》を得《え》て、軍勢《ぐんぜい》を引《ひ》き連《つ》れそれぞれ京都《きょうと》へ急《いそ》いだ。

京都《きょうと》では細川勝元《ほそかわかつもと》が、領国《りょうごく》の摂津《せっつ》（大阪府北中部と兵庫県南東部）・丹波《たんば》（京都府、兵庫県、大阪府境部）・土佐《とさ》（高知県）・讃岐《さぬき》（香川県）などの家臣《かしん》六万人を京都《きょうと》に集《あつ》めた。細川一族《ほそかわいちぞく》の細川成之《ほそかわしげゆき》は阿波《あわ》（徳島県）・三河《みかわ》（愛知県東部）の勢《ぜい》八千人、同勝久《どうかつひさ》は備中《びっちゅう》（岡山県西部）の勢《ぜい》四千人、同成春《どうしげはる》は淡路《あわじ》（淡路島）の勢《ぜい》二千人、同護政《どうもりまさ》は和泉《いずみ》（大阪府南西部）の勢《ぜい》二千人を集《あつ》めた。この他《ほか》にも斯波義敏《しばよしとし》は越前《えちぜん》（福井県北部）より五百人、畠山政長《はたけやままさなが》は紀伊《きい》（三重県中央部）・河内《かわち》（大阪府東部）・越中《えっちゅう》（富山県）の勢《ぜい》五百人、京極持清《きょうごくもちきよ》は出雲《いずも》（島根県東部）・飛騨《ひだ》（岐阜県北部）・近江《おうみ》（滋賀県）の勢《ぜい》一万人、赤松政則《あかまつまさのり》は北加賀《きたかが》（石川県中部）と播磨《はりま》（兵庫県南西部）・備前《びぜん》（岡山県東南部）・美作《みまさか》（岡山県東北部）の勢《ぜい》五百人、富樫政親《とがしまさちか》は南加賀《みなみかが》（石川県南部・128頁3行目参照）の勢《ぜい》五百人、武田国信《たけだくにのぶ》は安芸《あき》（広島県西部）・若狭《わかさ》（福井県南西部）の勢《ぜい》三千人、その他《た》、諸国《しょこく》の同心《どうしん》の勢《ぜい》六万人、都合《つごう》十六万千五百人が上洛《じょうらく》して細川方《ほそかわがた》に集《あつ》まった。京都《きょう》は細川方《ほそかわがた》の兵《へい》で埋《う》まった。

山名宗全《やまなそうぜん》は細川方《ほそかわがた》の様子《ようす》を察知《さっち》して、負《ま》けてなるかと同《おな》じく軍勢《ぐんぜい》を集《あつ》めた。総大将《そうだいしょう》の山名宗全《やまなそうぜん》は、領国《りょうごく》の但馬《たじま》（兵庫県北部）・播磨《はりま》（兵庫県南西部）・備後《びんご》（広島県東部）の勢《ぜい》、合《あ》わせて三万人、山名一族《やまないちぞく》の山名教之《やまなのりゆき》は伯耆《ほうき》（鳥取県中西部）・備前《びぜん》（岡山県東南部）の勢《ぜい》五千人、同護《どうもり》豊《とよ》は因幡《いなば》（鳥取県東部）の勢《ぜい》三千人、同政清《どうまさきよ》は美作《みまさか》（岡山県東北部）・石見《いわみ》（島根県西部）の勢《ぜい》三千人を京都《きょうと》に集《あつ》めた。この他《ほか》、斯波義廉《しばよしかど》は越前《えちぜん》（福井県北部）・尾張《おわり》（愛知県西部）・遠江《とおとうみ》（静岡県西部）の勢《ぜい》一万人、畠山義就《はたけやまよしなり》は大和《やまと》（奈良県）・河内《かわち》（大阪府東部）・熊野《くまの》（和歌山、三重各県南部）の勢《ぜい》七千人、畠山《はたけやま》義統《よしむね》は能登《のと》（石川県北部）の勢《ぜい》三千人、一色義直《いっしきよしなお》は丹後《たんご》（京都府北部）・伊勢《いせ》（三重県）・土佐《とさ》（高知県）の勢《ぜい》五千人、土岐成頼《ときなりより》は美濃《みの》（岐阜県南部）の勢《ぜい》八千人、六角高頼《ろっかくたかより》は近江《おうみ》（滋賀県）の勢《ぜい》五千人、大《おお》内政弘《うちまさひろ》は周防《すおう》（山口県東南部）・長門《ながと》（山口県西部）・豊前《ぶぜん》（福岡県東部）・筑前《ちくぜん》（福岡県西部）・安芸《あき》（広島県西部）・石見《いわみ》（島根県西部）の勢《ぜい》一万人、河野政道《こうのまさみち》は伊予《いよ》（愛媛県）の勢《ぜい》二千人。その他《た》、諸国《しょこく》の合力《ごうりき》一万人。山名方《やまながた》も都合《つごう》十一万六千人が京《きょう》都に集《あつ》まった。京《きょう》都の街《まち》は両軍《りょうぐん》の兵《へい》で犇《ひし》めいた。

後《のち》の世《よ》の人々《ひとびと》は細川勝元《ほそかわかつもと》の屋形《やかた》と詰城《つめじろ》（根拠地根城）の相国寺《しょうこくじ》が室町《むろまち》にある幕府御所《ばくふごしょ》の東方《とうほう》にあることから、この細川方《ほそかわがた》を東軍《とうぐん》または東陣《ひがしじん》と言《い》い、もう一方《いっぽう》の山名宗全《やまなそうぜん》の屋形《やかた》と詰城《つめじろ》の船岡山《ふなおかやま》が御所《ごしょ》の西方《せいほう》にあることから、山名方《やまながた》を西軍《せいぐん》または西陣《にしじん》と言《い》って語《かた》り継《つ》いだ。

今出川《いまでがわ》の足利義視《あしかがよしみ》は両家《りょうけ》の騒動《そうどう》を鎮《しず》めようと自《みずか》ら細川勝元《ほそかわかつもと》と山名宗全《やまなそうぜん》の両屋形《りょうやかた》に足《あし》を運《はこ》んで「先立《さきだ》って戦《いくさ》を起《お》こす者《もの》は公方《くぼう》が自《みずか》ら成敗《せいばい》に立《た》ち向《む》かわれる。必《かなら》ず両家《りょうけ》は和睦《わぼく》せよ。これは上意《じょうい》で御座《ござ》る」と厳重《げんじゅう》に申《もう》し渡《わた》した。だが時既《ときすで》に遅《おそ》く、戦機《せんき》は既《すで》に熟《じゅく》し切《き》っていた。

大乱勃発

山名宗全《やまなそうぜん》は室町幕府御所《むろまちばくふごしょ》の西側《にしがわ》の山名屋形《やまなやかた》（上京区山名町）に陣《じん》を構《かま》えて「我《わ》が勢《ぜい》の一色屋形《いっしきやかた》よりこの山名《やまな》の屋形《やかた》まで一続《ひとつづ》きにしてその中《なか》に幕府御所《ばくふごしょ》を取《と》り込《こ》もう。先《ま》ずは実相院《じっそういん》（当時は京都御所付近）から取《と》りかかれ」と一色義直《いっしきよしなお》に命《めい》じた。

これを細川方《ほそかわがた》が漏《も》れ聞《き》いて、

「謀《はか》り事《ごと》が漏《も》れるは戦《いくさ》に利《り》なしの習《なら》いなり。敵《てき》に先《さき》だって実相院《じっそういん》を乗《の》っ取《と》るべし」と細川勢《ほそかわぜい》の武田信賢《たけだのぶかた》に命《めい》じた。信賢《のぶかた》は、これを聞《き》くや素早《すばや》く手勢《てぜい》を差《さ》し向《む》けて、実相院《じっそういん》を乗《の》っ取《と》った。

ここは一色義直《いっしきよしなお》の屋形《やかた》の隣《となり》で、細川勝元《ほそかわかつもと》の屋形《やかた》にも続《つづ》いていた。

一色義直《いっしきよしなお》は悔《くや》しがれども今軍《いまぐん》を動《うご》かせば将軍家《しょうぐんけ》の敵《てき》になると思《おも》い恐《おそ》れて何《なん》の抵抗《ていこう》もしなかった。そして先《ま》ずは山名宗全《やまなそうぜん》と相談《そうだん》してから鬱憤《うっぷん》を晴《は》らそうと思《おも》い、幕府御所《ばくふごしょ》の裏築地《うらついじ》に位置《いち》する自分《じぶん》の屋形《やかた》も打《う》ち捨《す》てて山名方《やまながた》へ引《ひ》き退《の》いた。

軍議《ぐんぎ》に違《たが》えて実相院《じっそういん》を手《て》に入《い》れることもせず、ましてや自分《じぶん》の屋形《やかた》まで明《あ》け渡《わた》して、すごすご逃《に》げ出《だ》した一色義直《いっしきよしなお》は、忽《たちま》ち山名方諸公《やまながたしょこう》の嘲《あざけ》りの的《まと》になった。

細川勝元《ほそかわかつもと》は

「一色《いっしき》が退《の》いたからには、こちらが公方《くぼう》（将軍）を守護《しゅご》し奉《たてまつ》ろう」といって幕府御所《ばくふごしょ》に押《お》し入《い》り、御所諸共《ごしょもろとも》将軍《しょうぐん》までも手中《しゅちゅう》にした。そして将軍家《しょうぐんけ》の牙旗《がき》（征夷大将軍旗）を四脚門《しきゃくもん》（四隅に柱のある門・正門）に掲《かか》げて幕府御所《ばくふごしょ》の出入《でい》りを厳《きび》しく取《と》り締《し》まり、御所《ごしょ》で軍評定《いくさひょうじょう》するなど恣《ほしいまま》に振《ふ》る舞《ま》った。

応仁元年《おうにんがんねん》（一四六七年）五月末《まつ》、細川勝元家臣《ほそかわかつもとかしん》の薬師寺與一《やくしじよいち》が細川《ほそかわ》の摂津勢《せっつぜい》と共《とも》に大手《おおて》の北《きた》、山名家臣《やまなかしん》の太田垣《おおたがき》の舎宅《しゃたく》（藩邸）に太鼓《たいこ》を打《う》ち鳴《な》らして討《う》ち入《い》った。

太田垣《おおたがき》は正月《しょうがつ》に御霊《ごりょう》の合戦《かっせん》で集《あつ》めた軍勢《ぐんぜい》を皆《みな》、領国《りょうごく》へ帰《かえ》して小勢《こぜい》だった。寄《よ》せ手《て》は火矢《ひや》を射《い》て舎宅《しゃたく》をことごとく焼《や》き払《はら》った。太田垣《おおたがき》はついに打《う》ち負《ま》けて引《ひ》き退《の》いた。これを手始《てはじ》めに山名方《やまながた》の舎宅《しゃたく》は次々《つぎつぎ》と焼《や》き落《お》とされた。細川方《ほそかわがた》は御霊《ごりょう》の合戦《かっせん》の恥《はじ》を雪《すす》ごうと牙《きば》を剝《む》いて戦《たたか》った。

一方《いっぽう》、山名方《やまながた》の斯波義廉《しばよしかど》は家臣《かしん》の甲斐《かい》・朝倉《あさくら》・織田《おだ》ら一万余騎《よき》で、一条大宮《いちじょうおおみや》の細川勝久《ほそかわかつひさ》の屋形《かた》に攻《せ》め寄《よ》せた。勝久《かつひさ》は隣接《りんせつ》する細川成之《ほそかわしげゆき》と細川成春《ほそかわしげはる》の両屋形《りょうやかた》に救援《きゅうえん》を求《もと》めて共《とも》に必死《ひっし》に防戦《ぼうせん》した。

寄《よ》せ手《て》の山名方《やまながた》に山名《やまな》家臣《かしん》の布施《ふせ》左衛門佐《さえもんのすけ》が加《くわ》わった。

守《まも》り手《て》の細川方《ほそかわがた》に京極持清《きょうごくもちきよ》の一万余騎《よき》が後詰《ごづめ》に向《む》かい鬨《とき》をあげた。寄《よ》せ手《て》は怯《ひる》んで一旦《いったん》引《ひ》きあげた。これを見《み》て京極《きょうごく》の一万騎《き》は、細川勝久《ほそかわかつひさ》の隣《となり》の成之《しげゆき》の屋形《やかた》に入《はい》り武具《ぶぐ》を脱《ぬ》いで暫《しば》し休息《きゅうそく》した。

寄《よ》せ手《て》の斯波《しば》の家臣《かしん》、朝倉孝景《あさくらたかかげ》はこの京極勢《きょうごくぜい》の一瞬《いっしゅん》の隙《すき》を突《つ》いて

「進《すす》めや者《もの》ども」と馬《うま》から飛《と》び降《お》りて攻《せ》め込《こ》み、瞬《また》く間《ま》に五、六人《にん》を切《き》り伏《ふ》せた。甲斐《かい》・織田《おだ》・瓜生《うりゅう》ら斯波家《しばけ》の同僚《どうりょう》も朝倉《あさくら》に負《ま》けてなるかと討《う》ち入《い》り二十七、八人を討《う》ち取《と》った。

京極勢《きょうごくぜい》は一溜《ひとた》まりもなく我先《われさき》に雪崩《なだれ》を打《う》って逃《に》げ出《だ》して

「返《かえ》せ」と叫《さけ》ぶ京極持清《きょうごくもちきよ》の声《こえ》も聞《き》かばこそ、門前《もんぜん》の戻橋《もどりばし》を渡《わた》ろうと押《お》し合《あ》い揉《も》み合《あ》いして、橋《はし》より堀川《ほりかわ》へ落《お》ちる者数《ものかず》知《し》れなかった。細川勝久《ほそかわかつひさ》の屋形《やかた》の者《もの》は驚《おどろ》いて

「何事《なにごと》だ。逃《に》げるとは汚《きたな》し。返《かえ》せ。返《かえ》せ」と罵《ののし》った。けれども京極《きょうごく》の落武者《おちむしゃ》の耳《みみ》には聞《き》こえよう筈《はず》もなかった。

山名宗全《やまなそうぜん》は太田垣《おおたがき》の舎宅《しゃたく》が攻《せ》め落《お》とされて苦虫《にがむし》を噛《か》む思《おも》いでいたところに、朝倉孝景《あさくらたかかげ》の働《はたら》きが伝《つた》わった。たちまち喜色満面感悦《きしょくまんめんかんえつ》して、着替《きが》えの甲冑《かっちゅう》に馬《うま》・太刀《たち》を添《そ》えて与《あた》えて朝倉孝景《あさくらたかかげ》を讃《たた》えた。

一条大宮《いちじょうおおみや》の細川勝久《ほそかわかつひさ》は昼夜《ちゅうや》四日の戦《いくさ》に手勢《てぜい》の過半《かはん》を討《う》たれて残兵僅《ざんぺいわず》か一千余人《よにん》になった。後詰《ごづめ》の京極勢《きょうごくぜい》も大敗《たいはい》した。それでも怯《ひる》まず四方《しほう》より攻《せ》め入《い》る敵《てき》を追《お》い返《かえ》して屋形《やかた》に立《た》て籠《こも》った。

赤松政則《あかまつまさのり》はこの時《とき》十六歳《さい》。無類《むるい》の豪《ごう》の者《もの》だ。手勢《てぜい》三百人を従《したが》えて

「備中守殿《びっちゅうのかみどの》（細川勝久の官名）を眼《め》の前《まえ》で攻《せ》め殺《ころ》させるは我《われ》らが名折《なお》れなり。急《いそ》ぎ後詰《ごづめ》して共《とも》に討《う》ち死《じに》せんと思《おも》うが如何《いかに》」と一同《いちどう》に呼《よ》び掛《か》けて自《みずか》ら真《ま》っ先《さき》に駆《か》けだし、室町《むろまち》から敵勢《てきぜい》を避《さ》けて正親町《おおぎまち》まで下《くだ》ってから折《お》れ曲《ま》がり、猪熊《いのくま》を上《のぼ》って細川勝久屋形《ほそかわかつひさやかた》の門前《もんぜん》に到着《とうちゃく》した。そして

「赤松《あかまつ》が後詰致《ごづめいた》すぞ。屋形《やかた》の方々《かたがた》、励《はげ》まれや」と大音声《だいおんじょう》を張《は》り上《あ》げた。

一条《いちじょう》の大宮猪熊《おおみやいのくま》には斯波義廉《しばよしかど》の手勢《てぜい》が陣取《じんど》っていた。ここは四方《しほう》、人家《じんか》の軒端《のきば》が重《かさ》なり合《あ》う所《ところ》だ。戦《いくさ》は狭《せま》い小路《しょうじ》で始《はじ》まった。

斯波勢《しばぜい》の甲斐《かい》・朝倉《あさくら》・瓜生《うりゅう》らの士卒《しそつ》は連日《れんじつ》の戦《いくさ》で疲《つか》れ果《は》てた。赤松《あかまつ》の新手《あらて》に切《き》り立《た》てられて盧《ろ》山寺《ざんじ》の西《にし》まで引《ひ》き退《の》いた。ここには山名教之《やまなのりゆき》の手勢《てぜい》が控《ひか》えていた。この教之勢《のりゆきぜい》が入《い》れ替《か》わって、攻《せ》め込《こ》む赤松勢《あかまつぜい》を目掛《めが》けて矢《や》を射込《いこ》んだ。真《ま》っ先《さき》を駆《か》ける赤松《あかまつ》の家臣依藤備後守《かしんいとうびんごのかみ》は左手《ひだりて》の肘《ひじ》を射《い》られた。その矢《や》をへし折《お》ってさらに駆《か》け込《こ》んだ。山名教之《やまなのりゆき》の一族山名常陸介《いちぞくやまなひたちのすけ》が飛《と》び出《だ》した。取《と》っ組《く》み合《あ》いになった。赤松方《あかまつがた》の依藤《いとう》は矢傷《やきず》をものともせず、山名《やまな》を組《く》み伏《ふ》せて首《くび》を取《と》った。山名教之《やまなのりゆき》の郎党片山備前守《ろうとうかたやまびぜんのかみ》が名乗《なの》って出《で》た。赤松方《あかまつがた》からは依藤《いとう》に代《か》わって明石越前守《あかしえちぜんのかみ》が勇《いさ》み出《で》た。また取《と》っ組《く》み合《あ》いになり今度《こんど》も赤松方《あかまつがた》の明石《あかし》が組勝《くみか》って首《くび》を取《と》った。片山《かたやま》の朋輩《ほうばい》の山名孫四郎《やまなまごしろう》が飛《と》び出《だ》し、明石《あかし》を組伏《くみふ》せようとしたが、これまた逆《ぎゃく》に組伏《くみふ》せられて首《くび》を取《と》られた。総《そう》じて山名方《やまながた》の一《いち》族郎党《ぞくろうとう》二十余人《よにん》が打《う》ち取《と》られた。山名教之《やまなのりゆき》は遂《つい》にここを明《あ》け渡《わた》して引《ひ》き退《の》いた。

赤松政則《あかまつまさのり》は細川勝久《ほそかわかつひさ》を屋形《やかた》から無事《ぶじ》に救《すく》い出《だ》して屋形《やかた》が山名方《やまながた》に取《と》られないよう屋敷《やしき》に火《ひ》を掛《か》けた。そして勝久《かつひさ》と共《とも》に隣《となり》の細川成之《ほそかわしげゆき》の屋形《やかた》に移《うつ》って、立《た》て籠《こも》った。

寄《よ》せ手《て》の山名勢《やまなぜい》は今度《こんど》は細川成之《ほそかわしげゆき》の屋形《やかた》に押《お》し掛《か》けた。この屋形《やかた》には細川領国《ほそかわりょうごく》の淡路《あわじ》と和泉《いずみ》の勢《ぜい》と京極勢《きょうごくぜい》の、合《あ》わせて二万人が籠《こも》っていた。寄せ手《よせて》は雲ノ寺《くものじ》（堀川今出川付近）に火《ひ》を掛《か》けて百万遍《ひゃくまんべん》（知恩院・現在の位置と異なる）まで焼《や》き尽《つ》くした。火《ひ》は山名宗全《やまなそうぜん》の屋形《やかた》にも飛《と》び移《うつ》って全焼《ぜんしょう》した。この火《ひ》の粉《こ》と煙《けむり》の中《なか》を敵味方一歩《てきみかたいっぽ》も引《ひ》かずに戦《たたか》った。

五月二十六日から二十七日まで休《やす》まず戦《たたか》った。双方《そうほう》、戦《たたか》い疲《つか》れて戦《いくさ》は小止《こや》みになり、寄せ手《よせて》の山名勢《やまなぜい》は細川成之《ほそかわしげゆき》の屋形付近《やかたふきん》から引《ひ》きあげた。

この戦《いくさ》で成之《しげゆき》の隣《となり》の細川成春《ほそかわしげはる》の屋形《やかた》から仏心寺《ぶっしんじ》、窪之寺《くぼのじ》、大舎人《おおとねり》（宮中役人の官舎）まで残《のこ》らず焼《や》き、西陣《にしじん》は千本北野西ノ京《せんぼんきたのにしきょう》から東陣《ひがしじん》は犬《いぬ》の馬場西蔵口《ばんばにしくらくち》、下《しも》は小川一条《おがわいちじょう》まで手負《てお》い・死人《しにん》で埋《う》まった。

六月に入《はい》り、諸国《しょこく》から集《あつ》まった両軍《りょうぐん》の中《なか》の悪党共《あくとうども》が徒党《ととう》を組《く》んで、中ノ御門猪熊《なかのごもんいのくま》の一色政氏《いっしきまさうじ》の屋形《やかた》に押《お》し入《い》り、狼藉《ろうぜき》の限《かぎ》りを尽《つ》くした。同時《どうじ》に吉田《よしだ》の神主《かんぬし》の屋形《やかた》にも押《お》し入《い》り、共《とも》に火《ひ》を掛《か》けた。折《おり》から南風《みなみかぜ》が激《はげ》しく吹《ふ》いて、火《ひ》は瞬《またた》く間《ま》に広《ひろ》がり南北《なんぼく》は二条《にじょう》から御霊《ごりょう》の辻《つじ》まで、東西《とうざい》は大《おお》舎人《とねり》から室町境《むろまちさかい》までの公家武家《くげぶけ》の邸宅《ていたく》凡《およ》そ三万戸《こ》が灰塵《かいじん》と帰《き》して一面焼《いちめんや》け野《の》が原《はら》になった。

山名方《やまながた》は正月《しょうがつ》の御霊《ごりょう》の戦《いくさ》に勝《か》って（41頁2行目～44頁10行目参照）敵《てき》を侮《あなど》り見下《みくだ》して、諸卒《しょしょつ》を皆 領《みなりょう》国《ごく》へ帰《かえ》していた。そのために、この戦《いくさ》で一色義直《いっしきよしなお》が自宅《じたく》を引《ひ》き退《の》き、屋形《やかた》はおろか幕府御所《ばくふごしょ》まで将軍義政諸共《しょうぐんよしまさもろとも》、細川方《ほそかわがた》に乗《の》っ取《と》られた。その上《うえ》、太田垣《おおたがき》の舎宅《しゃたく》まで攻《せ》め落《お》とされた。そこで毎《まい》日《にち》、味方《みかた》の諸国《しょこく》へ飛脚《ひきゃく》を走《はし》らせて軍勢《ぐんぜい》を呼《よ》び集《あつ》めた。

周防国大内政弘京へ出陣

周防国《すおうこく》の大内政弘《おおうちまさひろ》は山名宗全《やまなそうぜん》の要請《ようせい》に応《おう》じて、長門《ながと》（山口県西部）・周防《すおう》（山口県東南部）・豊前《ぶぜん》（福岡県東部）・筑前《ちくぜん》（福岡県西部）の軍兵《ぐんぺい》と伊予《いよ》（愛媛県）の河野道春《こうのみちはる》の兵《へい》を合《あ》わせて合計《ごうけい》三万余《よ》が昼夜《ちゅうや》を分《わ》かたず京都《きょうと》を目指《めざ》して進軍《しんぐん》した。

六月八日、大内政弘《おおうちまさひろ》は但馬《たじま》（兵庫県北部）に入《はい》った。因幡《いなば》（鳥取県東部）・伯耆《ほうき》（鳥取県中西部）・備後《びんご》（広島県東部）から一族郎党《いちぞくろうとう》が馳《は》せ参《さん》じた。一同《いちどう》は但馬《たじま》（兵庫県北部）から全軍揃《ぜんぐんそろ》って細川家 領国《ほそかわけりょうごく》の丹後《たんご》（京都府北部）に討《う》ち入《い》った。

細川の丹後守護代《たんごしゅごだい》の内藤貞政《ないとうさだまさ》は、国境《くにさかい》の夜久《やく》の郷《さと》に陣《じん》を構《かま》えて命《いのち》の限《かぎ》り戦《たたか》った。だが『衆寡敵《しゅうかてき》せず』（衆（多）に寡（少）は敵《かな》わず・原典は孟子 梁恵王 上）ついに一族諸共全滅《いちぞくもろともぜんめつ》した。

京都《きょう》の細川勝元《ほそかわかつもと》はこの報《しら》せを受《う》けて

「さらば摂津《せっつ》（大阪府北中部から兵庫県南東部）で塞《ふさ》ごう」と軍評定《いくさひょうじょう》（軍議）して摂津守護代《せっつしゅごだい》の秋庭元《あきばもと》明《あき》に赤松勢《あかまつぜい》を付《つ》けて急《いそ》ぎ摂津《せっつ》へ下《くだ》らせた。摂津《せっつ》に着《つ》いた秋庭元明《あきばもとあき》は要害《ようがい》に陣《じん》を構《かま》えて大内勢《おおうちぜい》に備《そな》えた。

大内勢《おおうちぜい》の大軍《たいぐん》は大雪崩《おおなだれ》が押《お》し寄《よ》せる勢《いきお》いで一気《いっき》に秋庭《あきば》の陣《じん》を突《つ》き破《やぶ》った。

赤松勢《あかまつぜい》も大半《たいはん》は討《う》たれて播磨《はりま》（兵庫県南西部）に逃《に》げ落《お》ちた。摂津国《せっつこく》の三宅《みやけ》は秋庭《あきば》と領地争《りょうちあらそ》いをして敗《やぶ》れた恨《うら》みがあったので、秋庭《あきば》を裏切《うらぎ》って大内勢《おおうちぜい》に加担《かたん》した。池田《いけだ》は大内《おおうち》に降参《こうさん》した。摂津《せっつ》国《こく》は総《すべ》て大内勢《おおうちぜい》に平定《へいてい》された。大内政弘《おおうちまさひろ》は摂津《せっつ》の細川勢《ほそかわぜい》を平《たい》らげて心安《こころやす》く京都《きょう》へ軍《ぐん》を進《すす》めた。

京都《きょう》では細川勢《ほそかわぜい》がこれを伝《つた》え聞《き》いて

「一刻《いっこく》も早《はや》く、大内《おおうち》が上京《じょうきょう》せぬ内《うち》に斯波屋形《しばやかた》（現・三条室町付近）を攻《せ》め落《お》として、大内《おおうち》に備《そな》えなければならぬ。併《あわ》せて下京《しもぎょう》への道《みち》も確保《かくほ》しなければ…」と評定《ひょうじょう》（軍議）した。

細川家臣《ほそかわかしん》の武田《たけだ》・香川《かがわ》・安富《やすとみ》らは斯波屋形《しばやかた》に押《お》し寄《よ》せて、入《い》れ替《か》わり立《た》ち替《か》わり二十日間《かん》ほど攻《せ》め続《つづ》けたが、流石《さすが》に斯波義廉《しばよしかど》は天下随一《てんかずいいち》の名将《めいしょう》で、その家臣《かしん》の甲斐《かい》・朝倉《あさくら》もなかなかの豪傑《ごうけつ》だ。容易《ようい》には落《お》ちなかった。

兎角《とかく》する内《うち》に七月二十五日、ついに大内政弘《おおうちまさひろ》が着京《ちゃっきょう》した。山名方《やまながた》は大《おお》いに喜《よろこ》んで評定《ひょうじょう》を持《も》ち「下京《しもぎょう》の細川勢《ほそかわぜい》を追《お》い払《はら》い、斯波《しば》の屋形《やかた》を根城《ねじろ》にして禁裏《きんり》を警護《けいご》し、細川陣《ほそかわじん》へは東面《とうめん》から相国寺《しょうこくじ》を攻《せ》めて奪《うば》い取《と》る。併《あわ》せて御霊《ごりょう》の口《くち》を塞《ふさ》いで敵《てき》の通路《つうろ》も遮断《しゃだん》すべし」と衆議一決《しゅうぎいっけつ》して皆《みな》と攻《せ》め口《くち》の分担《ぶんたん》を定《さだ》めた。

一方《いっぽう》の細川方《ほそかわがた》では細川家臣《ほそかわかしん》の香川《かがわ》・安富《やすとみ》・秋庭《あきば》らが軍評定《いくさひょうじょう》に臨《のぞ》んで、

「幕府御所《ばくふごしょ》に住《す》む奉公衆《ほうこうしゅう》の中《なか》に、密《ひそ》かに山名《やまな》に心《こころ》を通《かよ》わす者《もの》がいる」

「彼《かれ》ら一党《いっとう》を追《お》い出《だ》さねば、当陣《とうじん》の陣立《じんだ》ては敵《てき》に筒抜《つつぬ》けだ。我等《われら》は鼎《かなえ》（古代中国の煮焚きする三脚付の鍋）の中《なか》の魚《さかな》で御座《ござ》るぞ」と訴《うった》えた。そして一同《いちどう》を説伏《ときふ》せて、安富《やすとみ》と秋庭《あきば》の二人《ふたり》は兵卒《へいそつ》を率連《ひきつ》れ御所内《ごしょない》を制圧《せいあつ》し、奉公衆《ほうこうしゅう》六千人を一堂《いちどう》に集《あつ》めた。安富《やすとみ》は皆《みな》に向《む》かって

「御所内《ごしょない》に謀叛《むほん》を懐《いだ》く者《もの》が潜《ひそ》むとの訴《うった》えが出《で》た。各々《おのおの》はその姓名《せいめい》を書《か》いて申《もう》し出《で》られよ。命《めい》に背《そむ》けば軍卒共《ぐんそつども》は公家《くげ》・上臈《じょうろう》・外様《とざま》の区別《くべつ》なく、住《す》まいや乗《の》り物《もの》らを勝手気儘《かってきまま》に見開《みひら》いて狼藉《ろうぜき》するぞ」と威圧《いあつ》して脅《おど》した。

御所内《ごしょない》の者共《ものども》は皆震《みなふる》え慄《おのの》いて十二人の山名一味《やまないちみ》の名前《なまえ》を書《か》いて差《さ》し出《だ》した。十二人の公家《くげ》は

「勝元《かつもと》の前《まえ》で腹《はら》を切《き》って山名《やまな》に与《くみ》せし志《こころざし》を遂《と》げよう」と喚《わめ》き叫《さけ》んだが、御所内《ごしょない》の者共《ものども》の取《と》りなしを受《う》けて自《みずか》ら御所《ごしょ》を立《た》ち去《さ》った。細川勢《ほそかわぜい》は彼《かれ》らを京《きょう》都から追放《ついほう》した。この騒動《そうどう》で

「山名勢《やまなぜい》は禁中《きんちゅう》（宮中）へ押《お》し入《い》って主上《しゅじょう》（天皇）を奪《うば》い取《と》ろうと企《くわだ》てる」との噂《うわさ》が細川方《ほそかわがた》の耳《みみ》に入《はい》った。そこで、

「主上《しゅじょう》を室町《むろまち》へ遷《うつ》し奉《たてまつ》ろう」と即決《そっけつ》して細川教春《ほそかわのりはる》、赤松《あかまつ》、今川《いまがわ》、名越《なごし》、吉良《きら》らが禁中《きんちゅう》へ出向《でむ》き、三種《さんしゅ》の神器《じんぎ》を先立《さきだ》てて、天皇《てんのう》を室町《むろまち》の幕府御所《ばくふごしょ》へ移《うつ》した。

九月十三日、細川方《ほそかわがた》の武田信賢《たけだのぶかた》の弟《おとうと》の基綱《もとつな》は三宝院《さんぽういん》を取《と》り固《かた》めて禁裏《きんり》の警護《けいご》をしていた。ここは東陣第一《とうじんだいいち》の大手《おおて》だ。そこへ山名方《やまながた》の畠山義就《はたけやまよしなり》・畠山義統《はたけやましむね》・大内政弘《おおうちまさひろ》など合計《ごうけい》五万の大軍《たいぐん》が押《お》し寄《よ》せた。

武田基綱《たけだもとつな》は元来大力《がんらいたいりき》の勇士《ゆうし》だ。三宝院《さんぽういん》の手勢《てぜい》わずか二千人。扉《とびら》を押《お》し開《ひら》いて討《う》ち入《い》る敵《てき》に対《たい》して押《お》し戻《もど》すこと十余度《じゅうよたび》。遂《つい》に力尽《ちからつ》きて三宝院《さんぽういん》は焼《や》け落《お》ちた。

寄《よ》せ手《て》は次《つ》いで浄華院《じょうけいん》に向《む》かった。ここは京極勢《きょうごくぜい》が固《かた》めていたが、ただの一撃《いちげき》で攻《せ》め落《お》とされた。この日《ひ》の戦《いくさ》で、三宝院《さんぽういん》の東西《とうざい》の公家邸《くげてい》三十余《よ》か所《しょ》、武家《ぶけ》の舎宅《しゃたく》八十余《よ》か所《しょ》が兵火《へいか》で一片《いっぺん》の煙《けむり》となって消《き》え失《う》せた。

相国寺の攻防

下京《しもぎょう》の畠山屋形《はたけやまやかた》に居《い》た山名方《やまながた》は勢《いきお》いに乗《の》って今度《こんど》は相国寺《しょうこくじ》を攻《せ》め立《た》てた。

細川方《ほそかわがた》にとって相国寺《しょうこくじ》は詰城《つめじろ》（根城）と頼《たの》む重要拠点《じゅうようきょてん》だ。そこで

「敵《てき》を一条《いちじょう》より上《かみ》へ上《あ》げては味方《みかた》が難儀《なんぎ》。御所《ごしょ》への出入《でい》りも出来《でき》なくなる」と心配《しんぱい》して、東烏《ひがしからす》丸高倉《またかくら》の御所《ごしょ》（将軍家の別邸）から西《にし》は伊勢因幡《いせいなば》の宿所《しゅくしょ》より三条殿《さんじょうどの》へかけて昼夜《ちゅうや》を分《わ》かたず守《まも》り固《かた》めた。

相国寺《しょうこくじ》は細川勝元《ほそかわかつもと》の養子《ようし》の勝之《かつゆき》と勝元《かつもと》の重臣安富元綱《じゅうしんやすとみもとつな》らの三千の軍兵《ぐんぺい》が立《た》て籠《こ》って守備《しゅび》した。

十月三日、相国寺境内《しょうこくじけいだい》には山名方《やまながた》に買収《ばいしゅう》された悪僧《あくそう》がいた。密《ひそ》かに山名方《やまながた》に言《い》い包《くる》められて境《けい》内《だい》の小屋《こや》に積《つ》まれた秣《まぐさ》や薪《たきぎ》の山《やま》に火《ひ》を掛《か》けた。火《ひ》は僧坊《そうぼう》に燃《も》え移《うつ》った。

山名方《やまながた》の相国寺攻撃《しょうこくじこうげき》はこの火《ひ》を合図《あいず》に始《はじ》まった。山名方《やまながた》の畠山義就《はたけやまよしなり》・畠山義統《はたけやまよしむね》・一色範直《いっしきのりなお》・大《おお》内政弘《うちまさひろ》・土岐成頼《ときなりより》・六角高頼《ろっかくたかより》らの二、三万の大軍《たいぐん》が一条室町《いちじょうむろまち》から東烏丸《ひがしからすま》・東洞院《ひがしとういん》・高倉一帯《たかくらいったい》を四、五町《ちょうう》埋め尽《つ》くして攻《せ》め上《のぼ》った。

高倉《たかくら》の御所《ごしょ》と烏丸殿《からすまどの》を固《かた》める京極《きょうごく》・武田《たけだ》の両勢《りょうぜい》は、相国寺《しょうこくじ》に火《ひ》の手《て》が上《あが》るのを見《み》て、敵軍《てきぐん》が既《すで》に相国寺《しょうこくじ》を落《お》としたと勘違《かんちが》いして慌《あわ》て騒《さわ》いで出雲路《いずもじ》へ引《ひ》き退《の》いた。

三条殿《さんじょうどの》には伊勢国《いせこく》の関盛元《せきもりもと》と備前国《びぜんこく》の松田次郎左ヱ門尉《まつだじろうざえもんのじょう》の五百の手勢《てぜい》がいたが、ただの一戦《いっせん》にして討《う》ち負《ま》けて、松田《まつだ》は討《う》ち死《じに》し、関《せき》は叶《かな》わず引《ひ》き退《の》いた。

相国寺《しょうこくじ》を守備《しゅび》する安富元綱《やすとみもとつな》は手勢《てぜい》だけで総門《そうもん》を固《かた》め、石橋《いしばし》より攻《せ》め入《い》る敵勢《てきぜい》を七、八度《ど》まで押《お》し戻《もど》した。元綱《もとつな》は弟《おとうと》の三郎《さぶろう》を呼《よ》び寄《よ》せて、

「戦《いくさ》は今日《きょう》が天下分《てんかわ》け目《め》の大勝負《おおしょうぶ》。この門《もん》が敗《やぶ》れたとなれば主君勝元殿《しゅくんかつもとどの》の一大事《いちだいじ》にて我《われ》はここで討《う》ち死致《じにいた》す。汝《なんじ》は六郎殿《ろくろうどの》(細川勝之)に従《したが》い室町《むろまち》の幕府御所《ばくふごしょ》へ参《まい》って、御屋形勝元殿《おやかたかつもとどの》の供《とも》をし丹波《たんば》へ落《お》とし奉《たてまつ》れ。猶予《ゆうよ》はならぬ」と命《めい》じた。

その時《とき》、東門《ひがしもん》から敵軍数万《てきぐんすうまん》が攻《せ》め入《い》った。安富元綱《やすとみもとつな》と三郎《さぶろう》、その手勢《てぜい》五百人《にん》は一人《ひとり》も去《さ》らずに敵《てき》と討《う》ち合《あ》って、一人残《ひとりのこ》らず討《う》ち死《じに》した。

まだ元服《げんぷく》したばかりの細川勝之《ほそかわかつゆき》は重症《じゅうしょう》を負《お》って家臣《かしん》に助《たす》け出《だ》された。

赤松政則《あかまつまさのり》は相国寺《しょうこくじ》が敵《てき》に奪《うば》われたのを見《み》て、

「敵《てき》を総門《そうもん》より追《お》い落《お》とさねば、二度《にど》と本陣《ほんじん》へ帰《かえ》らぬ」と喚《わめ》き叫《さけ》んで敵勢《てきぜい》に切《き》り込《こ》んだ。武田《たけだ》らも命《いのち》を捨《す》てて未明《みめい》より黄昏《たそがれ》まで戦《たたか》った。寄《よ》せ手《て》も守《まも》り手《て》も互《たが》いに疲《つか》れ果《は》てて共《とも》に引《ひ》き退《の》いた。

相国寺《しょうこくじ》の合戦《かっせん》に勝利《しょうり》した大内勢《おおうちぜい》はこの時《とき》、討《う》ち取《と》った首《くび》を車八両《くるまはちりょう》に積《つ》んで帰陣《きじん》した。死骸《しがい》は白《はく》雲《うん》の門《もん》より東今出川《ひがしいまでがわ》まで堀《ほり》に転《ころ》がり、その数幾《かずいく》千万とも判《わか》らぬ程《ほど》だった。

細川方《ほそかわがた》は、詰城《つめじろ》と頼《たの》む相国寺《しょうこくじ》が敵《てき》に取《と》られて意気消沈《いきしょうちん》した。

細川成之《ほそかわしげゆき》は屋形《やかた》の守《まも》りを堅固《けんご》にして、細川勝久《ほそかわかつひさ》を伴《ともな》い幕府御所《ばくふごしょ》に参上《さんじょう》した。皆々《みなみな》は将軍義政《しょうぐんよしまさ》を御所《ごしょ》から落《お》とす警護《けいご》のためだと思《おも》った。成之《しげゆき》は将軍義政《しょうぐんよしまさ》と富子《とみこ》に挨拶《あいさつ》した後《のち》、細川勝元《ほそかわかつもと》を訪《おとず》れて

「敵《てき》が相国寺《しょうこくじ》の守《まも》りを固《かた》めぬ先《さき》に諸勢《しょぜい》を向《む》かわせ境内《けいだい》の敵《てき》を追《お》い落《お》とさねばこの御所《ごしょ》は鼎《かなえ》（中国古代の煮焚き用三脚付き鍋）の中《なか》の魚《さかな》に似《に》て敵《てき》に思《おも》うが儘《まま》にされますぞ」と忠告《ちゅうこく》した。勝元《かつもと》は

「某《それがし》も左様《さよう》に心得《こころえ》る。然《しか》らば誰《だれ》に命《めい》じたら宜《よろ》しゅう御座《ござ》るか」と尋《たず》ねた。脇《わき》に控《ひか》えた秋庭元明《あきばもとあき》が進《すす》み出《で》て

「畠山殿《はたけやまどの》が宜《よろ》しゅう御座《ござ》る。今《いま》、我《わ》が陣中《じんちゅう》で何《なん》十万の敵勢《てきぜい》に立《た》ち向《む》かえる大将《たいしょう》はこの人《ひと》をおいて他《ほか》には御座《ござ》りませぬ」と申《もう》し出《で》た。細川勝元《ほそかわかつもと》は眼《め》を輝《かがや》かせて頷《うなず》き、即刻畠山政長《そっこくはたけやままさなが》を呼《よ》び寄《よ》せ

「相国寺《しょうこくじ》の焼《や》け跡《あと》に陣取《じんど》る敵《てき》を追《お》い出《だ》さねばこの御所《ごしょ》の備《そな》えは難儀《なんぎ》である。御身《おんみ》、軍兵《ぐんぺい》を従《したが》えて

大将《たいしょう》となり討《う》って出《で》て、相国寺《しょうこくじ》の敵《てき》を追《お》い払《はら》ってくれぬか。さすれば軍中第一《ぐんちゅうだいいち》の功名《こうみょう》公私至上《こうしじじょう》の忠節《ちゅうせつ》である」と言《い》って出撃《しゅつげき》を命《めい》じた。畠山政長《はたけやままさなが》は

「たとえ何様《なにさま》の強敵《きょうてき》たりとも、某《それがし》が向《む》かえば敵《てき》を追《お》い払《はら》うは易《やす》きことで御座《ござ》る。ただ去《さ》る御霊《ごりょう》の戦《いくさ》で手勢《てぜい》を使《つか》い果《は》たし、今手勢《いまてぜい》は僅《わず》かに二千。敵《てき》は二、三万。これでは如何《いか》にも心許《こころもと》ない。今少《いますこ》し某《それがし》に加勢《かぜい》を付《つ》けて下《くだ》され」と申《もう》し出《で》た。細川勝元《ほそかわかつもと》と成之《しげゆき》は

「早速《さっそく》の承諾《しょうだく》、祝着至極《しゅうちゃくしごく》。即刻《そっこく》に出撃《しゅつげき》して下《くだ》さればこれに過《す》ぎたる大慶《たいけい》はない。不肖《ふしょう》なれども某《それがし》の家臣《かしん》の東条近江守《とうじょうおうみのかみ》を加勢《かぜい》につける故《ゆえ》、小勢《こぜい》なれども召《め》し連《つ》れて下《くだ》され」と二千の手勢《てぜい》を政《まさ》長《なが》に引《ひ》き渡《わた》した。

畠山政長《はたけやままさなが》は早速家臣《さっそくかしん》に出撃命令《しゅつげきめいれい》を出《だ》して、東条《とうじょう》と共《とも》に四千の軍勢《ぐんぜい》を従《したが》えて相国寺《しょうこくじ》に向《む》かった。室町《むろまち》を出《で》ると相国寺《しょうこくじ》が見《み》えた。仏殿《ぶつでん》の焼《や》け跡《あと》に六角高頼勢《ろっかくたかよりぜい》が七、八千。山門《さんもん》の焼《や》け跡《あと》にも一色勢《いっしきぜい》が七、八千。総門《そうもん》の前《まえ》の石橋《いしばし》にも畠山義就《はたけやまよしなり》の軍勢多数《ぐんぜいたすう》が屯《たむろ》しているのが見《み》て取《と》れた。

先手《さきて》の神保長誠《じんぼながのぶ》は行列《ぎょうれつ》を止《と》めて主君政長《しゅくんまさなが》の下《もと》に戻《もど》り、諸将《しょしょう》を集《あつ》めて、

「この小勢《こぜい》で敵《てき》の大軍《たいぐん》を破《やぶ》るは至難《しなん》の業《わざ》。なれどこの勢《せい》を一箇所《いっかしょ》に固《かた》めて散《ち》らさず静《しず》かに掛《か》かれば、敵《てき》は小勢《こぜい》とみて侮《あなど》り逃《に》がさぬように広《ひろ》がって包《つつ》み込《こ》もうとするは必定《ひつじょう》。そこを一団《いちだん》となって一気《いっき》に切《き》り込《こ》めば何《なん》で切《き》り崩《くず》せぬことが御座《ござ》ろうか」と進言《しんげん》した。これを聞《き》いた諸将《しょしょう》は「オウ、オウ」と頷《うなず》き顔《かお》を見合《みあ》わせて勇《いさ》み立《た》った。畠山政長《はたけやままさなが》も合点《がてん》した。

一同《いちどう》は楯《たて》に身《み》を隠《かく》して態《わざ》とゆっくり静《しず》かに守《まも》り手《て》の虎口《ここう》（最も危険な口）に進《すす》んだ。守《まも》り手《て》はそれと気付《きづ》いた。だが攻《せ》め手《て》は小勢《こぜい》で見《み》るからに今《いま》にも逃《に》げ出《だ》しそうな体《てい》たらくの有様《ありさま》だ。敵《てき》に十《じゅう》倍《ばい》する守《まも》り手《て》は、敵《てき》を小馬鹿《こばか》にして

「ワイワイ」騒《さわ》ぎ立《た》てながら、遠《とお》まきにして攻《せ》め手《て》を包《つつ》み込《こ》んだ。

畠山政長《はたけやままさなが》は頃合《ころあ》いを見《み》て

「頃《ころ》はよし。進《すす》めや者共《ものども》、突《つ》き進《すす》め」とあらん限《かぎ》りの大音声《だいおんじょう》を挙《あ》げて突撃《とつげき》を命《めい》じた。攻《せ》め手《て》の四千は一斉《いっせい》に楯《たて》を投《な》げ捨《す》て喊声《かんせい》を上《あ》げながら槍《やり》を突《つ》き付《つ》けて一糸《いっし》乱《みだ》れず一団《いちだん》となって突撃《とつげき》した。群《むら》がり構《かま》える守《まも》り手《て》の六角高頼《ろっかくたかより》の勢《ぜい》はたちまち切《き》り立《た》てられて総崩《そうくず》れとなり、右往左往《うおうさおう》しなが

ら慌《あわ》てふためいて山門目指《さんもんめざ》して逃《に》げ出《だ》した。

山門《さんもん》の一色勢《いっしきぜい》は逃《に》げ込《こ》む味方《みかた》の槍刀《やりかたな》に切《き》り伏《ふ》せられて敵《てき》との合戦《かっせん》もままならず、共《とも》に追《お》い立《た》てられて逃《に》げ出《だ》した。

攻《せ》め手《て》の畠山政長《はたけやままさなが》と東条勢《とうじょうぜい》は数万人《すうまんにん》の敵軍《てきぐん》を四方《しほう》へ追《お》い散《ち》らし、ことごとく打《う》ち勝《か》って六角《ろっかく》と一色勢《いっしきぜい》の首《くび》六百を取《と》った。政長《まさなが》は勝《か》ち誇《ほこ》って敵勢《てきぜい》に向《む》かい
「一昨日《いっさくじつ》、室町《むろまち》の総門《そうもん》にて車八両《くるまはちりょう》とられた首《くび》の返《かえ》しにただ今《いま》、六角《ろっかく》と一色勢《いっしきぜい》の首《くび》六百を貰《もら》い受《う》けたり。少々不足《しょうしょうふそく》なれども堪忍致《かんにんいた》すぞ」と罵倒《ばとう》して気勢《きせい》を上《あ》げた。

相国寺《しょうこくじ》の合戦《かっせん》で畠山政長《はたけやままさなが》が大勝利《だいしょうり》して、細川方《ほそかわがた》の詰城《つめじろ》と頼《たの》む重要拠点《じゅうようきょてん》の相国寺《しょうこくじ》は取《と》り戻《もど》した。

そして御霊口《ごりょうくち》までを支配《しはい》して軍勢《ぐんぜい》の通路《つうろ》も確保《かくほ》した。

山名勢《やまなぜい》は数度《すうど》の戦《たたか》いに疲《つか》れ果《は》てて重《かさ》ねて押《お》し寄《よ》せる勢《いきお》いは消《き》え失《う》せ、ただ各々《おのおの》が屋形《やかた》の前《まえ》に堀《ほり》をほり塀《へい》をかけて一時《いちじ》には破《やぶ》られぬように備《そな》え構《かま》えを厳重《げんじゅう》にした。

洛中《らくちゅう》への出入《でい》りの七口《ななくち》は御霊口《ごりょうくち》を除《のぞ》いて他《た》の六口《ろくくち》は山名方《やまながた》が押《お》さえた。斯《か》くして、双方《そうほう》の陣《じん》は

互《たが》いに警護《けいご》を固《かた》め、この後《のち》はただ徒《いたずら》に守《まも》り暮《く》らした。

京都《きょう》は一面《いちめん》、焼《や》け野《の》が原《はら》になった。公家《くげ》、武家《ぶけ》は押《お》し並《な》べて皆《みな》、所帯《しょたい》の用品《ようひん》を残《のこ》らず使《つか》い果《は》たした。礼儀作法《れいぎさほう》は退廃《たいはい》して諸事混乱《しょじこんらん》、世《よ》の中《なか》は日《ひ》に日《ひ》に衰微《すいび》した。洛中洛外《らくちゅうらくがい》のみならず、諸国《しょこく》も混乱《こんらん》して五畿七道《ごきななどう》は（山城 大和 河内 和泉 摂津の五畿と北陸道 東山道 東海道 山陽道 山陰道 西海道 南海道の七道の諸国）悉《ことごと》く戦乱《せんらん》の世《よ》になった。

大乱の全国拡散

話《はなし》は少《すこ》し前後《ぜんご》する。

京都《きょう》で大乱《たいらん》が勃発《ぼっぱつ》した応仁元年《おうにんがんねん》（一四六七年）五月二十五日より、今出川《いまでがわ》の足利義視《あしかがよしみ》は将軍義政《しょうぐんよしまさ》と共《とも》に幕府御所《ばくふごしょ》で暮《く》らした。この間《かん》、義政夫人《よしまさふじん》の富子《とみこ》とは折《お》り合《あ》いが悪《わる》く、気不味《きまず》く過《す》ごした。京都《きょう》は焼《や》け野《の》が原《はら》になって戦《いくさ》も小康状態《しょうこうじょうたい》になり、足利義視《あしかがよしみ》は一旦《いったん》、今出川《いまでがわ》に帰《かえ》った。八月、大内《おおうち》が上京《じょうきょう》して再度《さいど》、京都《きょう》は騒然《そうぜん》となった。足利義視《あしかがよしみ》は幕府御所《ばくふごしょ》の居心地《いごこち》が悪《わる》く居辛《いづら》かった。将《しょう》軍義政《ぐんよしまさ》も、富子《とみこ》と義視《よしみ》との不仲《ふなか》に嫌気《いやけ》した。そこで相談《そうだん》の上《うえ》、暫《しば》しの間《あいだ》、伊勢《いせ》の国司《こくし》北畠《きたばたけ》具教《とものり》を頼《たの》んで伊勢国《いせこく》に避難《ひなん》した。

翌応仁《よくおうにん》二年（一四六八年）九月、足利義視《あしかがよしみ》は近江国《おうみこく》石山《いしやま》を経《へ》て園城寺《おんじょうじ》（通称三井寺）に遊学《ゆうがく》した。

山名宗全《やまなそうぜん》は義視《よしみ》が伊勢《いせ》を出《で》て園城寺《おんじょうじ》に入《はい》ったのを知《し》って、

「細川勝元《ほそかわかつもと》は公方《くぼう》（将軍）を見限《みかぎ》って今出川義視公《いまでがわよしみこう》を取《と》り立《た》てる」との噂《うわさ》を撒《ま》き散《ち》らした。この噂《うわさ》が将軍義政《しょうぐんよしまさ》の耳《みみ》に入《はい》った。義政《よしまさ》は

「我《われ》を何《なん》とする」と勝元《かつもと》に詰問《きつもん》した。

細川勝元《ほそかわかつもと》は驚《おどろ》いた。そこで将軍義政《しょうぐんよしまさ》の疑念《ぎねん》を晴《は》らすために足利義視《あしかがよしみ》を出家《しゅっけ》させようとした。細《ほそ》川勝元《かわかつもと》は将軍義政《しょうぐんよしまさ》に

「今出川義視公《いまでがわよしみこう》を比叡山《ひえいざん》に移《うつ》し奉《たてまつ》る」と申《もう》し出《で》た。

今出川義視《いまでがわよしみ》が比叡山《ひえいざん》に入《はい》って出家《しゅっけ》するという話《はなし》はたちまち山名方《やまながた》に伝《つた》わった。山名宗全《やまなそうぜん》は

「してやったり」と手《て》を打《う》って

「今出川義視公《いまでがわよしみこう》が東陣《ひがしじん》を御退去《ごたいきょ》なさるならば謹《つつし》んで我《わ》が陣《じん》へお迎《むか》え致《いた》す」と言《い》って、使者《ししゃ》を立《た》てて斯波義廉《しばよしかど》の屋形《やかた》に迎《むか》え入《い》れた。
今出川《いまでがわ》の足利義視《あしかがよしみ》はこの冬《ふゆ》、名実《めいじつ》ともに幕府御所《ばくふごしょ》を出《で》て山名方《やまながた》に落《お》ちた。山名方《やまながた》では足利義視《あしかがよしみ》を取《と》り立《た》てて主君《しゅくん》と仰《あお》ぎ、諸大名《しょだいみょう》打《う》ち揃《そろ》って拝謁拝礼《はいえつはいれい》した。

話《はなし》は元《もと》に戻《もど》る（69頁5行目の続き）。
京都《きょう》での合戦《かっせん》が続《つづ》いて洛中《らくちゅう》は一面焼《いちめんや》け野《の》が原《はら》になり、諸大名《しょだいみょう》の屋形《やかた》も押《お》し並《な》べて焼《や》け落《お》ちた。その上《うえ》、諸大名《しょだいみょう》には長引《ながび》く戦《いくさ》の維持費用《いじひよう》が重《おも》く加《くわ》わり、ことごとく財力《ざいりょく》を使《つか》い果《は》たして困窮《こんきゅう》した。さらに加《くわ》えて諸将《しょしょう》の領国《りょうごく》も乱《みだ》れて、兵卒《へいそつ》の補充《ほじゅう》や食糧《しょくりょう》の運送《うんそう》さえも思《おも》うにまかせなくなった。そこで両陣《りょうじん》の諸将《しょしょう》は
「何《なに》よりも領国《りょうごく》の乱《らん》を鎮《しず》めるが先決《せんけつ》」と言《い》って、櫛《くし》の歯《は》が抜《ぬ》けるように各々《おのおの》領国《りょうごく》へ帰国《きこく》した。

八．越前国斯波家と朝倉家

斯波家隆盛

斯波家《しばけ》は鎌倉期《かまくらき》には足利《あしかが》を名乗《なの》って、後《のち》の室町幕府《むろまちばくふ》の足利将軍家《あしかがしょうぐんけ》と同格《どうかく》かそれ以上《いじょう》の家格《かかく》があった。荘園《しょうえん》などの生活圏《せいかつけん》は元《もと》陸奥国《むつこく》の斯波《しば》（旧・岩手県柴波郡）にあった。鎌倉期《かまくらき》に尾張国《おわりこく》と遠江国《とうみこく》の守護《しゅご》になって領地《りょうち》を斯波《しば》から守護領《しゅごりょう》に移《うつ》した折《おり》に、世間《せけん》から足利斯波家《あしかがしばけ》と呼《よ》ばれていた呼称《こしょう》の斯波《しば》に替《か》えた。当時《とうじ》の人々《ひとびと》は斯波家《しばけ》を武衛《ぶえい》（兵衛督の唐名）の官名《かんめい》で『武衛家《ぶえいけ》』と呼《よ》んだ。

建武《けんむ》二年（一三三五年）、北条高時《ほうじょうたかとき》の遺子《いし》時行《ときゆき》が鎌倉幕府再興《かまくらばくふさいこう》を掲《かか》げて挙兵《きょへい》し、鎌倉《かまくら》を占拠《せんきょ》した（中先代の乱）。足利尊氏《あしかがたかうじ》は鎌倉《かまくら》に軍《ぐん》を進《すす》めて、反乱軍《はんらんぐん》を鎮圧《ちんあつ》してそのまま鎌倉《かまくら》に居座《いすわ》り、天皇《てんのう》の勅状《ちょくじょう》を得《え》ぬままに功《こう》を挙《あ》げた諸将《しょしょう》に恩賞《おんしょう》を与《あた》えた。これを知《し》った後醍醐天皇《ごだいごてんのう》は激怒《げきど》して、新田義貞《にったよしさだ》に足利尊氏追討《あしかがたかうじついとう》を命《めい》じた。尊氏《たかうじ》は新田軍《にったぐん》を返《かえ》り討《う》ちして入京《にゅうきょう》を果《は》たしたが、新《あら》たに北畠顕家《きたばたけあきいえ》と楠木正成《くすのきまさしげ》の出撃《しゅつげき》を受《う》けて九州《きゅうしゅう》に落《お》ちた。これを見《み》て北畠顕家《きたばたけあきいえ》も陸奥《むつ》へ帰還《きかん》した。だが九州《きゅうしゅう》へ落《お》ちた尊氏《たかうじ》は直《す》ぐに諸国《しょこく》の武家《ぶけ》の与力《よりき》を得《え》て勢力《せいりょく》を盛《も》り返《かえ》した。斯波高経《しばたかつね》はその足利軍《あしかがぐん》の大将《たいしょう》になって楠木正成《くすのきまさしげ》を湊川《みなとがわ》（神戸市）で討《う》ち取《と》った。後醍醐天皇《ごだいごてんのう》は退位《たいい》を約《やく》して足利尊氏《あしかがたかうじ》と和《わ》した。建武《けんむ》三年（一三三六年）、尊氏《たかうじ》は入京《にゅうきょう》し、光明天皇《こうめいてんのう》が光厳上皇《こうごんじょうこう》の院宣《いんせん》の下《もと》に即位《そくい》した。暦応元年《りゃくおうがんねん》（一三三八年）、足利尊氏《あしかがたかうじ》は征夷大将軍《せいいたいしょうぐん》になった。後醍醐天皇《ごだいごてんのう》は吉野《よしの》（奈良県）に落《お》ちて南朝《なんちょう》を開設《かいせつ》し、新田義貞《にったよしさだ》に尊氏《たかうじ》を討伐《とうばつ》させた。斯波高経《しばたかつね》は、義貞《よしさだ》が籠《こも》る越前敦賀金ケ崎城《えちぜんつるがかねがさきじょう》を攻《せ》め落《お》とし、越前藤島《えちぜんふじしま》のクルマル城《じょう》で義貞《よしさだ》を討《う》ち取《と》った。斯波高経《しばたかつね》はこの功績《こうせき》で越前国《えちぜんこく》を守護領《しゅごりょう》に加《くわ》えた。

これより十数年後《じゅうすうねんご》の観応元年《かんのうがんねん》（一三五〇年）、将軍足利尊氏《しょうぐんあしかがたかうじ》の弟《おとうと》の直義《なおよし》が、後醍醐天皇《ごだいごてんのう》に逆《さか》らう尊氏《たかうじ》を見限《みかぎ》って南朝方《なんちょうがた》に寝返《ねがえ》ったとき（3頁9～11行目参照）、斯波高経《しばたかつね》は足利直義《あしかがなおよし》に味方《みかた》した。高経《たかつね》は幕府《ばくふ》に敵対《てきたい》することになったが、直義《なおよし》が滅《ほろ》ぶと直《す》ぐにまた元《もと》に戻《もど》って離反《りはん》と帰順《きじゅん》を繰《く》り返《かえ》した。

足利尊氏《あしかがたかうじ》は何時《いつ》また寝返《ねがえ》るか判《わか》らぬ斯波高経《しばたかつね》に不信《ふしん》を懐《いだ》いたが、斯波家《しばけ》は将軍家《しょうぐんけ》に勝《まさ》るとも劣《おと》らぬ幕府随一《ばくふずいいち》の家柄《いえがら》であり、加《くわ》えて楠木《くすのき》や新田《にった》を討《う》ち滅《ほろ》ぼした大功《たいこう》があった。また、幕府内《ばくふない》に斯《し》波家《ばけ》を慕《した》う重臣《じゅうしん》が少《すく》なからずあった。それに比《くら》べて幕府《ばくふ》は出来《でき》てから日《ひ》が浅《あさ》く、未《ま》だ体制《たいせい》も整《とと》っていない。幕府《ばくふ》の決済《けっさい》は鎌倉幕府追討《かまくらばくふついとう》に加《くわ》わった諸将《しょしょう》の合議制《ごうぎせい》で決《き》まった。だからこの頃《ころ》は未《ま》だ将軍《しょうぐん》であっても、己《おのれ》の一存《いちぞん》で斯波《しば》を勘気追放《かんきついほう》（幕府の役職を召し上げて追放）する権限《けんげん》は持《も》ち合《あ》わせていなかった。

斯波高経《しばたかつね》は晩年《ばんねん》、越前国内《えちぜんこくない》にある本領《ほんりょう》（自領）を拡張《かくちょう》した。すると興福寺《こうふくじ》（南都七大寺の一つ）から

「興福寺《こうふくじ》の越前国河口荘《えちぜんこくかわぐちそう》が斯波《しば》に押領《おうりょう》（横領）された」と幕府《ばくふ》に訴《うった》えが出《で》た。高経《たかつね》はこの頃《ころ》、幕《ばく》府内《ふない》でも管領《かんれい》の細川清氏《ほそかわきようじ》と仲違《なかたが》いして失脚《しっきゃく》させるなどの傍若無人《ぼうじゃくぶじん》の振《ふ》る舞《ま》いをして、次第《しだい》に幕《ばく》府《ふ》重臣《じゅうしん》に恐《おそ》れ嫌《きら》われるようになっていた。

貞治《じょうじ》五年（一三六六年）、二代将軍義詮《にだいしょうぐんよしあきら》はこれ幸《さいわ》いと斯波高経《しばたかつね》を勘気追放《かんきついほう》した。高経《たかつね》は追討軍《ついとうぐん》に追《お》われて越前国南条《えちぜんこくなんじょう》の杣山城《そまやまじょう》（南越前町）に籠城《ろうじょう》し、失意《しつい》のうちに翌年病没《よくねんびょうぼつ》した（貞治の変）。

貞治《じょうじ》六年（一三六七年）、父高経《ちちたかつね》の死後《しご》、斯波家《しばけ》を継《つ》いだ義将《よしまさ》は京極道誉《きょうごくどうよ》（通称は佐々木道誉。317頁2行目参照）の口添《くちぞ》えを得《え》て赦免《しゃめん》され、越中国《えっちゅうこく》の守護《しゅご》になった。

この年《とし》十二月、将軍義詮《しょうぐんよしあきら》が病没《びょうぼつ》し、翌年早々《よくねんそうそう》に十二歳《さい》の義満《よしみつ》が元服《げんぷく》して三代将軍《さんだいしょうぐん》になった。

康暦《こうりゃく》二年（一三八〇年）、斯波義将《しばよしまさ》は幕府《ばくふ》の温情《おんじょう》に報《むく》いようと手勢《てぜい》を率《ひき》いて守護領《しゅごりょう》の越中国《えっちゅうこく》に入国《にゅうこく》し、南朝方《なんちょうがた》に与《くみ》する前越中国守護《ぜんえっちゅうこくしゅご》の桃井直常一族《ももいなおつねいちぞく》を打《う》ち破《やぶ》って残党《ざんとう》を越中五箇山《えっちゅうごかやま》に追放《ついほう》した。この手柄《てがら》の恩賞代《おんしょうが》わりに、畠山基国《はたけやまもとくに》と守護国《しゅごこく》を交換《こうかん》して、本領《ほんりょう》の越前国守護《えちぜんこくしゅご》に返《かえ》り咲《ざ》いた。

以来《いらい》、斯波家《しばけ》は越前国《えちぜんこく》の守護《しゅご》を継承《けいしょう》し、越前国《えちぜんこく》の他《ほか》に尾張国《おわりこく》や遠江国《とおとうみこく》の守護《しゅご》の任《にん》にも復《ふく》した。

斯波義将《しばよしまさ》の跡《あと》は義重《よししげ》、次《つ》いで義郷《よしさと》、その次《つぎ》は義健《よしたけ》が継《つ》いだ。

斯波家家督争い

永享《えいきょう》八年（一四三六年）、斯波義健《しばよしたけ》の一粒種《ひとつぶたね》の千代徳丸《ちよとくまる》が乗馬《じょうば》の稽古中《けいこちゅう》に落馬《らくば》して、それが元《もと》で死没《しぼつ》した。斯波宗家《しばそうけ》の義健《よしたけ》も若《わか》くして没《ぼっ》して、家督相続《かとくそうぞく》する者《もの》がいなくなった。そこで斯波家一《しばけいち》族《ぞく》は寄《よ》り合《あ》って、越前大野郡《えちぜんおおののぐん》に大荘園《だいしょうえん》を持《も》つ一族《いちぞく》の大野持種《おおのもちたね》の子《こ》の義敏《よしとし》を立《た》てて宗家《そうけ》を継《つ》がせた。

斯波義敏《しばよしとし》は我儘《わがまま》な振《ふ》る舞《ま》いが多《おお》く、斯波家《しばけ》の重臣《じゅうしん》に嫌《きら》われた。加《くわ》えて越前守護代《えちぜんしゅごだい》の甲斐常治《かいつねはる》（遠江国守護代も兼ねる）と義敏《よしとし》の実父《じっぷ》の大野持種《おおのもちたね》とは、先代《せんだい》の頃《ころ》から荘園領地《しょうえんりょうち》の境界争《きょうかいあらそ》いが絶《た》えずに仲《なか》が悪《わる》かった。

康正《こうしょう》二年（一四五六年）、斯波義敏《しばよしとし》は将軍足利義政《しょうぐんあしかがよしまさ》に願《ねが》い出《で》て甲斐常治《かいつねはる》を失脚《しっきゃく》させようとした。将軍義政《しょうぐんよしまさ》は嘗《かつ》て享徳《きょうとく》四年（一四五五年）、鎌倉公方《かまくらくぼう》の足利成氏《あしかがしげうじ》（持氏の子・持氏は永享の乱で自害・14頁1行目参照。将軍義教が嘉吉の乱で殺害された後、成氏は許されて鎌倉府を再興）が関東管領《かんとうかんれい》の上杉憲忠《うえすぎのりただ》と争《あらそ》ったとき、斯波義敏《しばよしとし》に鎌倉府《かまくらふ》の平定《へいてい》を命《めい》じた。だが義敏《よしとし》は甲斐《かい》との主従争《しゅじゅうあらそ》いに感《かま》けて（こだわり）関東《かんとう》に出陣《しゅつじん》せず、将軍義政《しょうぐんよしまさ》の不興《ふきょう》を買《か》った（享徳《きょうとく》五年、義敏に代わって今川範忠《のりただ》が追討軍を起して鎌倉を平定した。鎌倉公方の成氏《しげうじ》は下総《しもうさ》国古河《こが》に逃れ住み、古河公方《こがくぼう》と呼ばれた。長禄《ちょうろく》元年、将軍義政は新たに足利政知《まさとも》（将軍義政の弟）を鎌倉府に送る。同二年、政和は伊豆の堀越《ほりこし》に御所を作って住み堀越公方《ほりこしくぼう》と呼ばれた。鎌倉府は94頁10行目に続く）。

甲斐家《かいけ》は斯波宗家《しばそうけ》の筆頭家老《ひっとうかろう》として、将軍家《しょうぐんけ》の訪問《ほうもん》を受《う》ける程《ほど》の家格《かかく》があった。この頃《ころ》甲斐家《かいけ》は斯波家一族《しばけいちぞく》の誰《だれ》よりも勢力《せいりょく》が強《つよ》く、斯波宗家《しばそうけ》であっても勝手《かって》には甲斐《かい》を追放出来《ついほうでき》ないでいた。

甲斐常治《かいつねはる》は斯波宗家家老《しばそうけかろう》の朝倉《あさくら》・織田両家《おだりょうけ》と組《く》み、幕府政所執事《ばくふまんどころしつじ》の平貞親《たいらのさだちか》に頼《たの》んで、将軍《しょうぐん》に斯波義敏《しばよしとし》の役職《やくしょく》を召《め》し上《あ》げて幕府《ばくふ》から追放《ついほう》するよう口添《くちぞ》えを願《ねが》い出《で》た。

長禄《ちょうろく》元年（一四五七年）、将軍義政《しょうぐんよしまさ》は、斯波義敏《しばよしとし》を面白《おもしろ》からず思《おも》っていたので、これを幸《さいわ》いに勘《かん》気追放《きついほう》した。義敏《よしとし》は、京都東山《きょうとひがしやま》の専光寺《せんこうじ》に蟄居《ちっきょ》させられた。

斯波宗家《しばそうけ》の宿老達《しゅくろうたち》は談合《だんごう》して、関東《かんとう》を本領《ほんりょう》とする斯波家一族《しばけいちぞく》の渋川義廉《しぶかわよしかど》に斯波宗家《しばそうけ》を継《つ》がせて主君《しゅくん》に取《と》り立《た》てた。

長禄元年《ちょうろくがんねん》（一四五七年）、斯波義敏《しばよしとし》は実父《じっぷ》の大野持種《おおのもちたね》と連携《れんけい》して、甲斐一族《かいいちぞく》を越前《えちぜん》から追放《ついほう》しようと武力《ぶりょく》を誇示《こじ》して迫《せま》った。甲斐常治《かいつねはる》はこの事態《じたい》に気分《きぶん》を昂《たかぶ》らせて、中気《ちゅうき》（脳卒中）を患《わずら》い急死《きゅうし》した。これを幸《さいわ》いに斯波義敏《しばよしとし》は越前国《えちぜんこく》に堀江利真《ほりえとしざね》を送《おく》って、甲斐《かい》の居城《きょじょう》の敦賀金ケ崎城《つるがかねがさきじょう》を落《お》とし、甲斐一族《かいいちぞく》を越前国《えちぜんこく》から追《お》い出《だ》した。

越前国《えちぜんこく》を制圧《せいあつ》した堀江利真《ほりえとしざね》は、元々同国《もともとどうこく》の河口堀江荘《かわぐちほりえそう》の豪族《ごうぞく》で、番田《ばんでん》（あわら市番田）に屋形《やかた》があった。利真《としざね》は越前入国以来《えちぜんにゅうこくいらい》の大勝利《だいしょうり》に気《き》を良《よ》くして、勝手気儘《かってきまま》に荘園横領《しょうえんおうりょう》に乗《の》り出《だ》した。

朝倉孝景《あさくらたかかげ》は新《あたら》しく主君《しゅくん》になった斯波義廉《しばよしかど》から堀江討伐《ほりえとうばつ》の命《めい》を受《う》けて、甲斐常治《かいつねはる》の子《こ》の敏光《としみつ》と共《とも》に越前国《えちぜんこく》へ討《う》ち入《い》った。堀江利真《ほりえとしざね》は、斯波義敏《しばよしとし》や大野持種《おおのもちたね》の援軍《えんぐん》を得《え》て応戦《おうせん》し、戦《いくさ》は一進一退《いっしんいったい》した。

長禄《ちょうろく》三年（一四五九年）、甲斐《かい》、朝倉連合軍《あさくられんごうぐん》は抵抗《ていこう》を繰《く》り返《かえ》す堀江一族《ほりえいちぞく》を、遂《つい》に足羽川河畔《あすわがわかはん》の和《わ》田《だ》（福井市和田）で討《う》ち取《と》った（長禄の合戦）。

寛正《かんしょう》六年（一四六五年）、斯波義廉《しばよしかど》に宗家《そうけ》を奪《うば》われた斯波義敏《しばよしとし》は、平貞親《たいらのさだちか》の側室《そくしつ》の妹《いもうと》に取《と》り入《い》って、赦免《しゃめん》を願《ねが》い出《で》た。それで義敏《よしとし》は許《ゆる》されて上洛《じょうらく》し、将軍家《しょうぐんけ》の命《めい》によって斯波宗家《しばそうけ》の主《あるじ》に復《ふく》した。そして義廉《よしかど》は義敏《よしとし》の嗣子《しし》（後継ぎ）に落《お》とされた。

斯波義廉《しばよしかど》はまもなく、罪無《つみな》くして勘気《かんき》（勘当）を被《こうむ》り、義敏《よしとし》から屋形《やかた》の明《あ》け渡《わた》しを迫《せま》られた。この頃《ころ》、義廉《よしかど》は山名宗全《やまなそうぜん》の娘《むすめ》と結《むす》ばれることになっていた。そこで、宗全《そうぜん》を頼《たの》んで義敏《よしとし》と一戦構《いっせんかま》えようと仕度《したく》した。かくして斯波家《しばけ》も畠山家《はたけやまけ》同様《どうよう》に双方《そうほう》、敵味方《てきみかた》に別《わか》れて応仁《おうにん》の大乱《たいらん》に突入《とつにゅう》した。

越前国情勢と朝倉家台頭

話《はなし》は応仁《おうにん》の乱《らん》の終了時《しゅうりょうじ》（前節の終り69頁5行目）まで戻《もど》る。応仁《おうにん》の乱《らん》の京都《きょう》での合戦《かっせん》は、山名方《やまながた》が利《り》を得《え》ることが多《おお》かった。けれども京都《きょう》の西方《せいほう》の摂津《せっつ》・丹波《たんば》・播磨《はりま》は細川方《ほそかわがた》に押《お》さえられたので、山名《やまな》や大内《おおうち》の領国《りょうごく》からの運送《うんそう》が絶《た》たれて、兵糧《ひょうろう》を得《え》ることが出来《でき》なくなった。細川方《ほそかわがた》でも、山名方《やまながた》の畠山義統《はたけやまよしむね》の能登《のと》と斯波義廉《しばよしかど》の越前国《えちぜんこく》が押《お》さえられて、越中《えっちゅう》をはじめ北陸《ほくりく》道一帯《どういったい》の兵糧《ひょうろう》の搬入《はんにゅう》が出来《でき》なかった。

諸将《しょしょう》は、数年間《すうねんかん》の兵卒《へいそつ》の在京《ざいきょう》で財力《ざいりょく》を使《つか》い果《は》たした。加《くわ》えて山名《やまな》、細川両陣諸将《ほそかわりょうじんしょしょう》の領国《りょうごく》で、領民《りょうみん》が一揆《いっき》（武装蜂起）を起《おこ》し始《はじ》めた。全国何処《ぜんこくどこ》も、寛正《かんしょう》の大飢饉《だいききん》で農民《のうみん》が逃亡《とうぼう》して疲弊《ひへい》し、貴《き》

賤共々《せんともども》に食《く》うや食《く》わずの生活《せいかつ》が強《し》いられた。その一揆《いっき》に在国家臣《ざいこくかしん》が加担《かたん》して荘園《しょうえん》を横領《おうりょう》し、私有《しゆう》する不埒者《ふらちもの》が現《あらわ》れた。そこで

「先《ま》ずは領国《りょうごく》の平定《へいてい》こそが先決《せんけつ》」と語《かた》り合《あ》って、山名方細川方《やまながたほそかわがた》を問《と》わずそれぞれ諸将《しょしょう》は領国《りょうごく》へ引《ひ》き上《あ》げた。

山名勢《やまなぜい》の大将《たいしょう》斯波義廉《しばよしかど》も、本領《ほんりょう》の尾張国《おわりこく》や遠江国《とおとうみこく》で土一揆《つちいっき》（最下民層の武装蜂起）が起《お》こり、急《いそ》ぎ尾張国《おわりこく》に帰国《きこく》した。

文明《ぶんめい》三年（一四七一年）五月、細川勝元《ほそかわかつもと》は、斯波義廉《しばよしかど》が尾張国《おわりこく》へ帰《かえ》った隙《すき》を見《み》て、密《ひそ》かに山名方《やまながた》の朝倉孝景《あさくらたかかげ》を取《と》り込《こ》んだ。

朝倉孝景《あさくらたかかげ》は斯波義廉《しばよしかど》の三家老《さんかろう》の一人《ひとり》。その先祖《せんぞ》は但馬国《たじまこく》（兵庫県北部）養父郡朝倉《やぶぐんあさくら》の出《で》で、朝倉《あさくら》正景《まさかげ》の代《だい》に元弘《げんこう》の変《へん》（一三三一年）が起《お》こり足利尊氏《あしかがたかうじ》の幕下《ばっか》に属《ぞく》して所々《しょしょ》の合戦《かっせん》で勲功《くんこう》をあげ、尊《たか》氏《うじ》から越前国北ノ庄《えちぜんこくきたのしょう》（福井市）の領主《りょうしゅ》に補《ほ》された。後《のち》に斯波家《しばけ》が越前国守護《えちぜんこくしゅご》として越前《えちぜん》に根《ね》を下《お》ろして以来《いらい》、重用《ちょうよう》されて宿老《しゅくろう》の一人《ひとり》になり、北ノ庄《きたのしょう》やその近《ちか》くの一乗谷《いちじょうだに》に所領《しょりょう》を得《え》ていた。

朝倉孝景《あさくらたかかげ》はこの応仁《おうにん》の大乱《たいらん》に義廉《よしかど》の将《しょう》として出陣《しゅつじん》した。そして大功《たいこう》を挙《あ》げて山名宗全《やまなそうぜん》からは褒章《ほうしょう》に預《あず》かった（55頁2行目参照）。細川勝元《ほそかわかつもと》はこの敵方《てきがた》の朝倉孝景《あさくらたかかげ》を密《ひそ》かに誘《さそ》って、将軍拝謁《しょうぐんはいえつ》の仲介《ちゅうかい》をした。孝景《たかかげ》は幕府御所《ばくふごしょ》へ参上《さんじょう》した。孝景《たかかげ》が参上《さんじょう》した幕府御所《ばくふごしょ》には斯波義敏《しばよしとし》もいた。

朝倉孝景《あさくらたかかげ》は斯波義敏《しばよしとし》から越前国守護《えちぜんこくしゅご》を譲賜《じょうし》（譲り渡す）されて、敏景《としかげ》の名《な》を貰《もら》った（以後、敏景と記す）。細川勝元《ほそかわかつもと》は朝倉孝景《あさくらたかかげ》改《あらた》め敏景《としかげ》に、「急《いそ》ぎ越前国《えちぜんこく》へ下国《げこく》（地方の国へ下る）して反乱《はんらん》を鎮《しず》め、北陸道《ほくりくどう》を切《き》り開《ひら》いて軍勢《ぐんぜい》の通路《つうろ》並《なら》びに兵糧《ひょうろう》の運送《うんそう》を妨《さまた》げる事《こと》の無《な》きように取《と》り計《はか》るべし」と申《もう》し付《つ》けた。

文明《ぶんめい》三年（一四七一年）、朝倉敏景《あさくらとしかげ》は斯波義廉《しばよしかど》を裏切《うらぎ》り、山名方《やまながた》から離反《りはん》して細川方《ほそかわがた》に付《つ》いた。そして嫡子《ちゃくし》の氏景《うじかげ》を伴《ともな》って越前《えちぜん》に入国《にゅうこく》し、朝倉家本拠《あさくらけほんきょ》の一乗谷《いちじょうだに》と黒丸館《くろまるやかた》（福井市黒丸町）に帰着《きちゃく》した。

越前国《えちぜんこく》では長禄《ちょうろく》の合戦《かっせん》（78頁8～9行目参照）の前後《ぜんご》から斯波家土着《しばけどちゃく》の家臣団《かしんだん》がお家騒動《いえそうどう》が続《つづ》く斯波家《しばけ》を見限《みかぎ》り、領主不在《りょうしゅふざい》になった荘園《しょうえん》を横領《おうりょう》して勢力《せいりょく》を伸《の》ばした。

朝倉敏景《あさくらとしかげ》が帰国《きこく》した頃《ころ》の越前国《えちぜんこく》は甲斐敏光《かいとしみつ》の勢力《せいりょく》が強《つよ》くその勢力《せいりょく》は一国全域《いっこくぜんいき》に行《ゆ》き渡《わた》っていた。

同年《どうねん》七月、朝倉敏景《あさくらとしかげ》は細川勝元《ほそかわかつもと》の威光《いこう》を借《か》りて、甲斐敏光《かいとしみつ》に臣下《しんか》になるよう迫《せま》ったが、一蹴《いっしゅう》され逆《ぎゃく》に脅《おど》されて服従《ふくじゅう》を強要《きょうよう》された。そこで一隊《いったい》を繰《く》り出《だ》して越前国川俣《えちぜんこくかわまた》で一戦《いっせん》を交《まじ》えた。朝倉《あさくら》と甲斐《かい》は長禄《ちょうろく》の合戦《かっせん》（78頁8〜9行目参照）では協力《きょうりょく》して堀江利真《ほりえとしざね》を足羽川河畔《あすわがわかはん》で討《う》ち取《と》った仲《なか》だ。相手《あいて》の力量《りきりょう》手《て》の内《うち》は承知《しょうち》していた。この度《たび》は双方様子《そうほうようす》見《み》に徹《てっ》して折《お》れて出《で》る気配《けはい》は共《とも》になかった。

同年《どうねん》八月、朝倉敏景《あさくらとしかげ》は再度鯖江《さいどさばえ》に一隊《いったい》を繰《く》り出《だ》した。今度《こんど》は朝倉敏景《あさくらとしかげ》が優勢《ゆうせい》に戦《たたか》った。

翌文明《よくぶんめい》四年（一四七二年）八月、朝倉敏景《あさくらとしかげ》は全軍《ぜんぐん》を挙《あ》げて越前国府中《えちぜんこくふちゅう》（越前市武生）の守護屋形《しゅごやかた》を攻《せ》めて、遂《つい》に屋形《やかた》を乗《の》っ取《と》った。

甲斐敏光《かいとしみつ》は長崎庄《ながさきしょう》（坂井市丸岡）に逃《のが》れたが、朝倉《あさくら》の追撃《ついげき》を受《う》けて姿《すがた》を晦《くら》まし杣山《そまやま》（南越前町）に逃《のが》れて籠城《ろうじょう》した。やがては近江国《おうみこく》に引《ひ》き退《の》いた。

甲斐《かい》は近江国《おうみこく》の六角家《ろっかくけ》や北加賀国富樫家《きたかがこくとがしけ》、美濃国土岐家《みのこくときけ》の守護代斎藤家《しゅごだいさいとうけ》などの援助《えんじょ》を得《え》てしばしば越前入国《えちぜんにゅうこく》を試《こころ》みたが意《い》は果《は》たせなかった（129頁5〜6行目参照）。

やがて、文明《ぶんめい》六年（一四七四年）、美濃国守護代斎藤妙椿《みのこくしゅごだいさいとうみょうちん》の仲裁《ちゅうさい》を受《う》けて、斯波家三家老《しばけさんかろう》の朝《あさ》倉《くら》、甲斐《かい》、織田《おだ》が談合《だんごう》し、朝倉《あさくら》は越前《えちぜん》、甲斐《かい》は遠江《とおとうみ》、織田《おだ》は尾張《おわり》の各国《かっこく》をそれぞれ分《わ》け合《あ》うことで不戦協定《ふせんきょうてい》が成立《せいりつ》した（130頁10～11行目参照）。

越前国大野郡《えちぜんこくおおのぐん》の二宮左近《にのみやさこん》は朝倉敏景《あさくらとしかげ》に何《なに》かと逆《さか》らった。二宮《にのみや》は長禄《ちょうろく》の合戦《かっせん》で没落《ぼつらく》した大野持種《おおのもちたね》に替《か》わって大野郡《おおのぐん》を支配《しはい》したが、文明《ぶんめい》七年（一四七五年）、朝倉敏景《あさくらとしかげ》は二宮左近《にのみやさこん》を犬山《いぬやま》（大野市）から追《お》い落《お》とし、次《つ》いで井野《いの》に破《やぶ》り土橋城《どばしじょう》（大野市日吉）も落《おと》して遂《つい》に二宮《にのみや》を討《う》ち取《と》った。

朝倉敏景《あさくらとしかげ》は武力《ぶりょく》で越前《えちぜん》を平定《へいてい》して名実共《めいじつとも》に越前国《えちぜんこく》の大名《だいみょう》になった。敏景《としかげ》は住民《じゅうみん》を撫《な》で、家臣《かしん》になった各地《かくち》の豪族《ごうぞく》を城下《じょうか》の一乗谷《いちじょうだに》に集《あつ》めて住《す》まわせた。そして家臣《かしん》になった豪族《ごうぞく》が所有《しょゆう》する荘《しょう》園《えん》の年貢《ねんぐ》は禄《ろく》（給与）に替《か》えて家臣《かしん》に与《あた》え、替《か》わって家臣《かしん》の荘園《しょうえん》は領主《りょうしゅ》の朝倉家《あさくらけ》が支配《しはい》した。

家臣《かしん》になった豪族《ごうぞく》は、荘園横領《しょうえんおうりょう》の心配《しんぱい》や管理《かんり》の煩《わずら》わしさがなくなり、イザ出陣《しゅつじん》に備《そな》えるだけで定《さだ》まった禄《ろく》が入《はい》り家計《かけい》が安定《あんてい》した。朝倉敏景《あさくらとしかげ》はその一方《いっぽう》でまた、荘園《しょうえん》の百姓《ひゃくしょう》の内戦時《うちせんじ》に士卒《しそつ》として良《よ》く働《はたら》いた者《もの》を武士《ぶし》として家臣《かしん》に登用《とうよう》した。武士《ぶし》になった家臣《かしん》は平時《へいじ》の農作業《のうさぎょう》から解放《かいほう》された。

領主《りょうしゅ》の朝倉家《あさくらけ》も領内各地《りょうないかくち》の豪族《ごうぞく》が家臣《かしん》として城下《じょうか》に家族共々居住《かぞくともどもきょじゅう》したので、気心《きごころ》が知《し》れ目配《めくば》りが行《ゆ》き届《とど》いて、離反《りはん》の恐《おそ》れがなくなった。加《くわ》えて領国経営《りょうごくけいえい》や防衛出陣《ぼうえいしゅつじん》が何《なに》かと容易《ようい》になり、何時《いつ》しか鉄壁《てっぺき》の城下町《じょうかまち》に出来《でき》あがった。

朝倉家《あさくらけ》は領国《りょうごく》の訴訟裁量権《そしょうさいりょうけん》のみならず経済支配権《けいざいしはいけん》も占有《せんゆう》して、越前国《えちぜんこく》の絶対君主《ぜったいくんしゅ》いわゆる戦国大名《せんごくだいみょう》に成《な》り上《あ》がった。後《のち》の世《よ》の人々《ひとびと》は朝倉敏景《あさくらとしかげ》を戦国大名《せんごくだいみょう》の第一番《だいいちばん》に位置付《いちづ》けた。

九．能登国畠山家

応永《おうえい》六年（一三九九年）、畠山満則《はたけやまみつのり》は畠山宗家《はたけやまそうけ》を継《つ》いだ兄《あに》の満家《みついえ》から能登国《のとこく》を譲《ゆず》られて能登国《のとこく》畠山家《はたけやまけ》の初代守護《しょだいしゅご》になった（10頁8行目参照）。以後《いご》、義忠《よしただ》・義有《よしあり》と代々守護《だいだいしゅご》を継《つ》いで義統《よしむね》に至《いた》った。

文明《ぶんめい》三年（一四七一年）、細川勝元《ほそかわかつもと》は朝倉《あさくら》を山名《やまな》から寝返《ねがえ》らせて味方《みかた》にしたことに気《き》を良《よ》くして、今度《こんど》は畠山義統《はたけやまよしむね》を説得《せっとく》した。細川勝元《ほそかわかつもと》は義統《よしむね》に、

「その方《ほう》に管領《かんれい》を譲《ゆず》ろう。それから争《あらそ》いの絶《た》えぬ政長《まさなが》と義就《よしなり》に代《か》わって越中国守護《えっちゅうこくしゅご》も引《ひ》き受《う》けよ」と言《い》って気《き》を引《ひ》いた。

畠山義統《はたけやまよしむね》は細川勝元《ほそかわかつもと》に口説《くど》き落《お》とされた。勝元《かつもと》は義統《よしむね》を伴《ともな》って御所《ごしょ》へ参上《さんじょう》し、

「義統《よしむね》はただ今《いま》より公方《くぼう》の味方《みかた》で御座《ござ》る。よってこの勝元《かつもと》に代《か》わって義統《よしむね》を管領《かんれい》に推挙致《すいきょいた》したく御座《ござ》る」と言上《ごんじょう》した。さらに言葉《ことば》を続《つづ》けて

「義統《よしむね》の領国《りょうごく》の能登《のと》は越中《えっちゅう》に連《つら》なる。越中《えっちゅう》は義統《よしむね》の宗家《そうけ》の畠山領国《はたけやまりょうごく》なれど、ただ今領主《いまりょうしゅ》の政長《まさなが》と義就《よしなり》が相争《あいあらそ》って錯乱中《さくらんちゅう》。故《ゆえ》に畠山一族《はたけやまいちぞく》の義統《よしむね》に越中国《えっちゅうこく》の守護《しゅご》も兼《か》ねさせて乱《らん》を平定《へいてい》させたく願《ねが》って御座《ござ》る」と義統《よしむね》の気《き》を引《ひ》くように美辞麗句《びじれいく》（耳障りの良い言葉）を連《つら》ねて言上《ごんじょう》した。

畠山義統《はたけやまよしむね》は面目《めんぼく》を施《ほどこ》した。以後《いご》、北陸《ほくりく》の通路《つうろ》は皆開《みなひら》けて細川方《ほそかわがた》の物資《ぶっし》の運送《うんそう》が滞《とどこお》りなく行《おこな》われるようになった（以後163頁5行目に続く）。山名方《やまながた》から細川方《ほそかわがた》に寝返《ねがえ》る者《もの》が日《ひ》に日《ひ》に多《おお》くなった。

十．大乱終結

義尚将軍就任

文明《ぶんめい》五年（一四七三年）三月十九日、西軍《せいぐん》の総大将《そうだいしょう》、山名宗全《やまなそうぜん》が七十歳《さい》で病没《びょうぼつ》した。同年《どうねん》五月十一日、東軍《とうぐん》の総大将《そうだいしょう》、細川勝元《ほそかわかつもと》も病没《びょうぼつ》した。まだ四十四歳《さい》の若《わか》さだった。何《いず》れの葬《そう》儀《ぎ》の日《ひ》も大変《たいへん》な雷雨《らいう》の一日《いちにち》だった。京都《きょう》の人々《ひとびと》は「両雄共《りょうゆうとも》に天《てん》の怒《いか》りにお触《ふ》れなされた」と噂《うわさ》した。

両大将《りょうたいしょう》が亡《な》くなって山名方《やまながた》は嫡子《ちゃくし》の政豊《まさとよ》が後《あと》を継《つ》いだ。細川方《ほそかわがた》も同《おな》じく嫡子《ちゃくし》の政元《まさもと》が継《つ》いだ。両者《りょうしゃ》の間《あいだ》に講和《こうわ》の機運《きうん》が高《たか》まった。だが畠山義就《はたけやまよしなり》と畠山政長《はたけやままさなが》が承知《しょうち》しなかった。兎《と》に角以後《かくいご》はかばかしい戦《いくさ》はなくなった。

文明《ぶんめい》五年（一四七三年）十二月、将軍義政《しょうぐんよしまさ》の嫡子《ちゃくし》は九歳で元服《げんぷく》して義尚《よしひさ》と名乗《なの》った。義政《よしまさ》は義尚《よしひさ》に将軍《しょうぐん》を譲《ゆず》った。即日《そくじつ》、朝廷《ちょうてい》から宣下《せんげ》があって義尚《よしひさ》は征夷大将軍《せいいたいしょうぐん》になった。

直前将軍《ちょくぜんしょうぐん》の義政《よしまさ》は隠居《いんきょ》して院政《いんせい》をとった。

管領《かんれい》の能登国守護《のとこくしゅご》・畠山義統《はたけやまよしむね》は細川勝元《ほそかわかつもと》が亡《な》くなって支《ささ》えがなくなり、畠山政長《はたけやままさなが》が替《かわ》って管領《かんれい》になった。

文明《ぶんめい》八年（一四七六年）、幕府御所《ばくふごしょ》の西《にし》の在家《ざいけ》から出火《しゅっか》があり、折《おり》からの強風《きょうふう》に煽《あお》られて大火《たいか》になった。御所《ごしょ》は一宇《いちう》も残《のこ》さず焼失《しょうしつ》した。

管領畠山政長《かんれいはたけやままさなが》は手勢《てぜい》を引《ひ》き連《つ》れて幕府御所《ばくふごしょ》の廻《まわ》りを警護《けいご》した。山名方《やまながた》の襲撃《しゅうげき》はなかった。将《しょう》軍父子《ぐんふし》は無事《ぶじ》に小川《おがわ》の新造御所《しんぞうごしょ》に移《うつ》った。

文明《ぶんめい》九年（一四七七年）河内国《かわちこく》に突如大和《とつじょやまと》の筒井勢《つついぜい》が攻《せ》め入《い》った。山名方《やまながた》の畠山義就《はたけやましなり》は急《いそ》ぎ手勢《てぜい》の二千を引《ひ》き連《つ》れて領国河内《りょうごくかわち》に帰国《きこく》した。これを見《み》た大内政弘《おおうちまさひろ》は「今《いま》が潮時《しおどき》」と呟《つぶや》いて、細川政元《ほそかわまさもと》と和睦《わぼく》し領国周防《りょうごくすおう》に引《ひ》き上《あ》げた。

山名方《やまながた》は畠山義就《はたけやまよしなり》と大内政弘《おおうちまさひろ》が戦列《せんれつ》から抜《ぬ》け落《お》ちて、山名一族《やまないちぞく》の他《ほか》は宗全《そうぜん》の婿《むこ》の六角高頼《ろっかくたかより》ただ一人《ひとり》になった。

この時《とき》を待《ま》つかのように、西陣《にしじん》に大火《たいか》が起《お》こって一帯《いったい》が残《のこ》らず焼《や》け野《の》が原《はら》になった。山名一族《やまないちぞく》と六角高頼《ろっかくたかより》はこの期《き》を汐《しお》に皆《みな》、領国《りょうごく》に引《ひ》き上《あ》げた。今出川《いまでがわ》の足利義視《あしかがよしみ》も土岐美濃守《ときみののかみ》に伴《ともな》われて下美濃《しもみの》に落《お》ちた。京都《きょう》に平和《へいわ》が戻《もど》った。朝廷寺院《ちょうていじいん》をはじめ貴賤共々《きせんともども》「目出度《めでた》きこと」と悦《よろこ》びあった。

だがこの後《のち》、山名方《やまながた》の守護大名《しゅごだいみょう》のみならず天下《てんか》の大名《だいみょう》小名《しょうみょう》悉《ことごと》く公儀《こうぎ》の在京《ざいきょう》勤番《きんばん》を行《おこな》わなくなった。諸将《しょしょう》は誰《だれ》もが皆《みな》領国《りょうごく》に住《す》み付《つ》いて荘園《しょうえん》の横領《おうりょう》私有《しゆう》に励《はげ》み父子《おやこ》兄弟《きょうだい》君臣《くんしん》互《たが》いに相《あい》争《あらそ》って、天下《てんか》六十余州《よしゅう》余《あま》す所《ところ》なく戦乱《せんらん》の世《よ》になった。

文明《ぶんめい》十一年（一四七九年）、将軍義尚《しょうぐんよしひさ》は十五歳《さい》にして初《はじ》めて評定《ひょうじょう》を持《も》った。これより以降《いこう》、天下《てんか》の政道《せいどう》は名実《めいじつ》ともに義尚《よしひさ》が執《と》り行《おこな》うようになった。

足利義政《あしかがよしまさ》は東山《ひがしやま》の慈照寺《じしょうじ》（通称銀閣寺）に隠居《いんきょ》した。世《よ》の人々《ひとびと》は『東山殿《ひがしやまどの》』と呼《よ》んだ。

十一・越中流れ公方

義材将軍就任

長享元年《ちょうきょうがんねん》（一四八七年）八月、将軍足利義尚《しょうぐんあしかがよしひさ》は天下《てんか》の政道《せいどう》を正《ただ》そうと思《おも》い立《た》ち、先《ま》ずは在京勤《ざいきょうきん》番《ばん》を怠《おこた》って公儀《こうぎ》を蔑《ないがしろ》にする六角高頼《ろっかくたかより》を討伐《とうばつ》しようと近江国《おうみこく》に軍旗《ぐんき》を進《すす》めた。高頼《たかより》は戦《たたか》わずに居《きょ》城《じょう》の観音寺城《かんのんじじょう》を捨《す》てて甲賀《こうが》に逃《に》げた。義尚《よしひさ》は嘗《かつ》て幕府草創《ばくふそうそう》のときに南朝方《なんちょうがた》の楠木正成《くすのきまさしげ》を討《う》ち、正成《まさしげ》が逃《に》げるのを放置《ほうち》して後々《のちのち》の災《わざわ》いを得《え》た話《はなし》を思《おも》い出《だ》した。

「今《いま》、戦《いくさ》を収《おさ》めては『元《もと》の木阿弥《もくあみ》』（大和国大名の筒井順昭が病死した時、死を隠して声の似た盲目の物乞い坊主（木阿弥）を探し出して影武者に仕立てたが、やがて不要になって元の物乞い坊主に戻されたという例え話）になり、征伐《せいばつ》した甲斐《かい》もなし」と思《おも》った。そこで陣《じん》を近江《おうみ》の坂本《さかもと》から鈎《まがり》の里《さと》（栗東市）へ移《うつ》して逗留《とうりゅう》した。将軍義尚《しょうぐんよしひさ》は長陣《ながじん》の退屈《たいくつ》を紛《まぎ》らそうと、美濃国《みのこく》にいた叔父《おじ》の今出川義視《いまでがわよしみ》との和睦《わぼく》を試《こころ》みた。義《よし》視《み》は応仁《おうにん》の乱《らん》の後半《こうはん》には将軍家《しょうぐんけ》と敵味方《てきみかた》に別《わか》れて（71頁3～4行目参照）、文明《ぶんめい》九年（一四七七年）には下美濃《しもみの》に退去《たいきょ》していた。

長享《ちょうきょう》三年（一四八九年）春《はる》、将軍義尚《しょうぐんよしひさ》はふとした病《やまい》が元《もと》となって死没《しぼっ》した。僅《わず》か二十五歳。若《わか》くして没《ぼっ》して子《こ》がなかった。東山《ひがしやま》に隠居《いんきょ》した前将軍《ぜんしょうぐん》の義政《よしまさ》にも義尚《よしひさ》の他《ほか》に子《こ》がなかった。そこで弟《おとうと》の今出川義視《いまでがわよしみ》と和睦《わぼく》して義視《よしみ》の子《こ》の義材《よしき》を養子《ようし》にした。義材《よしき》を養子《ようし》にすることには義政夫人《よしまさふじん》の富子《とみこ》も承知《しょうち》した。義材《よしき》はこのとき二十四歳、母《はは》は義政《よしまさ》の室富子《しつとみこ》の妹《いもうと》だ。

長享《ちょうきょう》三年（一四八九年）四月、改元《かいげん》して延徳《えんとく》になった。

同年《どうねん》四月、足利義材《あしかがよしき》は東山《ひがしやま》に隠居《いんきょ》した前将軍《ぜんしょうぐん》の義政《よしまさ》から征夷大将軍《せいいたいしょうぐん》の位《くらい》が譲《ゆず》られた。

翌延徳《よくえんとく》二年（一四九〇年）正月《しょうがつ》七日、足利義政《あしかがよしまさ》は五十六歳で病没《びょうぼつ》した。

翌延徳《よくえんとく》三年（一四九一年）正月《しょうがつ》七日、今出川義視《いまでがわよしみ》も病没《びょうぼつ》した。

「兄弟《きょうだい》の没年年《ぼつねんとし》を続《つづ》け月日《つきひ》を同《おな》じくするは稀有《けう》な事《こと》」と京《きょう》都の人々《ひとびと》は噂《うわさ》した。

足利義材《あしかがよしき》は二十四歳《さい》で将軍《しょうぐん》になった。応仁《おうにん》の乱《らん》を起《お》こした諸大名《しょだいみょう》は既《すで》に次々《つぎつぎ》と死没《しぼっ》して、めぼしい大名《だいみょう》は畠山政長《はたけやままさなが》ただ一人《ひとり》になった。

細川政元台頭と畠山政長自害並びに将軍義材入牢

畠山政長《はたけやままさなが》は従三位左衛門督《じゅさんいさえもんのかみ》に昇《のぼ》った。管領《かんれい》には三度《さんど》もなって、次第《しだい》に人《ひと》を人《ひと》とも思《おも》わなくなった。三管四職《さんかんししき》(管領に就く三家と侍所別当に就く四家)の幕府《ばくふ》の重鎮《じゅうちん》も皆《みな》、自分《じぶん》の目下《めした》に置《お》いた。

延徳《えんとく》二年(一四九〇年)、畠山義就《はたけやまよしなり》が病没《びょうぼつ》した。義就《よしなり》の嫡子《ちゃくし》の義豊《よしとよ》が跡《あと》を継《つ》ぎ、父《ちち》に替《か》わって政長《まさなが》に逆《さか》らった。

明応《めいおう》二年(一四九三年)春《はる》、畠山政長《はたけやままさなが》は河内国《かわちこく》の畠山義豊《はたけやまよしとよ》の居城《きょじょう》の誉田城《こんだじょう》(羽曳野市)を討伐《とうばつ》した。将軍義材《しょうぐんよしき》は畠山政長《はたけやままさなが》の依頼《いらい》を受《う》けて「畠山政長《はたけやままさなが》に助勢致《じょせいいた》さねばなるまい」と気易《きやす》く言《い》って出馬《しゅつば》した。畠山政長《はたけやままさなが》は一千騎《いっせんき》を従《したが》えて将軍《しょうぐん》義材《よしき》の供《とも》をし、河内国正覚寺《かわちこくしょうかくじ》に陣取《じんど》った。

この時《とき》の管領《かんれい》は細川政元《ほそかわまさもと》(勝元の後継)だ。政元《まさもと》は畠山政長《はたけやままさなが》が京都《きょうと》から離《はな》れた一瞬《いっしゅん》の隙《すき》を突《つ》いて、政長《まさなが》の横暴《おうぼう》を憎《にく》む京極《きょうごく》、山名《やまな》や桃井《ももい》、一色《いっしき》らと語《かた》らい謀叛《むほん》の軍勢《ぐんぜい》を起《おこ》した。

細川政元《ほそかわまさもと》は誉田城《こんだじょう》の畠山義豊《はたけやまよしとよ》と気脈《きみゃく》を通《つう》じて四万の軍勢《ぐんぜい》を従《したが》え、畠山政長《はたけやままさなが》が陣取《じんど》る河内国《かわちこく》正覚寺《しょうかくじ》を襲《おそ》った。

同年《どうねん》四月、河内《かわち》の正覚寺《しょうかくじ》は大軍《たいぐん》に包囲《ほうい》された。将軍義材《しょうぐんよしき》は正覚寺《しょうかくじ》を落《お》ちた所《ところ》を細川政元《ほそかわまさもと》家臣《かしん》の上原左衛門《うえはらさえもん》に捕《とら》えられた（以後96頁9行目に続く）。

正覚寺《しょうかくじ》では畠山政長《はたけやままさなが》をはじめ譜代《ふだい》の家臣《かしん》の遊佐長滋《ゆさながしげ》や斎藤《さいとう》・志貴《しき》・杉原《すぎはら》らが死《し》に物狂《ものぐる》いで戦《たたか》った。けれども多勢《たぜい》に無勢《ぶぜい》で如何《いかん》ともし難《がた》かった。

畠山政長《はたけやままさなが》の嫡子《ちゃくし》はこのとき十三歳《さい》。尚順《ひさのぶ》といって政長《まさなが》に従《したが》い正覚寺《しょうかくじ》に在陣《ざいじん》していた。政長《まさなが》は尚順《ひさのぶ》を脇《わき》に座《すわ》らせ、平助左ヱ門《たいらすけざえもん》を呼《よ》んで

「この子《こ》を汝《なんじ》に託《たく》すゆえ、如何《いか》なる知恵《ちえ》を廻《めぐ》らしてでもこの城《しろ》を抜《ぬ》け出《だ》してこの子《こ》を守《まも》り、何《なん》としてでも畠山家《はたけやまけ》を再興《さいこう》させてくれ」と頼《たの》んだ。平《たいら》は

「仰《おお》せ御尤《ごもっと》もなれども、それがし今度《こんど》は最期《さいご》のお供《とも》をしようと覚悟《かくご》を固《かた》めて御座《ござ》る。若君《わかきみ》の御事《おんこと》は某《それがし》の一族《いちぞく》の平三郎左衛門《たいらさぶろうざえもん》に仰《おお》せ下《くだ》され」と返事《へんじ》して三郎左衛門《さぶろうざえもん》を呼《よ》んだ。三郎左衛門《さぶろうざえもん》も

「是非《ぜひ》にも最期《さいご》のお供《とも》を仕《つかまつ》る所存《しょぞん》。若君《わかぎみ》の事《こと》は余人《よにん》に仰《おお》せ付《つ》け下《くだ》され」と断《ことわ》った。

畠山政長《はたけやままさなが》は叱《しか》ったり諭《さと》したりして、

「汝《なんじ》ら迷《まよ》い事《ごと》を申《もう》すな。死《し》を今日《こんにち》に期《き》して唯今《ただいま》、自害《じがい》せん事《こと》は易《やす》き事《こと》なれども、生《せい》を後日《ごじつ》に伸《の》ばし尚順《ひさのぶ》を護《まも》り立《た》てて世《よ》に出《だ》さんと致《いた》すは、死《し》に優《まさ》る至《いた》って大切《たいせつ》な忠義《ちゅうぎ》なるぞ」と言《い》い付《つ》けた。

平三郎左衛門《たいらさぶろうざえもん》は泣《な》く泣《な》く承知《しょうち》した。平《たいら》は丁度《ちょうど》この時《とき》、将軍《しょうぐん》の慰労《いろう》に来《き》ていた桂《かつら》の遊女《ゆうじょ》の着物《きもの》を尚順《ひさのぶ》に着《き》せて遊女《ゆうじょ》の仲間《なかま》に仕立《した》てた。

畠山尚順《はたけやまひさのぶ》は遊女《ゆうじょ》らと共《とも》に城《しろ》を落《お》ちた。平《たいら》は遊女《ゆうじょ》の下男《げなん》に成《な》り済《す》まし、舞装束《まいしょうぞく》や鼓太鼓《つづみたいこ》を持《も》って敵陣《てきじん》を通過《つうか》した。畠山家《はたけやまけ》重代《じゅうだい》の名刀《めいとう》は竹筒《たけづつ》に入《い》れて背《せ》に担《かつ》いだ。敵陣《てきじん》には桂《かつら》の遊女《ゆうじょ》を知《し》る者《もの》も大勢《おおぜい》いて、不審《ふしん》に思《おも》う者《もの》や咎《とが》め立《だ》てする者《もの》もなく、尚順《ひさのぶ》の一行《いっこう》は無事《ぶじ》に敵陣《てきじん》を抜《ぬ》け出《だ》した。

夜《よる》になった。畠山政長《はたけやままさなが》は陣中《じんちゅう》にいた大納言光忠卿《だいなごんみつただきょう》や家臣一同《かしんいちどう》を集《あつ》めて最期《さいご》の酒宴《しゅえん》を催《もよお》した。杯《さかずき》が一座《いちざ》の面々《めんめん》を一巡《いちじゅん》したところで一同《いちどう》は心静《こころしず》かに念仏《ねんぶつ》を唱《とな》えた。

先《ま》ず畠山政長《はたけやままさなが》が刀《かたな》をとり腹十文字《はらじゅうもんじ》に掻《か》き切《き》った。その刀《かたな》を大納言光忠卿《だいなごんみつただきょう》に手渡《てわた》した。光忠卿《みつただきょう》も自害《じがい》し、それより順次腹《じゅんじはら》を切《き》って二百余人一人《ひとり》残《のこ》らず自害《じがい》した。

畠山尚順《はたけやまひさのぶ》は平三郎左衛門《たいらさぶろうざえもん》に導《みちび》かれて大和国吉野《やまとこくよしの》に隠《かく》れた（以後101頁1行目に続く）。

管領細川政元《かんれいほそかわまさもと》は将軍義材《しょうぐんよしき》を召《め》し捕《と》って意気揚々《いきようよう》と河内《かわち》から帰洛《きらく》した。そしてこの政変《せいへん》の支援《しえん》をしてくれた元将軍義政夫人《もとしょうぐんよしまさふじん》の富子《とみこ》を訪《たず》ねて、義材《よしき》の処分《しょぶん》を相談《そうだん》した。

富子《とみこ》は自分《じぶん》の口利《くちき》きで将軍《しょうぐん》にしたのに少《すこ》しも意《い》に沿《そ》わない義材《よしき》が苦々《にがにが》しかった。富子《とみこ》は義材《よしき》から将軍《しょうぐん》の座《ざ》を召《め》し上《あ》げて幕府《ばくふ》から追放《ついほう》した。

細川政元《ほそかわまさもと》は幕府御所《ばくふごしょ》で
「この世《よ》に公方《くぼう》（将軍）が無《な》くては叶《かの》うまい」と評定《ひょうじょう》を開《ひら》いた。

ここに適任者《てきにんしゃ》が一人《ひとり》いた。


話《はなし》はしばらく鎌倉府《かまくらふ》に移《うつ》る（77頁2行目の続き）。

長禄元年《ちょうろくがんねん》（一四五七年）、将軍義政《しょうぐんよしまさ》は弟《おとうと》の政知《まさとも》を鎌倉《かまくら》に送《おく》って鎌倉府《かまくらふ》を再建《さいけん》しようとした。関東《かんとう》管領《かんれい》の上杉憲実《うえすぎのりざね》は勢力《せいりょく》が削《そ》がれるのを恐《おそ》れて足利政知《あしかがまさとも》の鎌倉入《かまくらい》りを拒《こば》み、伊豆《いず》の堀越《ほりこし》に御所《ごしょ》を築《きず》いて所領《しょりょう》を与《あた》え留《と》め置《お》いた。やがて応仁《おうにん》の乱《らん》が起《お》こって鎌倉府再建《かまくらふさいけん》はうやむやになった。堀越《ほりこし》に留《とど》まった足利政知《あしかがまさとも》は世間《せけん》から堀越公方《ほりこしくぼう》と呼《よ》ばれた。堀越公方《ほりこしくぼう》の政知《まさとも》には二人《ふたり》の子《こ》があった。政知《まさとも》は後妻《ごさい》の子《こ》を寵愛《ちょうあい》して、前妻《ぜんさい》の長男茶々丸《ちょうなんちゃちゃまる》を疎《うと》んじた。後妻《ごさい》は我《わ》が子《こ》の将来《しょうらい》を案《あん》じて邸内《ていない》に座敷《ざしき》牢《ろう》を作《つく》り、茶々丸《ちゃちゃまる》を閉《と》じ込《こ》めた。

延徳《えんとく》三年（一四九一年）、茶々丸《ちゃちゃまる》は旧臣《きゅうしん》の助《たす》けを得《え》て脱獄《だつごく》し、継母《ままはは》を殺《ころ》して父《ちち》の政知《まさとも》に敵対《てきたい》した。伊豆国《いずこく》は混乱《こんらん》した。

隣国駿河国《りんごくするがこく》の豪族《ごうぞく》で興国寺《こうこくじ》城主《じょうしゅ》の伊勢長氏《いせながうじ》は、堀越公方《ほりこしくぼう》の助勢《じょせい》を大義名分《たいぎめいぶん》にして伊豆《いず》に出兵《しゅっぺい》し、政知《まさとも》・茶々丸父子《ちゃちゃまるふし》を討《う》ち滅《ほろ》ぼして伊豆国《いずこく》を平定《へいてい》し、戦国大名《せんごくだいみょう》に成《な》り上《あ》がった。

伊勢長氏《いせながうじ》はやがて入道《にゅうどう》して北条早雲《ほうじょうそううん》と号《ごう》した（詳細は230頁7行目以降参照）。

堀越公方《ほりこしくぼう》の政知《まさとも》の次男《じなん》はこの時《とき》十二歳《さい》。隣国駿河国《りんごくするがこく》の今川《いまがわ》を頼《たよ》って逃《のが》れ、やがて京都《きょう》に隠《かく》れた。

堀越公方次男義澄の将軍就任と廃将軍義材の越中逃亡

話《はなし》は元《もと》に戻《もど》る。管領細川政元《かんれいほそかわまさもと》はこの堀越公方《ほりこしくぼう》の次男《じなん》が天竜寺《てんりゅうじ》（京都五山の一つ）にいるのを思《おも》い出《だ》し、

「堀越公方《ほりこしくぼう》の御次男《ごじなん》は亡《な》き東山殿《ひがしやまどの》（前将軍義政）の甥《おい》にましませば、これを公方《くぼう》に推戴《すいたい》いたそう」

と言《い》って取《と》り立《た》てた。

明応《めいおう》二年（一四九三年）、足利政知《あしかがまさとも》の次男《じなん》、足利義澄《あしかがよしずみ》は弱冠《じゃっかん》十四歳《さい》にして、細川政元《ほそかわまさもと》に取《と》り立《た》てられて征夷大将軍《せいいたいしょうぐん》になった（以後157頁3行目に続く）。

ところで廃将軍《はいしょうぐん》の足利義材《あしかがよしき》は河内国正覚寺落城《かわちこくしょうかくじらくじょう》の折《おり》に、大和国《やまとこく》の筒井《つつい》を頼《たよ》って落《お》ちる所《ところ》を管《かん》領細川政元《れいほそかわまさもと》の家臣《かしん》の上原左衛門《うえはらさえもん》に捕《とら》えられた（以後92頁4行目の続き）。そして細川政元《ほそかわまさもと》の命《めい》で伯々《はは》下部紀伊守《かべきいのかみ》に預《あず》けられた。伯々下部《ははかべ》は屋敷内《やしきない》に獄舎《ごくしゃ》を造《つく》って義材《よしき》を押《お》し込《こ》めた。獄舎《ごくしゃ》には牢番一《ろうばんひと》人《り》と下女一人《げじょひとり》の他《ほか》は誰《だれ》も近付《ちかづ》けなかった。あるとき牢番《ろうばん》は義材《よしき》に

「殿《との》の脱獄《だつごく》をお助《たす》けします故《ゆえ》、無事《ぶじ》にここを落《お》ち延《の》びて御運《ごうん》を開《ひら》かせ給《たま》へ。その代《か》わりに本意《ほんい》を

遂《と》げられた暁《あかつき》には我《わ》が子孫《しそん》を取《と》り立《た》てて下《くだ》さりませ。我《われ》はここに残《のこ》って殿《との》を隠《かく》し、如何様《いかよう》の責《せ》苦《く》に遭《あ》っても行方《ゆくえ》は申《もう》しませぬ」と密約《みつやく》した。牢番《ろうばん》は義材《よしき》から近習《きんしゅう》の居所《いどころ》を教《おそ》わって渡《わた》りを付《つ》けた。

明応《めいおう》二年（一四九三年）六月、風雨《ふうう》の烈《はげ》しい夜《よる》に足利義材《あしかがよしき》は牢番《ろうばん》の助《たす》けを得《え》て、世話《せわ》をしにきた下女《げじょ》の輿《こし》に乗《の》り、洗濯物《せんたくもの》に包《くる》まって伯々下部《ははかべ》の屋敷《やしき》を抜《ぬ》け出《だ》した。牢番《ろうばん》はその後《ご》も毎日獄舎《まいにちごくしゃ》に食事《しょくじ》を運《はこ》び、如何《いか》にも義材《よしき》が居《い》る様《よう》に振《ふ》る舞《ま》った。事《こと》が発覚《はっかく》した時《とき》には義材《よしき》は既《すで》に京都《きょう》から遠《とお》く逃《に》げ落《お》ちていた。

足利義材《あしかがよしき》は煙《けむり》のように忽然《こつぜん》と獄舎《ごくしゃ》から消《き》えた。細川政元《ほそかわまさもと》は牢番《ろうばん》を責《せ》めた。牢番《ろうばん》は「天狗《てんぐ》が現《あらわ》れて、前《まえ》の公方様《くぼうさま》をさらって飛《と》び去《さ》った」と言《い》い、他《ほか》は「知《し》らぬ、存《ぞん》ぜぬ」を言《い》い通《とお》した。政元《まさもと》は牢番《ろうばん》を賀茂《かも》の河原《かわら》に引《ひ》き出《だ》して首《くび》を刎《は》ねた。

足利義材《あしかがよしき》は亡《な》き畠山政長《はたけやままさなが》の旧臣《きゅうしん》七十余名《よめい》と近習《きんしゅう》に護《まも》られ京都《きょう》を脱出《だっしゅつ》して近江国《おうみこく》に入《はい》った。そして琵琶湖《びわこ》を舟《ふね》で渡《わた》り、その昔亡父《むかしぼうふ》の今出川義視《いまでがわよしみ》と亡命《ぼうめい》した時《とき》に共《とも》に過《す》ごした美濃国《みのこく》に入《はい》った。

明応《めいおう》二年（一四九三年）八月初旬《しょじゅん》、足利義材《あしかがよしき》は再起《さいき》を期《き》して、亡《な》き畠山政長《はたけやままさなが》の第一《だいいち》の忠臣《ちゅうしん》で、且《か》つ当代第一《とうだいだいいち》の猛将《もうしょう》、神保長誠《じんぼながのぶ》を頼《たよ》って越中国入《えっちゅうこくい》りした。

このとき、越中国婦負《えっちゅうこくねい》・射水《いみず》両郡《りょうぐん》の守護代神保長誠《しゅごだいじんぼながのぶ》は、応仁《おうにん》の乱《らん》と一向一揆《いっこういっき》で荒《あ》れた越中《えっちゅう》国《こく》の復興《ふっこう》を主君畠山政長《しゅくんはたけやままさなが》から命《めい》ぜられて、守護屋形《しゅごやかた》がある越中国放生津《えっちゅうこくほうじょうづ》（射水市新湊）に帰《かえ》っていた。そしてこの春《はる》、中風《ちゅうふう》（脳卒中）を患《わずら》って身体《からだ》が不自由《ふじゆう》になり、河内国《かわちこく》の正覚寺《しょうかくじ》の変《へん》に馳《は》せ参《さん》じて主君畠山政長《しゅくんはたけやままさなが》と最期《さいご》を共《とも》にすることが出来《でき》ないでいた。

神保長誠《じんぼながのぶ》は突然《とつぜん》に現《あらわ》れた直前将軍《ちょくぜんしょうぐん》の義材《よしき》を越中国放生津《えっちゅうこくほうじょうづ》に迎《むか》えた。長誠《ながのぶ》は御所《ごしょ》を造営《ぞうえい》して手《て》厚《あつ》く仕《つか》えた。足利義材《あしかがよしき》の旧臣《きゅうしん》は京都《きょう》から落《お》ちて続々《ぞくぞく》と越中《えっちゅう》に集《あつ》まった。越中国放生津《えっちゅうこくほうじょうづ》は京都《みやこ》のような賑《にぎ》わいになった。

同年《どうねん》八月、足利義材《あしかがよしき》が越中国《えっちゅうこく》に到着《とうちゃく》して間《ま》もなく、河内国《かわちこく》の畠山義豊《はたけやまよしとよ》が放《はな》った追討勢《ついとうぜい》（刺客）が越中国《えっちゅうこく》に侵入《しんにゅう》して放生津《ほうじょうづ》を急襲《きゅうしゅう》した。神保勢《じんぼぜい》は油断《ゆだん》なく警護《けいご》を固《かた》めていた。越中国新川郡守《えっちゅうこくにいかわぐんしゅ》護代《ごだい》の椎名《しいな》と砺波郡守護代遊佐《となみぐんしゅごだいゆさ》も放生津《ほうじょうづ》に駆《か》けつけて警護《けいご》に加《くわ》わった。義材《よしき》は混乱《こんらん》を避《さ》けて、しばらく新川郡《にいかわぐん》の小川寺《おがわじ》（魚津市）に隠《かく》れた。越中勢《えっちゅうぜい》は挙《あ》げて義材《よしき》の警護《けいご》に当《あ》たった。

九月、追討勢《ついとうぜい》は越中国《えっちゅうこく》から追《お》い出《だ》されて河内国《かわちこく》へ逃《に》げ帰《かえ》った。

同年秋《どうねんあき》、足利義材《あしかがよしき》は休《やす》む間《ま》も無《な》く神保長誠《じんぼながのぶ》の下《もと》で天下《てんか》の諸将《しょしょう》に御教書《みきょうしょ》（親書）を発《は》して上洛《じょうらく》の軍勢《ぐんぜい》を集《あつ》めた。隣国能登国守護《りんごくのとこくしゅご》の畠山義元《はたけやましもと》と越前国守護《えちぜんこくしゅご》の朝倉貞景《あさくらさだかげ》は自《みずか》ら越中国放生津《えっちゅうこくほうじょうづ》に伺候《しこう》した。越後国守護《えちごこくしゅご》の上杉房能《うえすぎふさよし》は名代《みょうだい》を伺候《しこう》させた。北陸《ほくりく》の大名《だいみょう》はすべて義材《よしき》に忠誠《ちゅうせい》を誓《ちか》った。

直前将軍《ちょくぜんしょうぐん》の義材《よしき》は越中《えっちゅう》・能登《のと》・越後《えちご》・越前《えちぜん》・若狭《わかさ》の軍勢《ぐんぜい》を揃《そろ》えた（加賀は156頁末参照）。けれども西国《さいごく》の諸将《しょしょう》への連絡《れんらく》は細川政元《ほそかわまさもと》に妨害《ぼうがい》されて途絶《とだ》え、義材《よしき》の上洛《じょうらく》は沙汰止《さたや》みになった。

ところで足利義材《あしかがよしき》は将軍《しょうぐん》を追《お》われる直前《ちょくぜん》の明応《めいおう》二年（一四九三年）の春《はる》、明《みん》からの正使《せいし》を迎《むか》えて遣明船《けんみんせん》を出航《しゅっこう》させていた。交易《こうえき》には勘合符《かんごうふ》を用《もち》い、符《ふ》を持《も》たなくては明《みん》との交易《こうえき》が出来《でき》ない仕組《しく》みになっている。勘合船《かんごうせん》の利益《りえき》は莫大《ばくだい》だ。義材《よしき》は西国《さいごく》の大内《おおうち》・大友《おおとも》・島津《しまづ》にこの勘合符《かんごうふ》を与《あた》える代《か》わりに細川追討《ほそかわついとう》の軍勢《ぐんぜい》を求《もと》めた。西国諸将《さいごくしょしょう》は何《いず》れも義材《よしき》の取引《とりひき》に応《おう》じた。

明応四年《めいおう》（一四九五年）三月、足利義材《あしかがよしき》は再度挙兵《さいどきょへい》の御教書《みきょうしょ》を発《はっ》した。北陸《ほくりく》の諸国《しょこく》は直《ただ》ちに応《おう》じた。西国諸国《さいごくしょこく》の大内《おおうち》・大友《おおとも》・菊池《きくち》・島津《しまづ》・相良《さがら》らも北陸勢《ほくりくぜい》に応《おう》じた。けれども近畿《きんき》の織田《おだ》・池田《いけだ》・六角《ろっかく》・赤松《あかまつ》らが挙兵《きょへい》を渋《しぶ》って細川政元側《ほそかわまさもとがわ》に付《つ》いた。それがために政元包囲網《まさもとほういもう》が出来《でき》ず、上洛《じょうらく》はまたも実行困難《じっこうこんなん》になった。

明応《めいおう》六年（一四九七年）、後土御門天皇《ごつちみかどてんのう》は将軍家《しょうぐんけ》の事態《じたい》を案《あん》じて和議《わぎ》を仲介《ちゅうかい》した。越中国《えっちゅうこく》では神保長誠《じんぼながのぶ》の代理《だいり》として鞍川《くらかわ》（氷見市）の地頭鞍川兵庫介《じとうくらかわひょうごのすけ》と吉見吉隆《よしみよしたか》が和議《わぎ》の使者《ししゃ》に立《た》った。

同年《どうねん》七月、鞍川《くらかわ》は数千貫《すうせんかん》（4貫で1両）の料足《りょうそく》（金銭）を携《たずさ》えて上洛《じょうらく》した。九月になって細川政元《ほそかわまさもと》の家臣《かしん》の安富《やすとみ》が越中国《えっちゅうこく》に下《くだ》り、足利義材《あしかがよしき》に目通《めどお》りして細川方《ほそかわがた》が和議《わぎ》を受《う》け入《い》れる条件《じょうけん》を内示《ないじ》した。

足利義材《あしかがよしき》は自《みずか》らの正統《せいとう》を主張《しゅちょう》して譲《ゆず》らなかった。交渉《こうしょう》ははかばかしくは進《すす》まなかった（以後104頁5行目に続く）。

畠山尚順の成長

話《はなし》は畠山政長《はたけやままさなが》の遺子《いし》尚順《ひさのぶ》のその後《ご》に移《うつ》る（94頁2行目の続き）。畠山家《はたけやまけ》に木澤《きざわ》と言《い》う家臣《かしん》がいた。主君《しゅくん》が討《う》たれて浪人《ろうにん》し、和泉国堺《いずみこくさかい》の庄《しょう》（堺市）に落《お》ちた。堺《さかい》の庄《しょう》は幕府《ばくふ》の遣明船《けんみんせん》の貿易港《ぼうえきこう》で天下一《てんかいち》の賑《にぎ》わいがあった。

木澤《きざわ》は何《なん》としても主家《しゅけ》を再興《さいこう》させたいと願《ねが》って軍資金《ぐんしきん》の調達《ちょうたつ》を試《こころ》みた。しかし、浪人《ろうにん》の身《み》では如何《いかん》とも致《いた》し難《がた》かった。ある大雪《おおゆき》の夜《よる》、木澤《きざわ》は堺《さかい》の庄《しょう》の菜屋《なや》という町人《ちょうにん》の家《いえ》の前《まえ》を通《とお》りかかったが、下駄《げた》の歯《は》に雪《ゆき》が喰《く》い込《こ》んで歩《ある》けなくなった。そこで菜屋《なや》の門《もん》の柱《はしら》にコンコンと下駄《げた》を叩《たた》きつけて雪《ゆき》を落《おと》とした。すると深夜《しんや》であるのに内《うち》から戸《と》が開《あ》いて裾《すそ》を引《ひ》いて中《なか》に入《い》れる者《もの》があった。真《ま》っ暗闇《くらやみ》の中《なか》を木澤《きざわ》は怪《あや》しく思《おも》ったが、騒《さわ》がずされるままに袖《そで》を引《ひ》かれて屋敷《やしき》に入《はい》った。座敷《ざしき》の屏風《びょうぶ》の中《なか》で女房《にょうぼう》が待《ま》っていた。

女房《にょうぼう》は繁々《しげしげ》と木澤《きざわ》の顔《かお》を見《み》て、呆《あき》れ果《は》てた顔《かお》をした。木澤《きざわ》は脅《おど》したり賺《すか》したりして、無理矢理《むりやり》事情《じじょう》を聞《き》き出《だ》すと

「ここは菜屋《なや》という町人《ちょうにん》の屋敷《やしき》で御座《ござ》います。亭主《ていしゅ》は高麗国《こうらいこく》に渡航《とこう》して長々《ながなが》の留守《るす》。貴方様《あなたさま》が門《もん》を叩《たた》かれたので妾《わらわ》はてっきり好《す》きな人《ひと》の合図《あいず》と思《おも》い込《こ》んで戸《と》を開《あ》けました」と白状《はくじょう》した。木澤《きざわ》は
「某《それがし》は菜屋《なや》とは顔見知《かおみし》りの者《もの》。亭主殿《ていしゅどの》が高麗国《こうらいこく》から戻《もど》られた暁《あかつき》には、必《かなら》ず其女《そなた》の不義《ふぎ》を告《つ》げ聞《き》かそう」と脅《おど》した。菜屋《なや》の女房《にょうぼう》は
「この事《こと》、内緒《ないしょ》にして頂《いただ》ければ如何様《いかよう》の御礼《おんれい》も差《さ》し上《あ》げます」と手《て》を付《つ》き、頭《あたま》を床《ゆか》に擦《す》り付《つ》けて哀願《あいがん》した。木澤《きざわ》は納得《なっとく》せず、何《なに》も受《う》け取《と》らずに帰《かえ》った。ただ帰《かえ》りがけに床《とこ》の間《ま》にあった由緒《ゆいしょ》ありげな笛《ふえ》を一管懐中《いっかんかいちゅう》に押《お》し込《こ》んで帰《かえ》った。女房《にょうぼう》は全《まった》く気付《きづ》かなかった。やがて菜屋《なや》の亭主《ていしゅ》が高麗国《こうらいこく》から帰《かえ》るという報《しら》せが来《き》た。菜屋《なや》の女房《にょうぼう》は屋敷《やしき》を掃除《そうじ》した。そして笛《ふえ》がないことに気《き》が付《つ》いて、木澤《きざわ》を思《おも》い出《だ》し、尋《たず》ね探《さが》して逢《あ》いに来《き》て
「あの笛《ふえ》は主人《しゅじん》が秘蔵《ひぞう》の笛《ふえ》で御座《ござ》います。無《な》くなったでは済《す》みませんので、何《なん》としてもお返《かえ》し頂《いただ》きたくお願《ねが》いします」と頼《たの》み込《こ》んだ。木澤《きざわ》は
「そこもとの不義《ふぎ》を御亭主《ごていしゅ》に告《つ》げる証拠《しょうこ》の品《しな》なれば、この笛《ふえ》は返《かえ》す訳《わけ》には参《まい》らぬ」といって追《お》い

返《かえ》した。女房《にょうぼう》は困《こま》り果《は》てて実家《じっか》の臙脂屋《べにや》の父《ちち》に泣《な》き付《つ》いた。
臙脂屋《べにや》は幕府《ばくふ》の財政《ざいせい》も左右《さゆう》する堺《さかい》の庄《しょう》の大富豪《だいふごう》だが、
「嫁《よめ》に出《だ》した娘《むすめ》の不始末《ふしまつ》は我《わ》が身《み》の不始末《ふしまつ》。放置《ほうち》すれば我《わ》が身《み》に災難《さいなん》が及《およ》ぶ」と呻《うめ》き、木澤《きざわ》に詫《わ》びを入《い》れようと臙脂屋《べにや》に招待《しょうたい》した。木澤《きざわ》は臙脂屋《べにや》に案内《あんない》されて、詫《わ》びを受《う》け
「某《それがし》は元管領《もとかんれい》畠山政長《はたけやままさなが》の家臣《かしん》で御座《ござ》る」と明《あ》かして、主家再興《しゅけさいこう》の援助《えんじょ》を申《もう》し出《で》た。臙脂屋《べにや》は
「『奇貨居《きかお》くべし』（中国戦国時代の秦《しん》の商人呂不韋《ろふい》が趙《ちょう》に人質になった秦の王子を助けたときに発した言葉。後にこの王子は秦の始皇帝《しこうてい》になり呂は宰相《さいしょう》になる・原典は史記呂不韋列伝）とはこの事《こと》。もし畠山家《はたけやまけ》が世《よ》に出《で》れば我家《わがや》の繁栄《はんえい》は間違《まちが》いなし」と思《おも》った。それで家財《かざい》を傾《かたむ》けても畠山家再興《はたけやまけさいこう》の軍資金《ぐんしきん》は提供《ていきょう》すると約束《やくそく》した。
木澤《きざわ》は畠山旧臣《はたけやまきゅうしん》の杉原《すぎはら》・斎藤《さいとう》・志貴《しき》・丹下《たんげ》・宮崎《みやざき》・安見《やすみ》・遊佐《ゆさ》らに触《ふ》れを廻《まわ》して蜂起《ほうき》した。
明応《めいおう》七年（一四九八年）正月《しょうがつ》、畠山尚順《はたけやまひさのぶ》は木澤《きざわ》らの迎《むか》えを受《う》けて紀伊国《きいこく》から出国《しゅっこく》し、旧臣《きゅうしん》らに担《かつ》がれて河内国高屋城《かわちこくたかやじょう》を攻《せ》め落《お》とした。続《つづ》いて宿敵《しゅくてき》の畠山義豊《はたけやましとよ》の居城《きょじょう》の河内国平野城《かわちこくひらのじょう》を囲《かこ》み、息《いき》も

継《つ》がせず攻《せ》め立《た》てた。

平野城《ひらのじょう》は落城《らくじょう》して畠山義豊《はたけやまよしとよ》は自刃《じじん》した。畠山尚順《はたけやまひさのぶ》は父政長《ちちまさなが》の仇《かたき》を討《う》って本懐《ほんかい》を遂《と》げ、紀伊《きい》大和《やまと》と本領《ほんりょう》河内国《かわちこく》を手《て》に入《い》れた。

畠山義豊《はたけやまよしとよ》の跡《あと》は子《こ》の義英《よしひで》が継《つ》いだ。


話《はなし》は元《もと》に戻《もど》る（100頁9行目の続き）。明応《めいおう》七年（一四九八年）、畠山尚順《はたけやまひさのぶ》（政長の遺子）は河内《かわち》と大和国《やまとこく》を平定《へいてい》した後《のち》、足利義材《あしかがよしき》に目通《めどお》りしようと越中国《えっちゅうこく》へ下向《げこう》した。

畠山尚順《はたけやまひさのぶ》は放生津《ほうじょうづ》に寓居《ぐうきょ》する義材《よしき》の御前《ごぜん》に参上《さんじょう》して拝謁《はいえつ》した。両人《りょうにん》が眼《め》を合《あ》わせた途端《とたん》に、瞼《まぶた》に河内国正覚寺《かわちこくしょうかくじ》の別《わか》れの場面《ばめん》が蘇《よみがえ》って胸《むね》が詰《つ》まった。両人共《りょうにんとも》に互《たが》いに只手《ただて》を取《と》り合《あ》って涙《なみだ》に咽《むせ》び声《こえ》をあげて泣《な》いた。

畠山尚順《はたけやまひさのぶ》は足利義材《あしかがよしき》に巡《めぐ》り会《あ》えた慶《よろこ》びの記《しる》しとして尚慶《ひさよし》と改名《かいめい》した（以後尚慶）。

神保長誠《じんぼながのぶ》は自分《じぶん》の息子達《むすこたち》を越中御所《えっちゅうごしょ》へ呼《よ》んだ。それから新川郡守護代《にいかわぐんしゅごだい》の椎名《しいな》と砺波郡守護代《となみぐんしゅごだい》の遊佐《ゆさ》の若当主達《わかとうしゅたち》も御所《ごしょ》に呼《よ》んで、一同揃《いちどうそろ》って足利義材《あしかがよしき》と畠山尚慶《はたけやまひさよし》の御前《ごぜん》に参上《さんじょう》した。

神保長誠《じんぼながのぶ》は主君《しゅくん》の畠山尚慶《はたけやまひさよし》に息子《むすこ》らへ諱《いみな》を賜《たまわ》るよう願《ねが》い出《で》た。

畠山尚順《はたけやまひさのぶ》改《あらた》め尚慶《ひさよし》は、自《みずか》ら足利義材《あしかがよしき》の御前《ごぜん》で自分《じぶん》の名《な》を一字《いちじ》ずつ与《あた》えて、長誠《ながのぶ》の長男《ちょうなん》と次男《じなん》には神保慶宗《じんぼよしむね》と神保慶明《じんぼよしあき》、新川郡守護代《にいかわぐんしゅごだい》は椎名慶胤《しいなよしたね》、砺波郡守護代《となみぐんしゅごだい》は遊佐慶親《ゆさよしちか》と名乗《なの》らせて改《あらた》めて越中四郡《えっちゅうよんぐん》それぞれの守護代《しゅごだい》に命《めい》じた。そして新守護代《しんしゅごだい》三名に向《む》かって、主家《しゅけ》に対《たい》する忠誠《ちゅうせい》と三《さん》家《け》の同盟《どうめい》を誓《ちか》わせた。

畠山尚慶《はたけやまひさよし》は間《ま》もなく、河内国《かわちこく》で討《う》ち取《と》った畠山義豊《はたけやまよしとよ》の跡《あと》を継《つ》いだ義英《よしひで》が蜂起《ほうき》する兆《きざ》しが顕《あらわ》れて、急《いそ》いで河内《かわち》へ帰《かえ》ることになった。神保長誠《じんぼながのぶ》は次男《じなん》の慶明《よしあき》を供《とも》に付《つ》けて、自分《じぶん》に代《か》わって終生《しゅうせい》忠誠《ちゅうせい》を尽《つ》くして仕《つか》えるよう諭《さと》した。畠山尚慶《はたけやまひさよし》は神保慶明《じんぼよしあき》を伴《ともな》って河内《かわち》へ去《さ》った。

畠山尚慶《はたけやまひさよし》は河内《かわち》へ帰《かえ》って間《ま》もなく、若《わか》くして入道《にゅうどう》して卜山《ぼくざん》と号《ごう》した（以後卜山）。

明応《めいおう》七年（一四九八年）八月、足利義材《あしかがよしき》は自分《じぶん》の改名《かいめい》を思《おも》い立《た》って、公家《くげ》の東坊城和長《ひがしぼうじょうかずなが》に相談《そうだん》の文《ふみ》を出《だ》した。義材《よしき》は返書《へんしょ》に認《したた》められた和長《かずなが》の勘申《かんしん》（勘案して申す）に従《したが》い、将軍復帰《しょうぐんふっき》の期待《きたい》を込《こ》めて義尹《よしただ》と改名《かいめい》した（以後義尹）。

同年《どうねん》九月、義材《よしき》改《あらた》め義尹《よしただ》は京《きょう》都の細川方《ほそかわがた》との間《あいだ》に和議《わぎ》が成《な》ると思《おも》った。義尹《よしただ》は矢《や》も盾《たて》もたまらず越前国一乗谷《えちぜんこくいちじょうだに》の朝倉屋形《あさくらやかた》まで出向《でむ》いて結果《けっか》を待《ま》った。和睦交渉《わぼくこうしょう》は不調《ふちょう》に終《お》わった。

明応《めいおう》八年（一四九九年）畠山卜山《はたけやまぼくざん》は畠山義豊《はたけやまよしとよ》の子《こ》の義英《よしひで》を追放《ついほう》して紀伊《きい》・河内《かわち》・大和国《やまとこく》を制圧《せいあつ》した。

同《どう》八年七月、足利義尹《あしかがよしただ》は敦賀《つるが》に入《はい》った。

同《どう》年十一月、足利義尹《あしかがよしただ》は北陸各国《ほくりくかっこく》の三千の軍勢《ぐんぜい》を率《ひき》いて近江国坂本《おうみこくさかもと》に入《はい》った。近江国守護《おうみこくしゅご》の六《ろっ》角高頼《かくたかより》は坂本《さかもと》に布陣《ふじん》した義尹《よしただ》を急襲《きゅうしゅう》した。義尹《よしただ》は散々《さんざん》に討《う》たれて丹波《たんば》に逃《のが》れ、丹波《たんば》から周防《すおう》の大《おお》内《うち》を頼《たよ》って西国《さいごく》に落《お》ちた。

足利義尹《あしかがよしただ》（義材）は後世《こうせい》、世間《せけん》から『流《なが》れ公方《くぼう》』と蔑《さげす》まれた（以後177頁10行目に続く）。

足利義尹《あしかがよしただ》が周防《すおう》に落《お》ちて間《ま》もなくの文亀元年《ぶんきがんねん》（一五〇一年）十一月、神保長誠《じんぼながのぶ》は放生津《ほうじょうづ》（射水市）で波乱万丈《はらんばんじょう》の生涯《しょうがい》を閉《と》じた。

第二章　宗教惣国

一．大谷本願寺

本願寺創建期

一向宗《いっこうしゅう》の呼《よ》び名《な》は他宗《たしゅう》の者《もの》が付《つ》けた浄土真宗本願寺派《じょうどしんしゅうほんがんじは》の俗称《ぞくしょう》だ（以後、一向宗）。本山《ほんざん》は本願寺《じ》。宗祖《しゅうそ》は親鸞《しんらん》。親鸞《しんらん》は鎌倉期《かまくらき》の弘長《こうちょう》二年（一二六二年）に没《ぼっ》した。

文永《ぶんえい》九年（一二七二年）、親鸞《しんらん》の末娘《すえむすめ》の覚信尼《かくしんに》は父《ちち》の遺骨《いこつ》を京《きょう》都の東山大谷《ひがしやまおおたに》に改葬《かいそう》して廟堂《びょうどう》を立《た》て、影像《えいぞう》を安置《あんち》して大谷廟堂《おおたにびょうどう》と称《しょう》した。

覚信尼《かくしんに》はその大谷廟堂《おおたにびょうどう》をやがて親鸞《しんらん》の門弟《もんてい》に譲《ゆず》った。そして門弟《もんてい》には廟堂《びょうどう》の留守職《るすしき》を代々《だいだい》覚《かく》信尼《しんに》の子孫《しそん》に伝《つた》えるように言《い》い渡《わた》した。

大谷廟堂《おおたにびょうどう》は浄土真宗門下《じょうどしんしゅうもんか》の共有《きょうゆう》になり、覚信尼《かくしんに》は廟堂《びょうどう》の初代留守職《しょだいるすしき》になった。覚信尼《かくしんに》の長男《ちょうなん》覚恵《かくえい》が二代《だい》、覚恵《かくえい》の子《こ》の覚如《かくにょ》が三代留守職《だいるすしき》になった。

当時《とうじ》、親鸞《しんらん》の浄土真宗《じょうどしんしゅう》は、親鸞自身《しんらんじしん》が創建《そうけん》した専修寺《せんしゅうじ》や仏光寺《ぶっこうじ》で隆盛《りゅうせい》だった。

専修寺《せんしゅうじ》は創建当初《そうけんとうしょ》、関東《かんとう》の下総国高田《しもうさこくたかだ》（柏市）にあった。後《のち》に伊勢国一身田《いせこくいっしんでん》（津市）に移《うつ》った。世間《せけん》の人《ひと》は専修寺門徒《せんしゅうじもんと》を高田派《たかだは》と言《い》った。

仏光寺《ぶっこうじ》は京《きょう》都の大谷廟堂《おおたにびょうどう》の直《す》ぐ近《ちか》く、渋谷《しるたに》にあった。

大谷廟堂《おおたにびょうどう》が建立《こんりゅう》されても門徒《もんと》は関心《かんしん》を示《しめ》さず、廟堂《びょうどう》は注目《ちゅうもく》される存在《そんざい》で無《な》かった。

覚如《かくにょ》は青年期《せいねんき》に、陸奥国大綱《むつこくたいこう》（福島県）に住《す》む親鸞《しんらん》の孫《まご》の如信《にょしん》に師事《しじ》して親鸞《しんらん》の法義《ほうぎ》を学《まな》んだ。

覚如《かくにょ》は、親鸞《しんらん》の正統《せいとう》な法義《ほうぎ》を受《う》け継《つ》ぐ者《もの》は、廟堂《びょうどう》を護《まも》り親鸞《しんらん》の血統《けっとう》を継《つ》ぐ自分以外《じぶんいがい》に無《な》いと自覚《じかく》した。

覚如《かくにょ》は親鸞《しんらん》が生《う》まれた日野家《ひのけ》の猶子《ゆうし》（改姓しない養子）になり、日野家《ひのけ》を頼《たよ》って浄土真宗《じょうどしんしゅう》の本流《ほんりゅう》になることに腐心《ふしん》した。覚如《かくにょ》の子《こ》の存覚《ぞんかく》と従覚《じゅうかく》も日野家《ひのけ》の猶子《ゆうし》になった。日野家当主《ひのけとうしゅ》の俊光《としみつ》は北《ほく》朝《ちょう》皇室《こうしつ》や将軍家《しょうぐんけ》の外戚《がいせき》として隆盛《りゅうせい》を誇《ほこ》っていた。覚如《かくにょ》は幕府《ばくふ》の意向《いこう》を汲《く》み、存覚《ぞんかく》を諸国《しょこく》に派遣《はけん》して南朝《なんちょう》と北朝《ほくちょう》との融和《ゆうわ》の労《ろう》を取《と》らせて北朝《ほくちょう》の安泰《あんたい》を願《ねが》わせた。

元亨元年《げんこうがんねん》（一三二一年）、覚如《かくにょ》は南北朝《なんぼくちょう》の争《あらそ》いで焼失《しょうしつ》した大谷《おおたに》廟堂《びょうどう》を再建《さいけん》し、初《はじ》めて本願寺《ほんがんじ》の額《がく》を掲《かか》げた。本願寺《ほんがんじ》の開山《かいさん》には親鸞《しんらん》を戴《いただ》いた。そして二代《だい》は覚如《かくにょ》の師《し》の如信《にょしん》、三代《だい》は覚如自身《かくにょじしん》とした。

この様《よう》にして覚如《かくにょ》は廟堂《びょうどう》を寺院《じいん》に格上《かくあ》げし、廟堂《びょうどう》の留守職《るすしき》も寺院《じいん》の別当職《べっとうしき》に格上《かくあ》げした。ここに初《はじ》めて本願寺《ほんがんじ》の名《な》が世《よ》に出《で》た。

覚如《かくにょ》の長男《ちょうなん》の存覚《ぞんかく》は南北朝《なんぼくちょう》の争《あらそ》いに深《ふか》く係《かか》わり過《す》ぎて覚如《かくにょ》から義絶《ぎぜつ》（勘当）された。覚如《かくにょ》は次《じ》男《なん》の従覚《じゅうかく》に四代《よんだい》を命《めい》じた。従覚《じゅうかく》は兄《あに》の存覚《ぞんかく》を深《ふか》く尊敬《そんけい》していた。覚如《かくにょ》の死後《しご》、自分《じぶん》が本願寺《ほんがんじ》の跡《あと》を継《つ》ぐのを遠慮《えんりょ》して息子《むすこ》の善如《ぜんにょ》に譲《ゆず》り、兄《あに》の存覚《ぞんかく》と二人《ふたり》で善如《ぜんにょ》を後見《こうけん》した。

延文《えんぶん》二年（一三五七年）、四代善如《よんだいぜんにょ》は日野家《ひのけ》を通《とお》して後光厳天皇《ごこうごんてんのう》に願《ねが》い出《で》て本願寺《ほんがんじ》は天下安泰《てんかあんたい》を祈願《きがん》する北朝《ほくちょう》の勅願寺《ちょくがんじ》になった。この時以来《ときいらい》、本願寺《ほんがんじ》は浄土真宗《じょうどしんしゅう》の本流《ほんりゅう》だと主張《しゅちょう》した。だが意《い》に反《はん》して、本願寺《ほんがんじ》は真宗他派《しんしゅうたは》から疎外《そがい》され警戒《けいかい》されて、逆《ぎゃく》に衰微《すいび》の一途《いっと》を辿《たど》った。

永和元年《えいわがんねん》（一三七五年）、綽如《しゃくにょ》は父善如《ちちぜんにょ》から譲《ゆず》られて、存覚《ぞんかく》の三回忌《さんかいき》に二十六歳《さい》で五代本願寺法《ごだいほんがんじほっ》主《す》になった。綽如《しゃくにょ》も日野家《ひのけ》の時光《ときみつ》の猶子《ゆうし》になった。日野時光《ひのときみつ》は将軍義満《しょうぐんよしみつ》の義父《ぎふ》だ。

綽如《しゃくにょ》は本願寺《ほんがんじ》を整備《せいび》し阿弥陀堂《あみだどう》を建立《こんりゅう》して、本願寺《ほんがんじ》教団《きょうだん》の育成《いくせい》に努《つと》めた。

永和《えいわ》二年（一三七六年）以降《いこう》、綽如《しゃくにょ》は度々北陸《たびたびほくりく》へ下《くだ》った。北陸《ほくりく》は浄土真宗諸派《じょうどしんしゅうしょは》の影響《えいきょう》が少《すく》なく布教《ふきょう》し易《やす》い土地《とち》だった。そして本願寺《ほんがんじ》は北朝《ほくちょう》の勅願寺《ちょくがんじ》であるとの大義名分《たいぎめいぶん》の下《もと》に、北陸各国《ほくりくかっこく》の守護大名《しゅごだいみょう》の庇護《ひご》を受《う》けて北朝方《ほくちょうがた》の安泰《あんたい》を祈願《きがん》しつつ本願寺《ほんがんじ》の布教《ふきょう》に努《つと》めた。

当時越中国《とうじえっちゅうこく》は斯波義将《しばよしまさ》から畠山基国《はたけやまもとくに》に守護《しゅご》が代《か》わった直後《ちょくご》で、井波《いなみ》は直前守護《ちょくぜんしゅご》の斯波家《しばけ》の荘《しょう》園《えん》だ。井波《いなみ》の背後《はいご》には南朝勢《なんちょうぜい》の残党桃井一族《ざんとうももいいちぞく》や飛騨《ひだ》の国司《こくし》の姉小路家綱《あねこうじいえつな》の一門《いちもん》の地盤《じばん》で幕府《ばくふ》の様子《ようす》を窺《うかが》っていた。

明徳元年《みょうとくがんねん》（一三九〇年）、斯波義将《しばよしまさ》は綽如《しゃくにょ》に南朝方《なんちょうがた》への押《お》さえを期待《きたい》して井波《いなみ》に寺院《じいん》の地《ち》を寄進《きしん》した。綽如《しゃくにょ》は、北朝後小松天皇《ほくちょうごこまつてんのう》の勅願《ちょくがん》を得《え》て、越中国井波《えっちゅうこくいなみ》の地《ち》に瑞泉寺《ずいせんじ》を建立《こんりゅう》して五箇山《ごかやま》の奥《おく》深《ふか》くまで踏《ふ》み入《い》り、南朝方《なんちょうがた》を懐柔《かいじゅう》した。併《あわ》せて本願寺《ほんがんじ》の布教《ふきょう》に努《つと》めた。

綽如《しゃくにょ》は瑞泉寺《ずいせんじ》を建立《こんりゅう》した直後《ちょくご》の明徳《みょうとく》四年（一三九三年）、四十四歳《さい》で没《ぼっ》した。綽如《しゃくにょ》の死《し》が余《あま》りに突然《とつぜん》だったので後世《こうせい》、

「綽如《しゃくにょ》は、本当《ほんとう》は五箇山《ごかやま》で南朝方《なんちょうがた》に殺《ころ》された」と噂《うわさ》された。綽如《しゃくにょ》が亡《な》くなったとき、綽如《しゃくにょ》の長《ちょう》男功如《なんこうにょ》は十八歳《さい》、次男鸞芸《じなんらんげい》は七歳《さい》、三男周覚《さんなんしゅうかく》はまだ二歳《さい》だ。

功如《こうにょ》が本願寺《ほんがんじ》の跡《あと》を継《つ》ぎ、六代法主《ろくだいほっす》になった。次男《じなん》、三男《さんなん》はまだ幼《おさな》かった。瑞泉寺《ずいせんじ》は跡《あと》を継《つ》ぐ者《もの》が無《な》く、無住《むじゅう》になった。功如《こうにょ》の跡《あと》は子《こ》の存如《ぞんにょ》が継《つ》いで七代法主《ななだいほっす》になった。

蓮如と大谷本願寺焼討

応永《おうえい》二十二年（一四一五年）蓮如《れんにょ》は本願寺《ほんがんじ》七代存如《ななだいぞんにょ》の庶子《しょし》（正妻以外の子）として生《う》まれた。幼名《ようめい》は布袋丸《ほていまる》。蓮如《れんにょ》の生母《せいぼ》は存如《ぞんにょ》の端女《はしため》（女中）だ。蓮如《れんにょ》六歳《さい》のときに我《わ》が子《こ》の将来《しょうらい》を案《あん》じて

「我《われ》はこれ西国《さいごく》の出《で》なり。ここに在《あ》るべき身《み》にあらず」と言《い》ってその身《み》を隠《かく》した。

当時《とうじ》の本願寺《ほんがんじ》は貧困《ひんこん》を極《きわ》めて、一人分《ひとりぶん》の食事《しょくじ》を水《みず》でのばして親子三人《おやこさんにん》で啜《すす》り合《あ》って食《た》べる毎日《まいにち》だった。

やがて蓮如《れんにょ》十九歳《さい》の時《とき》、父《ちち》の存如《ぞんにょ》と正室《せいしつ》（正妻）如円《にょえん》の間《あいだ》に応玄《おうげん》が生《う》まれた。蓮如《れんにょ》は本願寺《ほんがんじ》の部屋住《へやずみ》の身分《みぶん》になり一層貧乏《いっそうびんぼう》のどん底《ぞこ》の寒々《さむざむ》しい生活《せいかつ》になった。この間《あいだ》に蓮如《れんにょ》は父《ちち》の従兄弟《いとこ》の南都《なんと》（奈良）興福寺大乗院《こうふくじだいじょういん》経覚大僧正《ぎょうかくだいそうじょう》に師事《しじ》して広《ひろ》く学問《がくもん》に励《はげ》んだ。

興福寺《こうふくじ》は大和国《やまとこく》をはじめ全国《ぜんこく》に広《ひろ》く荘園《しょうえん》を持《も》つ大荘園領主《だいしょうえんりょうしゅ》だ。蓮如《れんにょ》はここで、関白一条兼《かんぱくいちじょうかね》良《ら》の子《こ》で当代随一《とうだいずいいち》の学才《がくさい》と崇《あが》められた、後《のち》の大乗院大僧正《だいじょういんだいそうじょう》の尋尊《じんそん》とは親《した》しい学友《がくゆう》になった。

文安《ぶんあん》四年（一四四七年）、蓮如《れんにょ》三十三歳《さい》になって初《はじ》めて宗祖親鸞《しゅうそしんらん》の布教《ふきょう》の故地《こち》・関東《かんとう》に下《くだ》って具《つぶさ》に地方門徒《ちほうもんと》の実態《じったい》を見《み》た。

長禄元年《ちょうろくがんねん》（一四五七年）、存如《ぞんにょ》は六十二歳《さい》で没《ぼっ》した。このとき応玄《おうげん》二十五歳《さい》。蓮如《れんにょ》四十三歳《さい》。当《とう》然応玄《ぜんおうげん》が跡《あと》を継《つ》ぐものと思《おも》った。だが、亡《な》き存如《ぞんにょ》の弟《おとうと》の如乗《にょじょう》は蓮如《れんにょ》の才能《さいのう》を惜《お》しみ、強《し》いて蓮如《れんにょ》に本願寺《ほんがんじ》の跡《あと》を継《つ》がせた。如乗《にょじょう》はその昔《むかし》、前将軍足利義教《ぜんしょうぐんあしかがよしのり》の命《めい》で左遷《させん》されて越中国《えっちゅうこく》の瑞泉寺《ずいせんじ》に居住《きょじゅう》していた。その後《のち》、山一《やまひと》つ隔《へだ》てた加賀《かが》の二俣《ふたまた》に本泉寺《ほんせんじ》を開《ひら》いて加賀《かが》に住《す》んだ。

応玄《おうげん》は母《はは》の如円《にょえん》と本願寺《ほんがんじ》の財産《ざいさん》を総《すべ》て持《も》ち出《だ》して如乗《にょじょう》が用意《ようい》した加賀大椙谷円光寺《かがおおすぎたにえんこうじ》に隠棲《いんせい》した。

蓮如《れんにょ》は晴《は》れて本願寺八代法主《ほんがんじはちだいほっす》になった。けれども寺《てら》の財産《ざいさん》は総《すべ》て持《も》ち去《さ》られて、ただ、開祖親鸞《かいそしんらん》の影像《えいぞう》と一尺《いっしゃく》ばかりの味噌桶《みそおけ》一《ひと》つが残《のこ》っただけだった。

長禄《ちょうろく》二年（一四五八年）、蓮如《れんにょ》は北陸《ほくりく》を歴訪《れきほう》して宗祖親鸞流刑《しゅうそしんらんるけい》の足跡《そくせき》を訪《たず》ねた。そして叔父《おじ》の如乗《にょじょう》が院主《いんしゅ》を勤《つと》める加賀二俣本泉寺《かがふたまたほんせんじ》に立《た》ち寄《よ》った。蓮如《れんにょ》にとって如乗《にょじょう》は本願寺法主《ほんがんじほっす》になれた大恩人《だいおんじん》だ。蓮如《れんにょ》は最高《さいこう》の敬意《けいい》を表《ひょう》して如乗《にょじょう》を訪《たず》ねた。そして本願寺《ほんがんじ》の将来《しょうらい》と門徒教団《もんときょうだん》の育成《いくせい》について如乗《にょじょう》に事細《ことこま》かに指導《しどう》を仰《あお》いだ。

本願寺《ほんがんじ》に戻《もど》った蓮如《れんにょ》は先《ま》ず近江国堅田《おうみこくかただ》の本福寺《ほんぷくじ》を頼《たよ》った。本福寺《ほんぷくじ》の法住《ほうじゅう》は、蓮如《れんにょ》が丁度《ちょうど》生まれた頃《ころ》に、蓮如《れんにょ》の父《ちち》の存如《ぞんにょ》に師事《しじ》して本願寺《ほんがんじ》の門徒《もんと》になった。

法住《ほうじゅう》が本願寺門徒《ほんがんじもんと》になったのは十八歳《さい》。法住《ほうじゅう》にとってこの時《とき》の本願寺《ほんがんじ》は、零落《おちぶ》れた存在《そんざい》だったが、北朝《ほくちょう》の皇族《こうぞく》や将軍家《しょうぐんけ》の姻戚《いんせき》として絶大《ぜつだい》な権力《けんりょく》を持《も》つ日野家《ひのけ》の血統《けっとう》を引《ひ》いた存如《ぞんにょ》は、法住《ほうじゅう》にとっては無限《むげん》の可能性《かのうせい》を秘《ひ》めていて、堪《たま》らなく魅力《みりょく》ある存在《そんざい》だった。

蓮如《れんにょ》は生《う》まれた時《とき》から法住《ほうじゅう》に可愛《かわい》がられた。本福寺《ほんぷくじ》は琵琶湖《びわこ》の湖上輸送《こじょうゆそう》を一手《いって》に握《にぎ》る堅田衆《かただしゅう》を門徒《もんと》にして経済的《けいざいてき》に豊《ゆた》かだ。蓮如《れんにょ》は近江《おうみ》の堅田衆《かただしゅう》を伝《つて》に本願寺《ほんがんじ》教団《きょうだん》の拡張《かくちょう》に努《つと》めた。

蓮如《れんにょ》は、東国《とうごく》や北陸《ほくりく》の親鸞《しんらん》ゆかりの地《ち》を訪《たず》ねて一向宗《いっこうしゅう》のあり様《よう》を具《つぶさ》に見《み》たので、本願寺《ほんがんじ》は土民《どみん》百姓《ひゃくしょう》に依存《いぞん》しなければ成《な》り立《た》たない宗派《しゅうは》であることを身《み》を持《も》って知《し》った。蓮如《れんにょ》は近江国衆《おうみこくしゅう》に「我《われ》は門徒《もんと》にもたれて生《い》きておる。ひとえに門徒《もんと》に養《やしな》われている身《み》である」と何時《いつ》も語《かた》り、「我《われ》も人《ひと》、百姓《ひゃくしょう》も人《ひと》。皆同胞同行《みなどうほうどうぎょう》。皆宗祖親鸞《みなしゅうそしんらん》の門徒《もんと》なり」と言《い》って交《まじ》わった。

百姓《ひゃくしょう》とは常《つね》に平座《ひらざ》（敷物の無い座）で接《せっ》した。この様《よう》なことは蓮如《れんにょ》の前《まえ》にも後《あと》にも無《な》いことだった。

百姓《ひゃくしょう》は誰《だれ》も空《そら》が白《しら》む頃《ころ》から、夜日《よるひ》が暮《く》れて見《み》えなくなるまで働《はたら》き通《どお》しに働《はたら》き疲《つか》れ果《は》てていて、説教《せっきょう》などゆっくり聞《き》ける身体《からだ》で無《な》かった。だから蓮如《れんにょ》は行儀作法《ぎょうぎさほう》などは一向《いっこう》に構《かま》わなかった。肩《かた》の凝《こ》る話《はなし》もしなかった。門徒《もんと》が面白《おもしろ》がる話《はなし》を加《くわ》えて心《こころ》を和《なご》ませ、十の物《もの》は一に噛《か》み砕《くだ》いて縮《ちぢ》め、

判《わか》り易《やす》く簡略《かんりゃく》に話《はな》して聞《き》かせた。そして

「愚者三人《ぐしゃさんにん》に智者一人《ちしゃひとり》なりとも、何事《なにごと》も談合《だんごう》すれば、面白《おもしろ》きこともあるよ」と言《い》って、寄《よ》り合《あ》いや談合《だんごう》を奨励《しょうれい》した。この様《よう》にして近江国《おうみこく》の在々所々津々浦々《ざいざいしょしょつづうらうら》に寄《よ》り合《あ》う『講《こう》』を組織《そしき》した。

講《こう》は門徒《もんと》の集合体《しゅうごうたい》だ。講《こう》には『文《ふみ》』を授《さず》けた。そして本願寺《ほんがんじ》の教義《きょうぎ》を復習《ふくしゅう》させた。

在所《ざいしょ》の支配者《しはいしゃ》は、荘園領主《しょうえんりょうしゅ》を除《のぞ》けば坊主《ぼうず》・年寄《としより》・長達《おさたち》などだ。彼《かれ》らの指導力《しどうりょく》は絶大《ぜつだい》だ。彼《かれ》らが門徒《もんと》になれば、その在所《ざいしょ》は挙《あ》げて残《のこ》らず門徒《もんと》になった。坊主《ぼうず》、年寄《としより》や長達《おさたち》は我家《わがや》の座敷《ざしき》を講《こう》の道場《どうじょう》に開放《かいほう》した。

この時《とき》、丁度《ちょうど》、長禄《ちょうろく》三年（一四五九年）から寛正《かんしょう》六年（一四六五年）にかけて、春《はる》は旱魃《かんばつ》、夏《なつ》は冷《れい》夏《か》と長雨《ながあめ》、秋《あき》は風水害《ふうすいがい》や虫害《ちゅうがい》に祟《たた》られて毎年未曾有《まいねんみぞう》の大飢饉《だいききん》になった。全国各地《ぜんこくかくち》で何百万《なんびゃくまん》とも知《し》れぬ餓死者《がししゃ》が出《で》た。道《みち》は行《ゆ》き倒《だお》れの死体《したい》で埋《う》まった。京都《きょう》は流亡《るぼう》の民《たみ》で溢《あふ》れた。人々《ひとびと》は皆《みな》、

「世《よ》は神《かみ》も仏《ほとけ》も御座《ござ》らぬ『末世《まっせ》』になったのよ」（末法思想の言葉）と諦《あきら》めて死後《しご》の世界《せかい》での平穏《へいおん》を願《ねが》った。当時《とうじ》、仏教《ぶっきょう》は貴族《きぞく》と武家《ぶけ》だけのものだった。どの宗派《しゅうは》も土民百姓《どみんひゃくしょう》は教化《きょうげ》の対象外《たいしょうがい》だっ

た。

百姓《ひゃくしょう》は蓮如《れんにょ》から仏教《ぶっきょう》の教《おし》えを直接《ちょくせつ》受《う》けて涙《なみだ》を流《なが》して喜《よろこ》んだ。数年《すうねん》を経《へ》ずして近江《おうみ》一国《いっこく》は一向《いっこう》宗《しゅう》門徒《もんと》で沸《わ》き返《かえ》った。

大谷本願寺《おおたにほんがんじ》は比叡山延暦寺《ひえいざんえんりゃくじ》領内《りょうない》の京都東山大谷《きょうとひがしやまおおたに》にあった。本願寺《ほんがんじ》は毎年《まいねん》地子銭《じしせん》（地代）を延《えん》暦寺《りゃくじ》に納《おさ》めた。

延暦寺山門《えんりゃくじさんもん》（以下山門）は、山下《さんか》に本願寺《ほんがんじ》が突然地《とつぜんち》から湧《わ》いた様《よう》に現《あらわ》れて賑《にぎ》わいを見《み》せるのに、激《はげ》しい妬《ねた》みを感《かん》じた。特《とく》に山門《さんもん》の威光《いこう》を嵩《かさ》にきて威張《いば》り散《ち》らす悪僧《あくそう》にとっては、本願寺《ほんがんじ》はたまらなく邪宗邪教《じゃしゅうじゃきょう》に見《み》えた。

寛正《かんしょう》六年（一四六五年）正月《しょうがつ》（本書の暦は全て旧暦）、突然《とつぜん》に延暦寺《えんりゃくじ》の悪僧達《あくそうたち》百五十人《にん》ばかりが東山《ひがしやま》大谷《おおたに》の本願寺境内《ほんがんじけいだい》に押《お》し掛《か》けて

「御流派《おんりゅうは》は邪教邪法《じゃきょうじゃほう》を薦《すす》める。許《ゆる》し難《がた》し」と言《い》って乱暴狼藉《らんぼうろうぜき》を働《はたら》き、財宝《ざいほう》を掠《かす》め取《と》り、寺院僧《じいんそう》坊《ぼう》を破却《はきゃく》した。そして居合《いあ》わせた坊主《ぼうず》の正珍《しょうちん》を捕《とら》えて

「これこそ法院蓮如《ほういんれんにょ》なり」と言《い》って連《つ》れ去《さ》った。正珍《しょうちん》は蓮如《れんにょ》に面影《おもかげ》が似《に》ていた。蓮如《れんにょ》は危《あぶ》なく難《なん》を免《まぬが》れた。

「御本山《ごほんざん》が襲撃《しゅうげき》される」の報《しら》せが各地《かくち》に飛《と》んだ。門徒《もんと》は東山大谷《ひがしやまおおたに》の境内《けいだい》に駆《か》け付《つ》けて、対策《たいさく》を練《ね》り、山門《さんもん》との和解《わかい》について話《はな》し合《あ》った。山門《さんもん》の悪僧達《あくそうたち》は、初《はじ》めは

「本願寺《ほんがんじ》は邪義邪法《じゃぎじゃほう》を薦《すす》める」と言《い》い立《た》てて本願寺《ほんがんじ》を非難《ひなん》した。次第《しだい》に

「禁裏《きんり》の日華門《にっかもん》を賜《たまわ》り、本願寺境内《ほんがんじけいだい》に移《うつ》して建立《こんりゅう》したのは怪《け》しからぬ」と繁栄《はんえい》を妬《ねた》む声《こえ》に変《かわ》った。遂《つい》には

「過分《かぶん》の謝礼金《しゃれいきん》を積《つ》めば、この度《たび》の一件《いっけん》は落着《らくちゃく》」と言《い》うことになり、銭《ぜに》を払《はら》うことで話《はなし》が纏《まと》まった。そこへ三河国《みかわこく》の上宮寺如光《じょうぐうじにょこう》が上洛《じょうらく》した。三河《みかわ》の上宮寺《じょうぐうじ》は百《ひゃく》に余《あま》る末寺《まつじ》を持《も》つ有力《ゆうりょく》な本願寺《ほんがんじ》門徒《もんと》の寺《てら》だ。如光《にょこう》は

「銭《ぜに》で済《す》む話《はなし》なれば、私一人《わたしひとり》で引《ひ》き受《う》けよう。一切《いっさい》を私《わたし》にお任《まか》せあれ。山門《さんもん》も京《きょう》都も謝礼《しゃれい》が欲《ほ》しいとあれば銭《ぜに》は早速三河《さっそくみかわ》より取《と》り寄《よ》せる」と言《い》って引《ひ》き受《う》けた。各地《かくち》から集《あつ》まった門徒《もんと》は、これ

で山門《さんもん》と和解《わかい》が成《な》ったと思《おも》ってそれぞれ引《ひ》き上《あ》げた。

同年《どうねん》三月、皆《みな》が引《ひ》き上《あ》げるのを見計《みはか》らって再《ふたた》び本願寺《ほんがんじ》は山門《さんもん》から攻撃《こうげき》を受《う》けた。そして境内《けいだい》は悉《ことごと》く破壊《はかい》され焼失《しょうしつ》した。

その後《ご》も山門《さんもん》の本願寺《ほんがんじ》への攻撃《こうげき》は近江一帯《おうみいったい》に場所《ばしょ》を移《うつ》して執拗《しつよう》に続《つづ》いた。蓮如《れんにょ》は法難後《ほうなんご》、京都《きょうと》室町《むろまち》に避難《ひなん》し、応仁元年《おうにんがんねん》（一四六七年）、当時《とうじ》の戦乱《せんらん》の兵火《へいか》を避《さ》けて近江国堅田《おうみこくかただ》に移《うつ》った。

応仁《おうにん》二年（一四六九年）蓮如《れんにょ》は近江国大津《おうみこくおおつ》に顕証寺《けんしょうじ》を建《た》てて、京都東山大谷《きょうとひがしやまおおたに》から移《うつ》した親鸞《しんらん》の影像《えいぞう》を安置《あんち》した。

蓮如《れんにょ》は、京都東山《きょうとひがしやま》や近江国《おうみこく》の堅田《かただ》や大津《おおつ》はあまりに比叡山《ひえいざん》に近《ちか》くて、いつ何時山門《なんどきさんもん》の悪僧《あくそう》宗徒《しゅうと》に襲《おそ》われ不測《ふそく》の事態《じたい》が起《お》こるかもしれないと、この後《のち》も常《つね》に恐《おそ》れた。

二．吉崎坊

北陸布教

蓮如《れんにょ》は北陸《ほくりく》に一時《いちじ》難《なん》を避《さ》けて、如乗《にょじょう》の住《す》むこの地《ち》を本願寺門流《ほんがんじもんりゅう》の教域《きょういき》にしようと決意《けつい》した。そこで教域《きょういき》の拠点《きょてん》として、先年北陸《せんねんほくりく》に下《くだ》った時《とき》に訪《おとず》れて気《き》に入《い》った、越前国河口荘《えちぜんこくかわぐちそう》の細呂宜郷《ほそろぎごう》（あわら市）に坊舎《ぼうしゃ》を一宇《いちう》建立《こんりゅう》したいと、学友《がくゆう》の興福寺尋尊《こうふくじじんそん》に願《ねが》い出《で》た。細呂宜郷《ほそろぎごう》は興福寺大乗院《こうふくじだいじょういん》の荘園《しょうえん》だ。時《とき》に応仁《おうにん》の乱《らん》の最中《さいちゅう》で、物資《ぶっし》の交流《こうりゅう》は止《と》まり荘園《しょうえん》の年貢《ねんぐ》は横領《おうりょう》されて納入《のうにゅう》は見込《みこ》めなかった。尋尊《じんそん》は領内《りょうない》の年貢《ねんぐ》の取《と》り立《た》てを条件《じょうけん》に坊舎《ぼうしゃ》の建立《こんりゅう》を許《ゆる》した。蓮如《れんにょ》はまた、日野家《ひのけ》を通《とお》して将軍義政《しょうぐんよしまさ》の威光《いこう》を借《か》り、越前守護家《えちぜんしゅごけ》の了解《りょうかい》も求《もと》めた。

文明《ぶんめい》三年（一四七一年）春《はる》、蓮如《れんにょ》は近江国大津《おうみこくおおつ》を後《あと》にして北陸路《ほくりくじ》についた。近江《おうみ》の堅田衆《かただしゅう》は蓮如《れんにょ》に取《と》りすがって、北陸《ほくりく》に下《くだ》る前《まえ》に堅田《かただ》に本願寺《ほんがんじ》を建立《こんりゅう》するよう懇願《こんがん》した。蓮如《れんにょ》は「あれが近《ちか》いぞ」と比叡山《ひえいざん》を仰《あお》いで指差《ゆびさ》し、堅田衆《かただしゅう》の申《もう》し出《で》を断《ことわ》った。蓮如《れんにょ》は比叡山山門《ひえいざんさんもん》の怖《こわ》さが骨身《ほねみ》に沁《し》みていた。

蓮如《れんにょ》は北陸路《ほくりくじ》へ急《いそ》いだ。そして先《ま》ず、加賀二俣本泉寺《かがふたまたほんせんじ》（金沢市）を訪《たず》ねて如乗《にょじょう》に挨拶《あいさつ》し、北陸《ほくりく》で本願寺《ほんがんじ》一流《いちりゅう》の教線拡張《きょうせんかくちょう》の決意《けつい》を伝《つた》えて協力《きょうりょく》を求《もと》めた。

次《つ》いで越中《えっちゅう》の瑞泉寺《ずいせんじ》や宗祖親鸞《しゅうそしんらん》の弟子《でし》が開《ひら》いた加賀国専光寺《かがこくせんこうじ》を訪《おとず》れて本願寺《ほんがんじ》教団《きょうだん》の前線拠点《ぜんせんきょてん》とした。また五代法主《ごだいほっす》綽如《しゃくにょ》の次男頓円《じなんとんえん》が建《た》てた加賀国江沼郡《かがこくえぬまぐん》の勝光寺《しょうこうじ》、同《おな》じく小松《こまつ》の本蓮寺《ほんれんじ》や越前藤島《えちぜんふじしま》の超勝寺《ちょうしょうじ》も訪《たず》ねた。また三代法主《さんだいほっす》覚如《かくにょ》の門弟信性《もんていしんせい》が建《た》てた越前和田村《えちぜんわだむら》の本覚寺《ほんかくじ》や同《おな》じく覚如《かくにょ》の門弟行如《もんていぎょうにょ》が建《た》てた長畝村興宗寺《ながせむらこうしゅうじ》も訪《おとず》れて本願寺《ほんがんじ》教団拡張《きょうだんかくちょう》の協力《きょうりょく》を求《もと》めた。

蓮如《れんにょ》は朝倉敏景《あさくらとしかげ》の居城《きょじょう》の一乗谷近《いちじょうだにちか》くの越前和田村本覚寺《えちぜんわだむらほんかくじ》に仲介《ちゅうかい》の労《ろう》を取《と》らせて、朝倉敏景《あさくらとしかげ》に一宇建立《いちうこんりゅう》の諸費用《しょひよう》を寄進《きしん》させ、愈々越前国細呂宜郷《いよいよえちぜんこくほそろぎごう》の吉崎山《よしざきやま》で坊舎建設《ぼうしゃけんせつ》が始《はじ》まった。

吉崎山《よしざきやま》は大聖寺川河口《だいしょうじかわかこう》の入江《いりえ》から北潟湖《きたかたこ》に通《つう》じる入口《いりくち》の湖水《こすい》に突《つ》き出《で》た半島《はんとう》だ。三方《さんぼう》が湖水《こすい》と入江《いりえ》と大聖寺川《だいしょうじかわ》に面《めん》し、前面《ぜんめん》には饅頭《まんじゅう》の様《よう》な形《かたち》をした島《しま》がある。背後《はいご》は深《ふか》い谷《たに》が切《き》れ込《こ》み風《ふう》光明媚《こうめいび》で且《か》つ、天然《てんねん》の要害《ようがい》の地《ち》だ。しかも入江《いりえ》は四季《しき》を通《とお》して波穏《なみおだ》やかな良港《りょうこう》だ。和田《わだ》の本覚寺《ほんかくじ》や朝倉敏景《あさくらとしかげ》は蓮如《れんにょ》を敬《うやま》い、物心共《ぶっしんとも》に協力《きょうりょく》を惜《お》しまなかった。

蓮如《れんにょ》は吉崎坊建設中《よしざきぼうけんせつちゅう》も在々所々津々浦々《ざいざいしょしょつづうらうら》を訪《たず》ねて布教《ふきょう》に当《あ》たった。そして、何処《どこ》の土地《とち》でも土民百姓《どみんひゃくしょう》と車座《くるまざ》になり、共《とも》に稗《ひえ》の粥《かゆ》を啜《すす》って法談《ほうだん》で一夜《いちや》を過《す》ごした。蓮如《れんにょ》は百姓《ひゃくしょう》こそ本願寺《ほんがんじ》の門徒《もんと》となる大切《たいせつ》な民《たみ》であることを良《よ》く知《し》っていた。だから、同胞感《どうほうかん》を持《も》たせて自分《じぶん》は百姓《ひゃくしょう》の真《しん》の友《とも》であることを身《み》を持《も》って示《しめ》した。末寺坊主《まつじぼうず》にも蓮如《れんにょ》は
「門徒《もんと》の中《なか》へ行《ゆ》けば贅沢《ぜいたく》は口《くち》にするな。食事《しょくじ》を戴《いただ》く時《とき》も門徒《もんと》が普段食《ふだんた》べている麦飯《むぎめし》、粟飯《あわめし》、蕎麦《そば》の汁粥《しるかゆ》、菜《な》っ葉物《ぱもの》など、皆《みな》と一緒《いっしょ》に食《く》いたいな、と言《い》うことだ。決《けっ》して勿体《もったい》ぶってはいかん」と言《い》い聞《き》かせた。

蓮如《れんにょ》は何処《どこ》に出掛《でか》ける時《とき》でも、説教《せっきょう》を聞《き》きに集《あつ》まった信者《しんじゃ》の百姓《ひゃくしょう》に肩《かた》の凝《こ》らない面白《おもしろ》い話《はなし》をして聞《き》かせた。そして心《こころ》を和《なご》ませ、教義《きょうぎ》の中身《なかみ》は十のものを一に縮《ちぢ》めて判《わか》り易《やす》く話《はな》した。

世《よ》の中《なか》は、ここ二十年《ねん》、寛正《かんしょう》の大飢饉《だいききん》の後《あと》に応仁《おうにん》の戦乱《せんらん》が続《つづ》いて乱《みだ》れに乱《みだ》れ、明日《あす》の命《いのち》など誰《だれ》にも判《わか》らぬ日々《ひび》だった。ただ毎日《まいにち》その日《ひ》その日《ひ》の糧《かて》を求《もと》める犬畜生《いぬちくしょう》の様《よう》な生活《せいかつ》が強《し》いられた。

昨日《きのう》も今日《きょう》も野垂《のた》れ死《じに》する人《ひと》が絶《た》えなかった。世《よ》の中総《なかすべ》てが不安《ふあん》に満《み》ちていた。

百姓《ひゃくしょう》は仏法《ぶっぽう》の説教《せっきょう》など今《いま》まで誰《だれ》からも聞《き》かせてもらったことが無《な》かった。ただ働《はたら》き詰《づ》めに働《はたら》くだけの日々《ひび》だった。この様《よう》な塗炭《とたん》の苦《くる》しみに喘《あえ》いでいる時《とき》に蓮如《れんにょ》の教《おし》えを受《う》けた。蓮如《れんにょ》は「一心《いっしん》に弥陀一仏《みだいちぶつ》の悲願《ひがん》にすがって助《たす》けましませ、と思《おも》う心《こころ》の一念《いちねん》の信心《しんじん》が誠《まこと》なれば、必《かなら》ず如来《にょらい》の御助《おたす》けに預《あず》かるものなり」と説教《せっきょう》した。そして「どんなに罪業《ざいごう》の深《ふか》い者《もの》でも、一心《いっしん》に念仏《ねんぶつ》を唱《とな》えれば必《かなら》ず救《すく》われる。極楽往生《ごくらくおうじょう》できる」と説《と》いて聞《き》かせた。土民百姓《どみんひゃくしょう》は蓮如《れんにょ》から極楽往生《ごくらくおうじょう》できるという説教《せっきょう》を聞《き》いて涙《なみだ》を流《なが》して喜《よろこ》んだ。この話《はなし》が村々《むらむら》に伝《つた》わった。日《ひ》を経《へ》ずして百姓《ひゃくしょう》は皆《みな》、蓮如《れんにょ》の名前《なまえ》を聞《き》いただけで集《あつ》まった。蓮如《れんにょ》は信者《しんじゃ》に「一人《ひとり》では信心《しんじん》もやがては鈍《にぶ》くなるもの。四、五人《にん》が寄《よ》り合《あ》って談合《だんごう》せよ。必《かなら》ず五人《ごにん》は五人《ごにん》ながらに意巧《いたく》みに聞《き》くものなり。よくよく談合《だんごう》すべき」と言《い》って『講《こう》』を組織《そしき》させた。講《こう》には『文《ふみ》』を授《さず》けて教義《きょうぎ》の学習《がくしゅう》をさせた。

一向宗興隆

在々所々津々浦々《ざいざいしょしょつづうらうら》で三々五々《さんさんごご》信者《しんじゃ》が寄《よ》り集《あつ》まって講《こう》ができた。講《こう》に集《あつ》まった信者《しんじゃ》は寄合講《よりあいこう》の連《れん》帯意識《たいいしき》に感動《かんどう》して我《わ》が在所《ざいしょ》に帰《かえ》り、隣近所《となりきんじょ》を誘《さそ》ってそこでまた新《あたら》しい講《こう》ができた。講《こう》が講《こう》を呼《よ》び瞬《またた》く間《ま》にあちこちに限《かぎ》りなく講《こう》ができた。蓮如《れんにょ》は末寺坊主《まつじぼうず》や門徒総代《もんとそうだい》に連《つ》れられて講《こう》に出掛《でか》け、『他力本願《たりきほんがん》』の奥義《おうぎ》を判《わか》り易《やす》く説教《せっきょう》して廻《まわ》った。そしてそこでまた『文《ふみ》』を授《さず》けた。

文明《ぶんめい》三年（一四七一年）七月、吉崎坊《よしざきぼう》が出来上《できあ》がった。坊《ぼう》には信者《しんじゃ》が北陸道《ほくりくどう》は元《もと》より、遠《とお》く飛《ひ》騨《だ》、信州《しんしゅう》や奥州《おうしゅう》からも集《あつ》まった。門前《もんぜん》には数百軒《すうひゃっけん》の多屋《たや》が建《た》ち軒《のき》を並《なら》べた。馬場大路《ばんばおおじ》には南大《みなみだい》門《もん》や北大門《きただいもん》が出来《でき》た。その賑《にぎ》わいは京都《きょう》を凌《しの》いだ。

丁度《ちょうど》、坊《ぼう》が完成《かんせい》した年《とし》の秋《あき》、蓮如《れんにょ》を慕《した》って吉崎《よしざき》に来《き》た次女《じじょ》の見玉《けんぎょく》が病《やまい》に伏《ふ》して息《いき》を引《ひ》き取《と》った。蓮如《れんにょ》は妻《つま》を娶《めと》ると先立《さきだ》たれ、また娶《めと》ると先立《さきだ》たれて生涯《しょうがい》五人《にん》の妻《つま》を娶《めと》り、男子《だんし》十三人《にん》、女子《じょし》十四人《にん》の計《けい》二十七人《にん》の子《こ》を持《も》った。見玉《けんぎょく》は蓮如《れんにょ》が未《ま》だ部屋住《へやず》みの頃《ころ》に娶《めと》った最初《さいしょ》の妻《つま》の次女《じじょ》だ。本《ほん》願寺《がんじ》はその頃困窮《ころこんきゅう》を極《きわ》め、食事《しょくじ》も儘《まま》ならない状態《じょうたい》だったので、見玉《けんぎょく》は他寺《たじ》へ養女《ようじょ》に出《だ》された。

見玉《けんぎょく》は養父母《ようふぼ》を相次《あいつ》いで亡《な》くして吉崎坊《よしざきぼう》の噂《うわさ》を聞《き》き、実父《じっぷ》を訪《たず》ねてはるばると北陸《ほくりく》の吉崎《よしざき》まで来《き》た。そして病《やまい》に伏《ふ》して亡《な》くなった。僅《わず》か二十六歳《さい》の儚《はかな》い人生《じんせい》だった。

蓮如《れんにょ》は見玉《けんぎょく》を荼毘《だび》に付《ふ》し、見守《みまも》りながら一夜《いちや》をまどろんだ。明《あ》け方《がた》、蓮如《れんにょ》の目《め》の前《まえ》で、白骨《はっこつ》の中《なか》から金仏《きんのほとけ》が現《あらわ》れて、蝶《ちょう》になって涅槃《ねはん》の都《みやこ》に飛《と》んで行《い》くのを見《み》た。ハッとして手《て》を合《あ》わせるとそれは夢《ゆめ》だった。蓮如《れんにょ》は娘《むすめ》の来世《らいせ》が幸《しあわ》せであることを確信《かくしん》した。

文明《ぶんめい》五年（一四七三年）夏《なつ》、蓮如《れんにょ》は東国《とうごく》へ下《くだ》るために吉崎《よしざき》を離《はな》れて加賀《かが》を過《す》ぎ、越中《えっちゅう》井波《いなみ》の瑞《ずい》泉寺《せんじ》に立《た》ち寄《よ》った。加賀《かが》、越中《えっちゅう》の門徒《もんと》、信者《しんじゃ》は『蓮如来る《れんにょきた》』を聞《き》きつけて、百姓《ひゃくしょう》ばかりでなく武《ぶ》士豪族《しごうぞく》までも、大勢瑞泉寺《おおぜいずいせんじ》へ押《お》し掛《か》けた。余《あま》りに大勢《おおぜい》が押《お》し寄《よ》せて身動《みうご》きも儘《まま》ならぬ事態《じたい》になり、毎日《まいにち》五人《にん》十人《にん》と怪我人《けがにん》がでた。蓮如《れんにょ》は「これでは修行《しゅぎょう》も成《な》り難《がた》し」と東国下向《とうごくげこう》を諦《あきら》めて、こっそり夜中《よなか》に瑞泉寺《ずいせんじ》を忍《しの》び出《で》て吉崎坊《よしざきぼう》へ逃《に》げ帰《かえ》る始末《しまつ》になった。

吉崎坊創建《よしざきぼうそうけん》一、二年《ねん》にして、越前《えちぜん》・加賀《かが》・越中《えっちゅう》・能登《のと》の各国《かっこく》は一円《いちえん》、一向宗門徒《いっこうしゅうもんと》になった。

そして在々《ざいざい》所々《しょしょ》津々《つづ》浦々《うらうら》どこにでも講《こう》が出来《でき》た。一向宗《いっこうしゅう》の講《こう》に加《くわ》わらない者《もの》は次第《しだい》に除《の》け者《もの》になり、村八分《むらはちぶ》（葬儀と火災以外の付き合いを総て絶つ仕来《しきた》り）になった。村《むら》で生活《せいかつ》する百姓《ひゃくしょう》は好《この》むと好《この》まざるとに拘《かかわ》らず、一向宗徒《いっこうしゅうと》にならざるを得《え》なくなって一村《いっそん》挙《あ》げて一向宗徒《いっこうしゅうと》になった。

兎角《とかく》する内《うち》、門徒《もんと》の中《なか》に阿弥陀如来《あみだにょらい》の加護《かご》があるから一向宗《いっこうしゅう》の為《ため》なら何《なに》をしても構《かま》わないと思《おも》う不心得者《ふこころえもの》が現《あらわ》れて、他宗派《たしゅうは》を誹謗《ひぼう》し諍《いさか》いを起《おこ》した。この者達《ものたち》はただ一途《いちず》に吉崎坊《よしざきぼう》を崇《あが》めて蓮如《れんにょ》を崇拝《すうはい》した。

蓮如《れんにょ》は他宗《たしゅう》や守護地頭《しゅごじとう》の妬《ねた》みの眼《め》が気《き》になった。京都東山本願寺破却《きょうとひがしやまほんがんじはきゃく》のことが頭《あたま》を過《よぎ》った。

蓮如《れんにょ》は心配《しんぱい》して門徒《もんと》に

「当分《とうぶん》の間《あいだ》、吉崎坊《よしざきぼう》への入山《にゅうざん》は罷《まか》りならぬ」と言《い》い渡《わた》した。しかし門徒《もんと》は全《まった》く意《い》に介《かい》せず、吉崎《よしざき》坊《ぼう》に群集《ぐんしゅう》した。

法主《ほっす》の蓮如《れんにょ》にとっても、如何《いかん》ともし難《がた》い事態《じたい》になって

「当地《とうち》に参《まい》ってこの方《かた》、当国《とうこく》の越前《えちぜん》・加賀《かが》・能登《のと》・越中《えっちゅう》の間《あいだ》より老若男女《ろうにゃくなんにょ》が幾千万《いくせんまん》となく当山《とうざん》

へ群集《ぐんしゅう》する。大挙《たいきょ》して参詣《さんけい》してはならぬと言《い》えども多屋《たや》の坊主共《ぼうずども》でさえまったく聞《き》く耳《みみ》をもたぬ」と嘆《なげ》いて、争《あらそ》いが起《お》こらないかと心配《しんぱい》した（以後130頁1行目に続く）。

三．加賀国富樫家

加賀国南北分断と赤松家入国

富樫家《とがしけ》は鎌倉期以前《かまくらきいぜん》より加賀国《かがこく》の国司《こくし》（朝廷の地方長官）だった。南北朝《なんぼくちょう》の頃《ころ》、富樫高家《とがしたかいえ》は足利《あしかが》尊氏《たかうじ》に味方《みかた》して尊氏《たかうじ》の下知《げち》に従《したが》い活躍《かつやく》して加賀国守護《かがこくしゅご》（幕府の地方長官）の地位《ちい》も合《あ》わせ得《え》た。

将軍義教《しょうぐんよしのり》の頃《ころ》、加賀国守護《かがこくしゅご》の富樫満春《とがしみつはる》に三子《さんし》あった。嫡男《ちゃくなん》は持春《もちはる》、次男《じなん》は教家《のりいえ》、三男《さんなん》は泰高《やすたか》といった。嫡男持春《ちゃくなんもちはる》が跡《あと》を継《つ》いだが子《こ》がなかった。持春《もちはる》が没《ぼっ》して次男教家《じなんのりいえ》が跡《あと》を継《つ》いだ。三男泰高《さんなんやすたか》は教家《のりいえ》の名代《みょうだい》として上洛《じょうらく》し、幕府《ばくふ》に出仕《しゅっし》した。

富樫教家《とがしのりいえ》が没《ぼっ》して子《こ》の成春《しげはる》が跡《あと》を継《つ》いだ。

幕府《ばくふ》管領《かんれい》の細川持之《ほそかわもちゆき》は富樫泰高《とがしやすたか》を身贔屓《みびいき》して、泰高《やすたか》を加賀《かが》の守護《しゅご》にするよう将軍義教《しょうぐんよしのり》に口利《くちき》きした。富樫成春《とがししげはる》は将軍《しょうぐん》の勘気《かんき》（勘当）を受《う》けた。後《のち》の管領畠山持国《かんれいはたけやまもちくに》は成春《しげはる》を助《たす》けた。持国《もちくに》は加賀《かが》国《こく》を二分《にぶん》して加賀《かが》の南半国《みなみはんこく》を富樫泰高《とがしやすたか》の領国《りょうごく》とし、北半国《きたはんこく》を成春《しげはる》の領国《りょうごく》とした。

これより十数年後《すうねんご》に加賀国《かがこく》で大事件《だいじけん》が勃発《ぼっぱつ》した。長禄《ちょうろく》二年（一四五八年）、嘗《かつ》て嘉吉《かきつ》の乱《らん》で亡《ほろ》びた赤松家《あかまつけ》の旧臣《きゅうしん》の石見太郎左衛門《いわみたろうざえもん》と中村太郎四郎《なかむらたろうしろう》が、大和国吉野《やまとこくよしの》山中《さんちゅう》に忍《しの》び込《こ》んで、南朝方《なんちょうがた》に持《も》ち去《さ》られていた三種《さんしゅ》の神器《じんぎ》の八尺瓊勾玉《やさかにのまがたま》（神璽《しんじ》）を奪取《だっしゅ》し（長禄の変）、幕府《ばくふ》を通《とお》して北朝《ほくちょう》に献上《けんじょう》した。

この活躍《かつやく》を愛《め》でて時《とき》の管領細川勝元《かんれいほそかわかつもと》は、当時《とうじ》五歳《さい》の赤松政則《あかまつまさのり》に加賀《かが》の北半国《きたはんこく》を与《あた》えて、赤松家《あかまつけ》を再興《さいこう》させた。北加賀《きたかが》の富樫成春《とがししげはる》は承服《しょうふく》せず、赤松《あかまつ》の入国《にゅうこく》を拒《こば》んだ。赤松家臣《あかまつかしん》の小寺籐兵衛《こでらとうべえ》は軍兵《ぐんぺい》を率《ひき》いて加賀《かが》に討《う》ち入り成春《しげはる》を追《お》い出《だ》した。小寺《こでら》は赤松家《あかまつけ》の加賀国守護代《かがこくしゅごだい》になった（33頁8〜10行目前後参照）。

富樫成春《とがししげはる》は越前国《えちぜんこく》に亡命《ぼうめい》して寛正《かんしょう》五年（一四六四年）、病没《びょうぼつ》した。

南加賀《みなみかが》の富樫泰高《とがしやすたか》は細川家《ほそかわけ》に恩義《おんぎ》があって赤松《あかまつ》の加賀入国《かがにゅうこく》を拒《こば》めなかった。けれども富樫家《とがしけ》の将来《しょうらい》を憂《うれ》いて病没《びょうぼつ》した成春《しげはる》の子《こ》、幼名鶴童丸《ようみょうつるどうまる》、後《のち》の政親《まさちか》を引《ひ》き取《と》って政親《まさちか》に南加賀《みなみかが》を譲《ゆず》った。この直後《ちょくご》に応仁《おうにん》の乱《らん》が勃発《ぼっぱつ》した。北加賀《きたかが》の赤松政則《あかまつまさのり》と南加賀《みなみかが》の富樫政親《とがしまさちか》は共《とも》に東軍細川勝元《とうぐんほそかわかつもと》の陣《じん》に加《くわ》わった。

富樫政親《とがしまさちか》が南加賀《みなみかが》に移《うつ》って置《お》き去《ざ》りにされた北加賀《きたかが》の旧富樫家臣団《きゅうとがしかしんだん》は、赤松上洛《あかまつじょうらく》の隙《すき》を突《つ》いて、富樫政親《とがしまさちか》の弟《おとうと》の未《ま》だ幼《おさな》い幸千代《こうちよ》を担《かつ》ぎ赤松《あかまつ》に敵対《てきたい》した。そして赤松《あかまつ》からの保護《ほご》を求《もと》めて、西軍《せいぐん》の山名宗全《やまなそうぜん》の旗下《きか》に走《はし》った。

まもなく、赤松政則《あかまつまさのり》が旧領《きゅうりょう》の播磨国《はりまこく》を奪回《だっかい》して加賀《かが》から退去《たいきょ》した。北加賀全土《きたかがぜんど》は幼君富樫幸千代《ようくんとがしこうち》代《よ》を担《かつ》ぐ北加賀《きたかが》の守護代小杉《しゅごだいこすぎ》と額《ぬか》・沢井《さわい》・阿曽《あそ》・狩野《かのう》らの手《て》に入《はい》った。

富樫家分裂抗争

加賀全土《かがぜんど》は再《ふたた》び富樫一族《とがしいちぞく》に戻《もど》った。だが北加賀《きたかが》の富樫家臣団《とがしかしんだん》は、家臣《かしん》を見捨《みす》てて一人《ひとり》南加賀《みなみかが》に移《うつ》った富樫政親《とがしまさちか》には抜《ぬ》き難《がた》い近親憎悪《きんしんぞうお》を抱《いだ》いた。北加賀家臣団《きたかがかしんだん》は赤松《あかまつ》に北加賀《きたかが》を売《う》り渡《わた》した政親《まさちか》に捨《す》てられたのだ。それで南北両《なんぼくりょう》 加賀国《かがこく》の間《あいだ》で『骨肉《こつにく》の争《あらそ》い』（血を分けた者同士の争い）が始《はじ》まった。

文明《ぶんめい》三年（一四七一年）、朝倉敏景《あさくらとしかげ》が細川方《ほそかわがた》に寝返《ねがえ》って越前国《えちぜんこく》を平定《へいてい》し、越前国《えちぜんこく》の守護《しゅご》に収《おさ》まった。

文明《ぶんめい》四年（一四七二年）、甲斐常治《かいつねはる》は朝倉敏景《あさくらとしかげ》に敗《やぶ》れて、山名方《やまながた》に与《くみ》する北加賀《きたかが》の富樫幸千代《とがしこうちよ》を頼《たよ》って加賀《かが》に落《お》ち、越前奪還《えちぜんだっかん》を謀《はか》った。幸千代《こうちよ》は甲斐《かい》と連合《れんごう》して細川《ほそかわ》に与《くみ》する南加賀《みなみかが》の富樫政親《とがしまさちか》を攻《せ》めた。政親《まさちか》は幸千代《こうちよ》・甲斐連合軍《かいれんごうぐん》に敗《やぶ》れて朝倉敏景《あさくらとしかげ》を頼《たよ》り越前《えちぜん》に落《お》ちた。富樫幸千代《とがしこうちよ》は加賀《かが》全土《ぜんど》を手《て》にした。

富樫政親《とがしまさちか》は加賀国奪還《かがこくだっかん》を練《ね》り、朝倉敏景《あさくらとしかげ》の口添《くちぞ》えを得《え》て、吉崎坊《よしざきぼう》の一向宗 教団《いっこうしゅうきょうだん》に助勢《じょせい》を求《もと》めた。

一向宗《いっこうしゅう》はこの頃《ころ》、加賀全土《かがぜんど》に教線《きょうせん》を拡大《かくだい》して講《こう》や組《くみ》が組織《そしき》されつつあった（以後126頁2行目の続き）。

富樫政親《とがしまさちか》は本願寺《ほんがんじ》教団保護《きょうだんほご》を条件《じょうけん》に加賀国奪還《かがこくだっかん》の助勢《じょせい》を依頼《いらい》した。

文明《ぶんめい》六年（一四七四年）三月《やよい》、ようやく春《はる》めき始《はじ》めた頃《ころ》。たまたま吉崎坊《よしざきぼう》の南大門近《みなみだいもんちか》くから出火《しゅっか》して折《おり》からの風《かぜ》に煽《あお》られ坊《ぼう》は全焼《ぜんしょう》した。

（余談《よだん》だが、この時親鸞直筆《ときしんらんじきひつ》の教行信証六巻《きょうぎょうしんしょうろっかん》の中《なか》の信《しん》の巻《まき》が見《み》つからず、未《ま》だ持《も》ち出《だ》されていないと坊主共《ぼうずども》が騒《さわ》ぎ出《だ》した。多屋《たや》の本光坊了顕《ほんこうぼうりょうけん》はこの話《はなし》を聞《き》いて驚《おどろ》き、猛火《もうか》に飛《と》び込《こ》んで教巻《きょうかん》を探《さが》し出《だ》した。その時既《ときすで》に火《ひ》に包《つつ》まれて逃《に》げ出《だ》せなくなった。了顕《りょうけん》は小柄《こづか》を出《だ》して自分《じぶん》の腹《はら》を割《さ》き、教巻《きょうかん》を腹《はら》の中《なか》に押《お》し込《こ》んで、焼《や》けるのを防《ふせ》いだ。やがて焼《や》け跡《あと》から了顕《りょうけん》の焼死体《しょうしたい》が顕《あらわ》れ、腹《はら》の中《なか》から教行信証《きょうぎょうしんしょう》が出《で》てきた。蓮如《れんにょ》は『腹籠《はらこも》りの聖書《せいしょ》』（現・西本願寺蔵）と名付《なづ》けて、本《ほん》光坊了顕《こうぼうりょうけん》が自分《じぶん》の体《からだ》を犠牲《ぎせい》にして教巻《きょうかん》を護《まも》った行為《こうい》を後世《こうせい》に伝《つた》えた）

吉崎坊《よしざきぼう》は朝倉家《あさくらけ》や富樫家《とがしけ》の手《て》を借《か》りて瞬《またた》く間《ま》に再建《さいけん》された。

文明《ぶんめい》六年、朝倉敏景《あさくらとしかげ》は美濃国守護代《みのこくしゅごだい》で守護《しゅご》の土岐家《ときけ》を凌《しの》ぐ勢《いきお》いの斎藤妙椿《さいとうみょうちん》の仲介《ちゅうかい》で甲斐常治《かいつねはる》と和睦《わぼく》した。甲斐家《かいけ》は加賀《かが》を離《はな》れて遠江国《とおとうみこく》に移《うつ》った（83頁1～3行目参照）。

富樫政親《とがしまさちか》はこの期《き》を逃《のが》さず加賀一向宗門徒《かがいっこうしゅうもんと》の与力《よりき》を得《え》て加賀《かが》に討《う》ち入《い》った。

これに対《たい》して、加賀《かが》の富樫幸千代側《とがしこうちよがわ》は、守護代《しゅごだい》の小杉《こすぎ》や、額《ぬか》・阿曽《あそ》・狩野《かのう》・沢井《さわい》らの国人《こくじん》、それから浄土真宗専修寺高田派門徒《じょうどしんしゅうせんしゅうじたかだはもんと》らが迎《むか》え撃《う》った。浄土真宗《じょうどしんしゅう》の専修寺高田派《せんしゅうじたかだは》は蓮如《れんにょ》の本願寺《じ》、いわゆる一向宗《いっこうしゅう》教団《きょうだん》に信者《しんじゃ》を奪《うば》われたので事《こと》ある毎《ごと》に一向宗《いっこうしゅう》と対立《たいりつ》していた。

戦《いくさ》は主《おも》に一向宗門徒《いっこうしゅうもんと》と幸千代側武士団《こうちよがわぶしだん》の間《あいだ》で争《あらそ》われた。一向宗門徒《いっこうしゅうもんと》は死《し》ねば辛《つら》い現世《げんせ》から離《はな》れて極楽浄土《ごくらくじょうど》へ行《い》けると信《しん》じた。だから死《し》を恐《おそ》れず同士《どうし》の屍《しかばね》を乗《の》り越《こ》えて討《う》ち進《すす》んだ。一向宗《いっこうしゅう》門徒《もんと》は遂《つい》に富樫幸千代《とがしこうちよ》の居城《きょじょう》の蓮台寺城《れんだいじじょう》(小松市)を落《お》とした。そして、守護代《しゅごだい》の小杉《こすぎ》と額《ぬか》・阿《あ》曽《そ》・狩野《かのう》・沢井《さわい》らの国人《こくじん》ら幸千代側武士団《こうちよがわぶしだん》を総《すべ》て加賀国《かがこく》から追《お》い出《だ》した。

富樫政親《とがしまさちか》は加賀全土《かがぜんど》を手《て》にした。

一向宗門徒《いっこうしゅうもんと》は戦《いくさ》に勝《か》って、我《わ》が世《よ》の春《はる》を謳歌《おうか》した。門徒《もんと》は自分《じぶん》らの力《ちから》で加賀《かが》の幸千代《こうちよ》を打《う》ち破《やぶ》り、加賀全土《かがぜんど》を手《て》にしたと思《おも》った。だから守護《しゅご》や荘園領主《しょうえんりょうしゅ》の支配権力者《しはいけんりょくしゃ》を見《み》くびり無視《むし》した。百姓門徒《ひゃくしょうもんと》は一向宗《いっこうしゅう》教団《きょうだん》の力《ちから》を誇示《こじ》して慢心《まんしん》した。そして専修寺高田派《せんしゅうじたかだは》を弾圧《だんあつ》した。加《くわ》えて領主《りょうしゅ》に年貢《ねんぐ》を納《おさ》めず、賦役《ふえき》(労働役務)にも付《つ》こうとしなくなった。

加賀《かが》の武家《ぶけ》、豪族《ごうぞく》らは改《あらた》めて一向宗徒《いっこうしゅうと》の力《ちから》を再認識《さいにんしき》した。それで自《みずか》らも一向宗門徒《いっこうしゅうもんと》になり、門徒《もんと》の講《こう》や組《くみ》の頭《かしら》になって己《おのれ》の支配権力《しはいけんりょく》の維持《いじ》を図《はか》ろうとする者《もの》が相次《あいつ》いだ。

富樫政親《とがしまさちか》はじめ加賀《かが》の荘園領主《しょうえんりょうしゅ》らは百姓《ひゃくしょう》のみならず支配下《しはいか》の武士《ぶし》や豪族《ごうぞく》までもが時《とき》を追《お》って足元《あしもと》から離《はな》れて行《ゆ》くのを見《み》て恐怖《きょうふ》した。

富樫家一向宗排斥と吉崎坊焼討

富樫政親《とがしまさちか》は家老《かろう》の槻橋近江守《つきはしおうみのかみ》の意見《いけん》を入《い》れて蓮如《れんにょ》と交《かわ》わした一向宗《いっこうしゅう》保護《ほご》の約束《やくそく》を反故《ほご》（取り止め）にして、逆《ぎゃく》に南加賀《みなみかが》の専修寺高田派門徒《せんしゅうじたかだはもんと》を支援扇動《しえんせんどう》して一向宗徒《いっこうしゅうと》を排斥《はいせき》した。

高田派門徒《たかだはもんと》は嘗《かつ》ては敵《てき》であった富樫政親《とがしまさちか》の扇動《せんどう》に乗《の》った。高田派《たかだは》は一向宗徒《いっこうしゅうと》に圧《お》されて今《いま》や教団《きょうだん》が維持出来《いじでき》るか否《いな》かの瀬戸際《せとぎわ》に立《た》たされていた。

吉崎坊近《よしざきぼうちか》くの越前《えちぜん》と加賀《かが》の国境《くにざかい》で一向宗徒《いっこうしゅうと》と富樫勢《とがしぜい》の間《あいだ》で小競《こぜ》り合《あ》いが起《お》こった。蓮如《れんにょ》は常々《つねづね》「守護《しゅご》、地頭《じとう》を軽《かろ》んず可《べ》からず」と門徒《もんと》に軽挙妄動《けいきょもうどう》を諌《いさ》めていた。

ところが蓮如《れんにょ》の家宰《かさい》に下間蓮崇《しもつまれんそう》がいた。蓮崇《れんそう》は本願寺《ほんがんじ》の力《ちから》をもってすれば加賀《かが》一国《いっこく》は乗《の》っ取《と》れると思《おも》った。それで密《ひそ》かに百姓衆《ひゃくしょうしゅう》を煽《あお》って一揆《いっき》を企《くわだ》て、富樫政親《とがしまさちか》に刃向《はむ》かった。

文明《ぶんめい》七年（一四七五年）八月二十一日夜《よる》、吉崎坊《よしざきぼう》は富樫勢《とがしぜい》と専修寺高田派《せんしゅうじたかだは》の連合軍《れんごうぐん》に襲撃《しゅうげき》されて坊《ぼう》は焼《や》き討《う》ちされ一宇《いちう》も残《のこ》らず灰《はい》になった。

下間蓮崇《しもつまれんそう》は不意《ふい》を突《つ》かれて為《な》す術《すべ》がなく、茫然自失《ぼうぜんじしつ》した。

蓮如《れんにょ》は吉崎《よしざき》の港《みなと》から舟《ふね》に乗《の》って難《なん》を逃《のが》れた。下間蓮崇《しもつまれんそう》は舟《ふね》に取《と》りすがって泣《な》いて許《ゆる》しを請《こ》うたが、蓮如《れんにょ》は蓮崇《れんそう》を義絶《ぎぜつ》（勘当）して教団《きょうだん》から追放《ついほう》した。蓮如《れんにょ》は近江国《おうみこく》を経《へ》て山城国《やましろこく》に落《お》ちた。そして後《のち》に文明《ぶんめい》十一年（一四七九年）、山科《やましな》で本願寺《ほんがんじ》を建立《こんりゅう》した。

富樫政親《とがしまさちか》は、門徒《もんと》百姓《ひゃくしょう》を扇動《せんどう》して領主《りょうしゅ》に歯向《はむ》かわせた一向宗坊主《いっこうしゅうぼうず》の首謀者《しゅぼうしゃ》を捕《とら》えて首《くび》を刎《は》ねた。そして猶逆《なおさか》らう坊主《ぼうず》百姓共《ひゃくしょうとも》二百人余《にんあま》りは国外《こくがい》に追《お》い出《だ》した。

文明《ぶんめい》十三年（一四八一年）七月、越前国守護《えちぜんこくしゅご》の朝倉敏景《あさくらとしかげ》が腫物《はれもの》（ガン）を患《わずら》い亡《な》くなった。享年《きょうねん》五十四歳《さい》。子《こ》の氏景《うじかげ》が跡《あと》を継《つ》いだ。越前国《えちぜんこく》で一向宗《いっこうしゅう》の外護者《げごしゃ》（保護者）が居《い》なくなった。

四．田屋河原の合戦

福光地頭石黒光義の瑞泉寺襲撃

文明《ぶんめい》十三年（一四八一年）春《はる》、里《さと》の根雪《ねゆき》がようやく消《き》えた頃《ころ》、越中国砺波郡福光《えっちゅうこくとなみぐんふくみつ》（南砺市福光）の地頭《じとう》（荘園管理者）で福光城主《ふくみつじょうしゅ》の石黒光義《いしぐろみつよし》の下《もと》に、加賀国守護《かがこくしゅご》の富樫政親《とがしまさちか》から密書《みっしょ》が届《とど》いて「近年《きんねん》、一向宗《いっこうしゅう》の坊主百姓《ぼうずひゃくしょう》共《ども》が加賀《かが》で一揆《いっき》を起《おこ》す。言語道断《ごんごどうだん》（余りにひどい）の振《ふ》る舞《ま》いにつき一撃《いちげき》をもって坊主共《ぼうずども》を追《お》い出《だ》したところ、ただ今《いま》、井波《いなみ》（南砺市井波）の瑞泉寺《ずいせんじ》に寄《よ》り集《あつ》まっている由《よし》の風聞《ふうぶん》あり。このまま放置致《ほうちいた》すは向後《こうご》（今後）の禍《わざわい》。貴殿《きでん》の軍勢《ぐんぜい》をもって即刻《そっこく》、瑞泉寺《ずいせんじ》を焼《や》き討《う》ちして坊主共《ぼうずども》の首《くび》を刎《は》ねられたし」と認《したた》めてあった。

越中国《えっちゅうこく》は未《いま》だかつて、守護地頭《しゅごじとう》に弓《ゆみ》を引《ひ》く者《もの》などいない土地柄《とちがら》だ。けれども文明《ぶんめい》七年の吉崎《よしざき》坊《ぼう》焼《や》き討《う》ち以来《いらい》、加賀《かが》で一揆《いっき》を起《おこ》した百姓《ひゃくしょう》共《ども》が時《とき》を追《お》って瑞泉寺《ずいせんじ》に集《あつ》まり、境内《けいだい》は坊主百姓《ぼうずひゃくしょう》共《ども》で犇《ひし》めき合《あ》っていた。

　石黒光義《いしぐろみつよし》は一族郎党《いちぞくろうとう》を集《あつ》めて評定《ひょうじょう》し、

「近年《きんねん》、当地《とうち》においても一向宗門徒《いっこうしゅうもんと》が蔓延《はびこ》り、稍《やや》もすれば我《われ》らに対《たい》しても我儘《わがまま》を働《はたら》く。その上《うえ》加州《かしゅう》（加賀国）より瑞泉寺《ずいせんじ》へ逃《に》げ来《きた》る坊主共《ぼうずども》がもし一揆《いっき》でも起《おこ》し、加州《かしゅう》の如《ごと》くに騒動《そうどう》になれば一大《いちだい》事《じ》。未《いま》だその企《くわだ》ての無《な》き内《うち》に瑞泉寺《ずいせんじ》を焼《や》き討《う》ちして、院主《いんしゅ》と坊主共《ぼうずども》を絡《から》め取《と》らねばならぬ」と談《だん》合《ごう》して
「この二月十八日（旧暦）に出陣《しゅつじん》」と言《い》い渡《わた》した。城下《じょうか》は戦《いくさ》の支度《したく》で急《きゅう》に慌《あわただ》しくなった。

　福光《ふくみつ》の程近《ほどちか》く、医王山麓《いおうさんろく》の土山《どやま》に、蓮如《れんにょ》が文明《ぶんめい》四年に開《ひら》いた勝興寺《しょうこうじ》があった。土山勝興寺《どやましょうこうじ》の院主《いんしゅ》は蓮如《れんにょ》の子《こ》の蓮乗《れんじょう》だ。蓮乗《れんじょう》は蓮如《れんにょ》の叔父《おじ》の如乗《にょじょう》の養子《ようし》になって二俣本泉寺《ふたまたほんせんじ》の院主《いんしゅ》に就《つ》き、勝《しょう》興寺《こうじ》の院主《いんしゅ》も兼《か》ねた。この勝興寺《しょうこうじ》に坊坂四郎左衛門《ぼうさかしろうざえもん》がいた。坊坂《ぼうさか》は石黒家《いしぐろけ》の傍流《ぼうりゅう》で元福光郊外《もとふくみつこうがい》の桑山城主《くわやまじょうしゅ》であったが、石黒光義《いしぐろみつよし》と仲違《なかたが》いして光義《みつよし》に城《しろ》を追《お》い出《だ》された。坊坂《ぼうさか》は土山勝興寺《どやましょうこうじ》を頼《たよ》って隠《かく》れ住《す》み、機会《きかい》があれば仇《かたき》を討《う》とうと狙《ねら》っていた。

　坊坂《ぼうさか》は福光城下《ふくみつじょうか》が急《きゅう》に騒《さわ》がしくなったので探《さぐ》りを入《い》れ、瑞泉寺焼《ずいせんじや》き討《う》ちの企《くわだ》てを知《し》って土山《どやま》の

勝興寺《しょうこうじ》に急《きゅう》を知《し》らせた。勝興寺《しょうこうじ》は手分《てわ》けして瑞泉寺《ずいせんじ》と加賀二俣本泉寺《かがふたまたほんせんじ》にこの大事《だいじ》を急報《きゅうほう》した。

二月十八日当日《とうじつ》になった。石黒勢《いしぐろぜい》は野村五郎《のむらごろう》・石黒次郎右衛門他《いしぐろじろううえもんほか》、天台宗門葉《てんだいしゅうもんよう》の医王山惣海寺《いおうぜんそうかいじ》の悪僧《あくそう》・宗徒《しゅうと》三百人《にん》など総勢《そうぜい》千六百人《にん》が福光城《ふくみつじょう》に集《あつ》まった。

先鋒《せんぽう》は野村五郎《のむらごろう》が率《ひき》いる一隊《いったい》、次《つ》いで惣海寺《そうかいじ》の悪僧《あくそう》と宗徒《しゅうと》が続《つづ》き、本隊《ほんたい》の石黒光義《いしぐろみつよし》が殿《しんがり》になった。そして全軍《ぜんぐん》、井波《いなみ》に向《む》けて押《お》し出《だ》した。先鋒《せんぽう》の野村《のむら》は

「不意打《ふいう》ちこそ戦《いくさ》の道《みち》ぞ」と言《い》って、敵《てき》の籠《こも》る瑞泉寺《ずいせんじ》に向《む》けて歩《ほ》を速《はや》めた。

一方《いっぽう》の瑞泉寺側《ずいせんじがわ》では、既《すで》に勝興寺《しょうこうじ》から

「石黒光義《いしぐろみつよし》が瑞泉寺《ずいせんじ》を討《う》つ」の報《しら》せが入《はい》っていた。瑞泉寺《ずいせんじ》は綽如《しゃくにょ》の子《こ》の周覚《しゅうかく》のそのまた子《こ》の蓮欽《れんきん》が院主《いんしゅ》だ。蓮欽《れんきん》は勝興寺《しょうこうじ》からの報《しら》せを受《う》けて寺侍《てらざむらい》の竹部豊前《たけべぶぜん》をはじめ一座《いちざ》の者《もの》を集《あつ》めて

「敵《てき》が押《お》し寄《よ》せてきたら如何《どう》しよう。当寺《とうじ》は堀《ほり》も土手《どて》もなく、ましてや武具《ぶぐ》の類《たぐい》さえも無《な》い」と心配《しんぱい》した。竹部《たけべ》は

「門徒《もんと》の坊主《ぼうず》や百姓衆《ひゃくしょうしゅう》に早速《さっそく》と触《ふ》れを廻《まわ》して福光勢《ふくみつぜい》を迎《むか》え討《う》ちなされ。若《も》し戦《いくさ》に利《り》無《な》き時《とき》は栃《とち》原《はら》に引《ひ》き登《のぼ》ってそのまま五箇山《ごかやま》に隠《かく》れ、時節《じせつ》を待《ま》てばよし。先《ま》ずは急《いそ》いで坊主《ぼうず》百姓《ひゃくしょう》に申《もう》し聞《き》かそう」と言《い》って一同《いちどう》を集《あつ》めた。そして手分《てわ》けして近在《きんざい》は言《い》うに及《およ》ばず五箇山《ごかやま》や山田谷《やまだたに》、般若野《はんにゃの》郷《ごう》、射水郡《いみずぐん》へも広《ひろ》く触《ふ》れを廻《まわ》した。忽《たちま》ち約《やく》五千人《にん》の百姓《ひゃくしょう》が竹槍《たけやり》、熊手《くまで》や棒《ぼう》・鎌《かま》などを持《も》って集《あつ》まった。

竹部《たけべ》豊前《ぶぜん》は瑞泉寺《ずいせんじ》に籠《こも》って敵《てき》を待《ま》つのは不利《ふり》と思《おも》った。それで坊主《ぼうず》、百姓《ひゃくしょう》らの一揆《いっき》総勢《そうぜい》五千人《にん》を従《したが》えて井波《いなみ》瑞泉寺《ずいせんじ》から一里程《いちりほど》（4km）福光《ふくみつ》寄《よ》りの山田川《やまだがわ》の田屋河原《たやかわら》（南砺市）にまで押《お》し出《だ》して「今《いま》や遅《おそ》し」と石黒勢《いしぐろぜい》を待《ま》ち受《う》けた。

その石黒勢《いしぐろぜい》の先鋒《せんぼう》の野村《のむら》五郎《ごろう》が山田川《やまだがわ》の田屋河原《たやかわら》までやってきた。案《あん》に相違《そうい》して井波《いなみ》の一揆勢《いっきぜい》が田屋河原《たやかわら》で待《ま》ち受《う》けていた。だが竹槍《たけやり》や棒《ぼう》を振《ふ》りかざした坊主《ぼうず》と百姓《ひゃくしょう》ばかりだ。大将《たいしょう》の野村《のむら》は「坊主《ぼうず》や百姓輩《ひゃくしょうばら》の事《こと》なれば、ただ一気《いっき》に蹴散《けち》らしてくれるわ」と号令《ごうれい》して、先鋒《せんぼう》五百人《にん》に二陣《にじん》の惣海寺勢《そうかいじぜい》三百人《にん》を加《くわ》えて、一手《いって》になって一揆勢《いっきぜい》に切《き》り込《こ》んだ。火花《ひばな》を散《ち》らした戦《いくさ》になった。

瑞泉寺《ずいせんじ》の一揆《いっき》の百姓勢《ひゃくしょうぜい》は死《し》を恐《おそ》れずに戦《たたか》った。聖戦《せいせん》で命《いのち》を失《うしな》えば必《かなら》ず来世《らいせ》は極楽《ごくらく》で暮《く》らせると教《おし》えられた。だから現世《げんせ》の苦海《くかい》を抜《ぬ》け出《だ》して極楽往生《ごくらくおうじょう》しようと命《いのち》を投《な》げ出《だ》して戦《たたか》った。

この頃《ころ》、加賀《かが》の二俣本泉寺《ふたまたほんせんじ》では…。

勝興寺《しょうこうじ》から

「越中《えっちゅう》井波《いなみ》の瑞泉寺《ずいせんじ》危《あや》うし」の報《しら》せを受《う》けた本泉寺《ほんせんじ》は、急《いそ》いで、加賀湯涌谷《かがゆわくだに》（金沢市）門徒《もんと》を呼《よ》び集《あつ》めた。二俣本泉寺《ふたまたほんせんじ》は富樫政親《とがしまさちか》の監視下《かんしか》にあった。けれども門徒《もんと》の百姓衆《ひゃくしょうしゅう》は目立《めだ》たぬように監視《かんし》の目《め》を潜《くぐ》って本泉寺《ほんせんじ》に集《あつ》まった。本泉寺《ほんせんじ》で密議《みつぎ》を凝《こ》らした門徒《もんと》は村《むら》へ帰《かえ》り総勢《そうぜい》二千余人《よにん》を刈《か》り集《あつ》めて瑞泉寺《ずいせんじ》の救援《きゅうえん》に急行《きゅうこう》し、道中《どうちゅう》二手《ふたて》に分《わ》かれて一手《いって》は医王山惣海寺《いおうぜんそうかいじ》に押《お》し掛《か》けた。医王山惣海寺《いおうぜんそうかいじ》の坊主《ぼうず》・門徒《もんと》は皆井波《みないなみ》の瑞泉寺《ずいせんじ》に出掛《でか》けて、僅《わず》かに老僧《ろうそう》が留守《るす》をしているだけだった。本泉寺門徒衆《ほんせんじもんとしゅう》は何《なん》の抵抗《ていこう》も受《う》けずに境内《けいだい》に火《ひ》を掛《か》けた。寺院《じいん》およそ四十八坊《ぼう》は一宇《いちう》残《のこ》らず焼《や》け落《お》ちた。次《つ》いで福光城下《ふくみつじょうか》へ押《お》し出《だ》した。

一向宗徒惣国出現

話《はなし》は戻《もど》って田屋河原《たやかわら》の場面《ばめん》（前頁2行目の続き）。

突然《とつぜん》、石黒勢《いしぐろぜい》の物見《ものみ》が

「大変《たいへん》で御座《ござ》る…。後《うし》ろをご覧《らん》あれ」と絶叫《ぜっきょう》した。石黒勢《いしぐろぜい》と惣海寺勢《そうかいじぜい》が一斉《いっせい》に後《うし》ろを振《ふ》り返《かえ》って驚《おどろ》いた。医王山《いおうぜん》は山一面《やまいちめん》から黒煙《こくえん》が立《た》ち上《のぼ》っていた。惣海寺勢《そうかいじぜい》は

「是《こ》は如何《いか》に」と呆気《あっけ》に取《と》られて気《き》が動顛《どうてん》した。さらに良《よ》く見《み》れば麓《ふもと》の福光城下《ふくみつじょうか》からも盛《さか》んに煙《けむり》が上《のぼ》り始《はじ》めていた。石黒勢《いしぐろぜい》も茫然自失《ぼうぜんじしつ》した。我《われ》に返《かえ》って気《き》が付《つ》けば、はるか背後《はいご》から土埃《つちぼこり》が舞《ま》い上《あ》がって加賀二俣本泉寺《かがふたまたほんせんじ》の瑞泉寺救援勢《ずいせんじきゅうえんぜい》二、三千人《にん》が押《お》し寄《よ》せて来《く》るのが見《み》え隠《かく》れした。

瑞泉寺《ずいせんじ》の坊主百姓共《ぼうずひゃくしょうども》五千人《にん》はこれを見《み》て雄叫《おたけ》びを挙《あ》げて勇《いさ》み立《た》ち、手《て》を突《つ》き挙《あ》げて喜《よろこ》んだ。

石黒勢《いしぐろぜい》は怖気《おじけ》づいた。たまらず我先《われさき》に逃《に》げ散《ち》り千六百の石黒《いしぐろ》・惣海寺勢《そうかいじぜい》は総崩《そうくず》れになった。

瑞泉寺《ずいせんじ》の一揆勢《いっきぜい》は逃《に》げる軍勢《ぐんぜい》を追《お》い掛《か》けて、首《くび》を取《と》ること七百余《よ》。馬《うま》、武具《ぶぐ》を奪《うば》って勝鬨《かちどき》を挙《あ》

げた。

石黒光義主従《いしぐろみつよししゅじゅう》は息急《いきせ》き切《き》って福光《ふくみつ》に引《ひ》き返《かえ》した。城下《じょうか》は紅蓮《ぐれん》の炎《ほのお》に包《つつ》まれていた。城《しろ》はすでに見《み》る影《かげ》もなかった。城《しろ》に残《のこ》した妻子家族《さいしかぞく》が炎《ほのお》の中《なか》から、

「お先《さき》に逝《ゆ》きまする」と言《い》っているのが瞼《まぶた》に浮《う》かんだ。石黒光義《いしぐろみつよし》は目《め》が眩《くら》んで茫然自失《ぼうぜんじしつ》した。生《い》きる気力《きりょく》が消《き》え失《う》せた。周《まわ》りを見回《みまわ》せば何時《いつ》の間《ま》にか物見《ものみ》の百姓共《ひゃくしょうども》が付《つ》かず離《はな》れず遠巻《とおま》きにして覗《のぞ》き込《こ》んでいた。

石黒光義《いしぐろみつよし》は城《しろ》を失《うしな》い妻子家族《さいしかぞく》まで失《うしな》って、おめおめと生《い》き恥《はじ》は曝《さら》せなかった。死《し》に場所《ばしょ》を求《もと》めて彷徨《ほうこう》し、福光郊外《ふくみつこうがい》の古刹聖武天皇勅願所《こさつしょうむてんのうちょくがんしょ》と言《い》い伝《つた》わる安居寺《あんごじ》の門前《もんぜん》に辿《たど》り着《つ》いた。

石黒光義主従一行《いしぐろみつよししゅじゅういっこう》の三十六人《にん》は敵《てき》の百姓共《ひゃくしょうども》が遠巻《とおま》きに見守《みまも》る中《なか》、次々《つぎつぎ》と腹《はら》を切《き》って自害《じがい》した。

戦《いくさ》は終《お》わった。福光石黒家一族一門《ふくみついしぐろけいちぞくいちもん》と医王山惣海寺《いおうぜんそうかいじ》が領《りょう》した砺波郡《となみぐん》の過半《かはん》を占《し》める広大《こうだい》な荘園《しょうえん》は総《すべ》て瑞泉寺《ずいせんじ》と土山勝興寺《どやましょうこうじ》の支配《しはい》に移《うつ》り、砺波郡《となみぐん》の山田川《やまだがわ》から東《ひがし》は瑞泉寺《ずいせんじ》が領《りょう》し西《にし》は勝興寺《しょうこうじ》が領《りょう》した。越中国砺波郡《えっちゅうこくとなみぐん》に一向宗坊主《いっこうしゅうぼうず》と百姓門徒《ひゃくしょうもんと》が支配《しはい》する小《ち》さな惣国《そうこく》(合議制国家)が出現《しゅつげん》した。

五．富樫家滅亡

一向宗排斥

文明《ぶんめい》十三年（一四八一年）、加賀一向宗徒《かがいっこうしゅうと》は越中国瑞泉寺《えっちゅうこくずいせんじ》に与力《よりき》（助勢）して福光《ふくみつ》の石黒光義《いしぐろみつよし》を討《う》ち滅《ほろ》ぼし、その勢《いきお》いを得《え》て加賀国《かがこく》でもまた勢力《せいりょく》を盛《も》り返《かえ》した。加賀三山《かがさんざん》の大坊主《だいぼうず》と加賀四郡《かがよんぐん》の里長衆《さとおさしゅう》の下《もと》に宗徒《しゅうと》は談合《だんごう》してしばしば年貢《ねんぐ》を納《おさ》めず領主《りょうしゅ》を無視《むし》した。

元号《げんごう》が改《あらた》まって長享元年《ちょうきょうがんねん》（一四八七年）八月、丁度加賀国守護《ちょうどかがこくしゅご》の富樫政親《とがしまさちか》が幕府《ばくふ》に出仕中《しゅっしちゅう》に、将軍義尚《しょうぐんよしひさ》は公儀《こうぎ》を蔑《ないがしろ》にして幕府《ばくふ》に出仕《しゅっし》せぬ諸国《しょこく》の守護大名《しゅごだいみょう》に制裁《せいさい》を加《くわ》えて乱《みだ》れた天下《てんか》の政道《せいどう》を正《ただ》そうと思《おも》い立《た》った。そこで先《ま》ず手始《てはじ》めに自《みずか》ら近江国《おうみこく》に軍旗《ぐんき》を進《すす》めて近江国守護《おうみこくしゅご》の六角高頼《ろっかくたかより》を討伐《とうばつ》した（89頁4行目参照）。

富樫政親《とがしまさちか》は丁度《ちょうど》この時幕府《ときばくふ》に出仕中《しゅっしちゅう》だったので、将軍義尚《しょうぐんよしひさ》の六角高頼討伐《ろっかくたかよりとうばつ》に応《おう》じ、槻橋《つきはし》・本《もと》折《おり》・倉光《くらみつ》・狩野《かのう》・大内《おおうち》・相河《あいかわ》らの家臣《かしん》を従《したが》えて将軍《しょうぐん》の旗下《きか》に加《くわ》わった。
将軍義尚《しょうぐんよしひさ》は富樫政親《とがしまさちか》と若狭《わかさ》の武田信賢《たけだのぶかた》に先鋒《せんぽう》を命《めい》じて六角勢《ろっかくぜい》を討《う》った。
六角高頼《ろっかくたかより》は初《はじ》めから争《あらそ》う気《き》はなく、一戦《いっせん》も交《まじ》えずに甲賀《こうが》に逃《のが》れた。
富樫政親《とがしまさちか》は加賀国守護家《かがこくしゅごけ》の跡《あと》を継《つ》いで奉公始《ほうこうはじ》めの手柄《てがら》であった。将軍義尚《しょうぐんよしひさ》からは御感《ぎょかん》を得《え》て、富樫家前代未聞《とがしけぜんだいみもん》の面目《めんぼく》を施《ほどこ》した。将軍《しょうぐん》から慰労《いろう》の言葉《ことば》を受《う》けた政親《まさちか》は
「某《それがし》が領国《りょうごく》の加州《かしゅう》（加賀国）の土民《どみん》らは、一向念仏《いっこうねんぶつ》の道場《どうじょう》を建立《こんりゅう》して勤修《ごんしゅう》に励《はげ》み、肝心《かんじん》の年貢《ねんぐ》は一粒《ひとつぶ》だにも納《おさ》めませぬ。剰《あまつさ》え党《とう》を結《むす》び群《むれ》を分《わか》って一揆《いっき》の組《くみ》を作《つく》るなど、我儘勝手《わがままかって》な振《ふ》る舞《ま》いが目《め》に余《あま》る次第《しだい》。是非《ぜひ》に越中《えっちゅう》・越前《えちぜん》の隣国《りんごく》へ御教書《みきょうしょ》（通達・親書）を下《くだ》されて、一向一揆退治《いっこういっきたいじ》の合力《ごうりき》を御下知仰《ごげちおお》せ付《つ》け下《くだ》されば有《あ》り難《がた》き幸《しあわ》せ」と言上《ごんじょう》した。そして
「上聞叶《じょうぶんかな》って両国《りょうこく》の与力《よりき》（助勢）が得《え》られたときには、即刻《そっこく》に帰国《きこく》して素望《そぼう》（普段からの望み）を達《たっ》したく、伏《ふ》して願《ねが》い奉《たてまつ》る」と言葉《ことば》を付《つ》け加《くわ》えた。
将軍義尚《しょうぐんよしひさ》は富樫政親《とがしまさちか》の働《はたら》きを愛《め》でて暇《いとま》を与《あた》え、越中《えっちゅう》・越前両国《えちぜんりょうこく》の守護《しゅご》に加勢《かぜい》を下知《げち》した。

富樫政親《とがしまさちか》は将軍《しょうぐん》から暇《いとま》の許《ゆる》しを得《え》て、十二月に北陸路《ほくりくじ》の深雪《しんせつ》を踏《ふ》み分《わ》けて帰国《きこく》した。

翌長享《よくちょうきょう》二年（一四八八年）春《はる》、まだ雪《ゆき》が消《き》え残《のこ》る頃《ころ》から、富樫政親《とがしまさちか》は野々市《ののいち》（野々市市）の屋形《やかた》を立《た》ち退《の》き、家臣一同《かしんいちどう》と共《とも》に高尾城《たかおじょう》（金沢市）に立《た》て籠《こも》って越中《えっちゅう》・越前《えちぜん》からの与力《よりき》を待《ま》った。

富樫政親一族《とがしまさちかいちぞく》の押野《おしの》の富樫家信《とがしいえのぶ》・久安《ひさやす》の富樫家元《とがしいえもと》・山代《やましろ》の富樫康行《とがしやすゆき》の三家《さんけ》は、それぞれ手勢《てぜい》を引《ひ》き連《つ》れて共《とも》に籠城《ろうじょう》に加《くわ》わった。その総勢《そうぜい》一万余人《よにん》。櫓々《やぐらやぐら》に陣取《じんど》った。

加賀国中《かがこくじゅう》の一揆坊主《いっきぼうず》や百姓共《ひゃくしょうども》は恐怖《きょうふ》し、富樫家家老《とがしけかろう》の山河高藤《やまかわたかふじ》を訪《たず》ねて、

「先年《せんねん》、幸千代殿《こうちよどの》との戦《いくさ》の折《おり》、御屋形《おやかた》の政親様《まさちかさま》が白山山麓山内庄《はくさんさんろくやまのうちしょう》に籠《こも》られたことが御座《ござ》った。その際《さい》には、一向一揆衆《いっこういっきしゅう》も死力《しりょく》を尽《つ》くして御屋形様《おやかたさま》に与力《よりき》して、それで御屋形様《おやかたさま》は当国《とうこく》を平《たい》らげなされた。その間《かん》、土民《どみん》は在所《ざいしょ》を追《お》い立《た》てられ、野山《のやま》に伏《ふ》して安《やす》き事《こと》は御座《ござ》りませなんだ。また農事《のうじ》をしたくとも出来《でき》ず、それで収穫《しゅうかく》も皆無《かいむ》の状態《じょうたい》。これが年貢《ねんぐ》を怠《おこた》り、賦役《ふえき》に就《つ》かざる所以《ゆえん》で御座《ござ》った。いわば公道《こうどう》の乱《みだ》れに寄《よ》るもので私事《わたくしごと》の所以《ゆえん》では御座《ござ》りませぬ。なれども向後《こうご》（今後）は決《けっ》して勝手《かって》は申《もう》しませぬ」と詫《わ》びを入《い》れながら、嘆《なげ》き口説《くど》いた。

山河高藤《やまかわたかふじ》は一揆衆《いっきしゅう》の言《い》い分《ぶん》に納得《なっとく》し、登城《とじょう》して富樫政親《とがしまさちか》に、
「御屋形《おやかた》。民《たみ》は国《くに》の基《もとい》。これを成敗《せいばい》なさるは枝葉《しよう》の我《われ》らも安穏《あんのん》では済《す》まされませぬ。『義《ぎ》を執《と》って国《くに》を治《おさ》め、欲《よく》を捨《す》てて民《たみ》を撫《ぶ》す。』これぞ国家安泰《こっかあんたい》の正道《せいどう》。静謐《せいひつ》の先兆《せんちょう》と言《い》うものでは御座《ござ》らぬか」と諫言《かんげん》した。けれども政親《まさちか》は
「この度《たび》は、将軍家《しょうぐんけ》に訴《うった》えて越中《えっちゅう》・越前両国《えちぜんりょうこく》の与力《よりき》も頂《いただ》ける。今度《こんど》こそ一向坊主共《いっこうぼうずども》を根《ね》こそぎ退治《たいじ》せずに置《お》くものか」と突《つ》っぱねて承服《しょうふく》しなかった。

一向宗徒決起

一揆勢《いっきぜい》は是非《ぜひ》なく立《た》ち帰《かえ》って、加賀《かが》の大寺坊主《たいじぼうず》に状況《じょうきょう》を報告《ほうこく》した。
ここに加賀四郡《かがよんぐん》の長衆《おさしゅう》を兼《か》ねる木越《きごし》の光徳寺《こうとくじ》・磯部《いそべ》の願成寺《がんじょうじ》・鳥越《とりごえ》の弘願寺《ぐがんじ》・吉藤《よしふじ》の専光寺《せんこうじ》の四箇寺《よんかじ》の大坊主《だいぼうず》が集《あつ》まって
「専修念仏《せんしゅうねんぶつ》は末世相応《まっせそうおう》の要法《ようほう》なり。愚鈍《ぐどん》の尼《に》や入道《にゅうどう》ら、現世《げんせ》の善因《ぜんいん》を結《むす》んで来世《らいせ》の苦報《くほう》を免《まぬが》れ

ようとするは、公務《こうむ》を費《つい》やして私志《しし》を果《は》たすに非《あら》ず。然《しか》るに大罪《たいざい》と言って罪科《ざいか》に処《しょ》すべきと企《くわだ》てるは仏法《ぶっぽう》の大敵《たいてき》、王法《おうほう》の怨敵《おんてき》なり。退治《たいじ》せずば有《あ》るべからず」と評定一決《ひょうじょういっけつ》した。

坊主共《ぼうずども》は須崎慶覚《すざきけいかく》と河合宣久《かわいのぶひさ》の両名《りょうめい》を大将《たいしょう》に選《えら》んだ。須崎《すざき》・河合《かわい》は若者共《わかものども》ら総勢《そうぜい》一万余人《よにん》を集《あつ》めて高尾城《たかおじょう》攻《せ》めの最前線《さいぜんせん》の上久安《かみひさやす》に陣《じん》を構《かま》えた。そして各地《かくち》の一向宗門徒《いっこうしゅうもんと》に一揆蜂起《いっきほうき》の檄《げき》を飛《と》ばした。たちまち加賀国中《かがこくじゅう》で一揆《いっき》が蜂起《ほうき》した。

笠間家次《かさまいえつぐ》は毛皮《けがわ》なめしを生業《なりわい》とする皮革衆《かわしゅう》七千人《にん》を率《ひき》いて野々市馬市《ののいちうまいち》に陣取《じんど》った。安吉家長《やすよしいえなが》は渡河人足《とかにんそく》の河原衆《かわらしゅう》八千人《にん》を従《したが》えて額口《ぬかぐち》に陣取《じんど》った。山本円正入道《やまもとえんしょうにゅうどう》は同輩《どうはい》十人《にん》の講《こう》の組《くみ》と併《あわ》せて一万人《にん》と山科山王林《やましなさんのうはやし》に陣取《じんど》った。高橋信重《たかはしのぶしげ》は六組《くみ》の軍兵《ぐんぺい》五千人《にん》を率《ひき》いて押野山王林《おしのさんのうはやし》に陣取《じんど》った。河北郡《かほくぐん》の一揆勢《いっきぜい》は浅野《あさの》、大衆免《だいしゅめ》に陣取《じんど》った。石川郡浜手《いしかわぐんはまて》の一揆勢《いっきぜい》は広岡山王《ひろおかさんのう》の森《もり》に陣取《じんど》った。この他《ほか》、加賀各地《かがかくち》の組衆《くみしゅう》は高尾城《たかおじょう》の周《まわ》りを取《と》り囲《かこ》んで剣戟林《けんげきはやし》の如《ごと》く、狼煙《のろし》の煙《けむり》は春《はる》の霞《かすみ》のように棚引《たなび》いた（野々市は野々市市、その他は高尾を含めて総べて金沢市）。

加賀《かが》の鶴来白山《つるぎはくさん》の天台宗徒《てんだいしゅうと》は詮議《せんぎ》して

「国《くに》の一大事《いちだいじ》、これに過《す》ぐるはなし。国敗《くにやぶ》れ家亡《いえほろ》ぶれば、両社《りょうやしろ》とて安穏《あんのん》にはあらず。『民《たみ》は根《ね》、君《きみ》は末葉《まつよう》』なれば我等《われら》は根《ね》の民《たみ》に合力《ごうりき》あるべし」と話《はな》し合《あ》い、一揆勢《いっきぜい》に味方《みかた》してその勢《ぜい》三千余人《よにん》が諏訪口《すわぐち》に討《う》って出《で》た。

四箇寺《よんかじ》の大坊主《だいぼうず》らは別《べつ》に、元《もと》の南加賀国守護《みなみかがこくしゅご》の隠居《いんきょ》の富樫泰高《とがしやすたか》に使者《ししゃ》を送《おく》って

「この度《たび》の政親殿《まさちかどの》の振《ふ》る舞《ま》いは一国《いっこく》の百姓《ひゃくしょう》を残《のこ》らず殺《ころ》し尽《つ》くさんとするもの。貴殿《きでん》は元《もと》は当国《とうこく》の守護《しゅご》なれば、罪《つみ》なき百姓《ひゃくしょう》が皆殺《みなごろ》しにされて知《し》らぬ顔《かお》でもあるまい。一緒《いっしょ》に出陣《しゅつじん》なされ。それとも富樫《とがし》の高尾城《たかおじょう》に御籠《おこも》りなさるか。確《しか》と受《う》け賜《たま》わりたい」と脅《おど》しを入《い》れた。この時《とき》の大坊主《だいぼうず》の威勢《いせい》に気圧《けお》されて是非《ぜひ》なく泰高《やすたか》は一揆勢《いっきぜい》に加《くわ》わった。

四箇寺《よんかじ》の一揆勢《いっきぜい》は四万人《よんまんにん》。富樫泰高《とがしやすたか》の勢《ぜい》二千人《にん》を加《くわ》えて、野々市大乗寺《ののいちだいじょうじ》に陣《じん》を取《と》り、後詰《ごづめ》した。一揆《いっき》の総勢《そうぜい》は十数万人《じゅうすうまんにん》。高尾城《たかおじょう》に籠城《ろうじょう》する富樫政親勢《とがしまさちかぜい》一万人《にん》と、両陣《りょうじん》わずかに二十余町《よちょう》（一町は100ｍ余）を隔《へだ》てて睨《にら》みあった

兎角《とかく》する内《うち》に越中《えっちゅう》・越前《えちぜん》の守護屋形《しゅごやかた》へ将軍家《しょうぐんけ》から御教書《みきょうしょ》が届《とど》いた。

越中国《えっちゅうこく》では守護代《しゅごだい》の神保《じんぼ》・椎名《しいな》・遊佐《ゆさ》が集《あつ》まって
「我《われ》ら公方《くぼう》（将軍）より御教書《みきょうしょ》を戴《いただ》く。加賀《かが》と越中《えっちゅう》は唇《くちびる》と歯《は》の如《ごと》き緊密《きんみつ》な仲《なか》。『唇《くちびる》亡《ほろ》びて歯《は》寒《さむ》し』（原典は春秋左氏伝僖公五年）のたとえもあればここは如何《いかが》致《いた》すべき」と談合《だんごう》して
「新川郡《にいかわぐん》の椎名勢《しいなぜい》は竹中石見守《たけなかいわみのかみ》が大将《たいしょう》になって放生津《ほうじょうづ》の神保勢《じんぼぜい》に加《くわ》わり、射水《いみず》・婦負郡《ねいぐん》の神保《じんぼ》勢《ぜい》は稲川半太《いなかわはんた》が大将《たいしょう》になって椎名勢《しいなぜい》と共《とも》に吉江白沢《よしえはっさわ》で遊佐勢《ゆさぜい》に合《がっ》する。そして加賀《かが》に隣接《りんせつ》する砺《と》波郡《なみぐん》の遊佐勢《ゆさぜい》は田原新吾《たはらしんご》が大将《たいしょう》になり神保《じんぼ》・椎名勢《しいなぜい》と連合《れんごう》して共《とも》に蓮沼《はすぬま》（小矢部市）から加賀《かが》に討《う》ち入《い》る」と申《もう》し合《あわ》せた。そして直《ただ》ちに軍勢《ぐんぜい》を揃《そろ》えてその勢《ぜい》都合《つごう》三千余《よ》が蓮沼《はすぬま》から倶利伽羅峠《くりからとうげ》に向《む》かった。
加賀《かが》の一向一揆勢《いっこういっきぜい》は驚《おどろ》いて
「富樫勢《とがしぜい》と越中《えっちゅう》・越前勢《えちぜんぜい》の敵《てき》を、三方《さんぽう》に受《う》ければ敗北《はいぼく》は必定《ひつじょう》。ここは急《いそ》ぎ高尾《たかお》の城《しろ》を攻《せ》め落《お》とさねばなるまい。さすれば合力《ごうりき》の諸勢《しょぜい》は自《おの》ずから退散《たいさん》しよう」と評定《ひょうじょう》した。そして万一《まんいち》に備《そな》えて一《いっ》揆勢《きぜい》の内《うち》の河北郡《かほくぐん》英田《あがた》光斉寺《こうさいじ》を総大将《そうだいしょう》にして越中口《えっちゅうぐち》に差《さ》し向《む》けた。

英田勢《あがたぜい》は倶利伽羅《くりから》・笠野《かさの》・松根《まつね》の各砦《かくとりで》に陣取《じんと》って越中勢《えっちゅうぜい》に備《そな》えた。

越中勢《えっちゅうぜい》には元《もと》、北加賀富樫幸千代方残党《きたかがとがしこうちよがたざんとう》の阿曽盛俊《あそもりとし》と小杉基久《こすぎもとひさ》が二千の兵卒《へいそつ》を率《ひき》いて加《くわ》わった。二人《ふたり》は

「我等《われら》は元《もと》、加賀《かが》の者《もの》なれば、一番合戦《いちばんがっせん》を仕《つかまつ》る」と言《い》って、倶利伽羅峠《くりからとうげ》より加賀《かが》へ乱入《らんにゅう》した。

英田光斉寺《あがたこうさいじ》の河北郡勢《かほくぐんぜい》五千は四方八方《しほうはっぽう》から越中勢《えっちゅうぜい》を押《お》し包《つつ》んで揉《も》み立《た》て、越中《えっちゅう》の二千の勢《ぜい》を七百にまで討《う》ち取《と》った。越中勢《えっちゅうぜい》は討《う》ち負《ま》けて、陣《じん》を払《はら》って引《ひ》きあげた。

長享《ちょうきょう》二年（一四八八年）六月五日、諸方《しょほう》の一揆勢《いっきぜい》は野々市大乗寺《ののいちだいじょうじ》に集《あつ》まって早朝《そうちょう》から軍評定《いくさひょうじょう》を開《ひら》いた。須崎入道《すざきにゅうどう》は

「この城《しろ》は容易《たやす》く力攻《ちからぜ》めする城《しろ》に非《あら》ず。所詮《しょせん》、八方《はっぽう》の糧道《りょうどう》を塞《ふさ》いで五日も十日も日《ひ》を過《す》ごせば城《じょう》内《ない》の軍兵《ぐんぺい》は飢《う》え疲《つか》れて戦《たたか》う気力《きりょく》も消《き》え失《う》せる。そこを突《つ》けば我《わ》が勢《ぜい》の勝利《しょうり》は疑《うたが》い御座《ござ》らぬ」と言《い》った。木越光徳寺《きごしこうとくじ》は進《すす》み出《で》て

「須崎殿《すざきどの》のご意見《いけん》は尤《もっと》もながら、愚僧《ぐそう》の考《かんが》えは左《さ》に非《あら》ず。その故《ゆえ》はこれほどの大事《だいじ》を思《おも》い立《た》つ程《ほど》

の富樫政親《とがしまさちか》なれば、さぞかし一月《ひとつき》や二月《ふたつき》の兵糧《ひょうろう》は貯《たくわ》えて御座《ござ》ろう。余《あま》りに優々緩々《ゆうゆうかんかん》の攻《せ》めは当方《とうほう》の士気《しき》に拘《かか》わる。ここは即刻一気《そっこくいっき》に勝負《しょうぶ》を決《けっ》すべきときですぞ」と言《い》い張《は》った。

一同《いちどう》は木越《きごし》の意見《いけん》を入《い》れて

「思《おも》い立《た》ったが吉日《きちじつ》。即刻全勢準備《そっこくぜんぜいじゅんび》に掛《か》かって一斉攻撃《いっせいこうげき》」と一決《いっけつ》した。そこへ「高尾城《たかおじょう》は搦手《からめて》（裏門）の額口《ぬかぐち》に弱点《じゃくてん》あり」との情報《じょうほう》が入《はい》った。そこで正面《しょうめん》の久安《ひさやす》の陣《じん》の前《まえ》には見《み》せ掛《か》けだけの虚勢《きょせい》の陣《じん》を置《お》いて、夜陰《やいん》に紛《まぎ》れて全軍《ぜんぐん》、搦手《からめて》の額口《ぬかぐち》に集《あつ》まった。

富樫家滅亡と加賀一国の一向宗徒惣国化

長享二年《ちょうきょう》（一四八八年）六月七日、早朝《そうちょう》より諸陣《しょじん》の総勢《そうぜい》四万九千余《よ》は合図《あいず》の狼煙《のろし》を上《あ》げて、四《し》方八方《ほうはっぽう》から高尾《たかお》の城《しろ》に詰《つ》め寄《よ》った。

一方《いっぽう》、城内《じょうない》では総攻《そうぜ》めに備《そな》えて富樫政親《とがしまさちか》は

「今日《きょう》の合戦《かっせん》にて自他《じた》の存亡《ぞんぼう》が見《み》えよう。妄《みだ》りに掛《か》かるべからず。楯《たて》を一面《いちめん》に並《なら》べて射手《いて》を揃《そろ》え、諸矢《もろや》（一矢必中）に射《い》れ。一筋《ひとすじ》も無駄矢《むだや》は放《はな》つな」と下知《げち》した。

戦《いくさ》は矢戦《やいくさ》で始《はじ》まった。やがて矢種《やたね》が尽《つ》きた。寄《よ》せ手《て》から石黒孫左衛門《いしぐろまござえもん》が進《すす》み出《で》て「日頃《ひごろ》の自慢《じまん》はこの時《とき》にあり。面々《めんめん》も勝負《しょうぶ》なされよ」と言《い》って、楯《たて》を投《な》げ捨《す》てて切《き》り込《こ》んだ。

城内《じょうない》からは寄《よ》せ手《て》の誘《さそ》いに乗《の》って、斎藤藤八郎《さいとうとうはちろう》と安江弥八郎《やすえやはちろう》が飛《と》び出《だ》した。双方共《そうほうとも》に入《い》り乱《みだ》れて戦《たたか》った。このとき寄《よ》せ手《て》は敵《てき》を誘《おび》き出《だ》そうと一斉《いっせい》に逃《に》げ出《だ》した。

城内《じょうない》の額丹後守《ぬかたんごのかみ》と同八郎四郎《どうはちろうしろう》・林正蔵《はやししょうぞう》・本郷修理進《ほんごうしゅりのしん》・高尾若狭守《たかおわかさのかみ》・槻橋弥次郎《つきはしやじろう》・宇佐美八郎《うさみはちろう》左衛門《ざえもん》・山田弥五郎《やまだやごろう》・広瀬源左衛門《ひろせげんざえもん》・徳光次郎《とくみつじろう》・松本新五郎《まつもとしんごろう》・阿曽伊豆坊《あそいずのぼう》・奈良与八郎《ならよはちろう》・松原彦《まつばらひこ》四郎《しろう》・多田源六《ただげんろく》・石田帯刀《いしだたてわき》らは一族郎党《いちぞくろうとう》を引《ひ》き連《つ》れて、ここが勝負《しょうぶ》と打《う》って出《で》た。

寄《よ》せ手《て》の大将《たいしょう》の須崎《すざき》・河合《かわい》の両名《りょうめい》は左右《さゆう》から気付《きづ》かれぬように、討《う》ち出《で》た敵《てき》の後《うし》ろに廻《まわ》って包《つつ》み込《こ》んだ。そして揉《も》みに揉《も》んで攻《せ》め立《た》てた。討《う》って出《で》た城内《じょうない》二千の勢《ぜい》は僅《わず》か三百にまで潰《つぶ》された。

寄《よ》せ手《て》は勝《か》ちに乗《の》って城内《じょうない》に火矢《ひや》を射込《いこ》み、塀《へい》や櫓《やぐら》を倒《たお》して喚《おめ》き叫《さけ》んで攻《せ》め込《こ》んだ。さるほどに、日《ひ》がとっぷりと暮《く》れた。城外《じょうがい》は真昼《まひる》の如《ごと》くに明々《あかあか》と篝火《かがりび》が焚《た》かれた。

城内《じょうない》では城主《じょうしゅ》の富樫政親《とがしまさちか》が今日一日《きょういちにち》の敗北《はいぼく》に落胆《らくたん》気落《きお》ちして

「明日《あす》は最期《さいご》の合戦《かっせん》と覚《おぼ》えたり。我《われ》に伴《とも》わん者《もの》は名残《なごり》の酒《さけ》を酌《く》み交《か》わそうぞ」と言《い》って上下《じょうげ》の礼《れい》儀《ぎ》を取《と》り払《はら》い、歌《うた》って舞《ま》って踊《おど》って飲《の》んだ。

山河三河守《やまかわみかわのかみ》は富樫政親《とがしまさちか》の前《まえ》に畏《かしこ》まって

「人《ひと》の一命《いちめい》を捨《す》てて大事《だいじ》を思《おも》い立《た》つは百年《ひゃくねん》、千年《せんねん》も子孫《しそん》を継《つ》がんがためで御座《ござ》る。この度《たび》、腹《はら》を召《め》されれば御内儀《ごないぎ》、御子《おこ》とも霞《かすみ》と消《き》え給《たま》い、末代《まつだい》まで人《ひと》の嘲《あざけ》りを受《う》けまする。たとえ幼女《ようじょ》にても生《い》き残《のこ》り給《たま》えば、末《すえ》には繁《しげ》る御代《みよ》もあろうかと存《ぞん》じまする」と諭《さと》した。そして磯部《いそべ》、木越《きごし》の坊主《ぼうず》にねんごろに頼《たの》み込《こ》んで政親《まさちか》の内儀《ないぎ》と姫《ひめ》を城外《じょうがい》に落《お》とし、京都《きょう》に隠棲《いんせい》させた。

寄《よ》せ手《て》の軍兵《ぐんぺい》は夜《よ》が明《あ》けるのを今《いま》や遅《おそ》しと待《ま》ち受《う》けた。須崎慶覚《すざききょうかく》はただ一騎《いっき》で諸陣《しょじん》を見廻《みまわ》り、見張《みは》りの兵《へい》に

「今《いま》より降人《こうじん》があれば皆助《みなたす》けよ。城内《じょうない》の者《もの》は助《たす》かると判《わか》れば我《われ》も我《われ》もと抜《ぬ》け出《だ》すぞ。されば守《まも》る力《ちから》も消《き》え失《う》せるわ」と命《めい》じた。果《は》たして明《あ》け方《がた》までに過半《かはん》の者《もの》が抜《ぬ》け落《お》ちて、城内僅《じょうないわず》かに三百余《よ》

人《にん》になった。

遂《つい》に運命《うんめい》の朝《あさ》が来《き》た。早朝《そうちょう》から戦《いくさ》が始《はじ》まった。寄《よ》せ手《て》は十数万《すうまん》、守《まも》り手《て》は三百、勝負《しょうぶ》は既《すで》についていた。

富樫政親《とがしまさちか》は城内《じょうない》に残《のこ》った家臣《かしん》を集《あつ》めて

「あながち罪作《つみつく》りはすまいぞ。来世《らいせ》の報《むく》いを如何《いかん》せん。我《われ》も八箇所《はちかしょ》に傷《きず》を負《お》うた。今《いま》はこれまで。腹《はら》を切《き》らん。面々如何《めんめんいかに》」と言《い》った。皆《みな》も

「承知《しょうち》」と言《い》った。

宮永八郎三郎《みやながはちろうさぶろう》がやおら立《た》って主君《しゅくん》の政親《まさちか》に拝礼《はいれい》し、

「僭越《せんえつ》ながら中陰《ちゅういん》（あの世へ辿り着くまでの四十九日間）の旅路《たびじ》の露払《つゆはら》いを仕《つかまつ》る」と言《い》って杯《さかずき》に酒《さけ》を汲《く》んで飲《の》み干《ほ》し、腹十文字《はらじゅうもんじ》に掻《か》き切《き》って

「恐《おそ》れながら勝見与次郎殿《かつみよじろうどの》へ持参《じさん》すべし」と杯《さかずき》に刀《かたな》を添《そ》え差《さ》し出《だ》して息絶《いきた》えた。

勝見《かつみ》は

「あら珍《めずら》しき杯《さかずき》や」と取《と》って戴《いただ》き、同《おな》じく腹《はら》を掻《か》き切《き》り、福益弥三郎《ふくみつやさぶろう》に差《さ》し出《だ》した。その次《つぎ》は与《よ》津屋五郎《づやごろう》、次《つぎ》は谷屋《たにや》入道《にゅうどう》・八屋籐左衛門《はちやとうざえもん》・長田三郎左衛門《おさださぶろうざえもん》・宮永左京進《みやながさきょうのしん》・沢井彦八郎《さわいひこはちろう》・安江《やすえ》和泉守《いずみのかみ》・神戸七郎《かんべしちろう》・御園筑前守《みそのちくぜんのかみ》・槻橋豊前守《つきはしぶぜんのかみ》・同三郎左衛門《どうさぶろうざえもん》・同近江守《どうおうみのかみ》・山河又次郎《やまかわまたじろう》・本郷興《ほんごうこう》春坊《しゅんぼう》ら次々《つぎつぎ》に腹切《はらき》って三十余人《よにん》、残《のこ》るは大将《たいしょう》の富樫政親《とがしまさちか》と本郷駿河守《ほんごうするがのかみ》、小姓《こしょう》の千代松丸《ちよまつまる》の三人《さんにん》になった。

本郷駿河守《ほんごうするがのかみ》は前代未聞《ぜんだいみもん》の世慣《よな》れた者《もの》だったので

「はや浮世《うきよ》に思《おも》い置《お》くことも御座《ござ》らぬ。急《いそ》ぎ御腹《おんはら》を召《め》し給《たま》え。某《それがし》殿《しんがり》仕《つかまつ》る」と進《すす》めた。政親《まさちか》は

「老武者《ろうむしゃ》を後《あと》に立《た》つるほど愚《おろ》か者《もの》ではないわ。若役《わかやく》に政親《まさちか》が殿腹《しっぱら》する」と互《たが》いに譲《ゆず》らなかった。

遂《つい》に駿河守《するがのかみ》が折《お》れて

「では先達仕《せんだつつかまつ》る」と腹十文字《はらじゅうもんじ》に掻《か》き切《き》って

「影弱《かげよわ》き弓張月《ゆんばりつき》の程《ほど》もなく我《われ》を諫《いさ》めて入《い》るや彼《か》の国《くに》」と読《よ》み、五十六歳《さい》の生涯《しょうがい》を閉《と》じた。

その後《あと》に富樫政親《とがしまさちか》は

「急《いそ》ぎ追《お》いつかん」と言《い》って腹十文字《はらじゅうもんじ》に切《き》り、返《かえ》す刀《かたな》で鳩尾《みぞおち》に突《つ》き立《た》て、押《お》し下《くだ》した朱《あけ》の血刀《ちがたな》を持《も》って

「五蘊《ごうん》（五体）元《もと》、空《くう》なりければ何者《なにもの》か、借《か》りて来《き》たらん、借《か》りて返《かえ》さん」と詠《よ》み刀《かたな》の切《き》っ先《さき》を口《くち》に含《ふく》んで倒《たお》れ伏《ふ》した。二十六歳《さい》の生涯《しょうがい》だった。刀《かたな》は口《くち》を貫《つらぬ》いて柄《つか》まで通《とお》った。

小姓《こしょう》の千代松丸《ちよまつまる》は死骸《しがい》の衣服《いふく》を正《ただ》してから屋形《やかた》に火《ひ》を掛《か》け、その火《ひ》の中《なか》に飛《と》び込《こ》んで後《あと》を追《お》った。

寄《よ》せ手《て》の勢《ぜい》は火《ひ》の手《て》が上《あ》がるや乱入《らんにゅう》して政親《まさちか》の首《くび》を取《と》り、本陣《ほんじん》の大乗寺《だいじょうじ》に持《も》ち帰《かえ》って、大将《たいしょう》の富樫泰高《とがしやすたか》の前《まえ》に差《さ》し出《だ》した。泰高《やすたか》は

「思《おも》いきや老木《ろうぼく》の花残《はなのこ》りつつ若木《わかぎ》の桜《さくら》先《ま》ず散《ち》らんとは」と言《い》って涙《なみだ》に咽《むせ》んだ。

高尾城《たかおじょう》の戦《たたか》いは終《お》わった。翌九日早朝《よくここのかそうちょう》、越前口《えちぜんぐち》から

「昨日八日《さくじつようか》に越前《えちぜん》の若杉籐左衛門《わかすぎとうざえもん》や志比《しひ》（永平寺町）の笠松《かさまつ》・堀江《ほりえ》・南郷《なんごう》らの大将《たいしょう》が五千余騎《よき》を率《ひき》いて国境《くにざかい》の立花《たちばな》（加賀市）より乱入《らんにゅう》し、在々所々《ざいざいしょしょ》を焼《や》き払《はら》う」と注進《ちゅうしん》があった。

引《ひ》き続《つづ》き越前口《えちぜんぐち》に備《そな》えていた石川郡《いしかわぐん》の浜手《はまて》の軍勢《ぐんぜい》から「今朝《けさ》、九日早朝《ここのかそうちょう》に敷地《しきじ》と福田《ふくた》の両勢《りょうぜい》が願正入道《がんしょうにゅうどう》を大将《たいしょう》に立《た》てて七千余騎《よき》が討《う》ち立《た》ち、越前勢《えちぜんぜい》と戦《たたか》う。敵軍《てきぐん》は数百人《すうひゃくにん》も討《う》たれ、武具《ぶぐ》も捨《す》てて這々《ほうほう》の体《てい》で金津《かなづ》へ引《ひ》き返《かえ》した故《ゆえ》、これなれば幾度乱入《いくどらんにゅう》あるとても大事《だいじ》なしと覚《おぼ》える。我《われ》らに越前勢《えちぜんぜい》は任《まか》せられたし」と言《い》ってきた。

越前勢《えちぜんぜい》は高尾城《たかおじょう》が落《お》ちて富樫《とがし》の滅亡《めつぼう》を知《し》り、陣《じん》を払《はら》って引《ひ》きあげた。

かくて加賀国守護《かがこくしゅご》の富樫家《とがしけ》は滅《ほろ》んだ。

「加賀国富樫家亡《かがこくとがしけほろ》ぶ」との報告《ほうこく》を受《う》けた将軍義尚《しょうぐんよしひさ》は甚《いた》く立腹《りっぷく》して、山城国《やましろこく》に移《うつ》り住《す》んだ蓮如《れんにょ》に加賀《か》《が》の一向坊主《いっこうぼうず》や門徒衆《もんとしゅう》を残《のこ》らず破門《はもん》するよう強要《きょうよう》した。

蓮如《れんにょ》は将軍《しょうぐん》と門徒《もんと》の板挟《いたばさ》みになって進退窮《しんたいきゅう》した。

管領細川政元《かんれいほそかわまさもと》は一向宗徒《いっこうしゅうと》を味方《みかた》に付《つ》ける絶好《ぜっこう》の機会《きかい》が来《き》たとほくそ笑《え》み、将軍義尚《しょうぐんよしひさ》を取《と》りなした。将軍義尚《しょうぐんよしひさ》は渋々《しぶしぶ》、以後悪行《いごあくぎょう》無《な》き様叱《ようしか》り置《お》くことで許《ゆる》すことにした。

蓮如《れんにょ》は細川政元《ほそかわまさもと》の取《と》りなしを得《え》て吉藤専光寺《よしふじせんこうじ》・木越光徳寺《きごしこうとくじ》・磯部願成寺《いそべがんじょうじ》・鳥越弘願寺《とりごえぐがんじ》の四箇《よんか》寺《じ》の加賀大坊主《かがだいぼうず》に
「諸門下《しょもんか》に於《お》いて悪行《あくぎょう》を企《くわだ》てるとの由《よし》、その聞《ぶん》これに在《あ》り。言語道断《ごんごどうだん》の次第《しだい》なり。所詮《しょせん》、向後《こうご》斯《か》くの如《ごと》く行《おこな》いを致《いた》す輩《やから》に於《お》いては永《なが》く聖人《せいじん》の御門徒《ごもんと》を放逐致《ほうちくいた》す可《べ》し。この趣《おもむき》、固《かた》く成敗《せいばい》あるべきものなり」との『文《ふみ》』を下《くだ》すことで一件落着《いっけんらくちゃく》した。

富樫泰高《とがしやすたか》は一揆勢《いっきぜい》に推《お》されて守護《しゅご》になった。そして将軍義尚《しょうぐんよしひさ》から加賀富樫家《かがとがしけ》の跡《あと》を継《つ》ぐ允許《いんきょ》を得《え》た。けれども泰高《やすたか》は名目上《めいもくじょう》の守護《しゅご》に過《す》ぎなかった。実権《じっけん》は一向宗坊主《いっこうしゅうぼうず》が握《にぎ》った。加賀国《かがこく》の幕《ばく》藩体制《はんたいせい》は事実上崩壊《じじつじょうほうかい》した。

加賀国《かがこく》に一向宗惣国《いっこうしゅうそうこく》（合議制国家）が誕生《たんじょう》した。加賀一国《かがいっこく》は坊主百姓衆《ぼうずひゃくしょうしゅう》の天下《てんか》になった。

六．長尾能景越中侵攻

本願寺実如と細川政元

話《はなし》は第一章《だいいっしょう》の末近《まつちか》くまで戻《もど》る（96頁7行目の続き）。

明応《めいおう》二年（一四九三年）、細川政元《ほそかわまさもと》は傀儡《かいらい》の足利義澄《あしかがよしずみ》を将軍《しょうぐん》に取《と》り立《た》てて幕府《ばくふ》を支配《しはい》した。前将《ぜんしょう》軍義尹《ぐんよしただ》（改名前は義材《よしき》）は失脚《しっきゃく》して天下《てんか》を流浪《るろう》した。

越中国守護《えっちゅうこくしゅご》の畠山政長《はたけやままさなが》は細川政元《ほそかわまさもと》に攻《せ》められて河内国《かわちのくに》正覚寺《しょうかくじ》で自刃《じじん》し、文亀元年《ぶんきがんねん》（一五〇一年）には神保長誠《じんぼながのぶ》も越中国放生津《えっちゅうこくほうじょうづ》で天寿《てんじゅ》を全《まっと》うした。越中国《えっちゅうこく》の支配層《しはいそう》は総《すべ》て一時《いちじ》に世代交代《せだいこうたい》した。

越中国《えっちゅうこく》の新《あたら》しい守護代《しゅごだい》になった射水《いみず》・婦負両郡《ねいりょうぐん》の神保慶宗《じんぼよしむね》、砺波郡《となみぐん》の遊佐慶親《ゆさよしちか》、新川郡《にいかわぐん》の椎名慶胤《しいなよしたね》は一致団結《いっちだんけつ》して守護《しゅご》の畠山卜山《はたけやまぼくざん》（政長の子、尚順の入道名）を担《かつ》ぎ、前将軍《ぜんしょうぐん》の義尹《よしただ》を支《ささ》えて幕《ばく》府《ふ》の細川政元《ほそかわまさもと》に逆《さか》らった。

越中国《えっちゅうこく》の地頭《じとう》、豪族《ごうぞく》らも守護代《しゅごだい》に倣《なら》って前将軍義尹《ぜんしょうぐんよしただ》に与力《よりき》した。従《したが》って、京《きょう》都の幕府《ばくふ》は越《えっ》中《ちゅう》の国人《こくじん》にとって敵方《てきがた》になった。

これを期《き》に、越中《えっちゅう》の国人《こくじん》は幕府《ばくふ》に出仕《しゅっし》しなくなった。専《もっぱ》ら越中《えっちゅう》領《りょう》国《ごく》に居住《きょじゅう》して領国経営《りょうごくけいえい》と軍《ぐん》備増強《びぞうきょう》に励《はげ》んだ。

この頃《ころ》、幕府《ばくふ》の内情《ないじょう》は風雲急《ふううんきゅう》を告《つ》げていた。

管領細川政元《かんれいほそかわまさもと》は女嫌《おんなぎら》いだ。妻妾《さいしょう》を寄《よ》せ付《つ》けず、子《こ》がなかった。政元《まさもと》は前関白九条政基《ぜんかんぱくくじょうまさもと》の末子《まっし》の澄之《すみゆき》を養子《ようし》にしたが、公家《くげ》の出《で》で次第《しだい》に政元《まさもと》と気《き》が合《あ》わなくなった。そこで別《べつ》に、阿波国守護《あわこくしゅご》の細川成之《ほそかわしげゆき》の孫《まご》の澄元《すみもと》を養子《ようし》にした。細川《ほそかわ》の養子二人《ようしふたり》の間《あいだ》で家督争《かとくあらそ》いが始《はじ》まった。

永正元年《えいしょうがんねん》（一五〇四年）、細川家《ほそかわけ》の摂津守護代薬師寺元一《せっつしゅごだいやくしじもとかず》は淀城《よどじょう》に籠《こも》って「澄元殿《すみもとどの》に細川家《ほそかわけ》の家督《かとく》をお譲《ゆず》りなされ」と細川政元《ほそかわまさもと》に迫《せま》った。政元《まさもと》の戦奉行《いくさぶぎょう》の赤沢朝経《あかざわともつね》も薬師《やくし》寺《じ》に同調《どうちょう》した。

香西元長《こうざいもとなが》は細川政元《ほそかわまさもと》の命《めい》を受《う》けて薬師寺《やくしじ》と赤沢《あかざわ》を討《う》った。薬師寺《やくしじ》は捕《とら》えられて刑死《けいし》した。赤沢《あかざわ》は武功抜群《ぶこうばつぐん》の故《ゆえ》に許《ゆる》されて山城国《やましろこく》（京都府南部）三郡《さんぐん》の守護代《しゅごだい》に復帰《ふっき》した。

薬師寺《やくしじ》と赤沢《あかざわ》を討伐《とうばつ》した香西元長《こうざいもとなが》は赤沢《あかざわ》が許《ゆる》されて面白《おもしろ》くなかった。まして手《て》に入《はい》ると思《おも》った山城国《やましろのくに》が赤沢《あかざわ》に渡《わた》って尚《なお》、怒《いか》りが増幅《ぞうふく》した。

今度《こんど》は逆《ぎゃく》に香西元長《こうざいもとなが》が謀叛《むほん》した。

細川家《ほそかわけ》の内乱《ないらん》を見《み》て喜《よろこ》んだのが畠山卜山《はたけやまぼくざん》だ。卜山《ぼくざん》は畠山義豊《はたけやまよしとよ》の子《こ》の義英《よしひで》の居城《きょじょう》の河内国誉田《かわちこくこんだ》城《じょう》（羽曳野市）を討《う》った。義英《よしひで》は細川《ほそかわ》に援軍《えんぐん》を頼《たの》んだが細川家《ほそかわけ》も混乱《こんらん》してそれどころでなかった。

永正元年《えいしょうがんねん》（一五〇四年）十二月、畠山義英《はたけやまよしひで》は卜山《ぼくざん》に降参《こうさん》した。卜山《ぼくざん》は義英《よしひで》の降参《こうさん》を許《ゆる》して旧領《きゅうりょう》の一部《いちぶ》と誉田城《こんだじょう》を安堵《あんど》（保証）した。

畠山家歴代《はたけやまけれきだい》の内紛《ないふん》は終息《しゅうそく》した。畠山卜山《はたけやまぼくざん》は一族一門《いちぞくいちもん》を挙《あ》げて、全力《ぜんりょく》で細川政元《ほそかわまさもと》に対抗《たいこう》する下地《したじ》ができた。

永正《えいしょう》二年（一五〇五年）十月、細川政元《ほそかわまさもと》は赤沢朝経《あかざわともつね》を誉田城《こんだじょう》に派遣《はけん》して畠山義英《はたけやまよしひで》を討《う》った。義《よし》英《ひで》は畠山卜山《はたけやまぼくざん》と同盟《どうめい》して赤沢《あかざわ》に対抗《たいこう》した。そして周防国《すおうこく》に流浪《るろう》する前将軍義尹《ぜんしょうぐんよしただ》の上洛《じょうらく》を促《うなが》した。
細川政元包囲網《ほそかわまさもとほういもう》が出来上《できあ》がった。
足利義澄《あしかがよしずみ》を将軍《しょうぐん》に取《と》り立《た》てて幕府《ばくふ》を乗《の》っ取《と》った細川政元《ほそかわまさもと》は窮地《きゅうち》に陥《おちい》った。そこで政元《まさもと》は山科本《やましなほん》願寺九代法主《がんじくだいほっす》の実如《じつにょ》を訪《たず》ねた。
この頃《ころ》、一向宗《いっこうしゅう》の本山《ほんざん》は山科《やましな》にあった。本願寺八代法主《ほんがんじはちだいほっす》の蓮如《れんにょ》は越前《えちぜん》の吉崎坊《よしざきぼう》を逃《のが》れてこの山《やま》科《しな》に移《うつ》り本願寺《ほんがんじ》を再建《さいけん》した。そして明応《めいおう》八年（一四九九年）、波乱万丈《はらんばんじょう》の生涯《しょうがい》を閉《と》じた。享年《きょうねん》八十五歳《さい》。蓮如《れんにょ》の跡《あと》は実如《じつにょ》が継《つ》いだ。
細川政元《ほそかわまさもと》はこの実如《じつにょ》に
「細川家《ほそかわけ》は今《いま》、当《まさ》に危急存亡《ききゅうそんぼう》の秋《とき》。是非《ぜひ》に一向一揆勢《いっこういっきぜい》に細川《ほそかわ》の助勢《じょせい》を戴《いただ》きたく是非《ぜひ》にお願《ねが》い致《いた》す」と依頼《いらい》した。実如《じつにょ》は
「その様《よう》なことはしつけぬ身《み》で御座《ござ》る。末寺坊主《まつじぼうず》も僧侶《そうりょ》の身《み》なれば、たとえ申《もう》し付《つ》けたりとも承知致《しょうちいた》す筈《はず》が御座《ござ》らぬ」と政元《まさもと》の依頼《いらい》を断《ことわ》った。

細川政元《ほそかわまさもと》は、加賀一向一揆《かがいっこういっき》の折《おり》に蓮如《れんにょ》を救《すく》ったことを語《かた》り、重《かさ》ねて一揆勢《いっきぜい》の加勢《かせい》を依頼《いらい》した。実如《じつにょ》は再三《さいさん》断《ことわ》った。けれども政元《まさもと》は

「これは先代蓮如殿《せんだいれんにょどの》との約束事《やくそくごと》で御座《ござ》る」と言《い》って要請《ようせい》は執拗《しつよう》に続《つづ》いた。実如《じつにょ》は堪《たま》らなくなって近江国大津《おうみこくおおつ》に逃《のが》れた。政元《まさもと》は追《お》い掛《か》けて大津《おおつ》までやって来《き》た。結局《けっきょく》は、細川政元《ほそかわまさもと》の申《もう》し出《で》を断《ことわ》り切《き》れなかった。

永正《えいしょう》二年（一五〇五年）、実如《じつにょ》は河内《かわち》・摂津《せっつ》の本願寺坊主門徒《ほんがんじぼうずもんと》に河内国守護《かわちこくしゅご》の両畠山家《りょうはたけやまけ》を討《う》つよう命《めい》じた。河内《かわち》・摂津《せっつ》では摂津国東成郡大坂《せっつこくひがしなりぐんおおさか》（現在の大阪。本書では以後、地名と城名のみ現在使用の大阪と大阪城と記す）に建立《こんりゅう》した大坂坊院主《おおさかぼういんしゅ》で蓮如《れんにょ》の九男《きゅうなん》の実賢《じつけん》が一向宗門徒《いっこうしゅうもんと》を束《たば》ねていた。

実賢《じつけん》は実如《じつにょ》とは異腹《いふく》の弟《おとうと》で、母《はは》は能登国守護《のとこくしゅご》の畠山家《はたけやまけ》に繋《つな》がる蓮能《れんのう》だ。実賢《じつけん》は畠山家《はたけやまけ》の血《ち》を引《ひ》く事《こと》もあって河内《かわち》・摂津《せっつ》の実賢《じつけん》の配下《はいか》の坊主門徒《ぼうずもんと》らは細川政元《ほそかわまさもと》に与《くみ》するのを快《こころよ》く思《おも》わなかった。まして畠山家《はたけやまけ》を討《う》つことは出来《でき》ない相談《そうだん》だった。それで

「開山上人以来《かいさんしょうにんいらい》、御座《ござ》なき事《こと》を仰《おお》せ付《つ》けられたとて出来《でき》ざることにて御座候《ござそうろう》」と言《い》って本願寺《ほんがんじ》

法主《ほっす》の実如《じつにょ》の命《めい》に逆《さか》らった。

今《いま》まで一向宗《いっこうしゅう》の末寺坊主《まつじぼうず》や門徒《もんと》が本願寺法主《ほんがんじほっす》の了解《りょうかい》を得《え》ずに勝手《かって》に武器《ぶき》を取《と》って一揆《いっき》を起《おこ》したことはあったが、本願寺法主《ほんがんじほっす》が門徒《もんと》に武器《ぶき》を取《と》って決起《けっき》せよと促《うなが》した事《こと》は未《いま》だ嘗《かつ》て無《な》かったことだ。かの名高《なだか》い加賀一向一揆《かがいっこういっき》も門徒《もんと》が勝手《かって》に決起《けっき》したのだ。実如《じつにょ》の父蓮如《ちちれんにょ》は事《こと》ある毎《ごと》に守護《しゅご》・地頭《じ とう》には逆《さか》らわぬ様《よう》に常《つね》に諭《さと》し戒《いまし》めていた。

実如《じつにょ》は河内《かわち》・摂津《せっつ》の門徒《もんと》の出兵《しゅっぺい》を得《え》ることが出来《でき》ず、やむなく遠《とお》く加賀国《かがこく》からはるばる一千人《にん》の坊主門徒衆《ぼうずもんとしゅう》を呼《よ》んで細川政元《ほそかわまさもと》の要求《ようきゅう》に応《こた》えた。これが本願寺《ほんがんじ》の『具足《ぐそく》（甲冑）始《はじ》め』つまり戦《せん》闘行為《とうこうい》の始《はじ》まりだった。

本願寺《ほんがんじ》は法主《ほっす》の実如派《じつにょは》と実賢派《じつけんは》に分裂《ぶんれつ》した。実如《じつにょ》は本願寺家宰《ほんがんじかさい》の下間頼秀《しもつまらいしゅう》・下間頼盛《しもつまらいせい》らに二百人《にん》の勢《せい》を付《つ》けて大坂坊《おおさかぼう》を攻《せ》めさせ実賢派《じつけんは》の坊主《ぼうず》を破門《はもん》して、実賢《じつけん》を大坂坊《おおさかぼう》から追《お》い出《だ》した。実賢《じつけん》は京都《きょう と》に逃《のが》れて蟄居《ちっきょ》した。

翌永正三年《よくえいしょう》（一五〇六年）正月《しょうがつ》、細川政元《ほそかわまさもと》の戦奉行《いくさぶぎょう》の赤沢朝経《あかざわともつね》は加賀《かが》の一向宗《いっこうしゅう》の与力《よりき》を得《え》て誉《こん》田城《だじょう》を急襲《きゅうしゅう》した。畠山義英《はたけやまよしひで》は降参《こうさん》した。続《つづ》いて畠山卜山《はたけやまぼくざん》の高尾城《たかおじょう》も落《お》とした。卜山《ぼくざん》は大和《やまと》に落《お》ちた。細川政元《ほそかわまさもと》は危機《きき》を脱《だっ》した。

前将軍義尹《ぜんしょうぐんよしただ》の上洛《じょうらく》は又々頓挫《またまたとんざ》した（以後175頁3行目へ続く）。

北陸諸国の守護大名と一向宗徒の対立

話《はなし》は北陸《ほくりく》に移《うつ》る（85頁10行目の続き）。

能登国守護《のとこくしゅご》の畠山義統《はたけやまよしむね》は明応《めいおう》六年（一四九七年）に没《ぼっ》し、跡《あと》を子《こ》の義元《よしもと》が継《つ》いだ。義統《よしむね》は嘗《かつ》て応《おう》仁《にん》の乱《らん》の頃《ころ》に山名方《やまながた》から細川勝元方《ほそかわかつもとがた》に寝返《ねがえ》って管領《かんれい》になったことがあった。子《こ》の義元《よしもと》は一向宗《いっこうしゅう》の興隆《こうりゅう》を恐《おそ》れて細川政元《ほそかわまさもと》の命《めい》には服《ふく》さず、越中国守護《えっちゅうこくしゅご》の畠山卜山《はたけやまぼくざん》と組《く》んで前将軍《ぜんしょうぐん》の義尹《よしただ》に与力《よりき》した。そして目覚《めざ》ましく興隆《こうりゅう》する一向宗《いっこうしゅう》の排斥《はいせき》に乗《の》り出《だ》した。

管領細川政元《かんれいほそかわまさもと》は将軍義澄《しょうぐんよしずみ》に、一向宗《いっこうしゅう》を排斥《はいせき》し前将軍義尹《ぜんしょうぐんよしただ》に与力《よりき》する能登国守護《のとこくしゅご》の畠山義元《はたけやまよしもと》を勘気追放《かんきついほう》するよう迫《せま》った。

明応《めいおう》八年（一四九九年）、将軍義澄《しょうぐんよしずみ》は畠山義元《はたけやまよしもと》を勘気追放《かんきついほう》して、義元《よしもと》の弟《おとうと》の慶致《よしむね》に能登国守護《のとこくしゅご》を継《つ》がせた。義元《よしもと》は越後国《えちごこく》に逃《のが》れた。慶致《よしむね》は細川政元《ほそかわまさもと》に取《と》り立《た》てられて一向宗《いっこうしゅう》を保護《ほご》した。能登国《のとこく》を追《お》われた畠山義元《はたけやまよしもと》は畠山卜山《はたけやまぼくざん》と連絡《れんらく》を取《と》って能登国《のとこく》への復帰《ふっき》を図《はか》り、以前《いぜん》にも増《ま》して前将軍義尹《ぜんしょうぐんよしただ》の将軍復帰《しょうぐんふっき》と一向宗《いっこうしゅう》排斥《はいせき》に協力《きょうりょく》した。

この頃《ころ》の越前国守護《えちぜんこくしゅご》は朝倉氏景《あさくらうじかげ》の子《こ》の貞景《さだかげ》だ。貞景《さだかげ》は応仁《おうにん》の乱《らん》で活躍《かつやく》した敏景《としかげ》の孫《まご》に当《あ》たる。貞景《さだかげ》も前将軍義尹《ぜんしょうぐんよしただ》に与《くみ》した。この貞景《さだかげ》の叔父《おじ》に朝倉元景《あさくらもとかげ》がいた。元景《もとかげ》は敏景《としかげ》の妾腹《しょうふく》の子《こ》で氏景《うじかげ》や教景《のりかげ》とは異母兄弟《いぼきょうだい》だ。元景《もとかげ》は嘗《かつ》て幼時《ようじ》に、本腹《ほんふく》の義弟《ぎてい》と相撲《すもう》をとって怪我《けが》をさせ、義弟《ぎてい》はまもなく死没《しぼつ》した。継母《ままはは》は怒《おこ》って元景《もとかげ》を追《お》い出《だ》した。元景《もとかげ》は慈願寺《じがんじ》に預《あず》けられた。父敏景《ちちとしかげ》の死後《しご》、継母《ままはは》の憎《にく》しみが益々募《ますますつの》ったのを見《み》て、元景《もとかげ》は身《み》の危険《きけん》を感《かん》じて京都《きょう》に出奔《しゅっぽん》した。

細川政元《ほそかわまさもと》はこの京都《きょう》で閑居《かんきょ》する元景《もとかげ》の噂《うわさ》を耳《みみ》にして取《と》り立《た》て、越前国《えちぜんこく》を奪《うば》うよう唆《けしか》けた。

永正元年《えいしょうがんねん》（一五〇四年）八月、朝倉元景《あさくらもとかげ》は細川政元《ほそかわまさもと》の甘言《かんげん》に乗《の》って、元景《もとかげ》の娘婿《むすめむこ》の生家《せいか》の敦賀《つるが》城主《じょうしゅ》の朝倉景冬《あさくらかげふゆ》を誘《さそ》い、越前国《えちぜんこく》乗《の》っ取《と》りを企《くわだ》てた。

京都《きょう》で出家《しゅっけ》していた朝倉貞景《あさくらさだかげ》の叔父《おじ》の朝倉教景《あさくらのりかげ》（入道して宗滴《そうてき》、以後宗滴）は、宗家《そうけ》の危難《きなん》を知《し》って越前《えちぜん》に急《いそ》ぎ帰《かえ》り、甥《おい》の貞景《さだかげ》に急《きゅう》を報《しら》せた。

朝倉宗家《あさくらそうけ》の貞景《さだかげ》は報《しら》せを受《う》けて、敵《てき》の準備《じゅんび》が整《ととの》わぬ先《さき》に、景冬《かげふゆ》の敦賀城《つるがじょう》を攻《せ》め落《お》とした。そして

「今《いま》や遅《おそ》し」と元景《もとかげ》の侵入《しんにゅう》を待《ま》ち受《う》けた。

朝倉元景《あさくらもとかげ》は越前《えちぜん》に討《う》ち入《い》ったが、貞景《さだかげ》の待《ま》ち伏《ぶ》せに遭《あ》って、家臣《かしん》の堀江兵庫《ほりえひょうご》や金井大和守《かないやまとのかみ》を討《う》ち死《じに》させた。元景《もとかげ》は破《やぶ》れて美濃《みの》から飛騨《ひだ》を経《へ》て能登《のと》に逃《のが》れ、一向宗徒《いっこうしゅうと》を頼《たよ》って再起《さいき》を図《はか》った。

北陸《ほくりく》の地《ち》でも、足利義尹《あしかがよしただ》と守護大名同盟《しゅごだいみょうどうめい》に対《たい》する、細川政元《ほそかわまさもと》と一向宗法主門徒同盟《いっこうしゅうほっすもんとどうめい》の争《あらそ》いが目立《めだ》ち始《はじ》めた。

越中国《えっちゅうこく》の守護代《しゅごだい》・地頭《じとう》・豪族《ごうぞく》らは、守護《しゅご》の畠山卜山《はたけやまぼくざん》の命《めい》に従《したが》って、一向宗徒《いっこうしゅうと》を弾圧《だんあつ》する一方《いっぽう》で曹洞宗《そうとうしゅう》の普及《ふきゅう》に力《ちから》を貸《か》した。曹洞宗《そうとうしゅう》の禅坊主《ぜんぼうず》は領主《りょうしゅ》に使僧《しそう》（使者の役）を買《か》って出《で》て、諸家《しょけ》と接触《せっしょく》しながら諸国《しょこく》を遍歴《へんれき》して帰《かえ》り、各地《かくち》の動静《どうせい》を領主《りょうしゅ》に伝《つた》えた。

永正《えいしょう》三年（一五〇六年）、能登《のと》畠山家《はたけやまけ》の重臣達《じゅうしんたち》は談合《だんごう》して主君慶致《しゅくんよしむね》に

「世情《せじょう》は混乱《こんらん》して、能登《のと》は当《まさ》に『山雨来《さんうき》たらんと欲《ほっ》して風楼《かぜろう》に満《み》つ』（嵐の前兆の例え）の状態《じょうたい》で御《ご》座《ざ》る。今《いま》、兄君義元殿《あにきみよしもとどの》は御屋形様《おやかたさま》のために逃《のが》れて越後《えちご》に居《お》わし、日夜《にちや》、帰国《きこく》を図《はか》るは能登国擾《のとこくじょう》乱《らん》の基《もとい》と申《もう》すもの。如《し》かず、ここは御屋形様《おやかたさま》の御嫡男義総様《ごちゃくなんよしふささま》を義元殿《よしもとどの》の家督《かとく》に据《す》えることを条《じょう》件《けん》にして、義元殿《よしもとどの》に当主《とうしゅ》の座《ざ》を譲《ゆず》られ、御屋形様《おやかたさま》は隠居《いんきょ》なさるが上策《じょうさく》では御座《ござ》らぬか」と、能登《のと》の危機《きき》を未然《みぜん》に防《ふせ》ぐように薦《すす》めた。慶致《よしむね》は

「某《それがし》は管領細川政元《かんれいほそかわまさもと》の口車《くちぐるま》に乗《の》って守護《しゅご》に着任《ちゃくにん》したものの、国《くに》を乱《みだ》すは本意《ほんい》にあらず」と言《い》って了承《りょうしょう》した。使者《ししゃ》は直《ただ》ちに越後《えちご》に出向《でむ》いて畠山義元《はたけやまよしもと》に面会《めんかい》し、能登国守護《のとこくしゅご》に復帰《ふっき》するよう促《うなが》した。

永正《えいしょう》三年（一五〇六年）、畠山義元《はたけやまよしもと》は能登国《のとこく》に帰《かえ》って守護《しゅご》に復帰《ふっき》した。能登《のと》の危難《きなん》は去《さ》った。

畠山義元《はたけやまよしもと》はしばらく国《くに》を空《あ》けた間《あいだ》に一向宗《いっこうしゅう》の布教《ふきょう》が隅々《すみずみ》まで浸透《しんとう》してしまったのを見《み》て、能登《のと》も加賀国《かがこく》のように国《くに》を滅《ほろ》ぼす一向一揆《いっこういっき》が起《お》こりはせぬかと恐怖《きょうふ》した。そこで越後《えちご》に出奔《しゅっぽん》する前《まえ》に倍加《ばいか》して厳《きび》しい一向宗排斥《いっこうしゅうはいせき》に乗《の》り出《だ》した。

北陸《ほくりく》一帯《いったい》の一向宗門徒《いっこうしゅうもんと》を傘下《さんか》に置《お》く加賀《かが》の大坊主達《だいぼうずたち》は存亡《そんぼう》の危機《きき》に立《た》たされた。

一向一揆衆の越中国制覇

永正《えいしょう》三年（一五〇六年）三月、加賀一向宗総師蓮如七男《かがいっこうしゅうそうしれんにょしちなん》の若松本泉寺蓮悟《わかまつほんせんじれんご》は門徒衆《もんとしゅう》に「能登国守護《のとこくしゅご》の義元《よしもと》は北陸一帯《ほくりくいったい》の仏法《ぶっぽう》を絶《た》やそうとの下心《したごころ》を持《も》って越後守護代《えちごしゅごだい》の長尾《ながお》と画策《かくさく》する。たとえ一日《いちにち》たりとも本願寺《ほんがんじ》の御門徒《ごもんと》と声《こえ》を掛《か》けられた面々《めんめん》にとってはこの事態《じたい》を悔《くや》しくとも浅《あさ》ましくとも思《おも》わぬ輩《やから》は、真実《しんじつ》、情《なさ》けなき心中《しんちゅう》なり。身《み》に降《ふ》りかかる火《ひ》の粉《こ》は払《はら》わねばならぬ。そもそもこの度《たび》、往生極楽《おうじょうごくらく》の一大事《いちだいじ》を遂《と》げ給《たま》うべき、かかる類《たぐい》も無《な》き弥陀《みだ》の法《ほう》を潰《つぶ》されようとすること、千々万々無念《せんせんばんばんむねん》の至《いた》り。我《われ》ら年来《ねんらい》の御恩徳《ごおんとく》を被《こうむ》る報謝《ほうしゃ》のため、にこにこと喜《よろこ》んで、命《いのち》を捨《す》てて馳走《ちそう》するは本望《ほんもう》に非《あら》ずや」と決起《けっき》を呼《よ》びかけた。尚《なお》この頃《ころ》、本泉寺《ほんせんじ》は二俣《ふたまた》から往来《おうらい》に便利《べんり》な若松《わかまつ》に移《うつ》っていた。

同年同月《どうねんどうげつ》、加賀一向宗徒《かがいっこうしゅうと》は越中《えっちゅう》の一向宗徒《いっこうしゅうと》と示《しめ》し合《あわ》せて一斉《いっせい》に蜂起《ほうき》した。一揆勢《いっきぜい》は先《ま》ず守護不《しゅごふ》在《ざい》の越中《えっちゅう》から手《て》を付《つ》けた。

越中国《えっちゅうこく》の土民百姓《どみんひゃくしょう》は皆一揆《みないっき》に加《くわ》わった。守護代《しゅごだい》や地頭《じとう》の一向宗徒《いっこうしゅうと》の家臣達《かしんたち》も主君《しゅくん》に背《そむ》いて一《いっ》揆勢《きぜい》に加《くわ》わった。当時《とうじ》、兵卒《へいそつ》などの下級家臣《かきゅうかしん》は後《のち》の戦国大名《せんごくだいみょう》の武士団《ぶしだん》とは違《ちが》って職業軍人《しょくぎょうぐんじん》ではなかった。完全《かんぜん》な兵農分離《へいのうぶんり》は豊臣秀吉《とよとみひでよし》の刀狩《かたなが》り以降《いこう》だ。

兵卒《へいそつ》らは平素《へいそ》、農業《のうぎょう》を営《いとな》んだ。この家臣達《かしんたち》は一揆《いっき》に加《くわ》わらねば一向宗教団《いっこうしゅうきょうだん》から破門《はもん》されて村《むら》八分《はちぶ》（葬儀と火災以外の付き合いを総て絶つ仕来たり）になる。一揆《いっき》の長達《おさたち》は領主《りょうしゅ》から兵卒《へいそつ》を引《ひ》き抜《ぬ》き、武力《ぶりょく》を誇示《こじ》して守護代《しゅごだい》や地頭《じとう》を威圧《いあつ》した。

越中国《えっちゅうこく》の守護代《しゅごだい》や地頭達《じとうたち》にとって、まったく予期《よき》せぬ事態《じたい》になった。一夜《いちや》にして兵卒《へいそつ》らは配《はい》下《か》を抜《ぬ》け出《だ》して敵《てき》になった。防《ふせ》ぎ様《よう》がなかった。神保《じんぼ》・椎名《しいな》・遊佐達守護代《ゆさたちしゅごだい》の頭《あたま》には加賀国守護《かがこくしゅご》の富樫家滅亡《とがしけめつぼう》の図《ず》が過《よぎ》った。

神保《じんぼ》・椎名《しいな》・遊佐《ゆさ》らは戦《たたか》わずして雪崩《なだれ》を打《う》って越後国《えちごこく》に逃《に》げ遁《のが》れた。

越前朝倉家一向一揆衆撃退

加賀《かが》一向一揆勢《いっこういっきぜい》は越中《えっちゅう》から支配層《しはいそう》を追《お》い出《だ》した勢《いきお》いに乗《の》って、一転西進《いってんせいしん》して越前国《えちぜんこく》を襲《おそ》った。越前国守護《えちぜんこくしゅご》の朝倉《あさくら》は当時全国有数《とうじぜんこくゆうすう》の鍛《きた》えあげた戦国大名《せんごくだいみょう》だ。越前国内《えちぜんこくない》は攻守《こうしゅ》の利便《りべん》を考《かんが》えて初代《しょだい》の敏景《としかげ》の頃《ころ》から全国《ぜんこく》に先駆《さきが》けて、一国一城制《いっこくいちじょうせい》を取《と》った。朝倉家《あさくらけ》の家臣団《かしんだん》は一人《ひとり》残《のこ》らず家族《かぞく》諸共《もろとも》に一乗谷《いちじょうだに》（福井市）に居《きょ》を移《うつ》して領主《りょうしゅ》の下《もと》で生活《せいかつ》した。重臣《じゅうしん》であっても勝手《かって》は許《ゆる》されなかった。在所《ざいしょ》の城《しろ》は皆支城《みなしじょう》や砦《とりで》に落《おと》して城代《じょうだい》を置《お》いた。一国一城《いっこくいちじょう》になり、家臣団《かしんだん》が一緒《いっしょ》に生活《せいかつ》したので攻守《こうしゅ》の役割分担《やくわりぶんたん》が進《すす》んだ。諸将《しょしょう》は心置《こころお》きなく出陣《しゅつじん》できるようになり、団結《だんけつ》は鉄壁《てっぺき》を誇《ほこ》った。

この時《とき》、永正《えいしょう》三年（一五〇六年）、朝倉貞景《あさくらさだかげ》は叔父《おじ》の朝倉宗滴《あさくらそうてき》を立《た》てて、一向一揆勢《いっこういっきぜい》に当《あ》たった。朝倉宗滴《あさくらそうてき》は一揆勢《いっきぜい》を完膚《かんぷ》無《な》き迄《まで》に撃《う》ち破《やぶ》った。越前国内《えちぜんこくない》の一向宗大道場《いっこうしゅうだいどうじょう》の吉崎坊《よしざきぼう》や和田《わだ》の本《ほん》覚寺《かくじ》、藤島《ふじしま》の超勝寺《ちょうしょうじ》などの一向宗《いっこうしゅう》の寺々《てらでら》は悉《ことごと》く破却《はきゃく》して一宇《いちう》も残《のこ》さず焼《や》き払《はら》い、一向宗坊主門《いっこうしゅうぼうずもん》徒《と》は一人《ひとり》残《のこ》らず越前国《えちぜんこく》から追《お》い出《だ》した。

一向宗《いっこうしゅう》の坊主門徒《ぼうずもんと》は加賀《かが》に逃《のが》れて越前復帰《えちぜんふっき》を画策《かくさく》した。

永正《えいしょう》九年（一五一二年）、朝倉貞景《あさくらさだかげ》が病没《びょうぼつ》した。子《こ》の孝景《たかかげ》（初代孝景（改名して敏景）の曾孫《ひまご》）が跡《あと》を継《つ》いだ。孝景《たかかげ》は一向宗徒《いっこうしゅうと》が越前《えちぜん》に侵入《しんにゅう》するのを防《ふせ》ぐために加越国境《かえつこっきょう》の関所《せきしょ》を総《すべ》て閉《と》じて街道《かいどう》を封《ふう》鎖《さ》し、一切《いっさい》の交通《こうつう》を遮断《しゃだん》した（以後186頁1行目に続く）。

越後長尾能景越中侵攻と戦死

話《はなし》は越後国《えちごこく》の状況《じょうきょう》と守護代長尾家《しゅごだいながおけ》に移《うつ》る。

越後《えちご》の守護《しゅご》はこの頃《ころ》、関東管領《かんとうかんれい》山内上杉家《やまのうちうえすぎけ》の分家《ぶんけ》の上杉房能《うえすぎふさよし》だ。房能《ふさよし》は越後国《えちごこく》に一向宗《いっこうしゅう》の勢《せい》力《りょく》が及《およ》ぶのを恐《おそ》れて一向宗《いっこうしゅう》を禁《きん》じ、越中国守護《えっちゅうこくしゅご》の畠山卜山《はたけやまぼくざん》と越前国《えちぜんこく》の朝倉貞景《あさくらさだかげ》、能登国《のとこく》の畠山《はたけやま》義元《よしもと》との四箇国間《よんかこくかん》で一向宗撲滅同盟《いっこうしゅうぼくめつどうめい》を結《むす》んだ。

永正《えいしょう》三年（一五〇六年）四月、越後国守護上杉房能《えちごこくしゅごうえすぎふさよし》は、越中国守護《えっちゅうこくしゅご》畠山卜山《はたけやまぼくざん》との協定《きょうてい》に従《したが》って、越後国守護代《えちごこくしゅごだい》で春日山城主《かすがやまじょうしゅ》の長尾能景《ながおよしかげ》（上杉謙信の祖父）に越中国一向一揆《えっちゅうこくいっこういっき》の撲滅《ぼくめつ》を命《めい》じた。

この時《とき》、勝《か》ちに乗《の》った加賀一向一揆衆《かがいっこういっきしゅう》は越中《えっちゅう》から反転《はんてん》して越前《えちぜん》の朝倉貞景攻撃《あさくらさだかげこうげき》に向《む》かい、貞景《さだかげ》勢《ぜい》と激戦《げきせん》を繰《く》り広《ひろ》げている最中《さいちゅう》で（168頁11行目～169頁2行目参照）、越中国《えっちゅうこく》には残留部隊《ざんりゅうぶたい》が居《い》なかった。越中国《えっちゅうこく》の一揆衆《いっきしゅう》も加賀《かが》一向一揆衆《いっこういっきしゅう》と共《とも》に皆越前国《みなえちぜんこく》に出陣《しゅつじん》していた。越中国守護代《えっちゅうこくしゅごだい》の神保慶《じんぼよし》宗《むね》と椎名慶胤《しいなよしたね》は越後《えちご》の助勢《じょせい》を得《え》て越中国《えっちゅうこく》に駆《か》け入《い》り、元《もと》の居城《きょじょう》に易々《やすやす》と帰《かえ》りついた。そして、旧領《きゅうりょう》の経略《けいりゃく》に専念《せんねん》しながら、越後長尾勢《えちごながおぜい》の後方確保《こうほうかくほ》と兵站補給《へいたんほきゅう》に当《あ》たった。遊佐慶親《ゆさよしちか》の砺波郡《となみぐん》は加賀《かが》に接《せっ》して領地《りょうち》の大半《たいはん》は井波瑞泉寺《いなみずいせんじ》と高木場勝興寺《たかこばしょうこうじ》に支配《しはい》されていた。勝興寺《しょうこうじ》は田屋河原《たやかわら》の合戦《かっせん》（139頁1行目以降参照）で石黒光義《いしぐろみつよし》を滅《ほろ》ぼして後《のち》、交通不便《こうつうふべん》な土山《どやま》から麓《ふもと》の高木場《たかこば》（南砺市高窪）に移《うつ》った。遊佐《ゆさ》は一向宗勢力《いっこうしゅうせいりょく》が強《つよ》い居城《きょじょう》の蓮沼城《はすぬまじょう》（小矢部市《おやべし》）に入《はい》ることが出来《でき》ず、越後勢《えちごぜい》と行《こう》動《どう》を共《とも》にした。

永正《えいしょう》三年（一五〇六年）八月、長尾能景《ながおよしかげ》は越中国守護代勢《えっちゅうこくしゅごだいぜい》と共《とも》に越中婦負郡寒江蓮台寺《えっちゅうねいぐんさむえれんだいじ》（富山市呉羽町）にまで押《お》し出《だ》して布陣《ふじん》し、一向一揆勢《いっこういっきぜい》と対峙《たいじ》した。

一揆勢《いっきぜい》は、次第《しだい》に圧《お》されて芹谷野《せんだんの》（砺波市芹谷）まで引《ひ》き退《の》いた。そして体制《たいせい》を立《た》て直《なお》そうと越《えち》前《ぜん》に出陣《しゅつじん》した一揆勢《いっきぜい》を引《ひ》き戻《もど》した。

同年《どうねん》九月、長尾能景《ながおよしかげ》は一揆勢《いっきぜい》の稚劣《ちれつ》な戦振《いくさぶ》りを見《み》て侮《あなど》り、地理《ちり》に不案内《ふあんない》であるのを忘《わす》れて功《こう》を焦《あせ》り越後勢単独《えちごぜいたんどく》で芹谷野《せんだんの》の戦場《いくさば》に繰《く》り出《だ》した。能景《よしかげ》は百姓《ひゃくしょう》ばかりの一揆勢《いっきぜい》を呑《の》んでいた。一揆勢《いっきぜい》は越後勢《えちごぜい》を見《み》て逃《に》げ出《だ》した。能景《よしかげ》は一気呵成《いっきかせい》に追《お》い駆《か》けた。一揆勢《いっきぜい》は逃《に》げた。能景《よしかげ》は追《お》っ駆《か》けた。能景《よしかげ》が気付《きづ》いた時《とき》には味方《みかた》の姿《すがた》は何処《どこ》にも無《な》かった。

「仕舞《しま》った」と思《おも》った時《とき》には遅《おそ》かった。谷間《たにま》からも森影《もりかげ》からも忽然《こつぜん》と一揆《いっき》の大軍《だいぐん》が沸《わ》き出《だ》した。

長尾能景《ながおよしかげ》は芹谷野《せんだんの》で一向一揆勢《いっこういっきぜい》に首討《くびう》たれた。呆気《あっけ》ない最期《さいご》だった（以後182頁10行目に続く）。

越後勢《えちごぜい》は越後《えちご》に逃《に》げ帰《かえ》った。砺波郡守護代《となみぐんしゅごだい》の遊佐慶親《ゆさよしちか》は居城《きょじょう》の蓮沼城《はすぬまじょう》に入《はい》ることが叶《かな》わず越後勢《えちごぜい》と共《とも》に再《ふたた》び越後《えちご》に逃《のが》れた。

神保慶宗《じんぼよしむね》と椎名慶胤《しいなよしたね》は各々居城《おのおのきょじょう》の放生津城《ほうじょうづじょう》と松倉城《まつくらじょう》に籠《こも》った。元々神保《もともとじんぼ》や椎名《しいな》は一向宗《いっこうしゅう》に寛大《かんだい》だ。臣下《しんか》にも一向宗徒《いっこうしゅうと》が多《おお》く、越中国《えっちゅうこく》に居《い》るからには一向宗《いっこうしゅう》を受《う》け入《い》れざるを得《え》なかった。

越後勢《えちごぜい》が引《ひ》き、やがて神保《じんぼ》や椎名《しいな》は一向宗《いっこうしゅう》と和睦《わぼく》して一向宗普及《いっこうしゅうふきゅう》を黙認《もくにん》した。

山科本願寺実如《やましなほんがんじじつにょ》は越中坊主衆《えっちゅうぼうずしゅう》と越中四郡《えっちゅうよんぐん》の門徒衆《もんとしゅう》に

「この度《たび》の働《はたら》き、誠《まこと》に祝着至極《しゅうちゃくしごく》。この上《うえ》は在郷枢要《ざいごうすうよう》の地《ち》に城塞《じょうさい》を構《かま》えて活動《かつどう》の拠点《きょてん》にされたし」と一揆《いっき》の拠点《きょてん》となる城塞造《じょうさいづく》りを指示《しじ》した。在々所々《ざいざいしょしょ》の坊主門徒《ぼうずもんと》は寄《よ》り合《あ》い、各在郷《かくざいごう》（田舎《いなか》）の切所《せっしょ》（要害の地）に柵《さく》を設《もう》けて城塞《じょうさい》を造《つく》った。

越中国守護《えっちゅうこくしゅご》の畠山卜山《はたけやまぼくざん》にとって一向宗徒《いっこうしゅうと》は細川政元《ほそかわまさもと》に与《くみ》する敵方《てきがた》だ。神保《じんぼ》・椎名《しいな》はこの敵方《てきがた》の一向宗徒《いっこうしゅうと》と和睦《わぼく》した。以後《いご》、越中国《えっちゅうこく》の諸将《しょしょう》と畠山卜山《はたけやまぼくざん》との間《あいだ》に溝《みぞ》が出来《でき》た。これを契機《けいき》に越《えっ》中《ちゅう》の国人《こくじん》は独立《どくりつ》の道《みち》を歩《あゆ》み出《だ》した。

この頃《ころ》、越中国《えっちゅうこく》には京都《きょう》の落人《おちうど》や諸国《しょこく》の流人《るにん》が住《す》み着《つ》いて人《ひと》で溢《あふ》れた。守護代《しゅごだい》や地頭《じとう》、豪族《ごうぞく》はこの人手《ひとで》を集《あつ》めて、毎年氾濫《まいねんはんらん》を繰《く》り返《かえ》す河川《かせん》の改修《かいしゅう》に努《つと》め、堤《つつみ》を築《きず》き排水路《はいすいろ》を掘《ほ》り割《わ》り沼《ぬま》を埋《う》め立《た》て、農地《のうち》の造成《ぞうせい》に努《つと》めた。農地《のうち》が出来《でき》て人《ひと》がまた集《あつ》まった。

越後《えちご》の長尾能景《ながおよしかげ》が越中《えっちゅう》に攻《せ》め込《こ》んだ頃《ころ》から、越中《えっちゅう》に浜街道《はまかいどう》が形《かたち》を成《な》すようになり、街道《かいどう》が次第《しだい》に賑《にぎ》わい始《はじ》めた。

応仁《おうにん》・文明《ぶんめい》以前《いぜん》の越中《えっちゅう》の平地《へいち》は河川《かせん》や湖沼《こしょう》は原始《げんし》のままで荒《あ》れ放題《ほうだい》だった。河川《かせん》は急流《きゅうりゅう》で、雨《あめ》が降《ふ》る度《たび》に氾濫《はんらん》し、勝手気儘《かってきまま》に蛇行《だこう》した。到《いた》る所《ところ》で広大《こうだい》な沼《ぬま》が出現《しゅつげん》して、足《あし》の踏《ふ》み込《こ》めない所《ところ》だった。だから浜街道《はまかいどう》は好天続《こうてんつづ》きの季節《きせつ》のみの街道《かいどう》だ。浜沿《はまぞ》いの津々浦々《つづうらうら》は街道《かいどう》よりも船便《ふなびん》が便《べん》利《り》だ。新《あたら》しく入部《にゅうぶ》した人々《ひとびと》はこの湖沼《こしょう》地《ち》に住《す》み着《つ》いて堤《つつみ》を築《きず》き、排水路《はいすいろ》を掘《ほ》り、橋《はし》を架《か》けた。浜街道《はまかいどう》が何時《いつ》でも通行《つうこう》できるようになった。便利《べんり》になって山麓《さんろく》から平地《へいち》に人《ひと》が下《お》りて来《き》た。

越中新川郡《えっちゅうにいかわぐん》の山街道《やまかいどう》は、越後《えちご》境《さかい》の泊《とまり》（朝日町）から舟見《ふなみ》・愛本《あいもと》・嘉例沢《かれいざわ》・福平《ふくひら》・東城《とうじょう》・松倉《まつくら》・大浦《おおうら》・柿沢等《かきざわとう》々を巡《めぐ》る山裾《やますそ》を縫《ぬ》った道《みち》だ。起伏《きふく》が多《おお》く曲《ま》がりくねって不便《ふべん》だ。浜街道《はまかいどう》が出来《でき》て山《やま》街道《かいどう》から次第《しだい》に人影《ひとかげ》が無《な》くなった。

椎名慶胤《しいなよしたね》は魚津《うおづ》の浜街道沿《はまかいどうぞ》いに魚津城《うおづじょう》を作《つく》り鈴木国重《すずきくにしげ》を置《お》いて街道《かいどう》の管理取《かんりと》り締《し》まりに当《あ》たらせた。

七．足利義尹将軍復帰

細川政元横死並びに三好之長と細川高国の対立

話《はなし》は再度《さいど》幕府《ばくふ》の内情《ないじょう》に移《うつ》る（163頁3行目の続き）。

管領細川政元《かんれいほそかわまさもと》は将軍《しょうぐん》の廃立《はいりつ》さえも己《おの》が意《い》のままに行《おこな》った。世間《せけん》の人《ひと》は半将軍《はんしょうぐん》と言《い》って恐《おそ》れた。政元《まさもと》は天下《てんか》に怖《こわ》い者《もの》が無《な》くなった所為《せい》か、政道《せいどう》を疎《おろそ》かにして省《かえり》みなくなり何時《いつ》の頃《ころ》からか雲《くも》に乗《の》り天駆《あまか》ける仙人《せんにん》の術《じゅつ》に凝《こ》りだした。

永正《えいしょう》四年（一五〇七年）夏《なつ》、細川家《ほそかわけ》の家臣香西元近《かしんこうざいもとちか》は薬師寺《やくしじ》三郎左衛門《さぶろうざえもん》らと密議《みつぎ》して、

「主君政元《しゅくんまさもと》は近年《きんねん》、物狂《ものぐる》いして行跡政道共《ぎょうせきせいどうとも》に粗略《そりゃく》になさる。この人《ひと》が永《なが》く存命《ぞんめい》なされば当家《とうけ》の滅亡《めつぼう》は『火《ひ》を見《み》るよりも明《あき》らか』（極めて明らかの例え・原典は書経　盤庚上）で御座《ござ》る」

「御養子《ごようし》の澄元《すみもと》の代《よ》になれば、澄元《すみもと》の執事《しつじ》の三好之長《みよしゆきなが》とその一党《いっとう》が権威《けんい》を誇示《こじ》して、必《かなら》ずや世《よ》を傾《かたむ》けよう。ここは彼《かれ》らに先《さき》だって主君政元《しゅくんまさもと》を弑《しい》し奉《たてまつ》り、丹波《たんば》から澄之殿《すみゆきどの》を迎《むか》えて跡《あと》を継《つ》いで戴《いただ》こ

う。次《つ》いで澄元《すみもと》を追放《ついほう》して幸便《こうびん》に高慢無礼《こうまんぶれい》な三好党《みよしとう》も滅《ほろ》ぼそう」と謀叛《むほん》を企《くわだ》てた。

同年《どうねん》六月、細川政元《ほそかわまさもと》は仙人《せんにん》の呪法《じゅほう》を行《おこな》うために例《れい》の如《ごと》く精進潔斎《しょうじんけっさい》して湯殿《ゆどの》に入《はい》り沐浴《もくよく》したところを刺客《しきゃく》に襲《おそ》われて殺《ころ》された。細川政元《ほそかわまさもと》、享年《きょうねん》四十二歳《さい》。

香西《こうざい》、薬師寺《やくしじ》は政元《まさもと》を暗殺《あんさつ》した後《のち》、手勢《てぜい》を集《あつ》めて澄元《すみもと》の屋形《やかた》に討《う》ち入った。澄元方《すみもとがた》の三好《みよし》、高畠《ばたけ》らは防戦《ぼうせん》し、主君澄元《しゅくんすみもと》を守護《しゅご》して近江《おうみ》へ落《お》ち延《の》びた。

香西元近《こうざいもとちか》、薬師寺三郎左衛門《やくしじさぶろうざえもん》は丹波《たんば》から細川澄之《ほそかわすみゆき》を迎《むか》えて細川家《ほそかわけ》の跡《あと》を継《つ》がせた。そして細川《ほそかわ》政元《まさもと》の家督《かとく》であった澄元《すみもと》とその執事《しつじ》の三好之長《みよしゆきなが》を幕府《ばくふ》から追《お》い出《だ》して、得意《とくい》になって意《い》のままに政《まつりごと》を私《わたくし》して栄華《えいが》を誇《ほこ》って明《あ》かし暮《く》らした。

三好之長《みよしゆきなが》は近江国《おうみこく》に落《お》ちた後《のち》、隣国《りんごく》の伊賀《いが》に移《うつ》った。その間《かん》五十余日《よにち》の内《うち》に畿内《きない》の諸将《しょしょう》に檄《げき》を飛《と》ばして軍勢《ぐんぜい》を集《あつ》め、細川澄元《ほそかわすみもと》を伴《ともな》い細川淡路守《ほそかわあわじのかみ》や畠山卜山《はたけやまぼくざん》とも連合《れんごう》して京都《きょうと》に攻《せ》め上《のぼ》った。

在京《ざいきょう》の諸人《もろびと》は香西《こうざい》、薬師寺《やくしじ》に背《そむ》き、三好《みよし》に味方《みかた》した。香西《こうざい》、薬師寺《やくしじ》はあえなく討死《うちじに》した。細川《ほそかわ》澄之《すみゆき》は公家《くげ》の出《で》であったが、最期《さいご》は武士《もののふ》の礼《れい》に習《なら》って切腹《せっぷく》して果《は》てた。

永正《えいしょう》四年（一五〇七年）、阿波国守護《あわこくしゅご》の細川澄元《ほそかわすみもと》は十四歳《さい》にして細川宗家《ほそかわそうけ》の跡《あと》を継《つ》ぎ、管領《かんれい》になった。三好之長《みよしゆきなが》は管領細川澄元《かんれいほそかわすみもと》を後見《こうけん》して、嫡子《ちゃくし》の長秀《ながひで》を澄元《すみもと》の執事《しつじ》にした。父子共《ふしとも》に細川家《ほそかわけ》の権《けん》を執《と》って諸人《もろびと》に無礼《ぶれい》をはばからず、奢《おご》りを極《きわ》めた。

去《さ》る程《ほど》に細川家《ほそかわけ》の在京歴々《ざいきょうれきれき》の被官達《ひかんたち》は「今《いま》、我《わ》が一門《いちもん》の中《なか》で三好《みよし》に対抗出来《たいこうでき》るのは細川家庶流《ほそかわけしょりゅう》の細川高国《ほそかわたかくに》をおいて他《ほか》に御座《ござ》らぬ。高国《たかくに》を呼《よ》び寄《よ》せて、管領細川澄元《かんれいほそかわすみもと》の政務《せいむ》を後見《こうけん》させては如何《いかん》」と談合《だんごう》して高国《たかくに》を和泉国《いずみこく》から呼《よ》び寄《よ》せた。

永正《えいしょう》五年（一五〇八年）夏《なつ》、細川高国《ほそかわたかくに》は摂津《せっつ》・丹波《たんば》・伊賀《いが》三国《ごく》から大軍《たいぐん》を集《あつ》めて上洛《じょうらく》した。

足利義尹入京

この時《とき》（以後106頁9行目の続き）、前将軍足利義尹《ぜんしょうぐんあしかがよしただ》は細川政元《ほそかわまさもと》が横死《おうし》したとの報《しらせ》を聞《き》いて、喜《よろこ》び勇《いさ》んで西国《さいごく》の周防国《すおうこく》を出馬《しゅつば》した。義尹《よしただ》はこの十六年間《ねんかん》、諸国《しょこく》を流浪《るろう》したが、将軍復帰《しょうぐんふっき》を目指《めざ》して益々《ますます》意気盛《いきさか》んに執念《しゅうねん》を燃《も》やしていた。

足利義尹《あしかがよしただ》は大内義興《おおうちよしおき》や大友備前守《おおともびぜんのかみ》・松浦《まつうら》・原田《はらだ》・山鹿《やまが》・秋月《あきづき》らの三万余騎《よき》を従《したが》えて京都《きょう》に攻《せ》め上《のぼ》った。畠山卜山《はたけやまぼくざん》を始《はじ》め畿内近隣《きないきんりん》の諸国《しょこく》の大名《だいみょう》・諸将《しょしょう》は我《われ》も我《われ》もと義尹《よしただ》に付《つ》き従《したが》った。

大内義興《おおうちよしおき》らを従《したが》えて上洛《じょうらく》した足利義尹《あしかがよしただ》は細川高国《ほそかわたかくに》と同盟《どうめい》して、三好之長《みよしゆきなが》と傀儡《かいらい》の将軍義澄《しょうぐんよしずみ》、管《かん》領《れい》の細川澄元《ほそかわすみもと》らと対峙《たいじ》した。

将軍義澄《しょうぐんよしずみ》や細川澄元《ほそかわすみもと》・三好之長《みよしゆきなが》は恐《おそ》れをなして近江国坂本《おうみこくさかもと》に逃《のが》れて、その後澄元《のちすみもと》と之長《ゆきなが》は将軍《しょうぐん》義澄《よしずみ》に暇《ひま》をもらって三好《みよし》の本領《ほんりょう》の四国阿波国《しこくあわこく》に逃《のが》れた。

永正《えいしょう》五年（一五〇八年）七月、足利義尹《あしかがよしただ》は将軍《しょうぐん》に復帰《ふっき》して義稙《よしたね》（以後義稙）と改名《かいめい》した。義稙《よしたね》は越《えっ》中《ちゅう》に逃《のが》れるまでは義材《よしき》と言《い》い、そして今《いま》また再度改名《さいどかいめい》した。

足利義澄《あしかがよしずみ》は近江国岡山城《おうみこくおかやまじょう》（蒲生郡）の九里備前守《くりびぜんのかみ》を頼《たの》んで隠《かく》れた。近江《おうみ》の六角高頼《ろっかくたかより》は廃将軍《はいしょうぐん》の義澄《よしずみ》を保護《ほご》した。義澄《よしずみ》は比叡山《ひえいざん》に隠《かく》れた。やがて三好《みよし》を頼《たの》んで四国《しこく》に渡《わた》った（以後207頁3行目に続く）。

越中国《えっちゅうこく》の神保慶宗《じんぼよしむね》・椎名慶胤《しいなよしたね》は進物《しんもつ》を送《おく》って義稙《よしたね》の将軍復帰《しょうぐんふっき》を祝《いわ》った。

八．長尾為景越中平定

越中国の情勢

畠山卜山《はたけやまぼくざん》は足利義稙《あしかがよしたね》（改名前　義材・義尹）の将軍復帰《しょうぐんふっき》を期《き》に神保慶宗《じんぼよしむね》・椎名慶胤《しいなよしたね》・遊佐慶親《ゆさよしちか》に幕《ばく》府《ふ》への出仕《しゅっし》を命《めい》じた。

けれども越中国《えっちゅうこく》は神保長誠《じんぼながのぶ》が存命中《ぞんめいちゅう》の応仁《おうにん》・文明《ぶんめい》の乱当時《らんとうじ》と違《ちが》って一向一揆衆《いっこういっきしゅう》が勢力《せいりょく》を張《は》り、一向宗徒《いっこうしゅうと》に味方《みかた》した越中国諸将《えっちゅうこくしょしょう》と敵対《てきたい》する畠山卜山《はたけやまぼくざん》との間《あいだ》には溝《みぞ》が出来《でき》ていた。何《なに》よりも幕府《ばくふ》の威光《いこう》に陰《かげ》りが生《しょう》じて余程《よほど》の厚遇《こうぐう》がなければ諸国《しょこく》の大名《だいみょう》は幕府《ばくふ》に出仕《しゅっし》しない時代《じだい》になっていた。何処《いづこ》の国《くに》の領主《りょうしゅ》も戦国大名《せんごくだいみょう》の道《みち》を歩《あゆ》み、越中国《えっちゅうこく》でも例外《れいがい》でなかった。

越中守護代《えっちゅうしゅごだい》の神保《じんぼ》・椎名《しいな》は言葉《ことば》を左右《さゆう》にして出仕《しゅっし》せず、越中《えっちゅう》に留《とど》まって領国経営《りょうごくけいえい》に専念《せんねん》した。

越中国内《えっちゅうこくない》は多《おお》くの寺社《じしゃ》や公家《くげ》の荘園領地《しょうえんりょうち》で細《こま》かく区切《くぎ》られていた。荘園《しょうえん》には守護使不入《しゅごしふにゅう》の権《けん》があって、守護《しゅご》であっても手出《てだ》しすることは幕府《ばくふ》から許《ゆる》されていなかった。この荘園《しょうえん》には荘園《しょうえん》領主《りょうしゅ》から統治《とうじ》を依頼《いらい》された代官《だいかん》の地頭《じとう》や豪族《ごうぞく》がいた。ところが応仁《おうにん》の乱以降《らんいこう》、全国各地《ぜんこくかくち》が戦乱《せんらん》となり京都《きょうと》は炎上《えんじょう》して、年貢《ねんぐ》を荘園領主《しょうえんりょうしゅ》に納《おさ》めることが困難《こんなん》になった。これを幸《さいわ》いに荘園地頭《しょうえんじとう》は年貢《ねんぐ》を私有《しゆう》して勢力《せいりょく》を蓄《たくわ》えた。越中《えっちゅう》でも氷見《ひみ》の鞍川《くらかわ》・木舟《きふね》（福岡町）の石黒《いしぐろ》・城生《じょうお》（八尾町）の斎《さい》藤《とう》・長沢《ながさわ》（婦中町）の小島《こじま》・池田《いけだ》（立山町）の寺島《てらしま》・弓之庄《ゆみのしょう》（上市町）の土肥《どい》らは守護代《しゅごだい》に匹敵《ひってき》する勢《せい》力《りょく》を蓄《たくわ》えた。越中守護代《えっちゅうしゅごだい》の神保《じんぼ》・椎名《しいな》はこの地頭豪族《じとうごうぞく》らと互《たが》いに連携《れんけい》を取《と》って越中国《えっちゅうこく》を統治《とうじ》した。

越中国《えっちゅうこく》は当時《とうじ》、足利義稙《あしかがよしたね》（当時は義材）の越中落《えっちゅうお》ちなどを契機《けいき》にして人口《じんこう》が激増《げきぞう》した。越中《えっちゅう》の守護代《しゅごだい》や地頭《じとう》、豪族《ごうぞく》は競《きそ》って、毎年荒《まいねんあ》れ狂《くる》う河川《かせん》に堤《つつみ》を築《きず》き、排水溝《はいすいこう》を掘《ほ》って新田開発《しんでんかいはつ》に励《はげ》んだ。諸国《しょこく》を流浪《るろう》して新《あたら》しく入部《にゅうぶ》した民《たみ》は我《わ》が田畑《でんぱた》を手《て》に入《い》れようと身《み》を粉《こ》にして働《はたら》いた。田畑《たはた》は飛躍的《ひやくてき》に増大《ぞうだい》した。あちこちで開墾《かいこん》が進《すす》み、今《いま》まで点在《てんざい》した在郷《ざいごう》が接《せっ》して連《つら》なり家並《やな》みが出来《でき》た。人々《ひとびと》は次第《しだい》に不便《ふべん》な山地《さんち》から平地《へいち》に移《うつ》り住《す》んだ。越中国《えっちゅうこく》は見違《みちが》えるように開《ひら》けた。越中《えっちゅう》の守護代《しゅごだい》らが自《みずか》ら汗《あせ》を流《なが》して作《つく》り上《あ》げた田畑《でんぱた》だ。ここを手放《てばな》して在京《ざいきょう》の出仕《しゅっし》などは出来《でき》るものでなかった。

越中国《えっちゅうこく》の守護代《しゅごだい》らは、守護《しゅご》の畠山卜山《はたけやまぼくざん》の命《めい》には従《したが》わず、言《げん》を左右《さゆう》にして富国強兵《ふこくきょうへい》に努《つと》め、領国経営《りょうごくけいえい》に励《はげ》んで幕府《ばくふ》への出仕命令《しゅっしめいれい》は無視《むし》した。

ただ、遊佐慶親《ゆさよしちか》だけは居城《きょじょう》の蓮沼城《はすぬまじょう》（小矢部市）が一向一揆衆《いっこういっきしゅう》に奪《うば》われて越後《えちご》に逃《のが》れていたので、卜山《ぼくざん》の命《めい》を契機《けいき》に上洛《じょうらく》した。

永正《えいしょう》十二年（一五一五年）、畠山卜山《はたけやまぼくざん》は神保慶明《じんぼよしあき》と遊佐慶親《ゆさよしちか》の二人《ふたり》を能登国守護《のとこくしゅご》の畠山義総《はたけやまよしふさ》の下《もと》に使者《ししゃ》に立《た》てて、守護《しゅご》の命《めい》に従《したが》わぬ神保慶宗《じんぼよしむね》と椎名慶胤《しいなよしたね》の討伐《とうばつ》を依頼《いらい》した。能登国《のとこく》はこの時守護《ときしゅご》の畠山義元《はたけやまよしもと》が没《ぼっ》して、永正《えいしょう》三年の協定《きょうてい》（166頁1～9行目参照）に従《したが》い甥《おい》の義総《よしふさ》（義元の弟　慶致の嗣子）が守護《しゅご》になっていた。義総《よしふさ》は畠山卜山《はたけやまぼくざん》の依頼《いらい》を受《う》けたが、一人《ひとり》で『火中《かちゅう》の栗《くり》を拾《ひろ》う』危険《きけん》は避《さ》けて越後国守護代《えちごこくしゅごだい》の長尾為景《ながおためかげ》にも伝《つた》え、共《とも》に越中《えっちゅう》を討伐《とうばつ》しようと提携《ていけい》を申《もう》し出《で》た（以後185頁4行目に続く）。

越後国の情勢

時代《じだい》は多少《たしょう》遡《さかのぼ》る。

明応《めいおう》七年（一四九八年）、まだ長尾能景《ながおよしかげ》が存命《ぞんめい》の頃《ころ》、越後国守護《えちごこくしゅご》の上杉房能《うえすぎふさよし》は「我《わ》が国内《こくない》に守護使不入《しゅごしふにゅう》の地《ち》があり、守護《しゅご》の許《ゆる》しも得《え》ずして勝手《かって》をするは国《くに》が乱《みだ》れる基《もとい》。越後国《えちごこく》内《ない》にあっては以後《いご》、守護使不入《しゅごしふにゅう》の地《ち》を解消《かいしょう》して総《すべ》て守護領《しゅごりょう》に組《く》み込《こ》むべし。荘園地頭豪族《しょうえんじとうごうぞく》は速《すみ》やかに領地《りょうち》を差《さ》し出《だ》して守護《しゅご》に臣従《しんじゅう》せよ」と言《い》い付《つ》けて荘園領主《しょうえんりょうしゅ》の領地《りょうち》を召《め》し上《あ》げた。

越後国内《えちごこくない》は荘園領主《しょうえんりょうしゅ》らの怨嗟《えんさ》の声《こえ》で満《み》ち溢《あふ》れて不穏《ふおん》な空気《くうき》が漂《ただよ》った。丁度《ちょうど》そのような中《なか》で、上杉房能《うえすぎふさよし》は越後国守護代《えちごこくしゅごだい》長尾能景《ながおよしかげ》に越中一向一揆《えっちゅういっこういっき》の撲滅《ぼくめつ》を命《めい》じた。命《めい》を受《う》けた長尾能景《ながおよしかげ》は越中《えっちゅう》国《こく》に出陣《しゅつじん》したが、逆《ぎゃく》に越中国《えっちゅうこく》で討《う》ち滅《ほろ》ぼされた（詳細は172頁6行目参照）。

永正《えいしょう》三年（一六〇六年）、長尾能景《ながおよしかげ》が亡《ほろ》んで子《こ》の為景《ためかげ》が越後国守護代《えちごこくしゅごだい》を継《つ》いだ。為景《ためかげ》は主君《しゅくん》の上《うえ》杉房能《すぎふさよし》に守護使不入《しゅごしふにゅう》の権《けん》を越後《えちご》の国人《こくじん》に返《かえ》すよう諫《いさ》めた。だが逆《ぎゃく》に房能《ふさよし》の逆鱗《げきりん》（激しい怒り）に触《ふ》れた。

上杉房能《うえすぎふさよし》は長尾為景《ながおためかげ》を誅殺《ちゅうさつ》しようと謀《はか》った。為景《ためかげ》は「今《いま》、我《われ》、房能《ふさよし》の暴虐《ぼうぎゃく》を見《み》て諫争《かんそう》を尽《つ》くすも用《もち》いられず、やむなく身《み》を引《ひ》く。忠義《ちゅうぎ》の志《こころざ》すところは天《てん》も知《し》るところなり。しかるに却《かえ》って不忠《ふちゅう》と罵《ののし》られ、咎《とが》なきに誅《ちゅう》を受《う》けるは誠《まこと》に不本意《ふほんい》。臣下《しんか》として上《かみ》を討《う》つは五逆《ごぎゃく》の罪《つみ》（主君、父母、祖父母の殺害）逃《のが》れ難《がた》かれども、義《ぎ》を以《もっ》て不義《ふぎ》を罰《ばっ》し有道《ゆうどう》を以《もっ》て無道《むどう》を正《ただ》すは殷《いん》の湯王《とうおう》・周《しゅう》の武王《ぶおう》以来《いらい》太古《たいこ》の昔《むかし》からのたとえもあることなり」と言《い》って上《うえ》杉房能《すぎふさよし》に反旗《はんき》を翻《ひるがえ》した。

永正《えいしょう》四年（一五〇七年）八月、長尾為景《ながおためかげ》は主君《しゅくん》の上杉房能《うえすぎふさよし》を討《う》った。越後国内《えちごこくない》で房能《ふさよし》に味方《みかた》する諸将《しょしょう》は一人《ひとり》もいなかった。為景《ためかげ》は苦《く》も無《な》く房能《ふさよし》を越後府内《えちごふない》（直江津）から追《お》い出《だ》した。為景《ためかげ》に追《お》い出《だ》された上杉房能《うえすぎふさよし》は実兄《じっけい》の関東管領《かんとうかんれい》山内上杉顕定《やまのうちうえすぎあきさだ》（鎌倉の山内と扇谷にあった両上杉家の各呼称）を頼《たよ》って上野国《こうずけこく》（群馬県）に落《お》ちる途中《とちゅう》の天水越《あまみずごし》（松之山町）で追手《おって》に囲《かこ》まれ自刃《じじん》した。顕定《あきさだ》は上杉本《うえすぎほん》家《け》の上杉房顕《うえすぎふさあき》の養子《ようし》になって山内上杉家《やまのうちうえすぎけ》を継《つ》いでいた。長尾為景《ながおためかげ》は上杉房能《うえすぎふさよし》の養子《ようし》の定実《さだざね》を主君《しゅくん》に仰《あお》いだ。定実《さだざね》は越後守護家《えちごしゅごけ》の分家《ぶんけ》の上条《じょうじょう》（柏崎の旧名）上杉房実《うえすぎふさざね》の子《こ》だ。

永正《えいしょう》六年（一五〇九年）七月、関東管領《かんとうかんれい》山内上杉顕定《やまのうちうえすぎあきさだ》は関東軍《かんとうぐん》八千騎《き》を率《ひき》いて越後《えちご》を襲《おそ》い、長尾為景《ながおためかげ》を討《う》った。為景《ためかげ》は上杉定実《うえすぎさだざね》を伴《ともな》って一旦越中境《いったんえっちゅうさかい》まで逃《に》げて佐渡国《さどこく》へ渡《わた》った。

長尾為景《ながおためかげ》は羽前国《うぜんこく》（山形県）守護《しゅご》の伊達尚宗《だてひさむね》と通《つう》じて再起《さいき》を図《はか》った。

翌永正《よくえいしょう》七年（一五一〇年）、長尾為景《ながおためかげ》は越後《えちご》に出《で》てきた山内上杉顕定《やまのうちうえすぎあきさだ》を襲撃《しゅうげき》して、敗走《はいそう》する顕定《あきさだ》を長森原《ながもりはら》（六日町）で討《う》ち取《と》った。

長尾為景《ながおためかげ》は上杉房能《うえすぎふさよし》の養子《ようし》の上杉定実《うえすぎさだざね》を担《かつ》いで名目上《めいもくじょう》の越後国守護《えちごこくしゅご》にした。将軍義稙《しょうぐんよしたね》は定実《さだざね》が越後上杉家《えちごうえすぎけ》の家督《かとく》を継《つ》ぎ、越後国守護《えちごこくしゅご》になることを允許《いんきょ》した。

長尾為景《ながおためかげ》は越後国《えちごこく》の実権《じっけん》を握《にぎ》って戦国大名《せんごくだいみょう》にのし上《あ》がった。

永正《えいしょう》十年（一五一三年）九月、上杉定実《うえすぎさだざね》は越後《えちご》の豪族《ごうぞく》で定実《さだざね》の実母《じつぼ》の実家《じっか》の当主《とうしゅ》、宇佐美房忠《うさみふさただ》を頼《たの》んで、実権《じっけん》を奪《うば》った長尾為景《ながおためかげ》に反旗《はんき》を翻《ひるがえ》し春日山城《かすがやまじょう》を討《う》とうと企《たくら》んだ。

翌永正《よくえいしょう》十一年（一五一四年）五月、長尾為景《ながおためかげ》は定実《さだざね》を幽閉《ゆうへい》して宇佐美房忠《うさみふさただ》を滅《ほろ》ぼした。為景《ためかげ》は名実共《めいじつとも》に押《お》しも押《お》されもせぬ越後国《えちごこく》の戦国大名《せんごくだいみょう》になって越後国全域《えちごこくぜんいき》を支配《しはい》した。

長尾為景越中国平定

話《はなし》は前々項《ぜんぜんこう》の終《おわ》りまで戻《もど》る（181頁12行目の続き）。

長尾為景《ながおためかげ》は能登国守護《のとこくしゅご》畠山義総《はたけやまよしふさ》を通《とお》して越中国守護《えっちゅうこくしゅご》畠山卜山《はたけやまぼくざん》から越中討伐提携《えっちゅうとうばつていけい》の申《もう》し出《で》を受《う》けた。為景《ためかげ》にとっては京《きょう》都に我《わ》が名《な》を知《し》らしめる絶好《ぜっこう》の機会《きかい》だ。あわよくば越中国《えっちゅうこく》の併呑《へいどん》もあり得《う》ると思《おも》って謹《つつし》んで卜山《ぼくざん》の申《もう》し出《で》を受諾《じゅだく》した。為景《ためかげ》は物見《ものみ》（密偵）を出《だ》して越中国内《えっちゅうこくない》を探《さぐ》った。すると能景《よしかげ》が越中《えっちゅう》で討死《うちじに》した頃《ころ》に比《くら》べて一向宗徒《いっこうしゅうと》は守護代《しゅごだい》と一体化《いったいか》し、勢力《せいりょく》は一層強大《いっそうきょうだい》になっていた。

そして丁度《ちょうど》この頃《ころ》には、朝倉孝景《あさくらたかかげ》は一向宗徒《いっこうしゅうと》が越前《えちぜん》に侵入《しんにゅう》するのを防《ふせ》ぐために加越国境《かえつこっきょう》の関所《せきしょ》を総《すべ》て閉《と》じ、街道《かいどう》を封鎖《ふうさ》して一切《いっさい》の交通《こうつう》を遮断《しゃだん》していた（170頁3行目参照）。

越前《えちぜん》・加賀国境《かがこっきょう》が遮断《しゃだん》されて困《こま》ったのが京《きょう》都の公家《くげ》や寺社《じしゃ》、豪族《ごうぞく》らだ。北陸《ほくりく》からの年貢《ねんぐ》が途絶《とだ》えてしまい、彼《かれ》らは将軍義稙《しょうぐんよしたね》に泣《な》き付《つ》いた。

永正《えいしょう》十五年（一五一八年）将軍義稙《しょうぐんよしたね》は朝倉孝景《あさくらたかかげ》に関所《せきしょ》を開《ひら》くよう命《めい》じ、同時《どうじ》に本願寺実如《ほんがんじじつにょ》には一向一揆《いっこういっき》の隣国《りんごく》への侵入禁止《しんにゅうきんし》を言《い》い渡《わた》した。

本願寺実如《ほんがんじじつにょ》は将軍義稙《しょうぐんよしたね》の命《めい》を受《う》けて加賀門徒《かがもんと》に『攻戦防戦具足懸《こうせんぼうせんぐそくがけ》の禁止《きんし》』を命《めい》じた。

これを知《し》った長尾為景《ながおためかげ》は

「当《まさ》に天佑《てんゆう》（天の助け）。天《てん》は我《われ》に味方《みかた》せり」と喜《よろこ》んだ。為景《ためかげ》は早速《さっそく》、加賀三山《かがさんざん》の総師若松本泉寺《そうしわかまつほんせんじ》蓮悟《れんご》に不戦協定《ふせんきょうてい》を結《むす》ぼうと呼《よ》びかけて

「越中国《えっちゅうこく》への出兵《しゅっぺい》は守護代地頭《しゅごだいじとう》の討伐《とうばつ》が目的《もくてき》である故《ゆえ》、一向宗《いっこうしゅう》は今後《こんご》も末永《すえなが》く保護《ほご》し、誓《ちか》って粗略《そりゃく》にはいたさぬ」と約束《やくそく》した。

加賀三山《かがさんざん》とは、蓮如《れんにょ》の子《こ》や孫《まご》が居住《きょじゅう》する若松《わかまつ》（金沢市）本泉寺《ほんせんじ》、波佐谷《はさたに》（小松市）松岡寺《しょうこうじ》や山田《やまだ》（能美市）光教寺《こうきょうじ》、清沢《せいさわ》（白山市）願得寺《がんとくじ》などの寺《てら》を総称《そうしょう》して世間《せけん》はそう呼《よ》んだ。この頃《ころ》の越中《えっちゅう》の一向《いっこう》

宗坊主門徒《しゅうぼうずもんと》は加賀三山《かがさんざん》の本泉寺《ほんせんじ》の傘下《さんか》にあった。

永正《えいしょう》十六年（一五一九年）三月、長尾為景《ながおためかげ》は家臣《かしん》を集《あつ》めて軍評定《いくさひょうじょう》（軍議）を持《も》ち「先年越中国《せんねんえっちゅうこく》に於《お》いて父能景《ちちよしかげ》を始《はじ》め多《おお》くの越後《えちご》の士卒《しそつ》を失《うしな》ったこと、一々申《いちいちもう》さずとも、皆《みな》の記憶《きおく》に新《あら》たなところなり。今漸《いまようや》くここに辛苦《しんく》して準備万端整《じゅんびばんたんとと》のったり。遺恨《いこん》を雪《すす》ぐは今《いま》この時《とき》。いざ越中《えっちゅう》へ討《う》ち入《い》らん」と言《い》って戦支度《いくさしたく》を始《はじ》めた。

長尾為景《ながおためかげ》は前《まえ》もって越中守護畠山卜山《えっちゅうしゅごはたけやまぼくざん》と能登国守護畠山義総《のとこくしゅごはたけやまよしふさ》の両名《りょうめい》と示《しめ》し合《あわ》せて、卜山《ぼくざん》と義総《よしふさ》の越中国出陣《えっちゅうこくしゅつじん》を待《ま》った。

永正《えいしょう》十六年（一五一九年）春《はる》、能登国守護畠山義総《のとこくしゅごはたけやまよしふさ》は七尾《ななお》を出陣《しゅつじん》して能州口《のうしゅうぐち》（氷見市）に入《はい》った。越中国守護《えっちゅうこくしゅご》の畠山卜山《はたけやまぼくざん》は名代《みょうだい》の畠山勝王《はたけやまかつおう》を立《た》てた。勝王《かつおう》は加賀《かが》から討《う》って出《で》て蓮沼口《はすぬまぐち》（小矢部市）に陣取《じんと》った。この勝王《かつおう》は畠山義英《はたけやまよしひで》の子《こ》で、義英《よしひで》が畠山卜山《はたけやまぼくざん》と永正元年《えいしょうがんねん》（一五〇四年）に和睦《わぼく》した時《とき》（159頁8行目参照）、人質《ひとじち》となって卜山《ぼくざん》の猶子《ゆうし》になった。この後義英《のちよしひで》は永正《えいしょう》三年に細川政元《ほそかわまさもと》の家臣赤沢朝経《かしんあかざわともつね》と加賀一向一揆連合軍《かがいっこういっきれんごうぐん》に敗《やぶ》れて降参《こうさん》し、卜山《ぼくざん》も敗《やぶ》れて大和《やまと》に逃《のが》れた。勝王《かつおう》は人質《ひとじち》となって河内《かわち》から加賀《かが》に連行《れんこう》されたが、永正《えいしょう》四年に細川政元《ほそかわまさもと》が横死《おうし》してこの頃《ころ》は自由《じゆう》の身《み》であった。

長尾為景《ながおためかげ》の出陣《しゅつじん》の条件《じょうけん》が整《ととの》った。為景《ためかげ》は総力《そうりょく》を挙《あ》げて陸海《りくかい》から越中国《えっちゅうこく》に討《う》ち入《い》った。対《たい》する越中守護代《えっちゅうしゅごだい》・豪族《ごうぞく》らは連合《れんごう》して宮崎城《みやざきじょう》（朝日町）に守備隊《しゅびたい》を派遣《はけん》し、国境防衛線《こっきょうぼうえいせん》を張《は》って越後国《えちごごく》との交通《こうつう》を遮断《しゃだん》した。

宮崎城《みやざきじょう》の防衛線《ぼうえいせん》は俄《にわ》か作《づく》りで、寄《よ》せ集《あつ》めの『烏合《うごう》の衆《しゅう》』だった。越後《えちご》の大軍《たいぐん》に揉《も》み立《た》てられて一支《ひとささ》えも出来《でき》ずに風《かぜ》に吹《ふ》かれた木《こ》の葉《は》のように乱《みだ》れ散《ち》った。

長尾為景《ながおためかげ》は『破竹《はちく》の勢《いきお》い』（竹を一節割ると、後は止めようもなく勢いよく割れる例え）で黒部川《くろべがわ》を押《お》し渡《わた》り、生地《いくじ》（黒部市）に陣取《じんど》って勢力《せいりょく》を誇示《こじ》した。魚津城《うおづじょう》の鈴木国重《すずきくにしげ》は堪《たま》らず城《しろ》を抜《ぬ》け出《で》して小出《こいで》城《じょう》（富山市水橋）に逃《に》げ込《こ》んだ。椎名慶胤《しいなよしたね》は松倉城《まつくらじょう》（魚津市）に籠城《ろうじょう》した。

長尾為景《ながおためかげ》は魚津城《うおづじょう》に入城《にゅうじょう》し、さらに鈴木国重《すずきくにしげ》を追《お》って小出城《こいでじょう》を囲《かこ》んだ。国重《くにしげ》は囲《かこ》まれる先《さき》に城《しろ》を抜《ぬ》け落《お》ちた。

永正《えいしょう》十六年（一五一九年）九月、長尾為景《ながおためかげ》は常願寺川《じょうがんじがわ》を渡《わた》り新庄城《しんじょうじょう》（富山市）に軍《ぐん》を進《すす》めて、一《いっ》気《き》にここも攻《せ》め落《お》とした。

神保慶宗《じんぼよしむね》は新庄城《しんじょうじょう》が落《お》ちたのを見《み》て居城《きょじょう》の放生津《ほうじょうづ》（新湊）を捨《す》て、根城《ねじろ》の二上山守山城《ふたがみやまもりやまじょう》（高岡市）に逃《に》げ込《こ》んで籠城《ろうじょう》した。

長尾為景《ながおためかげ》は放生津《ほうじょうづ》を焼《や》き尽《つ》くして、さらに二上山《ふたがみやま》の麓《ふもと》を焼《や》いた。神保慶宗《じんぼよしむね》の守山城《もりやまじょう》の落城《らくじょう》は目前《もくぜん》に迫《せま》った。

この時《とき》、加賀《かが》から蓮沼口《はすぬまぐち》（小矢部市）に出陣《しゅつじん》した畠山勝王《はたけやまかつおう》は味方《みかた》の勝利《しょうり》に気《き》が緩《ゆる》み、士卒《しそつ》も浮《う》かれて気儘《きまま》に略奪放火《りゃくだつほうか》した。勝王《かつおう》の陣《じん》の近《ちか》くの蟹谷庄《かにやしょう》高木場《たかこば》（南砺市福光町）には勝興寺《しょうこうじ》があった。

勝興寺《しょうこうじ》はかつて土山《どやま》（福光町）にあったが、火事《かじ》を出《だ》したのを機会《きかい》に麓《ふもと》の高木場《たかこば》に移《うつ》った。勝王《かつおう》勢《ぜい》はこの勝興寺《しょうこうじ》を炎上《えんじょう》させた。

勝興寺《しょうこうじ》は加賀三山《かがさんざん》に並《なら》ぶ越中一向宗《えっちゅういっこうしゅう》の大道場《だいどうじょう》だ。越中《えっちゅう》の一向宗門徒《いっこうしゅうもんと》が騒《さわ》ぎだした。丁度季節《ちょうどきせつ》は冬《ふゆ》に向《む》かった。日一日《ひいちにち》と寒《さむ》さが募《つの》り雪《ゆき》がチラついた。長尾為景《ながおためかげ》は勝利《しょうり》を目前《もくぜん》にしたが、不測《ふそく》の事態《じたい》が起《お》こる予感《よかん》がして、能登勢《のとぜい》に使者《ししゃ》を送《おく》り来春《らいしゅん》を期《き》して越後国《えちごこく》に引《ひ》き上《あ》げた。

能登国守護《のとこくしゅご》畠山義総《はたけやまよしふさ》も為景《ためかげ》の使者《ししゃ》を受《う》けて居城《きょじょう》の能登国七尾城《のとこくななおじょう》に帰陣《きじん》した。

畠山勝王《はたけやまかつおう》も加賀《かが》へ引《ひ》いた。一向宗徒《いっこうしゅうと》を敵《てき》に廻《まわ》す事態《じたい》を引《ひ》き起《お》こした勝王軍《かつおうぐん》は諸勢《しょぜい》の信用《しんよう》を失《うしな》って以後顧《いごかえり》みられなくなった。

翌永正《よくえいしょう》十七年（一五二〇年）、畠山卜山《はたけやまぼくざん》は一向宗徒《いっこうしゅうと》が敵《てき》に廻《まわ》るのを恐《おそ》れて、勝興寺再建《しょうこうじさいけん》のために神保慶明《じんぼよしあき》と遊佐慶親《ゆさよしちか》を派遣《はけん》して砺波郡安養寺《となみぐんあんようじ》（小矢部市）の地《ち》を寄進《きしん》した。

同永正《どうえいしょう》十七年（一五二〇年）六月、長尾為景《ながおためかげ》は越中国《えっちゅうこく》に再度《さいど》討《う》ち入《い》った。今度《こんど》は戦法《せんぽう》を変《か》えて長期《ちょうき》の籠城戦《ろうじょうせん》が取《と》れないよう実《みの》りの秋《あき》を未《ま》だ迎《むか》えぬ食料《しょくりょう》の端境期《はざかいき》を狙《ねら》って一気呵成《いっきかせい》に椎名勢《しいなぜい》を討《う》った。

椎名慶胤《しいなよしたね》は魚津《うおづ》と松倉《まつくら》の両城《りょうじょう》を捨《す》て新庄城《しんじょうじょう》に逃《のが》れて神保軍《じんぼぐん》に合流《ごうりゅう》した。

長尾為景《ながおためかげ》は魚津《うおづ》、松倉《まつくら》の両城《りょうじょう》を制《せい》し、守備兵《しゅびへい》を残《のこ》して一旦越後《いったんえちご》に凱旋《がいせん》した。

同年《どうねん》八月、畠山卜山《はたけやまぼくざん》は神保慶明《じんぼよしあき》と遊佐慶親《ゆさよしちか》に、能登《のと》の畠山義総《はたけやまよしふさ》の助《たす》けを得《え》て、神保慶宗《じんぼよしむね》を討《う》つよう命《めい》じた。別《べつ》に越中《えっちゅう》の楡原《にれはら》（富山市）に使者《ししゃ》を送《おく》って、同地《どうち》で勢力《せいりょく》を張《は》る荘園豪族《しょうえんごうぞく》の斎藤藤次郎《さいとうとうじろう》を味方《みかた》に付《つ》けた。藤次郎《とうじろう》は越後《えちご》の長尾家《ながおけ》と親戚《しんせき》の誼《よしみ》があって、長尾為景《ながおためかげ》とは親《した》しく交流《こうりゅう》していた。その一方《いっぽう》で神保家《じんぼけ》とは平素《へいそ》から領地《りょうち》の境界争《きょうかいあらそ》いがあって仲《なか》が悪《わる》かった。それで藤次郎《とうじろう》は長尾《ながお》勢《ぜい》に与《くみ》して飛騨口《ひだぐち》を塞《ふさ》ぎ、神保慶宗《じんぼよしむね》に迫《せま》った。

同年冬《どうねんふゆ》、長尾為景《ながおためかげ》は畠山卜山《はたけやまぼくざん》の動《うご》きに応《おう》じて再度越中《さいどえっちゅう》に出陣《しゅつじん》し、水橋小出城《みずはしこいでじょう》に陣《じん》を取《と》った。神《じん》保慶宗《ぼよしむね》は椎名慶胤《しいなよしたね》と共《とも》に新庄城《しんじょうじょう》に入《はい》って常願寺川《じょうがんじがわ》を挟《はさ》んで小出城《こいでじょう》の為景《ためかげ》と睨《にら》みあった。長尾為景《ながおためかげ》は常願寺川《じょうがんじがわ》を渡《わた》った。時《とき》は真冬《まふゆ》の十二月（旧暦）。寒風《かんぷう》吹《ふ》き荒《すさ》ぶ中《なか》を、明《あ》け方《がた》から雌雄《しゆう》を決《けっ》する激戦《げきせん》が始《はじ》まった。戦《たたか》いは黄昏《たそがれ》まで続《つづ》いた。越中勢《えっちゅうぜい》は越後勢《えちごぜい》六百余《よ》を討《う》ち取《と》った。けれども越中勢《えっちゅうぜい》も椎名慶胤《しいなよしたね》をはじめ数千人《すうせんにん》が戦死《せんし》した。新庄城《しんじょうじょう》は朱《あけ》に染《そ》まった。越中勢《えっちゅうぜい》は徹底抗《てっていこう》戦《せん》した揚句《あげく》に壊滅《かいめつ》した。

神保慶宗《じんぼよしむね》は残《のこ》り僅《わず》かの一族郎党《いちぞくろうとう》に助《たす》けられて夜陰《やいん》に紛《まぎ》れ凍《い》てつく神通川《じんづうがわ》を渡《わた》って地吹雪《じふぶき》で足元《あしもと》すら見定《みさだ》め難《がた》い呉服山《ごふくやま》（呉羽山）に逃《に》げ込《こ》んだ。そして雪《ゆき》の原野《げんや》を越《こ》えて詰城《つめじろ》の二上山《ふたがみやま》を目指《めざ》した。だが頼《たの》みとする二上山守山城《ふたがみやまもりやまじょう》は既《すで》に能登《のと》の畠山勢《はたけやまぜい》の手《て》に落《お》ちていた。

神保慶宗《じんぼよしむね》は逃《に》げ場《ば》を失《うしな》った。雪降《ゆきふ》る空《そら》を見上《みあ》げて「天《てん》（天命）なるかな」と呻《うめ》いて、一族郎党《いちぞくろうとう》と共《とも》に小《ちい》さな社《やしろ》の森《もり》に入《はい》って座《すわ》り込《こ》んだ。そして甲《かっ》冑《ちゅう》を揃《そろ》って脱《ぬ》ぎ、夕刻《ゆうこく》の西《にし》の空《そら》に向《む》かって合掌念仏《がっしょうねんぶつ》しながら自刃《じじん》して果《は》てた。

越中国《えっちゅうこく》は越後《えちご》の長尾為景《ながおためかげ》に制圧《せいあつ》された。為景《ためかげ》は手柄《てがら》を報告《ほうこく》しようと多胡《たご》（氷見市）に出向《でむ》いた。多胡《たご》には能登国守護《のとこくしゅご》の畠山義総《はたけやまよしふさ》が出陣《しゅつじん》していて能登勢《のとぜい》の本陣《ほんじん》になっていた。既《すで》に越中国守《えっちゅうこくしゅ》護《ご》畠山卜山《はたけやまぼくざん》の名代《みょうだい》の神保慶明《じんぼよしあき》と遊佐慶親《ゆさよしちか》も参陣《さんじん》していた。

この頃《ころ》、畠山卜山《はたけやまぼくざん》は紀伊国《きいこく》にいて家勢《かせい》が衰《おとろ》え、遠《とお》く越中《えっちゅう》まで支配《しはい》が及《およ》ばなかった。それでこの期《き》を境《さかい》に卜山《ぼくざん》は越中国統治《えっちゅうこくとうじ》を能登国守護《のとこくしゅご》の畠山義総《はたけやまよしふさ》に委《ゆだ》ねた。

越中新川郡の割譲

翌大永元年《よくたいえいがんねん》（一五二一年）、長尾為景《ながおためかげ》は神保討伐《じんぼとうばつ》の恩賞《おんしょう》を迫《せま》った。畠山義総《はたけやまよしふさ》は渋々約束《しぶしぶやくそく》した越中《えっちゅう》国新川郡《こくにいかわぐん》を為景《ためかげ》に割譲《かつじょう》した。

長尾為景《ながおためかげ》は椎名長常《しいなながつね》を目代《もくだい》に立《た》てて松倉《まつくら》に置《お》き椎名家《しいなけ》の旧領《きゅうりょう》を安堵《あんど》した。長常《ながつね》は慶胤《よしたね》の弟《おとうと》だ。椎名長常《しいなながつね》は慶胤《よしたね》の名代《みょうだい》としてしばしば上洛《じょうらく》し、また畠山卜山《はたけやまぼくざん》とも意《い》を通《つう》じていた。その後《ご》、長常《ながつね》は永正《えいしょう》三年（一五〇六年）に一向一揆《いっこういっき》に追《お》われて越中《えっちゅう》の諸将《しょしょう》と共《とも》に越後《えちご》に逃《のが》れ（168頁11行目参照）、そのまま越後《えちご》に居残《いのこ》り長尾家《ながおけ》の客分《きゃくぶん》に収《おさ》まっていた。

椎名長常《しいなながつね》は旧領《きゅうりょう》を安堵《あんど》（保証）されて松倉《まつくら》（魚津市）に移《うつ》った。そして慶胤《よしたね》の子《こ》の康胤《やすたね》を養育《よういく》して家督《かとく》に据《す》えた。

婦負《ねい》・射水《いみず》両郡《りょうぐん》は能登《のと》の畠山義総《はたけやまよしふさ》自身《じしん》が領有《りょうゆう》した。義総《よしふさ》は砺波郡《となみぐん》の瑞泉寺《ずいせんじ》と勝興寺《しょうこうじ》に使者《ししゃ》を立《た》てて、以後《いご》は能登国《のとこく》畠山家《はたけやまけ》を守護《しゅご》と心得《こころえ》て仰《あお》ぎ従《したが》うよう下命《かめい》した（以後222頁10行目に続く）。

九．大永一向一揆

越中国領土の分割再配分

越中国《えっちゅうこく》では長尾為景《ながおためかげ》と加賀《かが》の若松本泉寺《わかまつほんせんじ》との永正《えいしょう》の不戦協定《ふせんきょうてい》（186頁9〜10行目参照）によって一《いっ》向宗《こうしゅう》が保護《ほご》された。一向宗《いっこうしゅう》が越中《えっちゅう》で爆発的《ばくはつてき》に広《ひろ》まった。

大永《たいえい》二年（一五二二年）、畠山義総《はたけやまよしふさ》と長尾為景《ながおためかげ》は一向宗徒《いっこうしゅうと》の勢力《せいりょく》を恐《おそ》れて、連盟《れんめい》して越中国領《えっちゅうこくりょう》内《ない》の一向宗禁止《いっこうしゅうきんし》を布告《ふこく》した。そして一向宗門徒《いっこうしゅうもんと》に改宗《かいしゅう》を強制《きょうせい》した。従《したが》わぬ者《もの》は領内《りょうない》から追《お》い出《だ》した。越中国《えっちゅうこく》の一向宗《いっこうしゅう》は壊滅《かいめつ》の危機《きき》に立《た》った。勝興寺実玄《しょうこうじじつげん》は加賀一向宗総師《かがいっこうしゅうそうし》の蓮悟《れんご》に訴《うった》えて、加賀衆《かがしゅう》と飛騨白川郷《ひだしらかわごう》の照蓮寺門徒衆《しょうれんじもんとしゅう》の与力《よりき》を得《え》て武力蜂起《ぶりょくほうき》した。

大永《たいえい》二年（一五二二年）二月、越中一向一揆《えっちゅういっこういっき》は能登口《のとぐち》の多胡城《たごじょう》（氷見市）を焼《や》き払《はら》う一方《いっぽう》で、新《にい》川郡《かわぐん》でも各地《かくち》の椎名《しいな》の出城《でじろ》を襲《おそ》い、越中国各地《えっちゅうこくかくち》で一向一揆衆《いっこういっきしゅう》と守護勢《しゅごぜい》との小競《こぜ》り合《あ》いが始《はじ》まった。

管領細川高国《かんれいほそかわたかくに》は本願寺実如《ほんがんじじつにょ》と能登国守護畠山義総《のとこくしゅごはたけやまよしふさ》に和議《わぎ》を斡旋《あっせん》した。

翌大永三年《よくたいえい》、和議《わぎ》が成《な》って畠山義総《はたけやまよしふさ》は砺波郡《となみぐん》を従来通《じゅうらいとお》り瑞泉寺《ずいせんじ》と勝興寺《しょうこうじ》の領域《りょういき》として認《みと》め、射《い》水郡《みずぐん》の内《うち》の氷見郷《ひみごう》を能登国《のとこく》の畠山領《はたけやまりょう》に組《く》み込《こ》み、他《た》の射水郡《いみずぐん》と婦負《ねい》の全郡《ぜんぐん》は神保宗家家督《じんぼそうけかとく》の神保《じんぼ》長職《ながもと》に返還《へんかん》した。

神保家《じんぼけ》は長尾為景《ながおためかげ》に討《う》たれて一族《いちぞく》の大半《たいはん》を失《うしな》ったが、慶宗《よしむね》の末子《まっし》の幼《おさな》い長職《ながもと》は長沢《ながさわ》（富山市婦中町）の豪族小島六郎左衛門《ごうぞくこじまろくろうざえもん》に匿《かくま》われて無事《ぶじ》だった。小島家《こじまけ》は長沢《ながさわ》に荘園《しょうえん》を領《りょう》する豪族《ごうぞく》だ。六郎左《ろくろうざ》衛門《えもん》の代《だい》になって、境《さかい》を接《せっ》する楡原《にれはら》の斎藤藤次郎《さいとうとうじろう》が城生《じょうお》（富山市八尾町）に城《しろ》を築《きず》き、領地争《りょうちあらそ》いが生《しょう》じた。争《あらそ》いが嵩《こう》じて『不倶戴天《ふぐたいてん》』の仲《なか》（生かしておけない憎い仲・原典は礼記　典礼上）になった。それで長尾為景《ながおためかげ》の越中侵攻以前《えっちゅうしんこういぜん》から小島六郎左衛門《こじまろくろうざえもん》は斎藤勢《さいとうぜい》に対抗《たいこう》するために婦負郡守護代《ねいぐんしゅごだい》の神保《じんぼ》家《け》に臣従《しんじゅう》した。

神保家《じんぼけ》が滅《ほろ》んだ後《のち》、神保長職《じんぼながもと》は小島六郎左衛門《こじまろくろうざえもん》に伴《ともな》われて能登《のと》の七尾《ななお》に出向《でむ》き、降伏《こうふく》して畠山《はたけやま》義総《よしふさ》に臣従《しんじゅう》することを誓《ちか》った。大永《たいえい》の一向一揆《いっこういっき》の後《のち》、神保《じんぼ》の旧領《きゅうりょう》は安堵《あんど》された。

射水郡《いみずぐん》の氷見郷《ひみごう》は能登領《のとりょう》になったのを期《き》に、氷見《ひみ》の地頭《じとう》の鞍川平兵衛《くらかわへいべえ》は能登国《のとこく》畠山家《はたけやまけ》の家臣《かしん》に取《と》り立《た》てられて従来通《じゅうらいどお》り氷見《ひみ》を治《おさ》めた。

この年大永元年《としたいえいがんねん》（一五二一年）、紀伊国《きいこく》で一揆《いっき》が起《お》こった。畠山卜山《はたけやまぼくざん》は追《お》われて淡路国《あわじこく》に落《お》ちた。そして翌年淡路《よくねんあわじ》で波瀾《はらん》に満《み》ちた四十一歳《さい》の生涯《しょうがい》を閉《と》じた。河内国畠山家《かわちこくはたけやまけ》の越中《えっちゅう》での影響力《えいきょうりょく》は完全《かんぜん》に消滅《しょうめつ》した。

十．大一揆・小一揆

本願寺下間頼秀・頼盛兄弟台頭

大永《たいえい》五年（一五二五年）二月、山科本願寺《やましなほんがんじ》九代法主実如《くだいほっすじつにょ》が病没《びょうぼつ》した。享年《きょうねん》六十八歳《さい》。実如《じつにょ》は臨終《りんじゅう》を悟《さと》って四男《よんなん》の三河《みかわ》の本宗寺実円《ほんしゅうじじつえん》と、実如《じつにょ》の弟《おとうと》の近江《おうみ》の顕証寺蓮淳《けんしょうじれんじゅん》並《なら》びに加賀三山《かがさんざん》の若松《わかまつ》本泉寺蓮悟《ほんせんじれんご》、松岡寺《しょうこうじ》の蓮慶《れんけい》、光教寺《こうきょうじ》の顕誓《けんせい》の五人《ごにん》を枕元《まくらもと》に呼《よ》んだ。蓮悟《れんご》も実如《じつにょ》の弟《おとうと》で、蓮慶《れんけい》と顕誓《けんせい》は実如《じつにょ》の甥《おい》だ。実如《じつにょ》は幼少《ようしょう》の孫《まご》の証如《しょうにょ》に跡《あと》を継《つ》がせ、その補佐《ほさ》を五人《ごにん》に頼《たの》んで息《いき》を引《ひ》き取《と》った。

本願寺《ほんがんじ》十代法主《じゅうだいほっす》になった証如《しょうにょ》はこの時《とき》まだ僅《わず》かに十歳《さい》。この証如《しょうにょ》の父《ちち》・円如《えんにょ》は証如《しょうにょ》が誕生《たんじょう》してまもなく三十二歳《さい》の若《わか》さで大永《たいえい》二年（一五二二年）に亡《な》くなった。それで証如《しょうにょ》が跡《あと》を継《つ》ぐことになったのだ。証如《しょうにょ》の後見《こうけん》は実円《じつえん》・蓮淳《れんじゅん》・蓮悟《れんご》・蓮慶《れんけい》・顕誓《けんせい》の五人《ごにん》に委《ゆだ》ねられたが、この五人《ごにん》は本《ほん》願寺《がんじ》には住《す》まずに近江《おうみ》顕証寺《けんしょうじ》の蓮淳《れんじゅん》に任《まか》せて帰国《きこく》した。蓮淳《れんじゅん》もやがて近江《おうみ》に帰《かえ》った。本願寺《ほんがんじ》には証如《しょうにょ》の血《ち》の繋《つな》がる後見人《こうけんにん》が居《い》なくなった。

本願寺《ほんがんじ》は家宰《かさい》の下間《しもつま》頼玄《らいげん》と子《こ》の頼秀《らいしゅう》・頼盛《らいせい》兄弟《きょうだい》が取《と》り仕切《しき》った。下間家《しもつまけ》は宗祖親鸞《しゅうそしんらん》の侍者《じしゃ》（側用人）だった常陸国下妻《ひたちこくしもつま》の蓮位坊《れんいぼう》に始《はじ》まる。子孫《しそん》は本願寺《ほんがんじ》の都維那《ついな》（寺の事務職）や堂宗《どうしゅう》（雑役僧）・法橋《ほっきょう》（僧の位、律師に相当）に補《ほ》されて代々《だいだい》武人《ぶじん》として帯刀《たいとう》しながら法衣《ほうい》を身《み》に着《つ》けた。そして本願《ほんがん》寺《じ》の出納《すいとう》の一切《いっさい》を取《と》り仕切《しき》り、大名《だいみょう》に匹敵《ひってき》する財力《ざいりょく》を蓄《たくわ》えた。

ところで永正《えいしょう》十五年（一五一八年）に加賀門徒衆《かがもんとしゅう》は本願寺《ほんがんじ》実如《じつにょ》から一揆《いっき》の禁止《きんし》を言《い》い渡《わた》された

（186頁5行目参照）。そこで加賀《かが》一向宗《いっこうしゅう》の門徒衆《もんとしゅう》は越前国守護《えちぜんこくしゅご》の朝倉家《あさくらけ》と不戦協定《ふせんきょうてい》を結《むす》んで加賀三山《かがさんざん》の若松本泉寺《わかまつほんせんじ》・波佐谷松岡寺《はさたにしょうこうじ》・山田光教寺《やまだこうきょうじ》や清沢願得寺《せいさわがんとくじ》と加賀四郡《かがよんぐん》の長《おさ》の吉藤専光寺《よしふじせんこうじ》・木越光徳寺《きごしこうとくじ》・鳥越弘願寺《とりごえぐがんじ》・磯部願成寺《いそべがんじょうじ》の下《もと》に結束《けっそく》して実如《じつにょ》の遺訓《いくん》を守《まも》り、争《あらそ》いを避《さ》けるように努《つと》めていた。

丁度《ちょうど》この頃《ころ》、永正《えいしょう》三年に朝倉貞景《あさくらさだかげ》の焼《や》き討《う》ちを受《う》けた越前《えちぜん》の藤島超勝寺《ふじしまちょうしょうじ》実顕《じっけん》や和田本覚寺《わだほんかくじ》は加賀《かが》に逃《に》げ込《こ》んで（169頁8～11行目参照）、何《なん》としても越前《えちぜん》に攻《せ》め込もうと必死《ひっし》になっていた。そしてこの時《とき》、山科本願寺《やましなほんがんじ》から下間頼秀《しもつまらいしゅう》が加賀《かが》にやって来《き》た。頼秀《らいしゅう》はこれを見《み》て、加賀一国《かがいっこく》に留《とど》まらず北陸一円《ほくりくいちえん》を本願寺《ほんがんじ》直轄《ちょっかつ》の領国《りょうごく》にしようと野心《やしん》を巡《めぐ》らして、密《ひそ》かに越前浪人《えちぜんろうにん》の藤島超勝寺《ふじしまちょうしょうじ》や和田本覚寺《わだほんかくじ》を誘《さそ》った。下間頼秀《しもつまらいしゅう》と超勝寺《ちょうしょうじ》実顕《じっけん》は、加賀国内在住《かがこくないざいじゅう》の門徒衆《もんとしゅう》や加賀《かが》の不満武家《ふまんぶけ》、野心家《やしんか》らを焚《た》きつけて、加賀《かが》の隣国《りんごく》の越中《えっちゅう》や越前《えちぜん》で一揆《いっき》を起《おこ》し、中小《ちゅうしょう》の荘園《しょうえん》の横領《おうりょう》や年貢横奪《ねんぐおうだつ》を働《はたら》いた。

下間頼秀《しもつまらいしゅう》は越中国太田保《えっちゅうこくおおたほ》に眼《め》を付《つ》けた。太田保《おおたほ》は婦負郡《ねいぐん》と新川郡《にいかわぐん》に跨《またが》る幕府《ばくふ》の天領《てんりょう》で、当時《とうじ》は管領細川高国《かんれいほそかわたかくに》が支配《しはい》する広大《こうだい》な荘園《しょうえん》だ。この頃《ころ》は細川家《ほそかわけ》が乱《みだ》れて高国《たかくに》と晴元《はるもと》が争《あらそ》っていた（209頁11行目前後参照）。そして本願寺《ほんがんじ》は晴元《はるもと》の味方《みかた》だ。

下間頼秀《しもつまらいしゅう》は本願寺《ほんがんじ》の敵方《てきがた》の細川高国《ほそかわたかくに》が領《りょう》する越中国太田保《えっちゅうこくおおたほ》を横領《おうりょう》した。

越中守護代《えっちゅうしゅごだい》の神保長職《じんぼながもと》は失《うしな》った勢力回復《せいりょくかいふく》に邁進《まいしん》し、一向宗徒《いっこうしゅうと》とは友好関係《ゆうこうかんけい》を保《たも》ち、争《あらそ》いは避《さ》けようと努《つと》めていた。だがここに来《き》て、越中国内《えっちゅうこくない》での下間頼秀《しもつまらいしゅう》と加賀在住《かがざいじゅう》の越前浪人衆《えちぜんろうにんしゅう》の横暴《おうぼう》が眼《め》に余《あま》った。神保長職《じんぼながもと》は加賀三山《かがさんざん》の総師《そうし》若松本泉寺《わかまつほんせんじ》に苦情《くじょう》を申《もう》し入れた。加賀三山《かがさんざん》や四郡《よんぐん》の長《おさ》も、超勝寺《ちょうしょうじ》や本覚寺《ほんかくじ》などの一揆《いっき》を扇動《せんどう》する越前浪人衆《えちぜんろうにんしゅう》に手《て》を焼《や》いた。

加賀一向宗徒と越前一向宗徒の抗争

享禄《きょうろく》四年（一五三一年）五月、若松本泉寺蓮悟《わかまつほんせんじれんご》は越前《えちぜん》の朝倉《あさくら》・加賀《かが》の富樫《とがし》・能登《のと》の畠山《はたけやま》・越中《えっちゅう》の神保《じんぼ》と椎名《しいな》・飛騨《ひだ》の内島《うちじま》の応援《おうえん》を頼《たの》んで超勝寺実顕《ちょうしょうじじっけん》の一味《いちみ》を成敗《せいばい》した。

越前浪人衆《えちぜんろうにんしゅう》は加賀《かが》の山内庄《やまのうちしょう》に逃《に》げ込《こ》んだ。山内庄《やまのうちしょう》は加賀南方《かがなんほう》の白山山麓一帯《はくさんさんろくいったい》で、飛騨《ひだ》や越前《えちぜん》に接《せっ》する手取川上流全域《てどりかわじょうりゅうぜんいき》を指《さ》す広大《こうだい》な地域《ちいき》だ。

加賀三山《かがさんざん》の蓮悟《れんご》は手取川《てどりかわ》の下流《かりゅう》を押《お》さえて山内庄《やまのうちしょう》への出入《でい》りを封鎖《ふうさ》した。封鎖《ふうさ》された越前浪人《えちぜんろうにん》衆《しゅう》は密《ひそ》かに間道《かんどう》を使《つか》って通《とお》り抜《ぬ》け、近《ちか》くにあった加賀三山《かがさんざん》の一《ひと》つ波佐谷松岡寺《はさたにしょうこうじ》を焼《や》き払《はら》い、住《じゅう》職《しょく》の蓮綱《れんこう》・蓮慶《れんけい》父子《ふし》を山内庄《やまのうちしょう》に拉致《らち》した。

加賀四郡《かがよんぐん》の長《おさ》の須崎慶覚《すざきけいかく》と河合宣久《かわいせんきゅう》は下間頼秀《しもつまらいしゅう》と越前浪人衆《えちぜんろうにんしゅう》の横暴《おうぼう》を見《み》かねて飛騨路《ひだじ》を上《のぼ》って白川郷《しらかわごう》の照蓮寺《しょうれんじ》を誘《さそ》い、山科本願寺《やましなほんがんじ》に出向《でむ》いて下間頼秀《しもつまらいしゅう》と越前浪人衆《えちぜんろうにんしゅう》の横暴《おうぼう》を訴《うった》えた。ところが本願寺《ほんがんじ》で取《と》り継《つ》ぎに出《で》た下間頼盛《しもつまらいせい》は若年法主《じゃくねんほっす》の証如《しょうにょ》に

「加賀三山《かがさんざん》の坊主共《ぼうずども》は前門主《ぜんもんしゅ》の遺言《ゆいごん》に背《そむ》き、加賀《かが》を横領《おうりょう》せんと一揆《いっき》を起《おこ》して御座《ござ》る」と逆《ぎゃく》に兄《あに》の頼秀《らいしゅう》と越前衆《えちぜんしゅう》の肩《かた》を持《も》つ取《と》り継《つ》ぎをした。下間頼盛《しもつまらいせい》は頼秀《らいしゅう》の弟《おとうと》だ。

証如《しょうにょ》はこの時《とき》まだ十六歳《さい》。下間兄弟《しもつまきょうだい》の言《い》いなりだ。下間頼盛《しもつまらいせい》は証如《しょうにょ》の意向《いこう》と称《しょう》して

「加賀三山及《かがさんざんおよ》び加賀四郡《かがよんぐん》の長《おさ》を追討《ついとう》せよ」と全国《ぜんこく》の一向宗徒《いっこうしゅうと》に出陣《しゅつじん》を命《めい》じた。

享禄《きょうろく》四年（一五三一年）七月、下間頼秀《しもつまらいしゅう》は三河国《みかわこく》の本宗寺門徒《ほんしゅうじもんと》の大軍《たいぐん》を引《ひ》き連《つ》れて加賀《かが》に下《くだ》った。そして加賀山内庄《かがやまのうちしょう》の白山宮《はくさんぐう》に入り、越前衆《えちぜんしゅう》と一体《いったい》になって加賀衆《かがしゅう》に対抗《たいこう》した。世間《せけん》は越前《えちぜん》浪人衆《ろうにんしゅう》と下間連合軍《しもつまれんごうぐん》を大一揆《だいいっき》と呼《よ》び、地元《じもと》の加賀衆《かがしゅう》を小一揆《しょういっき》と呼《よ》んだ。

下間頼秀《しもつまらいしゅう》と頼盛《らいせい》の率《ひき》いる大一揆《だいいっき》は勢《いきお》いに乗《の》って討《う》って出《で》て、蓮如《れんにょ》の二十三番目《ばんめ》の子《こ》の実悟《じつご》が住持《じゅうじ》する清沢願得寺《せいさわがんとくじ》の堂塔庫裡《どうとうくり》を一宇《いちう》も残《のこ》さず焼《や》き払《はら》った。この火《ひ》が飛《と》び移《うつ》って加賀鶴来宮《かがつるぎのみや》や白《はく》山宮《さんぐう》の他《ほか》、近在一帯在家《きんざいいったいざいけ》の家屋《かおく》までが悉《ことごと》く焼亡《しょうぼう》した。

小一揆《しょういっき》の加賀坊主門徒《かがぼうずもんと》は攻《せ》めに強《つよ》いが守《まも》りに弱《よわ》かった。守《まも》る寺院《じいん》や居住地《きょじゅうち》が加賀国内《かがこくない》に点《てん》在《ざい》していて協力《きょうりょく》が思《おも》うにまかせない。大一揆《だいいっき》の各個攻撃《かっここうげき》を受《う》けた小一揆勢《しょういっきぜい》は、自坊《じぼう》を守《まも》るのに汲々《きゅうきゅう》として、互《たが》いに助《たす》け合《あ》うゆとりを失《うしな》った。

下間兄弟《しもつまきょうだい》は尾山《おやま》（金沢市）の本願寺末寺《ほんがんじまつじ》に入《はい》って、堀《ほり》や塀《へい》を廻《めぐ》らし、大一揆《だいいっき》の本山《ほんざん》を兼《か》ねた詰《つめ》城《じろ》に仕立《した》てた。勢《いきお》いに乗《の》って若松本泉寺《わかまつほんせんじ》を攻《せ》めて焼《や》き落《お》とした。小一揆総師《しょういっきそうし》の蓮悟《れんご》は能登国守護《のとこくしゅご》畠山義総《はたけやまよしふさ》を頼《たよ》って七尾《ななお》に落《お》ちた。加賀《かが》の名目上《めいもくじょう》の守護《しゅご》の富樫稙泰《とがしたねやす》（泰高の孫）と家督《かとく》の泰俊《やすとし》は溝《みぞ》江長道《えながみち》を頼《たよ》って越前国金津《えちぜんこくかなづ》に落《お》ちた。

享禄《きょうろく》四年（一五三一年）八月、大一揆《だいいっき》は今度《こんど》は山田光教寺《やまだこうきょうじ》を攻《せ》めた。光教寺顕誓《こうきょうじけんせい》は越前朝倉孝景《えちぜんあさくらたかかげ》に救《すく》いを求《もと》めた。孝景《たかかげ》は能登《のと》の畠山義総《はたけやまよしふさ》と打《う》ち合《あ》わせて山田光教寺《やまだこうきょうじ》を救《すく》おうと叔父《おじ》の朝倉宗滴《あさくらそうてき》を加賀《かが》に差《さ》し向《む》けた。

山田光教寺《やまだこうきょうじ》を攻《せ》めに出《で》た下間頼盛《しもつまらいせい》率《ひき》いる大一揆勢《だいいっきぜい》は大聖寺《だいしょうじ》に陣《じん》を張《は》って朝倉宗滴《あさくらそうてき》に対峙《たいじ》した。能登国守護《のとこくしゅご》の畠山義総《はたけやまよしふさ》は一族《いちぞく》の畠山家俊《はたけやまいえとし》を大将《たいしょう》に立《た》てて小一揆《しょういっき》の助勢《じょせい》に向《む》かった。副将《ふくしょう》には遊佐《ゆさ》・温井《ぬくい》・神保《じんぼ》の三家老《さんかろう》。さらに越中国《えっちゅうこく》の神保長職《じんぼながもと》を指《さ》し添《そ》えて、加賀四郡《かがよんぐん》の長《おさ》の須崎慶覚《すざきけいかく》と河合宣久《かわいせんきゅう》を先陣《せんじん》に立《た》てて数万余《すうまんよ》、狩鹿野《かるかの》（かほく市宇ノ気）宮越《みやこし》（金沢市大野町）辺《あた》りまで押《お》し出《だ》した。

大一揆《だいいっき》は腹背《ふくはい》に敵《てき》を受《う》けて窮地《きゅうち》に陥《おちい》った。ところが大一揆《だいいっき》の下間頼秀《しもつまらいしゅう》は戦乱《せんらん》を渡《わた》り歩《ある》いた策士《さくし》だ。密《ひそ》かに部下《ぶか》に言《い》い付《つ》けて大聖寺《だいしょうじ》の辺《あた》りで討《う》ち取《と》った敵《てき》の首数十《くびすう》を大野《おおの》と矢田《やた》（共に小松市）の湖畔《こはん》に曝《さら》して、偽《いつわ》って朝倉家大将《あさくらけたいしょう》の面々《めんめん》の名前《なまえ》を大書《たいしょ》した高札《こうさつ》を掲《かか》げた。頼秀《らいしゅう》は「能登勢《のとぜい》はこの首《くび》を見《み》て、定《さだ》めし越前勢《えちぜんぜい》が負《まけ》けたと思《おも》い、臆病風《おくびょうかぜ》に吹《ふ》かれるぞ」と言《い》って不敵《ふてき》な笑《わら》いを浮《う》かべた。さらに近在近郷《きんざいきんごう》の百姓衆《ひゃくしょうしゅう》に向《む》かって「大一揆《だいいっき》は能登《のと》を討伐《とうばつ》しようと安宅浦《あたかうら》に軍船数百艘《ぐんせんすうひゃくそう》を並《なら》べて、今浜《いまはま》（宝達志水町）目指《めざ》して船出《ふなで》した」と言《い》い触《ふ》らした。この噂《うわさ》はたちまち広《ひろ》がった。

下間《しもつま》の策謀《さくぼう》が的中《てきちゅう》した。能登勢《のとぜい》は大聖寺《だいしょうじ》に向《む》かう道《みち》すがら朝倉家《あさくらけ》の大将《たいしょう》の首《くび》が杭《くい》に掛《か》けて曝《さら》されているのを見《み》た。能登勢《のとぜい》は下間頼秀《しもつまらいしゅう》の策《さく》に掛《かか》ってすっかり騙《だま》され、朝倉勢《あさくらぜい》が既《すで》に敗北《はいぼく》したと思《おも》った。更《さら》にその上《うえ》、「下間《しもつま》が軍船《ぐんせん》を仕立《した》てて退路《たいろ》を断《た》つ」と言《い》う噂《うわさ》が耳《みみ》に入《はい》った。能登勢《のとぜい》は臆病神《おくびょうがみ》に取《と》りつかれて浮足立《うきあしだ》ったところに、横合《よこあ》いから下間頼秀《しもつまらいしゅう》に攻《せ》め込《こ》まれて、我《われ》を忘《わす》れ算《さん》を乱《みだ》して（易の占いに用いる算木乱す例え）七尾《ななお》に逃《に》げ帰《かえ》った。

越前《えちぜん》の朝倉宗滴《あさくらそうてき》は能登勢《のとぜい》が引《ひ》いたのを伝《つた》え聞《き》いて「形勢我《けいせいわれ》に利《り》あらず」と悟《さと》って同《おな》じく越前《えちぜん》に引《ひ》き帰《かえ》した。光教寺《こうきょうじ》の顕誓《けんせい》は宗滴《そうてき》に従《したが》って越前《えちぜん》に逃《のが》れた。越前金津《えちぜんかなづ》に逃《に》げた富樫稙泰《とがしたねやす》も宗滴《そうてき》を慕《した》って顕誓《けんせい》らに合流《ごうりゅう》した。

丁度《ちょうど》この頃《ころ》、享禄《きょうろく》四年（一五三一年）十月、大一揆《だいいっき》に捕《と》らわれていた蓮綱《れんこう》は山内庄《やまのうちしょう》で八十二歳《さい》の生涯《しょうがい》を閉《と》じた。父蓮綱《ちちれんこう》を看取《みと》った松岡寺蓮慶《しょうこうじれんけい》は小一揆《しょういっき》の末路《まつろ》を悟《さと》り、現世《げんせ》を儚《はかな》んで九名《きゅうめい》の門徒《もんと》と共《とも》に自害《じがい》した。

翌天文元年《よくてんぶんがんねん》（一五三二年）、大一揆《だいいっき》の下間頼盛《しもつまらいせい》は多胡《たご》（氷見市）に出陣《しゅつじん》した。頼盛《らいせい》は自《みずか》ら能登国《のとこく》七尾《ななお》の畠山義総《はたけやまよしふさ》を攻《せ》めた。越中勝興寺実玄《えっちゅうしょうこうじじつげん》の長男証玄《ちょうなんしょうげん》は越前超勝寺実顕《えちぜんちょうしょうじじっけん》の甥《おい》であることから、強《つよ》く迫《せま》られて、やむなく大一揆《だいいっき》に味方《みかた》して能登《のと》へ進軍《しんぐん》する下間《しもつま》の軍勢《ぐんぜい》に加《くわ》わった。その途中《とちゅう》、下間《しもつま》の郎党《ろうとう》は軍務《ぐんむ》を厭《いと》う証玄《しょうげん》を疑《うたが》って「越中勝興寺《えっちゅうしょうこうじ》の証玄《しょうげん》は敵《てき》に内通《ないつう》している」と讒言《ざんげん》した。

越前超勝寺実顕《えちぜんちょうしょうじじっけん》の次男教芳《じなんきょうほう》は大将《たいしょう》の下間《しもつま》の命《めい》を受《う》けて証玄《しょうげん》を毒殺《どくさつ》した。

加賀一向宗坊主破門と本願寺の加賀国直接支配

この様《よう》な時《とき》の同年《どうねん》八月、山科本願寺《やましなほんがんじ》で異変《いへん》が起《お》こった。本願寺《ほんがんじ》が突然《とつぜん》に近江《おうみ》の六角定頼《ろっかくさだより》と日蓮《にちれん》宗徒《しゅうと》の連合軍《れんごうぐん》に攻《せ》められて焼亡《しょうぼう》した（213頁8行目参照）。法主《ほっす》の証如《しょうにょ》は摂津国大阪《せっつこくおおさか》の石山坊《いしやまぼう》に逃《のが》れた。下間兄弟《しもつまきょうだい》は本願寺焼亡《ほんがんじしょうぼう》の報《しら》せを受《う》けて魂《たましい》が消《き》え失《う》せるほどに動顛《どうてん》した。本願寺《ほんがんじ》あっての下間《しもつま》家《け》であると下間兄弟《しもつまきょうだい》はよく知《し》っていた。頼秀《らいしゅう》と頼盛《らいせい》は船便《ふなびん》で急《いそ》ぎ加賀《かが》を後《あと》にして大阪《おおさか》に向《む》かった。

下間兄弟《しもつまきょうだい》がいなくなって戦《いくさ》は小康状態《しょうこうじょうたい》になった。加賀三山総師《かがさんざんそうし》の蓮悟《れんご》は加賀《かが》の統治権《とうじけん》を本願《ほんがん》寺法主《じほっす》に譲《ゆず》ることで大一揆《だいいっき》の軍門《ぐんもん》に下《くだ》った。講和《こうわ》が成《な》った。

越前超勝寺《えちぜんちょうしょうじ》と本覚寺《ほんかくじ》は加賀国《かがこく》に根《ね》を下《お》ろして本願寺《ほんがんじ》を後《うし》ろ楯《だて》にし、加賀一国《かがいっこく》を支配《しはい》した。証如《しょうにょ》は加賀錯乱《かがさくらん》の責任《せきにん》を加賀三山《かがさんざん》と加賀四郡《かがよんぐん》の長《おさ》に求《もと》めた。蓮慶《れんけい》は既《すで》に自害《じがい》していた。蓮悟《れんご》・顕誓《けんせい》と須崎慶覚《すざきけいかく》・河合宣久《かわいせんきゅう》は証如《しょうにょ》の勘気《かんき》を被《こうむ》って本願寺《ほんがんじ》から追放《ついほう》された。

本願寺《ほんがんじ》の勘気《かんき》を受《う》けて破門《はもん》になった者《もの》には門徒《もんと》は一切話《いっさいはなし》をすることも眼《め》を合《あ》わすことも禁止《きんし》するという厳《きび》しい一向宗《いっこうしゅう》の掟《おきて》があった。一緒《いっしょ》に暮《く》らしたり世話《せわ》をしたりしたことが知《し》れると自分《じぶん》も破門《はもん》されることになる。だから本願寺《ほんがんじ》の勘気《かんき》を受《う》けると、たとえ本願寺《ほんがんじ》の血筋《ちすじ》を引《ひ》く者《もの》であっても生計《せいけい》を立《た》てるのは容易《ようい》でなかった。多《おお》くは村八分《むらはちぶ》（葬式と火事以外の付き合いを総べて絶つ仕来たり）となって流浪《るろう》して、挙句《あげく》の果《は》てに野垂《のた》れ死《じに》した。

蓮悟《れんご》や蓮誓《れんせい》らは生涯《しょうがい》加賀《かが》に帰《かえ》れなかった。特《とく》に蓮悟《れんご》は天文《てんぶん》十二年（一五四三年）に和泉国堺《いずみこくさかい》での死《し》に際《さい》しても破門《はもん》すら許《ゆる》されず、野垂《のた》れ死《じに》の最期《さいご》であった。

威勢《いせい》を振《ふ》るった大一揆《だいいっき》の旗頭《はたがしら》の超勝寺《ちょうしょうじ》と本覚寺《ほんかくじ》も、やがて天文法華《てんもんほっけ》の乱《らん》の下間兄弟《しもつまきょうだい》の責任《せきにん》に連座《れんざ》して本願寺《ほんがんじ》から勘気追放《かんきついほう》され北陸《ほくりく》からその名《な》を消《け》した（214頁7～8行目参照）。

天文《てんぶん》十五年（一五四六年）、坊主門徒衆《ぼうずもんとしゅう》は総力《そうりょく》を挙《あ》げて加賀国金沢尾山《かがこくかなざわおやま》に壮大《そうだい》な堂《どう》を造《つく》った。堂《どう》には本願寺《ほんがんじ》から開山御影《かいさんぎょえい》が差《さ》し下《くだ》された。

堂《どう》は堂衆《どうしゅう》が取《と》り仕切《しき》ることになり、本願寺《ほんがんじ》から堂衆《どうしゅう》として近江国《おうみこく》の広済寺祐乗《こうさいじゆうじょう》と播磨国赤穂《はりまこくあこう》の慶信《けいしん》が派遣《はけん》されて来《き》た。

堂衆《どうしゅう》は本願寺法主《ほんがんじほっす》の威光《いこう》を背《せ》に受《う》けて北陸一帯《ほくりくいったい》の門徒《もんと》を支配《しはい》した。

十一・法華一揆と山科本願寺焼亡

義稙再度の将軍廃位

話《はなし》は多少前後《たしょうぜんご》する（178頁11行目の続き）。

永正《えいしょう》五年（一五〇八年）に足利義尹《あしかがよしただ》が大内義興《おおうちよしおき》を従《したが》えて西国周防《さいごくすおう》から上洛《じょうらく》して将軍《しょうぐん》に復帰《ふっき》した。そして義稙《よしたね》と改名《かいめい》した。その後《ご》、永正《えいしょう》八年（一五一〇年）、廃将軍義澄《はいしょうぐんよしずみ》は近江国《おうみこく》で没《ぼっ》した。遺子《いし》の義晴《よしはる》はこの時《とき》二歳《さい》。播磨国《はりまこく》の赤松義村《あかまつよしむら》が養育《よういく》した。

永正《えいしょう》十年（一五一三年）、足利義晴《あしかがよしはる》と赤松義村《あかまつよしむら》は将軍義稙《しょうぐんよしたね》に降伏《こうふく》して和睦《わぼく》した。

永正《えいしょう》十五年（一五一八年）大内義興《おおうちよしおき》が周防国《すおうこく》へ帰国《きこく》した。義稙《よしたね》が将軍《しょうぐん》に復帰《ふっき》して以来《いらい》、畿内《きない》の平和《へいわ》は義興《よしおき》の軍事力《ぐんじりょく》で保《たも》たれていた。義興《よしおき》が去《さ》って畿内《きない》はまた混乱《こんらん》した。

永正《えいしょう》十六年（一五一九年）、阿波国《あわこく》に逃《のが》れた三好之長《みよしゆきなが》は細川澄元《ほそかわすみもと》を伴《ともな》い管領細川高国《かんれいほそかわたかくに》を攻《せ》めて、兵庫越水城《ひょうごこしみずじょう》を陥落《かんらく》させた。次《つ》いで摂津《せっつ》の伊丹城《いたみじょう》と池田城《いけだじょう》も相次《あいつ》いで落《お》とした。三好之長《みよしゆきなが》は将軍義《しょうぐんよし》稙《たね》に使者《ししゃ》を送《おく》り「逆臣細川高国《ぎゃくしんほそかわたかくに》を除《のぞ》くための挙兵《きょへい》にて、将軍《しょうぐん》には二心《ふたごころ》御座《ござ》りませぬ」と伝《つた》えて巧妙《こうみょう》に将軍《しょうぐん》を敵《てき》に廻《まわ》すのを避《さ》けた。細川高国《ほそかわたかくに》は恐《おそ》れて近江《おうみ》へ逃《のが》れた。

将軍義稙《しょうぐんよしたね》は三好之長《みよしゆきなが》の上申《じょうしん》を受《う》け入《い》れて細川澄元《ほそかわすみもと》と和《わ》し京都《きょう》に留《とど》まった。之長《ゆきなが》は京都《きょう》を占領《せんりょう》した。三好家《みよしけ》の家臣《かしん》は我《わ》が世《よ》の春《はる》を謳歌《おうか》して洛中《らくちゅう》を傍若無人《ぼうじゃくぶじん》に振《ふ》る舞《ま》った。

細川高国《ほそかわたかくに》は近江《おうみ》で五万《ごまん》の軍勢《ぐんぜい》を集《あつ》めて三好《みよし》を討《う》った。三好之長《みよしゆきなが》の軍《ぐん》は奢《おご》りに任《まか》せた生活《せいかつ》を続《つづ》けた結果《けっか》、軍律《ぐんりつ》が乱《みだ》れて逃亡者《とうぼうしゃ》が相次《あいつ》いだ。三好之長《みよしゆきなが》は戦乱《せんらん》の中《なか》で討死《うちじに》した。

大永元年《たいえいがんねん》（一五二一年）、京都《きょう》に戻《もど》った細川高国《ほそかわたかくに》は三好《みよし》に加担《かたん》した将軍義稙《しょうぐんよしたね》を見限《みかぎ》り、義澄《よしずみ》の子《こ》の義晴《よしはる》を迎《むか》えて将軍《しょうぐん》に担《かつ》いだ。高国《たかくに》は再度管領《さいどかんれい》になって天下《てんか》の政権《せいけん》を掌握《しょうあく》した。

将軍義稙《しょうぐんよしたね》は細川澄元《ほそかわすみもと》に伴《ともな》われて阿波国《あわこく》へ逃《のが》れた。澄元《すみもと》は阿波《あわ》でまもなく病死《びょうし》した。

大永三年《たいえい》（一五二三年）、将軍義稙《しょうぐんよしたね》も阿波国《あわこく》で没《ぼっ》した。義稙《よしたね》は二度《ど》まで将軍《しょうぐん》を廃《はい》されて、『流《なが》れ公方《くぼう》』と世間《せけん》から蔑《さげす》まれた。

一向一揆摂津・和泉国蹂躙

大永《たいえい》七年（一五二七年）、管領細川高国《かんれいほそかわたかくに》の領国丹波《りょうごくたんば》の守護《しゅご》で高国《たかくに》の弟《おとうと》の細川尹賢《ほそかわただかた》が、国内《こくない》の一揆《いっき》勢《ぜい》に追《お》われ、兄《あに》の高国《たかくに》を頼《たよ》って京都《きょう》に逃《のが》れて来《き》た。丹波一揆勢《たんばいっきぜい》の波多野稙道《はたのたねみち》と柳本賢治《やなぎもとかたはる》は、尹賢《ただかた》を追《お》って京都《きょう》に攻《せ》め上《のぼ》った。稙道《たねみち》と賢治《かたはる》は、香西家《こうざいけ》を継《つ》ぎ細川高国《ほそかわたかくに》の重臣《じゅうしん》となった香西元盛《こうざいもともり》の兄《きょう》弟《だい》だ。その元盛《もともり》が細川尹賢《ほそかわただかた》の讒言《ざんげん》で高国《たかくに》に謀殺《ぼうさつ》された。両人《りょうにん》は元盛《もともり》の仇《あだ》を討《う》とうと一揆蜂起《いっきほうき》したのだ。

細川高国《ほそかわたかくに》は将軍義晴《しょうぐんよしはる》を伴《ともな》って近江《おうみ》に逃《のが》れた。

同年《どうねん》、この京都《きょう》の混乱《こんらん》を見《み》た三好元長《みよしもとなが》は、細川澄元《ほそかわすみもと》の子《こ》の未《ま》だ若年《じゃくねん》の晴元《はるもと》を伴《ともな》って阿波国《あわこく》を立《た》ち、和泉国堺《いずみこくさかい》に上陸《じょうりく》した。そして、将軍義晴《しょうぐんよしはる》の弟《おとうと》の義維《よしつな》を奉《ほう》じて旗揚《はたあ》げした。元長《もとなが》は祖父之長《そふゆきなが》の轍《てつ》を踏《ふ》まぬように直《す》ぐには入京《にゅうきょう》せず、堺《さかい》に陣取《じんど》って勢力《せいりょく》を誇示《こじ》した。

堺《さかい》に出陣《しゅつじん》した細川晴元《ひそかわはるもと》と近江《おうみ》に逃《のが》れた細川高国《ほそかわたかくに》との間《あいだ》で、睨《にら》み合《あ》いが数年続《すうねんつづ》いた。幕府《ばくふ》は堺《さかい》と近江《おうみ》に二分《にぶん》した形《かたち》になった。両軍《りょうぐん》は諸国《しょこく》の大名《だいみょう》に援軍《えんぐん》を要請《ようせい》した。

享禄《きょうろく》四年（一五三一年）六月、細川高国《ほそかわたかくに》は大阪天王寺《おおさかてんのうじ》に討《う》って出《で》たが、却《かえ》って三好軍《みよしぐん》に大敗《たいはい》した。高国《たかくに》は尼崎《あまがさき》に逃《のが》れたが追《お》いつめられて、街中《まちなか》の紺屋《こんや》の藍甕《あいかめ》の中《なか》に隠《かく》れたところを捕《とら》えられて自害《じがい》させられた。近江在住《おうみざいじゅう》の将軍義晴《しょうぐんよしはる》は細川晴元《ほそかわはるもと》に和議《わぎ》を申《もう》し入《い》れた。

丁度《ちょうど》この戦乱《せんらん》で、河内国《かわちこく》の畠山義英《はたけやまよしひで》の家臣《かしん》で飯盛《いいもり》（四条畷市南野）城主《じょうしゅ》の木沢長政《きざわながまさ》が、細川晴元《ほそかわはるもと》に助勢《じょせい》して戦功《せんこう》を挙《あ》げた。義英《よしひで》は畠山義就《はたけやまよしなり》の孫《まご》だ。木沢長政《きざわながまさ》は細川晴元《ほそかわはるもと》に取《と》り入《い》って出世《しゅっせ》しようと企《たくら》み、晴元《はるもと》に三好元長《みよしもとなが》を讒言《ざんげん》した。

細川晴元《ほそかわはるもと》はこの時《とき》まだ世間《せけん》を知《し》らぬ十九歳《さい》の青年《せいねん》だ。晴元《はるもと》にとって元長《もとなが》は眼《め》の上《うえ》の瘤《こぶ》で、何《なに》かと自分《じぶん》の意《い》を無視《むし》して権勢《けんせい》を振《ふ》るう三好元長《みよしもとなが》を恨《うら》めしく思《おも》っていた。

細川晴元《ほそかわはるもと》は忠臣《ちゅうしん》の三好元長《みよしもとなが》を勘当《かんどう》した。元長《もとなが》は一族郎党《いちぞくろうとう》を引《ひ》き連《つ》れて堺《さかい》の寺《てら》に蟄居《ちっきょ》して、自《みずか》らは主君《しゅくん》に手向《てむ》かうのを避《さ》け、木沢長政《きざわながまさ》の前《まえ》の主君《しゅくん》の畠山義英《はたけやまよしひで》に実情《じつじょう》を話《はな》して長政討伐《ながまさとうばつ》を依頼《いらい》した。

河内国《かわちこく》の畠山義英《はたけやまよしひで》は主家《しゅけ》に隠《かく》れて勝手《かって》に細川晴元勢《ほそかわはるもとぜい》に加《くわ》わった木沢長政《きざわながまさ》を勘当《かんどう》して討手《うって》を出《だ》

し、飯盛城《いいもりじょう》を囲《かこ》んだ。長政《ながまさ》は細川晴元《ほそかわはるもと》に助勢《じょせい》を求《もと》めた。

細川晴元《ほそかわはるもと》は摂津《せっつ》・和泉《いずみ》・紀伊《きい》の軍勢《ぐんぜい》を差《さ》し向《む》けて木沢長政《きざわながまさ》を加勢《かせい》した。畠山義英《はたけやましひで》は細川出陣《ほそかわしゅつじん》を伝《つた》え聞《き》いて囲《かこ》みを解《と》き、一旦《いったん》、誉田城《こんだじょう》（羽曳野市）に引《ひ》き上《あ》げた。

翌天文《よくてんぶん》元年（一五三二年）、畠山義英《はたけやましひで》は軍備《ぐんび》を整《ととの》え直《なお》し、再《ふた》び出陣《しゅつじん》して飯盛城《いいもりじょう》（四条畷市南野）を囲《かこ》んだ。木沢《きざわ》は再度《さいど》、細川晴元《ほそかわはるもと》に助勢《じょせい》を求《もと》めた。

丁度《ちょうど》この頃《ころ》、洛中《らくちゅう》を始《はじ》め畿内各地《きないかくち》で土一揆《つちいっき》（土民一揆）が横行《おうこう》していた。細川晴元《ほそかわはるもと》は軍《ぐん》を各地《かくち》に派遣《はけん》していて陣中《じんちゅう》に軍兵《ぐんぺい》がいなかった。

細川晴元《ほそかわはるもと》は山科本願寺《やましなほんがんじ》証如《しょうにょ》に助勢《じょせい》を求《もと》めた。証如《しょうにょ》の夫人《ふじん》は晴元《はるもと》の妹《いもうと》だ。晴元《はるもと》は蓮如以来《れんにょいらい》の友《ゆう》好関係《こうかんけい》を楯《たて》に取《と》って一向宗門徒《いっこうしゅうもんと》の出撃《しゅつげき》を求《もと》めた。

証如《しょうにょ》はこの時《とき》まだ十七歳《さい》。晴元《はるもと》を助《たす》けようと気易《きやす》く大阪《おおさか》の石山坊《いしやまぼう》に移《うつ》り、摂津《せっつ》・河内《かわち》・和泉《いずみ》の門徒衆《もんとしゅう》に呼《よ》び掛《か》けて三万人《にん》を動員《どういん》した。

一向宗門徒《いっこうしゅうもんと》と木沢長政《きざわながまさ》は飯盛城《いいもりじょう》を取《と》り巻《ま》く畠山義英軍《はたけやましひでぐん》を内外《ないがい》から示《しめ》し合《あわ》せて襲《おそ》った。畠山義《はたけやまよし》英《ひで》は敗《やぶ》れて畠山稙長《はたけやまたねなが》の高屋城《たかやじょう》（羽曳野市古市）に逃《に》げ落《お》ちた。稙長《たねなが》は畠山卜山《はたけやまぼくざん》の嫡子《ちゃくし》だ。この頃《ころ》は既《すで》に両畠山家《りょうはたけやまけ》は和睦《わぼく》していた。一向宗門徒《いっこうしゅうもんと》は義英《よしひで》を追《お》い掛《か》けて高屋城《たかやじょう》も落《お》とした。畠山義英《はたけやまよしひで》は乱戦《らんせん》の中《なか》で落命《らくめい》し、稙長《たねなが》は逃《のが》れ落《お》ちたが、やがて病没《びょうぼつ》して史上《しじょう》から畠山宗家《はたけやまそうけ》の家名《かめい》が消《き》えた。

一向宗門徒《いっこうしゅうもんと》は戦勝《せんしょう》の勢《いきお》いを駆《か》って堺《さかい》の日蓮宗《にちれんしゅう》寺院《じいん》の顕本寺《けんぽんじ》に蟄居《ちっきょ》する三好元長《みよしもとなが》を攻《せ》めた。元《もと》長《なが》は一向宗徒《いっこうしゅうと》の急襲《きゅうしゅう》を受《う》けて顕本寺《けんぽんじ》で切腹《せっぷく》した。この時《とき》の三好元長《みよしもとなが》は細川晴元《ほそかわはるもと》を担《かつ》ぎ出《だ》した不明《ふめい》を恥《は》じて、自分《じぶん》への怒《いか》りが嵩《こう》じ、腹《はら》からえぐり出《だ》した自分《じぶん》の腸《はらわた》を本堂《ほんどう》の天井《てんじょう》に投《な》げつけて、閻魔《えんま》の形相《ぎょうそう》そのままに壮絶《そうぜつ》な最期《さいご》を遂《と》げた。

一向宗門徒《いっこうしゅうもんと》は三好元長《みよしもとなが》を討《う》ち取《と》って勢《いきお》い留《とど》まるところを知《し》らず、河内《かわち》や和泉《いずみ》・摂津《せっつ》・大和《やまと》など畿内各地《きないかくち》で一揆《いっき》を起《おこ》した。

細川晴元《ほそかわはるもと》は領国《りょうごく》の摂津《せっつ》・和泉《いずみ》を一向一揆衆《いっこういっきしゅう》に蹂躙《じゅうりん》されて畿内一円《きないいちえん》が一揆衆《いっきしゅう》に支配《しはい》されそうになり、全《まった》く予期《よき》せぬ事態《じたい》に陥《おちい》った。

細川晴元《ほそかわはるもと》は舅《しゅうと》の近江国守護《おうみこくしゅご》の六角定頼《ろっかくさだより》に助勢《じょせい》を要請《ようせい》した。近江国《おうみこく》も一向宗《いっこうしゅう》の隆盛《りゅうせい》な土地柄《とちがら》だ。定頼《さだより》は一向宗門徒《いっこうしゅうもんと》の家臣《かしん》に命《めい》じて山科《やましな》の証如《しょうにょ》に一揆《いっき》を収《おさ》めるよう取《と》りなしを頼《たの》んだ。証如《しょうにょ》は「一揆《いっき》は門徒衆《もんとしゅう》が勝手《かって》にしたことで、本願寺《ほんがんじ》には係《かか》わりのないこと」と言《い》って取《と》り合《あ》わなかった。

証如《しょうにょ》に無視《むし》された六角定頼《ろっかくさだより》は、洛中《らくちゅう》二十一箇寺《かじ》の法華宗《ほっけしゅう》（日蓮宗の別称）の大坊主《だいぼうず》に山科本願寺《やましなほんがんじ》焼《や》き討《う》ちを依頼《いらい》した。

法華一揆の乱

日蓮《にちれん》が興《おこ》した法華宗《ほっけしゅう》は一向宗《いっこうしゅう》と同《おな》じく鎌倉期《かまくらき》に生《う》まれた新興宗教《しんこうしゅうきょう》だが一向宗《いっこうしゅう》に出遅《でおく》れて妬《ねた》みが溜《た》まっていた。それで『洛中《らくちゅう》の大寺《たいじ》が立《た》つ』と聞《き》いて洛中洛外《らくちゅうらくがい》の法華宗徒《ほっけしゅうと》は奮《ふる》い立《た》った。

天文元年《てんぶんがんねん》（一五三二年）八月、山科本願寺《やましなほんがんじ》は法華宗門徒数万人《ほっけしゅうもんとすうまんにん》の急襲《きゅうしゅう》を受《う》けて焼亡《しょうぼう》した。『天文《てんもん》法華《ほっけ》の乱《らん》』の始《はじ》まりだ。本願寺法主《ほんがんじほっす》の証如《しょうにょ》は山科《やましな》から摂津国大阪《せっつこくおおさか》の石山坊《いしやまぼう》に逃《のが》れた。

証如《しょうにょ》が大阪《おおさか》の石山《いしやま》に逃《のが》れてまもなく、下間頼秀《しもつまらいしゅう》と頼盛兄弟《らいせいきょうだい》が加賀《かが》から馳《は》せ戻《もど》り（205頁2〜4行目参照）、証如《しょうにょ》の無事《ぶじ》を見《み》て安堵《あんど》して、以後《いご》の一揆《いっき》に対《たい》する指揮《しき》は下間兄弟《しもつまきょうだい》が取《と》った。法華一揆《ほっけいっき》の規模《きぼ》はこの後《のち》、飛躍的《ひやくてき》に拡大《かくだい》した。

翌天文《よくてんぶん》二年（一五三三年）、細川晴元《ほそかわはるもと》と法華一揆衆《ほっけいっきしゅう》、六角定頼《ろっかくさだより》の連合軍《れんごうぐん》はついに石山坊《いしやまぼう》を包囲《ほうい》した。証如《しょうにょ》は三好元長《みよしもとなが》の遺子《いし》の千熊丸《ちくままる》、後《のち》の三好長慶《みよしながよし》に和議《わぎ》の調停《ちょうてい》を依頼《いらい》した。長慶《ながよし》は未《ま》だ十二歳《さい》ながら文武両道《ぶんぶりょうどう》に長《た》けていた。この時《とき》、父元長《ちちもとなが》が阿波《あわ》に残《のこ》した軍兵《ぐんぺい》を組織《そしき》して既《すで》に主君《しゅくん》の晴元《はるもと》を凌《しの》ぐ強力《きょうりょく》な勢力《せいりょく》に仕上《しあ》げていた。

細川晴元《ほそかわはるもと》は、京都《きょう》の乱《みだ》れを憂《うれ》いた将軍家《しょうぐんけ》の取《と》りなしも得《え》て、証如《しょうにょ》と和睦《わぼく》した。

証如《しょうにょ》は下間兄弟《しもつまきょうだい》が『王法為本《おうほういほん》』と称《しょう》して一揆《いっき》を起《お》こし、天下《てんか》を取《と》ろうとする野望《やぼう》を見《み》て取《と》り、下間兄弟《しもつまきょうだい》に責任《せきにん》を取《と》らせて勘当《かんどう》した。下間兄弟《しもつまきょうだい》は本願寺教団《ほんがんじきょうだん》から追放《ついほう》された。

証如《しょうにょ》は本願寺《ほんがんじ》焼《や》き討《う》ちに懲《こ》りて、諸国《しょこく》の大名《だいみょう》・領主《りょうしゅ》と友好《ゆうこう》を深《ふか》め、二度《にど》と争《あらそ》いを起《おこ》さぬよう気《き》配《くば》りした。そして、本願寺《ほんがんじ》の意向《いこう》に反《はん》して大名《だいみょう》・領主《りょうしゅ》に一揆《いっき》を企《くわだ》てる坊主《ぼうず》や門徒《もんと》には厳《きび》しく勘《かん》当《どう》して本願寺《ほんがんじ》から追放《ついほう》した。また、領主《りょうしゅ》に年貢《ねんぐ》を怠《おこた》る者《もの》も破門《はもん》し、破門《はもん》した者《もの》には話《はな》し掛《か》けたり眼《め》を合《あ》わせたりすることを禁《きん》じた。世話《せわ》をすることなどは論外《ろんがい》だ。証如《しょうにょ》は坊主門徒《ぼうずもんと》に

「破門《はもん》されると村八分《むらはちぶ》になり、この世《よ》では野垂《のた》れ死《じに》するしかなく、死後《しご》も無間地獄《むけんじごく》（間断のない極限の苦しみを受ける地獄）に落《お》ちて永遠《えいえん》に浮《う》かばれないぞ」と説《と》いて教《おし》えを守《まも》らせた。

天文《てんぶん》五年（一五三六年）、証如《しょうにょ》は山科本願寺《やましなほんがんじ》を再興《さいこう》した。そして武力不介入《ぶりょくふかいにゅう》を諸国《しょこく》の大名《だいみょう》や門徒《もんと》一同《いちどう》に示《しめ》すために、公卿《くぎょう》や朝廷《ちょうてい》に取《と》り入《い》って本願寺《ほんがんじ》を勅願寺《ちょくがんじ》とし、自《みずか》らも青蓮院尊鎮《しょうれんいんそんちん》の口利《くちき》きで大僧都《だいそうず》になった。証如《しょうにょ》は努《つと》めて貴族社会《きぞくしゃかい》に身《み》を置《お》くことによって、武力《ぶりょく》を用《もち》いた争《あらそ》いには係《かか》わりを持《も》たぬように身《み》を慎《つつし》んだ。

ところで法華一揆衆《ほっけいっきしゅう》は山科本願寺《やましなほんがんじ》を焼《や》き払《はら》った後《のち》、益々勢《ますますいきお》いに乗《の》って京都《きょう》での地子銭《じしせん》（借地代）を支払《しはら》わず、比叡山延暦寺《ひえいざんえんりゃくじ》の坊主《ぼうず》の説教《せっきょう》も論破《ろんぱ》して見下《みくだ》した。

天文《てんぶん》五年（一五三六年）、山門《さんもん》（延暦寺）は幕府《ばくふ》に日蓮宗《にちれんしゅう》教団《きょうだん》に法華宗《ほっけしゅう》を名乗《なの》ることを禁《きん》ずるよう求《もと》めたが入《い》れられなかった。そこで、諸国《しょこく》の大名《だいみょう》や仏門《ぶつもん》に呼《よ》びかけて一揆撲滅《いっきぼくめつ》の実力行使《じつりょくこうし》に出《で》た。

近江《おうみ》の六角定頼《ろっかくさだより》らも法華一揆《ほっけいっき》の撲滅《ぼくめつ》に応《おう》じた。京都六条《きょうとろくじょう》の本圀寺《ほんこくじ》を始《はじ》め、洛中《らくちゅう》の法華宗大寺院《ほっけしゅうだいじいん》二十一箇寺《かじ》が六万の大軍《だいぐん》に一斉《いっせい》に襲《おそ》われて、法華宗寺院総《ほっけしゅうじいんすべ》てが焼《や》き払《はら》われた。この火《ひ》が燃《も》え広《ひろ》がって、洛中《らくちゅう》は一面焼《いちめんや》け野《の》が原《はら》になった。この一連《いちれん》の騒動《そうどう》を後世《こうせい》の人は『天文法華《てんぶんほっけ》の乱《らん》』と言《い》い伝《つた》えた。法華宗《ほっけしゅう》はこの後《のち》、禁宗《きんしゅう》となり、天文《てんぶん》十一年（一五四二年）の帰洛《きらく》を許《ゆる》す勅許《ちょっきょ》が下《くだ》るまで法華宗寺院《ほっけしゅうじいん》は京都《きょうと》から追放《ついほう》となった（以後236頁3行目に続く）。

第三章　遠交近攻

一・越中・能登錯乱

為景病没

天文《てんぶん》五年（一五三六年）、越後国守護代《えちごこくしゅごだい》の長尾為景《ながおためかげ》は六十六歳《さい》で病没《びょうぼつ》した。この時嫡男《ときちゃくなん》の晴景《はるかげ》は二十五歳《さい》。その弟《おとうと》の景虎《かげとら》・後《のち》の謙信《けんしん》は未《ま》だ七歳《さい》だ。為景《ためかげ》が不治《ふじ》の病《やまい》に倒《たお》れて越後国内《えちごこくない》は急《きゅう》に不穏《ふおん》な空気《くうき》に包《つつ》まれた。為景《ためかげ》は嘗《かつ》て永正《えいしょう》四年（一五〇七年）から同《どう》七年にかけて、越後国守護《えちごこくしゅご》の上杉《うえすぎ》房能《ふさよし》や関東管領《かんとうかんれい》山内上杉顕定《やまのうちうえすぎあきさだ》を討《う》ち滅《ほろ》ぼして、武力《ぶりょく》で越後領内《えちごりょうない》の諸豪族《しょごうぞく》を屈服臣従《くっぷくしんじゅう》させた（182頁～185頁参照）。だから為景《ためかげ》が再起不能《さいきふのう》と判《わか》り、屈服《くっぷく》していた豪族達《ごうぞくたち》の態度《たいど》が豹変《ひょうへん》したのだ。

長尾《ながお》為景《ためかげ》葬儀《そうぎ》の日《ひ》。

「上条《じょうじょう》（柏崎市）の上杉定憲《うえすぎさだのり》が越後《えちご》の諸将《しょしょう》を従《したが》えて挙兵《きょへい》する」との噂《うわさ》が伝《つた》わった。上杉定憲《うえすぎさだのり》は越後《えちご》国守護《こくしゅご》上杉家《うえすぎけ》の分家《ぶんけ》だ（定憲は定実の兄弟。実父は共に房実。定実は184頁2行目参照）。

長尾家中《ながおかちゅう》は喪服《もふく》の下《した》に甲冑《かっちゅう》を纏《まと》って葬儀《そうぎ》に臨《のぞ》んだ。幸《さいわ》いに攻《せ》め手《て》の根回《ねまわ》しが不足《ふそく》して同調者《どうちょうしゃ》が集《あつ》まらず、上杉定憲《うえすぎさだのり》が途中《とちゅう》で引《ひ》き返《かえ》したので葬儀《そうぎ》は滞《とどこお》りなく済《す》んだ。

家督《かとく》を継《つ》いだ長尾晴景《ながおはるかげ》は病弱《びょうじゃく》で余《あま》りにも凡庸《ぼんよう》に過《す》ぎて、国《くに》を治《おさ》める気概《きがい》も力量《りきりょう》も身《み》につけていなかった。その上《うえ》、晴景《はるかげ》の下《もと》には忠臣《ちゅうしん》も賢臣《けんしん》も現《あらわ》れなかった。家臣《かしん》は私腹《しふく》を肥《こ》やすことに明《あ》け暮《く》れて越後国《えちごこく》は混乱《こんらん》した（以後225頁3行目に続く）。

越中守護代神保長職と同椎名康胤の抗争

越後国《えちごこく》が乱《みだ》れて、越中国《えっちゅうこく》は越後《えちご》の干渉《かんしょう》から解放《かいほう》された。

越中国婦負郡《えっちゅうこくねいぐん》では神保長職《じんぼながもと》が既《すで》に成人《せいじん》していた。長職《ながもと》は廃墟《はいきょ》となった亡父慶宗《ぼうふよしむね》の居城《きょじょう》の放生《ほうじょう》津《づ》（射水市）を捨《す》てて、重臣《じゅうしん》の小島六郎左衛門《こじまろくろうざえもん》の長沢《ながさわ》（富山市婦中町）から程近《ほどちか》い、増山城《ますやまじょう》（砺波市増山）に居《きょ》を移《うつ》した。そしてこの頃《ころ》、小島家《こじまけ》は六郎左衛門《ろくろうざえもん》が隠居《いんきょ》して、若《わか》い職鎮《もとしげ》が跡《あと》を継《つ》いだ。小島職《こじまもと》鎮《しげ》は父《ちち》の命《めい》に従《したが》って主君神保長職《しゅくんじんぼながもと》の股肱《ここう》の臣《しん》に成長《せいちょう》した。

神保長職《じんぼながもと》は応仁《おうにん》の乱《らん》で名《な》を馳《は》せた天下第一《てんかだいいち》の猛将《もうしょう》の祖父《そふ》神保長誠《じんぼながのぶ》の血《ち》を引《ひ》き、祖父《そふ》に憧《あこが》れて天《てん》下制覇《かせいは》を夢見《ゆめみ》た。天下《てんか》に名《な》を成《な》すには先《ま》ず第一《だいいち》に越中国《えっちゅうこく》の統一《とういつ》が肝要《かんよう》だ。長職《ながもと》は大小一揆《だいしょういっき》で荒《あ》れ果《は》てて荘園《しょうえん》の持《も》ち主《ぬし》が曖昧《あいまい》になった太田保《おおたほ》（富山市）に眼《め》を付《つ》けた。太田保《おおたほ》は元幕府《もとばくふ》の天領《てんりょう》であったが、大小一揆《だいしょういっき》の後《のち》に荘園領主《しょうえんりょうしゅ》になった細川家《ほそかわけ》も分裂《ぶんれつ》して、今《いま》は領主不明《りょうしゅふめい》の状態《じょうたい》だ。

この太田保《おおたほ》は婦負郡《ねいぐん》と新川郡《にいかわぐん》の境《さかい》に位置《いち》する広大《こうだい》な荘園《しょうえん》だ。この頃《ころ》の越中《えっちゅう》の婦負郡《ねいぐん》と新川郡《にいかわぐん》の境界《きょうかい》は神通川《じんづうがわ》を経《へ》て熊野川《くまのがわ》を遡《さかのぼ》る線《せん》だった。太田保《おおたほ》はこの境《さかい》に接《せっ》する新川郡内《にいかわぐんない》にあり新川郡《にいかわぐん》は椎名康胤《しいなやすたね》の領分《りょうぶん》だ。だが荘園《しょうえん》には守護使不入権《しゅごしふにゅうけん》があるので太田保《おおたほ》は幕府《ばくふ》の直轄権《ちょっかつけん》の及《およ》ばない荘《しょう》園領主《えんりょうしゅ》の私有地《しゆうち》だ。だから守護代《しゅごだい》であっても直接統治《ちょくせつとうじ》することが出来《でき》ないでいた。

天文《てんぶん》十二年（一五四三年）、神保長職《じんぼながもと》は太田保《おおたほ》に接《せっ》する新川郡堀江庄《にいかわぐんほりえしょう》と井見庄《いみしょう》の荘園豪族《しょうえんごうぞく》で弓之《ゆみの》庄《しょう》（上市町）城主《じょうしゅ》の土肥《どい》平右衛門《へいうえもん》を誘《さそ》って太田保《おおたほ》を乗《の》っ取《と》った。

越中《えっちゅう》新川郡《にいかわぐん》は大永《たいえい》の協定《きょうてい》（192頁11行目～193頁1行目参照）以後《いご》、越後《えちご》の長尾家《ながおけ》が守護《しゅご》だったが、為景《ためかげ》は椎名長常《しいなながつね》を目代《もくだい》（代官）に取《と》り立《た》てて、実質的《じっしつてき》には椎名家《しいなけ》に新川郡《にいかわぐん》の統治《とうじ》を任《まか》せていた。そしてこの頃《ころ》は椎名慶胤《しいなよしたね》の遺子《いし》の康胤《やすたね》が長常《ながつね》から譲《ゆず》られて新川郡《にいかわぐん》の目代《もくだい》になっていた。

椎名康胤《しいなやすたね》は神保長職《じんぼながもと》の太田保横奪《おおたほおうだつ》を怒《いか》って、越後《えちご》の長尾家《ながおけ》に神保《じんぼ》の横暴《おうぼう》を注進《ちゅうしん》した。けれども為景《ためかげ》の跡《あと》を継《つ》いだ晴景《はるかげ》には、越中《えっちゅう》に出陣《しゅつじん》して神保《じんぼ》を討《う》つ気概《きがい》はなく、武力《ぶりょく》の備《そな》えもなかった。

椎名康胤《しいなやすたね》は越後勢《えちごぜい》の助勢《じょせい》が得《え》られず、代《か》わって神保家《じんぼけ》の仇敵《きゅうてき》の城生城《じょうおじょう》（八尾町）の斎藤藤次郎《さいとうとうじろう》を誘《さそ》って気脈《きみゃく》を通《つう》じて神保長職《じんぼながもと》を攻《せ》めた。

神保長職《じんぼながもと》は常願寺川《じょうがんじがわ》を前《まえ》にした新庄城《しんじょうじょう》（富山市）に入《はい》って椎名康胤《しいなやすたね》に対抗《たいこう》し、増山城《ますやまじょう》との中間《ちゅうかん》地点《ちてん》の交通《こうつう》の要衝《ようしょう》、富山《とやま》にも新《あら》たに城《しろ》を築《きず》いた。富山城《とやまじょう》は神通川《じんづうがわ》に土川《どかわ》といたち川《がわ》が合流《ごうりゅう》する三《さん》方《ぼう》が川《かわ》に囲《かこ》まれた地点《ちてん》だ。攻《せ》めやすく守《まも》りやすい誠《まこと》に天然要害《てんねんようがい》の城《しろ》に仕上《しあ》がった。

神保長職《じんぼながもと》は新庄城《しんじょうじょう》と富山城《とやまじょう》を行《ゆ》き来《き》して常願寺川《じょうがんじがわ》以西《いせい》の新川郡《にいかわぐん》から椎名勢《しいなぜい》を一人残《ひとりのこ》らず追《お》い

出《だ》した。椎名康胤《しいなやすたね》は反撃《はんげき》した。戦《いくさ》は一進一退《いっしんいったい》して膠着 状態《こうちゃくじょうたい》になった。康胤《やすたね》は形勢逆転《けいせいぎゃくてん》を狙《ねら》って敵側《てきがわ》の弱点《じゃくてん》を突《つ》き、神保《じんぼ》と手《て》を組《く》んだ弓之庄城《ゆみのしょうじょう》（上市町）の土肥平右衛門《どいへいうえもん》を攻《せ》めた。平右衛門《へいうえもん》は分家《ぶんけ》の有沢舘《ありさわやかた》（富山市）の有沢長俊《ありさわながとし》に助勢《じょせい》を求《もと》めて、総力《そうりょく》を挙《あ》げて防戦《ぼうせん》した。だが、遂《つい》に叶《かな》わず、城《しろ》を捨《す》てて神保《じんぼ》の重臣寺島《じゅうしんてらしま》の居城《きょじょう》の池田城《いけだじょう》（立山町）に逃《に》げ込《こ》んだ。

椎名康胤《しいなやすたね》は勢《いきお》いに乗《の》って城生城《じょうおじょう》（八尾町）の斎藤藤次郎《さいとうとうじろう》に神保《じんぼ》の背後《はいご》を突《つ》くよう依頼《いらい》した。藤次《とうじ》郎《ろう》はこの頃《ころ》、楡原《にれはら》から城生《じょうお》に移《うつ》ったので、神保《じんぼ》の家臣《かしん》、長沢《ながさわ》（婦中町）の小島《こじま》と領域《りょういき》が接《せっ》するようになり何《なに》かともめ事《ごと》が絶《た》えなかった。

神保長職《じんぼながもと》は斎藤藤次郎《さいとうとうじろう》の不穏《ふおん》な動《うご》きを察知《さっち》して、長沢《ながさわ》の小島職鎮《こじまもとしげ》に城生城《じょうおじょう》を攻《せ》めさせた。職鎮《もとしげ》は神保《じんぼ》の命《めい》を受《う》けて、日頃《ひごろ》の鬱憤《うっぷん》を晴《は》らすのはこの時《とき》とばかりに全軍《ぜんぐん》を挙《あ》げて城生城《じょうおじょう》に攻《せ》め込《こ》んだ。

斎藤藤次郎《さいとうとうじろう》は新装成《しんそうな》った城《しろ》が敵《てき》の手《て》に渡《わた》るのを恐《おそ》れて城門《じょうもん》を閉《と》じ籠城《ろうじょう》した。職鎮《もとしげ》は城生《じょうお》に通《つう》じる道《みち》を総《すべ》て封鎖《ふうさ》して兵糧攻《ひょうろうぜ》めにした。藤次郎《とうじろう》は隣国《りんごく》の飛騨国吉城郡《ひだこくよしきぐん》の江馬時盛《えまときもり》に援軍《えんぐん》を依頼《いらい》した。

神保長職《じんぼながもと》は斎藤《さいとう》が城《しろ》に籠《こも》って留守《るす》になった榆原《にれはら》に入《はい》り、飛騨街道《ひだかいどう》を封鎖《ふうさ》して江馬時盛《えまときもり》との連絡《れんらく》を絶《た》った。藤次郎《とうじろう》の籠城《ろうじょう》は丸一年以上《まるいちねんいじょう》も続《つづ》いた。

越中国内《えっちゅうこくない》の戦乱《せんらん》が続《つづ》いて、越中《えっちゅう》に荘園《しょうえん》をもつ在京《ざいきょう》の領主《りょうしゅ》には年貢《ねんぐ》が入《はい》らなくなった。そこで本願寺法主《ほんがんじほっす》の証如《しょうにょ》に、戦闘停止《せんとうていし》の調停《ちょうてい》をしてもらえないかと泣《な》き付《つ》いた。証如《しょうにょ》は能登《のと》の畠山義続《はたけやまよしつぐ》に相談《そうだん》した。義続《よしつぐ》は越中《えっちゅう》の神保《じんぼ》と椎名《しいな》の双方《そうほう》に戦闘停止《せんとうていし》を命《めい》じた。

神保長職《じんぼながもと》と椎名康胤《しいなやすたね》にとっては食《く》うか食《く》われるかの引《ひ》くに引《ひ》けない戦《いくさ》だった。だが戦《いくさ》に疲《つか》れて互《たが》いに余力《よりょく》を無《な》くした。どちらも一時的《いちじてき》に講和《こうわ》に応《おう》じて畠山義続《はたけやまよしつぐ》の顔《かお》を立《た》てた。だが小競《こぜ》り合《あ》いは続《つづ》き、絶《た》えて無《な》くなることはなかった。

能登温井総貞と遊佐続光の抗争並びに越中氷見鞍川家の滅亡

一方《いっぽう》、この頃《ころ》の能登国《のとこく》では…（193頁9行目の続き）。

天文《てんぶん》十四年（一五四五年）、能登《のと》で繁栄《はんえい》を築《きず》いた守護《しゅご》の畠山義総《はたけやまよしふさ》が没《ぼっ》して義続《よしつぐ》が跡《あと》を継《つ》いだ。この能登国《のとこく》でも錯乱《さくらん》が起《おこ》った。畠山義総《はたけやまよしふさ》が没《ぼっ》したのを聞《き》きつけて国外追放《こくがいついほう》にあった義総《よしふさ》の義弟《ぎてい》の畠《はたけ》山駿河《やまするが》が加賀《かが》から戻《もど》って跡目争《あとめあらそ》いを起《おこ》した。だがこの時《とき》は未《ま》だ『積善《せきぜん》の家《いえ》に余慶《よけい》あり』（原典は易経坤文言傳）で、能登《のと》には義総《よしふさ》の遺徳《いとく》が残《のこ》っていて、義総《よしふさ》の側近《そっきん》の温井総貞《ぬくいふささだ》が奮戦《ふんせん》し、駿河《するが》を能《の》登《と》から追《お》い出《だ》した。

畠山義続《はたけやまよしつぐ》は温井総貞《ぬくいふささだ》の手柄《てがら》を賞《しょう》して重用《ちょうよう》した。総貞《ふささだ》は主君義続《しゅくんよしつぐ》の寵愛《ちょうあい》を良《よ》いことに、次第《しだい》に譜《ふ》代《だい》の重臣《じゅうしん》を見下《みくだ》した。総貞《ふささだ》は先代《せんだい》の畠山義総《はたけやまよしふさ》に引上《ひきあ》げてもらった新参者《しんざんもの》だ。

畠山家第一《はたけやまけだいいち》の重臣遊佐続光《じゅうしんゆさつぐみつ》は温井一人《ぬくいひとり》が重用《ちょうよう》されて面白《おもしろ》くなかった。

天文《てんぶん》十九年（一五五〇年）、遊佐続光《ゆさつぐみつ》は石動山天平寺《せきどうざんてんぴょうじ》の天台宗徒《てんだいしゅうと》や一向宗徒《いっこうしゅうと》と内通《ないつう》して温井討伐《ぬくいとうばつ》の旗《はた》を揚《あ》げた。

氷見《ひみ》の鞍川清房《くらかわきよふさ》・清経《きよつね》父子《ふし》は大永元年《たいえいがんねん》の協定《きょうてい》（193頁8行目参照）以降《いこう》、能登畠山家《のとはたけやまけ》に仕《つか》える畠山《はたけやま》家《け》の新参者《しんざんもの》だ。鞍川父子《くらかわふし》は遊佐続光《ゆさつぐみつ》から一党《いっとう》に加《くわ》わるよう要請《ようせい》を受《う》けた。鞍川《くらかわ》にとっては能登《のと》の重臣遊佐続光《じゅうしんゆさつぐみつ》に取《と》り入《い》る千載一遇《せんざいいちぐう》の好機《こうき》を得《え》たと思《おも》い、喜《よろこ》び勇《いさ》んで軍勢《ぐんぜい》六百を揃《そろ》えて能登《のと》に出《しゅつ》陣《じん》した。

長続連《ちょうつぐつら》は温井総貞《ぬくいふささだ》に味方《みかた》して、鞍川父子《くらかわふし》を能登国七尾城下《のとこくななおじょうか》の天神河原《てんじんかわら》（七尾市）で待《ま》ち受《う》けた。長続連《ちょうつぐつら》の子《こ》の綱連《つなつら》や温井慶長《ぬくいよしなが》も手勢《てぜい》を連《つ》れて加勢《かせい》した。七尾勢《ななおぜい》は日《ひ》を追《お》って大勢《おおぜい》に膨《ふく》れ上《あ》がった。七尾《ななお》に出陣《しゅつじん》した鞍川勢《くらかわぜい》は怖気付《おじけづ》いて、戦《たたか》わずして逃《に》げた。七尾勢《ななおぜい》は勝《か》ちに乗《の》って、息《いき》も継《つ》がずに追《お》っ掛《か》けた。鞍川父子《くらかわふし》は居城《きょじょう》の氷見鞍川《ひみくらかわ》を捨《す》てて、総崩《そうくず》れになって逃《に》げ出《だ》した。能登勢《のとぜい》は石《いし》塚《づか》（高岡市）で氷見勢《ひみぜい》に追《お》い付《つ》いた。双方《そうほう》入《い》り乱《みだ》れての討《う》ち合《あ》いになったが『衆寡敵《しゅうかてき》せず』（衆《しゅう》（多）に寡《か》（少）は敵《かな》わず・原典は孟子梁恵王上）。氷見勢《ひみぜい》は敗《やぶ》れて鞍川父子《くらかわふし》は乱戦《らんせん》の中《なか》で討死《うちじに》した。

翌天文《よくてんぶん》二十年（一五五一年）、擾乱《じょうらん》を見《み》かねた領主《りょうしゅ》の畠山義続《はたけやまよしつぐ》は仲裁《ちゅうさい》に乗《の》り出《だ》した。遊佐《ゆさ》と温井《ぬくい》は、今後《こんご》は何事《なにごと》によらず協力《きょうりょく》して事《こと》に当《あ》たることで合意《ごうい》した。能登畠山家《のとはたけやまけ》の内紛《ないふん》は治《おさ》まった。一人《ひとり》、越中氷見《えっちゅうひみ》の鞍川父子《くらかわふし》が戦没《せんぼつ》して、氷見《ひみ》から鞍川家《くらかわけ》の名《な》が消《き》えた。

能登《のと》の先君畠山義総《せんくんはたけやまよしふさ》は重臣《じゅうしん》と新興家臣団《しんこうかしんだん》を優《すぐ》れた手腕《しゅわん》で使《つか》い分《わ》けて、重臣《じゅうしん》が跋扈《ばっこ》するのを未《み》然《ぜん》に防《ふせ》いだ。この度畠山義続《たびはたけやまよしつぐ》は新旧家臣団《しんきゅうかしんだん》の融和《ゆうわ》に努《つと》めたが、これ以降畠山家新旧《いこうはたけやまけしんきゅう》重臣《じゅうしん》の遊佐《ゆさ》続光《つぐみつ》・温井《ぬくい》総貞《ふささだ》・長続連《ちょうつぐつら》・三宅《みやけ》総広《ふさひろ》・平《たいら》総知《ふさとも》・伊丹《いたみ》総堅《ふさかた》・遊佐《ゆさ》宗円《そうえん》の七人が結託《けったく》して国政《こくせい》を牛耳《ぎゅうじ》った。領民《りょうみん》は畠山七人衆《はたけやましちにんしゅう》と呼《よ》んだ。領主《りょうしゅ》畠山義続《はたけやまよしつぐ》の権威《けんい》は失墜《しっつい》した（以後259頁5行目に続く）。

二．謙信出現

越後守護上杉家と守護代長尾家の内情

享禄《きょうろく》三年（一五三〇年）、上杉謙信《うえすぎけんしん》は長尾為景《ながおためかげ》の次男《じなん》として生《せい》を受《う》けた。幼名《ようめい》は虎千代《とらちよ》。元服《げんぷく》して景虎《かげとら》と名乗《なの》った。母《はは》は虎御前《とらごぜん》。古志郡《こしぐん》栖吉《すよし》（長岡市）城主《じょうしゅ》の長尾房景《ながおふさかげ》の娘《むすめ》だ。景虎《かげとら》は幼時《ようじ》から腕白《わんぱく》の上《うえ》に潔癖《けっぺき》が過《す》ぎて、父為景《ちちためかげ》に疎《うと》まれ林泉寺《りんせんじ》に預《あず》けられた。

天文《てんぶん》五年（一五三六年）十二月、景虎《かげとら》七歳《さい》の時《とき》に父為景《ちちためかげ》が病没《びょうぼつ》した。享年《きょうねん》六十六歳《さい》。長尾家《ながおけ》は嫡《ちゃく》男《なん》の晴景《はるかげ》が跡《あと》を継《つ》いだが、病弱《びょうじゃく》で国《くに》を治《おさ》める気概気力《きがいきりょく》に欠《か》けた。

胎田常陸介《てるたひたちのすけ》は長尾為景《ながおためかげ》の寵《ちょう》を受《う》けて権力《けんりょく》があった。常陸介《ひたちのすけ》は晴景《はるかげ》が惰弱《だじゃく》で国政《こくせい》を見《み》ないのを見《み》て、長尾家重臣《ながおけじゅうしん》の黒田秀忠《くろだひでただ》や金津《かなづ》らを誘《さそ》って私腹《しふく》を肥《こ》やすことに専念《せんねん》した。他《た》の家臣《かしん》らも胎田《てるた》らの行《おこな》いに倣《なら》った。

明《あ》けて天文《てんぶん》六年（一五三七年）、越後国内《えちごこくない》で長尾家《ながおけ》の影《かげ》が薄《うす》くなり、国人《こくじん》は皆元《みなもと》の守護家《しゅごけ》の上杉《うえすぎ》定実《さだざね》（184頁8行目参照）に従《したが》った。守護《しゅご》の座《ざ》は再《ふたた》び名実共《めいじつとも》に上杉家《うえすぎけ》の手《て》に戻《もど》った。

上杉定実《うえすぎさだざね》には子《こ》がなかった。定実《さだざね》は羽前国《うぜんこく》（山形県）の伊達稙宗《だてたねむね》の次男実元《じなんさねもと》を養子《ようし》に望《のぞ》んだ。越《えち》後《ご》の阿賀野川以北《あがのがわいほく》の豪族揚北衆《ごうぞくあがきたしゅう》の本庄房長《ほんじょうふさなが》は、実元《さねもと》の養子《ようし》に反対《はんたい》した。

天文《てんぶん》八年（一五三九年）、上杉定実《うえすぎさだざね》は中条藤資《なかじょうふじすけ》や伊達家《だてけ》の助勢《じょせい》を得《え》て本庄城《ほんじょうじょう》（村上市）を攻《せ》めた。本庄房長《ほんじょうふさなが》は羽前国《うぜんこく》に逃《に》げる途上《とじょう》で死没《しぼつ》した。

天文《てんぶん》九年（一五四〇年）、羽前国《うぜんこく》の伊達稙宗《だてたねむね》は実元《さねもと》を越後《えちご》の上杉定実《うえすぎさだざね》の下《もと》に送《おく》った。上条《じょうじょう》（柏崎市）の上杉家元家老《うえすぎけもとかろう》の色部勝長《いろべかつなが》は挙兵《きょへい》して入国《にゅうこく》を拒《こば》んだ。これを契機《けいき》に羽前国《うぜんこく》で伊達植宗《だてたねむね》と晴宗父子《はるむねふし》の間《あいだ》で骨肉《こつにく》の争《あらそ》いが起《お》きた。

越後国守護上杉定実《えちごこくしゅごうえすぎさだざね》は、後継《あとつ》ぎを決《き》めることさえ出来《でき》ずに争《あらそ》い事《ごと》ばかりが起《お》こって、意《い》のままにならないこの世《よ》に失望《しつぼう》した。それで越後国《えちごこく》の政《まつりごと》は守護代《しゅごだい》の長尾家《ながおけ》に委《ゆだ》ねて気儘《きまま》に隠居《いんきょ》した。

天文《てんぶん》十一年（一五四二年）、長尾家《ながおけ》庶流《しょりゅう》の三条《さんじょう》（三条市）城主《じょうしゅ》長尾俊景《ながおとしかげ》が長尾家《ながおけ》の権臣《けんしん》胎田常陸介《てるたひたちのすけ》に賄賂《わいろ》を贈《おく》って一味《いちみ》に加《くわ》え、越後国《えちごこく》乗《の》っ取《と》りを企《くわだ》てた。胎田常陸介《てるたひたちのすけ》は俊景《としかげ》の誘《さそ》いに乗《の》って主君《しゅくん》の長尾晴景《ながおはるかげ》を幽閉《ゆうへい》し、春日山城《かすがやまじょう》（上越市）を乗《の》っ取《と》った。

長尾景虎越後支配

長尾景虎《ながおかげとら》はこの時《とき》十三歳《さい》。栃尾城《とちおじょう》（長岡市栃尾町）にいた。栃尾《とちお》は古志《こし》、蒲原《かんばら》と共《とも》に長尾家《ながおけ》の本《ほん》領《りょう》だ。為景《ためかげ》の死後《しご》、晴景《はるかげ》は本領統治《ほんりょうとうじ》のために本庄実乃《ほんじょうさねより》に弟《おとうと》の景虎《かげとら》を預《あず》けて栃尾城《とちおじょう》に住《す》まわせた。
栃尾城下《とちおじょうか》に宇佐美定行《うさみさだゆき》がいた。好《この》んで書《しょ》を読《よ》み文武両道《ぶんぶりょうどう》に長《た》け、天文兵法《てんもんひょうほう》の道《みち》に通《つう》じていた。長尾景虎《ながおかげとら》は定行《さだゆき》の優《すぐ》れた知謀《ちぼう》に触《ふ》れて師《し》と仰《あお》いだ。定行《さだゆき》も、まだ幼《おさな》いながらに世《よ》の不正《ふせい》を見《み》過《す》ごしに出来《でき》ない激《はげ》しい気性《きしょう》の景虎《かげとら》を見《み》て
「やがて天下《てんか》を制《せい》するのは必《かなら》ずやこの若《わか》だろう」と惚《ほ》れ込《こ》んだ。

長尾景虎《ながおかげとら》は春日山《かすがやま》の騒動《そうどう》に胸《むね》を痛《いた》めて、幼《おさな》いながらに胎田常陸介《てるたひたちのすけ》を討《う》って春日山《かすがやま》を取《と》り戻《もど》すことに腐心《ふしん》した。そして領内《りょうない》を隈《くま》なく見《み》て廻《まわ》った。ある日米山《ひよねやま》に登《のぼ》った。山頂《さんちょう》からの眺《なが》めは素晴《すば》らしかった。だが景虎《かげとら》は景色《けしき》には眼《め》もくれずに一点《いってん》、府内《ふない》（上越市直江津）を睨《にら》んで

「我《われ》、やがて兵《へい》を挙《あ》げて国《くに》に帰《かえ》る時《とき》には必《かなら》ずやこの地《ち》に陣取《じんど》るべし」と呟《つぶや》いた。この時《とき》の景虎《かげとら》は未《ま》だ十三歳《さい》。付《つ》き添《そ》う家臣《かしん》は並外《なみはず》れた景虎《かげとら》の『先見《せんけん》の明《めい》』に舌《した》を巻《ま》き、

「やがては良《よ》きご主君《しゅくん》になられるぞ」と喜《よろこ》ばぬ者《もの》はなかった。

翌天文《よくてんぶん》十二年《ねん》（一五四三年）、長尾景虎《ながおかげとら》は未《ま》だ十四歳《さい》ながらにして

「国家《こっか》を毒《どく》する者《もの》はたとえ兄《あに》といえども追《お》い出《だ》さねばなるまい。況《いわん》や逆心《ぎゃくしん》を企《くわだ》てる一家旧臣《いっかきゅうしん》の者共《ものども》は即刻誅伐《そっこくちゅうばつ》せずに置《お》くものか」と言《い》って、諸将《しょしょう》に檄《げき》を飛《と》ばして挙兵《きょへい》した。

長尾景虎《ながおかげとら》は宇佐美定行《うさみさだゆき》の策《さく》に従《したが》って、一千の兵《へい》を率《ひき》い米山《よねやま》に登《のぼ》って、虚空蔵堂《こくうぞうどう》の辺《あた》りに陣取《じんど》った。長尾家《ながおけ》を乗《の》っ取《と》った長尾俊景《ながおとしかげ》や胎田常陸介《てるたひたちのすけ》らは、景虎《かげとら》が挙兵《きょへい》したのを聞《き》き、軍兵《ぐんぺい》を率《ひき》いて米山《よねやま》に押《お》し寄《よ》せた。だがただの一戦《いっせん》にして討《う》ち負《ま》けた。景虎勢《かげとらぜい》は勝《か》ちに乗《の》って追撃《ついげき》に掛《か》かるところ

を、景虎《かげとら》は強《し》いて押《お》し留《とど》めた。そして態《わざ》と昼寝《ひるね》を決《き》め込《こ》んだ。景虎《かげとら》の軍勢《ぐんぜい》は訳《わけ》も判《わか》らず追撃《ついげき》を止《と》められていきり立《た》った。やがて眼《め》を開《あ》けた景虎《かげとら》は「頃《ころ》やよし。いざ、討《う》て」と言《い》って勇《いさ》み立《た》つ全軍《ぜんぐん》に追撃命令《ついげきめいれい》を出《だ》した。長尾俊景《ながおとしかげ》の敗軍《はいぐん》の兵《へい》は、この時丁度《ときちょうど》、険阻《けんそ》な崖《がけ》を四つん這《ば》いになって逃《に》げ下《くだ》る途中《とちゅう》で、手足《てあし》の自由《じゆう》を欠《か》いていた。そこを景虎勢《かげとらぜい》に追《お》いつかれて頭《あたま》の上《うえ》から攻《せ》め立《た》てられ、手向《てむ》かう術《すべ》もなくただ徒《いたずら》に討《う》たれるばかりだった。

長尾景虎《ながおかげとら》の地形《ちけい》を知《し》った見事《みごと》な采配《さいはい》で緒戦《ちょせん》に大勝利《だいしょうり》を収《おさ》めた。この後景虎《のちかげとら》は五年《ねん》をかけて越《えち》後国内《ごこくない》を平定《へいてい》し、兄晴景《あにはるかげ》から譲《ゆず》られて越後国守護代《えちごこくしゅごだい》になった。

長尾景虎《ながおかげとら》の威勢《いせい》は目覚《めざ》ましかった。『朝日《あさひ》が昇《のぼ》って月影《つきかげ》消《き》える』ように守護《しゅご》の上杉定実《うえすぎさだざね》の影《かげ》は薄《うす》れて顧《かえり》みられなくなった。

「越後国《えちごこく》に毘沙門天《びしゃもんてん》の生《う》まれ変《か》わりが現《あらわ》れて、一国《いっこく》を平定《へいてい》なさった」との噂《うわさ》が全国津々浦々《ぜんこくつづうらうら》に伝《つた》わった。

天文《てんぶん》十九年《ねん》（一五五〇年）、越後国守護上杉定実《えちごこくしゅごうえすぎさだざね》が没《ぼっ》した。定実《さだざね》には子《こ》がなく守護代《しゅごだい》の長尾景虎《ながおかげとら》が名実共《めいじつとも》に越後全域《えちごぜんいき》の実権《じっけん》を握《にぎ》った。時《とき》に景虎《かげとら》は未《ま》だ二十一歳《さい》。

天文《てんぶん》二十一年（一五五二年）一月、関東管領山内上杉憲政《かんとうかんれいやまのうちうえすぎのりまさ》は北条氏康《ほうじょううじやす》に攻《せ》められて、本領《ほんりょう》の上野国平井《こうずけこくひらい》（藤岡市）に籠《こも》った。憲政《のりまさ》は越後《えちご》に使者《ししゃ》を送《おく》って救援《きゅうえん》を求《もと》めた。憲政《のりまさ》は長尾為景《ながおためかげ》に討《う》たれた上杉顕定《うえすぎあきさだ》の甥《おい》で、その顕定《あきさだ》の養子《ようし》になって関東管領家《かんとうかんれいけ》の跡《あと》を継《つ》いでいた（次頁5行目に続く）。

相模北条家の台頭

話《はなし》はしばらく相模国《さがみこく》（神奈川県）の北条家《ほうじょうけ》に移《うつ》る（以後95頁10行目の続き）。

北条氏康《ほうじょううじやす》は北条早雲《ほうじょうそううん》の孫《まご》だ。早雲《そううん》は元《もと》、伊勢新九郎長氏《いせしんくろうながうじ》と名乗《なの》った。延徳《えんとく》三年（一四九一年）、伊豆《いず》の堀越公方家《ほりこしくぼうけ》の内乱《ないらん》に乗《じょう》じて伊豆《いず》に討《う》ち入《い》り、伊豆国《いずこく》を乗《の》っ取《と》った（95頁9行目参照）。続《つづ》いて関東管領上杉家《かんとうかんれいうえすぎけ》の扇谷家《おうぎがやつけ》と山内家《やまのうちけ》の対立《たいりつ》に付《つ》け込《こ》んで相模国《さがみこく》に侵入《しんにゅう》し、扇谷上杉家《おうぎがやつうえすぎけ》の宿老《しゅくろう》で未《ま》だ家《いえ》を継《つ》いだばかりの幼《おさな》い大森藤頼《おおもりふじより》を騙《だま》して小田原城《おだわらじょう》に入《はい》り、藤頼《ふじより》を追《お》い出《だ》して城《しろ》を乗《の》っ取《と》った。

以来《いらい》、伊勢長氏《いせながうじ》はこの小田原城《おだわらじょう》を根城《ねじろ》にして関八州《かんはっしゅう》に触手《しょくしゅ》を伸《の》ばした。長氏《ながうじ》はやがて母《はは》の実家《じっか》が鎌倉北条家《かまくらほうじょうけ》の末流《まつりゅう》であったことから、養子縁組《ようしえんぐみ》して北条《ほうじょう》を名乗《なの》り、後《のち》に入道《にゅうどう》して早雲《そううん》と号《ごう》した。北条氏康《ほうじょううじやす》はこの早雲《そううん》の孫《まご》だ。

謙信の関東出兵と上洛

話《はなし》は元《もと》に戻《もど》る（前頁5行目の続き）。

関東管領《かんとうかんれい》山内上杉憲政《やまのうちうえすぎのりまさ》は越後国《えちごこく》の長尾景虎《ながおかげとら》に使者《ししゃ》を送《おく》って「我《われ》、積年逆賊《せきねんぎゃくぞく》の北条氏康《ほうじょううじやす》を討《う》ち滅《ほろ》ぼさんと欲《ほっ》して屡合戦《しばしばかっせん》におよぶ。しかれども却《かえ》って敗北《はいぼく》してかくの如《ごと》くに相成《あいな》る。汝《なんじ》は速《すみ》やかに北条《ほうじょう》を退治《たいじ》し、関八州《かんはっしゅう》を平《たい》らげて我《われ》に忠勤《ちゅうきん》を尽《つ》くせ」と救援《きゅうえん》を求《もと》めた。憲政《のりまさ》の申《もう》し出《で》を受《う》けた景虎《かげとら》は生来《せいらい》不正《ふせい》を忌《い》み嫌《きら》い、性分《しょうぶん》が潔癖《けっぺき》だったので「謹《つつし》んで命《めい》を拝受致《はいじゅいた》す。然《しか》らば雪消《ゆきげ》を待《ま》って小田原表《おだわらおもて》に上《のぼ》り、北条《ほうじょう》を討《う》ち平《たい》らげて公《こう》の鬱憤《うっぷん》を晴《は》らすべし」と答《こた》えて関東出兵《かんとうしゅっぺい》を引《ひ》き受《う》けた。

長尾景虎《ながおかげとら》は関東出兵《かんとうしゅっぺい》が己《おのれ》の野心《やしん》を満《み》たすためであると皆《みな》に思《おも》われたくなかった。野心《やしん》のために家臣《かしん》を駆《か》り出《だ》せば離反者《りはんしゃ》が出《で》る。景虎《かげとら》は天下国家《てんかこっか》のための出兵《しゅっぺい》であると家臣《かしん》に示《しめ》すために「我思《われおも》うところあって入道《にゅうどう》する」と宣言《せんげん》して仏門《ぶつもん》に帰依《きえ》し、以後《いご》道号《どうごう》の謙信《けんしん》を名乗《なの》った。

この時《とき》謙信《けんしん》二十三歳《さい》。未《ま》だ妻帯《さいたい》すらしておらず子《こ》が無《な》かった。並《な》み居《い》る群臣《ぐんしん》は皆《みな》謙信《けんしん》に子《こ》ができるのを望《のぞ》んだが、謙信《けんしん》を恐《おそ》れて、敢《あ》えて諫《いさ》める者《もの》はなかった。

長尾謙信《ながおけんしん》は早速《さっそく》春日山《かすがやま》（上越市）の麓《ふもと》に堂《どう》を建立《こんりゅう》して毘沙門天《びしゃもんてん》を安置《あんち》し、朝《あさ》な夕《ゆう》なに「我《われ》、天下《てんか》の乱《らん》を平《たい》らげて一統《いっとう》に帰《き》せんと欲《ほっ》す。もしこの志《こころざし》遂《と》げること叶《かな》わねばただ死《し》を給《たま》え」と一心《いっしん》に祈《いの》った。これより以後《いご》、肉魚《にくさかな》を食《た》べず女色《じょしょく》などには眼《め》もくれぬ禁欲生活《きんよくせいかつ》に入《はい》った。そしてただ只管《ひたすら》に天下《てんか》の兵乱《へいらん》を鎮《しず》める事《こと》のみに心血《しんけつ》を注《そそ》いだ。

天文《てんぶん》二十一年（一五五二年）三月、峠《とうげ》の雪《ゆき》が消《き》えるのを待《ま》って、謙信《けんしん》は越後国《えちごこく》の諸将《しょしょう》を引《ひ》き連《つ》れ、上杉憲政《うえすぎのりまさ》に会《あ》いに上野国《こうずけこく》（群馬県）に出陣《しゅつじん》した。北城丹後守《きたしろたんごのかみ》は予《あらかじ》め謙信《けんしん》に命《めい》じられて上野国《こうずけこく》平井《ひらい》（藤岡市）に居《きょ》を移《うつ》し、上杉憲政《うえすぎのりまさ》に仕《つか》えて関東《かんとう》の様子《ようす》を具《つぶさ》に探《さぐ》っていた。謙信《けんしん》が平井《ひらい》に到着《とうちゃく》す

るや早速《さっそく》に馳《は》せ参《さん》じて
「当国《とうごく》に居《い》て関東《かんとう》の便《たよ》りを聞《き》きますと上野国箕輪城《こうずけこくみのわじょう》（高崎市箕輪町）の長野業正《ながのなりまさ》を始《はじ》め君《きみ》のために心《こころ》を傾《かたむ》けて忠義《ちゅうぎ》を尽《つ》くそうと思《おも》う者《もの》が大半《たいはん》で御座《ござ》る。その他《た》も管領上杉憲政《かんれいうえすぎのりまさ》の家来《けらい》の者共《ものども》は大《だい》小《しょう》となく君《きみ》を譜代《ふだい》の家来《けらい》のように、皆君《みなきみ》の来駕《らいが》を待《ま》ち受《う》けて御座《ござ》る」と報《ほう》じた。そしてまた
「武蔵国《むさしこく》（東京・埼玉と神奈川の一部）の太田資正《おおたすけまさ》は既《すで》に無二《むに》の志《こころざし》をもってその情《じょう》を通《つう》じて御座《ござ》る」
と告《つ》げた。謙信《けんしん》は北城《きたしろ》の話《はなし》を聞《き》いて
「左様《さよう》の話《はなし》が誠《まこと》なれば一箇年内《いっかねんない》に関八州《かんはっしゅう》を平定《へいてい》して北条氏康《ほうじょううじやす》を退治《たいじ》せんこと掌《たなごころ》の内《うち》にあり」と言《い》って喜《よろこ》んだ。謙信《けんしん》は上杉憲政《うえすぎのりまさ》の警護《けいご》の供廻《ともまわ》りを残《のこ》して一旦越後国《いったんえちごこく》に引上《ひきあ》げた。
上杉憲政《うえすぎのりまさ》は謙信《けんしん》が直《ただ》ちに助勢《じょせい》に出向《でむ》いたのを喜《よろこ》んで、幕府《ばくふ》に使者《ししゃ》を送《おく》り朝廷《ちょうてい》に景虎《かげとら》の叙位《じょい》を願《ねが》い出《で》た。まもなく謙信《けんしん》は朝廷《ちょうてい》から弾正 少弼従五位下《だんじょうしょうひつじゅごいげ》が送《おく》られた。
翌天文《よくてんぶん》二十二年（一五五三年）、北信濃国《きたしなのこく》（長野県）の戦国大名村上義清《せんごくだいみょうむらかみよしきよ》が、甲斐国《かいこく》（山梨県）の武《たけ》田晴信信玄入道《だはるのぶしんげんにゅうどう》（以後信玄）に攻《せ》め込《こ》まれて越後国《えちごこく》に逃《のが》れてきた。

それより先甲斐国守護武田信玄《さきかいこくしゅごたけだしんげん》は信濃経略《しなのけいりゃく》を志《こころざ》して、天文《てんぶん》十一年（一五四二年）、諏訪《すわ》の名族諏訪頼重《すわよりしげ》を滅《ほろ》ぼした。次《つ》いで信玄《しんげん》は天文《てんぶん》二十一年から二十二年にかけて、信濃国守護《しなのこくしゅご》の小笠原長時《おがさわらながとき》や北信濃《きたしなの》の村上義清《むらかみよしきよ》、それに信濃国《しなのこく》きっての豪族《ごうぞく》で鴨《かも》ガ岳城《だけじょう》（中野市）城主《じょうしゅ》の高梨政頼《たかなしまさより》を、相次《あいつ》いで信濃《しなの》から放逐《ほうちく》して信濃国《しなのこく》を乗《の》っ取《と》った。政頼《まさより》の妻《つま》は為景《ためかげ》の妹《いもうと》で謙信《けんしん》の叔母《おば》だ。

信濃国《しなのこく》の諸将《しょしょう》は越後《えちご》に逃《のが》れて謙信《けんしん》に援助《えんじょ》を求《もと》めた。謙信《けんしん》は諸将《しょしょう》に「諸公《しょこう》は人《ひと》の上《うえ》に立《た》つ御方《おかた》にて人《ひと》の下《した》に降《くだ》る御仁《ごじん》では御座《ござ》らぬ。しかるに身《み》を屈《くっ》して我《われ》に身《み》を託《たく》すは必《かなら》ずや我《われ》をお知《し》りだからで御座《ござ》ろう。『士《もののふ》は己《おのれ》を知《し》る者《もの》の為《ため》に死《し》す』（原典は史記　刺客列伝　豫譲）とか。諸公《しょこう》に出会《であ》って力《ちから》を出《だ》さぬ者《もの》は大丈夫《だいじょうぶ》に非《あら》ず」と答《こた》えて快《こころよ》く援助《えんじょ》を約《やく》した。そして「武田晴信《たけだはるのぶ》（信玄）の戦振《いくさぶ》りは如何《いか》に」と尋《たず》ねた。村上義清《むらかみよしきよ》は「晴信《はるのぶ》の武略《ぶりゃく》は慎重《しんちょう》で、軽率《けいそつ》な戦《いくさ》は致《いた》しませぬ。勝利《しょうり》の後《あと》はより一層用心深《いっそうようじんふか》く構《かま》えて、十里《じゅうり》（一里は約４㎞）攻《せ》めるところは三里《さんり》あるいは五里《ごり》だけ戦《たたか》うといった武道気質《ぶどうかたぎ》と見受《みう》け致《いた》す」と答《こた》えた。

謙信《けんしん》は家臣《かしん》らと眼《め》を合《あ》わせて笑《え》みを浮《う》かべ

「晴信《はるのぶ》の戦術《せんじゅつ》は最後《さいご》の勝利《しょうり》を意識《いしき》したもので、これは国《くに》を取《と》る秘術《ひじゅつ》と申《もう》すもの。なれども我等《われら》は国《くに》を取《と》ることは一向《いっこう》に構《かま》わぬ。ただ一気《いっき》の決戦勝負《けっせんしょうぶ》こそ肝要《かんよう》である。彼《か》の源《みなもと》九郎判官公《くろうはんがんこう》（義経）は知行《ちぎょう》は伊予《いよ》一国《いっこく》なれども弓矢《ゆみや》の名声《めいせい》は日《ひ》の本《もと》（日本の異称）を遍《あまね》く覆《おお》っておる。我《われ》も又《また》かくは在《あ》りたきもので御座《ござ》るよ」と言《い》って重臣《じゅうしん》らに向《む》かい武田信玄《たけだしんげん》と一戦《いっせん》する旨《むね》を陣触《じんふ》れした。

長尾謙信《ながおけんしん》は初《はじ》めての信濃出陣《しなのしゅつじん》であることを考《かんが》えて短期決戦《たんきけっせん》を旨《むね》とし、兵卒《へいそつ》八千以上《いじょう》は無用《むよう》と指示《しじ》した。そして信濃《しなの》に入国《にゅうこく》して川中島《かわなかじま》を越《こ》え、小県郡《ちいさがたぐん》の海野平《うみのたいら》（上田市）にまで繰《く》り出《だ》した。

甲斐《かい》の武田信玄《たけだしんげん》は、謙信出陣《けんしんしゅつじん》の報《しら》せを受《う》けて一万五千の軍勢《ぐんぜい》を揃《そろ》え、用心深《ようじんぶか》く構《かま》えて長期戦《ちょうきせん》に誘《さそ》った。謙信《けんしん》は信玄《しんげん》の並々《なみなみ》ならぬ陣立《じんだ》てを目《ま》の当《あ》たりにして、生死《せいし》の決戦《けっせん》は無理《むり》と悟《さと》り、再《さい》出馬《しゅつば》を期《き》して被害《ひがい》の出《で》ぬうちに引上《ひきあ》げた。信玄《しんげん》もまた陣《じん》を返《かえ》して帰国《きこく》した。

天文《てんぶん》二十二年（一五五三年）秋《あき》、長尾謙信《ながおけんしん》は初《はじ》めて上洛《じょうらく》して、叙位《じょい》の返礼《へんれい》のために朝廷《ちょうてい》に参内《さんだい》した。上洛《じょうらく》のためには北陸各国《ほくりくかくこく》を通過《つうか》しなければならない。そこで予《あらかじ》め、一向宗《いっこうしゅう》の加賀《かが》金沢堂《かなざわどう》や越《えち》前朝倉家《ぜんあさくらけ》それから能登《のと》の畠山家《はたけやまけ》に使者《ししゃ》を送《おく》って上洛《じょうらく》の道《みち》を借《か》りた。謙信《けんしん》はこの時初《ときはじ》めて戦《いくさ》から離《はな》れて平穏《へいおん》な旅《たび》を楽《たの》しんだ（以後239頁3行目に続く）。

当時の幕府の状況

ところで、この頃《ころ》の幕府《ばくふ》は…（第二章末の216頁5行目の続き）。この頃《ころ》細川家《ほそかわけ》が乱《みだ》れていて京都《きょう》では戦乱《せんらん》が続発《ぞくはつ》した。

天文《てんぶん》四年（一五三五年）の本願寺《ほんがんじ》証如《しょうにょ》と管領《かんれい》細川晴元《ほそかわはるもと》との和睦《わぼく》の後《のち》も、法華宗《ほっけしゅう》と比叡山《ひえいざん》山門《さんもん》との天文法華《てんぶんほっけ》の乱《らん》は続《つづ》いて京都《きょう》は火《ひ》の海《うみ》になった。将軍《しょうぐん》はその度《たび》六角定頼《ろっかくさだより》を頼《たよ》って近江《おうみ》に難《なん》を避《さ》けた。幕府《ばくふ》の権威《けんい》はそこまで失墜《しっつい》していた。

天文《てんぶん》十五年（一五四六年）、将軍義晴《しょうぐんよしはる》は嫡子《ちゃくし》の義藤《よしふじ》に将軍《しょうぐん》を譲《ゆず》って隠居《いんきょ》した。将軍《しょうぐん》の禅譲《ぜんじょう》も京都《きょう》の幕府御所《ばくふごしょ》では無《な》く、近江《おうみ》の坂本《さかもと》で行《おこな》われた。足利義藤《あしかがよしふじ》は将軍《しょうぐん》になって義輝《よしてる》（以後義輝）と改名《かいめい》した。

足利義晴《あしかがよしはる》が隠居《いんきょ》したのを知《し》って、細川高国《ほそかわたかくに》の甥《おい》の細川氏綱《ほそかわうじつな》が摂津《せっつ》河内《かわち》の故《こ》・高国《たかくに》の家臣《かしん》に担《かつ》がれて京都《きょうと》に攻《せ》め上《のぼ》って来《き》た。氏綱《うじつな》は享禄《きょうろく》四年の乱《らん》の際《さい》に（210頁2〜4行目参照）、細川高国一族《ほそかわたかくにいちぞく》でただ一人《ひとり》生《い》き残《のこ》った尼崎城主《あまがさきじょうしゅ》の細川尹賢《ほそかわただかた》の弟《おとうと》だ。

細川晴元《ほそかわはるもと》は三好長慶《みよしながよし》を阿波《あわ》から呼《よ》び寄《よ》せた。長慶《ながよし》にとって晴元《はるもと》は主君《しゅくん》であるが、親《おや》の仇《かたき》でもあるので晴元《はるもと》の命《めい》に従《したが》うのを渋《しぶ》った。だが弟《おとうと》の三好之虎《みよしゆきとら》に諫《いさ》められて反乱軍《はんらんぐん》の鎮圧《ちんあつ》に立《た》ちあがり、軍勢《ぐんぜい》を引連《ひきつ》れて和泉国堺《いずみこくさかい》に出陣《しゅつじん》した。

三好長慶《みよしながよし》の従兄弟《いとこ》の三好宗三入道《みよしそうさんにゅうどう》は細川晴元《ほそかわはるもと》に、長慶《ながよし》をこの際討《さいう》ち滅《ほろ》ぼすよう讒言《ざんげん》した。晴元《はるもと》は宗三《そうさん》の讒言《ざんげん》に乗《の》って舅《しゅうと》の六角定頼《ろっかくさだより》と連合《れんごう》し、中之島城《なかのしまじょう》（大阪市）に入《はい》って長慶討伐軍《ながよしとうばつぐん》を組織《そしき》した。

三好長慶《みよしながよし》は晴元《はるもと》の要請《ようせい》を受《う》けて出陣《しゅつじん》したのに出端《でばな》を挫《くじ》かれた。それで長慶《ながよし》は細川晴元《ほそかわはるもと》を見限《みかぎ》り摂津国越水城《せっつこくこしみずじょう》（西宮市）に入《はい》って、今度《こんど》は逆《ぎゃく》に細川氏綱《ほそかわうじつな》に味方《みかた》して晴元《はるもと》に敵対《てきたい》した。

三好長慶《みよしながよし》は大軍《たいぐん》を率《ひき》いて中之島城《なかのしまじょう》を襲《おそ》い、細川晴元《ほそかわはるもと》を追《お》い出《だ》して三宅城《みやけじょう》（茨木市）に押《お》し込《こ》めた。同時《どうじ》に三好宗三《みよしそうさん》を討《う》って淀川《よどがわ》の河口《かこう》に追《お》い詰《つ》め、宗三始《そうさんはじ》め一族郎党《いちぞくろうとう》八百八十余人《よにん》を討《う》ち取《と》った。

天文《てんぶん》十九年（一五五〇年）、隠居《いんきょ》していた前将軍義晴《ぜんしょうぐんよしはる》が病没《びょうぼつ》した。三好長慶《みよしながよし》は入京《にゅうきょう》して細川晴元《ほそかわはるもと》一党《いっとう》を京都《きょう》から追《お》い出《だ》した。

天文《てんぶん》二十一年（一五五二年）、細川晴元《ほそかわはるもと》は六角定頼《ろっかくさだより》の子《こ》の義賢《よしかた》を使者《ししゃ》に仕立《した》てて、長慶《ながよし》に、「将軍《しょうぐん》は貴公《きこう》に京都《きょう》を譲《ゆず》って畿外《きがい》にあること早数年《はやすうねん》。貴公《きこう》の武《ぶ》は天下《てんか》に並《なら》ぶ者《もの》なし。なれども速《すみ》やかに将軍《しょうぐん》と講和《こうわ》しなければ天下《てんか》の諸公《しょこう》は貴公《きこう》を逆臣呼《ぎゃくしんよ》ばわりするやも知《し》れず」と遜《へりくだ》りながら脅《おど》して講和《こうわ》を促《うなが》した。長慶《ながよし》は
「臣《しん》はただ、右京太夫《うきょうだゆう》（細川宗家の当主の官名）を恨《うら》むのみで、将軍《しょうぐん》を犯《おか》す者《もの》では御座《ござ》らぬ。晴元《はるもと》が頭《あたま》を丸《まる》めて、晴元《はるもと》の子《こ》の信良《のぶなが》が成長《せいちょう》するまで細川高国《ほそかわたかくに》の甥《おい》の氏綱《うじつな》に管領《かんれい》を譲《ゆず》って下《くだ》されば、臣《しん》は謹《つつし》んで兵《へい》を引《ひ》く存念《ぞんねん》」と提案《ていあん》した。晴元《はるもと》は三好長慶《みよしながよし》の言《げん》を入《い》れて講和《こうわ》が成立《せいりつ》した。細川晴元《ほそかわはるもと》は剃髪《ていはつ》して丹波《たんば》に隠居《いんきょ》した。将軍義輝《しょうぐんよしてる》は京都《きょう》に戻《もど》った。

三好長慶《みよしながよし》は参内《さんだい》して諸公《しょこう》に列《れっ》することが許《ゆる》された。三好家《みよしけ》の家宰《かさい》の松永久秀《まつながひさひで》も弾正少弼《だんじょうしょうひつ》に取《と》

り立《た》てられて幕府《ばくふ》の実権《じっけん》は三好長慶《みよしながよし》に移《うつ》った（以後272頁5行目に続く）。

越後長尾・甲斐武田・相模北条の三家鼎立

話《はなし》は元《もと》に戻《もど》る（236頁1行目の続き）。この様《よう》な時《とき》に謙信《けんしん》は上洛《じょうらく》して参内《さんだい》した。長尾謙信《ながおけんしん》が朝廷《ちょうてい》に参《さん》内《だい》すると「住国並《じゅうこくなら》びに隣国《りんごく》の逆賊《ぎゃくぞく》を討《う》つべし」との後奈良天皇《ごならてんのう》の綸旨《りんじ》（勅旨）が下《くだ》った。謙信《けんしん》は拝受《はいじゅ》して上洛《じょうらく》の目的《もくてき》を果《は》たした。参内《さんだい》を済《す》ませた後《のち》に京都大徳寺《きょうとだいとくじ》に参禅《さんぜん》し、高野山《こうやさん》にも足《あし》を延《の》ばして帰《き》途《と》についた。帰国《きこく》すると越後国《えちごごく》では、上田《うえだ》（六日町）の長尾政景《ながおまさかげ》が反乱《はんらん》を企《くわだ》てているという噂《うわさ》が流《なが》れていて騒《さわ》いでいた。謙信《けんしん》は越後国内《えちごこくない》を固《かた》め直《なお》す事《こと》の重要性《じゅうようせい》に気付《きづ》いて、政景《まさかげ》に実姉《じっし》を娶《めあわ》せ両家《りょうけ》の融和《ゆうわ》に努《つと》めた。そして謙信《けんしん》はやがて生《う》まれた喜平次顕景《きへいじあきかげ》を養子《ようし》にして、春日山《かすがやま》に迎《むか》え入《い》れ家督《かとく》に据《す》えた。顕景《あきかげ》は後《のち》に景勝《かげかつ》（以後、景勝）と改名《かいめい》した。

村上義清《むらかみよしきよ》らの信濃国《しなのこく》の諸将《しょしょう》は

「国内《こくない》が平穏《へいおん》に治《おさ》まり誠《まこと》に祝着《しゅうちゃく》至極《しごく》。かくなる上《うえ》は我《われ》らが願《ねが》いもお忘《わす》れなく聞《き》き届《とど》けて下《くだ》され」と言上《ごんじょう》して信濃《しなの》への出兵《しゅっぺい》を望《のぞ》んだ。

天文《てんぶん》二十三年（一五五四年）、村上義清《むらかみよしきよ》らの懇請《こんせい》を受《う》けた謙信《けんしん》は、今度《こんど》こそ信濃《しなの》から武田勢《たけだぜい》を追《お》い出《だ》そうと、軍勢《ぐんぜい》一万二千余《よ》を従《したが》えて信濃国善光寺平《しなのこくぜんこうじだいら》（長野市）に出兵《しゅっぺい》した。

武田信玄《たけだしんげん》も『謙信出兵《けんしんしゅっぺい》』の知《し》らせを物見《ものみ》から受《う》けて、即座《そくざ》に大軍《たいぐん》を催《もよお》して川中島《かわなかじま》（長野市）に出張《でば》った。川中島《かわなかじま》で両軍《りょうぐん》が対峙《たいじ》した。

長尾謙信《ながおけんしん》は速戦即決《そくせんそっけつ》を望《のぞ》んだが、例《れい》によって信玄《しんげん》は固《かた》く守《まも》って持久戦《じきゅうせん》に出《で》た。村上義清《むらかみよしきよ》は

「晴信《はるのぶ》（武田信玄）の陣形《じんけい》を見《み》るに、公《こう》を恐《おそ》れて敢《あ》えて戦《たたか》う心無《こころな》しかと見受《みう》け致《いた》す。願《ねが》わくば某《それがし》に先駆《さきが》けのお許《ゆる》しを頂《いただ》いて敵陣《てきじん》に駆《か》け入《い》り、晴信《はるのぶ》と一騎《いっき》打《う》ちの勝負《しょうぶ》を決《けっ》して、日頃《ひごろ》の鬱憤《うっぷん》を晴《は》らしたく御座《ござ》る」と謙信《けんしん》に申《もう》し出《で》た。脇《わき》に付添《つきそ》っていた宇佐美定行《うさみさだゆき》は

「昨年来《さくねんらい》の晴信《はるのぶ》（武田信玄）の軍勢《ぐんぜい》はとても尋常《じんじょう》では御座《ござ》いませぬ。義清《よしきよ》などの智慮《ちりょ》では到底敵《とうていかな》いませぬ」と、義清《よしきよ》の言《げん》には従《したが》わぬよう諫言《かんげん》した。

長尾謙信《ながおけんしん》は短期決戦《たんきけっせん》を望《のぞ》んで備《そな》えを万全《ばんぜん》に整《ととの》えた上《うえ》で、精鋭《せいえい》を選《よ》り選《すぐ》り『車懸《くるまかか》りの構《かま》え』（車の輪状に構えて敵に背後を突かせぬ戦法）で武田陣《たけだじん》に攻撃《こうげき》を仕掛《しか》けた。武田信玄《たけだしんげん》は『鶴翼《かくよく》の構《かま》え』（両翼を広げて敵を囲み込む戦法）で越後勢《えちごぜい》を押《お》し包《つつ》んだ。両軍《りょうぐん》は少《すく》なからず兵力《へいりょく》を損《そん》じて勝負《しょうぶ》が付《つ》かなかった。かくして対陣《たいじん》百余日《ひゃくよにち》に及《およ》び、共《とも》に戦果《せんか》が得《え》られず駿河国《するがこく》（静岡県中部）の今川義元《いまがわよしもと》に調停《ちょうてい》を頼《たの》んで共《とも》に陣《じん》を帰《かえ》した。

天文《てんぶん》二十三年（一五五四年）末《まつ》、武田信玄《たけだしんげん》は越後勢《えちごぜい》に備《そな》えて相模国《さがみこく》（神奈川県）の北条氏康《ほうじょううじやす》と駿河国《するがこく》の今川義元《いまがわよしもと》との三者間《さんしゃかん》で、それぞれ娘《むすめ》を嫁《よめ》に出《だ》し合《あ》い姻戚関係《いんせきかんけい》を結《むす》んで、三国同盟《さんごくどうめい》を成立《せいりつ》させた。

一方《いっぽう》の越後国《えちごこく》では、幕府《ばくふ》の使者《ししゃ》として一色淡路守《いっしきあわじのかみ》と杉原兵庫頭《すぎはらひょうごのかみ》の両名《りょうめい》が下向《げこう》して来《き》た。謙信《けんしん》は丁重《ていちょう》に迎《むか》え入《い》れると両名《りょうめい》は

「相州《そうしゅう》（相模国）小田原《おだわら》の氏康《うじやす》（北条）は、近年《きんねん》恣《ほしいまま》に武威《ぶい》を振《ふ》るって鎌倉北条《かまくらほうじょう》の氏《うじ》を盗《ぬす》み号《ごう》す。加《くわ》えて関東管領上杉憲政《かんとうかんれいうえすぎのりまさ》を侵伐《しんばつ》す。憲政《のりまさ》は国《くに》を失《うしな》い浪落《ろうらく》の身《み》となるは不憫《ふびん》。上《かみ》を蔑《ないがしろ》にして私《わたくし》を

専《もっぱ》らにするは無道《むどう》の極《きわみ》。天《てん》はこれを許《ゆる》さざるところなり。しかれども今《いま》、これを追討《ついとう》できるは謙《けん》信《しん》にあらずんば誰《たれ》かよくこれを成《な》すことを得《え》ん」と将軍義輝《しょうぐんよしてる》の口上《こうじょう》を伝《つた》えて、強《つよ》く謙信《けんしん》に北条《ほうじょう》征伐《せいばつ》を求《もと》めた。謙信《けんしん》は謹《つつし》んで将軍《しょうぐん》の命《めい》を拝受《はいじゅ》し

「今《いま》、忝《かたじけな》くも将軍家《しょうぐんけ》の命《めい》を戴《いただ》く。幸《さいわ》いにも関八州《かんはっしゅう》の諸将《しょしょう》は、大小《だいしょう》となく過半《かはん》は某《それがし》に従《したが》って御座《ござ》る。必《かなら》ずや一《いち》、二年《にねん》の内《うち》には北条氏康《ほうじょううじやす》を退治致《たいじいた》す所存《しょぞん》。関東平定《かんとうへいてい》の暁《あかつき》には上洛《じょうらく》して必《かなら》ず公方《くぼう》を拝《はい》し奉《たてまつ》る」と両使《りょうし》に応《こた》えて将軍家《しょうぐんけ》の申《もう》し出《で》を引《ひ》き受《う》けた。両使《りょうし》は二《に》、三日逗留《さんにちとうりゅう》して帰京《ききょう》した。謙《けん》信《しん》は将軍家《しょうぐんけ》への進物《しんもつ》を贈《おく》る越後《えちご》の供《とも》を両使《りょうし》に添《そ》えて、京《きょう》都まで送《おく》り届《とど》けた。

弘治《こうじ》三年（一五五七年）、武田信玄《たけだしんげん》は信濃国《しなのこく》から上野国《こうずけこく》を望《のぞ》んだ。上野国《こうずけこく》の長野業正《ながのなりまさ》は武田勢《たけだぜい》との対立《たいりつ》が避《さ》けられないと見《み》て取《と》り、上野国《こうずけこく》と武蔵国《むさしこく》の軍兵《ぐんぺい》二万を率《ひき》いて挙兵《きょへい》した。

武田信玄《たけだしんげん》は上野国《こうずけこく》に出兵《しゅっぺい》して長野業正《ながのなりまさ》の居城《きょじょう》の箕輪城《みのわじょう》（高崎市）を囲《かこ》んだ。

上野国平井《こうずけこくひらい》（藤岡市）の関東管領山内上杉憲政《かんとうかんれいやまのうちうえすぎのりまさ》は越後《えちご》の春日山《かすがやま》に使者《ししゃ》を送《おく》って救援《きゅうえん》を求《もと》めた。

謙信《けんしん》は家臣《かしん》を集《あつ》めて

「甲斐《かい》の晴信《はるのぶ》（武田信玄）が上州《じょうしゅう》（上野国の通称）に出兵《しゅっぺい》して、我《わ》が味方《みかた》の長野《ながの》の居城《きょじょう》を囲《かこ》んだ由《よし》。如何《いかに》すべきや」と評定《ひょうじょう》した。宇佐美定行《うさみさだゆき》は

「今《いま》、兵《へい》を挙《あ》げて箕輪《みのわ》の救援《きゅうえん》に向《む》かうは下《げ》の策《さく》。信州《しんしゅう》（信濃国）を突《つ》くに限《かぎ》りまする。然《さ》すれば晴《はる》信《のぶ》（武田信玄）は必《かなら》ず慌《あわ》てて信州《しんしゅう》に引《ひ》き返《かえ》すは必定《ひつじょう》。労《ろう》せずして箕輪《みのわ》は救《すく》えまする。孫子《そんし》の兵法《へいほう》に『邯鄲《かんたん》を救《すく》わんとして大梁《だいりょう》を突《つ》く』（原典は史記 孫子呉起列伝）とあるのは当《まさ》にこのことで御座《ござ》る。この孫子《そんし》の話《はなし》をお聞《き》かせ申《もう》そうか。その昔《むかし》、合従連衡《がっしょうれんこう》の盛《さか》んな中国《ちゅうごく》の戦国時代《せんごくじだい》。趙《ちょう》の首都邯鄲《しゅとかんたん》が魏《ぎ》の大軍《たいぐん》に囲《かこ》まれた。危機《きき》に陥《おちい》った趙王《ちょうおう》は同盟国《どうめいこく》の斉《せい》に救援《きゅうえん》を求《もと》めたので御座《ござ》る。斉《せい》は趙《ちょう》の要請《ようせい》を受《う》けて救援軍《きゅうえんぐん》を派遣《はけん》したが、この時《とき》の軍師《ぐんし》こそ彼《か》の有名《ゆうめい》な孫子《そんし》（孫武と孫臏の二人の孫子の内の孫臏）で御座《ござ》る。孫子《そんし》は救援軍《きゅうえんぐん》の大将《たいしょう》に忠告《ちゅうこく》して『我《わ》が軍《ぐん》が邯鄲《かんたん》に向《む》かえば必《かなら》ず魏《ぎ》の大軍《たいぐん》と衝突《しょうとつ》して、我《わ》が軍《ぐん》も無事《ぶじ》では済《す》みませぬが、その責任《せきにん》は全《すべ》て将軍《しょうぐん》が負《お》わねばなりませぬぞ。なれどこれから魏《ぎ》の都《みやこ》の大梁《だいりょう》に向《む》かうと見《み》せかければ邯鄲《かんたん》を囲《かこ》んだ魏軍《ぎぐん》は、自国《じこく》の都《みやこ》が攻《せ》められるのを見《み》て必《かなら》ずや慌《あわ》てて軍《ぐん》を返《かえ》すことで御座《ござ》ろう。何《なん》で見過《みす》ごしに出来《でき》ましょうや。然《さ》すれば我《わ》が軍《ぐん》は一兵《いっぺい》も損《そこ》

なわずに邯鄲《かんたん》を救《すく》うことが出来《でき》ると言《い》うもの』」と策《さく》を勧《すす》めた由《よし》。如何《いかが》、孫子《そんし》を見習《みなら》っては」と進《しん》言《げん》した。長尾謙信《ながおけんしん》は納得《なっとく》して宇佐美定行《うさみさだゆき》の策《さく》を入《い》れ、早速信州《さっそくしんしゅう》の川中島《かわなかじま》に兵《へい》を繰《く》り出《だ》した。

武田信玄《たけだしんげん》は、越後勢《えちごぜい》が信濃《しなの》へ出兵《しゅっぺい》の報《しら》せを受《う》けて、直《ただ》ちに箕輪《みのわ》を陣払《じんばら》いして全軍《ぜんぐん》挙《あ》げて川中島《かわなかじま》に返《かえ》した。長尾謙信《ながおけんしん》は長野業正《ながのなりまさ》の救出《きゅうしゅつ》が目的《もくてき》だ。信玄《しんげん》が上野国《こうずけこく》から軍《ぐん》を引《ひ》けばそれでよかった。それで、しばらく睨《にら》みあっただけで被害《ひがい》の出《で》ぬうちに引《ひ》き上《あ》げた。

永禄元年《えいろくがんねん》（一五五八年）、上野国平井城《こうずけこくひらいじょう》（藤岡市）に籠《こも》った関東管領上杉憲政《かんとうかんれいうえすぎのりまさ》は、北条氏康《ほうじょううじやす》に攻《せ》められて、防《ふせ》ぎきれずに越後《えちご》に逃《のが》れてきた。そして謙信《けんしん》に対面《たいめん》して「我《われ》、積年逆徒北条氏康《せきねんぎゃくとほうじょううじやす》を討《う》ち滅《ほろ》ぼさんと欲《ほっ》して屡合戦《しばしばかっせん》に及《およ》ぶが、却《かえ》って利《り》を失《うしな》い敗走《はいそう》してかく相成《あいな》る。我《われ》は今《いま》我《わ》が氏《うじ》と関東管領《かんとうかんれい》を貴公《きこう》に譲《ゆず》って隠居致《いんきょいた》す。速《すみ》やかに北条《ほうじょう》を退治《たいじ》して関八州《かんはっしゅう》を平《たい》らげ関東管領《かんとうかんれい》を継《つ》ぐべし」と言《い》って、上杉家重代《うえすぎけじゅうだい》の太刀《たち》『天国』並《なら》びに上杉家代々《うえすぎけだいだい》の系図《けいず》を謙信《けんしん》に譲《ゆず》った。

翌永禄《よくえいろく》二年（一五五九年）、長尾謙信《ながおけんしん》は再《ふたた》び上洛《じょうらく》して今度《こんど》は幕府《ばくふ》に出仕《しゅっし》した。そして将軍家《しょうぐんけ》に吉《よし》光《みつ》の太刀《たち》一振《ひとふ》り馬一匹《うまいっぴき》黄金《おうごん》三十枚《まい》その他《た》の進物《しんもつ》を贈《おく》った。

幕府《ばくふ》はこの頃《ころ》、将軍義晴《しょうぐんよしはる》が病没《びょうぼつ》して義輝《よしてる》の世《よ》だ。幕府《ばくふ》の実権《じっけん》は細川晴元《ほそかわはるもと》の家臣《かしん》の三好長慶《みよしながよし》が握《にぎ》って、将軍義輝《しょうぐんよしてる》を脅《おど》したりすかしたりして利用《りよう》した。義輝《よしてる》は度々《たびたび》近江《おうみ》へ逃避《とうひ》した。

このような時《とき》に、長尾謙信《ながおけんしん》はわざわざ律儀《りちぎ》に上洛出仕《じょうらくしゅっし》して将軍義輝《しょうぐんよしてる》に面会《めんかい》し、上杉憲政《うえすぎのりまさ》から譲《ゆず》られた上杉《うえすぎ》の家系《かけい》を引《ひ》き継《つ》ぎ関東管領《かんとうかんれい》になることの了解《りょうかい》を求《もと》めた。将軍義輝《しょうぐんよしてる》は「この度《たび》、北条氏康退治《ほうじょううじやすたいじ》のために粉骨《ふんこつ》を尽《つ》くす所《ところ》に、未《いま》だその休息《きゅうそく》の間《ま》もなく早々《そうそう》に上洛在《じょうらくあ》ること感悦《かんえつ》に耐《た》えず。今《いま》より以後《いご》は関東管領《かんとうかんれい》たるべし」と言《い》って謙信《けんしん》の願《ねが》いを聞《き》き届《とど》けて、謙信《けんしん》に将軍《しょうぐん》と管領《かんれい》にしか許《ゆる》されていない漆塗《うるしぬ》りの網代《あじろ》の輿《こし》を使《つか》うことを許《ゆる》した。

長尾謙信《ながおけんしん》は幕府《ばくふ》への出仕《しゅっし》を済《す》ませて同年秋《どうねんあき》、現職《げんしょく》にある関白近衛前嗣《かんぱくこのえさきつぐ》に強《し》いて同行《どうこう》を願《ねが》い、供奉《ぐぶ》して越後《えちご》に帰国《きこく》した。謙信《けんしん》はこの時《とき》、上洛《じょうらく》の道《みち》を借《か》りるために加賀金沢堂《かがかなざわどう》と交渉《こうしょう》して、越《えっ》中国《ちゅうこく》の新川郡《にいかわぐん》で一向宗《いっこうしゅう》の布教《ふきょう》を黙認《もくにん》した。越中国新川郡《えっちゅうこくにいかわぐん》はかって大永元年《たいえいがんねん》（一五二一年）の協定《きょうてい》以来《いらい》（192頁11行目～193頁1行目参照）、越後国長尾家《えちごこくながおけ》の領国《りょうごく》だ。新川郡《にいかわぐん》は為景《ためかげ》によって一向宗《いっこうしゅう》が禁制《きんせい》になっていた。以後《いご》、再《ふたた》び越中国《えっちゅうこく》で一向宗《いっこうしゅう》が盛《さか》んになった。

三．関東管領就任

神保長職信玄を頼み謙信に反抗

永禄《えいろく》の初《はじ》め、長尾謙信《ながおけんしん》は上洛《じょうらく》の道《みち》を借《か》りるために、越中国新川郡領内《えっちゅうこくにいかわぐんりょうない》で一向宗《いっこうしゅう》の普及《ふきゅう》を黙認《もくにん》すると金沢堂《かなざわどう》に約束《やくそく》した。

新川郡《にいかわぐん》の椎名康胤《しいなやすたね》は謙信《けんしん》の指示《しじ》に従《したが》い、一向宗《いっこうしゅう》の普及《ふきゅう》を坊主《ぼうず》に許《ゆる》した。ために一向宗《いっこうしゅう》は越中《えっちゅう》国内《こくない》で第二《だいに》の興隆期《こうりゅうき》を迎《むか》えた。次第《しだい》に隣接《りんせつ》する越後国《えちごこく》にも一向宗《いっこうしゅう》が浸透《しんとう》した。

長尾謙信《ながおけんしん》は生来潔癖《せいらいけっぺき》な性分《しょうぶん》だ。天下《てんか》の乱《みだ》れを正《ただ》すために自《みずか》らも入道《にゅうどう》して女色《じょしょく》を絶《た》っていた。禁《きん》欲《よく》して初《はじ》めて神仏《しんぶつ》の加護《かご》が得《え》られるものであるのに、一向宗坊主《いっこうしゅうぼうず》は法主《ほっす》を始《はじ》め残《のこ》らず妻帯《さいたい》していた。欲《よく》にまかせた不潔《ふけつ》な生活《せいかつ》をして坊主《ぼうず》が務《つと》まる筈《はず》がない。謙信《けんしん》には一向宗《いっこうしゅう》が殊《こと》の他《ほか》に邪宗《じゃしゅう》邪教《じゃきょう》に思《おも》えた。一向宗《いっこうしゅう》は謙信《けんしん》の肌《はだ》に合《あ》わなかった。

長尾謙信《ながおけんしん》は越後国内《えちごこくない》がまたも一向宗《いっこうしゅう》に汚染《おせん》され一揆《いっき》が頻発《ひんぱつ》するのを恐《おそ》れて、再度《さいど》越中国領内《えっちゅうこくりょうない》での一向宗《いっこうしゅう》を禁《きん》じた。

越中国《えっちゅうこく》の神保長職《じんぼながもと》と椎名康胤《しいなやすたね》は一向宗徒《いっこうしゅうと》を敵《てき》に回《まわ》すのを恐《おそ》れて、謙信《けんしん》の変節《へんせつ》には従《したが》わなかった。謙信《けんしん》は強《し》いて康胤《やすたね》を説《と》き伏《ふ》せた。

椎名康胤《しいなやすたね》は新川郡《にいかわぐん》の一向宗坊主《いっこうしゅうぼうず》に因果《いんが》を言《い》い含《ふく》めて改宗《かいしゅう》させた。拒《こば》む坊主《ぼうず》は武力《ぶりょく》をもって追《お》い出《だ》した。

神保長職《じんぼながもと》は謙信《けんしん》の意向《いこう》に逆《さか》らった。好機到来《こうきとうらい》とばかりに一向宗坊主《いっこうしゅうぼうず》を焚《た》き付《つ》けて、門徒《もんと》を味《み》方《かた》に付《つ》け新川郡《にいかわぐん》の攻略《こうりゃく》に取《と》りかかった。長職《ながもと》は元々《もともと》、越後国《えちごこく》の長尾家臣《ながおかしん》ではなく、ただ謙信《けんしん》の威勢《いせい》に圧《お》されて新川郡《にいかわぐん》の椎名《しいな》と和睦《わぼく》しただけだ。長職《ながもと》には越中国統一《えっちゅうこくとういつ》という生涯《しょうがい》を掛《か》けた夢《ゆめ》があった。

丁度《ちょうど》この頃《ころ》の永禄《えいろく》二年（一五五九年）、甲斐《かい》の武田信玄《たけだしんげん》が幕府《ばくふ》から信濃国守護《しなのこくしゅご》を允許《いんきょ》された。信《しん》玄《げん》は新《あたら》しく攻《せ》め取《と》った信濃《しなの》が越後勢《えちごぜい》に侵《おか》されるのを恐《おそ》れて、信越国境《しんえつこっきょう》の要害《ようがい》の地《ち》の海津《かいづ》（松代町）に城《しろ》を築《きず》く一方《いっぽう》で、『遠交近攻《えんこうきんこう》の策《さく》』（遠国と親交し、協力して近国の敵を挟み撃ちする・原典は戦国策　昭襄王下）を取《と》って越中《えっちゅう》の神保《じんぼ》を味方《みかた》にしようと企《たくら》んだ。そこで越中国《えっちゅうこく》が不穏《ふおん》になったのを幸《さいわ》いに、信玄《しんげん》は神保長職《じんぼながもと》に密使《みっし》を送《おく》って、越中全域《えっちゅうぜんいき》を領有《りょうゆう》するよう唆《そそのか》して助勢《じょせい》を申《もう》し出《で》た。敵《てき》の敵《てき》を味《み》方《かた》に付《つ》ける作戦《さくせん》だ。

神保長職《じんぼながもと》は椎名《しいな》と事《こと》を構《かま》えるに当《あ》たり、一向宗《いっこうしゅう》の他《ほか》にも頼《たよ》りになる心強《こころづよ》い味方《みかた》が出来《でき》た。長職《ながもと》の重臣《じゅうしん》、池田《いけだ》（立山町）の寺島職定《てらしまもとさだ》は、飛騨《ひだ》からの情報《じょうほう》を入手《にゅうしゅ》して、やがて天下制覇《てんかせいは》するのは武田《たけだ》信玄《しんげん》を置《お》いて他《た》に無《な》いと信《しん》じた。それで

「信玄《しんげん》と意《い》を結《むす》ぶは御家百年《おいえひゃくねん》の計《けい》に叶《かな》うもの。まして越中制覇《えっちゅうせいは》は殿《との》の生来《せいらい》の願望《がんぼう》では御座《ござ》らぬか」と長職《ながもと》に説《と》いた。

一方《いっぽう》この頃《ころ》、長尾謙信《ながおけんしん》は関東管領上杉憲政《かんとうかんれいうえすぎのりまさ》の要請《ようせい》を受《う》けて関東《かんとう》に出兵《しゅっぺい》しようとしていた。そこで留守中《るすちゅう》の越後領内《えちごりょうない》の安全《あんぜん》を考《かんが》え、不穏《ふおん》な越中《えっちゅう》に出馬《しゅつば》して、意《い》に逆《さか》らう神保《じんぼ》を討伐《とうばつ》しようと思《おも》

い立《た》った。思《おも》い立《た》ったら直《す》ぐにやらねば気《き》が済《す》まないのが謙信《けんしん》だ。何時《いつ》も神出鬼没《しんしゅつきぼつ》だ。

永禄《えいろく》三年（一五六〇年）春《はる》、長尾謙信《ながおけんしん》は雪消《ゆきげ》が未《ま》だ済《す》まぬ内《うち》に越中《えっちゅう》に攻め入《せい》った。新川郡《にいかわぐん》の椎名《しいな》康胤《やすたね》は先陣《せんじん》を買《か》って出《で》て全軍《ぜんぐん》を挙《あ》げて神保《じんぼ》を攻撃《こうげき》した。

神保長職《じんぼながもと》は、まだ山際《やまぎわ》の雪《ゆき》が消《き》え残《のこ》るこの時季《じき》に越後勢《えちごぜい》が押《お》し寄《よ》せるとは思《おも》ってもいなかった。不意《ふい》を衝《つ》かれて長職《ながもと》は一戦《いっせん》も交《まじ》えずに富山城《とやまじょう》を抜《ぬ》け出《だ》して、増山城《ますやまじょう》（砺波市）に逃《に》げ込《こ》んだ。

長尾謙信《ながおけんしん》は井波《いなみ》（南砺市井波町）の瑞泉寺《ずいせんじ》や安養寺《あんようじ》（小矢部市）の勝興寺《しょうこうじ》に使者《ししゃ》を送《おく》って「新川郡《にいかわぐん》以外《いがい》の一向宗徒《いっこうしゅうと》には危害《きがい》を加《くわ》える者《もの》にあらず」とねんごろに伝《つた》えた。瑞泉寺《ずいせんじ》や勝興寺《しょうこうじ》は不意《ふい》を突《つ》かれて神保《じんぼ》を助《たす》けることが出来《でき》なかった。

越後勢《えちごぜい》は津波《つなみ》が押《お》し寄《よ》せる勢《いき》いで増山城《ますやまじょう》に迫《せま》った。神保長職《じんぼながもと》はここでも一支《ひとささ》えも出来《でき》ずに五《ご》箇山《かやま》に逃《に》げ込《こ》んだ。謙信《けんしん》は五箇山口《ごかやまぐち》の鉢伏山隠尾《はちぶせやまかくれお》（砺波市庄川町）に柵《さく》を設《もう》けて五箇山口《ごかやまぐち》を封鎖《ふうさ》した。謙信《けんしん》の関東出兵《かんとうしゅっぺい》の準備《じゅんび》は整《ととの》った。

謙信鎌倉鶴岡八幡宮で関東管領就任

この年《とし》永禄《えいろく》三年（一五六〇年）、今川義元《いまがわよしもと》が桶狭間《おけはざま》（名古屋市緑区～豊明市）の合戦《かっせん》で織田信長《おだのぶなが》に討《う》たれて陣没《じんぼつ》した。徳川家康《とくがわいえやす》（当時の名は松平元康）は今川家《いまがわけ》に臣従《しんじゅう》する三河国豪族《みかわこくごうぞく》の出自《しゅつじ》で天文《てんぶん》十一年（一五四二年）に岡崎城《おかざきじょう》で誕生《たんじょう》し、人質《ひとじち》として今川義元《いまがわよしもと》の下《もと》で過《す》ごした。このとき家康《いえやす》は今川軍《いまがわぐん》の上洛遠征《じょうらくえんせい》に従軍《じゅうぐん》したが、桶狭間《おけはざま》の敗戦《はいせん》の混乱《こんらん》に乗《じょう》じて岡崎《おかざき》に戻《もど》り、名《な》を徳川家康《とくがわいえやす》に改《あらた》めて今川《いまがわ》家《け》から独立《どくりつ》し、松平家《まつだいらけ》の旧領《きゅうりょう》の西三河国《にしみかわこく》の領主《りょうしゅ》についた。当時《とうじ》の三河国《みかわこく》は守護《しゅご》の細川成之《ほそかわしげゆき》が没《ぼっ》して以降《いこう》、隣国《りんごく》の今川《いまがわ》・織田《おだ》や諸豪族《しょごうぞく》の草刈《くさか》り場《ば》だった。今川義元《いまがわよしもと》の跡《あと》は氏真《うじざね》が継《つ》いだ（今川のその後は275頁6行目以降参照）。

同年《どうねん》、今川家《いまがわけ》と同盟《どうめい》を結《むす》ぶ北条氏康《ほうじょううじやす》は、関東《かんとう》から越後勢《えちごぜい》を追《お》い出《だ》すべく関東平定《かんとうへいてい》を画策《かくさく》した。関東管領《かんとうかんれい》を自認《じにん》する長尾謙信《ながおけんしん》は軍兵《ぐんぺい》八千を従《したが》えて上州境《じょうしゅうさかい》の三国峠《みくにとうげ》を越《こ》え、上杉憲政《うえすぎのりまさ》の隠棲《いんせい》する厩橋城《うまやばしじょう》（前橋市）に入《はい》った。

越年《えつねん》して翌永禄《よくえいろく》四年（一五六一年）、関東管領上杉憲政《かんとうかんれいうえすぎのりまさ》の名前《なまえ》を用《もち》いて、長尾謙信《ながおけんしん》は関東《かんとう》の諸大《しょだい》名《みょう》に北条氏康討伐令《ほうじょううじやすとうばつれい》を出《だ》した。

同年《どうねん》三月、長尾謙信《ながおけんしん》は関東諸大名《かんとうしょだいみょう》の軍勢《ぐんぜい》を加《くわ》えて総勢《そうぜい》十一万の軍兵《ぐんぺい》を従《したが》え、北条氏康《ほうじょううじやす》の小田原城《おだわらじょう》を囲《かこ》んだ。氏康《うじやす》は取《と》り合《あ》わずに固《かた》く籠城《ろうじょう》した。

長尾謙信《ながおけんしん》は長陣《ながじん》は不利《ふり》と悟《さと》って囲《かこ》みを解《と》き、鎌倉《かまくら》に入《はい》って上杉憲政《うえすぎのりまさ》と関白近衛前嗣《かんぱくこのえさきつぐ》を迎《むか》え、鶴岡八幡宮《つるがおかはちまんぐう》で盛大《せいだい》に管領就任式《かんれいしゅうにんしき》を催《もよお》した。

長尾景虎謙信入道《ながおかげとらけんしんにゅうどう》は、関東管領上杉憲政《かんとうかんれいうえすぎのりまさ》から上杉家《うえすぎけ》の相続《そうぞく》を許《ゆる》されて、憲政《のりまさ》の諱《いみな》を貰《もら》い上杉政虎謙信入道《うえすぎまさとらけんしんにゅうどう》と名乗《なの》って、関東管領《かんとうかんれい》を譲《ゆず》り受《う》けたことを天下《てんか》に公布《こうふ》した。この直後《ちょくご》に将軍家《しょうぐんけ》からも将軍義輝《しょうぐんよしてる》の諱《いみな》が贈《おく》られて、また改名《かいめい》して上杉輝虎謙信入道《うえすぎてるとらけんしんにゅうどう》と名乗《なの》った。

以後《いご》、長尾謙信《ながおけんしん》は世間《せけん》から上杉謙信《うえすぎけんしん》（以後、上杉謙信《うえすぎけんしん》）と呼《よ》ばれるようになり、越後一国《えちごいっこく》の守護《しゅご》から関東以北《かんとういほく》の統括者《とうかつしゃ》である関東管領《かんとうかんれい》になった。

四．川中島の合戦

信濃出兵

永禄《えいろく》四年（一五六一年）、上杉謙信《うえすぎけんしん》は名実共《めいじつとも》に関東管領《かんとうかんれい》になって意気揚々《いきようよう》と帰国《きこく》した。ところが帰国《きこく》してみると、関東在陣《かんとうざいじん》の一年《いちねん》の間《あいだ》に信越間《しんえつかん》の情勢《じょうせい》が一変《いっぺん》していた。相模国《さがみこく》の北条氏康《ほうじょううじやす》は謙《けん》信《しん》に小田原城《おだわらじょう》を囲《かこ》まれたので、甲斐《かい》の武田信玄《たけだしんげん》に留守中《るすちゅう》の越後国《えちごこく》を攻《せ》めるよう盛《さか》んに焚《た》き付《つ》けた。信玄《しんげん》は氏康《うじやす》から言《い》われるまでもなく信濃国《しなのこく》の守護《しゅご》に就任《しゅうにん》した直後《ちょくご》から信越間《しんえつかん》の要衝《ようしょう》の地《ち》の海《かい》津《づ》（長野市松代町）に城《しろ》を築《きず》いて虎視眈々《こしたんたん》と越後侵入《えちごしんにゅう》の機会《きかい》を狙《ねら》っていた。

上杉謙信《うえすぎけんしん》は春日山《かすがやま》に落《お》ち着《つ》く間《ま》もなく帰国直後《きこくちょくご》の一万三千の軍兵《ぐんぺい》を率《ひき》いて信濃国《しなのこく》に出陣《しゅつじん》した。

永禄《えいろく》四年（一五六一年）八月、上杉謙信《うえすぎけんしん》は犀川《さいがわ》を渡《わた》って川中島《かわなかじま》に入《はい》った。

武田信玄《たけだしんげん》は二万の軍勢《ぐんぜい》を従《したが》えて川中島《かわなかじま》の茶臼山《ちゃうすやま》（篠ノ井岡田）に本陣《ほんじん》を置《お》き、海津城《かいづじょう》（松代町）と呼応《こおう》して越後勢《えちごぜい》を前後《ぜんご》から挟《はさ》み撃《う》ちにしようとした。

上杉謙信《うえすぎけんしん》は軍兵《ぐんぺい》に帰心《きしん》を捨《す》てさせ決死《けっし》の覚悟《かくご》を持《も》たせようと兵法《へいほう》の『之《これ》を死地《しち》に陥《おとしい》れて然《しか》る後《のち》に生《い》く』（原典は孫子 九地篇）に習《なら》って自《みずか》らを死地《しち》に置《お》く決断《けつだん》をした。それで川中島《かわなかじま》を素通《すどお》りして千《ち》曲川《くまがわ》の雨宮《あまみや》（更埴市）の渡《わた》しを渡《わた》り、信玄《しんげん》の裏《うら》をかいて海津城《かいづじょう》の裏《うら》の妻女山《さいじょざん》（松代町）に登《のぼ》って本陣《ほんじん》を構《かま》えた。

武田信玄《たけだしんげん》は直《ただ》ちに雨宮《あまみや》の渡《わた》しに陣《じん》を移《うつ》して越後勢《えちごぜい》の退路《たいろ》を断《た》った。謙信《けんしん》は退路《たいろ》を断《た》たれるのは承知《しょうち》の上《うえ》だ。泰然《たいぜん》として騒《さわ》がず、心《こころ》を研《と》ぎ澄《す》まして甲斐勢《かいぜい》の士気《しき》の乱《みだ》れを待《ま》った。

武田信玄《たけだしんげん》は丸五日《まるいつか》たっても越後勢《えちごぜい》が動《うご》かないのを見《み》て、逆《ぎゃく》に自軍《じぐん》の乱《みだ》れが気《き》になった。それで迂回《うかい》して広瀬《ひろせ》の渡《わた》し（長野市）を渡《わた》って海津城《かいづじょう》に入《はい》り、そのまま十日《とおか》ほど睨《にら》み合《あ》った。

川中島八幡原で上杉・武田両軍激突

武田家臣《たけだかしん》の飯富虎昌《おぶとらまさ》は信玄《しんげん》に

「越後《えちご》を討《う》つは、今《いま》をおいて他《ほか》に御座《ござ》らぬ」と決起《けっき》を促《うなが》した。信玄《しんげん》は軍師《ぐんし》の山本勘助《やまもとかんすけ》に意見《いけん》を求《もと》

めた。勘助《かんすけ》は
「甲斐勢《かいぜい》二万を二手《ふたて》に分《わ》かって、その内《うち》の一手《ひとて》一万二千を夜中《よなか》に妻女山《さいじょざん》に向《む》かわせ未明《みめい》に乱入《らんにゅう》すれば、越後勢《えちごぜい》はたとえ負《ま》けずとも必《かなら》ず川《かわ》を渡《わた》って引《ひ》き上《あ》げましょう。そこをもう一手《ひとて》の本隊《ほんたい》八千が待《ま》ち伏《ぶ》せして前後《ぜんご》から挟《はさ》み撃《う》ちにすれば、如何《いか》な謙信《けんしん》とて何《なん》で持《も》ち堪《こた》えることなど出来《でき》ますでしょうや。味方《みかた》は必《かなら》ず大勝利《だいしょうり》に間違《まちが》い御座《ござ》りませぬ。お屋形様《やかたさま》には本隊《ほんたい》を率《ひき》いて川中島八幡原《かわなかじまはちまんはら》にお出《で》ましを願《ねが》いまする」と言《い》った。そして続《つづ》けて
「これはキツツキが木《き》を突《つつ》いて驚《おどろ》いて飛《と》び出《で》てきた虫《むし》を取《と》るのを見《み》て編《あ》み出《だ》した『キツツキ戦《せん》法《ぽう》』で御座《ござ》る」と得意《とくい》げに解説《かいせつ》してみせた。
永禄《えいろく》四年（一五六一年）九月九日、武田信玄《たけだしんげん》は山本勘助《やまもとかんすけ》の戦法《せんぽう》を用《もち》いて、当《とう》の勘助《かんすけ》には一万二千の軍勢《ぐんぜい》を授《さず》けて夜中《よなか》に妻女山《さいじょざん》に向《む》かわせ、信玄自身《しんげんじしん》は残《のこ》りの八千を率《ひき》いて広瀬《ひろせ》の渡《わた》しを渡《わた》り、川《かわ》中島八幡原《なかじまはちまんはら》（小島田町）で待機《たいき》する手筈《てはず》をとった。
一方《いっぽう》の上杉謙信《うえすぎけんしん》は何時《いつ》ものように妻女山《さいじょざん》の山頂《さんちょう》から甲斐軍《かいぐん》を観察《かんさつ》していた。すると甲斐軍《かいぐん》の夕《ゆう》

餉《げ》の炊事《すいじ》の煙《けむり》が異常《いじょう》に多《おお》い。よく見《み》れば先鋒《せんぽう》と旗本《はたもと》の動《うご》きも奇怪《おか》しい。謙信《けんしん》は「明日《あす》こそは生死別《せいしわか》れの決戦《けっせん》の日《ひ》よ」と呟《つぶや》き、諸将《しょしょう》を集《あつ》めて戦評定《いくさひょうじょう》した。そして「今夜《こんや》、敵《てき》は川《かわ》を渡《わた》り、我《わ》が退路《たいろ》を絶《た》つべし。故《ゆえ》に我《わ》が軍《ぐん》も密《ひそ》かに全軍闇《ぜんぐんやみ》に紛《まぎ》れて川《かわ》を渡《わた》る。暁《あかつき》と共《とも》に敵陣《てきじん》へ遮二無二突撃《しゃにむにとつげき》しての総攻撃《そうこうげき》だ。我《われ》も武田《たけだ》の本陣《ほんじん》へ一戦《いっせん》して必《かなら》ず晴信《はるのぶ》（武田信玄）と取《と》っ組《く》み合《あ》って刺《さ》し違《ちが》える覚悟《かくご》。明日《あす》は全軍必死《ぜんぐんひっし》の決戦《けっせん》の日《ひ》と心得《こころえ》られよ」と全軍《ぜんぐん》に触《ふ》れを出《だ》した。そして馬《うま》には枚《ばい》を噛《か》ませて、全軍夜陰《ぜんぐんやいん》に紛《まぎ》れて物音一《ものおとひと》つ立《た》てずに移動《いどう》した。そして甲斐勢《かいぜい》に気付《きづ》かれることもなく雨宮《あまみや》の渡《わた》しを渡《わた》って、信玄《しんげん》が待《ま》ち構《かま》えている筈《はず》の川中島《かわなかじま》に足《あし》を踏《ふ》み入《い》れた。

明《あ》けて九月十日早朝《そうちょう》、闇《やみ》が薄《うす》れ空《そら》が白《しら》み霧《きり》が晴《はれ》れて辺《あた》りの様子《ようす》が見《み》えてきた。甲斐勢《かいぜい》は居《い》る筈《はず》のない越後勢《えちごぜい》が眼《め》の前《まえ》に潜《ひそ》んでいるのに気付《きづ》いて肝《きも》を潰《つぶ》した。越後勢《えちごぜい》一万三千は勇猛果敢《ゆうもうかかん》に武田軍《たけだぐん》八千の中《なか》へ突《つ》っ込《こ》んだ。一番手《いちばんて》は侍大将《さむらいたいしょう》の柿崎景家《かきざきかげいえ》、二《に》番手《ばんて》に謙信自身《けんしんじしん》が続《つづ》いて無二無三《むにむさん》に切《き》り込《こ》んだ。敵味方《てきみかた》の軍兵《ぐんぺい》が突《つ》いたり突《つ》かれたり切《き》ったり切《き》られたりの大乱戦《だいらんせん》、味方《みかた》の大将《たいしょう》が何処《どこ》やら敵《てき》の大将《たいしょう》が何処《どこ》やら見分《みわ》けも付《つ》かなくなった。

その時萌葱色《ときもえぎいろ》の鎧《よろい》を着《つ》け白布《はくふ》で頭《あたま》を包《つつ》み月毛《つきげ》（白黄色の毛並）の馬《うま》に乗《の》った武者《むしゃ》が、三尺程《さんじゃくほど》の太刀《たち》を抜《ぬ》き放《はな》ち武田信玄《たけだしんげん》目掛《めが》けて真一文字《まいちもんじ》に突進《とっしん》して、矢庭《やにわ》に（突然に）三太刀《さんたち》ほど切《き》り付《つ》けた。

武田信玄《たけだしんげん》は床几《しょうぎ》から立《た》ち上《あ》がったが、刀《かたな》を抜《ぬ》く間《ま》もなく咄嗟《とっさ》に軍配団扇《ぐんばいうちわ》で受《う》け止《と》めた。甲斐《かい》の旗本頭《はたもとかしら》の原虎吉《はらとらよし》が脇《わき》から飛《と》び出《だ》して信玄《しんげん》を庇《かば》い螺鈿《らでん》の槍《やり》を突《つ》き付《つ》けた。馬上《ばじょう》の武者《むしゃ》は体《たい》をかわした。ならばとその槍《やり》の穂先《ほさき》で鎧《よろい》の肩《かた》を打《う》ち付《つ》けた。これも外《はず》れて穂先《ほさき》が馬《うま》の尻《しり》に当《あ》たった。馬《うま》は棹立《さおだ》ちになってそのまま走《はし》り去《さ》った。この馬上《ばじょう》の武者《むしゃ》こそ誰《だれ》あろう謙信《けんしん》だった。越後勢《えちごぜい》は甲斐勢《かいぜい》の不意《ふい》を討《う》って大勝利《だいしょうり》の内《うち》に大方勝負《おおかたしょうぶ》が決《けっ》したかに見《み》えた。

そこへ俄《にわ》かに山本勘助《やまもとかんすけ》が率《ひき》いる一万二千の新手《あらて》の甲斐軍《かいぐん》が妻女山《さいじょざん》から雪崩《なだ》れ込《こ》んで来《き》た。勘助《かんすけ》は妻女山《さいじょざん》に攻《せ》め登《のぼ》ったが、そこは既《すで》に『蛻《もぬけ》の殻《から》』（ぬけ殻）だった。勘助《かんすけ》は策《さく》に溺《おぼ》れた自分《じぶん》に気付《きづ》いて、慌《あわ》てて本隊《ほんたい》が苦戦《くせん》している川中島《かわなかじま》に駆《か》け付《つ》けた。またも乱戦《らんせん》になった。

両軍勝敗《りょうぐんしょうはい》の判《わか》らぬままに日《ひ》が暮《く》れた。双方存分《そうほうぞんぶん》に戦《たたか》った。両軍《りょうぐん》ともに圧倒的《あっとうてき》な勝利《しょうり》は得《え》られなかった。双方共《そうほうとも》に被害《ひがい》は甚大《じんだい》だ。甲斐勢《かいぜい》は、武田信繁《たけだのぶしげ》、諸角昌清《もろずみまさきよ》、山本勘助《やまもとかんすけ》や初鹿源五郎《はつがげんごろう》などの諸大将《しょだいしょう》が戦死《せんし》し、軍兵《ぐんぺい》四千を失《うしな》った。越後勢《えちごぜい》も三千数百《すうひゃく》を失《うしな》った。

上杉謙信《うえすぎけんしん》はこれ以上《いじょう》の戦《いくさ》は無益《むえき》だと察《さっ》した。元々信玄《もともとしんげん》に恨《うら》みがあるわけではない。ましてや信濃《しなの》の国《くに》を取《と》る気《き》などは微塵《みじん》もなかった。ただ村上義清《むらかみよしきよ》に頼《たの》まれて起《おこ》した関東管領《かんとうかんれい》の意地《いじ》と体面《たいめん》を賭《か》けた戦《いくさ》だった。このままでは自軍《じぐん》も再起不能《さいきふのう》になってしまう。それで四千人を討《う》ち取《と》ったことを可《よし》として大勝利《だいしょうり》を宣言《せんげん》し勝鬨《かちどき》をあげて帰国《きこく》した。

五．越中・能登・飛騨各国および幕府の情勢

謙信再度・再々度の越中出兵

上杉謙信《うえすぎけんしん》が越後《えちご》に帰《かえ》って一息入《ひといきい》れる間《ま》も無《な》く、越中《えっちゅう》の椎名康胤《しいなやすたね》から、閉《と》じ込《こ》めた筈《はず》の神保長職《じんぼながもと》が五箇山《ごかやま》から抜《ぬ》け出《だ》して再《ふたた》び婦負郡《ねいぐん》を占領《せんりょう》したと言《い》ってきた。

神保長職《じんぼながもと》は、上杉謙信《うえすぎけんしん》が信濃《しなの》に出兵《しゅっぺい》した際《さい》に武田信玄《たけだしんげん》がとった『遠交近攻の策《えんこうきんこうさく》』（248頁2行目参照）に乗《の》って、富山《とやま》に出《で》て来《き》たのだ。謙信《けんしん》は越中富山城《えっちゅうとやまじょう》へ義兄《ぎけい》の長尾政景《ながおまさかげ》を送《おく》り込《こ》んで、椎名康胤《しいなやすたね》や城生《じょうお》（八尾町）の斎藤藤次郎《さいとうとうじろう》と協力《きょうりょく》して統治《とうじ》に当《あ》たらせていた。けれども神保長職《じんぼながもと》の方《ほう》が一枚上手《いちまいうわて》だった。長職《ながもと》は旧臣《きゅうしん》や一向宗徒《いっこうしゅうと》と示《しめ》し合《あわ》せてまんまと婦負郡諸共《ねいぐんもろとも》富山城《とやまじょう》を取《と》り戻《もど》した。

永禄《えいろく》五年（一五六二年）七月、上杉謙信《うえすぎけんしん》は越後勢《えちごぜい》を引《ひ》き連《つ》れてまた越中《えっちゅう》へ出陣《しゅつじん》した。神保長職《じんぼながもと》は富山城《とやまじょう》から抜《ぬ》け出《だ》して行方《ゆくえ》を晦《くら》ました。長職《ながもと》は手向《てむ》かえさえしなければ直《す》ぐに引《ひ》き返《かえ》す謙信《けんしん》を知《し》っていた。謙信《けんしん》の関心事《かんしんじ》は越中《えっちゅう》ではなくて関東《かんとう》だ。長職《ながもと》は謙信《けんしん》の心《こころ》の奥底《おくそこ》まで読《よ》んでいた。だから謙信《けんしん》の出陣《しゅつじん》を知《し》ってまたしばらく身《み》を隠《かく》した。上杉謙信《うえすぎけんしん》は神保長職《じんぼながもと》が逃《に》げたのを見《み》て越後《えちご》に引《ひ》き返《かえ》した。長職《ながもと》は謙信《けんしん》の越後《えちご》引《ひ》き上《あ》げを待《ま》って、また富山《とやま》に出《で》て来《き》た。

永禄《えいろく》五年（一五六二年）九月、上杉謙信《うえすぎけんしん》は越中《えっちゅう》へ再出馬《さいしゅつば》した。出《で》れば逃《に》げるし引《ひ》けば出《で》て来《く》る神保長職《じんぼながもと》に謙信《けんしん》の堪忍袋《かんにんぶくろ》の緒《お》が切《き》れた。今度《こんど》こそは神保長職《じんぼながもと》の息《いき》の根《ね》を止《と》めようと富山城《とやまじょう》へ総攻《そうこう》撃《げき》を掛《か》けた。

神保長職《じんぼながもと》は堪《たま》らずに城《しろ》を抜《ぬ》け出《だ》して呉服山《ごふくやま》（呉羽山）に立《た》て籠《こも》った。

上杉謙信《うえすぎけんしん》は付近一帯《ふきんいったい》を焼《や》き払《はら》って城《しろ》を丸裸《まるはだか》にした。落城《らくじょう》は目前《もくぜん》だ。神保長職《じんぼながもと》は夜陰《やいん》に紛《まぎ》れて決《けっ》死《し》の使者《ししゃ》を送《おく》り出《だ》して、能登国守護《のとこくしゅご》畠山義綱《はたけやましつな》に泣《な》き付《つ》いた。


この頃《ころ》、能登《のと》畠山家《はたけやまけ》では…（225頁2行目の続き）。

これより先《さき》、天文《てんぶん》二十年（一五五一年）、能登国《のとこく》では錯乱《さくらん》が治《おさ》まり畠山七人衆《はたけやましちにんしゅう》が協力《きょうりょく》して能登国《のとこく》の統治《とうじ》を取《と》り仕切《しき》った。それから間《ま》もなくの天文《てんぶん》二十三年（一五五四年）、畠山七人衆《はたけやましちにんしゅう》は又分裂《またぶんれつ》した。最長老《さいちょうろう》の遊佐続光《ゆさつぐみつ》は温井総貞《ぬくいふささだ》に敗《やぶ》れて越後《えちご》に逃《のが》れた。続光《つぐみつ》は越後長尾家《えちごながおけ》とは祖父《そふ》の代《だい》から親《しん》交《こう》があった。そこで越後《えちご》の助勢《じょせい》を得《え》て能登《のと》に攻《せ》め込《こ》んだが、またも大敗《たいはい》して今度《こんど》は越前《えちぜん》に逃《のが》れた。

畠山七人衆《はたけやましちにんしゅう》は一変《いっぺん》して温井一派《ぬくいいっぱ》に加《くわ》えて神保総誠《じんぼふさのぶ》と飯川光誠《いかわみつのぶ》、三宅綱賢《みやけつなかた》が加《くわ》わった。

畠山義綱《はたけやまよしつな》は父義続《ちちよしつぐ》の隠居《いんきょ》の後《あと》を受《う》けて新領主《しんりょうしゅ》になった。義綱《よしつな》は長老《ちょうろう》の七人衆《しちにんしゅう》を分裂《ぶんれつ》させて再《さい》度《ど》畠山守護家《はたけやましゅごけ》の権力《けんりょく》を取《と》り戻《もど》そうと根回《ねまわ》しした。

弘治元年《こうじがんねん》（一五五五年）、畠山義綱《はたけやまよしつな》は飯川光誠《いかわみつのぶ》・長続連《ちょうつぐつら》と共謀《きょうぼう》して、隠居《いんきょ》して院政《いんせい》をとる温井総《ぬくいふさ》貞《さだ》（紹春入道）を暗殺《あんさつ》した。総貞《ふささだ》の家督《かとく》の続宗《つぐむね》は加賀《かが》に逃《のが》れ、畠山一門《はたけやまいちもん》の晴俊《はるとし》を担《かつ》いで主君《しゅくん》に取《と》り立《た》て、加賀一向一揆《かがいっこういっき》と甲斐武田勢《かいたけだせい》の助勢《じょせい》を得《え》て畠山義綱《はたけやまよしつな》の居城《きょじょう》の能登七尾《のとななお》に攻《せ》め込《こ》んだ。

畠山義綱《はたけやまよしつな》は越前《えちぜん》から帰参《きさん》した遊佐続光《ゆさつぐみつ》や飯川光誠《いかわみつのぶ》、長続連《ちょうつぐつら》に守《まも》られて七尾城《ななおじょう》に籠城《ろうじょう》した。温井《ぬくい》続宗《つぐむね》は畠山晴俊《はたけやまはるとし》を担《かつ》いで勝山城《かつやまじょう》（中能登町芹川）に入《はい》り七尾城《ななおじょう》と睨《にら》み合《あ》った。

永禄《えいろく》元年（一五五八年）、七尾城《ななおじょう》の畠山義綱《はたけやまよしつな》は越後《えちご》から援軍《えんぐん》を得《え》て勝山城《かつやまじょう》に攻《せ》め込《こ》んだ。勝山城《かつやまじょう》は落城《らくじょう》して温井一派《ぬくいいっぱ》は再度加賀《さいどかが》へ引《ひ》き退《の》いた。義綱《よしつな》はようやく政権《せいけん》を確保《かくほ》して能登《のと》の経営《けいえい》に励《はげ》んだ。

畠山義綱《はたけやまよしつな》はこの様《よう》な時《とき》に神保長職《じんぼながもと》から降伏仲介《こうふくちゅうかい》の依頼《いらい》を受《う》けた（以後276頁10行目に続く）。

話《はなし》は元《もと》に戻《もど》る（前頁4行目の続き）。

元々《もともと》、越中国婦負《えっちゅうこくねい》と射水《いみず》の両郡《りょうぐん》は大永元年《たいえいがんねん》の多胡協定以来《たこきょうていいらい》（195頁2～4行目参照）、形式上《けいしきじょう》は能《の》登《と》畠山家《はたけやまけ》の領分《りょうぶん》だ。越後《えちご》の自由《じゆう》にさせてよい土地《とち》ではなかった。

畠山義綱《はたけやまよしつな》は神保長職《じんぼながもと》の嘆願《たんがん》を受《う》けて、早速同盟関係《さっそくどうめいかんけい》にある上杉謙信《うえすぎけんしん》との仲介《ちゅうかい》の労《ろう》を取《と》った。

上杉謙信《うえすぎけんしん》は神保長職《じんぼながもと》を許《ゆる》すつもりはなかったが、丁度《ちょうど》この時《とき》、下総国古河《しもうさこくこが》（茨城県古河市）にいた前関白近衛前嗣《ぜんかんぱくこのえさきつぐ》から

「北条氏康《ほうじょううじやす》と武田信玄《たけだしんげん》の連合軍《れんごうぐん》が太田資正《おおたすけまさ》の武蔵国松山城《むさしこくまつやまじょう》（埼玉県吉見町）を囲《かこ》む。大至急助勢《だいしきゅうじょせい》を乞《こ》う」と救援《きゅうえん》を求《もと》める急使《きゅうし》があった。この時太田資正《ときおおたすけまさ》は上杉憲政《うえすぎのりまさ》に従《したが》い厩橋城《うまやばしじょう》（前橋市）にいて、松山城《まつやまじょう》には上杉憲政《うえすぎのりまさ》の庶子《しょし》の憲勝《のりかつ》が入《はい》って守《まも》っていた。

上杉謙信《うえすぎけんしん》は関東諸将《かんとうしょしょう》を威伏《いふく》させるために、前関白近衛前嗣《ぜんかんぱくこのえさきつぐ》に頼《たの》んで強《し》いて関東《かんとう》に居《きょ》を移《うつ》してもらっていた。だから前嗣《さきつぐ》の命《めい》とあっては知《し》らぬ顔《かお》は出来《でき》ない。

上杉謙信《うえすぎけんしん》は能登畠山家《のとはたけやまけ》の取《と》りなしを幸《さいわ》いに、神保長職《じんぼながもと》の降伏《こうふく》を受《う》け入《い》れて、長職《ながもと》を陣中《じんちゅう》に召《め》し出《だ》し足下《そっか》に引《ひ》き寄《よ》せて

「以後《いご》、臣下《しんか》として忠誠《ちゅうせい》を尽《つ》くせ」と諭《さと》した。

神保長職《じんぼながもと》は武田信玄《たけだしんげん》や一向宗徒《いっこうしゅうと》とは手《て》を切《き》り、謙信《けんしん》の忠実《ちゅうじつ》な家臣《かしん》として臣従《しんじゅう》することを誓《ちか》った。上杉謙信《うえすぎけんしん》は長職《ながもと》の降伏《こうふく》を許《ゆる》して旧領《きゅうりょう》を安堵《あんど》した。

椎名康胤《しいなやすたね》は今度《こんど》こそは神保《じんぼ》を除《のぞ》けると思《おも》ったが、謙信《けんしん》はいともあっさりと神保《じんぼ》を許《ゆる》した。康胤《やすたね》は

「これほどにまでして越後《えちご》に尽《つ》くすは、恨《うら》み重《かさ》なる神保《じんぼ》を滅《ほろ》ぼさんがためではないか。隠忍《いんにん》して人《ひと》に降《くだ》るは何《なん》のためか」と天《てん》を仰《あお》いで残念無念《ざんねんむねん》の歯《は》ぎしりをした。謙信《けんしん》は康胤《やすたね》と溝《みぞ》が生《しょう》じるのを恐《おそ》れて一族《いちぞく》の長尾小四郎景直《ながおこしろうかげなお》を椎名《しいな》の養子《ようし》に付《つ》けて離反《りはん》の無《な》いよう見張《みは》らせた。

信玄本願寺顕如と同盟して謙信に対抗

永禄五年《えいろく》(一五六二年)十月、上杉謙信《うえすぎけんしん》は越中《えっちゅう》の陣《じん》を払《はら》い、その足《あし》で雪深《ゆきふか》い三国峠《みくにとうげ》を越《こ》えて関東《かんとう》に急行《きゅうこう》し、十一月には厩橋城《うまやばしじょう》に入《はい》ったが、松山城《まつやまじょう》は既《すで》に落《おち》ていた。謙信《けんしん》は北条《ほうじょう》・武田連合軍《たけだれんごうぐん》に伏《ふく》した関東《かんとう》の諸将《しょしょう》の城《しろ》を攻《せめ》めて、元《もと》の状況《じょうきょう》に復《ふく》して越後《えちご》に帰国《きこく》した。

一方《いっぽう》、甲斐《かい》の武田信玄《たけだしんげん》は神出鬼没《しんしゅつきぼつ》の上杉謙信《うえすぎけんしん》に手《て》を焼《や》いた。それで信玄《しんげん》は謙信《けんしん》を越後《えちご》に封《ふう》じ籠《こ》めようと加賀《かが》一向宗《いっこうしゅう》の金沢堂《かなざわどう》に手《て》を廻《まわ》して

「一向宗《いっこうしゅう》の興隆《こうりゅう》に尽《つ》くす故《ゆえ》に、協力《きょうりょく》して越後勢《えちごぜい》を越中《えっちゅう》から追《お》い出《だ》そう」と提携《ていけい》を申《もう》し出《で》た。信玄《しんげん》にとって謙信《けんしん》が越中争奪《えっちゅうそうだつ》に感《かま》けるとそれだけ信濃《しなの》や関東《かんとう》への干渉《かんしょう》が少《すく》なくなって助《たす》かる。

金沢堂衆《かなざわどうしゅう》は堂《どう》の創建当初《そうけんとうしょ》から前代法主《ぜんだいほっす》の証如《しょうにょ》に領主《りょうしゅ》とは争《あらそ》わぬようきつく命《めい》じられていた。証《しょう》如《にょ》は山科本願寺《やましなほんがんじ》の焼《や》き討《う》ちに懲《こ》りていた。ところが一揆《いっき》を禁《きん》じた証如《しょうにょ》は、既《すで》にこの十年ほど前《まえ》の天文《てんぶん》二十三年（一五五四年）に病没《びょうぼつ》していた。享年《きょうねん》三十九歳《さい》。

証如《しょうにょ》の跡《あと》は十二歳の顕如《けんにょ》が継《つ》いだ。顕如《けんにょ》の後見《こうけん》は祖母《そぼ》の鎮永《ちんえい》がみて証如《しょうにょ》の教《おし》えを守《まも》らせた。

そして今《いま》、顕如《けんにょ》は青年《せいねん》に成長《せいちょう》して三条公頼《さんじょうきみより》の娘《むすめ》を嫁《よめ》に迎《むか》えた。顕如《けんにょ》は武田信玄《たけだしんげん》と相婿《あいむこ》になった。

永禄《えいろく》元年（一五六三年）、金沢堂衆《かなざわどうしゅう》の下《もと》に、憎《にく》い謙信《けんしん》を懲《こ》らしめてくれるその信玄《しんげん》から、同盟《どうめい》の便《たよ》りが舞《ま》い込《こ》んだ。門徒《もんと》は法主《ほっす》の相婿《あいむこ》の信玄《しんげん》を頼《たよ》りにした。丁度《ちょうど》この頃《ころ》、飛騨国《ひだこく》が錯乱《さくらん》して聞《もん》

名《みょうじ》寺を始《はじ》め末寺《まつじ》の多《おお》くの寺院《じいん》が越中《えっちゅう》に流《なが》れ込《こ》んで来《き》た。

一向宗徒顕如の意を受け北陸各国で勢力拡大

越中《えっちゅう》の一向宗徒《いっこうしゅうと》を束《たば》ねる金沢堂衆《かなざわどうしゅう》は、武田信玄《たけだしんげん》の誘《さそ》いに乗《の》って聞名寺門徒《もんみょうじもんと》（八尾町）を使《つか》い、この機《き》を逃《のが》さず公然《こうぜん》と一向宗《いっこうしゅう》の布教《ふきょう》に乗《の》り出《だ》した。越中国婦負《えっちゅうこくねい》・射水両郡内《いみずりょうぐんない》の一向宗寺院《いっこうしゅうじいん》と上杉勢《うえすぎぜい》との間《あいだ》に一触即発《いっしょくそくはつ》の不穏《ふおん》な空気《くうき》が漂《ただよ》った。

神保長職《じんぼながもと》は呉服山《ごふくやま》（呉羽山）の合戦《かっせん》で、上杉謙信《うえすぎけんしん》に助命嘆願《じょめいたんがん》して服従《ふくじゅう》した直後《ちょくご》だ。長職《ながもと》は謙信《けんしん》の厳命《げんめい》を受《う》けて人《ひと》が変《か》わったように一向宗《いっこうしゅう》を排斥《はいせき》した。

上杉謙信《うえすぎけんしん》は北陸道《ほくりくどう》の一向宗《いっこうしゅう》を撲滅《ぼくめつ》するために、能登国守護《のとこくしゅご》の畠山義綱《はたけやまよしつな》や越前国守護《えちぜんこくしゅご》の朝倉義景《あさくらよしかげ》と提携《ていけい》して三国同盟《さんごくどうめい》を結《むす》んだ。そして越中国《えっちゅうこく》には河田長親《かわたながちか》と柿崎景家《かきざきかげいえ》を常駐《じょうちゅう》させて、飛騨国《ひだこく》の三木《みき》と江馬《えま》には越中《えっちゅう》への武将《ぶしょう》の派遣《はけん》を求《もと》めた（飛騨国状況は267頁2行目以降参照）。

上杉謙信《うえすぎけんしん》の要請《ようせい》に応《おう》じて三木良頼《みきよしより》は塩屋秋貞《しおやあきさだ》と牛丸備前守《うしまるびぜんのかみ》を送《おく》り神保長職《じんぼながもと》を助勢《じょせい》した。江馬輝《えまてる》盛《もり》は河上富信《かわかみとみのぶ》を越中《えっちゅう》へ派遣《はけん》した。飛騨《ひだ》の武将《ぶしょう》は長職《ながもと》の依頼《いらい》を受《う》けて一向坊主《いっこうぼうず》の摘発《てきはつ》・追放《ついほう》や寺坊《じぼう》の破却《はきゃく》など一向宗排斥《いっこうしゅうはいせき》に加担《かたん》した（以後278頁1行目に続く）。

永禄《えいろく》七年（一五六四年）、越前《えちぜん》の朝倉義景《あさくらよしかげ》は上杉謙信《うえすぎけんしん》との同盟《どうめい》を受《う》けて南加賀《みなみかが》に出兵《しゅっぺい》して一向宗《いっこうしゅう》を弾圧《だんあつ》した。けれども加賀一向宗徒《かがいっこうしゅうと》も備《そな》えを固《かた》めて得《う》るところが少《すく》なかった。

永禄《えいろく》八年（一五六五年）、本願寺顕如《ほんがんじけんにょ》は北陸諸国守護大名《ほくりくしょこくしゅごだいみょう》の一向宗撲滅同盟《いっこうしゅうぼくめつどうめい》に対抗《たいこう》するために武《たけ》田信玄《だしんげん》から折《おり》に触《ふ》れて申《もう》し込《こ》まれた軍事同盟《ぐんじどうめい》を受《う》け入《い》れた。

本願寺顕如《ほんがんじけんにょ》は亡《な》き父証如《ちちしょうにょ》から一揆《いっき》をきつく禁《きん》じられており、努《つと》めて各国《かっこく》の守護地頭《しゅごじとう》とは友好《ゆうこう》を保《たも》つようにとの遺言《ゆいごん》を守《まも》っていた。だが、世《よ》の中《なか》が一変《いっぺん》して食《く》うか食《く》われるかの時代《じだい》だ。諸国《しょこく》の一向宗徒《いっこうしゅうと》は一揆《いっき》で身《み》を固《かた》めなければ、存在《そんざい》することすら出来《でき》ない世《よ》の中《なか》になっていた。

血気盛《けっきさか》んな青年期《せいねんき》を迎《むか》えた顕如《けんにょ》は、金沢堂衆《かなざわどうしゅう》と越中《えっちゅう》の一向宗徒《いっこうしゅうと》に、武力《ぶりょく》で越後勢《えちごぜい》に対抗《たいこう》することを許《ゆる》して一向宗普及《いっこうしゅうふきゅう》に全力《ぜんりょく》を挙《あ》げるよう指令《しれい》した。

加賀越中《かがえっちゅう》の一向宗徒《いっこうしゅうと》は法主《ほっす》のお墨付《すみつ》きを得《え》て、喜《よろこ》び勇《いさ》んで津々浦々在々所々《つづうらうらざいざいしょしょ》の組《くみ》や講《こう》に呼《よ》びかけて、誰《だれ》に憚《はばか》ることなく一向宗《いっこうしゅう》の普及《ふきゅう》に励《はげ》み出《だ》した。

越中新川郡領主《えっちゅうにいかわぐんりょうしゅ》の椎名康胤《しいなやすたね》は、何時《いつ》しか領民《りょうみん》が残《のこ》らず一向宗《いっこうしゅう》に入信《にゅうしん》しているのに気付《きづ》いて愕然《がくぜん》とした。康胤《やすたね》は謙信《けんしん》から、一向宗《いっこうしゅう》の寺院《じいん》や檀家《だんか》を見《み》つけ次第《しだい》焼《や》き討《う》ちするよう命《めい》じられていた。けれども家臣達《かしんたち》でさえも一向宗《いっこうしゅう》に入信《にゅうしん》するようになって、康胤《やすたね》は素直《すなお》に謙信《けんしん》の命《めい》に服《ふく》する訳《わけ》にはいかなくなった。それで一向宗《いっこうしゅう》の郡内《ぐんない》での布教《ふきょう》を黙認《もくにん》した。

武田信玄《たけだしんげん》は椎名康胤《しいなやすたね》の変節《へんせつ》に付《つ》け込《こ》み、信濃国《しなのこく》の領地《りょうち》の一部《いちぶ》を割譲《かつじょう》するなどの『巧言令色《こうげんれいしょく》』（媚《こ》び諂《へつら》う言葉・原典は論語 学而第一）を用《もち》いて康胤《やすたね》に近《ちか》づいた。信玄《しんげん》は飛騨《ひだ》にも手《て》を廻《まわ》して、密《ひそ》かに江馬時盛《えまときもり》を伝《つて》に、江馬輝盛《えまてるもり》に意《い》を通《つう》じた。輝盛《てるもり》は父《ちち》の時盛《ときもり》から懇々《こんこん》と小国《しょうこく》の生《い》き残《のこ》り策《さく》を言《い》い聞《き》かされた。この弱肉強食《じゃくにくきょうしょく》の時代《じだい》に小国《しょうこく》が生《い》き残《のこ》るには、大国《たいこく》に従《したが》うしか方法《ほうほう》がなかった。江馬《えま》輝盛《てるもり》は父《ちち》の言《げん》に従《したが》って、謙信《けんしん》から依頼《いらい》があれば越後《えちご》に靡《なび》き、信玄《しんげん》から便《たよ》りがあれば甲斐《かい》に従《したが》って、大国《だいこく》には逆《さか》らわぬよう『柳《やなぎ》に風《かぜ》』（逆らわずにやり過ごす例え）の気配《きくば》りをした。武田信玄《たけだしんげん》は江馬《えま》を通《つう》じて三木良頼《みきよしより》にも呼《よ》びかけて、一向宗徒《いっこうしゅうと》に味方《みかた》して上杉謙信《うえすぎけんしん》に敵対《てきたい》するよう説《と》き伏《ふ》せた。

飛騨国姉小路家の興亡と三木家・江馬家

この頃《ころ》、飛騨国内《ひだこくない》では…。

飛騨国《ひだこく》は室町時代《むろまちじだい》には珍《めずら》しく、国司《こくし》（朝廷の地方行政官）が国《くに》を統治《とうじ》した。もっとも守護《しゅご》がいなかった訳《わけ》ではない。

時代《じだい》が少《すこ》し前後《ぜんご》して嘉吉元年《かきつがんねん》（一四四一年）、当時《とうじ》の飛騨国守護《ひだこくしゅご》の京極高数《きょうごくたかかず》は、将軍義教《しょうぐんよしのり》と共《とも》に赤松満祐《あかまつみつすけ》の屋形《やかた》で殺《ころ》された（14頁11〜12行目参照）。跡《あと》を継《つ》いだ京極持清《きょうごくもちきよ》は応仁《おうにん》の乱《らん》で細川方《ほそかわがた》に味方《みかた》してその名《な》を残《のこ》したが、持清《もちきよ》の没後《ぼつご》に家督争《かとくあらそ》いが生《しょう》じて家《いえ》は衰微没落《すいびぼつらく》し（315頁7〜10行目参照）、飛《ひ》騨《だ》から京極家《きょうごくけ》の名《な》が消《き》えた。同時《どうじ》に守護《しゅご》もいなくなった。

文明年間《ぶんめいねんかん》の飛騨国《ひだこく》は、国司《こくし》の姉小路基綱《あねこうじもとつな》が飛騨一国《ひだいっこく》を統治《とうじ》して小康状態《しょうこうじょうたい》を保《たも》った。この飛騨《ひだ》国《こく》は大《おお》きく三分割《さんぶんかつ》されていて、中央部《ちゅうおうぶ》の大野郡《おおのぐん》は元々朝廷《もともとちょうてい》から任《にん》じられた国司《こくし》の姉小路基綱《あねこうじもとつな》が領有《りょうゆう》し、美濃《みの》に接《せっ》する益田郡《ますだぐん》は三木重頼《みきしげより》が領有《りょうゆう》し、越中《えっちゅう》と接《せっ》する吉城郡《よしきぐん》は江馬《えま》が支配《しはい》した。また白川郷《しらかわごう》には内島家《うちじまけ》が一向宗《いっこうしゅう》の照蓮寺《しょうれんじ》と手《て》を組《く》んで文明年間《ぶんめいねんかん》から勢力《せいりょく》を蓄《たくわ》えた。
永正元年《えいしょうがんねん》（一五〇四年）、姉小路基綱《あねこうじもとつな》が天寿《てんじゅ》を全《まっと》うした。姉小路家《あねこうじけ》の支配力《しはいりょく》が落《お》ちたのを見《み》て三《み》木《き》重頼《しげより》は、匿《かくま》っていた元守護家《もとしゅごけ》の京極一族《きょうごくいちぞく》を飛騨益田郡《ひだますだぐん》から追《お》い出《だ》して、独立《どくりつ》した勢力《せいりょく》を確立《かくりつ》した。永正《えいしょう》十三年（一五一六年）、その三木重頼《みきしげより》も病没《びょうぼつ》した。飛騨国実力者《ひだこくじつりょくしゃ》の基綱《もとつな》と重頼《しげより》が共《とも》に亡《な》くなった。

飛騨国《ひだこく》の江馬家《えまけ》は古《ふる》くから吉城郡《よしきぐん》にあって勢力《せいりょく》を蓄《たくわ》えていた。この時《とき》、実力者《じつりょくしゃ》の重圧《じゅうあつ》から解《かい》放《ほう》された江馬時経《えまときつね》は、飛騨一国《ひだいっこく》を乗《の》っ取《と》ろうと野心《やしん》を起《お》こして挙兵《きょへい》した。

永正《えいしょう》十四年（一五一七年）、姉小路基綱《あねこうじもとつな》の跡《あと》を継《つ》いだ子《こ》の姉小路済継《あねこうじなりつぐ》は朝廷《ちょうてい》に出仕《しゅっし》して京《きょう》都に居《い》たが、報《しら》せを受《う》けて直《す》ぐに家臣《かしん》を飛騨《ひだ》に帰《かえ》して防戦《ぼうせん》し、隣《となり》の益田郡《ますだぐん》の新領主《しんりょうしゅ》三木直頼《みきなおより》にも援軍《えんぐん》を依頼《いらい》した。そして済継自身《なりつぐじしん》も飛騨《ひだ》に帰国《きこく》して江馬時経《えまときつね》に対抗《たいこう》した。江馬時経《えまときつね》はかなわぬと見《み》て軍《ぐん》を引《ひ》き、姉小路家《あねこうじけ》に和議《わぎ》を求《もと》めて恭順《きょうじゅん》の意《い》を表《あらわ》した。

姉小路済継《あねこうじなりつぐ》は乱《らん》を平定《へいてい》した翌年《よくねん》（永正十五年）、上洛《じょうらく》しようとした矢先《やさき》に病《やまい》を得《え》て急死《きゅうし》した。

姉小路家《あねこうじけ》は当時《とうじ》、古川姉小路家《ふるかわあねこうじけ》（以後古川）小島姉小路家《こじまあねこうじけ》（以後小島）と小鷹利《こたかり》にいた向姉小路家《むかいあねこうじけ》（以後向家）に分《わ》かれていた（いずれも古川町）。この度《たび》、宗家《そうけ》の古川済継《ふるかわなりつぐ》が急死《きゅうし》した。済継《なりつぐ》の嫡男済俊《ちゃくなんなりとし》はまだ十二歳《さい》で京《きょう》都に居《い》た。向家当主《むかいけとうしゅ》の向宗熙《むかいむねひろ》も漸《ようや》く成人《せいじん》したばかりだ。姉小路一族《あねこうじいちぞく》の長老《ちょうろう》になった小島時秀《こじまときひで》は益田郡《ますだぐん》の三木《みき》と手《て》を組《く》んで宗家乗《そうけの》っ取《と》りを企《くわだ》てた。

大永元年《たいえいがんねん》（一五二一年）、古川済継《ふるかわなりつぐ》が没《ぼっ》して三年後《ご》、三木直頼《みきなおより》は小島時秀《こじまときひで》の誘《さそ》いを幸《さいわ》いに姉小路家《あねこうじけ》を脅《おど》して三家《さんけ》の内紛《ないふん》に軍事介入《ぐんじかいにゅう》した。姉小路家《あねこうじけ》は三家《さんけ》とも三木直頼《みきなおより》の軍門《ぐんもん》に下《くだ》った。

享禄《きょうろく》三年（一五三〇年）、姉小路宗家《あねこうじそうけ》の古川済俊《ふるかわなるとし》は、京都《きょう》から離《はな》れた飛騨国《ひだこく》に帰《かえ》る気《き》をなくして家督《かとく》を弟《おとうと》の重継《しげつぐ》に譲《ゆず》った。

古川重継《ふるかわしげつぐ》は飛騨古川《ひだふるかわ》に在住《ざいじゅう》して姉小路家《あねこうじけ》の再興《さいこう》を図《はか》った。そして先《ま》ず古川姉小路家《ふるかわあねこうじけ》を覆《くつがえ》した小島時秀《こじまときひで》を誅伐《ちゅうばつ》しようと挙兵《きょへい》して小島屋形《こじまやかた》に討《う》ち入《い》った。小島時秀《こじまときひで》は三木直頼《みきなおより》に援軍《えんぐん》を依頼《いらい》した。

三木直頼《みきなおより》はこの機《き》に乗《じょう》じて古川城《ふるかわじょう》に討《う》ち入《い》った。古川重継《ふるかわしげつぐ》は敵《かな》わず白川郷《しらかわごう》へ逃《に》げた。直頼《なおより》は重継《しげつぐ》を小鳥口《ことりぐち》に追《お》い詰《つ》めて、古川姉小路家《ふるかわあねこうじけ》の一族郎党《いちぞくろうとう》を悉《ことごと》く討《う》ち滅《ほろ》ぼした。

飛騨国《ひだこく》は三木直頼《みきなおより》の天下《てんか》になった。

天文《てんぶん》二十三年（一五五四年）、三木直頼《みきなおより》が病没《びょうぼつ》して良頼《よしより》が跡《あと》を継《つ》いだ。

この頃《ころ》の越中国《えっちゅうこく》は越後《えちご》の長尾家《ながおけ》と能登《のと》の畠山家《はたけやまけ》の統治下《とうじか》にあった。越後《えちご》の上杉勢《うえすぎぜい》は飛騨《ひだ》にも勢力《せいりょく》を伸《の》ばそうと計《はか》って、親戚《しんせき》の誼《よしみ》がある越中国城生城《えっちゅうこくじょうおじょう》（八尾町）の斎藤藤次郎《さいとうとうじろう》を伝《つて》に、隣接《りんせつ》する飛騨吉城郡《ひだよしきぐん》の江馬時盛《えまときもり》・輝盛《てるもり》父子《ふし》と友好関係《ゆうこうかんけい》を結《むす》んだ。

飛騨国吉城郡高原郷《ひだこくよしきぐんたかはらごう》には一向宗聞名寺《いっこうしゅうもんみょうじ》があった。聞名寺《もんみょうじ》は白川郷《しらかわごう》の一向宗照蓮寺《いっこうしゅうしょうれんじ》と勢力《せいりょく》を争《あらそ》って一向宗《いっこうしゅう》の布教《ふきょう》に努《つと》めた。そして次第《しだい》に飛騨街道《ひだかいどう》を下《くだ》って、越中新川郡《えっちゅうにいかわぐん》に出《で》てきた。

甲斐《かい》の武田信玄《たけだしんげん》は加賀金沢堂《かがかなざわどう》に、越中《えっちゅう》で一向宗《いっこうしゅう》を禁《きん》ずる越後《えちご》の上杉謙信《うえすぎけんしん》に共《とも》に対抗《たいこう》しようと同《どう》盟《めい》を申《もう》し込《こ》んだ。そして自《みずか》らも家臣《かしん》を飛騨《ひだ》に派遣《はけん》して飛騨側《ひだがわ》から越中《えっちゅう》を調略《ちょうりゃく》した。

永禄《えいろく》二年（一五五九年）六月、武田信玄《たけだしんげん》は山県昌景《やまがたあきかげ》、馬場景政《ばばかげまさ》と甘利晴吉《あまりはるよし》を飛騨高原郷領主《ひだたかはらごうりょうしゅ》の江馬時盛《えまときもり》の下《もと》に送《おく》って同盟《どうめい》を求《もと》め、さらに飛騨一国領有《ひだいっこくりょうゆう》の援助《えんじょ》を申《もう》し出《で》た。

江馬時盛《えまときもり》は信濃国《しなのこく》の情勢《じょうせい》を具《つぶさ》に入手《にゅうしゅ》して、信玄《しんげん》こそがやがて天下《てんか》を制《せい》する人《ひと》だと信《しん》じた。それで一人《ひとり》武田軍《たけだぐん》に下《くだ》って、飛騨《ひだ》の諸将《しょしょう》に反旗《はんき》を翻《ひるがえ》した。江馬時盛《えまときもり》の嫡子《ちゃくし》の輝盛《てるもり》は信義《しんぎ》に背《そむ》く父の命《めい》を受《う》けることが出来《でき》ずに、父《ちち》に背《そむ》いて三木良頼《みきよしより》と提携《ていけい》して武田軍《たけだぐん》に備《そな》えた。

飛騨高原郷《ひだたかはらごう》で江馬家《えまけ》の内乱《ないらん》が起《お》こった。江馬時盛《えまときもり》は息子《むすこ》の輝盛《てるもり》と三木良頼《みきよしより》の連合軍《れんごうぐん》に攻《せ》められて降参《こうさん》し、家督《かとく》を輝盛《てるもり》に譲《ゆず》って蟄居《ちっきょ》した。その動乱《どうらん》の余波《よは》を受《う》けて時盛《ときもり》に味方《みかた》した一向宗《いっこうしゅう》の聞名寺《もんみょうじ》が炎上《えんじょう》した。聞名寺《もんみょうじ》はこの機会《きかい》に越中《えっちゅう》に移《うつ》った。

越中国城生《えっちゅうこくじょうお》（八尾町）の斎藤《さいとう》は近年《きんねん》領民家臣《りょうみんかしん》が雪崩《なだれ》を打《う》って一向宗門徒《いっこうしゅうもんと》になるのを目《ま》の当《あ》たりにした。それで越後《えちご》の上杉謙信《うえすぎけんしん》に隠《かく》れて、自《みずか》らも寺領《じりょう》を寄進《きしん》して一向宗《いっこうしゅう》を保護《ほご》し、飛騨《ひだ》から聞名寺《みょうじ》を移築《いちく》した。

永禄《えいろく》七年（一五六四年）、武田信玄《たけだしんげん》は山県昌景《やまがたあきかげ》に軍勢《ぐんぜい》を付《つ》けて飛騨《ひだ》に送《おく》り込《こ》んだ。飛騨《ひだ》の諸将《しょしょう》は上杉謙信《うえすぎけんしん》に援軍《えんぐん》を要請《ようせい》した。謙信《けんしん》は越中《えっちゅう》の守備《しゅび》に充《あ》てた若林采女丞《わかばやしうねめのじょう》に飛騨《ひだ》救援《きゅうえん》を命《めい》じ、自《みずか》らも越後《えちご》の大軍《たいぐん》を率《ひき》いて信玄《しんげん》の留守《るす》になった信濃国《しなのこく》の川中島《かわなかじま》に出陣《しゅつじん》した。

武田信玄《たけだしんげん》は謙信出陣《けんしんしゅつじん》を聞《き》いて飛騨派兵《ひだはへい》を中断《ちゅうだん》し、全軍《ぜんぐん》を率《ひき》いて川中島《かわなかじま》に陣《じん》を返《かえ》した。飛騨国《ひだこく》は事無《ことな》きを得《え》た。謙信《けんしん》と信玄《しんげん》の川中島《かわなかじま》での睨《にら》み合《あ》いは六ヶ月に及《およ》んだ。両軍《りょうぐん》は敵《てき》の当《あ》たる可《べ》からざる力《ちから》を知《し》り尽《つ》くしていて迂闊《うかつ》に軍《ぐん》を動《うご》かすことなく、やがて和睦《わぼく》して双方軍《そうほうぐん》を引《ひ》き上《あ》げた。

当時の幕府状況

この頃《ころ》、幕府《ばくふ》では…（239頁1行目の続き）。天文《てんぶん》二十一年（一五五二年）、細川晴元《ほそかわはるもと》と三好長慶《みよしながよし》が講和《こうわ》して以来《いらい》、長慶《ながよし》が幕府《ばくふ》を牛耳《ぎゅうじ》った。

永禄《えいろく》六年（一五六三年）、三好長慶《みよしながよし》の家督《かとく》の義長《よしなが》が急死《きゅうし》した。長慶《ながよし》は一人息子《ひとりむすこ》の急死《きゅうし》に気落《きお》ちして病《や》んで老《お》い、恍惚《こうこつ》の人《ひと》になった。世間《せけん》はこの義長《よしなが》の急死《きゅうし》について「三好家家宰《みよしけかさい》の松永久秀《まつながひさひで》が義長《よしなが》に毒《どく》を盛《も》った」と噂《うわさ》した。松永久秀《まつながひさひで》は三好長慶《みよしながよし》の甥《おい》の三好義継《みよしよしつぐ》を三好家《みよしけ》の家督《かとく》に取《と》り立《た》てた。

翌永禄七年《よくえいろく》（一五六五年）、三好長慶《みよしながよし》が病没《びょうぼつ》した。長慶《ながよし》の叔父《おじ》の三好政康《みよしまさやす》と三好康長《みよしやすなが》、岩成友道《いわなりともみち》の三人《さんにん》は松永久秀《まつながひさひで》と密議《みつぎ》し、長慶《ながよし》の死《し》を隠《かく》して将軍《しょうぐん》を操《あやつ》り幕府《ばくふ》を意《い》のままに動《うご》かした。世間《せけん》はこの三人を『三好三党《みよしさんとう》』と呼《よ》んで恐《おそ》れた。

永禄八年《えいろく》（一五六五年）、将軍義輝《しょうぐんよしてる》は室町《むろまち》に御所《ごしょ》を新築《しんちく》しようと思《おも》い立《た》って、三好《みよし》らに賦課《ふか》と賦役《ふえき》（課税と労役）を強要《きょうよう》した。三好三党《みよしさんとう》は松永久秀《まつながひさひで》と密議《みつぎ》して将軍義輝《しょうぐんよしてる》を斬殺《ざんさつ》した。義輝《よしてる》の享年《きょうねん》三十歳《さい》。

三好三党《みよしさんとう》は足利義維《あしかがよしつな》の子《こ》の義栄《よししげ》を将軍《しょうぐん》に担《かつ》いだ。

将軍義輝《しょうぐんよしてる》の弟《おとうと》の義昭《よしあき》は、当時《とうじ》出家《しゅっけ》して興福寺《こうふくじ》一乗院門跡《いちじょういんもんぜき》を継《つ》いで覚慶《かくけい》と名乗《なの》っていた。今《いま》、兄《あに》の義輝《よしてる》が横死《おうし》した。

幕府重臣《ばくふじゅうしん》の細川藤孝《ほそかわふじたか》と一色藤長《いっしきふじなが》は、松永久秀《まつながひさひで》や三好三党《みよしさんとう》の将軍弑逆《しょうぐんしいぎゃく》を見過《みす》ごしに出来《でき》ず、覚《かく》慶擁立《けいようりつ》に動《うご》いて、先《ま》ずは覚慶《かくけい》の身《み》の安全《あんぜん》を図《はか》って近江国和田《おうみこくわだ》に隠《かく》した。和田《わだ》の豪族《ごうぞく》の和田惟政《わだこれまさ》や近江国守護《おうみこくしゅご》の六角義賢《ろっかくよしかた》は、細川藤孝《ほそかわふじたか》と一色藤長《いっしきふじなが》に同調《どうちょう》して覚慶擁立《かくけいようりつ》に協力《きょうりょく》した。覚慶《かくけい》は和田《わだ》から近江国矢島《おうみこくやじま》に移《うつ》り、還俗《げんぞく》して足利義秋《あしかがよしあき》と名乗《なの》った。後《のち》に義昭《よしあき》と改名《かいめい》した（以後、義昭）。

松永久秀《まつながひさひで》は六角義賢《ろっかくよしかた》に足利義昭《あしかがよしあき》を除《のぞ》くよう脅迫《きょうはく》した。義昭《よしあき》は迫害《はくがい》を恐《おそ》れて越前《えちぜん》に逃《のが》れ、朝倉義景《あさくらよしかげ》を頼《たよ》った。そして越後《えちご》の上杉謙信《うえすぎけんしん》、甲斐《かい》の武田信玄《たけだしんげん》や尾張《おわり》の織田信長《おだのぶなが》など、天下《てんか》の諸将《しょしょう》に御内書《ごないしょ》（親書）を発《はっ》して三好討伐《みよしとうばつ》を命《めい》じた（341頁11行目〜342頁1行目参照）。

この頃永禄《ころえいろく》八年（一五六五年）、尾張《おわり》の織田信長《おだのぶなが》は、信玄《しんげん》に養女《ようじょ》を質《しち》に出《だ》して東方《とうほう》からの脅威《きょうい》を解消《かいしょう》し、永禄《えいろく》九年（一五六六年）に信長《のぶなが》は舅《しゅうと》の斉藤道三《さいとうどうさん》の仇討《かたきう》ちを口実《こうじつ》にして美濃国《みのこく》に攻《せ》め込《こ》んだ。そして翌年《よくねん》、年来《ねんらい》の願望《がんぼう》であった美濃国《みのこく》を乗《の》っ取《と》り、天下布武《てんかふぶ》（天下制覇）を公言《こうげん》した（340頁2行目参照）。

六．越相同盟

謙信の関東出兵並びに北条・今川同盟と武田・織田同盟の抗争

永禄八年《えいろく》（一五六五年）二月、上野国箕輪城《こうずけこくみのわじょう》（高崎市）の長野左衛門《ながのさえもん》が甲斐勢《かいぜい》に攻撃《こうげき》された。上総《かずさ》国土気城《こくとけじょう》（千葉市）の酒井治胤《さかいはるたね》も北条氏康《ほうじょううじやす》に攻《せ》められて、共《とも》に上杉謙信《うえすぎけんしん》に急《きゅう》を告《つ》げた。謙信《けんしん》は関《かん》東諸将《とうしょしょう》の救援依頼《きゅうえんいらい》に応《おう》じて上野国厩橋城《こうずけこくうまやばしじょう》（前橋市）に出張《でば》った。

武田信玄《たけだしんげん》は、北条《ほうじょう》と上杉《うえすぎ》が対峙《たいじ》している間《あいだ》は甲《こう》・信《しん》は侵《おか》されず安泰《あんたい》だと見《み》て取《と》り、この時《とき》を捉《とら》えて甲《こう》・駿《すん》・相《そう》の三国同盟《さんごくどうめい》を破棄《はき》して駿河国《するがこく》に攻《せめ》め込《こ》み、いとも易《やす》く駿府城《すんぷじょう》を乗《の》っ取《と》った。

今川氏真《いまがわうじざね》は家臣《かしん》の裏切《うらぎ》りに遭《あ》って、駿府城《すんぷじょう》から遠江国掛川城《とおとうみこくかけがわじょう》（掛川市）に逃《に》げ込《こ》み籠城《ろうじょう》した。

北条氏康《ほうじょううじやす》は甲《こう》・駿《すん》・相《そう》の三国同盟《さんごくどうめい》を破《やぶ》った武田信玄《たけだしんげん》を見《み》て愕然《がくぜん》とした。駿府《すんぷ》を手《て》に入《い》れると次《つぎ》は必《かなら》ず相模《さがみ》も取《と》ろうとするに違《ちが》いない。その証拠《しょうこ》に、甲斐《かい》に送《おく》って信玄《しんげん》の養子《ようし》にした氏康《うじやす》の末《まっ》子《し》の氏秀《うじひで》が甲斐《かい》から追《お》い返《かえ》されて来《き》た。

北条氏康《ほうじょううじやす》は迷《まよ》わず娘婿《むすめむこ》の今川氏真《いまがわうじざね》に味方《みかた》して駿河国境《するがこっきょう》に出兵《しゅっぺい》し、信玄《しんげん》に敵対《てきたい》した。そして目《もく》前《ぜん》の敵《てき》である謙信《けんしん》に軍使《ぐんし》を送《おく》って、信玄《しんげん》に対《たい》する軍事同盟《ぐんじどうめい》を申《もう》し込《こ》んだ。

上杉謙信《うえすぎけんしん》は今当《いままさ》に戦《いくさ》を始《はじ》めようとしている敵《てき》から同盟《どうめい》の話《はなし》を受《う》けて面食《めんく》らった。氏康《うじやす》の話《はなし》はとても素直《すなお》に信《しん》じられるものではなかった。

けれども、北条氏康《ほうじょううじやす》は今川氏真《いまがわうじざね》を助《たす》けるために、関東諸国《かんとうしょこく》に出《だ》した軍《ぐん》を収《おさ》めて次第《しだい》に相模《さがみ》に引上《ひきあ》げ、全力《ぜんりょく》を駿河国《するがこく》に傾注《けいちゅう》するようになった。

関東《かんとう》は次第《しだい》に平穏《へいおん》になって、謙信《けんしん》は一旦《いったん》越後《えちご》に帰国《きこく》した。

能登畠山七人衆の抗争並びに越中神保長職・長住の父子対立

この頃《ころ》しばらく越中《えっちゅう》に大《おお》きな争《あらそ》いはなかった。けれども広《ひろ》く深《ふか》く一向宗《いっこうしゅう》が浸透《しんとう》して、諍《いさか》いは絶《た》えなかった。この頃《ころ》、能登国《のとこく》では…(260頁10行目の続き)。

永禄《えいろく》九年(一五六六年)、能登国《のとこく》畠山七人衆《はたけやましちにんしゅう》の長続連《ちょうつぐつら》と遊佐続光《ゆさつぐみつ》は主君《しゅくん》の畠山義綱《はたけやまよしつな》の弾圧《だんあつ》に耐《た》えかねて、義綱《よしつな》の子《こ》で未《ま》だ幼《おさな》い義慶《よしのり》を擁立《ようりつ》して、義綱《よしつな》を国外《こくがい》に追放《ついほう》した。この錯乱《さくらん》に温井景隆《ぬくいかげたか》も加担《かたん》した。温井景隆《ぬくいかげたか》は父続宗《ちちつぐむね》と共《とも》に義綱《よしつな》に国外追放《こくがいついほう》されていたが、義綱《よしつな》に入《い》れ替《か》わって能登《のと》に復帰《ふっき》した。

上杉謙信《うえすぎけんしん》は能登国《のとこく》畠山家《はたけやまけ》とは同盟関係《どうめいかんけい》にあった。謙信《けんしん》は能登《のと》の畠山家《はたけやまけ》を気遣《きづか》って越中放生津《えっちゅうほうじょうづ》（新湊）まで出馬《しゅつば》した。けれども北条《ほうじょう》との同盟問題《どうめいもんだい》で関東《かんとう》の諸将《しょしょう》が動揺《どうよう》して、再《ふたた》び関東《かんとう》に出馬《しゅつば》しなければならなくなった。能登錯乱《のとさくらん》に加担《かたん》した遊佐続光《ゆさつぐみつ》は、幼児期《ようじき》に父《ちち》と一緒《いっしょ》に越後《えちご》に亡命《ぼうめい》していて、謙信《けんしん》とは幼馴染《おさななじみ》だった。続光《つぐみつ》は畠山義綱《はたけやまよしつな》の嫡子《ちゃくし》の義慶《よしのり》を畠山家《はたけやまけ》の後継《こうけい》に戴《いただ》くことを謙信《けんしん》に誓約《せいやく》して、能登出馬《のとしゅつば》を見送《みおく》らせた。謙信《けんしん》も能登《のと》より関東《かんとう》が気掛《きが》かりだ。それで遊佐続光《ゆさつぐみつ》の意見《いけん》を入《い》れて、能登《のと》は続光《つぐみつ》に委《ゆだ》ね（能登状況は以後298頁9行目に続く）関東《かんとう》に出馬《しゅつば》した。そして、今後《こんご》も北条《ほうじょう》が関東諸将《かんとうしょしょう》に戦《いくさ》を仕掛《しか》ければ、即刻北条討伐軍《そっこくほうじょうとうばつぐん》を出《だ》すと誓《ちか》い、厩橋城《うまやばしじょう》に北条監視《ほうじょうかんし》の遊撃隊《ゆうげきたい》を残《のこ》して帰国《きこく》した。

永禄《えいろく》十一年（一五六八年）、越中《えっちゅう》婦負《ねい》・射水《いみず》両郡《りょうぐん》の一向宗《いっこうしゅう》坊主《ぼうず》門徒《もんと》は神保《じんぼ》長職《ながもと》の迫害《はくがい》に耐《た》えかねて守山城《もりやまじょう》（高岡市）に立《た》て籠《こも》った（この文265頁2行目の続き）。長職《ながもと》の一向宗《いっこうしゅう》門徒《もんと》家臣団《かしんだん》も長職《ながもと》と手《て》を切《き》って守山城《もりやまじょう》に入《はい》った。元々《もともと》越中《えっちゅう》婦負《ねい》・射水《いみず》両郡《りょうぐん》は一向宗《いっこうしゅう》の盛《さか》んな土地柄《とちがら》だ。領主《りょうしゅ》の神保長《じんぼなが》職《もと》も一向宗《いっこうしゅう》を保護《ほご》したが、永禄《えいろく》五年九月の呉服山合戦《ごふくやまがっせん》で上杉謙信《うえすぎけんしん》に討《う》ち取《と》られる寸前《すんぜん》を能登《のと》国守《こくしゅ》護《ご》の畠山義綱《はたけやまよしつな》の助命嘆願《じょめいたんがん》を得《え》て九死《きゅうし》に一生《いっしょう》を得《え》た。以来《いらい》神保《じんぼ》長職《ながもと》は老齢《ろうれい》で判断力《はんだんりょく》が急速《きゅうそく》に落《お》ち、越後《えちご》の恩義《おんぎ》のみを心掛《こころが》けて謙信《けんしん》の命《めい》に忠実《ちゅうじつ》に服《ふく》し、寺坊《じぼう》の破却《はきゃく》や坊主《ぼうず》の追放《ついほう》に努《つと》めた。

ところで神保《じんぼ》家臣団《かしんだん》には日宮城《ひのみやじょう》代《だい》小島職鎮《こじまもとしげ》（元・婦中町長沢の豪族）の越後派《えちごは》と池田城主《いけだじょうしゅ》（立山町）寺島職定《てらしまもとさだ》の一向宗派《いっこうしゅうは》の二派《には》があった。寺島《てらしま》らの一向宗派《いっこうしゅうは》は越後勢《えちごぜい》に只管盲従《ひたすらもうじゅう》する主君《しゅくん》の神保長《じんぼなが》職《もと》から次第《しだい》に心《こころ》が離《はな》れて独立《どくりつ》を志《こころざ》す者《もの》が現《あらわ》れた。この独立派《どくりつは》は長職《ながもと》の嫡子《ちゃくし》のようやく青年《せいねん》に成《せい》長《ちょう》した長住《ながずみ》を抱《だ》き込《こ》んで長職《ながもと》を諫言《かんげん》した。長職《ながもと》は長住《ながずみ》を義絶《ぎぜつ》（勘当）して寺島職定《てらしまもとさだ》一派《いっぱ》と共《とも》に富《と》山城《やまじょう》から追《お》い出《だ》した。長住《ながずみ》らは一向宗徒《いっこうしゅうと》が籠《こも》る守山城《もりやまじょう》に逃《のが》れた。

上杉謙信《うえすぎけんしん》は神保《じんぼ》長職《ながもと》からの報《しら》せを受《う》けて直《ただ》ちに越中《えっちゅう》に出陣《しゅつじん》し、松倉城《まつくらじょう》の椎名康胤《しいなやすたね》にも参陣《さんじん》を命《めい》じて新庄城《しんじょうじょう》（富山市）に着陣《ちゃくじん》した。そして放生津《ほうじょうづ》（新湊）に出掛《でか》けて守山城《もりやまじょう》に軍使《ぐんし》を立《た》て、神保《じんぼ》長住《ながずみ》に義絶《ぎぜつ》を伝《つた》えて国外退去《こくがいたいきょ》を迫《せま》った。長住《ながずみ》は寺島《てらしま》らに勧《すす》められて一向宗徒《いっこうしゅうと》には内密《ないみつ》で城《しろ》を抜《ぬ》け出《だ》し美濃国《みのこく》に逃《に》げ落《お》ちて、織田信長《おだのぶなが》に庇護《ひご》を求《もと》めた（390頁10～11行目参照）。信長《のぶなが》は上杉家《うえすぎけ》は元《もと》より神保家《じんぼけ》にも調略《ちょうりゃく》の手《て》を廻《まわ》していた。神保長住《じんぼながずみ》の近臣《きんしん》はこれを利用《りよう》して信長《のぶなが》の調略《ちょうりゃく》に乗《の》った。

椎名康胤《しいなやすたね》は家臣《かしん》の小幡早韻《おばたそういん》や内山時忠《うちやまときただ》・溝口知春《みぞぐちともはる》・広瀬新兵衛《ひろせしんべえ》・武隈元員《たけくまもとかず》と元直《もとなお》父子《ふし》・椎名照《しいなてる》康《やす》・寺崎半之進《てらさきはんのしん》・内山外記《うちやまげき》・稲見七郎右衛門《いなみななろうえもん》・荻原内記《おぎわらないき》・小間惣之進《こまそうのしん》・伊藤喜内《いとうきない》・杉原源左《すぎはらげんざ》・越《こし》野兵衛《のひょうえ》・渋谷八平《しぶたにはちべい》・浅井久平《あさいきゅうべい》・前原次左衛門《まえはらじざえもん》・渡辺瀬馬平《わたなべせまべい》・城五左衛門《しろござえもん》・吉川源内《きつかわげんない》・松田清《まつだせい》五《ご》・本庄喜次郎《ほんじょうきじろう》・漆間兵衛《うるしまひょうえ》らを呼《よ》んで、謙信《けんしん》から受《う》けた参陣《さんじん》の対応《たいおう》を評定《ひょうじょう》した。

松倉城下《まつくらじょうか》には加賀金沢堂衆《かがかなざわどうしゅう》や信濃《しなの》の武田信玄《たけだしんげん》から連日《れんじつ》、寝返《ねがえ》りを勧《すす》める密使《みっし》が遣《や》って来《き》ていた。また、松倉城下《まつくらじょうか》の土民百姓《どみんひゃくしょう》や兵卒連中《へいそつれんちゅう》は挙《あ》げて一向宗《いっこうしゅう》に入信《にゅうしん》していて、法敵謙信打倒《ほうてきけんしんだとう》を望《のぞ》む声《こえ》で満《み》ちていた。今《いま》、城内《じょうない》では迂闊《うかつ》に一向宗門徒《いっこうしゅうもんと》討伐《とうばつ》などは口《くち》に出《だ》せない情勢《じょうせい》だ。

松倉城《まつくらじょう》に集《あつ》まった家臣一同《かしんいちどう》は土民百姓《どみんひゃくしょう》に味方《みかた》して、一向宗側《いっこうしゅうがわ》に寝返《ねがえ》ることで一決《いっけつ》した。幸《さいわ》いに松倉城《まつくらじょう》は要害堅固《ようがいけんご》な山城《やまじろ》だ。いかな謙信《けんしん》でも易々《やすやす》と手出《てだ》しできる城《しろ》ではない。椎名康胤《しいなやすたね》は松倉《まつくら》城《じょう》に籠《こも》って、上杉謙信《うえすぎけんしん》の命《めい》を無視《むし》して受《う》けなかった（以後286頁3行目に続く）。

越後本庄繁長の謀反並びに謙信北条氏康と同盟

武田信玄《たけだしんげん》は越中国《えっちゅうこく》の一向一揆《いっこういっき》を助《たす》けるために、上杉謙信《うえすぎけんしん》の留守《るす》を預《あず》かる本庄繁長《ほんじょうしげなが》に謀叛《むほん》を勧《すす》める密使《みっし》を送《おく》った。繁長《しげなが》は越後国阿賀野川以北《えちごこくあがのがわいほく》を治《おさ》める揚北衆《あがきたしゅう》の筆頭領主《ひっとうりょうしゅ》だ。南越後《みなみえちご》の長尾家《ながおけ》とは元々同格《もともとどうかく》の家柄《いえがら》だという思《おも》いがあって内心《ないしん》では謙信《けんしん》に従属《じゅうぞく》するのを快《こころよ》く思《おも》っていなかった。

そこへ以前《いぜん》から同盟《どうめい》の誘《さそ》いがあった甲斐《かい》の武田信玄《たけだしんげん》から独立決起《どくりつけっき》を求《もと》める密使《みっし》が遣《や》って来《き》た。本庄繁長《ほんじょうしげなが》は好機到来《こうきとうらい》とばかりに居城《きょじょう》の本庄城《ほんじょうじょう》（村上市）に引上《ひきあ》げて謙信《けんしん》に反旗《はんき》を翻《ひるがえ》した。信玄自身《しんげんじしん》も信濃《しなの》の海津城《かいづじょう》（松代町）から信越国境《しんえつこっきょう》に出陣《しゅつじん》して越後勢《えちごぜい》が支配《しはい》する飯山城《いいやまじょう》（飯山市）に攻撃《こうげき》を仕掛《しか》けた。

越中在陣《えっちゅうざいじん》の上杉謙信《うえすぎけんしん》は窮地《きゅうち》に陥《おちい》った。本庄繁長《ほんじょうしげなが》は隣接《りんせつ》する鮎川盛長《あゆかわもりなが》の居城《きょじょう》の鮎川城《あゆかわじょう》（村上市大場沢）を攻《せ》めた。謙信《けんしん》は越中出陣中《えっちゅうしゅつじんちゅう》の鮎川盛長《あゆかわもりなが》を即刻帰国《そっこくきこく》させた。そして松倉城《まつくらじょう》の椎名康胤《しいなやすたね》の抑《おさ》えとして魚津城《うおづじょう》に河田長親《かわたながちか》を置《お》き、守山城《もりやまじょう》の神保長住《じんぼながずみ》配下《はいか》の備《そな》えには鰺坂長実《あじさかながざね》を新庄城《しんじょうじょう》に置《お》き陣《じん》を撤収《てっしゅう》して謙信自身《けんしんじしん》も帰国《きこく》した。

上杉謙信《うえすぎけんしん》は越後《えちご》に帰国《きこく》して、直《ただ》ちに上杉景信《うえすぎかげのぶ》（長尾一族の筆頭家老）を関山城《せきやまじょう》（妙高市）に送《おく》って武田勢《たけだぜい》に備《そな》え、自《みずか》らは本隊《ほんたい》を率《ひき》いて本庄繁長討伐《ほんじょうしげながとうばつ》に向《む》かった。繁長《しげなが》は本庄城《ほんじょうじょう》に立《た》て籠《こも》った。繁長《しげなが》はこの日《ひ》があることを予期《よき》して、命《いのち》を懸《か》けて本庄城《ほんじょうじょう》を要害堅固《ようがいけんご》に造《つく》り変《か》えていた。謙信《けんしん》は攻《せ》めあぐねて、見張《みは》りの兵《へい》を残《のこ》して一旦春日山《いったんかすがやま》に引上《ひきあ》げた。

飯山城《いいやまじょう》（飯山市）を攻《せ》めた武田信玄《たけだしんげん》は備《そな》えのあるのを知《し》って長居《ながい》は無用《むよう》と悟《さと》り、反転《はんてん》して駿河《するが》に向《む》かった。謙信《けんしん》は当面《とうめん》の危機《きき》を乗《の》り越《こ》えた。この世情騒然《せじょうそうぜん》とした時《とき》に飛騨《ひだ》の三木良頼《みきよしより》から「尾張国《おわりこく》の織田信長《おだのぶなが》が上洛《じょうらく》して三好党《みよしとう》を京《きょう》都から放逐《ほうちく》し、足利義昭《あしかがよしあき》を将軍《しょうぐん》に推戴《すいたい》した」との急報《きゅうほう》が入《はい》った。謙信《けんしん》は越前朝倉家《えちぜんあさくらけ》に急使《きゅうし》を送《おく》って真相《しんそう》の把握《はあく》に努《つと》め、幕府再興《ばくふさいこう》が成《な》ったことを慶《よろこ》んだ。

かくして永禄《えいろく》十一年は暮《く》れた。翌永禄《よくえいろく》十二年（一五六九年）三月、雪消《ゆきげ》が進《すす》み軍《ぐん》の移動《いどう》が容易《ようい》になった頃《ころ》、本庄繁長《ほんじょうしげなが》は観念《かんねん》して会津《あいづ》の蘆名盛氏《あしなもりうじ》と米沢《よねざわ》の伊達輝宗《だててるむね》の仲介《ちゅうかい》で上杉謙信《うえすぎけんしん》に降伏《こうふく》した。謙信《けんしん》は国内《こくない》の混乱《こんらん》が長引《ながび》くのを恐《おそ》れて繁長《しげなが》の降伏《こうふく》を許《ゆる》した。

この年永禄《としえいろく》十二年（一五六九年）の春《はる》三月、越後《えちご》の内乱《ないらん》もようやく治《おさ》まった頃《ころ》に、相模国《さがみこく》の北条氏康《ほうじょううじやす》は上杉謙信《うえすぎけんしん》に氏康《うじやす》の子《こ》を人質《ひとじち》に差《さ》し出《だ》すことを条件《じょうけん》に加《くわ》えて重《かさ》ねて同盟《どうめい》を申《もう》し込《こ》んだ。将軍義昭《しょうぐんよしあき》も信長《のぶなが》の同意《どうい》を得《え》て智光院頼慶《ちこういんらいけい》を使者《ししゃ》に立《た》て、越後《えちご》と相模《さがみ》の和睦《わぼく》を斡旋《あっせん》した。織田《おだ》信長自身《のぶながじしん》も遜《へりくだ》って謙信《けんしん》に尾張《おわり》と越後《えちご》の同盟《どうめい》を求《もと》めた。何《いず》れも武田信玄《たけだしんげん》を恐《おそ》れてその対応《たいおう》に必死《ひっし》だった。

上杉謙信《うえすぎけんしん》は織田信長《おだのぶなが》の幕府再興《ばくふさいこう》の労《ろう》を讃《たた》えて、尾張《おわり》との同盟《どうめい》を許諾《きょだく》した。相模《さがみ》との和睦《わぼく》については関東諸将《かんとうしょしょう》の意見《いけん》を聞《き》いた上《うえ》で同年《どうねん》三月、古河公方《こがくぼう》の推戴《すいたい》を条件《じょうけん》に越相同盟《えつそうどうめい》を内諾《ないだく》した。北条氏康《ほうじょううじやす》の使僧天用院《しそうてんよういん》は謙信《けんしん》の許諾《きょだく》の書《しょ》を手《て》にして、喜《よろこ》び勇《いさ》んで帰国《きこく》した。

同年《どうねん》四月、北条氏康《ほうじょううじやす》・氏政父子《うじまさおやこ》は足利藤氏《あしかがふじうじ》の子《こ》の義氏《よしうじ》を古河公方《こがくぼう》に立《た》てて関東《かんとう》の統治《とうじ》を委《ゆだ》ねることに加《くわ》えて、氏政《うじまさ》の子《こ》（国増丸）を謙信《けんしん》の養子《ようし》に差《さ》し出《だ》すことで越相同盟《えつそうどうめい》に同意《どうい》するよう謙信《けんしん》に求《もと》めた。謙信《けんしん》は許諾《きょだく》した。越相同盟《えつそうどうめい》は成立《せいりつ》した。

同年《どうねん》十月、上杉謙信《うえすぎけんしん》は国内《こくない》を鎮圧《ちんあつ》して、再《ふたた》び越中《えっちゅう》に出兵《しゅっぺい》して富山城《とやまじょう》に入《はい》り、さらに進《すす》んで神通《じんづう》川《がわ》を渡《わた》った。

この時《とき》も椎名康胤《しいなやすたね》は松倉城《まつくらじょう》に籠《こも》って、上杉謙信《うえすぎけんしん》には服従《ふくじゅう》しなかった。

武田信玄《たけだしんげん》は謙信《けんしん》の越中出陣《えっちゅうしゅつじん》を見《み》て上野国《こうずけこく》に兵《へい》を出《だ》し越後勢《えちごぜい》を牽制《けんせい》した。

上杉謙信《うえすぎけんしん》は椎名康胤《しいなやすたね》を見限《みかぎ》って、替《かわ》って魚津城《うおづじょう》の河田長親《かわたながちか》を越中新川郡《えっちゅうにいかわぐん》の目代《もくだい》に取《と》り立《た》てた。そして長親《ながちか》に一層厳重《いっそうげんじゅう》な康胤《やすたね》の抑《おさ》えを命《めい》じて軍《ぐん》を返《かえ》し、上野国沼田《こうずけこくぬまた》に出兵《しゅっぺい》して越年《えつねん》した。

永禄《えいろく》十三年改元《かいげん》して元亀元年《げんきがんねん》（一五七〇年）春《はる》、上杉謙信《うえすぎけんしん》は関東《かんとう》の上野国《こうずけこく》にいた。北条氏康《ほうじょううじやす》は氏政《うじまさ》の子《こ》に替《か》えて、氏政《うじまさ》の弟《おとうと》の氏秀《うじひで》を人質《ひとじち》に出《だ》すことで謙信《けんしん》に同意《どうい》を求《もと》めた。

北条氏秀《ほうじょううじひで》は元《もと》、甲斐《かい》の武田信玄《たけだしんげん》の人質《ひとじち》になって武田三郎氏秀《たけださぶろううじひで》を名乗《なの》り、信玄《しんげん》の養子《ようし》になっていた。この間《かん》に氏秀《うじひで》は武田四郎勝頼《たけだしろうかつより》の義兄《ぎけい》になった。ところが永禄《えいろく》十一年（一五六八年）に武田信《たけだしん》玄《げん》が駿河《するが》に討《う》ち入《い》って、甲《こう》・駿《すん》・相三国同盟《そうさんごくどうめい》が破棄《はき》された。氏秀《うじひで》は甲斐《かい》から相模《さがみ》へ送《おく》り返《かえ》されたが、今度《こんど》は越後《えちご》に人質《ひとじち》に出《だ》されることになった。北条氏康《ほうじょううじやす》は氏秀《うじひで》を謙信《けんしん》が滞在中《たいざいちゅう》の上野国《こうずけこく》に送《おく》った。

上杉謙信《うえすぎけんしん》は上野国沼田城《こうずけこくぬまたじょう》で氏秀《うじひで》と体面《たいめん》して、氏秀《うじひで》に謙信《けんしん》の若《わか》いころの名前《なまえ》の景虎《かげとら》を名乗《なの》らせ、長尾政景《ながおまさかげ》の娘《むすめ》を嫁《よめ》に与《あた》えて謙信《けんしん》の養子《ようし》にした。

上杉謙信《うえすぎけんしん》はこれまで書類《しょるい》の署名《しょめい》には輝虎《てるとら》の名《な》を用《もち》いたが、景虎《かげとら》を養子《ようし》にしてからは書面《しょめん》の署名《しょめい》にも『謙信』の道号《どうごう》を用《もち》いて紛《まぎ》らわしさを避《さ》ける気配《きくば》りをした。

関東管領上杉謙信《かんとうかんれいうえすぎけんしん》は古河公方《こがくぼう》に推戴《すいたい》した足利義氏《あしかがよしうじ》の求《もと》めに応《おう》じて、義氏《よしうじ》に関東《かんとう》の統治《とうじ》を委《ゆだ》ねた。そして養子《ようし》にした景虎《かげとら》を伴《ともな》って越後《えちご》に帰国《きこく》した。この秋《あき》、謙信《けんしん》は中風《ちゅうふう》（脳卒中）を患《わずら》い床《とこ》に伏《ふ》したが、間《ま》も無《な》く全快《ぜんかい》した。

元亀元年《げんきがんねん》四月、織田信長《おだのぶなが》は将軍義昭《しょうぐんよしあき》の命《めい》に服《ふく》さぬことを名目《めいもく》に越前国《えちぜんこく》に出兵《しゅっぺい》して、朝倉義景《あさくらよしかげ》を攻撃《こうげき》した。信長《のぶなが》の妹《いもうと》を室《しつ》（妻）にしていた北近江《きたおうみ》の浅井長政《あさいながまさ》は、信長《のぶなが》に反旗《はんき》を翻《ひるがえ》して朝倉方《あさくらがた》に寝《ね》返《がえ》った。隠居《いんきょ》していた浅井長政《あさいながまさ》の父久政《ちちひさまさ》が長年《ながねん》の越前朝倉《えちぜんあさくら》との同盟関係《どうめいかんけい》を重《おも》んじて、長政《ながまさ》に信長《のぶなが》と絶交《ぜっこう》するよう強要《きょうよう》したのだ。浅井長政《あさいながまさ》は父《ちち》の命《めい》を重《おも》んじ、越前《えちぜん》に侵入《しんこう》した信長軍《のぶながぐん》の退路《たいろ》を絶《た》って挟《はさ》み撃《う》ちした。織田信長《おだのぶなが》は窮地《きゅうち》に陥《おちい》って命辛々《いのちからがら》京都《きょう》に逃《に》げ帰《かえ》った（詳細は350頁5行目以降参照）。

同年《どうねん》六月、信長《のぶなが》は反撃《はんげき》に出《で》て、姉川《あねがわ》（滋賀県長浜）の合戦《かっせん》で浅井《あさい》・朝倉連合軍《あさくられんごうぐん》に大勝《たいしょう》した。朝倉《あさくら》義景《よしかげ》は手勢《てぜい》の主力《しゅりょく》を討《う》ち取《と》られて越前《えちぜん》に逃《に》げ帰《かえ》った（信長に関する詳細は第四章を参照）。

将軍義昭《しょうぐんよしあき》は己《おのれ》を蔑《ないがし》ろにして天下《てんか》の諸公《しょこう》を討伐《とうばつ》する信長《のぶなが》を憎《にく》んだ。それで信長《のぶなが》に隠《かく》れて、武田信《たけだしん》玄《げん》・朝倉義景《あさくらよしかげ》・浅井長政《あさいながまさ》・六角義賢《ろっかくよしかた》や本願寺《ほんがんじ》・延暦寺《えんりゃくじ》などに呼《よ》びかけて、信長包囲網《のぶながほういもう》を作《つく》り協《きょう》力《りょく》して信長《のぶなが》を討《う》ち取《と》るよう密命《みつめい》した。朝倉義景《あさくらよしかげ》は勢力挽回《せいりょくばんかい》を願《ねが》って一向宗徒《いっこうしゅうと》と和睦《わぼく》した。

七．加賀・越中平定

北条氏政謙信と絶交し信玄と同盟

この頃《ころ》、越中《えっちゅう》では…（280頁3行目の続き）。元亀《げんき》二年（一五七一年）春《はる》、上杉謙信《うえすぎけんしん》は雪消《ゆきげ》を待《ま》たずに越中魚津《えっちゅううおづ》に出陣《しゅつじん》して椎名康胤《しいなやすたね》を囲《かこ》んだ。康胤《やすたね》は松倉城《まつくらじょう》に逃《に》げ込《こ》んだ。

上杉謙信《うえすぎけんしん》は城下《じょうか》を焼《や》き尽《つ》くして松倉城《まつくらじょう》を裸城《はだかじろ》にした。康胤《やすたね》はそれでも謙信《けんしん》に服従《ふくじゅう》する気配《けはい》を見《み》せなかった。

謙信《けんしん》は富山城《とやまじょう》に移《うつ》って神保長職《じんぼながもと》らを使《つか》い、一向一揆《いっこういっき》が支配《しはい》する守山城《もりやまじょう》も裸城《はだかじろ》にして出城《でじろ》は全《すべ》て制圧《せいあつ》した。そして松倉城《まつくらじょう》と守山城《もりやまじょう》の攻撃《こうげき》を魚津城《うおづじょう》の河田長親《かわたながちか》と新庄城《しんじょうじょう》の鯵坂長実《あじさかながざね》に任《まか》せて一《いっ》旦越後《たんえちご》に引上《ひきあ》げた。

この頃《ころ》相模国《さがみこく》の北条氏康《ほうじょううじやす》は老衰《ろうすい》で再起不能《さいきふのう》になった。

武田信玄《たけだしんげん》は北条氏康《ほうじょううじやす》の子《こ》の氏政《うじまさ》に密使《みっし》を送《おく》って盛《さか》んに和睦《わぼく》を求《もと》め、同盟《どうめい》して謙信《けんしん》に当《あ》たろうと口説《くど》いた。謙信《けんしん》は関東《かんとう》の不穏《ふおん》な空気《くうき》を察《さっ》して居《い》た堪《たま》れなくなって関東《かんとう》に出張《でば》った。

同年《どうねん》四月、飛騨《ひだ》の塩屋秋貞《しおやあきさだ》ら三木良頼《みきよしより》の家臣団《かしんだん》は、上杉謙信《うえすぎけんしん》が越中《えっちゅう》から引《ひ》き上《あ》げたのを見《み》て神《じん》保長職《ぼながもと》の下《もと》から抜《ぬ》け出《だ》した。三木良頼《みきよしより》は神保長職《じんぼながもと》に手《て》を貸《か》して越中《えっちゅう》の一向宗徒《いっこうしゅうと》を排斥《はいせき》していたが、既《すで》に越前《えちぜん》では将軍義昭《しょうぐんよしあき》の仲介《ちゅうかい》で朝倉《あさくら》が一向一揆衆《いっこういっきしゅう》と和睦《わぼく》し、近江《おうみ》でも六角義賢《ろっかくよしかた》が本願寺顕如《ほんがんじけんにょ》と同盟《どうめい》した。今《いま》、一向一揆衆《いっこういっきしゅう》と敵対《てきたい》しているのは上杉謙信《うえすぎけんしん》と織田信長《おだのぶなが》だけだ。何時《いつ》までも越中《えっちゅう》に出張《でば》っていて、それが基《もと》で武田信玄《たけだしんげん》や飛騨《ひだ》の一向宗徒《いっこうしゅうと》に恨《うら》まれるのが怖《こわ》かった。他《ほか》にも三木良《みきよし》頼《より》は越中出兵以前《えっちゅうしゅっぺいいぜん》から、謙信《けんしん》を裏切《うらぎ》って一向一揆衆《いっこういっきしゅう》に加担《かたん》するよう信玄《しんげん》から密《ひそ》かに脅迫《きょうはく》されていた。三木良頼《みきよしより》は神保長職《じんぼながもと》の下《もと》の塩屋秋貞《しおやあきさだ》に使者《ししゃ》を送《おく》って、一向一揆討伐《いっこういっきとうばつ》から足《あし》を抜《ぬ》くよう命《めい》じた。塩屋秋貞《しおやあきさだ》は飛騨国境《ひだこっきょう》に近《ちか》い越中婦負平野《えっちゅうねいへいや》を一望《いちぼう》できる猿倉山《さるくらやま》（大沢野町）に城《しろ》を築《きず》いて立《た》て籠《こも》った。江馬《えま》の家臣《かしん》の河上富信《かわかみとみのぶ》も神保勢《じんぼぜい》から抜《ぬ》け出《だ》して、有峰街道《ありみねかいどう》の入口《いりくち》の中地山《なかちやま》（大山町）に登《のぼ》って城《しろ》を築《きず》いた。

この年《とし》元亀《げんき》二年（一五七一年）十月、北条氏康《ほうじょううじやす》は五十七歳《さい》の生涯《しょうがい》を閉《と》じ、子《こ》の氏政《うじまさ》が跡《あと》を継《つ》いだ。北条氏政《ほうじょううじまさ》の室《しつ》（妻）は信玄《しんげん》の娘《むすめ》だ。甲斐《かい》の武田信玄《たけだしんげん》は相模国《さがみこく》を味方《みかた》に引《ひ》き入《い》れようと懸命《けんめい》になって氏政《うじまさ》に和睦《わぼく》して同盟《どうめい》するよう求《もと》めた。氏政《うじまさ》にとって信玄《しんげん》は舅《しゅうと》だ。氏政《うじまさ》の心《こころ》が次第《しだい》に甲斐《かい》に傾《かたむ》き、越相同盟《えつそうどうめい》は再度《ふたたび》怪《あや》しくなった。

元亀《げんき》三年（一五七二年）一月、相模国《さがみこく》の北条氏政《ほうじょううじまさ》は遂《つい》に武田信玄《たけだしんげん》と同盟《どうめい》した。そして上杉謙信《うえすぎけんしん》と絶交《ぜっこう》した。

同年《どうねん》三月、武田信玄《たけだしんげん》の下《もと》に将軍義昭《しょうぐんよしあき》から『天下《てんか》を平定《へいてい》せよ』との御内書《ごないしょ》が届《とど》いた。信玄《しんげん》は上洛《じょうらく》遠征《えんせい》を志《こころざ》したが、その留守《るす》を謙信《けんしん》に突《つ》かれないかと恐《おそ》れた。

本願寺顕如金沢御堂衆に越後勢一掃指令

武田信玄《たけだしんげん》は本願寺顕如《ほんがんじけんにょ》に、加賀一向宗門徒《かがいっこうしゅうもんと》を使《つか》って越中《えっちゅう》にいる越後勢《えちごぜい》を討《う》つよう要請《ようせい》した。信玄《しんげん》にとって顕如《けんにょ》は妻同士《つまどうし》が姉妹《しまい》の相婿《あいむこ》だ。

本願寺顕如《ほんがんじけんにょ》は加賀金沢堂《かがかなざわどう》に杉浦玄任《すぎうらげんにん》を派遣《はけん》した。玄任《げんにん》は加賀《かが》に下《くだ》って越中《えっちゅう》の瑞泉寺《ずいせんじ》や勝興寺《しょうこうじ》と連絡《れんらく》を取《と》った。七里頼周《しちりらいしゅう》もすでに前年加賀《ぜんねんかが》に派遣《はけん》されていて一揆《いっき》の準備万端《じゅんびばんたん》は整《ととの》った。

元亀《げんき》三年（一五七二年）五月、加賀一向宗門徒《かがいっこうしゅうもんと》が蜂起《ほうき》した。加賀一揆衆《かがいっきしゅう》に越中一向一揆衆《えっちゅういっこういっきしゅう》が呼《こ》応《おう》した。杉浦玄任《すぎうらげんにん》に率《ひき》いられた一揆勢合《いっきぜいあ》わせて二万五千が、大挙《たいきょ》して砺波郡五位庄《となみぐんごいしょう》（高岡市福岡町）に押《お》し出《だ》した。そして神保長職勢《じんぼながもとぜい》が詰《つ》める射水郡日宮《いみずぐんひのみや》（射水市小杉町）に攻《せ》め寄《よ》せた。

日宮城《ひのみやじょう》は北陸道《ほくりくどう》の要衝《ようしょう》で増山城《ますやまじょう》（砺波市）の支城《しじょう》だ。城主《じょうしゅ》の神保覚広《じんぼただひろ》は新庄城《しんじょうじょう》の鯵坂長実《あじさかながざね》に急使《きゅうし》を送《おく》って救援《きゅうえん》を求《もと》めた。神保家臣《じんぼかしん》で願海寺城主《がんかいじじょうしゅ》（富山市願海寺）の寺崎盛永《てらさきもりなが》は城兵《じょうへい》を引《ひ》き連《つ》れて日宮城《ひのみやじょう》に駆《か》け付《つ》けた。鯵坂長実《あじさかながざね》は魚津城《うおづじょう》の河田長親《かわたながちか》と相談《そうだん》して日宮《ひのみや》の後詰《ごつ》めをしようと呉服山《ごふくやま》（呉羽山）に人数《にんずう》を送《おく》り込《こ》んだ。

一揆勢《いっきぜい》の大軍《たいぐん》は怒涛《どとう》の如《ごと》くに出撃《しゅつげき》して、苦《く》もなく日宮城《ひのみやじょう》と呉服山《ごふくやま》を圧《お》し潰《つぶ》した。日宮城《ひのみやじょう》の神保《じんぼ》覚広《ただひろ》や安藤職張《あんどうもとはる》・水越職勝《みずこしもとかつ》・小島職鎮《こじまもとしげ》らは手向《てむ》かう気力《きりょく》もなく、敵《てき》の姿《すがた》が見《み》えない内《うち》に城《しろ》を捨《す》てて能登国《のとこく》の石動山天平寺《せきどうさんてんぴょうじ》に逃《に》げ落《お》ちた。呉服山《ごふくやま》に出張《でば》った鯵坂長実《あじさかながざね》はやむなく神通川《じんづうがわ》まで退《の》いて防戦《ぼうせん》した。鋭気盛《えいきさか》んな一揆勢《いっきぜい》は鯵坂勢《あじさかぜい》を神通川原《じんづうがわら》で撃《う》ち破《やぶ》った。

一揆勢《いっきぜい》は神通川《じんづうがわ》以西《いせい》を支配《しはい》して、富山城《とやまじょう》も乗《の》っ取《と》った。

鯵坂長実《あじさかながざね》は新庄城《しんじょうじょう》まで退却《たいきゃく》して上杉謙信《うえすぎけんしん》に出兵《しゅっぺい》を要請《ようせい》した。謙信《けんしん》は越後《えちご》から直江景綱《なおえかげつな》を救援《きゅうえん》に向《む》かわせた。景綱《かげつな》は一揆勢《いっきぜい》の当《あ》たるべからざる鋭気《えいき》に触《ふ》れて万一《まんいち》を恐《おそ》れ、謙信《けんしん》にも出馬《しゅつば》を要請《ようせい》した。


元亀《げんき》三年（一五七二年）八月、上杉謙信《うえすぎけんしん》は越中新庄城《えっちゅうしんじょうじょう》に出馬《しゅつば》した。謙信《けんしん》が出馬《しゅつば》しただけで越後《えちご》勢《ぜい》は見違《みちが》える様《よう》に勇《いさ》ましくなり苦《く》も無《な》く富山城《とやまじょう》を奪還《だっかん》した。謙信《けんしん》は富山城《とやまじょう》に入《はい》って飛騨《ひだ》に軍使《ぐんし》を送《おく》り、援軍《えんぐん》の派遣《はけん》を命《めい》じた。江馬輝盛《えまてるもり》は謙信《けんしん》の命《めい》には逆《さか》らえず自《みずか》ら出馬《しゅつば》して謙信《けんしん》に謁見《えっけん》した。

三木良頼《みきよしより》はこの頃《ころ》、不起《ふき》の病《やまい》に罹《かか》って伏《ふ》せっていた。その上《うえ》、武田信玄《たけだしんげん》の属将《ぞくしょう》の木曽義昌《きそよしまさ》が信《しん》玄《げん》の上洛軍《じょうらくぐん》の先触《さきぶ》れとして木曽《きそ》から美濃《みの》に出《で》て、奥美濃《おくみの》から飛騨《ひだ》を窺《うかが》った。三木良頼《みきよしより》の子《こ》の自綱《よりつな》は、木曽勢《きそぜい》の侵入《しんにゅう》に備《そな》えて威徳寺《いとくじ》（下呂市）に張《は》り付《つ》いて動《うご》くことが出来《でき》ず、謙信《けんしん》の要求《ようきゅう》に応《こた》えることが出来《でき》なかった。幸《さいわ》いに、間《ま》もなく事無《ことな》く木曽勢《きそぜい》が引《ひ》き上《あ》げた。それで十月、ようやく自綱《よりつな》は自《みずか》ら越中《えっちゅう》に駆《か》け付《つ》けて謙信《けんしん》に謁見《えっけん》した。自綱《よりつな》は父良頼《ちちよしより》の病状《びょうじょう》が重《おも》くて眼《め》の離《はな》せない状態《じょうたい》だったので、謙信《けんしん》の許《ゆる》しを得《え》て越中《えっちゅう》に在陣《ざいじん》することなく帰国《きこく》した。三木良頼《みきよしより》は同年十一月に没《ぼっ》した。

一方《いっぽう》、越中一揆勢《えっちゅういっきぜい》の大将《たいしょう》の杉浦玄任《すぎうらげんにん》は加賀《かが》の坪坂伯耆《つぼさかほうき》に援軍《えんぐん》を要請《ようせい》して勢力《せいりょく》を補強《ほきょう》した。そして神通川《じんづうがわ》を挟《はさ》んで両軍睨《りょうぐんにら》み合《あ》った。

元亀《げんき》三年（一五七二年）九月、上杉謙信《うえすぎけんしん》は増山城《ますやまじょう》（砺波市）の支城《しじょう》の滝山城《たきやまじょう》（婦中町）に火《ひ》を掛《か》けて焼《や》き払《はら》った。滝山城《たきやまじょう》は当時神保家臣《とうじじんぼかしん》の水越職勝《みずこしもとかつ》が居城《きょじょう》にしていた。謙信《けんしん》は滝山城《たきやまじょう》を手中《しゅちゅう》にした。

同年《どうねん》十月、武田信玄《たけだしんげん》は上洛《じょうらく》の軍勢《ぐんぜい》を集《あつ》めた。将軍義昭《しょうぐんよしあき》は信玄上洛《しんげんじょうらく》の手助《てだす》けになるよう信長《のぶなが》に命《めい》じて甲越和睦《こうえつわぼく》を斡旋《あっせん》した。信長《のぶなが》はこれ幸《さいわ》いに甲越和睦《こうえつわぼく》を斡旋《あっせん》して信玄《しんげん》に恩義《おんぎ》を売《う》ろうとしたが、信玄《しんげん》は信長《のぶなが》を当《まさ》に攻撃《こうげき》しようとしている矢先《やさき》だ。信長《のぶなが》の斡旋《あっせん》など受《う》ける筈《はず》もなかった。

信長《のぶなが》は謙信《けんしん》に我《わ》が子《こ》を養子《ようし》に差《さ》し出すことを条件《じょうけん》に同盟《どうめい》を求《もと》めた。信長《のぶなが》は何《なん》としても謙信《けんしん》を味《み》方《かた》にして信玄《しんげん》に当《あ》たろうと必死《ひっし》だ。謙信《けんしん》は越中新庄城《えっちゅうしんじょうじょう》にあって織田信長《おだのぶなが》と誓書《せいしょ》を交換《こうかん》して共《とも》に信玄《しんげん》に当《あ》たることを約束《やくそく》した。

相前後《あいぜんご》して加賀一向一揆《かがいっこういっき》も又《また》、朝倉義景《あさくらよしかげ》に斡旋《あっせん》を依頼《いらい》して、謙信《けんしん》に和睦《わぼく》を求《もと》めた。この頃《ころ》、一《いっ》向一揆衆《こういっきしゅう》は将軍義昭《しょうぐんよしあき》の意《い》を受《う》けた本願寺顕如《ほんがんじけんにょ》の薦《すす》めで朝倉勢《あさくらぜい》に味方《みかた》して、越前《えちぜん》や近江《おうみ》で織田信《おだのぶ》長《なが》と交戦《こうせん》し、戦況《せんきょう》が逼迫《ひっぱく》していた。

朝倉義景《あさくらよしかげ》も姉川《あねがわ》の合戦《かっせん》で信長《のぶなが》に敗《やぶ》れた後《あと》は威力《いりょく》が地《ち》に落《お》ちたので、勢力拡大《せいりょくかくだい》を図《はか》り一向宗《いっこうしゅう》に迎合《げいごう》して味方《みかた》に引《ひ》き込《こ》んだ。

魚津松倉城陥落と椎名家没落

魚津松倉城《うおづまつくらじょう》の椎名康胤《しいなやすたね》は世間《せけん》の風《かぜ》が謙信《けんしん》に靡《なび》くのを見《み》て怖気付《おじけづ》いた。家老達《かろうたち》も今《いま》が潮時《しおどき》と和睦《わぼく》を進言《しんげん》した。そこで謙信《けんしん》に敵対《てきたい》するのを止《や》めて降伏《こうふく》を願《ねが》い出《で》た。だが謙信《けんしん》は降伏《こうふく》を許《ゆる》さなかった。それで康胤《やすたね》はやむなく籠城《ろうじょう》を続《つづ》けた。

椎名康胤《しいなやすたね》の松倉城《まつくらじょう》は三方絶壁《さんぽうぜっぺき》に囲《かこ》まれた要害堅固《ようがいけんご》な山城《やまじろ》だ。如何《いか》な謙信《けんしん》でも容易《たやす》く手出《てだ》しの出《で》来《き》る城《しろ》ではない。食糧《しょくりょう》も豊富《ほうふ》に持《も》ち込《こ》んでいた。

元亀《げんき》三年（一五七二年）十一月、武田信玄《たけだしんげん》は甲斐国《かいこく》を立《た》って上洛遠征軍《じょうらくえんせいぐん》を興《おこ》した。

同年《どうねん》十二月、武田信玄《たけだしんげん》は三方ヶ原《みかたはら》（浜松市）で信長《のぶなが》に味方《みかた》する徳川家康《とくがわいえやす》を一蹴《いっしゅう》した。

織田信長《おだのぶなが》は非常事態《ひじょうじたい》になって上杉謙信《うえすぎけんしん》に使者《ししゃ》を送《おく》り

「信玄《しんげん》は上洛《じょうらく》の大軍《たいぐん》を催《もよお》して味方《みかた》の徳川軍《とくがわぐん》を一蹴《いっしゅう》」と知《し》らせて謙信《けんしん》に信州出撃《しんしゅうしゅつげき》を要請《ようせい》した。謙《けん》信《しん》は何時《いつ》までも越中《えっちゅう》に留《とど》まっておられなくなった。

明《あ》けて元亀《げんき》四年（一五七三年）正月《しょうがつ》、上杉謙信《うえすぎけんしん》は椎名康胤《しいなやすたね》の降伏《こうふく》を許《ゆる》し、信濃《しなの》に出陣《しゅつじん》しようと越《えち》後《ご》に軍《ぐん》を急《いそ》ぎ返《かえ》し始《はじ》めた。

松倉城下《まつくらじょうか》の一向宗徒《いっこうしゅうと》は謙信《けんしん》に降伏《こうふく》したことを知《し》らされて快《こころよ》く思《おも》わず、不穏《ふおん》な空気《くうき》が満《み》ち溢《あふ》れた。城下《じょうか》の百姓《ひゃくしょう》土民《どみん》は残《のこ》らず一向宗門徒《いっこうしゅうもんと》だ。城内《じょうない》の兵卒《へいそつ》も一向宗徒《いっこうしゅうと》だ。その兵卒《へいそつ》を手足《てあし》とする諸将《しょしょう》は一向宗徒《いっこうしゅうと》に逆《さか》らっては何《なに》も出来《でき》ないし、逆《ぎゃく》に敵《てき》に廻《まわ》るかもしれないことを知《し》っていたので、謙信《けんしん》への降伏《こうふく》を可《よし》としなかった。それで一向宗家臣団《いっこうしゅうかしんだん》は寄《よ》り集《あつ》まって勝手《かって》に

「これぞ天佑《てんゆう》というもの。敵《てき》に後《うし》ろを見《み》せるは我《われ》らが勝利《しょうり》」と談合《だんごう》して、退却《たいきゃく》する越後勢《えちごぜい》の背後《はいご》を突《つ》いて城外《じょうがい》に出《で》た。家老達《かろうたち》もこの空気《くうき》には逆《さか》らえずに、強《し》いて止《と》めようとはしなかった。

城主《じょうしゅ》の椎名康胤《しいなやすたね》は既《すで》に五十歳《さい》を過《す》ぎて、体力《たいりょく》は落《お》ち気力《きりょく》・胆力《たんりょく》が萎《な》えていた。ただ城内《じょうない》が割《わ》れることのみを恐《おそ》れて家臣《かしん》を一喝《いっかつ》するのを躊躇《ちゅうちょ》した。

城内《じょうない》の一向宗徒《いっこうしゅうと》家臣団《かしんだん》は城主《じょうしゅ》の黙認《もくにん》を得《え》たと気《き》を良《よ》くして、勇《いさ》んで謙信《けんしん》の背後《はいご》を衝《つ》いて出《で》た。

上杉謙信《うえすぎけんしん》は椎名康胤《しいなやすたね》の不実《ふじつ》を怒《いか》り、越後《えちご》に帰《かえ》る途中《とちゅう》から軍《ぐん》を魚津《うおづ》の天神山城《てんじんやまじょう》に返《かえ》した。天神山《てんじんやま》城《じょう》は謙信《けんしん》が椎名《しいな》に養子《ようし》に出《だ》した長尾小四郎景直《ながおこしろうかげなお》の居城《きょじょう》だ。謙信《けんしん》は配下《はいか》を手分《てわ》けして松倉城下《まつくらじょうか》の土民百姓《どみんひゃくしょう》を残《のこ》らず狩《か》り集《あつ》めて、城内《じょうない》の兵糧《ひょうろう》（将兵の食糧）や城兵《じょうへい》の様子《ようす》を聞《き》き出《だ》した。けれども百姓《ひゃくしょう》は皆《みな》、親兄弟《おやきょうだい》が城内《じょうない》に詰《つ》めていたり、城主《じょうしゅ》や城兵《じょうへい》に縁故《えんこ》や恩義《おんぎ》があったりして、誰《だれ》も様子《ようす》を告《つ》げ口《ぐち》する者《もの》はいなかった。ところが松倉城下《まつくらじょうか》の村《むら》に手《て》に負《お》えないひねくれ者《もの》の老婆《ろうば》が一人《ひとり》いた。普段村人《ふだんむらびと》や城兵《じょうへい》に嫌《いや》がらせを受《う》けていたことを恨《うら》んでこっそりと

「松倉城《まつくらじょう》は山城《やまじろ》ゆえに水《みず》は何処《どこ》からも湧《わ》いておらンノダヨ。遠《とお》くの山間《やまあい》から樋《とい》を伏《ふ》せて城《しろ》まで引《ひ》いておるンジャ。だから水源《すいげん》の取《と》り入《い》れ口《ぐち》に草鞋《わらじ》の一つも当《あ》てれば水《みず》は止《と》まって、城《しろ》は干上《ひあ》がってしまうダヨ」と密告《みっこく》した。

上杉謙信《うえすぎけんしん》は水《みず》の取《と》り入《い》れ口《ぐち》を壊《こわ》した。松倉城《まつくらじょう》の水《みず》は止《と》まった。水《みず》が無《な》くては籠城《ろうじょう》できない。椎《しい》名康胤《なやすたね》は涙《なみだ》をのんで城《しろ》に火《ひ》を懸《か》け、井波《いなみ》の瑞泉寺《ずいせんじ》を頼《たの》んで逃《に》げ落《お》ちた。松倉城《まつくらじょう》は永禄《えいろく》十一年以《い》来《らい》、五年間《ねんかん》も籠城《ろうじょう》したが、水源《すいげん》を絶《た》たれて呆気《あっけ》なく落城《らくじょう》した。謙信《けんしん》は一旦《いったん》越後《えちご》に帰国《きこく》した。

謙信本願寺顕如と和睦

相前後《あいぜんご》して元亀《げんき》四年（一五七三年）四月十二日、武田信玄《たけだしんげん》は上洛遠征《じょうらくえんせい》の途上《とじょう》で、突如腫《とつじょしゅ》（ガン）を発《はっ》して病没《びょうぼつ》した。享年《きょうねん》五十三歳（365頁8行目参照）。

甲斐軍《かいぐん》は信玄《しんげん》の死《し》を隠《かく》した。だが噂《うわさ》は羽《はね》が生《は》えたように飛《と》び出《だ》して直《す》ぐに全国《ぜんこく》に知《し》れ渡《わた》った。

同月《どうげつ》二十五日、飛騨国《ひだこく》の江馬輝盛《えまてるもり》は信玄死去《しんげんしきょ》の噂《うわさ》を魚津城《うおづじょう》の河田長親《かわたながちか》に報《しら》せた。長親《ながちか》は謙信《けんしん》の居城《きょじょう》の越後春日山《えちごかすがやま》に信玄死去《しんげんしきょ》を注進《ちゅうしん》した。

上杉謙信《うえすぎけんしん》は織田信長《おだのぶなが》と三河《みかわ》の徳川家康《とくがわいえやす》に使者《ししゃ》を送《おく》って真相《しんそう》を確《たし》かめた。

織田信長《おだのぶなが》は武田信玄《たけだしんげん》が没《ぼっ》して天下《てんか》に怖《こわ》い者《もの》がなくなり、無用《むよう》になった将軍義昭《しょうぐんよしあき》を畿内《きない》から追放《ついほう》した。足利家《あしかがけ》が滅《ほろ》んで室町幕府《むろまちばくふ》は消滅《しょうめつ》した（367頁5行目参照）。

元亀《げんき》四年（一五七三年）七月、織田信長《おだのぶなが》は朝廷《ちょうてい》に改元《かいげん》を願《ねが》い出《で》て、元亀《げんき》四年が天正元年《てんしょうがんねん》に改《あらた》まった。

天正元年《てんしょうがんねん》（一五七三年）八月、織田信長《おだのぶなが》は近江《おうみ》で浅井《あさい》・朝倉連合軍《あさくられんごうぐん》を攻《せ》めて朝倉《あさくら》を越前《えちぜん》に追《お》い返《かえ》し、その後《あと》を追《お》い掛《か》けて越前《えちぜん》に討《う》ち入《い》った。

同年同月《どうねんどうげつ》、織田信長《おだのぶなが》は朝倉義景《あさくらよしかげ》を討《う》ち取《と》った（369頁9行目参照）。

織田信長《おだのぶなが》は越前一国《えちぜんいっこく》を平定《へいてい》して、直《す》ぐに取《と》って返《かえ》して同年《どうねん》九月、北近江小谷城《きたおうみおたりじょう》の浅井長政《あさいながまさ》も攻《せ》め滅《ほろ》ぼした（373頁9行目～374頁1行目参照）。

越前《えちぜん》の一向一揆衆《いっこういっきしゅう》は織田軍《おだぐん》が近江《おうみ》に軍《ぐん》を引《ひ》いた一瞬《いっしゅん》の隙《すき》を衝《つ》いて蜂起《ほうき》し越前一国《えちぜんいっこく》を手《て》に入《い》れた。

天正《てんしょう》三年（一五七五年）三月、織田信長《おだのぶなが》は三河国長篠《みかわこくながしの》に侵入《しんにゅう》した甲斐《かい》の武田勝頼軍《たけだかつよりぐん》と対戦《たいせん》して圧勝《あっしょう》した。勢《いきお》いに乗《の》って同年《どうねん》八月、織田軍《おだぐん》は再度越前国《さいどえちぜんこく》に討《う》ち入《い》った。防戦《ぼうせん》に出《で》た一向一揆衆《いっこういっきしゅう》は敗走《はいそう》して府中《ふちゅう》（武生）に逃《に》げ帰《かえ》った。信長《のぶなが》の武将《ぶしょう》の羽柴秀吉《はしばひでよし》は先廻《さきまわ》りして府中《ふちゅう》を落《お》とし、逃《に》げ帰《かえ》る一揆勢《いっきぜい》の老若男女《ろうにゃくなんにょ》一万二千を捕《とら》えて首《くび》を撫《な》で切《き》った。府中《ふちゅう》の城下《じょうか》は死骸《しがい》で埋《う》まり尽《つ》くした。越前各地《えちぜんかくち》でも一揆勢《いっきぜい》が捕《とら》えられて首打《くびう》たれた。越前一向一揆《えちぜんいっこういっき》の総勢《そうぜい》三、四万が一瞬《いっしゅん》の内《うち》に首《くび》と胴《どう》を異《こと》にした。加賀越中《かがえっちゅう》の一向宗徒《いっこうしゅうと》は北上《ほくじょう》してくる織田軍《おだぐん》に震《ふる》え上《あ》がった（380頁3～7行目参照）。

本願寺顕如《ほんがんじけんにょ》は加賀《かが》に七里頼周《しちりらいしゅう》を送《おく》って、上杉謙信《うえすぎけんしん》に降伏《こうふく》して共《とも》に越前国《えちぜんこく》を乗《の》っ取《と》った織田軍《おだぐん》を討《う》つよう加賀《かが》の金沢堂衆《かなざわどうしゅう》に命《めい》じた。一方《いっぽう》、越後《えちご》の上杉謙信《うえすぎけんしん》に対《たい》しても一向宗徒《いっこうしゅうと》と和睦《わぼく》して速《すみ》やかに上洛《じょうらく》して、信長《のぶなが》を討《う》ち取《と》るよう廃将軍《はいしょうぐん》の足利義昭《あしかがよしあき》を通《とお》して要請《ようせい》した。

けれどもこの頃《ころ》の加賀国内《かがこくない》では、一向一揆《いっこういっき》の長衆《おさしゅう》の鏑木《かぶらぎ》や奥《おく》などが織田軍《おだぐん》に意《い》を通《つう》じて保身《ほしん》を図《はか》るとの噂《うわさ》が実《まこと》しやかに流《なが》れて不穏《ふおん》だった。謙信《けんしん》はこの加賀《かが》の噂《うわさ》を伝《つた》え聞《き》いたので、顕如《けんにょ》からの和睦《わぼく》の申《もう》し出《で》は素直《すなお》に受《う》けることが出来《でき》なかった。

加賀《かが》に下《くだ》った七里頼周《しちりらいしゅう》は独断《どくだん》で軍勢《ぐんぜい》を集《あつ》めて鏑木《かぶらぎ》の居城《きょじょう》の松任城《まっとうじょう》（松任市）を囲《かこ》んだ。

加賀一向一揆《かがいっこういっき》の長衆《おさしゅう》は、事《こと》の真偽《しんぎ》を確《たし》かめもしないで本願寺《ほんがんじ》の意向《いこう》を嵩《かさ》にきて鏑木《かぶらぎ》を攻《せ》める頼周《らいしゅう》に反抗《はんこう》した。本願寺顕如《ほんがんじけんにょ》は新《あら》たに下間頼純《しもつまらいじゅん》を加賀《かが》に送《おく》って、七里頼周《しちりらいしゅう》と一向一揆長衆《いっこういっきおさしゅう》の間《あいだ》を取《と》り持《も》った。鏑木《かぶらぎ》や奥《おく》の無実《むじつ》が判明《はんめい》した。顕如《けんにょ》はこの事実《じじつ》を謙信《けんしん》に説明《せつめい》して納得《なっとく》させ、加賀一向一《かがいっこういっ》揆衆《きしゅう》と謙信《けんしん》との連盟《れんめい》の話《はなし》が纏《まと》まった。

天正《てんしょう》四年（一五七六年）五月、加賀一向一揆衆《かがいっこういっきしゅう》は上杉謙信《うえすぎけんしん》に降伏《こうふく》した。越中《えっちゅう》の瑞泉寺《ずいせんじ》や勝興寺《しょうこうじ》が率《ひき》いる越中門徒衆《えっちゅうもんとしゅう》も、加賀門徒衆《かがもんとしゅう》に倣《なら》って謙信《けんしん》に降伏《こうふく》した。謙信《けんしん》は加賀《かが》・越中《えっちゅう》の一向宗門徒《いっこうしゅうもんと》の降伏《こうふく》を受《う》け入《い》れた。

加賀《かが》・越中《えっちゅう》は残《のこ》らず上杉謙信《うえすぎけんしん》の傘下《さんか》に入《はい》って侵攻《しんこう》してくる信長《のぶなが》に備《そな》えた。

八．能登平定

謙信能登国に畠山義綱を擁立並びに謙信急逝

能登国《のとこく》では天正《てんしょう》二年（一五七四年）、幼君畠山義慶《ようくんはたけやまよしのり》が毒《どく》に中《あた》って亡《な》くなった。替《か》わって立《た》った弟《おとうと》の義隆《よしたか》も二年後《にねんご》に病没《びょうぼつ》して能登畠山家《のとはたけやまけ》の跡《あと》が絶《た》えた。畠山七人衆《はたけやましちにんしゅう》の長続連《ちょうつぐつら》は密《ひそ》かに織田信《おだのぶ》長《なが》と意《い》を通《つう》じて、河内国《かわちこく》から畠山家《はたけやまけ》の末裔《まつえい》の則高《のりたか》を迎《むか》えた。そして信長《のぶなが》の援助《えんじょ》を得《え》て、能登国《のとこく》の実権《じっけん》を牛耳《ぎゅうじ》った。世間《せけん》は長続連《ちょうつぐつら》が義慶《よしのり》を毒殺《どくさつ》して主家《しゅけ》を乗《の》っ取《と》ったと噂《うわさ》した。

上杉謙信《うえすぎけんしん》は同盟国《どうめいこく》の能登《のと》が敵《てき》の織田信長方《おだのぶながかた》に乗《の》っ取《と》られて黙《だま》っておれなくなった。

天正《てんしょう》四年（一五七六年）十一月、上杉謙信《うえすぎけんしん》は上条義春《じょうじょうよしはる》を能登《のと》畠山家《はたけやまけ》に送《おく》り込《こ》んだ。義春《よしはる》は畠《はたけ》山義綱《やまよしつな》の実弟《じってい》だ。義綱《よしつな》は嘗《かつ》て永禄《えいろく》九年（一五六六年）の温井続光《ぬくいつぐみつ》との争《あらそ》いの時《とき》に（276頁11行目～277頁1行目参照）、弟《おとうと》の義春《よしはる》を越後《えちご》に送《おく》って謙信《けんしん》に援軍《えんぐん》を要請《ようせい》した。義春《よしはる》はそのまま越後《えちご》に居残《いのこ》って上《じょう》条《じょう》上杉家《うえすぎけ》の婿《むこ》になっていた。

上杉謙信《うえすぎけんしん》はこの上条義春《じょうじょうよしはる》を担《かつ》ぎ海陸《かいりく》から総勢《そうぜい》三万の大軍《たいぐん》を催《もよお》して能登《のと》に攻《せ》め込《こ》み、能登国内《のとこくない》に軍勢《ぐんぜい》を分《わ》かって苦《く》も無《な》く全土《ぜんど》を平定《へいてい》した。けれども歴代畠山家《れきだいはたけやまけ》の居城《きょじょう》の七尾城《ななおじょう》は天下《てんか》の名城《めいじょう》だ。一人《ひとり》孤塁《こるい》を守《まも》って落《お》ちる気配《けはい》を見《み》せなかった。

長続連《ちょうつぐつら》は織田信長《おだのぶなが》の下《もと》に弟《おとうと》の連竜《つらたつ》を送《おく》って援軍《えんぐん》を求《もと》めた（382頁4行目参照）。信長《のぶなが》は柴田勝家《しばたかついえ》に能《の》登《と》救援《きゅうえん》を命《めい》じた。能登勢《のとぜい》は織田信長《おだのぶなが》の援軍《えんぐん》を待《ま》った。籠城《ろうじょう》が長引《ながび》いた。

天正五年《てんしょう》（一五七七年）九月、遊佐続光《ゆさつぐみつ》は長続連《ちょうつぐつら》を見限《みかぎ》って、畠山七人衆《はたけやましちにんしゅう》の温井景隆《ぬくいかげたか》と三宅長盛《みやけながもり》を誘《さそ》い、越後方《えちごがた》に寝返《ねがえ》って七尾城《ななおじょう》の城門《じょうもん》を開《ひら》き越後勢《えちごぜい》を呼《よ》び入《い》れた。七尾城《ななおじょう》に籠《こも》った長続連一族《ちょうつぐつらいちぞく》百余名《ひゃくよめい》は残《のこ》らず捕縛《ほばく》され、市中《しちゅう》に引《ひ》き出《だ》されて首《くび》打《う》たれた。

このとき、長続連《ちょうつぐつら》の弟《おとうと》の長連竜《ちょうつらたつ》は援軍《えんぐん》を求《もと》めに織田信長《おだのぶなが》の下《もと》に出向《でむ》いて難《なん》を免《まぬが》れ、柴田勝家《しばたかついえ》軍《ぐん》に同行《どうこう》して越前《えちぜん》から加賀《かが》に戻《もど》って来《き》たところだった。

上杉謙信《うえすぎけんしん》は戦勝《せんしょう》祝賀《しゅくが》の宴《うたげ》を取《と》り止《や》めて、急《いそ》ぎ手勢《てぜい》を引《ひ》き連《つ》れ加賀《かが》に出軍《しゅつぐん》して手取川《てどりかわ》を挟《はさ》んで北上《ほくじょう》する柴田勝家軍《しばたかついえぐん》と対峙《たいじ》した。夜《よる》になった。謙信《けんしん》は夜陰《やいん》に紛《まぎ》れて川《かわ》を渡《わた》り勝家《かついえ》の陣《じん》を急襲《きゅうしゅう》した。柴田勝家《しばたかついえ》は夜討《ようち》を直前《ちょくぜん》に察知《さっち》したが、敵勢《てきぜい》の規模《きぼ》を計《はか》りかねた。また自軍《じぐん》の諸将《しょしょう》の間《あいだ》に溝《みぞ》が出《で》来《き》て（詳細は383頁5行目～10行目参照）気勢《きせい》が揚《あ》がらなかったので、軍勢《ぐんぜい》に損失《そんしつ》が出《で》ぬうちに総退却《そうたいきゃく》した。

上杉謙信《うえすぎけんしん》は織田勢《おだぜい》を加賀《かが》から追《お》い返《かえ》して能登《のと》に帰《かえ》り、七尾城《ななおじょう》に初《はじ》めて足《あし》を踏《ふ》み入《い》れた。七尾《ななお》城《じょう》は聞《き》きしに優《まさ》る名城《めいじょう》だ。天主《てんしゅ》から眺《なが》める視界《しかい》は山《やま》あり谷《たに》あり海《うみ》あり島《しま》あり凡《およ》そこの世《よ》の景色《けしき》とも思《おも》えぬ素晴《すば》らしさだった。謙信《けんしん》は余《あま》りの美《うつく》しさに見惚《みほ》れて「当地七尾城《とうちななおじょう》は聞《き》き及《およ》ぶよりもはるかに名地《めいち》なり。加《か》・越《えつ》・能《のう》の金目《きんもく》の地形《ちけい》・要害《ようがい》・山海相応《さんかいあいおう》じ、海面《うみつら》・島々《しまじま》の態《てい》までも絵像《えぞう》に写《うつ》し難《がた》き景勝《けいしょう》にて候《そうろう》」と戦勝報告《せんしょうほうこく》に一筆《いっぴつ》書《か》き添《そ》えて越後《えちご》の留守元《すもと》に書《か》き送《おく》った。

上杉謙信《うえすぎけんしん》は七尾城《ななおじょう》で、観月《かんげつ》を兼《か》ねて盛大《せいだい》な戦勝祝賀《せんしょうしゅくが》の宴《うたげ》を催《もよお》した。謙信《けんしん》は美酒《びしゅ》に酔《よ》い、居並《いなら》ぶ諸将《しょしょう》と談笑《だんしょう》しながら即興《そっきょう》の詩《うた》を作《つく》りそして謡《うた》った。

「霜《しも》は軍営《ぐんえい》に満《み》ちて秋気清《しゅうききよ》し。数行《すうこう》の過雁月三更《かがんつきさんこう》。越山併《えつざんあわ》せ得《え》たり能州《のうしゅう》の景《けい》。さもあらばあれ家郷遠征《かきょうえんせい》を憶《おも》ふを」（出典は頼山陽の日本外史　巻十二）謙信《けんしん》は諸将《しょしょう》に、和《わ》して謡《うた》うよう求《もと》めた。歌詞《かし》を善《よ》くする将士《しょうし》は越後衆《えちごしゅう》も越中《えっちゅう》・能登衆《のとしゅう》も区別《くべつ》なく謡《うた》い舞《ま》った。宴《うたげ》は何時《いつ》果《は》てるともなく続《つづ》いた。

上杉謙信《うえすぎけんしん》は七尾《ななお》城《じょう》代《だい》に遊佐続光《ゆさつぐみつ》を置《お》き、鯵坂長実《あじさかながざね》に目付《めつけ》を命《めい》じて帰国《きこく》した。

天正《てんしょう》六年（一五七八年）春《はる》、謙信《けんしん》は諸将《しょしょう》に三月十五日を期《き》して越後春日山《えちごかすがやま》に軍勢《ぐんぜい》を揃《そろ》えて集《あつ》まるよう言《い》い渡《わた》した。諸将《しょしょう》は

「上洛《じょうらく》の軍勢《ぐんぜい》か」

「関東出馬《かんとうしゅつば》か」と噂《うわさ》した。

同年同月《どうねんどうげつ》十三日、上杉輝虎謙信入道《うえすぎてるとらけんしんにゅうどう》は突如中風《とつじょちゅうふう》（脳卒中）を再発《さいはつ》して
「四十九年一睡夢《いっすいむ》一期栄華《いちごえいが》一杯酒《いっぱいのさけ》嗚呼《ああ》柳緑花紅《やなぎはみどりはなはくれない》」の辞世《じせい》の句《く》を残《のこ》して忽然《こつぜん》と他界《たかい》した。享《きょう》年《ねん》四十九歳。

「謙信逝《けんしんゆ》く」の報《しら》せが全国《ぜんこく》に飛《と》んだ。

九. 跡目争い

上杉謙信《うえすぎけんしん》は生涯妻帯《しょうがいさいたい》せず子《こ》がなかった。替《か》わりに養子《ようし》が二人《ふたり》いた。一人《ひとり》は実姉《じっし》が越後上田《えちごうえだ》（六日町）の長尾政景《ながおまさかげ》に嫁《とつ》いで生《う》まれた喜平次景勝《きへいじかげかつ》。他《た》の一人《ひとり》は相模国《さがみこく》の北条氏政《ほうじょううじまさ》の弟《おとうと》で、謙信《けんしん》の入《にゅう》道前《どうまえ》の俗名《ぞくみょう》をもらった景虎《かげとら》だ。

春日山城《かすがやまじょう》にいた直江兼続《なおえかねつぐ》は重臣《じゅうしん》の本庄繁長《ほんじょうしげなが》と上条義春《じょうじょうよしはる》に

「景虎《かげとら》は相模《さがみ》の北条《ほうじょう》の出《で》で上杉《うえすぎ》の血《ち》は受《う》けて御座《ござ》らぬ。今若《いまも》し景勝《かげかつ》を廃《はい》して景虎《かげとら》を立《た》てれば、景《かげ》虎《とら》は北条氏政《ほうじょううじまさ》とは兄弟《きょうだい》の仲《なか》ゆえ、必《かなら》ず将来《やがて》は越後《えちご》を相模《さがみ》に売《う》り渡《わた》して我《われ》らを見捨《みす》てよう」と言《い》い、さらに加《くわ》えて

「景勝《かげかつ》は先君《せんくん》の姉君《あねぎみ》の子《こ》で先君《せんくん》にとっては甥御《おいご》で御座《ござ》る。上杉家《うえすぎけ》の血筋《ちすじ》は絶《た》やす可《べ》からずと存《ぞん》ずる」と進言《しんげん》した。

直江兼続《なおえかねつぐ》・本庄繁長《ほんじょうしげなが》・上条義春《じょうじょうよしはる》の三人《さんにん》は上杉景勝《うえすぎかげかつ》を春日山城《かすがやまじょう》に迎《むか》え入《い》れた。直江兼続《なおえかねつぐ》は幼《よう》少《しょう》の頃《ころ》に景勝《かげかつ》の母《はは》に見出《みいだ》されて景勝《かげかつ》の近習《きんしゅう》に取《と》り立《た》てられた。以来《いらい》景勝《かげかつ》に忠誠《ちゅうせい》を誓《ちか》って文武《ぶんぶ》の修行《しゅぎょう》に励《はげ》んだ。その秀《ひい》でた才能《さいのう》は謙信《けんしん》にも認《みと》められて、兼続《かねつぐ》は青年《せいねん》ながら上杉家《うえすぎけ》重臣《じゅうしん》の一人《ひとり》になった。

天正《てんしょう》六年（一五七八年）五月、上杉景虎《うえすぎかげとら》は春日山城《かすがやまじょう》を脱出《だっしゅつ》して府中《ふちゅう》城下《じょうか》の前関東管領《ぜんかんとうかんれい》上杉憲政《うえすぎのりまさ》の御館城《おたてじょう》（上越市直江津）に逃《に》げ込《こ》み、相模国《さがみこく》領主《りょうしゅ》の兄《あに》の北条氏政《ほうじょううじまさ》に助《たす》けを求《もと》めた。

北条氏政《ほうじょううじまさ》は同盟《どうめい》する甲斐《かい》の武田勝頼《たけだかつより》に弟《おとうと》の上杉景虎《うえすぎかげとら》救援《きゅうえん》を要請《ようせい》した。氏政《うじまさ》の妹《いもうと》は勝頼《かつより》の妻《つま》で二人は義兄弟《ぎきょうだい》の仲《なか》だ。武田勝頼《たけだかつより》は氏政《うじまさ》の要請《ようせい》を受《う》け、二万の軍勢《ぐんぜい》を率《ひき》いて信越国境《しんえつこっきょう》に出張《でば》った。越後《えちご》の諸将《しょしょう》は形勢《けいせい》が景虎側《かげとらがわ》に有利《ゆうり》になったのを見《み》て次第《しだい》に春日山《かすがやま》から離《はな》れた。そして景虎《かげとら》の御《お》館城《たてじょう》は一万人《いちまんにん》の諸将《しょしょう》と軍勢《ぐんぜい》で膨《ふく》れ上《あ》がった。

上杉景勝《うえすぎかげかつ》は背腹《はいふく》に敵《てき》を受《う》けて進退《しんたい》に窮《きゅう》した。そこで軍議《ぐんぎ》を開《ひら》いて諸将《しょしょう》に意見《いけん》を求《もと》めた。斎藤朝《さいとうとも》信《のぶ》が進《すす》み出《で》て

「勝頼《かつより》には東上野国《ひがしこうずけこく》と金一万両《きんいちまんりょう》を送《おく》って和《わ》を求《もと》めるのがよう御座《ござ》る。和議《わぎ》の話《はなし》を持《も》ち出《だ》すときには勝頼《かつより》の寵臣《ちょうしん》の長坂光堅《ながさかみつかた》（長閑斉）と跡部勝資《あとべかつすけ》（大炊助）に厚《あつ》く賄賂《わいろ》を送《おく》って勝頼《かつより》に『景虎《かげとら》は御屋形《おやかた》様《さま》とは義兄弟《ぎきょうだい》なれども若《も》しこれを助《たす》けて勝《か》てば、北条《ほうじょう》は相模《さがみ》から越後《えちご》まで領地《りょうち》が地続《じつづ》きになりますぞ。これは君《きみ》を包囲《ほうい》・圧迫《あっぱく》する形勢《けいせい》では御座《ござ》らぬか。御屋形様《おやかたさま》にとっては利《り》にあらざる形《かたち》になり、得心致《とくしんいた》しかねまする』と言《い》わしめれば、勝頼《かつより》は必《かなら》ず金《かね》に目《め》が眩《くら》んで疑心悪鬼《ぎしんあっき》になり我《われ》らに味方《みかた》するに決《き》まって御座《ござ》る。たとえ我《われ》らに味方《みかた》せずとも景虎《かげとら》への助勢《じょせい》は出来《でき》るものでは御座《ござ》りま

せぬ」と進言《しんげん》した。景勝《かげかつ》は斎藤朝信《さいとうとものぶ》の進言《しんげん》を入《い》れて勝頼《かつより》に賄賂《わいろ》を送《おく》った。

武田勝頼《たけだかつより》は自分《じぶん》が出兵《しゅっぺい》したのに当《とう》の北条氏政《ほうじょううじまさ》が動《うご》かないことに疑念《ぎねん》を持《も》ち、景勝《かげかつ》の要求《ようきゅう》を入《い》れて和睦《わぼく》し、陣《じん》を払《はら》って帰国《きこく》した。そして逆《ぎゃく》に上杉景勝《うえすぎかげかつ》に勝頼《かつより》の妹《いもうと》の菊姫《きくひめ》を送《おく》って娶《めあわ》せ同盟《どうめい》して甲《こう》・越《えつ》の絆《きずな》を確実《かくじつ》にした。

武田軍《たけだぐん》が兵《へい》を引《ひ》くのを見《み》て不安《ふあん》になった御館城《おたてじょう》の景虎《かげとら》は、相模軍《さがみぐん》の出兵《しゅっぺい》を強《つよ》く迫《せま》った。ようやく北条氏政《ほうじょううじまさ》は弟《おとうと》の氏照《うじてる》と氏邦《うじくに》に関東軍《かんとうぐん》を率《ひき》いて越後《えちご》に向《む》かわせた。

翌天正《よくてんしょう》七年（一五七九年）、上杉景勝《うえすぎかげかつ》は景虎《かげとら》の御館城《おたてじょう》を急襲《きゅうしゅう》した。御館城《おたてじょう》の守《まも》り手《て》は寄《よ》せ手《て》と共《とも》に元《もと》は同《おな》じ上杉勢《うえすぎぜい》だ。寄《よ》せ手《て》の大将《たいしょう》の直江兼続《なおえかねつぐ》は

「城内《じょうない》の者《もの》に物申《ものもう》す。元《もと》は皆上杉家中《みなうえすぎかちゅう》の者《もの》。降伏《こうふく》する者《もの》はその責《せめ》を問《と》わず」と宣言《せんげん》して府中《ふちゅう》城下《じょうか》（直江津）に火《ひ》を放《はな》たせた。火《ひ》は折《おり》からの風《かぜ》に煽《あお》られて城下九千軒《じょうかきゅうせんけん》が灰塵《かいじん》に帰《き》した。

城内《じょうない》の兵士《へいし》は動揺《どうよう》して一人二人《ひとりふたり》と次々城《つぎつぎしろ》を抜《ぬ》け出《で》て降伏《こうふく》した。景虎勢《かげとらぜい》は城兵《じょうへい》が抜《ぬ》け落《お》ちて気勢《きせい》が上《あ》がらず次第《しだい》に劣勢《れっせい》になった。景虎《かげとら》の下《もと》に来《き》て越冬《えっとう》した相模勢《さがみぜい》も関東《かんとう》に逃《に》げ帰《かえ》った。

前《ぜん》・関東管領《かんとうかんれい》の上杉憲政《うえすぎのりまさ》は景虎《かげとら》の嫡男道満丸《ちゃくなんどうまんまる》を伴《ともな》い、和議《わぎ》を求《もと》めて春日山《かすがやま》に向《む》かった。その途中《とちゅう》を兵卒《へいそつ》の刃《やいば》に掛《か》かって殺《ころ》された。

景虎《かげとら》は鮫《さめ》が尾城《おじょう》（新井市）へ逃《のが》れるところを城主《じょうしゅ》の堀江宗親《ほりえむねちか》の謀叛《むほん》に遇《あ》って、逃《のが》れ通《とお》せぬと覚悟《かくご》して自刃《じじん》した。上杉景勝《うえすぎかげかつ》は越後国内《えちごこくない》を統一《とういつ》して謙信《けんしん》の跡《あと》を継《つ》いだ。

第四章　天下布武

一．信長台頭

斯波家と織田家並びに信長誕生

織田家《おだけ》は尾張国《おわりこく》（愛知県西部）の守護代《しゅごだい》のひとつだ。守護《しゅご》は幕府《ばくふ》三管《さんかん》（管領に就任する三家）の斯波《しば》家《け》。斯波家《しばけ》は尾張国《おわりこく》の他《ほか》に遠江国《とおとうみこく》（静岡県西部）と越前国《えちぜんこく》（福井県東部）の守護《しゅご》も兼《か》ねていた。

長禄元年《ちょうろくがんねん》（一四五七年）、斯波宗家《しばそうけ》に義廉《よしかど》と義敏《よしとし》の家督争《かとくあらそ》いが生《しょう》じた（78頁10行目〜79頁3行目参照）。尾張守護代《おわりしゅごだい》の岩倉織田敏広《いわくらおだとしひろ》は斯波義廉《しばよしかど》に与《くみ》し、清洲織田敏定《きよすおだとしさだ》は斯波義敏《しばよしとし》に付《つ》いた。この斯波宗家《しばそうけ》の家督争《かとくあらそ》いは応仁《おうにん》の乱《らん》の最中《さいちゅう》も義廉《よしかど》は西軍《せいぐん》に与《くみ》し義敏《よしとし》は東軍《とうぐん》に与《くみ》して続《つづ》いた。さらにこの乱《らん》の後《のち》も争《あらそ》い続《つづ》けて斯波《しば》両家《りょうけ》は疲弊《ひへい》し、文明年間《ぶんめいねんかん》には名前《なまえ》だけの守護《しゅご》に零落《おちぶ》れた。

文明《ぶんめい》六年（一四七四年）、斯波家守護代《しばけしゅごだい》の甲斐《かい》・朝倉《あさくら》・織田《おだ》の三家《さんけ》は美濃国《みのこく》（岐阜県南部）守護代《しゅごだい》斎藤妙椿《とうみょうちん》の仲裁《ちゅうさい》で甲斐《かい》は遠江《とおとうみ》、朝倉《あさくら》は越前《えちぜん》、織田《おだ》は尾張《おわり》を領《りょう》することで不戦協定《ふせんきょうてい》が成《な》った（83頁1～3行目参照）。

尾張国《おわりこく》の守護代《しゅごだい》・織田敏広《おだとしひろ》は本領《ほんりょう》（領地）のある尾張国岩倉城《おわりこくいわくらじょう》（丹羽郡岩倉町）に入《はい》って戦乱《せんらん》の続《つづ》いた尾張上四郡《おわりかみよんぐん》を領《りょう》した。同《おな》じく織田敏定《おだとしさだ》も文明《ぶんめい》十年（一四七八年）に本領《ほんりょう》のある尾張国清洲《おわりこくきよす》（清須市）に入《はい》り、尾張国下四郡《おわりこくしもよんぐん》を領《りょう》して城《しろ》を築《きず》いた。

天文《てんぶん》三年（一五三四年）、織田信長《おだのぶなが》は清洲織田家《きよすおだけ》三奉行《さんぶぎょう》の一人《ひとり》の織田信秀《おだのぶひで》の嫡子《ちゃくし》として生《せい》を受《う》けた。幼名《ようみょう》は吉法師《きちほうし》。父《ちち》の信秀《のぶひで》は文武《ぶんぶ》に秀《ひい》でて居城《きょじょう》の勝幡城《しょばたじょう》の他《ほか》、古渡《ふるわたり》や那古野《なごや》にも城《しろ》を築《きず》いた。

そして尾張《おわり》を窺《うかが》う三河国《みかわこく》（愛知県東部）の松平清康《まつだいらきよやす》や駿河国《するがこく》（静岡県中部）の今川義元《いまがわよしもと》、美濃国《みのこく》（岐阜県南部）の斎藤道三《さいとうどうさん》らに一寸《いっすん》の領地侵入《りょうちしんにゅう》も許《ゆる》さなかったので何時《いつ》しか信秀《のぶひで》は主家《しゅけ》を凌《しの》ぐ実力者《じつりょくしゃ》になった。

天文《てんぶん》十五年（一五四六年）、織田信長《おだのぶなが》は元服《げんぷく》して織田三郎信長《おださぶろうのぶなが》と名乗《なの》った。生来潔癖《せいらいけっぺき》で好《す》き嫌《きら》いが激《はげ》しく、古《ふる》い仕来《しきた》りは世《よ》に不要《ふよう》で我利我欲《がりがよく》を保護《ほご》する諸悪《しょあく》の根源《こんげん》だと決《き》めつけた。そして、自分《じぶん》の意《い》に添《そ》い骨身《ほねみ》を惜《お》しまぬ者《もの》には卑賤《ひせん》であっても身近《みぢか》に取《と》り立《た》て、裏切《うらぎ》り者《もの》はたとえ神仏《しんぶつ》でも敵《てき》と見做《みな》した。幼《おさな》きより武事《ぶじ》を好《この》んだ。服装《ふくそう》は粗野《そや》で、好《この》んで太刀《たち》を帯《お》びた。そして無礼《ぶれい》は省《かえり》みず常《つね》に人《ひと》の無《な》きが如《ごと》きに振《ふ》る舞《ま》った。平素《へいそ》から近習《きんしゅう》を集《あつ》めて竹槍《たけやり》を持《も》って遊《あそ》び

「槍《やり》は長《なが》きに利《り》あり」といって二丈《にじょう》（20尺、約6ｍ）の長槍《ながやり》を造《つく》らせた。

天文《てんぶん》二十一年（一五五二年）、織田信長《おだのぶなが》の父信秀《ちちのぶひで》が病没《びょうぼつ》した。時《とき》に信長《のぶなが》十八歳《さい》。

葬儀《そうぎ》の日《ひ》。信秀《のぶひで》の威徳《いとく》が国中《くにじゅう》に浸透《しんとう》していて坊主《ぼうず》だけでも三百人《にん》が集《あつ》まる夥《おびただ》しい葬儀《そうぎ》になった。その葬儀《そうぎ》が始《はじ》まっても喪主《もしゅ》の信長《のぶなが》の姿《すがた》はなかったが、俄《にわ》かに霊前《れいぜん》に袴《はかま》も着《つ》けずに藁縄《わらなわ》で結《むす》んだ太刀《たち》・脇差《わきざし》を肩《かた》に担《かつ》いで現《あらわ》れ、抹香《まっこう》を鷲掴《わしづか》みして棺《ひつぎ》に投《な》げ付《つ》けて後《うしろ》も見《み》ずに退室《たいしつ》した。家臣一同《かしんいちどう》は

「信長《のぶなが》は大虚《おおうつ》けよ」と評判《ひょうばん》した。

織田信長《おだのぶなが》は父《ちち》の家督《かとく》を継《つ》いで上総介《かずさのすけ》を自称《じしょう》した。家臣《かしん》は信長《のぶなが》の弟《おとうと》に家督《かとく》を継《つ》いで貰《もら》いたいと願《ねが》う者《もの》が多《おお》かった。信長《のぶなが》の守役《もりやく》の一人《ひとり》の平手政秀《ひらてまさひで》は主君信長《しゅくんのぶなが》の虚《うつ》け振《ぶ》りに失望《しつぼう》して「守役《もりやく》の役目《やくめ》が果《は》たせなくては存命《ぞんめい》しても詮《せん》なし」と信長《のぶなが》を諫《いさ》めて、腹《はら》を切《き》って自害《じがい》した。

織田信長《おだのぶなが》は平手政秀《ひらてまさひで》の死《し》を深《ふか》く悼《いた》み「我《われ》、徒《いたずら》に悔《く》いるも益《えき》なし。当《まさ》に過《あやま》ちを改《あらた》め行《おこな》いを励《はげ》まして大功《たいこう》を天下《てんか》に立《た》て、以《もっ》て前失《ぜんしつ》を償《つぐな》うのみ」と誓《ちか》って改心《かいしん》し、政秀寺《せいしゅうじ》（名古屋市中区）を建立《こんりゅう》して二度《にど》と虚《うつ》けた真似《まね》はしなくなった。

尾張国平定と桶狭間の合戦

この頃《ころ》、尾張国守護《おわりこくしゅご》の斯波義統《しばよしむね》は清洲織田家《きよすおだけ》に養《やしな》われて閑居《かんきょ》していた。

天文《てんぶん》二十三年（一五五四年）、斯波義統《しばよしむね》の嫡子《ちゃくし》の未《ま》だ元服前《げんぷくまえ》の義銀《よしかね》は、屈強《くっきょう》の若侍《わかざむらい》を全員《ぜんいん》引《ひ》き連《つ》れて川遊《かわあそ》びに出掛《でか》けた。老若《ろうにゃく》の近習《きんしゅう》が僅《わず》かに義統《よしむね》の下《もと》に残《のこ》って留守《るす》をした。清洲織田家《きよすおだけ》の坂井大《さかいだい》膳《ぜん》・河尻左馬丞《かわじりさまのじょう》・織田三位《おださんみ》は斯波義統《しばよしむね》とは普段《ふだん》から何《なに》かと折《お》り合《あ》いが悪《わる》く

「この機《き》を逃《のが》すな」と談合《だんごう》して義統《よしむね》を殺害《さつがい》した。一門歴々《いちもんれきれき》の数十人《すうじゅうにん》は義統《よしむね》に殉《じゅん》じて自刃《じじん》し、女房衆《にょうぼうしゅう》は堀《ほり》に身《み》を投《とう》じて自殺《じさつ》した。義統《よしむね》の子《こ》の義銀《よしかね》は報《しら》せを受《う》けて那古野《なごや》の信長《のぶなが》の屋形《やかた》に逃《のが》れた。

織田信長《おだのぶなが》は斯波義銀《しばよしかね》に二百人《にん》の扶持《ふち》を付《つ》けて

「清洲《きよす》は我《わ》が宗家《そうけ》なれども、今不忠《いまふちゅう》にも我《わ》が先祖代々《せんぞだいだい》の主《あるじ》を弑逆《しいぎゃく》（主殺し）す。臣下《しんか》としては誅《ちゅう》せざるべからず」と言《い》って、柴田勝家《しばたかついえ》ら七人を大将《たいしょう》に立《た》てて清洲《きよす》に攻《せ》め込《こ》んだ。信長勢《のぶながぜい》は全員長槍《ぜんいんながやり》を持《も》って討《う》ち入《い》った。清洲勢《きよすぜい》は突《つ》き立《た》てられて河尻《かわじり》や織田三位《おださんみ》ら一同《いちどう》が討死《うちじに》した。

翌弘治元年《よくこうじがんねん》（一五五五年）、織田信長《おだのぶなが》は宗家《そうけ》の主《あるじ》で清洲城主《きよすじょうしゅ》の織田彦五郎《おだひこごろう》に弑逆《しいぎゃく》の罪《つみ》を着《き》せて誅殺《ちゅうさつ》し、清洲城《きよすじょう》を斯波義銀《しばよしかね》に明《あ》け渡《わた》して守護《しゅご》に担《かつ》いだ。実権《じっけん》は信長《のぶなが》が執《と》った。

弘治《こうじ》二年（一五五六年）、斯波義銀《しばよしかね》は吉良《きら》・石橋《いしばし》らと談合《だんごう》して、何《なに》かと指図《さしず》する『目《め》の上《うえ》の瘤《こぶ》』の信長《のぶなが》を除《のぞ》こうと、駿河国《するがこく》に寝返《ねがえ》って斯波領《しばりょう》を領有《りょうゆう》した元遠江国家臣団《もととおとうみこくかしんだん》や三河《みかわ》を領《りょう》する服部左京《はっとりさきょう》を海上《かいじょう》から引《ひ》き入《い》れようとした。だが、義銀《よしかね》の企《たくら》みが家臣《かしん》の間《あいだ》に漏《も》れて信長《のぶなが》の知《し》る所《ところ》となった。

織田信長《おだのぶなが》は斯波義銀《しばよしかね》を国外追放《こくがいついほう》して清洲城《きよすじょう》に居《きょ》を移《うつ》し、尾張下四郡《おわりしもよんぐん》を直接領有《ちょくせつりょうゆう》した。

永禄元年《えいろくがんねん》（一五五八年）、尾張上四郡守護代家《おわりかみよんぐんしゅごだいけ》で織田信安《おだのぶやす》の子《こ》の信賢《のぶかた》と信家《のぶいえ》の兄弟《きょうだい》が家督《かとく》を争《あらそ》った。織田信賢《おだのぶかた》は美濃《みの》の斎藤義竜《さいとうよしたつ》の助勢《じょせい》を得《え》て尾張上四郡《おわりかみよんぐん》を制《せい》し、勢《いきお》いに乗《の》って清洲領《きよすりょう》も侵犯《しんぱん》した。翌永禄《よくえいろく》二年（一五五九年）、織田信長《おだのぶなが》は反撃《はんげき》に出《で》て、信賢《のぶかた》が占拠《せんきょ》した尾張上四郡守護代家居城《おわりかみよんぐんしゅごだいけきょじょう》の岩倉城下《いわくらじょうか》を放火《ほうか》し、城《しろ》を裸《はだか》にした。更《さら》に加《くわ》えて城《しろ》に火矢《ひや》、鉄砲《てっぽう》を撃《う》ち込《こ》んで城《しろ》を破却《はきゃく》したので、信賢《のぶかた》は遂《つい》に降伏《こうふく》した。信長《のぶなが》は尾張一国《おわりいっこく》を平定《へいてい》した。

同年《どうねん》、織田信長《おだのぶなが》は上洛《じょうらく》して将軍義輝《しょうぐんよしてる》から尾張国守護《おわりこくしゅご》の允許《いんきょ》を得《え》た。信長《のぶなが》は尾張一国《おわりいっこく》を領有《りょうゆう》する大名《だいみょう》に成《な》り上《あ》がった（以後、守護大名と戦国大名を特別の場合を除いて区別せず、単に大名または領主と記す）。

永禄《えいろく》三年（一五六〇年）、駿河国大名《するがこくだいみょう》の今川義元《いまがわよしもと》が天下制覇《てんかせいは》に乗《の》り出《だ》し、上洛遠征軍《じょうらくえんせいぐん》四万五千を従《したが》えて尾張国《おわりこく》に迫《せま》った。

今川家《いまがわけ》は足利一門《あしかがいちもん》の家柄《いえがら》であり、義元《よしもと》は自他共《じたとも》に認《みと》める天下第一《てんかだいいち》の大々名《だいだいみょう》だ。尾張国《おわりこく》を平定《へいてい》したばかりの信長《のぶなが》は風前《ふうぜん》の灯《ともしび》となって絶体絶命《ぜったいぜつめい》の危機《きき》に直面《ちょくめん》した。この注進《ちゅうしん》を受《う》けた織田信長《おだのぶなが》は死《し》を覚悟《かくご》して『幸若舞《こうわかまい》の敦盛《あつもり》』を謡《うた》い舞《ま》った後《のち》（425頁3～5行目参照）、軍議《ぐんぎ》を開《ひら》く間《ま》も置《お》かずに城内《じょうない》にいた僅《わず》か三千足《た》らずの兵《へい》を率《ひき》いて、桶狭間《おけはざま》に休息《きゅうそく》をとる今川軍《いまがわぐん》を急襲《きゅうしゅう》した。

今川軍《いまがわぐん》は大軍《たいぐん》に気《き》を許《ゆる》して全《まった》くの無警戒《むけいかい》だった。四万五千の大軍《たいぐん》に刃向《はむ》かう者《もの》などこの世《よ》に居《い》る筈《はず》がなかった。敵《てき》は必《かなら》ず逃《に》げ散《ち》るものと思《おも》い込《こ》んで上《かみ》は義元自身《よしもとじしん》から下《しも》は一兵卒《いっぺいそつ》に至《いた》るまで既《すで》に天下《てんか》を手《て》にした気分《きぶん》で浮《う》かれていた。義元《よしもと》などは信長《のぶなが》が攻《せ》め込《こ》んで来《き》たのを見《み》ながらも、未《ま》だ悠然《ゆうぜん》と近習《きんしゅう》に命《めい》じて謡曲《うたい》を謡《うた》っていた。

織田信長軍《おだのぶながぐん》三千は脇目《わきめ》も振《ふ》らずに義元《よしもと》の旗本《はたもと》に突進《とっしん》した。丁度《ちょうど》、雷鳴《らいめい》が鳴《な》り響《ひび》いて土砂降《どしゃぶ》りの雨《あめ》になった。信長勢《のぶながぜい》は雷雨《らいう》と共《とも》に今川義元《いまがわよしもと》ただ一人《ひとり》を目掛《めが》けて襲《おそ》い懸《か》かった。義元《よしもと》の首《くび》は血潮《ちしお》を吹《ふ》き上《あ》げて胴《どう》からころげ落《お》ちた。今川軍《いまがわぐん》は何《なに》が起《お》こったのかも判《わか》らぬままに混乱《こんらん》して崩壊《ほうかい》した。

織田信長《おだのぶなが》の名《な》は天下《てんか》に轟《とどろ》いた。

この時《とき》、松平元康《まつだいらもとやす》は今川軍《いまがわぐん》に加《くわ》わっていたが、陣《じん》を抜《ぬ》け出《だ》して三河国岡崎城《みかわこくおかざきじょう》に帰《かえ》り本領《ほんりょう》を復《ふく》した。そして義元《よしもと》から受《う》けた諱《いみな》を返上《へんじょう》して徳川家康《とくがわいえやす》と改名《かいめい》し駿河国《するがこく》から独立《どくりつ》した。

（松平家は元・三河国の豪族で岡崎城主。家康の祖父が家臣に暗殺されて松平家が混乱し、駿河国今川家に服属して家系を保った。家康は天文十一年（一五四三年）松平家の嫡男として誕生。幼児期に今川家へ人質に送られる途中を尾張派家臣の手によって尾張に移され織田信秀の人質となった。その後、今川家と織田家の間で人質交換が行われて家康は今川家に移り元服。数年して桶狭間の合戦を迎えた）

織田信長《おだのぶなが》は予期《よき》せぬ今川義元《いまがわよしもと》の天下《てんか》平定軍《へいていぐん》の来襲《らいしゅう》を受《う》けて深《ふか》く憂《うれ》い、東方《とうほう》からの侵略《しんりゃく》を未然《みぜん》に防《ふせ》ごうと深謀遠慮《しんぼうえんりょ》して、翌年《よくねん》、三河《みかわ》で独立《どくりつ》した家康《いえやす》と攻守同盟《こうしゅどうめい》を結《むす》び駿河《するが》の今川勢《いまがわぜい》に備《そな》えた。次《つ》いで永禄《えいろく》八年（一五六五年）甲斐国大名《かいこくだいみょう》の武田信玄《たけだしんげん》には養女《ようじょ》を人質《ひとじち》に差《さ》し出《だ》して勝頼《かつより》に娶《めあわ》せ、本邦《ほんぽう》最強《さいきょう》の騎馬軍団《きばぐんだん》を有《ゆう》する信玄《しんげん》とは縁戚《えんせき》の契《ちぎり》を結《むす》んで不戦協定《ふせんきょうてい》の証《あかし》とした。

二、近江情勢と美濃平定

北近江浅井家の台頭と長政誕生

織田信長《おだのぶなが》は桶狭間《おけはざま》で今川義元《いまがわよしもと》を討《う》ち取《と》り武田信玄《たけだしんげん》と不戦協定《ふせんきょうてい》を結《むす》んだ頃《ころ》から、北近江《きたおうみ》に台頭《たいとう》し始《はじ》めた浅井長政《あさいながまさ》に妹《いもうと》の市《いち》を養女《ようじょ》に仕立《した》てて娶《めあわ》せ、攻守同盟《こうしゅどうめい》して美濃国大名《みのこくだいみょう》の斎藤家《さいとうけ》と南近江国《みなみおうみこく》大名《だいみょう》の六角家《ろっかくけ》を滅《ほろ》ぼし、尾張《おわり》から京都《きょう》までを領国化《りょうごくか》しようと目論《もくろ》んだ。

ところでこの頃《ころ》の近江国《おうみこく》の情勢《じょうせい》は…。

応仁《おうにん》の乱《らん》で活躍《かつやく》した京極持清《きょうごくもちきよ》は文明《ぶんめい》二年（一四七〇年）に病没《びょうぼつ》した。持清《もちきよ》の家督《かとく》の勝秀《かつひで》は既《すで》に没《ぼっ》していたので勝秀《かつひで》の嫡子《ちゃくし》が跡《あと》を継《つ》いだ。だがこれも僅《わず》か一年《いちねん》で夭逝《ようせい》した。その後《ご》、三男《さんなん》と四男《よんなん》を押《お》す家臣団《かしんだん》に分裂《ぶんれつ》して家督争《かとくあらそ》いが起《お》こった。この混乱《こんらん》に乗《じょう》じて出雲《いずも》・飛騨《ひだ》・隠岐《おき》の守護領国《しゅごりょうごく》は守護代《しゅごだい》や国司《こくし》に奪《うば》われて、浅井長政《あさいながまさ》の祖父亮政《そふすけまさ》の代《だい》には京極家《きょうごくけ》の領国《りょうごく》は北近江《きたおうみ》だけになった。

浅井家《あさいけ》は近江国浅井郡《おうみこくあさいぐん》の豪族《ごうぞく》で北近江《きたおうみ》の京極家《きょうごくけ》に代々仕《だいだいつか》えた。浅井家《あさいけ》の名《な》が世《よ》に出《で》たのは亮政《すけまさ》の代《だい》。北近江《きたおうみ》では守護代《しゅごだい》の上坂信光《うえさかのぶみつ》が病弱《びょうじゃく》の京極高清《きょうごくたかきよ》を差《さ》し置《お》き、高清《たかきよ》の溺愛《できあい》する次男《じなん》の高慶《たかよし》（高吉）を担《かつ》いで政治《せいじ》を私《わたくし》した。

大永《たいえい》三年（一五二三年）、家老《かろう》の浅見貞則《あさみさだのり》は浅井亮政《あさいすけまさ》らの主《おも》だった家臣団《かしんだん》と談合《だんごう》し、上坂信光《うえさかのぶみつ》に逆《さか》らって京極高清《きょうごくたかきよ》の嫡子《ちゃくし》の高延《たかひろ》（高広）を担《かつ》ぎ尾上城《おのえじょう》（湖北町東尾上）に立《た》て籠《こも》った。浅井亮政《あさいすけまさ》は今《いま》浜城《はまじょう》（長浜）を攻《せ》め落《お》とす手柄《てがら》を挙《あ》げた。上坂信光《うえさかのぶみつ》と京極高清《きょうごくたかきよ》は近江《おうみ》を落《お》ちて尾張《おわり》へ逃《のが》れた。

浅見貞則《あさみさだのり》は高清《たかきよ》の子《こ》の高延《たかひろ》を京極家《きょうごくけ》の家督《かとく》に担《かつ》いで北近江《きたおうみ》の実権《じっけん》を握《にぎ》った。

浅井亮政《あさいすけまさ》は浅見貞則一人《あさみさだのりひとり》が実権《じっけん》を得《え》て成《な》り上《あ》がったのを見《み》て浅見《あさみ》と手《て》を切《き》り、尾張《おわり》に落《お》ちた上坂信光《うえさかのぶみつ》と和睦《わぼく》して領地《りょうち》の小谷《おだに》（長浜市）に堅固《けんご》な城《しろ》を築《きず》いた。加《くわ》えて京極丸《きょうごくまる》を造営《ぞうえい》して主君《しゅくん》の京極《きょうごく》高清《たかきよ》と次男《じなん》の高慶《たかよし》を小谷城《おだにじょう》に迎《むか》え入《い》れて浅見貞則《あさみさだのり》に対峙《たいじ》した。京極家《きょうごくけ》の家臣《かしん》・諸卒《しょそつ》は亮政《すけまさ》の器量《きりょう》に惚《ほ》れ込《こ》んで我《われ》も我《われ》もと浅井勢《あさいぜい》に加《くわ》わり日毎《ひごと》に小谷城下《おだにじょうか》が賑《にぎ》わった。

大永《たいえい》五年（一五二五年）、北近江国《きたおうみこく》の諸将《しょしょう》は浅井亮政《あさいすけまさ》に北近江《きたおうみ》が乗《の》っ取《と》られそうになって、南近《みなみおう》江《み》の六角定頼《ろっかくさだより》に助勢《じょせい》を頼《たの》んで小谷城《おだにじょう》を押《お》し潰《つぶ》そうと謀《はか》った。

元々《もともと》、京極家《きょうごくけ》と六角家《ろっかくけ》は共《とも》に佐々木信綱《ささきのぶつな》（鎌倉幕府初期の重臣）を祖《そ》とする一族《いちぞく》だ。どちらも佐々《ささ》木姓《きせい》を名乗《なの》ったが、世間《せけん》では両家《りょうけ》を判《わか》り易《やす》く区別《くべつ》するのに屋形《やかた》が京《きょう》都の六角東洞院《ろっかくひがしとういん》にある方《ほう》を六角家《ろっかくけ》と云《い》い京《きょう》都の高辻京極《たかつじきょうごく》にある屋形《やかた》を京極家《きょうごくけ》と呼《よ》んだ。本領《ほんりょう》は共《とも》に近江国《おうみこく》で、近江国《おうみこく》を二《に》分《ぶん》して琵琶湖《びわこ》に注《そそ》ぐ愛知川《えちがわ》以南《いなん》（近江八幡市以西、以後江南と記す）は六角家《ろっかくけ》が領《りょう》し、以北《いほく》（彦根市以東、以後江北と記す）は京極家《きょうごくけ》が領《りょう》した。両家《りょうけ》の間《あいだ》では代々領地争《だいだいりょうちあらそ》いが絶《た》えず仲《なか》が悪《わる》かった。応仁《おうにん》の乱《らん》も京極家《きょうごくけ》は東軍《とうぐん》に付《つ》き六角家《ろっかくけ》は西軍《せいぐん》に付《つ》いて争《あらそ》った。

　この何時《いつ》も争《あらそ》っている当《とう》の相手《あいて》の六角家《ろっかくけ》に江北《こうほく》の京極家臣団《きょうごくかしんだん》が援軍《えんぐん》を頼《たの》もうと話《はなし》を進《すす》めたのだ。この頃《ころ》伊吹山麓上平寺《いぶきさんろくじょうへいじ》（伊吹町）の北近江守護所《きたおうみしゅごしょ》に隠棲《いんせい》していた主君《しゅくん》の京極高清《きょうごくたかきよ》もこの話《はなし》に同意《どうい》した。これを伝《つた》え聞《き》いた浅井亮政《あさいすけまさ》は江北《こうほく》の北《きた》に接《せっ》する越前国領主《えちぜんこくりょうしゅ》の朝倉孝景《あさくらたかかげ》に助勢《じょせい》を求《もと》めて末永《すえなが》い同盟《どうめい》を申《もう》し込《こ》んだ。朝倉家《あさくらけ》は今《いま》まで美濃《みの》の斎藤家《さいとうけ》や近江六角家《おうみろっかくけ》の硬軟《こうなん》取《と》り混《ま》ぜた圧力《あつりょく》に神経《しんけい》を使《つか》い、一方《いっぽう》で加賀国《かがこく》の一向一揆《いっこういっき》にも悩《なや》まされていたので『渡《わた》りに船《ふね》』と同盟《どうめい》を受《う》け入《い》れた。

同年《どうねん》九月、六角定頼《ろっかくさだより》は七千の軍勢《ぐんぜい》を江北《こうほく》に繰《く》り出《だ》した。これに浅見勢《あさみぜい》の江北軍《こうほくぐん》八千が加《くわ》わった。都合《つごう》一万五千が小谷城《おだにじょう》に押《お》し寄《よ》せて城《しろ》を隈《くま》なく取《と》り巻《ま》いた。

越前朝倉孝景《えちぜんあさくらたかかげ》は一族《いちぞく》の教景《のりかげ》に八千の軍勢《ぐんぜい》を付《つ》けて江北柳ケ瀬《こうほくやながせ》に押《お》し出《だ》した。教景《のりかげ》は見晴《みは》らしの効《き》く山々《やまやま》へ一千、二千と軍勢《ぐんぜい》を分《わ》けて登《のぼ》らせて、一時《いちどき》に法螺貝《ほらがい》を吹《ふ》き鼓《こ》を打《う》ち鳴《な》らして鬨《とき》を挙《あ》げた。六角勢《ろっかくぜい》は山々《やまやま》に雲霞《うんか》の如《ごと》く湧《わ》き出《で》た朝倉勢《あさくらぜい》を見《み》て只々驚《ただただおどろ》いて騒《さわ》ぎ出《だ》した。

小谷城内《おだにじょうない》の浅井勢《あさいぜい》はこれを見《み》て、城門《じょうもん》を押《お》し開《ひら》いて二千余《あま》りが打《う》って出《で》た。朝倉勢《あさくらぜい》も呼応《こおう》して寄《よ》せ手《て》の勢《ぜい》に討《う》ち掛《か》かった。寄《よ》せ手《て》は態勢《たいせい》を立《た》て直《なお》そうと虎御前山《とらごぜんやま》に登《のぼ》った。浅井勢《あさいぜい》は六角勢《ろっかくぜい》を追《お》い掛《か》け、朝倉勢《あさくらぜい》も一体となって三百余《よ》を討《う》ち取《と》った。この日《ひ》、朝倉勢《あさくらぜい》は横山《よこやま》まで陣《じん》を進《すす》めて人馬《じんば》を休《やす》めた。

翌朝《よくちょう》、六角勢《ろっかくぜい》は戦《いくさ》に負《ま》けて陣《じん》を引《ひ》き払《はら》うところを朝倉勢《あさくらぜい》が今浜《いまはま》（長浜）まで追撃《ついげき》した。浅井勢《あさいぜい》も江北《こうほく》の浅見勢《あさみぜい》を追撃《ついげき》して京極高清《きょうごくたかきよ》の籠《こも》る伊吹《いぶき》の上平寺城《じょうへいじじょう》を取《と》り囲《かこ》んだ。高清《たかきよ》は味方《みかた》が散《ち》り散《ぢ》りになったのを儚《はかな》んで浅井亮政《あさいすけまさ》に北近江国《きたおうみこく》の守護所《しゅごしょ》を譲《ゆず》って和睦《わぼく》した。浅井勢《あさいぜい》は引《ひ》き続《つづ》き江北《こうほく》の支城《しじょう》を一つ残《のこ》らず降伏《こうふく》させた。浅井亮政《あさいすけまさ》は北近江一国《きたおうみいっこく》を平定《へいてい》して大名《だいみょう》に成《な》り上《あ》がった。

浅井亮政《あさいすけまさ》は援軍《えんぐん》の朝倉勢《あさくらぜい》を小谷城《おだにじょう》に招《まね》き入《い》れて丁重《ていちょう》に持成《もてな》し、自《みずか》ら木之本《きのもと》まで見送《みおく》った。

天文《てんぶん》七年（一五三八年）、京極高清《きょうごくたかきよ》が没《ぼっ》した。

天文《てんぶん》十年（一五四一年）、京極家《きょうごくけ》の跡《あと》を継《つ》いだ高延《たかひろ》は小谷城《おだにじょう》に反目《はんもく》する家臣《かしん》らと語《かた》らい、亮政《すけまさ》の庇護《ひご》を受《う》ける弟《おとうと》の高慶《たかよし》と意《い》を通《つう》じて浅井亮政《あさいすけまさ》に反旗《はんき》を掲《かか》げた。浅井亮政《あさいすけまさ》はこの頃《ころ》頓《とみ》に老衰《ろうすい》して京《きょう》極勢《ごくぜい》に敗北《はいぼく》し、翌《よく》十一年一月に天寿《てんじゅ》を全《まっと》うした。

天文《てんぶん》十一年（一五四二年）、浅井久政《あさいひさまさ》が跡《あと》を継《つ》いだが、久政《ひさまさ》は亮政《すけまさ》の側室《そくしつ》の子《こ》だ。正妻《せいさい》には娘《むすめ》がいて婿《むこ》を取《と》っていた。この婿《むこ》は浅井一族《あさいいちぞく》の出《で》で名《な》は政元《まさもと》。浅井政元《あさいまさもと》は久政《ひさまさ》と家督《かとく》を争《あらそ》った。このような時《とき》に浅井亮政《あさいすけまさ》が没《ぼっ》した。

浅井久政《あさいひさまさ》は城内《じょうない》の混乱《こんらん》に加《くわ》えて城外《じょうがい》にも敵《てき》を受《う》け、戦《いくさ》にならずに京極勢《きょうごくぜい》に降伏《こうふく》した。京極高延《きょうごくたかひろ》は勢《いきお》いに乗《の》って見境《みさかい》（分別）なく江南《こうなん》の六角定頼《ろっかくさだより》も攻《せ》めたが、地頭山《じとうやま》（米原）で大敗《たいはい》して没落《ぼつらく》した。

六角定頼《ろっかくさだより》は地頭山《じとうやま》から小谷城《おだにじょう》に軍勢《ぐんぜい》を進《すす》めた。

浅井久政《あさいひさまさ》は生来《せいらい》争《あらそ》いを好《この》まなかった。そこで江南《こうなん》の六角一族《ろっかくいちぞく》に嫁《とつ》いだ叔母《おば》が暮《く》らす六角宗能《ろっかくむねよし》を頼《たよ》って和睦《わぼく》を求《もと》めた。六角定頼《ろっかくさだより》は久政《ひさまさ》の家族《かぞく》を六角家《ろっかくけ》の居城《きょじょう》の観音寺城《かんのんじじょう》（安土町）に差《さ》し出《だ》させて、領国《りょうごく》は従前通《じゅうぜんどお》りに安堵《あんど》（保障）した。久政《ひさまさ》の義兄《ぎけい》の政元《まさもと》は小谷城《おだにじょう》を落《お》ちて実家《じっか》の所領《しょりょう》に隠棲《いんせい》した。

天文《てんぶん》十四年（一五四五年）、江南《こうなん》の守護所《しゅごしょ》の観音寺城下《かんのんじじょうか》で、久政《ひさまさ》の嫡子《ちゃくし》が誕生《たんじょう》した。幼名《ようみょう》は猿夜《さるや》叉丸《しゃまる》（後の長政）。やがて新九郎《しんくろう》と名乗《なの》った。新九郎《しんくろう》が誕生《たんじょう》して久政《ひさまさ》は小谷城《おだにじょう》への帰住《きじゅう》が許《ゆる》された。久政《ひさまさ》は江南《こうなん》に不信《ふしん》を懐《いだ》かれぬように自《みずか》ら屡《しばしば》六角家《ろっかくけ》の観音寺城《かんのんじじょう》に伺候《しこう》し、江北《こうほく》では諍《いさか》いを起《お》こさぬように常《つね》に目配《めくば》りした。

天文《てんぶん》二十一年（一五五二年）、江南《こうなん》の六角定頼《ろっかくさだより》が死没《しぼつ》した。享年《きょうねん》五十八歳《さい》。定頼《さだより》は生前近江《せいぜんおうみ》の坂本《さかもと》に将軍《しょうぐん》を移《うつ》すなど幕府《ばくふ》の重鎮《じゅうちん》であった（236頁6行目参照）。

六角義賢《ろっかくよしかた》が跡《あと》を継《つ》いだ。義賢《よしかた》はこの後《のち》、入道《にゅうどう》して承禎《しょうてい》と号《ごう》した（以後承禎）。

浅井長政南近江から小谷へ帰城

永禄《えいろく》三年（一五六〇年）、浅井久政《あさいひさまさ》の嫡子《ちゃくし》の新九郎《しんくろう》は観音寺城下《かんのんじじょうか》で十五歳《さい》になった。この頃《ころ》は小《お》谷城《だにじょう》への里帰《さとがえ》りも許《ゆる》された。幼《おさな》き頃《ころ》より書物《しょもつ》を読《よ》んでは武芸《ぶげい》に励《はげ》み、また祖父《そふ》亮政《すけまさ》の業績《ぎょうせき》も具《つぶさ》に尋《たず》ねて廻《まわ》った。その立《た》ち居《い》振《ふ》る舞《ま》いに知力《ちりょく》・胆力《たんりょく》兼備《かねそな》えた素質《そしつ》が現《あらわ》れて家臣《かしん》ら皆《みな》の信望《しんぼう》を集《あつ》めた。

六角承禎《ろっかくしょうてい》はこの久政《ひさまさ》の嫡子《ちゃくし》を揺《ゆ》るがぬ江南《こうなん》の家臣《かしん》に留《と》め置《お》きたいと思《おも》い、自《みずか》ら烏帽子《えぼし》親《おや》になって元服《げんぷく》させ、入道前《にゅうどうまえ》の名《な》の義賢《よしかた》の一字《いちじ》を与《あた》えて賢政《かたまさ》と名乗《なの》らせた。そして家臣《かしん》の平井定武《ひらいさだたけ》の娘《むすめ》を娶《めと》らせて小谷《おだに》を離《はな》れ観音寺城下《かんのんじじょうか》に常住《じょうじゅう》するよう命《めい》じた。

小谷城《おだにじょう》の家老達《かろうたち》は主家《しゅけ》の浅井家《あさいけ》が六角家《ろっかくけ》と縁組《えんぐみ》したのでは無《な》く、一家臣《いちかしん》の家《いえ》と縁組《えんぐみ》したことに屈辱《くつじょく》を感《かん》じた。ましてや新九郎《しんくろう》は江南《こうなん》に取《と》られてしまうことになる。小谷《おだに》の家老《かろう》や支城《しじょう》の城持《しろも》ち諸将《しょしょう》は新九郎《しんくろう》を小谷《おだに》に引《ひ》き取《と》って江南《こうなん》と縁《えん》を絶《た》つよう久政《ひさまさ》に迫《せま》った。しかし久政《ひさまさ》は取《と》り合《あ》わなかった。この無為無策《むいむさく》の態度《たいど》に家臣団《かしんだん》は堪忍袋《かんにんぶくろ》の緒《お》を切《き》った。

浅井久政《あさいひさまさ》は城下《じょうか》が不穏《ふおん》になって、江南《こうなん》に疑心《ぎしん》を持《も》たれないかと気《き》になった。そこで新九郎《しんくろう》を小《お》谷《だに》に引《ひ》き取《と》るには自分《じぶん》が隠居《いんきょ》するしかないと思《おも》い込《こ》んで六角家《ろっかくけ》に隠居《いんきょ》したいと願《ねが》い出《で》た。

浅井久政《あさいひさまさ》が隠居《いんきょ》すると聞《き》いて浅井賢政《あさいかたまさ》と改名《かいめい》した新九郎《しんくろう》が小谷城《おだにじょう》に帰《かえ》って来《き》た。小谷城内《おだにじょうない》の家臣団《かしんだん》は、挙《あ》げて新九郎《しんくろう》に江南《こうなん》と手《て》を切《き》って小谷城主《おだにじょうしゅ》になるよう懇願《こんがん》した。新九郎《しんくろう》は六角定頼《ろっかくさだより》が没《ぼっ》して、幕府《ばくふ》を取《と》り仕切《しき》る勢《いきお》いを失《うしな》った六角家《ろっかくけ》に幻滅《げんめつ》していた。また下剋上《げこくじょう》の世間《せけん》を見聞《みき》きして、

「我《われ》も祖父《そふ》の亮政《すけまさ》に倣《なら》って世《よ》に出《で》たい」との大志《たいし》が芽生《めば》えた。それで家臣団《かしんだん》の意《い》を汲《く》み六角家《ろっかくけ》には『観音寺《かんのんじ》へ帰《かえ》らず』と申《もう》し送《おく》って平井《ひらい》の娘《むすめ》を離縁《りえん》し、六角承禎《ろっかくしょうてい》から貰《もら》った名《な》も捨《す》てて元《もと》の新《しん》九郎《くろう》に名《な》を戻《もど》した。そして間《ま》もなく長政《ながまさ》と改名《かいめい》（以後長政と記す）した。

江南《こうなん》の平井定武《ひらいさだたけ》は娘《むすめ》を離縁《りえん》されて面目《めんぼく》を失《うしな》い、主君《しゅくん》の六角承禎《ろっかくしょうてい》に江北《こうほく》を討伐《とうばつ》させてくれと願《ねが》い出《で》た。平井《ひらい》は江北《こうほく》の久徳左近《きゅうとくさこん》とは縁《えん》があって旧知《きゅうち》の仲《なか》だったので、手《て》を組《く》んで江北《こうほく》から切《き》り取《と》った土地《とち》を恩賞《おんしょう》として手《て》に入れないかと謀叛《むほん》を唆《そそのか》した。

久徳左近《きゅうとくさこん》は江北浅井家《こうほくあさいけ》の内情《ないじょう》に嫌気《いやけ》して、江南《こうなん》に人質《ひとじち》を出《だ》した上《うえ》で親戚《しんせき》の高宮頼勝《たかみやよりかつ》にも謀叛《むほん》に加《くわ》わるよう誘《さそ》った。高宮《たかみや》は久徳《きゅうとく》の誘《さそ》いに驚《おどろ》いて、謀叛《むほん》を思《おも》い止《とど》まるよう説得《せっとく》した。久徳《きゅうとく》は時《とき》を失《うし》っては事《こと》ならずと即断《そくだん》して単身平井《たんしんひらい》の下《もと》に居《きょ》を移《うつ》し、浅井《あさい》と縁《えん》を切《き》って六角方《ろっかくがた》に寝返《ねがえ》った。

江北《こうほく》と江南《こうなん》の国境《くにざかい》が不穏《ふおん》になって隠居《いんきょ》を宣言《せんげん》した浅井久政《あさいひさまさ》は心配《しんぱい》した。それで小谷城《おだにじょう》に戻《もど》って事《こと》が大事《だいじ》に至《いた》らぬよう長政《ながまさ》を勘当《かんどう》して江南《こうなん》の怒《いか》りを鎮《しず》めに掛《か》かった。長政《ながまさ》は蟄居《ちっきょ》した。

北近江浅井家南近江六角家と交戦

永禄《えいろく》三年（一五六〇年）、平井定武《ひらいさだたけ》は主君《しゅくん》の六角承禎《ろっかくしょうてい》に仔細《しさい》を伝《つた》えて、今《いま》が潮時《しおどき》と江北《こうほく》への討《う》ち入《い》りを迫《せま》った。六角承禎《ろっかくしょうてい》は平井《ひらい》の意見《いけん》を入《い》れて江北《こうほく》の佐和山城《さわやまじょう》（彦根市）に軍勢《ぐんぜい》を向《む》かわせた。

江南《こうなん》の家老《かろう》の後藤賢豊《ごとうかたとよ》は主君《しゅくん》の承禎《しょうてい》に

「佐和山城主《さわやまじょうしゅ》の磯野員昌《いそのかずまさ》は浅井《あさい》の縁戚《えんせき》で城兵《じょうへい》が多《おお》く城《しろ》も堅固《けんご》。容易《ようい》に落《お》ちる城《しろ》では御座《ござ》らぬ。

それよりは先《ま》ず、高宮《たかみや》（彦根市）の城《しろ》など佐和山近辺《さわやまきんぺん》の城《しろ》を落《お》として、その余勢《よせい》を駆《か》って佐和山《さわやま》を討《う》つのが良策《りょうさく》と存《ぞん》ずる」と進言《しんげん》した。承禎《しょうてい》は納得《なっとく》して総勢《そうぜい》一万《まん》の軍勢《ぐんぜい》を高宮《たかみや》の城《しろ》に向《む》かわせた。高宮《たかみや》はこれを予期《よき》して、隙《すき》なく堅固《けんご》に守《まも》って佐和山《さわやま》の援軍《えんぐん》を待《ま》った。佐和山《さわやま》の磯野員昌《いそのかずまさ》は高宮《たかみや》に一千の援軍《えんぐん》を出《だ》すと共《とも》に、併《あわ》せて小谷城《おだにじょう》にも急《きゅう》を報《しら》せた。

小谷城《おだにじょう》では小谷山山頂《おだにやまさんちょう》から狼煙《のろし》を上《あ》げて江北《こうほく》の支城《しじょう》に戦《いくさ》の出来《しゅったい》を報《しら》せた。直《ただ》ちに六千の軍勢《ぐんぜい》が集《あつ》まった。浅井久政《あさいひさまさ》は阿閉貞征《あとじさだゆき》や中島宗左衛門《なかじまそうざえもん》、木村日向守《きむらひゅうがのかみ》に

「如何《いか》に手立《てだ》てすべきや」と相談《そうだん》した。一座《いちざ》の諸将《しょしょう》は異口同音《いくどうおん》に

「その話《はなし》は敵《てき》がまだ来《こ》ぬ先《さき》のこと。今《いま》は只一刻《ただいっこく》も早《はや》く急《いそ》ぎ行《ゆ》きて対陣《たいじん》すべし」と即刻《そっこく》の出陣《しゅつじん》を迫《せま》った。久政《ひさまさ》はなお無事《ぶじ》に事《こと》を収《おさ》めることが出来《でき》ぬかと迷《まよ》って出陣《しゅつじん》の決断《けつだん》ができず、その日《ひ》は無《む》為《い》に終《お》わった。長政《ながまさ》は蟄居中《ちっきょちゅう》で軍議《ぐんぎ》への参加《さんか》は許《ゆる》されなかった。

この間《あいだ》に六角勢《ろっかくぜい》は二手《ふたて》に分《わ》かれて佐和山《さわやま》には承禎《しょうてい》の本隊《ほんたい》が向《む》かい、高宮城《たかみやじょう》には承禎《しょうてい》の嫡男《ちゃくなん》の義《よし》弼《すけ》（別名義治）が向《む》かった。

佐和山城主《さわやまじょうしゅ》の磯野《いその》は高宮《たかみや》へ加勢《かせい》に向《む》かったが、六角勢《ろっかくぜい》の大軍《たいぐん》に手《て》を焼《や》き、留守《るす》にした城《しろ》が攻《せ》

められるのを恐《おそ》れて翌夜軍勢諸共《よくやぐんぜいもろとも》に佐和山《さわやま》に引上《ひきあ》げた。高宮頼勝《たかみやよりかつ》は孤立無援《こりつむえん》になって「今《いま》はこれまで」と観念《かんねん》して六角勢《ろっかくぜい》に降伏《こうふく》した。
六角勢《ろっかくぜい》は勢《いきお》いに乗《の》って佐和山近《さわやまちか》くの太尾城《ふとおじょう》を囲《かこ》んだ。小谷城《おだにじょう》には矢継早《やつぎばや》に注進《ちゅうしん》が届《とど》いた。
浅井久政《あさいひさまさ》は翌日《よくじつ》になってようやく佐和山目指《さわやまめざ》して六千の軍勢《ぐんぜい》を出《だ》した。江南《こうなん》の平井勢《ひらいぜい》は昨日攻《さくじつせ》め落《お》とした高宮城《たかみやじょう》に入《はい》って小谷《おだに》の浅井勢《あさいぜい》を迎《むか》えた。佐和山城主《さわやまじょうしゅ》の磯野員昌《いそのかずまさ》は浅井《あさい》の先手《さきて》となって一千の勢《ぜい》を率《ひき》い高宮《たかみや》に打《う》って出《で》た。攻《せ》め手《て》と守《まも》り手《て》の攻防《こうぼう》は一進一退《いっしんいったい》したが、そこへ佐和山勢《さわやまぜい》目掛《めが》けて横合《よこあ》いから六角義弼《ろっかくよしすけ》の一千の勢《ぜい》が切《き》り込《こ》んだ。佐和山勢《さわやまぜい》は総崩《そうくず》れになった。後詰《ごづめ》の浅井《あさい》久政《ひさまさ》は磯野《いその》が崩《くず》れたのを見《み》て、一戦《いっせん》もせずに軍勢《ぐんぜい》を返《かえ》して佐和山城《さわやまじょう》に逃《に》げ込《こ》んだ。その翌日《よくじつ》、六《ろっ》角承禎《かくしょうてい》の下《もと》に
『駿河国《するがこく》の今川義元《いまがわよしもと》が上洛遠征軍《じょうらくえんせいぐん》を催《もよお》した由《よし》に付《つ》き直《ただ》ちに出仕《しゅっし》すべし』と幕府《ばくふ》から急使《きゅうし》を受《う》けた。六角承禎《ろっかくしょうてい》は思《おも》わぬ事態《じたい》に仰天《ぎょうてん》して急遽軍《きゅうきょぐん》を返《かえ》した。これを見《み》た浅井久政《あさいひさまさ》も小谷城《おだにじょう》に引上《ひきあ》げた。

江南《こうなん》に寝返《ねがえ》った久徳《きゅうとく》と高宮《たかみや》はこの後《のち》、愛知川《えちがわ》付近《ふきん》の佐和山城《さわやまじょう》支城《しじょう》の諸将《しょしょう》を屡《しばしば》訪《おとず》れて、浅井久政《あさいひさまさ》の惰弱《だじゃく》な戦振《いくさぶ》りを吹聴《ふいちょう》して江南《こうなん》に与《くみ》するよう説得《せっとく》した。佐和山城下《さわやまじょうか》はまた次第《しだい》に不穏《ふおん》になった。浅井久政《あさいひさまさ》は小谷《おだに》へ帰《かえ》り、戦《いくさ》もこれで収《おさ》まったと喜《よろこ》んで後《のち》の備《そな》えを怠《おこた》った。江南《こうなん》と境《さかい》を接《せっ》する佐和山城主《さわやまじょうしゅ》の磯野員昌《いそのかずまさ》を始《はじ》め、小谷城《おだにじょう》の家老《かろう》や城持《しろも》ちの諸将《しょしょう》は事《こと》あるごとに言葉《ことば》を尽《つ》くして江南《こうなん》への備《そな》えを説《と》いたが、久政《ひさまさ》は意《い》に介《かい》さなかった。

浅井久政《あさいひさまさ》が鷹狩《たかが》りに出《で》かけたある日《ひ》、小谷城《おだにじょう》の家老一同《かろういちどう》は謹慎中《きんしんちゅう》の浅井長政《あさいながまさ》を訪《たず》ねて城主《じょうしゅ》になるよう懇請《こんせい》した。長政《ながまさ》は家老《かろう》らの懇願《こんがん》は受《う》けずに、逆《ぎゃく》に久政《ひさまさ》を説得《せっとく》して勘当《かんどう》を解《と》かせるよう依頼《いらい》した。久政《ひさまさ》は家老《かろう》の願《ねが》いを聞《き》き流《なが》した。

長政小谷城主となり六角勢を北近江から一掃

永禄《えいろく》三年（一五六〇年）十月、浅井久政《あさいひさまさ》は早崎浦《はやさきうら》（長浜市）に鴨狩《かもがり》に出掛《でか》けた。その序《ついで》に竹生島《ちくぶじま》に渡《わた》って社参《やしろまい》りした。家老《かろう》と江北《こうほく》の城持《しろも》ち諸将《しょしょう》は示《しめ》し合《あわ》せて久政《ひさまさ》を竹生島《ちくぶじま》に閉《と》じ込《こ》め、浅井長政《あさいながまさ》を小谷城《おだにじょう》に迎《むか》え入《い》れた。長政《ながまさ》は江北《こうほく》の諸将《しょしょう》挙《あ》げての懇請《こんせい》に逆《さか》らえず、小谷城主《おだにじょうしゅ》になることを引《ひ》き受《う》けた。久政《ひさまさ》は妻《つま》や信頼《しんらい》する近臣《きんしん》からの説得《せっとく》を受《う》けて、やむなく長政《ながまさ》に城主《じょうしゅ》を譲《ゆず》り隠居《いんきょ》するのを認《みと》めた。

浅井長政《あさいながまさ》は家臣一同《かしんいちどう》の懇請《こんせい》を受《う》けて小谷城主《おだにじょうしゅ》になった。久政《ひさまさ》は、隠居《いんきょ》はしたが何事《なにごと》にも口出《くちだ》しをした。孝行心《こうこうしん》の篤《あつ》い長政《ながまさ》はそれを受《う》け入《い》れた。

ともあれ浅井長政《あさいながまさ》が小谷城主《おだにじょうしゅ》になって、城内《じょうない》の空気《くうき》は一変《いっぺん》した。小谷城《おだにじょう》の家臣《かしん》は

「主君《しゅくん》が代《か》わればこうも家臣《かしん》は変《か》わるものか」

「家臣《かしん》は板場《いたば》（調理場）の主《ぬし》の手《て》にある包丁《ほうちょう》に同《おな》じ。切《き》れ味《あじ》は主《ぬし》の手裁《てさば》き一つで決《き》まる」と噂《うわさ》した。

翌永禄四年《よくえいろく》（一五六一年）、浅井長政《あさいながまさ》は小谷城配下《おだにじょうはいか》の軍勢《ぐんぜい》九千三百を率《ひき》いて米原《まいばら》まで押《お》し出《だ》した。江南《こうなん》に寝返《ねがえ》った新庄城《しんじょうじょう》（米原市）の新庄駿河守《しんじょうするがのかみ》は一戦《いっせん》も交《まじ》えずに逃《に》げ出《だ》した。浅井勢《あさいぜい》は新庄《しんじょう》を追《お》って浅妻城《あさつまじょう》（米原市）を囲《かこ》んだ。新庄《しんじょう》は太尾城《ふとおじょう》（米原市）に人質《ひとじち》に差《さ》し出《だ》した娘《むすめ》を城主《じょうしゅ》の吉田《よしだ》から奪《うば》い返《かえ》して、古主《こしゅ》の浅井《あさい》に降参《こうさん》した。吉田《よしだ》は城《しろ》を捨《す》てて六角義弼《ろっかくよしすけ》の下《もと》に逃《に》げた。

高宮城《たかみやじょう》（彦根市）の高宮頼勝《たかみやよりかつ》は既《すで》に老《お》い、勝義《かつよし》が家督《かとく》を継《つ》いで六角家《ろっかくけ》の家臣《かしん》になっていた。だが六角方《ろっかくがた》の扱《あつか》いが不遜《ふそん》で冷《つめ》たく、国境《くにざかい》の蒲生郡諸将《がもうぐんしょしょう》の末座《まつざ》に落《お》とされて悔《くや》しい思《おも》いをしていた。それで江南《こうなん》の平井定武《ひらいさだたけ》の下《もと》に人質《ひとじち》に差《さ》し出《だ》した息子《むすこ》を連《つれ》れて江北《こうほく》に逃《に》げようとした。だが見《み》つかって息子《むすこ》は殺《ころ》され愛知川《えちがわ》の河原《かわら》に晒《さら》された。高宮勝義《たかみやかつよし》は浅井家家老《あさいけかろう》の小川権左衛門《おがわごんざえもん》に仲介《ちゅうかい》を頼《たの》んで、浅井《あさい》に降参《こうさん》を願《ねが》い出《で》た。長政《ながまさ》は高宮《たかみや》の帰参《きさん》を許《ゆる》して江南攻《こうなんぜ》めの先手《さきて》にした。

浅井勢《あさいぜい》は江南境《こうなんざかい》まで押《お》し出《だ》して、高宮城近《たかみやじょうちか》くの久徳城《きゅうとくじょう》（多賀町）を取《と》り巻《ま》いた。久徳勢《きゅうとくぜい》は二百余《よ》。城門《じょうもん》を閉《と》じて必死《ひっし》に防戦《ぼうせん》した。箕作城《みさくじょう》（東近江市）にいた六角義弼《ろっかくよしすけ》は「久徳《きゅうとく》を討《う》たせてはならじ」と下知《げち》して、愛知川《えちがわ》（彦根市と東近江市の境）に陣《じん》を取《と》った。浅井勢《あさいぜい》も高宮河原《たかみやかわら》に陣《じん》をとって、愛知川《えちがわ》を挟《はさ》んで睨《にら》み合《あ》った。浅井勢《あさいぜい》への帰参《きさん》が叶《かな》った新庄《しんじょう》と高宮《たかみや》は「帰参《きさん》の験《しるし》を示《しめ》すはこの時《とき》」と喚《わめ》いて久徳城《きゅうとくじょう》に総懸《そうがか》りで攻《せ》め寄《よ》せた。城内《じょうない》では多賀《たが》の神官《しんかん》が高宮《たかみや》と新庄《しんじょう》に内通《ないつう》して城《しろ》に火《ひ》を掛《か》けた。久徳一族《きゅうとくいちぞく》は互《たが》いに刺《さ》し違《ちが》えたり城《しろ》から喚《わめ》き出《で》て討死《うちじに》したりして全滅《ぜんめつ》した。江北《こうほく》と江南《こうなん》の初戦《しょせん》の勝敗《しょうはい》は一撃《いちげき》にして決《けっ》した。

浅井長政《あさいながまさ》は高宮《たかみや》と新庄《しんじょう》を戦場《せんじょう》に残《のこ》して逆寄《さかよ》せに備《そな》え、諸勢《しょぜい》と共《とも》に歓喜《かんき》しながら佐和山城《さわやまじょう》に引上《ひきあ》げた。

六角承禎《ろっかくしょうてい》は援軍《えんぐん》を率《ひき》いて沓掛《くつかけ》まで駆《か》け付《つ》けたが、久徳《きゅうとく》が滅《ほろ》んだのを伝《つた》え聞《き》いて佐和山《さわやま》（彦根市）から二里余《りあま》りの肥田城《ひだじょう》（彦根市）に入《はい》り、愛知川《えちがわ》に出陣《しゅつじん》している嫡男《ちゃくなん》の義弼《よしすけ》を呼《よ》んで軍議《ぐんぎ》した。

佐和山城《さわやまじょう》では浅井長政《あさいながまさ》が諸将《しょしょう》を集《あつ》めて肥田《ひだ》の六角勢《ろっかくぜい》を討《う》とうと総勢《そうぜい》を十二隊《たい》に分《わ》かって、翌日《よくじつ》野良田《のらだ》（彦根市）に押《お》し出《だ》した。先陣《せんじん》を受《う》けた佐和山城主《さわやまじょうしゅ》の磯野員昌《いそのかずまさ》は宇曾川添《うそかわぞ》いに布陣《ふじん》した。六角《ろっかく》の先手《さきて》二千五百が磯野勢《いそのぜい》を目掛《めが》け宇曾川《うそかわ》を渡《わた》って討《う》ち込《こ》んで来《き》た。磯野勢《いそのぜい》は敵《てき》が川《かわ》を半《なか》ば渡《わた》り終《お》えたところを討《う》って出《で》て六角勢《ろっかくぜい》を蹴散《けち》らした。六角承禎《ろっかくしょうてい》はこれを見《み》て、先手《さきて》を討《う》たすなと総勢《そうぜい》に突撃《とつげき》を命《めい》じた。六角勢《ろっかくぜい》の一万余《あま》りが一度《いちど》に川《かわ》に討《う》ち入《い》った。そこを磯野勢《いそのぜい》も総掛《そうが》かりで迎《むか》え討《う》って、川岸《かわぎし》と川中《かわなか》とで向《む》かい合《あ》い乱戦《らんせん》になった。そこに浅井勢第二陣《あさいぜいだいにじん》の阿閉《あとじ》が「頃《ころ》や良《よ》し」と突撃《とつげき》を命《めい》じて総勢《そうぜい》が一気《いっき》に川《かわ》を押《お》し渡《わた》り、反転《はんてん》して後巻《うしろまき》（後方からの攻め）した。江南勢《こうなんぜい》は堪《たま》らず逃《に》げ出《だ》した。そこを昨日《さくじつ》から高宮城《たかみやじょう》の戦場《せんじょう》に残《のこ》って守《まも》りに付《つ》いていた高宮《たかみや》と新《しん》庄《じょう》の新手《あらて》が攻《せ》め込《こ》んだ。六角勢《ろっかくぜい》は総崩《そうくず》れになって散《ち》り散《ぢ》りになった。

浅井勢《あさいぜい》は江南勢《こうなんぜい》を思《おも》いのままに討《う》ち取《と》った後《のち》に肥田城《ひだじょう》に討《う》ち寄《よ》せた。肥田城《ひだじょう》の高野瀬越中《たかのせえっちゅう》は人《ひと》質《じち》を差《さ》し出《だ》して降伏《こうふく》した。浅井長政《あさいながまさ》は諸将《しょしょう》と共《とも》に佐和山城《さわやまじょう》に引《ひき》上《あ》げて二日程《ほど》休息《きゅうそく》した。そして国境《こっきょう》の愛知川近辺《えちがわきんぺん》を仕置《しお》き（統治）して、小谷城《おだにじょう》に引上《ひきあげ》げた。小谷《おだに》の諸将《しょしょう》は「戦《いくさ》は大将《たいしょう》に依《よ》るものだ。先年久政《せんねんひさまさ》は承禎《しょうてい》に追《お》い立《た》てられたが、今長政《いまながまさ》は日《ひ》を経《へ》ずして江南勢《こうなんぜい》を追《お》い払《はら》って、敵《てき》に取《と》られた領地《りょうち》を取《と》り戻《もど》し、敵《てき》に降参《こうさん》した諸侍《しょさむらい》も帰参《きさん》が叶《かな》った。これは大将《たいしょう》が文《ぶん》武両道《ぶりょうどう》に優《すぐ》れている証《あかし》だ」と長政《ながまさ》を慕《した》い崇《あが》めた。浅井長政《あさいながまさ》の名声《めいせい》は天下《てんか》に轟《とどろ》いた。

織田・浅井同盟

話《はなし》はしばらく尾張国《おわりこく》の織田家《おだけ》と美濃国《みのこく》の斎藤家《さいとうけ》、北近江国《きたおうみこく》の浅井家《あさいけ》の姻戚関係《いんせきかんけい》に移《うつ》る。

織田信長《おだのぶなが》は未《ま》だ父信秀存命中《ちちのぶひでぞんめいちゅう》の天文《てんぶん》十八年（一五四九年）に美濃国《みのこく》領主《りょうしゅ》の斎藤道三《さいとうどうさん》の娘濃姫《むすめのうひめ》を娶《めと》って、道三《どうさん》とは婿舅《むこしゅうと》の間柄《あいだがら》だった。

斎藤道三《さいとうどうさん》は油売《あぶらう》りから身《み》を興《おこ》して生涯《しょうがい》に十度《ど》も名《な》を変《か》えた。その主《おも》な場面《ばめん》の第一《だいいち》は美濃国《みのこくじゅう》重臣《しん》の長井長弘《ながいながひろ》に仕《つか》えて西村勘九郎《にしむらかんくろう》を名乗《なの》り、次《つ》いでその長井家《ながいけ》を乗《の》っ取《と》って長井姓《ながいせい》に改《あらた》め、更《さら》には守護代斎藤家当主《しゅごだいさいとうけとうしゅ》の死没《しぼつ》に乗《じょう》じて天文《てんぶん》七年（一五三八年）に斎藤家《さいとうけ》の名跡《めいせき》までも手《て》に入《い》れた。天文《てんぶん》二十一年（一五五二年）、斎藤道三《さいとうどうさん》は遂《つい》には美濃国守護《みのこくしゅご》の土岐頼芸《ときよりなり》を追《お》い出《だ》して美濃一国《みのいっこく》を乗《の》っ取《と》った。その道三《どうさん》の正室《せいしつ》が浅井亮政《あさいすけまさ》の娘《むすめ》の近江局《おうみのつぼね》で、近江局《おうみのつぼね》の娘《むすめ》が信長《のぶなが》に嫁《とつ》いだ濃姫《のうひめ》だ。だから信長《のぶなが》の室《しつ》の濃姫《のうひめ》と長政《ながまさ》とは従兄妹《いとこ》の関係《かんけい》だ。

この道三《どうさん》はその昔《むかし》の大永《だいえい》七年（一五二七年）に主君《しゅくん》の土岐頼芸《ときよりなり》から愛妾《あいしょう》が下賜《かし》されて側室《そくしつ》にした。間《ま》もなく生《う》まれたのが義竜《よしたつ》だ。それで道三《どうさん》は、この義竜《よしたつ》は頼芸《よりなり》の子《こ》だと信《しん》じて疎《うと》んじ遠《とお》ざけた。弘治《こうじ》二年（一五五六年）斎藤義竜《さいとうよしたつ》は己《おのれ》を厭《いと》う父道三《ちちどうさん》を殺《ころ》して跡《あと》を継《つ》いだ。だが程無《ほどな》くして永禄《えいろく》四年（一五六一年）に病没《びょうぼつ》した。子《こ》の斎藤竜興《さいとうたつおき》が跡《あと》を継《つ》いだが未《ま》だ十三歳《さい》。家老《かろう》の斎藤飛騨守《さいとうひだのかみ》が政治《せいじ》を私《わたくし》した。美濃国内《みのこくない》では飛騨守《ひだのかみ》の評判《ひょうばん》が悪《わる》く、政治《せいじ》が乱《みだ》れて美濃国《みのこく》の昔日《せきじつ》の勢《いきお》いは消《き》え失《う》せた。

織田《おだ》信長《のぶなが》は幼《おさな》き頃《ころ》より上洛《じょうらく》して天下《てんか》を取《と》る野望《やぼう》を抱《いだ》いたが、上洛《じょうらく》するには隣国《りんごく》の美濃《みの》を手《て》に入《い》れなければならない。そこで信長《のぶなが》はこの野望《やぼう》を実現《じつげん》させるのは今《いま》この時《とき》と決意《けつい》し、忍《しの》びで美濃《みの》に入《はい》った。この度《たび》の美濃入《みのい》りは美濃国内《みのこくない》の下調《したしら》べが目的《もくてき》だ。美濃《みの》の地形《ちけい》や人情《にんじょう》を知《し》らずに戦《いくさ》は出来《でき》ない。『天《てん》の時《とき》。地《ち》の利《り》。人《ひと》の和《わ》』（原典は孟子 公孫丑 下篇）を得《え》て『彼《かれ》を知《し》り己《おのれ》を知《し》らば百戦殆《ひゃくせんあやう》からず』（原典は孫子 謀攻篇）だ。美濃《みの》の斎藤家《さいとうけ》は初代斎藤道三《しょだいさいとうどうさん》の頃《ころ》の勢《いきお》いは無《な》いが大国《たいこく》には違《ちが》いない。

信長《のぶなが》は美濃《みの》の地形《ちけい》や民《たみ》の様子《ようす》を具《つぶさ》に調《しら》べて、江北《こうほく》の浅井長政《あさいながまさ》の日《ひ》の出《で》の勢《いきお》いを肌《はだ》で感《かん》じた。また美濃国《みのこく》では江北《こうほく》の浅井家《あさいけ》に心《こころ》を寄《よ》せる諸将《しょしょう》が多《おお》いのも知《し》った。そこで斎藤竜興《さいとうたつおき》には悟《さと》られぬように密《ひそ》かに斎藤家臣団《さいとうかしんだん》と縁戚《えんせき》の家臣《かしん》を使《つか》い、織田側《おだがわ》にも心《こころ》を寄《よ》せるよう調略《ちょうりゃく》（政治工作）を始《はじ》めた。

信長《のぶなが》は美濃国《みのこく》に入《はい》って険阻《けんそ》な稲葉山城《いなばやまじょう》を目《ま》の当《あ》たりにした。また浅井長政《あさいながまさ》の人柄《ひとがら》の噂《うわさ》を聞《き》いて惚《ほ》れ込《こ》み、この美濃《みの》を手《て》にするには長政《ながまさ》を味方《みかた》にするのが一番《いちばん》と悟《さと》って家老《かろう》を集《あつ》めて相談《そうだん》し、小《お》谷城《だにじょう》の安養寺久政《あんようじひさまさ》と縁《えん》がある不破光治《ふわみつはる》を使者《ししゃ》に立《た》てて両家《りょうけ》の縁組《えんぐみ》を申《もう》し込《こ》んだ。

浅井長政《あさいながまさ》は一族《いちぞく》と諸将《しょしょう》を集《あつ》めて信長《のぶなが》の申《もう》し出《で》について意見《いけん》を聞《き》き、大方《おおかた》の賛同《さんどう》を得《え》た。だが、

「即刻《そっこく》の返答《へんとう》ではなく、よくよく思案《しあん》した後《のち》に返答《へんとう》なされ」と教《おし》えられて様子見《ようすみ》を決《き》め込《こ》んだ。

織田信長《おだのぶなが》の方《ほう》では相談《そうだん》して、

「浅井《あさい》も同心《どうしん》と見《み》えるが、当方《とうほう》の存念《ぞんねん》をシカと確《たし》かめてみたいので御座《ござ》ろう」と再度《さいど》、不破《ふわ》に内藤庄助《ないとうしょうすけ》を添《そ》えて小谷《おだに》へ出向《でむ》かせた、そして

「当方《とうほう》より縁組《えんぐみ》を望《のぞ》むからには我《わ》が方《ほう》からは何事《なにごと》にも違背《いはい》は致《いた》さぬ。但《ただ》し、美濃《みの》は我《わ》が方《ほう》の仇討《かたきう》ちなれば我《われ》らで討《う》ち取《と》りたい。その他《ほか》に存念《ぞんねん》があれば何事《なにごと》でも申《もう》し出《で》て下《くだ》され」と信長《のぶなが》の口上《こうじょう》を伝《つた》えた。浅井《あさい》の一族一門《いちぞくいちもん》は皆同心《みなどうしん》した。だが長政《ながまさ》の父久政《ちちひさまさ》は

「美濃《みの》の件《けん》には異存《いぞん》ない。されど信長《のぶなが》は次《つぎ》に江南《こうなん》の六角《ろっかく》を滅《ほろ》ぼし、その後《のち》には越前朝倉《えちぜんあさくら》も望《のぞ》むであろう。彼《か》の朝倉《あさくら》は先代《せんだい》より当方《とうほう》と同盟《どうめい》して無二《むに》の友国《ゆうこく》なれば、朝倉《あさくら》へは手出《てだ》し無用《むよう》との約束《やくそく》が在《あ》って然《しか》るべし」と言《い》った。一座《いちざ》も

「然《しか》り」と同意《どうい》した。長政《ながまさ》は安養寺《あんようじ》を不破《ふわ》と内藤《ないとう》に同道《どうどう》させて信長《のぶなが》の下《もと》に送《おく》り

「美濃《みの》の件《けん》では浅井方《あさいがた》に異存《いぞん》は御座《ござ》らぬが、我《わ》が浅井家《あさいけ》は越前朝倉家《えちぜんあさくらけ》とは無二《むに》の友邦《ゆうほう》なれば朝倉《あさくら》

への手《て》だしは末永《すえなが》く一切無用《いっさいむよう》に願《ねが》いたい」と申《もう》し出《で》た。信長《のぶなが》は「如何《いか》にも御尤《ごもっと》も。越前《えちぜん》の義景公《よしかげこう》とは諍《いさか》いなど毛頭《もうとう》に起《お》こさぬ」と了承《りょうしょう》し、浅井長政《あさいながまさ》に誓書《せいしょ》を差《さ》し出《だ》して縁戚交渉《えんせきこうしょう》は整《ととの》った。

永禄《えいろく》六年（一五六三年）、尾張《おわり》の織田信長《おだのぶなが》は舅《しゅうと》の仇討《あだう》ちを名分《めいぶん》にして美濃国《みのこく》に戦《いくさ》を仕掛《しか》けて、全《ぜん》勢力《せいりょく》を小牧山《こまきやま》（小牧市）に移《うつ》し、さらには信長《のぶなが》の叔父《おじ》の織田信康《おだのぶやす》が築《きず》いた美濃国境《みのこっきょう》の犬山城《いぬやまじょう》にも軍《ぐん》勢《ぜい》を入《い》れて、浅井家《あさいけ》に織田《おだ》と共《とも》に美濃討伐《みのとうばつ》しようと軍事同盟《ぐんじどうめい》を申《もう》し出《で》た。

美濃国《みのこく》も浅井家《あさいけ》に援軍《えんぐん》を求《もと》めた。浅井長政《あさいながまさ》は精鋭《せいえい》七千を選《えら》んで美濃国垂井赤坂《みのこくたるいあかさか》（関ヶ原）に出陣《しゅつじん》したが、尾張《おわり》・美濃《みの》のどちらにも与《くみ》せずに中立《ちゅうりつ》の構《かま》えを取《と》って様子見《ようすみ》した。

その留守《るす》を衝《つ》いて六角承禎《ろっかくしょうてい》が江北《こうほく》を襲撃《しゅうげき》した。

六角勢一万余《ろっかくぜいいちまんよ》は愛知川《えちがわ》を渡《わた》り、柏木《かしわぎ》・山本《やまもと》・永原《ながはら》・落合《おちあい》の四人に二千の勢《ぜい》を分《わ》け与《あた》えて高宮河《たかみやか》原《わら》より高宮城《たかみやじょう》と肥田城《ひだじょう》を急襲《きゅうしゅう》させた。承禎自身《しょうていじしん》は残《のこ》りの八千余《よ》を率《ひき》いて佐和山城《さわやまじょう》を囲《かこ》んだ。

佐和山城《さわやまじょう》の留守《るす》を預《あず》かる醒ヶ井《さめがい》権守《ごんのかみ》は美濃出陣中《みのしゅつじんちゅう》の浅井長政《あさいながまさ》に急《きゅう》を告《つ》げた。

浅井長政《あさいながまさ》は美濃《みの》を良《よ》く知《し》る老将《ろうしょう》の赤尾美作守《あかおみまさかのかみ》に殿《しんがり》を命《めい》じて佐和山城主《さわやまじょうしゅ》の磯野員昌《いそのかずまさ》を先手《さきて》に立《た》て、他《た》は一団《いちだん》となって佐和山目指《さわやまめざ》して急行《きゅうこう》した。浅井長政《あさいながまさ》は針峠《はりとうげ》で旗揚《はたあ》げして六角勢《ろっかくぜい》を威圧《いあつ》した。先手《さきて》の磯野《いその》は物見《ものみ》を放《はな》って

「浅井勢《あさいぜい》は美濃《みの》を討《う》ち砕《くだ》いて押《お》し寄《よ》せた」との噂《うわさ》を播《ま》き散《ち》らした。この噂《うわさ》を六角勢《ろっかくぜい》が聞《き》き付《つ》けて上《うえ》を下《した》への大騒動《おおそうどう》になった。六角承禎《ろっかくしょうてい》・義弼《よしすけ》父子《ふし》は浅井《あさい》の多勢《たぜい》に討《う》ち込《こ》まれ、不測《ふそく》の事態《じたい》に陥《おちい》るのを恐《おそ》れて一番先《いちばんさき》に逃《に》げ出《だ》した。浅井勢《あさいぜい》の先手《さきて》で佐和山城主《さわやまじょうしゅ》の磯野員昌《いそのかずまさ》は江南勢《こうなんぜい》の総引上《そうひきあ》げを見《み》て追撃《ついげき》したが、逃《に》げ足《あし》が速《はや》く追《お》い付《つ》くことが出来《でき》なかった。

織田信長《おだのぶなが》は浅井勢《あさいぜい》の動《うご》きを見《み》て『機《き》は未《ま》だ熟《じゅく》せず』と悟《さと》った。また大軍《たいぐん》を率《ひき》いて大河《たいが》の木曽川《きそがわ》を渡《わた》る危険《きけん》も察知《さっち》し、物見《ものみ》や間者《かんじゃ》を放《はな》って美濃勢《みのぜい》の柵《さく》・陣地《じんち》や規模《きぼ》・陣形《じんけい》などの様子《ようす》を探《さぐ》っただけで本格的《ほんかくてき》な戦《いくさ》は仕掛《しか》けず睨《にら》み合《あ》っただけでやがて軍勢《ぐんぜい》を引《ひ》き揚《あ》げた。

永禄《えいろく》九年（一五六六年）、織田信長《おだのぶなが》は妹《いもうと》の市《いち》を小谷城《おだにじょう》に送《おく》って尾張《おわり》と江北《こうほく》の同盟《どうめい》が成《な》った。織田《おだ》信長《のぶなが》に江北《こうほく》の煩《わずら》いが無《な》くなった。

信長美濃国平定

同永禄九年《どうえいろく》（一五六六年）、美濃国斎藤家《みのこくさいとうけ》から後《のち》に美濃三人衆《みのさんにんしゅう》と呼《よ》ばれた稲葉良通《いなばよしみち》と安東守就《あんどうもりつぐ》、氏家直元《うじいえなおもと》の三人《さんにん》が信長《のぶなが》の調略《ちょうりゃく》に乗《の》って寝返《ねがえ》りを申《もう》し出《で》た。信長《のぶなが》は『これぞ天佑《てんゆう》』と喜《よろこ》んで、舅《しゅうと》の斎藤道三《さいとうどうさん》の仇討《あだう》ちを大義名分《たいぎめいぶん》に掲《かか》げて再度《さいど》の本格的《ほんかくてき》な美濃《みの》攻《ぜ》めに取《と》り掛《かか》った。

斎藤竜興《さいとうたつおき》の美濃国稲葉山城《みのこくいなばやまじょう》（現金華山の岐阜城）は誠《まこと》に天下第一《てんかだいいち》の難攻不落《なんこうふらく》の堅城《けんじょう》だ。北《きた》は大河《たいが》の長良川《ながらがわ》に面《めん》し、他《た》の三方《さんぽう》は起伏《きふく》の激《はげ》しい岩山《いわやま》に囲《かこ》まれて、何《なに》より当《とう》の稲葉山《いなばやま》は四方《しほう》が断崖絶壁《だんがいぜっぺき》で登《のぼ》ることさえ容易《ようい》でない峻険《しゅんけん》な岩山《いわやま》の頂上《ちょうじょう》に城郭《じょうかく》がある。南方《なんぽう》から攻《せ》め込《こ》めば岩山《いわやま》が林立《りんりつ》し、地《ち》形《けい》が複雑《ふくざつ》で地理《ちり》に不案内《ふあんない》な攻《せ》め手《て》には地《ち》の利《り》は全《まった》く無《な》い。これは既《すで》に事前《じぜん》に検証《けんしょう》済《ず》みだ（前頁9行目参照）。

織田信長《おだのぶなが》は稲葉山《いなばやま》を攻《せ》め落《お》とすには、稲葉山直下《いなばやまちょっか》の長良川《ながらがわ》を挟《はさ》んだ地《ち》に布陣《ふじん》するより他《ほか》に無《な》いと断《だん》じたが、そうするには長良川《ながらがわ》を渡《わた》って稲葉山《いなばやま》の北側《きたがわ》に廻《まわ》り込《こ》まなければならない。長良川《ながらがわ》を渡《わた》るには国境《くにざかい》の墨俣《すのまた》の渡《わた》し（この頃の織田領と斎藤領の境界は羽島市北部付近を起点にそれより南は長良川、北は木曽川）以外《いがい》に適所《てきしょ》はない。美濃攻《みのぜ》めにはこの墨俣《すのまた》の渡河《とか》が最初《さいしょ》の難所《なんしょ》になる。長良川《ながらがわ》は大河《たいが》だ。この渡河中《とかちゅう》を襲《おそ》われては一溜《ひとた》まりもない。この度《たび》の合戦《かっせん》は平時《へいじ》に入国《にゅうごく》するのとは異《こと》なり、生《い》きるか死《し》ぬかの一大決戦《いちだいけっせん》だ。敵《てき》の用心《ようじん》も並大抵《なみたいてい》ではない。是非《ぜひ》とも墨俣側《すのまたがわ》に渡河《とか》を助《たす》ける砦《とりで》が必《ひつ》要《よう》だ。織田家中《おだかちゅう》の諸将《しょしょう》の思《おも》いも同《おな》じだが、好《よ》い思案《しあん》の申《もう》し出《で》は誰《だれ》からも出《で》なかった。

信長《のぶなが》は城《しろ》の石垣普請《いしがきふしん》で苦《く》もなく難工事《なんこうじ》を仕上《しあ》げた木下藤吉郎《きのしたとうきちろう》（後の豊臣秀吉）を思《おも》い出《だ》して呼《よ》び付《つ》け、密《ひそ》かに作事《さくじ》の支度《したく》を云《い》い付《つ》けた。藤吉郎《とうきちろう》は嘗《かつ》て小者《こもの》（雑役夫）だった頃《ころ》に、清洲城《きよすじょう》の石垣《いしがき》が崩《くず》れて誰《だれ》も直《なお》そうとしない難《むずか》しい修理《しゅうり》を素早《すばや》く遣《や》りおえる手柄《てがら》を挙《あ》げて信長《のぶなが》の眼《め》に留《と》まった。それで信長《のぶなが》は役《やく》に立《た》つヤツと見込《みこ》んで側近《そばちか》くに置《お》いていた。この後岩倉織田《のちいわくらおだ》家《け》との諍《いさか》いにも手柄《てがら》を挙《あ》げて足軽頭《あしがるかしら》に取《と》り立《た》てられていた。

永禄《えいろく》九年（一五六六年）、九月、信長《のぶなが》は美濃出陣《みのしゅつじん》を控《ひか》えて軍評定《いくさひょうじょう》を開《ひら》き、諸将《しょしょう》に「美濃出陣《みのしゅつじん》に際《さい》して、事前《じぜん》に墨俣《すのまた》に出《で》て砦《とりで》を造《つく》る者《もの》はいないか」と問《と》いかけた。墨俣《すのまた》は敵《てき》の地《ち》だ。この墨俣《すのまた》に砦《とりで》を造《つく》るには敵《てき》の攻撃《こうげき》を受《う》けぬうちに敵《てき》を寄《よ》せ付《つ》けぬ防御《ぼうぎょ》の整《ととの》った城砦《じょうさい》を素早《すばや》く作《つく》り上《あ》げなければならない。諸将《しょしょう》には思《おも》いも寄《よ》らぬ普請《ふしん》に思《おも》えて声《こえ》を発《はっ》する者《もの》は誰《だれ》も居《い》なかった。信長《のぶなが》は遙《はる》か後方《こうほう》の隅《すみ》に控《ひか》える木下藤吉郎《きのしたとうきちろう》に眼《め》を移《うつ》して発言《はつげん》を促《うなが》した。藤吉郎《とうきちろう》は
「三日《みっか》の猶予《ゆうよ》を下《くだ》されば敵《てき》を寄《よ》せ付《つ》けぬ砦《とりで》を造《つく》ってご覧《らん》にいれまする」と大言壮語《たいげんそうご》した。諸将《しょしょう》は只々呆《ただただあき》れて叱《しか》り付《つ》ける言葉《ことば》も出《で》なかった。信長《のぶなが》は透《す》かさず
「軍議《ぐんぎ》の席《せき》での戯言《ざれごと》は許《ゆる》さぬ。しからば所要《しょよう》のものは何《なん》なりと申《もう》し出《で》て即刻作事《そっこくさくじ》に取《と》り掛《か》かれ」
と申《もう》し付《つ》けた。
木下藤吉郎《きのしたとうきちろう》は既《すで》に信長《のぶなが》から密命《みつめい》を受《う》け、美濃《みの》・尾張一帯《おわりいったい》の川筋七流《かわすじしちりゅう》に屯《たむろ》する治水《ちすい》や渡河《とか》の人足《にんそく》衆《しゅう》一千余《よ》を使《つか》って飛騨《ひだ》から木材《もくざい》を切《き》り出《だ》し、何時《いつ》でも城砦《じょうさい》の櫓《やぐら》や柵《さく》が組《く》めるようにその場《ば》で細《さい》工《く》まで施《ほどこ》して筏《いかだ》に組《く》み、長良川《ながらがわ》に浮《う》かべるまでに準備《じゅんび》を済《す》ませていた。
木下藤吉郎《きのしたとうきちろう》は嘗《かつ》て織田家《おだけ》に仕《つか》える前《まえ》に、川筋七流《かわすじしちりゅう》の人足衆《にんそくしゅう》を束《たば》ねる頭《かしら》の蜂須賀小六《はちすかころく》（後の正勝）や前野長康《まえのながやす》と暫《しばら》く生活《せいかつ》を共《とも》にしたことがあって昵懇《じっこん》（親しい）の仲《なか》だった。そこで信長《のぶなが》の意《い》を酌《く》みこの川筋衆《かわすじしゅう》を訪《たず》ねて、織田家《おだけ》からの恩賞《おんしょう》の沙汰《さた》や仕官《しかん》が叶《かな》う又《また》とない機会《きかい》であると言《い》い包《くる》めて一《いち》

味《み》に加《くわ》え、城砦《じょうさい》の構築《こうちく》に要《よう》する総《すべ》ての準備《じゅんび》を既《すで》に済《す》ませていた。

木下藤吉郎《きのしたとうきちろう》は信長《のぶなが》の命《めい》を受《う》けて即刻墨俣《そっこくすのまた》に渡《わた》り普請開始《ふしんかいし》の命《めい》を伝《つた》えた。川筋衆《かわすじしゅう》は飛騨《ひだ》から筏《いかだ》に組《く》んだ用材《ようざい》を長良川《ながらがわ》に流《なが》し、夜中《よなか》に墨俣《すのまた》で密《ひそ》かに引《ひ》き上《あ》げて、準備万端《じゅんびばんたん》を整《ととの》えた。美濃《みの》の斎藤勢《さいとうぜい》は川筋衆《かわすじしゅう》の動《うご》きに何《なん》の関心《かんしん》も示《しめ》さず、気付《きづ》きもしなかった。川筋衆《かわすじしゅう》は翌日《よくじつ》の夜《よる》を待《ま》って徹夜《てつや》で一《いっ》気呵成《きかせい》に城砦普請《じょうさいふしん》を始《はじ》め、人海戦術《じんかいせんじゅつ》で一夜《いちや》にして櫓《やぐら》を組《く》み堀《ほり》をほり土手《どて》を築《きず》き柵《さく》を設《もう》けて砦《とりで》の普《ふ》請《しん》を為《な》し終《お》えた。同時《どうじ》に信長《のぶなが》は精鋭《せいえい》を渡河《とか》させて普請直後《ふしんちょくご》の砦《とりで》に送《おく》り込《こ》んだ。美濃勢《みのぜい》は織田勢《おだぜい》の渡河《とか》に気付《きづ》いて攻撃《こうげき》を仕掛《しか》けたが、新築成《しんちくな》った砦《とりで》からの猛反撃《もうはんげき》に遭《あ》って織田勢《おだぜい》の渡河《とか》を防《ふせ》げず、逆《ぎゃく》に撃退《げきたい》させられてしまった。信長《のぶなが》は墨俣《すのまた》の渡《わた》しを手中《しゅちゅう》に収《おさ》め、大軍《たいぐん》を催《もよお》して稲葉山《いなばやま》城《じょう》直下《ちょっか》に押《お》し寄《よ》せて、長良川《ながらがわ》を挟《はさ》んで稲葉山城《いなばやまじょう》と対峙《たいじ》した。木下藤吉郎《きのしたとうきちろう》の名《な》は織田家中《おだかちゅう》に知《し》れ渡《わた》った。

翌《よく》十年八月、美濃三人衆《みのさんにんしゅう》の寝返《ねがえ》りが実現《じつげん》して稲葉山城《いなばやまじょう》は内外《ないがい》から攻《せ》められ、遂《つい》に斎藤竜興《さいとうたつおき》の籠《こも》る稲葉山城《いなばやまじょう》は落城《らくじょう》した。

織田信長《おだのぶなが》は斎藤竜興《さいとうたつおき》を美濃国《みのこく》から追放《ついほう》した。そして稲葉山城《いなばやまじょう》とその麓《ふもと》の城下《じょうか》の地名《ちめい》を井口《いぐち》から岐阜《ぎふ》（鳳凰が舞い降りた「岐山」と孔子の故郷の「曲阜」の名を併せた名という）に改《あらた》めた。

織田信長《おだのぶなが》は美濃一国《みのいっこく》を併呑《へいどん》して『天下布武《てんかふぶ》』（天下制覇）を公言《こうげん》した。

三．将軍擁立

信長南近江を平定し義昭を担いで入京、義昭将軍に就任

丁度《ちょうど》この頃《ころ》、幕府《ばくふ》では将軍義輝《しょうぐんよしてる》が三好三党《みよしさんとう》と松永久秀《まつながひさひで》の手《て》に掛《か》かって横死《おうし》した（273頁5行目の続き）。

横死《おうし》した将軍義輝《しょうぐんよしてる》の弟《おとうと》は興福寺一乗院門跡《こうふくじいちじょういんもんぜき》を継《つ》いでいたが、義輝《よしてる》の近臣《きんしん》に担《かつ》がれて還俗《げんぞく》して義昭《よしあき》と名乗《なの》った。そして三好三党《みよしさんとう》と松永久秀《まつながひさひで》の迫害《はくがい》を避《さ》けて、朝倉義景《あさくらよしかげ》を頼《たよ》り越前国《えちぜんこく》に逃《のが》れた。

三好三党《みよしさんとう》と松永久秀《まつながひさひで》は元将軍義晴《もとしょうぐんよしはる》の弟《おとうと》の義維《よしつな》の子《こ》の義栄《よしひで》を将軍《しょうぐん》に担《かつ》いで幕府《ばくふ》を乗《の》っ取《と》り、栄《えい》華《が》を恣《ほしいまま》にした。だがやがて主導権《しゅどうけん》を巡《めぐ》って両者《りょうしゃ》の間《あいだ》に溝《みぞ》が生《う》まれた。三好三党《みよしさんとう》は将軍義栄《しょうぐんよしひで》に迫《せま》っ

て松永追討令《まつながついとうれい》を出《だ》した。

永禄《えいろく》十年（一五六七年）、松永久秀《まつながひさひで》は大和国《やまとこく》に落《お》ちて信貴山城《しぎさんじょう》に入《はい》り、紀伊国《きいこく》の根来寺《ねごろじ》や畠山高政《はたけやまたかまさ》（畠山政長の直系曾孫）と同盟《どうめい》して三好三党《みよしさんとう》に刃向《はむ》かった。

三好三党《みよしさんとう》は阿波国《あわこく》から軍勢《ぐんぜい》を呼《よ》び寄《よ》せて摂津国富田《せっつこくとんだ》（高槻市）に陣取《じんど》り、松永勢《まつながぜい》を京都《きょう》から一掃《いっそう》した。ところが三好三党《みよしさんとう》に担《かつ》がれて三好宗家《みよしそうけ》の跡《あと》を継《つ》いだ三好義継《みよしよしつぐ》は三好三党《みよしさんとう》の横暴《おうぼう》に耐《た》えかねて、松永久秀《まつながひさひで》を頼《たよ》って大和国《やまとこく》へ逃《に》げ落《お》ちた。

三好三党《みよしさんとう》は三好義継追討軍《みよしよしつぐついとうぐん》を大和国《やまとこく》に向《む》かわせて大和国東大寺《やまとこくとうだいじ》に陣取《じんど》った。松永久秀《まつながひさひで》は東大寺《とうだいじ》を焼《や》き討《う》ちした。この混乱《こんらん》で大仏殿諸共《だいぶつでんもろとも》に大仏《だいぶつ》の首《くび》が焼《や》け落《お》ちた。幕府《ばくふ》も畿内《きない》も乱《みだ》れに乱《みだ》れた。

一方《いっぽう》、越前国《えちぜんこく》に身《み》を寄《よ》せた足利義昭《あしかがよしあき》は…。

足利義昭《あしかがよしあき》は朝倉義景《あさくらよしかげ》に三好討伐《みよしとうばつ》を命《めい》じた。けれども義景《よしかげ》はこの頃一向一揆《ころいっこういっき》に悩《なや》まされて兵《へい》を国外《こくがい》に向《む》けるゆとりがなく、言《げん》を左右《さゆう》にして義昭《よしあき》の命《めい》を無視《むし》した。義昭《よしあき》は再度天下《さいどてんか》の諸将《しょしょう》に三好討《みよしとう》伐《ばっ》の御内書《ごないしょ》（親書）を送《おく》った。

永禄《えいろく》十一年（一五六八年）、織田信長《おだのぶなが》は足利義昭《あしかがよしあき》の求《もと》めに応《おう》じ、義昭《よしあき》を美濃国西庄立正寺《みのこくにしのしょうりっしょうじ》に迎《むか》えて上洛軍《じょうらくぐん》を起《おこ》した。

織田信長《おだのぶなが》は近江国《おうみこく》に入《はい》って、六角承禎《ろっかくしょうてい》に義昭《よしあき》に味方《みかた》して三好三党《みよしさんとう》を討《う》つよう強要《きょうよう》した。六角承禎《ろっかくしょうてい》は信長《のぶなが》の要求《ようきゅう》を無視《むし》して三好三党《みよしさんとう》に味方《みかた》し信長《のぶなが》に対抗《たいこう》した。幕府重鎮《ばくふじゅうちん》の六角承禎《ろっかくしょうてい》にとっては尾張国守護《おわりこくしゅご》の斯波家《しばけ》を滅《ほろ》ぼし駿河国守護《するがこくしゅご》の今川義元《いまがわよしもと》を討《う》ち取《と》って、更《さら》には尾張国《おわりこく》を乗《の》っ取《と》り成《な》り上《あ》がった信長《のぶなが》が許《ゆる》せなかった。

織田信長《おだのぶなが》は尾張《おわり》・美濃《みの》・伊勢《いせ》の軍勢《ぐんぜい》六万を率《ひき》いて六角家《ろっかくけ》の居城《きょじょう》の観音寺城《かんのんじじょう》（安土町）を襲《おそ》った。近江《おうみ》の一向一揆衆《いっこういっきしゅう》は本願寺顕如《ほんがんじけんにょ》と姻戚関係《いんせきかんけい》にある六角家《ろっかくけ》に与《くみ》したが、承禎《しょうてい》が織田軍《おだぐん》の来《く》る前《まえ》に逃《に》げ出《だ》したので信長《のぶなが》は然《さ》したる抵抗《ていこう》も受《う》けずに江南《こうなん》を平定《へいてい》した。承禎《しょうてい》は三好三党《みよしさんとう》を頼《たよ》って京都《きょうと》に逃《に》げ込《こ》んだ。

織田信長《おだのぶなが》は降伏《こうふく》した江南《こうなん》の諸将《しょしょう》から人質《ひとじち》を取《と》って領地《りょうち》を安堵《あんど》（保証）し、南近江国《みなみおうみこく》を我《わ》が手《て》にした。

織田信長《おだのぶなが》は足利義昭《あしかがよしあき》を奉《ほう》じて入洛《にゅうらく》し、京都東寺《きょうととうじ》に陣取《じんど》った。松永久秀《まつながひさひで》は足利義昭《あしかがよしあき》の入洛《にゅうらく》を助《たす》けた。三好三党《みよしさんとう》は将軍義栄《しょうぐんよしひで》を伴《ともな》って摂津《せっつ》へ逃《のが》れた。義栄《よしひで》は間《ま》もなく摂津《せっつ》で腫《しゅ》（ガン）を発《はっ》して死没《しぼっ》した。

同永禄《どうえいろく》十一年（一五六八年）十月十八日、義昭《よしあき》は朝廷《ちょうてい》より宣下《せんげ》を受《う》けて晴《は》れて征夷大将軍《せいいたいしょうぐん》になった。

織田信長《おだのぶなが》は新将軍《しんしょうぐん》の義昭《よしあき》から管領《かんれい》になるよう求《もと》められた。だが信長《のぶなが》には古《ふる》い秩序《ちつじょ》や権威《けんい》には興味《きょうみ》がなかった。王侯貴族《おうこうきぞく》のための秩序《ちつじょ》などは天下《てんか》にとって有害無益《ゆうがいむえき》だ。けれども今直《います》ぐ廃《はい》するわけにもいかない。幕府《ばくふ》や将軍《しょうぐん》を廃《はい》すれば賊軍《ぞくぐん》の汚名《おめい》を着《き》せられて、天下《てんか》の諸大名《しょだいみょう》から追討軍《ついとうぐん》が向《む》けられる。そこで信長《のぶなが》は将軍義昭《しょうぐんよしあき》に「天下《てんか》の諸大名《しょだいみょう》を動《うご》かすときは必《かなら》ず信長《のぶなが》に相談《そうだん》あってしかるべし」と強《つよ》く迫《せま》り、実質上《じっしつじょう》の天下《てんか》の権《けん》を握《にぎ》ることを義昭《よしあき》に認《みと》めさせた。そして京師《けいし》（首都京都）警護《けいご》の兵《へい》を残《のこ》して早々《そうそう》に美濃《みの》に引上《ひきあ》げた。

永禄《えいろく》十二年（一五六九年）正月《しょうがつ》、阿波《あわ》に逃《のが》れた三好三党《みよしさんとう》が斎藤竜興《さいとうたつおき》と和泉国堺《いずみこくさかい》の商人《しょうにん》の援助《えんじょ》を得《え》て堺《さかい》に上陸《じょうりく》し、直《す》ぐにも京《きょう》都に攻《せ》め上《のぼ》る勢《いきお》いを見《み》せた。京師警護《けいしけいご》の諸将《しょしょう》は信長《のぶなが》に急《きゅう》を告《つ》げた。

美濃《みの》に帰《かえ》った信長《のぶなが》は驚《おどろ》いた。供《とも》の支度《したく》が整《ととの》うのも待《ま》たずに岐阜《ぎふ》から三日の行程《こうてい》を二日で京《きょう》都まで駆《か》け付《つ》けた。京《きょう》都に着《つ》いた時《とき》に従《したが》う家臣《かしん》は僅《わず》かに十騎《き》だった。幸《さいわ》い将軍家《しょうぐんけ》は無事《ぶじ》だった。間《ま》もなく諸国《しょこく》から五万の軍勢《ぐんぜい》が集《あつ》まった。三好三党《みよしさんとう》は信長《のぶなが》の出馬《しゅつば》を伝《つた》え聞《き》いて軍《ぐん》を引《ひ》いた。

織田信長《おだのぶなが》は三好三党《みよしさんとう》を援助《えんじょ》した堺《さかい》の街《まち》に五万の軍勢《ぐんぜい》を向《む》けた。堺《さかい》の豪商《ごうしょう》は震《ふる》え上《あ》がって降伏《こうふく》し、信長《のぶなが》に二万貫《かん》（一貫は千文、千文は四分の一両）を献上《けんじょう》した。和泉《いずみ》・摂津《せっつ》・河内《かわち》の諸豪《しょごう》も和《わ》を求《もと》めて挙《こぞ》って献上金《けんじょうきん》を差《さ》し出《だ》した。信長《のぶなが》は本願寺顕如《ほんがんじけんにょ》にも摂津国大阪《せっつこくおおさか》の石山本願寺《いしやまほんがんじ》の境内《けいだい》を差《さ》し出《だ》すよう強要《きょうよう》した。顕如《けんにょ》は信長《のぶなが》の要求《ようきゅう》を断《ことわ》り、替《か》わって銭《ぜに》五千貫《かん》を献上《けんじょう》した。これには訳《わけ》があった。顕如《けんにょ》は近江《おうみ》の六角承禎《ろっかくしょうてい》とは姻戚関係《いんせきかんけい》にあるので、信長《のぶなが》が嘗《かつ》て上洛遠征軍《じょうらくえんせいぐん》を催《もよお》したとき、近《おう》江《み》国《こく》の一向一揆《いっこういっき》が承禎《しょうてい》に味方《みかた》して信長《のぶなが》の上洛軍《じょうらくぐん》を襲《おそ》ったことがあった（342頁9～11行参照）。それで信長《のぶなが》は本願寺《ほんがんじ》を敵視《てきし》した。そのような事《こと》もあって顕如《けんにょ》は信長《のぶなが》の機嫌《きげん》を取《と》り持《も》った。

将軍義昭《しょうぐんよしあき》は三好三党《みよしさんとう》に攻《せ》め込《こ》まれたときに、信長《のぶなが》に相談《そうだん》せずに安芸国《あきこく》（広島県）大名《だいみょう》の毛利元就《もうりもとなり》と筑前《ちくぜん》・豊前《ぶぜん》・豊後国《ぶんごこく》（福岡・大分県）などの北九州諸国《きたきゅうしゅうしょこく》を領《りょう》する大々名《だいだいみょう》の大友宗麟《おおともそうりん》の講和《こうわ》を取《と》り持《も》ち、共《とも》に三好三党《みよしさんとう》の阿波国《あわこく》を討《う》つよう御内書《ごないしょ》（親書）を発《はっ》した。

織田信長《おだのぶなが》は自分《じぶん》に相談《そうだん》も無《な》く勝手《かって》に天下《てんか》の諸公《しょこう》に御内書《ごないしょ》を出《だ》した将軍《しょうぐん》を責《せ》めて、『殿中御掟《でんちゅうおんおきて》』を定《さだ》めて義昭《よしあき》の勝手《かって》な振《ふ》る舞《ま》いを封《ふう》じた。

将軍義昭《しょうぐんよしあき》は信長《のぶなが》に逆《さか》らうことが出来《でき》ずに不承々々《ふしょうぶしょう》に承知《しょうち》した。

織田信長《おだのぶなが》は将軍《しょうぐん》を蔑《ないがしろ》にしたという世間《せけん》の非難《ひなん》をかわそうと義昭《よしあき》のために城《しろ》を築《きず》いた。信長《のぶなが》は諸国《しょこく》の大名《だいみょう》十四箇国《かこく》に言《い》い付《つ》けて、突貫工事《とっかんこうじ》で二条《にじょう》の旧斯波邸《きゅうしばてい》の堀《ほり》を広《ひろ》げ石垣《いしがき》を高《たか》く築《きず》きあげて城《しろ》に改造《かいぞう》した。そして洛中洛外《らくちゅうらくがい》の鍛冶大工《かじだいく》を呼《よ》び寄《よ》せて城内《じょうない》に金銀《きんぎん》をちりばめた御殿《ごてん》を造営《ぞうえい》した。庭《にわ》には泉水築山《せんすいつきやま》を構《かま》え旧細川邸《きゅうほそかわてい》にあった藤戸石《ふじといし》（天下一と噂の名石）を綾錦《あやにしき》に包《つつ》み花飾《はなかざ》りして大綱《おおつな》を付《つ》け、信長自《のぶながみずか》ら音頭《おんど》を取《と》って笛太鼓鼓《ふえたいこつづみ》で囃《はや》しながら引《ひ》き運《はこ》ぶなどして天下《てんか》の名石名木《めいせきめいぼく》を集《あつ》めた。

同年《どうねん》四月、この二条《にじょう》の城《しろ》を将軍義昭《しょうぐんよしあき》に献上《けんじょう》して、木下藤吉郎《きのしたとうきちろう》に京師《けいし》を守《まも》らせ帰国《きこく》した。

四．叡山焼き討ち

朝倉義景討伐と浅井長政の裏切り

織田信長《おだのぶなが》は幕府《ばくふ》の権《けん》を執《と》って本格的《ほんかくてき》に天下《てんか》制覇《せいは》に乗《の》り出《だ》した。

永禄《えいろく》十二年（一五六九年）四月、伊勢国国司《いせこくこくし》の北畠具教《きたばたけとものり》が兵《へい》を起《お》こして伊勢木造城《いせきづくりじょう》の木造具政《きづくりともまさ》を攻《せ》めた。具政《ともまさ》は信長《のぶなが》に救援《きゅうえん》を求《もと》めた。

信長《のぶなが》は京都《きょう》から岐阜《ぎふ》に帰《かえ》り、直《す》ぐに伊勢《いせ》に出兵《しゅっぺい》して伊勢国久居町《いせこくひさいまち》の木造《きづくり》に向《む》かうと見《み》せ、逆《ぎゃく》に国司《こくし》の居城《きょじょう》の松阪大河内城《まつさかおおこうちじょう》を囲《かこ》んで町《まち》を焼《や》き払《はら》った。城内《じょうない》では餓死者《がししゃ》が出《で》るほどに困窮《こんきゅう》した。

同年《どうねん》十月、北畠具教《きたばたけとものり》は遂《つい》に城《しろ》を明《あ》け渡《わた》して降伏《こうふく》した。信長《のぶなが》は伊勢《いせ》を併呑《へいどん》して伊勢神宮《いせじんぐう》に参《さん》拝《ぱい》した。その足《あし》で戦勝報告《せんしょうほうこく》のために上洛《じょうらく》して朝廷《ちょうてい》へ布帛《ふはく》三千疋《ひき》（一疋は二反）を献上《けんじょう》し、御所《ごしょ》の修理《しゅうり》を命《めい》じて朝廷《ちょうてい》の機嫌《きげん》を取《と》り持《も》った。また今後《こんご》の朝廷対策《ちょうていたいさく》を遠《とお》く慮《おもんぱか》って、前年《ぜんねん》の永禄《えいろく》十一年に元服《げんぷく》した誠仁親王《さねひとしんのう》には平素《へいそ》から特別《とくべつ》の親交《しんこう》を得《え》る気配《きくば》りをした。

将軍義昭《しょうぐんよしあき》は信長《のぶなが》が自分《じぶん》に相談《そうだん》せずに伊勢《いせ》に出兵《しゅっぺい》して伊勢一国《いせいっこく》を乗《の》っ取《と》ったことを怒《いか》った。思《おも》わぬ義昭《よしあき》の怒《いか》りを買《か》った信長《のぶなが》は、

「誰《だれ》のお蔭《かげ》で将軍《しょうぐん》になった」と逆《ぎゃく》に腹《はら》を立《た》てて挨拶《あいさつ》もせずに岐阜《ぎふ》へ引《ひ》き上《あ》げた。

朝廷《ちょうてい》は信長《のぶなが》と将軍義昭《しょうぐんよしあき》との仲《なか》を取《と》り持《も》ち、天下《てんか》の成敗《せいばい》は信長《のぶなが》に任《まか》せて将軍《しょうぐん》の御内書《ごないしょ》には信長《のぶなが》の添状《そえじょう》が必要《ひつよう》であることを条書《じょうしょ》して双方《そうほう》に示《しめ》し、調印《ちょういん》させて和解《わかい》が成《な》った。

義昭《よしあき》は朝廷《ちょうてい》からも独断《どくだん》で天下《てんか》を差配《さはい》することが禁《きん》じられて将軍《しょうぐん》としての権《けん》が縛《しば》られた。

将軍義昭《しょうぐんよしあき》は嘗《かつ》て越前《えちぜん》に逃《のが》れた時《とき》に朝倉義景《あさくらよしかげ》と本願寺顕如《ほんがんじけんにょ》の和議《わぎ》を取《と》り持《も》った縁《えん》があった。義昭《よしあき》は朝倉義景《あさくらよしかげ》と顕如《けんにょ》に信長《のぶなが》の横暴《おうぼう》を訴《うった》えて味方《みかた》してくれるよう依頼《いらい》した。この頃《ころ》、本願寺顕如《ほんがんじけんにょ》は六《ろっ》角承禎《かくしょうてい》とは縁戚関係《えんせきかんけい》にあり、近江《おうみ》の一向一揆衆《いっこういっきしゅう》は信長《のぶなが》と対立関係《たいりつかんけい》にあった。そしてまたこの頃《ころ》

の承禎《しょうてい》は嘗《かつ》ての江北《こうほく》の浅井久政《あさいひさまさ》との縁《えん》を頼《たよ》って浅井家《あさいけ》と同盟《どうめい》を結《むす》んでいた。浅井長政《あさいながまさ》はこれを黙《もく》認《にん》した。

近江《おうみ》の六角承禎《ろっかくしょうてい》は信長《のぶなが》に所領《しょりょう》を奪《うば》われて反撃《はんげき》の機会《きかい》を狙《ねら》っていた。それで将軍義昭《しょうぐんよしあき》の意《い》を汲《く》み諸国《しょこく》の諸将《しょしょう》に誘《さそ》いを掛《か》けて信長追討《のぶながついとう》の同盟作《どうめいづく》りに奔走《ほんそう》した。

六角承禎《ろっかくしょうてい》は将軍義昭《しょうぐんよしあき》の名《な》の下《もと》に越前《えちぜん》の朝倉義景《あさくらよしかげ》や北近江《きたおうみ》の浅井長政《あさいながまさ》、本願寺顕如《ほんがんじけんにょ》および比叡《ひえい》山延暦寺《ざんえんりゃくじ》と同盟《どうめい》して信長包囲網《のぶながほういもう》を組織《そしき》した。同盟《どうめい》の盟主《めいしゅ》には顕如《けんにょ》と相婿《あいむこ》（嫁同士が姉妹の仲）の甲《か》斐《い》の武田信玄《たけだしんげん》がなった。顕如《けんにょ》も信玄《しんげん》も共《とも》に左大臣三条公頼《さだいじんさんじょうきみより》の娘《むすめ》を嫁《よめ》にしていた。

朝倉義景《あさくらよしかげ》は今《いま》まで敵対《てきたい》していた一向一揆衆《いっこういっきしゅう》が将軍《しょうぐん》の肩入《かたい》れで味方《みかた》になった。その上《うえ》、浅井《あさい》との同盟《どうめい》の再確認《さいかくにん》や本願寺《ほんがんじ》との同盟《どうめい》も得《え》たので、勇躍《ゆうやく》して

「成《な》り上《あ》がりの信長《のぶなが》めを討《う》ち取《と》ってくれよう」と信長討伐《のぶながとうばつ》の準備《じゅんび》に精《せい》を出《だ》し始《はじ》めた。義景《よしかげ》には信《のぶ》長《なが》に義昭《よしあき》を取《と》られた僻《ひが》みがあった。何《なに》よりも信長《のぶなが》は元《もと》は織田《おだ》の庶流《しょりゅう》（分家）の出自《しゅつじ》で斯波家《しばけ》の陪《ばい》臣《しん》だったが、義景《よしかげ》は朝倉宗家《あさくらそうけ》の出《で》で斯波家《しばけ》の直参《じきさん》だったと思《おも》う近親憎悪《きんしんぞうお》の差別意識《さべついしき》があった。

将軍義昭《しょうぐんよしあき》は信長追討同盟軍《のぶながついとうどうめいぐん》が成立《せいりつ》した後《のち》も、信長《のぶなが》の機嫌《きげん》を損《そん》じないよう表面的《ひょうめんてき》には何事《なにごと》も無《な》かったように信長《のぶなが》とは親《した》しく事《こと》なかれ主義《しゅぎ》を装《よそお》って日々《ひび》を過《す》ごした。

元亀元年《げんきがんねん》（一五七〇年）二月、信長《のぶなが》が上洛《じょうらく》した。越前国《えちぜんこく》に忍《しの》び込《こ》ませた者《もの》からは何《なに》かと不穏《ふおん》な噂《うわさ》が相次《あいつ》いで入《は》った。

同年《どうねん》四月、二条城《にじょうじょう》が落成《らくせい》した。信長《のぶなが》は将軍義昭《しょうぐんよしあき》の名《な》の下《もと》に、諸国《しょこく》の大名《だいみょう》に新邸落成《しんていらくせい》の祝《いわ》いに上洛《じょうらく》するよう命《めい》じ、盛大《せいだい》に宴《うたげ》を催《もよお》した。朝倉義景《あさくらよしかげ》は上洛《じょうらく》しなかった。

同年同月《どうねんどうげつ》、織田信長《おだのぶなが》は越前《えちぜん》の朝倉義景《あさくらよしかげ》が将軍《しょうぐん》の命《めい》に従《したが》わなかった口実《こうじつ》を得《え》て、越前討伐軍《えちぜんとうばつぐん》を起《おこ》し敦賀《つるが》に討《う》ち入《い》った。先《ま》ず手筒山城《てつつやまじょう》の寺田采女丞《てらだうねめのじょう》を攻《せ》めて首《くび》千三百を討《う》ち取《と》った。続《つづ》いて朝倉景《あさくらかげ》恒《つね》が守《まも》る金ケ崎城《かねがさきじょう》を攻《せ》めた。景恒《かげつね》は震《ふる》え上《あ》がって城《しろ》を明《あ》け渡《わた》して降参《こうさん》した。疋田《ひきた》（敦賀市）の城兵《じょうへい》も逃《に》げ去《さ》った。さてこれからいよいよ本命《ほんめい》の義景攻《よしかげせ》めという時《とき》に
「江北《こうほく》の浅井長政《あさいながまさ》が寝返《ねがえ》った」という注進《ちゅうしん》が飛《と》び込《こ》んだ。信長《のぶなが》は浅井長政《あさいながまさ》とは義兄弟《ぎきょうだい》だ。自分《じぶん》の妹《いもうと》の市《いち》を正室《せいしつ》（正妻）にしている長政《ながまさ》の裏切《うらぎ》りを信長《のぶなが》は信《しん》じることが出来《でき》なかった。

浅井長政《あさいながまさ》には将軍義昭《しょうぐんよしあき》から信長追討《のぶながついとう》の密命《みつめい》があった。長政《ながまさ》の父久政《ちちひさまさ》は織田《おだ》と姻戚《いんせき》を結《むす》んだ時《とき》に交《か》わした誓詞《せいし》（320頁4行目参照）が反故《ほご》にされたので、強《し》いて信長《のぶなが》を見限《みかぎ》るように諌《いさ》めた。浅井《あさい》と朝倉《あさくら》は先代《せんだい》から三代同盟《さんだいどうめい》が続《つづ》く親《した》しい仲《なか》だ。信義《しんぎ》を重《おも》んじる長政《ながまさ》は朝倉義景《あさくらよしかげ》に味方《みかた》して信長《のぶなが》を見《み》限《かぎ》り、江南《こうなん》の六角承禎《ろっかくしょうてい》勢《ぜい》の与力《よりき》を得《え》て信長《のぶなが》を挟撃《きょうげき》した。

織田信長《おだのぶなが》は越前国敦賀金ケ崎城《えちぜんこくつるがかねがさきじょう》に出陣《しゅつじん》したが、進《すす》むに進《すす》めず退《の》くに退《の》けない絶体絶命《ぜったいぜつめい》の窮地《きゅうち》に陥《おちい》った。この時《とき》、木下藤吉郎《きのしたとうきちろう》が進《すす》み出《で》て

「某《それがし》に朝倉勢《あさくらぜい》の追撃《ついげき》に備《そな》えてここに留《とど》まるよう命《めい》じて下《くだ》され」と強《し》いて申《もう》し出《で》た。今敵《いまてき》に囲《かこ》まれた金ケ崎城《かねがさきじょう》に留《とど》まれば、総攻撃《そうこうげき》を受《う》けて皆殺《みなごろ》しになるのが目《め》に見《み》えた。

織田信長《おだのぶなが》は木下藤吉郎《きのしたとうきちろう》の申《もう》し出《で》を『壮《そう》』として金ケ崎《かねがさき》に留《とど》め、徳川軍《とくがわぐん》を殿《しんがり》に配《はい》して軍勢《ぐんぜい》を纏《まと》め北国街道《ほっこくかいどう》の近江口《おうみぐち》で待伏《まちぶ》せする浅井勢《あさいぜい》を避《さ》けて、若狭街道《わかさかいどう》に向《む》かって朽木谷経由《くつきだにけいゆ》で京都《きょう》に逃《に》げ帰《かえ》った。

朝倉勢《あさくらせい》は追撃《ついげき》を手控《てびか》えた。藤吉郎《とうきちろう》もやがて無事《ぶじ》に帰洛《きらく》した。信長《のぶなが》は京師防衛《けいしぼうえい》を厳《きび》しく見直《みなお》して

岐阜《ぎふ》への帰路《きろ》についた。

姉川合戦と石山本願寺攻撃

浅井長政《あさいながまさ》は近江《おうみ》鯰江城《なまずえじょう》（東近江市）に軍兵《ぐんぺい》を出《だ》して、岐阜《ぎふ》へ帰《かえ》る信長《のぶなが》の通路《つうろ》を遮断《しゃだん》した。長政《ながまさ》と同盟《どうめい》する六角承禎《ろっかくしょうてい》は家臣《かしん》に命《めい》じて信長《のぶなが》の行列《ぎょうれつ》に鉄砲《てっぽう》を撃《う》ち込《こ》んだ。信長《のぶなが》は危《あや》うく難《なん》を免《まぬが》れて岐阜《ぎふ》へ逃《に》げ帰《かえ》った。

同元亀元年《どうげんきがんねん》六月、浅井長政《あさいながまさ》は近江《おうみ》の一向宗徒《いっこうしゅうと》に呼《よ》びかけて野洲川《やすがわ》（野洲市）に要害《ようがい》を構《かま》えた。織田信長《おだのぶなが》は態勢《たいせい》を立《た》て直《なお》して近江《おうみ》に出陣《しゅつじん》した。一揆衆《いっきしゅう》は野洲川《やすがわ》の要害《ようがい》に入《はい》って構《かま》えたが、信長《のぶなが》の軍勢《ぐんぜい》が遠《とお》くに見《み》えただけで逃《に》げ散《ち》った。信長《のぶなが》は虎御前山《とらごぜんやま》（長浜市中野町）に陣《じん》を張《は》って、柴田勝《しばたかつ》家《いえ》や佐久間信盛《さくまのぶもり》・蜂屋頼隆《はちやよりたか》・木下藤吉郎《きのしたとうきちろう》・丹羽長秀《にわながひで》などに言《い》い付《い》け、在々所々《ざいざいしょしょ》に放火《ほうか》して焼《や》き払《は》らわせた。

浅井長政《あさいながまさ》は居城《きょじょう》の小谷城《おだにじょう》（長浜市）に籠《こも》った。信長《のぶなが》は城《しろ》の四面《しめん》を一木一草残《いちもくいっそうのこ》らず焼《や》き払《はら》った。長《なが》政《まさ》は動《うご》かずに籠《こも》った。信長《のぶなが》は転進《てんしん》して野村肥後《のむらひご》が立《た》て籠《こも》る横山城《よこやまじょう》（長浜市堀部町）を取《と》り巻《ま》き竜鼻《たつはな》に陣取《じんど》った。徳川家康《とくがわいえやす》も信長陣《のぶながじん》に合流《ごうりゅう》した。

朝倉義景《あさくらよしかげ》から横山城《よこやまじょう》を救援《きゅうえん》するよう命《めい》を受《う》けた安居《やすい》城主《じょうしゅ》（福井市金屋町）の朝倉景健《あさくらかげたけ》は、軍勢《ぐんぜい》二万を率《ひき》いて大依山《おおよりやま》（長浜市大依町）に陣取《じんど》り、翌日未明《よくじつみめい》に竜鼻陣《たつはなじん》の寝込《ねこ》みを襲《おそ》おうと準備万端《じゅんびばんたん》を整《ととの》えた。

織田信長《おだのぶなが》の物見《ものみ》は朝倉勢《あさくらぜい》のただならぬ気配《けはい》を察《さっ》し、朝駆《あさが》けが在《あ》るのを探《さぐ》り出《だ》して織田陣《おだじん》へ注進《ちゅうしん》した。信長《のぶなが》と家康《いえやす》は軍勢《ぐんぜい》を十三隊《たい》に編成《へんせい》して姉川《あねがわ》で待《ま》ち伏《ぶ》せた。

元亀元年《げんきがんねん》（一五七〇年）六月二十八日天明《てんめい》（夜明け）、朝倉勢《あさくらぜい》は織田《おだ》・徳川両軍《とくがわりょうぐん》の伏兵《ふくへい》があるとは露知《つゆし》らずに出陣《しゅつじん》して姉川《あねがわ》を渡《わた》った。織田《おだ》・徳川両軍《とくがわりょうぐん》は押《お》し包《つつ》んだ。朝倉勢《あさくらぜい》は思《おも》わぬ待《ま》ち伏《ぶ》せに合《あ》って、態勢《たいせい》を整《ととの》える間《ま》もなく敗走《はいそう》した。捕縛《ほばく》された朝倉勢《あさくらぜい》三千余《よ》の首《くび》は残《のこ》らず刎《は》ねられた。

木下藤吉郎《きのしたとうきちろう》は勢《いきお》いに乗《の》って小谷攻《おだにぜ》めを進言《しんげん》した。信長《のぶなが》は聞《き》かずに軍《ぐん》を納《おさ》めて岐阜《ぎふ》へ帰陣《きじん》した。

同年八月《どうねん》、三好三党《みよしさんとう》が再《ふたた》び軍勢《ぐんぜい》八千を催《もよお》して摂津国《せっつこく》の野田《のだ》・福島辺《ふくしまあた》り（大阪市福島区）に押《お》し出《だ》した。信長《のぶなが》は将軍義昭《しょうぐんよしあき》を伴《ともな》って摂津中之島《せっつなかのしま》（大阪市北区）に出陣《しゅつじん》し、三千挺《ちょう》の鉄砲《てっぽう》を並《なら》べて三好勢《みよしぜい》に撃《う》ち込《こ》んだ。鉄砲《てっぽう》の音《おと》は日夜天地《にちやてんち》に轟《とどろ》いた。三好勢《みよしぜい》は恐《おそ》れをなして城《しろ》へ逃《に》げ籠《こも》った。信長《のぶなが》は三《み》好勢《よしぜい》を攻《せ》めながら、本願寺顕如《ほんがんじけんにょ》に石山《いしやま》の境内《けいだい》を明《あ》け渡《わた》すよう再度迫《さいどせま》った。摂津国大阪《せっつこくおおさか》の石山《いしやま》は難《なん》攻不落《こうふらく》の海城《うみしろ》だ。顕如《けんにょ》は拒絶《きょぜつ》した。信長《のぶなが》は三好討伐《みよしとうばつ》の軍勢《ぐんぜい》を石山《いしやま》に移《うつ》した。

同年《どうねん》九月、顕如《けんにょ》は三好三党《みよしさんとう》と同盟《どうめい》して信長《のぶなが》に対峙《たいじ》した。そして諸国《しょこく》の一向宗門徒《いっこうしゅうもんと》に

「信長《のぶなが》が上洛《じょうらく》してよりこの方《かた》、難題《なんだい》を申《もう》し付《つ》けられ彼方《かなた》に応《おう》じ候《そうろう》といえども詮方《せんかた》なく、石山《いしやま》を破却《はきゃく》せよと告《つ》げ来《きた》る。かくなる上《うえ》は開山一流《かいさんいちりゅう》の退転《たいてん》なき様《よう》に身命《しんめい》を顧《かえり》みず忠節《ちゅうせつ》に励《はげ》まれば有《あ》り難《がた》きことに候《そうろう》。もし応《おう》じ無《な》き者《もの》あれば長《なが》く門徒《もんと》と為《な》すべからず候《そうろう》。穴賢々々《あなかしこあなかしこ》」と檄文《げきぶん》を送《おく》って信《のぶ》長討伐《ながとうばつ》を指令《しれい》した。

紀伊国《きいこく》の根来《ねごろ》・雑賀《さいか》・湯川《ゆかわ》や大和国吉野奥郡《やまとこくよしのおくぐん》の一向一揆衆《いっこういっきしゅう》など都合《つごう》二万が顕如《けんにょ》の檄文《げきぶん》に応《おう》じて摂津国《せっつこく》に出陣《しゅつじん》し、住吉《すみよし》・天王寺《てんのうじ》に陣取《じんど》った。

織田信長《おだのぶなが》は佐々成政《さっさなりまさ》に先鋒《せんぽう》を命《めい》じて一揆勢《いっきぜい》を撃《う》たせた。一揆勢《いっきぜい》は蜂起《ほうき》して佐々勢《さっさぜい》を押《お》し包《つつ》ん

だ。成政《なりまさ》は傷《きず》つき敗走《はいそう》した。

その時信長《ときのぶなが》の勘気《かんき》に触《ふ》れて蟄居《ちっきょ》していた前田利家《まえだとしいえ》が密《ひそ》かに信長軍《のぶながぐん》に従軍《じゅうぐん》して、槍《やり》を取《と》って奮戦《ふんせん》したので信長勢《のぶながぜい》はようやく難《なん》を逃《のが》れた。利家《としいえ》は手柄《てがら》を立《た》てて復帰《ふっき》が許《ゆる》された（利家は永禄二年に諍《いさか》いを起こして信長の庶弟《しょてい》を斬殺《ざんさつ》し出奔《しゅっぽん》していた）。

同年同月《どうねんどうげつ》、『石山本願寺立《いしやまほんがんじた》つ』を伝《つた》え聞《き》き、朝倉《あさくら》・浅井勢《あさいぜい》三万が顕如《けんにょ》に呼応《こおう》して近江坂本《おうみさかもと》（大津市）に押《お》し寄《よ》せた。近江宇佐山《おうみうさやま》（大津市）を守《まも》る織田勢《おだぜい》の森可成《もりよしなり》と信長《のぶなが》の弟《おとうと》の信治《のぶはる》は防戦《ぼうせん》したが、多勢《たぜい》に無勢《ぶぜい》で歯《は》が立《た》たず押《お》し潰《つぶ》されて戦死《せんし》した。

朝倉《あさくら》・浅井勢《あさいぜい》は醍醐《だいご》、山科《やましな》に入《はい》って火《ひ》を懸《か》けた。摂津中之島《せっつなかのしま》の信長《のぶなが》の下《もと》には注進《ちゅうしん》が相次《あいつ》いだ。信長《のぶなが》は報《しら》せを受《う》けて洛中《らくちゅう》に攻《せ》め込《こ》まれないかと恐《おそ》れ、石山本願寺攻《いしやまほんがんじぜ》めを中断《ちゅうだん》して陣《じん》を返《かえ》した。一《いっ》揆勢《きぜい》は淀川河口《よどがわかこう》を固《かた》め、江口《えぐち》の渡《わた》しの舟《ふね》を奪《うば》って往来《おうらい》を遮断《しゃだん》した。

織田信長《おだのぶなが》は淀川《よどがわ》に馬《うま》を打《う》ち入《い》れて深浅《しんせん》を測《はか》り、一同《いちどう》に徒渉《としょう》を命《めい》じた。川《かわ》は思《おも》いの他《ほか》に浅《あさ》くて全《ぜん》軍難無《ぐんなんな》く渡河出来《とかでき》た。一揆勢《いっきぜい》は伏兵《ふくへい》を恐《おそ》れて追撃《ついげき》しなかった。

比叡山焼き討ち

織田信長《おだのぶなが》は翌日《よくじつ》帰洛《きらく》して朝倉《あさくら》・浅井勢《あさいぜい》と対陣《たいじん》した。朝倉《あさくら》・浅井勢《あさいぜい》は比叡山《ひえいざん》に登《のぼ》って陣《じん》を構《かま》え、毎晩山《まいばんやま》を下《お》りて織田陣《おだじん》を夜襲《やしゅう》した。信長《のぶなが》は山門《さんもん》の坊主《ぼうず》を呼《よ》び招《まね》いて「この度彼《たびかれ》を捨《す》てて我《われ》に味方《みかた》すれば、我《わ》が領国《りょうごく》の山門《さんもん》の所領《しょりょう》はことごとく元《もと》のように返還致《へんかんいた》す。また出家《しゅっけ》の身《み》であって我《われ》に味方致《みかたいた》し難《がた》ければ中立《ちゅうりつ》して偏《かたよ》ってはならぬ。この二つを聞《き》かねば、後日必《ごじつかなら》ず山《やま》を丸焼《まるや》きして坊主《ぼうず》は残《のこ》らず撫《な》で切《き》るぞ」と脅迫《きょうはく》した。

山門《さんもん》の衆《しゅう》は信長《のぶなが》に近江《おうみ》・美濃一帯《みのいったい》の荘園《しょうえん》を横奪《おうだつ》されて怒《いか》り狂《くる》っていた。それで信長《のぶなが》の脅迫《きょうはく》は無視《むし》し、朝倉《あさくら》・浅井《あさい》に味方《みかた》して信長《のぶなが》に楯突《たてつ》いた。

同年《どうねん》十一月、顕如《けんにょ》の檄《げき》に応《おう》じて伊勢国長島《いせこくながしま》の一向一揆《いっこういっき》が蜂起《ほうき》し、尾張国《おわりこく》へ攻《せ》め込《こ》んで信長《のぶなが》の弟《おとうと》の信興《のぶおき》が守《まも》る小木江城《おぎえじょう》（愛西市）を攻《せ》め落《お》とした。信興《のぶおき》は自刃《じじん》した。

相前後《あいぜんご》して同《どう》十一月、比叡山一帯《ひえいざんいったい》が大雪《おおゆき》になった。朝倉《あさくら》・浅井勢《あさいぜい》は帰路《きろ》が雪《ゆき》に閉《と》ざされるのを恐《おそ》れて和睦《わぼく》を申《もう》し出《で》た。信長《のぶなが》は許《ゆる》さなかった。朝倉《あさくら》・浅井《あさい》は将軍義昭《しょうぐんよしあき》に和睦《わぼく》の調停《ちょうてい》を依頼《いらい》した。義昭《よしあき》は自《みずか》ら三井寺《みいでら》まで出向《でむ》いて信長《のぶなが》を説得《せっとく》した。信長《のぶなが》も伊勢長島《いせながしま》の一向一揆《いっこういっき》が放置出来《ほうちでき》なくなって、朝倉《あさくら》・浅井《あさい》の和睦《わぼく》を許《ゆる》した。朝倉《あさくら》・浅井《あさい》は陣《じん》を解《と》いて帰国《きこく》した。

信長《のぶなが》も帰途《きと》に付《つ》いたが、その途中《とちゅう》で江北《こうほく》の佐和山城《さわやまじょう》（彦根市）に立《た》ち寄《よ》った。城主《じょうしゅ》の磯野員昌《いそのかずまさ》は浅井《あさい》と織田《おだ》の和睦《わぼく》を受《う》けて、信長《のぶなが》を城内《じょうない》に入《い》れた。信長《のぶなが》は磯野《いその》に『風雲急《ふううんきゅう》を告《つ》げる』（嵐が迫る例え）世情《せじょう》を語《かた》って織田《おだ》に下《くだ》るように迫《せま》った。別途磯野《べっといその》の妻妾一族重臣《さいしょういちぞくじゅうしん》にも親交《しんこう》のある者《もの》を選《えら》んで、手《て》を尽《つ》くして織田《おだ》への寝返《ねがえ》りを勧《すす》め『将《しょう》を射《い》んと欲《ほっ》すれば先《ま》ず馬《うま》を射《い》よ』（相手を得る方法の例え）を実践《じっせん》した。

明《あ》けて元亀《げんき》二年（一五七一年）二月、織田信長《おだのぶなが》は上洛《じょうらく》の途中《とちゅう》、佐和山城《さわやまじょう》に立《た》ち寄《よ》った。磯野《いその》は観念《かんねん》して降伏《こうふく》し、佐和山城《さわやまじょう》を信長《のぶなが》に明《あ》け渡《わた》した。信長《のぶなが》は岐阜《ぎふ》から京都《きょう》までの所領《しょりょう》を地続《じつづ》きにした。

同年《どうねん》五月、織田信長《おだのぶなが》は尾張津島《おわりつしま》に出陣《しゅつじん》して長島一円《ながしまいちえん》を放火《ほうか》した。一揆勢《いっきぜい》は近隣《きんりん》の山間《やまあい》に陣《じん》を移《うつ》して信長勢《のぶながぜい》を誘《さそ》い込《こ》み弓《ゆみ》・鉄砲《てっぽう》を撃《う》ち掛《か》けた。信長勢《のぶながぜい》は氏家卜全《うじいえぼくぜん》が撃《う》ち取《と》られて、柴田勝家《しばたかついえ》も負傷《ふしょう》する大敗《たいはい》を喫《きっ》して陣《じん》を引《ひ》いた。
長島《ながしま》の一向一揆《いっこういっき》勢《ぜい》は伊勢全域《いせぜんいき》に勢力《せいりょく》を伸《の》ばした。
同年《どうねん》八月、織田信長《おだのぶなが》は近江《おうみ》に出陣《しゅつじん》して浅井《あさい》の小谷城下《おだにじょうか》を放火《ほうか》した。軍勢《ぐんぜい》は手分《てわ》けして余呉《よご》・木之本《きのもと》辺《あた》り一円《いちえん》の近江《おうみ》一向一揆《いっこういっき》衆《しゅう》の立《た》て籠《こも》る在々所々《ざいざいしょしょ》を放火《ほうか》した。
同元亀《どうげんき》二年九月、信長《のぶなが》は近江国瀬田《おうみこくせた》に出陣《しゅつじん》して
「叡山《えいざん》を焼《や》け」と命《めい》じた。諸将《しょしょう》は顔色《かおいろ》を失《うしな》って
「桓武帝《かんむてい》（平安京に遷都した天皇）より幾千年《いくせんねん》。ここ山門《さんもん》は王城《おうじょう》（京師　京都）の鎮《ちん》で御座《ござ》るぞ。あえて侵《おか》す者《もの》など未《いま》だかって一人《ひとり》も御座《ござ》らぬ。今《いま》これを滅《ほろ》ぼしては、その祟《たた》りを如何《いかが》なさるか」と恐《おそ》れ戦《おのの》いて信長《のぶなが》に命《めい》を取《と》り下《さ》げるよう諫《いさ》めた。信長《のぶなが》は怒《いか》って
「我《われ》は四海《しかい》を鎮《しず》め衰《おとろ》えた王道《おうどう》を再興《さいこう》しようと一日《いちにち》も安居《あんきょ》しておらぬ。昨年摂津《さくねんせっつ》を討《う》って当《まさ》に三好《みよし》らを滅《ほろ》ぼそうとすると、朝倉《あさくら》・浅井《あさい》が兵《へい》を挙《あ》げて我《わ》が後《うし》ろを窺《うかが》う。我帰《われかえ》れば山頂《さんちょう》に上《のぼ》って我《われ》を殲《せん》滅《めつ》せんと謀《はか》る。山門《さんもん》に呼《よ》び掛《か》けるもついに凶徒《きょうと》に与《くみ》して王師《おうし》を塞《ふさ》ぐ。これは国賊《こくぞく》にあらずして何《なん》

ぞや。今《いま》、これを除《のぞ》かずば、禍根《かこん》を末永《すえなが》く天下《てんか》に残《のこ》すことになるぞ」と言《い》い放《はな》って、比叡山焼《ひえいざんや》き討《う》ちを再度厳命《さいどげんめい》した。

諸将《しょしょう》は信長《のぶなが》の命《めい》に服《ふく》して比叡山《ひえいざん》を囲《かこ》み、火《ひ》を放《はな》って根本中堂三王《こんぽんちゅうどうさんのう》二十一社《しゃ》を始《はじ》め霊社僧坊《れいしゃそうぼう》 経《きょう》堂《どう》など、一宇《いちう》も残《のこ》さず一時《いちじ》に焼《や》き払《はら》った。諸卒《しょそつ》は鬨《とき》の声《こえ》を上《あ》げて攻《せ》め登《のぼ》り僧俗児童智者《そうぞくじどうちしゃ》上人《しょうにん》らを一々《いちいち》に首切《くびき》って信長《のぶなが》の眼《め》に掛《か》けた。

助命《じょめい》を求《もと》める高僧貴僧稚児美女《こうそうきそうちごびじょ》らは捕縛《ほばく》して「これはお助《たす》けあれ」と信長《のぶなが》の前《まえ》に差《さ》し出《だ》して助命《じょめい》の口添《くちぞ》えをした。けれども信長《のぶなが》は容赦《ようしゃ》せず、一々《いちいち》に首《くび》を刎《は》ねさせた。信長《のぶなが》の前《まえ》には数千体《すうせんたい》の屍《かばね》が散乱《さんらん》して目《め》も当《あ》てられぬ地獄絵図《じごくえず》になった。

織田信長《おだのぶなが》は日頃《ひごろ》の鬱憤《うっぷん》を晴《は》らして意気揚々《いきようよう》と岐阜《ぎふ》へ帰陣《きじん》した。

この年永禄《としえいろく》十二年から日乗上人《にちじょうしょうにん》に奉行《ぶぎょう》を任《まか》せて改築《かいちく》していた宮中《きゅうちゅう》の紫宸殿《ししんでん》・清涼殿《せいりょうでん》・内侍《ないし》所《どころ》や局《つぼね》などの工事《こうじ》が余《あま》すところなく丸二年有余《まるにねんゆうよ》をかけて出来《でき》あがった。信長《のぶなが》は調度品《ちょうどひん》なども粗相《そそう》のないよう取《と》り揃《そろ》えて抜《ぬ》け目《め》なく朝廷《ちょうてい》の歓心《かんしん》を買《か》い、叡山焼《えいざんや》き討《う》ちの非難《ひなん》を封印《ふういん》した。

五．将軍追放

信玄挙兵して三方ヶ原で徳川軍を一蹴

元亀《げんき》三年（一五七二年）三月、信長《のぶなが》は江北《こうほく》に出陣《しゅつじん》して小谷城下《おだにじょうか》の横山《よこやま》（長浜市堀部町）や虎御前山《とらごぜんやま》（長浜市中野町）の支城《しじょう》を始《はじ》め、諸々《しょしょ》の砦《とりで》から浅井勢《あさいぜい》を追《お》い出《だ》した上《うえ》で、木之本《きのもと》・余呉《よご》辺《あた》りまでの在々《ざいざい》所々《しょしょ》を焼《や》き払《はら》った。そして横山攻《よこやまぜ》めに手柄《てがら》を挙《あ》げた木下藤吉郎《きのしたとうきちろう》に横山《よこやま》の城番《じょうばん》（守将）を命《めい》じて兵《へい》卒《そつ》を添《そ》え置《お》き、一転《いってん》して陣《じん》を返《かえ》して木戸《きど》と田中《たなか》の両城《りょうじょう》（高島市）を攻《せ》め取《と》り、ここにも城番《じょうばん》と兵卒《へいそつ》を置《お》いて入洛《にゅうらく》し妙覚寺《みょうかくじ》に寄宿《きしゅく》した。将軍義昭《しょうぐんよしあき》は「度々《たびたび》の上洛《じょうらく》に宿舎《しゅくしゃ》がなくては不便《ふべん》。京《きょう》都に御座所《ござしょ》を構《かま》えては如何《いかん》」と信長《のぶなが》の機嫌《きげん》を取《と》り持《も》ち、武者小路《むしゃこうじ》の坊跡《ぼうせき》を調達《ちょうたつ》して普請《ふしん》を始《はじ》めた。

丁度《ちょうど》この頃《ころ》

「武田信玄《たけだしんげん》が天下平定《てんかへいてい》の軍勢《ぐんぜい》を率《ひき》いて上洛《じょうらく》か」という噂《うわさ》が京都《きょう》に流《なが》れた。将軍義昭《しょうぐんよしあき》はこれを耳《みみ》にして自《みずか》らも挙兵《きょへい》することを信玄《しんげん》に伝《つた》え、速《すみ》やかに信長《のぶなが》を追討《ついとう》するよう要請《ようせい》した。この情報《じょうほう》が信長《のぶなが》に漏《も》れ伝《つた》わった。

元亀《げんき》三年（一五七二年）五月、将軍義昭《しょうぐんよしあき》は三好義継《みよしよしつぐ》と松永久秀《まつながひさひで》（前将軍で実兄の義輝を暗殺した張本人）に、安見新七郎《やすみしんしちろう》（信長に与する畠山昭高の家臣）の居城《きょじょう》の河内国交野城《かわちこくかたのじょう》（交野市）を攻《せ》めさせた。信長《のぶなが》は安見《やすみ》から加勢《かせい》を求《もと》められ、在京《ざいきょう》の諸将《しょしょう》を従《したが》えて交野城《かたのじょう》の救援《きゅうえん》に向《む》かった。三好義継《みよしよしつぐ》は若《わか》江城《えじょう》（東大阪市）に立《た》て籠《こも》った。松永久秀《まつながひさひで》は大和国信貴山《やまとこくしぎさん》に逃《のが》れて信長《のぶなが》に降伏《こうふく》した。

本願寺顕如《ほんがんじけんにょ》は同盟軍《どうめいぐん》の朝倉《あさくら》と浅井《あさい》に信長《のぶなが》の背後《はいご》を衝《つ》くよう要請《ようせい》した。信長《のぶなが》は察知《さっち》して長逗留《ながとうりゅう》を避《さ》け、朝倉《あさくら》・浅井勢《あさいぜい》に備《そな》えて軍《ぐん》を岐阜《ぎふ》に返《かえ》した。

同年《どうねん》七月、信長《のぶなが》は再度近江国《さいどおうみこく》に入《はい》って浅井長政《あさいながまさ》と対峙《たいじ》した。信長《のぶなが》は越前国《えちぜんこく》と連《つら》なる北国街道《ほっこくかいどう》が、伊吹山麓《いぶきさんろく》から縦横《じゅうおう》に流《なが》れ下《くだ》る姉川支流《あねがわしりゅう》に侵《おか》されて泥濘《ぬかる》み、往来《おうらい》に不便《ふべん》であるのが気《き》になった。

それで遠《とお》くを慮《おもんぱか》り、北国街道《ほっこくかいどう》の横山《よこやま》から虎御前山《とらごぜんやま》までの間《あいだ》の三里《さんり》（一里は４㎞）を土盛《ども》りして突《つ》き固《かた》め、幅三間《はばさんけん》（一間は六尺、一尺は30㎝）の足場《あしば》の良《よ》い街道《かいどう》に作《つく》り替《か》えた。加《くわ》えて街道《かいどう》の山側《やまがわ》に堀《ほり》をほり、その土《つち》を積《つ》み上げて一丈《いちじょう》（10尺、３ｍ）の高《たか》さの土手《どて》を築《きず》いて、街道《かいどう》が姉川《あねがわ》支流《しりゅう》の水《みず》で冠水《かんすい》しないように、併《あわ》せて浅井勢《あさいぜい》が小谷城《おだにじょう》から街道《かいどう》に直《す》ぐには出《で》られぬようにした。

この土木工事《どぼくこうじ》に木下藤吉郎《きのしたとうきちろう》が天与《てんよ》の才能《さいのう》を発揮《はっき》した。藤吉郎《とうきちろう》は横山《よこやま》の城番《じょうばん》となって以来《いらい》、努《つと》めて近在《きんざい》の土豪《どごう》や百姓衆《ひゃくしょうしゅう》と触《ふ》れ合《あ》って、気心《きごころ》を通《つう》じるように心掛《こころが》けた。この百姓衆《ひゃくしょうしゅう》を雇《やと》い集《あつ》めて担当部署《たんとうぶしょ》を細《こま》かく定《さだ》め、競《きそ》い合《あ》わせて人海戦術《じんかいせんじゅつ》で瞬《また》く間《ま》に工事《こうじ》を仕上《しあ》げた。夏の干天《かんてん》も幸《さいわ》いした。信長《のぶなが》は甚《いた》く喜《よろこ》んで藤吉郎《とうきちろう》に二千三百の兵卒《へいそつ》を付《つ》けて小谷城《おだにじょう》間近《まぢか》の虎御前山《とらごぜんやま》の城番《じょうばん》に格上《かくあ》げし、小谷城《おだにじょう》の抑《おさ》えとした。織田家《おだけ》の諸将《しょしょう》は藤吉郎《とうきちろう》に

「殿《との》の覚《おぼ》えが目出度《めでた》く城番《じょうばん》に出世《しゅっせ》したこの期《き》に、大将《たいしょう》に相応《ふさわ》しい姓名《せいめい》に改《あらた》めて心機一転《しんきいってん》しては如何《いかん》」と冷《ひ》やかし半分《はんぶ》に勧《すす》めた。藤吉郎《とうきちろう》は織田家《おだけ》宿老《しゅくろう》の柴田勝家《しばたかついえ》や丹羽長秀《にわながひで》に肖《あやか》りたいと公言《こうげん》して、名《な》を羽柴秀吉《はしばひでよし》に改《あらた》め信長《のぶなが》に許《ゆる》しを求《もと》めた。信長《のぶなが》は上機嫌《じょうきげん》で改姓改名《かいせいかいめい》を許《ゆる》した（以後羽柴秀吉）。

同年《どうねん》八月、武田信玄《たけだしんげん》の属将《ぞくしょう》木曽義昌《きそよしまさ》が木曽《きそ》から北美濃《きたみの》に入《はい》って、元《もと》の美濃国守護《みののこくしゅご》の土岐頼芸《ときよりのり》を美濃《みの》に呼《よ》び込《こ》み、さらに飛騨国《ひだこく》へも侵入《しんにゅう》する気配《けはい》を見《み》せた（290頁8～9行目参照）。

同年《どうねん》九月、織田信長《おだのぶなが》は自分《じぶん》に隠《かく》れて敵《てき》と勝手《かって》に内通《ないつう》する将軍義昭《しょうぐんよしあき》が見過《みす》ごせなくなって、『異《い》見十七箇条《けんじゅうななかじょう》』の諫言書《かんげんしょ》を義昭《よしあき》に突《つ》き付《つ》けた。また一方《いっぽう》で洛中洛外《らくちゅうらくがい》に高札《こうさつ》を掲《かか》げて天下《てんか》に将軍《しょうぐん》の不行状《ふぎょうじょう》を公《おおやけ》にし、将軍義昭《しょうぐんよしあき》と事《こと》あるときは正義《せいぎ》は我《われ》にあることを天下《てんか》に訴《うった》えた。

同元亀《どうげんき》三年（一五七二年）十一月、武田信玄《たけだしんげん》は遂《つい》に天下平定《てんかへいてい》に乗《の》り出《だ》し、上洛軍《じょうらくぐん》を起《お》こして諏訪《すわ》から伊那谷《いなだに》を南下《なんか》し遠江国《とおとうみこく》に雪崩《なだ》れ込《こ》んで二俣城《ふたまたじょう》（浜松市）を攻《せ》め落《お》とした。勢《いきお》いに乗《の》って同年《どうねん》十二月、三方ヶ原《みかたはら》（浜松市）で徳川家康勢《とくがわいえやすぜい》を一蹴《いっしゅう》した。家康《いえやす》は浜松城《はままつじょう》に逃《に》げ込《こ》んで籠城《ろうじょう》した。

信玄急逝並びに将軍義昭を京から追放

徳川家康《とくがわいえやす》は武田軍《たけだぐん》に攻《せ》め込《こ》まれて信長《のぶなが》に救援《きゅうえん》を求《もと》めたが、信長《のぶなが》は朝倉《あさくら》・浅井勢《あさいぜい》と対峙《たいじ》していて助勢《じょせい》に向《む》かうことが出来《でき》ず、窮地《きゅうち》に陥《おちい》った。丁度《ちょうど》この月《つき》、越前朝倉軍《えちぜんあさくらぐん》は北陸《ほくりく》の雪《ゆき》に退路《たいろ》を閉《と》ざされるのを恐《おそ》れて小谷山大嶽城《おだにやまおおづくじょう》の兵《へい》を引《ひ》いて帰国《きこく》した。信長《のぶなが》も武田信玄《たけだしんげん》に備《そな》えて軍《ぐん》を岐阜《ぎふ》へ返《かえ》した。明《あ》けて元亀《げんき》四年（一五七三年）、将軍義昭《しょうぐんよしあき》は改《あらた》めて武田信玄《たけだしんげん》を始《はじ》め、浅井長政《あさいながまさ》・朝倉義景《あさくらよしかげ》や本願寺顕如《ほんがんじけんにょ》に御内書《ごないしょ》を発《はっ》して信長討伐《のぶながとうばつ》を命《めい》じ、自《みずか》らも二条城《にじょうじょう》に兵卒《へいそつ》や鉄砲《てっぽう》を集《あつ》めて立《た》て籠《こも》った。

織田信長《おだのぶなが》は将軍義昭《しょうぐんよしあき》の裏切《うらぎ》りを受《う》けたが、目《め》を瞑《つぶ》って下手《したて》に出《で》て人質《ひとじち》を出《だ》す条件《じょうけん》を呑《の》んで一旦《いったん》は和睦《わぼく》した。だが双方《そうほう》の不信《ふしん》は増《ま》すばかりだった。

元亀《げんき》四年（一五七三年）二月、武田信玄《たけだしんげん》の信長追討軍《のぶながついとうぐん》は三河国《みかわこく》に軍《ぐん》を進《すす》めて野田城《のだじょう》（新城市）を攻《せ》め落《お》とした。同年同月《どうねんどうげつ》、近江国《おうみこく》の一向一揆衆《いっこういっきしゅう》が武田軍《たけだぐん》に呼応《こおう》して蜂起《ほうき》し、石山《いしやま》や今堅田《いまかただ》（共に大津市）に砦《とりで》を築《きず》いた。

織田信長《おだのぶなが》は柴田勝家《しばたかついえ》や明智光秀《あけちみつひで》・蜂屋頼隆《はちやよりたか》・丹羽長秀《にわながひで》に命《めい》じて近江《おうみ》の一向一揆衆《いっこういっきしゅう》を掃討《そうとう》した。

将軍義昭《しょうぐんよしあき》は武田信玄《たけだしんげん》が目前《もくぜん》まで来《き》てくれて、加《くわ》えて信長包囲網《のぶながほういもう》も完成《かんせい》したので、最早《もはや》信長《のぶなが》の命《めい》運《うん》は尽《つ》きたものと思《おも》い込《こ》んだ。同年《どうねん》三月、将軍義昭《しょうぐんよしあき》は遂《つい》に信長《のぶなが》に人質無用《ひとじちむよう》を宣言《せんげん》して宣戦布告《せんせんふこく》した。

織田信長《おだのぶなが》は三条河原《さんじょうかわら》に一万の軍勢《ぐんぜい》を揃《そろ》えて知恩院《ちおんいん》（現在の地は江戸初期に建立）に陣取《じんど》り、和戦《わせん》両用《りょうよう》の構《かま》えを取《と》って、先《ま》ずは下手《したて》に和睦《わぼく》を求《もと》めたが義昭《よしあき》に一蹴《いっしゅう》された。そこで信長《のぶなが》は朝廷《ちょうてい》に被《ひ》害《がい》が及《およ》ばぬよう警護《けいご》を厳重《げんじゅう》にして軍兵《ぐんぺい》の乱暴《らんぼう》を取《と》り締《し》まり、朝廷《ちょうてい》や公家《くげ》の歓心《かんしん》を買《か》った。そして同年《どうねん》四月、柴田勝家《しばたかついえ》・明智光秀《あけちみつひで》・荒木村重《あらきむらしげ》・蜂屋頼隆《はちやよりたか》・中川秀政《なかがわひでまさ》・佐久間信盛《さくまのぶもり》や細川藤孝《ほそかわふじたか》に命《めい》じて下賀茂《しもかも》から嵯峨《さが》一帯《いったい》を焼《や》き払《はら》った。藤孝《ふじたか》はこの頃《ころ》、将軍義昭《しょうぐんよしあき》を見限《みかぎ》って信長側《のぶながかわ》に寝返《ねがえ》っていた。京都《きょう》の大寺《おおてら》は競《きそ》って信長《のぶなが》に献金《けんきん》して延焼《えんしょう》を免《まぬが》れるよう懇請《こんせい》した。

二条城《にじょうじょう》に籠《こも》る将軍義昭《しょうぐんよしあき》には降伏《こうふく》する気配《けはい》が更《さら》に無《な》かった。翌日《よくじつ》、信長《のぶなが》は上京《かみぎょう》から北部一帯《ほくぶいったい》を焼《や》き尽《つ》くして二条城《にじょうじょう》の周囲《しゅうい》に櫓《やぐら》を築《きず》き、糧道《りょうどう》を絶《た》って兵糧《ひょうろう》攻《ぜ》めにした。

元亀《げんき》四年（一五七三年）四月二十七日、将軍義昭《しょうぐんよしあき》は始《はじ》めて我《わ》が身《み》に迫《せま》る危機《きき》を感《かん》じて慄然《りつぜん》とし、朝廷《ちょうてい》に仲介《ちゅうかい》を頼《たの》んで信長《のぶなが》に無条件降伏《むじょうけんこうふく》した。織田信長《おだのぶなが》は将軍義昭《しょうぐんよしあき》の降伏《こうふく》を許《ゆる》した。義昭《よしあき》は無《む》条件降伏《じょうけんこうふく》したことにより、足利尊氏《あしかがたかうじ》以来《いらい》、受《う》け継《つ》がれた室町幕府《むろまちばくふ》の実態《じったい》が無《な》くなった。

織田信長《おだのぶなが》は義昭《よしあき》に会見《かいけん》を求《もと》めることもなく岐阜《ぎふ》へ引《ひ》き上《あ》げた。なにしろこの時《とき》、東方《とうほう》から甲斐《かい》の武田信玄《たけだしんげん》が三河国《みかわこく》の徳川家康《とくがわいえやす》を蹴散《けち》らして間近《まぢか》に迫《せま》っていた。

同元亀《どうげんき》四年（一五七三年）四月、突然甲斐軍《とつぜんかいぐん》に異変《いへん》が起《お》こった。武田信玄《たけだしんげん》が三河国野田《みかわこくのだ》城《じょう》攻《ぜ》めの途中《とちゅう》で腹部《ふくぶ》に腫《しゅ》（ガン）を発《はっ》し、上洛《じょうらく》を断念《だんねん》して軍勢《ぐんぜい》を退却《たいきゃく》させた。その帰路《きろ》、将軍義昭《しょうぐんよしあき》が信《のぶ》長《なが》に降伏《こうふく》する直前《ちょくぜん》の四月十二日に、信濃国駒場《しなのこくこまば》（阿智村）で死没《しぼつ》した。享年《きょうねん》五十三歳。死《し》に際《さい》して信玄《しんげん》は

「三年の間《かん》、喪《も》を伏《ふ》すべし」と遺言《ゆいごん》し

『大抵地《たいていち》に還《かえ》すは肌骨《きこつ》に好《よし》。紅粉《べにこ》は塗《ぬ》らず自《おの》ずから風流《ふうりゅう》』（生まれたままの姿で大地に還るのが好い）の辞世《じせい》の句《く》を詠《よ》んで、雄図《ゆうと》虚《むな》しくその生涯《しょうがい》を閉《と》じた。後世《こうせい》の人《ひと》は信玄《しんげん》がその昔《むかし》従容《しょうよう》として詠《よ》んだ「人《ひと》は石垣《いしがき》人《ひと》は城《しろ》情《なさ》けは味方《みかた》仇《あだ》は敵《てき》なり」を口遊《くちずさ》んで信玄《しんげん》を偲《しの》んだ。

武田信玄《たけだしんげん》が没《ぼっ》した。武田軍《たけだぐん》は信玄《しんげん》の遺言《ゆいごん》を守《まも》って喪《も》を伏《ふ》せたが『信玄死没《しんげんしぼつ》』の噂《うわさ》は止《と》めようがなく、瞬時《しゅんじ》にして全国《ぜんこく》に知《し》れ渡《わた》った。

織田信長《おだのぶなが》に降伏《こうふく》した足利義昭《あしかがよしあき》は間《ま》もなく武田信玄《たけだしんげん》が助《たす》けに来《き》てくれると信《しん》じた。今《いま》この大事《だいじ》な

時《とき》に信玄《しんげん》が没《ぼっ》するなどの噂《うわさ》は、きっと信長《のぶなが》が撒《ま》き散《ち》らした謀略《ぼうりゃく》に違《ちが》いないと思《おも》った。

同年《どうねん》五月、足利義昭《あしかがよしあき》は信長《のぶなが》が京都《きょう》にいなくなったのを幸《さいわ》いに再度《さいど》、武田信玄《たけだしんげん》や朝倉義景《あさくらよしかげ》・本願寺顕如《ほんがんじけんにょ》・毛利輝元《もうりてるもと》に信長追討《のぶながついとう》の御内書《ごないしょ》を送《おく》り、一方《いっぽう》で二条城《にじょうじょう》を普請《ふしん》し直《なお》して堀《ほり》も修理《しゅうり》した。

同年《どうねん》七月、足利義昭《あしかがよしあき》は近臣《きんしん》の三淵藤英《みふちふじひで》に二条城《にじょうじょう》を護《まも》らせて、自《みずか》らは三千余《よ》の兵《へい》を率《ひき》い、宇治《うじ》の槙島城《まきしまじょう》に移《うつ》って立《た》て籠《こも》った。槙島城《まきしまじょう》は四方《しほう》が宇治川《うじがわ》と小椋池《おぐらいけ》に囲《かこ》まれた中州《なかす》に立《た》つ城《しろ》だ。

織田信長《おだのぶなが》は義昭挙兵《よしあききょへい》の報《しら》せを受《う》けて即日《そくじつ》岐阜《ぎふ》を立《た》ち、翌日《よくじつ》には京都《きょう》に入《はい》って二条城《にじょうじょう》を落《お》とした。休《やす》む間《ま》もなく宇治《うじ》へ向《む》かって槙島城《まきしまじょう》を囲《かこ》んだ。

足利義昭《あしかがよしあき》は二歳《さい》の嫡子《ちゃくし》を人質《ひとじち》に出《だ》して降伏《こうふく》し城《しろ》を明《あ》け渡《わた》した。

織田信長《おだのぶなが》は足利義昭《あしかがよしあき》を殺《ころ》さなかった。今《いま》、将軍《しょうぐん》を殺害《さつがい》すれば、何所《どこ》から将軍弑逆《しょうぐんしいぎゃく》の罪《つみ》を問《と》う声《こえ》が湧《わ》き起《お》こるかわからない。他方《たほう》で又《また》、将軍《しょうぐん》を義昭《よしあき》の嫡子《ちゃくし》に替《か》えることもしなかった。信長《のぶなが》は既《すで》に己自身《おのれじしん》を天下《てんか》の覇者《はしゃ》に祭《まつ》り上《あ》げていた。それであるから今更征夷大将軍《いまさらせいいたいしょうぐん》になろうとも思《おも》わなかった。将軍《しょうぐん》になれば旧弊《きゅうへい》を継承《けいしょう》したことになり自尊心《じそんしん》が許《ゆる》さなかった。何《なに》よりも己《おのれ》の今《いま》までの事績《じせき》の否定《ひてい》に繋《つな》がる。それで天下《てんか》の何所《どこ》にも怖《こわ》い者《もの》はいなくなったと達観《たっかん》し、また熟考《じゅくこう》した結《けっ》果《か》、義昭《よしあき》に何程《なにほど》のことが出来《でき》ると読《よ》み取《と》って義昭《よしあき》を京《きょう》都から放逐《ほうちく》するのみで事《こと》を済《す》ませた。

廃将軍《はいしょうぐん》となった義昭《よしあき》は本願寺《ほんがんじ》顕如《けんにょ》の斡旋《あっせん》で三好義継《みよしよしつぐ》の居城《きょじょう》の河内国《かわちこく》若江城《わかえじょう》に匿《かくま》われた。

元亀《げんき》四年（一五七三年）七月二十八日、織田信長《おだのぶなが》は自《みずか》らの名前《なまえ》で朝廷《ちょうてい》に改元《かいげん》を願《ねが》い出《で》て、元亀《げんき》の元号《げんごう》が天正《てんしょう》に改《あらた》まった。後世《こうせい》、この日《ひ》をもって室町幕府滅亡《むろまちばくふめつぼう》の日《ひ》とした。

六、越前・近江平定

越前朝倉家滅亡

織田信長《おだのぶなが》は洛中《らくちゅう》洛外《らくがい》を平定《へいてい》して岐阜《ぎふ》への帰路《きろ》、北近江《きたおうみ》国高島郡《こくたかしまぐん》の浅見景親《あさみかげちか》や阿閉貞征《あとじさだゆき》、その他《た》、月ケ瀬《つきがせ》の城々《しろじろ》にも立《た》ち寄《よ》って降伏《こうふく》を迫《せま》った。この頃江北《ころこうほく》では信長《のぶなが》の度々《たびたび》の侵略《しんりゃく》を受《う》けて佐和《さわ》山《やま》（彦根市）城主《じょうしゅ》の磯野員昌《いそのかずまさ》は既《すで》に信長《のぶなが》に降伏《こうふく》し（356頁9〜10行目参照）、他《た》の小谷城《おだにじょう》の支城《しじょう》城主《じょうしゅ》も誰《だれ》もが皆信長《みなのぶなが》の調略《ちょうりゃく》に乗《の》って小谷城《おだにじょう》からの離反《りはん》を思《おも》っていた。

改元直後《かいげんちょくご》の天正元年《てんしょうがんねん》（一五七三年）八月当初《とうしょ》、朝倉義景《あさくらよしかげ》は将軍義昭《しょうぐんよしあき》の求《もと》めに応《おう》じて二万の軍勢《ぐんぜい》と共《とも》に居城《きょじょう》の一乗谷城《いちじょうだにじょう》を出陣《しゅつじん》して上洛《じょうらく》の道《みち》を取《と》った。途中《とちゅう》、信長《のぶなが》が義昭《よしあき》を京都《きょう》から追放《ついほう》して、江北高島郡《こうほくたかしまぐん》に向《む》かうとの注進《ちゅうしん》を得《え》て進路《しんろ》を小谷城《おだにじょう》に変《か》えた。

織田信長《おだのぶなが》は朝倉出陣《あさくらしゅつじん》を受《う》けて、即刻《そっこく》三万の軍勢《ぐんぜい》を従《したが》えて江北《こうほく》に出陣《しゅつじん》した。浅井長政《あさいながまさ》は五千の一族郎党《いちぞくろうとう》と共《とも》に小谷城《おだにじょう》に籠城《ろうじょう》した。

同天正元年《どうてんしょうがんねん》八月十二日の風雨《ふうう》の激《はげ》しい夜《よる》、信長自《のぶながみずか》らが朝倉《あさくら》の先陣《せんじん》が入《はい》った小谷山山頂《おだにやまさんちょう》の大嶽《おおづく》城《じょう》と丁野城《ちょうのじょう》を襲撃《しゅうげき》した。江北《こうほく》の浅見景親《あさみかげちか》や阿閉貞征《あとじさだゆき》らが浅井《あさい》を裏切《うらぎ》って織田軍《おだぐん》に内応《ないおう》した。両《りょう》城《じょう》は瞬《また》く間《ま》に攻《せ》め落《お》とされた（以後、370頁8行目に続く）。

翌日《よくじつ》、信長《のぶなが》は間髪《かんはつ》を容《い》れずに朝倉義景《あさくらよしかげ》の本陣《ほんじん》の木之本《きのもと》を攻《せ》めた。義景《よしかげ》は既《すで》に先陣《せんじん》から「浅井家臣《あさいかしん》らの裏切《うらぎ》りに会《あ》い、先陣《せんじん》の大嶽《おおづく》と丁野《ちょうの》の両城《りょうじょう》が陥落《かんらく》」の注進《ちゅうしん》を受《う》けて「浅井長政《あさいながまさ》も信長《のぶなが》に寝返《ねがえ》ったか」と疑《うたが》い、義景自《よしかげみずか》ら木之本《きのもと》の本陣《ほんじん》を抜《ぬ》け出《だ》して越前目指《えちぜんめざ》して逃《に》げ出《だ》した。

信長《のぶなが》は義景《よしかげ》が逃《に》げて混乱《こんらん》する越前軍《えちぜんぐん》の後《あと》を追《お》い、越前国国境《えちぜんこくこっきょう》の柳ケ瀬《やながせ》で追《お》い付《つ》いて、柳ケ瀬《やながせ》から刀根《とね》（敦賀市）までの街道《かいどう》で越前軍《えちぜんぐん》二万の大半《たいはん》を討《う》ち取《と》った。越前軍《えちぜんぐん》は壊滅《かいめつ》した。

朝倉義景《あさくらよしかげ》は敦賀《つるが》から府中《ふちゅう》（越前市）を経《へ》て一乗谷城《いちじょうだにじょう》（福井市）に逃《に》げ込《こ》んだ。一乗谷城《いちじょうだにじょう》には留守《るす》を預《あず》かる小者《こもの》がいるだけで、軍兵《ぐんぺい》などはいなかった。留守《るす》を預《あず》かった大野郡司《おおのぐんし》の朝倉景鏡《あさくらかげあきら》は義景《よしかげ》に大野《おおの》（大野市）に逃《に》げて隠《かく》れるよう薦《すす》めた。

八月十六日、義景《よしかげ》は急《いそ》ぎ大野郡洞雲寺《おおのぐんどううんじ》に隠《かく》れた。信長《のぶなが》は後《あと》を追《お》って敦賀《つるが》から府中《ふちゅう》に入《はい》り、龍門《りゅうもん》寺《じ》に陣《じん》を取《と》った。一乗谷城《いちじょうだにじょう》は信長《のぶなが》の命《めい》で無残《むざん》に破壊《はかい》された。同月十九日、景鏡《かげあきら》は義景《よしかげ》を大野郡《おおのぐん》山田荘《やまだそう》の六坊賢松寺《ろくぼうけんしょうじ》に誘《さそ》った。翌二十日《よくはつか》、義景《よしかげ》は景鏡《かげあきら》から自害《じがい》を迫《せま》られて自刃《じじん》した。

朝倉景鏡《あさくらかげあきら》は義景《よしかげ》の首《くび》と義景《よしかげ》の母《はは》と妻子《さいし》の身柄《みがら》を信長《のぶなが》に差《さ》し出《だ》して降伏《こうふく》した。妻子《さいし》は丹羽長秀《にわながひで》により南条郡帰《なんじょうぐんかえる》の里《さと》で殺《ころ》された。朝倉家《あさくらけ》五代百年《ごだいひゃくねん》の家系《かけい》が絶《た》えた。

織田信長《おだのぶなが》は朝倉家《あさくらけ》を討《う》ち滅《ほろ》ぼした後《のち》、越前《えちぜん》に僅《わず》か十二日間留《にちかんとど》まっただけで急《いそ》ぎ陣《じん》を江北《こうほく》に返《かえ》した。越前国《えちぜんこく》には滝川一益《たきがわかずます》と明智光秀《あけちみつひで》の二将《しょう》を残《のこ》して当座《とうざ》の仕置《しおき》（残務整理）を任《まか》せた。二人《ふたり》は程《ほど》なく仕置《しおき》を終《お》えて信長《のぶなが》の下《もと》に帰陣《きじん》した。

織田信長《おだのぶなが》は越前国《えちぜんこく》に別途《べっと》、明智光秀《あけちみつひで》の名代《みょうだい》の三沢秀次《みさわひでつぐ》と滝川一益《たきがわかずます》の名代《みょうだい》の津田元嘉《つだもとよし》に加《くわ》えて羽柴秀吉《はしばひでよし》の名代《みょうだい》の木下祐久《きのしたひろひさ》を付《つ》けて、この三人に越前国《えちぜんこく》の奉行《ぶぎょう》を命《めい》じ足羽郡北ノ庄《あすわぐんきたのしょう》に置《お》いた。また、朝倉《あさくら》から寝返《ねがえ》った降将《こうしょう》の前波長俊《まえばながとし》を越前守護代《えちぜんしゅごだい》に任《にん》じた。朝倉景鏡《あさくらかげあきら》（織田勢に降って土橋信鏡に改名）や安居景健《あごかげたけ》（朝倉景健）、織田七郎《おだしちろう》らの本領《ほんりょう》は安堵《あんど》した（以後375頁1行目に続く）。

北近江浅井家滅亡

話《はなし》は江北《こうほく》に戻《もど》る（368頁9行目の続き）。織田勢《おだぜい》は天正元年《てんしょうがんねん》（一五七三年）八月二十六日、虎御前山《とらごぜんやま》に帰陣《きじん》した。すると小谷城《おだにじょう》京極丸守将《きょうごくまるしゅしょう》の浅井七郎《あさいしちろう》や三田村《みたむら》・大野《おおの》等が語《かた》り合《あ》って織田勢《おだぜい》に投降《とうこう》した。

そこで翌《よく》二十七日、小谷城《おだにじょう》の京極丸《きょうごくまる》に羽柴秀吉《はしばひでよし》が攻《せ》め登《のぼ》って無抵抗《むていこう》の京極丸《きょうごくまる》を占拠《せんきょ》した。

京極丸《きょうごくまる》は浅井長政《あさいながまさ》の籠《こも》る本丸《ほんまる》と父久政《ちちひさまさ》の籠《こも》る小丸《こまる》の中間《ちゅうかん》にある出丸《でまる》だ。長政《ながまさ》の本丸《ほんまる》と久政《ひさまさ》の小《こ》丸《まる》の連絡《れんらく》が絶《た》たれた。

羽柴秀吉《はしばひでよし》は諸卒《しょそつ》に命《めい》じて小谷城《おだにじょう》に籠《こも》る敵《てき》を一兵《いっぺい》も城外《じょうがい》に漏《も》らさぬよう厳重《げんじゅう》に備《そな》えを固《かた》めた上《うえ》で、信長《のぶなが》の指示《しじ》に従《したが》い不破光治《ふわみつはる》を浅井長政《あさいながまさ》の籠《こも》る本丸《ほんまる》へ軍使《ぐんし》に立《た》てて、

「当方数年《とうほうすうねん》に渡《わた》って戦《たたか》いに及《およ》ぶは越前朝倉《えちぜんあさくら》の故《ゆえ》にて長政殿《ながまさどの》には遺恨御座《いこんござ》らぬ。当城《とうじょう》を明《あ》け渡《わた》して下《くだ》され」と信長《のぶなが》の口上《こうじょう》を伝《つた》えた。長政《ながまさ》は口上《こうじょう》を聞《き》いて

「信長卿《のぶながきょう》の思《おぼ》し召《め》しは有難《ありがた》く存《ぞん》ずれども、かくの如《ごと》く成果《なりは》てた上《うえ》は今《いま》は只々討死《ただただうちじに》を遂《と》げたし」と言《い》って一向《いっこう》に信長《のぶなが》の口上《こうじょう》を聞《き》き入《い》れようとはしなかった。不破《ふわ》は立《た》ち帰《かえ》って、長政《ながまさ》の返事《へんじ》とその時《とき》の様子《ようす》を信長《のぶなが》に伝《つた》えた。信長《のぶなが》は不破《ふわ》を重《かさ》ねて軍使《ぐんし》に立《た》てて

「先《さき》ほどの口上《こうじょう》は我《われ》ら空事《そらごと》にて申《もう》すと思《おも》うのか。今《いま》までの長政《ながまさ》はその方《ほう》の命《いのち》。これからの長政《ながまさ》は我《われ》らが命《いのち》なり。以来忠節《いらいちゅうせつ》を尽《つ》くせ。大和一国《やまといっこく》はその方《ほう》に宛《あて》がうべし」と長政《ながまさ》に再度《さいど》言《い》い送《おく》った。けれども長政《ながまさ》は遂《つい》に承諾《しょうだく》しなかった。

翌朝《よくあさ》もまた、信長《のぶなが》は不破《ふわ》を長政《ながまさ》の下《もと》に送《おく》って昨日《さくじつ》の口上《こうじょう》を又々言《またまたい》わせた。長政《ながまさ》は不破《ふわ》に「貴殿《きでん》のご厚情《こうじょう》は彼《か》の世《よ》に行《い》っても忘《わす》れはせぬ。我《われ》は当城《とうじょう》にて腹《はら》を切《き》る」と言《い》って遂《つい》に信長《のぶなが》の口《こう》上《じょう》を受《う》けなかった。長政《ながまさ》は奥《おく》に入《はい》って妻《つま》の市《いち》を脇《わき》に呼《よ》び寄《よ》せ「其方《そなた》は信長《のぶなが》の妹《いもうと》なれば信長《のぶなが》の下《もと》へ送《おく》るに何《なん》の仔細《しさい》も無《な》かるべし。もし其方命長《そなたいのちなが》らえれば菩提《ぼだい》を弔《とむら》ってくれ給《たま》え」と言《い》って名残《なごり》を惜《お》しんだ。市《いち》は「妾一人《わらわひとり》が世《よ》に残《のこ》れば、あれは浅井《あさい》の女房《にょうぼう》かと人々《ひとびと》から後《うし》ろ指差《ゆびさ》されるのも悔《くや》しく思《おも》えば、只共《ただとも》に妾《わらわ》が命《いのち》も絶《た》って下《くだ》され」と泣《な》き付《つ》いた。長政《ながまさ》は「其方《そなた》の言葉《ことば》は尤《もっと》もなれども、娘共《むすめども》も女子《おなご》の事《こと》なれば、信長《のぶなが》もさして恨《うら》みは持《も》たぬと思《おも》えり。もし娘《むすめ》にも助《たす》けがあれば、我《われ》らの亡《な》き後《あと》も菩提《ぼだい》を弔《とむら》ってくれるというもの」と言《い》い「我《われ》は今花《いまはな》のようなる姫共《ひめども》を害《がい》することは如何《いか》にも不憫《ふびん》。曲《ま》げて逃《のが》れてくれたまえ」と再三口説《さいさんくど》いて市《いち》を聞《き》き分《わ》けさせた。この時長政《ときながまさ》に子《こ》が五人《ごにん》あり内三人《うちさんにん》は女子《じょし》、二人《ふたり》は男子《だんし》だった。嫡子《ちゃくし》の万福丸《まんぷくまる》には木村喜内《きむらきない》を付《つ》けて

「国内《こくない》には知《し》る者《もの》が多《おお》い故《ゆえ》、越前敦賀《えちぜんつるが》の知人《ちじん》を頼《たよ》って忍《しの》び暮《く》らし、成人《せいじん》させてくれたまえ」といってその日《ひ》の夜中《よなか》に忍《しの》び出《だ》させた。次男《じなん》は未《ま》だ当年《とうねん》の五月に生《う》まれたばかり。近江《おうみ》の福田寺《ふくだじ》に与《あた》えることにして、乳母《うば》の他《ほか》に小川伝四郎《おがわでんしろう》と中島左近《なかじまさこん》を添《そ》えて忍《しの》び落《お》とした。長政《ながまさ》の妻《つま》の市《いち》と三《さん》人《にん》の姫《ひめ》は、女年寄《おんなとしより》らに藤掛三河守《ふじかけみかわのかみ》を添《そ》えて信長《のぶなが》の下《もと》に送《おく》り届《とど》けた。信長《のぶなが》は市《いち》と姫《ひめ》が送《おく》り届《とど》けられて大《おお》いに喜《よろこ》び、弟《おとうと》の織田信包《おだのぶかね》に預《あず》けた。

織田信長《おだのぶなが》は妹《いもうと》の市《いち》と姫《ひめ》を我《わ》が手《て》にして

「長政《ながまさ》は城《しろ》を枕《まくら》に腹《はら》を切《き》る覚悟《かくご》。この上《うえ》は一刻《いっこく》も間《ま》を置《お》かずに城《しろ》を揉《も》み潰《つぶ》すべし」と小谷《おだに》の四方《しほう》を囲《かこ》む諸将《しょしょう》に言《い》い付《つ》けた。

天正元年《てんしょうがんねん》（一五七三年）九月一日、京極丸《きょうごくまる》の羽柴秀吉《はしばひでよし》は先《ま》ず小丸《こまる》に攻《せ》め入《い》った。長政《ながまさ》の父久政《ちちひさまさ》は自刃《じじん》した。秀吉《ひでよし》は久政《ひさまさ》の頸《くび》を取《と》って虎御前山《とらごぜんやま》の陣中《じんちゅう》の信長《のぶなが》の前《まえ》に差《さ》し出《だ》した。翌日《よくじつ》、信長《のぶなが》は京《きょう》極丸《ごくまる》に登《のぼ》って秀吉《ひでよし》に本丸《ほんまる》を攻《せ》めさせた。長政《ながまさ》は本丸《ほんまる》の五百の勢《ぜい》と共《とも》に猛然《もうぜん》と反撃《はんげき》した。攻《せ》め手《て》は一旦《いったん》引《ひ》き退《の》いた。羽柴勢《はしばぜい》に加《くわ》わった柴田《しばた》・前田《まえだ》・佐々《さっさ》の諸将《しょしょう》は城《しろ》の後《うしろ》に廻《まわ》って攻《せ》め立《た》てた。長政《ながまさ》は戦《いくさ》もこれまでと悟《さと》って浅井日向守《あさいひゅうがのかみ》に介錯《かいしゃく》を命《めい》じて切腹《せっぷく》した。享年《きょうねん》二十九歳《さい》。

浅井日向守《あさいひゅうがのかみ》始《はじ》め中島新兵衛《なかじましんべえ》・同九郎次郎《どうくろうじろう》・木村太郎次郎《きむらたろうじろう》・同興次《どうおきつぐ》・浅井《あさい》オキク・脇坂左介《わきさかさすけ》らが長政《ながまさ》の後《あと》を追《お》って殉死《じゅんし》した。信長《のぶなが》は久政《ひさまさ》と長政父子《ながまさふし》の頸《くび》を京《きょう》都に送《おく》って獄門《ごくもん》に掛《か》けさせた。

信長《のぶなが》は浅井《あさい》一族《ぞく》から降人《こうじん》の磯野員昌《いそのかずまさ》に高島郡一郡《たかしまぐんいちぐん》を与《あた》え、阿閉貞征《あとじさだゆき》には伊香郡一郡《いかぐんいちぐん》を授《さず》けた。

また姉川《あねがわ》の合戦《かっせん》以前《いぜん》から織田方《おだがた》に与《くみ》した、元《もと》・浅井家《あさいけ》重臣《じゅうしん》の堀家《ほりけ》の嗣子次郎《ししじろう》は未《ま》だ幼少《ようしょう》であったので、家臣《かしん》の樋口三郎兵衛《ひぐちさぶろうべえ》に堀家《ほりけ》の分《ふん》として坂田郡半郡《さかたぐんはんぐん》を預《あず》けた。

小谷城《おだにじょう》の戦《たたか》いで、織田家中第一《おだかちゅうだいいち》の戦功《せんこう》を挙《あ》げた羽柴秀吉《はしばひでよし》は、小谷城《おだにじょう》と江北《こうほく》の守護所《しゅごしょ》（上平寺城）がある浅井郡全郡《あさいぐんぜんぐん》と坂田郡半郡《さかたぐんはんぐん》に加《くわ》えて犬上郡全郡《いぬかみぐんぜんぐん》が与《あた》えられた。

織田信長《おだのぶなが》はまた、朱印《しゅいん》を羽柴秀吉《はしばひでよし》に下《くだ》して、江北《こうほく》の仕置《しお》き（統治）の裁量《さいりょう》を任《まか》せた。秀吉《ひでよし》は一《いち》国一城《こくいちじょう》の大名《だいみょう》に成《な》り上《あ》がって、信長《のぶなが》から筑前守《ちくぜんのかみ》が付与《ふよ》された。羽柴筑前守秀吉《はしばちくぜんのかみひでよし》は小勢《こぜい》では小谷《おだに》は守《まも》り難《がた》いと見《み》て城《しろ》を今浜《いまはま》に移《うつ》して長浜《ながはま》と地名《ちめい》を改《あらた》め江北《こうほく》を支配《しはい》した。

越前錯乱

話《はなし》は再《ふたた》び越前国《えちぜんこく》に戻《もど》る（370頁6行目の続き）。越前《えちぜん》は朝倉家《あさくらけ》が亡《ほろ》び、織田《おだ》に降《くだ》った前波長俊《まえばながとし》が守護《しゅご》代《だい》になり一乗谷《いちじょうだに》に入《はい》った。

織田軍《おだぐん》の諸将《しょしょう》は越前《えちぜん》から去《さ》った。

明《あ》けて天正《てんしょう》二年（一五七四年）正月《しょうがつ》、越前府中《えちぜんふちゅう》（越前市府中）を領《りょう》した富田長繁《とだながしげ》は、前波長俊《まえばながとし》一《ひと》人《り》が成《な》り上《あ》がったのを面白《おもしろ》からず思《おも》い、越前国一向一揆衆《えちぜんこくいっこういっきしゅう》と語《かた》らって一乗谷《いちじょうだに》を襲《おそ》い前波《まえば》を討《う》ち取《と》った。余勢《よせい》を駆《か》って北ノ庄《きたのしょう》の三沢《みさわ》と木下《きのした》、津田《つだ》の織田家三人衆《おだけさんにんしゅう》も攻《せ》めて越前国《えちぜんこく》から追《お》い出《だ》した。

越前一向一揆衆《えちぜんいっこういっきしゅう》は、今《いま》まで共《とも》に戦《たたか》った真宗専修寺派寺院《しんしゅうせんしゅうじはじいん》も攻《せ》め滅《ほろ》ぼして一向宗惣国《いっこうしゅうそうこく》を作《つく》り上《あ》げようとした。一向一揆衆《いっこういっきしゅう》は信長《のぶなが》の反撃《はんげき》を恐《おそ》れて、加賀《かが》の大寺《たいじ》の本覚寺《ほんかくじ》や石山本願寺《いしやまほんがんじ》に助勢《じょせい》を求《もと》めた。求《もと》めに応《おう》じて加賀《かが》から七里頼周《しちりらいしゅう》が本覚寺門徒《ほんかくじもんと》と共《とも》にやって来《き》て、府中《ふちゅう》の富田長繁《とだながしげ》を攻《せ》め殺《ころ》した。さらに顕如《けんにょ》も若林長門守《わかばやしながとのかみ》を越前《えちぜん》に送《おく》って、下間頼照《しもつまらいしょう》や杉浦玄任《すぎうらげんにん》らと共《とも》に金津《かなづ》の旧朝倉《きゅうあさくら》家臣《かしん》の溝江《みぞえ》や大野郡《おおのぐん》の朝倉景鏡《あさくらかげあきら》、平泉寺白山神社《へいせんじはくさんじんじゃ》も攻《せ》め滅《ほろ》ぼして同年《どうねん》四月には越前国全土《えちぜんこくぜんど》を領国《りょうごく》化《か》した。

本願寺顕如《ほんがんじけんにょ》は下間頼照《しもつまらいしょう》を越前国守護《えちぜんこくしゅご》に、杉浦玄任《すぎうらげんにん》を大野郡郡司《おおのぐんぐんし》に、下間和泉守《しもつまいずみのかみ》を足羽郡郡司《あすわぐんぐんし》に任《にん》じて七里頼周《しちりらいしゅう》には府中《ふちゅう》を治《おさ》めさせた。越前《えちぜん》の在地坊主《ざいちぼうず》や百姓《ひゃくしょう》門徒《もんと》は加賀《かが》の『一向宗惣国《いっこうしゅうそうこく》』(156頁9行目参照)のような地元《じもと》の坊主《ぼうず》・門徒《もんと》持ちの惣国《そうこく》を夢見《ゆめみ》て懸命《けんめい》に戦《たたか》った。ところが何時《いつ》の間《ま》にか石山本願寺《いしやまほんがんじ》の大坊主《だいぼうず》や坊官《ぼうかん》が武家《ぶけ》領主《りょうしゅ》に替《か》わって百姓《ひゃくしょう》を支配《しはい》した。

在地坊主《ざいちぼうず》は本願寺《ほんがんじ》に在地《ざいち》領民《りょうみん》持《も》ちの惣国《そうこく》にするよう要求《ようきゅう》した。だが顕如《けんにょ》は無視《むし》した。次第《しだい》に在地坊主《ざいちぼうず》・門徒《もんと》百姓《ひゃくしょう》の心《こころ》は本願寺大坊主《ほんがんじだいぼうず》や坊官《ぼうかん》から離《はな》れて遂《つい》には逆《ぎゃく》に「討《う》つべきは大坊主《だいぼうず》共《ども》なり」と敵視《てきし》し始《はじ》めた(以後378頁9行目に続く)。

長篠の合戦

この間《かん》の織田《おだ》勢《ぜい》の動向《どうこう》は…。

天正《てんしょう》二年(一五七四年)九月、織田信長《おだのぶなが》は元亀元年《げんきがんねん》(一五七〇年)に石山本願寺《いしやまほんがんじ》が信長《のぶなが》と戦《いくさ》を始《はじ》めて以来《いらい》、度々苦《たびたびくる》しめられ続《つづ》けた伊勢長島《いせながしま》の一向一揆勢《いっこういっきぜい》を陸海《りくかい》から攻《せ》めて兵糧攻《ひょうろうぜ》めにした。降伏《こうふく》は許《ゆる》さず、一揆勢《いっきぜい》は一人残《ひとりのこ》らず皆殺《みなごろ》しにして、それでも逃《に》げ出《だ》す者《もの》は柵《さく》を作《つく》り閉《と》じ込《こ》めて焼《や》き殺《ころ》した。

翌《よく》三年（一五七五年）五月、奥三河長篠城《おくみかわながしのじょう》（新城市）の奥平貞昌《おくだいらさだまさ》（後に改名して信昌）が武田家《たけだけ》を見《み》限《かぎ》って徳川方《とくがわがた》に寝返《ねがえ》った。これを咎《とが》めて甲斐国《かいこく》の武田勝頼《たけだかつより》が奥三河《おくみかわ》に攻《せ》め込《こ》んだ。徳川家康《とくがわいえやす》は長篠城《ながしのじょう》からの救援要請《きゅうえんようせい》を受《う》けて出陣《しゅつじん》し、城《しろ》の裏《うら》に聳《そび》える鳶《とび》の巣文殊山《すもんじゅやま》に布陣《ふじん》した武《たけ》田方《だがた》の先陣《せんじん》を攻《せ》め落《お》として貞昌《さだまさ》を救《すく》い出《だ》した。

徳川《とくがわ》と同盟《どうめい》する織田勢《おだぜい》は長篠城下《ながしのじょうか》の豊川《とよかわ》（旧名吉田川）下流《かりゅう》に広《ひろ》がる設楽《したら》が原《はら》に陣取《じんど》った。そして鳳来寺山《ほうらいじさん》から同所《どうしょ》を横断《おうだん》して豊川《とよかわ》に流《なが》れ下《くだ》る連吾川《れんごかわ》を堀《ほり》に見立《みた》て、右岸《うがん》を設楽《したら》が原《はら》の端《はし》から端《はし》まで三十町《ちょう》（一町は約100ｍ）を削《けず》り取《と》って急峻《きゅうしゅん》な堀《ほり》に仕立《した》てて、堀《ほり》の上《うえ》には丸太《まるた》を組《く》んで柵《さく》を作《つく》った。

武田軍《たけだぐん》が得意《とくい》とする騎馬軍団《きばぐんだん》を自由《じゆう》に突入《とつにゅう》させない防御《ぼうぎょ》の堀《ほり》と柵《さく》が出来上《できあ》がった。設楽《したら》が原《はら》は丘陵《きゅうりょう》地《ち》と鳳来寺山《ほうらいじさん》から流《なが》れ下《くだ》る河川《かせん》が重《かさ》なり合《あ》って低《ひく》い河川地《かせんち》は丘陵《きゅうりょう》地《ち》の高台《たかだい》に隠《かく》れ、遠《とお》くからは見通《みとお》せない複雑《ふくざつ》な地形《ちけい》だ。

織田信長《おだのぶなが》は武田勢《たけだぜい》の侵入《しんにゅう》に備《そな》えて事前《じぜん》に地形《ちけい》を調《しら》べ上《あ》げていた。そこで敵《てき》に知《し》られぬように素《す》早《ばや》く堀《ほり》と柵《さく》を作《つく》り上《あ》げて敵《てき》の攻撃《こうげき》を待《ま》ち受《う》けた。

同年《どうねん》五月二十一日、武田軍《たけだぐん》は一丸《いちがん》となって織田陣《おだじん》に攻《せ》め込《こ》んだ。織田軍《おだぐん》は柵《さく》の内《うち》の鉄砲隊《てっぽうたい》に鉄《てっ》砲《ぽう》三千挺《ちょう》を持《も》たせて武田《たけだ》の騎馬軍団《きばぐんだん》を狙《ねら》い撃《う》たせた。弾《たま》に撃《う》たれて騎馬軍団《きばぐんだん》は為《な》す術《すべ》もなく壊滅《かいめつ》した。

織田《おだ》・徳川軍団《とくがわぐんだん》は圧勝《あっしょう》した。武田軍《たけだぐん》は総崩《そうくず》れになって高遠城《たかとおじょう》（伊那市）に退却《たいきゃく》した。

織田軍《おだぐん》は総力戦《そうりょくせん》が続《つづ》いて、これまで軍勢《ぐんぜい》を越前《えちぜん》に割《さ》くゆとりがなかった。

越前平定

話《はなし》が戻《もど》って越前国《えちぜんこく》では…（376頁8行目の続き）。

天正《てんしょう》三年（一五七五年）八月、織田信長《おだのぶなが》は越前《えちぜん》の様子《ようす》を調《しら》べ尽《つ》くして十万の大軍《たいぐん》を催《もよお》し越前敦《えちぜんつる》賀《が》に出陣《しゅつじん》した。敦賀《つるが》は織田勢《おだぜい》の武藤舜秀《むとうひさひで》が統治《とうじ》して本願寺勢《ほんがんじぜい》や越前各地《えちぜんかくち》の一向一揆衆《いっこういっきしゅう》の侵入《しんにゅう》を防《ふせ》ぎ、物見《ものみ》を放《はな》って情報収集《じょうほうしゅうしゅう》を続《つづ》けていた。信長《のぶなが》は敦賀《つるが》に入《はい》って、木ノ芽峠口《きのめとうげぐち》から越前府中《えちぜんふちゅう》（越前市）を窺《うかが》った。越前《えちぜん》を支配《しはい》する大坊主《だいぼうず》は信長《のぶなが》の再侵入《さいしんにゅう》を予想《よそう》して、敦賀《つるが》から府中《ふちゅう》に入《はい》る各口《かくくち》に柵《さく》を築《きず》いて出入《でい》りを塞《ふさ》いだ。だが百姓門徒《ひゃくしょうもんと》や在地坊主《ざいちぼうず》の協力《きょうりょく》は得《え》られなかった。本願寺《ほんがんじ》の大坊《だいぼう》主《ず》らは自《みずか》らが率《ひき》いて来《き》た軍勢《ぐんぜい》と共《とも》に守備《しゅび》についた。

織田信長《おだのぶなが》は明智光秀《あけちみつひで》に杉津経由《すいづけいゆ》で浜街道《はまかいどう》を経《へ》て府中《ふちゅう》に入《はい》り、逃《に》げ帰《かえ》る坊主共《ぼうずども》を迎《むか》え討《う》つよう命《めい》じた。羽柴秀吉《はしばひでよし》も先年木《せんねんき》ノ芽峠《のめとうげ》を取《と》られたのを恨《うら》み、光秀《みつひで》と打《う》ち合《あ》わせて総攻撃《そうこうげき》に先立《さきだ》ち、敵《てき》に気付《きづ》かれぬように間道伝《かんどうつた》いに二千の軍勢《ぐんぜい》と共《とも》に密《ひそ》かに府中《ふちゅう》に紛《まぎ》れ込《こ》んだ。そして逃《に》げ帰《かえ》る坊主《ぼうず》らを待《ま》ち受《う》けた。

同年《どうねん》八月十五日、明智光秀《あけちみつひで》は杉津《すいづ》を守《まも》る坊主衆《ぼうずしゅう》を蹴散《けち》らして浜街道《はまかいどう》を府中《ふちゅう》に向《む》かって行軍《こうぐん》し、その間《かん》、栃川西光寺了珍《とちかわさいこうじりょうちん》や円宮寺了一《えんぐうじりょういち》を始《はじ》め二千の首《くび》を討《う》ち取《と》った。

同日《どうじつ》、織田信長《おだのぶなが》の本隊《ほんたい》が総攻撃《そうこうげき》に入《はい》り、木ノ芽峠《きのめとうげ》を越《こ》えて越前《えちぜん》の守備軍《しゅびぐん》を一蹴《いっしゅう》した。敦賀境《つるがさかい》を守《まも》った本願寺坊主《ほんがんじぼうず》らの軍勢《ぐんぜい》は信長《のぶなが》の本隊《ほんたい》に攻《せ》められて、同日夜《どうじつよる》に入《はい》り二百人、五百人と雪崩《なだれ》を打《う》って府中《ふちゅう》に逃《に》げ帰《かえ》った。

羽柴秀吉勢《はしばひでよしぜい》は府中《ふちゅう》の街中《まちなか》で待《ま》ち受《う》けて、押《お》し包《つつ》んで首《くび》を撫《な》で切《き》った。この戦《いくさ》で、橋立真宗寺《はしだてしんしゅうじ》順誓《じゅんせい》や石田西光寺真敬《いしださいこうじしんけい》・砂子田徳勝寺祐寿《すなこたとくしょうじゆうじゅ》・下間和泉守《しもつまいずみのかみ》らが討死《うちじに》した。府中《ふちゅう》の街中《まちなか》は死骸《しがい》ばかりで足《あし》の踏《ふ》み場《ば》もなくなった。

織田信長《おだのぶなが》は越前全土《えちぜんぜんど》で残党狩《ざんとうが》りを行《おこな》い、総勢《そうぜい》三、四万を捕縛《ほばく》して首《くび》を撫《な》で切《き》った。残党狩《ざんとうが》りの兵卒《へいそつ》は死骸《しがい》の鼻《はな》を切《き》り取《と》って持《も》ち帰《かえ》り、討《う》ち取《と》った数《かず》の証《あかし》として恩賞《おんしょう》にあり付《つ》いた。信長《のぶなが》は越前《えちぜん》一国《いっこく》を制圧《せいあつ》した。余勢《よせい》を駆《か》って稲葉良通《いなばよしみち》や明智光秀《あけちみつひで》、羽柴秀吉《はしばひでよし》らは加賀国《かがこく》にも侵入《しんにゅう》して江沼《えぬま》・能《の》美両郡《みりょうぐん》を占領《せんりょう》した。

同年《どうねん》（一五七五年）九月、織田信長《おだのぶなが》は越前北ノ庄《えちぜんきたのしょう》に城《しろ》を築《きず》かせて柴田勝家《しばたかついえ》を入《い》れ、越前一国《えちぜんいっこく》の統《とう》治《じ》を委《ゆだ》ねた。加《くわ》えて北陸探題《ほくりくたんだい》も兼《か》ねさせて、一向宗徒《いっこうしゅうと》が支配《しはい》する加賀国《かがこく》や能登《のと》・越中両国《えっちゅうりょうこく》と、越後《えちご》の上杉謙信《うえすぎけんしん》の抑《おさ》えとした。

別途《べっと》、信長《のぶなが》は越前国内《えちぜんこくない》の敦賀《つるが》に武藤舜秀《むとうまさひで》を置《お》いて敦賀郡《つるがぐん》を支配《しはい》させた。また大野郡《おおのぐん》には金森長近《かなもりながちか》と原彦次郎《はらひこじろう》を置《お》き、府中《ふちゅう》には不破光治《ふわみつはる》と佐々成政《さっさなりまさ》・前田利家《まえだとしいえ》の三人《にん》を置《お》いて、今立南条二郡《いまだてなんじょうぐん》の十万石《じゅうまんごく》を均等《きんとう》に分《わ》け与《あた》え柴田《しばた》に与力《よりき》させた。

加賀国代官《かがこくだいかん》には明智光秀《あけちみつひで》を任《にん》じたが、間《ま》もなく光秀《みつひで》に代《か》わって佐久間盛政《さくまもりまさ》が加賀国《かがこく》を治《おさ》めた。

織田信長《おだのぶなが》はこの後《のち》、岐阜《ぎふ》へ帰城《きじょう》して翌天正《よくてんしょう》四年（一五七六年）、丹羽長秀《にわながひで》に命《めい》じて近江国安土山《おうみこくあづちやま》（近江八幡市）に壮大《そうだい》な城《しろ》を築《きず》いた。長秀《ながひで》は尾張《おわり》・美濃《みの》・伊勢《いせ》・三河《みかわ》・越前《えちぜん》・若狭《わかさ》と畿内《きない》の諸侍《しょざむらい》と大工《だいく》や石工《いしく》・諸職人《しょしょくにん》を召《め》し出《だ》して大掛《おおが》かりな城普請《しろふしん》を始《はじ》めた。

翌天正《よくてんしょう》五年（一五七七年）二月、信長《のぶなが》は新築成《しんちくな》った安土城《あづちじょう》に入城《にゅうじょう》した。そして従来《じゅうらい》の居城《きょじょう》だった岐阜城《ぎふじょう》は家督《かとく》の信忠《のぶただ》に譲《ゆず》って信長《のぶなが》は以後《いご》安土《あづち》に常在《じょうざい》した。

七．加賀・能登平定と越中情勢並びに荒木村重の反乱

柴田勝家能登救援中の謙信軍と対峙

天正《てんしょう》五年（一五七七年）九月、能登国《のとこく》の長連竜《ちょうつらたつ》が安土城《あづちじょう》に駆《か》け込《こ》んで「越後《えちご》の上杉謙信《うえすぎけんしん》が大軍《たいぐん》を率《ひき》いて能登《のと》に攻《せ》め来《き》たる」と至急《しきゅう》の救援《きゅうえん》を求《もと》めた。

能登《のと》では守護《しゅご》畠山家《はたけやまけ》の家督《かとく》の幼君義慶《ようくんよしのり》が毒《どく》に中《あた》って死没《しぼっ》し、替《かわ》って立《た》った弟《おとうと》の義隆《よしたか》も病死《びょうし》して畠山宗家《はたけやまそうけ》の跡《あと》が絶《た》えた（298頁10行目参照）。世間《せけん》では畠山七人衆《はたけやましちにんしゅう》の一人《ひとり》の長続連《ちょうつぐつら》が主家《しゅけ》を滅《ほろ》ぼしたと噂《うわさ》した。続連《つぐつら》は信長《のぶなが》に取《と》り入《い》り河内国《かわちこく》から畠山家《はたけやまけ》の末裔《まつえい》の則高《のりたか》を迎《むか》えて守護《しゅご》に据《す》え、信長《のぶなが》を後《うし》ろ盾《だて》にして能登国《のとこく》の実権《じっけん》を牛耳《ぎゅうじ》った。越後《えちご》の上杉謙信《うえすぎけんしん》はこれを咎《とが》めて越後《えちご》に亡命《ぼうめい》したこともあった元能登国守護《もとのとこくしゅご》の畠山義綱《はたけやまよしつな》の実弟《じってい》を能登《のと》に送《おく》り、自《みず》らも陸海《りくかい》から大軍《たいぐん》を擁《よう》して能登国《のとこく》に攻《せ》め込《こ》んだ（299頁8行目参照）。

織田信長《おだのぶなが》は能登国経略《のとこくけいりゃく》の先手《さきて》と頼《たの》む長続連《ちょうつぐつら》の弟《おとうと》の連竜《つらたつ》からの救援依頼《きゅうえんいらい》を受《う》けて、直《ただ》ちに北陸探《ほくりくたん》

題《だい》の柴田勝家《しばたかついえ》に命《めい》じ、北陸勢《ほくりくぜい》の不破《ふわ》や前田《まえだ》・佐々《さっさ》・金森《かなもり》・原《はら》に加《くわ》えて滝川一益《たきがわかずます》や羽柴秀吉《はしばひでよし》・丹羽《にわ》長秀《ながひで》・斎藤進五《さいとうしんご》らも助勢《じょせい》に付《つ》けて、総勢挙《そうぜいあ》げての能登《のと》への出陣《しゅつじん》を命《めい》じた。

柴田軍《しばたぐん》は越前府中《えちぜんふちゅう》から加賀国御幸塚城《かがこくみゆきづかじょう》（小松市）を経《へ》て、松任《まっとう》から金沢尾山《かなざわおやま》を目指《めざ》す途中《とちゅう》で、一《いっ》向一揆衆《こういっきしゅう》の待《ま》ち伏《ぶ》せに遭《あ》った。総大将《そうだいしょう》の柴田勝家《しばたかついえ》は先手《さきて》の佐久間盛政《さくまもりまさ》に加勢《かせい》して一揆衆《いっきしゅう》を蹴散《けち》らした。この不意《ふい》の合戦出来《かっせんしゅったい》は、後陣《こうじん》に回《まわ》された羽柴秀吉《はしばひでよし》には報《しら》されなかった。近年小谷城《きんねんおだにじょう》を攻《せ》め落《お》とす手柄《てがら》を挙《あ》げて信長《のぶなが》の覚《おぼ》えが目出度《めでた》く頓《とみ》に鼻息《はないき》の荒《あら》い羽柴秀吉《はしばひでよし》は、柴田勝家《しばたかついえ》の己《おのれ》を無視《むし》した扱《あつか》いに不満《ふまん》と不信《ふしん》を抱《いだ》いた。それで勝手《かって》に袂《たもと》を分《わ》かって七千の手勢《てぜい》を引連《ひきつ》れ帰国《きこく》してしまった。能登国《のとこく》へ出陣途中《しゅつじんとちゅう》の柴田軍内《しばたぐんない》に動揺《どうよう》が走《はし》った（後に信長はこの事態を知って怒り、秀吉に長浜での蟄居謹慎を命じた）。

柴田軍《しばたぐん》は引《ひ》き続《つづ》き進軍《しんぐん》したが、軍内《ぐんない》には蟠《わだかま》りが残《のこ》って士気《しき》は揚《あ》がらなかった。

同年同月《どうねんどうげつ》、柴田軍《しばたぐん》の動《うご》きに呼応《こおう》して、上杉謙信《うえすぎけんしん》も能登《のと》から加賀国《かがこく》に入《はい》った。手取川《てどりがわ》を挟《はさ》んで両《りょう》軍《ぐん》が対峙《たいじ》した。その夜《よ》、上杉謙信《うえすぎけんしん》が柴田軍《しばたぐん》に夜討《ようち》を仕掛《しか》けた。柴田勝家《しばたかついえ》は自軍内《じぐんない》に蟠《わだかま》りがあって意気《いき》が揚《あ》がらぬ上《うえ》に能登七尾城《のとななおじょう》が既《すで》に謙信《けんしん》の手《て》に落《お》ちたのを知《し》って、「今《いま》は戦《たたか》う時《とき》に非《あら》ず」と悟《さと》り、夜陰《やいん》に紛《まぎ》れて被害《ひがい》の出《で》ぬうちに大聖寺《だいしょうじ》まで退却《たいきゃく》した（300頁9行目参照）。上杉謙信《うえすぎけんしん》は深追《ふかお》いせずに能登《のと》へ引《ひ》き上《あ》げた。

同天正《どうてんしょう》五年（一五七七年）、上杉謙信《うえすぎけんしん》は畠山七人衆《はたけやましちにんしゅう》の一人《ひとり》の遊佐続光《ゆさつぐみつ》を七尾城代《ななおじょうだい》に任《にん》じ、鯵坂《あじさか》長実《ながざね》に目付《めつけ》を命《めい》じて越後《えちご》に帰国《きこく》した。

長連竜《ちょうつらたつ》は神保長住《じんぼながずみ》を頼《たよ》って越中守山城《えっちゅうもりやまじょう》に隠《かく》れた（以後388頁7行目に続く）。

荒木村重謀反

話《はなし》は畿内《きない》に移《うつ》る。天正《てんしょう》六年（一五七八年）十月、織田軍《おだぐん》の猛将《もうしょう》荒木村重《あらきむらしげ》が居城《きょじょう》の摂津国《せっつこく》伊丹《いたみ》城《じょう》で突然敵対中《とつぜんてきたいちゅう》の石山本願寺《いしやまほんがんじ》に寝返《ねがえ》った。

この裏切《うらぎ》りに同国茨木城主《どうこくいばらきじょうしゅ》の中川清秀《なかがわきよひで》と高槻城主《たかつきじょうしゅ》の高山右近《たかやまうこん》も加担《かたん》した。

荒木村重《あらきむらしげ》は元摂津池田家《もとせっついけだけ》の家臣《かしん》であったが、三好三人衆側《みよしさんにんしゅうがわ》に寝返《ねがえ》って池田城《いけだじょう》を乗《の》っ取《と》った。

それが信長《のぶなが》の目《め》に留《と》まり、三好三人衆《みよしさんにんしゅう》から引《ひ》き抜《ぬ》かれて茨木《いばらき》 城主《じょうしゅ》となり、将軍義昭追放《しょうぐんよしあきついほう》と若江《わかえ》城《じょう》の戦《いくさ》にも軍功《ぐんこう》を挙《あ》げて摂津国領主《せっつこくりょうしゅ》に成《な》り上《あ》がった。摂津国《せっつこく》には村重《むらしげ》を妬《ねた》み恨《うら》む者《もの》が多《おお》かった。

それで石山本願寺《いしやまほんがんじ》攻《ぜ》めが本格化《ほんかくか》し始《はじ》めると、村重《むらしげ》を貶《おとし》める『村重謀反《むらしげむほん》』の流言飛語《りゅうげんひご》が実《まこと》しやかに囁《ささや》かれ出《だ》した。村重《むらしげ》は驚《おどろ》いて釈明《しゃくめい》のために安土《あづち》に出向《でむ》く途中《とちゅう》で、茨木城《いばらきじょう》の中川清秀《なかがわきよひで》から「安土《あづち》で切腹《せっぷく》するのが落《お》ち。犬死《いぬじに》では御座《ござ》らぬか」と諫《いさ》められた。村重《むらしげ》は迷《まよ》って伊丹《いたみ》に戻《もど》り、配《はい》下《か》の諸将《しょしょう》を集《あつ》めて相談《そうだん》した。だがここでも又皆《またみな》が謀反《むほん》に同心《どうしん》するので益々《ますます》身動《みうご》きが取《と》れなくなった。

織田家筆頭家老《おだけひっとうかろう》で近畿探題《きんきたんだい》の佐久間信盛《さくまのぶもり》は信長《のぶなが》の命《めい》を受《う》けて忠告《ちゅうこく》に当《あ》たったが、信長《のぶなが》の性格《せいかく》を知《し》る村重《むらしげ》は迷《まよ》いが募《つの》るばかりで遂《つい》に謀反《むほん》の決起《けっき》に至《いた》った。織田信長《おだのぶなが》にとっては驚天動地《きょうてんどうち》の出来事《できごと》だ。この織田家騒動《おだけそうどう》が他《た》に飛《と》び火《ひ》すれば織田軍団《おだぐんだん》は瓦解《がかい》する。信長《のぶなが》は全国《ぜんこく》に出張《でば》る諸将《しょしょう》を攝津国《せっつこく》に呼《よ》び集《あつ》めて反乱鎮圧《はんらんちんあつ》に全力《ぜんりょく》を注《そそ》いだ。北陸《ほくりく》からも柴田勝家一人《しばたかついえひとり》を残《のこ》して、他《た》は全《すべ》て攝津国《せっつこく》に向《む》かわせた。その一方《いっぽう》で高山右近《たかやまうこん》（キリスト教徒）には、帰順《きじゅん》しなければ摂津《せっつ》のキリシタンを皆殺《みなごろ》しにすると脅《おど》した。

天正《てんしょう》六年末《まつ》（一五七八年）、信仰篤《しんこうあつ》い高山右近《たかやまうこん》が降伏《こうふく》した。中川清秀《なかがわきよひで》も倣《なら》って降伏《こうふく》した。相前後《あいぜんご》して石山本願寺《いしやまほんがんじ》に与《くみ》して船出《ふなで》した毛利水軍《もうりすいぐん》が、織田水軍《おだすいぐん》の南蛮仕込《なんばんしこ》みの甲鉄艦六艘《こうてつかんろくそう》に歯《は》が立《た》たず、大阪沖木津川河口《おおさかおききづがわかこう》で完敗《かんぱい》した。荒木村重《あらきむらしげ》は孤立《こりつ》して反乱《はんらん》は次第《しだい》に鎮静化《ちんせいか》した（村重のその後は392頁10行目参照）。

本願寺と和睦および柴田勝家加賀国平定

天正《てんしょう》七年（一五七九年）四月、不破《ふわ》、前田《まえだ》ら越前衆《えちぜんしゅう》の諸将《しょしょう》は摂津《せっつ》から越前《えちぜん》に戻《もど》って来《き》た。これを契機《けいき》に柴田勝家《しばたかついえ》は加賀《かが》の安宅《あたか》・本折《もとおり》（小松市）・小松辺《こまつあた》りまで軍《ぐん》を進《すす》めた。

御舘《おたて》の乱《らん》を制《せい》して謙信《けんしん》の跡《あと》を継《つ》いだ上杉景勝《うえすぎかげかつ》（第三章末の306頁4行目参照）は能登末森城《のとすえもりじょう》の土肥親《どいちか》真《ざね》に、金沢堂《かなざわどう》の下間頼純《しもつまらいじゅん》と協力《きょうりょく》して柴田勢《しばたぜい》に対峙《たいじ》するよう命《めい》じた。

加賀《かが》の諸将《しょしょう》は景勝《かげかつ》の出馬《しゅつば》を要請《ようせい》したが、まだ上野国境《こうずけこくさかい》が不穏《ふおん》で動《うご》けず出馬《しゅつば》には至《いた》らなかった。

天正《てんしょう》八年（一五八〇年）三月、本願寺顕如《ほんがんじけんにょ》は正親町天皇《おおぎまちてんのう》の斡旋《あっせん》を受《う》けて、加賀国返還《かがこくへんかん》を条件《じょうけん》に石山本願寺《いしやまほんがんじ》を明《あ》け渡《わた》すことにして織田信長《おだのぶなが》と和睦《わぼく》した。

同年同月《どうねんどうげつ》、柴田勝家《しばたかついえ》は佐久間盛政《さくまもりまさ》（信盛の従兄弟の子）や能登《のと》の長連竜《ちょうつらたつ》を傘下《さんか》に加《くわ》えて北加賀《きたかが》の宮腰《みやこし》（金沢市金石町）に陣取《じんど》り、野々市《ののいち》や白山麓《はくさんろく》・越中《えっちゅう》・能登国境《のとこっきょう》辺《あた》りの一向宗寺院《いっこうしゅうじいん》を放火《ほうか》した。

加賀一向宗大寺《かがいっこうしゅうたいじ》は軒並《のきな》み焼失《しょうしつ》した。

同年《どうねん》四月、本願寺顕如《ほんがんじけんにょ》は金沢堂衆《かなざわどうしゅう》に信長《のぶなが》との和議《わぎ》を伝《つた》えて、織田勢《おだぜい》とは休戦和睦《きゅうせんわぼく》するよう命《めい》じた。ところが顕如《けんにょ》の子《こ》の教如《きょうにょ》は抗戦派《こうせんは》の坊主《ぼうず》・坊官《ぼうかん》に唆《そそのか》されて信長《のぶなが》との和睦《わぼく》には同意《どうい》せず、顕如《けんにょ》が大阪石山《おおさかいしやま》を退去《たいきょ》した後《あと》も石山本願寺《いしやまほんがんじ》に籠《こも》って信長《のぶなが》に対峙《たいじ》した。そして金沢堂衆《かなざわどうしゅう》と加賀四郡《かがよんぐん》の一《いっ》向一揆衆《こういっきしゅう》に対《たい》して、織田《おだ》には徹底抗戦《てっていこうせん》するよう命《めい》じた。

同年《どうねん》六月、白山山麓山内庄《はくさんさんろくやまうちしょう》の一向一揆衆《いっこういっきしゅう》は教如《きょうにょ》の命《めい》に応《おう》じて、犀川口《さいかわぐち》と山内口《やまうちくち》に陣取《じんど》る柴田《しばた》勢《ぜい》を撃《う》ち破《やぶ》った。

同年《どうねん》七月、信長《のぶなが》は教如《きょうにょ》に加賀返還《かがへんかん》を誓約《せいやく》したので、教如《きょうにょ》は石山《いしやま》を退去《たいきょ》することになった。顕如《けんにょ》は加賀《かが》一向一揆衆《いっこういっきしゅう》に停戦《ていせん》して織田勢《おだぜい》に降《くだ》るよう厳命《げんめい》した。

同天正《どうてんしょう》八年十一月、柴田勝家《しばたかついえ》は最後《さいご》まで反抗《はんこう》を繰《く》り返《かえ》した金沢堂衆《かなざわどうしゅう》の若林《わかばやし》長門守《ながとのかみ》や宇津呂《うつろ》丹波守《たんばのかみ》、加賀一向一揆衆《かがいっこういっきしゅう》の首領《しゅりょう》十九人の首《くび》を刎《は》ねて、その首《くび》を安土《あづち》の織田信長《おだのぶなが》の下《もと》に送《おく》った。柴《しば》田軍《たぐん》は加賀一国《かがいっこく》を完全制覇《かんぜんせいは》した。

柴田勝家《しばたかついえ》は織田信長《おだのぶなが》の意向《いこう》を受《う》けて、佐久間盛政《さくまもりまさ》を金沢《かなざわ》に置《お》き加賀一国《かがいっこく》の統治《とうじ》を任《まか》せた。

長連竜織田越前衆の助勢を得て能登国平定と前田利家能登国領有

話《はなし》は多少前後《たしょうぜんご》する（384頁6行目の続き）。能登国《のとこく》長続連《ちょうつぐつら》の滅亡後《めつぼうご》、長連竜《ちょうつらたつ》は神保長住《じんぼながずみ》を頼《たよ》って越《えっ》中守山城《ちゅうもりやまじょう》に隠《かく》れた。

天正《てんしょう》八年（一五八〇年）三月、その長連竜《ちょうつらたつ》が加賀国《かがこく》が織田勢《おだぜい》の手《て》に落《お》ちたのを機《き》に密《ひそ》かに能登《のと》国《こく》の敷波《しきなみ》（宝達志水町）に入《はい》り、旧臣《きゅうしん》を集《あつ》めながら信長《のぶなが》に織田軍《おだぐん》の出陣《しゅつじん》を求《もと》めた。

信長《のぶなが》は織田軍総目付《おだぐんそうめつけ》の菅谷長頼《すがやながより》を能登征伐軍《のとせいばつぐん》の総目付《そうめつけ》に任《にん》じて越前《えちぜん》の柴田勝家《しばたかついえ》の下《もと》に送《おく》り、織《お》田《だ》越前衆《えちぜんしゅう》の中《なか》から前田利家《まえだとしいえ》と福富行清《ふくとみゆききよ》を能登征伐軍《のとせいばつぐん》の大将《たいしょう》に任《にん》じて、長連竜《ちょうつらたつ》の助勢《じょせい》に向《む》かわせた。

能登国《のとこく》では上杉謙信《うえすぎけんしん》の没後《ぼつご》、上杉勢《うえすぎぜい》は皆越後《みなえちご》に引《ひ》き上《あ》げて、七尾《ななお》城内《じょうない》には遊佐続光《ゆさつぐみつ》や温井景《ぬくいかげ》隆《たか》、三宅長盛《みやけながもり》らの旧畠山家臣《きゅうはたけやまかしん》のみになっていた。

長連竜《ちょうつらたつ》は織田勢《おだぜい》の先手《さきて》を受《う》け、遊佐《ゆさ》・温井《ぬくい》らに一族皆殺《いちぞくみなごろ》しにされた恨《うら》みと怒《いか》りをこの一戦《いっせん》に込《こ》めて能登《のと》の長家一門全軍火《ちょうけいちもんぜんぐんひ》の玉《たま》となり戦《たたか》って、遊佐《ゆさ》・温井軍《ぬくいぐん》を大破《たいは》した。七尾城《ななおじょう》の旧畠山家臣《きゅうはたけやまかしん》は織田信長宛《おだのぶながあて》に礼物《れいもつ》を献上《けんじょう》して降伏《こうふく》を願《ねが》い出《で》た。織田軍《おだぐん》は降伏《こうふく》を受《う》け入《い》れて七尾城《ななおじょう》に入城《にゅうじょう》した。

同年《どうねん》八月、織田信長《おだのぶなが》は能登平定《のとへいてい》を受《う》けて前田利家《まえだとしいえ》に能登一国《のといっこく》の統治《とうじ》を委《ゆだ》ね、長連竜《ちょうつらたつ》には別途能《べっとの》登国鹿島一郡《とこくかしまいちぐん》を与《あた》えた。

前田利家《まえだとしいえ》は信長《のぶなが》から能登一国《のといっこく》の統治《とうじ》を任《まか》されて越前衆《えちぜんしゅう》から独立《どくりつ》した。

織田信長《おだのぶなが》は菅谷長頼《すがやながより》を七尾《ななお》城代《じょうだい》に任《にん》じて、織田軍《おだぐん》に下《くだ》った加賀《かが》・能登両国《のとりょうこく》の諸将《しょしょう》・豪族《ごうぞく》や越《えっ》中国内《ちゅうこくない》の国人《こくじん》の素性《すじょう》を徹底調査《てっていちょうさ》させた。この北陸三国《ほくりくさんこく》は今《いま》までは上杉謙信《うえすぎけんしん》の支配下《しはいか》にあって、謙信《けんしん》を慕《した》う者《もの》が多《おお》かった。この者《もの》らは何時《いつ》寝返《ねがえ》って織田軍《おだぐん》に背《そむ》くか判《わか》らない誠《まこと》に危険極《きけんきわ》まりない連中《れんちゅう》だ。だが力《ちから》のある者《もの》が心《こころ》を入《い》れ替《か》えて織田《おだ》に尽《つ》くしてくれればこれに過《す》ぎるものはない。今《いま》は一人《ひとり》でも多《おお》くの力《ちから》のある武将《ぶしょう》が必要《ひつよう》な時《とき》だ。

菅谷長頼《すがやながより》は面従腹背《めんじゅうふくはい》の恐《おそ》れがある不審者《ふしんもの》は有無《うむ》を言《い》わさず七尾《ななお》に登城《とじょう》を命《めい》じて取《と》り調《しら》べた。判断《はんだん》に迷《まよ》う者《もの》は新《あたら》しく信長《のぶなが》の居城《きょじょう》になった安土城《あづちじょう》に送《おく》って、直接信長《ちょくせつのぶなが》の裁断《さいだん》を仰《あお》がせた。

能登《のと》では遊佐続光兄弟《ゆさつぐみつきょうだい》が疑《うたが》いを晴《は》らせず、信長《のぶなが》の命《めい》を受《う》けて切腹《せっぷく》させられた。温井景隆《ぬくいかげたか》と三宅長盛《みやけながもり》は遊佐続光《ゆさつぐみつ》の最期《さいご》を知《し》り、我《わ》が身《み》に災《わざわ》いが及《およ》ぶのを恐《おそ》れて、何処《いずこ》ともなく姿《すがた》を晦《くら》ました。

菅谷長頼《すがやながより》はこの直後《ちょくご》の上杉勢《うえすぎぜい》の越中国侵入《えっちゅうこくしんにゅう》を受《う》けて、その助勢《じょせい》に向《む》かって越中《えっちゅう》に入国《にゅうこく》した。

越中平定と佐々成政越中領有並びに越中諸将の動向

話《はなし》は少《すこ》し前後《ぜんご》してその頃《ころ》の越中国《えっちゅうこく》の情勢《じょうせい》は…（279頁4行目の続き）。

天正《てんしょう》六年（一五七八年）四月、織田信長《おだのぶなが》は謙信《けんしん》が死没《しぼつ》したのを知《し》って二条城《にじょうじょう》に越中《えっちゅう》から亡命《ぼうめい》中《ちゅう》の神保長住《じんぼながずみ》を呼《よ》び出《だ》した。そして佐々長穐《さっさながあき》（成政の弟）を伴《ともな》い、飛騨国《ひだこく》の三木自綱《みきよりつな》（謙信の没後信長と提携）の飛騨国《ひだこく》を経由《けいゆ》して越中国《えっちゅうこく》に入《はい》り、越中《えっちゅう》の諸将《しょしょう》を調略《ちょうりゃく》するよう命《めい》じた。長住《ながずみ》にとって越中入国《えっちゅうにゅうこく》は永禄《えいろく》十一年（一五六八年）、に出奔《しゅっぽん》して以来《いらい》だ（279頁3～4行目参照）。長住《ながずみ》は越中《えっちゅう》に入って先《ま》ずは神保家《じんぼけ》旧臣《きゅうしん》で元池田《もといけだ》城主《じょうしゅ》の寺島職定《てらしまもとさだ》一族《いちぞく》を頼《たよ》り、神保家《じんぼけ》の再興《さいこう》に取《と》り組《く》んだ。神保家《じんぼけ》の家臣《かしん》らは越前国《えちぜんこく》での織田軍団《おだぐんだん》の殺戮行為《さつりくこうい》を皆我《みなわ》が事《こと》のように記憶《きおく》していた。そこに織田《おだ》に通《つう》じる元領主《もとりょうしゅ》の嫡子《ちゃくし》神保長住《じんぼながずみ》が現《あらわ》れた。婦負《ねい》・射水両郡《いみずりょうぐん》の諸将《しょしょう》、土豪《どごう》は織田《おだ》を恐《おそ》れて、表向《おもてむ》きは排《はい》斥《せき》、追放《ついほう》などの言動《げんどう》を控《ひか》えて様子見《ようすみ》を決《き》め込《こ》んだ。元神保家臣《もとじんぼかしん》で永禄《えいろく》十一年に長住《ながずみ》と袂《たもと》を分《わ》かった小島職鎮《こじまもとしげ》も傘下《さんか》に加《くわ》わった（278頁7～8行目参照）。長住《ながずみ》は然《さ》したる抵抗《ていこう》も受《う》けずに婦負《ねい》・射水両《いみずりょう》郡《ぐん》に君臨《くんりん》した。

天正《てんしょう》二年当時《とうじ》、越中《えっちゅう》・加賀《かが》の一向一揆衆《いっこういっきしゅう》は挙《あ》げて上杉謙信《うえすぎけんしん》に降伏《こうふく》して謙信《けんしん》の傘下《さんか》に入《はい》り、織《お》田勢《だぜい》の侵攻《しんこう》に備《そな》えていた（297頁4～5行目参照）。ところがその頼《たよ》りの謙信《けんしん》が没《ぼっ》して越後《えちご》では跡目《あとめ》争《あらそ》いが起《お》こった。越中砺波郡《えっちゅうとなみぐん》や婦負郡《ねいぐん》に出張《でば》っていた上杉家《うえすぎけ》諸将《しょしょう》の多《おお》くは越後《えちご》に引上《ひきあ》げて、神保《じんぼ》長住《ながずみ》が越中《えっちゅう》に入部《にゅうぶ》した頃《ころ》には、僅《わず》かに魚津城《うおづじょう》の河田長親《かわたながちか》と上杉謙信《うえすぎけんしん》の目付《めつけ》として椎名康胤《しいなやすたね》の養子《ようし》に入《はい》った元長尾《もとながお》一族《いちぞく》の椎名小四郎《しいなこしろう》の二人《ふたり》だけになっていた。

天正《てんしょう》六年（一五七八年）、織田信長《おだのぶなが》の嫡子《ちゃくし》の信忠《のぶただ》は佐々長穐《さっさながあき》の求《もと》めに応《おう》じて、家臣《かしん》の斎藤進五《さいとうしんご》に美濃《みの》と尾張《おわり》の軍勢《ぐんぜい》を付《つ》けて越中新川郡《えっちゅうにいかわぐん》に送《おく》り込《こ》んだ。神保長住《じんぼながずみ》は斎藤進五《さいとうしんご》の加勢《かせい》を得《え》て、越後《えちご》勢《ぜい》が支配《しはい》する太田保《おおたほ》（富山市）の津毛城《つげじょう》を乗《の》っ取《と》った。

魚津《うおづ》の河田《かわた》・椎名勢《しいなぜい》は太田保《おおたほ》の今泉《いまいずみ》に討《う》って出《で》た。斎藤進五《さいとうしんご》は今泉《いまいずみ》（富山市）を焼《や》き討《う》ちした。河田《かわた》と椎名《しいな》は月岡《つきおか》（富山市）に逃《のが》れた。斎藤進五《さいとうしんご》は月岡《つきおか》を急襲《きゅうしゅう》して魚津《うおづ》の河田《かわた》・椎名勢《しいなぜい》三百の首《くび》を討《う》ち取《と》り、常願寺川《じょうがんじかわ》以西《いせい》から越後上杉勢《えちごうえすぎぜい》を追《お》い出《だ》した。進五《しんご》は神保長住《じんぼながずみ》に津毛城《つげじょう》を譲《ゆず》り渡《わた》した。

同年《どうねん》十月、織田《おだ》の猛将荒木村重《もうしょうあらきむらしげ》が居城《きょじょう》の攝津国伊丹城《せっつこくいたみじょう》で突如石山本願寺側《とつじょいしやまほんがんじがわ》に寝返《ねがえ》った（385頁9行目前後参照）。斎藤新五《さいとうしんご》は織田信忠《おだのぶただ》の命《めい》で越中《えっちゅう》から直《ただ》ちに引《ひ》き返《かえ》した。

この織田家擾乱《おだけじょうらん》は翌天正《よくてんしょう》七年（一五七九年）九月に村重《むらしげ》が伊丹城《いたみじょう》を逃《に》げ落《お》ちて漸《よう》く下火《した》になった（村重はこの後、尼崎城《あまがさきじょう》から逃げて毛利家に匿《かくま》われた。村重の妻妾《さいしょう》・家族一族ら数百名は尼崎城下で虐殺《ぎゃくさつ》された）。

天正《てんしょう》八年（一五八〇年）、織田信長《おだのぶなが》は越前国府中三人衆《えちぜんこくふちゅうさんにんしゅう》の一人《ひとり》の佐々成政《さっさなりまさ》を呼《よ》び出《だ》して越中国《えっちゅうこく》平定《へいてい》を命《めい》じ、明年雪消《みょうねんゆきげ》と同時《どうじ》に越中《えっちゅう》に下《くだ》って一国《いっこく》を制覇《せいは》するよう支度《したく》をさせた。

天正《てんしょう》九年（一五八一年）二月、織田信長《おだのぶなが》は荒木村重《あらきむらしげ》の謀反《むほん》に懲《こ》りて、全国《ぜんこく》に出張《でば》る織田家諸将《おだけしょしょう》の忠誠心《ちゅうせいしん》と士気《しき》を高《たか》めようと京都内裏《きょうとだいり》の東側《ひがしがわ》に八町余《はっちょうよ》の馬場《ばば》を造営《ぞうえい》して天覧《てんらん》（天皇臨席の催物）馬《うま》揃《そろ》えを行《おこな》うとの触《ふ》れを出《だ》し、全国《ぜんこく》の諸将《しょしょう》に衣装《いしょう》を凝《こ》らして行列《ぎょうれつ》に加《くわ》わるよう命《めい》じた。命《めい》に応《おう》じて北陸越前衆《ほくりくえちぜんしゅう》も柴田勝家《しばたかついえ》を始《はじ》め不破《ふわ》や前田《まえだ》・佐々《さっさ》・金森《かなもり》らが、騎馬武者《きばむしゃ》や弓持《ゆみも》ち衆《しゅう》三百人を揃《そろ》えて上洛《じょうらく》した。

この時《とき》、越中《えっちゅう》で異変《いへん》が起《お》こった。織田軍《おだぐん》の越前衆《えちぜんしゅう》が上洛《じょうらく》した隙《すき》を衝《つ》いて、越後《えちご》の上杉景勝《うえすぎかげかつ》が越中《えっちゅう》を窺《うかが》うとの注進《ちゅうしん》が佐々成政《さっさなりまさ》の下《もと》に飛《と》び込《こ》んだ。成政《なりまさ》は織田信長《おだのぶなが》に馬揃《うまそろ》えから外《はず》れると急使《きゅうし》を送《おく》って許《ゆる》しを請《こ》い、事前《じぜん》に越中入国《えっちゅうにゅうこく》への準備済家臣《じゅんびずみかしん》と共《とも》に急《いそ》ぎ軍卒《ぐんそつ》を従《したが》えて越中《えっちゅう》へ急行《きゅうこう》した。

上杉景勝《うえすぎかげかつ》の越後勢《えちごぜい》は松倉城《まつくらじょう》の支城《しじょう》の魚津城《うおづじょう》に入《はい》り、松倉城主《まつくらじょうしゅ》の河田長親《かわたながちか》と共《とも》に婦負《ねい》・射水両《いみずりょう》郡《ぐん》に向《む》けて軍勢《ぐんぜい》を進《すす》めた。

佐々成政《さっさなりまさ》は急行《きゅうこう》して越中《えっちゅう》に入《はい》り、神保長住勢《じんぼながずみぜい》と合流《ごうりゅう》して常願寺川左岸《じょうがんじがわさがん》の新庄城《しんじょうじょう》に入《はい》った。越《えち》後勢《ごぜい》は常願寺川右岸《じょうがんじがわうがん》の小出城《こいでじょう》に入《はい》った。小出城《こいでじょう》は前年《ぜんねん》、成政《なりまさ》が越中支配《えっちゅうしはい》を信長《のぶなが》に命《めい》ぜられたとき、直《す》ぐに常願寺川右岸《じょうがんじがわうがん》の小出城《こいでじょう》に先遣隊《せんけんたい》を送《おく》り込《こ》んで、新川郡《にいかわぐん》を支配《しはい》する上杉勢《うえすぎぜい》の情報収集《じょうほうしゅうしゅう》に努《つと》めていたが、越後勢出陣《えちごぜいしゅつじん》を聞《き》いて川《かわ》を背《せ》にしては守《まも》り難《がた》く衝突《しょうとつ》を避《さ》けようと、被害《ひがい》の出《で》ぬうちに小出城《こいでじょう》を越後勢《えちごぜい》に明《あ》け渡《わた》して引《ひ》き退《の》いていた。

同年《どうねん》四月、柴田勝家《しばたかついえ》を始《はじ》め佐久間盛政《さくまもりまさ》・前田利家《まえだとしいえ》も京都《きょう》の馬揃《うまぞろ》えを終《お》えて越中《えっちゅう》に駆《か》け付《つ》け佐々《さっさ》勢《ぜい》に合流《ごうりゅう》した。

小出《こいで》に出陣《しゅつじん》した越後勢《えちごぜい》は佐々軍《さっさぐん》の素早《すばや》い動《うご》きを見《み》て戦況《せんきょう》良《よ》からずと断《だん》じた。また頼《たの》みとする松倉城主《まつくらじょうしゅ》の河田長親《かわたながちか》がこの頃年老《ころとしお》いて患《わずら》っていたが、この度《たび》の出陣《しゅつじん》で病状《びょうじょう》が急変悪化《きゅうへんあっか》した。それで一戦《いっせん》も交《まじ》えずに魚津《うおづ》に引《ひ》き上《あ》げた。魚津《うおづ》に引《ひ》き上《あ》げて間《ま》も無《な》く長親《ながちか》は病没《びょうぼつ》した。上杉景勝《うえすぎかげかつ》は魚津城主《うおづじょうしゅ》の須田満親《すだみつちか》に河田長親《かわたながちか》の跡《あと》を継《つ》がせて守備体制《しゅびたいせい》を整《ととの》え越後《えちご》に引《ひ》き上《あ》げた。

神保長住《じんぼながずみ》が越中《えっちゅう》に入部《にゅうぶ》して以来《いらい》、織田《おだ》に付《つ》くか否《いな》かで様子見《ようすみ》を決《き》め込《こ》んでいた越中各地《えっちゅうかくち》の諸《しょ》将《しょう》のうち、元小出城《もとこいでじょう》の唐人親房《かろうどちかふさ》と元日宮城《もとひのみやじょう》の神保信包《じんぼのぶかね》は越後勢《えちごぜい》に加《くわ》わって共《とも》に越後《えちご》に去《さ》った。

柴田《しばた》らの越前衆《えちぜんしゅう》も佐々助勢《さっさじょせい》の任《にん》を終《お》えて越前《えちぜん》に引《ひ》き上《あ》げた。織田信長《おだのぶなが》は佐々成政《さっさなりまさ》に改《あらた》めて越中《えっちゅう》全土《ぜんど》の制覇《せいは》を命《めい》じた。特《とく》に射水《いみず》・婦負《ねい》両郡《りょうぐん》の直接支配《ちょくせつしはい》を命《めい》じて、加《くわ》えて新川郡攻略《にいかわぐんこうりゃく》も急《いそ》がせた。

神保長住《じんぼながずみ》はこの度《たび》の上杉勢《うえすぎぜい》の越中侵入《えっちゅうしんにゅう》に、何《なん》の防御《ぼうぎょ》の手立《てだ》ても行《おこな》わずに易々《やすやす》と越中《えっちゅう》に入《い》れたことで、信長《のぶなが》の不信《ふしん》を買《か》った。それで長住《ながずみ》は婦負郡支配《ねいぐんしはい》を解《と》かれて成政《なりまさ》の臣下《しんか》に落《お》とされた。

佐々成政《さっさなりまさ》は織田軍《おだぐん》の総目付《そうめつけ》で、この度能登七尾城代《たびのとななおじょうだい》になった菅谷長頼《すがやながより》からの依頼《いらい》を受《う》けて（389頁10～11行目参照）越後勢《えちごぜい》の討《う》ち入《い》りを誘《さそ》い、越後《えちご》に媚《こび》を売《う》った越中諸将《えっちゅうしょしょう》を厳《きび》しく調《しら》べ上《あ》げた。その中《なか》の一人《ひとり》が寺崎盛永《てらさきもりなが》で、越後勢《えちごぜい》を手引《てび》きした疑《うたが》いが出《で》た。盛永《もりなが》は願海寺《がんかいじ》（富山市願海寺）城主《じょうしゅ》だ。

菅屋長頼《すがやながより》も七尾《ななお》で越後勢《えちごぜい》を越中《えっちゅう》に引《ひ》き入《い》れた寺崎盛永《てらさきもりなが》の噂《うわさ》を耳《みみ》にしていた。それで佐々《さっさ》の助勢《じょせい》に越中《えっちゅう》へ出陣《しゅつじん》した折《おり》に、有無《うむ》を言《い》わさず願海寺城《がんかいじじょう》を攻《せ》め落《お》とした。その後越中《ごえっちゅう》の見聞《けんぶん》を済《す》ませて安土《あづち》に引《ひ》き上《あ》げた。長頼《ながより》からの意向《いこう》を受《う》けた佐々成政《さっさなりまさ》は寺崎盛永《てらさきもりなが》に「主君信長《しゅくんのぶなが》の裁可《さいか》を仰《あお》げ」と命《めい》じて新築成《しんちくな》った近江国安土城《おうみこくあづちじょう》に出向《でむ》かせた。

寺崎盛永《てらさきもりなが》は嫡子《ちゃくし》の喜六郎《きろくろう》と二人《ふたり》で、無実《むじつ》の罪《つみ》の弁明《べんめい》に近江国安土《おうみこくあづち》に出向《でむ》いた。安土《あづち》に着《つ》くと丹《に》羽長秀《わながひで》の佐和山城《さわやまじょう》に預《あず》けられて、先《ま》ず長秀《ながひで》から吟味《ぎんみ》を受《う》けることになった。この吟味中《ぎんみちゅう》に砺波郡《となみぐん》木舟《きふね》（高岡市）城主《じょうしゅ》の石黒成綱《いしぐろなりつな》の一族一門《いちぞくいちもん》三十余人《よにん》が同《おな》じく無実《むじつ》の弁明《べんめい》にやって来《き》た。成綱《なりつな》はこの年《とし》、砺波郡安養寺《となみぐんあんようじ》（小矢部市）にある一向宗大寺《いっこうしゅうだいじ》の勝興寺《しょうこうじ》を焼《や》き討《う》ちして、勝手《かって》に荘園横領《しょうえんおうりょう》を働《はたら》いたと疑《うたが》われた。石黒《いしぐろ》は近江国長浜《おうみこくながはま》まで遣《や》って来《き》たとき

「佐和山《さわやま》で丹羽長秀《にわながひで》が切腹《せっぷく》させようと待《ま》ち構《かま》えている」との噂《うわさ》を耳《みみ》にした。それで一同《いちどう》は恐《おそ》れをなして足《あし》が前《まえ》に進《すす》まなくなった。これを見《み》た丹羽《にわ》の家臣《かしん》らは長秀《ながひで》に

「石黒一行《いしぐろいっこう》に逃亡《とうぼう》の恐《おそ》れあり」と注進《ちゅうしん》した。丹羽長秀《にわながひで》は長浜《ながはま》に討手《うって》を向《む》けて町家《まちや》に隠《かく》れた石黒一《いしぐろいっ》行《こう》を囲《かこ》い込《こ》み、討《う》ち合《あ》いになって成綱《なりつな》をはじめ歴々《れきれき》十七名《めい》を討《う》ち殺《ころ》した。

この件《けん》があって十日後《とおかご》、寺崎父子《てらさきふし》は佐和山《さわやま》で切腹《せっぷく》の命《めい》を受《う》けた。先《ま》ず父《ちち》の盛永《もりなが》が腹《はら》を切《き》った。子《こ》の喜六郎《きろくろう》は未《ま》だ眉目秀麗《びもくしゅうれい》な十七歳《さい》。父《ちち》の流《なが》れ出《で》る血《ち》を手《て》で受《う》けて飲《の》み干《ほ》し、

「お伴仕《ともつかまつ》る」と一礼《いちれい》して諸式《しょしき》に則《のっと》り平然《へいぜん》と腹《はら》を切《き》った。この話《はなし》が城下《じょうか》に伝《つた》わって多《おお》くの同情《どうじょう》を

引《ひ》き、後《のち》の世《よ》に語《かた》り継《つ》がれた。

八．甲斐・信濃平定

武田家滅亡と甲斐・信濃国平定

織田信長《おだのぶなが》には天下《てんか》に怖《こわ》いものが無《な》くなった。武田信玄《たけだしんげん》は既《すで》に亡《な》く、上杉謙信《うえすぎけんしん》の脅威《きょうい》からも解放《かいほう》されて、加賀《かが》・越中《えっちゅう》・能登《のと》の大半《たいはん》は既《すで》に制圧《せいあつ》した。信長《のぶなが》に敵対《てきたい》する信長包囲網《のぶながほういもう》の核心《かくしん》であった本願寺《ほんがんじ》も、その本願寺《ほんがんじ》がもっとも頼《たよ》りとした紀伊国雑賀衆《きいこくさいがしゅう》は既《すで》に滅《ほろ》ぼし、海上《かいじょう》から石山本願寺《いしやまほんがんじ》に味方《みかた》した毛利水軍《もうりすいぐん》も、信長《のぶなが》が新造《しんぞう》した南蛮仕込《なんばんしこ》みの巨大《きょだい》な甲鉄艦六艘《こうてつかんろくそう》には歯《は》が立《た》たずに為《な》す術《すべ》も無《な》く打《う》ち負《ま》けて（386頁3～4行目参照）信長《のぶなが》に降伏《こうふく》した。信長《のぶなが》にとって後《あと》は地方《ちほう》に孤立《こりつ》する敵《てき》を一つずつ潰《つぶ》せば済《す》むことだ。天下統一《てんかとういつ》は成《な》ったに等《ひと》しかった。

天正《てんしょう》九年（一五八一年）、徳川家康《とくがわいえやす》は自領《じりょう》の遠江国《とおとうみこく》の奥深《おくふか》くに入《はい》り込《こ》んだ、甲斐国武田《かいこくたけだ》の高天《たかてん》神城《じんじょう》（掛川市）に出兵《しゅっぺい》して兵糧攻《ひょうろうぜ》めした（今川家滅亡後、遠江国は徳川家と武田家で領土の奪い合いを繰り返していた）。

この高天神城《たかてんじんじょう》は信玄《しんげん》が没《ぼっ》した翌天正《よくてんしょう》二年（一五七四年）に、二万の軍勢《ぐんぜい》を率《ひき》いた武田勝頼《たけだかつより》に攻《せ》め取《と》られていた。これをこの度《たび》、徳川家康《とくがわいえやす》が取《と》り戻《もど》そうとした。高天神城《たかてんじんじょう》の城主《じょうしゅ》の岡部元信《おかべもとのぶ》は、武田勝頼《たけだかつより》に至急《しきゅう》の援軍《えんぐん》を求《もと》めた。だが勝頼《かつより》は動《うご》かない。高天神城《たかてんじんじょう》の兵糧《ひょうろう》は欠乏《けつぼう》して軍兵《ぐんぺい》は餓死寸《がしすん》前《ぜん》になった。岡部元信始《おかべもとのぶはじ》め諸将軍兵《しょしょうぐんぺい》は、今《いま》はこれまでと全軍一丸《ぜんぐんいちがん》となって城外《じょうがい》に撃《う》って出《で》て玉《ぎょく》砕《さい》した。

武田勝頼《たけだかつより》は嘗《かつ》て天正《てんしょう》三年の長篠《ながしの》の敗戦《はいせん》（378頁4行目参照）で多《おお》くの武将《ぶしょう》と支城《しじょう》を失《うしな》い、信玄当時《しんげんとうじ》の武威《ぶい》も財力《ざいりょく》もすっかり無《な》くした。ただ虚勢《きょせい》だけは張《は》っていた。今《いま》、敵中《てきちゅう》の奥深《おくふか》くに位置《いち》する高《たか》天神城《てんじんじょう》の救援《きゅうえん》に軍勢《ぐんぜい》を繰《く》り出《だ》せば、徳川《とくがわ》・織田勢《おだぜい》と全面衝突《ぜんめんしょうとつ》になるのは必至《ひっし》だ。勝頼《かつより》の心中《しんちゅう》には長篠《ながしの》の敗戦《はいせん》が鮮明《せんめい》に残《のこ》っていて、この危険《きけん》を冒《おか》す決心《けっしん》が付《つ》かずに高天神城《たかてんじんじょう》を見殺《みごろ》しにした。

甲斐《かい》の諸将《しょしょう》はこの高天神《たかてんじん》の無残《むざん》な敗戦《はいせん》を目《ま》の当《あ》たりにして動揺《どうよう》した。勝頼《かつより》は諸将《しょしょう》から

「頼《たよ》りにならず」と信頼《しんらい》を失《うしな》い見放《みはな》された。

徳川家康《とくがわいえやす》と織田信長《おだのぶなが》は配下《はいか》の物見《ものみ》・間者《かんじゃ》や坊主《ぼうず》を多数《たすう》信濃《しなの》や甲斐《かい》に放《はな》って、宿々辻々《しゅくしゅくつじつじ》で勝頼《かつより》の不義《ふぎ》と無能《むのう》を吹聴《ふいちょう》して廻《まわ》らせた。また別途《べっと》、武田一門《たけだいちもん》に縁《ゆかり》のある家臣《かしん》らを甲斐《かい》や信濃《しなの》に送《おく》って、武田家支城《たけだけしじょう》の城主《じょうしゅ》や武将《ぶしょう》に、勝頼《かつより》から離《はな》れて徳川《とくがわ》・織田方《おだがた》に寝返《ねがえ》るよう手《て》を尽《つ》くして勧《すす》めた。

天正《てんしょう》十年（一五八二年）二月早々《そうそう》、信濃国木曽谷《しなのこくきそだに》の領主《りょうしゅ》の木曽義昌《きそよしまさ》から「織田家《おだけ》に仕《つか》えたい」と織田方《おだがた》の美濃国苗木城主《みのこくなえきじょうしゅ》（恵那郡）苗木久兵衛《なえききゅうべえ》に伝《つた》えて人質《ひとじち》を差《さ》し出《だ》した。

武田勝頼《たけだかつより》は義昌《よしまさ》の謀反《むほん》を知《し》って、誅殺《ちゅうさつ》しようと一万五千の軍兵《ぐんぺい》を引《ひ》き連《つ》れて甲斐《かい》の新府城《しんぷじょう》（山梨県韮崎市）を出陣《しゅつじん》した。甲斐《かい》・信濃《しなの》の支城《しじょう》の諸将《しょしょう》は言《げん》を左右《さゆう》にして出兵《しゅっぺい》を見合《みあ》わせた。

織田信長《おだのぶなが》は木曽義昌《きそよしまさ》からの救援要請《きゅうえんようせい》を受《う》けて「好機到来《こうきとうらい》」と喜《よろこ》び、徳川軍《とくがわぐん》を誘《さそ》って武田軍《たけだぐん》の一掃《いっそう》に乗《の》り出《だ》した。武田勝頼軍《たけだかつよりぐん》は織田《おだ》・徳川連合《とくがわれんごう》軍総攻撃《ぐんそうこうげき》の報《しら》せを受《う》けて、敵《てき》の姿《すがた》が見《み》えぬうちに脆《もろ》くも崩《くず》れ去《さ》った。

武田勝頼《たけだかつより》は居城《きょじょう》の新府城《しんぷじょう》（山梨県韮崎市）に逃《に》げ帰《かえ》って城《しろ》に火《ひ》を掛《か》け、小山田信茂《おやまだのぶしげ》の岩殿城《いわとのじょう》（大月市）に逃《に》げた。その途上《とじょう》で『信茂寝返《のぶしげねがえ》り』を聞《き》き、笹子《ささご》峠《とうげ》付近《ふきん》の武田家縁《たけだけゆかり》の天目山栖雲寺《てんもくさんせいうんじ》（甲州市大和町）に行《ゆ》き先《さき》を変《か》えた。

天正《てんしょう》十年三月、栖雲寺《せいうんじ》へ向《む》かう途中《とちゅう》の田野《たの》（大和町）で追《お》っ手《て》に追《お》い詰《つ》められた。武田勝頼《たけだかつより》は逃《のが》れられぬと覚悟《かくご》して、嫡男信勝《ちゃくなんのぶかつ》や北条《ほうじょう》夫人《ふじん》を始《はじ》め近臣《きんしん》ら一同《いちどう》と共《とも》に自害《じがい》した。享年《きょうねん》三十七歳《さい》。甲斐《かい》の武田《たけだ》家《け》は滅亡《めつぼう》した。

信長《のぶなが》は信濃《しなの》から甲斐国《かいこく》に入《はい》って関東諸国《かんとうしょこく》の仕置《しおき》（統治）を行《おこな》い、大名《だいみょう》・領主《りょうしゅ》に臣従《しんじゅう》を誓《ちか》わせて、関東一円《かんとういちえん》に浸透《しんとう》した武田家《たけだけ》の影響力《えいきょうりょく》を一掃《いっそう》した。次《つ》いで論功行賞《ろんこうこうしょう》を行《おこな》い功績第一《こうせきだいいち》の徳川家《とくがわいえ》康《やす》に駿河国《するがこく》と遠江国《とおとうみこく》を与《あた》え、戦《いくさ》の根回《ねまわ》しをした河尻与兵衛《かわじりよへえ》（信忠の家臣）と穴山梅雪《あなやまばいせつ》（武田の降将）には甲斐国《かいこく》を分《わ》け与《あた》えた。そして滝川一益《たきかわかずます》には、上野一国《こうずけいっこく》と信濃国《しなのこく》の二郡《ぐん》を与《あた》えて関東探題《かんとうたんだい》を兼《か》ねさせた。

織田信長《おだのぶなが》は家康《いえやす》と共《とも》に、甲府《こうふ》から中道往環《なかみちおうかん》（富士川沿いの街道）を経《へ》て駿河国《するがこく》に入《はい》り、安土《あづち》に帰還《きかん》した。その沿道《えんどう》の宿所《しゅくしょ》々々《しゅくしょ》には関東一円《かんとういちえん》の領主《りょうしゅ》から、祝勝《しゅくしょう》の贈物《おくりもの》が山《やま》と積《つ》まれた。相模国《さがみこく》の北条氏政《ほうじょううじまさ》も沿道《えんどう》の宿々《やどやど》に贈物攻勢《おくりものこうせい》を仕掛《しか》けたが、信長《のぶなが》は意《い》にも介《かい》さなかった（以後414頁4行目に続く）。

九．越中魚津城の戦いと能登荒山合戦

長景連越後の助勢を得て能登討伐

天正《てんしょう》十年（一五八二年）二月、織田信長《おだのぶなが》が武田勝頼《たけだかつより》を征伐《せいばつ》しに諏訪《すわ》に攻《せ》め込《こ》んで大敗《たいはい》したと云《い》う風聞《ふうぶん》が越中国内《えっちゅうこくない》に伝《つた》わった。この頃《ころ》の戦国時代《せんごくじだい》は諜報《ちょうほう》・調略《ちょうりゃく》の全盛時代《ぜんせいじだい》だ。今回《こんかい》は武田方《たけだがた》の手《て》の者《もの》（配下）が、越中《えっちゅう》に侵入《しんにゅう》した織田勢《おだぜい》の混乱《こんらん》を狙《ねら》って噂《うわさ》を撒《ま》き散《ち》らしたのだ。噂《うわさ》も時《とき》には風《かぜ》を起《お》こし時流《じりゅう》となって世《よ》を変革《へんかく》する。越中《えっちゅう》の諸将《しょしょう》はこの風聞《ふうぶん》を真《ま》に受《う》けた。

越中一向宗《えっちゅういっこうしゅう》勝興寺《しょうこうじ》門徒《もんと》は織田勢《おだぜい》一掃《いっそう》の一揆《いっき》を起《お》こそうと、元日宮城主《もとひのみやじょうしゅ》の神保覚広《じんぼただひろ》（289頁9〜10行目参照）を担《かつ》いで無住《むじゅう》の守山城《もりやまじょう》を乗《の》っ取《と》った。

佐々成政《さっさなりまさ》は一揆衆《いっきしゅう》から守山城《もりやまじょう》を取《と》り戻《もど》そうと守山城《もりやまじょう》に出陣《しゅつじん》して富山城《とやまじょう》を空《あ》けた。

小島職鎮《こじまもとしげ》は願海寺《がんかいじ》城主《じょうしゅ》の寺崎盛永《てらさきもりなが》や木舟《きふね》城主《じょうしゅ》の石黒左近《いしぐろさこん》が信長《のぶなが》に疑《うたが》われて安土《あづち》に呼《よ》び付《つ》けられ自害《じがい》させられて以来《いらい》、我《わ》が身《み》も何時《いつ》如何《いか》なる嫌疑《けんぎ》が掛《か》けられるか判《わか》らぬと不安《ふあん》に苛《さいな》まれていた。丁度《ちょうど》その時《とき》に織田軍壊滅《おだぐんかいめつ》の風聞《ふうぶん》が流《なが》れた。今幸《いまさいわ》いに佐々成政《さっさなりまさ》は守山城《もりやまじょう》に出陣《しゅつじん》して富山城《とやまじょう》に軍勢《ぐんぜい》はいない。富山城《とやまじょう》には小島職鎮《こじまもとしげ》の古主《こしゅ》の神保長住《じんぼながずみ》が成政《なりまさ》の城代《じょうだい》として守護《しゅご》しているだけだ。

小島職鎮《こじまもとしげ》は諏訪《すわ》で織田勢《おだぜい》が大敗《たいはい》したからには佐々成政《さっさなりまさ》ら北陸《ほくりく》の織田勢《おだぜい》は主家《しゅけ》救援《きゅうえん》に急《いそ》ぎ諏訪《すわ》へ出陣《しゅつじん》するものと思《おも》い込《こ》み、前後《ぜんご》の見境《みさかい》もなく富山城《とやまじょう》を乗《の》っ取《と》った。

佐々成政《さっさなりまさ》は小島《こじま》の謀反《むほん》を聞《き》くや即刻軍勢《そっこくぐんぜい》を富山《とやま》に返《かえ》した。小島《こじま》は織田勢《おだぜい》の壊滅《かいめつ》が誤報《ごほう》だったと気付《きづ》いて、佐々軍《さっさぐん》に抗《こう》することなく神保長住《じんぼながずみ》を伴《ともな》い上杉家《うえすぎけ》を頼《たよ》って越後《えちご》に逃《のが》れた。

同天正《どうてんしょう》十年（一五八二年）三月、織田軍美濃勢《おだぐんみのぜい》の武田討伐《たけだとうばつ》に期《き》を合《あ》わせて、北陸探題《ほくりくたんだい》の柴田勝家《しばたかついえ》は越後征伐《えちごせいばつ》の手始《てはじ》めに、越中国内《えっちゅうこくない》の上杉支城《うえすぎしじょう》一掃《いっそう》に乗《の》り出《だ》した。越後勢《えちごぜい》が甲斐武田《かいたけだ》の助勢《じょせい》に信濃《しなの》へ出陣《しゅつじん》しないように、武田討伐軍先陣総大将《たけだとうばつぐんせんじんそうだいしょう》の織田信忠《おだのぶただ》との間《あいだ》に事前《じぜん》の打《う》ち合《あ》わせも出来《でき》ていた。

丁度《ちょうど》その時《とき》、富山城《とやまじょう》の小島《こじま》の謀反《むほん》と越後《えちご》への逃亡《とうぼう》の報《しら》せが相次《あいつ》いで勝家《かついえ》の下《もと》に飛《と》び込《こ》んだ。柴田勝家《しばたかついえ》は越中《えっちゅう》に進軍《しんぐん》して能登《のと》から馳《は》せ付《つ》けた前田利家《まえだとしいえ》や越中《えっちゅう》の佐々成政《さっさなりまさ》と軍《ぐん》を合《あ》わせ、同年同月《どうねんどうげつ》、四万の軍勢《ぐんぜい》で越後上杉勢最前線《えちごうえすぎぜいさいぜんせん》の魚津城《うおづじょう》を囲《かこ》んだ。城内《じょうない》に籠《こも》る軍兵《ぐんぺい》は三千八百だ。

魚津城《うおづじょう》守将《しゅしょう》の中条景泰《なかじょうかげやす》は越後国春日山《えちごこくかすがやま》の上杉景勝《うえすぎかげかつ》に「越前衆《えちぜんしゅう》の柴田勝家《しばたかついえ》が織田北陸勢《おだほくりくぜい》四万を率《ひき》いて魚津城《うおづじょう》を囲《かこ》む」と伝《つた》えて、至急《しきゅう》の援軍《えんぐん》を要請《ようせい》した。丁度《ちょうど》この時《とき》、武田勝頼《たけだかつより》が滅《ほろ》んで滝川一益《たきがわかずます》が甲斐《かい》と信濃《しなの》を領有《りょうゆう》し、信長《のぶなが》の命《めい》を受《う》けて越後侵入《えちごしんにゅう》を窺《うかが》った。それで上杉景勝《うえすぎかげかつ》は信濃対策《しなのたいさく》に追《お》われて居城《きょじょう》の春日山城《かすがやまじょう》を空《あ》けることが出来《でき》なかった。

越後《えちご》に亡命中《ぼうめいちゅう》の長景連《ちょうかげつら》（奥能登黒滝長氏の一族）は上杉景勝《うえすぎかげかつ》に「前田利家《まえだとしいえ》が能登《のと》を空《あ》けたこの期《き》に織田勢《おだぜい》を能登《のと》から追《お》い出《だ》して能登畠山家《のとはたけやまけ》を再興《さいこう》したく存《ぞん》ずる」と申《もう》し出《で》た。景勝《かげかつ》は織田勢《おだぜい》の後方撹乱《こうほうかくらん》が出来《でき》ると喜《よろこ》んで、長景連《ちょうかげつら》に軍勢《ぐんぜい》を付《つ》けて奥能登《おくのと》の宇出津《うしっつ》に送《おく》り出《だ》した。

長景連《ちょうかげつら》は宇出津《うしつ》の棚木城《たなきじょう》に入《はい》って、能登《のと》の旧畠山家臣《きゅうはたけやまかしん》や一向一揆衆《いっこういっきしゅう》に「能登《のと》から織田勢《おだぜい》を一掃《いっそう》しようではないか」と呼《よ》びかけた。織田《おだ》が能登《のと》に入部《にゅうぶ》して以来《いらい》、織田勢《おだぜい》に領地《りょうち》を横奪《おうだつ》されて苦《くる》しむ能登《のと》の豪族《ごうぞく》や寺社仏閣《じしゃぶっかく》は景連《かげつら》の支援《しえん》に回《まわ》って瞬《またた》く間《ま》に反織田勢《はんおだぜい》の一大《いちだい》勢力《せいりょく》が出来上《できあ》がった。

七尾城《ななおじょう》の留守《るす》を預《あず》かる前田利家《まえだとしいえ》の兄《あに》の前田安勝《まえだやすかつ》は容易《ようい》ならざる事態《じたい》に直面《ちょくめん》したので、魚津《うおづ》に出陣中《しゅつじんちゅう》の利家《としいえ》に事態《じたい》の急変《きゅうへん》を伝《つた》えた。利家《としいえ》は柴田勝家《しばたかついえ》の了解《りょうかい》を得《え》て、自陣《じじん》にいた能登出身《のとしゅっしん》の長連《ちょうつら》竜《たつ》を帰国《きこく》させて長景連《ちょうかげつら》の鎮圧《ちんあつ》に当《あ》たらせた。

長連竜《ちょうつらたつ》と長景連《ちょうかげつら》の激《はげ》しい攻防戦《こうぼうせん》が能登全域《のとぜんいき》で繰《く》り広《ひろ》げられた（以後409頁5行目に続く）。

魚津城の戦い

同年《どうねん》四月、織田信長《おだのぶなが》が武田家《たけだけ》を滅《ほろ》ぼして諏訪《すわ》から安土《あづち》へ帰還《きかん》し、信濃国内《しなのこくない》の緊張《きんちょう》が緩《ゆる》んだ。

上杉景勝《うえすぎかげかつ》はこの機《き》を捉《とら》えて魚津城救援《うおづじょうきゅうえん》に赴《おもむ》く旨《むね》を魚津松倉城《うおづまつくらじょう》の須田満親《すだみつちか》に伝《つた》えた。魚津城《うおづじょう》は既《すで》にこのとき籠城《ろうじょう》四十日を過《す》ぎ、城内《じょうない》三千七百の十倍《ばい》を超《こ》す四万の織田軍《おだぐん》に蟻《あり》の這《は》い出《で》る隙《すき》間《ま》も無《な》く囲《かこ》まれていた。須田満親《すだみつちか》の使者《ししゃ》は半月後《はんつきご》の夜間《やかん》に漸《ようや》く攻《せ》め手《て》の隙《すき》を衝《つ》いて城内《じょうない》に忍《しの》び込《こ》みこの朗報《ろうほう》を伝《つた》えた。籠城《ろうじょう》して援軍《えんぐん》を待《ま》つ中条景泰《なかじょうかげやす》・竹俣慶綱《たけまたよしつな》・寺島長資《てらしまながすけ》・蓼沼泰重《たてぬまやすしげ》・吉江信《よしえのぶ》景《かげ》・若林家長《わかばやしいえなが》・亀田長乗《かめだながのり》・石口広宗《いしぐちひろむね》・藤丸勝俊《ふじまるかつとし》・長興次《ちょうおきつぐ》・安部政吉《あべまさよし》・吉江宗信《よしえむねのぶ》・山本寺景長《やまもとでらかげなが》の守将《しゅしょう》十三名《めい》にとって、この主君出陣《しゅくんしゅつじん》は何物《なにもの》にも替《か》え難《がた》い吉報《きっぽう》で一同《いちどう》の喜《よろこ》びは一入《ひとしお》だった。

同天正《どうてんしょう》十年五月、上杉景勝《うえすぎかげかつ》は魚津《うおづ》に出陣《しゅつじん》して魚津城《うおづじょう》を見下《みお》ろす天神山城《てんじんやまじょう》に入《はい》ったが、その時《とき》

『関東探題《かんとうたんだい》の滝川一益《たきがわかずます》が上野国厩橋《こうずけこくうまやばし》から三国峠《みくにとうげ》を越《こ》えて越後《えちご》の様子《ようす》を窺《うかが》う。加《くわ》えて森長可《もりながよし》も信《しな》濃国海津城《のこくかいづじょう》（松代町）を出立《しゅったつ》して春日山《かすがやま》を衝《つ》く気配《きはい》』という注進《ちゅうしん》が天神山城《てんじんやまじょう》の景勝《かげかつ》の下《もと》に飛《と》び込《こ》んだ。織田勢《おだぜい》に越後《えちご》を侵略《しんりゃく》されては上杉家《うえすぎけ》の存亡《そんぼう》に係《かか》わる。

月《つき》が変《か》わって六月一日、上杉景勝《うえすぎかげかつ》は直江兼続《なおえかねつぐ》と諮《はか》って、魚津城《うおづじょう》で忠義《ちゅうぎ》を貫《つらぬ》く守将《しゅしょう》らを救《すく》うために柴田勝家《しばたかついえ》の陣《じん》に軍使《ぐんし》を立《た》てて

「貴軍《きぐん》も既《すで》に足《あし》かけ三カ月《さんかげつ》に及《およ》ぶ長逗留《ながとうりゅう》。当方《とうほう》は今《いま》、決死《けっし》の決戦《けっせん》は望《のぞ》まぬ。魚津城《うおづじょう》の囲《かこ》みを解《と》い

て守将《しゅしょう》と城兵《じょうへい》を解《と》き放《はな》せば魚津城《うおづじょう》と松倉城《まつくらじょう》は明《あ》け渡《わた》そう」と和議《わぎ》を申《もう》し出《で》た。

柴田勝家《しばたかついえ》は上杉景勝《うえすぎかげかつ》からの申《もう》し出《で》を受《う》けて
「松倉城《まつくらじょう》は謙信《けんしん》が数年《すうねん》かけても落《お》とせなかった北陸道第一《ほくりくどうだいいち》の堅城《けんじょう》。しかもこの麓《ふもと》は越中七金《えっちゅうななかね》の四金山《よんきんざん》（下田金山、虎谷金山、河原波金山、松倉金山）を有《ゆう》する誠《まこと》に宝《たから》の山《やま》。今《いま》は眼《め》を瞑《つむ》ってでも和議《わぎ》を受《う》け入《い》れて松倉城《まつくらじょう》を手《て》に入《い》れるべし」と佐々《さっさ》・前田《まえだ》らの諸将《しょしょう》と談合《だんごう》して和議《わぎ》を受《う》け入《い》れた。受《う》け入《い》れの証拠《しょうこ》として勝家《かついえ》の従兄弟《いとこ》の柴田専斎《しばたせんさい》と佐々成政《さっさなりまさ》の甥《おい》の佐々新右衛門《さっさしんうえもん》を人質《ひとじち》に差《さ》し出《だ》した。

和議《わぎ》が成《な》ったその夜《よ》、上杉景勝《うえすぎかげかつ》は松倉城《まつくらじょう》を開城《かいじょう》して城将《じょうしょう》の須田満親《すだみつちか》を殿軍《しんがり》に据《す》え、魚津城《うおづじょう》には人質《ひとじち》としてやって来《き》た柴田《しばた》・佐々《さっさ》の両名《りょうめい》を送《おく》り、

「明朝《みょうちょう》を期《き》し開城《かいじょう》して挙《あ》げて春日山《かすがやま》に引《ひ》くべし」と云《い》い送《おく》って全軍越後《ぜんぐんえちご》に引《ひ》き上《あ》げた。

魚津城《うおづじょう》はこのとき既《すで》に二《に》の丸《まる》が落《お》とされ、残《のこ》るは本丸《ほんまる》一つになっていた。その上《うえ》に長期《ちょうき》の籠城《ろうじょう》で兵糧《ひょうろう》も底《そこ》を衝《つ》いた。この時《とき》、夕刻《ゆうこく》に景勝《かげかつ》から開城《かいじょう》の命令《めいれい》と和議《わぎ》の証拠《しょうこ》の人質《ひとじち》がやって来《き》た。魚津城《うおづじょう》の守将《しゅしょう》は明日《あす》の早朝《そうちょう》には退城《たいじょう》と決《き》めて城内《じょうない》を清《きよ》め朝《あさ》を待《ま》った。

明《あ》けて天正《てんしょう》十年（一五八二年）六月三日早朝《そうちょう》、予期《よき》せぬ事態《じたい》が出来《しゅったい》した。城内《じょうない》の諸卒《しょそつ》は退城《たいじょう》の準備《じゅんび》を始《はじ》めた。二の丸《まる》に陣取《じんど》った佐々成政《さっさなりまさ》の諸卒《しょそつ》は城内《じょうない》の異常《いじょう》な雰囲気《ふんいき》に興奮《こうふん》して、城内《じょうない》に向《むか》かって勝手《かって》に鬨《とき》の声《こえ》をあげ始《はじ》めた。この興奮状態《こうふんじょうたい》が伝播《でんぱ》して瞬《また》く間《ま》に城外《じょうがい》の寄《よ》せ手全体《てぜんたい》が声《こえ》を合《あ》わせて鬨《とき》を挙《あ》げた。寄《よ》せ手《て》の織田勢《おだぜい》は手《て》を伸《の》ばせば届《とど》く本丸《ほんまる》を目前《もくぜん》にして、手柄《てがら》を挙《あ》げようと諸将諸卒《しょしょうしょしょつ》は皆気《みなき》が昂《たかぶ》り身体《からだ》が勝手《かって》に動《うご》き出《だ》して、和議《わぎ》の盟約《めいやく》などは吹《ふ》き飛《と》んでしまった。

本丸《ほんまる》の堀《ほり》と石垣《いしがき》を挟《はさ》んで各地《かくち》で小競《こぜ》り合《あ》いが始《はじ》まった。興奮《こうふん》した諸卒《しょしょつ》は無理遣《むりや》り本丸《ほんまる》に討《う》ち入《い》った。不測《ふそく》の討《う》ち合《あ》いが始《はじ》まって収拾《しゅうしゅう》が付《つ》かなくなった。魚津《うおづ》の守将《しゅしょう》らは「兎《と》にも角《かく》にも主君《しゅくん》に忠義《ちゅうぎ》を尽《つく》くすは臣《しん》たる者《もの》の道《みち》。かくなる上《うえ》は一丸《いちがん》となって討《う》って出《で》て、討《う》ち死《じに》するは至上《しじょう》の忠義《ちゅうぎ》。幸《さいわ》いに命長《いのちなが》らえれば春日山《かすがやま》に馳《は》せ還《かえ》ってこの戦《いくさ》の顛末《てんまつ》を報告《ほうこく》し、後《のち》は主《しゅ》君《くん》の命《めい》に従《したが》うべし」と談合《だんごう》した。そして和議《わぎ》の盟約《めいやく》に背《そむ》いた罪《つみ》を人質《ひとじち》に着《き》せて首《くび》を刎《は》ね、守将《しゅしょう》と城兵一同《じょうへいいちどう》は一斉《いっせい》に喚《おめ》き立《た》てて討《う》って出《で》た。寄《よ》せ手《て》の織田勢《おだぜい》は城兵《じょうへい》を十重二十重《とえはたえ》に包《つつ》み込《こ》んだ。城兵《じょうへい》は一丸《いちがん》となって激《はげ》しく戦《たたか》ったが、何《なに》しろ多勢《たぜい》に無勢《ぶぜい》。城兵《じょうへい》は尽《ことごと》く討《う》ち取《と》られた。魚津城守《うおづじょうしゅ》将《しょう》の十三将《じゅうさんしょう》も見事《みごと》に一人残《ひとりのこ》らず討《う》ち死《じに》した。

織田勢《おだぜい》は魚津城《うおづじょう》に加《くわ》えて松倉城《まつくらじょう》も手《て》に入《い》れた。それだけではなく越中新川郡《えっちゅうにいかわぐん》から越後勢《えちごぜい》を追《お》い出《だ》して越中国全域《えっちゅうこくぜんいき》を制圧《せいあつ》し終《お》えたのだ。同夜戦勝祝《どうやせんしょういわ》いの宴《うたげ》を催《もよお》して「明日《あす》からは越後《えちご》へ向《む》けて出陣《しゅつじん》だ」と気勢《きせい》を挙《あ》げた。越前領主《えちぜんりょうしゅ》で北陸探題《ほくりくたんだい》の柴田勝家《しばたかついえ》や加賀領主《かがりょうしゅ》の佐久間盛政《さくまもりまさ》・能登領主《のとりょうしゅ》の前田利家《まえだとしいえ》・越中領主《えっちゅうりょうしゅ》の佐々成政《さっさなりまさ》はじめ諸将一同《しょしょういちどう》はやがて美酒《びしゅ》の酔《よ》いに長陣《ながじん》の疲《つか》れが加《くわ》わって深《ふか》い眠《ねむ》りに落《お》ちた。

明《あ》けて六月四日、未《ま》だ戦勝《せんしょう》に浮《う》かれる一同《いちどう》の下《もと》に、京《きょう》都から急使《きゅうし》が飛《と》び込《こ》んだ。主君信長《しゅくんのぶなが》の横死《おうし》、世《よ》に伝《つた》わる『本能寺《ほんのうじ》の変《へん》』の注進《ちゅうしん》だ。本能寺《ほんのうじ》の変《へん》は六月二日早朝《そうちょう》に起《お》こった。急使《きゅうし》は京《きょう》都から魚津《うおづ》まで約百里《やくひゃくり》（400㎞）の道程《みちのり》を僅《わず》か二日で駆《か》け込《こ》んだ。急使《きゅうし》は「明智光秀《あけちみつひで》の謀反《むほん》に遭《あ》い、信長公《のぶながこう》のみならず織田家家督《おだけかとく》の信忠公《のぶただこう》も落命《らくめい》」と伝《つた》えた。織田家《おだけ》が崩壊《ほうかい》したも同然《どうぜん》だ。諸将《しょしょう》は胆《きも》を潰《つぶ》し為《な》す術《すべ》を失《うしな》い、兎《と》にも角《かく》にも各々領内《おのおのりょうない》に戻《もど》って、国《くに》を鎮《しず》めるのが第一《だいいち》と談合《だんごう》して急《いそ》ぎ陣《じん》を畳《たた》んだ。

越前国領主《えちぜんこくりょうしゅ》の柴田勝家《しばたかついえ》と加賀国領主《かがこくりょうしゅ》の佐久間盛政《さくまもりまさ》は陸路《りくろ》を金沢《かなざわ》まで同行《どうこう》して、勝家《かついえ》はさらに領国《りょうごく》の越前北《えちぜんきた》ノ庄《しょう》へ急《いそ》いだ。北《きた》ノ庄城《しょうじょう》に入って、休息《きゅうそく》する間《ま》も置《お》かず領国《りょうごく》の守《まも》りを固《かた》めて、謀《む》反《ほん》を起《お》こした明智討伐《あけちとうばつ》に向《む》けて京《きょう》都へ急《いそ》いだ（以後436頁5行目に続く）。

荒山合戦と石動山天平寺焼き討ち

このときの能登国《のとこく》の状況《じょうきょう》は…（404頁8行目の続き）。

魚津《うおづ》に出陣中《しゅつじんちゅう》の前田利家《まえだとしいえ》の下《もと》には長連竜《ちょうつらたつ》から、長景連勢《ちょうかげつらぜい》を平定《へいてい》して目下《もっか》景連《かげつら》を援助《えんじょ》した能登《のと》の豪族《ごうぞく》や坊主《ぼうず》・豪商《ごうしょう》を一網打尽《いちもうだじん》に捉《とら》え、見《み》せしめの磔《はりつけ》の刑《けい》に処《しょ》しているとの朗報《ろうほう》が入《はい》っていた。

だが、魚津《うおづ》から陣《じん》を返《かえ》す直前《ちょくぜん》に七尾《ななお》で留守《るす》を預《あず》かる兄《あに》の安勝《やすかつ》から

「能登石動山《のとせきどうさん》（中能登町）天平寺《てんぴょうじ》の悪僧《あくそう》らが織田家滅亡《おだけめつぼう》を受《う》けて、越後《えちご》に逃《のが》れていた能登《のと》の遊佐《ゆさ》実正《さねまさ》（続光の弟）が温井景隆《ぬくいかげたか》、三宅長盛《みやけながもり》らを誘《さそ》い、織田勢《おだぜい》を能登《のと》から追《お》い出《だ》して能登《のと》を我《わ》が物《もの》にしようと石動山《いするぎやま》に城砦《じょうさい》を作事《さくじ》（建築）中《ちゅう》」との注進《ちゅうしん》が入《はい》った。

前田利家《まえだとしいえ》は急《きゅう》を聞《き》いて柴田勝家《しばたかついえ》や佐久間盛政《さくまもりまさ》とは別行動《べっこうどう》を取《と》り、魚津《うおづ》から舟《ふね》で七尾《ななお》を目指《めざ》したが途中嵐《とちゅうあらし》に遭《あ》って海老江《えびえ》（射水市）に一旦避難《いったんひなん》し、再度舟《さいどふね》に乗《の》って大境《おおざかい》（氷見市）で舟《ふね》を捨《す》て、峠《とうげ》を越《こ》えて七尾《ななお》に駆《か》け戻《もど》った。

前田利家《まえだとしいえ》は七尾城下《ななおじょうか》に入《はい》って築城中《ちくじょうちゅう》の小丸山《こまるやま》に着《つ》くと、守城《しゅじょう》の家臣《かしん》が待《ま》ちかねたように「石動山《いするぎやま》（中能登町）の般若院快存《はんにゃいんかいそん》や大宮坊《おおみやぼう》・火宮坊《ひのみやぼう》・大和坊《やまとぼう》などの悪僧《あくそう》と、越後《えちご》から戻《もど》った遊佐《ゆさ》や温井《ぬくい》・三宅《みやけ》の先遣隊《せんけんたい》の兵卒合《へいそつあ》わせて四千余《あまり》が石動山《いするぎやま》と峰続《みねつづ》きの荒山《あらやま》（現枡形山・中能登町）に目《もっ》下《か》、砦《とりで》を築《きず》いて御座《ござ》る」と急《せ》き込《こ》んで告《つ》げた。

越後《えちご》の軍勢《ぐんぜい》が真言宗石動山天平寺《しんごんしゅうせきどうざんてんぴょうじ》の僧徒《そうと》と組《く》んで七尾《ななお》を見下《みお》ろす荒山《あらやま》に城砦《じょうさい》を築《きず》き、前田《まえだ》に敵対《てきたい》すれば前田勢《まえだぜい》の進退《しんたい》が窮《きゅう》する。容易《ようい》な事態《じたい》でない。天平寺《てんぴょうじ》は石動山《いするぎやま》に三百六十の院坊《いんぼう》を持《も》ち三千の僧徒《そうと》を持《も》つ北陸屈指《ほくりくくっし》の山岳信仰《さんがくしんこう》の霊場《れいじょう》だ。天平寺《てんぴょうじ》は能登《のと》の寺領《じりょう》を根《ね》こそぎ織田勢《おだぜい》に横領《おうりょう》されたのを恨《うら》んで『不倶戴天《ふぐたいてん》の仲《なか》』（生かしておけない憎い仲・原典は礼記 典礼上）になっていた。

天正《てんしょう》十年（一五八二年）六月十九日、前田利家《まえだとしいえ》は加賀《かが》の佐久間盛政《さくまもりまさ》と越前《えちぜん》の柴田勝家《しばたかついえ》に状況《じょうきょう》を急報《きゅうほう》して援軍《えんぐん》を要請《ようせい》した。

柴田勝家《しばたかついえ》は明智《あけち》を討伐《とうばつ》しようと急《いそ》ぎ出陣《しゅつじん》するところだ。能登《のと》にまでは手《て》が回《まわ》らない。そこで佐《さ》久間盛政《くまもりまさ》に越前衆《えちぜんしゅう》の分《ぶん》まで合《あ》わせて充分《じゅうぶん》に加勢《かせい》するよう依頼《いらい》した。

能登《のと》に異変《いへん》が起《お》これば加賀《かが》も被害《ひがい》を受《う》けずにはおられない。佐久間《さくま》は能登《のと》の危急《ききゅう》を受《う》けて、「能登《のと》より至急《しきゅう》の援軍要請《えんぐんようせい》があった。能登《のと》と加賀《かが》とは唇歯《しんし》の間柄《あいだがら》。古語《こご》にも『唇亡《くちびるほろ》びて歯寒《はさむ》し』（原典は春秋左氏伝　僖公五年）とある。即刻能登《そっこくのと》へ助勢《じょせい》に向《む》かうべし」と家臣一同《かしんいちどう》に命《めい》じ自《みずか》ら二千五百の軍勢《ぐんぜい》を率連《ひきつ》れて能登《のと》へ急《いそ》いだ。そして荒山《あらやま》の麓《ふもと》の高畠《たかばたけ》（中能登町）に陣取《じんど》り七尾《ななお》の前田利《まえだとし》家《いえ》に出陣《しゅつじん》を知《し》らせた。その一方《いっぽう》で近辺《きんぺん》の百姓《ひゃくしょう》を呼《よ》び出《だ》して石動山《いするぎやま》や荒山《あらやま》の様子《ようす》を聞《き》き出《だ》した。

能登《のと》の前田利家《まえだとしいえ》はこの日天正《ひてんしょう》十年六月二十四日の夕刻《ゆうこく》、七尾《ななお》を出陣《しゅつじん》して加賀《かが》の佐久間勢《さくまぜい》と連《れん》絡《らく》を取《と》り合《あ》いながら軍兵《ぐんぺい》三千を石動山《いするぎやま》と荒山《あらやま》の中間《ちゅうかん》の柴峠《しばとうげ》に隠《かく》して、翌朝《よくちょう》石動山《いするぎやま》から荒山《あらやま》へ城《じょう》砦普請《さいふしん》に出向《でむ》く越後《えちご》の雑兵《ぞうひょう》や天平寺《てんぴょうじ》の悪僧《あくそう》らを待《ま》ち構《かま》えた。

この時《とき》、越後《えちご》の温井景隆《ぬくいかげたか》と三宅長盛《みやけながもり》、遊佐実正《ゆさされまさ》の先遣隊《せんけんたい》は、石動山般若院快存《せきどうざんはんにゃいんかいそん》や大和坊覚笑《やまとぼうかくしょう》らと共《とも》に三、四千の人足《にんそく》を雇《やと》って石動山《いするぎやま》から続《つづ》く荒山《あらやま》に城砦《じょうさい》を築《きず》いている最中《さいちゅう》だった。

翌《よく》二十五日朝《あさ》、越後《えちご》の雑兵《ぞうひょう》や悪僧《あくそう》らと人足共《にんそくども》三、四千が柴峠《しばとうげ》にやってきた。そこへ、前田勢《まえだぜい》が横合《よこあ》いから飛《と》び出《だ》して討《う》ちかかった。予期《よき》せぬ攻撃《こうげき》を受《う》けて、雑兵悪僧《ぞうひょうあくそう》や人足共《にんそくども》三千は我先《われさき》に荒山《あらやま》の城砦目《じょうさいめ》指《ざ》して逃《に》げ出《だ》した。前田利家《まえだとしいえ》は鼓《つづみ》を打《う》ち鳴《な》らし鬨《とき》の声《こえ》を揚《あ》げて、敵《てき》が城砦《じょうさい》に逃《に》げ走《はし》る後《あと》を追《お》い掛《か》けた。

城砦《じょうさい》の裏《うら》では待伏《まちぶ》せしていた佐久間勢《さくまぜい》が、前田勢《まえだぜい》と意気《いき》を合《あ》わせて城砦《じょうさい》に飛《と》び込《こ》む敵勢《てきぜい》を包《つつ》み込《こ》んだ。越後《えちご》の雑兵《ぞうひょう》は敵《てき》の攻撃《こうげき》があるとは思《おも》ってもいなかった。手《て》には普請用《ふしんよう》の道具《どうぐ》があるだけで、ただ驚《おどろ》き恐《おそ》れて慌《あわ》てふためくばかりだ。瞬《またた》く間《ま》に荒山《あらやま》は死骸《しがい》の山《やま》となって一人残《ひとりのこ》らず息絶《いきた》えた。

翌《よく》二十六日未明《みめい》、攻《せ》め取《と》った荒山砦《あらやまとりで》の守備《しゅび》を佐久間勢《さくまぜい》に任《まか》せて、前田利家《まえだとしいえ》は全軍《ぜんぐん》三千の兵《へい》を率《ひき》いて石動山天平寺《せきどうざんてんぴょうじ》に押《お》し寄《よ》せた。天平寺《てんぴょうじ》は広大《こうだい》な石動山《いするぎやま》の全山《ぜんざん》に三百六十の院坊《いんぼう》を構《かま》え、三千の僧徒《そうと》が修行《しゅぎょう》に励《はげ》む真言宗《しんごんしゅう》の一大《いちだい》寺院《じいん》だ。だがこの日《ひ》の朝《あさ》は石動山一帯《いするぎやまいったい》に朝霧《あさぎり》が立《た》ち込《こ》めて、咫《し》尺《せき》（周尺の1尺。30cm弱）の視界《しかい》もなかった。全軍《ぜんぐん》は誰《だれ》に気付《きづ》かれることもなく易々《やすやす》と境内《けいだい》に入《はい》り込《こ》んだ。利家《としいえ》は三千の軍兵《ぐんぺい》を三手《さんて》に分《わ》け、峰《みね》の東側《ひがしがわ》の大行院《だいぎょういん》の東谷《ひがしたに》からは先手《さきて》の高畠定吉《たかはたさだよし》、中央《ちゅうおう》の仁王門《におうもん》からは利家《としいえ》の本隊《ほんたい》、荒山側《あらやまがわ》からは奥村永福《おくむらながとみ》が、鉄砲《てっぽう》の音《おと》を合図《あいず》に全軍鬨《ぜんぐんとき》の声《こえ》を挙《あ》げて一斉《いっせい》に攻《せ》め込《こ》んだ。

一方《いっぽう》の天平寺《てんぴょうじ》では温井景隆《ぬくいかげたか》や三宅長盛《みやけながもり》、遊佐実正《ゆささねまさ》らが越後《えちご》から辿《たど》り着《つ》いたばかりで未《ま》だ深《ふか》い眠《ねむ》りの中《なか》にあった。坊主《ぼうず》や宗徒共《しゅうとども》もこの神聖《じんせい》な霊場《れいじょう》が荒武者共《あらむしゃども》に蹂躙《じゅうりん》されるとは夢《ゆめ》にも思《おも》っていなかった。前田利家《まえだとしいえ》は天平寺《てんぴょうじ》が能登統治《のととうじ》に『百害《ひゃくがい》あって一利《いちり》なし』と断《だん》じて、信長《のぶなが》の『叡山焼《えいざんや》き討《う》ち』に倣《なら》って、石動山天平寺《せきどうざんてんぴょうじ》の徹底《てってい》した破壊《はかい》を全軍《ぜんぐん》に言《い》い付《つ》けた。寺内《じない》の到《いた》る所《ところ》の僧坊《そうぼう》から火《ひ》の手《て》が上《あ》がって、坊主共《ぼうずども》は只《ただ》うろたえながら這《は》い出《だ》した。そこを誰彼構《だれかれかま》わず女子供《おんなこども》の区別《くべつ》も無《な》く、見付《みつ》け次第《しだい》に首《くび》を撫《な》で切《き》った。全山《ぜんざん》は地獄絵《じごくえ》そのままの有様《ありさま》になった。越後《えちご》から帰《かえ》った温《ぬく》井《い》、三宅《みやけ》や遊佐《ゆさ》らも乱戦《らんせん》の中《なか》で落命《らくめい》した。石動山《いするぎやま》は一宇《いちう》も残《のこ》らず焼《や》け落《お》ちた。利家《としいえ》は後《のち》の憂《うれ》いが無《な》い様《よう》に石動山《いするぎやま》の住人《じゅうにん》を一人《ひとり》残《のこ》らず討《う》ち殺《ころ》した上《うえ》で、千数百《せんすうひゃく》の首《くび》を山門《さんもん》の両側《りょうがわ》に晒《さら》して反逆《はんぎゃく》を企《くわだ》てる領民《りょうみん》への見《み》せしめにした。

十．本能寺の変

明智光秀西国へ出兵準備

話《はなし》は甲斐《かい》・信濃平定《しなのへいてい》まで戻《もど》る（401頁2行目の続き）。

天正《てんしょう》十年（一五八二年）、織田信長《おだのぶなが》は徳川家康《とくがわいえやす》と共《とも》に甲斐《かい》から富士川沿《ふじがわぞ》いに駿河国《するがこく》に入《はい》り、東海道《とうかい》《どう》を経《へ》て、四月下旬《げじゅん》に安土《あづち》に帰還《きかん》した。

同年《どうねん》五月十五日、徳川家康《とくがわいえやす》は穴山梅雪《あなやまばいせつ》を伴《ともな》い、京《きょう》都や堺《さかい》で調《とと》えた珍品《ちんぴん》を持参《じさん》して駿河《するが》・遠江《とおとうみ》両国《りょうこく》を譲《ゆず》り受《う》けた礼《れい》を言《い》いに安土《あづち》に遣《や》って来《き》た。信長《のぶなが》は家康《いえやす》の宿所《しゅくしょ》を城下《じょうか》の大宝院《だいほういん》に充《あ》てて、明智光秀《あけちみつひで》に接待《せったい》を命《めい》じ家康《いえやす》に道中《どうちゅう》の疲《つか》れを癒《いや》させながら、その間《かん》に諸国《しょこく》から能《のう》や田楽《でんがく》・散楽《さんがく》などの名《な》のある謡手《うたいて》や舞手《まいて》を呼《よ》び寄《よ》せるなどをして安土城《あづちじょう》での饗応《きょうおう》の準備《じゅんび》を始《はじ》めた。

五月十七日、信長《のぶなが》は安土城《あづちじょう》に一族重臣一同《いちぞくじゅうしんいちどう》を列席《れっせき》させて家康《いえやす》饗応《きょうおう》の宴《うたげ》を行《おこな》う丁度《ちょうど》その日《ひ》の朝《あさ》、備中国《びっちゅうこく》（岡山県）の清水宗治《しみずむねはる》が籠《こも》る高松城《たかまつじょう》を水攻《みずぜ》めしていた羽柴秀吉《はしばひでよし》から信長《のぶなが》の下《もと》に

『毛利輝元《もうりてるもと》が高松《たかまつ》（岡山市）へ出陣《しゅつじん》』との至急《しきゅう》の出馬要請《しゅつばようせい》が届《とど》いた。

織田信長《おだのぶなが》は秀吉《ひでよし》からの出馬要請《しゅつばようせい》を受《う》けて暫《しば》し瞑目《めいもく》した後《のち》、眼光鋭《がんこうするど》く明智光秀《あけちみつひで》を呼《よ》び寄《よ》せて、西《さい》国《ごく》の因幡《いなば》（鳥取県）と石見《いわみ》（島根県）両国《りょうこく》への至急《しきゅう》の出陣《しゅつじん》に併《あわ》せてその二国《にこく》討《う》ち取《と》り次第《しだい》の国替《くにが》えを言《い》い付《つ》けて、速《すみ》やかに準備《じゅんび》するよう即刻《そっこく》の退城《たいじょう》を言《い》い渡《わた》した。

織田信長《おだのぶなが》は今《いま》、毛利出陣《もうりしゅつじん》の報《しら》せを受《う》けて即刻《そっこく》の対応《たいおう》に迫《せま》られた。だが信長《のぶなが》はここで「これぞ天祐《てんゆう》。この機《き》に乗《じょう》じて毛利《もうり》を殲滅《せんめつ》し、併《あわ》せて西国諸国《さいごくしょこく》を制覇《せいは》してくれよう」と、日頃《ひごろ》から思《おも》い描《えが》いた天下制覇《てんかせいは》は今《いま》この時《とき》だと閃《ひらめ》いた。そこで信長《のぶなが》は日頃《ひごろ》の思《おも》いに従《したが》って、先《ま》ず第一《だいいち》に明《あけ》智光秀《ちみつひで》にその命《めい》を下《くだ》した。次《つ》いで光秀《みつひで》の遊軍《ゆうぐん》（戦列外の軍）を兼《か》ねて畿内《きない》の警護役《けいごやく》を担《にな》う畿内領《きないりょう》主《しゅ》の細川忠興《ほそかわただおき》・池田恒興《いけだつねおき》・塩河吉大夫《しおかわきつだいふ》や高山右近《たかやまうこん》・中川清秀《なかがわきよひで》にも中国《ちゅうごく》や四国《しこく》への出陣《しゅつじん》を命《めい》じた。

明智光秀《あけちみつひで》は命《めい》を受《う》けて家康《いえやす》饗応《きょうおう》の宴《うたげ》に加《くわ》わることなく即刻居城《そっこくきょじょう》の坂本《さかもと》（大津市）に帰《かえ》った。そ

して西国出陣《さいごくしゅつじん》後《ご》の留守《るす》中《ちゅう》の坂本城《さかもとじょう》の備《そな》えの手配《てくば》りを済《す》ませた後《のち》、同月《どうげつ》二十六日にはこれも明智《あけち》光秀《みつひで》の領国《りょうごく》に先年《せんねん》なった丹波《たんば》に入《はい》った。丹波《たんば》に入《はい》って先《ま》ず、愛宕山《あたごやま》に登《のぼ》って神社《じんじゃ》に参拝《さんぱい》し戦勝《せんしょう》祈願《きがん》した。そして居城《きょじょう》の亀山城《かめやまじょう》（京都府亀岡）に入《はい》り、家臣一同《かしんいちどう》と共《とも》に出陣《しゅつじん》の支度《したく》に取《と》り掛《か》かった。

ところで明智光秀《あけちみつひで》にとって、この唐突《とうとつ》な出陣《しゅつじん》と領地替《りょうちが》えの命《めい》は『青天《せいてん》の霹靂《へきれき》』（予期せぬ出来事の例え）だった。光秀《みつひで》は信長《のぶなが》の心《こころ》が理解出来《りかいでき》ずに思《おも》い悩《なや》み、今回《こんかい》の出陣命令《しゅつじんめいれい》に大《おお》きな不満《ふまん》と不安《ふあん》を抱《いだ》いた。

明智光秀《あけちみつひで》は織田家中《おだかちゅう》では新参者《しんざんもの》だ。元《もと》は室町幕府《むろまちばくふ》の幕府衆《ばくふしゅう》（幕府の事務官）の職《しょく》にあって、上流《じょうりゅう》公家《くげ》や武家《ぶけ》と交《まじ》わり礼儀作法《れいぎさほう》に長《た》けていた。後《のち》に足利義昭《あしかがよしあき》の越前逃避《えちぜんとうひ》や美濃国入《みのこくい》りの供廻衆《ともまわりしゅう》となって同行《どうこう》して信長《のぶなが》に見染《みそ》められ、義昭《よしあき》の命《めい》を受《う》けて織田《おだ》の家臣《かしん》になった。

織田家《おだけ》に移《うつ》って朝廷《ちょうてい》や幕府《ばくふ》への取次役《とりつぎやく》になったが、比叡山焼《ひえいざんや》き討《う》ちでは朝廷《ちょうてい》の批判《ひはん》を未然《みぜん》に封《ふう》じる根回《ねまわ》しをして手柄《てがら》を挙《あ》げ近江国坂本《おうみこくさかもと》の城主《じょうしゅ》に取《と》り立《た》てられた。その後《ご》も丹波国《たんばこく》の平定《へいてい》などで引《ひ》き続《つづ》き手柄《てがら》を挙《あ》げて、近江滋賀郡《おうみしがぐん》に加《くわ》えて丹波一国《たんばいっこく》も拝領《はいりょう》した。そしてまた、石山本願寺攻《いしやまほんがんじぜ》めと荒木村重《あらきむらしげ》の乱《らん》で手柄《てがら》を挙《あ》げて、佐久間信盛《さくまのぶもり》が荒木村重《あらきむらしげ》に謀反《むほん》を思《おも》い止《とど》まらせることが出来《でき》ずに織田全軍《おだぜんぐん》を苦境《くきょう》に落《お》としたとの罪《つみ》を得《え》て織田家《おだけ》から追放《ついほう》された際《さい》に、その信盛《のぶもり》に替《かわ》って光秀《みつひで》が近《きん》畿一帯《きいったい》の取《と》り締《し》まりを掌《つかさど》る近畿探題《きんきたんだい》に成《な》り上《あ》がって織田家最右翼《おだけさいうよく》の重鎮《じゅうちん》の一人《ひとり》になった。

織田信長《おだのぶなが》の家臣《かしん》に対《たい》する待遇《たいぐう》は何事《なにごと》も手柄次第《てがらしだい》だ。新参者《しんざんもの》でも譜代《ふだい》の重臣《じゅうしん》でも差別《さべつ》はなかった。手柄《てがら》がなければ譜代《ふだい》の重鎮《じゅうちん》でも左遷《させん》された。織田家《おだけ》の筆頭家老《ひっとうかろう》であった佐久間信盛《さくまのぶもり》の失脚《しっきゃく》はその極端《きょくたん》な例《れい》だ。織田家臣《おだかしん》は家臣同士《かしんどうし》の熾烈《しれつ》な手柄合戦《てがらがっせん》に否応《いやおう》なく立《た》ち向《む》かわされていた。

明智光秀《あけちみつひで》は思《おも》い悩《なや》んだ。今《いま》、西国安芸国《さいごくあきこく》の鞆《とも》の浦《うら》には将軍《しょうぐん》の足利義昭《あしかがよしあき》が毛利家《もうりけ》に養《やしな》われて流《なが》れ住《す》んでいる。光秀《みつひで》にとって義昭《よしあき》はまだ恩義《おんぎ》ある元主君《もとしゅくん》だ。敵対《てきたい》できる相手《あいて》ではない。その義昭《よしあき》からは屡《しばしば》謀反《むほん》を進《すす》める密書《みっしょ》が送《おく》られていた。

この頃《ころ》は調略合戦《ちょうりゃくがっせん》が花盛《はなさか》りで、敵方《てきがた》の家臣《かしん》に寝返《ねがえ》りを勧《すす》める密使《みっし》を送《おく》るのは当《あ》たり前《まえ》の世《よ》の中《なか》だ。だが光秀《みつひで》はこれが信長《のぶなが》に疑《うたが》われた結果《けっか》の西国左遷《さいごくさせん》ではないかと気《き》になった。

まだある。土佐国領主《とさこくりょうしゅ》の長宗我部元親《ちょうそかべもとちか》は信長《のぶなが》と同盟《どうめい》して四国平定《しこくへいてい》を委《ゆだ》ねられた。この同盟《どうめい》は光秀《みつひで》が仲介《ちゅうかい》していた。ところが愈々《いよいよ》阿波国《あわこく》（徳島県）を平定《へいてい》すれば四国統一《しこくとういつ》が成《な》る矢先《やさき》になって、阿波国領主《あわこくりょうしゅ》の三好康長《みよしやすなが》が羽柴秀吉《はしばひでよし》に取《と》り入《い》り、秀吉《ひでよし》の仲介《ちゅうかい》で信長《のぶなが》と誼《よしみ》を結《むす》んだ。信長《のぶなが》は長宗我部元親《ちょうそかべもとちか》の急激《きゅうげき》な勢力拡大《せいりょくかくだい》を恐《おそ》れて三好康長《みよしやすなが》に元親《もとちか》の勢力《せいりょく》を殺《そ》がせようとしたのだ。織田家《おだけ》の四国同盟《こくどうめい》は長宗我部《ちょうそかべ》から三好《みよし》に代《か》わった結果《けっか》、織田家中《おだかちゅう》での秀吉《ひでよし》の株《かぶ》が上《あ》がって光秀《みつひで》の株《かぶ》が下《さ》がった。

光秀《みつひで》は自他共《じたとも》に認《みと》める織田家第一《おだけだいいち》の有職故実《ゆうそくこじつ》（朝廷や公家・武家の行事・制度や仕来り・風俗・習慣）に通《つう》じた織田家《おだけ》の筆頭執事《ひっとうしつじ》だ。また軍事面《ぐんじめん》でも織田家《おだけ》有数《ゆうすう》の手柄《てがら》を挙《あ》げて、己《おのれ》ほど畿内警護《きないけいご》を掌《つかさど》る近畿探題《きんきたんだい》に相応《ふさわ》しい武将《ぶしょう》はいないと自負《じふ》していた。

明智光秀《あけちみつひで》にはこの京都《きょう》の人情風土《にんじょうふうど》を愛《いつく》しむ強《つよ》い心《こころ》があって、この地《ち》から離《はな》れるのが辛《つら》かった。それがこの度《たび》、西国《さいごく》に出陣《しゅつじん》して因幡《いなば》（鳥取県）、石見《いわみ》（島根県）の両国《りょうこく》を平定《へいてい》し次第《しだい》、両国《りょうこく》の領主《りょうしゅ》になって畿内《きない》を立《た》ち退《の》くよう国替《くにが》えの内命《ないめい》を受《う》けたのだ。光秀《みつひで》の心《こころ》は闇《やみ》に閉《とざ》ざされて塞《ふさ》がった。

明智光秀《あけちみつひで》と羽柴秀吉《はしばひでよし》は共《とも》に織田家中《おだかちゅう》では新参者《しんざんもの》だ。その光秀《みつひで》は元幕府衆《もとばくふしゅう》の経歴《けいれき》を持《も》つ上流階《じょうりゅうかい》級《きゅう》の出《で》で、秀吉《ひでよし》は水飲《みずの》み百姓《びゃくしょう》上《あ》がり。双方《そうほう》、両極端《りょうきょくたん》の出自《しゅつじ》で、これが何時《いつ》しか織田家中《おだかちゅう》で皆《みな》から注目《ちゅうもく》される出世争《しゅっせあらそ》いを演《えん》じなければならない羽目《はめ》に立《た》たされた。光秀《みつひで》は功名心《こうみょうしん》に凝《こ》り固《かた》まって全身脂切《ぜんしんあぶらぎ》る秀吉《ひでよし》が最《もっと》も軽蔑《けいべつ》すべき卑《いや》しい人間《にんげん》に見《み》えた。今《いま》、その秀吉《ひでよし》に与力《よりき》するために西国《さいごく》に出陣《しゅつじん》しなければならない。そしてその後《あと》は当地《とうち》への国替《くにが》えだ。西国諸国《さいごくしょこく》は既《すで》に大方秀吉《おおかたひでよし》の調《ちょう》略《りゃく》に乗《の》って、何所《どこ》も彼処《かしこ》も皆秀吉《みなひでよし》の唾《つば》が付《つ》いた地盤《じばん》だ。そこへの出陣《しゅつじん》であり、そこへの国替《くにが》えだ。

明智光秀《あけちみつひで》はこの国替《くにが》えは単《たん》なる左遷《させん》には思《おも》えなくなった。佐久間信盛《さくまのぶもり》の織田家追放《おだけついほう》の図《ず》が目《め》に浮《う》かんだ。荒木村重《あらきむらしげ》の一族惨殺《いちぞくざんさつ》も瞼《まぶた》に浮《う》かんで焼《や》き付《つ》いた。村重《むらしげ》の場合《ばあい》は毛利《もうり》と密書《みっしょ》を交《か》わし、本願寺《ほんがんじ》に寝返《ねがえ》ったと信長《のぶなが》に疑《うたが》われて止《や》むを得《え》ず謀反《むほん》したのだ。自分《じぶん》は村重以上《むらしげいじょう》に将軍義昭《しょうぐんよしあき》や毛利《もうり》からの密書《みっしょ》を屡《しばしば》受《う》けていた。信長《のぶなが》の自分《じぶん》に対《たい》する様子《ようす》が最近《さいきん》、頓《とみ》に険《けわ》しく苛立《いらだ》ってきたのも何《なに》か思惑《おもわく》がありそうだ。光秀《みつひで》の心《こころ》は愈々塞《いよいよふさ》がった。

天下《てんか》を取《と》った後《のち》の天下人《てんかびと》にとっては有能《ゆうのう》な家臣《かしん》ほど目《め》の上《うえ》の瘤《こぶ》となり、危険極《きけんきわ》まりない存在《そんざい》に映《うつ》るものだ。信長《のぶなが》にはこの光秀《みつひで》がそのように映《うつ》ったのだとの思《おも》いに至《いた》った。その様《よう》に思《おも》えばその昔《むかし》、異国《いこく》では、呉《ご》（中国春秋時代の国）の夫差《ふさ》が『臥薪嘗胆《がしんしょうたん》』して春秋《しゅんじゅう》の覇者《はしゃ》になったが、覇者《はしゃ》になった途端《とたん》に宰相兼軍師《さいしょうけんぐんし》の呉子胥《ごししょ》に属鏤《しょくる》の剣《けん》を贈《おく》って自決《じけつ》させた。漢《かん》の劉邦《りゅうほう》は国士無双《こくしむそう》と評判《ひょうばん》をとった功績第一《こうせきだいいち》の将軍韓信《しょうぐんかんしん》を惨殺《ざんさつ》した。我《われ》が日本《にほん》でも源頼朝《みなもとよりとも》が平家討伐最大《へいけとうばつさいだい》の功臣《こうしん》であって、実弟《じってい》でもあった義経《よしつね》を追討《ついとう》して討《う》ち滅《ほろ》ぼした。足利尊氏《あしかがたかうじ》も弟《おとうと》の直義《なおよし》を毒殺《どくさつ》した。和漢《わかん》の帝王《ていおう》学《がく》を説《と》く故事《こじ》には、天下《てんか》を取《と》った後《あと》の君臣《くんしん》の身《み》の処《しょ》し方《かた》を示《しめ》した実話《じつわ》が目白押《めじろお》しだ。そう思《おも》うと光秀《みつひで》は信長《のぶなが》に安土《あづち》を退城《たいじょう》させられて以来《いらい》、これらの故事《こじ》が己《おのれ》の今《いま》の状況《じょうきょう》と重《かさ》なって心《こころ》が塞《ふさ》がり、一層《いっそう》の不安《ふあん》に苛《さいな》まれて鬱々《うつうつ》とした。毎晩眠《まいばんねむ》れぬ夜《よる》が続《つづ》いて、世間《せけん》の道理《どうり》や事《こと》の重軽《じゅうけい》が判《わか》らなくなった。

織田信長横死

織田信長《おだのぶなが》は五月十七日に明智光秀《あけちみつひで》に西国出陣《さいごくしゅつじん》を命《めい》じて安土《あづち》を退城《たいじょう》させた後《のち》、十九日と二十日の両日家康《りょうじついえやす》に馳走《ちそう》の限《かぎ》りを尽《つく》して饗応《きょうおう》し終《お》えて、京都《きょう》・堺《さかい》・南都奈良《なんとなら》への物見遊山《ものみゆさん》の旅《たび》に送《おく》り出《だ》した。

信長《のぶなが》はその後《のち》、西国《さいごく》に向《む》けて安土《あづち》を発《た》ち、五月二十九日に入京《にゅうきょう》して宿所《しゅくしょ》の本能寺《ほんのうじ》に投宿《とうしゅく》した。

天正《てんしょう》十年（一五八二年）六月一日、明智光秀《あけちみつひで》は出陣《しゅつじん》の朝《あさ》、城下《じょうか》で軍兵《ぐんぺい》が機敏《きびん》に出陣《しゅつじん》の準備《じゅんび》をしているのを見《み》た途端《とたん》に、鬱《うつ》が吹《ふ》き飛《と》んで気《き》が晴《は》れた。ここ暫《しばら》く安土《あづち》では鬱々《うつうつ》とした執事《しつじ》の仕事《しごと》に追《お》われ過《す》ぎていた。自分《じぶん》に従《したが》う軍卒《ぐんそつ》を見《み》た途端《とたん》に武将《ぶしょう》の性《さが》が芽《め》を吹《ふ》き出《だ》した。今《いま》、畿内《きない》・近畿《きんき》を見渡《みわた》して自分《じぶん》ほどの軍勢《ぐんぜい》を有《ゆう》する武将《ぶしょう》は何処《どこ》にもいない。信長《のぶなが》と共《とも》に西国《さいごく》に出陣《しゅつじん》する畿内《きない》の遊軍《ゆうぐん》諸将《しょしょう》は自領《じりょう》で出陣準備中《しゅつじんじゅんびちゅう》だが、皆近畿探題《みなきんきたんだい》を任《にん》ずる自分《じぶん》の配下《はいか》だ。加《くわ》えて皆自分《みなじぶん》の縁戚《えんせき》か親《した》しい友人《ゆうじん》かの何《いず》れかだ。気《き》になる武将《ぶしょう》は一人《ひとり》もいない。京都《きょう》には既《すで》に信長《のぶなが》と信忠《のぶただ》が入《はい》ったのに僅《わず》かな近習《きんしゅう》が供《とも》をしているだけだ。安土《あづち》にも兵《へい》はいない。この様《よう》なことは信長《のぶなが》が将軍義昭《しょうぐんよしあき》を擁《よう》して上洛《じょうらく》して以来《いらい》、一度《いちど》も無《な》かったことだ。光秀《みつひで》は『これぞ天祐《てんゆう》』だと気付《きづ》いた。天《てん》が光秀《みつひで》に天下《てんか》を授《さず》けてくれたのだ。

『天《てん》の与《あた》えを取《と》らざれば、却《かえ》ってその咎《とが》を受《う》く』（原典は史記 越世家）とは今《いま》この事《こと》、古語《ここ》も教《おし》えるところだと気《き》を引《ひ》き締《し》め直《なお》した。

明智光秀《あけちみつひで》の懐《ふところ》には都《みやこ》落《お》ちして落《お》ちぶれたとはいえ、歴《れっ》きとした将軍義昭《しょうぐんよしあき》から届《とど》いた『信長追《のぶながつい》討《とう》』の御内書《ごないしょ》があった。織田家総領《おだけそうりょう》の信長《のぶなが》と家督《かとく》の信忠《のぶただ》の二人《ふたり》を討《う》ち取《と》れば織田家《おだけ》は滅《ほろ》ぶ。織田《おだ》の家臣《かしん》がいくら騒《さわ》いでも、一月《ひとつき》もあれば朝廷《ちょうてい》を取《と》り込《こ》んで将軍義昭《しょうぐんよしあき》を担《かつ》ぎ、天下《てんか》に織田信長《おだのぶなが》の罪《ざい》業《ごう》を披歴《ひれき》し幕府復古《ばくふふっこ》を宣言《せんげん》すれば事《こと》は成《な》る。世間《せけん》が納得《なっとく》せぬ筈《はず》がない。朝廷《ちょうてい》と義昭《よしあき》を担《かつ》げばよいのだ。それでも刃向《はむか》う者《もの》は朝敵《ちょうてき》の汚名《おめい》を着《き》せて、天下《てんか》に布告《ふこく》して討《う》ち取《と》るだけだ。光秀《みつひで》はそれ程《ほど》に思《おも》い詰《つ》めて、既《すで》に天下《てんか》を手《て》にした気分《きぶん》になった。それで先《ま》ず四国土佐国《しこくとさこく》領主《りょうしゅ》の長宗我部元親《ちょうそかべもとちか》の下《もと》に織田軍《おだぐん》の四国征伐《しこくせいばつ》が一両日《いちりょうじつ》に迫《せま》ったことを知《し》らせて軍事同盟《ぐんじどうめい》を求《もと》める密書《みっしょ》を送《おく》った。

次《つ》いで娘《むすめ》の舅《しゅうと》の丹後国《たんごこく》領主《りょうしゅ》の細川忠興《ほそかわただおき》や娘婿《むすめむこ》の北近江国高島郡《きたおうみこくたかしまぐん》領主《りょうしゅ》の織田信澄《おだのぶずみ》（信長の弟の信行の子）、義昭《よしあき》の娘婿《むすめむこ》の大和国《やまとこく》領主《りょうしゅ》の筒井順慶《つついじゅんけい》にも信長《のぶなが》の罪状《ざいじょう》を並《なら》べて謀反《むほん》をする大義《たいぎ》と正当性《せいとうせい》を訴《うった》え、同盟《どうめい》を求《もと》める密書《みっしょ》を送《おく》った。光秀《みつひで》は順慶《じゅんけい》とは義昭《よしあき》に仕《つか》えていた頃《ころ》からの昵懇《じっこん》の仲《なか》だ。

諸将《しょしょう》への密書《みっしょ》を書《か》きあげると益々《ますます》気分《きぶん》が高揚《こうよう》して来《き》た。それで他《ほか》にも信長《のぶなが》に追《お》われた畿内《きない》の豪《ごう》族《ぞく》や信長《のぶなが》に敵対《てきたい》する諸国《しょこく》の毛利《もうり》や上杉《うえすぎ》、北条《ほうじょう》などの諸大名《しょだいみょう》や羽柴秀吉《はしばひでよし》が囲《かこ》む高松城《たかまつじょう》の清水宗治《しみずむねはる》らにも事《こと》が成《な》った後《のち》に発《はっ》する織田一門討伐《おだいちもんとうばつ》の檄文《げきぶん》を練《ね》りながら既《すで》に天下《てんか》を取《と》った気分《きぶん》に浸《ひた》った。

明智光秀《あけちみつひで》は家族《かぞく》との別《わか》れの盃《さかずき》や出陣式《しゅつじんしき》を済《す》ませた後《のち》、一万三千の軍兵《ぐんぺい》を従《したが》えて涼《すず》しくなった夕《ゆう》刻《こく》を選《えら》んで亀山《かめやま》を立《た》ち一路京《いちろきょう》都への路《みち》をとった。光秀《みつひで》は京都《きょう》への出陣《しゅつじん》の道中《どうちゅう》で「時《とき》は今《いま》、天《あめ》が下知《したし》る、五月哉《さつきかな》」（土岐《とき》（明智の別姓）は今《いま》、天下支配《てんかしはい》する五月哉《かな》）と口《くち》ずさんで悦《えつ》に入《い》った。

明智光秀《あけちみつひで》の家臣《かしん》は西国《さいごく》への出陣《しゅつじん》と聞《き》いて西国《さいごく》へ直行《ちょっこう》するには道《みち》が逆方向《ぎゃくほうこう》だと気付《きづ》いたが、何処《どこ》を経由《けいゆ》するかまでは知《し》らされておらず気《き》にも留《と》めなかった。一行《いっこう》は京《きょう》都に近付《ちかづ》いたところで社《やしろ》の杜《もり》に入《はい》り休息《きゅうそく》と仮眠《かみん》をとった。

天正《てんしょう》十年（一五八二年）六月二日、明智光秀《あけちみつひで》は、未《ま》だ夜明《よあ》けには間《ま》がある時刻《じこく》に皆《みな》を起《お》こし、充分《じゅうぶん》な食事《しょくじ》を取《と》らせて行軍《こうぐん》を始《はじ》めた。歩《ある》き出《だ》して軍兵《ぐんぺい》の体《からだ》が温《あたた》まり心身《しんしん》ともに体調《たいちょう》が整《ととの》ったころを見計《みはか》らって小休止《しょうきゅうし》を取《と》り、諸隊《しょたい》の将《しょう》を集《あつ》めて命令《めいれい》した。

「敵《てき》は本能寺《ほんのうじ》にあり」と…。皆《みな》は驚《おどろ》き息《いき》を呑《の》んで一瞬《いっしゅん》静《しず》まりかえった。そして次《つぎ》の瞬間《しゅんかん》、一斉《いっせい》に鬨《とき》をつくって心《こころ》を鼓舞《こぶ》し、光秀《みつひで》に従《したが》うことを態度《たいど》で示《しめ》した。光秀《みつひで》はそれほどに隊将《たいしょう》や軍卒《ぐんそつ》から敬慕《けいぼ》されていた。

大将《たいしょう》たる者《もの》、軍兵《ぐんぺい》がいなくては戦《いくさ》にならない。軍兵《ぐんぺい》は将《しょう》の手足《てあし》だ。光秀《みつひで》は中国春秋戦国時代《ちゅうごくしゅんじゅうせんごくじだい》の著名《ちょめい》な軍師《ぐんし》・呉起《ごき》や孫子《そんし》（243頁5行目参照）の書《しょ》を熟読《じゅくどく》していた。呉起《ごき》は普段《ふだん》から、努《つと》めて兵卒《へいそつ》と寝起《ねお》きや食事《しょくじ》を共《とも》にし、卒《そつ》が傷付《きずつ》き病《や》んだときは足《あし》を摩《さす》り膿《うみ》を口《くち》で吸《す》い出《だ》して介抱《かいほう》してやった。卒《そつ》の母《はは》はそれを見《み》て泣《な》き出《だ》し

「この子《こ》も父親《てておや》のように戦《いくさ》に出《で》て死《し》ぬるンダ。父親《てておや》は将軍《しょうぐん》のためなら何時《いつ》死《し》んでもいいと言《い》って戦《いくさ》に出《で》て、その戦場《いくさば》で将軍《しょうぐん》の楯《たて》になって死《し》んだダヨ」と言《い》ってまた泣《な》き出《だ》した。光秀《みつひで》はこの呉起《ごき》に習《なら》って兵卒《へいそつ》との付《つ》き合《あ》いを大切《たいせつ》にして、信望《しんぼう》を得《え》るよう普段《ふだん》から気配《きくば》りしていた。

明智光秀軍《あけちみつひでぐん》の一万三千が本能寺《ほんのうじ》に近《ちか》づいた頃《ころ》、ようやく空《そら》が白《しら》んできた。一斉《いっせい》に鬨《とき》の声《こえ》を張《は》り上《あ》げて本能寺《ほんのうじ》を囲《かこ》み火矢《ひや》を射《い》かけた。信長《のぶなが》に従《したが》う家臣近習《かしんきんしゅう》は僅《わず》かに二、三十人《にん》だ。信長《のぶなが》が弓《ゆみ》と槍《やり》

を持《も》って縁側《えんがわ》に現《あらわ》れたが、直《す》ぐに姿《すがた》が消《き》えて、間《ま》を置《お》かずに中《なか》からも火《ひ》の手《て》が上《あ》がった。後世《こうせい》になって、

「信長《のぶなが》は小姓《こしょう》の森蘭丸《もりらんまる》に火《ひ》を掛《か》けさせ、桶狭間《おけはざま》出陣《しゅつじん》の際《さい》（312頁12行目参照）に謡《うた》った幸若舞敦盛《こうわかまいあつもり》の『人間《にんげん》五十年《ねん》、化天《けてん》の内《うち》に比《くら》ぶれば夢幻《ゆめまぼろし》の如《ごと》くなり、一度生《ひとたびしょう》を得《え》て滅《めっ》せぬ者《もの》のあるべきか』（人間界の50年は天界の一日に同じでほんの夢幻の内だの意）を舞《ま》い謡《うた》って自害《じがい》した。森蘭丸《もりらんまる》は信長《のぶなが》の遺体《いたい》が敵《てき》の手《て》に渡《わた》らぬよう遺体《いたい》を炎《ほのお》に包《つつ》み、その炎《ほのお》に飛《と》び込《こ》んで自害《じがい》した」と噂《うわさ》した。信長《のぶなが》の享年《きょうねん》四十九歳《さい》。

明智光秀三日天下

明智光秀《あけちみつひで》は軍《ぐん》を二手《ふたて》に分《わ》けて、一手《いって》は本能寺《ほんのうじ》に残《のこ》して寺《てら》の消火《しょうか》や寺内《じない》の遺体《いたい》の検分《けんぶん》信長《のぶなが》の遺体《いたい》捜索《そうさく》などに当《あ》て、他《た》の一手《いって》は信長《のぶなが》の家督《かとく》の織田信忠《おだのぶただ》が逃《に》げ込《こ》んだ二条御所《にじょうごしょ》に向《む》かわせた。この御所《ごしょ》は信長《のぶなが》が宿所《しゅくしょ》にしていた元二条家《もとにじょうけ》の屋敷《やしき》を修築《しゅうちく》して、天正《てんしょう》七年に誠仁親王《さねひとしんのう》に進呈《しんてい》したもの

だ。

織田信忠《おだのぶただ》は妙覚寺《みょうかくじ》に宿《やど》をとったが、異変《いへん》の注進《ちゅうしん》を受《う》けて信長《のぶなが》の下《もと》に急《いそ》ぎ向《む》かった。その途中《とちゅう》で京師《けいし》を守護《しゅご》する村井貞勝《むらいさだかつ》に出会《であ》って本能寺《ほんのうじ》が既《すで》に落《お》ちたと聞《き》き、貞勝《さだかつ》や菅谷長頼《すがやながより》と共《とも》に二条《にじょう》御《ご》所《しょ》に入《はい》っていた。間《ま》もなく光秀軍《みつひでぐん》が取《と》り囲《かこ》んで討《う》ち入《い》る構《かま》えを取《と》った。信忠《のぶただ》は敵《てき》の様子《ようす》を見《み》て「この城《しろ》を逃《に》げ落《お》ちても京《きょう》都の出口《でぐち》を敵勢《てきぜい》が固《かた》めているのは必定《ひつじょう》。見苦《みぐる》しく捉《とら》えられては末代《まつだい》の恥《はじ》。ならばここで討《う》ち死《じに》するのが武士《ぶし》の誉《ほまれ》」と呟《つぶや》いて家臣《かしん》の前田玄以《まえだげんい》を呼《よ》び、「汝《なんじ》は急《いそ》ぎ岐阜《ぎふ》へ帰《かえ》って我《わ》が妻子《さいし》を清洲《きよす》へ召《め》し連《つ》れ、長谷川丹波守《はせがわたんばのかみ》と相談《そうだん》して守《も》り立《た》てよ」と命《めい》じ、前田《まえだ》を二条御所《にじょうごしょ》から落《お》とした。また、軍使《ぐんし》を光秀軍《みつひでぐん》に送《おく》って、誠仁親王一行《さねひとしんのういっこう》の宮中《きゅうちゅう》への渡《わた》りの警護《けいご》を依頼《いらい》した。親王一行《しんのういっこう》は二条御所《にじょうごしょ》を落《お》ちて宮中《きゅうちゅう》へ難《なん》を避《さ》けた。城内《じょうない》での緊急処理《きんきゅうしょり》を終《お》えた信忠《のぶただ》は、観念《かんねん》して自害《じがい》した。信忠《のぶただ》の享年《きょうねん》二十六歳。朝日《あさひ》が高《たか》くなる頃《ころ》には全《すべ》てが終《お》わっていた。

この頃《ころ》、織田軍団《おだぐんだん》は全国各地《ぜんこくかくち》に散《ち》ってそれぞれが戦《たたか》っていた。羽柴秀吉《はしばひでよし》は西国備中高松城《さいごくびっちゅうたかまつじょう》（岡山市）を水攻《みずぜ》め中《ちゅう》。北陸探題《ほくりくたんだい》の柴田勝家《しばたかついえ》は前田利家《まえだとしいえ》や佐々成政《さっさなりまさ》、佐久間盛政《さくまもりまさ》らと共《とも》に越中魚津《えっちゅううおづ》城《じょう》を攻撃中《こうげきちゅう》（408頁8行目参照）。関東探題《かんとうたんだい》の滝川一益《たきがわかずます》は上野国厩橋《こうずけこくうまやばし》（前橋市）に、信濃国川中島領主《しなのこくかわなかじまりょうしゅ》の森長可《もりながよし》は海津《かいづ》（長野市松代町）にいてこの二人《ふたり》は共《とも》に越後《えちご》へ出撃《しゅつげき》の準備中《じゅんびちゅう》。織田家重鎮《おだけじゅうちん》で若狭国《わかさこく》領主《りょうしゅ》の丹羽長秀《にわながひで》は伊勢《いせ》の神戸信孝《かんべのぶたか》（織田信長の三男）と共《とも》に摂津国大阪《せっつこくおおさか》から四国《しこく》へ向《む》けて当《まさ》に出陣《しゅつじん》直前《ちょくぜん》だった。

徳川家康《とくがわいえやす》は穴山梅雪《あなやまばいせつ》（元・武田家臣）と共《とも》に安土《あづち》で大歓待《だいかんたい》を受《う》けた後《のち》、五月二十一日に安土《あづち》を辞《じ》して京《きょう》都から堺《さかい》に入《はい》り物見遊山中《ものみゆさんちゅう》。随行《ずいこう》は遊興《ゆうきょう》の者《もの》ばかり。警護《けいご》の供《とも》は一人《ひとり》もいなかった。信長《のぶなが》が滅《ほろ》んだ瞬間《しゅんかん》に二人《ふたり》は落《お》ち武者《むしゃ》の身《み》になった。信長《のぶなが》の一味《いちみ》だった二人《ふたり》を討《う》ち取《と》れば、光秀《みつひで》から莫大《ばくだい》な恩賞《おんしょう》が貰《もら》える。仕官《しかん》も夢《ゆめ》でない。各地《かくち》で徒党《ととう》を組《く》む野盗《やとう》・野武士《のぶし》は二人《ふたり》を捕《つか》まえようと一斉《いっせい》に動《うご》き出《だ》した。

徳川家康《とくがわいえやす》は信長横死《のぶながおうし》の報《しら》せを『変《へん》』の当日《とうじつ》、堺《さかい》で受《う》けて伊賀《いが》（三重県西部）に逃《に》げ、伊賀《いが》の豪族《ごうぞく》一団《いちだん》の助《たす》けを得《え》て伊勢《いせ》に走《はし》り、白子《しろこ》（鈴鹿市東南部）から船《ふね》を漕《こ》ぎ出《だ》して船中泊《せんちゅうはく》し、六月五日に本《ほん》領《りょう》三河《みかわ》に無事《ぶじ》逃《に》げ戻《もど》った。

穴山梅雪《あなやまばいせつ》は事態《じたい》急変《きゅうへん》の対処《たいしょ》を誤《あやま》って、甲斐《かい》を目指《めざ》して逃《に》げ遅《おく》れたところを、野盗《やとう》に囲《かこ》まれ落《らく》命《めい》した。世間《せけん》は金品《きんぴん》を多《おお》く持《も》ち帰《かえ》ろうとして逃《に》げ遅《おく》れたのだと噂《うわさ》した。

織田信長横死《おだのぶながおうし》の急使《きゅうし》は全国各地《ぜんこくかくち》に飛《と》んだ。京都《きょう》から約百里《やくひゃくり》（400km）離《はな》れた越中魚津《えっちゅううおづ》の柴田勝家《しばたかついえ》の下《もと》には二日後《ふつかご》の四日《よっか》に届《とど》き（408頁7行目参照）、五十里《ごじゅうり》（約200km）離《はな》れた備中高松《びっちゅうたかまつ》の羽柴秀吉《はしばひでよし》の下《もと》には翌日《よくじつ》の夜《よる》に届《とど》いた（431頁3行目参照）。織田軍団《おだぐんだん》は信《しん》じ難《がた》い程《ほど》に完璧《かんぺき》な情報伝達網《じょうほうでんたつもう》を作《つく》り上《あ》げていた。

明智光秀《あけちみつひで》は信長《のぶなが》を滅《ほろ》ぼして第一関門《だいいちかんもん》を突破《とっぱ》した。次《つぎ》は織田一門《おだいちもん》からの反撃《はんげき》をどう防《ふせ》ぐかだ。光《みつ》秀《ひで》は『変《へん》』の六月二日から四日まで三日間在京《かんざいきょう》した。

光秀《みつひで》は元《もと》は室町《むろまち》の幕府衆《ばくふしゅう》だ。その執事《しつじ》の性《さが》が出《で》て、先《ま》ずは朝廷対策《ちょうていたいさく》に乗《の》り出《だ》し、罪深《つみふか》い信長《のぶなが》を誅伐《ちゅうばつ》した状況《じょうきょう》と朝廷《ちょうてい》を奉《たてまつ》る旨《むね》を上奏《じょうそう》して朝廷《ちょうてい》を従来通《じゅうらいどお》りに安堵《あんど》した。

次《つ》いで天下《てんか》の諸大名《しょだいみょう》に親書《しんしょ》を発《はっ》して、織田家滅亡《おだけめつぼう》と新体制《しんたいせい》の構築《こうちく》を伝《つた》えるなどの戦後処理《せんごしょり》に時間《じかん》を費《つい》やした。

明智光秀《あけちみつひで》は五日から八日まで近江《おうみ》の安土城《あづちじょう》に入《はい》って近江一帯《おうみいったい》の織田家《おだけ》一族《いちぞく》と一門《いちもん》の仕置《しおき》（戦後処理）に費《つい》やし、居城《きょじょう》の近江坂本城《おうみさかもとじょう》と安土城《あづちじょう》には攻撃《こうげき》を受《う》けても籠城《ろうじょう》して守《まも》り通《とお》せる精鋭《せいえい》を置《お》いた。

次《つ》いで朝廷《ちょうてい》に対《たい》し、光秀《みつひで》に参内《さんだい》を請《こ》うよう働《はたら》きかけて朝廷《ちょうてい》が光秀《みつひで》に味方《みかた》したと天下《てんか》に知《し》らしめようと画策《かくさく》した。

明智光秀《あけちみつひで》は勅使《ちょくし》を受《う》けて九日《ここのか》に参内《さんだい》した。公家衆《くげしゅう》は光秀《みつひで》の歓心《かんしん》を買《か》おうと総出《そうで》で光秀《みつひで》の入洛《にゅうらく》を出迎《でむか》えた。

第五章　天下統一

一・山崎合戦

中国大返しと明智家滅亡

天正《てんしょう》十年（一五八二年）六月二日、明智光秀《あけちみつひで》は『本能寺《ほんのうじ》の変《へん》』を思《おも》い通《どお》りに遣《や》り終《お》えた。そして既《すで》に娘《むすめ》の舅《しゅうと》の細川忠興《ほそかわただおき》（南丹後国領主）や娘婿《むすめむこ》の津田信澄《つだのぶすみ》（信長の甥・北近江高島郡領主）、将軍義昭《しょうぐんよしあき》の娘《むすめ》の舅《しゅうと》の筒井順慶《つついじゅんけい》（天正五年松永久秀父子を滅ぼし、同六年から大和国領主）など畿内《きない》の諸将《しょしょう》には信長誅《のぶながちゅう》滅《めつ》を密書《みっしょ》に認《したた》めて伝《つた》え終《お》えた。その密書《みっしょ》には信長《のぶなが》を朝敵《ちょうてき》と逆賊《ぎゃくぞく》に仕立《した》てた『朝敵《ちょうてき》・逆賊《ぎゃくぞく》を討《う》つ』との大義名分《たいぎめいぶん》が謳《うた》ってあった。光秀《みつひで》はこの大義名分《たいぎめいぶん》に惚《ほ》れ込《こ》んで、信長《のぶなが》を討《う》ち取《と》った後《あと》の再度《さいど》の支援要請《しえんようせい》を怠《おこた》った。朝敵《ちょうてき》・逆賊《ぎゃくぞく》を討《う》つと認《したた》めた密書《みっしょ》が送《おく》ってある。己《おのれ》は近畿探題《きんきたんだい》であり畿内《きない》の諸《しょ》将《しょう》は皆近畿探題《みなきんきたんだい》の配下《はいか》で一族《いちぞく》でもある。皆《みな》は必《かなら》ず先《さき》を争《あらそ》って参陣《さんじん》して来《く》るものと思《おも》い込《こ》んでいた。

一方《いっぽう》の羽柴秀吉《はしばひでよし》は、天正《てんしょう》十年（一五八二年）六月三日夜《よる》に信長横死《のぶながおうし》の急報《きゅうほう》を備中国高松《びっちゅうこくたかまつ》（岡山市）で受《う》けた。秀吉《ひでよし》は信長横死《のぶながおうし》に衝撃《しょうげき》を受《う》けて、全《すべ》てを失《うしな》ってしまった思《おも》いになり気《き》が塞《ふさ》がった。だが軍師《ぐんし》と仰《あお》ぐ黒田孝高《くろだよしたか》（官兵衛《かんべえ》）に諫《いさ》められて目《め》が覚《さ》め、信長《のぶなが》の遺志《いし》を継《つ》ごうと決心《けっしん》した。そこで毛利勢《もうりぜい》には信長《のぶなが》の死《し》を隠《かく》しながら、水攻《みずぜ》め中《ちゅう》の高松城主清水宗治《たかまつじょうしゅしみずむねはる》の切腹《せっぷく》と備中《びっちゅう》・美作《みまさか》・伯耆《ほうき》各《かっ》国《こく》の一部割譲《いちぶかつじょう》を条件《じょうけん》に、城《しろ》と城兵《じょうへい》は無傷《むきず》で開放《かいほう》して軍《ぐん》を引《ひ》くとの停戦交渉《ていせんこうしょう》を成立《せいりつ》させた。秀吉《ひでよし》は、毛利輝元《もうりてるもと》が織田軍《おだぐん》と和議《わぎ》を結《むす》びたがっているのを黒田孝高《くろだよしたか》（官兵衛）の情報《じょうほう》から既《すで》に知《し》っていたのだ。

羽柴秀吉《はしばひでよし》は宗治切腹《むねはるせっぷく》の後《のち》、六日に高松《たかまつ》を立《た》って五十里《り》（約200km）の道《みち》を僅《わず》か六日間《むいかかん》の行軍《こうぐん》で十二日には摂津国富田《せっつこくとんだ》（高槻市）に入《はい》った。後世《こうせい》これを『秀吉《ひでよし》の中国大返《ちゅうごくおおがえ》し』と称《しょう》し驚《おど》きをもって伝《つた》えた。

他方《たほう》、明智光秀《あけちみつひで》はこの頃《ころ》、畿内《きない》の縁戚《えんせき》に連《つら》なる諸将《しょしょう》の参陣《さんじん》を待《ま》ったが、幾《いく》ら待《ま》っても誰《だれ》も来《こ》なかった。実《じつ》は津田信澄《つだのぶすみ》は、四国出陣中《しこくしゅつじんちゅう》の若狭国《わかさこく》の丹羽長秀《にわながひで》に、光秀《みつひで》への助勢《じょせい》を疑《うたが》われて討《う》ち殺《ころ》されていた。筒井順慶《つついじゅんけい》は秀吉《ひでよし》からも参陣《さんじん》を求《もと》められて動《うご》きが取《と》れなくなった。それで洞《ほら》が峠《とうげ》（国道一号線の京都と大阪の府境）まで出陣《しゅつじん》して、そこで様子見《ようすみ》を決《き》め込《こ》んだ。後世順慶《こうせいじゅんけい》の『洞《ほら》が峠《とうげ》を決《き》め込《こ》む』は様子見《ようすみ》の代名詞《だいめいし》となって、世間《せけん》から嘲《あざけ》られることになった。

そうこうする内《うち》、光秀《みつひで》の下《もと》に『秀吉《ひでよし》が備中《びっちゅう》から軍《ぐん》を返《かえ》して摂津《せっつ》に入国《にゅうこく》』との注進《ちゅうしん》が飛《と》び込《こ》んだ。光秀《みつひで》は意表《いひょう》を突《つ》かれて驚《おどろ》いた。光秀《みつひで》は心中《しんちゅう》で「織田一門《おだいちもん》は先《ま》ず諸将《しょしょう》が集結談合《しゅうけつだんごう》して信長《のぶなが》の後継《あとつ》ぎを選《えら》ぶ。次《つ》いで信長《のぶなが》の居城《きょじょう》の安土城《あづちじょう》を取《と》り返《かえ》して、その後《のち》に光秀《みつひで》の居城《きょじょう》の近江坂本城《おうみさかもとじょう》や丹波亀山城《たんばかめやまじょう》を襲《おそ》う」と思《おも》い込《こ》んでいた。いきなり織《お》田家中《だかちゅう》の一家臣《いちかしん》が京都《きょうと》に単独《たんどく》で攻《せ》め込《こ》んで来《く》るなどとは、光秀《みつひで》の常識《じょうしき》にないことだった。

明智光秀《あけちみつひで》の思惑《おもわく》は外《はず》れた。だがここ畿内《きない》は明智一門《あけちいちもん》の地盤《じばん》だ。秀吉《ひでよし》に味方《みかた》する者《もの》などいる筈《はず》がないと信《しん》じた。そこで急遽《きゅうきょ》、在洛中《ざいらくちゅう》の全軍《ぜんぐん》を山崎街道《やまざきかいどう》（西国街道）の京都《きょう》の入口《いりくち》の要衝《ようしょう》の地《ち》の山崎《やまざき》に向《む》かわせ、そこで軍《ぐん》を二手《ふたて》に分《わ》けて近《ちか》くの淀城《よどじょう》と勝竜寺城《しょうりゅうじじょう》に入《い》れた。羽柴軍《はしばぐん》は備中《びっちゅう》から強行《きょうこう》軍《ぐん》を強《し》いられて疲《つか》れ切《き》り、戦《いくさ》など出来《でき》る状態《じょうたい》でない。その羽柴軍《はしばぐん》が天王山麓《てんのうざんろく》の山崎《やまざき》から無理《むり》攻《ぜ》めして来《く》れば、そこを待《ま》ち受《う》けて一網打尽《いちもうだじん》に討《う》ち取《と》る作戦《さくせん》だ。だが、光秀《みつひで》の作戦《さくせん》には致命的《ちめいてき》な欠陥《けっかん》があった。

信長《のぶなが》を朝敵《ちょうてき》・逆賊《ぎゃくぞく》に仕立《した》てて討《う》てと命《めい》じた当《とう》の本人《ほんにん》も、光秀《みつひで》が頼《たよ》りとした諸将《しょしょう》も皆《みな》その信長《のぶなが》の下《もと》で立身出世《りっしんしゅっせ》した者達《ものたち》ばかりだ。光秀《みつひで》の大義名分《たいぎめいぶん》に素直《すなお》に耳《みみ》を貸《か》す者《もの》など誰《だれ》もいなかったのだ。羽柴秀吉《はしばひでよし》は配下《はいか》の将《しょう》を近畿《きんき》の諸将《しょしょう》の下《もと》に送《おく》り、明智光秀《あけちみつひで》に『弑逆《しいぎゃく》（主君殺害）の罪《つみ》』を着《き》せて秀《ひで》吉軍《よしぐん》に参陣《さんじん》するよう強要《きょうよう》した。そして四国出陣《しこくしゅつじん》を見合《みあ》わせて河内国《かわちこく》に留《とど》まった丹羽軍《にわぐん》には態《わざ》と合流《ごうりゅう》せず、直接敵《ちょくせつてき》と接《せっ》する富田《とんだ》（高槻市）にまで攻《せ》め入《い》って陣《じん》を張《は》り、そこから諸将《しょしょう》に使者《ししゃ》を出《だ》して呼《よ》び付《つ》けた。これが見事《みごと》に成功《せいこう》した。京《きょう》都に接《せっ》する摂津国《せっつこく》茨木城主《いばらきじょうしゅ》の中川清秀《なかがわきよひで》や高槻城主《たかつきじょうしゅ》の高山右近《たかやまうこん》、池田城主《いけだじょうしゅ》の池田恒興《いけだつねおき》らは皆秀吉《みなひでよし》に下《くだ》って参陣《さんじん》した。

十三日には、河内国《かわちこく》にいた織田家重鎮《おだけじゅうちん》の丹羽長秀《にわながひで》も参陣《さんじん》した。秀吉軍《ひでよしぐん》に参陣《さんじん》した諸将《しょしょう》は皆信《みなのぶ》長《なが》の横死《おうし》に誰《だれ》もが胆《きも》を潰《つぶ》し、明日《あす》の不安《ふあん》に慄《おのの》いていた。同日《どうじつ》、信長《のぶなが》の三男《さんなん》で伊勢《いせ》の神戸家《かんべけ》に養子《ようし》に入《はい》った信孝《のぶたか》も富田《とんだ》に参陣《さんじん》してきた。『弑逆《しいぎゃく》の罪《つみ》』はそれ程《ほど》諸将《しょしょう》の心《こころ》を揺《ゆ》り動《うご》かした。

明智光秀《あけちみつひで》は、羽柴秀吉軍《はしばひでよしぐん》が自軍《じぐん》の一万五千に倍加《ばいか》する軍勢《ぐんぜい》になったのに焦《あせ》りを感《かん》じて、敵勢《てきぜい》が集《あつ》まり始《はじ》めたばかりのまだ烏合《うごう》の衆《しゅう》の内《うち》に攻《せ》め潰《つぶ》そうと思《おも》い立《た》った。

天正《てんしょう》十年（一五八二年）六月十三日夕刻《ゆうこく》、明智光秀《あけちみつひで》は淀城《よどじょう》に詰《つ》めた軍勢《ぐんぜい》を山崎《やまざき》に向《む》かわせて、秀吉陣《ひでよしじん》に攻《せ》め込《こ》む態勢《たいせい》を取《と》った。これを見《み》た池田恒興《いけだつねおき》は、同《おな》じ地元勢《じもとぜい》の中川清秀《なかがわきよひで》と高山右近《たかやまうこん》を誘《さそ》い天王山《てんのうざん》から明智軍《あけちぐん》の脇《わき》を衝《つ》いて襲《おそ》いかかった。明智軍《あけちぐん》にとって一味同心《いちみどうしん》と信《しん》じた摂津勢《せっつぜい》が敵方《てきがた》に回《まわ》って攻《せ》め懸《かか》って来《き》たのだ。結果《けっか》は明《あき》らかだ。明智軍《あけちぐん》は予期《よき》せぬ不意討《ふいう》ちに遭《あ》って浮足立《うきあしだ》ち、一目散《いちもくさん》に勝竜寺城《しょうりゅうじじょう》目指《めざ》して逃《に》げ出《だ》した。諸将《しょしょう》の「返《かえ》せ」の声《こえ》も聞《き》かばこそ、あっけない総崩《そうくず》れになった。光秀《みつひで》も一旦《いったん》、勝竜寺城《しょうりゅうじじょう》に逃《のが》れて夜中《よなか》に僅《わず》かの近習《きんしゅう》と共《とも》に近江坂本城《おうみさかもとじょう》を目指《めざ》して城《しろ》を抜《ぬ》け出《だ》した。その途中《とちゅう》、小栗栖《おぐるす》（京都市伏見区）で野盗《やとう》に襲《おそ》われ落命《らくめい》した。光秀《みつひで》の筆頭家老斎藤利《ひっとうかろうさいとうとし》三《みつ》も坂本城《さかもとじょう》を目指《めざ》して退却《たいきゃく》したが、これも堅田《かただ》（大津市）で生《い》け捕《ど》られて洛中《らくちゅう》引《ひ》き回《まわ》しのうえ斬《ざん》首《しゅ》された。明智一門《あけちいちもん》は脆《もろ》くも壊滅《かいめつ》した。

羽柴秀吉《はしばひでよし》は焼《や》け落《お》ちた本能寺《ほんのうじ》に入《はい》り、主君信長《しゅくんのぶなが》と共《とも》に散《ち》った忠臣《ちゅうしん》らの遺体《いたい》や遺骨《いこつ》を集《あつ》めて丁《てい》重《ちょう》に葬《ほうむ》った。その一方《いっぽう》で畿内《きない》の明智《あけち》の縁者《えんじゃ》を探《さが》し出《だ》して、一々《いちいち》に首《くび》を刎《は》ねて見《み》せしめにした。

二・清洲会議と賤ヶ岳合戦

織田家督に三法師を推戴

織田一門《おだいちもん》は皆主君信長《みなしゅくんのぶなが》が横死《おうし》して驚《おどろ》き悲《かな》しみ、そして慌《あわ》てて明智《あけち》を討《う》ち取《と》ろうと京都《きょう》を目指《めざ》した。だがその頃《ころ》には既《すで》に羽柴秀吉《はしばひでよし》が明智光秀《あけちみつひで》を討《う》ち取《と》っていた。

安土城《あづちじょう》は明智一族《あけちいちぞく》の明智秀満《あけちひでみつ》が守備《しゅび》したが、山崎敗戦《やまざきはいせん》を受《う》けて城《しろ》を空《あ》けて逃《に》げ落《お》ちた。その混《こん》乱《らん》に乗《じょう》じて盗賊《とうぞく》が押《お》し入《い》り、城《しろ》が焼《や》け落《お》ちて城下《じょうか》も混乱《こんらん》の巷《ちまた》となって壊滅《かいめつ》した。

これより先《さき》、織田信忠《おだのぶただ》の嫡男《ちゃくなん》で三歳《さんさい》の三法師《さんほうし》は、信忠《のぶただ》の家臣前田玄以《かしんまえだげんい》に伴《ともな》われて、岐阜城《ぎふじょう》から清洲城《きよすじょう》に居《きょ》を移《うつ》した。清洲城主《きよすじょうしゅ》は信長《のぶなが》の弟《おとうと》の織田信包《おだのぶかね》で、岐阜中将《ぎふちゅうじょう》織田信忠《おだのぶただ》の副将《ふくしょう》だ。信包《のぶかね》は小谷城落城《おだにじょうらくじょう》の折《おり》、信長《のぶなが》の命《めい》で浅井長政《あさいながまさ》の室《しつ》の市《いち》と市《いち》の娘《むすめ》の三姉妹《さんしまい》を伊勢国上野《いせこくうえの》に匿《かくま》ったが、この市《いち》と三姉妹《さんしまい》も万一《まんいつ》に備《そな》えて清洲《きよす》に呼《よ》び寄《よ》せた。玄以《げんい》は明智軍《あけちぐん》の急襲《きゅうしゅう》を恐《おそ》れて織田家《おだけ》の面々《めんめん》に「三法師様《さんほうしさま》は清洲《きよす》に御着城《ごちゃくじょう》につき、至急守護《しきゅうしゅご》に参《まい》られたし」と急使《きゅうし》を発《はっ》した。

織田家筆頭家老《おだけひっとうかろう》の柴田勝家《しばたかついえ》は京都《きょう》を目指《めざ》して急《いそ》いだが、その途中《とちゅう》で「光秀滅《みつひでほろ》ぶ」の報《しら》せが入《はい》った。そして敦賀《つるが》を過《す》ぎたところで清洲《きよす》からの急使《きゅうし》を受《う》けて、尾張国清洲城《おわりこくきよすじょう》に進路《しんろ》を変《か》えた。

織田家一門《おだけいちもん》の面々《めんめん》は続々《ぞくぞく》と清洲城《きよすじょう》に参集《さんしゅう》して三法師《さんほうし》を弔問《ちょうもん》しながら、織田家《おだけ》の跡《あと》を継《つ》ぐ者《もの》は誰《だれ》かと噂《うわさ》し合《あ》った。

織田信長《おだのぶなが》の三男信孝《さんなんのぶたか》は、伊勢国《いせこく》の神戸家《かんべけ》に養子《ようし》に入《はい》り神戸家《かんべけ》を継《つ》いだが、本能寺《ほんのうじ》の変《へん》の直前《ちょくぜん》の四国攻《しこくぜ》めに際《さい》して、信長《のぶなが》に与《くみ》する三好康長《みよしやすなが》の養子《ようし》に移《うつ》ることになっていた。ところがこの『変《へん》』が起《お》こって天下《てんか》が急変《きゅうへん》したので、信孝《のぶたか》は姓《せい》を織田《おだ》に戻《もど》した（以後、織田信孝）。織田信孝《おだのぶたか》は才気《さいき》に溢《あふ》れて、織田家《おだけ》の跡《あと》を継《つ》ぐのは己以外《おのれいがい》にいないと確信《かくしん》した。

二男《になん》で伊勢国国司《いせこくこくし》の北畠家《きたばたけけ》の養子《ようし》に入《はい》った信雄《のぶかつ》（信雄も本能寺の変の後に姓を織田に戻した。以後、織田信雄）は、性向惰弱《せいこうだじゃく》で天下《てんか》を取《と》る気力胆力《きりょくたんりょく》は持《も》ち合《あ》わせていなかったが、家臣団《かしんだん》は己《おのれ》の出世《しゅっせ》を狙《ねら》い、信孝《のぶたか》の兄《あに》でもあることから『長幼《ちょうよう》の序《じょ》』を楯《たて》に取《と》って信雄《のぶかつ》を担《かつ》ぎ、信孝《のぶたか》に対抗《たいこう》した。両家《りょうけ》の家臣団《かしんだん》は互《たが》いに織田家《おだけ》の家老《かろう》に日参《にっさん》して主君《しゅくん》を売《う》り込《こ》み、一方《いっぽう》で軍卒《ぐんそつ》を募《つの》って勢力《せいりょく》を誇示《こじ》した。

織田家筆頭家老《おだけひっとうかろう》の柴田勝家《しばたかついえ》は面々《めんめん》の意《い》を酌《く》んで、急遽織田信雄《きゅうきょおだのぶかつ》・信孝兄弟《のぶたかきょうだい》と織田家重臣《おだけじゅうしん》の丹羽長秀《にわながひで》・滝川一益《たきがわかずます》・羽柴秀吉《はしばひでよし》と池田恒興《いけだつねおき》（山崎合戦の功労者）に呼《よ》び掛《か》け、六月二十七日を期《き》して清洲城《きよすじょう》にて会議《かいぎ》を催《もよお》すと伝《つた》えた。この内《うち》、関東探題《かんとうたんだい》の滝川一益《たきがわかずます》は信長横死後《のぶながおうしご》の対処《たいしょ》を誤《あやま》り、相模《さがみ》の北条氏政《ほうじょううじまさ》に滝川勢《たきがわぜい》の数倍《すうばい》の軍勢《ぐんぜい》を向《む》けられ関東《かんとう》から追《お》い出《だ》されたので、面目《めんぼく》を失《うしな》い参加《さんか》を辞退《じたい》した。

柴田勝家《しばたかついえ》は会議《かいぎ》（清洲会議）を主宰《しゅさい》し、織田家《おだけ》の後継者《こうけいしゃ》として、光秀討伐《みつひでとうばつ》に参戦《さんせん》した功《こう》を認《みと》めて三男信孝《さんなんのぶたか》を推《お》した。一同《いちどう》もそれに同意《どうい》する気配《けはい》になった。羽柴秀吉《はしばひでよし》は

「これでは織田一門《おだいちもん》の今後《こんご》は勝家《かついえ》の意《い》のままになる」と面白《おもしろ》からず思《おも》い、
「しばらくお待《ま》ちを」と声《こえ》を上《あ》げた。羽柴秀吉《はしばひでよし》と柴田勝家《しばたかついえ》は、天正《てんしょう》五年に加賀国手取川《かがこくてどりがわ》で上杉《うえすぎ》謙信《けんしん》と対峙《たいじ》した時の軍議《ぐんぎ》以来《いらい》、互《たが》いの間《あいだ》に溝《みぞ》が出来《でき》ていた（383頁5～8行目参照）。一同《いちどう》は秀吉《ひでよし》が信長《のぶなが》から養子《ようし》にもらった信長《のぶなが》の四男秀勝《よんなんひでかつ》を推《お》すと言《い》い出《だ》すのではないかと気《き》を揉《も》んで、顔色《かおいろ》を変《か》えた。秀吉《ひでよし》は落《お》ち着《つ》いて
「織田家《おだけ》の家督《かとく》は既《すで》に御嫡男《ごちゃくなん》の信忠様《のぶただざま》であると御主君信長公《ごしゅくんのぶながこう》がお決《き》めになって御座《ござ》る。その信《のぶ》忠様《ただざま》もお亡《な》くなりになったが、御子《おこ》の三法師様《さんほうしさま》がここに居《い》て御座《おわ》す。未《ま》だご幼少《ようしょう》とはいえ、三法《さんほう》師様《しさま》に継《つ》いで戴《いただ》くことこそ筋《すじ》では御座《ござ》らぬか。元服《げんぷく》なさるまでは我《われ》ら一同《いちどう》で後見《こうけん》すればそれで済《す》むこと」と意見《いけん》した。丹羽《にわ》や池田《いけだ》が秀吉《ひでよし》の意見《いけん》に賛同《さんどう》した。勝家《かついえ》も特《とく》に反論《はんろん》はせず、
「そうすれば信雄《のぶかつ》と信孝《のぶたか》との勢力争《せいりょくあらそ》いもやがては治《おさ》まる」と思案《しあん》して納得《なっとく》し、織田家《おだけ》の後継者《こうけいしゃ》を三法師《さんほうし》に決定《けってい》した。そうせざるを得《え》ないほどに信雄《のぶかつ》と信孝《のぶたか》の兄弟間《きょうだいかん》は後継争《こうけいあらそ》いで一触即発《いっしょくそくはつ》の危険《きけん》な状態《じょうたい》になっていた。

織田家所領の仕置と市　柴田勝家に婚嫁

清洲《きよす》会議《かいぎ》は、次《つ》いで明智領《あけちりょう》と主家《しゅけ》の織田家《おだけ》の領地《りょうち》の仕置《しおき》（処理）に話《はなし》が移《うつ》った。この会議《かいぎ》で家《か》督《とく》についた三法師《さんほうし》（このとき三歳）の守役《もりやく》には、信長《のぶなが》の側近《そっきん》だった堀秀政《ほりひでまさ》を付《つ》けて、養育代《よういくだい》として近江国坂田郡《おうみこくさかたぐん》二万五千石《ごく》と安土城《あづちじょう》を得《え》て貰《もら》うことにした。安土城《あづちじょう》は城下《じょうか》も含《ふく》めて壊滅《かいめつ》したが、織《お》田一門《だいちもん》にとっては主君信長《しゅくんのぶなが》を偲《しの》ぶ聖地《せいち》だ。前田玄以《まえだげんい》と長谷川丹波守《はせがわたんばのかみ》は三法師《さんほうし》の側近《そばちか》くに仕《つか》える世《せ》話役《わやく》になった。守役《もりやく》となった堀秀政《ほりひでまさ》は信長《のぶなが》の側近《そっきん》であると同時《どうじ》に、秀吉《ひでよし》と共《とも》に軍監《ぐんかん》として備前《びぜん》にも出陣《しゅつじん》していて、この頃《ころ》は既《すで》に秀吉《ひでよし》の意《い》に沿《そ》うようになっていた。

信長《のぶなが》と信忠《のぶただ》が領《りょう》した織田家《おだけ》の旧領《きゅうりょう》は、三法師《さんほうし》が元服《げんぷく》した時《とき》に返《かえ》す事《こと》にして、それまでは会議《かいぎ》に加《くわ》わった一同《いちどう》で預《あず》かり管理《かんり》することになった。そこで引《ひ》き続《つづ》き談合《だんごう》して、信長《のぶなが》の次男《じなん》の信雄《のぶかつ》は旧《きゅう》領《りょう》の南伊勢《みなみいせ》に加《くわ》えて尾張《おわり》を、三男《さんなん》の信孝《のぶたか》は同《おな》じく北伊勢《きたいせ》に加《くわ》えて美濃《みの》を、四男《よんなん》で秀吉《ひでよし》の養子《ようし》の秀《ひで》勝《かつ》は明智領《あけちりょう》の丹波《たんば》を取《と》った。

柴田勝家《しばたかついえ》は越前《えちぜん》に加《くわ》えて長浜城《ながはまじょう》を含《ふく》む江北三郡《こうほくさんぐん》を強《し》いて求《もと》めて、北陸《ほくりく》から美濃《みの》・尾張《おわり》までを地《じ》続《つづ》きの領地《りょうち》にした。

丹羽長秀《にわながひで》は若狭《わかさ》に加《くわ》えて近江国《おうみこく》滋賀《しが》・高島両郡《たかしまりょうぐん》を得《え》た。羽柴秀吉《はしばひでよし》は長浜《ながはま》を勝家《かついえ》に譲《ゆず》り、旧領《きゅうりょう》の播磨《はりま》に加《くわ》えて山城国《やましろこく》と河内国《かわちこく》を取《と》った。

池田恒興《いけだつねおき》は摂津《せっつ》一国《いっこく》を領有《りょうゆう》した。柴田《しばた》・羽柴《はしば》・丹羽《にわ》・池田《いけだ》の四人《よにん》の宿老《しゅくろう》は三法師《さんほうし》の後見役《こうけんやく》になったが、間《ま》もなくそれぞれは居城《きょじょう》に帰《かえ》って名前《なまえ》だけの後見役《こうけんやく》になった。結果《けっか》として一同《いちどう》は体《てい》よく主家《しゅけ》の領土《りょうど》を分捕《ぶんど》った形《かたち》になったが、下克上《げこくじょう》の戦国時代《せんごくじだい》ではこれが当《あ》たり前《まえ》の仕置《しおき》だった。

羽柴秀吉《はしばひでよし》は表向《おもてむ》きは北近江三郡《きたおうみさんぐん》と長浜城《ながはまじょう》を譲《ゆず》って柴田勝家《しばたかついえ》を立《た》てた形《かたち》になった。だがその一方《いっぽう》で京師《けいし》（首都）を取《と》り巻《ま》く山城《やましろ》・河内両国《かわちりょうこく》と養子《ようし》の秀勝《ひでかつ》が得《え》た丹波国《たんばこく》を領国化《りょうごくか》した。京都《きょう》を包《つつ》み込《こ》めば洛中洛外《らくちゅうらくがい》の政治《せいじ》・経済《けいざい》・治安《ちあん》の全《すべ》てが我《わ》が手中《しゅちゅう》に落《お》ちると深謀遠慮《しんぼうえんりょ》して、柴田勝家《しばたかついえ》の要《よう》求《きゅう》した長浜城《ながはまじょう》と江北《こうほく》は無条件《むじょうけん》で譲《ゆず》って、勝家《かついえ》には意識《いしき》して逆《さか》らわぬように心配《こころくば》りした。

伊勢上野城《いせうえのじょう》（三重県津市）に隠棲《いんせい》した市《いち》は、上野城主《うえのじょうしゅ》の織田信包《おだのぶかね》に今後《こんご》の我《わ》が身《み》の処《しょ》し方《かた》を相《そう》談《だん》した。信包《のぶかね》はこの清洲会議《きよすかいぎ》の結果《けっか》、織田家《おだけ》の今後《こんご》は羽柴秀吉《はしばひでよし》か柴田勝家《しばたかついえ》かのどちらかに委《ゆだ》ねられるだろうと判断《はんだん》して、どちらかに嫁《か》して今後《こんご》の身《み》を立《た》てるように勧《すす》めた。

市《いち》は浅井長政《あさいながまさ》との間《あいだ》に出来《でき》た遺子《いし》の万福丸《まんぷくまる》を探《さが》し出《だ》して磔《はりつけ》にした秀吉《ひでよし》が許《ゆる》せず、秀吉《ひでよし》とは『倶《とも》に天《てん》を戴《いただ》かず』と憎《にく》んだ。これに比《くら》べて勝家《かついえ》は亡《な》き織田信長《おだのぶなが》第一《だいいち》の重鎮《じゅうちん》で文武両道《ぶんぶりょうどう》に通《つう》じ、人情《にんじょう》にも厚《あつ》いと見《み》た。信包《のぶかね》は勝家《かついえ》を訪《たず》ねて市《いち》の意《い》を話《はな》し、市《いち》の今後《こんご》を勝家《かついえ》に委《ゆだ》ねたいと伝《つた》えた。

柴田勝家《しばたかついえ》は驚《おどろ》き喜《よろこ》んで、市《いち》とは来世《らいせ》まで共《とも》にすることを了承《りょうしょう》した。しかし今《いま》は信長《のぶなが》が亡《ほろ》び家督《かとく》の信忠《のぶただ》も他界《たかい》して、織田家《おだけ》が存続《そんぞく》できるかどうかの瀬戸際《せとぎわ》だ。この様《よう》な時《とき》に華《はな》やかな『華燭《かしょく》の典《てん》』は慎《つつし》まなければならない。市《いち》は勝家《かついえ》の許《ゆる》しを得《え》て信孝《のぶたか》と相談《そうだん》し、岐阜城《ぎふじょう》に入《はい》って勝家《かついえ》と親《した》しい織田一族《おだいちぞく》の信孝《のぶたか》、三法師《さんほうし》、信包《のぶかね》などを招《まね》いただけの細《ささ》やかな婚儀《こんぎ》を執《と》り行《おこな》った。

秀吉　勝家と反目

清洲会議《きよすかいぎ》の後《のち》、羽柴秀吉《はしばひでよし》は主君弑逆《しゅくんしいぎゃく》の大罪《たいざい》を犯《おか》した光秀《みつひで》を討《う》ち取《と》ったことの手柄《てがら》を誇示《こじ》して、織田家《おだけ》を乗《の》っ取《と》る勢《いきお》いを示《しめ》した。他方《たほう》、織田一族《おだいちぞく》と織田家《おだけ》の宿老《しゅくろう》らは織田家《おだけ》の将来《しょうらい》を危《あや》ぶんで対《たい》抗意識《こういしき》を高《たか》めた。両者間《りょうしゃかん》には抜《ぬ》き差《さ》しならぬ勢力争《せいりょくあらそ》いが急速《きゅうそく》に顕在化《けんざいか》した。

天正《てんしょう》十年九月、柴田勝家《しばたかついえ》はこのままでは織田一門《おだいちもん》は分裂《ぶんれつ》すると心配《しんぱい》して市《いち》と相談《そうだん》し、織田家《おだけ》故地《こち》の尾張美濃《おわりみの》からしばらく離《はな》れて冷却《れいきゃく》期間《きかん》を取《と》ろうと思《おも》った。それで市《いち》と共《とも》に妙心寺《みょうしんじ》（右京区）で信長《のぶなが》の百箇日法要《ひゃっかにちほうよう》を済《す》ませた後《のち》に北国《ほっこく》の越前北ノ庄《えちぜんきたのしょう》に引《ひ》き上《あ》げた。

他方《たほう》の羽柴秀吉《はしばひでよし》は山城国《やましろこく》の本圀寺《ほんこくじ》（山科区）を拠点《きょてん》にして新《あら》たに領有《りょうゆう》した領国《りょうごく》の仕置《しおき》を行《おこな》った。すると京都《きょう》の公家《くげ》や諸国《しょこく》の大名《だいみょう》が引《ひ》きも切《き》らずに本圀寺詣《ほんこくじもうで》を始《はじ》めた。世間《せけん》は明智光秀《あけちみつひで》を討《う》ち取《と》った秀吉《ひでよし》を信長《のぶなが》の実質後継者《じっしつこうけいしゃ》と見做《みな》した。

秀吉《ひでよし》はこの情景《じょうけい》に気《き》を良《よ》くして山崎街道《やまざきかいどう》（西国街道）の要衝《ようしょう》の、光秀《みつひで》を討《う》った天王山《てんのうざん》の麓《ふもと》に山崎《やまざき》城《じょう》を築《きず》いて天下《てんか》を制覇《せいは》したと世間《せけん》に知《し》らしめた。

また織田家《おだけ》に有縁《うえん》の諸将《しょしょう》を集《あつ》めて京都大徳寺《きょうとだいとくじ》で盛大《せいだい》に信長《のぶなが》の葬儀《そうぎ》を執《と》り行《おこな》った。棺《ひつぎ》には信長《のぶなが》の木像《もくぞう》を入《い》れ、棺《かん》の前後《ぜんご》を秀吉《ひでよし》の養子《ようし》になった信長《のぶなが》の四男《よんなん》の秀勝《ひでかつ》と池田恒興《いけだつねおき》の嫡子《ちゃくし》の輝政《てるまさ》に担《かつ》がせた。

朝廷《ちょうてい》は信長《のぶなが》に従一位《じゅいちい》太政大臣《だじょうだいじん》を追贈《ついぞう》した。秀吉《ひでよし》は大徳寺《だいとくじ》に位牌所《いはいしょ》を建立《こんりゅう》して自分《じぶん》が信長《のぶなが》の後継者《こうけいしゃ》であることを世間《せけん》に誇示《こじ》した。織田家《おだけ》の家臣《かしん》らの内《うち》、新参《しんざん》の家臣《かしん》や下級家臣《かきゅうかしん》から成《な》り上《あ》がった家臣《かしん》は、織田《おだ》一族《いちぞく》や織田家《おだけ》代々《だいだい》の宿老《しゅくろう》らの旧体制側《きゅうたいせいがわ》に味方《みかた》するより、時流《じりゅう》に乗《の》った新参《しんざん》で成《な》り上《あ》がりの秀吉《ひでよし》に与《くみ》した方《ほう》が得策《とくさく》と考《かんが》えて、我《われ》も我《われ》もと秀吉側《ひでよしがわ》に味方《みかた》した。秀吉《ひでよし》はさらに深謀遠慮《しんぼうえんりょ》して、柴田勝家《しばたかついえ》とは敵対関係《てきたいかんけい》にある越後《えちご》の上杉景勝《うえすぎかげかつ》とも誼《よしみ》を結《むす》んだ。また美濃国《みのこく》の領主《りょうしゅ》になった信長《のぶなが》の三男信孝《さんなんのぶたか》の筆頭家老《ひっとうかろう》の斎藤利尭《さいとうとしたか》が急死《きゅうし》した機《き》を捉《とら》えて、秀吉《ひでよし》の意《い》に添《そ》うように岐阜城内《ぎふじょうない》の重臣《じゅうしん》らに付《つ》け届《とど》けをして取《と》り入《い》った。また秀吉《ひでよし》は織田信雄《おだのぶかつ》とも同盟《どうめい》して自陣《じじん》に取《と》り込《こ》んだ。

天正《てんしょう》十年十一月、柴田勝家《しばたかついえ》は越前大野《えちぜんおおの》領主《りょうしゅ》の金森長近《かなもりながちか》と越前府中《えちぜんふちゅう》領主《りょうしゅ》の不破勝光《ふわかつみつ》、能登国《のとこく》領主《りょうしゅ》の前田利家《まえだとしいえ》の三人《さんにん》を和平使節《わへいしせつ》として羽柴秀吉《はしばひでよし》の下《もと》に送《おく》り、世間《せけん》に京師《けいし》（首都）制覇《せいは》を誇示《こじ》しているように見《み》せる目障《めざわ》りな山崎城《やまざきじょう》を破却《はきゃく》することと、織田信孝《おだのぶたか》が領《りょう》する岐阜城《ぎふじょう》への干渉《かんしょう》は行《おこな》わないよう申《もう》し入《い》れた。秀吉《ひでよし》は時《とき》を稼《かせ》ごうと謀《はか》って三人《さんにん》を迎《むか》え入《い》れ、使節団《しせつだん》を刺激《しげき》せぬよう聞《き》き役《やく》に徹《てっ》して、そつなく和平会談《わへいかいだん》を済《す》ませた。その一方《いっぽう》で、供応《きょうおう》の席《せき》では世情談議《せじょうだんぎ》に花《はな》を咲《さ》かせて、さりげなく勝家《かついえ》が崇《あが》める織田家《おだけ》に天下《てんか》の仕置《しおき》を任《まか》せたときの各界《かくかい》の反応《はんのう》を披歴《ひれき》して、時流《じりゅう》の必然《ひつぜん》を解説《かいせつ》して見《み》せた。さらに加《くわ》えて秀吉《ひでよし》が織田家《おだけ》に仕官《しかん》して以来《いらい》の『水魚《すいぎょ》の交《まじ》わり』（切っても切れない親しい交わり・原典は三国志 蜀志・諸葛亮伝）の仲《なか》の前田利家《まえだとしいえ》を訪《たず》ねて、旧交《きゅうこう》を温《あたた》めようと密談《みつだん》の一時《いっとき》を持《も》った。同《おな》じく金森《かなもり》や不破《ふわ》にも格別《かくべつ》の付《つ》け届《とど》けをして気脈《きみゃく》を通《つう》じた。秀吉《ひでよし》は人《ひと》たらしの天才《てんさい》と云《い》われる面目躍如《めんぼくやくじょ》の行動《こうどう》に出《で》て、使節団《しせつだん》を心行《こころゆ》くまで供応《きょうおう》した後《のち》に、木枯《こが》らしの吹《ふ》き始《はじ》めた北陸《ほくりく》に送《おく》り返《かえ》した。

続《つづ》いて長浜城主《ながはまじょうしゅ》になった柴田勝豊《しばたかつとよ》（勝家の甥）に対《たい》しては、勝家《かついえ》から離《はな》れて秀吉《ひでよし》に付《つ》くよう頻《しき》りに調略《ちょうりゃく》した。勝豊《かつとよ》には、勝家《かついえ》に実子《じっし》が生《う》まれて柴田家《しばたけ》を継《つ》ぐ見込《みこ》みがなくなり、この度《たび》また市《いち》が柴田家《しばたけ》に嫁入《よめいり》して、勝豊《かつとよ》の柴田家《しばたけ》に於《お》ける存在《そんざい》が急速《きゅうそく》に薄《うす》れた。秀吉《ひでよし》はそこを突《つ》いて寝返《ねがえ》りを勧《すす》めた。

同年《どうねん》十二月、秀吉《ひでよし》は北陸《ほくりく》に雪《ゆき》が降《ふ》り始《はじ》めるのを待《ま》って、柴田勝豊《しばたかつとよ》の長浜城《ながはまじょう》に出陣《しゅつじん》した。勝豊《かつとよ》は無抵抗《むていこう》で降伏《こうふく》した。秀吉《ひでよし》は長浜城《ながはまじょう》と北近江《きたおうみ》を労《ろう》せずして手《て》に入《い》れて、長浜城《ながはまじょう》の城兵《じょうへい》も残《のこ》らず自軍《じぐん》の配下《はいか》に収《おさ》めた。

秀吉《ひでよし》は長浜城《ながはまじょう》を手《て》に入《い》れた勢《いきお》いに乗《の》って岐阜城《ぎふじょう》を囲《かこ》んだ。城内《じょうない》の重臣《じゅうしん》らは既《すで》に秀吉《ひでよし》に籠絡《ろうらく》されていて秀吉軍《ひでよしぐん》を撃退《げきたい》しようとはせず、逆《ぎゃく》に主君《しゅくん》の織田信孝《おだのぶたか》に降伏《こうふく》を勧《すす》めた。信孝《のぶたか》は進退極《しんたいきわま》って、已《や》む無《な》く岐阜城《ぎふじょう》にいた三法師《さんほうし》と信孝《のぶたか》の生母《せいぼ》を秀吉《ひでよし》に差《さ》し出《だ》して降伏《こうふく》した。

羽柴秀吉《はしばひでよし》は、三法師《さんほうし》を安土《あづち》に迎《むか》えて安土築城《あづちちくじょう》を名目《めいもく》に、浅野長政《あさのながまさ》を北近江《きたおうみ》の木之本《きのもと》に向《む》かわせて、付近《ふきん》の木材《もくざい》を伐採《ばっさい》し、越前《えちぜん》から近江《おうみ》へ入国《にゅうこく》する街道《かいどう》沿《ぞ》いに柵《さく》や砦《とりで》を築《きず》いた。そして羽柴秀長《はしばひでなが》や堀秀政《ほりひでまさ》らの軍勢《ぐんぜい》二万五千を余呉湖《よごこ》周辺《しゅうへん》に配置《はいち》して、柴田勝家《しばたかついえ》の不意《ふい》の出陣《しゅつじん》に備《そな》えた。

その一方《いっぽう》で秀吉《ひでよし》は、柴田《しばた》とは一味同心《いちみどうしん》の滝川一益《たきがわかずます》の勢力削減《せいりょくさくげん》を図《はか》り、一益《かずます》の領国《りょうごく》の伊勢亀山《いせかめやま》城主《じょうしゅ》の関盛信《せきもりのぶ》を調略《ちょうりゃく》して秀吉側《ひでよしがわ》に寝返《ねがえ》らせた。

明《あ》けて天正《てんしょう》十一年（一五八三年）正月《しょうがつ》、滝川一益《たきがわかずます》は関盛信《せきもりのぶ》が秀吉《ひでよし》に目通《めどお》りしに京《きょう》都に向《む》かった隙《すき》を付《つ》いて亀山城《かめやまじょう》を取《と》り戻《もど》し、盛信《もりのぶ》に代《か》えて佐治新介《さじしんすけ》を城《しろ》に入《い》れて守《まも》らせた。

賤ヶ岳の合戦

天正《てんしょう》十年（一五八二年）二月、秀吉《ひでよし》はこの春《はる》には柴田勝家《しばたかついえ》との決戦《けっせん》が避《さ》けられぬと見込《みこ》んで、その時《とき》に背後《はいご》を滝川一益《たきがわかずます》に襲《おそ》われぬよう総勢《そうぜい》七万の軍勢《ぐんぜい》を率《ひき》いて、未《ま》だ北陸《ほくりく》が雪《ゆき》に閉《と》ざされている内《うち》に伊勢国桑名《いせこくくわな》に出兵《しゅっぺい》し、軍勢《ぐんぜい》を三手《さんて》に分《わ》けて峰城《みねじょう》や亀山城《かめやまじょう》を囲《かこ》んだ。戦《いくさ》はしばらく膠着状《こうちゃくじょう》態《たい》になったが、三月に入《はい》って漸《よう》く亀山城《かめやまじょう》は落城《らくじょう》した。秀吉《ひでよし》は一益《かずます》の居城《きょじょう》の伊勢長島城《いせながしまじょう》に向《む》かった。

一方《いっぽう》の柴田勝家《しばたかついえ》は前年《ぜんねん》の十一月、秀吉《ひでよし》の下《もと》に和平使節《わへいしせつ》を送《おく》ると同時《どうじ》に伊勢国《いせこく》の滝川一益《たきがわかずます》や廃《はい》将軍《しょうぐん》の足利義昭《あしかがよしあき》、安芸国大名《あきこくだいみょう》の毛利輝元《もうりてるもと》に同盟《どうめい》を働《はたら》き掛《か》けて、秀吉包囲網《ひでよしほういもう》を構築《こうちく》しようと呼《よ》び掛《か》けた。

天正《てんしょう》十一年（一五八三年）三月三日、羽柴秀吉《はしばひでよし》が伊勢国亀山城《いせこくかめやまじょう》を落《お》とした丁度《ちょうど》その日《ひ》に、柴田《しばた》勝家《かついえ》は佐久間盛政《さくまもりまさ》を先陣《せんじん》として前田利家《まえだとしいえ》や不破勝光《ふわかつみつ》・原政茂《はらまさしげ》・金森長近《かなもりながちか》・徳山秀現《とくやまひであき》ら北陸衆《ほくりくしゅう》二万八千を率《ひき》いて柳ケ瀬《やながせ》に向《む》けて出陣《しゅつじん》した。

羽柴秀吉《はしばひでよし》は勝家出陣《かついえしゅつじん》を伊勢《いせ》で聞《き》き、軍勢《ぐんぜい》一万五千を織田信雄《おだのぶかつ》に授《さず》けて一益《かずます》の抑《おさ》えを委《ゆだ》ね、十七日には五万の軍勢《ぐんぜい》を率《ひき》い、江北木之本《こうほくきのもと》に陣《じん》を返《かえ》して柴田軍《しばたぐん》に対峙《たいじ》した。両軍《りょうぐん》の睨《にら》み合《あ》いが始《はじ》まった。

四月に入《はい》って秀吉《ひでよし》に降伏《こうふく》したはずの岐阜城《ぎふじょう》の織田信孝《おだのぶたか》が寝返《ねがえ》り、秀吉《ひでよし》に与《くみ》した美濃清水城《みのしみずじょう》の稲葉良通《いなばよしみち》（道号一鉄）や大垣城《おおがきじょう》の氏家直道《うじいえなおみち》の所領《しょりょう》に攻《せ》め入《い》った。秀吉《ひでよし》は膠着状態《こうちゃくじょうたい》が続《つづ》く北国街道《ほっこくかいどう》の余呉川沿《よごかわぞ》いの睨《にら》み合《あ》いから柴田軍《しばたぐん》を引《ひ》き出《だ》す天与《てんよ》の機会《きかい》が来《き》たと捉《とら》えて、柴田軍《しばたぐん》にも伝《つた》わるように態《わざ》と信孝討伐《のぶたかとうばつ》の軍議《ぐんぎ》を催《もよお》した。そして信孝《のぶたか》が人質《ひとじち》に差《さ》し出《だ》した実母《じつぼ》を磔《はりつけ》にして、四月十六日、自《みずか》ら一万五千の軍勢《ぐんぜい》を率《ひき》いて岐阜《ぎふ》に出張《でば》った。柴田勝家《しばたかついえ》の物見《ものみ》は即刻《そっこく》これを柴田本陣《しばたほんじん》に伝《つた》えた。

佐久間盛政《さくまもりまさ》は柴田勝家《しばたかついえ》に、賤《しず》ヶ岳《だけ》の大岩山《おおいわやま》を守《まも》る秀吉《ひでよし》の武将中川清秀《ぶしょうなかがわきよひで》を奇襲攻撃《きしゅうこうげき》したいと申《もう》し出《で》て、四月二十日の丑刻《うしのこく》（午前二時）、陣所《じんしょ》の行市山《ぎょういちやま》を出発《しゅっぱつ》して未明《みめい》に四千の軍勢《ぐんぜい》と共《とも》に大岩山《おおいわやま》の中川清秀《なかがわきよひで》の陣所《じんしょ》を襲《おそ》った。就寝中《しゅうしんちゅう》を襲《おそ》われた守備兵《しゅびへい》は戦《たたか》う間《ま》もなく全滅《ぜんめつ》して、清秀《きよひで》も陣没《じんぼつ》した。次《つ》いで近《ちか》くの高山右近《たかやまうこん》の岩崎山《いわさきやま》の陣所《じんしょ》を襲《おそ》った。右近《うこん》の陣《じん》も総崩《そうくず》れになって、右近《うこん》は木之本《きのもと》に敗走《はいそう》した。賤《しず》ヶ岳《だけ》を守《まも》る桑山重晴《くわやましげはる》は砦《とりで》を明《あ》け渡《わた》して海津《かいづ》へ撤退《てったい》した。盛政《もりまさ》は襲撃《しゅうげき》の大成功《だいせいこう》に酔《よ》い痴《し》れた。

佐久間盛政《さくまもりまさ》は秀吉《ひでよし》が岐阜《ぎふ》に出撃《しゅつげき》して留守《るす》であることに気《き》を許《ゆる》し、反撃《はんげき》のあることを忘《わす》れて柳ケ《やなが》瀬《せ》には帰《かえ》らず、勝利《しょうり》の余韻《よいん》に浸《ひた》ったまま大岩山《おおいわやま》でその夜《よ》を迎《むか》えた。

一方《いっぽう》の秀吉《ひでよし》は十六日に岐阜《ぎふ》城《じょう》攻撃《こうげき》に向《む》かったが、豪雨《ごうう》に遭《あ》って揖斐川《いびがわ》や長良川《ながらがわ》が増水《ぞうすい》して渡《わた》れず、大垣城《おおがきじょう》で待機《たいき》していた。その二十日の昼《ひる》に秀吉《ひでよし》は大岩山《おおいわやま》の砦《とりで》が落《お》ちた報《しら》せを受《う》けた。

秀吉《ひでよし》は柴田軍《しばたぐん》の襲撃《しゅうげき》があることを予感《よかん》し、それを密《ひそ》かに期待《きたい》していた。即刻《そっこく》、秀吉《ひでよし》は木之本《きのもと》への帰陣《きじん》を全軍《ぜんぐん》に命《めい》じ、その一方《いっぽう》で石田三成《いしだみつなり》に命《めい》じて足軽《あしがる》を先《さき》に走《はし》らせ、村人《むらびと》に軍兵《ぐんぺい》への握《にぎ》り飯《めし》の提供《ていきょう》と夕刻《ゆうこく》から北国街道《ほっこくかいどう》を松明《たいまつ》で明《あか》るく照《て》らすように手配《てはい》させた。そして全軍《ぜんぐん》一万五千に木之本《きのもと》までの十三里《り》（52㎞）を走《はし》らせて、『中国大返《ちゅうごくおおがえ》し』にも勝《まさ》る僅《わず》か二時半《ふたときはん》（一時は二時間）で全軍帰《ぜんぐんかえ》り着《つ》かせた。秀吉《ひでよし》は柴田軍《しばたぐん》に隙《すき》を見《み》せて奇襲《きしゅう》を掛《か》けさせ、戦線《せんせん》が伸《の》び切《き》ったところを討《う》とうとしたのだ。

佐久間勢《さくまぜい》は麓《ふもと》の木之本方面《きのもとほうめん》が騒《さわ》がしくなって背筋《せすじ》に冷《つめ》たいものを感《かん》じた。それで賤ヶ岳《しずだけ》の頂《いただき》に登《のぼ》って麓《ふもと》を眺《なが》め見下《みお》ろして驚《おどろ》いた。遠《とお》くは長浜《ながはま》から木之本《きのもと》まで街道《かいどう》は松明《たいまつ》で明《あか》るく照《て》らし出《だ》されて、次《つぎ》から次《つぎ》と幾千万《いくせんまん》とも判《わか》らぬ大軍《たいぐん》が掛《か》け声《ごえ》を掛《か》けながら賤ヶ岳《しずだけ》に迫《せま》って来《き》ていた。

天正《てんしょう》十一年（一五八三年）、四月二十一日深夜丑刻《しんやうしのこく》（午前二時）、羽柴秀吉《はしばひでよし》は木之本《きのもと》に帰陣《きじん》し、僅《わず》かの休息《きゅうそく》を取《と》っただけで佐久間勢《さくまぜい》四千への追撃戦《ついげきせん》を一万五千の軍兵《ぐんぺい》に命《めい》じた。秀吉近臣《ひでよしきんしん》の福島正則《ふくしままさのり》や脇坂安治《わきさかやすはる》・加藤嘉明《かとうよしあき》・加藤清正《かとうきよまさ》・平野長泰《ひらのながやす》・片桐且元《かたぎりかつもと》・糟屋武則《かすやたけのり》は佐久間盛政《さくまもりまさ》を追《お》い、佐久《さく》間軍殿《まぐんしんがり》の柴田勝政勢《しばたかつまさぜい》と激《はげ》しく渡《わた》り合《あ》って壊滅《かいめつ》させた。この働《はたら》きが後《のち》の世《よ》に伝《つた》わる『賤ヶ岳《しずだけ》の七《なな》本槍《ほんやり》』だ。これが基《もと》になって佐久間勢《さくまぜい》は総崩《そうくず》れになった。

越前柴田家滅亡と織田信孝自害

前田利家《まえだとしいえ》は余呉川沿《よごかわぞ》いの別所山《べっしょやま》から茂山《しげやま》（余呉）の間《あいだ》に陣《じん》を張《は》ったが、佐久間《さくま》の敗走《はいそう》を受《う》けて二千の軍兵《ぐんぺい》を纏《まと》めて戦線《せんせん》を離脱《りだつ》した。そして柳ケ瀬《やながせ》から敦賀《つるが》へは向《む》かわず、直接北国街道《ちょくせつほっこくかいどう》の栃《とち》の木峠《きとうげ》を越《こ》えて越前府中《えちぜんふちゅう》（越前市武生）に引《ひ》き挙《あ》げた。金森長近《かなもりながちか》と不破勝光《ふわかつみつ》も前田勢《まえだぜい》に倣《なら》って戦線離《せんせんり》脱《だっ》した。この三人《さんにん》は何《いず》れも昨年初冬《さくねんしょとう》に秀吉《ひでよし》の下《もと》へ和平使節《わへいしせつ》として出向《でむ》いていた。

この三人は出陣《しゅつじん》はしたが、柴田勝家《しばたかついえ》の家臣《かしん》としての出陣《しゅつじん》ではなかった。亡《な》き織田信長《おだのぶなが》の命《めい》で勝《かつ》家《いえ》に与力《よりき》した織田家《おだけ》重臣《じゅうしん》としての出陣《しゅつじん》であった。勝家《かついえ》とは君臣《くんしん》の仲《なか》ではなく織田家《おだけ》家臣《かしん》の武将《ぶしょう》と武将《ぶしょう》の仲《なか》であった。

この当時《とうじ》、武将間《ぶしょうかん》の規範《きはん》は互《たが》いに義理《ぎり》を果《は》たせばよかった。だから柴田軍《しばたぐん》の出陣《しゅつじん》に際《さい》して、義理《ぎり》で参陣《さんじん》した。今《いま》、前田《まえだ》や金森《かなもり》、不破《ふわ》らは既《すで》に義理《ぎり》を果《は》たした。佐久間勢《さくまぜい》の敗戦《はいせん》を受《う》けた後《あと》は大将《たいしょう》に加勢《かせい》するか、離脱《りだつ》するかは各武将《かくぶしょう》に勝手《かって》が許《ゆる》されていた。

この前哨戦《ぜんしょうせん》とも云《い》える賤ヶ岳《しずだけ》での一撃《いちげき》を受《う》けて前田《まえだ》や金森《かなもり》・不破《ふわ》は戦線《せんせん》を離脱《りだつ》し、柴田軍団《しばたぐんだん》は脆《もろ》くも四分五裂《しぶごれつ》した。

丁度《ちょうど》この頃《ころ》、坂本城《さかもとじょう》から秀吉《ひでよし》の支援《しえん》に琵琶湖《びわこ》を渡《わた》って海津《かいづ》に上陸《じょうりく》した丹羽長秀《にわながひで》は、賤ヶ岳《しずだけ》から逃《のが》れて来《き》た桑山重晴《くわやましげはる》と出会《であ》い、両隊《りょうたい》が合体《がったい》し一《ひと》つになって、「秀吉勢《ひでよしぜい》に勝《まさ》る手柄《てがら》を挙《あ》げよ」と大声《おおごえ》を張《は》り上《あ》げながら励《はげ》まし合《あ》って賤ヶ岳《しずだけ》に攻《せ》め上《のぼ》った。

前田《まえだ》と金森《かなもり》、不破《ふわ》の軍《ぐん》が引《ひ》き退《の》いたのを見《み》て、余呉川沿《よごかわぞ》いに対峙《たいじ》していた羽柴秀吉《はしばひでよし》の守備軍《しゅびぐん》二万五千は柳ケ瀬《やながせ》の柴田本陣《しばたほんじん》に向《む》かって一斉攻撃《いっせいこうげき》を開始《かいし》した。柴田本陣《しばたほんじん》では友軍《ゆうぐん》の撤退《てったい》に浮足立《うきあしだ》って兵卒《へいそつ》の脱走《だっそう》が相次《あいつ》いだ。勝家《かついえ》は毛受勝照《めんじゅかつてる》の必死《ひっし》の懇願《こんがん》を受《う》けて柴田家《しばたけ》の金《きん》の御幣《ごへい》の馬標《うまじるし》を渡《わた》し、勝家《かついえ》の身代《みが》わりにして勝家自身《かついえじしん》も越前北ノ庄《えちぜんきたのしょう》へ逃《に》げ帰《かえ》った。

四月二十二日、羽柴秀吉《はしばひでよし》は逃《に》げる柴田勝家《しばたかついえ》を追《お》って越前府中《えちぜんふちゅう》に入《はい》り、護衛《ごえい》も付《つ》けずに一人《ひとり》で前《まえ》田利家《だとしいえ》に会《あ》いに府中城《ふちゅうじょう》に出向《でむ》き、逃《に》げ帰《かえ》った利家《としいえ》を訪《たず》ねた。利家《としいえ》は秀吉《ひでよし》に全面降伏《ぜんめんこうふく》して柴田勝《しばたかつ》家追討軍《いえついとうぐん》に加《くわ》わることを了承《りょうしょう》した。

同月《どうげつ》二十三日、羽柴秀吉《はしばひでよし》は当時《とうじ》の習《なら》いで降伏《こうふく》した前田利家《まえだとしいえ》を先鋒《せんぽう》とし、軍監《ぐんかん》に堀秀政《ほりひでまさ》を付《つ》けて北ノ庄城《きたのしょうじょう》に籠《こも》る勝家《かついえ》を囲《かこ》んだ。秀吉自身《ひでよしじしん》は足羽川《あすわがわ》を挟《はさ》んで愛宕山《あたごやま》（足羽山）に陣取《じんど》った。

翌《よく》二十四日、北ノ庄城《きたのしょうじょう》では夜明《よあ》けと同時《どうじ》に猛烈《もうれつ》な攻防戦《こうぼうせん》が始《はじ》まった。勝家《かついえ》の北ノ庄城《きたのしょうじょう》は近《ちか》くに後詰《ごづめ》の軍《ぐん》はなく、援軍《えんぐん》も期待《きたい》できなかった。日《ひ》が傾《かたむ》き城《しろ》に火《ひ》が掛《か》けられるに及《およ》んで、勝家《かついえ》は覚《かく》悟《ご》を固《かた》めて家臣《かしん》を集《あつ》め、脱留《だつりゅう》の自由《じゆう》を言《い》い渡《わた》して最期《さいご》の酒宴《しゅえん》を催《もよお》した。そして妻《つま》となった市《いち》と浅《あさ》井《い》の三姉妹《さんしまい》を城《しろ》から落《おと》そうとしたが、市《いち》は

「三姉妹《さんしまい》はともかく、妾《わらわ》は殿《との》と共《とも》に黄泉路《よみじ》を旅《たび》したい」と云《い》って聞《き》かなかった。勝家《かついえ》は止《や》むを得《え》ず浅井《あさい》の三姉妹《さんしまい》付《つ》きの老女《ろうじょ》に姉妹《しまい》を託《たく》して後《のち》の手筈《てはず》を言《い》い付《つ》けた後《のち》、それでは、と皆《みな》の前《まえ》で

「切腹《せっぷく》の見本《みほん》とせよ」と言《い》い置《お》いて市《いち》の自刃《じじん》を見届《みとど》けながら、自《みずか》らも作法《さほう》に則《のっと》り壮絶《そうぜつ》に腹《はら》を切《き》って相果《あいは》てた。一族一門《いちぞくいちもん》八十余名《よめい》も主君《しゅくん》に倣《なら》って切腹《せっぷく》した。

柴田勝家《しばたかついえ》の命《めい》を受《う》けた老女《ろうじょ》は柴田一族一門《しばたいちぞくいちもん》の最期《さいご》を見届《みとど》けた後《のち》に、浅井《あさい》の三姉妹《さんしまい》に付《つ》き添《そ》って城外《じょうがい》に抜《ぬ》け出《で》て羽柴秀吉《はしばひでよし》の陣《じん》に降《くだ》った。柴田家《しばたけ》の最期《さいご》はこの老女《ろうじょ》の口《くち》から詳《くわ》しく伝《つた》えられて後《こう》世《せい》に語《かた》り継《つ》がれた。

賤《しず》ヶ岳《だけ》の羽柴軍《はしばぐん》に夜襲《やしゅう》を仕掛《しか》けた佐久間盛政《さくまもりまさ》は、賤《しず》ヶ岳《だけ》から柳ケ瀬《やながせ》に逃《のが》れるところを丹羽《にわ》と桑《くわ》山連合軍《やまれんごうぐん》に遭遇《そうぐう》して討《う》ち破《やぶ》られ、加賀《かが》に逃《のが》れる途中《とちゅう》を郷民《ごうみん》に捉《とら》えられた。盛政《もりまさ》は秀吉軍《ひでよしぐん》に突《つ》き出《だ》されて洛中《らくちゅう》を引《ひ》き回《まわ》しの上《うえ》、宇治《うじ》の槙島《まきしま》で斬首《ざんしゅ》された。

羽柴秀吉《はしばひでよし》は柴田勝家《しばたかついえ》を討《う》ち取《と》った後《のち》に仕置《しおき》(戦後処理)を行《おこな》った。先《ま》ず、山崎合戦《やまざきがっせん》以来《いらい》、秀吉《ひでよし》を支持《しじ》し与力《よりき》してくれた丹羽長秀《にわながひで》には所領《しょりょう》の若狭国《わかさこく》を安堵《あんど》(保証)した上《うえ》に、勝家《かついえ》の所領《しょりょう》の越前国《えちぜんこく》と南加賀国《みなみかがこく》を加増《かぞう》した。秀吉《ひでよし》は織田家《おだけ》の席次《せきじ》では自分《じぶん》より上席《じょうせき》の長秀《ながひで》には心《こころ》を尽《つく》して恩《おん》に報《むく》いた。秀吉《ひでよし》は前田利家《まえだとしいえ》には所領《しょりょう》の能登国《のとこく》を安堵《あんど》した上《うえ》で、北加賀半国《きたかがはんこく》を加増《かぞう》した。利家《としいえ》は以後《いご》、居《きょ》城《じょう》を能登《のと》の七尾《ななお》から加賀国《かがこく》の尾山《おやま》(金沢)に移《うつ》した。

織田信孝《おだのぶたか》は秀吉《ひでよし》が賤ヶ岳《しずがだけ》の合戦《かっせん》に向《む》かった頃《ころ》から秀吉《ひでよし》の命《めい》を受《う》けた兄《あに》の信雄《のぶかつ》に攻《せ》め込《こ》まれて、居城《きょじょう》の岐阜城《ぎふじょう》に籠城《ろうじょう》していた。

同年《どうねん》五月、信孝《のぶたか》は柴田勝家《しばたかついえ》の自刃《じじん》を受《う》けて落胆《らくたん》し、城《しろ》を明《あ》け渡《わた》して尾張国野間《おわりこくのま》に落《お》ち大御堂寺《おおみどうじ》で自刃《じじん》した。

同年《どうねん》七月、滝川一益《たきがわかずます》も秀吉《ひでよし》に降伏《こうふく》して北伊勢《きたいせ》の所領《しょりょう》を失《うしな》った。

羽柴秀吉《はしばひでよし》は信孝《のぶたか》と一益《かずます》の所領《しょりょう》の仕置《しおき》を行《おこな》って、織田信雄《おだのぶかつ》には所領《しょりょう》の南伊勢《みなみいせ》に一益《かずます》の北伊勢《きたいせ》も加《くわ》えて伊勢一国《いせいっこく》を領有《りょうゆう》させた上《うえ》で伊賀《いが》の一部《いちぶ》も加増《かぞう》した。

清洲会議《きよすかいぎ》に参加《さんか》した池田恒興《いけだつねおき》には摂津国《せっつこく》から大国《だいこく》の美濃一国《みのいっこく》に移封加増《いほうかぞう》した。恒興《つねおき》が領《りょう》した摂《せっ》津国《つこく》は秀吉自身《ひでよしじしん》が領《りょう》した。

その他賤ヶ岳《たしずだけ》で戦功《せんこう》を挙《あ》げた秀吉子飼《ひでよしこが》いの諸将《しょしょう》には近江《おうみ》の諸郡《しょぐん》や丹波《たんば》・但馬《たじま》・摂津《せっつ》・播磨《はりま》・淡《あわ》路等々《じとうとう》の各地各郡《かくちかくぐん》の所領《しょりょう》を与《あた》えて、京《きょう》都から摂津播磨一帯《せっつはりまいったい》は秀吉《ひでよし》の一族一門《いちぞくいちもん》で占有《せんゆう》した。

三．小牧長久手の合戦

織田信雄　徳川・佐々・長宗我部らを頼んで秀吉と反目

摂津国《せっつこく》を手《て》に入《い》れた秀吉《ひでよし》は大阪《おおさか》の旧石山本願寺跡《きゅういしやまほんがんじあと》に広大《こうだい》な城《しろ》を築《きず》き始《はじ》めた。この地《ち》は本願寺顕《ほんがんじけん》如《にょ》が退去《たいきょ》した後《あと》に不心得者《ふこころえもの》が火《ひ》を掛《か》けたので、城砦化《じょうさいか》した寺院《じいん》は一宇残《いちうのこ》らず焼《や》け落《お》ちた。この難攻不落《なんこうふらく》の石山《いしやま》は信長《のぶなが》が嘗《かつ》て入手《にゅうしゅ》に拘《こだわ》った所《ところ》だったが、焼《や》け落《お》ちた後《あと》は、秀吉《ひでよし》が築城《ちくじょう》を始《はじ》めるまで放置《ほうち》されて廃墟《はいきょ》になっていた。秀吉《ひでよし》は、信長《のぶなが》がこの地《ち》を拠点《きょてん》にして世界《せかい》と交易《こうえき》しようとしていたのを知《し》っていたので、これを自領《じりょう》にしようと池田恒興《いけだつねおき》に大国《たいこく》の美濃《みの》を与《あた》えて領地替《りょうちが》えしたのだ（大阪城（旧名は大坂城。161頁7～8行目参照）は以後十六年間を要して秀吉死後の慶長四年（一五九九年）に難攻不落の城郭全体が完成した）。

羽柴秀吉《はしばひでよし》は織田家《おだけ》最長老《さいちょうろう》の柴田勝家《しばたかついえ》と信長直系《のぶながちょっけい》の織田信孝《おだのぶたか》を滅《ほろ》ぼして、己《おのれ》に敵対《てきたい》する織田一《おだいち》門《もん》の制圧《せいあつ》は為《な》し終《お》えたと思《おも》った。

ところがここでまた、今一《いまひと》つの目障《めざわ》りが秀吉《ひでよし》に生《しょう》じた。それは織田信雄《おだのぶかつ》だ。清洲会議《きよすかいぎ》以来《いらい》、信《のぶ》雄《かつ》は秀吉《ひでよし》に与《くみ》して弟《おとうと》の信孝《のぶたか》と抗争《こうそう》した。その信孝《のぶたか》が滅《ほろ》んだ今《いま》は信雄《のぶかつ》が織田信長直系《おだのぶながちょっけい》の第一人者《だいいちにんしゃ》だ。信孝《のぶたか》が居《い》なくなれば当然信雄自身《とうぜんのぶかつじしん》が安土城《あづちじょう》に入《はい》って三法師《さんほうし》を後見《こうけん》し、織田一族一門《おだいちぞくいちもん》の主《あるじ》になるものと思《おも》い込《こ》んでいた。ところが秀吉《ひでよし》は信雄《のぶかつ》の思《おも》いを全《まった》く無視《むし》した。今回《こんかい》の信孝《のぶたか》を討《う》ち滅《ほろ》ぼした後《のち》の仕置《しおき》に於《お》いても信雄《のぶかつ》には僅《わず》かに加増《かぞう》したのみで、秀吉自身《ひでよしじしん》が安土城《あづちじょう》を取《と》って三法師《さんほうし》を後見《こうけん》した。加《くわ》えて信雄《のぶかつ》には新築《しんちく》なった大阪城《おおさかじょう》への登城《とじょう》を命《めい》じた。

織田信雄《おだのぶかつ》は今《いま》にして漸《ようや》く織田家《おだけ》が秀吉《ひでよし》に乗《の》っ取《と》られたことに気《き》が付《つ》いた。秀吉《ひでよし》には信雄《のぶかつ》に臣《しん》従《じゅう》する気《き》がなかったのだ。信雄《のぶかつ》は秀吉《ひでよし》に利用《りよう》されただけだったと悟《さと》ってこのままでは殺《ころ》されると思《おも》った。

秀吉《ひでよし》は近江《おうみ》の三井寺《みいでら》まで出《で》てきて、信雄三家老《のぶかつさんかろう》の津川義冬《つがわよしふゆ》と岡田重孝《おかだしげたか》、浅井長時《あさいながとき》の三人《さんにん》を招《まね》き、不測《ふそく》の事態《じたい》を起《お》こさぬように諭《さと》して秀吉《ひでよし》の意《い》に沿《そ》うよう説得《せっとく》した。これが信雄《のぶかつ》の家臣《かしん》に洩《も》れ伝《つた》わって

「織田家三家老《おだけさんかろう》が秀吉《ひでよし》から賂《まいない》を受《う》けて織田家《おだけ》を売《う》る」との噂《うわさ》が城内《じょうない》に広《ひろ》まった。

天正《てんしょう》十二年（一五八四年）三月七日、織田信雄《おだのぶかつ》は津川義冬《つがわよしふゆ》と岡田重孝《おかだしげたか》、浅井長時《あさいながとき》を伊勢長島《いせながしま》城《じょう》に呼《よ》び付《つ》けて秀吉《ひでよし》に内通《ないつう》した罪《つみ》を着《き》せ、土方雄久《ひじかたかつひさ》に命《めい》じて謀殺《ぼうさつ》した。雄久《かつひさ》はこの功《こう》により尾張犬《おわりいぬ》山城《やまじょう》が与《あた》えられた。織田信雄《おだのぶかつ》はこの度《たび》の騒動《そうどう》によって秀吉《ひでよし》とは戦《いくさ》になると覚悟《かくご》して、徳川家康《とくがわいえやす》に与力《よりき》を求《もと》めて攻守同盟《こうしゅどうめい》を結《むす》び諸国《しょこく》の諸将《しょしょう》に檄《げき》を飛《と》ばして挙兵《きょへい》した。

徳川家康《とくがわいえやす》はこの頃《ころ》、関東探題《かんとうたんだい》であった滝川一益《たきがわかずます》の所領《しょりょう》を北条氏政《ほうじょううじまさ》と分《わ》け合《あ》い、家康《いえやす》は信濃《しなの》と甲斐《かい》の二国《こく》を、氏政《うじまさ》は上野国《こうずけこく》を領《りょう》して同盟《どうめい》を結《むす》んだ。家康《いえやす》は今《いま》また信雄《のぶかつ》からも同盟《どうめい》を受《う》けて、こ

れぞ天祐《てんゆう》『奇貨居《きかお》くべし』（103頁6行目参照）と歓《よろこ》び、家康《いえやす》も天下取《てんかと》りに乗《の》り出《だ》した。それで信雄《のぶかつ》の挙兵《きょへい》を受《う》けて即刻松平家忠《そっこくまつだいらいえただ》を先手《さきて》として信雄《のぶかつ》の居城《きょじょう》の清洲城《きよすじょう》に送《おく》り、家康自身《いえやすじしん》も十三日に清洲《きよす》に着陣《ちゃくじん》した。

織田信雄《おだのぶかつ》は清洲会議《きよすかいぎ》に加《くわ》わった池田恒興《いけだつねおき》に加《くわ》えて、越中《えっちゅう》の佐々成政《さっさなりまさ》や四国《しこく》の長宗我部元親《ちょうそかべもとちか》、相模《さがみ》の北条氏政《ほうじょううじまさ》や紀伊《きい》の雑賀衆《さいがしゅう》と根来衆《ねごろしゅう》にも同盟《どうめい》を求《もと》めて、秀吉包囲網形成《ひでよしほういもうけいせい》を画策《かくさく》した。

越中国《えっちゅうこく》の佐々成政《さっさなりまさ》は、元《もと》は尾張国支城《おわりこくしじょう》の比良《ひら》（名古屋市西区）の城主《じょうしゅ》で織田家宿老《おだけしゅくろう》の一人《ひとり》だ。秀吉《ひでよし》は信長《のぶなが》に引《ひ》き立《た》てられて小者《こもの》から大将《たいしょう》にまで成《な》り上《あ》がれたのに、その恩《おん》を忘《わす》れて主家《しゅけ》に弓《ゆみ》を引《ひ》くようになった秀吉《ひでよし》が許《ゆる》せなかった。それで信雄《のぶかつ》の同盟《どうめい》を受《う》け入《い》れて、秀吉《ひでよし》に与《くみ》する前田利家《まえだとしいえ》を見動《みうご》き出来《でき》ぬように牽制《けんせい》した。そして併《あわ》せてこの機会《きかい》を捉《とら》えて利家《としいえ》を北陸《ほくりく》から放逐《ほうちく》して、北陸《ほくりく》一円《いちえん》を我《わ》が所領《しょりょう》にしようと目論《もくろ》み、加賀《かが》との国境《くにざかい》の倶梨伽羅峠《くりからとうげ》に砦《とりで》を築《きず》いて、能登《のと》との国境《くにざかい》の荒《あら》山峠《やまとうげ》にも砦《とりで》を整備《せいび》して軍勢《ぐんぜい》を送《おく》り込《こ》んだ（以後469頁7行目に続く）。

四国土佐国《しこくとさこく》の長宗我部元親《ちょうそかべもとちか》も、今一歩《いまいっぽ》で四国統一《しこくとういつ》が成《な》るところを秀吉《ひでよし》に阿波国《あわこく》の三好康長《みよしやすなが》に肩《かた》入《い》れされて織田信長《おだのぶなが》に三好《みよし》との同盟《どうめい》を取《と》り次《つ》がれ、己《おのれ》が逆《ぎゃく》に織田《おだ》軍《ぐん》の敵《てき》に廻《まわ》されて攻《せ》め込《こ》まれた。それで元親《もとちか》も秀吉《ひでよし》を恨《うら》んで倶《とも》に天《てん》を戴《いただ》かぬ仲《なか》になっていた（418頁1～3行目参照）。

池田恒興　秀吉に与して犬山城乗っ取り

四国《しこく》の長宗我部元親《ちょうそかべもとちか》は織田信雄《おだのぶかつ》の誘《さそ》いに乗《の》って紀州《きしゅう》の雑賀衆《さいがしゅう》や根来衆《ねごろしゅう》と連携《れんけい》し、摂津沖《せっつおき》に軍船《ぐんせん》を出《だ》して海上《かいじょう》から新築中《しんちくちゅう》の大阪城《おおさかじょう》を衝《つ》いた。秀吉《ひでよし》はその海上《かいじょう》からの防備《ぼうび》に思《おも》わぬ日数《にっすう》を要《よう》して大《おお》阪《さか》から動《うご》くことが出来《でき》ないでいた。

羽柴秀吉《はしばひでよし》は片桐且元《かたぎりかつもと》と尾藤清兵衛《びとうせいべえ》を送《おく》って、池田恒興《いけだつねおき》と恒興《つねおき》の娘婿《むすめむこ》の森長可《もりながよし》に同盟《どうめい》を申《もう》し込《こ》んだ。恒興《つねおき》は清洲会議《きよすかいぎ》にも加《くわ》わった明智討伐《あけちとうばつ》での戦功第一《せんこうだいいち》の織田《おだ》家家臣《けかしん》だ。それで織田《おだ》家《け》から受《う》けた恩義《おんぎ》を重《おも》んじて秀吉《ひでよし》に与《くみ》することを拒《こば》んだ。だが秀吉子《ひでよしこ》飼《が》いの片桐且元《かたぎりかつもと》や尾藤清兵衛《びとうせいべえ》は世間《せけん》が既《すで》に秀吉《ひでよし》の天下《てんか》になるのを見越《みこ》して、北《きた》は奥州《おうしゅう》から南《みなみ》は九州《きゅうしゅう》まで日本国中《にほんこくじゅう》の大名《だいみょう》・豪族《ごうぞく》・寺社《じしゃ》・豪商《ごうしょう》らが秀吉《ひでよし》に誼《よしみ》を求《もと》めようと秀吉《ひでよし》の下《もと》に使者《ししゃ》を送《おく》り込《こ》んで『門前市《もんぜんいち》を成《な》す』（賑わう様の例え）様《よう》

子《す》を話《はな》して

「古語《こご》にも『天《てん》に口《くち》なし。人《ひと》を以《もっ》て言《い》わしむ』とあり、また『天《てん》に順《したが》う者《もの》は存《ぞん》し、天《てん》に逆《さか》らう者《もの》は亡《ほろ》ぶ』（原典は孟子　離婁編第四）と伝《つた》えて人々《ひとびと》を戒《いまし》めて御座《ござ》る。末長《すえなが》く先祖《せんぞ》を祀《まつ》り舊功《きゅうこう》の者共《ものども》を取《と》り立《た》てて労《ろう》に報《むく》いようとはなさらぬか」と恒興《つねおき》を諌《いさ》めた。そして加《くわ》えて

「美濃《みの》・尾張《おわり》・三河《みかわ》の三カ国《さんかこく》を領納《りょうのう》なされよと秀吉公《ひでよしこう》は申《もう》されてこれに誓紙《せいし》も御座《ござ》る」と誓紙《せいし》を取《と》り出《だ》して気《き》を引《ひ》いた。池田恒興《いけだつねおき》はこの後《のち》、森長可《もりながよし》と語《かた》らって共《とも》に秀吉側《ひでよしがわ》に寝返《ねがえ》った。

池田恒興《いけだつねおき》は賤《しず》ヶ岳《だけ》の合戦《かっせん》で秀吉《ひでよし》から美濃国《みのこく》を賞賜《しょうし》されていた。だが美濃国内《みのこくない》には未《いま》だ織田《おだ》の旧《きゅう》勢力《せいりょく》が居残《いのこ》っていた。この機会《きかい》に皆《みな》を追《お》い払《はら》ってしまえば美濃一国《みのいっこく》は丸々手中《まるまるしゅちゅう》にできると考《かんが》えた。秀吉《ひでよし》もそれを認《みと》めた。それでその手始《てはじ》めとして美濃国《みのこく》に木曽川《きそがわ》を挟《はさ》んで接《せっ》する尾張犬山城《おわりいぬやまじょう》の乗《の》っ取《と》りを考《かんが》えた。犬山城《いぬやまじょう》は織田信雄《おだのぶかつ》の主要《しゅよう》な支城《しじょう》だ。今《いま》、犬山城《いぬやまじょう》を乗《の》っ取《と》れば美濃国内《みのこくない》に根《ね》を張《は》る織田家勢力《おだけせいりょく》への威圧《いあつ》は絶大《ぜつだい》だ。何《なに》よりも秀吉側《ひでよしがわ》は初戦《しょせん》に大勝利《だいしょうり》して、その一番手柄《いちばんてがら》は恒興《つねおき》が挙《あ》げることになる。これは一挙《いっきょ》して両得《りょうとく》だ。

池田恒興《いけだつねおき》は家臣《かしん》の日置三蔵《ひおきさんぞう》を使《つか》って犬山城内《いぬやまじょうない》の様子《ようす》を探《さぐ》らせた。犬山城《いぬやまじょう》の城主《じょうしゅ》は織田信雄《おだのぶかつ》の家臣《かしん》の土方雄久《ひじかたかつひさ》だ。雄久《かつひさ》は主君《しゅくん》の信雄《のぶかつ》の命《めい》で伊勢国《いせこく》の峰城《みねじょう》（亀山市）防備《ぼうび》の与力《よりき》に出陣《しゅつじん》していて、犬山《いぬやま》には不在《ふざい》であることが判《わか》った。恒興《つねおき》は別途《べっと》、城内《じょうない》の兵《へい》と親《した》しい者《もの》を選《えら》んで、木曽川《きそがわ》に連《つら》なる水門《すいもん》の守兵《しゅへい》に過分《かぶん》の銭《ぜに》を渡《わた》して買収《ばいしゅう》し、水門《すいもん》を開《ひら》いて池田勢《いけだぜい》を城内《じょうない》に入《い》れる段取《だんど》りを整《ととの》えた。

天正《てんしょう》十二年（一五八四年）三月十三日夜《よる》、池田恒興《いけだつねおき》は犬山城《いぬやまじょう》の対岸《たいがん》の鵜沼《うぬま》から十数艘《じゅうすうそう》の船《ふね》を連《つら》ねて密《ひそ》かに木曽川《きそがわ》を渡《わた》り、水《みず》の手口《てぐち》の水門《すいもん》から城内《じょうない》に入《はい》った。

犬山城内《いぬやまじょうない》では誰《だれ》もこの事態《じたい》に気付《きづ》かなかった。突然《とつぜん》に敵兵《てきへい》が目《め》の前《まえ》に現《あらわ》れて城兵《じょうへい》は防戦《ぼうせん》すら出来《でき》ずに、ただ狼狽《うろた》え騒《さわ》ぐだけで多《おお》くは討《う》ち取《と》られた。十四日の夜明《よあ》けには総《すべ》てが終《お》わっていた。

池田勢《いけだぜい》が犬山城《いぬやまじょう》に入《はい》ったことを知《し》って城下《じょうか》の長《おさ》らは樽肴《たるさかな》を捧《ささ》げて祝儀《しゅうぎ》の言上《ごんじょうしゅうごう》に集合し、城《しろ》の門《もん》前《ぜん》は市《いち》をなした。

秀吉　楽田に陣取り小牧山の家康と対峙

天正《てんしょう》十二年三月十五日、徳川家康《とくがわいえやす》は犬山城《いぬやまじょう》を乗《の》っ取《と》った池田恒興《いけだつねおき》に備《そな》えるために、二万の軍《ぐん》勢《ぜい》を率《ひき》いて信長《のぶなが》が嘗《かつ》ての美濃《みの》攻《ぜ》めの拠点《きょてん》にした小牧山《こまきやま》（小牧市334頁5行目参照）に陣《じん》を進《すす》めた。

同《おな》じく十五日、池田恒興《いけだつねおき》の娘婿《むすめむこ》の森長可《もりながよし》は三千の兵《へい》を率《ひき》いて犬山城《いぬやまじょう》と小牧山《こまきやま》の中間点《ちゅうかんてん》にある八《や》幡林《はたばやし》に布陣《ふじん》した。徳川家康《とくがわいえやす》の家臣《かしん》の酒井忠次《さかいただつぐ》は長可《ながよし》の出陣《しゅつじん》に気《き》が付《つ》いた。

翌《よく》十六日夜《よる》、忠次《ただつぐ》は密《ひそ》かに松平家忠《まつだいらいえただ》や奥平信昌《おくだいらのぶまさ》と共《とも》に五千の兵《へい》を率《ひき》いて十七日早朝《そうちょう》、森長可《もりながよし》の陣《じん》を急襲《きゅうしゅう》した。森長可勢《もりながよしぜい》は不意《ふい》を突《つ》かれて犬山城《いぬやまじょう》を目指《めざ》して引《ひ》き退《の》いたが、途中《とちゅう》の羽黒《はぐろ》で奥《おく》平《だいらのぶあき》信昌の待《ま》ち伏《ぶ》せに遭《あ》って陣《じん》は壊滅《かいめつ》。兵卒《へいそつ》は我先《われさき》に犬山城《いぬやまじょう》や犬山《いぬやま》から三里程《さんりほど》（約12㎞）木曽川《きそがわじょう》上《じょう》流《りゅう》の長可《ながよし》の居城《きょじょう》の兼山城《かねやまじょう》（可児市）目指《めざ》して逃《に》げ出《だ》した。徳川勢《とくがわぜい》は深追《ふかお》いは避《さ》けて引《ひ》き上《あ》げた。

羽柴秀吉《はしばひでよし》は森長可《もりながよし》の敗北《はいぼく》の報《ほう》を受《う》けて三月二十一日、家康勢《いえやすぜい》に六倍《ばい》する十二万の大軍《たいぐん》を率《ひき》いて大阪城《おおさかじょう》を出陣《しゅつじん》し、二十七日には犬山城《いぬやまじょう》に着陣《ちゃくじん》した。

根来《ねごろ》・雑賀衆《さいかしゅう》は秀吉《ひでよし》が大阪城《おおさかじょう》を空《あ》けたことを知《し》って二万挺《ちょう》の鉄砲《てっぽう》を携《たずさ》えて同《どう》二十二日に中村一《なかむらかず》

氏《うじ》の岸和田城《きしわだじょう》を攻《せ》め、二十六日には大阪城《おおさかじょう》間近《まぢか》にまで攻《せ》め込《こ》んだ。大阪城内《おおさかじょうない》の守兵《しゅへい》は大混乱《だいこんらん》に陥《おちい》ったが、中村一氏《なかむらかずうじ》や蜂須賀家政《はちすかいえまさ》・黒田長政《くろだながまさ》（孝高の長男）ら守将《しゅしょう》の必死《ひっし》の防戦《ぼうせん》で、ようやく根来《ねごろ》・雑賀衆《さいかしゅう》を追《お》い返《かえ》した。

羽柴秀吉《はしばひでよし》は漸《よう》く家康《いえやす》との対陣《たいじん》に専念《せんねん》できるようになって、犬山城《いぬやまじょう》の前面《ぜんめん》に多《おお》くの城砦《じょうさい》を築《きず》いた。そして同《どう》二十八日、その内《うち》の一つで家康《いえやす》の本陣《ほんじん》の小牧山《こまきやま》から僅《わず》か二十町《ちょう》（約２㎞）余《あま》りの楽田《がくでん》（犬山市樂田）に陣《じん》を移《うつ》して秀吉《ひでよし》の本陣《ほんじん》とした。家康勢《いえやすぜい》と秀吉勢《ひでよしぜい》の睨《にら》み合《あ》いは延々《えんえん》と続《つづ》いた。人数《にんずう》に於《お》いて圧倒的《あっとうてき》に優勢《ゆうせい》を誇《ほこ》る秀吉側《ひでよしがわ》には何《なに》もしないで居《い》ることへの不満《ふまん》が募《つの》った。

池田恒興《いけだつねおき》は宿老《しゅくろう》らを集《あつ》めて

「今《いま》、家康勢《いえやすぜい》は三河《みかわ》から小牧山《こまきやま》へ兵卒《へいそつ》を日々《ひび》集《あつ》めているようだが、ここで唯睨《ただにら》み合《あ》っていることに不満《ふまん》の者《もの》を募《つの》って敵国《てきこく》の三河《みかわ》に忍《しの》び入《い》り、在々所々《ざいざいしょしょ》に放火《ほうか》して廻《まわ》るのは如何《いかが》。小牧山《こまきやま》にいる三《み》河《かわ》と遠江《とおとうみ》の諸将《しょしょう》は居《い》た堪《たま》れなくなって総敗軍《そうはいぐん》になるのは必定《ひつじょう》。面々《めんめん》は如何《いか》に思《おぼ》し召《め》すか」と呼《よ》び掛《か》けた。一同《いちどう》は目《め》を輝《かがや》かせて

「如何《いか》にも宜《よろ》しいかと存《ぞん》ずる」と賛同《さんどう》した

月《つき》が明《あ》けて四月四日、池田恒興《いけだつねおき》は秀吉《ひでよし》の本陣《ほんじん》を訪《たず》ねて思《おも》いを打《う》ち明《あ》けたが、秀吉《ひでよし》は睨《にら》み合《あ》いが続《つづ》くときは焦《じ》れたり弛《たる》んだりした方《ほう》が負《ま》けると知《し》っていたので、良《よ》い返事《へんじ》はしなかった。何《なに》しろこの頃《ころ》は諜報合戦《ちょうほうがっせん》が熾烈《しれつ》な時代《じだい》だ。物見《ものみ》の者《もの》も完璧《かんぺき》に組織化《そしきか》されていた。『口《くち》から出《で》た言葉《ことば》には羽《はね》がある』何所《どこ》まで飛《と》んで行《い》くか判《わか》らない。『壁《かべ》に耳《みみ》あり、障子《しょうじ》に目《め》あり』だ。幾《いく》ら隠《かく》しても敵《てき》に知《し》れるのだ。大抵《たいてい》は先《さき》に動《うご》いた方《ほう》が分《ぶ》が悪《わる》い。

池田恒興《いけだつねおき》は己《おのれ》の策《さく》に酔《よ》って戦功《せんこう》を焦《あせ》り、翌《よく》五日の早朝《そうちょう》にも秀吉《ひでよし》を訪《たず》ねて「この策《さく》を今《いま》、行《おこな》わねば勝利《しょうり》は望《のぞ》めませぬぞ」と断行《だんこう》を迫《せま》った。秀吉《ひでよし》にとって恒興《つねおき》は清洲会議《きよすかいぎ》での恩義《おんぎ》がある。この度《たび》の戦《いくさ》でも犬山城《いぬやまじょう》を落《お》としてくれたからこそ今《いま》があるのだ。秀吉《ひでよし》は逡巡《しゅんじゅん》した。これを見《み》た甥《おい》の羽柴秀次《はしばひでつぐ》（秀吉の実姉の子。阿波国の三好康長の養子にしたが、信長の死後に自分の養子にした）は

「某《それがし》も一方《いっぽう》の大将《たいしょう》に任《にん》じて戴《いただ》きたい」と恒興《つねおき》に助《たす》け船《ぶね》を出《だ》した。秀吉《ひでよし》も漸《ようや》く折《お》れて了承《りょうしょう》した。

長久手合戦

天正《てんしょう》十二年（一五八四年）四月六日夜《よる》、羽柴秀次《はしばひでつぐ》は池田恒興《いけだつねおき》と森長可《もりながよし》、堀秀政《ほりひでまさ》と共《とも》に四隊《よんたい》に別《わか》れて兵卒合計《へいそつごうけい》一万六千を率《ひき》い、密《ひそ》かに三河《みかわ》に向《む》かって南下《なんか》した。第一隊《だいいったい》は恒興《つねおき》、最後尾《さいこうび》の第四隊《だいよんたい》は秀次《ひでつぐ》だ。

徳川家康《とくがわいえやす》は秀次《ひでつぐ》ら四隊《よんたい》の動《うご》きを事前《じぜん》に察知《さっち》して、榊原康政《さかきばらやすまさ》と大須賀康高《おおすがやすたか》らに四千五百の兵卒《へいそつ》を付《つ》けて気付《きづ》かれぬように後《あと》を追《お》った。

翌《よく》八日夜《よる》、徳川家康《とくがわいえやす》の本隊《ほんたい》も秀次《ひでつぐ》らの後《あと》を追《お》い、気付《きづ》かれぬように小牧山《こまきやま》を出《で》て小幡城《おばたじょう》（名古屋市守山区）に移《うつ》った。

九日未明《みめい》、池田恒興《いけだつねおき》の第一隊《だいいったい》が長久手《ながくて》（長久手町）近《ちか》くを通過《つうか》すると、近《ちか》くの岩崎山《いわさきやま》の城砦《じょうさい》から守兵《しゅへい》が鉄砲《てっぽう》を撃《う》ちかけて、その弾《たま》が恒興《つねおき》の馬《うま》に当《あ》たった。恒興《つねおき》は激怒《げきど》して城砦《じょうさい》に攻《せ》め込《こ》み、一気《いっき》に砦《とりで》を陥落《かんらく》させた。そこに第二隊《だいにたい》の森長可《もりながよし》がやって来《き》て共《とも》に長久手《ながくて》で休息《きゅうそく》を取《と》った。

徳川家康《とくがわいえやす》は榊原康政《さかきばらやすまさ》と連絡《れんらく》を取《と》り、長久手《ながくて》に休息《きゅうそく》する第一隊《だいいったい》の恒興《つねおき》と第二隊《だいにたい》の長可《ながよし》を挟《はさ》み撃《う》ちした。両隊《りょうたい》は不意《ふい》を突《つ》かれて大混乱《だいこんらん》に陥《おちい》り全滅《ぜんめつ》した。池田恒興《いけだつねおき》や森長可《もりながよし》も戦死《せんし》した。丁度《ちょうど》この戦乱《せんらん》の最中《さいちゅう》に第四隊《だいよんたい》の羽柴秀次《はしばひでつぐ》は白山林《はくさんばやし》（尾張旭市と守山区の境）で休息《きゅうそく》を取《と》っていたところを、水野忠重《みずのただしげ》の急襲《きゅうしゅう》を受《う》けて壊滅《かいめつ》した。秀次《ひでつぐ》は供回《ともまわ》りの馬《うま》に飛《と》び乗《の》って辛《から》くも逃《に》げ返《かえ》った。第三隊《だいさんたい》の堀秀政《ほりひでまさ》は第四隊《だいよんたい》からの注進《ちゅうしん》を受《う》けて引《ひ》き返《かえ》し、秀次隊《ひでつぐたい》を吸収《きゅうしゅう》して松ケ根《まつがね》（長久手町）で迫《せま》り来《く》る家康軍《いえやすぐん》に備《そな》えた。そこへ戦果《せんか》を挙《あ》げた榊原康政隊《さかきばらやすまさたい》が通《とお》り掛《か》かった。待《ま》ち構《かま》えていた新手《あらて》の堀秀政隊《ほりひでまさたい》の攻撃《こうげき》を受《う》けて康政隊《やすまさたい》は受《う》け切《き》れずに退却《たいきゃく》した。

堀秀政《ほりひでまさ》は敗残兵《はいざんへい》を吸収《きゅうしゅう》しながら軍《ぐん》を返《かえ》した。秀吉《ひでよし》の下《もと》にも『池田《いけだ》、森両公《もりりょうこう》が長久手《ながくて》にて敗死《はいし》』の注進《ちゅうしん》が入《はい》り、同日午後《どうじつごご》秀吉自《ひでよしみずか》ら二万の兵卒《へいそつ》を従《したが》えて急《いそ》ぎ救援《きゅうえん》に出馬《しゅつば》した。後世《こうせい》これらの戦《いくさ》を総称《そうしょう》して小牧長久手《こまきながくて》の合戦《かっせん》と言《い》い伝《つた》えた。小牧《こまき》での対陣《たいじん》はこの後《のち》も続《つづ》いた。

秀吉　伊勢に転戦、織田信雄　秀吉に降伏

天正《てんしょう》十二年（一五八四年）五月一日、羽柴秀吉《はしばひでよし》は樂田《がくでん》の本陣《ほんじん》に二重《にじゅう》の堀《ほり》と高《たか》さが二間半《にけんはん》（4.5ｍ）

の土塁《どるい》を築《きず》いて防備《ぼうび》を固《かた》めた。兵数《へいすう》では秀吉軍《ひでよしぐん》の十二万に対《たい》して家康軍《いえやすぐん》は僅《わず》かに二万だ。初戦《しょせん》に家康軍《いえやすぐん》は大勝《たいしょう》したが、これは奇襲戦《きしゅうせん》での戦果《せんか》だ。正攻法《せいこうほう》での睨《にら》み合《あ》いに移《うつ》って、家康軍《いえやすぐん》は大軍《たいぐん》の秀吉軍《ひでよしぐん》に手《て》も足《あし》も出《だ》せなくなった。秀吉《ひでよし》も無理攻《むりぜ》めはこの度《たび》の敗戦《はいせん》で懲《こ》りた。そこで陣中《じんちゅう》に家《いえ》康勢《やすぜい》を上回《うわまわ》る軍兵《ぐんぺい》を残《のこ》して、秀吉自身《ひでよしじしん》は樂田《がくでん》から一旦退去《いったんたいきょ》した。

羽柴秀吉《はしばひでよし》は尾張国《おわりこく》の樂田《がくでん》から西進《せいしん》して木曽川《きそがわ》を渡《わた》り美濃国《みのこく》に入《はい》って、五月二日には織田信雄《おだのぶかつ》の支城《しじょう》の加賀井城《かがのいじょう》（羽島市下中町）を囲《かこ》んだ。城内《じょうない》は守将《しゅしょう》の加賀井重宗《かがのいしげむね》をはじめ二千の城兵《じょうへい》で籠城《ろうじょう》したが、数万《すうまん》の大軍《たいぐん》に囲《かこ》まれて重宗《しげむね》は降伏《こうふく》を申《もう》し出《で》た。秀吉《ひでよし》は降伏《こうふく》の申《もう》し出《で》を無視《むし》して攻《せ》め続《つづ》けたので城兵《じょうへい》の過半《かはん》は討死《うちじに》して城《しろ》は陥落《かんらく》した。次《つ》いで五月六日、秀吉《ひでよし》は竹ガ鼻城《たけがはなじょう》（羽島市竹鼻町）を囲《かこ》んだ。この城《しろ》の守将《しゅしょう》は不破広綱《ふわひろつな》だ。広綱《ひろつな》の城《しろ》は力攻《ちからぜ》めでは落《お》ちそうになく、十一日から秀吉《ひでよし》が得《とく》意《い》とする堤防《ていぼう》を築《きず》いての水攻《みずぜ》めに取《と》り掛《かか》った。広綱《ひろつな》は信雄《のぶかつ》に救援《きゅうえん》を求《もと》めたが、信雄軍《のぶかつぐん》は竹ガ鼻《たけがはな》を囲《かこ》む秀吉軍《ひでよしぐん》に比《くら》べて余《あま》りにも小勢《こぜい》で脆弱《ぜいじゃく》だ。家康《いえやす》に頼《たの》もうにも家康《いえやす》も対陣中《たいじんちゅう》で動《うご》けない。信雄《のぶかつ》には開城《かいじょう》して降伏《こうふく》するよう命《めい》じる以外《いがい》に広綱《ひろつな》を救《すく》う手《て》はなかった。六月十日、不破広綱《ふわひろつな》は開城《かいじょう》して降伏《こうふく》した。秀吉《ひでよし》は小牧長久手《こまきながくて》で受《う》けた敗戦《はいせん》の痛手《いたで》の少《すこ》しは取《と》り戻《もど》して、六月下旬《げじゅん》に一旦《いったん》大阪城《おおさかじょう》に帰還《きかん》した。秀吉《ひでよし》は大阪城《おおさかじょう》に戻《もど》ったが、八月にはまた大軍《たいぐん》を催《もよお》して樂田《がくでん》の本陣《ほんじん》に入《はい》り、軍勢《ぐんぜい》は合計《ごうけい》十六万に膨《ふく》れ上《あ》がった。

徳川家康《とくがわいえやす》も秀吉《ひでよし》の六月の帰還《きかん》に合《あ》わせて小牧山《こまきやま》の陣《じん》を酒井忠次《さかいただつぐ》に任《まか》せて清洲城《きよすじょう》に引《ひ》き挙《あ》げた。だが秀吉《ひでよし》の再度《さいど》の出陣《しゅつじん》を知《し》って、今度《こんど》は兵数《へいすう》でも対抗《たいこう》できるように三河《みかわ》や遠江《とおとうみ》の百姓《ひゃくしょう》を大量《たいりょう》動員《どういん》して、徳川家康《とくがわいえやす》も小牧山《こまきやま》の近《ちか》くの岩倉城《いわくらじょう》に入《はい》った。小牧一帯《こまきいったい》には一触即発《いっしょくそくはつ》の緊迫感《きんぱくかん》が漂《ただよ》った。だがどちらも先《さき》に動《うご》けば不利《ふり》と判断《はんだん》して緊迫《きんぱく》した様子見《ようすみ》が延々《えんえん》と続《つづ》いた。

羽柴秀吉《はしばひでよし》は家康《いえやす》を力攻《ちからぜ》めするのは無理《むり》と悟《さと》った。そこで家康《いえやす》よりは織田信雄《おだのぶかつ》を攻《せ》めて、信雄《のぶかつ》から講和《こうわ》を言《い》い出《だ》させようと思《おも》い立《た》ち、蒲生氏郷《がもううじさと》に命《めい》じて六月以来《いらい》攻《せ》め続《つづ》けていた木造具政《こづくりともまさ》が守《まも》る伊勢国戸木城《いせこくへきじょう》（久居市）の城下《じょうか》の住民《じゅうみん》を蹂躙《じゅうりん》して、此見《これみ》よがしに隅《すみ》から隅《すみ》まで徹底《てってい》して荒《あ》らし回《まわ》らせた。伊勢国中部一帯《いせこくちゅうぶいったい》の住民《じゅうみん》は震《ふる》え上《あ》がった。城内《じょうない》の兵卒《へいそつ》は怒《いか》り狂《くる》った。九月十五日の夜《よる》、蒲《がも》生勢《うぜい》の横暴《おうぼう》な仕業《しわざ》に我慢《がまん》が出来《でき》なくなって、具政《ともまさ》は城《しろ》から討《う》って出《で》た。けれどもそれを待《ま》っていた氏郷《うじさと》の集中攻撃《しゅうちゅうこうげき》に遭《あ》って城《しろ》は落《お》ち、具政《ともまさ》は消息不明《しょうそくふめい》になった。

織田信雄《おだのぶかつ》は頼《たよ》りの戸木城《へきじょう》が落《お》ち、具政《ともまさ》の生死《せいし》も判《わか》らなくなって落胆《らくたん》したところに、秀吉《ひでよし》から講《こう》和《わ》の話《はなし》が舞《ま》い込《こ》んだ。信雄《のぶかつ》は無視《むし》したが、その後《ご》も伊勢国内《いせこくない》は秀吉《ひでよし》からの各個攻撃《かっここうげき》を受《う》けて状《じょう》況《きょう》は悪化《あっか》の一方《いっぽう》だ。秀吉《ひでよし》は和議《わぎ》と支城攻撃《しじょうこうげき》の『飴《あめ》とムチ』を使《つか》って信雄《のぶかつ》の心《こころ》を揺《ゆ》さぶった。信雄《のぶかつ》はこのままでは伊勢国《いせこく》を失《うしな》い、家臣《かしん》も離《はな》れて結局《けっきょく》は弟《おとうと》の信孝《のぶたか》と同《おな》じ運命《うんめい》を辿《たど》ることになると肌《はだ》で感《かん》じた。

天正《てんしょう》十二年（一五八四年）十一月十五日、織田信雄《おだのぶかつ》は徳川家康《とくがわいえやす》に無断《むだん》で秀吉《ひでよし》の求《もと》めに応《おう》じ、伊《い》勢国桑名《せこくくわな》で会見《かいけん》して、人質《ひとじち》を出《だ》すことと尾張《おわり》の犬山《いぬやま》と河田《かわだ》（一宮市浅井町）を割譲《かつじょう》することで単独《たんどく》講和《こうわ》した。

徳川家康《とくがわいえやす》は同盟《どうめい》を求《もと》められてこの戦《いくさ》に加《くわ》わったが、その同盟《どうめい》を求《もと》めた信雄《のぶかつ》が勝手《かって》に戦《いくさ》から手《て》を引《ひ》いてしまった。戦《いくさ》を続《つづ》ける大義名分《たいぎめいぶん》を失《うしな》って家康《いえやす》も秀吉《ひでよし》と講和《こうわ》して共《とも》に陣《じん》を引《ひ》いた。このとき講和《こうわ》の証《あかし》として、家康《いえやす》は次男《じなん》で側室《そくしつ》の子《こ》の秀康《ひでやす》を人質《ひとじち》として秀吉《ひでよし》に差《さ》し出《だ》した。小牧長久手《こまきながくて》の合《かっ》戦《せん》は勝敗《しょうはい》が着《つ》かぬままに終結《しゅうけつ》した。

羽柴秀吉《はしばひでよし》は家康《いえやす》の次男秀康《じなんひでやす》を養子《ようし》にして、羽柴秀康《はしばひでやす》に改姓《かいせい》させた。その後《ご》の天正《てんしょう》十七年、秀《ひで》吉《よし》に実子《じっし》の鶴松《つるまつ》が誕生《たんじょう》したのを契機《けいき》に、家康《いえやす》との融和《ゆうわ》を考《かん》え《が》て関東《かんとう》の名家《めいけ》で元下野国守護《もとしもつけこくしゅご》であった結城家《ゆうきけ》の養子《ようし》に入《い》れ、結城秀康《ゆうきひでやす》（後の初代福井藩主）と名乗《なの》らせた（以後491頁6行目に続く）。

四．末森合戦と富山の役

佐々成政　加賀・能登侵攻

小牧長久手合戦《こまきながくてがっせん》の最中《さいちゅう》に北陸《ほくりく》でも織田信雄《おだのぶかつ》に与《くみ》する佐々成政《さっさなりまさ》と羽柴秀吉《はしばひでよし》に与《くみ》する前田利家《まえだとしいえ》の間《あいだ》で潰《つぶ》すか潰《つぶ》されるかの戦《いくさ》が始《はじ》まった。

話《はなし》は少《すこ》し前後《ぜんご》する（457頁11行目の続き）。

佐々成政《さっさなりまさ》は主家《しゅけ》の織田信雄《おだのぶかつ》の同盟《どうめい》の求《もと》めに応《おう》じた。そして織田家《おだけ》に徳川家康《とくがわいえやす》が味方《みかた》して羽柴秀《はしばひで》吉《よし》を討《う》つ軍勢《ぐんぜい》を催《もよお》した今《いま》この時《とき》を利用《りよう》して、羽柴秀吉《はしばひでよし》に味方《みかた》する前田利家《まえだとしいえ》を加賀《かが》・能登《のと》から追《お》い出《だ》し、北陸一帯《ほくりくいったい》を支配《しはい》したいという夢《ゆめ》を膨《ふく》らませた。

その夢《ゆめ》を実現《じつげん》させる手始《てはじ》めに加越国境《かえつこっきょう》の倶梨伽羅《くりから》に砦《とりで》を築《きず》いて、佐々政元《さっさまさもと》（成政の叔父の養子）と野々村主水《ののむらもんど》に二千の兵卒《へいそつ》を付《つ》けて加賀国《かがこく》への前線基地《ぜんせんきち》とし、能越国境《のうえつこっきょう》の荒山城《あらやまじょう》には神保氏張《じんぼうじはる》（守護代　神保家の庶流で元守山城主）の家臣《かしん》の袋井隼人《ふくろいはやと》を入《い》れて能登七尾城《のとななおじょう》に対峙《たいじ》する前線基地《ぜんせんきち》とした。

そして井波城《いなみじょう》（南砺市）には前野小兵衛《まえのしょうべえ》に二千の兵卒《へいそつ》を付《つ》けて倶梨伽羅砦《くりからとりで》の後詰《ごづめ》とし、阿尾城《あおじょう》（氷見市）には土着《どちゃく》の菊池十郎《きくちじゅうろう》に一千の兵卒《へいそつ》を付《つ》けて荒山城《あらやまじょう》の後詰《ごづめ》とした。

佐々成政《さっさなりまさ》は守山城《もりやまじょう》（高岡市）に娘婿《むすめむこ》の神保清十郎《じんぼせいじゅうろう》（神保氏張の子）に四千の兵卒《へいそつ》を付《つ》け、成政本人《なりまさほんにん》は富山城《とやまじょう》に居住《きょじゅう》して守山《もりやま》と連絡《れんらく》をとりながら各砦《かくとりで》に加賀《かが》と能登《のと》の様子《ようす》を探《さぐ》らせた。

天正《てんしょう》十二年（一五八四年）八月二十二日、前田利家《まえだとしいえ》は佐々成政《さっさなりまさ》が倶梨伽羅《くりから》に砦《とりで》を築《きず》き始《はじ》めたのを知《し》って、対抗上利家《たいこうじょうとしいえ》も村井長頼《むらいながより》を総大将《そうだいしょう》に任《にん》じて鉄砲大将《てっぽうたいしょう》四人と千五百の兵卒《へいそつ》を投入《とうにゅう》し、内山峠《うちやまとうげ》（小矢部市）の麓《ふもと》の朝日山《あさひやま》（加賀朝日町）に城砦《じょうさい》を築《きず》き始《はじ》めた。

同月《どうげつ》二十八日、越中側《えっちゅうがわ》の佐々政元《さっさまさもと》と佐々家《さっさけ》宿老《しゅくろう》の前野小兵衛《まえのしょうべえ》の両大将《りょうだいしょう》が談合《だんごう》して五千の兵《へい》卒《そつ》を率《ひき》いて朝日山攻撃《あさひやまこうげき》に乗《の》り出《だ》した。そして内山峠《うちやまとうげ》に登《のぼ》って朝日山砦《あさひやまとりで》を見下《みお》ろし、

「俄《にわ》か造《つく》りの砦《とりで》など何程《なにほど》の事《こと》かある。加越合戦《かえつがっせん》の門出《かどで》としようぞ。励《はげ》めや者共《ものども》」と奮《ふる》い立《た》たせて、二手《ふたて》に分《わ》かれて討《う》ち寄《よ》せた。

このとき朝日山《あさひやま》では砦《とりで》が出来上《できあ》がり一旦金沢《いったんかなざわ》に戻《もど》る者《もの》が出《で》て、城砦《じょうさい》の兵卒《へいそつ》は七、八百程《ほど》しか残《のこ》っていなかった。佐々勢《さっさぜい》の攻撃《こうげき》があるとの急報《きゅうほう》を受《う》けて、守将《しゅしょう》の村井長頼《むらいながより》は城砦《じょうさい》の外《そと》の堀切《ほりきり》まで出《で》た方《ほう》が防御《ぼうぎょ》し易《やす》いと判断《はんだん》した。そこで城砦《じょうさい》から城兵《じょうへい》を堀切《ほりきり》まで押《お》し出《だ》そうとした時《とき》に、金沢《かなざわ》から前田利家《まえだとしいえ》の馬廻《うままわ》りの阿波加藤八郎《あわかとうはちろう》と江見藤十郎《えみとうじゅうろう》が馬《うま》を飛《と》ばして見回《みまわ》りにやって来《き》た。

阿波加《あわか》と江見《えみ》は長頼《ながより》に向《む》かって

「今日《きょう》、この場《ば》に立《た》ち会《あ》ったのは冥加《みょうが》に尽《つ》きる」と勇躍《ゆうやく》して戦《いくさ》の先頭《せんとう》に立《た》とうとした。村井長頼《むらいながより》は

「はや一揆《いっき》が蜂起《ほうき》したので御座《ござ》るぞ。急《いそ》ぎ帰《かえ》って援軍《えんぐん》の手配《てはい》を頼《たの》む」と金沢《かなざわ》に即刻戻《そっこくもど》れと命《めい》じた。

阿波加《あわか》と江見《えみ》は時《とき》を過《す》ごして大事《だいじ》に至《いた》れば末代《まつだい》までの恥辱《ちじょく》と納得《なっとく》して、馬《うま》に飛《と》び乗《の》り脇目《わきめ》も振《ふ》

らずに四里半《よりはん》（18㎞）の道程《みちのり》を僅《わず》か一刻《いっこく》（30分）余《あま》りで駆《か》け戻《もど》った。

前田利家《まえだとしいえ》は朝日山《あさひやま》の危急《ききゅう》の注進《ちゅうしん》を受《う》けて
「長頼《ながより》の戦上手《いくさじょうず》を見込《みこ》んで朝日山《あさひやま》に送《おく》り込《こ》んだが、ここは即刻後詰《そっこくごづめ》せずばなるまい。不破彦三《ふわひこぞう》と田野村三郎四郎《たのむらさぶろうしろう》・片山内膳《かたやまないぜん》・岡嶋喜三郎《おかじまきさぶろう》・原隠岐《はらおき》・武部助十郎《たけべすけじゅうろう》は先手《さきて》となって即刻士卒《そっこくしそつ》を引《ひ》き連《つ》れ打《う》ち立《た》て」と触《ふ》れを出《だ》した。そして利家自身《としいえじしん》も小姓《こしょう》と馬廻《うままわ》りの者《もの》五、六十騎《き》を供《とも》に連《つ》れて、小原口《おはらくち》まで急《いそ》ぎ出立《しゅったつ》した。

丁度《ちょうど》この頃越中勢《ころえっちゅうぜい》が麓《ふもと》の朝日山近《あさひやまちか》くまで押《お》し出《だ》してきた。だが砦《とりで》の村井長頼《むらいながより》の気迫《きはく》に押《お》されて出足《であし》が躊躇《ちゅうちょ》した。加《くわ》えて俄《にわ》かに黒雲《くろくも》が全天《ぜんてん》を覆《おお》い突風《とっぷう》が吹《ふ》き出《だ》して、眼《め》も開《あ》けられぬ豪雨《ごうう》になり、足下《あしもと》が泥濘《ぬかる》んで歩《ある》くことさえ不自由《ふじゆう》になった。これでは戦《いくさ》にならぬと悟《さと》って、越中勢《えっちゅうぜい》は一合戦《ひとがっせん》もせずに内山峠《うちやまとうげ》に引《ひ》き返《かえ》した。

前田勢《まえだぜい》にとっての朝日山《あさひやま》の急難《きゅうなん》は去《さ》った。だが不安《ふあん》が逆《ぎゃく》に膨《ふく》らんだ。見渡《みわた》せば加賀《かが》・能登《のと》と越中《えっちゅう》との国境《くにざかい》は何時《いつ》の間《ま》にか佐々勢《さっさぜい》に軒並《のきな》み抑《おさ》えられていた。

前田利家《まえだとしいえ》は佐々成政《さっさなりまさ》の動《うご》きを秀吉《ひでよし》に伝《つた》えて与力《よりき》を要請《ようせい》した。

羽柴秀吉《はしばひでよし》は徳川家康《とくがわいえやす》・織田信雄同盟軍《おだのぶかつどうめいぐん》との合戦中《かっせんちゅう》で今《いま》は兵力《へいりょく》を割《さ》くゆとりがなかった。そこで「翌年《よくねん》には自《みずか》ら出陣《しゅつじん》する故《ゆえ》それまでは全面衝突《ぜんめんしょうとつ》は避《さ》けて時節《じせつ》を待《ま》て」と言送《いいおく》った。利家《としいえ》は引《ひ》き続《つづ》き与力《よりき》を要請《ようせい》しながら、越中佐々勢《えっちゅうさっさぜい》の加賀出撃《かがしゅつげき》に対《たい》する備《そな》えを急《いそ》いだ。

加賀《かが》・能登両国《のとりょうこく》に接《せっ》する越中《えっちゅう》との国境線《こっきょうせん》は長大《ちょうだい》だ。加《くわ》えてこの加賀《かが》・能登国境《のとこっきょう》付近《ふきん》は日本《にほん》海《かい》と越中国境《えっちゅうこっきょう》とに挟《はさ》まれて首元《くびもと》の様《よう》に縊《くび》れて狭《せま》い。既《すで》に佐々勢《さっさぜい》はこの加越能三国国境《かえつのうさんごくこっきょう》近《ちか》くの荒《あら》山《やま》の廃城《はいじょう》に士卒《しそつ》を送《おく》り込《こ》んでいた。

この首元《くびもと》にも似《に》た加賀《かが》・能登国境《のとこっきょう》を佐々勢《さっさぜい》に抑《おさ》えられては加賀《かが》と能登《のと》が分断《ぶんだん》される。今《いま》、能登《のと》国《こく》の七尾城《ななおじょう》には利家《としいえ》の実兄《じっけい》の前田安勝《まえだやすかつ》が城代《じょうだい》を務《つと》めて、高畠織部《たかはたおりべ》や中河清六《なかがわせいろく》と土着《どちゃく》の長綱連《ちょうつなつら》(長続連の嫡子)が三千の軍兵《ぐんぺい》と共《とも》に城代《じょうだい》を補佐《ほさ》し主《あるじ》に代《か》わって能登《のと》を統治《とうじ》していた。

そこで前田利家《まえだとしいえ》はこの佐々勢《さっさぜい》の備《そな》えとして加賀国《かがこく》から能登国《のとこく》に入《はい》る末森山《すえもりやま》(宝達志水町)の廃《はい》城《じょう》に、奥村永福《おくむらながとみ》と土肥茂次《どいもちつぐ》・千秋主殿助《ちあきもんどのすけ》の三名《さんめい》に千五百の兵卒《へいそつ》を付《つ》けて送《おく》り出《だ》し、佐々勢《さっさぜい》の侵《しん》入《にゅう》に備《そな》える城《しろ》を普請《ふしん》した。同時《どうじ》に前田右近《まえだうこん》（津幡城主で利家の弟）に倶梨伽羅峠《くりからとうげ》に出現《しゅつげん》する越中勢《えっちゅうぜい》に備《そな》えて峠《とうげ》の麓《ふもと》の鳥越《とりごえ》（津幡町）にも砦《とりで》を造《つく》り、目賀田又右衛門《めがたまたうえもん》と丹羽源十郎《にわげんじゅうろう》に五百の兵卒《へいそつ》を付《つ》けて守《まも》らせた。

天正《てんしょう》十二年（一五八四年）九月九日、佐々成政《さっさなりまさ》はこの俄《にわ》か造《づく》りの末森城《すえもりじょう》を乗《の》っ取《と》ろうと軍勢《ぐんぜい》一万二千を率《ひき》いて加越国境《かえつこっきょう》の宝達山《ほうたつさん》を越《こ》え、末森《すえもり》から二里《にり》（8km）の坪山《つぼやま》（宝達志水町）に出陣《しゅつじん》した。

そして

「又左《またざ》（又左衛門　利家の通称）は必《かなら》ず金沢《かなざわ》から末森救援《すえもりきゅうえん》に駆《か》け付《つ》ける。この抑《おさ》えが必要《ひつよう》だが、清《せい》十郎《じゅうろう》（神保氏張の子）よ。お主《ぬし》が大将《たいしょう》となり四千の士卒《しそつ》を率《ひき》いて北川尻《きたかわじり》（宝達志水町）の浜辺《はまべ》に山取《やまと》り（山辺に陣取り）して、加賀《かが》・能登《のと》の往来《おうらい》を塞《ふさ》げ」と言《い》い付《つ》けて北川尻《きたかわじり》に砦《とりで》を作《つく》らせ、海岸通《かいがんどお》りから末森《すえもり》への道《みち》を遮断《しゃだん》した。こうして金沢《かなざわ》から能登《のと》への往来《おうらい》を塞《ふさ》ぐ陣所《じんしょ》を北川尻《きたかわじり》と坪山《つぼやま》との両所《りょうしょ》に築《きず》いて、金沢《かなざわ》からの援軍《えんぐん》を末森《すえもり》に通《とお》さぬよう手配《てはい》した。

翌《よく》九月十日、佐々成政《さっさなりまさ》は末森城攻撃《すえもりじょうこうげき》に向《む》けて、先手《さきて》の佐々政元《さっさまさもと》（成政の養子）山下甚八《やましたじんはち》・前野《まえの》小兵衛《しょうべえ》・野々村主水《ののむらもんど》・菊池伊予守《きくちいよのかみ》・同十六郎《どうじゅうろくろう》・寺島甚助《てらしまじんすけ》・本庄市兵衛《ほんじょういちべえ》・野入平右衛門《のいりへいうえもん》・斎藤半右衛門《さいとうはんうえもん》・佐々與左衛門《さっさよざえもん》・堀田四郎右衛門《ほりたしろうえもん》・桜勘助《さくらかんすけ》らの諸将《しょしょう》と共《とも》に総勢《そうぜい》八千で末森城《すえもりじょう》を囲《かこ》んだ。

越中勢《えっちゅうぜい》は手始《てはじ》めに末森山《すえもりやま》付近《ふきん》の民家《みんか》に放火《ほうか》して気勢《きせい》を上《あ》げて、勢《いきお》いに乗《の》って総懸《そうが》かりで末森山《すえもりやま》に攻《せ》め登《のぼ》った。末森山城《すえもりやまじょう》の兵《へい》は僅《わず》かに一千余《よ》。奥村永福《おくむらながとみ》は諸将《しょしょう》を手配《てくば》りして持《も》ち場《ば》を固《かた》めたので落城《らくじょう》は免《まぬが》れた。だが終日《しゅうじつ》の戦《いくさ》で出丸《でまる》も三の丸《まる》も落《お》とされた。その上《うえ》に本丸直下《ほんまるちょっか》の二の丸《まる》までもが落《お》とされて、残《のこ》るは本丸《ほんまる》一つになった。また大将《たいしょう》の一人《ひとり》の土肥茂次《どいもちつぐ》も戦没《せんぼつ》して、城兵《じょうへい》は負傷者《ふしょうしゃ》も含《ふく》めて残《のこ》り僅《わず》かに三百余《よ》だ。

前田利家末森城救援

この時《とき》、金沢《かなざわ》では末森城《すえもりじょう》から救援依頼《きゅうえんいらい》の注進《ちゅうしん》を受《う》けた前田利家《まえだとしいえ》は、即刻近《そっこくちか》くにいた実兄《じっけい》の前田《まえだ》利久《としひさ》と魚住隼人《うおずみはやと》に金沢城《かなざわじょう》の留守《るす》を命《めい》じて、不破直光《ふわなおみつ》（通称彦三）と村井長頼《むらいながより》（通称又兵衛）の両人《りょうにん》を先手《さきて》の大将《たいしょう》に任《にん》じ、昼前《ひるまえ》には金沢《かなざわ》を立《た》たせた。そして松任城主《まっとうじょうしゅ》の利長《としなが》（利家の嫡子）に急使《きゅうし》を出《だ》して末森《すえもり》への至急《しきゅう》の後詰《ごづめ》を命《めい》じた。加《くわ》えてまた能登《のと》の七尾城《ななおじょう》にも急使《きゅうし》を送《おく》って、前田安勝《まえだやすかつ》（利家の兄）父子《ふし》に留守《るす》を任《まか》せて他《ほか》は残《のこ》らず末森《すえもり》に出向《でむ》くよう命《めい》じた。利家《としいえ》は他の支城《した》の城主《じょうしゅ》らにも末《すえ》森《もり》の後詰《ごづめ》を命《めい》じる手配《てはい》をした後《のち》、自身《じしん》も武将《ぶしょう》らの準備《じゅんび》を待《ま》たずに急《いそ》ぎ金沢《かなざわ》を出立《しゅったつ》して末森《すえもり》へ向《む》かい、その途中《とちゅう》の津幡城下《つばたじょうか》に入《はい》った。津幡城主《つばたじょうしゅ》は利家《としいえ》の実弟《じってい》の前田右近《まえだうこん》だ。右近《うこん》は街外《まちはず》れまで利《とし》家《いえ》を出迎《でむか》えて

「当城《とうじょう》にてしばらく休息《きゅうそく》なされ。その間《かん》に士卒《しそつ》を集《あつ》めて松任《まっとう》の孫四郎殿《まごしろうどの》（利長の通称）の到着《とうちゃく》を待《ま》ち、それからの出陣《しゅつじん》になされては如何《いかが》」と忠告《ちゅうこく》した。利家《としいえ》は右近《うこん》の進言《しんげん》を受《う》けて、取《と》り敢《あ》えず津《つ》幡城《ばたじょう》に入《はい》って休息《きゅうそく》した。夜《よる》に入《はい》って嫡子《ちゃくし》の利長《としなが》が津幡《つばた》に到着《とうちゃく》した。

前田利家《まえだとしいえ》は津幡城《つばたじょう》に先手《さきて》の村井《むらい》と不破《ふわ》やその他《た》の家老《かろう》を呼《よ》び集《あつ》めて評定《ひょうじょう》を持《も》った。村井長頼《むらいながより》は

「軽々《かるがる》と本城《ほんじょう》を空《あ》けて殿一人《とのひとり》で津幡《つばた》まで御出《おで》になるとは何《なん》たる事《こと》と申《もう》したいところだが、これは常時《じょうじ》の事《こと》。今《いま》は存亡《ぞんぼう》を懸《か》けた非常時《ひじょうじ》であればこの度《たび》の殿《との》のご決断《けつだん》は天晴《あっぱれ》。殿《との》の家臣《かしん》を案《あん》ずる様《よう》子《す》を見《み》て、軍士共《ぐんしども》は皆心勇《みなこころいさ》めて奮《ふる》い立《た》って御座《ござ》る」と利家《としいえ》の戦《いくさ》の方便《ほうべん》をよく知《し》っているのに感《かん》

心《しん》して語《かた》った。一同《いちどう》は、

「皆《みな》は大将《たいしょう》と共《とも》に討死《うちじに》を覚悟《かくご》し、一命《いちめい》は露程《つゆほど》にも惜《お》しまぬと勇《いさ》んで御座《ござ》る」と、利家《としいえ》の家臣《かしん》を思《おも》う心情《しんじょう》を汲《く》んで同心《どうしん》した。利家《としいえ》は一同《いちどう》に

「内蔵助《くらのすけ》（佐々成政の通称）とは若《わか》い頃《ころ》から度々《たびたび》の合戦《かっせん》を共《とも》にしたが、この利家《としいえ》を越《こ》すことは一度《いちど》としてなく、ただ見《み》てくれを付《つ》けるだけであった。敵《てき》が如何《いか》に多勢《たぜい》であろうとも、夜中《よなか》に後詰《ごづめ》して我《わ》が下知《げち》に従《したが》って戦《たたか》えば、小勢《こぜい》にても只《ただ》の一戦《いっせん》にして大勝利《だいしょうり》を得《う》る策《さく》は持《も》っておる。構《かま》えて我《わ》が下知《げち》に従《したが》って大勝利《だいしょうり》を得《え》よ」と自信《じしん》を漲《みなぎ》らせて宣言《せんげん》し、一同《いちどう》が不安《ふあん》を抱《いだ》かぬように気配《きくば》りした。

津幡城主《つばたじょうしゅ》の前田右近《まえだうこん》は寺西次兵衛《てらにしじへえ》と相談《そうだん》して兄《あに》の利家《としいえ》に

「恐《おそ》らく今頃《いまごろ》、末森《すえもり》の出城《でじろ》は落《お》ちたのでは御座《ござ》らぬか。そこを無理《むり》に神保《じんぼ》の勢《ぜい》が押《お》さえる末森《すえもり》への道《みち》を進《すす》めば、味方《みかた》は利《り》を失《うしな》うのみ。それよりは末森《すえもり》を捨《す》ててここ津幡《つばた》を堅持《けんじ》して秀吉公《ひでよしこう》に注進《ちゅうしん》すれば、急《いそ》ぎの出馬《しゅつば》もあるべし。身《み》を全《まっと》うして大利《たいり》を得《え》たまえ」と申《もう》し出《で》た。利家《としいえ》はこれを聞《き》いて、殊《こと》の外《ほか》に気色《けしき》ばみ

「左様《さよう》の弱《よわ》き異見《いけん》は兵士《へいし》の士気《しき》を失《うしな》う。『人《ひと》は一代名《いちだいな》は末代《まつだい》』。奥村《おくむら》を始《はじ》め土肥《どい》・千秋《ちあき》を捨《す》て殺《ごろ》しにしたと後《のち》の世《よ》に嘲《あざけ》りを受《う》けるようでは如何《いかが》するぞ。例《たと》え内蔵助《くらのすけ》（佐々成政の通称）が数万騎《すうまんき》を擁《よう》し、此方《こなた》は小姓《こしょう》と馬廻《うままわ》りのみであろうとも我《われ》は一合戦《ひとがっせん》して勝負《しょうぶ》をつけるぞ」と言《い》い放《はな》った。そして村井《むらい》長頼《ながより》に声《こえ》を掛《か》けて

「其方《そち》は今《いま》、合戦《かっせん》することを如何《いか》に思《おも》うぞ」と尋《たず》ねた。長頼《ながより》は

「御意御尤《ぎょいごもっと》。合戦《かっせん》を遂《と》げるは然《しか》るべきこと」と答《こた》えた。利家《としいえ》は笑《え》みを含《ふく》んで

「我《わ》が心《こころ》と同《おな》じは又兵衛《またべえ》（長頼）に及《し》くは無《な》し」と言《い》って即刻出立《そっこくしゅったつ》しようとした。城主《じょうしゅ》の前田右《まえだう》近《こん》は湯漬《ゆづ》けの食事《しょくじ》を差《さ》し出《だ》して、重《かさ》ねて

「上手《じょうず》の博士《はかせ》が来《き》ておりまして申《もう》すには、今《いま》の出立《しゅったつ》は不吉《ふきつ》と申《もう》して御座《ござ》る」と伝《つた》えて五十歳程《さいほど》の山伏《やまぶし》を呼《よ》び入《い》れた。利家《としいえ》は

「上手《じょうず》の博士《はかせ》とは其方《そのほう》か」と尋《たず》ねた。そして再度《さいど》、末森《すえもり》への出立《しゅったつ》の吉凶《きっきょう》を尋《たず》ねた。山伏《やまぶし》は懐《ふところ》から巻物《まきもの》を取《と》り出《だ》そうとすると、利家《としいえ》は間髪《かんはつ》を容《い》れず

「これより末森《すえもり》の後詰《ごづめ》に向《む》かう。その吉凶《きっきょう》を見《み》よ」と声《こえ》を張《は》って言《い》い付《つ》けた。山伏《やまぶし》は恐《おそ》れ畏《かしこ》まって

「時《とき》も宜《よろ》しく御座候《ござそうろう》」と利家《としいえ》の顔色《かおいろ》を窺《うかが》いながら申《もう》し出《で》た。利家《としいえ》は

「さても心得《こころえ》たる上手《じょうず》かな。大利《たいり》を得《え》て帰陣《きじん》の折《おり》には褒美《ほうび》を遣《つか》わす」と言《い》い終《お》えて、快《こころよ》げに出立《しゅったつ》した。俄《にわ》かの出立《しゅったつ》に付《つ》き従《したが》った大将《たいしょう》は先手《さきて》の不破直光《ふわなおみつ》と村井長頼《むらいながより》だけだった。他《た》の同席《どうせき》の原長頼《はらながより》や前田又次郎《まえだまたじろう》・田野村三郎四郎《たのむらさぶろうしろう》・武部助十郎《たけべすけじゅうろう》・片山内膳《かたやまないぜん》・岡嶋喜三郎《おかしまきさぶろう》・前田慶次郎《まえだけいじろう》・近藤善右衛門《こんどうぜんうえもん》・青山与三右衛門《あおやまよそうえもん》らは慌《あわ》てて準備《じゅんび》もそこそこに利家《としいえ》の後《あと》を追《お》った。利家《としいえ》の出立《しゅったつ》を止《と》めようとした前田右近《まえだうこん》らは唯呆気《ただあっけ》にとられて見送《みおく》るばかりだ。

真夜中《まよなか》になった。利家《としいえ》は越中《えっちゅう》の神保勢《じんぼぜい》が柵《さく》を築《きず》いて街道《かいどう》を塞《ふさ》いだ北川尻《きたかわじり》より一里《いちり》（4㎞）手前《てまえ》の高松《たかまつ》まで来《き》て立《た》ち止《ど》まり、草鞋《わらじ》の緒《お》を強《つよ》く締《し》め直《なお》してその余《あま》りを切《き》り捨《す》てた。これを見《み》た諸将《しょしょう》は

「殿《との》は今日《きょう》を限《かぎ》りと思《おぼ》し召《め》すと思《おも》えたり」と互《たが》いを見交《みか》わして、皆《みな》は決死《けっし》の戦《いくさ》を覚悟《かくご》した。

前田利家《まえだとしいえ》は不破直光《ふわなおみつ》と村井長頼《むらいながより》を呼《よ》んで街道《かいどう》を塞《ふさ》ぐ柵《さく》を指差《ゆびさ》し、「将兵《しょうへい》を一人《ひとり》、馬《うま》に枚《ばい》を噛《か》ませて柵《さく》を迂回《うかい》し、浜辺《はまべ》から河口《かこう》を一気《いっき》に駆《か》け渡《わた》らせてその時《とき》の北川《きたかわ》尻《じり》の陣内《じんない》の動《うご》きを確《たし》かめよ」と言《い》って将兵《しょうへい》に川《かわ》を渡《わた》らせた。物見《ものみ》は陣内《じんない》の様子《ようす》を調《しら》べて「敵《てき》は只《ただ》の一人《ひとり》も出《で》て来《き》ませせぬ。川《かわ》には杭《くい》が沢山《たくさん》打《う》ち込《こ》んであって、人《ひと》のように見《み》せかけて御座《ござ》る」と報《ほう》じた。利家《としいえ》はこれを確《たし》かめた後《のち》、闇夜《やみよ》に紛《まぎ》れて何事《なにごと》もなく北川尻《きたかわじり》の神保勢《じんぼぜい》の陣《じん》を潜《くぐ》り抜《ぬ》けた。

これより先《さき》、北川尻《きたかわじり》の神保《じんぼ》陣内《じんない》では物見《ものみ》を津幡《つばた》に出《だ》して前田勢《まえだぜい》の様子《ようす》を探《さぐ》らせていたが、津幡《つばた》城《じょう》の前田右近《まえだうこん》を始《はじ》め、諸将《しょしょう》は挙《こぞ》って末森《すえもり》への救援《きゅうえん》を止《と》めに掛《かか》っていた。金沢《かなざわ》から利家《としいえ》を追《お》って駆《か》け付《つ》けた将兵《しょうへい》も僅《わず》かに数百《すうひゃく》だ。これではとても末森《すえもり》の救援《きゅうえん》などありえないと早合点《はやがてん》して、陣《じん》に戻《もど》って一部始終《いちぶしじゅう》を報告《ほうこく》した。それで北川尻《きたかわじり》の陣《じん》では上《かみ》は大将《たいしょう》から下《しも》は兵卒《へいそつ》まで油断《ゆだん》して警戒《けいかい》を怠《おこた》った。

神保清十郎《じんぼせいじゅうろう》が利家《としいえ》の軍勢《ぐんぜい》の通過《つうか》を知《し》ったのは夜《よ》が明《あ》けてからだった。北川尻《きたかわじり》の軍勢《ぐんぜい》は慌《あわ》てて前田勢《まえだぜい》を追《お》い掛《か》けた。

前田勢《まえだぜい》は海岸沿《かいがんぞ》いを今浜《いまはま》（宝達志水町）に進《すす》んだ頃《ころ》に秋《あき》の夜《よ》が仄《ほの》かに白《しら》み始《はじ》めた。利家《としいえ》はここで軍勢《ぐんぜい》凡《およ》そ千五百を確認《かくにん》して、各々《おのおの》に兵糧《ひょうろう》を取《と》らせながら
「この軍勢《ぐんぜい》が散《ち》らずに一手《いって》に結束《けっそく》して臨《のぞ》めば勝利間違《しょうりまちが》いなし」と軍勢《ぐんぜい》に戦法《せんぽう》を指図《さしず》して励《はげ》ました。

利家《としいえ》は佐々勢《さっさぜい》が末森城《すえもりじょう》攻《ぜ》めに陣《じん》を進《すす》めた竹生野《たこの》（宝達志水町）を避《さ》けて今浜《いまはま》から末森城《すえもりじょう》の搦手《からめて》（裏門）に繋《つな》がる長坂《ながさか》の道《みち》を目指《めざ》した。末森山頂《すえもりさんちょう》への長坂《ながさか》の登《のぼ》り道《みち》では、佐々勢《さっさぜい》も総攻《そうぜ》めに向《む》けて登《のぼ》り口《ぐち》から今《いま》、登《のぼ》り始《はじ》めたところだった。

前田勢《まえだぜい》は城《しろ》に攻《せ》め登《のぼ》り始《はじ》めた佐々勢《さっさぜい》の背後《はいご》を襲《おそ》った。佐々勢《さっさぜい》は予期《よき》せぬ後巻《うしろまき》（後からの攻め）に遭《あ》って浮足立《うきあしだ》った。そこに救援《きゅうえん》を受《う》けて奮《ふる》い立《た》った城内《じょうない》の奥村勢《おくむらぜい》が討《う》って出《で》た。両軍入《りょうぐんい》り乱《みだ》れての激戦《げきせん》になったが、前田勢《まえだぜい》は初志《しょし》を貫徹《かんてつ》して末森城《すえもりじょう》への入城《にゅうじょう》を果《は》たした。

情勢《じょうせい》は一変《いっぺん》した。前田利家《まえだとしいえ》が本丸《ほんまる》に入《はい》った。加賀《かが》の諸将《しょしょう》は本丸《ほんまる》から続《つづ》く二《に》の丸《まる》に押《お》し出《だ》してここでも激戦《げきせん》になった。この頃《ころ》には利家《としいえ》が加賀《かが》・能登《のと》の支城《しじょう》に伝《つた》えた末森救援《すえもりきゅうえん》の命《めい》に応《おう》じて、

続々《ぞくぞく》と諸将《しょしょう》が末森《すえもり》に参着《さんちゃく》した。前田家《まえだけ》家督《かとく》の利長《としなが》も軍勢《ぐんぜい》を引連《ひきつ》れて本丸《ほんまる》に登《のぼ》って来《き》た。加賀勢《かがぜい》は奮戦《ふんせん》して多《おお》くの将兵《しょうへい》を失《うしな》いながらも遂《つい》に末森《すえもり》から越中《えっちゅう》勢《ぜい》を追《お》い落《おと》とした。

坪山《つぼやま》の本陣《ほんじん》で戦況《せんきょう》を見《み》ていた佐々成政《さっさなりまさ》は、末森《すえもり》に総大将《そうだいしょう》の前田利家《まえだとしいえ》が入《はい》ったのを知《し》って早急《そうきゅう》の越中帰陣《えっちゅうきじん》を決断《けつだん》した。

佐々成政《さっさなりまさ》は織田《おだ》・徳川連合軍《とくがわれんごうぐん》に与力《よりき》して羽柴秀吉《はしばひでよし》に与《くみ》する前田利家《まえだとしいえ》と戦《いくさ》を構《かま》えたが、いつの間《ま》にか加賀《かが》の前田《まえだ》だけでなく越後《えちご》の上杉景勝《うえすぎかげかつ》も秀吉《ひでよし》に与《くみ》して、共《とも》に越中《えっちゅう》に侵入《しんにゅう》する態勢《たいせい》を取《と》っていた。

今《いま》、越中勢《えっちゅうぜい》は加賀国境《かがこっきょう》に集結《しゅうけつ》して富山《とやま》はガラ空《あ》きだ。そこを越後勢《えちごぜい》に突《つ》かれては国《くに》を失《うしな》う。一刻《いっこく》を争《あらそ》って帰陣《きじん》しなければならない。佐々成政《さっさなりまさ》は未練《みれん》を断《た》ち切《き》り坪山《つぼやま》を陣払《じんはら》いして帰途《きと》に付《つ》いた。その途上《とじょう》、倶梨伽羅峠《くりからとうげ》の麓《ふもと》の鳥越城《とりごえじょう》（津幡町）が空城《あきじろ》になっているとの知《し》らせを受《う》けた。それで「これぞ天《てん》の与《あた》え」と喜《よろこ》んで一軍《いちぐん》を向《む》かわせ、鳥越城《とりごえじょう》を無血《むけつ》で奪《うば》い取《と》った。この鳥越城《とりごえじょう》は目賀田《めがた》又右衛門《またうえもん》と丹羽源十郎《にわげんじゅうろう》が五百の兵卒《へいそつ》を従《したが》えて越中勢《えっちゅうぜい》に備《そな》えていたが、末森落城《すえもりらくじょう》の誤報《ごほう》を受《う》けて城《しろ》を空《あ》けて逃《に》げ出《だ》したのだ。成政《なりまさ》は末森《すえもり》の代《か》わりに鳥越《とりごえ》を奪《うば》って富山《とやま》に帰陣《きじん》した。

一ヶ月後の十月中旬《ちゅうじゅん》、前田利家《まえだとしいえ》は鳥越城《とりごえじょう》付近《ふきん》に兵卒《へいそつ》を繰《く》り出《だ》して越中国境《えっちゅうこっきょう》付近《ふきん》の民家《みんか》を焼《や》き払《はら》い、不破《ふわ》や村井《むらい》、多野村《たのむら》に向《む》かって

「この山城《やまじろ》を取《と》り戻《もど》すには如何《いか》にすべきか」と尋《たず》ねた。三者《さんしゃ》は顔《かお》を見合《みあ》せた。村井《むらい》は

「この山城《やましろ》は中々《なかなか》の切所《せっしょ》（要害の地）。加《くわ》えて二千もの兵《へい》が城内《じょうない》に控《ひか》えている由《よし》。されば一万《いちまん》の軍《ぐん》勢《ぜい》を用《もち》いてその三の一は失《うしな》ってもよいと覚悟《かくご》すれば、攻《せ》め落《お》とすこともできましょう」と答《こた》えた。不破《ふわ》が後《あと》を引《ひ》き取《と》って

「内蔵助《くらのすけ》（佐々成政の通称）は富山城《とやまじょう》に将兵《しょうへい》一万を置《お》いて御座《ござ》れば、これ程《ほど》の小城《こじろ》に拘《こだわ》るのは如何《いかが》か」と諌《いさ》めた。利家《としいえ》は納得《なっとく》して城攻《しろぜ》めを諦《あきら》め、せめて城兵《じょうへい》をおびき出《だ》して一泡吹《ひとあわふ》かせてやろうと態《わざ》と前面《ぜんめん》に弱兵《じゃくへい》を出《だ》して城攻《しろぜ》めの勢《いきお》いを見《み》せ、城兵《じょうへい》の誘《おび》き出《だ》しに掛《かか》った。たが、城《しろ》の守将《しゅしょう》の久世《くせ》但馬守《たじまのかみ》は利家《としいえ》の魂胆《こんたん》を読《よ》み取《と》って、誘《さそ》いには乗《の》らずに諸卒《しょそつ》に命《めい》じて固《かた》く城《しろ》を守《まも》った。季節《きせつ》は晩《ばん》秋《しゅう》に差《さ》し掛《かか》かって寒《さむ》さが日《ひ》に日《ひ》に募《つの》った。やがて利家《としいえ》は為《な》す術《すべ》もなく金沢《かなざわ》に引《ひ》き上《あ》げた。

佐々成政厳冬期の飛騨山脈を越え家康を訪問

天正《てんしょう》十二年（一五八四年）、北陸一帯《ほくりくいったい》が冬籠《ふゆご》もりに入《はい》った頃《ころ》、尾張《おわり》から佐々成政《さっさなりまさ》の下《もと》に織田信雄《おだのぶかつ》が伊勢国桑名《いせこくくわな》で秀吉《ひでよし》に降伏《こうふく》して和睦《わぼく》したとの報《しら》せが入《はい》った。続《つづ》いて徳川家康《とくがわいえやす》も秀吉《ひでよし》と講和《こうわ》して小牧山《こまきやま》から兵《へい》を引《ひ》いたとの注進《ちゅうしん》が飛《と》び込《こ》んだ。

佐々成政《さっさなりまさ》は突然《とつぜん》に織田信雄《おだのぶかつ》と徳川家康《とくがわいえやす》から同盟《どうめい》の梯子《はしご》を外《はず》された状態《かたち》となって切羽詰《せっぱつ》まった。織田信雄《おだのぶかつ》の誘《さそ》いに乗《の》って羽柴軍団《はしばぐんだん》を相手取《あいてど》り、先《ま》ずは前田利家《まえだとしいえ》と戦《いくさ》を始《はじ》めたのだ。このまま時《とき》を過《す》ごせば前田利家《まえだとしいえ》を後押《あとお》しする羽柴秀吉《はしばひでよし》が大軍《たいぐん》を率《ひき》いて押《お》し寄《よ》せて来《く》る。間《ま》もなく北陸《ほくりく》に雪《ゆき》が降《ふ》り始《はじ》めた。雪《ゆき》が積《つ》もっては戦《いくさ》にならない。攻《せ》め手《て》が絶対不利《ぜったいふり》になるからだ。

佐々成政《さっさなりまさ》は雪《ゆき》を見《み》て閃《ひらめ》いた。そこで宿将《しゅくしょう》らを集《あつ》めて「この雪《ゆき》では春《はる》の雪消《ゆきげ》まで又左《またざ》（利家）も動《うご》けまい。この間《かん》を利用《りよう》して遠州浜松《えんしゅうはままつ》（浜松市）の徳川《とくがわ》屋形《やかた》まで出掛《でか》けたい」と云《い》い出《だ》した。そして

「今《いま》、越中《えっちゅう》の西《にし》は加賀《かが》の前田《まえだ》と敵対《てきたい》し、東《ひがし》は越後《えちご》の上杉《うえすぎ》に塞《ふさ》がれている。だが、南《みなみ》の飛騨《ひだ》は織田《おだ》方《がた》の姉小路自綱殿《あねこうじよりつなどの》（三木自綱）が飛騨一国《ひだいっこく》を平定《へいてい》なさった。飛騨《ひだ》から逃《に》げ落《お》ちた牛丸《うしまる》や塩谷《しおや》、江馬《えま》の残党《ざんとう》は越前大野《えちぜんおおの》の金森長近《かなもりながちか》を頼《たよ》って再起《さいき》を謀《はか》り、その金森《かなもり》は羽柴秀吉《はしばひでよし》の助勢《じょせい》を得《え》て飛騨国《ひだこく》に狙《ねら》いを定《さだ》めて虎視眈々《こしたんたん》。今《いま》この状況《じょうきょう》を利用《りよう》して困難《こんなん》は承知《しょうち》の上《うえ》で、先《ま》ずは姉小路殿《あねこうじどの》を頼《たよ》って飛騨国《ひだこく》入《い》りする。飛騨《ひだ》から徳川殿《とくがわどの》の三河《みかわ》・遠江《とおとうみ》両国《りょうこく》に行《い》くには美濃国《みのこく》経由《けいゆ》が良《よ》いが、ここは羽柴《はしば》に与《くみ》する池田恒興《いけだつねおき》が押《お》さえて居《い》るから入《はい》れない。そこで雪《ゆき》の深山《しんざん》を踏《ふ》み越《こ》えて信濃国安曇野《しなのこくあずみの》の深志《ふかし》城下《じょうか》（松本城下）に出《で》る。深志《ふかし》は徳川方《とくがわがた》の小笠原貞慶殿《おがさわらさだよしどの》の所領《しょりょう》。以下伊那《いかいな》を経《へ》て遠江国浜松《とおとうみこくはままつ》に出《で》る。ここで家康公《いえやすこう》に対面《たいめん》し、次《つ》いで織田信雄公《おだのぶかつこう》を訪《たず》ねて両公《りょうこう》に再度《さいど》の決起《けっき》を何《なん》としても説得《せっとく》したい」と熱《あつ》く語《かた》った。

天正《てんしょう》十二年十一月二十三日、佐々成政《さっさなりまさ》は越中富山《えっちゅうとやま》を出立《しゅったつ》した。一行《いっこう》は三十余名《よめい》。佐々平左衛門《さっさへいざえもん》の他《ほか》に寺島甚助《てらしまじんすけ》・佐々與左衛門《さっさよざえもん》・前野小兵衛《まえのしょうべえ》・同又五郎《どうまたごろう》・久世又助《くせまたすけ》・神保越中《じんぼえっちゅう》の重臣一同《じゅうしんいちどう》とその郎党《ろうとう》。飛騨《ひだ》から剣山雪峰《けんざんせっぽう》（野麦峠か？）を越《こ》えて信濃国安曇野《しなのこくあずみの》の深志《ふかし》（松本市）に入《はい》り、深志《ふかし》か

ら馬《うま》を飛《と》ばして十二月四日に徳川家康《とくがわいえやす》の居城《きょじょう》の遠江国浜松城《とうとうみこくはままつじょう》に入《はい》った。浜松《はままつ》で一行《いっこう》の応対《おうたい》に当《あ》たった門番《もんばん》は

「一行《いっこう》は熊《くま》の毛皮《けがわ》の胴着《どうき》に熊皮《くまがわ》の半袴《はんばかま》を佩《は》き野太刀《のたち》を背負《せお》い熊皮《くまがわ》の頭巾《ずきん》を冠《かむ》った出立《いでた》ち（身なり）で、ひげ面《づら》の中《なか》に眼光鋭《がんこうするど》く頰《ほお》はこけ落《お》ち、誰《だれ》が誰《だれ》だか判《わか》らぬ容貌《ようぼう》だった」と伝《つた》えて後《のち》の世《よ》の噂《うわさ》になった。

佐々成政《さっさなりまさ》は徳川家康《とくがわいえやす》に対面《たいめん》して

「織田家《おだけ》を起《お》こして秀吉《ひでよし》を討《う》つべし」と熱《あつ》く語《かた》ったが家康《いえやす》は

「この度《たび》の和議《わぎ》は織田信雄公《おだのぶかつこう》から為《な》されたことであれば、某《それがし》は信雄公《のぶかつこう》の御本意《ごほんい》に従《したが》うのみ。信雄《のぶかつ》公《こう》に意見《いけん》なされよ。我《わ》が心中《しんちゅう》もお察《さっ》し下《くだ》され」と言《い》って織田信雄《おだのぶかつ》に和戦《わせん》の選択《せんたく》を預《あず》けた。佐々成《さっさなり》政《まさ》は翌朝《よくちょう》、浜松《はままつ》を立《た》って途中《とちゅう》生駒八右衛門宅《いこまはちうえもんたく》を訪《おとず》れて織田家《おだけ》への取次《とりつぎ》を乞《こ》い清洲城《きよすじょう》に入《はい》った。

佐々成政《さっさなりまさ》は織田信雄《おだのぶかつ》に対面《たいめん》して、語気鋭《ごきするど》く熱弁《ねつべん》を奮《ふる》って織田家再興《おだけさいこう》と秀吉討伐《ひでよしとうばつ》を説《と》いた。だが信雄《のぶかつ》の宿老《しゅくろう》らは既《すで》に信雄《のぶかつ》が娘《むすめ》を人質《ひとじち》として秀吉《ひでよし》に差《さ》し出《だ》したところであり、信雄《のぶかつ》の心中《しんちゅう》を察《さっ》して

和議《わぎ》を解消《かいしょう》して戦《いくさ》をするのに同調《どうちょう》する者《もの》は一人《ひとり》もなく、逆《ぎゃく》に成政《なりまさ》に「世間《せけん》の風《かぜ》は押《お》し並《な》べて羽柴方《はしばがた》に向《む》かっており、当方《とうほう》は如何《いか》にも不利《ふり》。ここは一旦《いったん》羽柴勢《はしばぜい》に和議《わぎ》を申《もう》し出《で》られて降伏《こうふく》なさるが上策《じょうさく》」と和議《わぎ》を勧《すす》めた。織田信雄《おだのぶかつ》は宿老《しゅくろう》らに対応《たいおう》を任《まか》せたが、真意《しんい》は戦《いくさ》を好《この》まず、安《やす》らかな新年《しんねん》を迎《むか》えたいと願《ねが》っていた。そこで宿老《しゅくろう》らは信雄《のぶかつ》の意《い》を忖度《そんたく》（推し量る）して、議論《ぎろん》は停戦和議《ていせんわぎ》に終始一貫《しゅうしいっかん》した。

佐々成政《さっさなりまさ》は願《ねが》いが叶《かな》わず意気消沈《いきしょうちん》して退城《たいじょう》した。清洲《きよす》の城下《じょうか》は武家《ぶけ》や町家《ちょうか》、百姓家《ひゃくしょうや》を問《と》わず押《お》し並《な》べて軒先《のきさき》に門松《かどまつ》を飾《かざ》り立《た》てて新年《しんねん》を迎《むか》える準備《じゅんび》に余念《よねん》がなかった。成政《なりまさ》は「何事《なにごと》も変《か》わり果《は》てたる世《よ》の中《なか》に知《し》らでや雪《ゆき》の白《しろ》く降《ふ》るらん」と詠《よ》んで嘆《なげ》き、又来《またき》た深雪《しんせつ》の山路《やまみち》を辿《たど》って越中《えっちゅう》に帰《かえ》り着《つ》いた。

利家と成政　加越国境で小競り合い

明《あ》けて天正《てんしょう》十三年（一五八五年）の雪消《ゆきげ》も進《すす》んだ二月（旧暦）、前田利家《まえだとしいえ》は家老《かろう》の村井長頼《むらいながより》を呼《よ》ん

で
「昨年《さくねん》の末森合戦《すえもりがっせん》の折《おり》に目賀田《めがた》と丹羽《にわ》が鳥越城《とりごえじょう》を空《あ》けた隙《すき》を突《つ》かれて越中勢《えっちゅうぜい》に奪取《だっしゅ》されたは如《い》何《か》にも残念《ざんねん》。越中深《えっちゅうふか》くに押《お》し入《い》ってこの仇《かたき》を取《と》りたいものだが何処《どこ》がよかろう」と相談《そうだん》した。
長頼《ながより》は承《うけたまわ》って執事《しつじ》を呼《よ》び、利家《としいえ》の無念《むねん》の思《おも》いを伝《つた》えて意見《いけん》を聞《き》いた。執事《しつじ》は越中出自《えっちゅうしゅつじ》（生まれ）の小林某《こばやしぼう》と屋後某《やごぼう》を呼《よ》んで良《よ》い思案《しあん》はないかと相談《そうだん》した。二人《ふたり》は顔《かお》を見合《みあわ》せたが
「越中《えっちゅう》の蓮沼《はすぬま》（小矢部市）の地《ち》は昔《むかし》から船便《ふなびん》で小矢部川《おやべがわ》を往来《おうらい》して越中国府《えっちゅうこくふ》（高岡市伏木）と越中《えっちゅう》砺波郡一帯《となみぐんいったい》や加賀国《かがこく》を結《むす》ぶ交通《こうつう》の拠点《きょてん》の地《ち》で御座《ござ》る。その昔《むかし》は守護代《しゅごだい》の遊佐《ゆさ》家の城下《じょうか》でも御座《ござ》った。近年《きんねん》この蓮沼城《はすぬまじょう》は神保一族《じんぼいちぞく》が入《はい》ったが上杉謙信《うえすぎけんしん》に攻《せ》められて先年落城《せんねんらくじょう》。今《いま》はこの城址《じょうし》を木舟《きふね》城《じょう》（高岡市福岡町）の佐々平左衛門《さっさへいざえもん》の雑兵《ぞうひょう》が留守居《るすい》しているのみで御座《ござ》る。この地《ち》を焼《や》き立《た》てては如何《いかが》」と具申《ぐしん》した。
前田利家《まえだとしいえ》は村井長頼《むらいながより》からこの案《あん》を聞《き》いて大《おお》いに喜《よろこ》び
「又兵衛《またべえ》（長頼）よ。お主《ぬし》が千余《せんよ》の兵《へい》を率《ひき》いて先手《さきて》を受《う》けよ。二番手《にばんて》は松任《まっとう》の孫四郎《まごしろう》（前田利長）に

命《めい》じる。近藤善右衛門《こんどうぜんうえもん》や山崎将兵衛《やまざきしょうべえ》も大将《たいしょう》となり八百《はっぴゃく》の軍兵《ぐんぺい》を率《ひき》いて、他《ほか》にも岡嶋喜三郎《おかじまきさぶろう》や片《かた》山内膳《やまないぜん》・多野村三郎四郎《たのむらさぶろうしろう》も大将《たいしょう》に加《くわ》えて八百の兵《へい》を付《つ》ける。早々《そうそう》に支度《したく》して越中境《えっちゅうさかい》に繰《く》り出《だ》せ」

と命《めい》じた。

天正《てんしょう》十三年（一五八五年）二月二十四日、村井長頼《むらいながより》は一千余《よ》の兵《へい》と共《とも》に加賀《かが》・越中国境《えっちゅうこっきょう》の倶梨《くり》伽羅峠《からとうげ》から蓮沼《はすぬま》に押《お》し出《だ》して街《まち》に火《ひ》をかけ、城内《じょうない》に雪崩込《なだれこ》んで城《しろ》にも火《ひ》を掛《か》けた。城《しろ》から飛《と》び出《だ》してきた兵《へい》は手当《てあ》たり次第《しだい》に撫《な》で切《き》り、城兵《じょうへい》三百を残《のこ》らず討《う》ち取《と》った。この騒《さわ》ぎを聞《き》き付《つ》けて木《き》舟城《ふねじょう》の佐々平左衛門《さっさへいざえもん》は家臣《かしん》と共《とも》に蓮沼《はすぬま》に駆《か》け付《つ》けた。その時《とき》には既《すで》に全《すべ》てが終《お》わっていて、村井《むらい》長頼《ながより》は意気揚々《いきようよう》と国境《こっきょう》の峠《とうげ》を越《こ》えていた。

この後《のち》、三月に佐々成政《さっさなりまさ》が加賀《かが》の鷹《たか》の巣《す》へ攻《せ》め入《い》って焼《や》き働《ばたら》きを行《おこな》い蓮沼《はすぬま》の意趣返《いしゅがえ》しを行《おこな》った。四月には前田利家《まえだとしいえ》が鳥越城《とりごえじょう》を囲《かこ》み、五月には成政《なりまさ》が前田領《まえだりょう》の今石動《いまいするぎ》を焼《や》くなど互《たが》いに相手《あいて》の手《て》の内《うち》、出方《でかた》や兵力《へいりょく》の探《さぐ》り合《あ》いを行《おこな》って、加越両国間《かえつりょうこくかん》の争《あらそ》いが延々《えんえん》と絶《た》え間《ま》なく続《つづ》いた。

同《どう》十三年六月、越中守山城主《えっちゅうもりやまじょうしゅ》の神保氏張《じんぼうじはる》は佐々成政《さっさなりまさ》の命《めい》を受《う》けて、五千の軍兵《ぐんぺい》を引《ひ》き連《つ》れ阿《あ》尾城《おじょう》（氷見市）を囲《かこ》んだ。阿尾城《あおじょう》はこの頃《ころ》は加賀国前田《かがこくまえだ》の支城《しじょう》で前田惣兵衛《まえだそうべえ》と片山内膳《かたやまないぜん》・高畠九《たかばたけく》蔵《ぞう》・菊池伊豆守《きくちいずのかみ》父子《ふし》が大将《たいしょう》となって二千の城兵《じょうへい》と共《とも》に守備《しゅび》していた。神保氏張《じんぼうじはる》は城下《じょうか》の民家《みんか》を焼《や》き討《う》ちした。菊池父子《きくちふし》は焼《や》かせてならじと城《しろ》から討《う》って出《で》たが神保《じんぼ》勢《ぜい》は多勢《たぜい》。四方《しほう》から討《う》ち掛《かか》られて突《つ》き崩《くず》されそうになった。これを見《み》た阿尾城足軽大将《あおじょうあしがるたいしょう》の小塚《こづか》藤十郎《とうじゅうろう》は高台《たかだい》に鉄砲隊《てっぽうたい》を移《うつ》し、氏張勢目掛《うじはるぜいめが》けて一斉射撃《いっせいしゃげき》して菊池父子《きくちおやこ》を援助《えんじょ》した。氏張《うじはる》は一瞬《いっしゅん》怯《ひる》んだが

「菊池《きくち》を逃《のが》すな。組討《くみう》って生《い》け捕《ど》れば日本一《ひのもといち》の忠功《ちゅうこう》なるぞ」と声《こえ》を涸《か》らして兵《へい》を励《はげ》ました。

丁度《ちょうど》この時《とき》、支城見回《しじょうみまわ》り中《ちゅう》の村井長頼《むらいながより》が阿尾城《あおじょう》の危急《ききゅう》を聞《き》き付《つ》けて、三百の兵卒《へいそつ》を従《したが》え阿尾《あお》に急行《きゅうこう》した。そして三百の兵《へい》を二手《ふたて》に分《わ》けて神保勢《じんぼぜい》の横手《よこて》から馬印《うまじるし》を振《ふ》りかざして突《つ》きかかった。

神保勢《じんぼぜい》は思《おも》わぬ攻撃《こうげき》を受《う》けて浮足立《うきあしだ》ち、逆《ぎゃく》に菊池勢《きくちぜい》は生気《せいき》を取《と》り戻《もど》して反撃《はんげき》に出《で》た。神保氏張《じんぼうじはる》は村井《むらい》の馬印《うまじるし》を見《み》て肝《きも》を潰《つぶ》して、深手《ふかで》を負《お》わぬ内《うち》にと軍勢《ぐんぜい》を纏《まと》めて守山《もりやま》へ引《ひ》き退《の》いた。

村井《むらい》らの加賀勢《かがぜい》は阿尾城《あおじょう》が安泰《あんたい》になったのを確《たし》かめた上《うえ》で能登《のと》に向《むか》った。その道中《どうちゅう》で、荒山《あらやま》

峠《とうげ》の城《しろ》に陣取《じんど》る越中勢《えっちゅうぜい》が何《なに》か相談事《そうだんごと》が出来《しゅったい》したとかで、城《しろ》の主《おも》だった者《もの》は皆越中《みなえっちゅう》に帰《かえ》って、今《いま》は僅《わず》かに雑兵《ぞうひょう》三百が留《とど》まるだけだと物見《ものみ》からの報《しら》せがあった。

村井又兵衛《むらいまたべえ》は阿尾城《あおじょう》の仕返《しかえ》しにと荒山峠《あらやまとうげ》に立《た》ち寄《よ》って城《しろ》に押《お》し入《い》り、雑兵《ぞうひょう》を追《お》い出《だ》して荒山《あらやま》城《じょう》を乗《の》っ取《と》った（以後493頁8行目に続く）。

四国の役と関白宣下並びに富山の役

この頃《ころ》、前田利家《まえだとしいえ》から援軍要請《えんぐんようせい》を受《う》けた羽柴秀吉《はしばひでよし》は…（469頁4行目の続き）。

羽柴秀吉《はしばひでよし》は小牧長久手《こまきながくて》の合戦以後《かっせんいご》、織田信雄《おだのぶかつ》と和議《わぎ》を結《むす》び、徳川家康《とくがわいえやす》とも和睦《わぼく》して足下《そっか》の愁《うれ》いを無《な》くした。

そこで秀吉《ひでよし》は先《ま》ず、己《おのれ》と同盟《どうめい》する阿波《あわ》の三好康長《みよしやすなが》の求《もと》めに応《おう》じて四国征伐《しこくせいばつ》に乗《の》り出《だ》した。四国《しこく》は今当《いままさ》に長宗我部元親《ちょうそかべもとちか》に全土《ぜんど》を制覇《せいは》されそうになっていた。

天正《てんしょう》十三年（一五八五年）五月、秀吉《ひでよし》は黒田孝高《くろだよしたか》（官兵衛）に先鋒《せんぽう》を命《めい》じて、二万の軍勢《ぐんぜい》を付《つ》け讃岐《さぬき》（香川県）に攻《せ》め込《こ》ませた。宇喜多秀家《うきたひでいえ》（秀吉の猶子）も備前《びぜん》（岡山県東南部）・美作《みまさか》（岡山県東北部）の軍勢《ぐんぜい》を引連《ひきつ》れて黒田勢《くろだぜい》に加《くわ》わり、蜂須賀正勝《はちすかまさかつ》や仙石秀久《せんごくひでひさ》も共《とも》に加《くわ》わった。

同年《どうねん》六月、秀吉《ひでよし》の弟《おとうと》の羽柴秀長《はしばひでなが》も三万の軍勢《ぐんぜい》と共《とも》に堺《さかい》から船出《ふなで》して阿波《あわ》に攻《せ》め込《こ》んだ。秀吉《ひでよし》の養子《ようし》の秀次《ひでつぐ》（秀吉の姉の子）も明石《あかし》から淡路《あわじ》（兵庫県淡路島）を経《へ》て、三万の軍勢《ぐんぜい》と共《とも》に秀長軍《ひでながぐん》に加《くわ》わった。

この四国征伐《しこくせいばつ》で秀吉《ひでよし》に臣従《しんじゅう》した西国《さいごく》の雄《ゆう》の毛利一族《もうりいちぞく》も三万の軍勢《ぐんぜい》を引連《ひきつ》れて加《くわ》わり、安芸国《あきこく》（広島県西部）の安芸浦《あきのうら》と三原《みはら》から船出《ふなで》して伊予国《いよこく》（愛媛県）に攻《せ》め込《こ》んだ。

羽柴秀吉自身《はしばひでよしじしん》は徳川家康《とくがわいえやす》などの秀吉《ひでよし》に未《ま》だ臣従《しんじゅう》していない諸大名《しょだいみょう》にも備《そな》える必要《ひつよう》があって遠征《えんせい》は出来《でき》ず、大阪城近《おおさかじょうちか》くの和泉国《いずみこく》（大阪府南西部）岸和田城《きしわだじょう》までに留《とど》めて出陣《しゅつじん》し、後詰《ごづめ》した。

長宗我部元親勢《ちょうそかべもとちかぜい》は四国《しこく》の各地《かくち》から攻《せ》め込《こ》まれて兵力《へいりょく》の分散《ぶんさん》を余儀《よぎ》なくさせられ、次第《しだい》に戦《いくさ》は不《ふ》利《り》になり支城《しじょう》は次々落城《つぎつぎらくじょう》した。

同年《どうねん》七月、元親《もとちか》は遂《つい》に降伏《こうふく》を願《ねが》い出《で》た。秀吉《ひでよし》は降伏《こうふく》を許《ゆる》し、土佐一国《とさいっこく》に削《けず》って元親《もとちか》に与《あた》えた。

伊予国《いよこく》は毛利《もうり》家《け》の功《こう》に報《むく》いて、毛利《もうり》一門《いちもん》に与《あた》えた。讃岐《さぬき》と阿波《あわ》両国《りょうこく》は秀吉《ひでよし》の直参《じきさん》を置《お》くことにして、讃岐《さぬき》の聖通寺城《せいつうじじょう》には仙石秀久《せんごくひでひさ》、阿波《あわ》の徳島城《とくしまじょう》には蜂須賀正勝《はちすかまさかつ》が入《はい》った。また淡路国《あわじこく》の洲本《すもと》城《じょう》には脇坂安治《わきさかやすはる》、志知城《しちじょう》には加藤嘉明《かとうよしあき》を入《い》れた。

羽柴秀吉《はしばひでよし》は四国《しこく》を平定《へいてい》した。この四国平定《しこくへいてい》を後世《こうせい》の人《ひと》は『四国《しこく》の役《えき》』と呼《よ》んだ。

相前後《あいぜんご》して天正《てんしょう》十三年（一五八五年）七月、秀吉《ひでよし》は近衛前久《このえさきひさ》の猶子《ゆうし》になって、朝廷《ちょうてい》から関白《かんぱく》の宣下《せんげ》を受《う》けた（以後、関白秀吉）。朝廷《ちょうてい》は秀吉《ひでよし》に天下《てんか》の統治《とうじ》を委《ゆだ》ねた。

話《はなし》は元《もと》に戻《もど》る（491頁4行目の続き）。

天正《てんしょう》十三年（一五八五年）八月八日、関白羽柴秀吉《かんぱくはしばひでよし》は前田利家《まえだとしいえ》の求《もと》めに応《おう》じて越中平定《えっちゅうへいてい》を目指《めざ》し、数万《すうまん》の大軍《たいぐん》を催《もよお》して京《きょう》都を出立《しゅったつ》した。

同年《どうねん》八月十八日、秀吉《ひでよし》は北陸金沢《ほくりくかなざわ》に到着《とうちゃく》した。秀吉《ひでよし》の北陸平定《ほくりくへいてい》の大軍《たいぐん》は秀吉《ひでよし》が加賀《かが》の金沢《かなざわ》に到《とう》着《ちゃく》した頃《ころ》、後陣《こうじん》は未《ま》だ越前北ノ庄《えちぜんきたのしょう》（福井市）に在《あ》った。

越中《えっちゅう》の佐々成政《さっさなりまさ》勢《ぜい》は関白《かんぱく》羽柴秀吉《はしばひでよし》の大軍《たいぐん》に恐《おそ》れをなして、加賀《かが》国境《こっきょう》の出城《でじろ》や守山《もりやま》に詰《つ》めた軍勢《ぐんぜい》を全《すべ》て撤退《てったい》させ、全軍《ぜんぐん》を富山城《とやまじょう》に集《あつ》めて籠城《ろうじょう》した。

同年《どうねん》八月二十日、関白羽柴秀吉《かんぱくはしばひでよし》は越中国《えっちゅうこく》に入《はい》って呉服山麓《ごふくさんろく》の山頂《さんちょう》（呉羽山麓の城山）に本陣《ほんじん》を取《と》り、富山城《とやまじょう》を見下《みお》ろしながら成政《なりまさ》の様子《ようす》を窺《うかが》った。また先陣《せんじん》を同山麓《どうさんろく》の安養坊《あんようぼう》の坂上《さかうえ》に入《い》れて砦《とりで》を築《きず》き、日夜《にちや》呉服山麓《ごふくさんろく》から神通川《じんづうがわ》までの間《あいだ》を見回《みまわ》って、佐々勢《さっさぜい》に内通《ないつう》する者《もの》の摘発《てきはつ》を始《はじ》めた。

羽柴勢《はしばぜい》に全国《ぜんこく》から諸大名《しょだいみょう》が続々《ぞくぞく》と参陣《さんじん》した。日《ひ》を経《へ》ずして八万を超《こ》す大軍《たいぐん》に膨《ふく》れ上《あ》がった。越後《えちご》の上杉景勝《うえすぎかげかつ》も八千の軍勢《ぐんぜい》を率《ひき》いて越中生地《えっちゅういくじ》（黒部市）に出馬《しゅつば》し、佐々勢《さっさぜい》を挟《はさ》み撃《う》ちした。富山《とやま》城《じょう》は羽柴勢《はしばぜい》の軍勢《ぐんぜい》で十重二十重《とえはたえ》に囲《かこ》まれた。

佐々成政《さっさなりまさ》が頼《たよ》りとした織田信雄《おだのぶかつ》と徳川家康《とくがわいえやす》は、秀吉《ひでよし》と既《すで》に和睦《わぼく》してしまっていた。飛騨《ひだ》の姉小《あねこう》路自綱《じよりつな》（三木頼綱）勢《ぜい》も秀吉《ひでよし》の命《めい》を受《う》けた越前大野《えちぜんおおの》の金森長近《かなもりながちか》に攻《せ》め込《こ》まれて、この八月二十日に壊滅《かいめつ》した。既《すで》に頼《たよ》れる同盟者《どうめいしゃ》はいなくなった。

富山城下《とやまじょうか》は今《いま》、当《まさ》に『四面楚歌《しめんそか》』（四方に敵を受けて孤立する・原典は史記項羽本記）だ。何所《どこ》に目《め》を遣《や》っても犇《ひし》めく敵方《てきがた》の軍兵《ぐんぺい》ばかりで蟻《あり》の這《は》い出《で》る隙《すき》もない。佐々成政《さっさなりまさ》は一夜《いちや》にして全国《ぜんこく》の大名《だいみょう》が己《おのれ》の敵《てき》になったと実感《じっかん》して衝撃《しょうげき》を受《う》けた。この現実《げんじつ》を見《み》せ付《つ》けられては夢《ゆめ》も希望《きぼう》も消《き》え失《う》せて、万事休《ばんじきゅう》したと悟《さと》った。佐々成政《さっさなりまさ》は憔悴《しょうすい》しきって宿将《しゅくしょう》を集《あつ》め

「このまま徒《いたずら》に時《とき》間を過《す》ごせば一族一門皆殺《いちぞくいちもんみなごろ》しの憂《う》き目《め》に遭《あ》うは必定《ひつじょう》。織田《おだ》・徳川両家《とくがわりょうけ》の与力《よりき》が得《え》られぬ今《いま》は、既《すで》に天《てん》も我《われ》を見放《みはな》したと見《み》たが各々《おのおの》は如何《いかに》」と尋《たず》ねた。諸将《しょしょう》には答《こた》える言葉《ことば》もなかった。寡黙《かもく》の時間《じかん》が続《つづ》いた。成政《なりまさ》は言葉《ことば》を継《つ》いで

「今《いま》は未《ま》だ戦《いくさ》は始《はじ》まっておらぬ。今《いま》を措《お》いて降伏《こうふく》の時《とき》は無《な》い。今《いま》であれば藤吉郎《とうきちろう》（秀吉）も心《こころ》を動《うご》かしてくれよう」と呟《つぶや》き、一族《いちぞく》の佐々権左衛門《さっさごんざえもん》と同平左衛門《どうへいざえもん》、前野吉泰《まえのよしやす》の三人《さんにん》に声《こえ》を掛《か》け

「我《われ》は藤吉郎《とうきちろう》に神文誓紙《しんもんせいし》を差《さ》し出《だ》し、頭《あたま》を丸《まる》めて降伏致《こうふくいた》そうと決《き》めた。お主《ぬし》ら藤吉郎《とうきちろう》の本陣《ほんじん》へ使《つか》いを頼《たの》まれてくれぬか」と命《めい》じて、三人《さんにん》に誓紙《せいし》に添《そ》えて織田信雄《おだのぶかつ》の和睦《わぼく》の仲介状《ちゅうかいじょう》を預《あず》けた。

この和睦《わぼく》の仲介状《ちゅうかいじょう》は昨年末《さくねんまつ》に飛騨《ひだ》の雪峯《せっぽう》を越《こ》えて清洲城《きよすじょう》に出向《でむ》いたときに織田信雄《おだのぶかつ》から受《う》けたものだった。

佐々権左衛門《さっさごんざえもん》と同平左衛門《どうへいざえもん》、前野吉泰《まえのよしやす》の三人《さんにん》は軍使《ぐんし》に立《た》って呉服山《ごふくやま》（呉羽山）の敵方本陣《てきがたほんじん》に出向《でむ》いた。そして関白秀吉《かんぱくひでよし》の前《まえ》に進《すす》み出《で》て

「我《われ》らが主《あるじ》の成政《なりまさ》は一身《いっしん》を公《こう》に委《ゆだ》ね一族一門《いちぞくいちもん》の総《すべ》てを公《こう》に捧《ささ》げて降参《こうさん》したいと申《もう》して御座《ござ》る」と

口上《こうじょう》を述《の》べて、神文誓紙《しんもんせいし》と織田信雄《おだのぶかつ》の仲介状《ちゅうかいじょう》を差《さ》し出《だ》した。

天正《てんしょう》十三年（一五八五年）八月二十九日、佐々成政《さっさなりまさ》は剃髪《ていはつ》して関白秀吉《かんぱくひでよし》の下《もと》に現《あらわ》れた。秀吉《ひでよし》は成政《なりまさ》の降伏《こうふく》を許《ゆる》して所領《しょりょう》の越中国《えっちゅうこく》を新川一郡《にいかわいちぐん》のみに削《けず》って成政《なりまさ》に与《あた》えた。他《た》の婦負《ねい》・射水《いみず》・砺波《となみ》の三郡《さんぐん》は前田利家《まえだとしいえ》の嫡子《ちゃくし》の前田利長《まえだとしなが》に譲《ゆず》り与《あた》えた。世間《せけん》は関白秀吉《かんぱくひでよし》の佐々討伐《さっさとうばつ》を『富山《とやま》の役《えき》』と呼《よ》んで後世《こうせい》に伝《つた》えた。

秀吉の北陸・飛騨一円を平定

佐々成政《さっさなりまさ》は越中国新川郡《えっちゅうこくにいかわぐん》を安堵《あんど》されたが、成政自身《なりまさじしん》は妻子諸共大阪《さいしもろともおおさか》へ出仕《しゅっし》して秀吉《ひでよし》の御伽衆《おとぎしゅう》（政治や軍事の相談役）になるよう命《めい》じられた。

関白秀吉《かんぱくひでよし》は無血《むけつ》で越中《えっちゅう》を平定《へいてい》した。全国《ぜんこく》から馳《は》せ参《さん》じた諸大名《しょだいみょう》は三々五々《さんさんごご》陣払《じんはら》いして帰国《きこく》した。越後《えちご》の上杉景勝《うえすぎかげかつ》も越後《えちご》への帰途《きと》についた。

景勝《かげかつ》が引《ひ》き上《あ》げるのを知《し》って秀吉《ひでよし》は景勝《かげかつ》を追《お》い掛《か》けて対面《たいめん》したいと言《い》い出《だ》した。諸将《しょしょう》は越後勢《えちごぜい》に取《と》り籠《こ》められないかと驚《おどろ》いて止《と》めに掛《かか》ったが秀吉《ひでよし》は聞《き》かず

「景勝《かげかつ》は卑怯《ひきょう》を厭《いと》う武士《もののふ》の鏡《かがみ》。真《まこと》の武士《もののふ》は此方《こなた》が得物《えもの》（武器）を構《かま》えれば彼方《かなた》も怯《ひる》まず立《た》ち向《む》かえども、丸腰《まるごし》（武器を持たず）赤心《せきしん》（真心）で臨《のぞ》めば彼方《かなた》も丁重《ていちょう》に臨《のぞ》むものなり。古語《こご》にも『虎穴《こけつ》に入《い》らずんば虎子《こじ》を得《え》ず』（原典は十八史略　東漢明帝）とある。我《われ》は今《いま》この期《とき》この場《ば》でなければ出来《でき》ぬ話《はなし》を、是非《ぜひ》にも景勝公《かげかつこう》と腹《はら》を割《わ》って語《かた》りたい」と言《い》って諸将《しょしょう》の諫《いさ》めは聞《き》こうとせず、石田三成《いしだみつなり》と木村英俊《きむらひでとし》の二将《にしょう》の他《ほか》は野盗《やとう》に備《そな》えて兵卒僅《へいそつわず》かに三十八人《にん》を付《つ》けただけで景勝《かげかつ》の後《あと》を追《お》った。

関白秀吉《かんぱくひでよし》の一行《いっこう》は越後《えちご》の落水《おちみず》（糸魚川市市振）付近《ふきん》で景勝《かげかつ》に追《お》い付《つ》いた。景勝《かげかつ》は何事《なにごと》かと驚《おどろ》き、秀吉一行《ひでよしいっこう》を近《ちか》くの落水城《おちみずじょう》に案内《あんない》して丁重《ていちょう》に応対《おうたい》した。そして秀吉《ひでよし》の意《い》を受《う》けて密談《みつだん》に臨《のぞ》んだ。この密談《みつだん》に秀吉側《ひでよしがわ》は石田《いしだ》三成一人《みつなりひとり》が同席《どうせき》し、景勝側《かげかつがわ》は直江《なおえ》兼続一人《かねつぐひとり》が同席《どうせき》した。上杉景勝《うえすぎかげかつ》は密談《みつだん》を

行《おこな》った翌天正《よくてんしょう》十四年（一五八六年）に上洛《じょうらく》して秀吉《ひでよし》に謁見《えっけん》し、臣従《しんじゅう》の盟約《めいやく》を交《か》わした。

丹羽長秀《にわながひで》の跡《あと》を継《つ》いだ長重《ながしげ》もこの度《たび》の秀吉《ひでよし》の佐々成政征伐《さっさなりまさせいばつ》に加《くわ》わった。

話《はなし》は少《すこ》し前後《ぜんご》するが、若狭《わかさ》・越前《えちぜん》・南加賀国《みなみかがこく》を領《りょう》した百二十余万石《よまんごく》の大々名《だいだいみょう》の丹羽長秀《にわながひで》は腫《しゅ》（ガン）を患《わずら》って『終《つい》の床《とこ》』に臥《ふ》し、小牧長久手合戦《こまきながくてがっせん》には長秀《ながひで》に代《か》わって家督《かとく》の長重《ながしげ》が参陣《さんじん》した。

長秀《ながひで》は小牧長久手合戦《こまきながくてがっせん》の翌天正《よくてんしょう》十三年（一五八五年）四月に死没《しぼつ》した。

丹羽長秀《にわながひで》が没《ぼっ》して、秀吉《ひでよし》の寵臣《ちょうしん》は、

「丹羽殿《にわどの》は死《し》に臨《のぞ》んで『秀吉《ひでよし》は主君信長公《しゅくんのぶながこう》の恩《おん》を忘《わす》れて幼君《ようくん》（三法師）を見下《みくだ》し、織田家再興《おだけさいこう》には意《い》に介《かい》そうとせぬ。我《われ》は秀吉《ひでよし》を見損《みそこ》なった』と呻《うめ》いて亡《な》き信長公《のぶながこう》に詫《わ》びを言《い》い、腹《はら》を掻《か》き切《き》って果《は》てたそうな」と讒言《ざんげん》した。

丹羽家《にわけ》は長重《ながしげ》が長秀《ながひで》の跡《あと》を継《つ》いだが、跡《あと》を継《つ》いだ長重《ながしげ》にとっては先代《せんだい》から丹羽家《にわけ》に仕《つか》える重臣《じゅうしん》らが何《なに》かと疎《うと》ましく感《かん》じられ、重臣《じゅうしん》らも又《また》、新君主《しんくんしゅ》を何《なに》かにつけて先代《せんだい》と比《くら》べることが多《おお》くなって、丹羽家《にわけ》の重臣《じゅうしん》と長重《ながしげ》の間《あいだ》が次第《しだい》に気《き》まずくなった。秀吉《ひでよし》は丹羽家《にわけ》の不和《ふわ》に付《つ》け込《こ》んで、重臣《じゅうしん》らを籠絡《ろうらく》して引《ひ》き抜《ぬ》きを謀《はか》った。

話《はなし》は元《もと》に戻《もど》って、関白秀吉《かんぱくひでよし》は越中《えっちゅう》の佐々成政《さっさなりまさ》征伐《せいばつ》の陣中《じんちゅう》で「丹羽《にわ》の軍中《ぐんちゅう》に、成政《なりまさ》に内通《ないつう》する者《もの》がいる」との讒言《ざんげん》を受《う》けた。そこで秀吉《ひでよし》は丹羽軍《にわぐん》に君臣間《くんしんかん》に齟齬《そご》が生《しょう》じて軍律違反《ぐんりついはん》があったことを咎《とが》め、越前《えちぜん》・南加賀《みなみかが》両国《りょうこく》を召《め》し上《あ》げて旧領《きゅうりょう》の若狭一国《わかさいっこく》に減封《げんぽう》した。後《のち》の話《はなし》になるが、天正《てんしょう》十五年には九州《きゅうしゅう》の役《えき》（次頁参照）参陣《さんじん》の際《さい》に軍内《ぐんない》で狼藉《ろうぜき》を起《お》こして改易《かいえき》され、領地《りょうち》は加賀国松任《かがこくまっとう》の四万石《ごく》に減《へ》らされ、主《おも》だった家臣《かしん》らは秀吉《ひでよし》に引《ひ》き抜《ぬ》かれた（その後、慶長二年（一五九七年）丹羽長重は南加賀の堀秀政《ほりひでまさ》の越後移封に伴い小松領が加増されて十二万石になった）。天正《てんしょう》十四年（一五八六年）、秀吉《ひでよし》はこの『富山《とやま》の役《えき》』に併《あわ》せて飛騨国《ひだこく》を平定《へいてい》した金森長近《かなもりながちか》に恩賞《おんしょう》として飛騨一国《ひだいっこく》を与《あた》え、元《もと》の越前国大野領《えちぜんこくおおのりょう》と国替《くにが》えした（494頁10行目参照）。丹羽長秀《にわながひで》の没後数年《ぼつごすうねん》にして越前《えちぜん》・若狭両国《わかさりょうこく》は秀吉《ひでよし》の近臣《きんしん》らに分《わ》け与《あた》えられて細分化《さいぶんか》された。

五．天下統一

九州の役と佐々成政自害

薩摩国《さつまこく》（鹿児島県）の島津義久《しまづよしひさ》が九州全域《きゅうしゅうぜんいき》を席捲《せっけん》して竜造寺孝信《りゅうぞうじたかのぶ》の肥後国《ひごこく》（熊本県）や大友義鎮《おおともよししげ》（道号宗麟《そうりん》）の豊後国《ぶんごこく》（大分県）にも攻《せ》め入《い》った。豊後《ぶんご》の大友宗麟《おおともそうりん》は関白秀吉《かんぱくひでよし》に至急《しきゅう》の救援《きゅうえん》を求《もと》めた。

天正《てんしょう》十三年（一五八五年）十月、秀吉《ひでよし》は島津義久《しまづよしひさ》に九州全域《きゅうしゅうぜんいき》が支配《しはい》されるのを恐《おそ》れて九州諸《きゅうしゅうしょ》大名《だいみょう》に『惣無事令《そうぶじれい》』（争奪禁止令）を言《い》い渡《わた》して講和《こうわ》を取《と》り持《も》った。島津義久《しまづよしひさ》はこれを無視《むし》した。

関白秀吉《かんぱくひでよし》は島津《しまづ》を討伐《とうばつ》したいと思《おも》ったが、九州《きゅうしゅう》に出陣《しゅつじん》すれば留守《るす》になる畿内《きない》が心配《しんぱい》だ。特《とく》に近《ちか》くに停戦和睦《ていせんわぼく》はしたものの、未《いま》だに敵対状態《てきたいじょうたい》にある徳川家康《とくがわいえやす》が虎視眈々《こしたんたん》と天下《てんか》を狙《ねら》っている。家康《いえやす》を服従《ふくじゅう》させなければ遠隔《えんかく》の九州《きゅうしゅう》へは下《くだ》れない。

関白羽柴秀吉《かんぱくはしばひでよし》は世間《せけん》から嘗《かつ》ては『人《ひと》たらし』と揶揄《やゆ》された程《ほど》の籠絡《ろうらく》の天才《てんさい》だ。家康《いえやす》の思想《しそう》や人《ひと》柄《がら》を熟慮《じゅくりょ》して途轍《とてつ》もない奇策《きさく》を考《かんが》え出《だ》し、それを直《ただ》ちに実行《じっこう》し始《はじ》めた。

家康《いえやす》はその昔《むかし》、駿河《するが》の今川家《いまがわけ》で暮《く》らした頃《ころ》、今川一族《いまがわいちぞく》の鶴姫《つるひめ》（今川義元の妹の娘）を正室《せいしつ》に迎《むか》えて築山殿《つきやまどの》と呼《よ》んだ。そして嫡子《ちゃくし》が生《う》まれて、やがて元服《げんぷく》して信康《のぶやす》と名乗《なの》った。信長《のぶなが》は信康《のぶやす》に長女《ちょうじょ》の徳姫《とくひめ》を嫁《よめ》に与《あた》えた。だが築山殿《つきやまどの》はこの嫡子《ちゃくし》の嫁《よめ》に悋気《りんき》を起《お》こして諍《いさか》いを起《お》こした。その結果《けっか》信長《のぶなが》から謀反《むほん》の嫌疑《けんぎ》が掛《かか》って、天正《てんしょう》七年（一五七九年）家康《いえやす》は築山殿諸共《つきやまどのもろとも》に信康《のぶやす》まで誅殺《ちゅうさつ》しなければならなくなった。だからこの頃《ころ》、家康《いえやす》に正室《せいしつ》（正妻）はいなかった。

秀吉《ひでよし》には実《じつ》の妹《いもうと》がいて朝日姫《あさひひめ》といった。朝日姫《あさひひめ》には夫《おっと》がいた。夫《おっと》は元《もと》は農夫《のうふ》であったが、秀吉《ひでよし》に引《ひ》き立《た》てられて武家《ぶけ》になり夫婦円満《ふうふえんまん》に暮《く》らしていた。秀吉《ひでよし》はこの度突然《たびとつぜん》朝日姫《あさひひめ》に離縁《りえん》を迫《せま》って強引《ごういん》に夫婦《ふうふ》を引《ひ》き離《はな》し、家康《いえやす》に嫁《か》すよう命《めい》じた。朝日姫《あさひひめ》は激《はげ》しく動揺《どうよう》して床《とこ》に伏《ふ》す日《ひ》が続《つづ》いた。

天正《てんしょう》十四年（一五八六年）四月、春闌《はるたけなわ》を待《ま》って関白秀吉《かんぱくひでよし》は朝日姫《あさひひめ》を家康《いえやす》の後添《のちぞ》いとして浜松《はままつ》城《じょう》に差《さ》し出《だ》した。家康《いえやす》は秀吉《ひでよし》の妹《いもうと》を嫁《よめ》に押《お》し付《つ》けられて戸惑《とまど》った。だがここで関白《かんぱく》に逆《さか》らって朝《あさ》日姫《ひひめ》を追《お》い返《かえ》しては、秀吉《ひでよし》に家康追討《いえやすついとう》の格好《かっこう》の口実《こうじつ》を与《あた》えることになると思《おも》った。

同年《どうねん》五月、家康《いえやす》は朝日姫《あさひひめ》を嫁《よめ》に受《う》け入《い》れて、正室《せいしつ》として丁重《ていちょう》に持成《もてな》した。だがその実態《じったい》は人質《ひとじち》で、嫁《よめ》にはしたが秀吉《ひでよし》に伏《ふく》す気《き》などは更《さら》になく、大阪城《おおさかじょう》への伺候《しこう》は無視《むし》した。そこで秀吉《ひでよし》はさらに実母《じつぼ》の大政所《おおまんどころ》を朝日姫《あさひひめ》の見舞《みまい》と称《しょう》して浜松城《はままつじょう》に送《おく》った。実母《じつぼ》も人質《ひとじち》として家康《いえやす》に差《さ》し出《だ》したのだ。

同年《どうねん》十月、徳川家康《とくがわいえやす》は遂《つい》に折《お》れた。これ以上秀吉《いじょうひでよし》の要求《ようきゅう》を無視《むし》すれば、世間《せけん》から、家康《いえやす》は人《にん》情《じょう》の薄《うす》い人非人《にんぴにん》だと誹《そし》りを受《う》ける。何《なに》しろ相手《あいて》は朝廷《ちょうてい》から天下《てんか》の統治《とうじ》を委《ゆだ》ねられた関白《かんぱく》だ。

秀吉《ひでよし》の奇策《きさく》は見事《みごと》に成就《じょうじゅ》した。家康《いえやす》は大阪城《おおさかじょう》へ伺候《しこう》して諸大名列座《しょだいみょうれつざ》の中《なか》で秀吉《ひでよし》に臣従《しんじゅう》を誓《ちか》った。秀吉《ひでよし》は以後家康《いごいえやす》を義兄弟《ぎきょうだい》として篤《あつ》く遇《ぐう》した。

話《はなし》は戻《もど》って、この頃《ころ》の九州《きゅうしゅう》は島津《しまづ》と大友《おおとも》、竜造寺《りゅうぞうじ》の三家《さんけ》が鼎立《ていりつ》して九州諸国《きゅうしゅうしょこく》を支配《しはい》していた。ところが薩摩国《さつまこく》（鹿児島県）の島津義久《しまづよしひさ》が九州全域制覇《きゅうしゅうぜんいきせいは》を目指《めざ》して豊後国《ぶんごこく》（大分県）の大友宗麟《おおともそうりん》を攻《せ》め破《やぶ》り、肥前国《ひぜんこく》（佐賀 長崎両県）の竜造寺孝信《りゅうぞうじたかのぶ》にも打《う》ち勝《か》って当《まさ》に九州全域制覇《きゅうしゅうぜんいきせいは》を目前《もくぜん》にした。九州《きゅうしゅう》の諸大名《しょだいみょう》は挙《あ》げて関白秀吉《かんぱくひでよし》に窮状《きゅうじょう》を訴《うった》えて島津征伐《しまづせいばつ》を要請《ようせい》した。

天正《てんしょう》十四年（一五八六年）、秀吉《ひでよし》はこのとき始《はじ》めて関白《かんぱく》の特権《とっけん》を利用《りよう》し、勅定《ちょくじょう》（天皇の裁定）であると宣言《せんげん》して島津家《しまづけ》と大友家《おおともけ》に停戦命令《ていせんめいれい》を言《い》い渡《わた》した。この『惣無事令《そうぶじれい》』は広《ひろ》く世間《せけん》にも知《し》れ渡《わた》った。だが島津義久《しまづよしひさ》は秀吉《ひでよし》の『惣無事令《そうぶじれい》』を再度無視《さいどむし》して大友宗麟《おおともそうりん》の所領《しょりょう》の肥後国八代《ひごこくやつしろ》に攻《せ》め込《こ》んだ。

同年《どうねん》七月、関白秀吉《かんぱくひでよし》は大友宗麟《おおともそうりん》の求《もと》めに応《おう》じて島津征伐《しまづせいばつ》に乗《の》り出《だ》した。だがこのときは未《ま》だ家《いえ》康《やす》が秀吉《ひでよし》に臣従《しんじゅう》を拒否《きょひ》している頃《ころ》だった。そこで先《ま》ずは平定直後《へいていちょくご》の四国《しこく》の土佐国《とさこく》（高知県）長宗我《ちょうそか》部《べ》元親《もとちか》・信親父子《のぶちかふし》に加《くわ》えて讃岐国《さぬきこく》（香川県）十河城主《そごうじょうしゅ》の十河存保《そごうまさやす》（三好長慶の甥）と、軍監《ぐんかん》として讃《さ》岐国《ぬきこく》の高松城主《たかまつじょうしゅ》になったばかりの秀吉直臣《ひでよしじきしん》の千石秀久《せんごくひでひさ》を付《つ》けて総勢《そうぜい》二万の四国勢《しこくぜい》を九州《きゅうしゅう》へ下《くだ》らせた。だがこの四国勢《しこくぜい》は寄《よ》せ集《あつ》めだったので軍監《ぐんかん》の千石秀久《せんごくひでひさ》の命《めい》が行《ゆ》き届《とど》かず、統率《とうそつ》が取《と》れなかった。対《たい》する薩摩側《さつまがわ》の勢《いきお》いは凄《すさ》まじかった。

同年《どうねん》十二月、秀吉《ひでよし》の四国勢《しこくぜい》は島津勢《しまづぜい》に大敗《たいはい》を喫《きっ》して長宗我部信親《ちょうそかべのぶちか》（元親の嫡男）と十河存保《そごうまさやす》は戦《せん》没《ぼっ》し、仙石秀久《せんごくひでひさ》は領国《りょうごく》の讃岐《さぬき》へ逃《に》げ返《かえ》った。

翌《よく》十五年（一五八七年）正月元旦《しょうがつがんたん》、年賀《ねんが》の席《せき》で関白秀吉《かんぱくひでよし》は九州《きゅうしゅう》への陣触《じんふ》れを行《おこな》った。

この頃《ころ》には既《すで》に家康《いえやす》が秀吉《ひでよし》に臣従《しんじゅう》したので、秀吉《ひでよし》に後顧《こうこ》の憂《うれ》いが無《な》くなっていた。留守中《るすちゅう》の京《きょう》都を狙《ねら》う仮想敵《かそうてき》がなくなったのだ。

天正《てんしょう》十五年（一五八七年）三月、秀吉《ひでよし》は京師《けいし》の留守《るす》を前田利家《まえだとしいえ》に委《ゆだ》ねて、自《みずか》ら二十万の大軍《たいぐん》を催《もよお》し島津義久《しまづよしひさ》討伐軍《とうばつぐん》を起《お》こして九州《きゅうしゅう》へ出陣《しゅつじん》した。

前田利家《まえだとしいえ》の家督《かとく》の利長《としなが》は三千の軍勢《ぐんぜい》を従《したが》えて関白秀吉軍《かんぱくひでよしぐん》に随行《ずいこう》した。西国《さいごく》の雄《ゆう》の毛利輝元《もうりてるもと》も一《いち》族一門《ぞくいちもん》を挙《あ》げて参陣《さんじん》した。これを見《み》て九州《きゅうしゅう》の諸大名《しょだいみょう》は残《のこ》らず秀吉軍《ひでよしぐん》に加《くわ》わった。

同年《どうねん》四月、関白秀吉《かんぱくひでよし》は九州《きゅうしゅう》に入《はい》った。対《たい》する島津勢《しまづせい》は凡《およ》そ二万。『衆寡敵《しゅうかてき》せず』（原典は孟子 梁恵王上）。島津勢《しまづぜい》は追《お》い込《こ》まれた。筑前国《ちくぜんこく》（福岡県西部）を領《りょう》した秋月種実《あきつきたねざね》（大友に抗して島津に加担）の臣《しん》の熊谷久重《くまがいひさしげ》や芥田六兵衛《あくたろくべえ》は降伏《こうふく》を潔《いさぎよ》しとはせず、豊前国《ぶぜんこく》（福岡県東部と大分県北部）の厳石城《がんじゃくじょう》（岩石城）に立《た》て籠《こも》った。前田利長《まえだとしなが》は蒲生氏郷《がもううじさと》と共《とも》に城《しろ》を総攻《そうぜ》めして、利長《としなが》の将《しょう》の岡嶋一吉《おかじまかずよし》・長連竜《ちょうつらたつ》・奥村《おくむら》永福《ながとみ》・山崎長徳《やまざきながのり》らが搦《から》め手《て》から外城《がいじょう》（本丸の周りの城）を攻《せ》め落《お》とした。敵方《てきがた》は本丸《ほんまる》を死守《ししゅ》したが、横山長知《よこやまながとも》や陰山三右衛門《かげやまさんうえもん》・大平宗左衛門《おおひらそうざえもん》・松平泰定《まつだいらやすさだ》らが本丸《ほんまる》に火《ひ》を掛《か》けて突進《とっしん》し、大手《おおて》から攻《せ》め込《こ》んだ蒲生勢《がもうぜい》と共《とも》に本丸《ほんまる》に攻《せ》め込《こ》んだ。城内《じょうない》の熊谷《くまがい》、芥田《あくた》らの敵方《てきがた》の諸将《しょしょう》は「今《いま》はこれまで」と観念《かんねん》して自刎《じふん》して果《は》てて、城《しろ》は陥落《かんらく》した。関白秀吉《かんぱくひでよし》は増田長盛《ましたながもり》を遣《つか》わして利《とし》長《なが》に感状《かんじょう》を授《さず》けた。島津勢《しまづぜい》は各地《かくち》で敗戦《はいせん》を重《かさ》ねて遂《つい》に薩摩国《さつまこく》に押《お》し込《こ》められた。

同年《どうねん》五月七日、島津義久《しまづよしひさ》は観念《かんねん》して降伏《こうふく》した。秀吉《ひでよし》は九州諸大名《きゅうしゅうしょだいみょう》の領国《りょうごく》を旧態通《きゅうたいどお》りに安堵《あんど》し、島津義久《しまづよしひさ》には攻《せ》め取《と》った領国《りょうごく》を削《けず》って旧領《きゅうりょう》の薩摩一国《さつまいっこく》のみを安堵《あんど》した。

関白秀吉《かんぱくひでよし》は九州全域《きゅうしゅうぜんいき》を平定《へいてい》した。後世《こうせい》この合戦《かっせん》を『九州の役《きゅうしゅうえき》』と云《い》った。

佐々成政《さっさなりまさ》は秀吉《ひでよし》の命《めい》に従《したが》ってこの『役《えき》』に随行《ずいこう》した。秀吉《ひでよし》はこの九州《きゅうしゅう》の地《ち》に己《おのれ》の代理《だいり》が務《つと》まる気心《きごころ》の知《し》れた大将《たいしょう》を置《お》く必要《ひつよう》に迫《せま》られた。その第一人者《だいいちにんしゃ》として佐々成政《さっさなりまさ》を考《かんが》えて、その行動《こうどう》を注意深《ちゅういぶか》く観察《かんさつ》した。成政《なりまさ》は元々秀吉《もともとひでよし》が藤吉郎《とうきちろう》と称《しょう》した頃《ころ》からの旧知《きゅうち》の仲《なか》だ。成政《なりまさ》は富山《とやま》の役《えき》では織田家《おだけ》への忠義《ちゅうぎ》を第一《だいいち》に思《おも》って秀吉《ひでよし》に敵対《てきたい》したに過《す》ぎない。秀吉《ひでよし》に降《くだ》って臣従《しんじゅう》した今《いま》、織田家《おだけ》と同様《どうよう》にこの秀吉《ひでよし》にも忠義《ちゅうぎ》を尽《つ》くしてくれればこれ程頼《ほどたよ》りになる男《おとこ》はないと思《おも》った。

関白秀吉《かんぱくひでよし》は肥後国《ひごこく》（熊本県）の国人衆《こくじんしゅう》の荘園領地《しょうえんりょうち》は旧態通《きゅうたいどお》りに安堵《あんど》した上《うえ》で、佐々成政《さっさなりまさ》を九州《きゅうしゅう》諸大名《しょだいみょう》への目付《めつけ》を兼《か》ねる肥後国大名《ひごこくだいみょう》に任《にん》じた。そして同年《どうねん》七月、京師《けいし》に凱旋《がいせん》した。

佐々一門《さっさいちもん》が肥後国《ひごこく》に移《うつ》って越中新川郡《えっちゅうにいかわぐん》は名目上《めいもくじょう》、天下人《てんかびと》になった秀吉《ひでよし》の領地《りょうち》になった。だが実質《じっしつ》は前田利家《まえだとしいえ》の預《あず》かりとなり、前田家《まえだけ》が自領《じりょう》に加《くわ》えて新川郡《にいかわぐん》も統治《とうじ》した。

関白秀吉《かんぱくひでよし》は佐々成政《さっさなりまさ》を肥後国《ひごこく》に転封《てんぽう》する際《さい》に、成政《なりまさ》に肥後国内《ひごこくない》の検地《けんち》（太閤検地）を命《めい》じた。だがその折《おり》、成政《なりまさ》に念《ねん》を押《お》して

「肥後《ひご》の国人衆《こくじんしゅう》の力《ちから》を借《か》りて統治《とうじ》せよ。己一人《おのれひとり》の国《くに》に非《あら》ず。検地《けんち》は国人衆《こくじんしゅう》の懐具合《ふところぐあい》に係《かか》わる故《ゆえ》、慎重《しんちょう》の上《うえ》にも慎重《しんちょう》を期《き》せ」と諫《いさ》めた。だが成政《なりまさ》は秀吉《ひでよし》の諫《いさ》めを聞《き》かずに肥後国入部直後《ひごこくにゅうぶちょくご》から検地《けんち》を強行《きょうこう》して領国経営《りょうごくけいえい》に励《はげ》んだ。その独断《どくだん》の領国経営《りょうごくけいえい》が国人衆《こくじんしゅう》の反感《はんかん》を買《か》って一揆蜂起《いっきほうき》となり、瞬《また》く間《ま》に一揆《いっき》が隣国《りんごく》にも広《ひろ》がった。秀吉《ひでよし》はこの事態《じたい》を見《み》て己《おのれ》の意《い》に従《したが》わぬ成政《なりまさ》に激怒《げきど》し改易《かいえき》して、摂津国尼崎《せっつこくあまがさき》の法園寺《ほうおんじ》に蟄居謹慎《ちっきょきんしん》させた。だがその後《ご》、益々《ますます》不信《ふしん》が昂《こう》じて疑心暗鬼《ぎしんあんき》に苛《さいな》まれ、遂《つい》に危険人物《きけんじんぶつ》と見做《みな》し始《はじ》めた。

翌天正《よくてんしょう》十六年閏《うるう》五月、成政《なりまさ》は秀吉《ひでよし》から切腹《せっぷく》の命《めい》を受《う》けて法園寺《ほうおんじ》で五十二歳《さい》の生涯《しょうがい》を閉《と》じた。

太政大臣就任と小田原出陣

天正《てんしょう》十四年（一五八六年）九月、関白秀吉《かんぱくひでよし》は九州《きゅうしゅう》の役《えき》の最中《さいちゅう》に朝廷《ちょうてい》から国政《こくせい》を司《つかさど》る最高権威者《さいこうけんいしゃ》に与《あた》えられる豊臣姓《とよとみせい》を下賜《かし》されて（以後、豊臣秀吉）十二月には太政大臣《だじょうだいじん》に就任《しゅうにん》した（国政の最高権威者に与えられる臨時の名誉職、当時は平《たいら》、源《みなもと》、藤原《ふじわら》と橘《たちばな》の四姓を持つ者のみに与えられた。秀吉は信長に倣《なら》って平を称して関白になった。豊臣《とよとみ》は後に秀吉が朝廷に奏して追加になった姓）。

天正《てんしょう》十五年（一五八七年）、豊臣秀吉《とよとみひでよし》は旧平安京大内裏跡《きゅうへいあんきょうだいだいりあと》に、豊臣姓《とよとみせい》に相応《ふさわ》しい公家《くげ》の邸宅《ていたく》を造《つく》って聚楽第《じゅらくだい》と名付《なづ》けた。そして翌天正《よくてんしょう》十六年四月十四日、後陽成天皇《ごようぜいてんのう》を迎《むか》えて盛大《せいだい》に宴《うたげ》を催《もよお》した。

徳川家康《とくがわいえやす》や織田信雄《おだのぶかつ》を始《はじ》め全国《ぜんこく》の諸大名《しょだいみょう》にも残《のこ》らず上洛《じょうらく》を命《めい》じて陪席《ばいせき》させ、抜《ぬ》け目《め》なく己《おのれ》への忠誠《ちゅうせい》を誓《ちか》わせた。

上杉景勝《うえすぎかげかつ》や毛利輝元《もうりてるもと》を始《はじ》め四国《しこく》・九州《きゅうしゅう》・中国《ちゅうごく》の諸大名《しょだいみょう》は皆《みな》、豊臣秀吉《とよとみひでよし》の命《めい》に応《おう》じて上洛《じょうらく》し秀吉《ひでよし》への臣従《しんじゅう》を誓《ちか》ったが、相模国《さがみこく》の北条氏政《ほうじょううじまさ》と陸奥《むつ》・出羽《でわ》両国《りょうこく》の伊達政宗《だてまさむね》・南部信直《なんぶのぶなお》・津軽為信《つがるためのぶ》や最上義光《もがみよしみつ》は上洛《じょうらく》せず、秀吉《ひでよし》の命《めい》に従《したが》わなかった。

徳川家康《とくがわいえやす》は北条氏政《ほうじょううじまさ》の家督《かとく》の氏直《うじなお》に娘《むすめ》の督姫《とくひめ》を嫁《とつ》がせていることから、豊臣秀吉《とよとみひでよし》の意《い》を受《う》けて北条氏政《ほうじょううじまさ》に上洛《じょうらく》して秀吉《ひでよし》に伺候《しこう》するよう再三促《さいさんうなが》した。だが氏政《うじまさ》は家康《いえやす》の忠告《ちゅうこく》を無視《むし》した。

豊臣秀吉《とよとみひでよし》は津田隼人佑《つだはやとのじょう》と富田左近将監《とみたさこんしょうかん》を北条氏政《ほうじょううじまさ》の下《もと》に送《おく》って

「上洛《じょうらく》して然《しか》るべく参内《さんだい》しなければ君恩《くんおん》を知《し》らぬ人非人《にんぴにん》と世間《せけん》から誹《そし》りを受《う》け、引《ひ》いては天罰《てんばつ》を受《う》けることになりますぞ」と氏政《うじまさ》に上洛《じょうらく》を促《うなが》した。だが氏政《うじまさ》は

「昔《むかし》も平家《へいけ》の軍勢十万《ぐんぜいじゅうまん》が関東《かんとう》に押《お》し寄《よ》せて源氏《げんじ》と富士川《ふじがわ》で対峙《たいじ》したが、夜《よる》に水鳥《みずとり》の大群《たいぐん》が一斉《いっせい》に飛《と》び立《た》つ音《おと》に驚《おどろ》いて一合戦《ひとがっせん》もせずに逃《に》げ出《だ》したとか。京《きょう》都や畿内《きない》の者《もの》は皆《みな》そんな者《もの》よ」と小馬《こば》鹿《か》にして両使《りょうし》の言《げん》などは聞《き》く耳《みみ》を持《も》たず、対応《たいおう》も至《いた》って粗略《そりゃく》に扱《あつか》った。

北条氏政《ほうじょううじまさ》はこの頃《ころ》、安房国《あわこく》（千葉県南部）の里見家《さとみけ》を降服《こうふく》させた勢《いきお》いに乗《の》って、下野国《しもつけこく》（栃木

県）の小山家《おやまけ》を滅《ほろ》ぼし佐野家《さのけ》の唐沢山城《からさわやまじょう》も乗《の》っ取《と》って、更《さら》には宇都宮城《うつのみやじょう》の宇都宮国綱《うつのみやくにつな》も攻撃《こうげき》していた。そして出羽国《でわこく》（山形・秋田両県）米沢《よねざわ》の伊達政宗《だてまさむね》が蘆名家《あしなけ》の陸奥国会津領《むつこくあいづりょう》（福島県会津地方）を乗《の》っ取《と》ったのを契機《けいき》に同盟《どうめい》を結《むす》んで常陸国《ひたちこく》（茨城県）も狙《ねら》うなど、当《まさ》に関東全域制覇《かんとうぜんいきせいは》を目前《もくぜん》にして鼻息《はないき》が荒《あら》く、家康《いえやす》や秀吉《ひでよし》の忠告《ちゅうこく》は無視《むし》した。

秀吉《ひでよし》の下《もと》には関東諸将《かんとうしょしょう》から氏政《うじまさ》の無謀《むぼう》を訴《うった》える上申《じょうしん》や氏政追討《うじまさついとう》の訴《うった》えが絶《た》えなかった。

話《はなし》は多少前後《たしょうぜんご》するが、北条氏政《ほうじょううじまさ》は本能寺《ほんのうじ》の変《へん》の後《のち》、織田家《おだけ》が領《りょう》した旧武田領《きゅうたけだりょう》を徳川家康《とくがわいえやす》と分《わ》け合《あ》って、家康《いえやす》は信濃《しなの》と甲斐《かい》（長野と山梨）を、氏政《うじまさ》は上野国《こうずけこく》（群馬県）を取《と》ることで不戦協定《ふせんきょうてい》を結《むす》んだ。ところがこの徳川《とくがわ》・北条《ほうじょう》の領地分割《りょうちぶんかつ》に信濃国上田城《しなのこくうえだじょう》の真田昌幸《さなだまさゆき》が納得《なっとく》せず徳川《とくがわ》と北条《ほうじょう》に逆《さか》らい、天正《てんしょう》十三年に上田城《うえだじょう》に徳川勢《とくがわぜい》を迎《むか》えて千三百を討《う》ち取《と》る大勝利《だいしょうり》を収《おさ》めた。昌幸《まさゆき》はこの後秀吉《のちひでよし》の傘下《さんか》に入《はい》って秀吉《ひでよし》に徳川《とくがわ》との仲介《ちゅうかい》を依頼《いらい》した。家康《いえやす》は信濃国上田《しなのこくうえだ》を真田領《さなだりょう》と認《みと》めて両家《りょうけ》は和睦《わぼく》した。

話《はなし》は戻《もど》って天正《てんしょう》十五年（一五八七年）、上野国沼田《こうずけこくぬまた》では真田家墳墓《さなだけふんぼ》の地《ち》である名胡桃城《なくるみじょう》（月夜野町）を支城《しじょう》に持《も》つ沼田城《ぬまたじょう》に真田昌幸《さなだまさゆき》の嫡男《ちゃくなん》の信幸《のぶゆき》が入《はい》って、沼田《ぬまた》の割譲《かつじょう》を迫《せま》る北条氏政《ほうじょううじまさ》に対抗《たいこう》した。豊臣秀吉《とよとみひでよし》は太政大臣関白《だじょうだいじんかんぱく》の権限《けんげん》を用《もち》いて真田家墳墓《さなだけふんぼ》の地《ち》の名胡桃城下《なくるみじょうか》は真田領《さなだりょう》とし、他《た》は沼田《ぬまた》城《じょう》を含《ふく》めて北条領《ほうじょうりょう》とすると裁定《さいてい》し、以後争《いごあらそ》いを禁《きん》ずる『関東惣無事令《かんとうそうぶじれい》』を言《い》い渡《わた》した。同時《どうじ》に伊達政宗《だてまさむね》と佐竹義重《さたけよししげ》らとの奥羽《おうう》（奥州・陸奥と出羽の両国）の合戦《かっせん》にも『奥両国惣無事令《おくりょうこくそうぶじれい》』を発布《はっぷ》した。また天下《てんか》の百姓衆《ひゃくしょうしゅう》には『刀狩令《かたながりれい》』を布告《ふこく》して、天下《てんか》の隅々《すみずみ》まで戦乱《せんらん》を終息《しゅうそく》させようと勉《つと》めた。

豊臣秀吉《とよとみひでよし》の裁定《さいてい》により真田昌幸《さなだまさゆき》は沼田城《ぬまたじょう》を北条《ほうじょう》に明《あ》け渡《わた》した後《のち》、名胡桃城《なくるみじょう》に鈴木重則《すずきしげのり》を送《おく》った。北条氏政《ほうじょううじまさ》は沼田城《ぬまたじょう》に宿将《しゅくしょう》の猪俣範直《いのまたのりなお》を入《い》れた。これで上野国《こうずけこく》の争《あらそ》いは落着《らくちゃく》したかに見《み》えたが、沼田城《ぬまたじょう》に入《はい》った猪俣《いのまた》は氏政《うじまさ》の命《めい》を受《う》け、秀吉《ひでよし》の裁定《さいてい》を無視《むし》して名胡桃城《なくるみじょう》も乗《の》っ取《と》ってしまった。

天正《てんしょう》十七年（一五八九年）十月、秀吉《ひでよし》は全国《ぜんこく》の諸大名《しょだいみょう》に『関東惣無事令《かんとうそうぶじれい》』を破《やぶ》ったことを名目《めいもく》にして北条氏政討伐《ほうじょううじまさとうばつ》の触《ふ》れを出《だ》し、翌《よく》十八年三月を期《き》して出陣《しゅつじん》するよう命《めい》じた。加《くわ》えて諸国《しょこく》には石高《こくだか》に応《おう》じて段銭《だんせん》を課《か》し、長束正家《ながつかまさいえ》に命《めい》じて二十万石の兵糧《ひょうろう》を駿河国《するがこく》の江尻《えじり》と清水《しみず》の浦《うら》に集積《しゅうせき》させた。

豊臣秀吉《とよとみひでよし》は紀伊《きい》・尾張両国《おわりりょうこく》を領《りょう》する織田信雄《おだのぶかつ》に先鋒《せんぽう》を命《めい》じて、三月一日には一万五千の軍勢《ぐんぜい》を率《ひき》いて出立《しゅったつ》させた。同《おな》じく駿河《するが》（静岡県中部）・遠江《とおとうみ》（静岡県西部）・三河《みかわ》（愛知県東部）・甲斐《かい》（山梨県）・信濃《しなの》（長野県）の五ヶ国を領《りょう》する徳川家康《とくがわいえやす》にも先鋒《せんぽう》として二万五千を率《ひき》いて三月一日に出陣《しゅつじん》するよう命《めい》じた。その他《ほか》、九州《きゅうしゅう》の島津義久《しまづよしひさ》や大友宗麟《おおともそうりん》、四国《しこく》の長宗我部元親《ちょうそかべもとちか》を始《はじ》め五畿七道《ごきななどう》の諸《しょ》国大名《こくだいみょう》にも銘々《めいめい》に併《あわ》せて二十二万の軍勢《ぐんぜい》の参陣《さんじん》を命《めい》じた。毛利輝元《もうりてるもと》には留守《るす》になる京師《けいし》（首都）の守護《しゅご》を命《めい》じた。

先鋒《せんぽう》を命《めい》じられた織田信雄《おだのぶかつ》と徳川家康《とくがわいえやす》は三月一日に出陣《しゅつじん》して富士川《ふじがわ》を前《まえ》にした由比《ゆい》・蒲原《かんばら》の辺《あた》りに一旦陣取《いったんじんど》り、敵勢《てきぜい》に備《そな》えて陣形《じんけい》を整《ととの》え直《なお》して物見《ものみ》を四方《しほう》に放《はな》ち、敵勢《てきぜい》の様子《ようす》を探《さぐ》らせると共《とも》に富士川《ふじがわ》に舟《ふね》を並《なら》べて板《いた》を張《は》り合《あ》わせた舟橋《ふなはし》を作《つく》り、秀吉本隊《ひでよしほんたい》の行軍《こうぐん》の便《べん》を図《はか》るなどをしながら箱根山登山口《はこねやまとざんぐち》の三島《みしま》に陣《じん》を進《すす》めて街道一帯《かいどういったい》の露払《つゆはら》いをした。

豊臣秀吉《とよとみひでよし》は紀伊半島《きいはんとう》の九鬼嘉隆《くきよしたか》や四国《しこく》の長宗我部元親《ちょうそかべもとちか》の水軍《すいぐん》に羽柴家《はしばけ》宿老《しゅくろう》の脇坂安治《わきさかやすはる》と加藤《かとう》嘉明《よしあき》を付《つ》けて都合《つごう》一万を海上《かいじょう》から小田原《おだわら》に向《む》かわせた。

北陸道《ほくりくどう》（若狭・越前・加賀・能登・越中・越後・佐渡の七ヶ国）の諸国《しょこく》には前田利家《まえだとしいえ》を総督《そうとく》にして上杉景《うえすぎかげ》勝《かつ》や丹羽長重《にわながしげ》（長秀の後継）らを加《くわ》えた三万五千に東山道《とうざんどう》（近江・美濃・飛騨・信濃・上野・下野・陸奥・出羽の八ヶ国。今回の場合は主に信濃国と関東の諸国を指す）を経《へ》て関東一円《かんとういちえん》の北条勢《ほうじょうぜい》を平定《へいてい》するよう命《めい》じた。

豊臣秀吉《とよとみひでよし》の本隊《ほんたい》は九州《きゅうしゅう》・西国《さいごく》の勢《ぜい》を加《くわ》えて総勢《そうぜい》十七万が東海道《とうかいどう》（伊賀・伊勢・志摩・尾張・三河・遠江・駿河・伊豆・相模・甲斐・武蔵・安房・上総・下総・常陸の十五ヶ国）を下《くだ》って小田原《おだわら》を目指《めざ》した。

箱根山中・足柄、伊豆韮山の各支城陥落

一方《いっぽう》の北条氏政《ほうじょううじまさ》は秀吉《ひでよし》が九州征伐《きゅうしゅうせいばつ》を始《はじ》めた頃《ころ》から次《つぎ》は関東《かんとう》が標的《ひょうてき》になると読《よ》んでその防御体《ぼうぎょたい》制《せい》を整《ととの》え始《はじ》めていた。先《ま》ずは酒匂川《さかわがわ》と早川沿《はやかわぞ》いに小田原城《おだわらじょう》と小田原市街《おだわらしがい》の全域《ぜんいき》を包《つつ》み込《こ》む外回《そとまわ》り数里《すうり》（一里は４㎞）に及《およ》ぶ長大《ちょうだい》な堀《ほり》と土塁《どるい》を築《きず》いた。そして籠城《ろうじょう》に備《そな》えて関東一円《かんとういちえん》の諸大名《しょだいみょう》や在々《ざいざい》

所々津々浦々《しょしょつづうらうら》の豪族《ごうぞく》・寺院《じいん》・村長《むらおさ》に段銭《だんせん》を課《か》して、兵卒《へいそつ》七万と兵糧一年分《ひょうろういちねんぶん》を小田原城《おだわらじょう》に集《あつ》めた。北条氏政《ほうじょううじまさ》は上杉謙信《うえすぎけんしん》や武田信玄《たけだしんげん》に攻《せ》められたときでさえも備《そな》えなかった、考《かんが》え得《う》る全《すべ》ての防備《ぼうび》を行《おこな》って、何時《いつ》秀吉軍《ひでよしぐん》の何十万《なんじゅうまん》が攻《せ》めて来《こ》ようとも何所《どこ》からも手出《てだ》し出来《でき》ない鉄壁《てっぺき》の城《しろ》に作《つく》り変《か》えた。

小田原城主《おだわらじょうしゅ》の北条氏政《ほうじょううじまさ》と氏直《うじなお》父子《ふし》や北条一族一門《ほうじょういちぞくいちもん》の諸将《しょしょう》は皆一致《みないっち》して豊臣秀吉《とよとみひでよし》の率《ひき》いる大軍《たいぐん》が押《お》し寄《よ》せたときは無用《むよう》な討《う》ち合《あ》いや手出《てだ》しは控《ひか》え、嵐《あらし》が過《す》ぎ去《さ》るまで唯只管《ただひたすら》、時《とき》を待《ま》つ持久戦法《じきゅうせんぽう》を取《と》ることに決《き》めた。大軍同士《たいぐんどうし》の睨《にら》み合《あ》いは焦《あせ》って先《さき》に動《うご》いた方《ほう》が負《ま》けだ。また敵地《てきち》に攻《せ》め入《い》っての長期戦《ちょうきせん》は寄《よ》せ手《て》が不利《ふり》と相場《そうば》が決《き》まっていた。

それで小田原勢《おだわらぜい》は誰《だれ》もが過去《かこ》の謙信《けんしん》や信玄《しんげん》に攻《せ》め込《こ》まれたときの経験《けいけん》を踏《ふ》まえて、大軍《たいぐん》に攻《せ》め込《こ》まれた時《とき》は備《そな》えを固《かた》めて唯々籠城《ただただろうじょう》するのが一番《いちばん》と決《き》めていた。

北条氏政《ほうじょううじまさ》は秀吉勢《ひでよしぜい》の出陣《しゅつじん》が避《さ》けられないと見《み》て、更《さら》に小田原《おだわら》への入口《いりくち》の箱根峠《はこねとうげ》に山中城《やまなかじょう》、足柄峠《あしがらとうげ》には足柄城《あしがらじょう》を築《きず》き、三島《みしま》から伊豆《いず》へ向《む》かう韮山《にらやま》にも城《しろ》を築《きず》いた。そして山中城《やまなかじょう》には宿老《しゅくろう》で奉行衆《ぶぎょうしゅう》の松田康長《まつだやすなが》に四千の兵卒《へいそつ》を付《つ》け、足柄城《あしがらじょう》には下野国唐沢山城主《しもつけこくからさわやまじょうしゅ》の北条氏忠《ほうじょううじただ》（氏政の弟）を入《い》れ、韮山城《にらやまじょう》には北条氏規《ほうじょううじのり》（氏政の弟）に三千六百の城兵《じょうへい》を付《つ》けて、進軍《しんぐん》してくる秀吉勢《ひでよしぜい》の様子《ようす》を探《さぐ》らせながら豊臣勢《とよとみぜい》の攻撃《こうげき》に備《そな》えた。

天正《てんしょう》十八年（一五九〇年）三月二十八日、秀吉《ひでよし》の本隊《ほんたい》が沼津《ぬまづ》に到着《とうちゃく》した。そこで諸将《しょしょう》と箱根《はこね》の絵図面《えずめん》を見《み》ながら初評定《はつひょうじょう》して

「明日《あす》は先《ま》ず秀次《ひでつぐ》（秀吉の実姉の子。阿波国三好康長の養子になったが信長の死後秀吉の養子に移った）よ。其方《なた》、大将《たいしょう》となって五万の兵《へい》を率《ひき》い箱根峠《はこねとうげ》の山中城《やまなかじょう》を攻《せ》め落《お》とせよ。徳川家康殿《とくがわいえやすどの》は足柄城《あしがらじょう》に向《む》かい、織田信雄殿《おだのぶかつどの》は細川忠興《ほそかわただおき》や蒲生氏郷《がもううじさと》・中川秀政《なかがわひでまさ》・森右近《もりうこん》らの勢《ぜい》を引連《ひきつ》れて韮山城《にらやまじょう》を囲《かこ》み、この三つの支城《しじょう》が互《たが》いに連携《れんけい》を取《と》れぬようにして下《くだ》され」と命《めい》じて、明日《あす》の戦《いくさ》の手配《てくば》りをした。

対《たい》する山中城《やまなかじょう》では城主《じょうしゅ》の松田康長《まつだやすなが》に加《くわ》えて小田原城《おだわらじょう》から北条氏勝《ほうじょううじかつ》（北条家傍流の出自）や間宮好高《まみやよしたか》、朝倉能登守《あさくらのとのかみ》らの加勢《かせい》が加《くわ》わって、四千の城兵《じょうへい》と共《とも》に城《しろ》を固《かた》く守《まも》って籠城《ろうじょう》した。

翌《よく》二十九日、山中城《やまなかじょう》の戦《いくさ》は双方《そうほう》からの鉄砲《てっぽう》の撃《う》ち合《あ》いで始《はじ》まった。山々《やまやま》には鉄砲《てっぽう》の音《おと》が木霊《こだま》して鳴《な》り響《ひび》き硝煙《しょうえん》が谷々《たにたに》に棚引《たなび》いた。寄《よ》せ手《て》は敵《てき》に十倍《じゅうばい》する軍勢《ぐんぜい》と鉄砲《てっぽう》の数《かず》で圧倒《あっとう》した。守《まも》り手《て》は手負《てお‌》いや死人《しにん》が溢《あふ》れて追《お》い立《た》てられ、出丸《でまる》が一つまた一つと落《お》ちて数刻後《すうこくご》には本丸《ほんまる》一つが残《のこ》るだけになった。

山中城《やまなかじょう》の松田康長《まつだやすなが》と間宮好高《まみやよしたか》は「最早《もはや》これまで」と観念《かんねん》して自刃《じじん》して果《は》てた。北条氏勝《ほうじょううじかつ》も切腹《せっぷく》を覚悟《かくご》したが、腹心《ふくしん》に諫《いさ》められて山中城《やまなかじょう》を抜《ぬ》け落《お》ち居城《きょじょう》の玉縄城《たまなわじょう》（鎌倉市）に籠城《ろうじょう》した。

同日夕刻《どうじつゆうこく》までには箱根山中《はこねさんちゅう》から北条勢《ほうじょうぜい》が消《き》え去《さ》って豊臣秀吉勢《とよとみひでよしぜい》のみが犇《ひし》めいた。

徳川家康《とくがわいえやす》の軍勢《ぐんぜい》は足柄城《あしがらじょう》に向《む》かう途中《とちゅう》で鷹《たか》ノ巣城《すじょう》（箱根町鷹ノ巣山）を攻《せ》め落《お》とした。このため足柄城《あしがらじょう》に到着《とうちゃく》した頃《ころ》には山中城《やまなかじょう》は既《すで》に陥落《かんらく》した後《あと》だった。足柄城主《あしがらじょうしゅ》の北条氏忠《ほうじょううじただ》は山中落城《やまなからくじょう》の注《ちゅう》進《しん》を受《う》けて、城《しろ》を空《から》にして手勢《てぜい》を引連《ひきつ》れ小田原城《おだわらじょう》に引《ひ》き退《の》いた。家康勢《いえやすぜい》が足柄城《あしがらじょう》に着《つ》いたときには城内《じょうない》は既《すで》に蛻《もぬけ》の殻《から》だった。

韮山《にらやま》に向《む》かった織田信雄《おだのぶかつ》を総大将《そうだいしょう》とする蒲生氏郷《がもううじさと》や細川忠興《ほそかわただおき》・蜂須賀家政《はちすかいえまさ》・中川秀政《なかがわひでまさ》・生駒一正《いこまかずまさ》・福島正則《ふくしままさのり》らの軍勢《ぐんぜい》四万四千は三月二十九日、四千の城兵《じょうへい》と共《とも》に城《しろ》に籠《こも》る城主《じょうしゅ》の北条氏規《ほうじょううじのり》を囲《かこ》んだ。韮山城《にらやまじょう》は伊豆国《いずこく》への入口《いりくち》の重要拠点《じゅうようきょてん》だが、小田原《おだわら》へ向《む》かう街道《かいどう》には面《めん》していない所《ところ》だ。また城主《じょうしゅ》の氏規《うじのり》は北条一族《ほうじょういちぞく》では唯一人《ただひとり》の親《しん》・秀吉派《ひでよしは》であった。先年《せんねん》の聚楽第《じゅらくだい》への伺候《しこう》の命《めい》を受《う》けたときにも宗家《そうけ》の氏政《うじまさ》の名代《みょうだい》として上洛《じょうらく》した。だから秀吉《ひでよし》は韮山《にらやま》の城兵《じょうへい》とは戦《たたか》いたくなく、只《ただ》氏規《うじのり》には城《しろ》に籠《こも》っていてくれることを望《のぞ》んだ。

城主《じょうしゅ》の北条氏規《ほうじょううじのり》は徳川家康《とくがわいえやす》とも昵懇《じっこん》の仲《なか》であったので、秀吉《ひでよし》は寄《よ》せ手《て》の諸将《しょしょう》に「厳重《げんじゅう》に外回《そとまわ》りを固《かた》めて城《しろ》から城兵《じょうへい》を一人《ひとり》も外《そと》へ出《だ》すな。但《ただ》し、籠城《ろうじょう》する者《もの》に手出《てだ》しは一切無用《いっさいむよう》」と言《い》い渡《わた》した。ところが織田信雄《おだのぶかつ》に従《したが》う秀吉軍《ひでよしぐん》の諸将《しょしょう》は皆未《みなま》だ年《とし》が若《わか》く、誰《だれ》もが戦功《せんこう》を挙《あ》げようと勇《いさ》み立《た》っていた。大将《たいしょう》の信雄《のぶかつ》にとっても小牧長久手《こまきながくて》の戦《いくさ》の後《のち》、秀吉《ひでよし》と和睦《わぼく》して以来《いらい》の戦《いくさ》で手柄《てがら》が欲《ほ》しかった。攻《せ》め手《て》の諸将《しょしょう》には『敵《てき》に手出《てだ》し無用《むよう》』の我慢《がまん》は出来《でき》ない相談《そうだん》だった。

攻《せ》め手《て》は大将《たいしょう》の信雄《のぶかつ》を始《はじ》め諸将《しょしょう》は皆《みな》、功《こう》を焦《あせ》って各自勝手《かくじかって》に韮山城《にらやまじょう》を囲《かこ》む砦《とりで》を攻《せ》め始《はじ》めた。砦《とりで》の守《まも》り手《て》は城攻《しろぜ》めに対《たい》する充分《じゅうぶん》な備《そな》えがあった。攻《せ》め手《て》は砦《とりで》から撃《う》ち出《だ》される鉄砲《てっぽう》に当《あ》たってただ徒《いたずら》に討死《うちじに》、手負《てお》いの者《もの》が増《ふ》えるばかりで砦《とりで》は一つも落《お》とせなかった。

これを見《み》た豊臣秀吉《とよとみひでよし》は大将《たいしょう》の織田信雄《おだのぶかつ》を戦列《せんれつ》から外《はず》して、替《かわ》って駿府《すんぷ》（静岡市）の留守居役《るすいやく》をしていた豊臣家宿老《とよとみけしゅくろう》の前野長康《まえのながやす》を呼《よ》んで韮山攻《にらやまぜ》めの大将《たいしょう》にした。長康《ながやす》は韮山《にらやま》に着陣《ちゃくじん》して諸将《しょしょう》を集《あつ》め、

「某御元《それがしおもと》らの父御《ててご》と共《とも》に秀吉公《ひでよしこう》に従《したが》って二十有余《ゆうよ》の城攻《しろぜ》めに加《くわ》わったが、秀吉公《ひでよしこう》は決《けっ》して力攻《ちからぜ》めは為《な》さらなかった。城《しろ》を遮《さえぎ》る森《もり》があれば切《き》り開《ひら》き、川《かわ》があれば城《しろ》に水《みず》を注《そそ》ぎ込《こ》み、谷《たに》を埋《う》め堀《ほり》を穿《うが》ち通路《つうろ》は切《き》り取《と》って城《しろ》の糧道《りょうどう》を断《た》ち、堅塁《けんるい》があれば地下《ちか》を掘《ほ》り進《すす》んで中《なか》に潜《もぐ》り込《こ》む。然《さ》れば抜《ぬ》けぬ城《しろ》は無《な》い。これが秀吉公《ひでよしこう》の城攻《しろぜ》めの術《すべ》で御座《ござ》った。これよりは御元《おもと》らにも秀吉公《ひでよしこう》に倣《なら》って槍刀《やりかたな》を鋤鍬《すきくわ》に持《も》ち替《か》えて柵《さく》を設《もう》け堤《つつみ》を切《き》り、川《かわ》を堰《せ》き止《と》めてこれからの雨期《うき》に備《そな》えようでは御《ご》座《ざ》らぬか。各々手前勝手《おのおのてまえかって》な功名争《こうみょうあらそ》いは罷《まか》りならぬ。徒《いたずら》に兵卒《へいそつ》を失《うしな》うのみと心得《こころえ》なされよ」と命《めい》じ、諸将《しょしょう》に割符《わりふ》を与《あた》えて分担《ぶんたん》と日限《にちげん》を定《さだ》め、近郷諸村《きんごうしょそん》から人足《にんそく》を集《あつ》めて城《しろ》の出入《でい》りの一切《いっさい》を止《と》め

る手立《てだ》てを始《はじ》めた。

人足《にんそく》には一人《ひとり》一日米六合《いちにちこめろくごう》を配給《はいきゅう》したので、男衆《おとこしゅう》のみならず女子供《おんなこども》までもが集《あつ》まって立《た》ち働《はたら》いた。日《ひ》を経《へ》ずして韮山城《にらやまじょう》は蟻一匹這《ありいっぴきは》い出《で》る隙《すき》も這入《はい》り込《こ》む隙《すき》もなくなって孤立無援《こりつむえん》になり、小田《おだ》原《わら》との連絡《れんらく》が絶《た》たれた。

この後旧暦《のちきゅうれき》の六月近《ちか》くになって、韮山城内《にらやまじょうない》の兵卒《へいそつ》らは田植《たう》えが遅《おく》れ作付《さくつ》けが出来《でき》なくなるのを心配《しんぱい》して帰村《きそん》を願《ねが》い出《で》たので、士気《しき》は乱《みだ》れて城内《じょうない》の意気《いき》は消沈《しょうちん》した。城主《じょうしゅ》の北条氏規《ほうじょううじのり》は城内《じょうない》の雰囲気《ふんいき》を察《さっ》して、城《しろ》を守《まも》り切《き》ることの不可《ふか》を悟《さと》った。そこで諸将《しょしょう》とも語《かた》り合《あ》って攻《せ》め手《て》の本陣《ほんじん》に軍使《ぐんし》を立《た》て、城内《じょうない》の諸将《しょしょう》の命《いのち》の保証《ほしょう》と兵卒《へいそつ》の解放《かいほう》を条件《じょうけん》にして開城《かいじょう》を申《もう》し出《で》た。攻《せ》め手《て》の大《たい》将《しょう》の前野長康《まえのながやす》は豊臣秀吉《とよとみひでよし》の下《もと》に、北条氏規《ほうじょううじのり》の降伏《こうふく》と開城《かいじょう》の申《もう》し出《で》を注進《ちゅうしん》して下知《げち》を待《ま》った。

同年《どうねん》六月二十四日、秀吉《ひでよし》は注進《ちゅうしん》を受《う》けて喜《よろこ》んで降伏《こうふく》を受《う》け入《い》れ、韮山城《にらやまじょう》の北条氏規《ほうじょううじのり》と諸将《しょしょう》を徳川家康《とくがわいえやす》の陣《じん》に送《おく》って身柄《みがら》を預《あず》けた。

前田利家関東諸城を攻略

この頃《ころ》、北陸道《ほくりくどう》（若狭・越前・加賀・能登・越中・越後・佐渡の七ヶ国）の前田利家《まえだとしいえ》を総督《そうとく》とする越後《えちご》の上杉景勝《うえすぎかげかつ》や松任城《まっとうじょう》の丹羽長重《にわながしげ》（499頁7～8行目参照）らの軍勢《ぐんぜい》三万余《よ》は信濃国《しなのこく》に入《はい》って上田城《うえだじょう》の真田《さなだ》昌幸《まさゆき》の軍勢《ぐんぜい》三千を加《くわ》え、同年《どうねん》三月中旬《ちゅうじゅん》に碓井峠《うすいとうげ》を越《こ》えて北条領域《ほうじょうりょういき》の関東《かんとう》に入《はい》った。

三月二十八日、上野国松井田城《こうずけこくまついだじょう》の守兵《しゅへい》は北陸勢《ほくりくぜい》の勢《いきお》いに押《お》されて城《しろ》に逃《に》げ込《こ》み籠城《ろうじょう》した。前田《まえだ》利家《としいえ》は守将《しゅしょう》の大道寺政繁《だいどうじまさしげ》に降伏《こうふく》を勧《すす》めたが拒否《きょひ》されたので総攻撃《そうこうげき》に出《で》た。政繁《まさしげ》は固《かた》く守《まも》った。利《とし》家《いえ》は無理攻《むりぜ》めしても効果《こうか》が薄《うす》いと見《み》て、一転《いってん》して長期戦《ちょうきせん》に切《き》り替《か》えた。そして気長《きなが》に城内《じょうない》の緊《きん》張《ちょう》が解《と》け士気《しき》が緩《ゆる》んで乱《みだ》れるのを待《ま》って、四月下旬《げじゅん》一気《いっき》に総攻撃《そうこうげき》に出《で》た。

前田家《まえだけ》宿将《しゅくしょう》の長連竜《ちょうつらたつ》・奥村永福《おくむらながとみ》・山崎長徳《やまざきながのり》と上杉勢《うえすぎぜい》は城《しろ》を挟《はさ》み撃《う》ちして水道《すいどう》を断《た》ち櫓《やぐら》には火《ひ》矢《や》を放《はな》って火攻《ひぜ》めした。松井田城《まついだじょう》では遂《つい》に守《まも》り切《き》れないと観念《かんねん》して、守将《しゅしょう》の大道寺政繁《だいどうじまさしげ》は降伏《こうふく》を願《ねが》い出《で》、子《こ》の直重《なおしげ》を人質《ひとじち》に差《さ》し出《だ》した。利家《としいえ》は降伏《こうふく》を許《ゆる》し、大道寺《だいどうじ》を先鋒《せんぽう》に立《た》てて軍《ぐん》を進《すす》めた。

翌日《よくじつ》、武蔵国《むさしこく》（埼玉・東京と神奈川の一部）に入《はい》って松山城《まつやまじょう》（埼玉・吉見町）を囲《かこ》んだ。城主《じょうしゅ》の上田朝《うえだとも》廣《ひろ》は小田原城《おだわらじょう》に在《あ》り難波田憲次《なにわたのりつぐ》が守将《しゅしょう》となって城《しろ》に籠《こも》ったが、多勢《たぜい》の寄《よ》せ手《て》を前《まえ》にして戦《たたか》わずして城《しろ》を開《あ》けて北陸勢《ほくりくぜい》の軍門《ぐんもん》に下《くだ》った。利家《としいえ》は難波田《なにわた》も大道寺《だいどうじ》と同《おな》じ先鋒《せんぽう》に組《く》み込《こ》んで更《さら》に軍《ぐん》を進《すす》めた。

同年《どうねん》五月、豊臣秀吉《とよとみひでよし》は前田利家《まえだとしいえ》を関東総督《かんとうそうとく》に任《にん》じた。利家《としいえ》は北陸勢《ほくりくぜい》三万五千を率《ひき》いて武蔵国《むさしこく》の鉢形城《はちかたじょう》（埼玉・寄居町）を囲《かこ》み、三千の城兵《じょうへい》と共《とも》に城《しろ》に籠《こも》る城代《じょうだい》の黒沢上野介《くろさわこうずけのすけ》を一戦《いっせん》にして下《くだ》した。城主《じょうしゅ》の北条氏邦《ほうじょううじくに》（氏政の弟）は小田原《おだわら》から急遽《きゅうきょ》引《ひ》き帰《かえ》したが、北陸勢《ほくりくぜい》を前《まえ》にして抵抗出来《ていこうでき》ずに降《こう》伏《ふく》した。

北陸勢《ほくりくぜい》は次《つ》いで北条氏照《ほうじょううじてる》の居城《きょじょう》の八王子城《はちおうじじょう》（八王子市）に向《む》かった。城主《じょうしゅ》の氏照《うじてる》は小田原城《おだわらじょう》にあって兄《あに》の氏政《うじまさ》と共《とも》に籠《こも》り、家臣《かしん》の横地吉信《よこちよしのぶ》と中山家範《なかやまいえのり》・狩野一庵《かのういちあん》・金子家重《かねこいえしげ》・近藤助重《こんどうすけしげ》らが守《しゅ》将《しょう》となって籠城《ろうじょう》していた。

六月二十二日、北陸勢《ほくりくぜい》は軍勢《ぐんぜい》を手分《てわ》けして、それぞれ上野《こうずけ》・武蔵《むさし》の二国《にこく》の降将《こうしょう》に先導《せんどう》させて八《はち》王子城下《おうじじょうか》に侵入《しんにゅう》した。そして再度《さいど》、各隊《かくたい》を手分《てわ》けして降将《こうしょう》の大道寺《だいどうじ》を山下曲輪《やましたくるわ》に、越後《えちご》の上杉勢《うえすぎぜい》は城東《じょうとう》の大手《おおて》に、前田本隊《まえだほんたい》は城北《じょうほく》の搦《から》め手《て》に取《と》り付《つ》いた。丁度《ちょうど》この日《ひ》は朝《あさ》から一寸先《いっすんさき》が見《み》えない濃霧《のうむ》で、城兵《じょうへい》は北陸勢《ほくりくぜい》が迫《せま》り来《く》るのを攻撃《こうげき》が始《はじ》まるまで気付《きづ》かなかった。ために城内《じょうない》は混乱《こんらん》を極《きわ》めて、城将《じょうしょう》の横地《よこち》・狩野《かのう》・金子《かねこ》・近藤《こんどう》らは次々《つぎつぎ》と討《う》ち取《と》られた。だが、唯一人《ただひとり》中山家範《なかやまいえのり》は僅《わず》かに十数人《じゅうすうにん》の兵卒《へいそつ》を従《したが》えて獅子奮迅《ししふんじん》の働《はたら》きをして、敵《てき》ながらに前田利家《まえだとしいえ》を感嘆《かんたん》させた。そこで家範《いえのり》に親《した》しい者《もの》を探《さが》し出《だ》して前田勢《まえだぜい》に招致《しょうち》しようとしたが、使者《しゃ》が出向《でむ》いた頃《ころ》には既《すで》に自刃《じじん》して果《は》てた後《あと》だった。八王子城《はちおうじじょう》での攻防《こうぼう》は短時間《たんじかん》で決《けっ》したが、一千余《よ》の首級《くび》と三百余人《よにん》の捕虜《ほりょ》を得《え》る大成果《だいせいか》を挙《あ》げた。北陸勢《ほくりくぜい》は数十人《すうじゅうにん》の死傷者《ししょうしゃ》を出《だ》しただけの完勝《かんしょう》だった。

前田利家《まえだとしいえ》は八王子《はちおうじ》で得《え》た敵《てき》の首級《くび》を車《くるま》に積《つ》み捕虜《ほりょ》を率《ひき》いて小田原《おだわら》の豊臣秀吉《とよとみひでよし》の下《もと》に送《おく》り届《とど》けた。

小田原評定と落城

天正《てんしょう》十八年（一五九〇年）三月二十九日に箱根《はこね》の山中城《やまなかじょう》が落城《らくじょう》した（515頁5～8行目参照）。

豊臣秀吉《とよとみひでよし》は間髪《かんはつ》を容《い》れず四月一日に本陣《ほんじん》を箱根山《はこねやま》に移《うつ》して、翌《よく》二日には箱根湯本《はこねゆもと》に陣《じん》を進《すす》め、小田原城下《おだわらじょうか》に先遣隊《せんけんたい》を送《おく》って弓鉄砲《ゆみてっぽう》で攻撃《こうげき》を仕掛《しか》けたが、敵《てき》の応戦《おうせん》には並々《なみなみ》ならぬものがあって大軍《たいぐん》を以《もっ》てしても城下《じょうか》に攻《せ》め入《い》るのは容易《ようい》でないと断《だん》じた。そこで無理攻《むりぜ》めは控《ひか》えて、替《かわ》って小《お》田原《だわら》へ通《つう》じる街道《かいどう》の小田原口《おだわらくち》の全《すべ》てに軍勢《ぐんぜい》を出《だ》して完全封鎖《かんぜんふうさ》し、小田原城下《おだわらじょうか》を世間《せけん》から隔離《かくり》した。

豊臣秀吉《とよとみひでよし》は元々今回《もともとこんかい》の小田原攻《おだわらぜ》めは短兵急《たんぺいきゅう》では成就《じょうじゅ》せぬと覚悟《かくご》していた。だから殊更《ことさら》に気長《きなが》に構《かま》えて、小田原城《おだわらじょう》を見下《みお》ろす笠懸山《かさがけやま》に登《のぼ》り城下《じょうか》の様子《ようす》を窺《うかが》ったりもして見《み》せた。笠懸山《かさがけやま》は箱根湯《はこねゆ》本《もと》から小田原城下《おだわらじょうか》に入《はい》る直前《ちょくぜん》の早川右岸《はやかわうがん》に聳《そび》える小田原城《おだわらじょう》とは早川《はやかわ》を挟《はさ》んで対岸《たいがん》の山《やま》だ。

秀吉《ひでよし》は長期戦《ちょうきせん》を行《おこな》うには向《むか》い城《しろ》（敵の城に対抗する城）が必要《ひつよう》であると悟《さと》って、密《ひそ》かに小田原《おだわら》城《じょう》内《ない》には気取《けど》られぬように配慮《はいりょ》しながら、笠懸山頂《かさがけさんちょう》に敵《てき》から攻撃《こうげき》を受《う》けても充分耐《じゅうぶんた》え得《う》る城《しろ》を築《きず》かせた。

天正《てんしょう》十八年（一五九〇年）の六月に入《はい》って、膠着《こうちゃく》していた戦況《せんきょう》が一気《いっき》に動《うご》き出《だ》した。その初《はじ》めが同月《どうげつ》五日、北条家《ほうじょうけ》と同盟《どうめい》する奥羽《おうう》の伊達政宗《だてまさむね》が秀吉《ひでよし》の軍門《ぐんもん》に下《くだ》って秀吉陣《ひでよしじん》に身《み》を投《とう》じて来《き》たのだ。正宗《まさむね》は秀吉《ひでよし》の『奥両国惣無事令《おくりょうこくそうぶじれい》』を無視《むし》して蘆名義広《あしなよしひろ》が領《りょう》する会津《あいづ》を乗《の》っ取《と》るなど奥羽《おうう》諸国《しょこく》に覇《は》を唱《とな》えたが、豊臣陣《とよとみじん》の浅野長政《あさのながまさ》や上杉景勝《うえすぎかげかつ》からの説得《せっとく》と孤立無援《こりつむえん》の小田原《おだわら》の状況《じょうきょう》を知《し》って秀吉《ひでよし》に降伏《こうふく》して来《き》た。その直後《ちょくご》の八日、小田原城《おだわらじょう》家老《かろう》の松田憲秀《まつだのりひで》が主君《しゅくん》を見限《みかぎ》って堀秀政《ほりひでまさ》を頼《たよ》り、一人《ひとり》降参《こうさん》を願《ねが》い出《で》たが、城《しろ》から落《お》ちる直前《ちょくぜん》に事件《じけん》が発覚《はっかく》して小田原城内《おだわらじょうない》に監禁《かんきん》されたという異変《いへん》が起《お》きた。更《さら》に続《つづ》いて同月《どうげつ》二十三日、新《あら》たに関東総督《かんとうそうとく》になった前田利家《まえだとしいえ》から秀吉《ひでよし》の本陣《ほんじん》に北条氏照《ほうじょううじてる》の居城《きょじょう》の八王子城《はちおうじじょう》を屠《ほふ》ったときの首級《くび》一千余《よ》と捕虜《ほりょ》三百が送《おく》られて来《き》た。またその翌《よく》二十四日、韮山城《にらやまじょう》の北条氏規《ほうじょううじのり》が降伏《こうふく》して韮山城《にらやまじょう》を開城《かいじょう》した（518頁10行目参照）。秀吉《ひでよし》は氏規《うじのり》と諸将《しょしょう》の身柄《みがら》を徳川家康《とくがわいえやす》に預《あず》けた。

同《どう》六月二十六日には笠懸山《かさがけやま》に石垣《いしがき》を積《つ》み上《あ》げて白壁《しらかべ》も巡《めぐ》らせた本格的《ほんかくてき》な城《しろ》が完成《かんせい》した。秀吉《ひでよし》は諸卒《しょそつ》に命《めい》じて一斉《いっせい》に城《しろ》の周《まわ》りの樹木《じゅもく》を伐採《ばっさい》させた。小田原城《おだわらじょう》に籠《こも》る城兵《じょうへい》は目《め》と鼻《はな》の先《さき》の笠懸山《かさがけやま》に突然《とつぜん》に敵《てき》の城《しろ》が現《あらわ》れたので驚愕《きょうがく》した。後世《こうせい》、小田原《おだわら》の人々《ひとびと》は一夜《いちや》にして石垣《いしがき》を配《はい》した城《しろ》が出現《しゅつげん》したのでこの山《やま》を石垣山《いしがきやま》と呼《よ》んだ。秀吉《ひでよし》は敵《てき》の城兵《じょうへい》を更《さら》に意気消沈《いきしょうちん》させようとして、籠城《ろうじょう》する城《じょう》兵《へい》に良《よ》く見《み》えるように八王子《はちおうじ》から送《おく》られた首級《くび》を竿《さお》に刺《さ》して高《たか》く掲《かか》げて晒《さら》して見《み》せた。また、未《ま》だ何年《なんねん》も戦《たたか》い続《つづ》ける用意《ようい》があると判《わか》らせようと聚楽第《じゅらくだい》や伏見《ふしみ》・淀城《よどじょう》から側室《そくしつ》の淀《よど》や女御《にょうご》を呼《よ》び、更《さら》に能役者《のうやくしゃ》を呼《よ》んで諸将《しょしょう》を持成《もてな》して見《み》せて何不自由《なにふじゆう》なく過《す》ごしている様子《ようす》を城内《じょうない》の諸将《しょしょう》に見《み》せ付《つ》けた。

小田原《おだわら》城内《じょうない》に不安《ふあん》と動揺《どうよう》が広《ひろ》がった。秀吉《ひでよし》はここが勝負所《しょうぶどころ》と嵩《かさ》にかかって丁度《ちょうど》この六月二十四日に降伏《こうふく》したばかりの韮山《にらやま》の降将《こうしょう》を小田原城《おだわらじょう》に送《おく》って北条一族《ほうじょういちぞく》・一門《いちもん》に降伏《こうふく》するよう説得《せっとく》した。

小田原《おだわら》城内《じょうない》では諸将《しょしょう》が集《あつ》まって評定《ひょうじょう》を持《も》った。だが今《いま》まで関八州《かんはっしゅう》を領有《りょうゆう》する大々名《だいだいみょう》が、唯一《ただいっ》戦《せん》にして敵《てき》の軍門《ぐんもん》に下《くだ》ることなどはあり得《え》ないことだし、ましてやこの度《たび》の戦《いくさ》は未《ま》だその一戦《いっせん》すら行《おこな》っていない無傷《むきず》の軍兵《ぐんぺい》を何万《なんまん》と手元《てもと》に擁《よう》しているのだ。評定《ひょうじょう》は積《つ》んでは崩《くず》し、崩《くず》しては積《つ》んで、何時《いつ》果《は》てるとも知《し》れなかった。後世《こうせい》これを『小田原評定《おだわらひょうじょう》』と呼《よ》んで嘲《あざけ》った。

兎《と》に角《かく》、城内《じょうない》の軍兵《ぐんぺい》は諸将《しょしょう》の様子《ようす》を目《め》にして戦意《せんい》をすっかり失《な》くしてしまった。農村《のうそん》から駆《か》り集《あつ》められた軍卒《ぐんそつ》は五月雨《さみだれ》（梅雨）の時期《じき》が疾《と》うに過《す》ぎて田植《たう》えが無事出来《ぶじでき》たかと気《き》になり出《だ》した。今《いま》まで口《くち》に出来《でき》なかった心配事《しんぱいごと》が一気《いっき》に軍卒《ぐんそつ》の口《くち》から溢《あふ》れ出《で》て里心《さとごころ》が付《つ》き、戦《いくさ》どころでなくなった。

秀吉《ひでよし》は黒田孝高《くろだよしたか》（官兵衛）を小田原城《おだわらじょう》に送《おく》って講和《こうわ》の交渉《こうしょう》に当《あ》たらせた。孝高《よしたか》は北条氏政《ほうじょううじまさ》・氏直父子《うじなおふし》に直談判《じかだんぱん》した。氏政《うじまさ》は孝高《よしたか》の説得《せっとく》を受《う》けて心《こころ》が動《うご》いたが、講和《こうわ》の条件《じょうけん》については関八州《かんはっしゅう》を統《す》べた自負《じふ》が邪魔《じゃま》して降参《こうさん》の屈辱《くつじょく》に耐《た》えられず、自決《じけつ》を条件《じょうけん》に講和《こうわ》しようかと思《おも》い悩《なや》んだ。

同年《どうねん》七月六日、北条氏直《ほうじょううじなお》は父氏政《ちちうじまさ》の毎日《まいにち》の悩《なや》みに接《せっ》して意《い》を決《けっ》し、山上郷右衛門一人《やまかみごうえもんひとり》を従《したが》えて徳川家康《とくがわいえやす》の陣《じん》に出向《でむ》き

「己一人《おのれひとり》の命《いのち》と引《ひ》き換《か》えに小田原城内上下《おだわらじょうないじょうげ》の一命《いちめい》を救《すく》い給《たま》え」と降伏《こうふく》を願《ねが》い出《で》た。加《くわ》えて

「城《しろ》は明日《あす》の朝《あさ》を期《き》して明《あ》け渡《わた》す」と伝《つた》えた。秀吉《ひでよし》は喜《よろこ》んで氏直《うじなお》の申《もう》し出《で》を受《う》け入《い》れた。

翌《よく》七日、脇坂安治《わきさかやすはる》と片桐直盛《かたぎりなおもり》（後に改名して且元《かつもと》）、榊原康政《さかきばらやすまさ》の三人《さんにん》に小田原城《おだわらじょう》の受取《うけと》り役《やく》を命《めい》じた。三人《さんにん》は城内《じょうない》に入《はい》って、同日《どうじつ》から九日に掛《か》けて総《すべ》ての城兵《じょうへい》を城外《じょうがい》に移《うつ》した。城下《じょうか》に於《お》いても不《ふ》

測《そく》の事態《じたい》に対処《たいしょ》出来《でき》るよう諸所《しょしょ》に軍勢《ぐんぜい》を配《はい》して見張《みは》りを厳重《げんじゅう》にした。

北条氏政《ほうじょううじまさ》・氏照《うじてる》兄弟《きょうだい》は、小田原城《おだわらじょう》を開城《かいじょう》した七日に城下《じょうか》の御抱《おかか》え医師《いし》の屋敷《やしき》に移《うつ》された。

豊臣秀吉《とよとみひでよし》は天下人《てんかびと》になった己《おのれ》を卑下《ひげ》して『関東惣無事令《かんとうそうぶじれい》』を無視《むし》し、小田原討伐《おだわらとうばつ》に抗戦《こうせん》した北条《ほうじょう》氏政《うじまさ》と弟《おとうと》の氏照《うじてる》を降伏《こうふく》した後《のち》も尚許《なおゆる》す気《き》になれずに改《あらた》めて切腹《せっぷく》を命《めい》じた。氏政《うじまさ》は「雨雲《あまぐも》の覆《おお》える月《つき》も胸《むね》の霧《きり》も払《はら》えにけりな秋《あき》の夕風《ゆうかぜ》」と辞世《じせい》の句《く》を詠《よ》み、氏照《うじてる》は「我身今消《わがみいまきゆ》とは如何《いか》に思《おも》うべき空《くう》より来《きた》り空《くう》に帰《かえ》れば」と詠《よ》んで共《とも》に割腹《かっぷく》して果《は》てた。

また同《おな》じく、徹底抗戦《てっていこうせん》を主張《しゅちょう》した首謀者《しゅぼうしゃ》の一人《ひとり》でありながら主君《しゅくん》を裏切《うらぎ》って、ただ一戦《いっせん》しただけで北陸勢《ほくりくぜい》に降《くだ》った松井田城《まついだじょう》の大道寺政繁《だいどうじまさしげ》と、小田原城《おだわらじょう》を抜《ぬ》けて逃《に》げ出《だ》そうとした家老《かろう》の松田憲秀《まつだのりひで》にも武士《ぶし》の本分《ほんぶん》に外《はず》れた行為《こうい》をしたと咎《とが》めて、この二人《ふたり》にも見《み》せしめの切腹《せっぷく》を命《めい》じた。

『小田原《おだわら》の役《えき》』は然《さ》したる戦《いくさ》もなく、これにて一件落着《いっけんらくちゃく》した。

秀吉《ひでよし》は北条氏直《ほうじょううじなお》の一命《いちめい》を許《ゆる》して高野山《こうやさん》に送《おく》り隠棲《いんせい》を命《めい》じた。関東《かんとう》に覇《は》をなした北条家《ほうじょうけ》は滅《ほろ》んだ。豊臣秀吉《とよとみひでよし》は小田原城《おだわらじょう》に入《はい》って論功行賞《ろんこうこうしょう》を行《おこな》った。

徳川家康《とくがわいえやす》は小田原討伐《おだわらとうばつ》の功労第一《こうろうだいいち》と認《みと》められて北条家《ほうじょうけ》の遺領《いりょう》の伊豆《いず》・相模《さがみ》・上野《こうずけ》・下野《しもつけ》・武《む》蔵《さし》・上総《かずさ》・下総《しもうさ》の七《なな》ヶ国総《こくすべ》てが与《あた》えられた。だが替《かわ》って自領《じりょう》の三河《みかわ》・遠江《とおとうみ》・駿河《するが》・甲斐《かい》・信濃《しなの》の五《ご》ヶ国《こく》は召《め》し上《あ》げられた。家康《いえやす》は加増《かぞう》にはなったが、体《てい》よく遠国《えんごく》に国替《くにが》えされて、見方《みかた》によっては左遷《させん》の憂《う》き目《め》にあった。家康《いえやす》は咄嗟《とっさ》に佐々成政《さっさなりまさ》の最期《さいご》を思《おも》って（506頁10行目～507頁1行目参照）、同《おな》じ轍《てつ》を踏《ふ》まぬよう顔色《かおいろ》一つ変《か》えずに有難《ありがた》く秀吉《ひでよし》からの加増《かぞう》を喜《よろこ》んでみせた。

織田信雄《おだのぶかつ》には家康《いえやす》の旧領《きゅうりょう》の五《ご》ヶ国《こく》を与《あた》えて、替《かわ》って尾張《おわり》・伊勢《いせ》両国《りょうこく》を召《め》し上《あ》げた。信雄《のぶかつ》は織《お》田家代々《だけだいだい》の地《ち》から離《はな》れ難《がた》くて秀吉《ひでよし》からの加増辞退《かぞうじたい》を申《もう》し出《で》た。すると秀吉《ひでよし》は顔色《かおいろ》を変《か》えて「関白《かんぱく》の裁定《さいてい》に従《したが》わぬは不届《ふとど》き」と怒《いか》り、信雄《のぶかつ》の旧領《きゅうりょう》も召《め》し上《あ》げて下野国《しもつけこく》那須《なす》に流《なが》し、蟄居《ちっきょ》を命《めい》じて家康《いえやす》に以後《いご》の監視《かんし》を委《ゆだ》ねた。空《あ》いた織田信雄《おだのぶかつ》と徳川家康《とくがわいえやす》の旧領《きゅうりょう》は秀吉子飼《ひでよしこが》いの諸将《しょしょう》に分《わ》け与《あた》えた。関白秀吉《かんぱくひでよし》は前田利家《まえだとしいえ》には加増《かぞう》ではなく、参議《さんぎ》の位《くらい》（中納言に次ぐ朝廷の職）を与《あた》えるよう朝廷《ちょうてい》に上申《じょうしん》することで労《ろう》に報《むく》いた。

奥羽平定

天正《てんしょう》十八年（一五九〇年）七月十七日、豊臣秀吉《とよとみひでよし》は小田原《おだわら》から奥羽《おうう》（陸奥・出羽両国）に出張《でば》った。その途中《とちゅう》、下野国《しもつけこく》の宇都宮《うつのみや》に入《はい》って奥羽《おうう》両国《りょうこく》と北関東《きたかんとう》の諸大名《しょだいみょう》に出頭《しゅっとう》を命《めい》じ、第一次《だいいちじ》の北関東《きたかんとう》と奥羽諸侯《おううしょこう》の仕置《しおき》を行《おこな》った。次《つ》いで白河《しらかわ》を経《へ》て同月《どうげつ》九日に伊達政宗《だてまさむね》が蘆名家《あしなけ》の後継問題《こうけいもんだい》に乗《じょう》じて乗《の》っ取《と》った会津《あいづ》に入《はい》り、黒川《くろかわ》（会津若松）で第二次奥羽《だいにじおうう》の仕置《しおき》を行《おこな》った。これにより『奥両国惣《おくりょうこくそう》無事令《ぶじれい》』に違反《いはん》して秀吉《ひでよし》の命《めい》に服《ふく》さなかった諸将《しょしょう》は勿論《もちろん》、小田原《おだわら》の役《えき》に参陣《さんじん》しなかった諸将《しょしょう》に対《たい》しても領地《りょうち》を没収《ぼっしゅう》した。代《か》わって小田原《おだわら》の役《えき》に参陣《さんじん》した諸将《しょしょう》には領地《りょうち》を加増《かぞう》して報《むく》いた。中《なか》でも伊達政宗《だてまさむね》は陸奥国会津《むつこくあいづ》から陸奥国仙台《むつこくせんだい》に減封左遷《げんぽうさせん》になった。秀吉《ひでよし》は空地《あきち》になった会津領《あいづりょう》に気心《きごころ》の知《し》れた蒲生氏郷《がもううじさと》を入《い》れて、伊達政宗《だてまさむね》や最上義光《もがみよしみつ》を始《はじ》め、奥羽諸侯《おううしょこう》に対《たい》する目付《めつけ》として睨《にら》みを効《き》かせた。

豊臣秀吉《とよとみひでよし》が奥羽《おうう》両国《りょうこく》の仕置《しおき》を終《お》えて京都《きょう》へ引《ひ》き上《あ》げた同年《どうねん》十月、領地《りょうち》を召《め》し上《あ》げられた葛西《かさい》晴信《はるのぶ》や大崎義隆《おおさきよしたか》を始《はじ》め和賀信親《わがのぶちか》・稗貫輝家《ひえぬきてるいえ》らが不満《ふまん》を爆発《ばくはつ》させて陸奥国各地《むつこくかくち》で一揆《いっき》を起《お》こした。

これを見て出羽国《でわこく》で行《おこな》われた太閤検地《たいこうけんち》に不満《ふまん》を持《も》つ百姓《ひゃくしょう》らも刺激《しげき》されて一揆蜂起《いっきほうき》した。蒲生氏郷《がもううじさと》は伊達政宗《だてまさむね》に与力《よりき》を求《もと》めて鎮圧《ちんあつ》に乗《の》り出《だ》したが、元々氏郷《もともとうじさと》は政宗《まさむね》とは反《そ》り（気心）が合《あ》わず互《たが》いを疑《うたが》って、一揆鎮圧《いっきちんあつ》は遅々《ちち》として進《すす》まなかった。

話《はなし》は多少前後《たしょうぜんご》するが、天正《てんしょう》十年に陸奥国南部家総領《むつこくなんぶけそうりょう》（宗家の当主）の南部晴政《なんぶはるまさ》と嗣子《しし》の晴継《はるつぐ》が相次《あいつ》いで死没《しぼつ》した。一族《いちぞく》は談合《だんごう》して石川信直《いしかわのぶなお》を跡継《あとつ》ぎに推《お》した。豊臣秀吉《とよとみひでよし》はこの度《たび》の奥州仕置《おうしゅうしお》きで石川信直《いしかわのぶなお》に南部領《なんぶりょう》（岩手県北上市から青森県下北半島一帯）を安堵《あんど》した。

天正《てんしょう》十九年（一五九一年）三月、南部一族《なんぶいちぞく》の九戸政実《くのへまさざね》は秀吉《ひでよし》が奥州仕置《おうしゅうしお》きを終《お》えて京都《きょう》へ引《ひ》き上《あ》げるのを待《ま》ち、信直《のぶなお》に不満《ふまん》を持《も》つ分子《ぶんし》を集《あつ》めて信直討伐《のぶなおとうばつ》の乱《らん》を起《お》こした。南部家総領《なんぶけそうりょう》になった信直《のぶなお》は秀吉《ひでよし》に援軍《えんぐん》を要請《ようせい》した。

豊臣秀吉《とよとみひでよし》は九戸《くのへ》討伐軍《とうばつぐん》を起《お》こして、羽柴秀次《はしばひでつぐ》を総大将《そうだいしょう》に任《にん》じ、徳川家康《とくがわいえやす》・上杉景勝《うえすぎかげかつ》・佐竹義重《さたけよししげ》ら関東以北《かんとういほく》の諸大名《しょだいみょう》に出陣《しゅつじん》を命《めい》じた。討伐軍《とうばつぐん》は九戸政実《くのへまさざね》だけでなく、奥羽《おうう》で一揆蜂起《いっきほうき》した諸将《しょしょう》の居城《きょじょう》を次々《つぎつぎ》と攻《せ》め落《お》としながら南部領《なんぶりょう》に攻《せ》め入《い》った。

同年《どうねん》九月四日、九戸政実《くのへまさざね》は観念《かんねん》して剃髪《ていはつ》し、降伏《こうふく》して城《しろ》を出《で》た。だが秀吉《ひでよし》は降伏《こうふく》を許《ゆる》さず、九《く》戸城《のへじょう》の百余名《ひゃくよめい》の守将《しゅしょう》と共《とも》に身柄《みがら》を三迫《みさこ》(宮城県三迫町)に移《うつ》して斬首《ざんしゅ》した。一揆《いっき》を起《お》こした諸将《しょしょう》や首謀者《しゅぼうしゃ》らも軒並《のきな》み斬首《ざんしゅ》した。秀吉《ひでよし》は奥羽一帯《おうういったい》を鎮圧平定《ちんあつへいてい》した。海内《かいだい》は南《みなみ》は九州《きゅうしゅう》から北《きた》は奥州《おうしゅう》まで秀吉《ひでよし》の意《い》に従《したが》わぬ者《もの》は無《な》くなった。天下統一《てんかとういつ》が成《な》って秀吉《ひでよし》は名実共《めいじつとも》に『天下人《てんかびと》』に上《のぼ》り詰《つ》めた。

六、文禄・慶長の役と浪速の夢

肥前名護屋出陣

天下《てんか》は果《は》てしなく続《つづ》いた合戦《かっせん》から解放《かいほう》された。世間《せけん》の人々《ひとびと》は平和《へいわ》になって喜《よろこ》ばぬ者《もの》はいなかった。だが秀吉一人《ひでよしひとり》はその逆《ぎゃく》で、疑心暗鬼《ぎしんあんき》に苛《さいな》まれて激《はげ》しい不安《ふあん》に襲《おそ》われた。

今《いま》、天正《てんしょう》十九年末《まつ》（一五九一年）に天下統一《てんかとういつ》がなった。秀吉《ひでよし》は愈々《いよいよ》不安《ふあん》が昂《こう》じて胸《むね》が塞《ふさ》がった。古今東西天下制覇《ここんとうざいてんかせいは》を成《な》し遂《と》げた者《もの》への宿命《しゅくめい》が、今秀吉《いまひでよし》を襲《おそ》ったのだ。『孤高《ここう》』の地位《ちい》に上《のぼ》り詰《つ》めた者《もの》の心《こころ》にのみ芽生《めば》える疑念《ぎねん》と妄想《もうそう》だ。秀吉《ひでよし》の回《まわ》りは皆天下《みなてんか》取《と》りを共《とも》に行《おこな》った猛将《もうしょう》ばかりだ。皆《みな》は恩賞《おんしょう》を得《え》ようと命《いのち》を投《な》げ出《だ》して戦《たたか》った。今《いま》、泰平《たいへい》の世《よ》になって猛《もう》将《しょう》らは命懸《いのちが》けの戦場《いくさば》を失《うしな》った。そう思《おも》った途端《とたん》に「天下取《てんかと》りしか知《し》らない猛将《もうしょう》らが次《つぎ》に狙《ねら》うのはこの秀吉《ひでよし》だ」と気《き》が付《つ》いて恐怖《きょうふ》した。誰一人《だれひとり》として信用出来《しんようでき》なくなった。

秀吉《ひでよし》は改《あらた》めて古今東西《ここんとうざい》の天下《てんか》を制覇《せいは》した直後《ちょくご》の混乱《こんらん》を思《おも》い起《お》こした。本朝《ほんちょう》では平氏《へいし》を平《たい》らげて鎌倉府《かまくらふ》を開《ひら》いた源 頼朝《みなもとよりとも》は、実弟《じってい》で勲功第一《くんこうだいいち》の義経《よしつね》に謀反《むほん》の疑念《ぎねん》を抱《いだ》き、疑心暗鬼《ぎしんあんき》に苛《さいな》まれて討《う》ち滅《ほろ》ぼした。その結果《けっか》、やがては頼朝《よりとも》の子孫《しそん》は絶《た》えて姻戚《いんせき》の北条家《ほうじょうけ》に天下《てんか》を奪《うば》われた。その鎌《かま》倉府《くらふ》を平《たい》らげて王政復古《おうせいふっこ》を成《な》し遂《と》げた後醍醐天皇《ごだいごてんのう》も、護良親王《もりながしんのう》を恐《おそ》れて刑死《けいし》させた。その結果《けっか》、足利尊氏《あしかがたかうじ》に天下《てんか》を奪《うば》われて吉野《よしの》に逃《のが》れる憂《う》き目《め》を見《み》た。その足利尊氏《あしかがたかうじ》も弟《おとうと》の直義《なおよし》と争《あらそ》って、和睦《わぼく》に託《かこつ》けて騙《だま》し毒殺《どくさつ》してしまった。この室町幕府《むろまちばくふ》を築《きず》いた足利家《あしかがけ》を滅《ほろ》ぼして天下制覇《てんかせいは》した織田信長《おだのぶなが》も『股肱《ここう》の臣《しん》』の明智光秀《あけちみつひで》に殺《ころ》された。秀吉自身《ひでよしじしん》もまた、主君信長《しゅくんのぶなが》の跡《あと》を立《た》てずに天下《てんか》を奪《うば》い取《と》った。

異朝《いちょう》に於《お》いても、天下《てんか》を統一《とういつ》した始皇帝《しこうてい》の秦《しん》を滅《ほろ》ぼして漢王朝《かんおうちょう》を立《た》てた劉邦《りゅうほう》は『国士無双《こくしむそう》』（出典は史記 淮陰侯伝）の評判《ひょうばん》を取《と》って勲功第一《くんこうだいいち》の韓信《かんしん》を疑《うたが》い、その三族《さんぞく》（親・兄弟・子供）諸共《もろとも》に滅《ほろ》ぼした。秀吉《ひでよし》は考《かんが》えた。

「豊臣家《とよとみけ》の功臣《こうしん》や諸国《しょこく》の大名《だいみょう》らの心《こころ》を繋《つな》ぎ留《と》めるには戦《いくさ》を続《つづ》ける以外《いがい》にない。だがこの海内《かいだい》（日本）には戦場《いくさば》が無《な》くなった。唐《から》・天竺《てんじく》（中国・インド）へ攻《せ》め込《こ》もう。これしかない」このように思《おも》い付《つ》いた途端《とたん》に気鬱《きうつ》が吹《ふ》き飛《と》んだ。秀吉《ひでよし》は昔《むかし》を思《おも》い出《だ》して呟《つぶや》いた。

「嘗《かつ》て主君《しゅくん》の信長公《のぶながこう》も南蛮人《なんばんじん》から盛《さか》んに唐《から》・天竺《てんじく》の状況《じょうきょう》を聞《き》いて御座《ござ》った」そう思《おも》い出《だ》したとき、小田原討伐《おだわらとうばつ》の陣中《じんちゅう》で『連《つ》れ小便《しょうべん》』した徳川家康《とくがわいえやす》や前田利家《まえだとしいえ》らの諸大名《しょだいみょう》に向《む》かって

「やがては秀次《ひでつぐ》に関白《かんぱく》を譲《ゆず》って我《われ》は新羅《しらぎ》・百済《くだら》や高麗《こうらい》に渡海《とかい》して唐《から》・天竺《てんじく》までも退治《たいじ》し、舊功《きゅうこう》の

諸将《しょしょう》の爵禄《しゃくろく》を厚《あつ》くしたいと思《おも》うが如何《いかに》」と言《い》ったことを思《おも》い出《だ》した。思《おも》い付《つ》いたが吉日《きつじつ》。早速実《さっそくじっ》行《こう》に移《うつ》そうと思案《しあん》した。だがここでまた一つ、突然《とつぜん》に大《おお》きな悩《なや》みが生《しょう》じた。

天正《てんしょう》十九年（一五九一年）八月、側室《そくしつ》の淀《よど》との間《あいだ》に生《う》まれた鶴松《つるまつ》が僅《わず》か三歳《さんさい》で病没《びょうぼつ》した。後継《あとつ》ぎを失《うしな》って秀吉《ひでよし》は我《わ》が命《いのち》が消《き》え失《う》せたように憔悴《しょうすい》した。暫《しばら》くは思考《しこう》が停止《ていし》して何《なに》が何《なん》だか解《わか》らなくなった。だがやがて今《いま》は悲《かな》しんでいる時《とき》ではないと気《き》が付《つ》いて我《われ》に返《かえ》った。諸国《しょこく》の外様大名《とざまだいみょう》だけでなく、身近《みじか》な家臣《かしん》も何時《いつ》謀反《むほん》を起《お》こすか判《わか》らぬ非常時《ひじょうじ》であると思《おも》い直《なお》して気《き》を奮《ふる》い立《た》たせた。

同年《どうねん》十一月、秀吉《ひでよし》は甥《おい》で養子《ようし》の秀次《ひでつぐ》に豊臣《とよとみ》を名乗《なの》らせて、同年《どうねん》十二月関白《かんぱく》を譲《ゆず》った（以後豊臣秀次）。そして自《みず》らは太閤《たいこう》（前関白の敬称）を名乗《なの》って肥前国《ひぜんこく》（佐賀 長崎両県）名護屋《なごや》（唐津市）に朝鮮国《ちょうせんこく》出征《しゅっせい》の拠点《きょてん》となる御座所《ござしょ》を造《つく》らせた。秀吉《ひでよし》は鶴松《つるまつ》を失《うしな》った悲《かな》しみを忘《わす》れようとして、朝鮮国《ちょうせんこく》を経《へ》た明国出征計略《みんこくしゅっせいけいりゃく》に没頭《ぼっとう》した。

翌天正《よくてんしょう》二十年（一五九二年）正月《しょうがつ》五日、太閤秀吉《たいこうひでよし》は豊臣秀次《とよとみひでつぐ》に国内《こくない》の政治《せいじ》を任《まか》せて自《みず》らも出征《しゅっせい》しようと決意《けつい》し、豊臣家宿老《とよとみけしゅくろう》の諸将《しょしょう》らは勿論《もちろん》、九州《きゅうしゅう》・四国《しこく》と山陽《さんよう》・山陰地方《さんいんちほう》の大名《だいみょう》を中心《ちゅうしん》に全《ぜん》国《こく》の主《おも》な諸大名《しょだいみょう》に肥前国名護屋《ひぜんこくなごや》への出陣《しゅつじん》を命《めい》じた。北陸《ほくりく》の前田利家《まえだとしいえ》や上杉景勝《うえすぎかげかつ》、関東《かんとう》の徳川家康《とくがわいえやす》や陸奥《むつ》の伊達政宗《だてまさむね》らにも出陣《しゅつじん》を命《めい》じた。秀吉自身《ひでよしじしん》も三月京都《きょうと》を発《た》って名護屋《なごや》に出陣《しゅつじん》した。

太閤秀吉《たいこうひでよし》は小西行長《こにしゆきなが》に一番隊《いちばんたい》の大将《たいしょう》を命《めい》じて対馬《つしま》に渡《わた》らせた。また対馬国大名《つしまこくだいみょう》の宗義智《そうよしとも》を朝鮮国《ちょうせんこく》に派遣《はけん》して明国《みんこく》への先導《せんどう》を言《い》い渡《わた》した。秀吉《ひでよし》はこの頃朝鮮《ころちょうせん》とは度々《たびたび》使者《ししゃ》を取《と》り交《か》わしていて、この時《とき》の朝鮮国使節《ちょうせんこくしせつ》の応対《おうたい》や佞臣《ねいしん》らの甘言《かんげん》を受《う》け既《すで》に朝鮮国《ちょうせんこく》を属国視《ぞっこくし》していた（李氏朝鮮王朝は創建時より明国の属国）。

朝鮮国《ちょうせんこく》は当時《とうじ》、李氏《りし》が朝鮮国全土《ちょうせんこくぜんど》を支配《しはい》していた。朝鮮国王《ちょうせんこくおう》は秀吉《ひでよし》の要求《ようきゅう》を無視《むし》した。太閤秀吉《たいこうひでよし》は小西行長《こにしゆきなが》から伝《つた》えられた宗義智《そうよしとも》の報告《ほうこく》を豊前国小倉《ぶぜんこくこくら》で受《う》けて、それでは先《ま》ず朝鮮李王朝《ちょうせんりおうちょう》の誅伐《ちゅうばつ》から始《はじ》めることに予定《よてい》を変更《へんこう》した。

朝鮮出兵

太閤秀吉《たいこうひでよし》は朝鮮《ちょうせん》に出征《しゅっせい》する軍勢《ぐんぜい》として豊臣家中《とよとみかちゅう》の宇喜多秀家《うきたひでいえ》（秀吉の猶子で備前岡山城主）、小西行《こにしゆき》長《なが》・加藤清正《かとうきよまさ》・黒田長政《くろだながまさ》・福島正則《ふくしままさのり》・細川忠興《ほそかわただおき》の勢《ぜい》に加《くわ》えて九州《きゅうしゅう》・四国《しこく》・中国《ちゅうごく》の島津義久《しまづよしひさ》・毛利《もうり》輝元《てるもと》・小早川隆景《こばやかわたかかげ》の勢《ぜい》と渡航《とこう》を担《にな》う九鬼嘉隆《くきよしたか》・藤堂高虎《とうどうたかとら》の舟手勢《ふなてぜい》の都合《つごう》二十五万に命《めい》じた。更《さら》に控《ひか》えの勢《ぜい》には名護屋《なごや》の秀吉本陣《ひでよしほんじん》に富田知信《とみたとものぶ》・金森長近《かなもりながちか》・蜂谷大膳《はちやだいぜん》の二万余《よ》。他《ほか》にも名護屋在陣《なごやざいじん》衆《しゅう》として徳川家康《とくがわいえやす》・前田利家《まえだとしいえ》・上杉景勝《うえすぎかげかつ》ら諸国《しょこく》の軍勢《ぐんぜい》七万三千余《よ》。総勢《そうぜい》三十数万《すうまん》に及《およ》ぶ前代未聞《ぜんだいみもん》の大軍団《だいぐんだん》を造《つく》り上《あ》げた。

天正《てんしょう》二十年（一五九二年）三月、小西行長《こにしゆきなが》の率《ひき》いる一番隊《いちばんたい》二万が出征《しゅっせい》に備《そな》えて事前《じぜん》に対馬《つしま》に渡《わた》った。

同年《どうねん》四月、小西行長《こにしゆきなが》の一番隊《いちばんたい》が朝鮮国釜山《ちょうせんこくプサン》を目指《めざ》して対馬《つしま》を船出《ふなで》した。名護屋《なごや》に控《ひか》えた二番隊《にばんたい》以下《いか》も一番隊《いちばんたい》の出航《しゅっこう》に合《あ》わせて総勢《そうぜい》二十五万が次々《つぎつぎ》と船出《ふなで》して対馬経由《つしまけいゆ》で釜山《プサン》を目指《めざ》した。

四月十二日、一番隊《いちばんたい》の小西行長《こにしゆきなが》が釜山《プサン》に上陸《じょうりく》した。そして後続《こうぞく》を待《ま》たずに釜山城下《プサンじょうか》に出撃《しゅつげき》して釜山城《プサンじょう》の守兵《しゅへい》は言《い》うに及《およ》ばず、城下《じょうか》の女子供《おんなこども》も手当《てあ》たり次第《しだい》に首《くび》を撫《な》で切《き》る殲滅作戦《せんめつさくせん》に出《で》た。緒《ちょ》戦《せん》は大勝利《だいしょうり》を得《え》て、釜山一帯《プサンいったい》を制圧《せいあつ》した。

四月十七日、総大将《そうだいしょう》の宇喜多秀家《うきたひでいえ》は全隊《ぜんたい》に釜山上陸《プサンじょうりく》を命《めい》じた。全隊《ぜんたい》は続々《ぞくぞく》と上陸《じょうりく》した。

宇喜多秀家《うきたひでいえ》は軍議《ぐんぎ》を持《も》って、朝鮮国府《ちょうせんこくふ》の漢城《ハンソン》（ソウル特別市）制圧《せいあつ》を議《ぎ》した。加藤清正《かとうきよまさ》は一番隊《いちばんたい》の小西行長《こにしゆきなが》が他隊《たたい》の上陸《じょうりく》を待《ま》たずに一人《ひとり》で釜山攻撃《プサンこうげき》に出《で》たのを怒《いか》り、漢城《ハンソン》への進軍《しんぐん》については全《ぜん》隊《たい》を三路《さんろ》に分《わ》けるよう強《し》いて同意《どうい》を取《と》った。そして各路《かくろ》の先鋒《せんぽう》には小西行長《こにしゆきなが》と加藤清正《かとうきよまさ》・黒田長《くろだなが》政《まさ》がなった。

朝鮮国府《ちょうせんこくふ》は動揺《どうよう》して国王《こくおう》は日本軍《にほんぐん》が到着《とうちゃく》する前《まえ》に漢城《ハンソン》から平壌《ピョンヤン》へ逃《のが》れた。無人《むじん》になった漢城《ハンソン》の宮殿《きゅうでん》は盗賊《とうぞく》や暴徒化《ぼうとか》した土民《どみん》によって金銀財宝《きんぎんざいほう》が奪《うば》われ火《ひ》が掛《か》けられて総《すべ》てが灰塵《かいじん》に帰《き》した。

天正《てんしょう》二十年（一五九二年）五月三日、朝鮮討伐隊《ちょうせんとうばつたい》が廃墟《はいきょ》となった漢城《ハンソン》に入城《にゅうじょう》して、その報告《ほうこく》が肥前《ひぜん》の名護屋《なごや》に届《とど》いた。秀吉《ひでよし》は漢城城下《ハンソンじょうか》に各隊《かくたい》の陣営《じんえい》を整備《せいび》させ、占拠《せんきょ》した王宮跡《おうきゅうあと》には太閤《たいこう》の御座所《ござしょ》を造《つく》るよう命《めい》じた。そして朝鮮国王《ちょうせんこくおう》を殺さず捉《とら》えるよう急《いそ》がせて、一刻《いっこく》も早《はや》く明国征伐《みんこくせいばつ》に取《と》り掛《かか》れるよう総大将《そうだいしょう》の宇喜多秀家《うきたひでいえ》に督促《とくそく》した。

太閤秀吉《たいこうひでよし》は漢城陥落《ハンソンかんらく》の頃《ころ》から己《おのれ》の朝鮮渡航《ちょうせんとこう》を急《いそ》がせたが、同年《どうねん》五月二十九日、朝鮮釜山《ちょうせんプサン》の西《にし》に浮《う》かぶ巨済島《コジェド》の玉浦《オクポ》に停泊中《ていはくちゅう》の藤堂高虎《とうどうたかとら》の軍船《ぐんせん》五十艘《そう》が朝鮮《ちょうせん》の軍船《ぐんせん》に襲《おそ》われて藤堂勢《とうどうぜい》は完敗《かんぱい》した。

同年《どうねん》六月三日、秀吉《ひでよし》は渡航中《とこうちゅう》に敵艦《てきかん》の攻撃《こうげき》を受《う》ける危険《きけん》を案《あん》じて、己《おのれ》に替《かわ》る軍監《ぐんかん》として石田三《いしだみつ》成《なり》と増田長盛《ましたながもり》・大谷吉継《おおたによしつぐ》の三名《さんめい》を送《おく》った。

同年《どうねん》六月八日、小西行長《こにしゆきなが》と黒田長政《くろだながまさ》の軍勢《ぐんぜい》は平壌城下《ピョンヤンじょうか》を流《なが》れる大同江《デドンガン》に迫《せま》った。同《どう》十一日、朝《ちょう》鮮国王《せんこくおう》は平壌城《ピョンヤンじょう》から逃《に》げ出《だ》した。同《どう》十五日、黒田《くろだ》・小西両勢《こにしりょうぜい》は無人《むじん》になった平壌城《ピョンヤンじょう》に入城《にゅうじょう》した。

一方《いっぽう》の漢城滞在中《ハンソンたいざいちゅう》の加藤清正《かとうきよまさ》らの諸将《しょしょう》は軍監《ぐんかん》の石田光成《いしだみつなり》らと軍議《ぐんぎ》して、手分《てわ》けして朝鮮各道《ちょうせんかくどう》の鎮圧《ちんあつ》に乗《の》り出《だ》した。

加藤清正《かとうきよまさ》は漢城《ハンソン》から二番隊《にばんたい》を率《ひき》いて北進《ほくしん》し、咸興《ハムフン》（咸鏡南道の道都）を制圧《せいあつ》した。清正《きよまさ》はさらに北進《ほくしん》して七月二十三日には豆満江《トマンガン》沿《ぞ》いの朝鮮国最北端《ちょうせんこくさいほくたん》の会寧《フェリョン》で、咸鏡道観察使《ハムギョンドかんさつし》（監察官）や朝鮮《ちょうせん》王子二名《おうじにめい》を捕縛《ほばく》し咸鏡道全土《ハムギョンドぜんど》を支配《しはい》した。

加藤清正《かとうきよまさ》を除《のぞ》く各隊《かくたい》も軍議《ぐんぎ》に従《したが》い漢城《ハンソン》から手分《てわ》けして各道《かくどう》に出陣《しゅつじん》した。だがこれが朝鮮国各《ちょうせんこくかく》地住民《ちじゅうみん》の祖国愛《そこくあい》に火《ひ》を付《つ》けた。朝鮮各地《ちょうせんかくち》の住民《じゅうみん》は虫《むし》けらのように蹂躙《じゅうりん》される同胞《どうほう》を見《み》て、義勇《ぎゆう》軍《ぐん》を立《た》ち上《あ》げ一斉蜂起《いっせいほうき》した。朝鮮討伐隊《ちょうせんとうばつたい》は各地《かくち》で義勇軍《ぎゆうぐん》の神出鬼没《しんしゅつきぼつ》の奇襲攻撃《きしゅうこうげき》を受《う》けて窮地《きゅうち》に陥《おちい》った。

朝鮮半島南西部《ちょうせんはんとうなんせいぶ》の全羅道《チョルラド》の鎮圧《ちんあつ》に向《む》かった六番隊《ろくばんたい》の小早川隆景《こばやかわたかかげ》と安国寺恵瓊《あんこくじえけい》は、義勇軍《ぎゆうぐん》の反撃《はんげき》に遭《あ》って苦戦《くせん》が続《つづ》き、この隊《たい》の作戦《さくせん》は中止《ちゅうし》になった。九番隊《くばんたい》の細川忠興《ほそかわただおき》は釜山《プサン》を経《へ》て慶尚道《キョンサンド》に入《はい》り晋州城《チンジュソン》を囲《かこ》んだが、全羅道《チョルラド》から来《き》た義兵《ぎへい》との挟《はさ》み撃《う》ちに遭《あ》って惨敗《ざんぱい》した。

一方《いっぽう》、同年《どうねん》七月十六日、朝鮮王《ちょうせんおう》からの救援要請《きゅうえんようせい》を受《う》けた明国軍《みんこくぐん》五千が、平壌王宮《ピョンヤンおうきゅう》を占拠《せんきょ》する日《に》本軍《ほんぐん》を急襲《きゅうしゅう》した。小西行長《こにしゆきなが》は力戦《りきせん》して明国軍《みんこくぐん》を撃破《げきは》した。明国軍《みんこくぐん》は使者《ししゃ》を送《おく》って朝廷《ちょうてい》の許可《きょか》を得《う》るまでの仮《かり》の和議《わぎ》を申《もう》し込《こ》んだ。小西行長《こにしゆきなが》はこの和議《わぎ》を受《う》け入《い》れた。

このとき、日本国内《にほんこくない》で異変《いへん》が起《お》こった。天正《てんしょう》二十年（一五九二年）七月二十五日、大政所《おおまんどころ》（秀吉の母）が京都《きょう》の聚楽第《じゅらくだい》で亡《な》くなった。秀吉《ひでよし》は豊臣秀次《とよとみひでつぐ》から大政所重篤《だいまんどころじゅうとく》の報《ほう》を受《う》けて、急《いそ》ぎ二十九日に帰洛《きらく》したが死目《しにめ》には間《ま》に合《あ》わなかった。

講和成立と諸将帰還

天正《てんしょう》二十年（一五九二年）十二月三日、改元《かいげん》があって文禄元年同月同日《ぶんろくがんねんどうげつどうじつ》、明軍《みんぐん》四万余《よ》が鴨緑江《アムノックガン》を渡《わた》って朝鮮《ちょうせん》に入国《にゅうこく》し、平壌《ピョンヤン》に偽《いつわ》りの使者《ししゃ》を送《おく》って明国朝廷《みんこくちょうてい》の和睦使節到着《わぼくしせつとうちゃく》を伝《つた》えた。

小西行長《こにしゆきなが》は喜《よろこ》んで明国使節団《みんこくしせつだん》を受《う》け入《い》れる準備《じゅんび》に入《はい》ったが、年《とし》が明《あ》けた文禄《ぶんろく》二年（一五九三年）一月六日、平壌城《ピョンヤンじょう》は明兵《みんぺい》に急襲《きゅうしゅう》された。翌《よく》七日、小西隊《こにしたい》は平壌《ピョンヤン》を脱出《だっしゅつ》して漢城《ハムソン》に逃《のが》れた。明軍《みんぐん》は追撃《ついげき》した。黄州《ファンジュ》を統治《とうじ》していた大友義統《おおともよしむね》は明軍《みんぐん》の追撃《ついげき》を伝《つた》え聞《き》いて、小西隊《こにしたい》を救《すく》うことなく退《たい》却《きゃく》した。黒田長政《くろだながまさ》は小西隊《こにしたい》を救出《きゅうしゅつ》して開城《ケソン》を経《へ》て漢城《ハンソン》に退却《たいきゃく》した。

漢城《ハンソン》の小早川隆景《こばやかわたかかげ》と宇喜多秀家《うきたひでいえ》は漢城《ハンソン》から出撃《しゅつげき》して明軍《みんぐん》を撃退《げきたい》した。だがこの後《のち》、朝鮮義勇軍《ちょうせんぎゆうぐん》の奇襲《きしゅう》に苦《くる》しめられた。三月には龍山《ヨンサン》の食糧倉庫《しょくりょうそうこ》が焼《や》き討《う》ちされて漢城《ハンソン》に籠《こも》る将兵《しょうへい》の食糧《しょくりょう》が欠《けつ》乏《ぼう》し、餓死者《がししゃ》が出始《ではじ》めた。今回《こんかい》の戦乱《せんらん》で朝鮮全土《ちょうせんぜんど》は何処《いずこ》も極度《きょくど》に荒廃《こうはい》して釜山《プサン》からも食糧《しょくりょう》が届《とど》かない。漢城《ハンソン》に集《あつ》まった諸将《しょしょう》に厭戦気分《えんせんきぶん》が蔓延《まんえん》して、釜山《プサン》への撤退《てったい》も話題《わだい》に上《のぼ》るようになった。咸《ハム》鏡道《キョンド》を統治《とうじ》する加藤清正《かとうきよまさ》の二番隊《にばんたい》は最北辺《さいほくへん》の咸鏡道《ハムキョンド》に取《と》り残《のこ》されそうになって、止《や》む無《な》く極寒《ごくかん》の中《なか》を凍傷《とうしょう》と朝鮮《ちょうせん》義勇軍《ぎゆうぐん》の奇襲《きしゅう》に苦《くる》しめられながら漢城《ハンソン》へ引《ひ》き上《あ》げて来《き》た。

明軍《みんぐん》にとっても損害《そんがい》は甚大《じんだい》だった。明軍総大将《みんぐんそうだいしょう》の沈惟敬《ちんいけい》は元明朝《もとみんちょう》の兵部尚書《ひょうぶしょうしょ》の石星《せきせい》に市中《しちゅう》から拾《ひろ》われた無頼《ぶらい》の徒《と》であって、講和《こうわ》を勝《か》ち取《と》り利益《りえき》を得《え》ることのみに興味《きょうみ》があった。

文禄《ぶんろく》二年（一五九三年）三月から四月に掛《か》けて、沈《ちん》が派遣《はけん》した使節《しせつ》と石田三成《いしだみつなり》および小西行長《こにしゆきなが》との間《あいだ》で講和交渉《こうわこうしょう》が断続的《だんぞくてき》に行《おこな》われてこの交渉《こうしょう》が成立《せいりつ》した。

同年《どうねん》五月十五日、明軍《みんぐん》の沈将軍《ちんしょうぐん》は明国朝廷《みんこくちょうてい》が派遣《はけん》した使節団《しせつだん》であると偽《いつわ》り、配下《はいか》を講和交《こうわこう》渉団《しょうだん》に仕立《した》てて石田三成《いしだみつなり》と小西行長《こにしゆきなが》の案内《あんない》で名護屋《なごや》にいる秀吉《ひでよし》の下《もと》に遣《や》ってきた。明国軍《みんこくぐん》にとっては講和交渉《こうわこうしょう》に名《な》を借《か》りた敵国情勢《てきこくじょうせい》の視察《しさつ》でもあった。秀吉《ひでよし》は明国《みんこく》に降伏《こうふく》を求《もと》めた。明国《みんこく》使節《しせつ》は秀吉《ひでよし》の要求《ようきゅう》を拒否《きょひ》した。石田三成《いしだみつなり》は勝《か》ち目《め》のない無益《むえき》な朝鮮征伐《ちょうせんせいばつ》を一刻《いっこく》も早《はや》く終《お》わらせるには何《なん》としてもこの講和《こうわ》を成《な》し遂《と》げなければならぬと心《こころ》に決《き》めた。

石田三成《いしだみつなり》は偽《にせ》の明国使節団《みんこくしせつだん》と密議《みつぎ》して、明国朝廷《みんこくちょうてい》には日本《にほん》の降伏《こうふく》を受《う》け入《い》れる代《か》わりに、使節団《しせつだん》には明国《みんこく》の降伏《こうふく》と勘合貿易《かんごうぼうえき》の再開《さいかい》を求《もと》める秀吉《ひでよし》の要求《ようきゅう》を仮《かり》に受《う》け入《い》れるよう説得《せっとく》した。

加藤清正《かとうきよまさ》はこの講和交渉《こうわこうしょう》での石田三成《いしだみつなり》の姑息《こそく》な策謀《さくぼう》を知《し》って怒《いか》り狂《くる》った。三成《みつなり》はこの策《さく》が漏《も》れるのを恐《おそ》れて秀吉《ひでよし》に清正《きよまさ》を讒訴《ざんそ》した。怒《いか》り狂《くる》った秀吉《ひでよし》は清正《きよまさ》を蟄居《ちっきょ》させた。

交渉《こうしょう》は曲折《きょくせつ》を重《かさ》ねて朝鮮使節団《ちょうせんしせつだん》に日本軍《にほんぐん》は漢城《ハンソン》を明《あ》け渡《わた》して撤退《てったい》し、清正《きよまさ》が咸鏡道《ハムキョンド》で捉《とら》えた王子二名《おうじにめい》を朝鮮《ちょうせん》に返還《へんかん》することを条件《じょうけん》に、朝鮮国《ちょうせんこく》の慶尚《キョンサン》・全羅《チョルラ》両道領有《りょうどうりょうゆう》と明国講和使節団《みんこくこうわしせつだん》の日《に》本《ほん》への派遣《はけん》を受《う》け入《い》れさせた。

文禄《ぶんろく》二年（一五九三年）六月二十八日、講和交渉《こうわこうしょう》が成立《せいりつ》して明国使節《みんこくしせつ》は名護屋《なごや》から出国《しゅっこく》した。後《こう》世《せい》この朝鮮征伐《ちょうせんせいばつ》を『文禄《ぶんろく》の役《えき》』と呼《よ》んだ。けれども所詮《しょせん》は、朝鮮国王《ちょうせんこくおう》や明国朝廷《みんこくちょうてい》の預《あず》かり知《し》らぬ偽《いつわ》りの和平交渉《わへいこうしょう》であった。朝鮮《ちょうせん》では講和後《こうわご》の朝鮮統治《ちょうせんとうじ》の拠点《きょてん》となる釜山西方《プサンせいほう》の交通《こうつう》の要衝《ようしょう》晋《チン》州《ジュ》での攻防戦《こうぼうせん》が新《あら》たに始《はじ》まった。

その一方《いっぽう》で、朝鮮南部二道《ちょうせんなんぶにどう》の在番《ざいばん》を新《あら》たに命《めい》ぜられた加藤清正《かとうきよまさ》や小西行長《こにしゆきなが》・宗義智《そうよしとも》・島津義《しまづよし》久《ひさ》・蜂須賀家政《はちすかいえまさ》・毛利輝元《もうりてるもと》などの九州《きゅうしゅう》・四国《しこく》・中国勢《ちゅうごくぜい》を除《のぞ》いて、他《た》の諸大名《しょだいみょう》には帰還命令《きかんめいれい》が下《くだ》った。

諸将《しょしょう》の軍勢《ぐんぜい》は続々《ぞくぞく》と名護屋《なごや》に向《む》かって船出《ふなで》した。加藤清正《かとうきよまさ》と小西行長《こにしゆきなが》も朝鮮在番《ちょうせんざいばん》の軍勢《ぐんぜい》を残《のこ》して戦況《せんきょう》報告《ほうこく》のために帰還《きかん》した。

秀頼誕生と秀次自害

丁度《ちょうど》この時《とき》、文禄《ぶんろく》二年（一五九三年）八月三日、淀城《よどじょう》（伏見区）で側室《そくしつ》の淀《よど》（茶々）が秀頼《ひでより》（幼名捨丸 以後秀頼）を生《う》んだ。この報《しら》せが名護屋《なごや》に届《とど》くや秀吉《ひでよし》は有頂天《うちょうてん》になって喜《よろこ》び、朝鮮《ちょうせん》から帰還《きかん》する諸将《しょしょう》を慰労《いろう》する心配《こころくば》りも雲散霧消《うさんむしょう》して、前田利家《まえだとしいえ》に後《あと》を託《たく》し慌《あわ》ただしく伏見《ふしみ》へ飛《と》ぶように帰《かえ》った。

秀吉《ひでよし》の関心《かんしん》は朝鮮国《ちょうせんこく》から秀頼《ひでより》に移《うつ》った。

太閤秀吉《たいこうひでよし》は秀頼《ひでより》を溺愛《できあい》して、何《なん》としても秀頼《ひでより》を後継《あとつ》ぎにしたいと考《かんが》えた。それで誕生《たんじょう》して未《ま》だ二ケ月目《め》の秀頼《ひでより》に豊臣秀次《とよとみひでつぐ》の娘《むすめ》を娶《めあわ》せた。これで秀頼《ひでより》は秀次《ひでつぐ》の跡《あと》を継《つ》いで豊臣家《とよとみけ》の主《あるじ》になれると思《おも》った。だが今度《こんど》は自分《じぶん》の死後《しご》に秀次《ひでつぐ》が心変《こころが》わりしないかと気《き》になった。不安《ふあん》が次第《しだい》に大《おお》きくなった。豊臣秀次《とよとみひでつぐ》は秀吉《ひでよし》が己《おのれ》を射竦《いすく》めるように見る眼《め》に気付《きづ》いて、居《い》た堪《たま》れない不安《ふあん》に苛《さいな》まれた。
淀《よど》は秀次《ひでつぐ》から家督《かとく》を取《と》り上《あ》げて豊臣家《とよとみけ》の跡《あと》を秀頼《ひでより》に継《つ》がせようと必死《ひっし》になった。淀《よど》は石田三成《いしだみつなり》に秀頼《ひでより》を豊臣家《とよとみけ》の家督《かとく》にしたいと相談《そうだん》した。石田三成《いしだみつなり》は丁度《ちょうど》この頃《ころ》
「秀頼《ひでより》は大野治長《おおのはるなが》（淀の乳母の子）と密通《みっつう》して生《う》まれた子《こ》だ」との噂《うわさ》が巷《ちまた》に流《なが》れていたのを利用《りよう》して
「秀次《ひでつぐ》は淀《よど》を疎《うと》んじて噂《うわさ》を撒《ま》いた」と秀吉《ひでよし》に讒言《ざんげん》した。秀吉《ひでよし》の秀次《ひでつぐ》を見る眼《め》が一層厳《いっそうきび》しくなった。
文禄《ぶんろく》四年（一五九五年）七月三日、秀吉《ひでよし》は淀《よど》の口説《くど》きを受《う》けて、己《おのれ》の眼《め》の黒《くろ》いうちに秀次《ひでつぐ》を亡《な》き者《もの》にしようと思《おも》い詰《つ》めた。そこで秀次《ひでつぐ》に伏見《ふしみ》へ出頭《しゅっとう》するよう命《めい》じて同月《どうげつ》八日謀反《むほん》の疑《うたが》いを掛《か》け、総《すべ》ての官職《かんしょく》を召《め》し上《あ》げて高野山《こうやさん》に追放《ついほう》した。続《つづ》いて同月《どうげつ》十五日、福島正則《ふくしままさのり》を高野山《こうやさん》に送《おく》り、秀次《ひでつぐ》に自害《じがい》を命《めい》じた。そして同月《どうげつ》十八日には秀次《ひでつぐ》の妻妾《さいしょう》子供《こども》を一人残《ひとりのこ》らず京都《きょうと》三条《さんじょう》河原《かわら》に引《ひ》き出《だ》して斬首《ざんしゅ》した。
その後《ご》も秀次《ひでつぐ》と親交《しんこう》のあった家臣《かしん》らを次々《つぎつぎ》と糾明《きゅうめい》した。秀吉《ひでよし》の疑念《ぎねん》は何時《いつ》果《は》てるとなく延々《えんえん》と

続《つづ》いた。秀次《ひでつぐ》は元来温厚実直《がんらいおんこうじっちょく》で豊臣家《とよとみけ》の宿将《しゅくしょう》とは誰《だれ》とも昵懇《じっこん》の仲《なか》だった。それで秀吉《ひでよし》は己《おのれ》の亡《な》き後《あと》に秀頼《ひでより》がこれらの宿将《しゅくしょう》らに謀反《むほん》されないかと疑《うたが》ったのだ。

北政所《きたのまんどころ》（秀吉の正室ねね）は姉《あね》の五男《ごなん》（木下秀元・後の小早川秀秋）を幼時《ようじ》より我《わ》が子《こ》の様《よう》に育《そだ》てたが、この事変《じへん》の後《あと》、黒田孝高《くろだよしたか》に頼《たの》み小早川隆景《こばやかわたかかげ》の養子《ようし》に出《だ》して難《なん》を避《さ》けた。黒田孝高自身《くろだよしたかじしん》も入道《にゅうどう》して如水《にょすい》と号《ごう》し、長政《ながまさ》に代《だい》を譲《ゆず》って隠棲《いんせい》した。秀次《ひでつぐ》と親《した》しかった宿将《しゅくしょう》は誰《だれ》もが皆疑《みなうたが》われて戸惑《とまど》い「石田三成《いしだみつなり》が『秀次事件《ひでつぐじけん》』を引《ひ》き起《お》こしたのだ」と語《かた》りあって三成《みつなり》を深《ふか》く憎《にく》しみ且《か》つ恨《うら》んだ。

上杉家の会津移封並びに講和交渉決裂と朝鮮再出兵

この年文禄《としぶんろく》四年（一五九五年）二月、蒲生氏郷《がもううじさと》が病没《びょうぼつ》した。蒲生秀行《がもうひでゆき》が跡《あと》を継《つ》いだが、未《ま》だ幼《よう》弱《じゃく》で家中《かちゅう》が纏《まと》まらず不和《ふわ》が生《しょう》じた。豊臣秀吉《とよとみひでよし》はこれでは奥羽《おうう》の要《かなめ》にならぬと断《だん》じて、会津《あいづ》から下《しも》野国《つけこく》十八万石《ごく》に減《げん》じて国替《くにが》えした。

（後の話になるが慶長三年（一五九八年）の醍醐の花見（552頁9行目参照）に際して秀吉は上杉景勝を越後国から会津

国百二十万石に加増して移封し、奥羽探題の大任を委ねた。奥羽には九戸討伐の後も不満が残って不穏な空気がこの頃未だ漂っていた。上杉家が移封になった後、越後国は細分化されて豊臣家臣らが領した）

翌文禄五年《よくぶんろくごねん》（一五九六年）八月、明国使節団《みんこくしせつだん》の来朝話《らいちょうばなし》が整《ととの》って和泉国堺《いずみのくにさかい》にやって来《き》た。石田三成《いしだみつなり》と小西行長《こにしゆきなが》が使節団《しせつだん》の案内役《あんないやく》になり、講和交渉《こうわこうしょう》が穏便《おんびん》に済《す》むよう使節団《しせつだん》を供応《きょうおう》した。

豊臣秀吉《とよとみひでよし》は未《ま》だ築城中《ちくじょうちゅう》の大阪城《おおさかじょう》の内《うち》で落成済《らくせいず》みの本丸千畳敷《ほんまるせんじょうじき》（大広間）に諸大名《しょだいみょう》を列座《れつざ》させて明国使節団《みんこくしせつだん》を謁見《えっけん》した。この謁見《えっけん》は形式《けいしき》に則《のっと》り友好裏《ゆうこうり》に終《お》えた。翌日《よくじつ》、伏見城《ふしみじょう》に会場《かいじょう》を移《うつ》して講和交渉《こうわこうしょう》を行《おこ》なった。明国側《みんこくがわ》は日本《にほん》に朝鮮《ちょうせん》で築城《ちくじょう》した城砦《じょうさい》の破却《はきゃく》と朝鮮《ちょうせん》からの完全撤退《かんぜんてったい》を求《もと》めた。

秀吉《ひでよし》は頭《あたま》から湯気《ゆげ》を立《た》てて怒《いか》り狂《くる》った。秀吉《ひでよし》は明国使節団《みんこくしせつだん》が朝鮮国《ちょうせんこく》の割譲《かつじょう》と勘合貿易《かんごうぼうえき》を条件《じょうけん》に和議《わぎ》を求《もと》めてくるものと思《おも》い込《こ》んでいたのだ。元々石田三成《もともといしだみつなり》と沈惟敬《ちんいけい》とで取《と》り交《か》わした事前《じぜん》の講《こう》和条件《わじょうけん》が偽《いつわ》りであったのだ。和議《わぎ》は成立《せいりつ》する筈《はず》もなかった。講和交渉《こうわこうしょう》は決裂《けつれつ》した。

（この直後《ちょくご》の同年《どうねん》九月に四国《しこく》と瀬戸内一帯《せとうちいったい》・近畿《きんき》・東海《とうかい》・関東《かんとう》・三陸《さんりく》を揺《ゆ》るがす大地震《だいじしん》が断続的《だんぞくてき》に起《お》きて、洛中洛外《らくちゅうらくがい》を初《はじ》め日本中《にほんじゅう》が大被害《だいひがい》に見舞《みま》われた。この大天災《だいてんさい》を鎮《しず》めるべく元号《げんごう》が慶長《けいちょう》に改《あらた》まった。《慶長の大地震》）

太閤秀吉《たいこうひでよし》は交渉《こうしょう》決裂《けつれつ》を受《う》けて、翌《よく》二年正月《ねんしょうがつ》を期《き》しての再度《さいど》の渡海《とかい》を命《めい》じ、九州《きゅうしゅう》・四国《しこく》・山陽《さんよう》・山陰《さんいん》の諸大名《しょだいみょう》にも再派兵《さいはへい》を命《めい》じた。総勢《そうぜい》十四万余《よ》の軍勢《ぐんぜい》が再度《さいど》、朝鮮《ちょうせん》に送《おく》り込《こ》まれた。

一方《いっぽう》の明国使節団《みんこくしせつだん》は、慶長《けいちょう》二年正月《しょうがつ》に明国《みんこく》に帰《かえ》って、朝廷《ちょうてい》に参内《さんだい》し偽《いつわ》って「秀吉《ひでよし》、封《ほう》を受《う》け和議《わぎ》成《な》る」と報告《ほうこく》した。そして日本《にほん》からの弊物《へいもつ》と称《しょう》して、海外《かいがい》の珍宝《ちんほう》を並《なら》べ立《た》てて皇帝《こうてい》に献上《けんじょう》した。だが朝鮮在陣《ちょうせんざいじん》の諸将《しょしょう》からは、既《すで》に日本軍《にほんぐん》の再渡来《さいとらい》の急報《きゅうほう》が届《とど》いていた。

明《みん》の皇帝《こうてい》は使節団《しせつだん》を問《と》い詰《つ》めると、脇《わき》に控《ひか》えた沈惟敬《ちんいけい》は恐懼《きょうく》して「秀吉《ひでよし》は朝鮮国《ちょうせんこく》を攻《せ》めるのみにて、久《ひさ》しからずして引《ひ》くものなり」と言《い》い訳《わけ》した。だが明国朝廷《みんこくちょうてい》は信用《しんよう》せず、兵《へい》を募《つの》り大挙《たいきょ》して朝鮮国《ちょうせんこく》への再出兵《さいしゅっぺい》を命《めい》じた。

この頃《ころ》の朝鮮国全土《ちょうせんこくぜんど》は、打《う》ち続《つづ》く戦乱《せんらん》に百姓《ひゃくしょう》は流浪《るろう》し、荒廃《こうはい》した田畑《でんぱた》は不毛《ふもう》の地《ち》と化《か》して、極度《きょくど》の飢饉《ききん》に悩《なや》まされた。

朝鮮国《ちょうせんこく》に再上陸《さいじょうりく》した九州《きゅうしゅう》・四国《しこく》・山陽《さんよう》・山陰諸国《さんいんしょこく》の軍勢《ぐんぜい》は、日本《にほん》からの食糧補給《しょくりょうほきゅう》が朝鮮海軍《ちょうせんかいぐん》の攻撃《こうげき》を受《う》けて思《おも》うに任《まか》せず現地調達《げんちちょうたつ》も儘成《ままな》らぬので、食料《しょくりょう》に窮《きゅう》して釜山《プサン》周辺《しゅうへん》に布陣《ふじん》したまま進《すす》むに進《すす》めず退《の》くに退《の》けない窮地《きゅうち》に陥《おちい》った。

慶長《けいちょう》二年（一五九七年）七月、朝鮮国水軍《ちょうせんこくすいぐん》が釜山《プサン》に布陣《ふじん》する日本《にほん》の諸勢《しょせい》を襲《おそ》った。だが釜山《プサン》に布陣《ふじん》する日本《にほん》の諸将《しょしょう》は水軍襲来《すいぐんしゅうらい》を事前《じぜん》に探知《たんち》して、水陸《すいりく》から迎《むか》え撃《う》って応戦《おうせん》した。朝鮮国水軍《ちょうせんこくすいぐん》は巨済島《コジェド》に退《の》いて停泊《ていはく》した。そこを海上《かいじょう》から藤堂高虎《とうどうたかとら》・脇坂安治《わきさかやすはる》・加藤嘉明《かとうよしあき》の水軍《すいぐん》が攻め込《こ》み、陸上《りくじょう》からは島津義弘《しまづよしひろ》や小西行長《こにしゆきなが》が攻撃《こうげき》を加《くわ》えて朝鮮軍船《ちょうせんぐんせん》の大半《たいはん》を撃沈《げきちん》させた。日本勢《にほんぜい》は大勝《たいしょう》した。

同年《どうねん》八月、日本勢《にほんぜい》は制海権《せいかいけん》を手《て》にして生気《せいき》を取《と》り戻《もど》した。それで二手《ふたて》に分《わ》かれて全州《チョンジュ》（全羅北道の道都）を制圧《せいあつ》しようと軍議《ぐんぎ》して、右軍《うぐん》の加藤清正《かとうきよまさ》は鍋島《なべしま》・黒田《くろだ》・毛利《もうり》・長宗我部《ちょうそかべ》らの諸隊《しょたい》と共《とも》に梁山《ヤンサン》から昌寧《チャンニョン》を経《へ》て全州《チョンジュ》を目指《めざ》した。また左軍《さぐん》の小西行長《こにしゆきなが》は島津義弘《しまづよしひろ》・蜂須賀家政《はちすかいえまさ》や水軍《すいぐん》の加藤嘉明《とうよしあき》・藤堂高虎《とうどうたかとら》らの諸隊《しょたい》と共《とも》に南原《ナムウォン》を経《へ》て全州《チョンジュ》を目指《めざ》した。全州城《チョンジュじょう》の城兵《じょうへい》は日本勢《にほんぜい》の侵攻《しんこう》を受《う》けて、その姿《すがた》の見《み》えぬうちに一人《ひとり》残《のこ》らず逃《に》げ出《だ》した。

日本勢《にほんぜい》は労《ろう》せずして全州《チョンジュ》を手《て》に入《い》れた。そして再度軍議《さいどぐんぎ》を持《も》って、四隊《よんたい》に分《わ》かれて全羅道《チョルラド》と忠清道《チュンチョンド》に向《むか》うことにした。四隊《よんたい》は瞬《また》く間《ま》に両道全域《りょうどうぜんいき》を制圧《せいあつ》した。

日本勢《にほんぜい》は京畿道《キョンギド》の漢城《ハンソン》を目指《めざ》して北上《ほくじょう》した。同年《どうねん》九月、朝鮮国《ちょうせんこく》に派遣《はけん》された明軍《みんぐん》は日本勢《にほんぜい》の北《ほく》上《じょう》を許《ゆる》すまいと南下《なんか》した。北上《ほくじょう》を急《いそ》ぐ先鋒《せんぽう》の黒田長政隊《くろだながまさたい》は京畿道《キョンギド》と忠清道《チュンチョンド》の道境《どうさかい》付近《ふきん》で南下《なんか》する明軍《みんぐん》に遭遇《そうぐう》し戦闘態勢《せんとうたいせい》に入《はい》ったところで、毛利隊《もうりたい》もこれに気付《きづ》いて黒田隊《くろだたい》の助勢《じょせい》に駆《か》け付《つ》けた。明軍《みんぐん》は不利《ふり》を悟《さと》って逃《に》げ出《だ》した。黒田隊《くろだたい》は追《お》って漢城《ハンソン》に迫《せま》った。

明《みん》・朝鮮連合軍《ちょうせんれんごうぐん》は漢城《ハンソン》を流《なが》れる漢江《ハンガン》を王宮《おうきゅう》の堀《ほり》に見立《みた》てて防戦《ぼうせん》した。両軍《りょうぐん》は漢江《ハンガン》を挟《はさ》んで睨《にら》み合《あ》った。季節《きせつ》は晩秋《ばんしゅう》に入《はい》り寒《さむ》さが身《み》に沁《し》みるようになった。

同年《どうねん》十月、諸将《しょしょう》は厳冬期《げんとうき》を迎《むか》えぬ内《うち》に出征時《しゅっせいじ》に秀吉《ひでよし》から受《う》けた命《めい》を果《は》たそうと、軍議《ぐんぎ》を開《ひら》いて一旦《いったん》釜山《プサン》まで全軍《ぜんぐん》を返《かえ》すことにした。そして釜山《プサン》の東西《とうざい》に位置《いち》する、蔚山《ウルサン》から順天《スンチョン》までの海岸沿《かいがんぞ》いの城郭《じょうかく》を復旧《ふっきゅう》し、両道《りょうどう》を完全統治《かんぜんとうち》して朝鮮半島《ちょうせんはんとう》での日本《にほん》の足場《あしば》を固《かた》めようと談合《だんごう》した。そこで加藤清正《かとうきよまさ》は慶尚道《キョンサンド》東南端《とうなんたん》の蔚山《ウルサン》へ、小西行長《こにしゆきなが》は全羅道《チョルラド》東南端《とうなんたん》の順天《スンチョン》へ、その他《た》の各将《かくしょう》はそれぞれの領《りょう》した城域《じょういき》に向《む》かい城郭《じょうかく》の補修《ほしゅう》再建《さいけん》に掛《かか》った。

同年《どうねん》十二月、明《みん》・朝鮮両国《ちょうせんりょうこく》の諸将《しょしょう》は日本勢《にほんぜい》が漢城《ハンソン》から朝鮮国《ちょうせんこく》の南端《なんたん》まで引《ひ》いたのを見《み》て軍議《ぐんぎ》し、日本勢《にほんぜい》の城郭《じょうかく》の防備《ぼうび》が整《ととの》わぬうちに打《う》ち壊《こわ》そうと衆議一決《しゅうぎいっけつ》した。さらにまた諸将《しょしょう》が手分《てわ》けして日本勢《にほんぜい》を攻撃《こうげき》するよりは、最強《さいきょう》の加藤清正《かとうきよまさ》の蔚山城《ウルサンじょう》を全軍《ぜんぐん》で総攻撃《そうこうげき》して滅《ほろ》ぼせば他《た》は手《て》を加《くわ》えずして自壊《じかい》するとこれも衆議一決《しゅうぎいっけつ》して、見《み》せ掛《か》けに虚兵《きょへい》を小西行長《こにしゆきなが》の順天城《スンチョンじょう》に向《む》かわせ、精鋭《せいえい》の五万七千は一団《いちだん》となって蔚山城《ウルサンじょう》に向《む》かった。

この頃《ころ》、加藤清正《かとうきよまさ》は蔚山領内《ウルサンりょうない》の城砦巡視《じょうさいじゅんし》に出掛《でか》けて留守《るす》で、蔚山城《ウルサンじょう》には城代《じょうだい》の加藤清兵衛《かとうせいべえ》が城郭再建《じょうかくさいけん》を指揮《しき》しているだけだった。そこを明《みん》・朝鮮連合軍《ちょうせんれんごうぐん》に不意《ふい》を突《つ》かれた。清兵衛《せいべえ》は手勢《てぜい》を率《ひき》いて応戦《おうせん》したが相手《あいて》は組織化《そしきか》された精鋭軍《せいえいぐん》だ。少《すく》なからずの損害《そんがい》を被《こうむ》って城《しろ》に逃《に》げ込《こ》んだ。

そこに浅野幸長《あさのよしなが》が毛利《もうり》の太田《おおた》・宍戸《ししど》の勢《ぜい》を率《ひき》いて蔚山城巡視《ウルサンじょうじゅんし》に来《き》て、明《みん》・朝鮮連合軍《ちょうせんれんごうぐん》に遭遇《そうぐう》した。浅野幸長《あさのよしなが》は一戦《いっせん》を覚悟《かくご》した。だが、浅野《あさの》の諸将《しょしょう》は幸長《よしなが》を囲《かこ》んで、有無《うむ》を言《い》わさず馬《うま》の鼻面《はなづら》を蔚山城《ウルサンじょう》に向《む》けて鞭打《むちう》ち馬《うま》を走《はし》らせて、馬《うま》に続《つづ》いて皆《みな》も揃《そろ》って駆《か》け出《だ》した。

蔚山城《ウルサンじょう》では加藤清兵衛《かとうせいべえ》が城外《じょうがい》の異変《いへん》に気付《きづ》き、城門《じょうもん》を開《あ》けて浅野勢《あさのぜい》を迎《むか》え入《い》れた。

明《みん》・朝鮮連合軍《ちょうせんれんごうぐん》は蔚山《ウルサン》の城壁《じょうへき》を取《と》り囲《かこ》んで競《きそ》って登《のぼ》り始《はじ》めた。城内《じょうない》では加藤清兵衛《かとうせいべえ》に代《か》わって浅野幸長《あさのよしなが》が指揮《しき》を取《と》り、銃《じゅう》を撃《う》ち矢《や》を放《はな》って敵《てき》を迎《むか》え討《う》った。城壁《じょうへき》に縋《すが》り付《つ》いた敵兵《てきへい》は前者《まえしゃ》が落《お》ちれば後者《こうしゃ》が代《か》わって登《のぼ》り、昼夜《ちゅうや》の区別《くべつ》なく攻防《こうぼう》が続《つづ》いた。

城内《じょうない》では浅野家臣《あさのかしん》の木村某《きむらぼう》が蔚山《ウルサン》から二日《ふつか》の行程《こうてい》の機張《ギジャン》を巡視《じゅんし》している加藤清正《かとうきよまさ》に急《きゅう》を告《つ》げたいと申《もう》し出《で》た。幸長《よしなが》は申《もう》し出《で》を『壮《そう》』として善馬《ぜんば》を与《あた》えて送《おく》り出《だ》した。城門《じょうもん》の一歩外《いっぽそと》には明兵《みんぺい》が充満《じゅうまん》していたが、その中《なか》を唯一騎《ただいっき》で馬《うま》を飛《と》ばし、刀《かたな》を振《ふ》り廻《まわ》して駆《か》け抜《ぬ》け、一昼夜《いっちゅうや》にして機《ギ》張《ジャン》に到着《とうちゃく》して清正《きよまさ》に急《きゅう》を告《つ》げた。

加藤清正《かとうきよまさ》は大《おお》いに驚《おどろ》き、急遽近《きゅうきょちか》くにいた五百の兵卒《へいそつ》に命《めい》じて舟《ふね》に食糧《しょくりょう》を積《つ》み込《こ》み蔚山城《ウルサンじょう》に急《いそ》いだ。蔚山郊外《ウルサンこうがい》では明兵《みんぺい》が清正《きよまさ》の舟《ふね》に気付《きづ》いて舟《ふね》を出《だ》して取《と》り囲《かこ》んだ。清正《きよまさ》は兜《かぶと》の鉢《はち》が長《なが》く突《つ》き出《で》て日輪《にちりん》を象《かたど》った銀《ぎん》の兜《かぶと》を冠《かむ》り、薙刀《なぎなた》を杖《つえ》にして船首《せんしゅ》に仁王立《におうだ》ちした。明兵《みんぺい》は清正《きよまさ》を恐《おそ》れて舟《ふね》に近《ちか》付《づ》こうとしなかった。清正《きよまさ》は労《ろう》せずして蔚山城《ウルサンじょう》に入城《にゅうじょう》した。明《みん》・朝鮮連合軍《ちょうせんれんごうぐん》は軍議《ぐんぎ》して

「加藤清正《かとうきよまさ》は自《みずか》ら檻《おり》に入《はい》る。檻《おり》の虎《とら》を刺《さ》し殺《ころ》すはいと易《やす》きことよ」と軍議《ぐんぎ》して、翌日《よくじつ》より蔚山《ウルサン》城《じょう》に総攻撃《そうこうげき》を仕掛《しか》けた。明兵《みんぺい》は大挙《たいきょ》して城壁《じょうへき》に取《と》り付《つ》いた。

加藤清正《かとうきよまさ》は士卒《しそつ》を指揮《しき》し、大石《おおいし》や大木《だいぼく》を投《な》げ落《お》として敵兵《てきへい》を退《しりぞ》けた。その夜《よ》敵軍《てきぐん》は大砲《たいほう》を打《う》ち、梯子《はしご》を掛《か》けて再度城攻《さいどしろぜ》めした。清正《きよまさ》は浅野幸長《あさのよしなが》と手分《てわ》けして、堅《かた》く守《まも》って敵兵《てきへい》を寄《よ》せ付《つ》けなかった。

明《みん》・朝鮮連合軍《ちょうせんれんごうぐん》は力攻《ちからぜ》めしても利《り》なしと悟《さと》り、城《しろ》を厳《きび》しく取《と》り巻《ま》いて糧道《りょうどう》を塞《ふさ》ぎ城内《じょうない》に通《つう》じる水道《すいどう》も断《た》って、城内《じょうない》が飢渇《きかつ》して滅《ほろ》び去《さ》るのを気長《きなが》に待《ま》つ長期戦《ちょうきせん》に切《き》り替《か》えた。

蔚山城《ウルサンじょう》は再建途上《さいけんとじょう》で食糧《しょくりょう》の備蓄《びちく》が無《な》かった。そこに水《みず》も断《た》たれて飢渇《きかつ》にも苦《くる》しみ尿《いばり》を飲《の》んで渇《かわ》きを癒《いや》し馬《うま》を殺《ころ》して空腹《くうふく》を満《み》たした。だがそれも僅《わず》かの間《あいだ》で飢餓《きが》による死人《しにん》が続出《ぞくしゅつ》した。その上《うえ》に季節《きせつ》は厳冬期《げんとうき》に入《はい》って諸将《しょしょう》や兵卒《へいそつ》の多《おお》くが凍傷《とうしょう》に苦《くる》しみ、指《ゆび》を落《お》とす者《もの》も出始《ではじ》めた。

年《とし》が明《あ》けて慶長《けいちょう》三年（一五九八年）正月《しょうがつ》、梁山《ヤンサン》を守《まも》る黒田長政《くろだながまさ》が十里《じゅうり》（40km）程離《ほどはな》れた蔚山城《ウルサンじょう》の異変《いへん》に気付《きづ》いて諸将《しょしょう》に急使《きゅうし》を送《おく》り、五万の将卒《しょうそつ》を集《あつ》めて蔚山城《ウルサンじょう》救出《きゅうしゅつ》に向《む》かった。小西行長《こにしゆきなが》は多《た》数《すう》の舟《ふね》を海上《かいじょう》に浮《う》かべ、軍兵《ぐんぺい》を満載《まんさい》したかに見《み》せかけて蔚山《ウルサン》に向《む》かった。

明《みん》・朝鮮連合軍《ちょうせんれんごうぐん》は日本《にほん》の諸将《しょしょう》が大挙《たいきょ》して救援《きゅうえん》に駆《か》け付《つ》けるのを望見《ぼうけん》して、我先《われさき》に算《さん》を乱《みだ》して

（易の占いに用いる算木を乱すように）逃《に》げ出《だ》した。そこを救援軍《きゅうえんぐん》が水陸《すいりく》から襲《おそ》い掛《かか》って二万を討《う》ち取《と》った。諸将《しょしょう》は相諮《あいはか》って寒気厳《かんききび》しい中《なか》で、何時何処《いつどこ》から義勇兵《ぎゆうへい》が飛《と》び出《だ》すか判《わか》らない異郷《いきょう》にあっては深追《ふかお》いは危険《きけん》が多《おお》いと断《だん》じて引《ひ》き揚《あ》げた。蔚山《ウルサン》の戦《いくさ》は日本勢《にほんぜい》が大勝《たいしょう》した。

軍監《ぐんかん》の石田三成《いしだみつなり》の現地参謀《げんちさんぼう》は、今追撃《いまついげき》すれば敵《てき》を全滅《ぜんめつ》できると主張《しゅちょう》したが諸将《しょしょう》は無視《むし》した。参《さん》謀《ぼう》は三成《みつなり》にこれを訴《うった》えた。三成《みつなり》は体面《たいめん》を傷付《きずつ》けられて秀吉《ひでよし》に讒訴《ざんそ》した。太閤《たいこう》は怒《いか》って三成《みつなり》が訴《うった》えた黒田長政《くろだながまさ》と蜂須賀家政《はちすかいえまさ》を帰還《きかん》させ、所領《しょりょう》を召《め》し上《あ》げて蟄居《ちっきょ》させた。他《ほか》にも加藤清正《かとうきよまさ》を始《はじ》め追撃《ついげき》中断《ちゅうだん》の相談《そうだん》に乗《の》った諸将《しょしょう》には厳《きび》しい処分《しょぶん》が下《くだ》った。出征中《しゅっせいちゅう》の諸将《しょしょう》は意外《いがい》な制裁《せいさい》に驚《おどろ》き石田三成《いしだみつなり》とは倶《とも》に天《てん》を戴《いただ》かずと『臍《ほぞ》を噛《か》む』（悔《くや》しくて苛《いら》つく様　原典は春秋左伝　荘公六年）思《おも》いで深《ふか》く憎《にく》んだ。

醍醐の花見と秀吉の死並びに朝鮮出征軍帰還

慶長《けいちょう》三年（一五九八年）三月、太閤秀吉《たいこうひでよし》は伏見城《ふしみじょう》の近《ちか》くの醍醐寺《だいごじ》（伏見区）に泉水築山《せんすいつきやま》を作《つく》り、泉水《せんすい》の周《まわ》りには名石《めいせき》の藤戸石《ふじといし》（信長が細川邸から二条城に移し（345頁11行目参照）、秀吉が更に聚楽第に移していた）を運《はこ》んで配《はい》した上《うえ》で（現在、醍醐寺三宝院の庭園に存在）、全国《ぜんこく》から七百本《ななひゃっぽん》の著名《ちょめい》な桜木《さくらぎ》を境内《けいだい》に移《うつ》した上《うえ》で家督《かとく》の秀頼《ひでより》や正室《せいしつ》の北政所《きたのまんどころ》（ねね）、側室《そくしつ》の淀《よど》（茶々）など近親者《きんしんしゃ》を始《はじ》め、全国《ぜんこく》の諸大《しょだい》名《みょう》千数百名《せんすうひゃくめい》を集《あつ》めて盛大《せいだい》に花見《はなみ》の宴《うたげ》を催《もよお》した。後世《こうせい》に伝《つた》わる『醍醐《だいご》の花見《はなみ》』だ。だがこれが太《たい》閤《こう》にとって最期《さいご》の耀《かがや》く一時《ひととき》だった。

同慶長《どうけいちょう》三年（一五九八年）の五月頃《ごろ》、醍醐《だいご》の花見《はなみ》の直後《ちょくご》から秀吉《ひでよし》は疾《やまい》を得《え》て次第《しだい》に悪化《あっか》し、七月には重篤《じゅうとく》に陥《おちい》った。秀吉《ひでよし》は居城《きょじょう》の伏見城《ふしみじょう》に徳川家康《とくがわいえやす》を召《め》して諭《さと》し

「明国《みんこく》が未《ま》だ服《ふく》せぬ内《うち》に我《われ》はこのように疾《やまい》に伏《ふ》せる身《み》となる。我亡《われほろ》びた後《のち》に天下《てんか》を震《ふる》わす騒動《そうどう》が起《お》こるやも知《し》れず。そのときは卿《けい》を措《お》いて他《ほか》に治《おさ》める者無《ものな》し。我今日《われこんにち》ただ今《いま》をもって天下《てんか》を卿《けい》に託《たく》す。卿《けい》、我《わ》がために努力《どりょく》せよ。秀頼《ひでより》はまだ幼弱《ようじゃく》。卿《けい》の保護《ほご》を煩《わずら》わす。成長《せいちょう》して、立《た》つべきか立《た》てざるべきかは卿《けい》に委《ゆだ》ねる」と没後《ぼつご》を一任《いちにん》した。家康《いえやす》は驚《おどろ》き恐《おそ》れて

「殿下《でんか》、百歳《ひゃくさい》の後《のち》（死後）、誰《だれ》か嗣君《しくん》を奉《ほう》ぜざる者《もの》あらん。家康《いえやす》は不才《ふさい》にしてその重任《じゅうにん》に堪《た》えず。殿下《でんか》、宜《よろ》しく神算《しんさん》を運《めぐ》らして嗣君《しくん》を養育補佐《よういくほさ》する善《よ》き者《もの》を立《た》てたまえ」と固辞《こじ》して退《しりぞ》いた。

石田三成《いしだみつなり》と増田長盛《ましたながもり》はこれを伝《つた》え聞《き》いて驚愕《きょうがく》し「殿下《でんか》、百戦《ひゃくせん》して今漸《いまようや》くにして天下《てんか》を取《と》る。これを一日《いちにち》にして他人《たにん》に与《あた》えるとは如何《いか》なることぞ。今《いま》や天下《てんか》の猛将《もうしょう》謀臣《ぼうしん》らは皆殿下《みなでんか》の恩《おん》を被《こうむ》らざる者《もの》はなし。その嗣君《しくん》を補佐《ほさ》し奉《たてま》るに何《なん》の障《さわ》りが御座《ござ》ろうか」と諫言《かんげん》した。

太閤秀吉《たいこうひでよし》はそこで改《あらた》めて五大老《ごたいろう》に徳川家康《とくがわいえやす》・前田利家《まえだとしいえ》・毛利輝元《もうりてるもと》・宇喜多秀家《うきたひでいえ》（秀吉の寵愛を得た猶子《ゆうし》で備前岡山城主）・上杉景勝《うえすぎかげかつ》を任《にん》じ、三中老《さんちゅうろう》に中村一氏《なかむらかずうじ》・生駒親正《いこまちかまさ》・堀尾吉晴《ほりおよしはる》、五奉行《ごぶぎょう》に浅野《あさの》長政《ながまさ》・石田三成《いしだみつなり》・増田長盛《ましたながもり》・長束正家《なかつかまさいえ》・前田玄以《まえだげんい》を置《お》いた。また片桐且元《かたぎりかつもと》と小出秀正《こいでひでまさ》を秀頼《ひでより》の傅《ふ》にして二人《ふたり》を呼《よ》び

「我《われ》は人奴《じんど》より起《お》こりて関白《かんぱく》に至《いた》る。今《いま》、明国《みんこく》と兵《へい》を構《かま》え禍《わざわい》を結《むす》んで未《いま》だに解《と》けず。深《ふか》くこれを悔《く》やむ。彼《かれ》、我《われ》が死《し》を聞《き》けば大軍《たいぐん》を率《ひき》いて攻《せ》め込《こ》むやも知《し》れず。本朝《ほんちょう》は古《いにしえ》より未《いま》だ外国《とっくに》からの侵辱《しんじょく》を受《う》けず。我《われ》に至《いた》ってこれを受《う》けるは、我《われ》これを深《ふか》く恥《は》ずる。先《さき》に家康《いえやす》に天下《てんか》を託《たく》したはこの所以《ゆえん》なり。家康《いえやす》は必《かなら》ず我《われ》に背《そむ》かず。汝《なんじ》が輩《やから》は慎《つつし》んで秀頼《ひでより》を保護《ほご》して隙《げき》を生《う》むことなかれ」と諭《さと》

した。
同年《どうねん》八月、太閤秀吉《たいこうひでよし》は大老《たいろう》・奉行《ぶぎょう》の他《ほか》、諸大名《しょだいみょう》を尽《ことごと》く伏見城《ふしみじょう》に呼《よ》び集《あつ》めて皆《みな》に
「心《こころ》を虚《むな》しゅうして謀《はか》りごとを併《あわ》せ、努《つと》めて秀頼《ひでより》を輔《たす》けて私党《しとう》を作《つく》ることなかれ。公儀《こうぎ》を忘《わす》れるなかれ。告《つ》げずして婚姻《こんいん》を結《むす》ぶなかれ。告《つ》げずして質《しち》を交《かわ》わすなかれ。秀頼《ひでより》は六歳《ろくさい》。未《ま》だ親政《しんせい》することも能《あた》わず。前田利家《まえだとしいえ》は秀頼《ひでより》を新装成《しんそうな》った大阪城《おおさかじょう》に移《うつ》して補佐《ほさ》し、徳川家康《とくがわいえやす》は公事《くじ》を伏見《ふしみ》で行《おこな》い、封《ほう》（領土を与える）は秀頼《ひでより》が長《ちょう》ずるまで待《ま》て」と誓《ちか》わせた。そしてまた浅野長政《あさのながまさ》と石田三成《いしだみつなり》を呼《よ》び寄《よ》せて
「汝《なんじ》ら朝鮮《ちょうせん》に赴《おもむ》いて我《わ》が兵《へい》を無事《ぶじ》に収《おさ》めて帰還《きかん》させよ。収《おさ》めること叶《かな》わぬときはすなわち家康《いえやす》を使《つか》わせ。家康《いえやす》行《ゆ》くこと能《あた》わぬときは利家《としいえ》を遣《や》れ。この二人《ふたり》は何《いず》れも敵百万《てき》ありといえども善《よ》く事《こと》を成《な》す者《もの》なり」と命《めい》じた。
同慶長《どうけいちょう》三年（一五九八年）八月十三日、太閤秀吉《たいこうひでよし》は臨終《りんじゅう》に際《さい》して目《め》を見張《みは》り
「我《わ》が十万の兵《へい》をして異国《いこく》の鬼《おに》とならしむこと無《な》かれ」と言《い》い終《お》わって没《ぼっ》した。享年《きょうねん》六十三歳《さい》。

群臣《ぐんしん》は喪《も》を秘《ひ》し、前田玄以《まえだげんい》に密《ひそ》かに葬《そう》を任《まか》せて阿弥陀ヶ峯《あみだがみね》（京都東山区）に葬《ほうむ》った。後世《こうせい》の人《ひと》は「露《つゆ》と落《お》ち露《つゆ》と消《き》えにし我《わ》が身《み》かな浪速《なにわ》の事《こと》は夢《ゆめ》のまた夢《ゆめ》」の辞世《じせい》の句《く》を詠《よ》んで太《たい》閤秀吉《こうひでよし》を偲《しの》んだ。

同年《どうねん》九月、徳川家康《とくがわいえやす》は亡《な》き太閤《たいこう》の遺命《いめい》を以《もっ》て五奉行《ごぶぎょう》の内《うち》の浅野長政《あさのながまさ》と石田三成《いしだみつなり》に肥前国名護屋《ひぜんこくなごや》に赴《おもむ》かせて出征中《しゅっせいちゅう》の諸将《しょしょう》諸卒《しょそつ》を一兵残《いっぺいのこ》らず無事帰還《ぶじきかん》させるように命《めい》じた。

この頃《ころ》、明国《みんこく》からの派遣軍《はけんぐん》は朝鮮軍《ちょうせんぐん》と一体《いったい》になり、三路《さんろ》に分《わ》かれて総勢《そうぜい》十一万の大軍《たいぐん》が加藤清《かとうきよ》正《まさ》の領《りょう》する蔚山城《ウルサンじょう》と島津義弘《しまづよしひろ》が領《りょう》する泗川城《サチョンじょう》、小西行長《こにしゆきなが》が領《りょう》する順天城《スンチョンじょう》を同時攻撃《どうじこうげき》した。だが何《いず》れの城《しろ》も蔚山城《ウルサンじょう》が受《う》けた前回《ぜんかい》の苦難《くなん》に懲《こ》りて、城郭《じょうかく》を堅固《けんご》に修復《しゅうふく》し食糧《しょくりょう》も充分《じゅうぶん》に貯《たくわ》えて兵卒《へいそつ》の規律訓練《きりつくんれん》を厳《きび》しく仕込《しこ》み士気《しき》の昂揚《こうよう》に努《つと》めていたので、寄《よ》せ手《て》は為《な》す所《ところ》なく討《う》ち取《と》られて惨敗《ざんぱい》した。日本《にほん》の諸将《しょしょう》は明《みん》・朝鮮連合軍《ちょうせんれんごうぐん》を撃退《げきたい》したところで各城共《かくしろとも》に帰還準備《きかんじゅんび》に取《と》り掛《か》かった。

明《みん》・朝鮮連合軍《ちょうせんれんごうぐん》は日本軍《にほんぐん》の撤退《てったい》を探《さぐ》り当《あ》てて、今度《こんど》は水陸《すいりく》から順天城《スンチョンじょう》の一点《いってん》に絞《しぼ》って総攻撃《そうこうげき》を加《くわ》えた。小西行長《こにしゆきなが》は制海権《せいかいけん》を敵《てき》に取《と》られて身動《みうご》き出来《でき》なくなった。帰還《きかん》に向《む》けて船出《ふなで》した島津《しまづ》義弘《よしひろ》は途中《とちゅう》順天城《スンチョンじょう》の危難《きなん》を知《し》って方向《ほうこう》を変《か》え、敵《てき》の海軍《かいぐん》を撃破《げきは》して小西勢《こにしぜい》を救《すく》い出《だ》した。

出征《しゅっせい》した日本《にほん》の諸将《しょしょう》の全員《ぜんいん》帰還《きかん》には慶長《けいちょう》三年（一五九八年）の年末《ねんまつ》までを要《よう》したが全軍《ぜんぐん》が名護《なご》屋《や》に帰還《きかん》した。そこで浅野長政《あさのながまさ》と石田三成《いしだみつなり》は一同《いちどう》に初《はじ》めて太閤《たいこう》の死《し》と死《し》の間際《まぎわ》の遺言《ゆいごん》を知《し》らせて、突如《とつじょ》の帰還《きかん》に至《いた》った経緯《けいい》を説《と》いた。そしてこの足《あし》で先《ま》ず伏見城《ふしみじょう》への弔問《ちょうもん》を済《す》ませるように伝《つた》えると共《とも》に、その一方《いっぽう》で諸将《しょしょう》の慰労《いろう》も行《おこな》った。

後世《こうせい》この朝鮮《ちょうせん》の役《えき》を天正《てんしょう》から文禄慶長《ぶんろくけいちょう》年間《ねんかん》を併《あわ》せ通《とお》して『文禄慶長の役《ぶんろくけいちょうえき》』と呼《よ》んだ。

明国《みんこく》と朝鮮国《ちょうせんこく》はその後《ご》、共《とも》に不穏《ふおん》な国内外《くにないがい》の事情《じじょう》を抱《かか》えて身動《みうご》きが取《と》れぬ儘《まま》に、明国《みんこく》は女真族《ジュルチンぞく》の後金《こうきん》（後の清国）に滅《ほろ》ぼされ、朝鮮李王朝《ちょうせんりおうちょう》も清国《しんこく》の属国《ぞっこく》に組《く》み込《こ》まれて、この戦《いくさ》は当事国《とうじこく》の何《いず》れに於《お》いても当事者《とうじしゃ》がいなくなって自然消滅《しぜんしょうめつ》した。

第六章　生生流転

一．関ヶ原の戦い

前田利家死去

慶長《けいちょう》三年（一五九八年）八月、太閤秀吉《たいこうひでよし》が没《ぼっ》した。その直後《ちょくご》に前田利家《まえだとしいえ》も疾《やまい》を得《え》たが、今《いま》は亡《な》き太閤《たいこう》の遺命《いめい》を守《まも》るべく、疾《やまい》を押《お》して伏見《ふしみ》から大阪城下《おおさかじょうか》に新築《しんちく》した邸宅《ていたく》に移《うつ》った。豊臣秀頼《とよとみひでより》も、母《はは》の淀《よど》と共《とも》に京《きょう》都の淀城《よどじょう》（伏見区淀本町）から新装成《しんそうな》った大阪城《おおさかじょう》に移《うつ》った。

全国《ぜんこく》の諸大名《しょだいみょう》は元々伏見城下《もともとふしみじょうか》に拵《こしら》えた邸宅《ていたく》に居住《きょじゅう》していたが、太閤《たいこう》の存命中《ぞんめいちゅう》に大阪城下《おおさかじょうか》への妻《さい》子移動《しいどう》の命《めい》があった。それで諸大名《しょだいみょう》も皆一斉《みないっせい》に妻子《さいし》を伏見《ふしみ》から大阪城下《おおさかじょうか》に新築《しんちく》した邸宅《ていたく》に移《うつ》した。諸侯《しょこう》の妻子《さいし》は大阪《おおさか》に移《うつ》ったが、天下《てんか》の政務《せいむ》は依然《いぜん》として伏見城《ふしみじょう》で行《おこな》われた。

慶長《けいちょう》四年（一五九九年）正月《しょうがつ》十日、前田利家《まえだとしいえ》は大阪城《おおさかじょう》に登城《とじょう》して、秀頼《ひでより》を抱《だ》いて謁見《えっけん》の間《ま》に入《はい》り、徳川家康《とくがわいえやす》以下《いか》の諸公《しょこう》から年賀《ねんが》の拝謁《はいえつ》を受《う》けた。利家《としいえ》は以後《いご》、太閤《たいこう》の遺命《いめい》に従《したが》い大阪城《おおさかじょう》に移《うつ》って豊臣秀頼《とよとみひでより》を後見《こうけん》した。

徳川家康《とくがわいえやす》もまた、太閤《たいこう》の遺命《いめい》に従《したが》って伏見城《ふしみじょう》に留《とど》まり、天下《てんか》の政務《せいむ》を掌《つかさど》った。五奉行《ごぶぎょう》は大阪《おおさか》と伏見《ふしみ》を行《ゆ》き来《き》して、輪番《りんばん》で天下《てんか》の庶務《しょむ》と豊臣家《とよとみけ》の執事《しつじ》の務《つと》めを行《おこな》った。世間《せけん》はこれで戦《いくさ》のない泰平《たいへい》な世《よ》が続《つづ》くと期待《きたい》した。だが期待《きたい》に反《はん》して太閤《たいこう》が没《ぼっ》した直後《ちょくご》から、豊臣家《とよとみけ》の家臣《かしん》の間《あいだ》で抜《ぬ》き差《さ》しならぬ感情《かんじょう》の縺《もつ》れが顕在化《けんざいか》した。

文禄慶長《ぶんろくけいちょう》の役《えき》は終《お》わったが、太閤秀吉《たいこうひでよし》が没《ぼっ》したので恩賞《おんしょう》の沙汰《さた》はなかった。それどころか蔚山《ウルサン》城籠城救出戦《じょうろうじょうきゅうしゅつせん》（前章551頁9行目〜552頁8行目参照）に際《さい》して、石田三成《いしだみつなり》の讒訴《ざんそ》を受《う》けた黒田長政《くろだながまさ》と蜂須賀家政《はちすかいえまさ》の二人《ふたり》は領地没収《りょうちぼっしゅう》の上《うえ》に蟄居《ちっきょ》させられていて、加藤清正《かとうきよまさ》らその他《た》の諸将《しょしょう》の厳《きび》しい罪科《ざいか》も未《いま》だに解《と》かれていなかった。

嘗《かつ》て、石田三成《いしだみつなり》の讒言《ざんげん》によって豊臣秀次《とよとみひでつぐ》が謀反《むほん》の罪《つみ》を着《き》せられて自決《じけつ》したが、その罪《つみ》に危《あや》うく連座《れんざ》させられそうになった豊臣家《とよとみけ》宿将《しゅくしょう》らも、深《ふか》く三成《みつなり》を恨《うら》み続《つづ》けていた（544頁6行目参照）。

そのような中《なか》で、三成《みつなり》は太閤《たいこう》の命《めい》を以《も》って、朝鮮派兵《ちょうせんはへい》の経費《けいひ》の調達《ちょうたつ》と称《しょう》し、九州地方《きゅうしゅうちほう》を中心《ちゅうしん》に全国《ぜんこく》の諸大名《しょだいみょう》に領地《りょうち》の一部《いちぶ》を献上《けんじょう》させて豊臣家《とよとみけ》の蔵入地《くらいりち》とした。朝鮮《ちょうせん》に出征《しゅっせい》した諸将《しょしょう》は、この蔵入地《くらいち》を三成《みつなり》らの文治派《ぶんじは》（天下統一以降、豊臣家の支配体制確立に活躍した、事務に精通する若手諸将一派）が私物化《しぶつか》したと見《み》た。

それだけでなく秀吉《ひでよし》が亡《な》くなった今《いま》、淀《よど》の贔屓《ひいき》で三成一人《みつなりひとり》が豊臣家《とよとみけ》の財政《ざいせい》を支配《しはい》した。淀《よど》は何《なに》かにつけて豊臣家《とよとみけ》の財政《ざいせい》を預《あず》かる文治派《ぶんじは》を頼《たよ》りにして、手柄《てがら》ばかりを吹聴《ふいちょう》して文治派《ぶんじは》を疎《うと》んじる武断派《ぶだんは》（賤ヶ岳・山崎の合戦など秀吉の天下統一戦で活躍した武将一派）を疎外《そがい》した。

武断派《ぶだんは》の諸将《しょしょう》は、三成《みつなり》が淀《よど》を抱《だ》き込《こ》んでやがては豊臣家《とよとみけ》を乗《の》っ取《と》るに違《ちが》いないと確信《かくしん》した。それで成《な》り上《あ》がりの三成《みつなり》を『不倶戴天《ふぐたいてん》』（生かしておけない憎い敵。原典は礼記 曲禮上）の敵《てき》と見做《みな》した。

豊臣家武断派《とよとみけぶだんは》は三成《みつなり》が最《もっと》も厭《いと》う徳川家康《とくがわいえやす》の下《もと》に、水《みず》が低《ひく》きに流《なが》れるように自然《しぜん》と集《あつ》まった。集《あつ》

まれば『三成憎《みつなりにく》し』の会話《かいわ》に花《はな》が咲《さ》いて

「奸物三成《かんぶつみつなり》を討《う》つべし」の謀議《ぼうぎ》に行《ゆ》き着《つ》いた。

徳川家康《とくがわいえやす》も、淀《よど》を始《はじ》め三成《みつなり》らの文治派《ぶんじは》が家康《いえやす》を排斥《はいせき》しようと謀略《ぼうりゃく》を巡《めぐ》らすのに閉口《へいこう》して、対抗《たいこう》上《じょう》、伊達政宗《だてまさむね》や福島正則《ふくしままさのり》・蜂須賀家政《はちすかいえまさ》との三家《さんけ》の間《あいだ》で婚姻《こんいん》を結《むす》び、武断派《ぶだんは》の豊臣家諸将《とよとみけしょしょう》や外様大《とざまだい》名《みょう》との絆《きずな》を深《ふか》めて三成包囲網《みつなりほういもう》を築《きず》くことに努《つと》めた。

前田利家《まえだとしいえ》は、徳川家康《とくがわいえやす》が断《ことわ》りなく大名家《だいみょうけ》と婚姻《こんいん》を結《むす》んだのを見《み》て、亡《な》き太閤《たいこう》の遺命《いめい》に背《そむ》いたと憤《いきどお》り、豊臣家《とよとみけ》の大老《たいろう》・奉行《ぶぎょう》と連署《れんしょ》して家康《いえやす》に

「其処許《そこもと》の為《な》されようには疑《うたが》う者多《ものおお》し。太閤《たいこう》の遺命《いめい》に背《そむ》き密《ひそ》かに大名三家《だいみょうさんけ》と婚姻《こんいん》を結《むす》ぶとは何《なに》事《ごと》」と詰問状《きつもんじょう》を送《おく》り付《つ》けた。また伊達《だて》・福島《ふくしま》・蜂須賀《はちすか》の三家《さんけ》にも同様《どうよう》に書面《しょめん》で問《と》い質《ただ》した。だが、何《いず》れも詰問《きつもん》を無視《むし》し、逆《ぎゃく》に一層黒田《いっそうくろだ》や浅野《あさの》・池田《いけだ》・藤堂《とうどう》・細川《ほそかわ》・京極《きょうごく》・有馬《ありま》・金森《かなもり》・山岡《やまおか》ら、石田三成《いしだみつなり》を憎《にく》む武断派《ぶだんは》の諸将《しょしょう》を誘《さそ》って党《とう》を成《な》した。

大阪城出入《おおさかじょうでい》りの諸人《もろびと》は皆《みな》、前田利家《まえだとしいえ》の力《ちから》に頼《たよ》って武断派《ぶだんは》と文治派《ぶんじは》の融和《ゆうわ》の執《と》り成《な》しを期待《きたい》し

た。
同慶長《どうけいちょう》四年（一五九九年）二月、前田利家《まえだとしいえ》は病体《びょうたい》を押《お》して伏見城内《ふしみじょうない》の徳川邸《とくがわてい》を訪《おとず》れ、家康《いえやす》と膝《ひざ》を交《まじ》えて昨今《さっこん》の天下《てんか》の形勢《けいせい》を話《はな》し合《あ》った。利家《としいえ》は
「伏見城《ふしみじょう》は主《あるじ》不在《ふざい》となり五奉行《ごぶぎょう》が在番《ざいばん》するのみ。この中《なか》で過《す》ごすには不便《ふべん》も御座《ござ》ろう」と気遣《きづか》い
「この城《しろ》の脇《わき》の宇治川《うじがわ》の向《む》うに見《み》える廃城《はいじょう》に邸宅《ていたく》を新築《しんちく》なさって引《ひ》っ越《こ》されては如何《いかが》」と勧《すす》めた。徳川家康《とくがわいえやす》は遠《とお》くを慮《おもんぱか》り、また利家《としいえ》の体調《たいちょう》も気遣《きづか》って、今《いま》は利家《としいえ》の意《い》に従《したが》うのが得策《とくさく》と達観《たっかん》した。そこで利家《としいえ》の勧《すす》めに従《したが》って、伏見向島《ふしみむこうじま》の廃城《はいじょう》に邸宅《ていたく》を新築《しんちく》して伏見城《ふしみじょう》を退去《たいきょ》した。
三中老《さんちゅうろう》は三成《みつなり》と徳川家康《とくがわいえやす》の不和《ふわ》を心配《しんぱい》して、五大老《ごたいろう》と五奉行《ごぶぎょう》に改《あらた》めて共《とも》に協力《きょうりょく》して秀頼《ひでより》を補《ほ》佐《さ》することを誓《ちか》わせた。
同年《どうねん》三月、前田利家《まえだとしいえ》の疾《やまい》が重篤《じゅうとく》になった。徳川家康《とくがわいえやす》は、利家《としいえ》が伏見《ふしみ》の徳川邸《とくがわてい》を訪《たず》ねた返礼《へんれい》として、大阪城《おおさかじょう》に利家《としいえ》を見舞《みま》った。利家《としいえ》は家康《いえやす》を迎《むか》えて
「吾旦夕《われたんせき》に逝《ゆ》かん。願《ねが》わくは公《こう》、心《こころ》を尽《つく》して嗣君《しくん》を護《まも》り援《たす》けたまえ」と遺言《ゆいごん》した。家康《いえやす》は

「諾《だく》（承知）」と答《こた》えた。傍《かたわ》らに控《ひか》えた利家《としいえ》の次男《じなん》の利政《としまさ》は眼《め》を怒《いか》らせて家康《いえやす》を刺《さ》そうとした。家督《かとく》の利長《としなが》は強《し》いて制《せい》して何事《なにごと》もなかったように振舞《ふるま》った。家康《いえやす》は大阪城内《おおさかじょうない》の異様《いよう》な空気《くうき》を感《かん》じながらも素知《そし》らぬ顔《かお》をして泰然《たいぜん》と構《かま》えたが、見舞《みま》いを終《お》えた後《あと》はその日《ひ》の内《うち》に伏見《ふしみ》へ引《ひ》き上《あ》げた。

同慶長《どうけいちょう》四年（一五九九年）閏《うるう》三月三日、前田利家《まえだとしいえ》が没《ぼっ》した。利家《としいえ》は死《し》に臨《のぞ》んでも豊臣家《とよとみけ》を気遣《きづか》い、「天下《てんか》恟々《きょうきょう》たり（恐れ慄《おのの》く）。吾嗣君《われしくん》の成長《せいちょう》を見《み》ずして死《し》す。死《し》すとも瞑《めい》せず」と一声呻《いっせいうめ》いて冥土《めいど》に旅立《たびた》った。享年《きょうねん》六十二歳《さい》。

前田利長謀反の噂

利家《としいえ》の跡《あと》を継《つ》いだ前田利長《まえだとしなが》は、利家《としいえ》の遺命《いめい》を受《う》けて四日間《よっかかん》喪《も》を秘《ひ》し、遺骸《いがい》を長櫃《ながびつ》に納《おさ》めて加賀《かが》の金沢《かなざわ》に運《はこ》び野田山《のだやま》に葬《ほうむ》った。京阪《けいはん》の上下《じょうげ》は世情《せじょう》の急変《きゅうへん》を予感《よかん》した。

前田利家《まえだとしいえ》が没《ぼっ》して豊臣家《とよとみけ》の大老《たいろう》・中老《ちゅうろう》は談合《だんごう》し、利家《としいえ》の跡《あと》を継《つ》いだ利長《としなが》を大老《たいろう》に任《にん》じた。

豊臣家武断派《とよとみけぶだんは》の諸将《しょしょう》は、主君太閤《しゅくんたいこう》の身代《みが》わりとも思《おも》って心服《しんぷく》していた前田利家《まえだとしいえ》から解放《かいほう》されて、利家《としいえ》の死没直後《しぼつちょくご》から三成討伐《みつなりとうばつ》の動《うご》きを顕在化《けんざいか》した。この動《うご》きは石田三成《いしだみつなり》にも伝《つた》わった。

三成《みつなり》は毛利《もうり》・宇喜多《うきた》・島津《しまづ》・上杉《うえすぎ》・佐竹《さたけ》らの諸大名《しょだいみょう》とは普段《ふだん》から親交《しんこう》が厚《あつ》く、三成討伐《みつなりとうばつ》の動《うご》きを知《し》って素早《すばや》く佐竹義宣《さたけよしのぶ》の下《もと》に逃《のが》れた。義宣《よしのぶ》は宇喜多秀家《うきたひでいえ》を誘《さそ》って三成《みつなり》を女物《おんなもの》の輿《こし》に乗《の》せ、五奉《ごぶ》行《ぎょう》が輪番《りんばん》で管理《かんり》する伏見城《ふしみじょう》に逃《に》げ込《こ》んだ。豊臣武断派《とよとみぶだんは》の加藤清正《かとうきよまさ》・黒田長政《くろだながまさ》・蜂須賀家政《はちすかいえまさ》・福島《ふくしま》正則《まさのり》・藤堂高虎《とうどうたかとら》・細川忠興《ほそかわただおき》・浅野幸長《あさのよしなが》の七将《ななしょう》は急《いそ》ぎ三成《みつなり》の後《あと》を追《お》って伏見城下《ふしみじょうか》に駆《か》け付《つ》けた。だが城内《じょうない》は既《すで》に奉行《ぶぎょう》の守兵《しゅへい》で固《かた》められていた。城内《じょうない》と城下《じょうか》で睨《にら》み合《あ》いになった。

徳川家康《とくがわいえやす》はこの頃《ころ》は居心地《いごこち》の良《よ》い伏見城外《ふしみじょうがい》の向島《むこうじま》に居《きょ》を移《うつ》していたが、急《きゅう》を聞《き》き付《つ》けて両者《りょうしゃ》の調停《ちょうてい》に乗《の》り出《だ》した。これも家康《いえやす》が亡《な》き太閤《たいこう》から遺命《いめい》を受《う》けた公儀《こうぎ》の一つだ。

同慶長《どうけいちょう》四年（一五九九年）閏《うるう》三月十九日（閏月の二度目の三月）、徳川家康《とくがわいえやす》は、蔚山籠城救出戦《ウルサンろうじょうきゅうしゅつせん》での不始末《ふしまつ》の責任《せきにん》を負《お》わされて秀吉《ひでよし》から勘気《かんき》を受《う》けた黒田長政《くろだながまさ》と蜂須賀家政《はちすかいえまさ》の罪《つみ》は無実《むじつ》であったと断《だん》じて、地位《ちい》と所領《しょりょう》を元《もと》に復《ふく》した。その一方《いっぽう》で三成《みつなり》には、今回《こんかい》の騒動《そうどう》を起《お》こした張本人《ちょうほんにん》であると断《だん》じて、役職《やくしょく》を解《と》き蟄居《ちっきょ》を命《めい》じて居城《きょじょう》の佐和山《さわやま》（滋賀県彦根市）に護送《ごそう》した。護送《ごそう》することで加《か》藤《とう》、黒田《くろだ》らの襲撃《しゅうげき》から三成《みつなり》を守《まも》った。

京阪《けいはん》の巷間《こうかん》（街の人々）は事無《ことな》く事件《じけん》を収《おさ》めた家康《いえやす》の手腕《しゅわん》を歓迎《かんげい》した。家康《いえやす》は世間《せけん》からの人気《にんき》を得《え》た上《うえ》に、体《てい》よく三成《みつなり》を豊臣政権《とよとみせいけん》の中枢《ちゅうすう》から追《お》い落《お》とした。大阪城内《おおさかじょうない》の諸大名《しょだいみょう》は前田利家《まえだとしいえ》が亡《な》くなった今《いま》、何事《なにごと》に寄《よ》らず徳川家康《とくがわいえやす》の腹中《ふくちゅう》を意識《いしき》するようになった。

徳川家康《とくがわいえやす》は改《あらた》めて伏見城《ふしみじょう》に入城《にゅうじょう》して、太閤《たいこう》から付託《ふたく》された天下《てんか》の諸事《しょじ》を裁《さば》いた。世間《せけん》は家康《いえやす》を新《あたら》しい『天下人《てんかびと》』と見做《みな》した。

同年《どうねん》五月、前田利家《まえだとしいえ》の跡《あと》を継《つ》いだ利長《としなが》は、諸侯《しょこう》を前田邸《まえだてい》に招《まね》いて襲封《しゅうほう》（領地受け継ぎ）の賀宴《がえん》を催《もよお》した。徳川家康《とくがわいえやす》も招《まね》かれた。

奉行《ぶぎょう》の増田長盛《ましたながもり》は前田家《まえだけ》に家康《いえやす》を謀殺《ぼうさつ》しようとする噂《うわさ》があることを聞《き》き付《つ》けて
「利長《としなが》に異図《いと》ありとの噂《うわさ》あり」と家康《いえやす》に報《しら》せた。諸大名《しょだいみょう》の動向《どうこう》を調《しら》べて未然《みぜん》に混乱《こんらん》を防止《ぼうし》するのが奉行《ぶぎょう》の務《つと》めだ。長盛《ながもり》は忠実《ちゅうじつ》に亡《な》き太閤《たいこう》の命《めい》を遂行《すいこう》した。家康《いえやす》は三成《みつなり》と親《した》しい長盛《ながもり》からの報告《ほうこく》と世情《せじょう》を勘案《かんあん》して

「我俄《われにわ》かに疾《やまい》に伏《ふ》す」と告《つ》げて招待《しょうたい》を辞退《じたい》した。

同年《どうねん》七月、徳川家康《とくがわいえやす》は慶長《けいちょう》の役《えき》に出征《しゅせい》していた宇喜多秀家《うきたひでいえ》・毛利輝元《もうりてるもと》・加藤清正《かとうきよまさ》・細川忠興《ほそかわただおき》・黒田長政《くろだながまさ》らの諸将《しょしょう》に一年間《いちねんかん》の暇《いとま》を与《あた》えて帰国《きこく》させた。これを伝《つた》え聞《き》いた上杉景勝《うえすぎかげかつ》は、前年《ぜんねん》三月の醍醐《だいご》の花見《はなみ》の席《せき》で突然《とつぜん》に亡《な》き太閤《たいこう》から会津移封《あいづいほう》の命《めい》を受《う》けて以来《いらい》（544頁11行目参照）、未《ま》だ領国《りょうごく》の仕置《しおき》が済《す》んでいないと言《い》って会津《あいづ》に帰国《きこく》した。常陸国《ひたちこく》の佐竹義宣《さたけよしのぶ》も景勝《かげかつ》に同道《どうどう》したいと言《い》って水戸《みと》へ帰国《きこく》した。それではと前田利長《まえだとしなが》も利家没後《としいえぼつご》の領国《りょうごく》の仕置《しおき》をしたいと言《い》って村井長頼《むらいながより》を伏見《ふしみ》に置《お》き、奥村永福《おくむらながふく》を芳春院《ほうしゅんいん》（利家の正室まつ）の住《す》む大阪《おおさか》に置《お》いて帰国《きこく》した。これには家康《いえやす》の勧《すす》めもあった。利長《としなが》は亡父利家《ぼうふとしいえ》から向《む》こう三年間《さんねんかん》は大阪《おおさか》を離《はな》れず嗣君秀頼《しくんひでより》を補佐《ほさ》するよう遺命《いめい》を受《う》けたが、家康《いえやす》の勧《すす》めを受《う》けて母《はは》の芳春院《ほうしゅんいん》に相談《そうだん》した。芳春院《ほうしゅんいん》は利長《としなが》に、亡《な》き利家《としいえ》が賤ヶ岳合戦《しずがたけがっせん》で柴田勝家《しばたかついえ》から離《はな》れて羽柴秀吉《はしばひでよし》に与《くみ》したときの話《はな》しを聞《き》かせて（449頁9行目〜451頁8行目参照）「何事《なにごと》に寄《よ》らず前田家《まえだけ》の維持存続《いじそんぞく》を第一《だいいち》と心得《こころえ》て身《み》を処《しょ》すべし」と諭《さと》して同年《どうねん》八月下旬《げじゅん》、利長《としなが》を加賀金沢《かがかなざわ》に送《おく》り出《だ》した。この時《とき》、京阪《けいはん》の巷《ちまた》で

「上杉景勝《うえすぎかげかつ》が東下《とうげ》の途中《とちゅう》で石田三成《いしだみつなり》と密会《みっかい》し、徳川《とくがわ》を明年東西《みょうねんとうざい》より挟《はさ》み討《う》ちすると密約《みつやく》した」との噂《うわさ》が広《ひろ》がった。

兎《と》も角《かく》、大老《たいろう》の宇喜多《うきた》と毛利《もうり》・上杉《うえすぎ》・前田《まえだ》が帰国《きこく》して、京阪《けいはん》に残《のこ》る大老《たいろう》は徳川家康《とくがわいえやす》唯一人《ただひとり》になった。その家康《いえやす》について大阪城《おおさかじょう》の淀《よど》の周辺《しゅうへん》で秀頼《ひでより》への伺候《しこう》が途絶《とだ》えて久《ひさ》しいと噂《うわさ》になった。

同慶長《どうけいちょう》四年（一五九九年）九月、家康《いえやす》はこの噂《うわさ》を耳《みみ》にして、大阪城内《おおさかじょうない》で行《おこな》われる『重陽《ちょうよう》の節《せっ》句《く》』（九月九日）に伺候《しこう》すべく大阪《おおさか》に向《む》かった。その途上《とじょう》、奉行《ぶぎょう》の増田長盛《ましたながもり》と長束正家《なつかまさいえ》が飛《と》び込《こ》んで来《き》て

「領国《りょうごく》に帰《かえ》った前田利長《まえだとしなが》が奉行《ぶぎょう》の浅野長政《あさのながまさ》や土方雄久《ひじかたかつひさ》・大野治長《おおのはるなが》と語《かた》らって、大阪城内《おおさかじょうない》で家康《いえやす》を暗殺《あんさつ》しようと待《ま》ち受《う》けるとの噂《うわさ》あり」と知《し》らせた。長政《ながまさ》の嗣子《しし》の幸長《よしなが》は利長《としなが》の妹《いもうと》を室《しつ》にしていた。雄久《かつひさ》は利長《としなが》の母《はは》（利家の正妻芳春院）の甥《おい》だ。長盛《ながもり》と正家《まさいえ》は共《とも》に奉行《ぶぎょう》の文治派《ぶんじは》で三成《みつなり》と親《した》しかった。奉行《ぶぎょう》は大名《だいみょう》・諸将《しょしょう》の諍《いさか》い事《ごと》は総《すべ》て大老《たいろう》に報告《ほうこく》する義務《ぎむ》を負《お》っていたので、その勤《つと》めを忠実《ちゅうじつ》に守《まも》って大老筆頭《たいろうひっとう》の家康《いえやす》にこの謀議《ぼうぎ》を知《し》らせたのだ。

利長家康と和解

徳川家康《とくがわいえやす》は伏見《ふしみ》から家臣《かしん》を呼《よ》び寄《よ》せて警備《けいび》を厳重《げんじゅう》に整《ととの》え直《なお》して大阪城《おおさかじょう》に乗《の》り込《こ》み、無事賀儀《ぶじがぎ》を済《す》ませた。その後《のち》、高台院《こうだいいん》（秀吉の室北政所ねねの院号）の誘《さそ》いを受《う》けて大阪城西《おおさかじょうにし》の丸《まる》に入《はい》った。

高台院《こうだいいん》は前田利家《まえだとしいえ》が亡《な》くなって、淀《よど》が支配《しはい》し始《はじ》めた大阪城《おおさかじょう》で暮《く》らすのが気詰《きづま》りだった。秀吉在世《ひでよしざいせい》の頃《ころ》は高台院《こうだいいん》と淀《よど》の間《あいだ》は、正室《せいしつ》と側室《そくしつ》との関係《かんけい》が歴然《れきぜん》としていた。だが今《いま》は嗣君秀頼《しくんひでより》の生母《せいぼ》として豊臣家臣《とよとみかしん》は皆淀《みなよど》に靡《なび》いて、今《いま》や高台院《こうだいいん》は無用《むよう》の存在《そんざい》だ。そこで来《こ》し方行《かたゆ》く末《すえ》を熟慮《じゅくりょ》して、家康《いえやす》に西《にし》の丸《まる》を譲《ゆず》って大阪城《おおさかじょう》を退去《たいきょ》した。そして世上《せじょう》から離《はな》れて仏門《ぶつもん》に帰依《きえ》し、秀吉《ひでよし》を弔《とむら》う毎日《まいにち》を望《のぞ》んで京都《きょう》に移《うつ》り住《す》んだ（やがて高台寺（京都市東山区）を建立して隠棲した）。

家康《いえやす》は壮大《そうだい》な天守《てんしゅ》を西《にし》の丸《まる》に築《きず》いて、伏見《ふしみ》から城兵《じょうへい》と共《とも》に移《うつ》り住《す》み大阪城内《おおさかじょうない》を威圧《いあつ》した。

同年《どうねん》十月、家康《いえやす》は己《おのれ》の暗殺《あんさつ》を謀《はか》ったと噂《うわさ》に上《のぼ》った奉行《ぶぎょう》の浅野長政《あさのながまさ》に、長政《ながまさ》の所領《しょりょう》の甲斐《かい》の府中《ふちゅう》に帰《かえ》らせて蟄居《ちっきょ》を命《めい》じ、また土方雄久《ひじかたかつひさ》には常陸国《ひたちこく》の太田《おおた》（茨城県）に、大野治長《おおのはるなが》には下総国《しもうさこく》の結城《ゆうき》（茨城県）に配流《はいる》（流罪）して佐竹義宣《さたけよしのぶ》に身柄《みがら》を預《あず》けた。

このことが表沙汰《おもてざた》になって徳川家康《とくがわいえやす》は、前田利長《まえだとしなが》と親交《しんこう》の深《ふか》かった細川忠興《ほそかわただおき》も疑《うたが》った。忠興《ただおき》は疑《うたが》われたことを知《し》って、居城《きょじょう》の丹後《たんご》の宮津《みやづ》から大阪《おおさか》に急行《きゅうこう》して恭順《きょうじゅん》の意《い》を表《あらわ》し、子《こ》を質《しち》として江《え》戸《ど》に送《おく》って疑《うたが》いを解《と》いた。

同年《どうねん》十月十三日、徳川家康《とくがわいえやす》は前田《まえだ》討伐《とうばつ》の軍議《ぐんぎ》を催《もよお》して加賀《かが》小松《こまつ》城主《じょうしゅ》の丹羽長重《にわながしげ》（499頁8行目参照）に前田《まえだ》討伐《とうばつ》の先鋒《せんぽう》を命《めい》じた。

前田利長《まえだとしなが》の下《もと》には、伏見《ふしみ》や大阪《おおさか》の前田邸《まえだてい》、義兄弟《ぎきょうだい》で同《おな》じ大老《たいろう》の宇喜多秀家《うきたひでいえ》（利長の異腹の妹が秀家の正室）から危急《ききゅう》を報《しら》せる急使《きゅうし》が相次《あいつ》いだ。利長《としなが》は金沢城《かなざわじょう》に譜代《ふだい》の家臣《かしん》を集《あつ》めて、雄藩《ゆうはん》の面目《めんぼく》を掛《か》けた一大決戦《いちだいけっせん》を挑《いど》むか、社稷《しゃしょく》滅亡《めつぼう》の危険《きけん》を避《さ》けて屈服《くっぷく》する辱《はじ》を忍《しの》ぶかの、二者択一《にしゃたくいつ》の大難問《だいなんもん》を諮《はか》る評定《ひょうじょう》を持《も》った。前田家《まえだけ》宿老《しゅくろう》の意見《いけん》は割《わ》れた。

「先君利家公《せんくんとしいえこう》が今《いま》に居《い》ませば何《なん》と仰《おお》せか」と先代在世《せんだいざいせ》時代《じだい》の家風《かふう》を重《おも》んじて、世代《せだい》が代《か》われば世《せ》間《けん》の前田家《まえだけ》を見《み》る目《め》も変《か》わることに思《おも》いを致《いた》さない古老《ころう》も多《おお》く、将来《しょうらい》の前田家《まえだけ》を思《おも》う宿老《しゅくろう》との間《あいだ》で激論《げきろん》が続《つづ》いた。

前田利長《まえだとしなが》は密使《みっし》を大阪城《おおさかじょう》に送《おく》って豊臣家《とよとみけ》を担《かつ》いで徳川《とくがわ》を討《う》とうと思《おも》い立《た》ったが、豊臣家《とよとみけ》は利長《としなが》の申《もう》し出《で》を受《う》けようとはせずに、中立《ちゅうりつ》して様子見《ようすみ》した。

苦渋《くじゅう》の選択《せんたく》の結果《けっか》、利長《としなが》は横山長知《よこやまながとも》と高山長房《たかやまながふさ》を大阪《おおさか》に派遣《はけん》して前田家《まえだけ》には異心無《いしんな》きことを弁《べん》疏《そ》（いいわけ）することにして直《ただ》ちに両名《りょうめい》を大阪《おおさか》に向《む》かわせた。

同年《どうねん》十一月、徳川家康《とくがわいえやす》は重臣《じゅうしん》を左右《さゆう》に侍《はべ》らせた上《うえ》で二人《ふたり》を呼《よ》び入《い》れ尋問《じんもん》を始《はじ》めた。家康《いえやす》は威丈《いたけ》高《だか》に二人《ふたり》に対《たい》して前田利長《まえだとしなが》の不信《ふしん》を責《せ》めた。横山長知《よこやまながとも》は泰然《たいぜん》として威儀《いぎ》を正《ただ》し、利長《としなが》の出処進退《しゅっしょしんたい》を説《と》いて家康《いえやす》の誤解《ごかい》を解《と》くことに努《つと》めた。家康《いえやす》は長知《ながとも》の弁疏《べんそ》に得心《とくしん》して

「しからば利長《としなが》の母《はは》（芳春院）を江戸《えど》に送《おく》り、その異図《いと》の無《な》きことを明《あ》かせ」と命《めい》じた。長知《ながとも》は

「恐《おそ》らく我《わ》が主《あるじ》はこれを諾《だく》すべし。然《しか》りといえども主《あるじ》の重大問題《じゅうだいもんだい》にして、某《それがし》が応《こた》え得《う》るところにあらず」と答《こた》えてこの場《ば》の尋問《じんもん》は中断《ちゅうだん》した。その後《ご》、家康《いえやす》の家督《かとく》の秀忠《ひでただ》も交《まじ》えて三度《さんど》の協議《きょうぎ》を経《へ》て、芳春院《ほうしゅんいん》を江戸《えど》に質《しち》として送《おく》り、徳川《とくがわ》からは秀忠《ひでただ》の娘《むすめ》（珠姫）を利長《としなが》の弟《おとうと》で家督《かとく》の利常《としつね》（利長には男の子が無かった）の正室《せいしつ》に迎《むか》えることで双方和解《そうほうわかい》した。

翌慶長《よくけいちょう》五年（一六〇〇年）六月六日、芳春院《ほうしゅんいん》は江戸《えど》に到着《とうちゃく》した。芳春院《ほうしゅんいん》が江戸《えど》に下《くだ》るに際《さい》して利長《としなが》に、極力争《きょくりょくあらそ》い事《ごと》は避《さ》けて家《いえ》の安泰《あんたい》を優先《ゆうせん》するよう、遺言替《ゆいごんがわ》りに言《い》い付《つ》けた。この芳春院《ほうしゅんいん》の江戸住《えどす》みが、以後《いご》、諸大名《しょだいみょう》が妻子《さいし》を江戸《えど》に置《お》くことで徳川《とくがわ》に対《たい》する忠誠《ちゅうせい》の証《あかし》とする前例《ぜんれい》になった。

会津出陣

上杉景勝《うえすぎかげかつ》が三成《みつなり》と謀《はか》って共《とも》に挙兵《きょへい》するとの噂《うわさ》や、会津《あいづ》に帰《かえ》って城砦《じょうさい》を修復《しゅうふく》し兵力《へいりょく》を増強《ぞうきょう》しているとの注進《ちゅうしん》が相次《あいつ》いだ。そこで徳川家康《とくがわいえやす》はこの噂《うわさ》を質《ただ》そうと大阪《おおさか》への登城《とじょう》を命《めい》じた。だが上杉景《うえすぎかげ》勝《かつ》は拒絶《きょぜつ》し、家老《かろう》の直江兼続《なおえかねつぐ》に命《めい》じて上洛不可《じょうらくふか》の理由《りゆう》と上杉謀反《うえすぎむほん》を告《つ》げた密告者《みっこくしゃ》の糾明《きゅうめい》を求《もと》める返書《へんしょ》を書《か》かせた。兼続《かねつぐ》は主君景勝《しゅくんかげかつ》の命《めい》に加《くわ》えて家康《いえやす》の専横《せんおう》を批判《ひはん》する挑発文《ちょうはつぶん》を書《か》き加《くわ》えて大阪《おおさか》に送《おく》り返《かえ》した。後《のち》の世《よ》に伝《つた》わる『直江状《なおえじょう》』だ。家康《いえやす》はこれを見《み》て眼《め》を剥《む》いて怒《いか》った。

慶長《けいちょう》五年（一六〇〇年）六月十一日、家康《いえやす》は前田利長《まえだとしなが》に上杉討伐《うえすぎとうばつ》の先鋒《せんぽう》になって津川口《つがわくち》（越後から会津へ入る阿賀野川沿いの街道口）から会津《あいづ》へ出陣《しゅつじん》せよと命《めい》じた。
利長《としなが》は江戸《えど》に居《い》る芳春院《ほうしゅんいん》（利長の実母）を気遣《きづか》いながらも、前田家《まえだけ》に対《たい》する世評《せひょう》や前田家《まえだけ》を見《み》下《くだ》す家康《いえやす》を快《こころよ》く思《おも》わぬ利政《としまさ》（利長の弟）らの反徳川派《はんとくがわは》にも心《こころ》を動《うご》かされて、家康《いえやす》の命《めい》を素直《すなお》に受《う》ける気《き》にはなれなかった。何《なに》より亡父《ぼうふ》利家《としいえ》と上杉景勝《うえすぎかげかつ》とは共《とも》に幼君秀頼《ようくんひでより》の擁立《ようりつ》に心《こころ》を砕《くだ》いた仲《なか》だ。この度《たび》の徳川《とくがわ》との摩擦《まさつ》の経緯《けいい》も両家《りょうけ》に共通《きょうつう》していて、諸大名《しょだいみょう》の妬《ねた》みから生《しょう》じた噂《うわさ》が原因《げんいん》した。その上杉《うえすぎ》を徳川《とくがわ》の手先《てさき》になって率先《そっせん》して撃《う》つのは心《こころ》が臆《おく》して、只々様子見《ただただようすみ》を続《つづ》けた（以後587頁4行目に続く）。

同慶長《どうけいちょう》五年六月十六日、徳川家康《とくがわいえやす》は東海道以北《とうかいどういほく》の諸国《しょこく》の大名《だいみょう》に対《たい》して、豊臣秀頼《とよとみひでより》の命《めい》をもって会津討伐《あいづとうばつ》に参陣《さんじん》せよとの出陣《しゅつじん》を命《めい》じた。豊臣恩顧《とよとみおんこ》の黒田長政《くろだながまさ》や加藤嘉明《かとうよしあき》・藤堂高虎《とうどうたかとら》・蜂須賀至鎮《はちすがよししげ》（家政の後継）らの武断派《ぶだんは》の九州《きゅうしゅう》・四国《しこく》・中国《ちゅうごく》の諸将《しょしょう》らには出陣《しゅつじん》を求《もと》めなかったが、彼《かれ》らは自《みずか》ら率先《そっせん》して徳川勢《とくがわぜい》に加《くわ》わった。

同年《どうねん》六月十八日、徳川家康《とくがわいえやす》は予《あらかじ》め徳川一族《とくがわいちぞく》と家臣《かしん》の家族《かぞく》を江戸《えど》へ引《ひ》っ越《こ》させて大阪城《おおさかじょう》の異変《いへん》に備《そな》え、伏見城《ふしみじょう》には強《し》いて望《のぞ》んだ鳥居元忠《とりいもとただ》を残《のこ》して自《みずか》らも大阪《おおさか》を出立《しゅったつ》した。途中《とちゅう》近江《おうみ》の大津城《おおつじょう》に立《た》ち寄《よ》って城主《じょうしゅ》の京極高次《きょうごくたかつぐ》を訪《おとず》れ、三成《みつなり》の監視《かんし》を依頼《いらい》して、三成《みつなり》が謀反《むほん》を企《くわだ》てたときには三成《みつなり》を成《せい》敗《ばい》するように依頼《いらい》した。そしてそのときは近江一国《おうみいっこく》を高次《たかつぐ》の領国《りょうごく》とすることも約《やく》して東下《とうげ》した。

同年《どうねん》七月二日、家康《いえやす》は江戸《えど》に到着《とうちゃく》した。家康《いえやす》は江戸《えど》から山形城主《やまがたじょうしゅ》の最上義光《もがみよしみつ》に使者《ししゃ》を送《おく》って前田利長軍《まえだとしながぐん》に属《ぞく》するよう命《めい》じた。

同年《どうねん》七月七日、家康《いえやす》は越後国《えちごこく》高田城主《たかだじょうしゅ》の堀秀治《ほりひではる》や同国《どうこく》本庄城主《ほんじょうじょうしゅ》の村上義明《むらかみよしあき》、新発田城主《しばたじょうしゅ》の溝口秀勝《みぞぐちひでかつ》にも、前田軍《まえだぐん》に加《くわ》わり会津《あいづ》に出陣《しゅつじん》するよう命《めい》じて、前田利長《まえだとしなが》の出陣《しゅつじん》を促《うなが》した。

同年《どうねん》七月十九日、家康《いえやす》は家督《かとく》の徳川秀忠《とくがわひでただ》を会津征伐《あいづせいばつ》の総大将《そうだいしょう》に任《にん》じて江戸城《えどじょう》を先発《せんぱつ》させ、自《みずか》らも二十一日に江戸城《えどじょう》を発《た》った。そして二十四日には会津《あいづ》の隣国《りんごく》の下野国《しもつけこく》小山《おやま》（小山市）に入《はい》って本陣《ほんじん》を構《かま》え、諸将《しょしょう》を集《あつ》めて軍評定《いくさひょうじょう》を持《も》ち諸将《しょしょう》の配置《はいち》を定《さだ》めた（以後583頁9行目に続く）。

石田三成 家康に宣戦布告

この頃《ころ》、佐和山《さわやま》で蟄居中《ちっきょちゅう》の石田三成《いしだみつなり》は密《ひそ》かに家康討伐《いえやすとうばつ》の機会《きかい》を窺《うかが》っていた。そこへ同年《どうねん》七月十一日に大谷吉継《おおたによしつぐ》が徳川家康《とくがわいえやす》の命《めい》に応《おう》じて軍勢《ぐんぜい》を率《ひき》い、所領《しょりょう》の敦賀《つるが》から北国街道《ほっこくかいどう》を上《のぼ》って湖北《こほく》から東山道《とうざんどう》に入《はい》り垂井《たるい》（関ヶ原の隣町）で宿営《しゅくえい》した。三成《みつなり》はこの『刎頚《ふんけい》の交《まじ》わり』（友のためには首を切られても後悔しない仲。原典は史記 廉頗藺相如列伝）の大谷吉継《おおたによしつぐ》を蟄居中《ちっきょちゅう》の佐和山城《さわやまじょう》に招《まね》き入《い》れた。

三成《みつなり》は大谷吉継《おおたによしつぐ》に躍《おど》る胸《むね》の内《うち》を語《かた》りながら、豊臣家大老《とよとみけたいろう》の毛利《もうり》、宇喜多《うきた》との友誼《ゆうぎ》や全国諸大名《ぜんこくしょだいみょう》の妻子《さいし》を大阪城内《おおさかじょうない》に質《しち》として留《とど》め、豊臣秀頼《とよとみひでより》を推戴《すいたい》して家康《いえやす》に抗《こう》すれば、全国《ぜんこく》の諸将《しょしょう》は挙《こぞ》って家康《いえやす》から我《わ》が方《ほう》に寝返《ねがえ》って、戦《いくさ》の利《り》は我《われ》にあることを熱《あつ》く説《と》いた。

大谷吉継《おおたによしつぐ》は、徳川家康《とくがわいえやす》が豊臣秀頼《とよとみひでより》の名《な》の下《もと》に会津征伐《あいづせいばつ》の命《めい》を下《くだ》して世上《せじょう》はこれに乗《の》った。豊臣《とよとみ》恩顧《おんこ》の武断派《ぶだんは》の諸将《しょしょう》も皆率先《みなそっせん》して加《くわ》わり、天下《てんか》は徳川方《とくがわがた》に味方《みかた》していると既《すで》に読《よ》んでいた。それで

「無謀《むぼう》な試《こころ》みを成《な》す時《とき》にはあらず」と三成《みつなり》の将来《しょうらい》を慮《おもんぱか》って強《つよ》く諫《いさ》めた。だが三成《みつなり》は

「家康《いえやす》は遠《とお》からず豊臣《とよとみ》を滅《ほろ》ぼして天下《てんか》を我《わ》が物《もの》としよう」と豊臣家《とよとみけ》の危機《きき》を口《くち》を極《きわ》めて説《と》いた。大谷吉継《おおたによしつぐ》は三成《みつなり》の一途《いちず》に豊臣家《とよとみけ》を思《おも》う心《こころ》に打《う》たれた。それで死《し》に花《ばな》を咲《さ》かせるのは今《いま》と覚悟《かくご》して「ここは勝敗《しょうはい》を度外視《どがいし》して貴殿《きでん》に我《わ》が身《み》を預《あず》けよう」と三成《みつなり》との一方《ひとかた》ならぬ友誼《ゆうぎ》を重《おも》んじて、生《せい》死《し》を共《とも》にすることを誓《ちか》った。吉継《よしつぐ》は何時《いつ》の頃《ころ》からか肌《はだ》が崩《くず》れる業病《ごうびょう》（ハンセン氏病）を患《わずら》って、醜《みにく》くなった顔《かお》を常《つね》に白布《はくふ》で覆《おお》わなければならない生活《せいかつ》を余儀《よぎ》なくされていた。三成《みつなり》は彼《かれ》の才能《さいのう》と豊《とよ》臣家《とみけ》への忠義《ちゅうぎ》の心《こころ》に打《う》たれて吉継《よしつぐ》の疾《やまい》が染《うつ》ることなどは一切構《いっさいかま》わずに親交《しんこう》を貫《つらぬ》いた。

「大谷吉継《おおたによしつぐ》が佐和山《さわやま》に入《はい》って三成《みつなり》と謀反《むほん》を企《くわだ》てる」との噂《うわさ》が一気《いっき》に広《ひろ》まった。奉行《ぶぎょう》の増田長盛《ましたながもり》や長束正家《ながつかまさいえ》・前田玄以《まえだげんい》らは狼狽《ろうばい》して、亡《な》き太閤《たいこう》から課《か》せられた奉行《ぶぎょう》の勤《つと》めとして「大谷刑部《おおたにぎょうぶ》（吉継の官名）と石田治部《いしだじぶ》（三成の官命）が共《とも》に謀反《むほん》するとの噂専《うわさもっぱ》らなり」と、江戸《えど》に下《くだ》った大老《たいろう》の徳川家康《とくがわいえやす》や安芸《あき》に下《くだ》った毛利輝元《もうりてるもと》の下《もと》に急使《きゅうし》を送《おく》った。そして直《ただ》ちに大阪《おおさか》に立《た》ち戻《もど》って事《こと》の真相《しんそう》を質《ただ》すよう要請《ようせい》した。

大阪《おおさか》で天下《てんか》の情勢《じょうせい》を窺《うかが》っていた安国寺恵瓊《あんこくじえけい》は三成挙兵《みつなりきょへい》の噂《うわさ》を聞《き》き付《つ》けて、即刻元主君《そっこくもとしゅくん》と仰《あお》ぐ毛《もう》利輝元《りてるもと》の下《もと》に家臣《かしん》を走《はし》らせ、急《いそ》ぎ軍勢《ぐんぜい》を率《ひき》いて大阪《おおさか》に上《のぼ》るよう要請《ようせい》した。恵瓊《えけい》は家康《いえやす》の専横《せんおう》に不《ふ》満《まん》であった。それで天下大乱《てんかたいらん》の兆《きざ》しの見《み》えたこの機《き》に毛利輝元《もうりてるもと》を総大将《そうだいしょう》に担《かつ》いで家康《いえやす》を討伐《とうばつ》し、家康《いえやす》に代《か》わって豊臣秀頼《とよとみひでより》の命《めい》の下《もと》に大阪城《おおさかじょう》を支配《しはい》して、毛利《もうり》の天下《てんか》にしようと企《たくら》んだ。

佐和山城《さわやまじょう》では三成《みつなり》が大谷吉継《おおたによしつぐ》を口説《くど》き落《お》として気分《きぶん》が高《たか》まった。そこで更《さら》に大阪城《おおさかじょう》にも使者《ししゃ》を送《おく》って奉行衆《ぶぎょうしゅう》の増田長盛《ましたながもり》と長束正家《ながつかまさいえ》、前田玄以《まえだげんい》に、幼君秀頼《ようくんひでより》の名《な》の下《もと》に豊臣《とよとみ》家大老《けたいろう》の上杉景勝《うえすぎかげかつ》や毛利輝元《もうりてるもと》、宇喜多秀家《うきたひでいえ》と同盟《どうめい》して、家康討伐軍《いえやすとうばつぐん》を起《お》こそうと説得《せっとく》した。この三人《さんにん》は元々三成《もともとみつなり》とは共《とも》に奉行《ぶぎょう》を拝命《はいめい》した文治派《ぶんじは》だ。豊臣秀頼《とよとみひでより》の名《な》を悪用《あくよう》して文治派《ぶんじは》を除《のぞ》こうとする家康《いえやす》と豊臣武断派《とよとみぶだんは》を討《う》つことには何《なん》の異存《いぞん》もなく、幼君秀頼《ようくんひでより》と淀《よど》の了解《りょうかい》を得《え》て三成《みつなり》の申《もう》し出《で》を受《う》け入《い》れた。

同年《どうねん》七月十六日、毛利輝元《もうりてるもと》は奉行衆《ぶぎょうしゅう》の要請《ようせい》を受《う》けて一万余《よ》の軍勢《ぐんぜい》と共《とも》に海路大阪《かいろおおさか》に到着《とうちゃく》して、家康《いえやす》が去《さ》った後《あと》の大阪城西《おおさかじょうにし》の丸《まる》に入《は》った。

同年《どうねん》七月十七日、三成《みつなり》は大阪城内《おおさかじょうない》の奉行衆《ぶぎょうしゅう》に加《くわ》えて毛利輝元《もうりてるもと》も取《と》り込《こ》んで、豊臣秀頼《とよとみひでより》の名《な》の下《もと》に家康《いえやす》の犯《おか》した罪《つみ》を列挙《れっきょ》した『内府《ないふ》ちかい（違い）の条々《じょうじょう》』（家康の独断を断罪した個条文）を添《そ》え、全国《ぜんこく》の諸大名《しょだいみょう》に徳川討伐《とくがわとうばつ》の檄《げき》を飛《と》ばして家康《いえやす》に宣戦布告《せんせんふこく》した。

細川ガラシャの最期と伏見城攻撃

同慶長《どうけいちょう》五年（一六〇〇年）七月十七日、大阪城内《おおさかじょうない》の諸将《しょしょう》は家康《いえやす》に宣戦布告《せんせんふこく》すると同時《どうじ》に、徳川《とくがわ》方《がた》に加担《かたん》した豊臣家臣《とよとみかしん》や諸国《しょこく》の大名《だいみょう》を寝返《ねがえ》らせようと城下《じょうか》に居住《きょじゅう》する諸大名《しょだいみょう》の妻子《さいし》を大阪城《おおさかじょう》に収《しゅう》監《かん》し始《はじ》めた。徳川一門《とくがわいちもん》の屋敷《やしき》は既《すで》に蛻《もぬけ》の殻《から》だった。

細川忠興《ほそかわただおき》の正室《せいしつ》ガラシャ（明智光秀の娘）は収監《しゅうかん》を拒絶《きょぜつ》した。三成《みつなり》は捕縛《ほばく》を命《めい》じた。するとガラシャは重臣《じゅうしん》の小笠原秀清《おがさわらひできよ》に命《めい》じて、屋敷《やしき》に火《ひ》を掛《か》けた上《うえ》でふすま越《ご》しに我《わ》が身《み》を槍《やり》で突《つ》かせて息《いき》絶《た》えた。キリシタンは教義《きょうぎ》で自殺《じさつ》が禁《きん》じられていたのだ。

この壮絶《そうぜつ》な最期《さいご》が巷《ちまた》で噂《うわさ》になった。中立《ちゅうりつ》の諸大名《しょだいみょう》や世間《せけん》の風評《ふうひょう》を気《き》にした大阪方《おおさかがた》は、妻子《さいし》の収《しゅう》監《かん》を取止《とりや》めて、城下《じょうか》の自宅《じたく》に住《す》まわせながら屋敷周《やしきまわ》りを柵《さく》で囲《かこ》って厳《きび》しく出入《でい》りを見張《みは》らせた。

西国《さいごく》の諸将《しょしょう》は大々名《だいだいみょう》の毛利家《もうりけ》が立《た》つとの報《しら》せを聞《き》いて多《おお》くが軍勢《ぐんぜい》を引連《ひきつ》れ大阪《おおさか》に上《のぼ》って来《き》た。

中《なか》には徳川家康《とくがわいえやす》の上杉討伐《うえすぎとうばつ》に応《おう》じて出陣《しゅつじん》した西国《さいごく》の諸将《しょしょう》が、東進《とうしん》の途中《とちゅう》で豊臣秀頼《とよとみひでより》の名《な》の下《もと》に出《だ》された徳川討伐《とくがわとうばつ》の檄《げき》に触《ふ》れて大阪方《おおさかがた》に寝返《ねがえ》る大名《だいみょう》もいた。九州《きゅうしゅう》薩摩《さつま》の島津義弘《しまづよしひろ》はその代表《だいひょう》だ。
何《いず》れにしても大阪城《おおさかじょう》は諸国《しょこく》から上《のぼ》って来《き》た軍勢《ぐんぜい》で盛《も》り上《あ》がった。

大阪城《おおさかじょう》に屯《たむろ》していた反徳川方《はんとくがわがた》の諸将《しょしょう》（以後、大阪方を西軍、徳川方を東軍と記す）は、同年《どうねん》七月十七日の大老毛利輝元《たいろうもうりてるもと》の大阪城到着《おおさかじょうとうちゃく》と同時《どうじ》に談合《だんごう》して、西軍総大将《せいぐんそうだいしょう》に毛利輝元《もうりてるもと》を担《かつ》いだ。総大将《そうだいしょう》に担《かつ》がれた輝元《てるもと》は奉行《ぶぎょう》の増田長盛《ましたながもり》や長束正家《ながつかまさいえ》、前田玄以《まえだげんい》ほか、全国《ぜんこく》から参集《さんしゅう》した諸大《しょだい》名《みょう》と軍評定《いくさひょうじょう》を持《も》った。そして増田長盛《ましたながもり》らと共《とも》に大阪城《おおさかじょう》に控《ひか》えて幼君秀頼《ようくんひでより》を守護《しゅご》する一方《いっぽう》で、大《たい》老《ろう》の宇喜多秀家《うきたひでいえ》や他《た》の諸将《しょしょう》と手分《てわ》けして、近畿《きんき》・伊勢《いせ》・美濃方面《みののほうめん》の領主《りょうしゅ》で、大阪城《おおさかじょう》に参陣《さんじん》しない諸国領主《しょこくりょうしゅ》の平定《へいてい》に向《む》かうことに一決《いっけつ》してそれぞれ支度《したく》に取《と》り掛《かか》った。

同年《どうねん》七月十九日、西軍《せいぐん》は先《ま》ず手始《てはじ》めに毛利輝元《もうりてるもと》の名《な》の下《もと》に伏見城《ふしみじょう》に使者《ししゃ》を送《おく》って、守将《しゅしょう》の鳥居《とりい》元忠《もとただ》に城《しろ》の明《あ》け渡《わた》しを求《もと》めた。だが元忠《もとただ》はここが死場所《しにばしょ》と覚悟《かくご》を固《かた》めて家康《いえやす》から城《しろ》を預《あず》かったので、当然《とうぜん》これを拒絶《きょぜつ》した。

同月同日《どうげつどうじつ》、西軍《せいぐん》は伏見《ふしみ》城《じょう》攻《ぜ》めの総大将《そうだいしょう》に宇喜多秀家《うきたひでいえ》、副将《ふくしょう》に小早川秀秋《こばやかわひであき》（秀吉の正室ねねの姉の子で幼児からねねの下で成長。詳細は544頁3～4行目参照）を立《た》て、毛利秀元《もうりひでもと》（輝元の甥で養嗣子）・吉川広家《きっかわひろいえ》・小西行長《こにしゆきなが》・島津義弘《しまづよしひろ》・長宗我部盛親《ちょうそかべもりちか》・鍋島勝茂《なべしまかつしげ》らが加《くわ》わって、総勢《そうぜい》四万で伏見城《ふしみじょう》を包囲《ほうい》し攻撃《こうげき》を開始《かいし》した。

一方《いっぽう》の伏見城《ふしみじょう》の守《まも》り手《て》は鳥居元忠《とりいもとただ》を総大将《そうだいしょう》として僅《わず》かに千八百余《よ》。だが伏見城《ふしみじょう》は秀吉《ひでよし》が居城《きょじょう》とした堅城《けんじょう》だ。加《くわ》えて城将《じょうしょう》の鳥居元忠《とりいもとただ》とその家臣《かしん》らは今《いま》が死花《しにばな》を咲《さ》かせるときと懸命《けんめい》に応戦《おうせん》した。城《しろ》は容易《ようい》には落《お》ちなかった。

同月《どうげつ》二十九日、佐和山城《さわやまじょう》に籠《こも》って満《まん》を持《じ》していた三成《みつなり》は、家康《いえやす》が会津討伐《あいづとうばつ》に向《む》かって江戸《えど》を立《た》ったとの報《しら》せを受《う》けて佐和山《さわやま》を出《で》て伏見城《ふしみじょう》に立《た》ち寄《よ》り、諸将《しょしょう》と諸事綿密《しょじめんみつ》な打《う》ち合《あ》わせを行《おこな》った上《うえ》で大阪城《おおさかじょう》に入った。

奉行《ぶぎょう》の長束正家《ながつかまさいえ》（近江水口城主）は伏見城《ふしみじょう》に籠《こも》る甲賀衆《こうがしゅう》に面識《めんしき》があったので、妻子《さいし》を捕縛《ほばく》し磔《はりつけ》の刑《けい》に処《しょ》すと脅《おど》して西軍《せいぐん》に寝返《ねがえ》らせた。甲賀衆《こうがしゅう》は求《もと》めに応《おう》じて城《しろ》に火《ひ》を掛《か》けた。

同年《どうねん》八月一日、西軍《せいぐん》は火事《かじ》の混乱《こんらん》に乗《じょう》じて伏見城《ふしみじょう》に討《う》ち入《い》った。この討《う》ち入《い》りで故秀吉子飼《こひでよしこが》いの毛利勝永《もうりかつなが》が目覚《めざ》ましい働《はたら》きをして鳥居元忠《とりいもとただ》は討死《うちじに》し、伏見城《ふしみじょう》は落城《らくじょう》した。

西軍大垣城に集結と大津城陥落

伏見城《ふしみじょう》を落《お》とした諸将《しょしょう》は改《あらた》めて大阪城《おおさかじょう》に集結《しゅうけつ》し、評定《ひょうじょう》を持《も》って江戸討伐《えどとうばつ》に向《む》けて東海《とうかい》（伊勢国以東の太平洋沿岸諸国）東山《とうざん》（近江国以東の内陸地帯諸国）北陸《ほくりく》（若狭国以東の日本海沿岸諸国）の三道《さんどう》に別《わか》れて徳川《とくがわ》に与《くみ》する諸国《しょこく》の領主《りょうしゅ》を平定《へいてい》しながら東進《とうしん》することに決《けっ》してその手筈《てはず》を定《さだ》めた。

東海道隊《とうかいどうたい》を受《う》けた毛利秀元《もうりひでもと》は長束正家《ながつかまさいえ》や安国寺恵瓊《あんこくじえけい》らを先鋒《せんぽう》に立《た》てて、先《ま》ず手始《てはじ》めに徳川《とくがわ》に与《くみ》する伊勢方面《いせほうめん》の平定《へいてい》に当《あ》たった。

北陸道隊《ほくりくどうたい》を受《う》けた大谷吉継《おおたによしつぐ》は所領《しょりょう》の越前国敦賀《えちぜんこくつるが》に帰国《きこく》して、同国北《どうこくきた》ノ庄城《のしょうじょう》（福井市）の青木一矩《あおきかずのり》や丸岡城《まるおかじょう》の青木宗勝《あおきむねかつ》（豊臣家臣）、加賀国大聖寺城《かがこくだいしょうじじょう》の山口宗永《やまぐちむねなが》（元小早川秀秋の重臣）や小松城《こまつじょう》の丹羽長重《にわながしげ》（丹羽長秀の後継・499頁7～8行目参照）を説得《せっとく》して、徳川《とくがわ》に与力《よりき》する前田利長《まえだとしなが》に対峙《たいじ》した。

東山道《とうざんどう》を受《う》けた三成《みつなり》は美濃国《みのこく》に入《はい》り、未《ま》だ旗幟《きし》を鮮明《せんめい》にしていない岐阜城《ぎふじょう》に使者《ししゃ》を送《おく》って、織《お》田《だ》秀信《ひでのぶ》（信長の嫡孫・幼名は三法師）に美濃《みの》・尾張《おわり》二国《にこく》を与《あた》える条件《じょうけん》で西軍《せいぐん》へ与力《よりき》することを約《やく》させた。これを伝《つた》え聞《き》いた美濃国内《みのこくない》の支城《しじょう》の城主《じょうしゅ》は雪崩《なだれ》を打《う》って西軍《せいぐん》に靡《なび》いて石田三成《いしだみつなり》を受《う》け入《い》れた。

同年《どうねん》八月十一日、石田三成《いしだみつなり》は大垣城主《おおがきじょうしゅ》の伊藤盛正《いとうもりまさ》を説《と》いて大垣城《おおがきじょう》に入《はい》り東軍討伐《とうぐんとうばつ》の拠点《きょてん》にした。

丁度《ちょうど》この日《ひ》の十一日、東軍《とうぐん》の福島正則《ふくしままさのり》も会津征伐《あいづせいばつ》から尾張《おわり》に引《ひ》き返《かえ》して西軍攻撃《せいぐんこうげき》の準備《じゅんび》に入《はい》った（600頁4行目参照）。これを知《し》った石田三成《いしだみつなり》は、徳川勢《とくがわぜい》との決戦《けっせん》の場《ば》は此処《ここ》だと直感《ちょっかん》して方針《ほうしん》を急《きゅう》遽変更《きょへんこう》し、北陸《ほくりく》の敦賀《つるが》と東海《とうかい》の伊勢《いせ》に入《はい》った軍勢《ぐんぜい》を大垣《おおがき》に呼《よ》び集《あつ》めて西軍《せいぐん》の拠点《きょてん》にし始《はじ》めた。

これより少《すこ》し先《さき》、三成《みつなり》は江戸討伐《えどとうばつ》に東山道《とうざんどう》を下《くだ》る途中近江国《とちゅうおうみこく》の大津城《おおつじょう》に立《た》ち寄《よ》って、城主《じょうしゅ》の京《きょう》極高次《ごくたかつぐ》に西軍《せいぐん》に与力《よりき》して大谷吉継《おおたによしつぐ》に従《したが》い北陸道《ほくりくどう》に向《む》かうよう命《めい》じた。近江国大津《おうみこくおおつ》は東海《とうかい》・東山《とうざん》・北陸《ほくりく》の何《いず》れに向《む》かうにも通過《つうか》しなければならない瀬田橋《せたはし》を抱《かか》える最重要拠点《さいじゅうようきょてん》なのだ。西軍《せいぐん》は伏《ふし》見城《みじょう》を落《お》として意気盛《いきさか》んで、十万を超《こ》す大軍《たいぐん》が東進《とうしん》を始《はじ》めて近江領内《おうみりょうない》を通過《つうか》していた。

京極高次《きょうごくたかつぐ》は家康《いえやす》に与力《よりき》を約束《やくそく》していたが、未《ま》だ戦《いくさ》の準備《じゅんび》も整《ととの》わぬ中《なか》で三成《みつなり》に逆《さか》らうこともできず、已《や》む無《な》く求《もと》められるままに兵卒《へいそつ》二千を従《したが》えて越前国敦賀《えちぜんこくつるが》に入《はい》った。

城主《じょうしゅ》の京極高次《きょうごくたかつぐ》が大津城《おおつじょう》を後《あと》にした後《のち》に東進《とうしん》してきた西軍《せいぐん》は、大津城《おおつじょう》の明《あ》け渡《わた》しを求《もと》めた。だが大津城《おおつじょう》の守将《しゅしょう》は主君《しゅくん》の許可《きょか》がないことを理由《りゆう》に明《あ》け渡《わた》しを拒《こば》んだ。

相前後《あいぜんご》して、越前国敦賀《えちぜんこくつるが》の大谷吉継《おおたによしつぐ》の下《もと》に、三成《みつなり》から至急美濃大垣城《しきゅうみのおおがきじょう》に全軍集合《ぜんぐんしゅうごう》するよう報《しら》せが届《とど》いた。吉継《よしつぐ》は京極高次《きょうごくたかつぐ》にも大垣城《おおがきじょう》に同道《どうどう》するよう求《もと》めた。高次《たかつぐ》は吉継《よしつぐ》から一日遅《おく》れて敦賀《つるが》を発《た》ち大垣《おおがき》へ向《む》かったが、この途上《とじょう》で東軍《とうぐん》が大挙《たいきょ》して西上《せいじょう》してくることを知《し》った。

京極高次《きょうごくたかつぐ》はここは家康《いえやす》との約《やく》を果《は》たすときと思《おも》い直《なお》して、寝返《ねがえ》りを決意《けつい》した。そこで敦賀《つるが》から大垣《おおがき》へ向《むか》う途中《とちゅう》の北近江国塩津《きたおうみこくしおつ》で美濃《みの》への道《みち》とは逆方向《ぎゃくほうこう》の海津《かいづ》に出《で》て、海津《かいづ》から琵琶湖《びわこ》を舟《ふね》で大津《おお》に帰《かえ》った。そして西軍《せいぐん》とは袂《たもと》を分《わ》かって東軍《とうぐん》へ寝返《ねがえ》った。

西軍《せいぐん》の三成《みつなり》は驚《おどろ》いて、大阪《おおさか》から東進《とうしん》してくる西軍《せいぐん》の一万五千を大津城攻《おおつじょうぜ》めに向《む》かわせた。

大阪城《おおさかじょう》では幼君秀頼《ようくんひでより》の母《はは》の淀《よど》も驚《おどろ》き慌《あわ》てた。京極高次《きょうごくたかつぐ》の正室《せいしつ》は淀《よど》の妹《いもうと》の初《はつ》（常高院）だ。淀《よど》は大《おお》津城《つじょう》に使者《ししゃ》を立《た》てて高次《たかつぐ》に翻意《ほんい》を促《うなが》した。しかし高次《たかつぐ》は使者《ししゃ》との面会《めんかい》を拒《こば》んだ。それで夫人《ふじん》の初《はつ》に、寝返《ねがえ》るよう説得《せっとく》を依頼《いらい》した。だが高次《たかつぐ》は翻意《ほんい》しようとはしなかった。

同年《どうねん》九月八日、西軍《せいぐん》は大津城《おおつじょう》に向《む》けて昼夜《ちゅうや》分《わ》かたぬ攻撃《こうげき》を始《はじ》めた。十二日には園城寺《おんじょうじ》（別名三井寺）の長等山《ながらやま》から城《しろ》に向《む》かって大筒《おおづつ》を撃《う》ち込《こ》んだ。大津城《おおつじょう》では天守《てんしゅ》の柱《はしら》が折《お》れ怪我人《けがにん》が多数《たすう》出《で》て、恐怖《きょうふ》と混乱《こんらん》のルツボになった。翌《よく》十三日早朝《そうちょう》から西軍《せいぐん》は城内《じょうない》への突入《とつにゅう》を開始《かいし》した。夕刻《ゆうこく》になって大津城《おおつじょう》家老《かろう》の黒田伊予《くろだいよ》の勧《すす》めを受《う》けて京極高次《きょうごくたかつぐ》は遂《つい》に観念《かんねん》し、十四日には開城《かいじょう》して園城寺《おんじょうじ》に退《の》き、頭《あたま》を丸《まる》めて十五日には高野山《こうやさん》に入《はい》って蟄居《ちっきょ》した。

東軍小山の陣評定と豊臣武断派の三成討伐に先陣

ここでまた、話《はなし》は会津《あいづ》討伐《とうばつ》に向《む》かった徳川勢《とくがわぜい》の状況《じょうきょう》に戻《もど》る（573頁11行目の続き）。

慶長《けいちょう》五年（一六〇〇年）七月二十四日に行《おこな》われた下野国《しもつけこく》小山《おやま》（小山市）の本陣《ほんじん》での軍評定《いくさひょうじょう》中《ちゅう》に大阪城《おおさかじょう》の奉行《ぶぎょう》から

「石田治部《いしだじぶ》（三成）と大谷刑部《おおたにぎょうぶ》（吉継）の両名《りょうめい》が謀反《むほん》す」との報《しら》せが入《はい》った。伏見城《ふしみじょう》からも

「毛利輝元《もうりてるもと》が一万余《よ》の軍勢《ぐんぜい》を従《したが》えて大阪城《おおさかじょう》に入城《にゅうじょう》し、兵《へい》を出《だ》して伏見城《ふしみじょう》を囲《かこ》む」の急使《きゅうし》が飛《と》び込《こ》んだ。家康《いえやす》はこのことがあるのを予期《よき》していた。だが、ここで思案《しあん》をし直《なお》し心《こころ》の中《なか》で

「愈々《いよいよ》、石田三成《いしだみつなり》が動《うご》き出《だ》して、毛利輝元《もうりてるもと》や西国《さいごく》の諸大名《しょだいみょう》を一味《いちみ》に加《くわ》え、幼君秀頼《ようくんひでより》を籠絡《ろうらく》して徳《とく》川討伐《がわとうばつ》に乗《の》り出《だ》した。ここは一刻《いっこく》の猶予《ゆうよ》もならぬ大事《だいじ》だが、今《いま》この上杉討伐《うえすぎとうばつ》の陣中《じんちゅう》には豊臣恩顧《とよとみおんこ》の諸将《しょしょう》が大勢参加《おおぜいさんか》している。迂闊《うかつ》に慌《あわ》て騒《さわ》ぐのは禁物《きんもつ》。豊臣家武将《とよとみけぶしょう》との気脈《きみゃく》を充分《じゅうぶん》に通《かよ》わしておかなければ、何時寝返《いつねがえ》りを受《う》けるか知《し》れたものではない」と思《おも》った。この時《とき》には未《ま》だ七月十七日に豊臣秀頼《とよとみひでより》の名《な》の下《もと》に書《か》かれた徳川討伐《とくがわとうばつ》の檄文《げきぶん》は（576頁11～12行目参照）小山《おやま》に届《とど》いていなかった。

家康《いえやす》は改《あらた》めて軍評定中《いくさひょうじょうちゅう》の諸将《しょしょう》に向《む》かって

「ただ今《いま》、大阪《おおさか》の奉行《ぶぎょう》より石田治部《いしだじぶ》（三成）の謀反《むほん》と、伏見《ふしみ》から毛利中納言《もうりちゅうなごん》（輝元）が多勢《たぜい》の軍勢《ぐんぜい》を引連《ひきつ》れて大阪城《おおさかじょう》に入城《にゅうじょう》したとの報《しら》せが入《はい》った。然《しか》らば徳川《とくがわ》は幼君《ようくん》を誑《たぶら》かす三成《みつなり》とその一味《いちみ》を討伐《とうばつ》しに西《にし》に軍《ぐん》を返《かえ》さねばならぬ。徳川《とくがわ》は豊臣家《とよとみけ》を支《ささ》えるために三成《みつなり》とその一味《いちみ》を撲滅《ぼくめつ》しようと

するものなり。なれどもここに同席《どうせき》の皆々《みなみな》の御妻子《ごさいし》は大阪表《おおさかおもて》に御座《おわ》すことでもあれば別《べつ》なる心配《しんぱい》もおありだろうし、豊臣恩顧《とよとみおんこ》の御歴々《おれきれき》（皆様）も多数同席戴《たすうどうせきいただ》いている。皆々《みなみな》の御意見《ごいけん》も承《うけたまわ》りたい」と言《い》って発言《はつげん》を求《もと》めた。一同《いちどう》はただ息《いき》を呑《の》んで黙《もく》して語《かた》らず顔《かお》を見合《みあわ》せた。その時《とき》、福島正則《ふくしままさのり》が立《た》って

「かかる時《とき》に臨《のぞ》み、妻子《さいし》に引《ひ》かれて武士《もののふ》の道《みち》を踏《ふ》み違《たが》えることある不可《べからず》。内府《ないふ》（家康の官名・内大臣の別称）の御《おん》ためには身命《しんめい》を賭《と》してお味方仕《みかたつかまつ》る」と上気《じょうき》して言《い》い放《はな》った。すると黒田《くろだ》・浅野《あさの》・細《ほそ》川《かわ》・池田《いけだ》らの豊臣武断派《とよとみぶだんは》の諸将《しょしょう》を始《はじ》め一座《いちざ》は皆《みな》、先《さき》を争《あらそ》い声高《こえたか》らかに徳川《とくがわ》に味方《みかた》して、石田討伐《いしだとうばつ》軍《ぐん》に同道《どうどう》すると申《もう》し出《で》た。そこで家康《いえやす》は諸将《しょしょう》に謝意《しゃい》を表《ひょう》しながら

「今《いま》、会津《あいづ》に攻《せ》め入《い》って上杉景勝《うえすぎかげかつ》を当《まさ》に討《う》ち取《と》る直前《ちょくぜん》であれば、景勝《かげかつ》を討《う》ち取《と》った後《のち》に上方《かみがた》に進《しん》発《ぱつ》すべきか、景勝《かげかつ》を捨《す》て置《お》いて今直《います》ぐ上方《かみがた》へ向《む》かうべきか」を再度尋《さいどたず》ねた。諸将《しょしょう》は皆《みな》

「上杉《うえすぎ》は枝葉《しよう》。石田《いしだ》が根本《こんぽん》なれば会津《あいづ》を捨《す》てて石田征伐《いしだせいばつ》を急《いそ》ぐべき」と申《もう》し立《た》てて、即刻上方《そっこくかみがた》へ進発《しんぱつ》することに決《けっ》した。

そこで家康《いえやす》は豊臣恩顧《とよとみおんこ》の諸将《しょしょう》からの申《もう》し出《で》を受《う》けて

「池田輝政殿《いけだてるまさどの》の吉田城《よしだじょう》（豊橋城　豊橋市）と福島正則殿《ふくしままさのりどの》の清洲城《きよすじょう》（清須市）は共《とも》に敵地《てきち》に近《ちか》ければ、先《ま》ずは両将《りょうしょう》に先陣《せんじん》を委《ゆだ》ねて我《われ》ら父子《ふし》の着陣《ちゃくじん》を待《ま》たれたい」と命《めい》じた。正則《まさのり》は

「これは光栄《こうえい》。喜《よろこ》んで先陣《せんじん》を仕《つかまつ》り、我《わ》が清洲城《きよすじょう》も挙《あ》げて徳川殿《とくがわどの》に捧《ささ》げ進《しん》ぜる」と申《もう》し出《で》た。山内《やまのうち》一豊《かずとよ》も負《ま》けるものかと

「それがしも居城《きょじょう》の掛川《かけがわ》を進呈《しんてい》いたす」と申《もう》し出《で》た。これを聞《き》いた東海道筋《とうかいどうすじ》の城持《しろも》ち諸将《しょしょう》は挙《あ》げて城《しろ》の明《あ》け渡《わた》しを申《もう》し出《で》たので、西進《せいしん》することへの支障《ししょう》は全《まった》く無《な》くなった。

家康《いえやす》は次《つ》いで現在進行中《げんざいしんこうちゅう》の上杉勢《うえすぎぜい》の抑《おさ》えは、家康《いえやす》の次男《じなん》の結城秀康《ゆうきひでやす》（秀吉の命で結城家の名跡を継ぐ。469頁4行目参照）に委《ゆだ》ねた。そして会津《あいづ》の隣国《りんごく》の伊達《だて》や堀《ほり》・最上《もがみ》・蒲生《がもう》・相馬《そうま》らの諸将《しょしょう》を秀康《ひでやす》の属将《ぞくしょう》に加《くわ》えて秀康本隊《ひでやすほんたい》を補完《ほかん》させた。

次《つ》いで家督《かとく》の徳川秀忠《とくがわひでただ》に、榊原康政《さかきばらやすまさ》を始《はじ》め徳川歴代《とくがわれきだい》の宿将《しゅくしょう》と三万八千の軍勢《ぐんぜい》を付《つ》けて小山《おやま》の陣《じん》を立《た》ち、東山道《とうさんどう》の諸国《しょこく》を経略《けいりゃく》しながら西進《せいしん》するよう命《めい》じた。

同年《どうねん》七月二十六日には池田《いけだ》、福島《ふくしま》の先発隊《せんぱつたい》が小山《おやま》の陣《じん》を立《た》った。この後《のち》、家康自身《いえやすじしん》は驟雨《しゅうう》（にわか雨）に遭《あ》って小山《おやま》の陣払《じんはら》いが遅《おく》れたが、八月七日には江戸《えど》に帰還《きかん》した（この後599頁11行目に続く）。

前田利長北陸道を西進し大聖寺城と小松城攻撃

話《はなし》は以後《いご》三つに分《わ》かれる。先《ま》ずは北陸道《ほくりくどう》（若狭国以東の日本海沿岸諸国）から（573頁7～8行目の続き）。

加賀国《かがこく》の前田利長《まえだとしなが》の下《もと》に、豊臣秀頼《とよとみひでより》の名《な》で徳川追討《とくがわついとう》の檄文《げきぶん》と宇喜多秀家《うきたひでいえ》と毛利輝元連署《もうりてるもとれんしょ》の、西《せい》軍《ぐん》への参陣《さんじん》を要請《ようせい》する檄文《げきぶん》が届《とど》いた。大阪《おおさか》の前田邸《まえだてい》からも急報《きゅうほう》が続々《ぞくぞく》と届《とど》いて、「大阪勢《おおさかぜい》に与《くみ》した大谷吉継《おおたによしつぐ》が領国敦賀《りょうごくつるが》に入《はい》って北陸平定《ほくりくへいてい》に向《む》けて画策中《かくさくちゅう》」と報《しら》せてきた。

前田利長《まえだとしなが》は愈々切羽詰《いよいよせっぱつ》まった。そこで宿老《しゅくろう》らと評定《ひょうじょう》を持《も》ったが、東軍《とうぐん》に与《くみ》するか寝返《ねがえ》って西軍《せいぐん》に加《くわ》わるかでまた大激論《だいげきろん》になった。利長《としなが》は江戸《えど》へ立《た》つときの芳春院《ほうしゅんいん》（利長の母）の教《おし》えに従《したが》おうと説得《せっとく》して、東軍《とうぐん》に加勢《かせい》することで漸《ようや》く評定《ひょうじょう》がまとまった。

丁度《ちょうど》このとき利長《としなが》の加賀領国内《かがりょうごくない》でありながら、前田家《まえだけ》の主権《しゅけん》の及《およ》ばない小松領《こまつりょう》の丹羽長重《にわながしげ》と大聖寺領《だいしょうじりょう》の山口宗永《やまぐちむねなが》が西軍《せいぐん》に加担《かたん》して、前田家《まえだけ》に敵対《てきたい》した。

越前敦賀《えちぜんつるが》領主《りょうしゅ》の大谷吉継《おおたによしつぐ》が石田三成《いしたみつなり》に進言《しんげん》して、丹羽長重《にわながしげ》と山口宗永《やまぐちむねなが》の両者《りょうしゃ》に厚遇《こうぐう》を示《しめ》して西軍《せいぐん》に取《と》り込《こ》み、前田勢《まえだぜい》への備《そな》えにしたのだ。

この時《とき》また、前田利長《まえだとしなが》の下《もと》に家康《いえやす》から、会津征伐《あいづせいばつ》を中断《ちゅうだん》して石田征伐《いしだせいばつ》に向《む》かえとの使者《ししゃ》が遣《や》って来《き》た。前田利長《まえだとしなが》は家康《いえやす》から使者《ししゃ》を受《う》けたが、それでなくてもここは先《ま》ず前田家《まえだけ》に反旗《はんき》を掲《かか》げた小松《こまつ》と大聖寺《だいしょうじ》や隣国《りんごく》の越前《えちぜん》は討《う》たねばならなかった。

東軍《とうぐん》のためにも徳川《とくがわ》に敵対《てきたい》する者《もの》は討《う》たねばならぬし、何《なに》よりも『身《み》に降《ふ》りかかる火《ひ》の粉《こ》』は払《はら》わねばならない。

慶長《けいちょう》五年（一六〇〇年）七月二十六日、前田利長《まえだとしなが》は領国《りょうごく》の備《そな》えとして、金沢城《かなざわじょう》に奥村永福《おくむらながとみ》と青《あお》山吉次《やまよしつぐ》、加賀鶴来城《かがつるぎじょう》には高畠定吉《たかはたさだよし》、富山城《とやまじょう》には前田長種《まえだながたね》、魚津城《うおづじょう》には青山吉次《あおやまよしつぐ》の家臣《かしん》の寺西《てらにし》兵《ひょう》部《ぶ》を置《お》いて守《まも》りを固《かた》めた上《うえ》で、小松《こまつ》・大聖寺《だいしょうじ》と隣国越前《りんごくえちぜん》の討伐《とうばつ》に二万五千の軍勢《ぐんぜい》を率《ひき》いて金沢《かなざわ》を出陣《しゅつじん》した。

途中前田利長《とちゅうまえだとしなが》は丹羽長重《にわながしげ》の籠《こも》る小松《こまつ》に差《さ》し掛《か》かって陣《じん》を取《と》り軍議《ぐんぎ》を持《も》った。奥村栄明《おくむらはるあき》（永福の家督）や高山右近《たかやまうこん》・横山長知《よこやまながとも》・長連竜《ちょうつらたつ》は

「小松城《こまつじょう》は名城《めいじょう》。加《くわ》えて丹羽長重《にわながしげ》には軍略《ぐんりゃく》に長《た》けた越前《えちぜん》の長谷川秀一《はせがわひでかず》（通称東郷侍従）も加勢《かせい》している由《よし》。この城《しろ》を落《お》とすのは容易《ようい》で御座《ござ》らぬ。小松《こまつ》は捨《す》て置《お》いて、先《ま》ずは手始《てはじ》めに防備《ぼうび》の手薄《てうす》な大聖寺城《だいしょうじじょう》を攻《せ》めるべし」と進言《しんげん》して皆《みな》が納得《なっとく》した。もし長重《ながしげ》が城《しろ》から出撃《しゅつげき》してくれば相手《あいて》は小勢《こぜい》でこちらは多勢《たぜい》。訳無《わけな》く捻《ひね》り潰《つぶ》せる。そこで小松城《こまつじょう》は素通《すどお》りして大聖寺《だいしょうじ》に軍《ぐん》を進《すす》めた。

同年《どうねん》八月二日、前田軍《まえだぐん》は大聖寺城《だいしょうじじょう》に軍使《ぐんし》を送《おく》って山口宗永《やまぐちむねなが》に降伏《こうふく》を勧《すす》めた。だが宗永《むねなが》は小松《こまつ》の丹羽長重《にわながしげ》や丸岡《まるおか》の青木宗勝《あおきむねかつ》、北ノ庄《きたのしょう》（福井市）の青木一矩《あおきかずのり》（豊臣家臣）に援軍《えんぐん》を頼《たの》んで降伏《こうふく》を拒否《きょひ》し、城攻《しろぜ》めに備《そな》えて城下《じょうか》の桑畑《くわばたけ》に鉄砲隊《てっぽうたい》を潜《ひそ》ませ、前田軍《まえだぐん》の進撃《しんげき》を待《ま》ち受《う》けた。

八月三日、前田軍《まえだぐん》は大聖寺城《だいしょうじじょう》への援軍《えんぐん》が未《ま》だ何所《どこ》からも来《こ》ない内《うち》に城下《じょうか》に攻《せ》め入《い》ったが、城下《じょうか》に入《はい》った途端《とたん》に桑畑《くわばたけ》から鉄砲《てっぽう》が撃《う》ち込《こ》まれた。前田軍《まえだぐん》は思《おも》わぬ被害《ひがい》に逢《あ》ったが、伏兵《ふくへい》との間《あいだ》で激《はげ》しい銃撃戦《じゅうげきせん》を行《おこ》なって伏兵《ふくへい》を蹴散《けち》らした。前田勢《まえだぜい》は勢《いきお》いに乗《の》って城下《じょうか》に攻《せ》め込《こ》み、城内《じょうない》にも

鉄砲《てっぽう》を撃《う》ち込《こ》んだ。無勢《ぶぜい》の城内《じょうない》は乱《みだ》れて、程《ほど》なく山口宗永《やまぐちむねなが》・修弘《ながひろ》父子《ふし》は討死《うちじに》して果《は》てた。

前田利長《まえだとしなが》は徳川家康《とくがわいえやす》の下《もと》に使者《ししゃ》を送《おく》って、西軍《せいぐん》に属《ぞく》した大聖寺《だいしょうじ》の山口宗永《やまぐちむねなが》を討《う》ち取《と》り大聖寺《だいしょうじ》を平定《へいてい》したことを伝《つた》えた。家康《いえやす》は北陸《ほくりく》一帯《いったい》を前田家《まえだけ》の裁量《さいりょう》に任《まか》すことを認《みと》めて、「目出度《めでた》き事《こと》なり」と自筆《じひつ》の返書《へんしょ》を前田《まえだ》の使者《ししゃ》に託《たく》した。

前田利長《まえだとしなが》は大聖寺《だいしょうじ》を平定《へいてい》した勢《いきお》いに乗《の》って、加越国境《かえつこっきょう》を越《こ》え越前《えちぜん》の金津《かなづ》にまで軍勢《ぐんぜい》を進《すす》めて、西軍《せいぐん》に加勢《かせい》した越前丸岡城《えちぜんまるおかじょう》の青木宗勝《あおきむねかつ》と北ノ庄城《きたのしょうじょう》の青木一矩《あおきかずのり》に降伏《こうふく》を迫《せま》った。丸岡城《まるおかじょう》の宗《むね》勝《かつ》は金津《かなづ》の前田利長《まえだとしなが》の陣《じん》に出向《でむ》いて恭順《きょうじゅん》の意《い》を表《あらわ》した。

大谷吉継《おおたによしつぐ》は大阪城内《おおさかじょうない》で幼君秀頼《ようくんひでより》の近衆《きんしゅう》の中川宗平《なかがわそうへい》（前田一族）を捕《つか》まえて、有無《うむ》を言《い》わさず『この度《たび》、大谷刑部《おおたにぎょうぶ》（吉継の官名）が北国筋《ほっこくすじ》を請《う》け負《お》って、四万余《よ》の大軍《たいぐん》を加賀《かが》に向《む》かわせて候《そうろう》。その内《うち》一万七千は北ノ庄口《きたのしょうぐち》に押《お》し寄《よ》せ、三万は船手《ふねて》にて敦賀《つるが》より海路加賀《かいろかが》に着岸《ちゃくがん》して金沢《かなざわ》を攻《せ》め取《と》るべく候条《そうろうじょう》御油断《ごゆだん》これある不可《べからず》候《そうろう》。恐々謹言《きょうきょうきんげん》。中川宗平《なかがわそうへい》　八月三日　肥前守殿《ひぜんのかみどの》（利長の官名）』と書状《しょじょう》を書《か》かせて利長《としなが》の下《もと》に届《とど》けた。

同慶長《どうけいちょう》五年（一六〇〇年）八月七日、前田陣中《まえだじんちゅう》で動揺《どうよう》が走《はし》った。戦上手《いくさじょうず》で知《し》られる大谷吉継《おおたによしつぐ》が海路《かいろ》から大軍《たいぐん》を率《ひき》いて加賀《かが》に撃《う》ち入《い》れば、加賀《かが》の留守隊《るすたい》だけでは対処《たいしょ》できない。即刻陣《そっこくじん》を返《かえ》して備《そな》えを固《かた》め直《なお》す必要《ひつよう》に迫《せま》られた。そこで軍議《ぐんぎ》を開《ひら》いて「西軍《せいぐん》が徳川追討《とくがわついとう》に向《む》けて今伏見城《いまふしみじょう》を屠《ほふ》ったところだが（580頁2行目参照）、東軍《とうぐん》は漸《ようや》く会津征伐《あいづせいばつ》を中断《ちゅうだん》して江戸《えど》に帰陣《きじん》の途中《とちゅう》なり（587頁2行目参照）。我《われ》らは東軍《とうぐん》に与《くみ》しはしたが徳川家臣《とくがわかしん》には非《あら》ず。然《しか》らば今《いま》は東軍《とうぐん》も未《ま》だ西軍《せいぐん》との激突《げきとつ》に向《む》けての準備中《じゅんびちゅう》なれば、ここは我《われ》らも一旦金沢《いったんかなざわ》に引《ひ》き返《かえ》して東西両軍《とうざいりょうぐん》の出方《でかた》を見守《みまも》るのが最善《さいぜん》」と一決《いっけつ》した。

小松城下浅井畷の合戦と利長の家康本陣伺候

前田利長《まえだとしなが》は即刻金沢《そっこくかなざわ》へ軍《ぐん》を返《かえ》すことにして、先発隊《せんぱつたい》の長連竜《ちょうつらたつ》・山崎長徳《やまざきながのり》・高山右近《たかやまうこん》・太田長知《おおたながとも》に小松城《こまつじょう》の丹羽長重《にわながしげ》の動《うご》きを抑《おさ》えるよう命《めい》じた。先発隊《せんぱつたい》は小松城下《こまつじょうか》への道《みち》を足場《あしば》が悪《わる》いが近道《ちかみち》の沼地《ぬまち》を選《えら》んで、当日《とうじつ》は木場潟付近《きばがたふきん》の御幸塚《みゆきづか》（小松市今江町）まで進《すす》んで陣《じん》を取《と》った。

翌《よく》八月八日、小松城内《こまつじょうない》ではこの前田勢《まえだぜい》の動《うご》きに気付《きづ》いて

「スワ前田勢来《まえだせいきた》る」と城内外《しろないがい》は上《うえ》を下《した》への大騒《おおさわ》ぎになった。丹羽長重《にわながしげ》は一族《いちぞく》の丹羽五郎助《にわごろうすけ》を城《しろ》の櫓《やぐら》に登《のぼ》らせて

「敵《てき》が攻《せ》め寄《よ》せれば太鼓《たいこ》を打《う》って皆《みな》に知《し》らせよ」と言《い》い付《つ》けて、坂井若狭《さかいわかさ》には大手《おおて》を守《まも》らせ、坂《さか》井與右衛門《いようえもん》には先手《さきて》を命《めい》じて前田勢《まえだぜい》に備《そな》えた。

前田《まえだ》の先発隊《せんぱつたい》は御幸塚《みゆきづか》（今江町）から木場潟尻《きばがたじり》の今井橋《いまいばし》（今江橋）を越《こ》えて浅井畷《あさいなわて》（細い田圃道）に差《さ》し掛《か》かった。

丹羽長重《にわながしげ》は近習《きんしゅう》を引連《ひきつ》れて前田軍《まえだぐん》の様子《ようす》を見《み》に町口《まちくち》にまで出《で》た。小松城内《こまつじょうない》に控《ひか》えていた江口《えぐち》三郎右衛門《さぶろうえもん》は前田先発隊《まえだせんぱつたい》が浅井畷《あさいなわて》に向《む》かうと聞《き》いて

「これぞ天祐《てんゆう》。前田勢《まえだぜい》は我《わ》が掌《たなごころ》に落《お》ちたり」と喜《よろこ》んで、手勢《てぜい》八十余《よ》を引連《ひきつ》れて前田軍《まえだぐん》を迎《むか》え討《う》とうと城《しろ》から飛《と》び出《だ》し、同時《どうじ》に配下《はいか》を丹羽長重《にわながしげ》の下《もと》にも走《はし》らせて丹羽勢挙《にわぜいあ》げての出撃《しゅつげき》を要請《ようせい》した。

丹羽長重《にわながしげ》は要請《ようせい》に応《こた》えて古田五郎兵衛《ふるたごろべえ》や坂井《さかい》・澤《さわ》・佐々《さっさ》・森野《もりの》・團《だん》・村松《むらまつ》らの諸将《しょしょう》を江口《えぐち》の加《か》

勢《せい》に向《む》かわせた。

浅井畷《あさいなわて》の周辺《しゅうへん》で戦《いくさ》が始《はじ》まった。前田勢《まえだぜい》は細《ほそ》い田圃道《たんぼみち》を小松《こまつ》に向《む》かって進《すす》むところを前後《ぜんご》から槍《やり》で突《つ》き立《た》てられた。加《くわ》えて田圃《たんぼ》を挟《はさ》んだ畔道《あぜみち》から鉄砲《てっぽう》を撃《う》ち掛《か》けられた。前田勢《まえだぜい》は進《すす》むことも退《の》くことも出来《でき》ず、田《た》に足《あし》を取《と》られて散々《さんざん》に攻《せ》め立《た》てられ、多《おお》くの将兵《しょうへい》を失《うしな》い惨敗《ざんぱい》した。

前田軍《まえだぐん》の本隊《ほんたい》はこの頃足場《ころあしば》の良《よ》い木場潟《きばがた》の山手《やまて》の三堂山《さんどやま》に陣《じん》を取《と》った。前田利長《まえだとしなが》は先発隊《せんぱつたい》の惨《ざん》敗《ぱい》を受《う》けて敗走《はいそう》する将兵《しょうへい》を受《う》け入《い》れながら激怒《げきど》して小松城《こまつじょう》を総攻撃《そうこうげき》せよと喚《わめ》き散《ち》らした。だが宿老《しゅくろう》に居城《きょじょう》の金沢《かなざわ》の危機《きき》を言《い》い聞《き》かされて我《われ》に返《かえ》り、小松城攻撃《こまつじょうこうげき》を断念《だんねん》して金沢《かなざわ》への帰《かえ》りを急《いそ》いだ。

前田利長《まえだとしなが》が金沢《かなざわ》に帰《かえ》り着《つ》いて後《のち》の八月二十三日、西軍《せいぐん》に加担《かたん》した織田秀信《おだひでのぶ》（信忠の嫡男　幼名三法師）の岐阜城《ぎふじょう》が東軍《とうぐん》の攻撃《こうげき》に遭《あ》って落城《らくじょう》した。その報《しら》せが金沢《かなざわ》に舞《ま》い込《こ》み、引《ひ》き続《つづ》いて九月一日に家康《いえやす》が江戸城《えどじょう》を出《で》て西進《せいしん》したとの報《しら》せも飛《と》び込《こ》んだ。

さらに家康《いえやす》の使者《ししゃ》が直接金沢《ちょくせつかなざわ》に飛《と》び込《こ》んで来《き》て、利長《としなが》に宛《あ》てた岐阜《ぎふ》への至急《しきゅう》の出陣《しゅつじん》を促《うなが》す九月八日付《づ》けの家康直筆《いえやすじきひつ》の書状《しょじょう》を差《さ》し出《だ》した。

利長《としなが》は改《あらた》めて東軍《とうぐん》への参陣《さんじん》を評定《ひょうじょう》した。前田利政《まえだとしまさ》（利長の弟）は大阪《おおさか》の前田邸《まえだてい》にいる妻子《さいし》を捨《す》てて徳川《とくがわ》に属《ぞく》するのを快《こころよ》く思《おも》わず、本領《ほんりょう》の能登《のと》に帰《かえ》って中立《ちゅうりつ》を表《ひょう》して隠棲《いんせい》した。

九月十一日、前田利長《まえだとしなが》は家康《いえやす》の求《もと》めに応《おう》じて金沢《かなざわ》を出陣《しゅつじん》した。

九月十三日、家康《いえやす》は常陸《ひたち》に蟄居《ちっきょ》させた芳春院《ほうしゅんいん》（利長の実母）の甥《おい》の土方雄久《ひじかたかつひさ》を使者《ししゃ》に立《た》てて、小松《こまつ》の丹羽長重《にわながしげ》と北ノ庄《きたのしょう》の青木一矩《あおきかずのり》が東軍《とうぐん》に降伏《こうふく》を願《ねが》い出《で》たことと美濃《みの》での『風雲急《ふううんきゅう》』（事態急変）を利長《としなが》に伝《つた》え、丹羽長重《にわながしげ》や青木一矩《あおきかずのり》と和睦《わぼく》して速《すみ》やかに軍《ぐん》を進《すす》めるように命《めい》じた。長重《ながしげ》と一矩《かずのり》は美濃《みの》での東軍《とうぐん》の圧勝《あっしょう》に恐《おそ》れをなして東軍《とうぐん》に降伏《こうふく》を願《ねが》い出《で》たのだ。

九月十八日、利長《としなが》は小松《こまつ》に入《はい》って丹羽長重《にわながしげ》と和《わ》し、翌日《よくじつ》には北ノ庄《きたのしょう》に入《はい》って青木一矩《あおきかずのり》と和睦交《わぼくこう》渉《しょう》に入《はい》った。そこへ関ヶ原《せきがはら》から西軍全滅《せいぐんぜんめつ》の報《しら》せが飛《と》び込《こ》んだ。青木一矩《あおきかずのり》は西軍全滅《せいぐんぜんめつ》の報《しら》せを受《う》けて、和睦《わぼく》の条件闘争《じょうけんとうそう》をしてみても甲斐《かい》なしと悟《さと》って前田勢《まえだぜい》に全面降伏《ぜんめんこうふく》した。

九月二十二日、前田利長《まえだとしなが》は家康本陣《いえやすほんじん》が既《すで》に大津《おおつ》に移《うつ》ったのを知《し》って、東西両軍《とうざいりょうぐん》の激戦地《げきせんち》となった関ヶ原《せきがはら》には向《む》かわず、大津《おおつ》へ進路《しんろ》を変《か》えて家康本陣《いえやすほんじん》に出向《でむ》いた。利長《としなが》は家康《いえやす》に謁見《えっけん》して利《とし》政《まさ》の同道《どうどう》がなかったことで遅滞《ちたい》したことを詫《わ》びた。加《くわ》えて丹羽長重《にわながしげ》が降伏《こうふく》したことを伝《つた》えて成敗《せいばい》を免《めん》じて本領《ほんりょう》を安堵《あんど》するよう介添《かいぞ》えした。だが家康《いえやす》は二人《ふたり》の領地安堵《りょうちあんど》は許《ゆる》さず、改易《かいえき》（没収）して利長《としなが》の領地《りょうち》に組《く》み込《こ》ませた。利政《としまさ》はその後京都《ごきょう》に隠棲《いんせい》し、長重《ながしげ》は許《ゆる》されて常陸国古渡《ひたちこくふっと》（稲敷市）に一万石《いちまんごく》が与《あた》えられた。長重《ながしげ》は後年《こうねん》（寛永四年）さらに陸奥国白河《むつこくしらかわ》十万石《ごく》の大名《だいみょう》に出世《しゅっせ》した。

徳川秀忠上田城で真田昌幸・幸村父子と交戦し関ヶ原の戦いに遅参

次《つ》いで話《はなし》は会津《あいづ》攻《ぜ》めの小山《おやま》の陣《じん》から東山道《とうざんどう》（近江国以東の内陸部の諸国）を経《へ》て西軍討伐《せいぐんとうばつ》に向《む》かった秀忠隊《ひでただたい》に移《うつ》る。徳川秀忠《とくがわひでただ》はこのとき二十一歳《さい》。小田原《おだわら》の役《えき》に参陣《さんじん》したが戦《いくさ》には加《くわ》わらなかったので今回《こんかい》が実質上《じっしつじょう》の初陣《ういじん》だ。

慶長《けいちょう》五年（一六〇〇年）七月二十四日の小山《おやま》の評定《ひょうじょう》を受《う》けて（586頁11〜12行目参照）、秀忠軍《ひでただぐん》は東山《とうざん》道《どう》を西進《せいしん》し、途中沼田《とちゅうぬまた》城主《じょうしゅ》の真田信之《さなだのぶゆき》の勢《ぜい》を加《くわ》えて九月一日には小諸《こもろ》（小諸市）に着《つ》いた。これより先《さき》の上田城《うえだじょう》（上田市）には真田昌幸《さなだまさゆき》がいた。秀忠《ひでただ》は小山《おやま》の陣《じん》からの出発時《しゅっぱつじ》に父《ちち》の家康《いえやす》から

「東山道《とうざんどう》の平定《へいてい》を任務《にんむ》の第一《だいいち》と心得《こころえ》よ」との命《めい》を受《う》け、特《とく》に真田昌幸《さなだまさゆき》には特別《とくべつ》の忠告《ちゅうこく》を受《う》けていた。

真田昌幸《さなだまさゆき》は徳川《とくがわ》の会津征伐《あいづせいばつ》に加《くわ》わったが、下野国犬伏《しもつけこくいぬぶせ》（佐野市）で三成《みつなり》から挙兵《きょへい》の報《しら》せを受《う》けた。そこで昌幸《まさゆき》は嫡男《ちゃくなん》の信之《のぶゆき》と次男《じなん》の信繁《のぶしげ》（後世幸村と呼ばれる、以後幸村）と談合《だんごう》して、三成《みつなり》とは『刎頚《ふんけい》の交《まじ》わり』（574頁4行目参照）の仲《なか》の大谷吉継《おおたによしつぐ》の娘《むすめ》が妻《つま》の幸村《ゆきむら》と父《ちち》の昌幸《まさゆき》は西軍《せいぐん》に与《くみ》し、徳川《とくがわ》家宿将《けしゅくしょう》の本多忠勝《ほんだただかつ》の娘《むすめ》が妻《つま》の信之《のぶゆき》は東軍《とうぐん》に与《くみ》することで互《たが》いに袂《たもと》を分《わ》かった。後世《こうせい》、真田家《さなだけ》が東西《とうざい》どちらの軍《ぐん》が勝《か》っても家名《かめい》を残《のこ》すことが出来《でき》るように『苦肉《くにく》の策《さく》』（我が身（肉）を傷付けて（苦しめて）敵の眼を誤魔化し苦境を乗り切る例え。原典は兵法三六計 敗戦計 苦肉計）を取《と》ったのだと噂《うわさ》した。昌《まさ》幸《ゆき》と幸村《ゆきむら》は会津討伐《あいづとうばつ》の東軍《とうぐん》を抜《ぬ》け出《だ》して、秀忠隊《ひでただたい》より一足先《ひとあしさき》に居城《きょじょう》の上田城《うえだじょう》に舞《ま》い戻《もど》っていた。

徳川秀忠《とくがわひでただ》は、真田昌幸《さなだまさゆき》の嫡男《ちゃくなん》の信之《のぶゆき》と、信之《のぶゆき》とは義兄弟《ぎきょうだい》の本多忠政《ほんだただまさ》に命《めい》じて、上田城《うえだじょう》の開城《かいじょう》と東軍《とうぐん》への加勢《かせい》を求《もと》めた。上田城《うえだじょう》の真田《さなだ》の戦力《せんりょく》は三千五百。

真田昌幸《さなだまさゆき》は石田三成《いしだみつなり》から東軍《とうぐん》三万八千を一日《いちにち》でも長《なが》く上田《うえだ》に足止《あしど》めするよう命《めい》を受《う》けて

「会津征伐《あいづせいばつ》の疲《つか》れから病床《びょうしょう》にあり」と言《い》って寝込《ねこ》んで見《み》せて暫時《ざんじ》の猶予《ゆうよ》を申《もう》し出《で》た。

同年《どうねん》九月五日、真田昌幸《さなだまさゆき》は

「返答《へんとう》を先延《さきの》ばししたのは籠城《ろうじょう》の準備《じゅんび》のためにて、今《いま》は充分支度《じゅうぶんしたく》が整《ととの》った故何所《ゆえどこ》からでも御掛《おかか》りあれ。一合戦仕《ひとがっせんつかまつ》ろう」と東軍《とうぐん》を嘲笑《ちょうしょう》して宣戦布告《せんせんふこく》した。

総大将《そうだいしょう》で初陣《ういじん》の秀忠《ひでただ》は嘲笑《ちょうしょう》されて烈火《れっか》の如《ごと》く怒《いか》り、翌《よく》六日早朝《そうちょう》から上田城総攻撃《うえだじょうそうこうげき》に掛《かか》った。

榊原康政《さかきばらやすまさ》や本多正信《ほんだまさのぶ》らの歴戦《れきせん》の諸将《しょしょう》は真田《さなだ》の戦上手《いくさじょうず》を知《し》っていたので

「上田城《うえだじょう》は一日や二日で落《お》ちる城《しろ》では御座《ござ》らぬ。ここは上田《うえだ》を捨《す》て、素通《すどお》りして上方《かみがた》に向《む》かうが上策《じょうさく》。若《も》し敵《てき》が追撃《ついげき》して来《く》れば当方《とうほう》は多勢《たぜい》。小勢《こぜい》の敵《てき》を押《お》し潰《つぶ》すのに何《なん》の手間《てま》も御座《ござ》らぬ」と秀忠《ひでただ》の城攻《しろぜ》めの発令《はつれい》を諫《いさ》めた。だが嘗《かつ》て本能寺《ほんのうじ》の変《へん》の後《のち》織田領《おだりょう》であった旧武田領《きゅうたけだりょう》を徳川《とくがわ》と北条《ほうじょう》で分《わ》け合《あ》った折《おり》に、信濃全土《しなのぜんど》が徳川領《とくがわりょう》になることに真田昌幸《さなだまさゆき》が納得《なっとく》せず、上田城《うえだじょう》に籠《こも》って徳川《とくがわ》に反抗《はんこう》した（509頁8～9行目参照）。この時《とき》に苦杯《くはい》を飲《の》まされた因縁《いんねん》があって真田《さなだ》に遺恨《いこん》を持《も》つ諸将《しょしょう》が多《おお》く、総大将《そうだいしょう》の怒《いか》りが忽《たちま》ちに全軍《ぜんぐん》に伝播《でんぱ》して翌六日早朝《よくむいかそうちょう》には上田城総攻撃《うえだじょうそうこうげき》の鬨《とき》の声《こえ》が一斉《いっせい》に挙《あ》がった。

真田昌幸《さなだまさゆき》は城《しろ》に籠《こも》って持久戦《じきゅうせん》に出《で》た。十倍《じゅうばい》を超《こ》す敵《てき》を前《まえ》にして無駄《むだ》な戦《いくさ》は禁物《きんもつ》だ。昌幸《まさゆき》にとっては秀忠《ひでただ》が率《ひき》いる東軍《とうぐん》が一日《いちにち》でも長《なが》く上田《うえだ》に留《とど》まればそれでよい。それだけ徳川本隊《とくがわほんたい》に対《たい》する防備《ぼうび》に掛《か》ける時間《じかん》が稼《かせ》げて西軍《せいぐん》の勝利《しょうり》に貢献《こうけん》できるのだ。既《すで》に六日間《かん》も東軍《とうぐん》を信濃国《しなのこく》に足止《あしど》めして、戦果《せんか》は充分《じゅうぶん》に挙《あ》がっていた。

東軍《とうぐん》は千曲川《ちくまがわ》とその支流《しりゅう》の矢出沢川《やでさわかわ》と湿地帯《しっちたい》に囲《かこ》まれた難攻不落《なんこうふらく》の上田城《うえだじょう》を持余《もてあま》した。天正《てんしょう》十三年にも上田城《うえだじょう》を七千の軍勢《ぐんぜい》で攻《せ》めて大敗《たいはい》しているのだ。

同慶長《どうけいちょう》五年（一六〇〇年）九月九日、総大将《そうだいしょう》の秀忠《ひでただ》の下《もと》に東軍本隊《とうぐんほんたい》の家康《いえやす》から急使《きゅうし》が飛《と》び込《こ》んで、「近《ちか》く関ヶ原《せきはら》にて西軍《せいぐん》と開戦《かいせん》」と報《しら》せて来《き》た。この急使《きゅうし》は途中《とちゅう》で豪雨《ごうう》と利根川支流《とねがわしりゅう》の増水《ぞうすい》に遮《さえぎ》られて数日遅《すうじつおく》れの上田到着《うえだとうちゃく》だった。東軍《とうぐん》の秀忠隊《ひでただたい》には『寝耳《ねみみ》に水《みず》』（驚きの様の例え）の知《し》らせだ。

小山《おやま》の陣《じん》を立《た》つときに秀忠《ひでただ》は家康《いえやす》から内命《ないめい》を受《う》けて
「この会津討伐軍《あいづとうばつぐん》の中《なか》には余《あま》りにも多《おお》くの豊臣恩顧《とよとみおんこ》の諸将《しょしょう》がいる。何時《いつ》寝返《ねがえ》るかも判《わか》らない。これを思《おも》えば戦《いくさ》は地《ち》の利《り》を生《い》かして西軍《せいぐん》を関東《かんとう》まで誘《さそ》い込《こ》むしかない」と伝《つた》えられていた。東山道《とうざんどう》隊《たい》はそのための地均《じなら》しの役《やく》を負《お》っていたのだ。だがその後《ご》、池田《いけだ》・福島《ふくしま》らの『破竹《はちく》の勢《いきお》い』の進《しん》軍《ぐん》があって戦況《せんきょう》が急変《きゅうへん》し、戦場《いくさば》は関東《かんとう》から尾張《おわり》・美濃《みの》に移《うつ》ったのだ。秀忠隊《ひでただたい》はこの戦況《せんきょう》の変化《へんか》は知《し》っていたが東西激突《とうざいげきとつ》の時期《じき》がこれ程早《ほどはや》まるとは思《おも》い至《いた》らなかった。秀忠隊《ひでただたい》は真田《さなだ》に構《かま》っておれなくなって即刻陣払《そっこくじんばら》いし、翌日和田峠《よくじつわだとうげ》（美ケ原と霧が峰の間の中山道《なかせんどう》の峠）を越《こ》えて木曽路《きそじ》に入《はい》り関《せき》ケ原《はら》へと急《いそ》いだ。だがここでまた驟雨《しゅうう》に遭《あ》って木曽川《きそがわ》が渡《わた》れず三日間《みっかかん》を無為《むい》に過《す》ごした。

同年《どうねん》九月十七日、妻籠《つまご》（木曽街道の宿場町）で東軍勝利《とうぐんしょうり》の報《しら》せを受《う》けた。秀忠《ひでただ》は驚《おどろ》き慌《あわ》てて昼夜道《ちゅうやみち》を急《いそ》ぎ、同月《どうげつ》十九日に本陣《ほんじん》を近江国草津《おうみこくさつ》に移《うつ》した家康《いえやす》の下《もと》に駆《か》け付《つ》けた。家康《いえやす》は東山道隊《とうざんどうたい》の遅参《ちさん》を怒《いか》って秀忠《ひでただ》の対面《たいめん》を許《ゆる》さなかったが、宿老《しゅくろう》の執《と》り成《な》しがあって二十日《はつか》に大津《おおつ》で対面《たいめん》した。

豊臣武断派西軍に与する尾張国境の美濃国諸城攻略

最後《さいご》に徳川家康《とくがわいえやす》の東海道本隊《とうかいどうほんたい》について（587頁2行目の続き）。

慶長《けいちょう》五年（一六〇〇年）八月七日、徳川家康《とくがわいえやす》は小山《おやま》の陣《じん》で西軍討伐《せいぐんとうばつ》の先発隊《せんぱつたい》として福島正則《ふくしままさのり》と池田輝政《いけだてるまさ》に加《くわ》えて監軍《かんぐん》（軍の目付）に井伊直政《いいなおまさ》と忠勝《ただかつ》を付《つ》けて送《おく》り出《だ》した後《のち》に江戸城《えどじょう》に帰還《きかん》した。

これより先《さき》、同年七月二十六日に先発隊《せんぱつたい》の福島正則《ふくしままさのり》と池田輝政《いけだてるまさ》は小山《おやま》の陣《じん》を出立《しゅったつ》した。途中《とちゅう》の東海道《とうかいどう》（伊勢国以東の太平洋沿岸諸国）は何《なん》の支障《ししょう》もなく進《すす》んで、福島正則《ふくしままさのり》は同年《どうねん》八月十一日には居《きょ》城《じょう》の尾張国清洲《おわりこくきよす》に到着《とうちゃく》した。以後《いご》八月十三日、監軍《かんぐん》の井伊直政《いいなおまさ》や本多忠勝《ほんだただかつ》が率《ひき》いる先発本隊《せんぱつほんたい》の五万も清洲城《きよすじょう》に到着《とうちゃく》して尾張国《おわりこく》は東軍《とうぐん》の軍勢《ぐんぜい》で溢《あふ》れた。それで江戸《えど》に使者《ししゃ》を立《た》てて家康《いえやす》の出陣《しゅつじん》を要《よう》請《せい》しながら、尾張《おわり》・美濃国境《みのこっきょう》沿《ぞ》いの城主《じょうしゅ》に東軍《とうぐん》への与力《よりき》を強要《きょうよう》した。

丁度同《ちょうどおな》じ頃《ころ》、三成《みつなり》も岐阜《ぎふ》城主《じょうしゅ》の織田秀信《おだひでのぶ》（織田信長の嫡孫 幼名三法師）と大垣城《おおがきじょう》主《しゅ》の伊藤盛正《いとうもりまさ》を口説《くど》き落《お》として西軍《せいぐん》に取《と》り込《こ》み、八月十一日には大垣城《おおがきじょう》に入《はい》って美濃国一帯《みのこくいったい》の城持《しろも》ち城主《じょうしゅ》を西軍《せいぐん》の支配下《しはいか》に置《お》いた（581頁1～5行目参照）。

美濃《みの》と尾張《おわり》の国境《こっきょう》は東軍《とうぐん》と西軍《せいぐん》の境界線《きょうかいせん》になって付近一帯《ふきんいったい》には一触即発《いっしょくそくはつ》の緊張感《きんちょうかん》が張《みなぎ》った。清洲城《きよすじょう》の東軍《とうぐん》は江戸《えど》に急使《きゅうし》を送《おく》って家康《いえやす》に即刻《そっこく》の出陣《しゅつじん》を要請《ようせい》した。その一方《いっぽう》で尾張《おわり》・美濃国境《みのこっきょう》沿《ぞ》いの元《もと》岐《ぎ》阜《ふ》城《じょう》支《し》城《じょう》の城主《じょうしゅ》には東軍《とうぐん》に与《くみ》するよう強要《きょうよう》し、従《したが》わぬ城《しろ》は敵《てき》と見做《みな》して攻撃《こうげき》を始《はじ》めた。

同年《どうねん》八月十六日、福島正則《ふくしままさのり》は東軍《とうぐん》に与力《よりき》して正則《まさのり》と共《とも》に会津征伐《あいづせいばつ》に加《くわ》わった松ノ木《まつのき》城主《じょうしゅ》の徳《とく》永寿昌《ながひさあき》と今尾《いまお》城主《じょうしゅ》（共に海津市）の市橋長勝《いちはしながかつ》に、腹心《ふくしん》の横井伊織《よこいいおり》を加勢《かせい》に付《つ》けて、西軍《せいぐん》に与力《よりき》した福束城《ふくつかじょう》（岐阜県輪之内町）の丸毛兼利《まるもかねとし》を攻撃《こうげき》させた。

福束城《ふくつかじょう》は揖斐川《いびがわ》左岸《さがん》にあって伊勢湾《いせわん》と大垣《おおがき》を結《むす》ぶ交通《こうつう》の要衝《ようしょう》だ。福束《ふくつか》の丸毛《まるも》はこの攻撃《こうげき》を察知《さっち》して大垣城《おおがきじょう》の三成《みつなり》に援軍《えんぐん》を要請《ようせい》した。三成《みつなり》は三千の軍勢《ぐんぜい》を送《おく》って兼利《かねとし》を加勢《かせい》した。福束勢《ふくつかぜい》は東軍《とうぐん》を迎《むか》え討《う》とうと揖斐川支流《いびがわしりゅう》の大樽川《おおたるがわ》右岸《うがん》に軍勢《ぐんぜい》を出《だ》して東軍《とうぐん》と睨《にら》み合《あ》った。

その日《ひ》の夜《よる》、東軍《とうぐん》の市橋《いちはし》は密《ひそ》かに大樽川《おおたるがわ》の上流《じょうりゅう》に廻《まわ》って渡河《とか》し、近在《きんざい》の家々《いえいえ》に火《ひ》を掛《か》けた。西軍《せいぐん》の丸毛勢《まるもぜい》は背後《はいご》に大軍《たいぐん》が襲来《しゅうらい》したかと驚《おどろ》き慌《あわ》てて逃《に》げ出《だ》した。そこを東軍《とうぐん》の徳永《とくなが》・福島勢《ふくしまぜい》の全軍《ぜんぐん》が大樽川《おおたるがわ》を渡《わた》って攻《せ》め掛《か》った。西軍《せいぐん》の丸毛勢《まるもぜい》は一旦《いったん》福束城《ふくつかじょう》に逃《に》げ込《こ》んだが、支《ささ》えきれぬと悟《さと》って城《しろ》を抜《ぬ》け出《だ》し大垣城《おおがきじょう》に退去《たいきょ》した。福束城《ふくつかじょう》は東軍《とうぐん》の手《て》に落《お》ちた。

福島正則《ふくしままさのり》は兵卒《へいそつ》二百を引連《ひきつ》れて市橋長勝《いちはしながかつ》の今尾城《いまおじょう》に入《はい》った。そして長勝《ながかつ》と徳永寿昌《とくながひさあき》の戦功《せんこう》を賞《しょう》した上《うえ》で、さらに今尾城《いまおじょう》より揖斐川左岸下流一里《いびがわさがんかりゅういちり》（４㎞）の高須城《たかすじょう》（海津市）攻《ぜ》めを命《めい》じた。

高須城主《たかすじょうしゅ》は高木盛兼《たかぎもりかね》で付近《ふきん》は木曽川《きそがわ》・長良川《ながらがわ》・揖斐川《いびがわ》が接《せっ》する水害《すいがい》の多発地帯《たはっちたい》だ。そこで高《たか》須城《すじょう》では揖斐川右岸《いびがわうがん》の駒野城《こまのじょう》（海津市）の高木帯刀《たかぎたてわき》や津屋城《つやじょう》（海津市）の高木正家《たかぎまさいえ》と運命共同体《うんめいきょうどうたい》の絆《きずな》に結《むす》ばれて、常《つね》に行動《こうどう》を共《とも》にし助《たす》け合《あ》っていたので、この度《たび》も揃《そろ》って西軍《せいぐん》に与《くみ》した。

福島正則《ふくしままさのり》から高須攻《たかすぜ》めを命《めい》じられた徳永《とくなが》と市橋《いちはし》は、高須城主《たかすじょうしゅ》の高木盛兼《たかぎもりかね》に使者《ししゃ》を送《おく》って、東《とう》軍《ぐん》へ寝返《ねがえ》って開城《かいじょう》するよう強要《きょうよう》した。高須城《たかすじょう》の兵卒《へいそつ》は僅《わず》かだ。だが高木《たかぎ》は何《なに》もせずに城《しろ》を明《あ》け渡《わた》しては後《のち》の言《い》い訳《わけ》に困《こま》ると思《おも》って、使者《ししゃ》に空砲《くうほう》を撃《う》ち合《あ》う仮《かり》の戦《いくさ》に付《つ》き合《あ》えば無血開城《むけつかいじょう》すると約《やく》束《そく》した。

同年《どうねん》八月十九日、徳永《とくなが》・市橋勢《いちはしぜい》一千は高木勢《たかぎぜい》に実弾《じつだん》を込《こ》めた鉄砲《てっぽう》を発射《はっしゃ》した。盛兼《もりかね》は欺《あざむ》かれて怒《おこ》ったが、その時既《ときすで》に遅《おそ》く、城《しろ》を捨《す》てて揖斐川《いびがわ》を渡《わた》り駒野城《こまのじょう》と津谷城《つやじょう》に散《ち》って逃《のが》れた。

徳永《とくなが》・市橋勢《いちはしぜい》は軍勢《ぐんぜい》を二手《ふたて》に分《わ》けて駒野城《こまのじょう》と津谷城《つやじょう》を囲《かこ》んだ。駒野《こまの》の高木帯刀《たかぎたてわき》は東軍《とうぐん》に属《ぞく》した高木貞友《たかぎさだとも》の勧《すす》めで、無血開城《むけつかいじょう》して東軍《とうぐん》に寝返《ねがえ》った。津谷城《つやじょう》では城主《じょうしゅ》の高木正家《たかぎまさいえ》が高須《たかす》から逃《のが》れ出《で》た盛兼《もりかね》の一隊《いったい》を受《う》け入《い》れて迫《せま》り来《く》る敵《てき》に備《そな》えたが、備《そな》える間《ま》もなく松ノ木《まつのき》・今尾《いまお》の勢《ぜい》が押《お》し寄《よ》せて来《き》た。加《くわ》えて駒野攻略《こまのこうりゃく》に向《む》かった一手《いって》も、城《しろ》を落《お》とした勢《いきお》いに乗《の》って駆《か》け付《つ》けて、攻撃《こうげき》に加《くわ》わり城《しろ》に火《ひ》を掛《か》けた。高木正家《たかぎまさいえ》は高須《たかす》の高木盛兼《たかぎもりかね》を伴《ともな》い大垣城《おおがきじょう》に逃《に》げ出《だ》して城《しろ》は東軍《とうぐん》の手《て》に落《お》ちた。

池田輝政・福島正則の木曽川渡河と岐阜城攻撃

この頃《ころ》、家康《いえやす》は江戸城《えどじょう》に戻《もど》って以来《いらい》、全《まった》く動《うご》く気配《けはい》を見《み》せなかった。家康《いえやす》には迷《まよ》いがあった。「今《いま》、福島正則《ふくしままさのり》を代表《だいひょう》とする豊臣武断派《とよとみぶだんは》が尾張《おわり》を占領《せんりょう》し、石田三成《いしだみつなり》を主《しゅ》とする豊臣文治派《とよとみぶんじは》が美濃《みの》を占拠《せんきょ》して互《たが》いに睨《にら》み合《あ》っているが、何時何事《いつなにごと》が起《お》こって豊臣家臣《とよとみかしん》が一つになるか知《し》れたものではない。彼《かれ》らの主君《しゅくん》の秀頼《ひでより》が西軍《せいぐん》に担《かつ》ぎ出《だ》されて美濃《みの》に出《で》てくれれば、今東軍《いまとうぐん》に与《くみ》している福島《ふくしま》らが雪崩《なだれ》を打《う》って西軍《せいぐん》に寝返《ねがえ》るのは誰《だれ》の目《め》にも浮《う》かぶ当然《とうぜん》の成《な》り行《ゆ》きだ。彼《かれ》らは元《もと》は皆《みな》、秀吉子飼《ひでよしこが》いの一つ釜《かま》の飯《めし》で育《そだ》った仲間《なかま》なのだ」と…。

東軍《とうぐん》の中《なか》で徳川歴代《とくがわれきだい》の家臣《かしん》と言《い》えば、その大半《たいはん》は家督《かとく》の秀忠《ひでただ》と共《とも》に東山道《とうざんどう》に向《む》かっていて、江《え》戸《ど》にはその半数《はんすう》もいない。家康《いえやす》は福島《ふくしま》ら豊臣武断派《とよとみぶだんは》の手《て》の内《うち》に迂闊《うかつ》には飛《と》び込《こ》めないと思《おも》った。

家康《いえやす》はそこで信濃《しなの》の上田《うえだ》に着《つ》いた頃《ころ》の秀忠《ひでただ》の下《もと》に使者《ししゃ》を送《おく》って（598頁8行目参照）、至急尾張《しきゅうおわり》に陣《じん》を進《すす》めるよう急《いそ》がせて様子《ようす》を見《み》た。だが使者《ししゃ》は驟雨《しゅうう》（にわか雨）に祟《たた》られて上野国《こうずけこく》から信濃路《しなのじ》に掛《かか》る川《かわ》があちこちで渡《わた》れず、上田《うえだ》に着《つ》いたのは漸《ようや》く九月九日になってからだった。

清洲城《きよすじょう》では福島正則《ふくしままさのり》らの豊臣武断派《とよとみぶだんは》の諸将《しょしょう》は尾張《おわり》・美濃国境《みのこっきょう》の西軍与力《せいぐんよりき》の岐阜《ぎふ》城《じょう》支城《しじょう》を攻《せ》め取《と》りながらも、一向《いっこう》に動《うご》こうとせぬ家康《いえやす》に苛立《いらだ》って、「内府《ないふ》（家康）は先発隊《せんぱつたい》を捨石《すていし》（囲碁の用語）にする気《き》か」と罵《ののし》り、江戸《えど》に残《のこ》る徳川本隊《とくがわほんたい》への不信《ふしん》と反感《はんかん》が広《ひろ》がった。今《いま》、敵《てき》を目前《もくぜん》にして味方《みかた》が割《わ》れると戦《いくさ》にならない。同席《どうせき》していた徳川《とくがわ》宿将《しゅくしょう》の本多忠勝《ほんだただかつ》や井伊直政《いいなおまさ》は、家康《いえやす》の娘婿《むすめむこ》で吉田《よしだ》（豊橋市）城主《じょうしゅ》の池田輝政《いけだてるまさ》を伴《ともな》って、豊臣武断派《とよとみぶだんは》の諸《しょ》将《しょう》を取《と》りなし機嫌《きげん》を直《なお》そうと必死《ひっし》に宥《なだ》めた。

そこへ八月十九日、江戸《えど》から村越直吉《むらこしなおよし》（通称茂助）が家康《いえやす》の使者《ししゃ》となって清洲城《きよすじょう》に到着《とうちゃく》した。福《ふく》

島正則《しままさのり》は使者《ししゃ》に向《む》かって、一向《いっこう》に動《うご》こうとせぬ徳川家康《とくがわいえやす》を詰《なじ》ってその存念《ぞんねん》を質《ただ》したところ、使者《ししゃ》の村越《むらこし》は泰然《たいぜん》と構《かま》えて

「先発隊《せんぱつたい》の諸将《しょしょう》は何故《なにゆえ》に動《うご》かれぬ。皆々《みなみな》が先駆《さきが》けなされれば即刻後詰致《そっこくごづめいた》す」と家康《いえやす》の口上《こうじょう》を伝《つた》えた。家康《いえやす》は言外《げんがい》に、先発隊《せんぱつたい》が日和見《ひよりみ》を決《き》め込《こ》んでいるから本隊《ほんたい》が動《うご》けぬ、と徳川本隊《とくがわほんたい》が動《うご》かぬ理《り》由《ゆう》を先発隊《せんぱつたい》に転嫁《てんか》した。これを聞《き》いて福島正則《ふくしままさのり》はいきり立《た》って立《た》ち上《あ》がった。一座《いちざ》は正則《まさのり》が何《なに》を云《い》い出《だ》すかと息《いき》を呑《の》んだ。だが正則《まさのり》は

「誠《まこと》に御尤《ごもっと》も。なれば早速《さっそく》と先鋒《せんぽう》を賜《たまわ》り戦果《せんか》の程《ほど》を内府殿《ないふどの》（家康）に報告致《ほうこくいた》す」と言《い》い放《はな》って岐《ぎ》阜城攻撃《ふじょうこうげき》の先鋒《せんぽう》を受《う》けると主張《しゅちょう》した。これを聞《き》いた池田輝政《いけだてるまさ》も先鋒《せんぽう》を受《う》けると言《い》い出《だ》した。正《まさ》則《のり》は

「東軍《とうぐん》の最前線《さいぜんせん》はこの正則《まさのり》の居城《きょじょう》の清洲《きよす》である」と言《い》って先鋒《せんぽう》を譲《ゆず》らず、輝政《てるまさ》も

「某《それがし》は岳父《がくふ》（輝政の妻が家康の次女）より先鋒《せんぽう》の命《めい》を受《う》けておる。加《くわ》えて岐阜城《ぎふじょう》は元《もと》、我《わ》が池田家《いけだけ》の居城《きょじょう》にして、城内《じょうない》は隅々《すみずみ》まで存《ぞん》じておる」と言《い》ってこれも先鋒《せんぽう》を譲《ゆず》らない。武将《ぶしょう》にとっては生死《せいし》

以上《いじょう》に一番手柄《いちばんてがら》が第一《だいいち》の生甲斐《いきがい》の時代《じだい》であったので、互《たが》いに容易《ようい》には譲《ゆず》ろうとしなかった。そこで監軍《かんぐん》の本多《ほんだ》と井伊《いい》が中《なか》に割《わ》って入《はい》り、福島正則《ふくしままさのり》には地元《じもと》である故《ゆえ》をもって木曽川下流《きそがわかりゅう》の尾越《おごし》（尾西市起《おこし》）からの渡河《とか》を言《い》い渡《わた》し、池田輝政《いけだてるまさ》には「東軍《とうぐん》の軍略《ぐんりゃく》を乱《みだ》すは徳川《とくがわ》の婿《むこ》にあるまじきこと」と諭《さと》して、正則《まさのり》の狼煙《のろし》を合図《あいず》に時《とき》を併《あわ》せて渡《と》河《か》するように命《めい》じて、木曽川上流《きそがわじょうりゅう》の河田《かわた》（各務原市川島河田町）からの渡河《とか》を申《もう》し渡《わた》した。それで福島《ふくしま》も得心《とくしん》して申《もう》し入《い》れを受《う》け入《い》れた。

慶長《けいちょう》五年（一六〇〇年）、八月二十一日、東軍岐阜城攻《とうぐんぎふじょうぜ》めの福島隊《ふくしまたい》は正則《まさのり》の他《ほか》、細川忠興《ほそかわただおき》・加藤嘉明《かとうよしあき》・黒田長政《くろだながまさ》・藤堂高虎《とうどうたかとら》・京極高知《きょうごくたかとも》・田中吉政《たなかよしまさ》・生駒一正《いこまかずまさ》・寺沢広高《てらさわひろたか》・蜂須賀至鎮《はちすかよししげ》・井伊直政《いいなおまさ》・忠勝《ただかつ》らの諸将《しょしょう》が兵卒《へいそつ》二万五千を率《ひき》いて、清洲城《きよすじょう》から岐阜城《ぎふじょう》を目指《めざ》して出陣《しゅつじん》した。

一方《いっぽう》の西軍《せいぐん》は清洲《きよす》の動《うご》きを察知《さっち》して、尾越《おごし》の渡《わた》し近《ちか》くの竹鼻城《たけはなじょう》（羽島市竹鼻町）に大垣城《おおがきじょう》から毛利広盛《もうりひろもり》（通称掃部）と岐阜城《ぎふじょう》から梶川三十郎《かじかわさんじゅうろう》・花村半左衛門《はなむらはんざえもん》が駆《か》け付《つ》けて、竹鼻《たけはな》の杉浦重勝《すぎうらしげかつ》を助勢《じょせい》した。

二十二日払暁《ふつぎょう》（明け方）、東軍《とうぐん》の福島隊《ふくしまたい》は木曽川尾越《きそがわおごし》の渡《わた》しに迫《せま》った。西軍《せいぐん》は対岸《たいがん》の大浦一帯《おおうらいったい》の河岸《かわぎし》に、柵《さく》と逆茂木《さかもぎ》を立《た》て鉄砲隊《てっぽうたい》を並《なら》べて迎撃態勢《げいげきたいせい》をとった。

福島隊《ふくしまたい》は西軍《せいぐん》の構《かま》えを見《み》て、さらに下流《かりゅう》の加賀野井城《かがのいじょう》（羽島市下中町）の対岸付近《たいがんふきん》まで下《くだ》って渡河《とか》した。丁度《ちょうど》その時《とき》はるか上流《じょうりゅう》で激《はげ》しい鉄砲《てっぽう》の音《おと》がした。福島隊《ふくしまたい》の諸将《しょしょう》は皆《みな》、即時《そくじ》に池田隊《いけだたい》が盟約《めいやく》に背《そむ》いて福島隊《ふくしまたい》を待《ま》たずに渡河《とか》したと直感《ちょっかん》して、先《さき》を越《こ》された怒《いか》りを目前《もくぜん》の敵《てき》にぶつけて叱咤《しった》激励《げきれい》し、全軍一気《ぜんぐんいっき》に渡河《とか》して目前《もくぜん》の加賀野井城《かがのいじょう》を占拠《せんきょ》し、全軍一丸《ぜんぐんいちがん》となって竹鼻城《たけはなじょう》に攻《せ》め寄《よ》せた。

一方《いっぽう》の竹鼻城《たけはなじょう》では河岸《かわぎし》で敵《てき》の渡河《とか》を待《ま》ち伏《ぶ》せしたが、思《おも》わぬ背後《はいご》の下流《かりゅう》から敵《てき》が攻《せ》め寄《よ》せてきた。慌《あわ》てて河岸《かわぎし》の陣地《じんち》を捨《す》てて城《しろ》に駆《か》け戻《もど》ったが、東軍《とうぐん》も同時《どうじ》に城門前《じょうもんまえ》まで攻《せ》め込《こ》んで乱戦《らんせん》になった。

竹鼻城《たけはなじょう》は夕刻《ゆうこく》までに三《さん》の丸《まる》と二《に》の丸《まる》が落《お》ちた。毛利広盛《もうりひろもり》と梶川三十郎《かじかわさんじゅうろう》は福島正則《ふくしままさのり》の投降《とうこう》の勧《すす》めを受《う》けて降伏《こうふく》した。この二人《ふたり》は正則《まさのり》とは旧知《きゅうち》の仲《なか》だった。

本丸《ほんまる》に籠《こも》った竹鼻城主《たけはなじょうしゅ》の杉浦重勝《すぎうらしげかつ》は投降《とうこう》せずに、残《のこ》る三十余名《よめい》と共《とも》に城《しろ》に火《ひ》を掛《か》け、車座《くるまざ》になって作法《さほう》に則《のっと》り割腹《かっぷく》して果《は》てた。竹鼻城《たけはなじょう》は二十二日《にち》の未《ま》だ日《ひ》が高《たか》い内《うち》に落城《らくじょう》した。
岐阜城《ぎふじょう》攻《ぜ》めに向《む》かったもう一方《いっぽう》の池田隊《いけだたい》には、輝政《てるまさ》の他《ほか》に浅野幸長《あさのよしなが》・山内一豊《やまのうちかずとよ》・堀尾忠氏《ほりおただうじ》・有馬豊氏《ありまとようじ》・一柳直盛《ひとつやなぎなおもり》らの諸将《しょしょう》が加《くわ》わって、兵卒《へいそつ》の総勢《そうぜい》一万八千と共《とも》に同日清洲城《どうじつきよすじょう》を立《た》った。
対《たい》する岐阜城側《ぎふじょうがわ》では東軍《とうぐん》の動《うご》きを探知《たんち》して、宿老《しゅくろう》らは城主《じょうしゅ》の織田秀信《おだひでのぶ》（信長の嫡孫　幼名三法師）に籠城《ろうじょう》を勧《すす》めた。だが若《わか》い秀信《ひでのぶ》は
「無為《むい》に城《しろ》に籠《こも》るは兵《へい》の士気《しき》を失《うしな》い宜《よろ》しからず。先《ま》ずは木曽川《きそがわ》を堀《ほり》に見立《みた》てて河岸《かわぎし》に兵《へい》を伏《ふ》せ、渡河《とか》する敵《てき》を鉄砲《てっぽう》で襲《おそ》えば我《わ》が勢《ぜい》の勝利《しょうり》は疑《うたが》いなし」と言《い》い張《は》って、鉄砲隊《てっぽうたい》を組織《そしき》して夜半《やはん》に城下《じょうか》の米野《こめの》（羽島郡笠松町）一帯《いったい》の木曽川右岸《きそがわうがん》に出《で》て待《ま》ち伏《ぶ》せた。
翌《よく》八月二十二日の暁《あかつき》、大将《たいしょう》の池田輝政《いけだてるまさ》は下流《かりゅう》の福島隊《ふくしまたい》から渡河《とか》の合図《あいず》の狼煙《のろし》が上《あ》がるのを今《いま》か今《いま》かと待《ま》ち受《う》けた。地元《じもと》の伊木《いき》（各務原市鵜沼伊木山）城主《じょうしゅ》の伊木清兵衛《いきせいべえ》は、この川《かわ》の渡河《とか》は日常《にちじょう》茶飯事《さはんじ》（あり触れた日常の事）だったので大将《たいしょう》の命《めい》などは耳《みみ》に入《い》らず
「渡河《とか》はここからが一番《いちばん》ですぞ」と渡河《とか》の道先案内《みちさきあんない》を始《はじ》めた。諸将《しょしょう》は皆遅《みなおく》れを取《と》るなと一斉《いっせい》に木《き》

曽川《そがわ》を渡《わた》り出《だ》した。

右岸《うがん》に伏《ふ》せた岐阜城《ぎふじょう》の織田勢《おだぜい》は渡河《とか》を始《はじ》めた池田隊《いけだたい》目掛《めが》けて鉄砲《てっぽう》を撃《う》ち始《はじ》めた。東軍《とうぐん》も渡河《とか》の援護隊《えんごたい》が鉄砲《てっぽう》で応《おう》じて激《はげ》しい銃撃戦《じゅうげきせん》になった。兵卒《へいそつ》や鉄砲《てっぽう》の数《かず》は東軍《とうぐん》が圧倒《あっとう》した。次第《しだい》に西軍《せいぐん》の河岸陣《かわぎしじん》は浮《う》き足《あしだ》立って米野《こめの》から印食《じき》（羽島郡岐南町）の第二陣《だいにじん》まで退《の》いた。だがここも追《お》い立《た》てられて遂《つい》には岐阜城《ぎふじょう》に引《ひ》き退《の》いた。

岐阜城陥落

岐阜《ぎふ》城主《じょうしゅ》の織田秀信《おだひでのぶ》は大垣《おおがき》・犬山《いぬやま》の両城《りょうじょう》に急使《きゅうし》を立《た》てて援軍《えんぐん》を求《もと》めた。宿老《しゅくろう》らは援軍《えんぐん》が来《く》るまでは防御第一《ぼうぎょだいいち》に籠城《ろうじょう》することを勧《すす》めたが秀信《ひでのぶ》は聞《き》かず、六千の将兵《しょうへい》を本丸《ほんまる》から出《だ》して惣門口《そうもんくち》（表門口）と搦め手口《からめてぐち》（裏門口）の両道《りょうどう》に通《つう》じる道《みち》を見下《みお》ろす瑞竜寺山砦《ずいりゅうじやまとりで》や権現山砦《ごんげんやまとりで》、稲葉山砦《いなばやまとりで》に将兵《しょうへい》を分《わ》けて配置《はいち》し、攻《せ》め寄《よ》せる東軍《とうぐん》を討《う》ち取《と》る攻守兼用《こうしゅけんよう》の防御体制《ぼうぎょたいせい》を取《と》った。

この日《ひ》二十二日《にち》の夜《よる》、東軍《とうぐん》の総勢《そうぜい》三万四千は岐阜城《ぎふじょう》から荒田川《あらたがわ》を挟《はさ》んだ切通《きりどおし》（岐阜市切通）付近《ふきん》で宿営《しゅくえい》した。夕刻《ゆうこく》の軍評定《いくさひょうじょう》の集《あつ》まりで福島正則《ふくしままさのり》は、池田輝政《いけだてるまさ》が合図《あいず》の狼煙《のろし》をあげないうちに木《き》曽川《そがわ》を渡河《とか》したと激《はげ》しく怒《いか》った。軍監《ぐんかん》の本多忠勝《ほんだただかつ》と井伊直政《いいなおまさ》は仲裁《ちゅうさい》に入《はい》って、明日《あす》の岐阜城《ぎふじょう》攻《ぜ》めの数《かず》ある攻《せ》め口《くち》の中《なか》で福島正則隊《ふくしままさのりたい》には岐阜城本丸《ぎふじょうほんまる》に通《つう》じる惣門大手口《そうもんおおてぐち》攻《ぜ》めの大将《たいしょう》に任《にん》じ、同《おな》じく本丸《ほんまる》へ通《つう》じる搦手口《からめてぐち》の難所《なんしょ》には城内《じょうない》を熟知《じゅくち》する池田輝政《いけだてるまさ》を充《あ》てることで両者《りょうしゃ》を納得《なっとく》させた。

また岐阜城本丸《ぎふじょうほんまる》への大手口《おおてぐち》と搦《から》め手口《てぐち》に通《つう》じる道《みち》を見下《みお》ろす瑞竜寺山砦《ずいりゅうじやまとりで》（水道山付近）や権現山《ごんげんやま》砦《とりで》（伊奈波神社付近）、稲葉山砦《いなばやまとりで》（稲荷山山頂）にも浅野幸長《あさのよしなが》や一柳直盛《ひとつやなぎなおもり》、井伊直政《いいなおまさ》らを向《む》かわせた。

また犬山《いぬやま》からの援軍《えんぐん》の備《そな》えには山内一豊《やまのうちかずとよ》と堀尾忠氏《ほりおただうじ》を、大垣《おおがき》からの援軍《えんぐん》の備《そな》えには田中吉政《たなかよしまさ》や黒《くろ》田長政《だながまさ》、藤堂高虎《とうどうたかとら》を向《む》かわせて手配《てくば》りを終《お》えた。

岐阜城《ぎふじょう》から援軍《えんぐん》の要請《ようせい》を受《う》けた犬山城主《いぬやまじょうしゅ》の石川貞清《いしかわさだきよ》は配下《はいか》の諸将《しょしょう》と談合《だんごう》し、東軍《とうぐん》の井伊直政《いいなおまさ》に投降《とうこう》を伝《つた》えて東軍《とうぐん》に寝返《ねがえ》った。

翌《よく》二十三日払暁《ふつぎょう》、岐阜城《ぎふじょう》に向《む》けて総攻撃《そうこうげき》が始《はじ》まった。岐阜城《ぎふじょう》の各砦《かくとりで》に配属《はいぞく》された守兵《しゅへい》は東軍《とうぐん》の雲霞《うんか》の如《ごと》くに攻《せ》め来《く》る凄《すさ》まじい勢《いきお》いに呑《の》まれて呆気《あっけ》なく逃《に》げ出《だ》した。惣門大手《そうもんおおて》に通《つう》じる七曲《ななまが》り道《みち》や搦《から》め手門《てもん》に通じる水《みず》の手道《てみち》の登《のぼ》り口守《ぐちしゅ》備隊《びたい》も敵《てき》の姿《すがた》が見《み》えぬうちに逃《に》げ散《ち》った。

池田輝政《いけだてるまさ》は城内《じょうない》の地理《ちり》を隅々《すみずみ》まで知《し》っていて、福島正則隊《ふくしままさのりたい》に負《ま》けてなるかと搦《から》め手門《てもん》に続《つづ》く急《きゅう》峻《しゅん》な水《みず》の手道《てみち》を駆《か》け登《のぼ》った。道《みち》を塞《ふさ》ぐ守兵《しゅへい》を難《なん》なく追《お》い散《ち》らして搦《から》め手門《てもん》を攻《せ》め破《やぶ》り、本丸下《ほんまるした》に一番乗《いちばんの》りした。続《つづ》いて七曲《ななまが》り道《みち》を登《のぼ》って来《き》た福島隊《ふくしまたい》も惣門《そうもん》の一《いち》の門《もん》や二《に》の門《もん》を攻《せ》め破《やぶ》って本丸下《ほんまるした》に到着《とうちゃく》した。東軍《とうぐん》の他《た》の隊《たい》も続々《ぞくぞく》と四方八方《しほうはっぽう》から本丸目指《ほんまるめざ》して登《のぼ》って来《き》た。

岐阜城本丸《ぎふじょうほんまる》はその日《ひ》の内《うち》に東軍《とうぐん》に十重二十重《とえはたえ》に取《と》り囲《かこ》まれた。岐阜城将兵《ぎふじょうしょうへい》の多《おお》くは砦《とりで》や大《おお》手口《てぐち》・搦《から》め手口《てぐち》に分散《ぶんさん》したので本丸《ほんまる》を守《まも》る兵数《へいすう》は心許《こころもと》無《な》い限《かぎ》りだった。数万《すうまん》の大軍《たいぐん》に囲《かこ》まれて城《じょう》主《しゅ》の織田秀信《おだひでのぶ》は自害《じがい》を決意《けつい》したが、宿老《しゅくろう》の木造具政《こづくりともまさ》は強《し》いて止《と》めて降伏《こうふく》を願《ねが》い出《で》た。

東軍《とうぐん》は秀信《ひでのぶ》の助命嘆願《じょめいたんがん》を受《う》けて諾否《だくひ》に意見《いけん》が分《わ》かれた。福島正則《ふくしままさのり》は秀信《ひでのぶ》が織田信長《おだのぶなが》の嫡孫《ちゃくそん》である故《ゆえ》をもって助命《じょめい》するよう強《つよ》く諸将《しょしょう》を説得《せっとく》し、剃髪《ていはつ》して高野山《こうやさん》（真言宗金剛峯寺）に入《はい》ることを条《じょう》件《けん》に助命《じょめい》を受《う》け入《い》れた。岐阜城《ぎふじょう》はただの一日で東軍《とうぐん》の手《て》に落《お》ちた。

多少前後《たしょうぜんご》するが、大垣城《おおがきじょう》の三成《みつなり》は岐阜城救援《ぎふじょうきゅうえん》に向《む》かおうとしたが、その隙《すき》を東軍《とうぐん》に衝《つ》かれるのを恐《おそ》れた。それで垂井《たるい》（不破郡垂井町）に陣取《じんど》っていた島津義弘軍《しまづよしひろぐん》を墨俣《すのまた》（墨俣町）に移動《いどう》させて清洲《きよす》の東軍《とうぐん》に備《そな》えると共《とも》に、岐阜城《ぎふじょう》救援《きゅうえん》に向《む》けて舞野兵庫助《まいのひょうごのすけ》や森九兵衛《もりきゅうべえ》・杉江堪兵衛《すぎえたんべえ》らに一千の兵《へい》を付《つ》けて長良川《ながらがわ》右岸《うがん》の河渡《ごうど》（岐阜市河渡）に出陣《しゅつじん》させた。

八月二十三日払暁《ふつぎょう》の岐阜城《ぎふじょう》総攻撃《そうこうげき》が始《はじ》まった頃《ころ》、西軍《せいぐん》の舞野《まいの》や森《もり》らの軍勢《ぐんぜい》が長良川《ながらがわ》右岸《うがん》の河《ごう》渡辺《どあた》りで朝飯《あさめし》を摂《と》った。それを長良川《ながらかわ》左岸《さがん》を南下《なんか》してきた東軍《とうぐん》の黒田長政《くろだながまさ》や田中吉政《たなかよしまさ》、藤堂高虎《とうどうたかとら》らが見付《みつ》けて、悟《さと》られぬように近付《ちかづ》き鉄砲《てっぽう》を撃《う》ち掛《か》けた。西軍《せいぐん》は不意《ふい》を突《つ》かれて狼狽《ろうばい》した。その隙《すき》に田中吉政《たなかよしまさ》の一隊《いったい》が長良川《ながらがわ》を渡《わた》って突撃《とつげき》した。黒田《くろだ》・藤堂隊《とうどうたい》も後《あと》に続《つづ》いたので、西軍《せいぐん》は総崩《そうくず》れになって大垣城《おおがきじょう》に逃《に》げ返《かえ》った。

翌《よく》二十四日、岐阜城《ぎふじょう》を落《お》とした東軍《とうぐん》は全軍《ぜんぐん》挙《あ》げて西進《せいしん》し、大垣城《おおがきじょう》の近《ちか》くの中山道《なかせんどう》沿《ぞ》いの赤坂《あかさか》（大垣市赤坂町）に陣《じん》を取《と》った。そして見晴《みは》らしの良《よ》い岡山《おかやま》の地《ち》を整地《せいち》して東軍《とうぐん》の本陣《ほんじん》を拵《こしら》え、家康《いえやす》の到着《とうちゃく》を待《ま》ちながら三成《みつなり》らの西軍《せいぐん》が集結《しゅうけつ》する大垣城《おおがきじょう》攻撃《こうげき》の準備《じゅんび》に精《せい》を出《だ》した。

家康美濃赤坂に着陣

慶長《けいちょう》五年（一六〇〇年）、八月二十七日、江戸《えど》城《じょう》の家康《いえやす》の下《もと》に岐阜《ぎふ》城《じょう》攻撃《こうげき》と秀信《ひでのぶ》降伏《こうふく》の報《しら》せが相次《あいつ》いだ。家康《いえやす》はこの報《しら》せを受《う》けてこれ以上《いじょう》の出陣《しゅつじん》引き延《の》ばしは豊臣《とよとみ》武断《ぶだん》派《は》の怒《いか》りを買《か》うのみと悟《さと》った。併《あわ》せて急《きゅう》に今《いま》までとは異《こと》なる不安《ふあん》に駆《か》られて

「このまま様子《ようす》見《み》を続《つづ》ければ、福島《ふくしま》ら豊臣《とよとみ》武断《ぶだん》派《は》は勝手《かって》に豊臣《とよとみ》文治《ぶんじ》派《は》の石田《いしだ》三成《みつなり》が主導《しゅどう》する大垣《おおがき》城《じょう》に攻《せ》め込《こ》むに違《ちが》いない。そうなればどちらが勝《か》っても世間《せけん》は豊臣《とよとみ》家《け》のお家騒動《いえそうどう》の勝者《しょうしゃ》に付《つ》く。戦《いくさ》に出《で》なかった徳川《とくがわ》は豊臣《とよとみ》家中《かちゅう》や世間《せけん》から臆病者《おくびょうもの》の誹《そし》りを受《う》けて見放《みはな》される。」と恐怖《きょうふ》にも似《に》た焦《あせ》りを覚《おぼ》えた。丁度《ちょうど》このとき、近江国《おうみこく》大津《おおつ》の京極高次《きょうごくたかつぐ》から

「内府公《ないふこう》（家康）との約《やく》に従《したが》い敦賀《つるが》から引《ひ》き返《かえ》した故《ゆえ》、以後《いご》大津《おおつ》城《じょう》挙《あ》げて西軍《せいぐん》に抗《こう》す」との報《しら》せと、三成《みつなり》に強要《きょうよう》されて近江《おうみ》に出陣《しゅつじん》した小早川秀秋《こばやかわひであき》（高台院ねねの姉の子・544頁3～4行目参照）から

「今《いま》、石田三成《いしだみつなり》に強要《きょうよう》されて西軍《せいぐん》に身《み》を置《お》くが、三成《みつなり》から受《う》けた恨《うら》みと内府公《ないふこう》から受《う》けた助言《じょげん》の恩義《おんぎ》は忘《わす》れておらず、いざ戦《いくさ》となれば必《かなら》ずお味方致《みかたいた》す」との密書《みっしょ》が相次《あいつ》いだ。秀秋《ひであき》は慶長《けいちょう》の役《えき》で

不首尾《ふしゅび》があったと三成《みつなり》に咎《とが》められて筑前国《ちくぜんこく》三十万石《ごく》から越前国北ノ庄《えちぜんこくきたのしょう》領《りょう》十五万石《ごく》に減封《げんぽう》された。家康《いえやす》はこの裁定《さいてい》を覆《くつがえ》して秀秋《ひであき》を救《すく》っていた。併《あわ》せて毛利勢《もうりぜい》の毛利秀元《もうりひでもと》や吉川広家《きっかわひろいえ》からも内応《ないおう》の密書《みっしょ》が届《とど》いた。また大阪城《おおさかじょう》五奉行《ごぶぎょう》の前田玄以《まえだげんい》からは

「立場上《たちばじょう》、止《や》む無《な》く西軍《せいぐん》に身《み》を置《お》いたが、この度隠居《たびいんきょ》して大阪城《おおさかじょう》を退去致《たいきょいた》す」と報《しら》せて来《き》た。

家康《いえやす》は小山《おやま》に出陣《しゅつじん》して以来《いらい》、西軍《せいぐん》に加《くわ》わった諸将《しょしょう》にそれぞれ密使《みっし》を送《おく》って東軍《とうぐん》に寝返《ねがえ》るよう説《せっ》得《とく》していた。今漸《いまようや》くその効果《こうか》が表《あらわ》れてきたのだ。

家康《いえやす》は秀忠《ひでただ》の下《もと》に急使《きゅうし》を送《おく》って美濃赤坂《みのあかさか》への着陣《ちゃくじん》を急《いそ》がせ、同時《どうじ》に美濃赤坂《みのあかさか》へも急使《きゅうし》を立《た》てて

「即刻江戸《そっこくえど》を出立《しゅったつ》する故《ゆえ》、大垣《おおがき》への手出《てだ》しは厳《げん》に慎《つつし》むべし」との伝言《でんごん》を本多《ほんだ》・井伊《いい》の監軍《かんぐん》に送《おく》って、豊臣武断派《とよとみぶだんは》が勝手《かって》に軍勢《ぐんぜい》を動《うご》かさぬように厳《きび》しく目配《めくば》りをさせた。

同年《どうねん》九月一日払暁《ふつぎょう》、家康《いえやす》は軍勢《ぐんぜい》三万を率《ひき》いて江戸城《えどじょう》を急《いそ》ぎ出立《しゅったつ》した。途中《とちゅう》の街道沿《かいどうぞ》いは残《のこ》らず東軍諸将《とうぐんしょしょう》の領地領域《りょうちりょういき》であるので、何《なん》の支障《ししょう》もなく陣《じん》を進《すす》めて九月十一日には清洲城《きよすじょう》に到着《とうちゃく》した。家康《いえやす》は木曽街道《きそかいどう》を進《すす》む秀忠隊《ひでただたい》の様子《ようす》が気《き》になった。家康本隊《いえやすほんたい》の三万だけでは余《あま》りにも心許無《こころもとな》

い。秀忠隊《ひでただたい》に付《つ》けた三万八千は徳川軍《とくがわぐん》の主力部隊《しゅりょくぶたい》だ。これがなくては思《おも》うように戦《たたか》えない。何《なん》としても秀忠隊《ひでただたい》の到着《とうちゃく》を待《ま》とうと翌《よく》十二日は道中《どうちゅう》の疲《つか》れと風邪気味《かぜぎみ》を理由《りゆう》に『日《ひ》がな一日《いちにち》』（朝から晩まで一日中）を清洲《きよす》で休養《きゅうよう》した。だが余《あま》りに引《ひ》き延《の》ばすのも気《き》になって、翌《よく》十三日には清洲《きよす》を立《た》ち岐阜城下《ぎふじょうか》に出向《でむ》いて、新《あら》たに臣従《しんじゅう》を申《もう》し出《で》た尾張《おわり》・美濃《みの》の諸将達《しょしょうたち》を謁見《えっけん》した。その後《のち》、先発隊《せんぱったい》に下《くだ》った岐阜城《ぎふじょう》や支城《しじょう》の降将《こうしょう》の仕置《しおき》にも時間《じかん》を割《さ》いて、翌《よく》十四日朝《あさ》には岐阜《ぎふ》を立《た》ち昼頃《ひるごろ》に赤坂《あかさか》に到着《とうちゃく》して、徳川家《とくがわけ》の馬標《うまじるし》の金扇《きんせん》と葵《あおい》の旌旗《せいき》を岡山本陣《おかやまほんじん》に高々《たかだか》と掲《かか》げた。

西軍関ヶ原に移動

大垣城《おおがきじょう》ではこの頃《ころ》、家康《いえやす》が江戸《えど》から一歩《いっぽ》も動《うご》かぬ様子《ようす》に慣《な》れ切《き》って家康《いえやす》は江戸《えど》から出《で》る気《き》は無《な》いものと思《おも》い込《こ》んでいた。そこへ眼《め》の前《まえ》の赤坂《あかさか》に突然《とつぜん》降《ふ》って湧《わ》いたように家康《いえやす》が現《あらわ》れた。大垣《おおがき》城の将兵《じょうしょうへい》は動揺《どうよう》した。

石田三成《いしだみつなり》の股肱《ここう》の臣《しん》である島左近勝猛《しまさこんかつたけ》（以後島左近）は城内《じょうない》の動揺《どうよう》を憂《うれ》いて主君《しゅくん》の三成《みつなり》に

「今《いま》、東軍《とうぐん》に一矢報《いっしむく》いなければこの動揺《どうよう》は収《おさ》まりませぬぞ」と進言《しんげん》し、五百の軍勢《ぐんぜい》を率《ひき》いて大垣《おおがき》と赤坂《あかさか》の間《あいだ》を流《なが》れる杭瀬川《くいせがわ》を渡《わた》り、東軍《とうぐん》の眼《め》の前《まえ》の頭《こうべ》を垂《た》れ始《はじ》めた稲田《いなだ》に入《はい》って稲《いね》を刈《か》り取《と》る狼《ろう》藉《ぜき》を働《はたら》いた。赤坂《あかさか》の東軍《とうぐん》では中村一栄《なかむらかずひで》の一隊《いったい》が

「西軍《せいぐん》の狼藉《ろうぜき》を許《ゆる》すな」と喚《わめ》いて討《う》って出《で》た。島左近《しまさこん》の軍勢《ぐんぜい》は態《わざ》と逃《に》げて杭瀬川《くいせがわ》を渡《わた》った。後《あと》を追《お》う中村隊《なかむらたい》も川《かわ》を渡《わた》った。そこへ左近《さこん》の伏兵《ふくへい》が飛《と》び出《だ》して中村隊《なかむらたい》の背後《はいご》を突《つ》き三十余名《よめい》を討《う》ち取《と》った。東西両軍《とうざいりょうぐん》から援軍《えんぐん》が飛《と》び出《だ》して乱戦《らんせん》になったが、日暮《ひぐ》れになって勝敗《しょうはい》なくどちらも兵《へい》を引《ひ》いた。

この日《ひ》九月十四日夕刻《ゆうこく》、家康《いえやす》は赤坂《あかさか》の岡山本陣《おかやまほんじん》で軍評定《いくさひょうじょう》を持《も》った。家康《いえやす》は諸将《しょしょう》に

「これより我《わ》が軍《ぐん》は大垣城《おおがきじょう》に巣食《すく》う石田三成勢《いしだみつなりぜい》と全面対決致《ぜんめんたいけつい》たすが、城攻《しろぜ》めとなると敵《てき》に五倍《ごばい》する軍勢《ぐんぜい》を以《もっ》てしても勝利《しょうり》は難《むつか》しいもの。今《いま》、敵方《てきかた》は我《わ》が軍《ぐん》に二倍《にばい》する。攻城戦《こうじょうせん》（城攻め）は時間《じかん》を浪費《ろうひ》するのみで益無《えきな》しと思《おも》うが如何《いかに》」と問《と》いかけた。

家康《いえやす》はここで時間《じかん》を浪費《ろうひ》して大阪城《おおさかじょう》から総大将《そうだいしょう》の毛利輝元《もうりてるもと》が出馬《しゅつば》してくれば戦《いくさ》は徳川対毛利《とくがわたいもうり》の

戦《いくさ》になる。そうなれば豊臣恩顧《とよとみおんこ》の諸将《しょしょう》は如何動《どううご》くか判《わか》らない。彼《かれ》らは石田三成《いしだみつなり》を除《のぞ》きたい一心《いっしん》で戦《いくさ》をしているのだ。万一幼君秀頼《まんいちようくんひでより》の出馬《しゅつば》があればその情報《じょうほう》を得《え》た瞬間《しゅんかん》に、福島《ふくしま》らの豊臣武断派《とよとみぶだんは》は西軍《せいぐん》に寝返《ねがえ》ることになる。ここは一刻《いっこく》を争《あらそ》っても決着《けっちゃく》を付《つ》けなければならない。

一座《いちざ》の諸将《しょしょう》は家康《いえやす》の意見《いけん》に賛同《さんどう》して

「今《いま》、我《わ》が軍《ぐん》が全軍《ぜんぐん》を挙《あ》げて京都《きょう》・大阪《おおさか》を目指《めざ》せば、大垣《おおがき》の敵《てき》は慌《あわ》てて追《お》いかけるは必定《ひつじょう》。労《ろう》せずして敵《てき》を城《しろ》から誘《さそ》い出《だ》せる。そこを一斉攻撃《いっせいこうげき》すれば勝利《しょうり》は百《ひゃく》に一《ひと》つも間違《まちが》いなし」との発言《はつげん》が相次《あいつ》いで、東軍《とうぐん》はこの夜《よ》の内《うち》に赤坂《あかさか》を陣払《じんばら》いして西進《せいしん》すると決《き》めて即刻準備《そっこくじゅんび》に入《は》った。

慶長《けいちょう》五年（一六〇〇年）、九月十四日夕刻《ゆうこく》、西軍《せいぐん》は東軍《とうぐん》の動《うご》きを素早《すばや》く探知《たんち》した。そこで東軍《とうぐん》に先回《さきまわ》りして関《せき》ヶ原盆地《はらぼんち》の周《まわ》りの高台《たかだい》に陣取《じんど》り、後《あと》から盆地《ぼんち》に入《はい》ってくる東軍《とうぐん》を包《つつ》み込《こ》んで、前後《ぜんご》左右《さゆう》から討《う》ち取《と》ろうと即決《そっけつ》した。そして同日夕刻《どうじつゆうこく》、暗《くら》くなるのを待《ま》って東軍《とうぐん》に悟《さと》られぬように明《あ》かりは点《つ》けず馬《うま》には枚《ばい》を噛《か》ませて、敵陣《てきじん》を迂回《うかい》するため野口《のぐち》（大垣市野口）まで南下《なんか》し、牧田《まきた》（大垣市上石津町）経由《けいゆ》で関《せき》ヶ原《はら》に入《はい》ることとして大垣城《おおがきじょう》を出立《しゅったつ》した。そして大垣城《おおがきじょう》には福原長堯《ふくはらながたけ》（三成の娘婿）・熊谷直棟《くまがいなおむね》・木村勝正《きむらかつまさ》・相良頼房《さがらよりふさ》ら七千五百を残《のこ》して、この後関ヶ原《のちせきはら》に向《む》かう東軍《とうぐん》の後《あと》を追《お》って合戦中《かっせんちゅう》の敵軍《てきぐん》を後巻《うしろま》き（後攻め）するよう段取《だんど》りを済《す》ませた。

関ヶ原《せきはら》は四方《しほう》が小高《こだか》い山《やま》で囲《かこ》まれた盆地《ぼんち》で中山道《なかせんどう》と北国街道《ほっこくかいどう》、伊勢街道《いせかいどう》が交差《こうさ》する交通《こうつう》の要衝《ようしょう》だ。西軍《せいぐん》は大垣城《おおがきじょう》を出《で》る直前《ちょくぜん》から霧《きり》が立《た》ち込《こ》め雨《あめ》も降《ふ》り出《だ》したので東軍《とうぐん》に悟《さと》られることもなく大垣《おおがき》を後《あと》にした。

同日深夜《どうじつしんや》に石田三成隊《いしだみつなりたい》六千余《よ》が真《ま》っ先《さき》に関ヶ原《せきはら》に到着《とうちゃく》し、島左近《しまさこん》の進言《しんげん》に従《したが》って関ヶ原《せきはら》の北国《ほっこく》街道北側《かいどうきたがわ》の笹尾山《ささおやま》に陣取《じんど》り、島左近《しまさこん》と蒲生郷舎《がもうさといえ》（氏郷の甥）の両将《りょうしょう》は石田陣《いしだじん》の前面《ぜんめん》（南側）に備《そな》えた。織田信高《おだのぶたか》（信長の七男）や伊藤盛正《いとうもりまさ》、岸田忠氏《きしだただうじ》らの秀頼配下《ひでよりはいか》の母衣衆《ほろしゅう》も島《しま》・蒲生《がもう》の西隣《にしどな》りに備《そな》えた。

島津義弘隊《しまづよしひろたい》千五百は、十五日未明《みめい》の寅刻《とらのこく》（四時）に到着《とうちゃく》して、北国街道《ほっこくかいどう》を挟《はさ》んで石田隊《いしだたい》の南側《みなみがわ》に陣取《じんど》った。小西行長隊《こにしゆきながたい》六千も続《つづ》いて到着《とうちゃく》して、島津義弘《しまづよしひろ》の更《さら》に南隣《みなみどな》りの天満山《てんまやま》の北側《きたがわ》に陣取《じんど》った。大垣城《おおがきじょう》からは最後《さいご》に名目上《めいもくじょう》の総大将《そうだいしょう》で大老《たいろう》の宇喜多秀家隊《うきたひでいえたい》一万八千が到着《とうちゃく》して、天満山《てんまやま》に陣《じん》を取《と》った。大谷吉継隊《おおたによしつぐたい》四千はこの頃《ころ》、中山道《なかせんどう》から西進《せいしん》して来《く》る秀忠隊《ひでただたい》に備《そな》えて山中《やまなか》（関ヶ原町）に陣取《じんど》っていたが、この度《たび》の三成《みつなり》からの要請《ようせい》に応《おう》じて天満山《てんまやま》と松尾山《まつおやま》の間《あいだ》の中山道沿《なかせんどうぞ》いに陣《じん》を移《うつ》した。

中山道南側《なかせんどうみなみがわ》の松尾山《まつおやま》には小早川秀秋《こばやかわひであき》の一万三千の大軍《たいぐん》が陣取《じんど》っていた。秀秋《ひであき》は伏見城《ふしみじょう》の戦《たたか》いの後《のち》、大垣城《おおがきじょう》には入《はい》らずこの関《せき》ヶ原《はら》の地《ち》に陣取《じんど》って美濃《みの》で繰《く》り広《ひろ》げられた戦《いくさ》の様子《ようす》を窺《うかが》っていた。この秀秋《ひであき》は西軍《せいぐん》の間《あいだ》で家康《いえやす》に通《つう》じているとの噂《うわさ》を立《た》てられて大垣城《おおがきじょう》には入《はい》り辛《づら》かった。そこで大谷吉継《おおたによしつぐ》はその秀秋《ひであき》への睨《にら》みも兼《か》ねて松尾山《まつおやま》の麓《ふもと》に陣《じん》を移《うつ》した。その更《さら》に東側《ひがしがわ》の伊勢街道《いせかいどう》と中山道《なかせんどう》の間《あいだ》の南宮山一帯《なんぐうざんいったい》には吉川広家《きっかわひろいえ》と毛利秀元《もうりひでもと》、安国寺恵瓊《あんこくじえけい》、長宗我部盛親《ちょうそかべもりちか》（元親の後継）らの毛利勢《もうりぜい》三万が陣取《じんど》った。他《ほか》にも東軍《とうぐん》を後巻《うしろま》き（後攻め）する一隊《いったい》一万が大垣城《おおがきじょう》に残《のこ》っていた。

西軍総勢《せいぐんそうぜい》九万は関《せき》ヶ原《はら》の東西《とうざい》に連《つら》なる高台《たかだい》に中山道《なかせんどう》を見下《みお》ろして敵軍《てきぐん》を包《つつ》み込《こ》むよう鶴翼《かくよく》（鶴が翼を広げた様）に陣取《じんど》って準備万端《じゅんびばんたん》を整《ととの》えた。石田三成隊《いしだみつなりたい》は中山道《なかせんどう》の西側最奥《にしがわさいおく》に陣取《じんど》って道《みち》を塞《ふさ》ぎ、東方《とうほう》の大垣《おおがき》から西進《せいしん》して来《く》る東軍《とうぐん》を今《いま》や遅《おそ》しと待《ま》ち受《う》けた。

東軍西軍が待ち受ける関ヶ原に侵入布陣

慶長《けいちょう》五年（一六〇〇年）九月十四日、赤坂《あかさか》の東軍《とうぐん》は京都《きょう》・大阪《おおさか》への進軍《しんぐん》の準備《じゅんび》を進《すす》めている丁度《ちょうど》その最中《さいちゅう》に「大垣城《おおがきじょう》の軍勢《ぐんぜい》が野口《のぐち》から牧田《まきた》に向《む》けて行軍中《こうぐんちゅう》」との報《しら》せが家康《いえやす》のいる岡山本陣《おかやまほんじん》に飛《と》び込《こ》んだ。家康《いえやす》は西軍《せいぐん》がこちらの仕掛《しか》けに乗《の》って大垣城《おおがきじょう》を出《で》たと手《て》を打《う》って喜《よろこ》び、出陣準備中《しゅつじんじゅんびちゅう》の諸将《しょしょう》を集《あつ》め軍議《ぐんぎ》を開《ひら》いて西軍《せいぐん》の動《うご》きを伝《つた》えた。そして決戦《けっせん》の地《ち》は関《せき》ヶ原《はら》だと断言《だんげん》して関《せき》ヶ原《はら》に入《はい》ってからの彼我《ひが》の陣形《じんけい》を披歴《ひれき》し、敵《てき》が何処《どこ》から飛《と》び出《だ》して来《き》ても対処《たいしょ》できるように戦《いくさ》の役割分担《やくわりぶんたん》と配置《はいち》を指図《さしず》した。そして東軍《とうぐん》の先鋒隊《せんぽうたい》が関《せき》ヶ原《はら》に入《はい》った途端《とたん》に南北《なんぼく》から挟《はさ》み撃《う》ちにされぬように、中山《なかせん》道《どう》を挟《はさ》んで南側《みなみがわ》と北側《きたがわ》との二列《にれつ》に分《わ》かれて進《すす》むことにして、南側《みなみがわ》の第一隊《だいいちたい》には福島正則《ふくしままさのり》、第二隊《だいにたい》は藤堂高虎《とうどうたかとら》と京極高知《きょうごくたかとも》、第三隊《だいさんたい》は寺沢広高《てらさわひろたか》の軍勢計《ぐんぜいけい》一万五千とし、北側《きたがわ》の第一隊《だいいちたい》には黒田長政《くろだながまさ》と竹中重門《たけなかしげかど》、第二隊《だいにたい》は細川忠興《ほそかわただおき》と加藤嘉明《かとうよしあき》、田中吉政《たなかよしまさ》の軍勢計《ぐんぜいけい》一万六千とした。中軍《ちゅうぐん》には徳川直《とくがわじき》臣《しん》の松平忠吉《まつだいらただよし》と井伊直政《いいなおまさ》の勢《ぜい》六千。別途遊撃隊《べっとゆうげきたい》として筒井定次《つついさだつぐ》と生駒一正《いこまかずまさ》・金森長近《かなもりながちか》・古田重《ふるたしげ》勝《かつ》・織田長益《おだながます》・有馬則頼《ありまのりより》の勢《ぜい》九千を当《あ》てた。家康《いえやす》と監軍《かんぐん》の本多忠勝《ほんだただかつ》は本隊《ほんたい》の三万を従《したが》えて最後《さいご》に関《せき》ヶ原《はら》に入《はい》り、後詰《ごづめ》することにして軍勢《ぐんぜい》の手配《てくば》りを終《お》えた。家康本隊《いえやすほんたい》の三万は数《かず》が多《おお》いが、江戸《えど》を立《た》つ時《とき》に寄《よ》せ集《あつ》めた兵卒《へいそつ》で戦歴《せんれき》のある者《もの》は僅《わず》かに六千だ。徳川家《とくがわけ》の実戦部隊《じっせんぶたい》は東山道《とうざんどう》を進《すす》む秀忠隊《ひでただたい》の下《もと》にあった。

翌《よく》十五日未明《みめい》に東軍《とうぐん》は順次赤坂《じゅんじあかさか》を出立《しゅったつ》して中山道《なかせんどう》を関《せき》ヶ原目指《はらめざ》して進軍《しんぐん》した。先鋒第一隊《せんぽうだいいちたい》の福島正則《ふくしままさのり》は明《あ》け方《がた》に関《せき》ヶ原口《はらぐち》に到着《とうちゃく》した。だが前夜来《ぜんやらい》の雨《あめ》が未《ま》だ降《ふ》り続《つづ》いて一面霧《いちめんきり》に包《つつ》まれ辺《あた》りの様子《ようす》が皆目《かいもく》(全く)判《わか》らなかった。物見《ものみ》の情報《じょうほう》では、西軍《せいぐん》の軍勢《ぐんぜい》九万が既《すで》に関《せき》ヶ原《はら》を見下《みおろ》す山々《やまやま》や高地《こうち》に陣取《じんど》って、東軍《とうぐん》の到着《とうちゃく》を待《ま》ち構《かま》えているとのことであった。福島正則《ふくしままさのり》は行軍《こうぐん》を止《と》めて本隊《ほんたい》の到着《とうちゃく》を待《ま》った。兎《と》に角辺《かくあた》り一帯《いったい》が霧《きり》に包《つつ》まれて何処《どこ》が何処《どこ》だか判《わか》らない。

家康《いえやす》は物見《ものみ》を四方《しほう》に出《だ》して様子《ようす》を探《さぐ》りながら諸将《しょしょう》と戦《いくさ》の手配《てくば》りを最終確認《さいしゅうかくにん》した。物見《ものみ》からの報告《ほうこく》では、関《せき》ヶ原《はら》の東側入口《ひがしがわいりくち》の南宮山一帯《なんぐうざんいったい》には徳川《とくがわ》に寝返《ねがえ》りを約束《やくそく》した吉川広家《きっかわひろいえ》や西軍《せいぐん》に義理立《ぎりだ》てして参陣《さんじん》した毛利勢《もうりぜい》が占《し》めていて危険《きけん》が少《すく》なく、三成《みつなり》を始《はじ》めとする合戦相手《かっせんあいて》の中心《ちゅうしん》は関《せき》ヶ原《はら》の中山道《なかせんどう》と伊勢街道北国街道《いせかいどうほっこくかいどう》が交《まじ》わる天満山《てんまやま》から笹尾山付近《ささおやまふきん》であると判《わか》った。それで戦《いくさ》はこの辺《あた》りが中心《ちゅうしん》になると皆《みな》で確認《かくにん》し合《あ》い、立《た》ち込《こ》める霧《きり》を利用《りよう》して敵《てき》の中心勢力《ちゅうしんせいりょく》である笹尾山《ささおやま》の石田三成《いしだみつなり》陣《じん》と天満山《てんまやま》の宇喜多秀家陣《うきたひでいえじん》の直前《ちょくぜん》まで南北両隊《なんぼくりょうたい》を進《すす》めて、家康本隊《いえやすほんたい》はその後《うしろ》の桃配山《ももくばりやま》に陣取《じんど》り霧《きり》の晴《は》れるのを待《ま》った。家康《いえやす》は兵法《へいほう》に謂《い》う『之《これ》を死地《しち》に陥《おとしい》れて然《しか》る後《のち》に生《い》く』（必死の窮地に立って初めて生き残る力が出る。原典は孫子九地篇十一）を地《じ》で行《ゆ》くしかないと覚悟《かくご》して、意識《いしき》して敵陣《てきじん》に包《つつ》み込《こ》まれる不利《ふり》な陣形《じんけい》を取《と》って味方《みかた》の発奮《はっぷん》を促《うなが》したのだ。西軍《せいぐん》には義理《ぎり》で参陣《さんじん》した諸将《しょしょう》や既《すで》に家康《いえやす》に寝返《ねがえ》りを約束《やくそく》した諸将《しょしょう》が多《おお》くいることもこの不利《ふり》な陣形《じんけい》を取《と》る決断《けつだん》の背景《はいけい》にあった。元々徳川《もともととくがわ》の中枢部隊《ちゅうすうぶたい》である秀忠隊《ひでただたい》はこの戦《いくさ》には加《くわ》わっていない。今《いま》いる徳川勢《とくがわぜい》だけでは勝負《しょうぶ》にならないのだ。家康《いえやす》は豊臣武断派《とよとみぶだんは》を重用《ちょうよう》して発奮《はっぷん》させることにこの戦《いくさ》の勝敗《しょうはい》を賭《か》けたのだ。

西軍《せいぐん》も東軍《とうぐん》が関《せき》ヶ原《はら》の奥深《おくふか》くに入《はい》り込《こ》んだことに直《す》ぐ気《き》が付《つ》いた。これは西軍《せいぐん》にとっては敵《てき》を手中《しゅちゅう》に収《おさ》めたにも等《ひと》しく計略通《けいりゃくどお》りに事態《じたい》が推移《すいい》している。三成《みつなり》は勝利《しょうり》を確信《かくしん》した。だが霧《きり》が晴《は》れなければ戦《いくさ》は出来《でき》ない。同士討《どうしう》ちなど何《なに》が起《お》こるか判《わか》らないのだ。両軍《りょうぐん》は霧《きり》が晴《は》れるのを息《いき》を潜《ひそ》めて只々《ただただ》待《ま》ち続《つづ》けた。

両軍激突と東軍圧勝

慶長《けいちょう》五年（一六〇〇年）九月十五日、日《ひ》が高《たか》くなった辰刻《たつのこく》（八時）頃《ころ》から少《すこ》しずつ霧《きり》が薄《うす》れ出《だ》した。突如《とつじょ》福島隊《ふくしまたい》の脇《わき》をすり抜《ぬ》けて井伊直政《いいなおまさ》と松平忠吉《まつだいらただよし》の騎馬隊《きばたい》三十余名《よめい》が西軍本隊《せいぐんほんたい》の宇喜多秀《うきたひで》家隊《いえたい》に突撃《とつげき》を加《くわ》えた。直政《なおまさ》と忠吉《ただよし》はこの戦《いくさ》は豊臣武断派《とよとみぶだんは》と文治派《ぶんじは》の戦《いくさ》ではなく、家康《いえやす》の指揮下《しきか》にある徳川《とくがわ》の戦《いくさ》であることを東西両軍《とうざいりょうぐん》に示《しめ》そうとしたのだ。

井伊《いい》の抜《ぬ》け駆《が》けを見《み》た東軍《とうぐん》の福島隊《ふくしまたい》は宇喜多陣営《うきたじんえい》に、藤堂《とうどう》・京極隊《きょうごくたい》は大谷吉継陣《おおたによしつぐじん》に、織田《おだ》・古《ふる》田隊《たたい》は小西行長陣《こにしゆきながじん》に、黒田《くろだ》・池田《いけだ》・細川《ほそかわ》らのその他《た》の諸隊《しょたい》は石田三成陣《いしだみつなりじん》にそれぞれ鉄砲《てっぽう》で一斉射《いっせいしゃ》撃《げき》を行《おこな》った。井伊《いい》と松平《まつだいら》は宇喜多陣《うきたじん》を素通《すどお》りして今度《こんど》は島津陣《しまづじん》に突撃《とつげき》した。

笹尾山《ささおやま》の石田陣《いしだじん》に向《む》かった黒田長政《くろだながまさ》は選《よ》りすぐりの一隊《いったい》を編成《へんせい》して笹尾山《ささおやま》の側面《そくめん》に廻《まわ》らせ、石《いし》田陣目掛《だじんめが》けて鉄砲《てっぽう》を撃《う》ち込《こ》んだ。島左近《しまさこん》がこの鉄砲弾《てっぽうたま》に当《あ》たって負傷《ふしょう》し、三成陣《みつなりじん》には大《おお》きな痛手《いたで》になった。三成《みつなり》は笹尾山《ささおやま》に運《はこ》び込《こ》んだ大筒《おおづつ》を東軍《とうぐん》に撃《う》ち込《こ》んで東軍《とうぐん》の度肝《どぎも》を抜《ぬ》き、攻防《こうぼう》は一進一退《いっしんいったい》した。

やがて霧《きり》が晴《は》れ渡《わた》って天満山《てんまやま》や松尾山《まつおやま》、南宮山《なんぐうざん》の山頂《さんちょう》の諸隊《しょたい》が視界《しかい》に入《はい》るようになった。三成《みつなり》は予《かね》ての手筈《てはず》通《どお》りに狼煙《のろし》を上《あ》げて、小早川秀秋《こばやかわひであき》や毛利勢《もうりぜい》に参戦《さんせん》を促《うなが》した。だが小早川《こばやかわ》や毛利勢《もうりぜい》の吉川広家《きっかわひろいえ》は既《すで》に家康《いえやす》に寝返《ねがえ》りを約《やく》していたので両陣《りょうじん》は動《うご》く気配《けはい》を見《み》せず、戦《いくさ》は膠着状態《こうちゃくじょうたい》になった。

大谷吉継《おおたによしつぐ》は苛立《いらだ》って松尾山《まつおやま》に伝令《でんれい》を送《おく》り、小早川秀秋《こばやかわひであき》の出撃《しゅつげき》を督促《とくそく》した。それでも秀秋《ひであき》は動《うご》かなかった。

徳川家康《とくがわいえやす》も小早川秀秋《こばやかわひであき》に伝令《でんれい》を送《おく》って、松尾山《まつおやま》を下《くだ》って西軍《せいぐん》を攻撃《こうげき》するよう促《うなが》した。だがここでも秀秋《ひであき》は動《うご》こうとしない。

小早川秀秋《こばやかわひであき》はこの戦《いくさ》が始《はじ》まるまでは東軍《とうぐん》の圧勝《あっしょう》だと思《おも》った。だから家康《いえやす》に寝返《ねがえ》りを約《やく》したのだ。あの難攻不落《なんこうふらく》の岐阜城《ぎふじょう》でさえも西軍《せいぐん》は僅《わず》か半日《はんにち》で落《お》としてしまっていた。だが今《いま》は様子《ようす》を異《こと》にしてあの戦下手《いくさべた》と噂《うわさ》の高《たか》い三成《みつなり》が斯《か》くも果敢《かかん》に戦《たたか》っている。秀秋《ひであき》は思《おも》わぬ西軍《せいぐん》の抵抗《ていこう》に恐《おそ》れをなして家康《いえやす》の命《めい》を素直《すなお》に受《う》けることが出来《でき》ずに只徒《ただいたずら》に様子見《ようすみ》を続《つづ》けた。

家康《いえやす》は、このまま膠着状態《こうちゃくじょうたい》が続《つづ》けば、後方《こうほう》の毛利隊《もうりたい》がどの様《よう》に動《うご》くか気《き》になった。若《も》し毛利《もうり》軍《ぐん》が徳川《とくがわ》への寝返《ねがえ》りを破棄《はき》して東軍《とうぐん》を後巻《うしろま》き（後方からの攻め）すれば、東軍《とうぐん》はいとも易《やす》く壊滅《かいめつ》する。毛利隊《もうりたい》にとっては東軍《とうぐん》を滅《ほろ》ぼすという大功《だいこう》を挙《あ》げることが出来《でき》るのだ。この誘惑《ゆうわく》を毛利隊《もうりたい》は何時《いつ》まで抑《おさ》えられるか…。

家康《いえやす》は何《なん》としても一刻《いっこく》も早《はや》く小早川秀秋《こばやかわひであき》を東軍側《とうぐんがわ》に寝返《ねがえ》らせようと苦慮《くりょ》して、伸《の》るか反《そ》るかの賭《か》けに出《で》た。小早川陣《こばやかわじん》に鉄砲《てっぽう》を撃《う》ち込《こ》むように命《めい》じたのだ。一斉《いっせい》に松尾山《まつおやま》に向《む》けて脅《おど》しの鉄砲《てっぽう》が撃《う》ち込《こ》まれた。未《ま》だ若《わか》い秀秋《ひであき》は家康《いえやす》の怒《いか》りに触《ふ》れて動顛《どうてん》し、老臣《ろうしん》の諫《いさ》めも聞《き》かずに全軍《ぜんぐん》に麓《ふもと》の大《おお》谷隊《たにたい》に向《む》かって突撃《とつげき》を命《めい》じた。大谷吉継《おおたによしつぐ》は秀秋《ひであき》の裏切《うらぎ》りを予知《よち》して反撃《はんげき》に出《で》、小早川隊《こばやかわたい》を押《お》し返《かえ》した。そこへ藤堂高虎《とうどうたかとら》が事前《じぜん》に内応《ないおう》を約《やく》していた西軍《せいぐん》の脇坂《わきさか》・朽木《くちき》・小川《おがわ》・赤座《あかざ》と共《とも》に一斉《いっせい》に大《おお》谷隊《たにたい》に襲《おそ》い掛《か》かった。

大谷隊《おおたにたい》は挟《はさ》み討《う》ちに遭《あ》って壊滅《かいめつ》し、吉継《よしつぐ》はその場《ば》で戦没《せんぼつ》した。

戦況《せんきょう》は一気《いっき》に動《うご》いた。東軍《とうぐん》は一斉攻撃《いっせいこうげき》を開始《かいし》した。西軍《せいぐん》は浮足立《うきあしだ》って大混乱《だいこんらん》に陥《おちい》った。石田隊《いしだたい》の島左近《しまさこん》も黒田《くろだ》・田中両隊《たなかりょうたい》との乱戦中《らんせんちゅう》に討死《うちじに》した。南宮山《なんぐうざん》の長宗我部盛親《ちょうそかべもりちか》や安国寺恵瓊《あんこくじえけい》、長束《ながつか》正家《まさいえ》は結局何《けっきょくなに》もせずに様子見《ようすみ》を続《つづ》けて、西軍《せいぐん》の敗走《はいそう》を見《み》た途端《とたん》に伊勢方面《いせほうめん》に逃《に》げ落《お》ちた。西軍《せいぐん》に加《くわ》わった諸将《しょしょう》は皆《みな》、未《ま》だ日《ひ》が高《たか》い未刻《ひつじのこく》（午後二時）頃《ころ》には逃《に》げ遅《おく》れないように我先《われさき》に関ヶ原《せきはら》から抜《ぬ》け落《お》ちた。

島津義弘《しまづよしひろ》は伊勢街道《いせかいどう》を下《くだ》って海路《かいろ》を大阪《おおさか》へ出《で》ようと、関ヶ原《せきはら》を敵中突破《てきちゅうとっぱ》して牧田《まきた》へ向《む》かった。井伊直政《いいなおまさ》と松平忠吉《まつだいらただよし》は島津隊《しまづたい》の後《あと》を追《お》った。乱戦《らんせん》となって忠吉《ただよし》も直政《なおまさ》も傷《きず》を負《お》い、島津隊《しまづたい》も多《おお》くの損害《そんがい》を出《だ》した。夕暮《ゆうぐ》れになって家康《いえやす》は深追《ふかお》いを止《や》めさせた。義弘《よしひろ》は危機《きき》を脱《だっ》して伊勢国《いせこく》に落《お》ち延《の》びた。

この日《ひ》、慶長《けいちょう》十五年（一六〇〇年）九月十五日の関ヶ原《せきはら》は夕闇《ゆうやみ》に包《つつ》まれた。東軍《とうぐん》は西軍《せいぐん》を蹴散《けち》らして圧勝《あっしょう》の内《うち》に幕《まく》を閉《と》じた。後世《こうせい》この合戦《かっせん》を『関ヶ原《せきはら》の戦《たたか》い』と云《い》い伝《つた》えた。

戦後処理

関《せき》ヶ原《はら》の戦《たたか》いは一日《いちにち》にして終《お》わったが、未《ま》だ大垣城《おおがきじょう》に残留《ざんりゅう》している福原長堯《ふくはらながたけ》らの七千五百の軍《ぐん》勢《ぜい》は無傷《むきず》だ。

徳川家康《とくがわいえやす》は関《せき》ヶ原《はら》に出立《しゅったつ》するとき、同時《どうじ》に水野勝成《みずのかつしげ》と松平康長《まつだいらやすなが》の徳川直臣部隊《とくがわじきしんぶたい》に大垣城《おおがきじょう》とその一帯《いったい》の平定《へいてい》を命《めい》じた。水野《みずの》・松平隊《まつだいらたい》は空城《あきしろ》を収《おさ》めようと大垣《おおがき》に向《む》かったが予想外《よそうがい》の抵抗《ていこう》に遭《あ》って、十五日の朝《あさ》、一旦城攻《いったんしろぜ》めを中断《ちゅうだん》した。午後《ごご》になって東軍《とうぐん》の大勝《たいしょう》が伝《つた》わり、水野《みずの》・松平《まつだいら》は攻《せ》め急《いそ》いで無用《むよう》の犠牲《ぎせい》を出《だ》すこともなかろうと近《ちか》くの曽根城《そねじょう》（大垣市曽根町）に兵《へい》を引《ひ》いた。

大垣城内《おおがきじょうない》にも西軍壊滅《せいぐんかいめつ》が伝《つた》わった。城内《じょうない》は福原《ふくはら》（三成の娘婿）らの徹底抗戦組《てっていこうせんぐみ》と相良《さがら》らの降服《こうふく》開城組《かいじょうくみ》に意見《いけん》が割《わ》れた。十六日相良《さがら》ら開城組《かいじょうぐみ》は水野勝成《みずのかつしげ》に帰順《きじゅん》を申《もう》し出《で》て、その証《あかし》に徹底抗戦《てっていこうせん》組《ぐみ》の熊谷《くまがい》を謀殺《ぼうさつ》してその首《くび》を差《さ》し出《だ》し、翌《よく》十七日に二の丸《まる》と三の丸《まる》も明《あ》け渡《わた》して城《しろ》を出《で》た。

だが本丸《ほんまる》に籠《こも》る福原長堯《ふくはらながたけ》は頑強《がんきょう》に抵抗《ていこう》した。二十三日家康《いえやす》は禅僧《ぜんそう》を本丸《ほんまる》に送《おく》って士卒《しそつ》の命《いのち》を許《ゆる》すことを約束《やくそく》した。長堯《ながたけ》は剃髪《ていはつ》して開城《かいじょう》し伊勢《いせ》に落《お》ちたが、間《ま》もなく自害《じがい》して果《は》てた。

東軍《とうぐん》は関《せき》ヶ原《はら》で大勝《たいしょう》した翌日《よくじつ》から、一斉《いっせい》に敗残将兵《はいざんしょうへい》の探索《たんさく》に乗《の》り出《だ》した。小西行長《こにしゆきなが》は九月十九日に伊吹山中《いぶきさんちゅう》に潜伏《せんぷく》していたところを発見《はっけん》された。三成《みつなり》も同《どう》二十二日近江国古橋村《おうみこくふるはしむら》（木之本町）で東軍《とうぐん》の田中吉政勢《たなかよしまさぜい》に捕縛《ほばく》された。安国寺恵瓊《あんこくじえけい》は九月二十三日、京都六条《きょうとろくじょう》の寺院《じいん》で所司代《しょしだい》の奥《おく》平信昌《だいらのぶまさ》に捕《とら》えられた。この三人《さんにん》は十月一日、共《とも》に京都《きょう と》の六条河原《ろくじょうかわら》で斬首《ざんしゅ》された。

長束正家《ながつかまさいえ》は居城《きょじょう》の近江国水口城《おうみこくみずくちじょう》に逃《に》げ返《かえ》った。家康《いえやす》は正家《まさいえ》に降伏《こうふく》を求《もと》めたが、正家《まさいえ》は城《しろ》から逃《のが》れて近江国日野《おうみこくひの》で自害《じがい》した。

宇喜多秀家《うきたひでいえ》は領国《りょうごく》の薩摩《さつま》に逃《に》げた島津義弘《しまづよしひろ》を頼《たよ》って薩摩《さつま》に逃《のが》れ、義弘《よしひろ》の庇護《ひご》を受《う》けた。その後《ご》島津家《しまづけ》は徳川《とくがわ》と和解《わかい》するときその条件《じょうけん》として秀家《ひでいえ》の存在《そんざい》が問題《もんだい》となり、命《いのち》を保証《ほしょう》することを条件《じょうけん》に徳川家《とくがわけ》に引《ひ》き渡《わた》した。秀家《ひでいえ》は八丈島《はちじょうじま》に配流《はいる》になった。

話《はなし》は戻《もど》って慶長《けいちょう》五年（一六〇〇年）九月十五日の合戦《かっせん》が一段落《いちだんらく》した後《のち》、関《せき》ヶ原《はら》の東軍本陣《とうぐんほんじん》の桃《もも》配《くばり》山《やま》で家康《いえやす》の下《もと》に諸将《しょしょう》が集《つど》って勝利《しょうり》を賀《が》した。家康《いえやす》は

「列候《れっこう》の本日《ほんじつ》の戦《いくさ》は誠《まこと》に絶類《ぜつるい》（抜群）にして斯《か》く勝《かち》を得《う》る。如何《いか》にも目出度《めでた》きことではあるが、皆々《みなみな》の御妻子《ごさいし》は未《いま》だに大阪《おおさか》に質《しち》として御座《ござ》れば、我《われ》もまた皆《みな》の心中《しんちゅう》を察《さっ》して甚《はなは》だ心苦《こころぐる》しい。今《いま》は一刻《いっこく》も早《はや》く大阪表《おおさかおもて》に攻《せ》め上《のぼ》って御一同《ごいちどう》に御妻子《ごさいし》を引《ひ》き渡《わた》し、その後《ご》に安心致《あんしんいた》したく御座《ござ》る」と応《こた》えた。東軍《とうぐん》の一同《いちどう》は将《しょう》から卒《そつ》に至《いた》るまで皆感動《みなかんどう》して尚一層《なおいっそう》の忠誠《ちゅうせい》を誓《ちか》った。家康《いえやす》は東軍《とうぐん》に寝返《ねがえ》った小早川秀秋《こばやかわひであき》を呼《よ》んだ。秀秋《ひであき》は関《せき》ヶ原合戦《はらがっせん》で家康《いえやす》の怒《いか》りを買《か》ったのに恐《おそ》れをなして、膝行《しっこう》して家《いえ》康《やす》の前《まえ》に畏《かしこ》まり敢《あ》えて家康《いえやす》を仰視《ぎょうし》することが出来《でき》ないでいた。一座《いちざ》の諸将《しょしょう》は

「黄門《こうもん》（秀秋の官位は中納言、唐名は黄門）は何《なん》と醜《みにく》きや」と呆《あき》れて

「鷹《たか》の前《まえ》の雉《きじ》に同《おな》じよ」と蔑《さげす》んだ。家康《いえやす》はこの日《ひ》は関《せき》ヶ原《はら》で一夜《いちや》を過《す》ごした。

合戦《かっせん》の翌々日《よくよくじつ》の慶長《けいちょう》五年（一六〇〇年）九月十七日、家康《いえやす》は降将《こうしょう》の小早川秀秋《こばやかわひであき》と脇坂安治《わきさかやすはる》に井《い》伊直政《いなおまさ》と本多忠勝《ほんだただかつ》を軍監《ぐんかん》に付《つ》けて石田三成《いしだみつなり》の居城《きょじょう》の佐和山《さわやま》（彦根市）を攻《せ》めさせた。佐和山城《さわやまじょう》では

兵卒《へいそつ》の多《おお》くは逃《に》げたが石田《いしだ》の一族郎党《いちぞくろうとう》は残《のこ》って城《しろ》を死守《ししゅ》した。翌《よく》十八日、攻《せ》め手《て》は城《しろ》の裏手《うらて》の水《すい》門《もん》から城内《じょうない》に討《う》ち入《い》り城《しろ》に火《ひ》を掛《か》けて石田一族《いしだいちぞく》を族滅《ぞくめつ》（一族皆殺し）した。琵琶湖周辺《びわこしゅうへん》から西軍《せいぐん》の影《かげ》がなくなった。

九月十九日、家康《いえやす》は本陣《ほんじん》を草津《くさつ》（草津市）に移《うつ》した。本陣《ほんじん》には朝廷《ちょうてい》を始《はじ》め、公卿《くぎょう》や神社《じんじゃ》・仏閣《ぶっかく》・豪商《ごうしょう》・豪農《ごうのう》の諸々《もろもろ》が参賀《さんが》にやってきて、何時《いつ》までもその列《れつ》が絶《た》えなかった。

翌《よく》二十日、この日草津《ひくさつ》の本陣《ほんじん》に東山道隊《とうざんどうたい》の徳川秀忠《とくがわひでただ》から、「程《ほど》なく草津《くさつ》に到着《とうちゃく》」との報《しら》せが入《はい》った。だが家康《いえやす》は秀忠《ひでただ》の関《せき》ヶ原《はら》への遅参《ちさん》を怒《いか》って秀忠《ひでただ》の到《とう》着《ちゃく》を待《ま》たずに草津《くさつ》を発《た》ち、京極高次《きょうごくたかつぐ》の居城《きょじょう》の大津《おおつ》に陣《じん》を移《うつ》した。その大津《おおつ》の陣《じん》に東軍北陸道隊総《とうぐんほくりくどうたいそう》大将《だいしょう》の前田利長《まえだとしなが》が、降将《こうしょう》の丹羽長重《にわながしげ》と青木一矩《あおきかずのり》の嫡男《ちゃくなん》の俊矩《としのり》を伴《ともな》って家康《いえやす》に対面《たいめん》を願《ねが》い出《で》た。家《いえ》康《やす》は利長《としなが》と対面《たいめん》したが、助言《じょげん》は受《う》け付《つ》けずに降将両者《こうしょうりょうしゃ》を共《とも》に改易《かいえき》（所領没収）した。

家康《いえやす》が利長《としなが》と対面《たいめん》したのを知《し》って、徳川宿将《とくがわしゅくしょう》の榊原康政《さかきばらやすまさ》は秀忠隊《ひでただたい》の遅《おく》れの原因《げんいん》は家康《いえやす》にもあると必死《ひっし》に諫言《かんげん》して、草津《くさつ》で叶《かな》わなかった秀忠《ひでただ》との対面《たいめん》を実現《じつげん》させた。家康《いえやす》は秀忠《ひでただ》と利長《としなが》を大阪《おおさか》城《じょう》へ向《む》かわせて毛利輝元《もうりてるもと》と大阪城《おおさかじょう》に籠《こも》る西軍諸将《せいぐんしょしょう》に和議《わぎ》と無血開城《むけつかいじょう》を迫《せま》った。

慶長《けいちょう》五年（一六〇〇年）九月二十五日、西軍総大将《せいぐんそうだいしょう》の毛利輝元《もうりてるもと》は家康《いえやす》から豊臣秀頼《とよとみひでより》を今《いま》までの如《ごと》くに主君《しゅくん》に戴《いただ》くことと、毛利家《もうりけ》の領国《りょうごく》を従来通《じゅうらいどお》りに安堵《あんど》するとの誓詞《せいし》を受《う》けて大阪城《おおさかじょう》を退去《たいきょ》した。

同《どう》二十七日、家康《いえやす》は大阪城《おおさかじょう》に入城《にゅうじょう》した。家康《いえやす》の大阪城入城《おおさかじょうにゅうじょう》を賀《が》して朝廷《ちょうてい》の勅使《ちょくし》や公卿《くぎょう》を始《はじ》め畿内《きない》のあらゆる分野《ぶんや》の人々《ひとびと》が雲霞《うんか》の如《ごと》くに来賀《らいが》した。

家康《いえやす》は大阪城《おおさかじょう》に入《はい》って先《ま》ずは豊臣家《とよとみけ》の行跡《ぎょうせき》を調《しら》べた。そして豊臣家《とよとみけ》武断派《ぶだんは》と文治派《ぶんじは》の対立《たいりつ》の原《げん》因《いん》となった豊臣家蔵入地《とよとみけくらいりち》を処分《しょぶん》して、豊臣家《とよとみけ》の領地《りょうち》を摂津《せっつ》・河内《かわち》・和泉各国《いずみかくこく》（兵庫県東部と大阪府の全域）の六十五万石《ごく》に減封《げんぽう》した。また西軍諸将《せいぐんしょしょう》の行跡《ぎょうせき》も詳《くわ》しく調《しら》べて、毛利輝元《もうりてるもと》の徳川討伐《とくがわとうばつ》への積極関与《せっきょくかんよ》が改《あらた》めて次々《つぎつぎ》と発覚《はっかく》した。家康《いえやす》は誓約《せいやく》を破棄《はき》して、毛利家《もうりけ》を改易《かいえき》（領地没収）に処《しょ》した。

両家《りょうけ》の間《あいだ》が嫌悪《けんあく》になった。家康《いえやす》は毛利《もうり》一門《いちもん》の吉川広家《きっかわひろいえ》が東軍《とうぐん》に内応《ないおう》して南宮山《なんぐうざん》に陣取《じんど》った安国《あんこく》寺《じ》や長宗我部《ちょうそかべ》の動《うご》きを制《せい》した功《こう》を殊更《ことさら》に取《と》り上《あ》げて、周防《すおう》・長門《ながと》（山口県東部と西部）両国《りょうこく》の三十七万石を与《あた》え、これを吉川広家《きっかわひろいえ》の宗家《そうけ》の毛利輝元《もうりてるもと》に譲《ゆず》るよう内々《ないない》に取《と》り計《はか》らって徳川《とくがわ》と毛利《もうり》の和解《わかい》が成《な》った。

増田長盛《ましたながもり》は西軍総大将《せいぐんそうだいしょう》の毛利輝元《もうりてるもと》と共《とも》に大阪城《おおさかじょう》を退去《たいきょ》して所領《しょりょう》の郡山《こおりやま》（福島県）に帰《かえ》ったが、家康《いえやす》は後《のち》に高野山《こうやさん》に蟄居《ちっきょ》させ、改易《かいえき》して岩槻《いわつき》（埼玉県）の高力忠房《こうりきただふさ》（徳川の直臣）の下《もと》に配流《はいる》した。

信濃国《しなのこく》（長野県）上田城《うえだじょう》の真田昌幸幸村《さなだまさゆきゆきむら》父子《ふし》は改易《かいえき》された上《うえ》に死罪《しざい》を言《い》い渡《わた》されたが、昌幸《まさゆき》の嫡子《ちゃくし》の信之《のぶゆき》の東軍《とうぐん》での活躍《かつやく》と信之《のぶゆき》の岳父《がくふ》の本多忠勝《ほんだただかつ》の助命嘆願《じょめいたんがん》があって許《ゆる》され、父子《ふし》はこれも高《こう》野山預《やさんあず》けとなって上田領《うえだりょう》は信之《のぶゆき》に授《さず》けられた。

この合戦《かっせん》の後《のち》、東軍勝利《とうぐんしょうり》の立役者《たてやくしゃ》となった豊臣武断派諸将《とよとみぶだんはしょしょう》は恩賞《おんしょう》として軒並《のきなみ》四国《しこく》・九州《きゅうしゅう》・西国《さいごく》諸国《しょこく》への移封加増《いほうかぞう》になった。軍功第一《ぐんこうだいいち》と自他共《じたとも》に認《みと》める福島正則《ふくしままさのり》は尾張国清洲領《おわりこくきよすりょう》（清須市）から旧毛利領《きゅうもうりりょう》の安芸《あき》・備後《びんご》（広島県西部と東部）の二国《にこく》へ加増移封《かぞういほう》になった。以下《いか》、加藤清正《かとうきよまさ》（清正は徳川家と姻戚を結び領国肥後に残って、九州の西軍諸将の領国を攻撃）は肥後一国《ひごいっこく》（熊本県）に加増《かぞう》、細川忠興《ほそかわただおき》は丹後国宮津領《たんごこくみやづりょう》（宮津市）から豊前国《ぶぜんこく》（福岡県東部と大分県北部地方）と豊後国杵築《ぶんごこくきつき》（杵築市）に、田中吉政《たなかよしまさ》は三河国《みかわこく》（愛知県東部）から筑後国《ちくごこく》（福岡県南部）に、黒田長政《くろだながまさ》は豊前国中津《ぶぜんこくなかつ》（中津市）から筑前国《ちくぜんこく》（福岡県北西部）に、山内一豊《やまのうちかずとよ》は遠江国掛川《とおとうみこくかけがわ》（掛川市）から土佐国《とさこく》（高知県）に移封加増《いほうかぞう》。蜂須賀家政《はちすかいえまさ》は阿波一国《あわいっこく》（徳島県）に、生駒《いこま》は讃岐一国《さぬきいっこく》（香川県）に、藤堂《とうどう》は伊予国今治《いよこくいまばり》（今治市）、加藤嘉明《かとうよしあき》は伊予《いよ》国松山《こくまつやま》（松山市）に加増《かぞう》。池田輝政《いけだてるまさ》は三河国吉田《みかわこくよしだ》（豊橋市）から播磨国《はりまこく》（兵庫県西南部）に、堀尾吉晴《ほりおよしはる》は遠江国浜松《とおとうみこくはままつ》（浜松市）から出雲国《いずもこく》（島根県東部）と隠岐国《おきこく》に、中村忠一《なかむらただかず》は駿河国府中《するがこくふちゅう》（静岡市）から伯耆国《ほうきこく》（鳥取県）に、京極高知《きょうごくたかとも》は信濃国伊那《しなのこくいな》（伊那市）から丹波国《たんばこく》（京都府中部と兵庫県東部）に、浅《あさ》野幸長《のよしなが》（長政の後継）は甲斐国府中《かいこくふちゅう》（甲府市）から紀伊国《きいこく》（和歌山県）にそれぞれ加増移封《かぞういほう》になった。京都以西《きょうといせい》の諸国《しょこく》は挙《あ》げて元《もと》・豊臣諸将《とよとみしょしょう》の領国《りょうごく》になった。家康《いえやす》は西軍《せいぐん》から東軍《とうぐん》に寝返《ねがえ》って東軍《とうぐん》に勝利《しょうり》を導《みちび》いてくれた小早川秀秋《こばやかわひであき》には備前《びぜん》・美作《みまさか》（岡山県東南部と北東部）両国《りょうごく》の小早川家《こばやかわけ》の故地《こち》を与《あた》えた。秀秋《ひであき》は備前国岡山《びぜんこくおかやま》（岡山市）に移《うつ》ったが間《ま》もなく気《き》が狂《くる》って亡《な》くなった。世間《せけん》は三成《みつなり》の祟《たた》りだと噂《うわさ》した。

豊臣諸将《とよとみしょしょう》が西国《さいごく》に移《うつ》って空《あ》いた東国諸国《とうごくしょこく》は押並《おしな》べて徳川家一族一門《とくがわけいちぞくいちもん》の所領《しょりょう》になった。

北陸《ほくりく》とその近辺諸国《きんぺんしょこく》で加増移封《かぞういほう》になった主《おも》な諸将《しょしょう》は、若狭国《わかさこく》（福井県西部）を京極高次《きょうごくたかつぐ》（582頁8〜10行目参照）に与《あた》えた他《ほか》は、越前国《えちぜんこく》の結城秀康《ゆうきひでやす》、加賀《かが》・能登《のと》・越中《えっちゅう》三国《さんごく》の前田利長《まえだとしなが》、飛騨国《ひだこく》の金《かな》森長近《もりながちか》などは従来《じゅうらい》の所領《しょりょう》の全域安堵《ぜんいきあんど》に留《とど》まった。

合戦翌年《かっせんよくねん》の慶長《けいちょう》六年（一六〇一年）、徳川《とくがわ》と上杉《うえすぎ》の和睦《わぼく》が成《な》った。同年《どうねん》七月一日、上杉景勝《うえすぎかげかつ》は直《なお》江兼続《えかねつぐ》を伴《ともな》って大阪城《おおさかじょう》に出向《でむ》き秀頼《ひでより》に謁見《えっけん》した。その後景勝《のちかげかつ》は結城秀康《ゆうきひでやす》に伴《ともな》われて伏見《ふしみ》の徳川邸《とくがわてい》に出向《でむ》き会津討伐《あいづとうばつ》を受《う》けたことを謝罪《しゃざい》した。家康《いえやす》は上杉家《うえすぎけ》の陸奥《むつ》・会津《あいづ》百二十万石《ごく》を米沢《よねざわ》三十万石《ごく》に移封削減《いほうさくげん》した。景勝《かげかつ》は「武名《ぶめい》の衰運今《すいうんいま》に於《お》いて驚《おどろ》くに非《あら》ず」と一言呻《いちごんうめ》き己《おのれ》に言《い》い聞《き》かせて家康《いえやす》の断《だん》を受《う》け入《い》れた。関《せき》ヶ原《はら》の戦《たたか》いに係《かかわ》る一件《いっけん》の総《すべ》てが治《おさ》まった。

この時《とき》に当《あ》たり家康《いえやす》の威権《いけん》は益々高《ますますたか》まり、全国《ぜんこく》の諸将《しょしょう》は皆挙《みなこぞ》って江戸《えど》に妻子《さいし》を留《とど》めて質《しち》とした。片桐且元《かたぎりかつもと》は関《せき》ヶ原《はら》の戦《たたか》いでは西軍《せいぐん》に与《くみ》したが、戦後娘《せんごむすめ》を家康《いえやす》に質《しち》として差《さ》し出《だ》し家康《いえやす》の了解《りょうかい》の下《もと》に幼君秀頼《ようくんひでより》の傅《ふ》として心《こころ》を尽《つく》しながら一人《ひとり》豊臣《とよとみ》・徳川両家《とくがわりょうけ》の調整《ちょうせい》に尽力《じんりょく》した。

二、徳川・豊臣両家相克と方広寺鐘銘事件

家康に征夷大将軍宣下と豊臣秀頼右大臣昇進

慶長《けいちょう》八年（一六〇三年）二月、徳川家康《とくがわいえやす》は伏見城《ふしみじょう》で朝廷《ちょうてい》から大納言廣橋兼勝《だいなごんひろはしかねかつ》と権大納言《ごんだいなごん》烏丸光《からすまみつ》廣《ひろ》を迎《むか》えて征夷大将軍《せいいたいしょうぐん》の宣下《せんげ》を受《う》けた。家康《いえやす》は二条城《にじょうじょう》に移《うつ》って衣冠束帯《いかんそくたい》を纏《まと》い行列《ぎょうれつ》を整《ととの》えて宮《きゅう》中《ちゅう》へ参内《さんだい》し、禁中陣儀《きんちゅうじんぎ》とその後《ご》の一連《いちれん》の儀式《ぎしき》を済《す》ませた後《のち》に江戸《えど》に下《くだ》って幕府《ばくふ》を開設《かいせつ》した。同《どう》時《じ》に全国《ぜんこく》の諸大名《しょだいみょう》に段銭《だんせん》（臨時課税）と賦役《ふえき》（労役）を課《か》して江戸城《えどじょう》と徳川親藩《とくがわしんぱん》の諸城《しょじょう》の増改築《ぞうかいちく》を行《おこな》い名実共《めいじつとも》に天下人《てんかびと》となって地位《ちい》は豊臣家《とよとみけ》の上《うえ》に立《た》った。

同年《どうねん》四月、秀頼《ひでより》は内大臣《ないだいじん》に昇《のぼ》った。家康《いえやす》は豊臣家《とよとみけ》との融和《ゆうわ》を願《ねが》って孫娘《まごむすめ》の千姫《せんひめ》（当時七歳）を秀《ひで》頼《より》（当時十一歳）に娶《めあわ》せた。豊臣家《とよとみけ》は名代《みょうだい》として片桐且元《かたぎりかつもと》を江戸《えど》に送《おく》って千姫《せんひめ》を迎《むか》えさせた。家康《いえやす》は且元《かつもと》に大阪《おおさか》の地《ち》で一万石《ごく》に相当《そうとう》する地《ち》を封《ほう》ずると約《やく》した。だが、且元《かつもと》は秀頼《ひでより》の傅《ふ》であることを

以《もっ》て辞退《じたい》した。だが家康《いえやす》は強《し》いて受《う》けさせた。

慶長《けいちょう》十年（一六〇五年）二月、秀頼《ひでより》は右大臣《うだいじん》に昇進《しょうしん》した。このときの秀忠《ひでただ》の官位《かんい》は内大臣《ないだいじん》だ。大阪城内《おおさかじょうない》では次《つぎ》に太政大臣《だじょうだいじん》になるのは秀頼《ひでより》だと信《しん》じた（公卿の順位は上位より左大臣、右大臣、内大臣、大納言、中納言、参議。太政大臣は左大臣より上位の名誉職）。

家康《いえやす》は征夷大将軍《せいいたいしょうぐん》になって武家《ぶけ》を統率《とうそつ》する身分《みぶん》を得《え》た。だがその一方《いっぽう》で豊臣家《とよとみけ》には臣下《しんか》として仕《つか》えると関《せき》ヶ原《はら》の戦《たたか》いに際《さい》して豊臣武断派《とよとみぶだんは》の諸将《しょしょう》に約束《やくそく》した。東西両軍《とうざいりょうぐん》の和睦条件《わぼくじょうけん》に於《お》いても豊臣秀頼《とよとみひでより》を主君《しゅくん》に頂《いただ》くと誓紙《せいし》を交《か》わした。この豊臣《とよとみ》・徳川両家《とくがわりょうけ》の主従《しゅじゅう》に係《かかわ》る矛盾《むじゅん》が顕在化《けんざいか》した。

同年《どうねん》四月、家康《いえやす》はこの問題《もんだい》が大《おお》きくならぬ内《うち》に徳川家《とくがわけ》を盤石《ばんじゃく》にせねばならぬと悟《さと》り、以後《いご》徳川《とくがわ》家《け》が将軍職《しょうぐんしょく》を世襲《せしゅう》すると天下《てんか》に公言《こうげん》して、秀忠《ひでただ》に朝廷《ちょうてい》から征夷大将軍《せいいたいしょうぐん》の宣下《せんげ》を受《う》けさせた。家《いえ》康自身《やすじしん》は駿府《すんぷ》（静岡市）に移《うつ》って隠居《いんきょ》した。家康《いえやす》は天下《てんか》の主《あるじ》が徳川家《とくがわけ》であると『天《てん》に二日《にじつ》なく、民《たみ》に二王《におう》なし』（原典は孟子　萬章上）を天下《てんか》に示《しめ》したのだ。だが家康《いえやす》は将軍職《しょうぐんしょく》を秀忠《ひでただ》に譲《ゆず》りはしたものの幕府《ばくふ》の実権《じっけん》は離《はな》さなかった。家康《いえやす》は世間《せけん》から『大御所《おおごしょ》』と呼《よ》ばれた。

同年《どうねん》五月、家康《いえやす》は天下《てんか》の安寧《あんねい》を意識《いしき》して豊臣家《とよとみけ》を刺激《しげき》せぬよう穏《おだ》やかに高台院《こうだいいん》（故秀吉の正室）を通《とお》して秀頼《ひでより》に対《たい》し、徳川《とくがわ》には臣下《しんか》の礼《れい》を取《と》るように申《もう》し入《い》れた。家康《いえやす》の意《い》に反《はん》して秀頼《ひでより》の母《はは》の淀《よど》は即座《そくざ》に拒否《きょひ》した。徳川《とくがわ》・豊臣両家《とよとみりょうけ》の不和《ふわ》が一気《いっき》に表面化《ひょうめんか》した。家康《いえやす》は松平忠輝《まつだいらただてる》（家康の六男）を大阪城《おおさかじょう》に送《おく》り、異志《いし》（二心《ふたごころ》）の無《な》いことを示《しめ》して沈静化《ちんせいか》に努《つと》めた。

慶長《けいちょう》十三年（一六〇八年）、秀頼《ひでより》が天然痘《てんねんとう》を患《わずら》った。福島正則《ふくしままさのり》は領国《りょうごく》の安芸《あき》（広島県西部）から大阪《おおさか》に駆《か》け付《つ》けて日夜離《にちやはな》れずに秀頼《ひでより》を看病《かんびょう》した。ある日《ひ》、正則《まさのり》が結城秀康《ゆうきひでやす》と顔《かお》を合《あ》わせたとき「公《こう》は亡《な》き太閤《たいこう》の養子《ようし》。嗣君《しくん》（秀頼）とは兄弟《きょうだい》の仲《なか》なり。将軍《しょうぐん》（家康）百歳《ひゃくさい》の後《のち》（死後）は公善《こうよ》く嗣《し》君《くん》を遇《ぐう》せよ。この老奴《ろうど》も亦《また》、当《まさ》に力《ちから》を致《いた》すべし」と胸中《きょうちゅう》を吐露《とろ》した。秀康《ひでやす》は正則《まさのり》に異志《いし》があるかと疑《うたが》って以後正則《いごまさのり》を避《さ》けるように努《つと》めた。

慶長《けいちょう》十六年（一六一一年）三月、家康《いえやす》は後水尾天皇《ごみずのおてんのう》の即位参列《そくいさんれつ》に上洛《じょうらく》した。その際《さい》、織田長益《おだながます》を大阪城《おおさかじょう》に送《おく》って秀頼《ひでより》を伏見城《ふしみじょう》に召《め》し出《だ》した。秀頼《ひでより》の母淀《ははよど》は豊臣家《とよとみけ》が主筋《しゅすじ》であるとの理由《りゆう》でこれを拒否《きょひ》した。同席《どうせき》した加藤清正《かとうきよまさ》と片桐且元《かたぎりかつもと》は

「岳父《がくふ》（秀頼の妻は秀忠の娘の千姫）への挨拶《あいさつ》は有《あ》って然《しか》るべし」と執《と》り成《な》して伏見城《ふしみじょう》まで秀頼《ひでより》に付《つ》き添《そ》い、召見《しょうけん》（召して会見）は平和裏《へいわり》に行《おこな》われた。世間《せけん》はこの召見《しょうけん》を見《み》て、豊臣《とよとみ》・徳川両家《とくがわりょうけ》の主《しゅ》従《じゅう》争《あらそ》いは公私《こうし》を使《つか》い分《わ》けることで終息《しゅうそく》したと安堵《あんど》した。

方広寺再建と大仏殿落慶法要準備

この年《とし》慶長《けいちょう》十六年（一六一一年）、浅野長政《あさのながまさ》や加藤清正《かとうきよまさ》・堀尾吉晴《ほりおよしはる》が没《ぼっ》し、既《すで》に先年《せんねん》結城秀康《ゆうきひでやす》も没《ぼっ》していた。更《さら》に翌々年《よくよくねん》には池田輝政《いけだてるまさ》と浅野幸長《あさのよしなが》も没《ぼっ》していて、豊臣恩顧《とよとみおんこ》の重鎮《じゅうちん》は次々《つぎつぎ》とこの世《よ》から亡《な》くなった。そして慶長《けいちょう》十九年（一六一四年）五月には前田利長《まえだとしなが》も没《ぼっ》した。享年《きょうねん》五十三歳《さい》。

嘗《かつ》て慶長《けいちょう》十年（一六〇五年）に家康《いえやす》が秀忠《ひでただ》に将軍職《しょうぐんしょく》を譲《ゆず》って隠居《いんきょ》した際《さい》に、利長《としなが》は異母弟《いぼてい》で未《ま》だ十三歳《さい》の利常《としつね》と共《とも》に伏見《ふしみ》に出向《でむ》いて徳川家《とくがわけ》に祝意《しゅくい》を表《ひょう》した。利常《としつね》は既《すで》に慶長《けいちょう》五年（一六〇〇年）に徳川家《とくがわけ》から秀忠《ひでただ》の娘《むすめ》の珠姫《たまひめ》（当時三歳）を正室《せいしつ》に迎《むか》えていたが、この度《たび》慶長《けいちょう》十年（一六〇五年）、利常《としつね》は家康《いえやす》の下《もと》で元服《げんぷく》して松平姓《まつだいらせい》が与《あた》えられ名実《めいじつ》ともに徳川《とくがわ》に服属《ふくぞく》した。利長《としなが》は隠居《いんきょ》して金沢《かなざわ》本城《ほんじょう》を利常《としつね》に譲《ゆず》り、隠居領《いんきょりょう》の富山城《とやまじょう》に移《うつ》った。その後《ご》富山城《とやまじょう》が焼失《しょうしつ》して魚津城《うおづじょう》に移《うつ》り、高山右近《たかやまうこん》に命《めい》じて越中《えっちゅう》射水郡《いみずぐん》関野《せきの》に城《しろ》を築《きず》き高岡城《たかおかじょう》と命名《めいめい》して移《うつ》り住《す》んだ。

前田利長《まえだとしなが》は亡父利家《ぼうふとしいえ》の遺命《いめい》を受《う》けて終世豊臣家《しゅうせいとよとみけ》へ忠誠《ちゅうせい》を尽《つ》くそうと念《ねん》じたが、その一方《いっぽう》で母《はは》の芳春院《ほうしゅんいん》は質《しち》として江戸《えど》入《い》りしたこともあって、家康《いえやす》の将軍職《しょうぐんしょく》就任以降《しゅうにんいこう》は豊臣家《とよとみけ》と徳川家《とくがわけ》の狭間《はざま》で悩《なや》み続《つづ》けた。それで利長《としなが》は利常《としつね》に前田家《まえだけ》を譲《ゆず》って徳川家《とくがわけ》に服属《ふくぞく》させ、己《おのれ》は隠居《いんきょ》して徳川家《とくがわけ》には遠慮《えんりょ》なく豊臣家《とよとみけ》への忠誠《ちゅうせい》を尽《つ》くそうとした。けれども利常《としつね》は未《ま》だ僅《わず》かに十三歳《さい》で百二十万石《ごく》の大国《たいこく》を統《す》べる力《ちから》はなく、何事《なにごと》にも利長《としなが》の後《うし》ろ盾《だて》を必要《ひつよう》とした。

利長《としなが》は未《いま》だ嘗《かつ》て亡父利家《ぼうふとしいえ》の遺命《いめい》である秀頼擁護《ひでよりようご》を忘《わす》れたことがなく、その一方《いっぽう》で家康《いえやす》とも争《あらそ》わぬ細心《さいしん》の注意《ちゅうい》を強《し》いられた。だが此処《ここ》にきて豊臣《とよとみ》・徳川両家《とくがわりょうけ》の主従問題《しゅじゅうもんだい》が拗《こじ》れて、豊臣《とよとみ》と徳川《とくがわ》の両家《りょうけ》から伺候《しこう》の催促《さいそく》や与力《よりき》の要請《ようせい》など硬軟取《こうなんと》り混《ま》ぜた圧力《あつりょく》を受《う》けて悩《なや》み苦《くる》しみ気鬱《きうつ》が昂《こう》じて死《し》没《ぼっ》した。

利長《としなが》が没《ぼっ》して徳川家《とくがわけ》は前田家《まえだけ》に対《たい》する恐《おそ》れが無《な》くなり、芳春院《ほうしゅんいん》を金沢《かなざわ》へ帰《かえ》した。芳春院《ほうしゅんいん》は帰《き》途《と》、高岡《たかおか》に立《た》ち寄《よ》って利長《としなが》の菩提《ぼだい》を弔《とむら》った。利常《としつね》が跡《あと》を継《つ》ぎ、改《あらた》めて将軍家《しょうぐんけ》から加賀《かが》・能登《のと》・越中三国《えっちゅうさんごく》の百二十万石《ごく》の知行《ちぎょう》（領地）が与《あた》えられ、名実共《めいじつとも》に徳川将軍家《とくがわしょうぐんけ》重鎮《じゅうちん》としての大々名《だいだいみょう》になった。

豊臣家《とよとみけ》を支《ささ》える諸国《しょこく》の大名《だいみょう》が相次《あいつ》いで没《ぼっ》して豊臣家《とよとみけ》は世間《せけん》から孤立《こりつ》した。家康《いえやす》にとっては、主家《しゅけ》の豊臣家《とよとみけ》に気遣《きづか》いしなければならない重石《おもし》が取《と》れて遠慮《えんりょ》が要《い》らなくなった。

丁度《ちょうど》この前後《ぜんご》の慶長《けいちょう》十九年（一六一四年）四月、豊臣家《とよとみけ》が亡《な》き秀吉《ひでよし》の追善供養《ついぜんくよう》として進《すす》めた方広寺《ほうこうじ》（京都東山区・秀吉が発願して建立した大仏殿。慶長の大地震（545頁12行目参照）で倒壊焼失）が再建《さいけん》された。五月には梵鐘《ぼんしょう》も出来《でき》た。梵鐘《ぼんしょう》の銘文《めいぶん》は京都五山東福寺《きょうとござんとうふくじ》（東山区）の長老清韓《ちょうろうせいかん》（元・加藤清正の家臣）の選定《せんてい》だ。大阪城《おおさかじょう》では片桐且元《かたぎりかつもと》を駿府城《すんぷじょう》（静岡城・大御所家康の居城）に送《おく》って八月三日に大仏開眼供養《だいぶつかいげんくよう》と大仏殿落慶法要《だいぶつでんらっけいほうよう》を催《もよお》したいと家康《いえやす》に申《もう》し出《で》て、招待者《しょうたいしゃ》の名簿《めいぼ》や布施《ふせ》の目録《もくろく》を披歴《ひれき》した。家康《いえやす》は「願主《がんしゅ》は右府《うふ》（右大臣秀頼）なれば自《みずか》ら出向《でむ》いて慶《けい》すべし」と伝《つた》えた。且元《かつもと》は喜《よろこ》んで豊臣家《とよとみけ》に復命《ふくめい》した。大阪城内《おおさかじょうない》は大《おお》いに喜《よろこ》んで、京都方広寺界隈共々《きょうとほうこうじかいわいともども》その準備《じゅんび》に大忙《おおいそが》しになった。

鐘銘事件と徳川・豊臣両家の相克

大仏開眼供養《だいぶつかいげんくよう》と大仏殿落慶法要《だいぶつでんらっけいほうよう》の準備《じゅんび》の最中《さいちゅう》に、開眼供養《かいげんくよう》と落慶法要《らっけいほうよう》の順序《じゅんじょ》や天台《てんだい》・真言《しんごん》両《りょう》宗《しゅう》の席次《せきじ》を巡《めぐ》っての宗派争《しゅうはあらそ》いが起《お》こった。加《くわ》えて七月、駿府城《すんぷじょう》から「梵鐘《ぼんしょう》（方広寺に現存）の銘文《めいぶん》にある『国家安康《こっかあんこう》』は家康《いえやす》の名《な》を立《た》ち切《き》り、『君臣豊楽《くんしんほうらく》』は豊臣《とよとみ》を君《きみ》として楽《たの》しむ意《い》を含《ふく》む」との非難《ひなん》の声《こえ》が上《あ》がって、京都所司代《きょうとしょしだい》の板倉勝重《いたくらかつしげ》を通《とお》して方広寺《ほうこうじ》の供養《くよう》を中止《ちゅうし》させた。後世《こうせい》この非難《ひなん》は天海《てんかい》が漏《も》らした讒言《ざんげん》とも崇伝《すうでん》の讒言《ざんげん》から生《しょう》じたものとも噂《うわさ》した。この天海《てんかい》と崇伝《すうでん》の二僧《にそう》は共《とも》に江戸幕府草創期《えどばくふそうそうき》に『黒衣《こくい》の宰相《さいしょう》』として家康《いえやす》に重用《ちょうよう》された徳川《とくがわ》の重《じゅう》鎮《ちん》だ。

開眼供養《かいげんくよう》が中止《ちゅうし》になって諸国《しょこく》から京都《きょう》に参集《さんしゅう》した群衆《ぐんしゅう》は興《きょう》ざめして四散《しさん》した。これを伝《つた》え聞《き》いた片桐且元《かたぎりかつもと》は驚《おどろ》いて駿府《すんぷ》（静岡市）に出向《でむ》いたが、家康《いえやす》への対面《たいめん》が叶《かな》わず

「これは右府《うふ》（右大臣・秀頼）の知《し》るところにあらず。銘文《めいぶん》は清韓《せいかん》に託《たく》し、臣不学《しんふがく》にしてこれを工《こう》匠《しょう》に付《ふ》す。罪逃《つみのが》れるところなし。伏《ふ》して願《ねが》わくば銘文《めいぶん》を毀滅《きめつ》し、然《しか》る後甘心《のちかんしん》（快く満足）して誅《ちゅう》に伏《ふく》すも悔《く》いなし」と書《しょ》に認《したた》めて陳謝《ちんしゃ》したが
「これは呪《のろ》いをなすものなり」と言《い》って受《う》け入《い》れられなかった。且元《かつもと》は為《な》す術《すべ》もなく帰阪《きはん》した。

大阪城《おおさかじょう》の秀頼母子《ひでよりぼし》は家康《いえやす》の憤《いきどお》りを伝《つた》え聞《き》いて大《おお》いに驚《おどろ》いた。

慶長《けいちょう》十九年（一六一四年）九月、秀頼母子《ひでよりぼし》は大野治長《おおのはるなが》（淀の乳母の大蔵卿局の子）と片桐且元《かたぎりかつもと》に清韓《せいかん》を伴《ともな》わせて再度駿府《さいどすんぷ》へ出向《でむ》かせた。家康《いえやす》は憤《いきどお》りを益々深《ますますふか》めて、清韓《せいかん》を駿府《すんぷ》の町奉行《まちぶぎょう》に下《くだ》し治長《はるなが》を帰阪《きはん》させて、且元一人《かつもとひとり》を駿府城《すんぷじょう》に呼《よ》び入《い》れて詰問《きつもん》した。且元《かつもと》は陳謝《ちんしゃ》に努《つと》めた。

秀頼母子《ひでよりぼし》は且元《かつもと》が駿府《すんぷ》に留《と》め置《お》かれたのを見《み》て、大蔵卿局《おおくらきょうのつぼね》（淀の乳母で大野治長の母）と正栄尼《しょうえいに》（秀頼の乳母）の二人《ふたり》を再度弁疏《さいどべんそ》（弁解）させようと駿府《すんぷ》へ送《おく》った。家康《いえやす》は銘文《めいぶん》の話題《わだい》には触《ふ》れずに二人《ふたり》を歓待《かんたい》して、江戸《えど》の御台所《みだいどころ》（将軍秀忠の正室で淀の妹の江《ごう》）にも会《あ》うよう勧《すす》めて江戸《えど》に送《おく》り届《とど》けた。二人《ふたり》は江戸《えど》でも歓待《かんたい》を受《う》けて役目《やくめ》を忘《わす》れて浮《う》かれ喜《よろこ》び、帰路駿府《きろすんぷ》に立《た》ち寄《よ》って且元《かつもと》を伴《ともな》い帰《き》

阪《はん》の途《と》についた。

片桐且元《かたぎりかつもと》は駿府滞在中《すんぷたいざいちゅう》に天海《てんかい》や本多正純《ほんだまさずみ》から、家康《いえやす》の怒《いか》りを解《と》く方策《ほうさく》を内々《ないない》に示《しめ》されていた。

ところが且元《かつもと》は駿府《すんぷ》から帰阪《きはん》の途上《とじょう》で大蔵卿局《おおくらきょうのつぼね》と正栄尼《しょうえいに》から

「大御所《おおごしょ》（家康）は『国事《こくじ》、慮《おもんばか》るに足《た》るものなし』と仰《おお》せられた」と和《にこ》やかに話《はな》しかけられた。

且元《かつもと》は驚《おどろ》いて

「我《われ》の聞《き》くところは大《おお》いに異《こと》なり、大御所《おおごしょ》は『右府《うふ》（右大臣秀頼）の誠《まこと》を表《あらわ》すには三策《さんさく》あって、その一《ひと》つは淀君《よどきみ》に江戸《えど》へ下向《げこう》戴《いただ》いて妹君《いもうとぎみ》（秀忠の正室 江《ごう》）の下《もと》で暮《く》らして戴《いただ》くか、その二《ふた》つは右府《うふ》が将軍家《しょうぐんけ》に伺候《しこう》なさるか、その三《みっ》つは豊臣家《とよとみけ》が大阪城《おおさかじょう》を退去《たいきょ》なさるかの何《いず》れか一つを為《な》さねば事《こと》は治《おさ》まらず』との仰《おお》せなり」と告《つ》げた。

大蔵卿局《おおくらきょうのつぼね》と正栄尼《しょうえいに》は呆《あき》れて何《なに》も語《かた》らず且元《かつもと》と別《わか》れて

「且元《かつもと》は我《わ》が君《きみ》を売《う》らんとする者《もの》なり」と詰《なじ》り合《あ》って

「且元《かつもと》の行跡疑《ぎょうせきうたが》うべし」と急使《きゅうし》を以《もっ》て大阪《おおさか》に伝《つた》えた。且元《かつもと》はこの事態《じたい》を知《し》らずに二人《ふたり》と別《わか》れて京《きょう》都所司代《としょしだい》の板倉勝重《いたくらかつしげ》の下《もと》に立《た》ち寄《よ》った。

秀頼《ひでより》母子《ぼし》は大蔵卿局《おおくらきょうのつぼね》と正栄尼《しょうえいに》の密書《みっしょ》を受《う》けて「妾《わらわ》は太閤《たいこう》の側室《そくしつ》といえども右府《うふ》（秀頼）の生母《せいぼ》なり。何故《なにゆえ》に関東《かんとう》に屈辱《くつじょく》しようや。寧《むし》ろ右府《うふ》と城《しろ》を枕《まくら》に死《し》を選《えら》ばん」と激昂《げきこう》して且元《かつもと》を誅殺《ちゅうさつ》して挙兵《きょへい》しようと同席《どうせき》の皆《みな》に同意《どうい》を求《もと》めた。近侍《きんじ》の大野治長《おおのはるなが》や織田長益《おだながます》（信長の末弟で淀の叔父）は『付和雷同《ふわらいどう》』（深く考えずに他人に同調する。原典は礼記 曲礼上）した。

片桐且元《かたぎりかつもと》は大阪城《おおさかじょう》に帰《かえ》って主君秀頼《しゅくんひでより》に、先《さき》に大蔵卿局《おおくらきょうのつぼね》に語《かた》った淀《よど》の江戸住《えどず》みか、秀頼《ひでより》の将軍《しょうぐん》家《け》への伺候《しこう》、または大阪城退城《おおさかじょうたいじょう》の三策《さんさく》の一《ひと》つを実行《じっこう》して徳川家《とくがわけ》と和睦《わぼく》するよう勧《すす》めた。秀頼《ひでより》は且元《かつもと》の勧《すす》めを母《はは》の淀《よど》に伝《つた》えた。淀《よど》は「後日《ごじつ》を待《ま》って面議《めんぎ》（向かい合って議論する）せん」と吐《は》き捨《す》てて且元《かつもと》を追《お》い払《はら》わせた。後日召《ごじつめ》されて且元《かつもと》が参上《さんじょう》しようとすると小島荘兵衛《こじましょうべえ》が駆《か》け込《こ》んで来《き》て「淀君《よどきみ》は讒言《ざんげん》を信《しん》じて公《こう》に異志《いし》（二心《ふたごころ》）有《あ》るかと疑《うたが》い、兵《へい》を伏《ふ》せて大事《だいじ》を行《おこな》わんとする」と告《つ》げ

た。片桐且元《かたぎりかつもと》は
「嗚呼《ああ》、年少《ねんしょう》の輩《やから》我《わ》が君《きみ》を誤《あやま》らせ、自《みずか》ら破滅《はめつ》を招《まね》く」と嘆息《たんそく》した。
大野治長《おおのはるなが》は且元《かつもと》に参上《さんじょう》を迫《せま》ったが、且元《かつもと》は疾《やまい》と称《しょう》して断《ことわ》った。治長《はるなが》は謀《はかりごと》が漏《も》れたと悟《さと》って
「且元《かつもと》は役目柄《やくめがら》城門《じょうもん》の鍵《かぎ》を管理《かんり》して城内《じょうない》の間取《まど》りを諳《そら》んじる。若《も》し兵《へい》を起《お》こして城《しろ》を奪《うば》えば大事《だいじ》なり。先《ま》ずは兵《へい》を発《はっ》して誅《ちゅう》するに若《し》かず」と言《い》って且元《かつもと》を討《う》ち取《と》るよう七手組《ななてぐみ》（秀吉が創設した秀吉や秀頼警護隊）の隊長《たいちょう》（速水守久・青木一重などの七名）に命《めい》じた。七手組隊長《ななてぐみたいちょう》は驚《おどろ》いて
「市正《いちのかみ》（且元の官命・東市正）は忠勇無双《ちゅうゆうむそう》。これを誅《ちゅう》するは主君《しゅくん》の手足《てあし》を絶《た》つに等《ひと》し」と言《い》って治長《はるなが》の言《げん》に逆《さか》らった。城内《じょうない》は治長派《はるながは》と且元派《かつもとは》に分《わ》かれて大《おお》いに乱《みだ》れた。治長《はるなが》は且元《かつもと》の弟《おとうと》の元重《もとしげ》を説《と》いて思《おも》いを果《は》たそうとしたが、元重《もとしげ》は
「我《わ》が兄《あに》が若《も》し不敬《ふけい》を働《はたら》けば言《い》われずとも我《わ》が手《て》にて討《う》ち滅《ほろ》ぼす」と言《い》って相手《あいて》にしなかった。
この緊迫《きんぱく》した中《なか》で、七手組隊長《ななてぐみたいちょう》らは密《ひそ》かに且元《かつもと》の下《もと》に出向《でむ》いて
「今夜兵《こんやへい》を潜《ひそ》めて城《しろ》を奪《うば》い、治長兄弟《はるながきょうだい》を城《しろ》から放逐《ほうちく》しては如何《いかが》」と進言《しんげん》したが、且元《かつもと》は

「我《われ》は讒人《ざんにん》の攻《せ》め来《きた》るを待《ま》って自殺《じさつ》せんと欲《ほっ》するのみ。公《こう》の言《げん》の如《ごと》くに行《おこな》えば永《なが》く反逆《はんぎゃく》の汚名《おめい》を被《こうむ》らん」と言《い》って受《う》けなかった。翌日且元《よくじつかつもと》は七手組隊長《ななてぐみたいちょう》に諭《さと》されて城《しろ》を退《の》き、一族従臣《いちぞくじゅうしん》と共《とも》に摂津国茨木《せっつこくいばらき》（茨木市）に退去《たいきょ》した。茨木城《いばらきじょう》には既《すで》に家康《いえやす》の命《めい》で京都所司代《きょうとしょしだい》の板倉勝重《いたくらかつしげ》が且元《かつもと》の救援《きゅうえん》に駆《か》け付《つ》けていた。且元《かつもと》は以《い》後名実共《ごめいじつとも》に豊臣《とよとみ》から徳川家臣《とくがわかしん》に鞍替《くらが》えした。

三．大坂冬の陣

大阪方挙兵と家康出陣

慶長《けいちょう》十九年（一六一四年）十月二日、大阪城《おおさかじょう》では豊臣家《とよとみけ》に旧恩《きゅうおん》ある天下《てんか》の諸大名《しょだいみょう》や改易《かいえき》（家禄没収）にあった諸国《しょこく》の浪人《ろうにん》に檄《げき》を飛《と》ばして大阪《おおさか》への参陣《さんじん》を求《もと》めると共《とも》に、大阪城下《おおさかじょうか》に城兵《じょうへい》を出《だ》して徳川《とくがわ》一族一門《いちぞくいちもん》の蔵屋敷《くらやしき》の米穀《べいこく》を接収《せっしゅう》した。

諸国《しょこく》から浪人《ろうにん》が大挙《たいきょ》して大阪城《おおさかじょう》に集《あつ》まりその数《かず》、十万を超《こ》えた。その中《なか》には関《せき》ヶ原《はら》の戦《たたか》いで改《かい》易《えき》になった信濃国上田《しなのこくうえだ》の真田幸村《さなだゆきむら》（高野山付近の九度山に蟄居）や土佐国《とさこく》の長宗我部元親《ちょうそかべもとちか》（京都相国寺に隠棲）などの元大名《もとだいみょう》や黒田家《くろだけ》から独立《どくりつ》した後藤基次《ごとうもとつぐ》（通称又兵衛）、毛利勝永《もうりかつなが》（580頁1～2行目参照。関ヶ原の戦い後、親交のあった土佐国山内家に蟄居）などの諸将《しょしょう》が多数加《たすうくわ》わった（以後大阪方）。だが檄《げき》に応《おう》じた現役《げんえき》の大名《だいみょう》は一人《ひとり》もいなかった。

　大阪方《おおさかがた》は軍評定《いくさひょうじょう》を開《ひら》いて今後《こんご》の幕府攻略《ばくふこうりゃく》を協議《きょうぎ》した。諸国《しょこく》から馳《は》せ参《さん》じた浪人衆《ろうにんしゅう》は代表《だいひょう》に真田幸村《さなだゆきむら》を担《かつ》ぎ、事前《じぜん》に畿内《きない》を制圧《せいあつ》して近江国瀬田《おうみこくせた》にまで軍勢《ぐんぜい》を出《だ》し、西国諸大名《さいごくしょだいみょう》の参陣《さんじん》を待《ま》ちながら徳川軍《とくがわぐん》と対決《たいけつ》しようと主張《しゅちょう》した。大阪城《おおさかじょう》の豊臣近臣《とよとみきんしん》は関《せき》ヶ原《はら》の戦《たたか》いの後《のち》、石田三成《いしだみつなり》らの文治派《ぶんじは》は既《すで》に滅亡《めつぼう》し武断派《ぶだんは》の福島正則《ふくしままさのり》らの諸将《しょしょう》も皆国持《みなくにも》ち大名《だいみょう》になって、豊臣恩顧《とよとみおんこ》の諸将《しょしょう》は大阪城《おおさかじょう》に一人《ひとり》もいなかった。その上《うえ》に片桐且元《かたぎりかつもと》も排斥《はいせき》されて、大阪城内《おおさかじょうない》は秀頼母子《ひでよりぼし》の寵臣《ちょうしん》の大野治長《おおのはるなが》（淀の乳母　大蔵卿局の子）一人《ひとり》が牛耳《ぎゅうじ》って治長《はるなが》の思《おも》いのままだ。治長《はるなが》は籠城《ろうじょう》すると言《い》い張《は》った。浪人衆《ろうにんしゅう》の主張《しゅちょう》は烏合《うごう》の衆《しゅう》の悲《かな》しさで纏《まと》まらず、結局《けっきょく》は治長《はるなが》が主張《しゅちょう》する籠城戦《ろうじょうせん》に落《お》ち着《つ》いた。城内《じょうない》は籠城戦《ろうじょうせん》に備《そな》えて城《しろ》の補修《ほしゅう》や出丸《でまる》の建造《けんぞう》などで急《きゅう》に慌《あわただ》しくなった。

真田幸村《さなだゆきむら》は城内《じょうない》に留《とど》まって大野治長《おおのはるなが》の干渉《かんしょう》を受《う》けるのを嫌《きら》い、大阪城攻《おおさかじょうせ》め口《くち》として重要《じゅうよう》な大《おお》阪城南東城外《さかじょうなんとうじょうがい》に出丸《でまる》を築《きず》くことの許《ゆる》しを得《え》て移《うつ》り住《す》んだ。世間《せけん》はこれを真田丸《さなだまる》と呼《よ》んだ。

一方《いっぽう》の徳川方《とくがわがた》（以後江戸方）では…。

慶長《けいちょう》十九年（一六一四年）十月一日、京都所司代《きょうとしょしだい》の板倉勝重《いたくらかつしげ》は急使《きゅうし》を駿府城《すんぷじょう》と江戸城《えどじょう》に送《おく》って「先月《せんげつ》二十五日、大阪城内《おおさかじょうない》では大野《おおの》らが七手組《ななてぐみ》（秀頼警護の七隊）を煽《あお》って片桐且元《かたぎりかつもと》を誅殺《ちゅうさつ》せんとするなり。且元《かつもと》はこれを知《し》って邸内《ていない》に引《ひ》き籠《こも》るが故《ゆえ》に城内《じょうない》は大騒動《おおそうどう》。大阪方《おおさかがた》の謀反《むほん》愈々《いよいよ》紛《まぎ》れなきことなり」と報《しら》せた。

大阪城内《おおさかじょうない》からも七手組隊長《ななてぐみたいちょう》の速水守久《はやみずもりひさ》や青木一重《あおきかずしげ》らが代《か》わるがわるに駿府城《すんぷじょう》に使者《ししゃ》を送《おく》って片桐且元《かたぎりかつもと》と秀頼母子《ひでよりぼし》の弁明《べんめい》に努《つと》めた。

片桐且元《かたぎりかつもと》も使者《ししゃ》を駿府城《すんぷじょう》に送《おく》って今回《こんかい》の騒動《そうどう》は大野治長《おおのはるなが》の一存《いちぞん》によるものであると伝《つた》えて秀頼《ひでより》母子《ぼし》の弁護《べんご》に努《つと》めた。だがこの後《あと》、京都《きょう》・大阪《おおさか》の各方面《かくほうめん》から

『大阪城《おおさかじょう》では浪人衆《ろうにんしゅう》を集《あつ》めて戦支度《いくさしたく》を急《いそ》ぐ』との異常事態《いじょうじたい》を知《し》らせる急使《きゅうし》が相次《あいつ》いだ。徳川家康《とくがわいえやす》はこれらの報《しら》せを受《う》けて大《おお》いに憤《いきどお》り、徳川一門《とくがわいちもん》に加《くわ》えて東海《とうかい》・東山《とうざん》・北陸《ほくりく》の各諸国《かくしょこく》の大名《だいみょう》にも出馬《しゅつば》を命《めい》じて支度《したく》が整《ととの》い次第即刻京《しだいそっこくきょう》都・大阪《おおさか》に向《む》けて出陣《しゅつじん》するよう触《ふ》れを出《だ》した。

同年《どうねん》十月十一日、家康《いえやす》も軍勢《ぐんぜい》一万余《よ》を率《ひき》いて駿府城《すんぷじょう》を出立《しゅったつ》し、二十三日に京都二条城《きょうとにじょうじょう》に入《はい》った。この日公卿《ひくぎょう》らは家康上洛《いえやすじょうらく》を聞《き》き付《つ》けて大勢二条城《おおぜいにじょうじょう》に参詣《さんけい》した。片桐且元《かたぎりかつもと》自身《じしん》も二条城《にじょうじょう》に出向《でむ》いて大阪城内《おおさかじょうない》で起《お》こった顛末《てんまつ》を家康《いえやす》に報告《ほうこく》して沙汰《さた》を待《ま》った。家康《いえやす》は且元《かつもと》には罪《つみ》がなく、秀頼《ひでより》母子《ぼし》が自《みずか》ら自滅《じめつ》を招《まね》いたものだと涙《なみだ》して断《だん》じた。そして家康《いえやす》は且元《かつもと》と藤堂高虎《とうどうたかとら》に命《めい》じて、大阪《おおさか》城《じょう》の地図《ちず》を基《もと》に堀《ほり》の深浅《しんせん》や城攻《しろぜ》めの方策《ほうさく》を検討《けんとう》させた。

同《どう》二十三日、将軍秀忠《しょうぐんひでただ》は総勢《そうぜい》二十余万《よまん》の軍勢《ぐんぜい》と共《とも》に江戸《えど》を出立《しゅったつ》した。一番隊《いちばんたい》は酒井家次《さかいいえつぐ》と松《まつ》平忠実《だいらただざね》、二番隊《にばんたい》は本多忠朝《ほんだただとも》と真田信之《さなだのぶゆき》、三番隊《さんばんたい》は榊原康勝《さかきばらやすかつ》、四番隊《よんばんたい》は土井利勝《どいとしかつ》、五番隊《ごばんたい》は酒井《さかい》忠世《ただよ》。将軍秀忠《しょうぐんひでただ》の本隊《ほんたい》には本多忠純《ほんだただずみ》らが傍《かたわら》を固《かた》めた。秀忠《ひでただ》は関《せき》ヶ原《はら》の戦《たたか》いの遅参《ちさん》に懲《こ》りて道中《どうちゅう》を急《いそ》がせ、十一月一日には岡崎《おかざき》（岡崎市）に至《いた》った。家康《いえやす》は岡崎《おかざき》に伝令《でんれい》を送《おく》って

「大軍《たいぐん》の急《いそ》ぎの行軍《こうぐん》は人馬《じんば》を疲労《ひろう》させて行列《ぎょうれつ》を乱《みだ》し、軽卒《けいそつ》の心《こころ》を失《うしな》うのみ」と諫《いさ》めた。

この頃《ころ》には家康《いえやす》の求《もと》めに応《おう》じて江戸勤番《えどきんばん》の全国《ぜんこく》の諸大名《しょだいみょう》も、領国《りょうごく》から軍勢《ぐんぜい》を呼《よ》び集《あつ》めて続々《ぞくぞく》と京都《きょう》・伏見一帯《ふしみいったい》に集《あつ》まった。

加賀《かが》の前田利常《まえだとしつね》は亡兄利長《ぼうけいとしなが》の跡《あと》を継《つ》ぎ、その挨拶《あいさつ》に江戸《えど》と駿府《すんぷ》に出向《でむ》いていた。その後《ご》加賀《かが》への帰路《きろ》の途中《とちゅう》の越中境《えっちゅうさかい》で大阪出陣《おおさかしゅつじん》の触《ふ》れを受《う》けて十月十四日に金沢《かなざわ》を出陣《しゅつじん》した。

鴫野・今福の戦いと大阪方籠城

慶長《けいちょう》十九年（一六一四年）十一月一日、家康《いえやす》は二条城《にじょうじょう》に諸国《しょこく》の諸将《しょしょう》を集《あつ》めて大阪城《おおさかじょう》の攻《せ》め口分《くちぶん》担《たん》を決《き》める軍評定《いくさひょうじょう》を持《も》った。大阪城《おおさかじょう》は城《しろ》の南方《なんぽう》のみが開《ひら》けて、他《た》の三方《さんぽう》は淀川《よどがわ》と大和川水系《やまとがわすいけい》の水《みず》を引《ひ》いた堀《ほり》で何重《なんじゅう》にも囲《かこ》まれさらにその外側《そとがわ》には沼地《ぬまち》が広《ひろ》がる難攻不落《なんこうふらく》の巨大《きょだい》な城《しろ》だ。そこで大阪城南方《おおさかじょうなんぽう》の奈良街道《ならかいどう》と平野川《ひらのがわ》の間《あいだ》の岡山《おかやま》（生野区）に陣《じん》を築《きず》いて将軍秀忠《しょうぐんひでただ》の本陣《ほんじん》とし、その西《せい》方《ほう》の紀伊街道《きいかいどう》沿《ぞ》いの天王寺《てんのうじ》（四天王寺）に接《せっ》する茶臼山《ちゃうすやま》（天王寺区）を家康《いえやす》の本陣《ほんじん》にすると定《さだ》めた。

茶臼山《ちゃうすやま》も岡山《おかやま》も大阪城《おおさかじょう》から南方《なんぽう》へ二十七、八町《ちょう》（一町は110ｍ）を隔《へだ》てた所《ところ》だ。その秀忠本陣《ひでただほんじん》の前面《ぜんめん》には前田利常《まえだとしつね》を置《お》いて大阪城《おおさかじょう》攻《ぜ》めの先手《さきて》とし、その西隣《にしどなり》には榊原康勝《さかきばらやすかつ》、更《さら》にその西《にし》の奈良街道《ならかいどう》沿《ぞ》いに井伊直孝《いいなおたか》、同街道《どうかいどう》を挟《はさ》んで越前《えちぜん》の松平忠直《まつだいらただなお》と藤堂高虎《とうどうたかとら》、その西《にし》の紀州街道沿《きしゅうかいどうぞ》いに伊達政宗《だてまさむね》と福島正則《ふくしままさのり》の子《こ》の正勝《まさかつ》の陣《じん》を次々《つぎつぎ》と置《お》いて大阪城南方一帯《おおさかじょうなんぽういったい》を固《かた》めた。他《ほか》の沼地《ぬまち》が広《ひろ》がる城《しろ》の西方《せいほう》、北方《ほっぽう》、東方各地《とうほうかくち》にも大将《たいしょう》と諸将《しょしょう》を置《お》き、大阪城《おおさかじょう》の四方《しほう》を取《と》り巻《ま》いて城《しろ》の出入《でい》り口《ぐち》を塞《ふさ》ぐ各《かく》陣所《じんしょ》の配置《はいち》を定《さだ》めた。

　同慶長《どうけいちょう》十九年（一六一四年）十一月十一日、将軍秀忠《しょうぐんひでただ》は二条城《にじょうじょう》に到着《とうちゃく》して家康《いえやす》に対面《たいめん》した。両所《りょうしょ》（御所秀忠と大御所家康）は同月《どうげつ》十五日には枚方《ひらかた》にまで陣《じん》を出《だ》して大阪城《おおさかじょう》を囲《かこ》む諸将各陣所《しょしょうかくじんしょ》の進捗状況《しんちょくじょうきょう》の報告《ほうこく》を受《う》けた後《のち》、秀忠《ひでただ》は十七日に河内国経由《かわちこくけいゆ》で大阪城攻《おおさかじょうぜ》め本陣《ほんじん》の岡山《おかやま》に入《はい》り、家康《いえやす》は十八日に大和国経由《やまとこくけいゆ》で茶臼山本陣《ちゃうすやまほんじん》に入《はい》った。この日《ひ》から各地《かくち》で江戸方《えどがた》と大阪方《おおさかがた》との小競《こぜ》り合《あ》いが始《はじ》まった。

　家康《いえやす》は戦《いくさ》を始《はじ》める一方《いっぽう》で、大阪城《おおさかじょう》の周《まわ》りの沼地《ぬまち》を乾地化《かんちか》しようと思《おも》い立《た》った。そこで大阪城《おおさかじょう》より淀川上流《よどがわじょうりゅう》の鳥養《とりかい》（摂津市鳥飼）で近郷《きんごう》の百姓衆《ひゃくしょうしゅう》を集《あつ》めて、土俵《どひょう》二十万俵《ひょう》を作《つく》り淀川《よどがわ》に投込《なげこ》んで流《なが》れを堰《せ》き止《と》め、城《しろ》の対岸《たいがん》に流《なが》し落《お》として淀川《よどがわ》の水《みず》を城下《じょうか》に流《なが》れ込《こ》ませぬ土木工事《どぼくこうじ》を始《はじ》めた。

同年《どうねん》十一月十九日明《あ》け方《がた》、大阪城《おおさかじょう》西方《せいほう》に陣取《じんど》る江戸方大将《えどがたたいしょう》の蜂須賀至鎮《はちすかよししげ》が、木津川河口《きづがわかこう》のエダ崎《さき》（西区南堀江付近）の砦《とりで》に繋留中《けいりゅうちゅう》の淀川一帯《よどがわいったい》の河口《かこう》を守《まも》る大阪方軍船《おおさかがたぐんせん》二十余艘《よそう》を急襲《きゅうしゅう》して砦諸《とりでもろ》共《とも》に乗《の》っ取《と》った。大阪方《おおさかがた》は番船《ばんせん》（見張り・警護用の舟）に乗《の》って敗走《はいそう》したが、至鎮《よししげ》は船場《せんば》（中央区）まで追《お》い掛《か》けて敵《てき》を討《う》ち取《と》った。淀川河口一帯《よどがわかこういったい》は江戸方《えどがた》の手《て》に落《お》ちた。

同月《どうげつ》二十六日払暁《ふつぎょう》（明け方）、大阪城東方《おおさかじょうとうほう》に陣取《じんど》る江戸方上杉勢《えどがたうえすぎぜい》に加《くわ》わった秀忠側近《ひでただそっきん》の安藤《あんどう》・屋代《やしろ》・伊東《いとう》の監代《かんだい》（監軍代理）三人《さんにん》が鴫野《しぎの》（城東区）一帯《いったい》を巡察中《じゅんさつちゅう》に大阪方《おおさかがた》が作《つく》った柵《さく》に行《ゆ》き当《あ》たった。柵中《さくちゅう》から大野治長家臣《おおのはるながかしん》の山市《やまいち》と井上《いのうえ》が指揮《しき》する三十余《よ》の兵卒《へいそつ》が鉄砲《てっぽう》を撃《う》ちかけた。その挑戦《ちょうせん》に怒《いか》った安藤《あんどう》の家臣《かしん》が槍《やり》を振《ふ》るって柵《さく》に突進《とっしん》した。柵中《さくちゅう》の井上《いのうえ》は突進《とっしん》する敵《てき》を目掛《めが》けて槍《やり》を投《な》げ付《つ》けた。そのとき家臣《かしん》と共《とも》に柵《さく》に走《はし》り込《こ》んだ安藤《あんどう》が井上《いのうえ》を槍《やり》で突《つ》き伏《ふ》せた。井上《いのうえ》の従者《じゅうしゃ》はその槍《やり》を切《き》り折《お》って深出《ふかで》を負《お》った井上《いのうえ》を救《すく》い出《だ》した。そこを江戸方《えどがた》の屋代《やしろ》の長子《ちょうし》（長男）が僅《わず》かに十六歳《さい》の初陣《ういじん》だったが、追《お》い掛《か》けて井上《いのうえ》の首《くび》を討《う》ち取《と》った。大阪方《おおさかがた》は柵《さく》を閉《と》じて鉄砲《てっぽう》を撃《う》ち出《だ》したので、安藤《あんどう》・屋代《やしろ》・伊東《いとう》は上杉陣《うえすぎじん》へ引《ひ》き返《かえ》した。

大阪方《おおさかがた》は柵《さく》から飛《と》び出《だ》して追撃《ついげき》した。それに気付《きづ》いた江戸方《えどがた》の丹羽長重《にわながしげ》が横手《よこて》から打《う》って出《で》て大阪方《おおさかがた》を蹴散《けち》らした。次《つ》いで上杉景勝勢《うえすぎかげかつぜい》の安田《やすだ》・須田《すだ》・長尾《ながお》・岩井《いわい》らの諸将《しょしょう》がこの大阪方《おおさかがた》の柵《さく》に攻《せ》め込《こ》んだ。柵中《さくちゅう》の山市《やまいち》・渡辺《わたなべ》・小早川《こばやかわ》・岡村《おかむら》・竹田《たけだ》らの諸将《しょしょう》は必死《ひっし》に防戦《ぼうせん》して上杉方《うえすぎがた》に多大《ただい》の損害《そんがい》を与《あた》えたが、遂《つい》に上杉方《うえすぎがた》の激《はげ》しい気迫《きはく》に押《お》されて柵《さく》を捨《す》てて大和川《やまとがわ》（現寝屋川）を渡《わた》り、今福《いまふく》（城東区）で態勢《たいせい》を取《と》り直《なお》した。そして鉄砲《てっぽう》四、五百挺《ちょう》を揃《そろ》えて大和川《やまとがわ》を堀《ほり》に見立《みた》て、上杉勢《うえすぎぜい》に鉄《てっ》砲《ぽう》を撃《う》ち掛《か》けた。

今福《いまふく》には江戸方《えどがた》の佐竹義宣勢《さたけよしのぶぜい》が陣取《じんど》っていた。上杉勢《うえすぎぜい》の合戦《かっせん》に気付《きづ》いて、河岸《かわぎし》で上杉勢《うえすぎぜい》に鉄砲《てっぽう》を撃《う》ちかける大阪方《おおさかがた》を急襲《きゅうしゅう》した。これに上杉《うえすぎ》と安藤勢《あんどうぜい》も加《くわ》わって大阪方《おおさかがた》の諸将《しょしょう》の多《おお》くを討《う》ち取《と》った。

大阪方《おおさかがた》の木村重成《きむらしげなり》（秀頼の乳母・宮内卿局の子）は佐竹勢《さたけぜい》が備前島《びぜんしま》（現・都島区片町付近にあった川の中州）

辺《あた》りまで攻《せ》め寄《よ》せたのを見《み》て、豊臣家七手組隊長《とよとみけななてぐみたいちょう》の一人《ひとり》の堀田盛高《ほりたもりたか》らと四千の兵《へい》を率《ひき》いて討《う》って出《で》て、佐竹勢《さたけぜい》と激戦《げきせん》になった。

このとき豊臣秀頼《とよとみひでより》は三の丸《まる》の菱櫓《ひしやぐら》に登《のぼ》ってこの戦《いくさ》の様子《ようす》を見《み》ていたが突然《とつぜん》に「木村《きむら》を討《う》たすな。援軍《えんぐん》を出《だ》せ」と叫《さけ》んだ。これを聞《き》いた後藤基次《ごとうもとつぐ》（通称又兵衛）は急《いそ》ぎ櫓《やぐら》を下《お》りて手勢《てぜい》を引《ひ》き連《つ》れ、鴫野《しぎの》に渡《わた》る京橋《きょうばし》の橋詰《はしづめ》まで駆《か》け出《だ》した。そこで従者《ずさ》から具足一式《ぐそくいっしき》を受《う》け取《と》って素早《すばや》く身《み》に付《つ》け木村勢《きむらぜい》の下《もと》に馳《は》せ付《つ》けた。木村《きむら》は手柄《てがら》を気《き》にして後藤《ごとう》の助勢《じょせい》を拒《こば》んだので、後藤《ごとう》は鴫野《しぎの》にまで進《すす》んで、上杉勢《うえすぎぜい》に向《む》かって鉄砲《てっぽう》を撃《う》ち込《こ》んだ。上杉勢《うえすぎぜい》は備《そな》えを固《かた》め直《なお》した。後藤《ごとう》は反転《はんてん》して今度《こんど》は今福《いまふく》の佐竹勢《さたけぜい》に討《う》ち掛《かか》った。木村《きむら》は後藤《ごとう》に手柄《てがら》を渡《わた》さぬと全隊挙《ぜんたいあ》げて佐竹勢《さたけぜい》に突撃《とつげき》した。佐竹勢《さたけぜい》の先手《さきて》は攻《せ》め立《た》てられて数十人《すうじゅうにん》が討死《うちじに》したが、佐竹義宣《さたけよしのぶ》は自《みずか》ら長刀《なぎなた》を揮《ふる》って全軍《ぜんぐん》を励《はげ》まし大阪勢《おおさかぜい》を追《お》い返《かえ》した。この後《のち》も互《たが》いに援軍《えんぐん》を出《だ》し合《あ》って激戦《げきせん》が続《つづ》いた。この状況《じょうきょう》を見《み》た上杉勢《うえすぎぜい》の家老《かろう》の直江兼続《なおえかねつぐ》は用意《ようい》した新式早打《しんしきはやう》ちの種子島《たねがしま》（鉄砲）百八十挺《ちょう》で大阪方《おおさかがた》を一斉射撃《いっせいしゃげき》した。大阪方《おおさかがた》はこれには敵《かな》わず勢《ぜい》を引《ひ》き、これが潮目《しおめ》となって助勢《じょせい》に飛《と》び出《だ》した大阪方《おおさかがた》は残《のこ》らず大阪城内《おおさかじょうない》に引《ひ》き退《の》いた。

片桐且元勢《かたぎりかつもとぜい》は大阪方《おおさかがた》が総《すべ》て城《しろ》に逃《に》げ込《こ》んだのを見《み》て備前島《びぜんしま》（653頁12行目参照）に乗《の》り込《こ》み、近《ちか》くの蘆島《あしじま》や博労淵《ばくろうふち》を制圧《せいあつ》した。池田利隆《いけだとしたか》（輝政の後継）や蜂須賀《はちすか》・浅野《あさの》の勢《ぜい》も江戸方《えどがた》の大阪城北方《おおさかじょうほっぽう》陣中《じんちゅう》から駆《か》け付《つ》けて片桐《かたぎり》を助勢《じょせい》した。

この時《とき》未《ま》だ大阪城外《おおさかじょうがい》で大野治房《おおのはるふさ》（治長の弟）一人《ひとり》が、天満《てんま》と道頓堀《どうとんぼり》、船場《せんば》の砦《とりで》を守《まも》って動《うご》こうとしなかった。城内《じょうない》では大野治長《おおのはるなが》をはじめ主《おも》だった諸将《しょしょう》が集《あつ》まり評定《ひょうじょう》して、城下《じょうか》の砦《とりで》や柵《さく》に軍勢《ぐんぜい》を分《わ》けて守《まも》るのは各個攻撃《かっここうげき》されて益《えき》が無《な》いと判断《はんだん》した。そこで軍議《ぐんぎ》に託《たく》して治房《はるふさ》を道頓堀《どうとんぼり》から呼《よ》び付《つ》け、その隙《すき》に道頓堀《どうとんぼり》の砦《とりで》を焼《や》き払《はら》って大阪勢全軍《おおさかぜいぜんぐん》を大阪城内《おおさかじょうない》に取《と》り納《おさ》めた。

加賀前田勢真田丸攻撃と惨敗並びに越前松平勢大阪城攻撃と惨敗

大阪城外一帯総《おおさかじょうがいいったいすべ》てが江戸方《えどがた》の手《て》に落《お》ちたのを受《う》けて、江戸方《えどがた》は大阪城総攻撃《おおさかじょうそうこうげき》に作戦《さくせん》を変《か》えた。そこで先《ま》ずは手始《てはじ》めに大阪城南東城外《おおさかじょうなんとうじょうがい》の出丸《でまる》を攻《せ》め落《お》とすことにして、この攻撃《こうげき》の先手《さきて》に前田利常《まえだとしつね》が指名《しめい》された。この出丸《でまる》は真田幸村《さなだゆきむら》が築城《ちくじょう》した真田丸《さなだまる》だ。

丁度《ちょうど》このとき、十二月初《はじ》め、大阪城内《おおさかじょうない》では新参《しんざん》の南條忠成《なんじょうただしげ》（別名・元忠、元伯耆国羽衣石城主　関ヶ原の戦いで没落）が大阪方《おおさかがた》の大野治長《おおのはるなが》の人格言動《じんかくげんどう》に幻滅《げんめつ》して、十二月四日朝《あさ》に江戸方《えどがた》に下《くだ》って城内《じょうない》に江戸方《えどがた》を手引《てび》きすると申《もう》し出《で》た。この内通《ないつう》を受《う》けて、真田丸攻撃《さなだまるこうげき》と同時《どうじ》に大阪城南面《おおさかじょうなんめん》を松平《まつだいら》忠直《ただなお》（結城秀康の後継）と井伊直孝《いいなおたか》、藤堂高虎《とうどうたかとら》の手勢《てぜい》が攻撃《こうげき》することになった。だが城内《じょうない》でこの謀《む》反《ほん》は直《す》ぐに露顕《ろけん》して南條《なんじょう》は誅殺《ちゅうさつ》された。江戸方《えどがた》はこの経緯《いきさつ》を察知出来《さっちでき》ないでいた。

慶長《けいちょう》十九年（一六一四年）十二月四日未明《みめい》、朝霧《あさぎり》が深《ふか》く立《た》ち込《こ》めて一寸先《いっすんさき》が判《わか》らぬ中《なか》を、前田《まえだ》勢《ぜい》一万二千は真田勢《さなだぜい》の築《きず》いた篠山《しのやま》の柵《さく》（真田丸と江戸方の岡山の陣の中間地点）に忍《しの》び込《こ》んだ。だがそこは『蛻《もぬけ》の殻《から》（ぬけがら）』だった。真田勢《さなだぜい》は今朝《けさ》の攻撃《こうげき》を察知《さっち》して、事前《じぜん》に退却《たいきゃく》したのだ。夜《よ》が明《あ》けて見通《みとお》しが効《き》くようになり、真田丸《さなだまる》から前田勢《まえだぜい》を揶揄《やゆ》（からかう）する声《こえ》が盛《さか》んに飛《と》んだ。前《まえ》田勢先鋒《だぜいせんぽう》の本多政重《ほんだまさしげ》と山崎長徳《やまざきながのり》の勢《ぜい》は、この揶揄《やゆ》に怒《いか》って前後《ぜんご》の見境《みさかい》を無《な》くし、鉄砲除《てっぽうよ》けの竹束《たけたば》の楯《たて》も持《も》たずに真田丸《さなだまる》に突進《とっしん》して城壁《じょうへき》を一気《いっき》に登《のぼ》り始《はじ》めた。真田丸《さなだまる》はこの時《とき》まで盛《さか》んに寄《よ》せ手《て》を嘲《あざけ》っていたが、寄《よ》せ手《て》が城壁《じょうへき》を登《のぼ》りだした途端《とたん》に、激《はげ》しく鉄砲《てっぽう》で一斉射撃《いっせいしゃげき》をし始《はじ》めた。前田勢《まえだぜい》は為《な》す術《すべ》もなく討《う》ち取《と》られて、死傷者《ししょうしゃ》が続出《ぞくしゅつ》した。

大阪城《おおさかじょう》の南面攻撃《なんめんこうげき》を受《う》け持《も》った松平《まつだいら》・井伊《いい》・藤堂勢《とうどうぜい》も、東方《とうほう》から響《ひび》き出《だ》した鉄砲《てっぽう》の音《おと》を聞《き》き、前田勢《まえだぜい》が真田丸《さなだまる》に攻《せ》め込《こ》んだのを知《し》って、先《さき》を争《あらそ》って大阪本城南面城壁《おおさかほんじょうなんめんじょうへき》に押《お》し寄《よ》せた。

これを見《み》た大阪方《おおさかがた》は態《わざ》と城内《じょうない》で火薬《かやく》を爆発《ばくはつ》させた。これは南條忠成《なんじょうただしげ》の江戸方《えどがた》に伝《つた》えた手引《てびき》の合図《あいず》だった。

越前国主松平忠直《えちぜんこくしゅまつだいらただなお》の一万と将軍秀忠側近《しょうぐんひでただそっきん》の井伊直孝《いいなおたか》の四千、その他数千《たすうせん》の合計《ごうけい》二万近《ちか》くの寄《よ》せ手《て》が、この合図《あいず》の爆発音《ばくはつおん》を聞《き》いて一斉《いっせい》に城壁《じょうへき》に取《と》り付《つ》いた。大阪城内《おおさかじょうない》はこれまで物音《ものおと》一つ無《な》く静《しず》まり返《かえ》っていた。だが寄《よ》せ手《て》が城壁《じょうへき》に取《と》り付《つ》き登《のぼ》り始《はじ》めた途端《とたん》に城内《じょうない》から弓矢《ゆみや》が放《はな》たれ、鉄砲《てっぽう》も激《はげ》しく撃《う》ち出《だ》された。寄《よ》せ手《て》は忽《たちま》ち死傷者《ししょうしゃ》で溢《あふ》れて大混乱《だいこんらん》に陥《おちい》った。真田幸村《さなだゆきむら》は、この日《ひ》この総攻撃《そうこうげき》がある事《こと》を南條《なんじょう》から探《さぐ》り出《だ》して、本城《ほんじょう》と出丸《でまる》での戦法《せんぽう》を綿密《めんみつ》に練《ね》っていた。

江戸方《えどがた》は幸村《ゆきむら》の策《さく》に嵌《はま》って為《な》す術《すべ》なく、大阪本城《おおさかほんじょう》でも真田丸《さなだまる》でもただ撃《う》たれるばかりだったが、城内《じょうない》は一兵《いっぺい》の損害《そんがい》も出《だ》さなかった。江戸方本陣《えどがたほんじん》の家康《いえやす》はこれを知《し》って大《おお》いに怒《いか》り、速《すみ》やかに引《ひ》き退《の》くよう命《めい》じた。寄《よ》せ手《て》の諸将《しょしょう》らは恥《はじ》を忍《しの》んで、未刻《ひつじのこく》（午後二時過ぎ）頃《ころ》までに這々《ほうほう》の体《てい》で逃《に》げ帰《かえ》った。死傷者《ししょうしゃ》は数千人《すうせんにん》に上《のぼ》り、緒戦《ちょせん》の大阪城総攻撃《おおさかじょうそうこうげき》は江戸方《えどがた》の完敗《かんぱい》に終《お》わった。家康本陣《いえやすほんじん》では各隊先鋒《かくたいせんぽう》の責任《せきにん》を問《と》う声《こえ》が姦《かしま》しく挙《あ》がったが、家康《いえやす》は

「命《いのち》を捨《す》てて敵陣目掛《てきじんめが》け真先《まっさき》に突進《とっしん》する将兵《しょうへい》はそうはいないものよ。これを一々《いちいち》に罪《つみ》に落《お》とすとは如何《いかが》なものか。見《み》ぬ振《ふ》りをして棄《す》ておけ」と言《い》って取《と》り合《あ》わなかった。

大阪城を大筒で砲撃と本丸御殿破壊

この頃《ころ》十二月上旬《じょうじゅん》に淀川《よどがわ》の流《なが》れを変《か》える土木工事《どぼくこうじ》が完了《かんりょう》した。以後次第《いごしだい》に城下《じょうか》の水《みず》が引《ひ》いて、大阪城《おおさかじょう》の四方何所《しほうどこ》からでも攻撃《こうげき》が出来《でき》るようになった。そこで家康《いえやす》は諸隊《しょたい》の諸将《しょしょう》を集《あつ》めて

「総攻撃《そうこうげき》に向《む》けて城壁《じょうへき》の近《ちか》くに鉄砲玉除《てっぽうだまよ》けの土手《どて》を築《きず》けよ。また竹束《たけたば》の楯《たて》を増強《ぞうきょう》して、鉄砲玉《てっぽうだま》で一兵《いっぺい》も損《そこ》なうことのなき様《よう》に図《はか》れ」と命《めい》じて諸将《しょしょう》に城《しろ》への総攻撃《そうこうげき》の近《ちか》いことを知《し》らせ、城壁《じょうへき》を登《のぼ》

る多《おお》くの梯子《はしご》を作《つく》らせた。また九鬼守隆《くきもりたか》に命《めい》じて淀川一帯《よどがわいったい》の大小河口《だいしょうかこう》に番船《ばんせん》を浮《う》かべて海上警《かいじょうけい》備《び》と舟《ふね》を用《もち》いた川《かわ》から城《しろ》への出入《でい》りを遮断《しゃだん》した。

将軍秀忠《しょうぐんひでただ》は大御所家康《おおごしょいえやす》に速《すみ》やかに総攻撃《そうこうげき》を仕掛《しか》けるように勇《いさ》んで進言《しんげん》した。だが家康《いえやす》は

「孫子《そんし》の教《おし》えに『百戦百勝《ひゃくせんひゃくしょう》は善《ぜん》の善《ぜん》なる者《もの》にあらず。戦《たたか》わずして人《ひと》の兵《へい》を屈《くっ》するは善《ぜん》の善《ぜん》なる者《もの》なり』（原典は孫子　謀攻篇）とあるぞ」と秀忠《ひでただ》に諭《さと》した。そして人海戦術《じんかいせんじゅつ》で淀川《よどがわ》の流《なが》れを変《か》えて城下《じょうか》の沼地《ぬまち》や堀《ほり》を乾《かわ》かし、多数《たすう》の大砲《たいほう》を城《しろ》の四方《しほう》に据《す》えて城壁《じょうへき》を撃《う》ち壊《こわ》し、城壁《じょうへき》を乗《の》り越《こ》え易《やす》くしたことや、これからは終夜大砲《しゅうやたいほう》を連射《れんしゃ》して城内《じょうない》を驚《おどろ》かせ、寝《ね》かせず恐怖《きょうふ》に陥《おとしい》れて戦《たたか》わずして敵《てき》の戦意《せんい》を喪失《そうしつ》させる戦術《せんじゅつ》を秀忠《ひでただ》に語《かた》り聞《き》かせた。

同年《どうねん》十二月九日、家康《いえやす》は本多正純《ほんだまさずみ》に大阪城七手組《おおさかじょうななてぐみ》の青木一重《あおきかずしげ》を通《とお》して、秀頼《ひでより》に降伏《こうふく》して和議《わぎ》を結《むす》ぶよう仕向《しむ》けさせたが秀頼《ひでより》は聴《き》かなかった。そこで大阪城北側《おおさかじょうきたがわ》の本丸直下《ほんまるちょっか》に位置《いち》する備前《びぜん》島《しま》（653頁12行目参照）に大砲《たいほう》を百挺《ひゃくちょう》揃《そろ》えて本丸目掛《ほんまるめが》けて撃《う》ち続《つづ》け、城内《じょうない》を驚《おどろ》かせて不眠不休《ふみんふきゅう》に落《お》とす心理作戦《しんりさくせん》を取《と》ることに切《き》り替《か》えた。そうしながらも降伏勧告《こうふくかんこく》はこの後《のち》も事《こと》ある毎《ごと》に行《おこな》った。

同月《どうげつ》十一日には更《さら》に鉱夫《こうふ》を集《あつ》めて城南《じょうなん》の前田陣《まえだじん》の前《まえ》から城壁《じょうへき》の下《した》を潜《くぐ》る穴《あな》を掘《ほ》らせた。城内《じょうない》も対抗《たいこう》してこの穴《あな》を崩《くず》す穴堀《あなほり》を始《はじ》めた。この日《ひ》も終夜大砲《しゅうやたいほう》や鉄砲《てっぽう》を打《う》ち続《つづ》ける心理戦《しんりせん》が続《つづ》いた。

家康《いえやす》は連日江戸方諸将《れんじつえどがたしょしょう》の陣所《じんしょ》を訪《たず》ねて将卒《しょうそつ》を督励《とくれい》して廻《まわ》り、総攻撃《そうこうげき》に向《む》けての鉄砲玉除《てっぽうだまよ》けの土《ど》手《て》の構築《こうちく》などを見廻《みまわ》ったので準備《じゅんび》は遅滞《ちたい》なく進行《しんこう》して土手《どて》は日一日《ひいちにち》と城壁《じょうへき》に近付《ちかづ》いた。築山《つきやま》の構《こう》築《ちく》も行《おこな》われて大阪城《おおさかじょう》の四方何処《しほうどこ》からでも大砲《たいほう》を撃《う》ち込《こ》み始《はじ》めた。城内《じょうない》は動揺《どうよう》した。

家康《いえやす》は同月《どうげつ》十三日にも大阪城西側《おおさかじょうにしがわ》の江戸方陣所《えどがたじんしょ》に出掛《でか》けて浅野長晟《あさのながあきら》（長政の次男。幸長病死の後を受けて家督相続）と松平忠義《まつだいらただよし》に、

「船場《せんば》に船橋《ふなはし》を掛《か》け、堀川《ほりかわ》を土俵《どひょう》で埋《う》め立《た》てよ」と指示《しじ》した。

またこの日《ひ》十三日、二条城《にじょうじょう》にいた阿茶局《あちゃのつぼね》（家康の側室。徳川家の奥向きを仕切った才女）を家康本陣《いえやすほんじん》の茶臼山《ちゃうすやま》に呼《よ》び寄《よ》せて、大阪城《おおさかじょう》に出向《でむ》き淀《よど》に面会《めんかい》して和議《わぎ》の使者《ししゃ》を務《つと》めるよう命《めい》じた。

同慶長《どうけいちょう》十九年（一六一四年）十二月十五日、城内《じょうない》の織田長益《おだながます》と大野治長《おおのはるなが》の連盟《れんめい》で本多正純《ほんだまさずみ》と後《ご》藤光次《とうみつつぐ》（家康側近、後の御用金匠）の下《もと》に和議《わぎ》の書簡《しょかん》を持《も》った軍使《ぐんし》が訪《おとず》れた。家康《いえやす》は光次《みつつぐ》に軍使《ぐんし》から

城内《じょうない》の様子《ようす》を聞《き》き質《ただ》させた。軍使《ぐんし》は

「城内《じょうない》は悉《ことごと》く淀《よど》の方《かた》の裁量《さいりょう》にあり。その淀《よど》の方《かた》は自《みずか》ら江戸《えど》に下《くだ》り大阪城《おおさかじょう》の堀《ほり》を埋《う》め城壁《じょうへき》を崩《くず》す故《ゆえ》に、新入《しんにゅう》諸将《しょしょう》の召《め》し抱《かか》えとその扶助《ふじょ》の所領《しょりょう》加増《かぞう》を請《こ》うと思《おぼ》し召《め》す」と伝《つた》えた。家康《いえやす》は

「新入《しんい》りの諸将《しょしょう》に如何《いか》なる忠節《ちゅうせつ》があって所領《しょりょう》を宛《あて》がうのか。これは単《たん》に和議《わぎ》を先延《さきの》ばしして寄《よ》せ手《て》を疲労《ひろう》させる計略《けいりゃく》なり」と言《い》って申《もう》し出《で》を受《う》けなかった。

翌《よく》十二月十六日、家康《いえやす》は備前島《びぜんしま》の菅沼正定《すがぬままささだ》に命《めい》じて大砲《たいほう》を一斉《いっせい》に打《う》ち込《こ》ませ、櫓《やぐら》や城壁《じょうへき》を破壊《はかい》した。片桐且元《かたぎりかつもと》は城内《じょうない》の間取《まど》りに詳《くわ》しく、大砲《たいほう》を秀頼《ひでより》母子《ぼし》が居住《きょじゅう》する本丸《ほんまる》御殿《ごてん》大奥《おおおく》に向《む》けて撃《う》ち込《こ》ませた。淀《よど》の居間《いま》も柱《はしら》や梁《はり》が折《お》れ崩《くず》れて傍《かたわら》に侍《はべ》る女房衆《にょうぼうしゅう》数人《すうにん》が死傷《ししょう》した。女童《おんなわらべ》の泣《な》き叫《さけ》ぶ声《こえ》が城内《じょうない》に響《ひび》いた。淀《よど》は日頃《ひごろ》の威勢《いせい》も消《き》え失《う》せて只々《ただただ》恐《おそ》れ慄《おのの》いた。大野治長《おおのはるなが》と織田長益《おだながます》も切羽《せっぱ》詰《つ》まって後藤基次《ごとうもとつぐ》（又兵衛）に和議《わぎ》を相談《そうだん》した。基次《もとつぐ》は

「豊臣恩顧《とよとみおんこ》の大名《だいみょう》にも見放《みはな》されてこのまま当《あ》てても無《な》く籠城《ろうじょう》するのは武家《ぶけ》の最《もっと》も厭《いと》うところ。今《いま》幸《さいわ》いに江戸方《えどがた》から和議《わぎ》の申《もう》し出《で》もあれば膝《ひざ》を屈《くっ》して和《わ》し、時節《じせつ》を待《ま》つ以外《いがい》に打《う》つ手《て》は御座《ござ》らぬ。

大御所《おおごしょ》も七十の齢《よわい》。今《いま》を忍《しの》べば『会稽《かいけい》の恥《はじ》を雪《すす》ぐ』（中国春秋時代の呉越戦争の話。会稽山《かいけいざん》で呉王夫差《ふさ》に敗れた越王勾践《こうせん》が臥薪嘗胆《がしんしょうたん》して夫差を破った例え。原典は史記 越世家）機会《きかい》も訪《おとず》れようというもの」と進言《しんげん》した。治長《はるなが》は基次《もとつぐ》の進言《しんげん》を受《う》けて秀頼《ひでより》に和議《わぎ》を進《すす》めた。秀頼《ひでより》は「今斯様《いまかよう》に相《あい》なる。且元《かつもと》（片桐）の思《おも》いを入《い》れず汝《なんじ》らが拒《こば》んで我《われ》に事《こと》を進《すす》めさせたが故《ゆえ》に、斯《か》くも恥《は》ずかしきことになり果《は》てたる」と言《い》って落涙《らくるい》した。

この日《ひ》十六日夜《よる》、城中《じょうちゅう》の塙直之《ばんなおゆき》（通称団右衛門）が大野治房《おおのはるふさ》を担《かつ》いで長岡是容《ながおかこれかた》（通称監物）、御宿《みしゅく》政友《まさとも》（元結城秀康の重臣）を伴《ともな》い兵卒百名《へいそつひゃくめい》を選《えら》んで蜂須賀至鎮《はちすかよししげ》の陣《じん》を夜討《ようち》した。

蜂須賀勢《はちすかぜい》は夜警《やけい》も立《た》てずに寝込《ねこ》んでいた。そこを忍《しの》び込《こ》んで熟睡《じゅくすい》している三十余人《よにん》を撫《な》で切《き》った。この異変《いへん》に気付《きづ》いた陣中《じんちゅう》の中村右近《なかむらうこん》が夜討勢《ようちぜい》に駆《か》け寄《よ》って群《むら》がる敵勢《てきぜい》に槍《やり》を突《つ》き付《つ》けた。そこへ稲田修理《いなだしゅり》も駆《か》け寄《よ》って共《とも》に夜討勢《ようちぜい》に立《た》ち向《む》かった。間《ま》もなく陣内挙《じんないあ》げて備《そな》えを固《かた》めたので、夜討勢《ようちぜい》はここらが潮時《しおどき》と見極《みきわ》めて兵《へい》を引《ひ》いた。

和議成立と大阪城外堀・内堀埋立

慶長《けいちょう》十九年（一六一四年）十二月十七日、勅使《ちょくし》として廣橋兼勝《ひろはしかねかつ》と三條西実條《さんじょうにしさねえだ》の両大納言《りょうだいなごん》が家康《いえやす》の下《もと》を訪《おとず》れて和平仲介《わへいちゅうかい》を申《もう》し出《で》た。

大阪城内《おおさかじょうない》では和戦《わせん》の評定《ひょうじょう》が連日行《れんじつおこな》われた。大野治長《おおのはるなが》は秀頼《ひでより》の説得《せっとく》を済《す》ませて淀《よど》に「天下《てんか》に援《たす》ける者《もの》なく、城内《じょうない》に異志《いし》を抱《いだ》く者多《ものおお》し。その者《もの》の兵《へい》を以《もっ》て援《たす》け無《な》き城《しろ》を守《まも》る。然《しか》り而《しこう》して城内《じょうない》の兵糧《ひょうろう》は三月《みつき》を支《ささ》えるに足《た》らず。ここは講和《こうわ》して時節《じせつ》を待《ま》つに若《し》かず」と大阪城内外《おおさかじょうないがい》の状況《じょうきょう》を説《と》いて強《し》いて諌《いさ》めた。

淀《よど》は家康《いえやす》の側室《そくしつ》の阿茶局《あちゃのつぼね》の取《と》り成《な》しもあって、遂《つい》に淀《よど》に代《か》わって織田長益《おだながます》の子《こ》の尚長《ひさなが》と大野《おおの》治長《はるなが》の子《こ》の治徳《はるのり》を質《しち》として差《さ》し出《だ》すことに加《くわ》えて二の丸《まる》と三の丸《まる》の破壊《はかい》と惣堀《そうぼり》（城下に廻らした外堀の通称）の埋《う》め立《た》てを容認《ようにん》した。家康《いえやす》は秀頼《ひでより》の身《み》の安全《あんぜん》と本領安堵《ほんりょうあんど》に加《くわ》えて大阪城《おおさかじょう》に集《つど》った客将《きゃくしょう》の罪《つみ》を不問《ふもん》に付《ふ》すことを容認《ようにん》して和議《わぎ》が成立《せいりつ》した。

十二月十九日、江戸方《えどがた》と大阪方《おおさかがた》の和議《わぎ》が成《な》って、翌《よく》二十日大御所家康《おおごしょいえやす》の名代《みょうだい》の板倉重昌《いたくらしげまさ》と将軍《しょうぐん》秀忠《ひでただ》の名代《みょうだい》の阿倍正次《あべまさつぐ》の二人《ふたり》が大阪城《おおさかじょう》に出向《でむ》いて和議《わぎ》の誓約《せいやく》を行《おこな》った。秀頼《ひでより》は誓約書《せいやくしょ》に血判《けっぱん》した。一方《いっぽう》、秀頼《ひでより》は木村重成《きむらしげなり》（秀頼の乳母 宮内卿局の子）を茶臼山《ちゃうすやま》の家康《いえやす》の本陣《ほんじん》に送《おく》って同《おな》じく和議《わぎ》の誓約《せいやく》を行《おこな》った。家康《いえやす》は誓約書《せいやくしょ》に血判《けっぱん》した。後世《こうせい》、この戦《たたか》いを『大坂冬《おおさかふゆ》の陣《じん》』と云《い》い伝《つた》えた。

翌《よく》二十一日、江戸方《えどがた》は大阪城《おおさかじょう》の二《に》の丸《まる》と三《さん》の丸《まる》を壊《こわ》し、惣堀《そうぼり》（外堀）を埋《う》めた。惣堀《そうぼり》を埋《う》め終《お》わって内堀《うちぼり》も埋《う》め始《はじ》めた。大野治長《おおのはるなが》は驚《おどろ》いて家臣《かしん》を出《だ》して堀《ほり》を埋《う》める監吏《かんり》を咎《とが》めた。監吏《かんり》は「盟約《めいやく》にある惣堀《そうぼり》とは総《すべ》ての堀《ほり》であって内外《ないがい》を問《と》わず」と言《い》って取《と》り合《あ》わなかった。治長《はるなが》は将軍《しょうぐん》秀忠《ひでただ》の岡山《おかやま》の陣《じん》を訪《たず》ねたが、将吏《しょうり》は大御所《おおごしょ》の命《めい》なりと言《い》って取《と》り合《あ》わない。治長《はるなが》は家康《いえやす》のいる二条城《にじょうじょう》に出向《でむ》いた。だが板倉重昌《いたくらしげまさ》（勝重の子）が応対《おうたい》に出《で》て、これは本多正純《ほんだまさずみ》の一任事項《いちにんじこう》だと言《い》ってこれも取《と》り合《あ》わなかった。治長《はるなが》は再度《さいど》大阪《おおさか》に帰《かえ》って正純《まさずみ》を訪《たず》ねたが、正純《まさずみ》は疾《やまい》と称《しょう》して面会《めんかい》を断《ことわ》った。斯《か》くする内《うち》に内堀《うちぼり》も完全《かんぜん》に埋《う》め尽《つ》くされて大阪城《おおさかじょう》は本丸《ほんまる》のみの裸城《はだかじろ》になった。

翌慶長《よくけいちょう》二十年（一六一五年、この年の七月十三日、元和《げんな》に改元。702頁8～9行目参照）、正月《しょうがつ》三日、家康《いえやす》は二条城《にじょうじょう》を発《た》って駿府《すんぷ》への帰途《きと》についた。将軍秀忠《しょうぐんひでただ》も同月《どうげつ》十九日、岡山《おかやま》を陣払《じんばら》いして伏見城《ふしみじょう》に入《はい》り、二十六日に朝廷《ちょうてい》に参内《さんだい》して二十八日に江戸《えど》への帰途《きと》についた。幕府軍《ばくふぐん》は江戸《えど》へ引《ひ》き上《あ》げて諸《しょ》国《こく》の江戸方諸将《えどがたしょしょう》も皆領国《みなりょうごく》に軍勢《ぐんぜい》を帰《かえ》した。

四．大坂夏の陣

大阪方再度挙兵

江戸方《えどがた》の軍勢《ぐんぜい》が去《さ》り平和《へいわ》が戻《もど》って淀《よど》を始《はじ》め大阪城内《おおさかじょうない》の豊臣家臣《とよとみかしん》は喜《よろこ》んだが、諸国《しょこく》から集《あつ》まった浪人衆《ろうにんしゅう》は困《こま》り果《は》てた。浪人衆《ろうにんしゅう》は身分保障《みぶんほしょう》が無《な》いままに捨《す》て置《お》かれたので困窮《こんきゅう》した結果《けっか》、徒党《ととう》を組《く》んで盗《ぬす》みや乱暴狼藉《らんぼうろうぜき》を働《はたら》いた。畿内《きない》は騒然《そうぜん》とした。

大阪城内《おおさかじょうない》の浪人衆《ろうにんしゅう》は淀《よど》に

「昨年《さくねん》、江戸方《えどがた》は天下《てんか》を挙《あ》げて大阪城《おおさかじょう》を攻《せ》めて而《しか》も落《お》とせず。今《いま》ここで再挙《さいきょ》無《な》くば客兵《かくへい》は皆雲散《みなうんさん》霧消《むしょう》し、豊臣家《とよとみけ》が天下《てんか》を手《て》にすることは二度《にど》と無《な》からん」と言《い》って再挙《さいきょ》を強要《きょうよう》した。

淀《よど》は求《もと》められるままに兵《へい》を募《つの》って十数万《じゅうすうまん》を集《あつ》めた。城内《じょうない》では諸将《しょしょう》が集《あつ》まって評定《ひょうじょう》を持《も》った。だが議論《ぎろん》は積《つ》んでは崩《くず》して幾日《いくにち》たっても埒《らち》があかなかった（柵が開かず前に進めない例え）。真田幸村《さなだゆきむら》は「大阪城《おおさかじょう》は今《いま》や堀《ほり》は埋《う》められ二の丸《まる》と三の丸《まる》も失《うしな》い、本丸一《ほんまるひと》つが残《のこ》る裸城《はだかじろ》。守《まも》る不可《べからず》。出《いで》て戦《たたか》うべし。急《いそ》ぎ京師《けいし》（首都）を襲《おそ》い、天子《てんし》を挟《さしはさ》んで以《もっ》て天下《てんか》に令《れい》するのみ」と主張《しゅちょう》したが、余《あま》りにも暴挙《ぼうきょ》が過《す》ぎて大野治長兄弟《おおのはるながきょうだい》は受《う》け入《い》れなかった。結局《けっきょく》は秀頼側近《ひでよりそっきん》の七手組隊長《ななてぐみたいちょう》が「大阪城《おおさかじょう》は三方水《さんぽうみず》に囲《かこ》まれ南面《なんめん》のみが地《ち》に接《せっ》する故《ゆえ》に、敵《てき》は常《つね》に南《みなみ》より到《いた》る。故《ゆえ》に我《わ》が軍《ぐん》は全勢《ぜんせい》力《りょく》を以《もっ》て南《みなみ》に備《そな》え、敵《てき》の両所《りょうしょ》（御所秀忠と大御所家康）が到《いた》れば直《ただ》ちにこれを迎《むか》え討《う》つ。そしてその勝敗《しょうはい》は天《てん》に委《ゆだ》ねることにすれば如何《いかが》」と思《おも》いを披露《ひろう》して一同《いちどう》の賛同《さんどう》を得《え》た。大阪城《おおさかじょう》では慌《あわただ》しく戦《いくさ》に向《む》けて準備《じゅんび》に取《と》り掛《かか》った。そこへ『江戸方出陣《えどがたしゅつじん》』との噂《うわさ》が飛《と》び込《こ》んだ。

大阪方《おおさかがた》は再度評定《さいどひょうじょう》を持《も》って迎撃体制《げいげきたいせい》の詰《つめ》を行《おこな》い、城内《じょうない》の将兵《しょうへい》を三分割《さんぶんかつ》してその一軍《いちぐん》は木村重《きむらしげ》成《なり》（秀頼の乳母　宮内卿局の子）が大将《たいしょう》となって真田幸村《さなだゆきむら》や渡辺糺《わたなべただす》（秀頼の乳母　正栄尼の子）、明石守重《あかしもりしげ》が属《ぞく》して茶臼山《ちゃうすやま》に陣取《じんど》る。他《た》の一軍《いちぐん》は大野治房《おおのはるふさ》が大将《たいしょう》になって長宗我部盛親《ちょうそかべもりちか》や森勝長《もりかつなが》、仙石宗也《せんごくむねなり》が属《ぞく》して岡山《おかやま》に陣取《じんど》る。後詰《ごづめ》の大将《たいしょう》には大野治長《おおのはるなが》がなり七手組隊長《ななてぐみたいちょう》や後藤基次《ごとうもとつぐ》（別名又兵衛）が属《ぞく》して毘沙門池《びしゃもんいけ》（大阪城と茶臼山・岡山の中間地点の池）に布陣《ふじん》することに決《けっ》した。そしてその陣地《じんち》の整備《せいび》を急《いそ》いだ。

豊臣秀頼《とよとみひでより》は自《みずか》ら大阪城南郊《おおさかじょうなんこう》を巡察《じゅんさつ》して、冬《ふゆ》の陣《じん》では家康《いえやす》と秀忠《ひでただ》の本陣《ほんじん》になった茶臼山《ちゃうすやま》や岡山《おかやま》に立《た》ち寄《よ》って三軍《さんぐん》の配置《はいち》を巡視《じゅんし》した。大阪方《おおさかがた》の士気《しき》は頗《すこぶ》る高揚《こうよう》した。だがこの頃《ころ》の大野治長《おおのはるなが》の矜持《きょうじ》（自負）は甚《はなは》だしく、淀《よど》の名《な》を以《も》って諸将《しょしょう》の意《い》を抑止《よくし》して軍議《ぐんぎ》の決定《けってい》を屡変更《しばしばへんこう》した。

織田長益《おだながます》（信長の弟）は治長《はるなが》の傲慢《ごうまん》に耐《た》えかねて京《きょう》都に出奔《しゅっぽん》した。長益《ながます》がいなくなり治長《はるなが》は益々《ますます》横暴《おうぼう》を極《きわ》めた。ある夜《よ》、治長《はるなが》が暴漢《ぼうかん》に襲《おそ》われた。幸《さいわ》いに治長《はるなが》の従卒《じゅうそつ》が防《ふせ》いで暴漢《ぼうかん》を切《き》り殺《ころ》した。

翌日、この暴漢《ぼうかん》の骸《むくろ》が大野治房《おおのはるふさ》の卒《そつ》だと判明《はんめい》した。城内《じょうない》は不信《ふしん》と不安《ふあん》が充満《じゅうまん》して互《たが》いに互《たが》いを猜《さい》疑《ぎ》し、軍律《ぐんりつ》はあって無《な》きが如《ごと》くに乱《みだ》れた。将卒《しょうそつ》の心《こころ》は治長《はるなが》・治房兄弟《はるふさきょうだい》から離《はな》れて木村重成《きむらしげなり》に集《あつ》まった。

慶長《けいちょう》二十年（一六一五年）三月十三日、大阪城《おおさかじょう》では戦乱《せんらん》で疲弊《ひへい》した摂津《せっつ》・河内《かわち》の百姓衆《ひゃくしょうしゅう》の救援《きゅうえん》を口実《こうじつ》に浪人衆《ろうにんしゅう》の俸給《ほうきゅう》の工面《くめん》を幕府《ばくふ》に訴《うった》えることにして、青木一重《あおきかずしげ》（七手組隊長）と大蔵卿局《おおくらきょうのつぼね》（淀の乳母）、正栄尼《しょうえいに》（秀頼の乳母）の三人を駿府《すんぷ》と江戸《えど》に送《おく》った（670頁3～4行目参照）。だが家康《いえやす》は大阪《おおさか》城《じょう》に居残《いのこ》る浪人衆《ろうにんしゅう》が即時退去《そくじたいきょ》すれば済《す》むことであると言《い》い渡《わた》して青木《あおき》らの懇請《こんせい》は無視《むし》した。その一方《いっぽう》で徳川家康《とくがわいえやす》は密《ひそ》かに木村重成《きむらしげなり》に寝返《ねがえ》りを勧《すす》めた。だが重成《しげなり》は秀頼《ひでより》にとっては乳飲《ちの》み兄弟《きょうだい》であって且《かつ》、秀頼《ひでより》が唯一心《ゆういつこころ》を許《ゆる》した忠臣《ちゅうしん》だ。重成《しげなり》は秀頼《ひでより》の将来《しょうらい》を案《あん》じて「豊臣家《とよとみけ》の恩《おん》に報《むく》いて二心《にしん》は抱《いだ》かず。斯《か》くなる上《うえ》は唯一戦《ただいっせん》して死《し》するのみ」と覚悟《かくご》して、家康《いえやす》の誘《さそ》いは断《ことわ》った。

江戸方再出陣

一方《いっぽう》の江戸方《えどがた》では、慶長《けいちょう》二十年（一六一五年）一月四日に大坂冬《おおさかふゆ》の陣《じん》の後処理《あとしょり》を済《す》ませて、家《いえ》康《やす》は駿府《すんぷ》に、秀忠《ひでただ》は江戸《えど》に帰着《きちゃく》した。大阪城《おおさかじょう》からは秀頼《ひでより》や大野治長《おおのはるなが》などから家康《いえやす》の下《もと》に続々《ぞくぞく》と進《しん》物《もつ》が届《とど》き、一見徳川《いっけんとくがわ》と豊臣両家《とよとみりょうけ》は別条《べつじょう》なく和睦《わぼく》したかにみえた。だが大阪城内《おおさかじょうない》では浪人衆《ろうにんしゅう》によ話が日ごとに増《ま》した。

二月二十六日には織田長益《おだながます》の使者《ししゃ》が遣《や》って来《き》て「大阪城内《おおさかじょうない》は一人《ひとり》大野《おおの》兄弟《きょうだい》（治長と治房）が上意《じょうい》を以《も》って評定《ひょうじょう》を独裁《どくさい》し、我《われ》らが申《もう》す儀《ぎ》は万事立《ばんじた》ち申《もう》さず。我《われ》らは不要《ふよう》の態《てい》にて御座候《ござそうろう》。然《しか》ればこの度大阪《たびおおさか》を出《いで》て京都《きょうと》に引《ひ》き籠《こも》る次第《しだい》」と書状《しょじょう》に認《したた》めて大阪城退城《おおさかじょうたいじょう》を家康《いえやす》に伝《つた》えた（667頁7行目参照）。この一連《いちれん》の異常事態《いじょうじたい》は、雑兵《ぞうひょう》になり済《す》まして城内《じょうない》に入《はい》った多《おお》くの間者《かんじゃ》からも日々刻々《ひびこっこく》駿府《すんぷ》と江戸《えど》に伝《つた》えられた。

同年《どうねん》三月十五日、京都所司代《きょうとしょしだい》の板倉勝重《いたくらかつしげ》から「大阪方《おおさかがた》が軍《いくさ》を起《お》こして京都《きょうと》に火《ひ》を掛《か》ける由《よし》の風聞《ふうぶん》これにあり、朝廷《ちょうてい》を始《はじ》め上下《じょうげ》は大騒動《おおそうどう》」との報《しら》せが入《はい》った。報《しら》せを受《う》けて江戸《えど》では土井利勝《どいとしかつ》を駿府《すんぷ》に出向《でむ》かせて綿密《めんみつ》に打《う》ち合《あ》わせた上《うえ》で多数《たすう》の大砲鉄砲《たいほうてっぽう》の発注《はっちゅう》を行《おこな》う一方《いっぽう》、諸国《しょこく》から海運《かいうん》による大阪城《おおさかじょう》への物資《ぶっし》の輸送《ゆそう》の検問《けんもん》や大阪城下《おおさかじょうか》に出《しゅつ》没《ぼっ》する浪人衆《ろうにんしゅう》の取《と》り締《し》まりを一段《いちだん》と強化《きょうか》した。またその一方《いっぽう》では大阪城《おおさかじょう》に和平《わへい》に向《む》けての再度《さいど》の三条件《さんじょうけん》を突《つ》き付《つ》けた（淀の江戸住み、秀頼の将軍家への伺候、または豊臣家の大阪城退城・643頁6～8行目参照）。

同年《どうねん》四月一日、家康《いえやす》の意《い》を受《う》けた将軍秀忠《しょうぐんひでただ》は小笠原秀政《おがさわらひでまさ》（信濃国松本城主）に命《めい》じて、一軍《いちぐん》を率《ひき》いて京都《きょう》に上《のぼ》らせ伏見城《ふしみじょう》の守衛《しゅえい》に当《あ》たらせた。

同月《どうげつ》二日、家康《いえやす》は大阪城《おおさかじょう》の秀頼《ひでより》から青木一重《あおきかずしげ》（七手組隊長）と常高院《じょうこういん》（淀の妹　初）と大蔵卿局《おおくらきょうのつぼね》、正栄尼《しょうえいに》の四人《よにん》を家康《いえやす》の下《もと》に参上《さんじょう》させたいとの使者《ししゃ》を受《う》けた。家康《いえやす》は九男義直《くなんよしなお》（尾張名古屋城主）の婚礼《こんれい》が済《す》むまで名古屋《なごや》で待《ま》つよう伝《つた》えて同月《どうげつ》四日に駿府《すんぷ》を立《た》った。

同月《どうげつ》五日、名古屋《なごや》への道中《どうちゅう》家康《いえやす》の下《もと》に大野治長《おおのはるなが》の使者《ししゃ》が訪《おとず》れて「豊臣家《とよとみけ》の移封等《いほうとう》の申《もう》し出《で》は辞《じ》す（講和条件は受けず）」との旨《むね》を伝《つた》えた。家康《いえやす》は「その議《ぎ》に於《お》いては是非《ぜひ》なきこと」と使者《ししゃ》に伝《つた》えて、即刻道中《そっこくどうちゅう》から諸大名《しょだいみょう》へ鳥羽《とば》・伏見《ふしみ》（京都市南区～伏見区）への参陣《さんじん》を命《めい》じて、十日には名古屋《なごや》に到着《とうちゃく》した。そして名古屋城《なごやじょう》で家康《いえやす》を待《ま》った青木《あおき》一重《かずしげ》や常高院《じょうこういん》らには単《たん》に開戦《かいせん》の口実《こうじつ》を得《え》るために秀頼母子《ひでよりぼし》が遣《つか》わしたものだと見抜《みぬ》いて「秀頼母子《ひでよりぼし》は未《いま》だに浪人衆《ろうにんしゅう》を抱《かか》え置《お》き、剰《あまつさえ》兵卒《へいそつ》を募《つの》り集《あつ》めるとは何事《なにごと》」と立腹《りっぷく》して見《み》せて面会《めんかい》を許《ゆる》さなかった。

四月十二日、家康《いえやす》は九男《くなん》の義直《よしなお》の婚儀《こんぎ》に立《た》ち合《あ》った後《のち》に十八日には二条城《にじょうじょう》に入《はい》った。そして石《いし》川忠総《かわただふさ》を高槻《たかつき》に送《おく》って大阪方面《おおさかほうめん》の警備《けいび》に、松平利隆《まつだいらとしたか》と宮内忠雄《みやうちただかつ》には尼崎《あまがさき》・西宮方面《にしのみやほうめん》に送《おく》って西《さい》国諸国《ごくしょこく》に備《そな》え、松平泰重《まつだいらやすしげ》と岡部長盛《おかべながもり》（以上何れも徳川一門）は丹波口《たんばぐち》に送《おく》って山陰道《さんいんどう》の警備《けいび》に当《あ》たらせた。

同月《どうげつ》二十一日、将軍秀忠《しょうぐんひでただ》も伏見城《ふしみじょう》に到着《とうちゃく》して、翌日二条城《よくじつにじょうじょう》の家康《いえやす》の下《もと》に伺候《しこう》した。家康《いえやす》は「今度《このたび》、大阪城《おおさかじょう》では堀《ほり》が埋《う》められて籠城戦《ろうじょうせん》は不利《ふり》。敵《てき》は必《かなら》ずや城外《じょうがい》に討《う》って出《で》て唯一戦《ただいっせん》の雌雄《しゆう》を決《けっ》せんとしよう。我《われ》らは敵《てき》が如何程《いかほど》であろうとも速《すみ》やかに押《お》し寄《よ》せて必《かなら》ずや片端《かたはし》から追《お》い崩《くず》すべし」と伝《つた》えた。秀忠《ひでただ》は承《うけたまわ》って伏見城《ふしみじょう》に帰《かえ》った。

慶長《けいちょう》二十年（一六一五年）四月二十五日、諸国《しょこく》の大名《だいみょう》の軍勢《ぐんぜい》は悉《ことごと》く鳥羽《とば》・伏見《ふしみ》に集《あつ》まった。

後藤基次大和各地で焼き働き並びに大野治房和歌山へ進軍と敗退

大阪方《おおさかがた》では常高院《じょうこういん》と大蔵卿局《おおくらきょうのつぼね》を家康《いえやす》の下《もと》に送《おく》って、その二人《ふたり》が未《いま》だ大阪《おおさか》に帰着《きちゃく》しない内《うち》に多《た》勢《ぜい》の江戸方軍勢《えどがたぐんぜい》が鳥羽《とば》・伏見《ふしみ》に現《あらわ》れたと知《し》って大《おお》いに驚《おどろ》いた。

豊臣秀頼《とよとみひでより》は軍列《ぐんれつ》を厳《きび》しく整《ととの》えて、江戸方《えどがた》が攻《せ》め寄《よ》せると思《おも》われる大阪城南方方面《おおさかじょうなんぽうほうめん》の天王寺《てんのうじ》・住吉辺《すみよしあた》りから岡山《おかやま》までを巡見《じゅんけん》した後《のち》に帰城《きじょう》して評定《ひょうじょう》を持《も》ち

「家康《いえやす》が求《もと》める豊臣家《とよとみけ》の大阪城退城《おおさかじょうたいじょう》も大阪城《おおさかじょう》に参集願《さんしゅうねが》った諸公《しょこう》の退城《たいじょう》もあり得《え》ず。それで江戸方《えどがた》の納得《なっとく》が得《え》られぬとなれば、その時《とき》は一合戦《ひとがっせん》して勝敗《しょうはい》を決《けっ》するも止《や》むなき事《こと》。皆諸共《みなもろとも》に城《しろ》を枕《まくら》に討死致《うちじにいた》すとも悔《く》いなしと思《おも》うが如何《いかに》」と諸将《しょしょう》に問《と》い掛《か》けた。諸将《しょしょう》に異論《いろん》などあろう筈《はず》もなく勇気百倍《ゆうきひゃくばい》して即戦《そくせん》に備《そな》えた。そこへ江戸方勢《えどがたぜい》が、鳥羽《とば》・伏見《ふしみ》から大和国経由《やまとこくけいゆ》と河内国経由《かわちこくけいゆ》の、二手《ふたて》に分《わ》かれて大阪《おおさか》に向《む》かうとの注進《ちゅうしん》が入《はい》った。

慶長《けいちょう》二十年（一六一五年）四月二十六日、大阪勢《おおさかぜい》は軍議《ぐんぎ》を持《も》ち、攻《せ》め寄《よ》せる江戸勢《えどぜい》を天王寺口《てんのうじぐち》（天王寺区天王寺付近）と岡山口《おかやまぐち》（生野区役所付近）で勝敗《しょうはい》を決《けっ》する一戦《いっせん》を挑《いど》もうと発議《はつぎ》した。後藤基次《ごとうもとつぐ》は

「今《いま》は急《いそ》ぎ大和国《やまとこく》まで軍《ぐん》を出《だ》して敵《てき》の宿営地《しゅくえいち》を焼《や》き払《はら》い険阻《けんそ》の地《ち》に柵《さく》を構《かま》えて守備兵《しゅびへい》を置《お》けば、

敵《てき》の進軍《しんぐん》を数日間《すうじつかん》は遅《おく》らせることが出来《でき》る。その間《あいだ》に今少《いますこ》し各々陣所《おのおのじんしょ》の防備《ぼうび》を固《かた》めては如何《いかん》」と発言《はつげん》した。秀頼《ひでより》は後藤《ごとう》の提案《ていあん》に賛同《さんどう》して、数千《すうせん》の軍勢《ぐんぜい》を付《つ》けて大和国《やまとこく》に送《おく》り出《だ》した。後藤《ごとう》は大和《やまと》国郡山《こくこおりやま》（大和郡山市）に入《はい》って城下《じょうか》を焼《や》き払《はら》い、領主《りょうしゅ》の筒井定慶《つついじょうけい》（順慶の一族）を追《お》い払《はら》って一泊《いっぱく》した。

翌《よく》二十七日、江戸方大和路先鋒《えどがたやまとじせんぽう》の水野勝成《みずのかつなり》は、敵《てき》が大和国郡山《やまとこくこおりやま》を焼《や》き働《ばたら》きしたとの報《しら》せを受《う》けて、道《みち》を急《いそ》いで郡山《こおりやま》を目指《めざ》した。途中《とちゅう》、奈良《なら》（奈良市）の代官中坊秀政《だいかんなかのぼうひでまさ》と藤林勝政《ふじばやしかつまさ》が逃《に》げてくるのに出会《であ》って、敵《てき》の様子《ようす》を聞《き》き出《だ》し夕刻《ゆうこく》には奈良《なら》に到着《とうちゃく》した。

大阪方《おおさかがた》は江戸方先鋒《えどがたせんぽう》の水野勢《みずのぜい》が奈良《なら》を急襲《きゅうしゅう》するとの報《しら》せを受《う》けて奈良《なら》から郡山《こおりやま》まで陣《じん》を引《ひ》き、翌《よく》二十八日には斑鳩《いかるがあた》辺りを焼《や》いた。法隆寺《ほうりゅうじ》の塔堂《とうどう》は幸《さいわ》いに被災《ひさい》しなかった。後藤基次《ごとうもとつぐ》は軍勢《ぐんぜい》が被害《ひがい》を受《う》けぬうちに河内国境《かわちこっきょう》まで軍《ぐん》を引《ひ》いた。

丁度《ちょうど》この頃《ころ》、大阪方《おおさかがた》の大野治房《おおのはるふさ》の下《もと》に紀伊国和歌山城《きいこくわかやまじょう》から「浅野長晟《あさのながあきら》（長政の後継）が江戸方別動隊《えどがたべつどうたい》として紀伊国和歌山城《きいこくわかやまじょう》から直接大阪《ちょくせつおおさか》に向《む》かい、ただ今《いま》出立《しゅったつ》。和歌山《わかやま》で留守《るす》を預《あず》かる親大阪方家臣《しんおおさかがたかしん》が、城下《じょうか》で一揆蜂起《いっきほうき》して長晟《ながあきら》を追尾《ついび》する故《ゆえ》、大阪《おおさか》からも出撃《しゅつげき》されたし」という報《しら》せが入《はい》った。

浅野長晟《あさのながあきら》は幸長《よしなが》（660頁6行目参照）の後継《あとつぎ》で亡《な》き太閤《たいこう》に最《もっと》も近《ちか》い姻戚《いんせき》だ（秀吉の正室ねねの実家の当主）。その長晟《ながあきら》が関《せき》ヶ原《はら》の戦《たたか》い以来徳川方《いらいとくがわがた》に与力《よりき》するので、豊臣家《とよとみけ》では近親憎悪《きんしんぞうお》が昂《こう》じて『不倶《ふぐ》戴天《たいてん》』の敵《てき》と見《み》た。大阪方《おおさかがた》の軍勢《ぐんぜい》を牛耳《ぎゅうじ》る大野治長《おおのはるなが》・治房兄弟《はるふさきょうだい》はこの報《しら》せを受《う》けて「是《これ》ぞ天祐《てんゆう》。『天《てん》の与《あた》うるを取《と》らざれば反《かえ》って其《そ》の咎《とが》を受《う》く』（原典は史記 越世家）とか。浅野《あさの》を討《う》ち滅《ほろ》ぼすのはこのとき」とばかりに喜《よろこ》び勇《いさ》んで治房《はるふさ》に大軍《たいぐん》を与《あた》え、紀伊国《きいこく》目指《めざ》して出陣《しゅつじん》させた。

同慶長《どうけいちょう》二十年（一六一五年）四月二十八日、大野治房《おおのはるふさ》は三万余《よ》の軍勢《ぐんぜい》を率《ひき》いて進軍《しんぐん》の途中《とちゅう》、河《かわ》内《ち》・大和国境《やまとこっきょう》に出張《でば》って江戸方出撃《えどがたしゅつげき》に備《そな》え布陣《ふじん》する、後藤基次勢《ごとうもとつぐぜい》を呼《よ》び付《つ》けて合流《ごうりゅう》した。そして塙直之《ばんなおゆき》（団右衛門）と岡部則綱《おかべのりつな》、淡輪重政《たんのわしげまさ》の三将《さんしょう》に三千の兵卒《へいそつ》を付《つ》けて先発《せんぱつ》させた。

一方《いっぽう》、紀伊国和歌山城《きいこくわかやまじょう》では、一揆蜂起《いっきほうき》する前《まえ》に企《くわだ》てが領主《りょうしゅ》の浅野長晟《あさのながあきら》に露顕《ろけん》した。長晟《ながあきら》は急《きゅう》遽《きょ》引《ひ》き返《かえ》して大阪方《おおさかがた》の一揆首謀者《いっきしゅぼうしゃ》を『一網打尽《いちもうだじん》』（原典は十八史略 宋仁宗）し、捉《とら》えた一揆勢《いっきぜい》から大阪《おおさか》方《がた》が大軍《たいぐん》を催《もよお》して紀伊討伐《きいとうばつ》に向《む》かうのを知《し》り、長晟《ながあきら》も二万の軍勢《ぐんぜい》を揃《そろ》えて大阪勢《おおさかぜい》を迎《むか》え討《う》とうと再度出陣《さいどしゅつじん》した。この和歌山《わかやま》の事態急変《じたいきゅうへん》は、一揆勢《いっきぜい》の一網打尽《いちもうだじん》により大阪方《おおさかがた》には伝《つた》わらなかった。

同《どう》四月二十八日夜《よる》、浅野勢《あさのぜい》は物見《ものみ》の報告《ほうこく》から大阪勢《おおさかぜい》は和泉国佐野《いずみこくさの》に宿営《しゅくえい》したのを知《し》った。浅野《あさの》勢《ぜい》は二万の軍勢《ぐんぜい》を樫井《かしい》（泉南市の樫井川付近）に伏《ふ》せて大阪勢《おおさかぜい》を待《ま》つ一方《いっぽう》で、亀田高綱《かめだたかつな》に足《あし》の速《はや》い軽《けい》卒《そつ》を付《つ》けて大阪勢先手《おおさかぜいさきて》の目前《もくぜん》に向《む》かわせ、浅野勢《あさのぜい》が待《ま》ち伏《ぶ》せる樫井《かしい》に誘《さそ》い込《こ》む誘導作戦《ゆうどうさくせん》に出《で》た。

翌《よく》二十九日朝《あさ》、大阪方《おおさかがた》の塙《ばん》や岡部《おかべ》、淡輪《たんのわ》の先手勢《さきてぜい》は、逃《に》げ退《の》く浅野勢《あさのぜい》を見《み》て先《さき》を争《あらそ》って追《お》いかけ、浅野勢《あさのぜい》が待《ま》ち伏《ぶ》せる樫井《かしい》に入《はい》った。浅野勢《あさのぜい》二万は、大阪方先手《おおさかがたさきて》三千が樫井川《かしいがわ》を渡《わた》る途中《とちゅう》を前《ぜん》後《ご》から襲《おそ》った。大阪勢《おおさかぜい》は陣形《じんけい》を整《ととの》えることも出来《でき》ずに塙《ばん》・淡輪《たんのわ》をはじめ主《おも》な諸将《しょしょう》は皆《みな》討《う》ち取《と》られて壊滅《かいめつ》した。大阪方《おおさかがた》の本隊《ほんたい》が樫井《かしい》に到着《とうちゃく》した頃《ころ》には、既《すで》に浅野勢《あさのぜい》は全軍紀伊国境《ぜんぐんきいこくさかい》まで引《ひ》き上《あ》げていた。大野治房《おおのはるふさ》は頼《たよ》りとする塙直之《ばんなおゆき》らを失《うしな》い、予期《よき》せぬ事態《じたい》に狼狽《ろうばい》して全軍纏《ぜんぐんまと》めて大阪城《おおさかじょう》に逃《に》げ返《かえ》った。

片山・道明寺・誉田の戦いと後藤基次の死

慶長《けいちょう》二十年（一六一五年）五月一日、大阪城《おおさかじょう》では江戸方先鋒《えどがたせんぽう》が大和《やまと》から河内国《かわちこく》を望《のぞ》むとの報《しら》せを受《う》けて、大野兄弟《おおのきょうだい》は軍評定《いくさひょうじょう》を持《も》ち、天王寺口《てんのうじぐち》に陣《じん》を構《かま》えて敵《てき》を迎《むか》え討《う》とうと発議《はつぎ》した。後藤《ごとう》基次《もとつぐ》は

「野戦《やせん》の勝敗《しょうはい》は衆寡《しゅうか》（多少）を以《も》って決《けっ》す。寡《か》を以《も》って衆《しゅう》を討《う》つには広野《こうや》で戦《たたか》う不可《べからず》。険阻《けんそ》に寄《よ》って敵《てき》を迎《むか》え討《う》つ可《べし》。これしか御座《ござ》らぬ。臣《しん》、万人《まんにん》を従《したが》えて先般見定《せんぱんみさだ》めた（673頁10行目参照）国《こく》府峠《ふとうげ》（柏原市の奈良県境）の切所《せっしょ》を押《おさ》え江戸方《えどがた》の大和路先鋒軍《やまとじせんぽうぐん》を挫《くじ》かん。先鋒《せんぽう》が崩壊《ほうかい》すれば後軍《こうぐん》は必《かなら》ずや大和国郡山《やまとこくこおりやま》まで退《の》き、容易《たやす》くは進《すす》むこと能《あた》わず。某《それがし》その混乱《こんらん》に乗《じょう》じて勝《かち》を制《せい》せん」と言《い》い張《は》った。大野兄弟《おおのきょうだい》は了承《りょうしょう》して後藤《ごとう》の二千八百の兵《へい》に薄田兼相《すすきだかねすけ》と井上時利《いのうえときとし》の兵卒《へいそつ》を加《くわ》えた都合《つごう》一万四千を与《あた》え、真田幸村《さなだゆきむら》と毛利勝永《もうりかつなが》を後陣《こうじん》に添《そ》えて平野《ひらの》（平野区）経由《けいゆ》で大和国境《やまとこっきょう》へ向《む》かわせた。

五月五日夜《よる》、後藤基次《ごとうもとつぐ》は河内国道明寺《かわちこくどうみょうじ》から誉田付近《こんだふきん》（藤井寺市・羽曳野市境）の石川河畔《いしかわかはん》に軍《ぐん》を進《すす》めた。ところが基次《もとつぐ》の思《おも》いに反《はん》して、江戸方《えどがた》の大軍《たいぐん》は既《すで》に大和国境《やまとこっきょう》を越《こ》えて道明寺付近《どうみょうじふきん》まで

進軍《しんぐん》していた。

後藤隊《ごとうたい》の軍兵《ぐんぺい》は川向《かわむか》いに陣取《じんど》る敵《てき》の大軍《たいぐん》を見《み》て恐懼《きょうく》した。基次《もとつぐ》は兵卒《へいそつ》を静《しず》めて
「ここは林《はやし》に拠《よ》り水《みず》に臨《のぞ》む。戦守共《せんしゅとも》に便《べん》なり。宜《よろ》しく馬《うま》に水飼《みずか》い、以《も》って旦《あした》を待《ま》つべし」と宥《なだ》めた。

翌《よく》六日早朝《そうちょう》、後藤基次《ごとうもとつぐ》は江戸方《えどがた》に不意討《ふいう》ちを掛《か》けて手柄《てがら》を得《え》ようと、後続《こうぞく》の真田《さなだ》や毛利勢《もうりぜい》には勿論《もちろん》薄田《すすきだ》や井上《いのうえ》にも知《し》らせずに、単独《たんどく》で石川《いしかわ》を渡《わた》って兵卒《へいそつ》二千八百と共《とも》に、片山付近《かたやまふきん》（柏原市玉手山付近）に屯《たむろ》する江戸方大和路先鋒《えどがたやまとじせんぽう》の水野勝成《みずのかつなり》の先手勢《さきてぜい》に鉄砲《てっぽう》を撃《う》ち込《こ》んで撃破《げきは》した。加《くわ》えて助勢《じょせい》に駆《か》け付《つ》けた松倉重政《まつくらしげまさ》（秀吉の近臣、関ヶ原で東軍に与す。大和国五条二見城主）の勢《ぜい》も撃《う》ち取《と》った。そこへ前線《ぜんせん》で合戦開始《かっせんかいし》の報《しら》せを受《う》けた水野勝成本隊《みずのかつなりほんたい》を始《はじ》め国分《こくぶ》（柏原市）に宿営《しゅくえい》した陸奥《むつ》・美濃《みの》・伊勢《いせ》の諸隊《しょたい》の江戸方大和路全軍《えどがたやまとじぜんぐん》の一万二千が一斉《いっせい》に片山《かたやま》に駆《か》け付《つ》けて、後藤隊目《ごとうたいめ》掛《が》けて襲《おそ》い掛《か》かった。

後藤隊《ごとうたい》は予期《よき》せぬ大軍《たいぐん》の反撃《はんげき》に遭《あ》って全滅《ぜんめつ》し、基次《もとつぐ》も片倉重綱勢《かたくらしげつなぜい》（仙台伊達家臣）の鉄砲《てっぽう》を受《う》けて討死《うちじに》した。後藤隊《ごとうたい》に遅《おく》れて道明寺《どうみょうじ》を出《で》た薄田兼相《すすきだかねすけ》と井上時利《いのうえときとし》の両勢《りょうぜい》三千六百も、後藤勢《ごとうぜい》を討《う》ち取《と》って気勢《きせい》のあがる水野勢《みずのぜい》と伊達勢《だてぜい》の一斉攻撃《いっせいこうげき》を受《う》けて、これも両勢共《りょうぜいとも》に全滅《ぜんめつ》した。

この頃《ころ》、漸《ようや》く誉田《こんだ》に入《はい》った真田勢《さなだぜい》は、江戸方《えどがた》の伊達家臣《だてかしん》の片倉重綱《かたくらしげつな》と石母田大膳《いしもただいぜん》らに遭遇《そうぐう》して伊達勢騎馬隊《だてぜいきばたい》の猛攻《もうこう》を受《う》け、渡辺糺《わたなべただす》（秀頼の乳母正栄尼の子）が深手《ふかで》を負《お》って真田幸村《さなだゆきむら》も浅手《あさで》を負《お》った。真田幸村《さなだゆきむら》は長槍隊《ながやりたい》を前面《ぜんめん》に押《お》し出《だ》して身《み》を低《ひく》く構《かま》えさせ敵《てき》の馬《うま》の腹《はら》を突《つ》くよう命《めい》じて、馬《うま》が槍《やり》衾《ぶすま》に怯《おび》えたところへ鉄砲《てっぽう》を撃《う》ち掛《か》けて、騎馬隊《きばたい》の突撃《とつげき》を辛《かろ》うじて凌《しの》いだ。毛利勝永勢《もうりかつながぜい》も助勢《じょせい》に駆《か》け付《つ》けて漸《ようや》く危機《きき》を脱《だっ》して軍《ぐん》を引《ひ》いた。

同日昼近《どうじつひるちか》くになって大阪方総大将《おおさかがたそうだいしょう》の大野治長《おおのはるなが》は大和路前線《やまとじぜんせん》での後藤隊《ごとうたい》の敗北《はいぼく》を知《し》り、道明寺《どうみょうじ》と誉田《こんだ》に向《む》かう真田《さなだ》と毛利隊《もうりたい》に天王寺口《てんのうじぐち》へ引《ひ》くよう伝令《でんれい》を走《はし》らせた。

八尾・若江の戦いと木村重成の死

江戸方大和路軍《えどがたやまとじぐん》の迎撃《げいげき》に向《む》かった後藤隊《ごとうたい》に続《つづ》いて木村重成《きむらしげなり》と長宗我部盛親《ちょうそかべもりちか》は、江戸方河内路軍《えどがたかわちじぐん》を迎撃《げいげき》すべく翌日《よくじつ》の六日朝《あさ》、盛親《もりちか》は八尾《やお》（八尾市）へ、重成《しげなり》は若江《わかえ》（東大阪市）に出軍《しゅつぐん》した。

この日《ひ》、八尾《やお》に陣《じん》を進《すす》めた長宗我部盛親勢《ちょうそかべもりちかぜい》五千は、江戸方河内路先鋒軍《えどがたかわちじせんぽうぐん》の藤堂高虎隊《とうどうたかとらたい》五千が進《しん》軍《ぐん》して来《く》るのを八尾堤《やおつつみ》の上《うえ》から見《み》つけた。藤堂隊《とうどうたい》も長宗我部勢《ちょうそかべたい》が堤《つつみ》の上《うえ》を行軍《こうぐん》するのを見付《みつ》けたが、直《す》ぐに堤《つつみ》から姿《すがた》を消《け》した。藤堂隊《とうどうたい》は長宗我部隊《ちょうそかべたい》が逃《に》げたと思《おも》い急《いそ》ぎ後《あと》を追《お》って堤《つつみ》に駆《か》け上《あが》った。そこを堤《つつみ》で待《ま》ち伏《ぶ》せした長宗我部隊《ちょうそかべたい》が、横手《よこて》から攻《せ》め掛《かか》って藤堂《とうどう》の兵卒《へいそつ》六十を討《う》ち取《と》った。

大阪方大将《おおさかがたたいしょう》の木村重成《きむらしげなり》はこの合戦《かっせん》を見《み》て六千の軍勢《ぐんぜい》と共《とも》に助勢《じょせい》に駆《か》け付《つ》けて藤堂勢《とうどうぜい》の属将《ぞくしょう》二人《ふたり》の首《くび》を取《と》った。そこへ井伊直孝勢《いいなおたかぜい》三千五百が藤堂勢《とうどうぜい》の助勢《じょせい》に駆《か》け付《つ》けた。

木村重成《きむらしげなり》は自軍《じぐん》の勢《ぜい》の多《おお》くが食《く》い詰《つ》め浪人《ろうにん》を集《あつ》めた烏合《うごう》の衆《しゅう》であって、乱戦《らんせん》になればこちらが不利《ふり》と気付《きづ》いて若江《わかえ》の自陣《じじん》に軍《ぐん》を引《ひ》いた。井伊勢《いいぜい》は後《あと》を追《お》い若江陣《わかえじん》に攻《せ》め込《こ》んで木村陣《きむらじん》を壊滅《かいめつ》させた。

木村重成《きむらしげなり》は勇猛《ゆうもう》に戦《たたか》ったが、軍兵《ぐんぺい》の多《おお》くは逃《に》げ散《ち》り付《つ》き従《したが》う兵《へい》も残《のこ》り僅《わず》かにまで斬《き》り立《た》てられた。井伊《いい》の大将《たいしょう》　飯島三郎左衛門《いいじまさぶろうざえもん》は木村重成《きむらしげなり》に向《む》かって「何故《なにゆえ》に大阪《おおさか》へ退《しりぞ》かれぬか」と問《と》うたが、重成《しげなり》は頭《こうべ》を揮《ふる》って決戦《けっせん》を挑《いど》み、飯島《いいじま》の刃《やいば》に掛《かか》って討死《うちじに》した。井伊直孝勢《いいなおたかぜい》は木村《きむら》の若江陣《わかえじん》を屠《ほふ》って（滅ぼす）後《のち》、八尾《やお》に戻《もど》って藤堂高虎勢《とうどうたかとらぜい》に合流《ごうりゅう》した。

これより先《さき》、藤堂隊先鋒大将《とうどうたいせんぽうたいしょう》の渡辺勘兵衛《わたなべかんべえ》は井伊勢《いいぜい》の出撃《しゅつげき》を見《み》て、逃《に》げ出《だ》す長宗我部勢《ちょうそかべぜい》を追撃《ついげき》した。長宗我部勢《ちょうそかべぜい》は混乱《こんらん》して平野《ひらの》（平野区）へ逃《に》げた。渡辺勘兵衛《わたなべかんべえ》は長宗我部《ちょうそかべ》の旗本《はたもと》に食《く》らい付《つ》き、敵《てき》の首《くび》三百を取《と》って平野《ひらの》にまで攻《せ》め込《こ》んだ。そして藤堂本隊《とうどうほんたい》に使《つか》いを送《おく》り、本陣《ほんじん》を平野《ひらの》にまで進《すす》めて大阪勢《おおさかぜい》を追詰《おいつ》めるよう求《もと》めた。だが藤堂隊《とうどうたい》の八尾堤《やおつつみ》での戦《いくさ》の被害《ひがい》が大《おお》きく、井伊直孝《いいなおたか》の忠告《ちゅうこく》もあって徳川本隊《とくがわほんたい》の到着《とうちゃく》を待《ま》つことにした。勘兵衛《かんべえ》は止《や》む無《な》く先手《さきて》を纏《まと》めて八尾《やお》に引《ひ》き返《かえ》した。

長宗我部盛親《ちょうそかべもりちか》は平野《ひらの》に退《の》いて真田幸村勢《さなだゆきむらぜい》と一体《いったい》になり、平野《ひらの》の集落《しゅうらく》を焼《や》き払《はら》って大阪《おおさか》に帰城《きじょう》した。

江戸方岡山口と天王寺口へ進軍

同慶長《どうけいちょう》二十年（一六一五年）五月六日、徳川家康《とくがわいえやす》は一万五千の軍勢《ぐんぜい》を率《ひき》いて枚岡《ひらおか》（東大阪市出雲井町）に本陣《ほんじん》を進《すす》めた。将軍秀忠《しょうぐんひでただ》は二万三千の軍勢《ぐんぜい》と共《とも》に千塚《ちづか》（八尾市）に本陣《ほんじん》を移《うつ》した。

井伊直孝《いいなおたか》は大阪方大将《おおさかがたたいしょう》の木村重成《きむらしげなり》の頭《こうべ》を家康《いえやす》に献上《けんじょう》した。家康《いえやす》は頭《こうべ》を検視《けんし》して兜《かぶと》の緒《お》に余《あまり》なく頭髪《とうはつ》に香《こう》がたき込《こ》められているのに気付《きづ》いて

「これは予《あらかじ》め死《し》を覚悟《かくご》したる者《もの》の頭《こうべ》なり」と嘆息《たんそく》して潔《いさぎよ》い若武者《わかむしゃ》の死《し》を惜《お》しんだ。

家康《いえやす》は江戸方諸将《えどがたしょしょう》を枚岡《ひらおか》に集《あつ》めて翌《よく》七日に戦評定《いくさひょうじょう》を開《ひら》いた。そして先《ま》ず藤堂高虎《とうどうたかとら》と井伊直孝《いいなおたか》の本日《ほんじつ》の働《はたら》きを賞《しょう》し、激戦《げきせん》により多数《たすう》の死傷者《ししょうしゃ》が出《で》た故《ゆえ》を以《も》って明日《あす》の戦《いくさ》は前線《ぜんせん》から外《はず》して、将軍秀忠《しょうぐんひでただ》の旗下《きか》に移《うつ》した。そして明朝《みょうちょう》までには本陣《ほんじん》を敵《てき》の岡山口《おかやまぐち》と天王寺口両陣南方《てんのうじぐちりょうじんなんぽう》の平野《ひらの》（平野区）に移《うつ》し、大野治房《おおのはるふさ》が陣取《じんど》る岡山《おかやま》への先手《さきて》は加賀《かが》の前田利常勢《まえだとしつねぜい》二万七千余《よ》に命《めい》じ、真田幸村《さなだゆきむら》が陣取《じんど》る茶臼山《ちゃうすやま》と毛利勝永《もうりかつなが》が陣取《じんど》る天王寺《てんのうじ》（四天王寺）の先手《さきて》には家康重臣《いえやすじゅうしん》の本多忠朝勢《ほんだただともぜい》一万五千に命《めい》じた。また攻撃《こうげき》の準備《じゅんび》は明朝《みょうちょう》に行《おこな》う事《こと》と攻撃《こうげき》は正午《しょうご》まで待《ま》つように併《あわ》せて厳重《げんじゅう》に言《い》い渡《わた》した。

家康《いえやす》は明朝《みょうちょう》、大阪城《おおさかじょう》に最後《さいご》の軍使《ぐんし》を立《た》てて和議交渉《わぎこうしょう》を行《おこな》い、交渉決裂《こうしょうけつれつ》の時《とき》は正午《しょうご》を期《き》して岡山口《やまぐち》と天王寺口《てんのうじぐち》の両陣《りょうじん》を一斉攻撃《いっせいこうげき》。両口《りょうくち》を屠《ほふ》った後《のち》に大阪城総攻撃《おおさかじょうそうこうげき》に移《うつ》ると手筈《てはず》を整《ととの》えた。

家康《いえやす》はこの度《たび》の樫井《かしい》の戦《いくさ》で大阪方《おおさかがた》は塙直之《ばんなおゆき》（別名団右衛門）を失《うしな》い、片山道明寺《かたやまどうみょうじ》の戦《いくさ》では後藤基次《ごとうもとつぐ》（別名又兵衛）らを失《うしな》い、八尾《やお》・若江《わかえ》の戦《いくさ》では木村重成《きむらしげなり》を失《うしな》って意気消沈《いきしょうちん》していると思《おも》った。そこで和議交渉《わぎこうしょう》を今持《いまも》ち出《だ》せばたとえ降伏《こうふく》はせずとも戦闘意欲《せんとういよく》は萎《な》えると見《み》て、態《わざ》と戦《いくさ》の仕掛《しか》けを遅《おく》らせるように厳命《げんめい》したのだ。

越前松平家家老《えちぜんまつだいらけかろう》の本多富正《ほんだとみまさ》と本多成重《ほんだなりしげ》（後の越前丸岡初代藩主）の両人《りょうにん》は伏見城《ふしみじょう》で事前《じぜん》に将軍秀忠《しょうぐんひでただ》から大阪城総攻撃《おおさかじょうそうこうげき》の先鋒《せんぽう》は主君《しゅくん》の松平忠直《まつだいらただなお》（結城秀康の長男。秀康の跡を継ぎ、松平姓に戻して越前国主）に任《まか》せるとの内命《ないめい》を受《う》けていたのにこの度《たび》の評定《ひょうじょう》で名《な》が出《で》なかったことに不審《ふしん》を抱《いだ》き、将軍《しょうぐん》秀忠《ひでただ》の下《もと》に出向《でむ》いて明日《あす》の軍令《ぐんれい》を再度尋《さいどたず》ねたところ、大御所《おおごしょ》（家康）は本日忠直《ほんじつただなお》が河内路先鋒軍《かわちじせんぽうぐん》の後詰《ごづめ》を怠《おこた》って藤堂《とうどう》・井伊《いい》の両隊《りょうたい》を危険《きけん》に晒《さら》したことに不満《ふまん》を抱《いだ》き、忠直《ただなお》に代《か》わって天王寺口先《てんのうじぐちさき》手《て》の大将《たいしょう》に徳川直参《とくがわじきさん》の本多忠朝《ほんだただとも》に命《めい》じたとのことであった。富正《とみまさ》と成重《なりしげ》の両本多《りょうほんだ》は自陣《じじん》に戻《もど》って主君《しゅくん》の松平忠直《まつだいらただなお》に将軍秀忠《しょうぐんひでただ》から聞《き》いた大御所家康《おおごしょいえやす》の意《い》を誤《あやま》りなく伝《つた》えた。それを聞《き》いた忠直《ただなお》は驚愕《きょうがく》して為《な》す術《すべ》を知《し》らず高野山《こうやさん》に隠遁《いんとん》したいと言《い》い出《だ》した。富正《とみまさ》と成重《なりしげ》は忠直《ただなお》を諫《いさ》めて

「大御所《おおごしょ》の機嫌《きげん》を直《なお》すには何《なに》はともあれ明日《あす》は大御所家康《おおごしょいえやす》の命《めい》に逆《さか》らっても、先《さき》の内命《ないめい》の通《とお》りに大阪城攻撃《おおさかじょうこうげき》に一番乗《いちばんの》りして手柄《てがら》を揚《あ》げる以外《いがい》に道《みち》はなく、先《ま》ずは茶臼山《ちゃうすやま》に一番乗《いちばんの》りすべき」と取成《とりな》した。

慶長《けいちょう》二十年（一六一五年）五月七日寅刻《とらのこく》（早朝四時）、将軍秀忠本隊《しょうぐんひでただほんたい》二万三千は千塚《ちづか》（八尾市）を出《しゅつ》陣《じん》して若江《わかえ》と八尾《やお》の戦場《いくさば》を巡視《じゅんし》しながら卯刻《うのこく》（六時）に平野《ひらの》に着陣《ちゃくじん》した。

老衰《ろうすい》の目立《めだ》ち始《はじ》めた家康《いえやす》は同日卯刻《どうじつうのこく》（六時）に枚岡《ひらおか》の陣《じん》を輿《こし》に乗《の》って出立《しゅったつ》し、途中道明寺《とちゅうどうみょうじ》の戦《せん》場《じょう》を巡視《じゅんし》しながら一万五千の軍勢《ぐんぜい》を従《したが》えて、巳刻《みのこく》（十時）には平野《ひらの》に到着《とうちゃく》して秀忠本隊《ひでただほんたい》に合流《ごうりゅう》した。

敵陣岡山口《てきじんおかやまぐち》への先鋒《せんぽう》を受《う》けた加賀《かが》の前田利常《まえだとしつね》勢《ぜい》二万七千余《よ》は、久宝寺《くほうじ》（八尾市）の陣《じん》を早朝《そうちょう》に出《しゅっ》立《たつ》して平野《ひらの》に入《はい》り、岡山《おかやま》への出撃命令《しゅつげきめいれい》は何時《いつ》でも受《う》けられるように待機《たいき》した。

その頃《ころ》には天王寺口《てんのうじぐち》の先鋒《せんぽう》を受《う》けた本多忠朝《ほんだただとも》勢《ぜい》五千余《よ》は既《すで》に平野《ひらの》を発《た》って天王寺《てんのうじ》の南大門《なんだいもん》付近《ふきん》（茶臼山の東側）に陣《じん》を進《すす》めていた。そこへ昨夜先鋒大将《さくやせんぽうたいしょう》を外《はず》された越前国主《えちぜんこくしゅ》の松平忠直《まつだいらただなお》が大和路《やまとじ》勢《ぜい》の軍勢《ぐんぜい》を併《あわ》せ三万の大軍《たいぐん》を率《ひき》いて平野《ひらの》に入《はい》り、岡山口先鋒《おかやまぐちせんぽう》の加賀前田勢《かがまえだぜい》を押《お》し分《わ》けて遮二無二《しゃにむに》天王寺口《てんのうじぐち》へ急行《きゅうこう》した。そして天王寺口先鋒《てんのうじぐちせんぽう》の本多忠朝《ほんだただとも》の左隣《ひだりとなり》に割《わ》り込《こ》んで陣取《じんど》り、茶臼山《ちゃうすやま》を南東《なんとう》方向《ほうこう》から包《つつ》み込《こ》むように鶴翼《かくよく》の陣形《じんけい》を取《と》った。

本多忠朝《ほんだただとも》は松平忠直《まつだいらただなお》が家康《いえやす》の意向《いこう》に逆《さか》らってまで大和路勢《やまとじぜい》の軍勢《ぐんぜい》も率《ひき》いて出陣《しゅつじん》したのを見《み》て、忠直《ただなお》の心中《しんちゅう》を察《さっ》し、茶臼山《ちゃうすやま》の真田陣攻撃《さなだじんこうげき》は忠直《ただなお》に任《まか》せて真田陣《さなだじん》に向《むか》って右側《みぎがわ》の茶臼山東面《ちゃうすやまひがしめん》に陣取《じんど》る毛利勝永《もうりかつなが》・福島正守《ふくしままさもり》（正則の一族）両勢《りょうぜい》に対峙《たいじ》することにして軍勢《ぐんぜい》を右《みぎ》に移動《いどう》した。

天王寺口の攻防と本多忠朝・小笠原秀政の死

一方《いっぽう》の大阪方《おおさかがた》は前日《ぜんじつ》の五月六日に真田幸村《さなだゆきむら》・幸信父子《ゆきのぶふし》と大谷吉胤《おおたによしたね》（吉継の子）、渡辺糺《わたなべただす》（秀頼の乳母正栄尼の子）らの軍勢《ぐんぜい》八千が茶臼山《ちゃうすやま》に陣取《じんど》り、茶臼山《ちゃうすやま》と天王寺南大門《てんのうじなんだいもん》の間《あいだ》には毛利勝永《もうりかつなが》、南大門《なんだいもん》前《まえ》の庚申堂辺《こうしんどうあた》りには福島正守《ふくしままさもり》（正則の一族）・津田信澄《つだのぶすみ》・浅井政堅《あさいまさかた》らの勢《ぜい》六千五百が布陣《ふじん》した。

もう一つの岡山陣《おかやまじん》には大野治房勢《おおのはるふさぜい》の四千六百が入《はい》って布陣《ふじん》した。そして大阪城《おおさかじょう》と天王寺《てんのうじ》の中間《ちゅうかん》点《てん》の毘沙門池《びしゃもんいけ》には大野治長《おおのはるなが》の勢《ぜい》一万五千が陣取《じんど》って岡山《おかやま》と天王寺《てんのうじ》の両陣《りょうじん》の後詰《ごづめ》をした。

真田幸村《さなだゆきむら》は今日《きょう》この戦《いくさ》が天下分《てんかわ》け目《め》と覚悟《かくご》して、豊臣秀頼《とよとみひでより》が城内《じょうない》の諸勢《しょぜい》を引連《ひきつ》れて後詰《ごづめ》して茶《ちゃ》臼山天王寺《うすやまてんのうじ》の将卒《しょうそつ》を鼓舞《こぶ》するよう事前《じぜん》に強《つよ》く大野治長《おおのはるなが》に依頼《いらい》した。だが治長《はるなが》は江戸《えど》に質《しち》に出《だ》した子《こ》の治徳《はるのり》から家康《いえやす》に強要《きょうよう》されて書《か》いた『大阪城内《おおさかじょうない》に謀反《むほん》の企《くわだ》てあり』の報《しら》せを受《う》けて躊躇《ちゅうちょ》した。城内《じょうない》でも秀頼《ひでより》は家康《いえやす》が送《おく》った軍使《ぐんし》との和議交渉《わぎこうしょう》に未練《みれん》が残《のこ》って決戦《けっせん》の決断《けつだん》が出来《でき》ないでいた。

茶臼山《ちゃうすやま》の諸将《しょしょう》は秀頼《ひでより》の出馬《しゅつば》が無《な》いのに失望《しつぼう》して、豊臣家《とよとみけ》に見捨《みす》てられたと思《おも》った。幸村《ゆきむら》はこの失意《しつい》に満《み》ちた空気《くうき》を察《さっ》して豊臣家《とよとみけ》の命運《めいうん》も豊臣家《とよとみけ》に賭《か》けた己《おのれ》の命《いのち》もこれまでと悟《さと》り死《し》を覚悟《かくご》して「主君《しゅくん》の出馬《しゅつば》を皆《みな》が『今《いま》か今《いま》かと待《ま》ち望《のぞ》む』と伝《つた》えよ」と息子《むすこ》の幸信《ゆきのぶ》に言《い》い付《つ》けて、更《さら》に加《くわ》えて「大阪城《おおさかじょう》に戻《もど》った後《のち》は城内《じょうない》に残《のこ》って秀頼公《ひでよりこう》を護衛《ごえい》せよ」と命《めい》じた。そして尚一縷《なおいちる》の望《のぞ》みを掛《か》けて諸卒《しょそつ》の軽率《けいそつ》な暴挙《ぼうきょ》を押《おさ》えて秀頼《ひでより》の出馬《しゅつば》を待《ま》った。

このように双方睨《そうほうにら》み合《あ》いが続《つづ》く中《なか》で正午頃《しょうごごろ》、茶臼山東面《ちゃうすやまひがしめん》の天王寺南大門脇《てんのうじなんだいもんわき》に陣取《じんど》った毛利勝《もうりかつ》永勢《ながせい》と江戸方先鋒《えどがたせんぽう》の本多忠朝勢《ほんだただともぜい》との間《あいだ》で合戦《かっせん》が始《はじ》まった。

本多忠朝《ほんだただとも》は昨夜《さくや》、家康《いえやす》から突如松平忠直《とつじょまつだいらただなお》に代《か》わって先鋒《せんぽう》が命《めい》じられた。忠朝《ただとも》は昨年末《さくねんまつ》の大坂《おおさか》冬《ふゆ》の陣《じん》での今福《いまふく》の合戦《かっせん》の折《おり》に大酒《おおざけ》を飲《の》んで戦《いくさ》に加《くわ》われず江戸方《えどがた》を苦戦《くせん》に陥《おとしい》れて家康《いえやす》から厳《きび》しく叱責《しっせき》を受《う》けた。それで今日《きょう》の戦《いくさ》は命《いのち》を投《な》げ出《だ》してでも家康《いえやす》の眼《め》に留《と》まる手柄《てがら》をあげる以外《いがい》に我《わ》が一門《いちもん》の将来《しょうらい》は無《な》いと覚悟《かくご》して、他勢《たぜい》を交《まじ》えず本多勢《ほんだぜい》のみで毛利勢《もうりぜい》と渡《わた》り合《あ》おうと決心《けっしん》して臨《のぞ》んだ。

本多忠朝《ほんだただとも》は一町弱《いっちょうじゃく》（100m余《よ》）の間《あいだ》で睨《にら》み合《あ》っていた毛利勝永《もうりかつなが》・永俊《ながとし》父子勢《ふしぜい》四千余《よ》の軍勢《ぐんぜい》に向《むか》って突撃《とつげき》を加《くわ》えた。毛利勝永《もうりかつなが》は本多勢《ほんだぜい》の突撃《とつげき》を見《み》て軍《ぐん》を左右《さゆう》に展開《てんかい》し、本多隊《ほんだたい》が間近《まぢか》に迫《せま》ったところで一斉《いっせい》に槍《やり》を突《つ》き付《つ》けて包《つつ》み込《こ》んだ。本多忠朝《ほんだただとも》は駿馬《しゅんめ》に乗《の》り大力《たいりき》に任《まか》せて鉄棒《てつぼう》を振《ふ》り回《まわ》しながら敵《てき》の陣中《じんちゅう》を縦横無尽《じゅうおうむじん》に馳《は》せ回《まわ》り敵数十人《てきすうじゅうにん》を打《う》ち殺《ころ》した揚句《あげく》に忠朝《ただとも》自身《じしん》も討死《うちじに》した。本多家臣《ほんだかしん》は主《あるじ》が討《う》たれたのを見《み》て一歩《いっぽ》も引《ひ》かずに戦《たたか》い忠朝《ただとも》に続《つづ》いてその場《ば》で討死《うちじに》した。本多忠朝勢《ほんだただともぜい》は全滅《ぜんめつ》した。

本多忠朝《ほんだただとも》の出撃《しゅつげき》と同時《どうじ》に忠朝《ただとも》の隣《となり》にいた小笠原秀政《おがさわらひでまさ》（信濃国松本城主）も天王寺南大門《てんのうじなんだいもん》に布陣《ふじん》す

る大阪方《おおさかがた》の竹田永翁《たけだえいおう》（元・秀吉の家臣）勢《ぜい》に向《む》かって突進《とっしん》した。小笠原秀政《おがさわらひでまさ》も過日《かじつ》の若江《わかえ》の戦《いくさ》に出《で》遅《おく》れて江戸方《えどがた》が苦戦《くせん》に陥《おちい》ったのを家康《いえやす》から厳《きび》しく叱責《しっせき》されていた。それでこの戦《いくさ》で汚名《おめい》を雪《すす》がなければ改易《かいえき》も有《あ》り得《う》ると覚悟《かくご》して、同《おな》じ立場《たちば》にあった本多忠朝《ほんだただとも》の陣《じん》を昨夜《さくや》訪《たず》ねて共《とも》に一命《いちめい》を投《な》げ出《だ》して戦《いくさ》に臨《のぞ》もうと誓《ちか》い合《あ》っていた。

天王寺南大門《てんのうじなんだいもん》の合戦《かっせん》は秀政《ひでまさ》の一命《いちめい》を掛《か》けた気魄《きはく》に押《お》されて竹田勢《たけだぜい》は総崩《そうくず》れになった。秀政《ひでまさ》は逃《に》げ出《だ》す竹田勢《たけだぜい》を追撃《ついげき》し始《はじ》めたところへ本多勢《ほんだぜい》を討《う》ち破《やぶ》った毛利勝永勢《もうりかつながぜい》が横手《よこて》から突撃《とつげき》してきた。不意《ふい》を衝《つ》かれて小笠原勢《おがさわらぜい》が態勢《たいせい》を乱《みだ》したところを更《さら》に猛攻《もうこう》を受《う》けて秀政父子《ひでまさふし》は討死《うちじに》した。竹田永翁《たけだえいおう》は毛利勢《もうりぜい》に救出《きゅうしゅつ》された。

松平忠直勢《まつだいらただなおぜい》は大軍《たいぐん》の利《り》を以《も》って茶臼山《ちゃうすやま》の敵勢《てきぜい》を威圧《いあつ》していたが、右隣《みぎとな》りの本多《ほんだ》・小笠原《おがさわら》の両勢《りょうぜい》が大阪方《おおさかがた》に戦《いくさ》を仕掛《しか》け、これに茶臼山東面《ちゃうすやまひがしめん》の毛利勝永勢《もうりかつながぜい》が応《おう》じて真田勢《さなだぜい》から離《はな》れた。松平忠直《まつだいらただなお》はこの隙《すき》を衝《つ》いて茶臼山《ちゃうすやま》の真田勢《さなだぜい》に向《む》けて七、八百挺《ちょう》の鉄砲《てっぽう》を一斉《いっせい》に撃《う》ち込《こ》んだ。真田勢《さなだぜい》の陣形《じんけい》が乱《みだ》れた。これを見《み》た松平忠昌《まつだいらただまさ》（忠直の弟・越後高田藩主）は敵陣《てきじん》に飛《と》び込《こ》んで剣戟《けんげき》の名手《めいしゅ》で名高《なだか》い念流《ねんりゅう》左大夫《さたゆう》を討《う》ち取《と》った。忠昌《ただまさ》に続《つづ》いて青木新兵衛《あおきしんべえ》や乙部九郎兵衛《おとべくろべえ》・萩田主馬《はぎたしゅめ》・豊島主膳《としましゅぜん》らも攻《せ》め込《こ》んでそれぞれに敵将《てきしょう》を討《う》ち取《と》り真田陣《さなだじん》を大混乱《だいこんらん》に落《お》とし込《こ》んだ（以後691頁6行目に続く）。

岡山口の攻防と加賀前田勢の大阪方撃破

この茶臼山合戦《ちゃうすやまがっせん》が闌《たけなわ》になった頃《ころ》、岡山口《おかやまぐち》（生野区役所付近）でも合戦《かっせん》が始《はじ》まった。

岡山陣《おかやまじん》への先鋒《せんぽう》を受《う》けた前田利常勢《まえだとしつねぜい》は家康《いえやす》の出撃命令《しゅつげきめいれい》を今《いま》か今《いま》かと待《ま》ち受《う》けていた正午頃《しょうごごろ》に茶《ちゃ》臼山方向《うすやまほうこう》から鉄砲《てっぽう》を撃《う》ち合《あ》う音《おと》が聞《き》こえた。堪《たま》らず家康《いえやす》の出撃命令《しゅつげきめいれい》を待《ま》たずに前田勢《まえだぜい》の長連竜《ちょうつらたつ》・山崎長徳《やまざきながのり》・本多政重《ほんだまさしげ》・横山長知《よこやまながとも》らが率《ひき》いる三万の軍勢《ぐんぜい》が岡山《おかやま》に陣取《じんど》る大野治房勢《おおのはるふさぜい》四千六百を目指《めざ》して突撃《とつげき》を開始《かいし》した。その時寄《ときよ》せ手軍勢《てぐんぜい》のド真中《まんなか》で大阪方《おおさかがた》が仕掛《しか》けた火薬函《かやくばこ》が多数爆発《たすうばくはつ》した。寄《よ》せ手《て》は意表《いひょう》を突《つ》かれて混乱《こんらん》した。これを遥《はる》か後方《こうほう》の平野本陣《ひらのほんじん》で見《み》ていた家康《いえやす》は安藤重信《あんどうしげのぶ》・本多正《ほんだまさ》純《ずみ》・加藤嘉明《かとうよしあき》・黒田長政《くろだながまさ》らと共《とも》に本陣《ほんじん》から飛《と》び出《だ》して、軍配団扇《ぐんばいうちわ》を打《う》ち振《ふ》りながら「掛《かか》れや。進《すす》めや」と声《こえ》を張《は》り上《あ》げた。

遥《はる》か前方《ぜんぽう》の加賀前田勢《かがまえだぜい》に家康《いえやす》の突撃命令《とつげきめいれい》など聞《き》こえる筈《はず》もないが、前田勢《まえだぜい》は心《こころ》を奮《ふる》い立《た》たせて遮二無二大野治房勢《しゃにむにおおのはるふさぜい》に突入《とつにゅう》した。大野勢《おおのぜい》は総崩《そうくず》れになって、大阪城《おおさかじょう》東門《ひがしもん》を目指《めざ》して退却《たいきゃく》し我先《われさき》に大阪城内《おおさかじょうない》に逃《に》げ込《こ》んだ。加賀勢《かがぜい》が東門《ひがしもん》に迫《せま》ると、城内《じょうない》からは無数《むすう》の矢《や》が放《はな》たれた。加賀勢《かがぜい》は矢《や》の応戦《おうせん》を受《う》けて、一旦《いったん》引《ひ》いて大阪城総攻撃《おおさかじょうそうこうげき》の準備《じゅんび》に移《うつ》った。この岡山《おかやま》の戦《いくさ》で加賀勢《かがぜい》は五十余《よ》人《にん》の損害《そんがい》を出《だ》したが、大阪勢《おおさかぜい》の首《くび》三千二百余級《よきゅう》を得《う》る大戦果《だいせんか》をあげた。

家康本隊の危機並びに真田幸村の死と大阪方天王寺口の壊滅

家康《いえやす》は岡山口《おかやまぐち》の戦勝《せんしょう》を見定《みさだ》めた後《のち》、秀忠本陣《ひでただほんじん》を大阪方《おおさかがた》が布陣《ふじん》していた岡山《おかやま》に移《うつ》すよう指示《しじ》をして、家康自身《いえやすじしん》は天王寺南方《てんのうじなんぽう》の桑津《くわつ》（東住吉区）を経《へ》て越前松平勢《えちぜんまつだいらぜい》の後方《こうほう》まで陣《じん》を進《すす》めた。丁度《ちょうど》この移動中《いどうちゅう》に浅野長晟《あさのながあきら》も茶臼山《ちゃうすやま》の西側《にしがわ》を今宮《いまみや》（浪速区）に向《む》かって北上《ほくじょう》して来《き》た。

天王寺口《てんのうじぐち》で合戦中《かっせんちゅう》の江戸方先鋒軍《えどがたせんぽうぐん》は浅野勢《あさのぜい》の北上《ほくじょう》を見《み》て「紀州兵《きしゅうへい》（浅野隊）が大阪方《おおさかがた》へ寝返《ねがえ》る」との噂《うわさ》が広《ひろ》まり、合戦中《かっせんちゅう》の松平勢《まつだいらぜい》が動揺《どうよう》した。

江戸方《えどがた》の各隊《かくたい》は昨夜《さくや》の枚岡《ひらおか》での軍議《ぐんぎ》で各隊《かくたい》の攻《せ》め口《くち》と相互連携《そうごれんけい》の手筈《てはず》は話《はな》し合《あ》ったが、合戦《かっせん》中《ちゅう》の本隊《ほんたい》や部隊《ぶたい》の移動《いどう》の話《はなし》は全《まった》くなくて、予期《よき》せぬ事態《じたい》に何事《なにごと》が起《お》こったかと動顛《どうてん》したのだ。

毛利勝永《もうりかつなが》は本多《ほんだ》・小笠原《おがさわら》の両隊《りょうたい》を壊滅《かいめつ》させて気勢《きせい》が揚《あ》がるところに越前松平勢《えちぜんまつだいらぜい》の後方《こうほう》が乱《みだ》れたのが眼《め》に飛《と》び込《こ》んだ。さらにその松平勢《まつだいらぜい》の後方《こうほう》の桑津《くわつ》辺《あた》りに茶臼山《ちゃうすやま》を目指《めざ》す家康本隊《いえやすほんたい》を示《しめ》す金扇《きんせん》の馬印《うまじるし》が眼《め》に入《はい》った。勝永《かつなが》は間髪《かんはつ》を容《い》れずに毛利隊全軍《もうりたいぜんぐん》に家康本隊《いえやすほんたい》への突撃《とつげき》を命《めい》じた。松《まつ》平忠直《だいらただなお》は毛利勢《もうりぜい》に徳川本隊《とくがわほんたい》を襲《おそ》わせてなるかと必死《ひっし》に防戦《ぼうせん》したが真田勢《さなだぜい》との攻防《こうぼう》も熾烈《しれつ》で、前《ぜん》後《ご》に敵《てき》を受《う》けて大苦戦《だいくせん》に陥《おちい》った。その時《とき》、越前勢《えちぜんぜい》の左隣《ひだりとなり》に控《ひか》えた秋田実季《あきたさねすえ》や越前勢《えちぜんぜい》の後方《こうほう》に詰《つ》めた松下重綱《まつしたしげつな》・真田信吉《さなだのぶよし》・浅野長重《あさのながしげ》に加《くわ》えて、家康本隊《いえやすほんたい》からも本多正純《ほんだまさずみ》父子《ふし》が駆《か》け付《つ》けて越前松《えちぜんまつ》平勢《だいらぜい》を援護《えんご》した。毛利勢《もうりぜい》は途端《とたん》に非勢《ひせい》になって、堪《たま》らず大野治長《おおのはるなが》が後詰《ごづめ》する毘沙門池《びしゃもんいけ》に向《む》かって引《ひ》き退《の》いた。

家康《いえやす》は岡山口《おかやまぐち》から天王寺口《てんのうじぐち》に移動《いどう》する途中《とちゅう》の桑津辺《くわづあた》りで、家康本隊《いえやすほんたい》に突撃《とつげき》を試《こころ》みた毛利勢《もうりぜい》が江《え》戸方諸将《どがたしょしょう》に反撃《はんげき》されて毘沙門池《びしゃもんいけ》の大野治長陣《おおのはるながじん》に逃《に》げ込《こ》むのを見《み》た。そこで家康《いえやす》の護衛《ごえい》に当《あ》たってこの日《ひ》は未《ま》だ戦《いくさ》のない井伊《いい》・藤堂《とうどう》・水野忠清《みずのただきよ》・青山忠俊《あおやまただとし》・松平貞綱《まつだいらさだつな》・喬木正次《たかぎまさつぐ》らの諸将《しょしょう》に、家康本隊《いえやすほんたい》から離《はな》れて逃《に》げ出《だ》した毛利勝永勢《もうりかつながぜい》を追撃《ついげき》し、併《あわ》せて大野治長勢《おおのはるながぜい》も討《う》ち破《やぶ》るように命《めい》じた。井伊《いい》・藤堂《とうどう》らの諸将《しょしょう》は勇躍《ゆうやく》して毛利勢《もうりぜい》の後《あと》を追《お》い、毘沙門池《びしゃもんいけ》に布陣《ふじん》する大野治長陣《おおのはるながじん》に雪崩《なだ》れ込《こ》んで毛利勝永勢共々《もうりかつながぜいともども》に大野勢《おおのぜい》も討《う》ち破《やぶ》った。大野《おおの》・毛利両勢《もうりりょうぜい》は追《お》い立《た》てられて大阪城《おおさかじょう》へ逃《に》げ込《こ》んだ。

話《はなし》は元《もと》の茶臼山真田陣《ちゃうすやまさなだじん》に戻《もど》る（688頁2行目の続き）。

真田幸村勢《さなだゆきむらぜい》は越前松平勢《えちぜんまつだいらぜい》の猛攻《もうこう》を受《う》けて大苦戦《だいくせん》に陥《おちい》ったが、毛利勢《もうりぜい》の移動《いどう》で松平勢《まつだいらぜい》の攻勢《こうせい》が手薄《てうす》になった。一息付《ひといきつ》いて辺《あた》りを見渡《みわた》すと何時《いつ》の間《ま》にか家康《いえやす》の馬印《うましるし》が茶臼山《ちゃうすやま》の目前《もくぜん》に迫《せま》っていた。

幸村《ゆきむら》はこれを見《み》て即座《そくざ》に真田全軍《さなだぜんぐん》に家康本隊《いえやすほんたい》への突撃《とつげき》を命《めい》じた。松平勢《まつだいらぜい》は毛利勝永《もうりかつなが》に続《つづ》いて今度《こんど》は真田勢《さなだぜい》の不意《ふい》の突撃《とつげき》に遭《あ》い、大《おお》いに慌《あわ》てながらも懸命《けんめい》に防《ふせ》いだ。家康本陣《いえやすほんじん》からも永井直勝《ながいなおかつ》・板倉重昌《いたくらしげまさ》・駒井親直《こまいちかなお》らが駆《か》け付《つ》けて身《み》を捨《す》てて突撃《とつげき》を防《ふせ》いだ。

このとき、真田勢《さなだぜい》の不意《ふい》の突撃《とつげき》に狼狽《ろうばい》した家康本隊《いえやすほんたい》の旗奉行衆《はたぶぎょうしゅう》は誰彼《だれかれ》なく持場《もちば》を離《はな》れて迫《せま》り来《く》る敵《てき》に向《む》かって本隊《ほんたい》の前面《ぜんめん》に飛《と》び出《だ》したので、家康《いえやす》の傍《かたわ》らに控《ひか》える者《もの》は側近《そっきん》の小栗正忠《おぐりまさただ》唯一人《ただひとり》になった。家康《いえやす》は容易《ようい》ならざる形勢《けいせい》に陥《おちい》って馬印《うまじるし》や旌旗《せいき》を畳《たた》ませ家康自身《いえやすじしん》も逃《に》げて身《み》を隠《かく》した。

斯《か》くするうちに越前兵《えちぜんへい》は毛利勢《もうりぜい》が引《ひ》き退《の》いたのを受《う》けて、全軍挙《ぜんぐんあ》げて真田勢《さなだぜい》に猛攻撃《もうこうげき》を仕掛《しか》けた。そして遂《つい》に真田勢《さなだぜい》を茶臼山《ちゃうすやま》に押《お》し戻《もど》してその真田陣内奥深《さなだじんないおくふか》くにまで攻《せ》め込《こ》んだ。

越前勢《えちぜんぜい》の西尾仁左衛門《にしおにざえもん》は陣内《じんない》で形勢《けいせい》を見守《みまも》る幸村《ゆきむら》を見《み》つけて槍《やり》を奮《ふる》って突《つ》き掛《か》かった。すると幸《ゆき》村《むら》は莞爾《かんじ》（微笑）として

「我《われ》は真田幸村《さなだゆきむら》なり。御辺《おへん》は相手《あいて》に不足《ふそく》なけれど今《いま》さら戦《たたか》うべきにも非《あら》ず」と兜《かぶと》を脱《ぬ》ぎ頭《こうべ》を伸《の》べて仁左衛門《にざえもん》に討《う》ち取《と》られた。幸村《ゆきむら》の享年《きょうねん》四十六歳《さい》。

幸村《ゆきむら》に続《つづ》いて御宿政友《みしゅくまさとも》（元結城秀康の重臣　松平忠昌と袂《たもと》を分かち大阪方に付く）や真田信就《さなだのぶつぐ》・大塚清安《おおつかきよやす》・高梨主膳《たかなししゅぜん》らの諸将《しょしょう》も幸村《ゆきむら》の左右《さゆう》で討死《うちじに》した。

本多忠政《ほんだただまさ》や松平忠明《まつだいらただあき》らの隊《たい》も越前勢《えちぜんぜい》に続《つづ》いて茶臼山《ちゃうすやま》に攻《せ》め込《こ》み大谷吉胤勢《おおたによしたねぜい》を討《う》ち破《やぶ》った。

これより先《さき》、本多忠朝《ほんだただとも》と共《とも》に天王寺口《てんのうじぐち》の先鋒《せんぽう》を受《う》けた水野勝成《みずのかつなり》は、越前松平勢《えちぜんまつだいらぜい》の大軍《たいぐん》が隣《となり》に割《わ》り込《こ》んだので越前勢《えちぜんぜい》から離《はな》れて茶臼山《ちゃうすやま》を廻《まわ》り込《こ》み茶臼山西側《ちゃうすやまにしがわ》の紀州街道《きしゅうかいどう》に出《で》て陣《じん》を取《と》った。そこへ船場《せんば》で西国諸国勢《さいごくしょこくぜい》の防御《ぼうぎょ》に当《あ》たっていた大阪方大将《おおさかがたたいしょう》の明石全登《あかしたけのり》が茶臼山《ちゃうすやま》の助勢《じょせい》に駆《か》け付《つ》けたのに出会《であ》って、両軍睨《りょうぐんにら》み合《あ》いになった。だが相方《そうほう》の軍勢《ぐんぜい》に隙《すき》がなく、共《とも》に戦《いくさ》が仕掛《しか》けられぬままに両軍《りょうぐん》の睨《にら》み合《あ》いが続《つづ》いた。そこへ茶臼山《ちゃうすやま》から軍兵《ぐんぺい》が右往左往《うおうさおう》し、算《さん》を乱《みだ》して逃《に》げ出《だ》すのが眼《め》に飛《と》び込《こ》んだ。明石《あかし》は茶臼山陣《ちゃうすやまじん》が壊滅《かいめつ》したのを見《み》て取《と》りここが死場所《しにばしょ》と覚悟《かくご》して、大阪方《おおさかがた》を追撃《ついげき》する越前松平勢《えちぜんまつだいらぜい》に突撃《とつげき》を仕掛《しか》けて乱戦《らんせん》のうちに討死《うちじに》した。この一連《いちれん》の合戦《かっせん》で勝利《しょうり》を収《おさ》めた松平忠直《まつだいらただなお》は、越前勢《えちぜんぜい》を率《ひき》いて茶臼山《ちゃうすやま》から逃《に》げ出《だ》した大阪勢《おおさかぜい》を追《お》って大阪城惣門《おおさかじょうそうもん》（桜門）に攻《せ》め寄《よ》せた。

この日慶長《ひけいちょう》二十年（一六一五年）五月七日、未刻《ひつじのこく》（午後二時）頃《ごろ》までには大阪城外《おおさかじょうがい》の大阪勢《おおさかぜい》は全滅《ぜんめつ》になったり城《しろ》に逃《に》げ返《かえ》ったりして、大阪城外《おおさかじょうがい》に大阪勢《おおさかぜい》の姿《すがた》は消《き》えて無《な》くなった。

徳川家康《とくがわいえやす》は茶臼山《ちゃうすやま》に本陣《ほんじん》を移《うつ》して将軍秀忠《しょうぐんひでただ》の詰《つ》める岡山本陣《おかやまほんじん》に使者《ししゃ》を送《おく》り、将軍秀忠《しょうぐんひでただ》を茶臼山《ちゃうすやま》に呼《よ》び寄《よ》せた。

大阪城落城と豊臣家滅亡

豊臣秀頼《とよとみひでより》はこの日《ひ》の五月七日、決戦《けっせん》に備《そな》えて早朝《そうちょう》から諸将《しょしょう》が布陣《ふじん》する陣中《じんちゅう》見回《みまわ》りに何時《いっ》でも出掛《でか》けられるように甲冑《かっちゅう》を身《み》に着《つ》けて身支度《みじたく》を整《ととの》えた。そこへ家康《いえやす》が送《おく》った講和勧告《こうわかんこく》の軍使《ぐんし》が現《あらわ》れた。秀頼《ひでより》は軍使《ぐんし》を迎《むか》え入《い》れたが、淀《よど》の勝気《かちき》な気性《きしょう》が過《す》ぎて結局《けっきょく》、相方《そうほう》が納得《なっとく》する結論《けつろん》は得《え》られぬままに時《とき》だけが過《す》ぎた。そして正午頃《しょうごごろ》、城外《じょうがい》が急《きゅう》に騒《さわ》がしくなった。

秀頼《ひでより》は再度《さいど》甲冑《かっちゅう》を身《み》に着《つ》けて槍《やり》・鉄砲隊《てっぽうたい》を従《したが》え総門《そうもん》に出《で》て、床几《しょうぎ》（携帯用腰掛《けいたいようこしかけ》）を取《と》り寄《よ》せ城《じょう》外《がい》に布陣《ふじん》する諸将《しょしょう》からの戦況報告《せんきょうほうこく》を受《う》けた。そうしながらも自《みずか》ら大矢倉《おおやぐら》に上《のぼ》って戦況《せんきょう》を見詰《みつ》めた。大手《おおて》の大矢倉《おおやぐら》より戦場《せんじょう》を見渡《みわた》せば、寄《よ》せ手《て》は天王寺口《てんのうじぐち》より岡山口《おかやまぐち》までの間《あいだ》は寄《よ》せ手《て》の軍勢《ぐんぜい》で溢《あふ》れておりその後方《こうほう》の平野《ひらの》辺《あた》り一帯《いったい》も敵軍《てきぐん》で犇《ひし》めいていた。一見《いっけん》して彼我《ひが》の優劣《ゆうれつ》は明《あき》らかだ。

秀頼《ひでより》は門前《もんぜん》の床几《しょうぎ》に腰掛《こしか》けて各隊《かくたい》から入《はい》る敗報《はいほう》を受《う》けた。やがて未刻《ひつじのこく》（午後二時）頃《ごろ》には総敗北《そうはいぼく》が確実《かくじつ》になって敵軍《てきぐん》が大阪城《おおさかじょう》に急迫《きゅうはく》するに至《いた》り、敗軍《はいぐん》の将兵《しょうへい》を収容《しゅうよう》すると共《とも》に秀頼自身《ひでよりじしん》も諸将《しょしょう》と共《とも》に城内本丸《じょうないほんまる》の千畳敷《せんじょうじき》（大広間）に入《はい》った。やがて御座《ござ》の間《ま》に移《うつ》った。

寄《よ》せ手《て》は総攻撃《そうこうげき》を仕掛《しか》けて攻《せ》め入《い》り城内《じょうない》は大騒動《おおそうどう》になった。大阪方《おおさかがた》は誰彼《だれかれ》となく狼狽《ろうばい》して、落《お》ち支度《したく》以外《いがい》には何《なに》も考《かんが》えられなくなった。大野《おおの》治長《はるなが》の弟《おとうと》の治房《はるふさ》や仙石宗也《せんごくむねなり》（秀吉の最古参 仙石秀久の長子。関ヶ原の戦いで西軍に加わり秀久から勘当された）らも大阪城《おおさかじょう》の狭間《はざま》から逃《に》げ落《お》ちた。

七手組《ななてぐみ》（秀頼警護隊）隊長《たいちょう》の郡良列《こおりよしつら》は千畳敷《せんじょうじき》に入《はい》って甲冑《かっちゅう》を脱《ぬ》ぎ切腹《せっぷく》して果《は》てた。父《ちち》の死《し》を看《み》取《と》って子《こ》の兵蔵《ひょうぞう》も自刃《じじん》した。続《つづ》いて同《おな》じく七手組隊長《ななてぐみたいちょう》の真野助宗《まのすけむね》や中島氏種《なかじまうじたね》も自害《じがい》した。

この大混乱《だいこんらん》に乗《じょう》じて大台所《おおだいどころ》を預《あず》かる佐々孫介《さっさまごすけ》が豊臣家《とよとみけ》を裏切《うらぎ》って台所《だいどころ》に火《ひ》を掛《か》けた。この火《ひ》が飛《と》び火《ひ》して城内一円《じょうないいちえん》に燃《も》え広《ひろ》がった。

この後《あと》も七手組隊長《ななてぐみたいちょう》の堀田正高《ほりたまさたか》と野々村吉安《ののむらよしやす》は合戦中《かっせんちゅう》に負傷《ふしょう》し半死半生《はんしはんしょう》になって大阪城《おおさかじょう》に戻《もど》って来《き》た。だが本丸《ほんまる》は既《すで》に猛火《もうか》に包《つつ》まれて入《はい》れず、野々村《ののむら》は二《に》の丸《まる》の橋《はし》の上《うえ》で自決《じけつ》した。堀田《ほりた》は私《し》宅《たく》に帰《かえ》り妻子《さいし》を刺《さ》し殺《ころ》して玄関《げんかん》まで出《で》たところを、加賀前田勢《かがまえだぜい》の手《て》に掛《かか》って討《う》ち殺《ころ》された。

渡辺糺《わたなべただす》は昨日《さくじつ》の道明寺《どうみょうじ》の合戦《かっせん》で深出《ふかで》を受《う》け、秀頼《ひでより》に暇乞《いとまご》いをして自邸《じてい》で自害《じがい》した。渡辺糺《わたなべただす》の母《はは》の正栄尼《しょうえいに》も糺《ただす》の最期《さいご》を見《み》て自害《じがい》した。

秀頼《ひでより》の正室千姫《せいしつせんひめ》（将軍秀忠の娘）は大野治長《おおのはるなが》の計《はか》らいを受《う》けて、父《ちち》の将軍秀忠《しょうぐんひでただ》に秀頼母子《ひでよりぼし》の助命《じょめい》を嘆願《たんがん》する名目《めいもく》で治長《はるなが》の家臣《かしん》の米村権右衛門《よねむらごんうえもん》と女房衆《にょうぼうしゅう》に護《まも》られて、申刻《さるのこく》（午後四時）頃《ごろ》に城内《じょうない》の混《こん》乱《らん》の中《なか》を城外《じょうがい》に連《つ》れ出《だ》された。そこに知《し》らせを受《う》けた秀忠《ひでただ》の命《めい》で出迎《でむか》えに来《き》た坂崎成政《さかさきなりまさ》と出会《であ》って茶臼山《ちゃうすやま》の徳川本陣《とくがわほんじん》に入《はい》った。大野治長《おおのはるなが》は別途《べっと》、千姫《せんひめ》と共《とも》に落《お》ちた刑部卿局《ぎょうぶのきょうのつぼね》（千姫の乳母）に家《か》臣《しん》の南部左門《なんぶさもん》と堀内主水《ほりうちもんど》を添《そ》えて秀頼母子《ひでよりぼし》の助命嘆願《じょめいたんがん》をさせに家康《いえやす》の下《もと》に向《む》かわせた（以後、698頁1行目に続く）。

江戸方《えどがた》は城内《じょうない》に火《ひ》の手《て》が上《あ》がったのを見《み》て競《きそ》って城内《じょうない》に雪崩《なだれ》れ込《こ》んだ。城内《じょうない》の者《もの》は只《ただに》逃げ惑《まど》うばかりだ。秀頼《ひでより》は淀《よど》や大野治長《おおのはるなが》と共《とも》に自害《じがい》しようと天守閣《てんしゅかく》に向《む》かったが七手組隊長《ななてぐみたいちょう》の速水守久《はやみずもりひさ》に「戦《いくさ》の習《なら》いにて先陣《せんじん》は敗《やぶ》れても後陣《こうじん》で逆転《ぎゃくてん》すること屡《しばしば》なり。御自害《ごじがい》は総《すべ》てを見届《みとど》けてからでも遅《おそ》からず」と止《と》めた。

秀頼《ひでより》は速水守之《はやみずもりゆき》に伴《ともな》われて、母《はは》の淀《よど》や大野治長《おおのはるなが》と子《こ》の治安《はるやす》、津川左近《つかわさこん》、竹田永翁《たけだえいおう》の他《ほか》、速水傳《はやみずでん》吉《きち》（守之の子）や未《ま》だ年若《としわか》い秀頼近習《ひでよりきんしゅう》の数名《すうめい》、女房衆《にょうぼうしゅう》の宮内卿 局《くないきょうのつぼね》や伊勢《いせ》国司《こくし》の親族《しんぞく》の和期局《わきのつぼね》など数名《すうめい》、客将《きゃくしょう》の真田幸村《さなだゆきむら》の子息《しそく》の幸信《ゆきのぶ》（通称大助）、毛利勝永《もうりかつなが》とその子《こ》の勘解由《かげゆ》など、総勢《そうぜい》三十数《すう》名《めい》の者《もの》と共《とも》に月見矢倉《つきみやぐら》の下《した》から二《に》の丸芦田曲輪《まるあしだくるわ》に出《で》てその第三倉庫《だいさんそうこ》に潜《ひそ》み隠《かく》れた。

大阪城内《おおさかじょうない》は江戸方《えどがた》の将卒《しょうそつ》が攻《せ》め込《こ》んで放火《ほうか》や殺戮《さつりく》、略奪《りゃくだつ》が横行《おうこう》し、到《いた》る所目《ところめ》の当《あ》てられない凄惨《せいさん》な状態《じょうたい》になった。城外《じょうがい》においても落《お》ち武者狩《むしゃが》りが行《おこな》われた。雑兵《ぞうひょう》は手柄《てがら》を挙《あ》げようと落《お》ち武《む》者《しゃ》と住民《じゅうみん》の区別《くべつ》なく片端《かたはし》から殺戮陵辱《さつりくりょうじょく》や強奪《ごうだつ》を行《おこな》い何《なん》十万の死体《したい》が城《しろ》の内外《ないがい》に横《よこ》たわった。

この日《ひ》の七日夜《なのかよる》、片桐且元《かたぎりかつもと》は病中《びょうちゅう》であったが、大阪城内《おおさかじょうない》の勝手《かって》を知《し》る者《もの》の責任《せきにん》を感《かん》じて駕籠《かご》に乗《の》り城《しろ》に入《はい》って、城内《じょうない》を隈《くま》なく調《しら》べて芦田曲輪《あしだくるわ》の倉庫《そうこ》の中《なか》に大勢《おおぜい》の人《ひと》の気配《けはい》があるのに気《き》が付《つ》いた。

慶長《けいちょう》二十年（一六一五年）五月八日辰刻《たつのこく》（朝八時）、片桐且元《かたぎりかつもと》は使《つか》いを茶臼山《ちゃうすやま》に送《おく》って秀頼母子《ひでよりぼし》と大野《おおの》らの股肱《ここう》の臣《しん》が二《に》の丸《まる》の倉庫《そうこ》に籠《こも》ると報《しら》せた。

将軍秀忠《しょうぐんひでただ》は家康《いえやす》の下《もと》に安藤重信《あんどうしげのぶ》を送《おく》って秀頼一行《ひでよりいっこう》を尽《ことごと》く自害《じがい》させるように意見《いけん》した。

家康《いえやす》は刑部《ぎょうぶ》卿局《きょうのつぼね》と助命《じょめい》について話《はな》し合《あ》い（696頁5行目の続き）、芦田曲輪《あしだくるわ》を囲《かこ》む井伊直孝《いいなおたか》に助命《じょめい》を命《めい》じた。直孝《なおたか》は近藤秀用《こんどうひでもち》に家康《いえやす》の命《めい》を秀頼一行《ひでよりいっこう》に伝《つた》えるよう命《めい》じた。秀用《ひでもち》は秀頼《ひでより》の傍《かたわら》に侍《はべ》る速《はや》水守久《みずもりひさ》に一行《いっこう》の出城《しゅつじょう》を伝《つた》えると、守久《もりひさ》は秀頼母子《ひでよりぼし》に乗物《のりもの》を用意《ようい》するよう伝《つた》えた。秀用《ひでもち》はこの急場《きゅうば》で乗物《のりもの》などは有《あ》ろう筈《はず》もなく、馬《うま》ならば用意《ようい》できると答《こた》えた。すると守久《もりひさ》は

「右大臣御母子《うだいじんおんぼし》を馬《うま》に乗《の》せて雑兵《ぞうひょう》らに面《めん》を晒《さら》せとは何事《なにごと》。汝《なんじ》らの如《ごと》き端武者《はむしゃ》とは話《はな》すところに非《あら》ず」と怒《いか》って入口《いりくち》を閉《と》じてしまった。倉庫内《そうこない》の秀頼母子《ひでよりぼし》と大野治長《おおのはるなが》・速水守久《はやみずもりひさ》らは江戸方《えどがた》から重《じゅう》臣《しん》の出迎《でむか》えがないことを訝《いぶか》り、何処《どこ》の誰《だれ》とも判《わか》らぬ雑兵《ぞうひょう》に縄目《なわめ》の辱《はずかし》めを受《う》けたり、乱暴狼藉《らんぼうろうぜき》を受《う》けたりするのでないかと疑《うたが》ったのだ。辱《はずかし》めを受《う》けることなど出来《でき》よう筈《はず》もない。

倉庫内《そうこない》から一斉《いっせい》に念仏《ねんぶつ》を唱《とな》える声《こえ》が聞《き》こえた。倉庫《そうこ》の外《そと》を固《かた》める江戸方《えどがた》の将兵《しょうへい》は倉庫内《そうこない》で自害《じがい》が始《はじ》まったと断《だん》じて一斉《いっせい》に鉄砲《てっぽう》を撃《う》ち掛《か》けた。内《うち》からは火《ひ》が放《はな》たれた。火《ひ》は瞬《また》く間《ま》に倉庫全体《そうこぜんたい》に燃《も》え広《ひろ》がって炎《ほのお》が空高《そらたか》くに舞上《まいあ》がった。焼《や》け跡《あと》から秀頼母子《ひでよりぼし》とその一行《いっこう》と思《おも》われる焼死体《しょうしたい》が三《さん》十《じゅう》数体《すうたい》現《あらわ》れたが、どれも激《はげ》しく損傷《そんしょう》していて人物《じんぶつ》の特定《とくてい》は出来《でき》なかった。

後世《こうせい》の人《ひと》は、

「井伊直孝《いいなおたか》と安藤重信《あんどうしげのぶ》・安部正次《あべまさつぐ》が秀頼母子《ひでよりぼし》の扱《あつか》いについて談合《だんごう》し『我々後日《われわれごじつ》に如何《いか》なる咎《とが》めを被《こうむ》るとも、天下《てんか》の治乱《ちらん》には代《か》え難《がた》し』と覚悟《かくご》して倉庫《そうこ》に鉄砲《てっぽう》を撃《う》ち掛《か》けた。それで速水守久《はやみずもりひさ》も『事整《ことととの》わず』と覚悟《かくご》して倉庫《そうこ》に火《ひ》を放《はな》ち君臣共《くんしんとも》に自害《じがい》したのだ」と噂《うわさ》した。

慶長《けいちょう》二十年（一六一五年）五月八日、大阪方《おおさかがた》は全滅《ぜんめつ》して豊臣家《とよとみけ》は滅《ほろ》んだ。後世《こうせい》この戦《たたか》いを『大《おお》坂夏《さかなつ》の陣《じん》』と云《い》い伝《つた》えた。

家康《いえやす》はこの日《ひ》の内《うち》に茶臼山《ちゃうすやま》の陣《じん》を出《で》て亥刻《いのこく》（夜八時）に二条城《にじょうじょう》に帰《かえ》った。将軍秀忠《しょうぐんひでただ》は家康《いえやす》を見《み》送《おく》った後岡山本陣《あとおかやまほんじん》に戻《もど》り、翌《よく》五月九日に伏見城《ふしみじょう》に帰《かえ》った。

生生流転

戦《いくさ》は終《お》わったが、この後《あと》も何時《いつ》終《お》わるとも判《わか》らぬ残党狩《ざんとうがり》が始《はじ》まった。

大野治房《おおのはるふさ》は戦《いくさ》が終《お》わった八日、近臣《きんしん》と共《とも》に大阪城《おおさかじょう》から紀伊国《きいこく》を目指《めざ》して逃《に》げ落《お》ちるところを金《かな》森可重《もりありしげ》（長近の養嗣子）の軍勢《ぐんぜい》に出会《であ》って三百の家臣《かしん》と共《とも》に首討《くびう》たれた。生《い》け捕《ど》りになった者《もの》は茶《ちゃ》臼山《うすやま》に送《おく》られた。

同《どう》十一日、長宗我部盛親《ちょうそかべもりちか》は蜂須賀家正家臣《はちすかいえまさかしん》の長坂三郎左衛門《ながさかさぶろうざえもん》に八幡村《はちまんむら》（京都府八幡市）で生《い》け捕《ど》られて伏見《ふしみ》に送《おく》られ、面縛《めんばく》（両手を背中に廻し、顔を前に突き出すようにして縛る）されて二条城門外《にじょうじょうもんがい》に晒《さら》された。

その一方《いっぽう》、手柄《てがら》を挙《あ》げたり被害《ひがい》を出《だ》したりした江戸方諸将《えどがたしょしょう》の領地《りょうち》の加増《かぞう》や転封《てんぽう》、減封《げんぽう》や改易《かいえき》などの仕置《しおき》が全国規模《ぜんこくきぼ》で行《おこな》われた。

時代《じだい》はかなり前後《ぜんご》するが、北陸諸国《ほくりくしょこく》の関ヶ原《せきがはら》の戦《たたか》い以降《いこう》の仕置《しおき》の状況《じょうきょう》を纏《まと》めると（関ヶ原以前は499頁5～11行目参照）、先《ま》ず越前国《えちぜんこく》では越前北ノ庄城《えちぜんきたのしょうじょう》城主《じょうしゅ》の青木一矩《あおきかずのり》は関ヶ原《せきがはら》の戦《たたか》いで西軍《せいぐん》に与《くみ》したために改易《かいえき》になり代《か》わって家康《いえやす》の次男《じなん》の結城秀康《ゆうきひでやす》が松平《まつだいら》に姓《せい》を戻《もど》して城主《じょうしゅ》になった。秀康《ひでやす》が没《ぼっ》して家督《かとく》の忠直《ただなお》が跡《あと》を継《つ》いだ。大坂夏《おおさかなつ》の陣《じん》で松平忠直《まつだいらただなお》は家康《いえやす》から天王寺口《てんのうじぐち》の戦《たたか》いで『軍功《ぐんこう》莫大《ばくだい》なり』との褒詞《ほうし》を得《え》た。だが初花《はつはな》の茶壺《ちゃつぼ》（唐物肩衝茶入れ　銘初花、現在重要文化財）を得《え》たのみで

領地《りょうち》の加増《かぞう》は無《な》かった。忠直《ただなお》はこれが不満《ふまん》でこの後次第《あとしだい》に素行《そこう》が乱《みだ》れて幕府《ばくふ》に反抗《はんこう》し、元和《げんな》七年（一六二一年）江戸《えど》への参勤《さんきん》を怠《おこた》り翌年《よくねん》には正室勝姫《せいしつかつひめ》（将軍秀忠の娘）殺害《さつがい》の乱行《らんぎょう》に及《およ》んで豊後国府《ぶんごこくふ》内藩《ないはん》に配流《はいる》になった。越前藩《えちぜんはん》はこの後《のち》、越後高田藩主《えちごたかだはんしゅ》で忠直《ただなお》の弟《おとうと》の忠昌《ただまさ》が継《つ》ぎ、別途越前国《べっとえちぜんこく》の丸《まる》岡《おか》・大野《おおの》・勝山《かつやま》・敦賀《つるが》・木之本《きのもと》にも徳川一門《とくがわいちもん》が入《はい》って各々藩《おのおのはん》を治《おさ》めた。

家康《いえやす》は前田利常《まえだとしつね》の岡山口《おかやまぐち》の戦《たたか》いでの抜群《ばつぐん》の働《はたら》きを愛《め》でて四国全土《しこくぜんど》を進呈《しんてい》しようと加賀《かが》・越中《えっちゅう》・能登三国《のとさんごく》からの移封加増《いほうかぞう》を伝《つた》えた。だが利常《としつね》は『身《み》に過《す》ぎたる褒賜《ほうし》』と応《こた》えて申《もう》し出《で》を辞退《じたい》した。家康《いえやす》は改《あらた》めて加賀《かが》・能登《のと》・越中三国《えっちゅうさんごく》の百二十万石《ごく》の全土《ぜんど》を前田利常《まえだとしつね》の所領《しょりょう》とした。

前田利常《まえだとしつね》はこの後《のち》、寛永《かんえい》十六年（一六三九年）の隠居《いんきょ》に際《さい》して越中富山領《えっちゅうとやまりょう》十万石《ごく》と加賀大聖寺領《かがだいしょうじりょう》七万石《ごく》を次男《じなん》と三男《さんなん》に分《わ》け与《あた》えて加賀藩《かがはん》の支藩《しはん》とした。

越後国《えちごこく》は秀吉《ひでよし》の存命中《ぞんめいちゅう》に上杉景勝《うえすぎかげかつ》が会津国《あいづこく》に移封《いほう》になった後《のち》、秀吉《ひでよし》は堀秀治《ほりひではる》を越後春日山《えちごかすがやま》四十五万石《ごく》の領主《りょうしゅ》にした。越後国内《えちごこくない》の諸藩《しょはん》にも秀吉《ひでよし》の命《めい》で諸将《しょしょう》が藩主《はんしゅ》として入城《にゅうじょう》した。堀秀治《ほりひではる》は関《せき》ケ原《はら》の戦《たたか》いで東軍《とうぐん》に与《くみ》して戦後《せんご》も越後春日山《えちごかすがやま》に所領《しょりょう》を保《たも》ったが、三十一歳《さい》の若《わか》さで病没《びょうぼつ》した。子《こ》は

未《ま》だ幼《おさな》く叔父《おじ》の直政《なおまさ》が執政《しっせい》した。この直政《なおまさ》も慶長《けいちょう》十三年に死没《しぼつ》。堀家《ほりけ》ではこの後《あと》、跡目争《あとめあらそ》いが起《お》こるなど不祥事《ふしょうじ》が続《つづ》いて堀家《ほりけ》は改易《かいえき》。慶長《けいちょう》十九年松平忠輝《まつだいらただてる》（家康六男）が代《か》わって藩主《はんしゅ》になり高田《たかだ》（上越市）に城《しろ》を構《かま》えた。その後《ご》も高田藩主《たかだはんしゅ》は時代《じだい》と共《とも》に徳川一門《とくがわいちもん》の間《あいだ》で次々《つぎつぎ》と入《い》れ替《か》わった。

北陸《ほくりく》の隣国飛騨国《りんごくひだこく》では天正《てんしょう》十三年（一五八三年）、金森長近《かなもりながちか》が織田信雄《おだのぶかつ》に与《くみ》する姉小路自綱《あねこうじよりつな》を破《やぶ》って秀吉《ひでよし》から飛騨一国《ひだいっこく》が安堵《あんど》された。長近《ながちか》は関《せき》ヶ原《はら》の戦《たたか》いで東軍《とうぐん》に与《くみ》して初代飛騨高山藩主《しょだいひだたかやまはんしゅ》となり高山《たかやま》に城《しろ》を築《きず》き居城《きょじょう》にした。以後代々金森家《いごだいだいかなもりけ》が跡《あと》を継《つ》いだ。余談《よだん》になるが時代《じだい》が下《くだ》って元禄《げんろく》五年（一六九二年）、金森家《かなもりけ》は出羽国上山藩《でわこくかみのやまはん》に移封《いほう》になり高山藩《たかやまはん》は天領《てんりょう》（幕府直轄地）になった。

大坂冬《おおさかふゆ》の陣《じん》が終《お》わった慶長《けいちょう》二十年（一六一五年）の七月十三日、家康《いえやす》の意向《いこう》を受《う》けて元号《げんごう》が元《げん》和《な》に改元《かいげん》された。幕府《ばくふ》はこの改元《かいげん》に併《あわ》せて『禁中並公家諸法度《きんちゅうならびにくげしょはっと》』と『武家諸法度《ぶけしょはっと》』を天下《てんか》に公布《こうふ》した。

元和《げんな》二年（一六一六年）四月、老齢《ろうれい》の家康《いえやす》はこの月《つき》、老衰《ろうすい》が急速《きゅうそく》に進《すす》んで危篤状態《きとくじょうたい》になった。

家康《いえやす》は徳川一族一門《とくがわいちぞくいちもん》を次々《つぎつぎ》と枕元《まくらもと》に呼《よ》んで遺言《ゆいごん》を告《つ》げた。また同月《どうげつ》四日には諸大名《しょだいみょう》を呼《よ》んで
「我《われ》、古希《こき》を超《こ》えて不起《ふき》の病《やまい》を患い、天寿《てんじゅ》を既《すで》に終《お》えんとする。大樹《たいじゅ》（将軍の異称）、天下《てんか》の政《まつりごと》を統領《とうりょう》すれば我亡《われな》き後《あと》のことは更《さら》に憂《うれ》いとせず。但《ただ》し、大樹《たいじゅ》の政務《せいむ》に僻事《ひがごと》あれば各々代《おのおのか》わって天下《てんか》の事計《ことはか》らうべし。天下《てんか》は一人《ひとり》の天下《てんか》にあらず。天下《てんか》は天下《てんか》の天下《てんか》なれば我《われ》これを恨《うら》まず。これにより各《おのおの》に暇給《いとまたま》えば、一先《ひとま》ず封地《ほうち》に帰《かえ》りて大樹《たいじゅ》の命《めい》を待《ま》って来《きた》るべし」と命《めい》じた。
また将軍秀忠《しょうぐんひでただ》を枕元《まくらもと》に呼《よ》んで
「天下《てんか》の政《まつりごと》に於《お》いては些《いささ》かも不道《ふどう》あるべからず。諸国《しょこく》の大名《だいみょう》には大樹《たいじゅ》の政務《せいむ》に僻事《ひがごと》あれば各代《おのおのか》わりて政《まつりごと》を取《と》るべしと既《すで》に遺言《ゆいごん》しぬ。若《も》し諸国《しょこく》の大名大樹《だいみょうたいじゅ》の命《めい》に背《そむ》き参勤《さんきん》を怠《おこた》るものあれば、一門世臣《いちもんせいしん》と言《い》えども速《すみ》やかに兵《へい》を発《はっ》して誅戮《ちゅうりく》すべきなり。さらに親疎愛憎《しんそあいぞう》を以《も》って政治《せいじ》を乱《みだ》すべからず」と遺言《ゆいごん》した。
徳川家康《とくがわいえやす》は公家《くげ》と武家《ぶけ》の両諸法度《りょうしょはっと》を公布《こうふ》した翌年《よくねん》の元和《げんな》二年（一六一六年）四月十七日に天寿《てんじゅ》を全《まっと》うした。享年《きょうねん》七十五歳《さい》。後《のち》の世《よ》に

「人《ひと》の一生《いっしょう》は重荷《おもに》を負《お》うて遠《とお》き道《みち》を行《ゆ》くが如《ごと》し。急《いそ》ぐべからず。不自由《ふじゆう》を常《つね》と思《おも》えば不足《ふそく》なし。心《こころ》に望《のぞ》み起《お》こらば困窮《こんきゅう》したるときを思《おも》い出《だ》すべし。堪忍《かんにん》は無事《ぶじ》長久《ちょうきゅう》の基《もとい》。怒《いかり》は敵《てき》と思《おも》え。勝《か》つことばかり知《し》りて負《ま》くること知《し》らざれば害《がい》その身《み》に至《いた》る。己《おのれ》を責《せ》めて人《ひと》を責《せ》めるな。及《およ》ばざるは過《す》ぎたるより勝《まさ》れり」という訓辞《くんじ》は家康《いえやす》の遺訓《いくん》であると伝《つた》わった。江戸《えど》時代《じだい》の人々《ひとびと》は皆《みな》この遺訓《いくん》を諳《そら》んじて家康《いえやす》の人柄《ひとがら》を偲《しの》んだ。

幕府《ばくふ》は家康《いえやす》の遺志《いし》を継《つ》いで天下《てんか》の各地《かくち》で発生《はっせい》する紛争《ふんそう》の芽《め》を摘《つ》むことに全神経《ぜんしんけい》を注《そそ》ぎ、公家《くげ》と武家《ぶけ》に対《たい》する両諸法度《りょうしょはっと》を基《もと》にして諸藩《しょはん》領主間《りょうしゅかん》の無届《むとど》け婚姻《こんいん》や戦備《せんび》拡大《かくだい》城郭《じょうかく》の新改築《しんかいちく》などを厳《きび》しく制限《せいげん》して監視《かんし》した。また諸藩《しょはん》のお家騒動《いえそうどう》や不穏《ふおん》な行動《こうどう》なども幕府《ばくふ》が知《し》るところとなれば有無《うむ》を言《い》わさず改易《かいえき》や減封《げんぽう》、領地《りょうち》替《が》えに処《しょ》した。

この結果《けっか》常態化《じょうたいか》した大規模《だいきぼ》な合戦《かっせん》は大坂夏《おおさかなつ》の陣《じん》以降《いこう》の徳川《とくがわ》三百年間《かんた》絶えて無《な》くなった。

あとがき

昭和五十年代に祖父と伯父が相次いで亡くなり昭和末年には父も亡くなった。これが原因したのか無常と虚無の心情に落ち込んだ一時期、この心の虚しさを満たしてくれたのが勤務先の富山短期大学図書館で偶然眼にした「群書類従」（東京続群書類従完成会発行　昭和34年訂正３版発行）であった。群書類従は続群書類従や続々群書類従を含めると図書館の書棚一つが埋まる程の冊数である。この中の「合戦部」に目を通すと、今まで存在することすら知らなかった「応仁記」や「嘉吉記」「長禄記」「細川勝元記」など心ときめく古書籍が続々と載っていた。さらに加えて、北陸各地の戦記物の「富樫記」や「小松軍記」「荒山合戦記」「末森記」「越州軍記」「賀越登記」「謙信軍記」等々、目白押しだ。

さらに眼を隣に移すと「改訂史籍集覧」（臨川書店刊・昭和58年復刻版）にも群書類従に劣らぬ「応仁前記」や「応仁後記」「応仁広記」「北條五代記」「浅井三代記」「朝倉始末記」「利家夜話」「飛騨国治乱記」「川中島五度合戦次第」「真田記」などの古書籍が多数収録されていた。

これらを貪り読む内に、自分が住む富山や北陸の歴史を今まで何も知らずに過ごして来たことに気付かされた。断片的には多少知っているつもりであったが、何時の時代に誰が何をしてその結果どうなったのか。それが次の世代の人に如何影響して、その次はどうなったかの歴史の流れは全く理解していなかった。

中国古典の「史記」に記載された「本紀」や「世家」は春秋戦国時代から秦・漢時代の歴史書であるが、内容は「誰が何して如何なった。それが次にどうなった」という戦記物で多くは埋められている。これを読むと様々な事態に遭遇した時に、人は何を思い如何判断してどの様に行動するか。その結果如何なったかが、自分が体験したかのようによく判るのだ。これを反省材料として古来より「帝王学」の教科書として愛読された。

自分も中国古典の「春秋」「史記」「十八史略」「資治通鑑」などは読み漁っていたのでこの様な「通史」の方法で北陸の合戦記を整理すればこの地方の歴史も自然に身に付くのではないかと気付いて、要点はメモに取って記憶の糧に当てていた。

このメモが何時の間にか膨大になり整理の必要に迫られた。それで時代別・地域別に分類整理しようとしているうちに無謀にも『ナンとか蛇に怖じず』でこれを基にして戦記物語を書いてみようとの思いに至った。本格的に本書形式でペンを執ったのは退職した平成二十一年以後であっ

て、第三の人生の生甲斐と余生の楽しみとして始めたものである。
第一章を書き始めるうちに、北陸地方は一向一揆を抜きにして歴史は語れないことに気が付いた。幸いに、上京の折によく立ち寄った神田の古書街で東京大学・笠原一男教授の「一向一揆の研究」（山川出版社発行）を購入した。この本は経年的に一向一揆が逐一記されてその説明があり、そして各々項目毎に大量の文献が原文諸共に付されていた。この本を得た御蔭で第二章が出来あがったことを記して、ここに感謝の証とする。

本書は「はじめに」にも記したが、「群書類従」各輯や「史籍集覧」各冊に記載の諸々の「合戦部」に記載の「合戦記」を底本にして第一章から第三章を記した。このうち第二章は先にも記した「一向一揆の研究」に負うところも多い。また第四章は「信長公記」、第五章は「武功夜話・前野家文書」（新人物往来社発行）、第六章は「新訂増補 国史大系第三十八巻」と「同第三十九巻」に記載の「徳川実紀」などを底本に据えた。これらの書籍は何れも勤務先の「富山短期大学図書館」または「富山県立図書館」所蔵の図書であって、これを借りて読ませてもらった。また「加賀藩史料」（発行：前田勝雄、発行所：清文堂出版、著作権：前田育徳会）や「越登賀三州志」（富田景周著 石川県図書館協会出版）「朝倉家録」（富山県郷土史会編集・発行）北陸各県の

「県史」「市町村史」に資料として掲載された地域の短編古文も大いに利用させてもらった。他にも、「太平記」や「日本外史」「甲陽軍鑑」「信長公記」「太閤記」などは手元に持っていた。また、岡村守彦氏（東京都世田谷区）から戴いた「飛騨史考　中世編（非売品・印刷　西田栄治　東京都千代田区）」や、福井県の吉崎御坊を尋ねたときに入手した「吉崎御坊の歴史」（願慶寺発行）も熟読させてもらった。執筆中に各自治体や神社仏閣等のウェブサイトは常時参考にした。その他も各地域の歴史家の著書は「富山県立図書館」で眼にしたものは片端から眼を通し、書店で眼にした図書も多くは購入してこの執筆の参考にした。

本書に記載の人物や出來事は総て、先に述べた原典や文献に記載されていたものである。その登場人物が何故そうしようと思ったかなどの心情などは文意に添うように多くは創作して加え、北陸各県の「県史」や「市町村史」に照らして史実かどうか疑わしいものは削除した。登場人物の呼称や古い地名の現在地は、多くはウェブサイトを利用して確認した。

本書は元々、古書籍を読み漁っていた頃は勤務があるのでゆっくりと読むのは夏休みなどの長期休暇中でしかなく、気になった所はその都度事跡と書名・出典をメモして残そうとした。前述したように、これが下敷きになって、この「メモ集」を整理してまとめると「戦記物語」に仕上がるかもしれないと欲を出して書き上げたものである。

この間の執筆中、本書に記載の武将の多くが、何故に一族一門を滅ぼすような行動に走ったのか、の心情を著わす文言は底本にはほとんど無い。また世間に流布している文言も、多くはその原因となったとする事態も含めて創作であって本書の参考にならない。如何に書けばよいのか納得できる文章も容易には思い浮かばなくて筆が一語も前に進まなくなることが屡であった。

そのようなときには「ツワモノどもが夢の跡」を訪ねて現地に立ち当時の武将の置かれた環境に想いを馳せていると、不思議と当時の武将の心情が脳裏に浮かんだ。先にも記したように多くはこのときに感じた思いを温め創作して本文に挿入した。

作家でも歴史家でもない門外漢がただ戦記物や歴史好きが嵩じて書き上げたのがこの作品であるので、文章や内容に可笑しなところは平にご容赦頂き、ただ冷やかし程度にでもご覧いただければ幸甚である。

索　　引

人 名 索 引

凡　例

1．配列は50音順とし、名前の最初の漢字が同じものを同一群と見做してまとめた。また、姓（氏・苗字）が同じ人名の順は本文の最初に登場する掲載ページ順（または年代順）とした。

2．登場者の個人名は現在に併せて名前（諱）を使用したが、諱が不明の場合は底本に記載の通称名（俗称）や官名を用いた。

3．改姓や改名のある登場者は索引の各欄にそれぞれの掲載ページに著わした姓名を記し、名前の後にカッコ書きで改姓前後の姓と名を、改名のみの者は姓は略して名のみを（誰々も参照）と記して、改姓改名した前後の名前の掲載ページが判るようにした。

4．著名な人物の幼名は掲載ページに姓は無くて名前のみが記されている。それで索引欄にも名前の後に（○○の幼名）や（○○の子）等と説明を付した。

5．女性の名前は本書では総べて姓は記さずに名前または号名（○○局や○○院など）のみで記してある。それで索引欄にも名前の後に（○○の室）や（○○の娘）等と説明を付した。

6．明らかに同姓同名の登場者は名前の後に掲載順に①、②と番号を付し、カッコ書きで別人である説明を付した。掲載ページも各々に分割した。

7．登場者のページが連続するときはその初めと終わりのページを○○～○○と波線で結んで著わした。

あ

阿曽盛俊……148
阿曽伊豆坊……150
阿閉貞征……324,367,368,374
阿波加藤八郎……471
阿茶局(家康の側室)……660,663
相河……142
青木宗勝……580,589,590
青木一矩……580,589,590,594,630,700
青木俊矩(一矩の嫡子)……630
青木一重……645,648,659,668,670
青木新兵衛……688
青山与三右衛門……479
青山吉次……588
青山忠俊……691
明石越前守……56
明石守重……666
明石全登……693
明智光秀……363,364,370,379,380,381,408
414~430,432~437,441,442,532,577
明智秀満……435
赤尾美作守……335
赤沢朝経……158,159,160,162,187
赤座……625
赤松貞村……12
赤松満祐……12,14,15,33,267
赤松満則……33,84,158
赤松政則
……33,38,47,48,50,55,56,64,127,128
赤松義村……207
秋田実季……690
秋月種実……504
秋庭元明……59,60,61,65
芥田六兵衛……504
朝倉正景……80
朝倉孝景①(敏景も参照)
……42,54,55,78,80,81
朝倉敏景(孝景①も参照)……81,82,83,84
120,121,129,130,133,164,169,170
朝倉氏景……81,133,164
朝倉貞景……99,164,165,169,170,198
朝倉景冬……164,165
朝倉教景(宗滴も参照)……164,165,318
朝倉元景……164,165
朝倉宗滴(教景も参照)……165,169,202,203
朝倉孝景②(敏景の曾孫)
……170,185,186,202,317,318
朝倉義景……264,265,274,284,285,291
292,296,334,340,341,346~350,352,363
366,368,369
朝倉景恒……349
朝倉景健……352
朝倉景鏡……369,370,375
朝倉能登守……514
朝日姫(秀吉の妹で家康の後妻)…501,502
浅井久平……279
浅井亮政……315~319,321,322,331
浅井久政……285,319~327,330,333,348
350,371,373,374
浅井新九郎(長政も参照)……320~322
浅井賢政(長政も参照)……321,322
浅井長政(新九郎・賢政も参照)……284,285
296,315,321,326,327,329,330,332
334~346,348~351,360,363,368,371,436
441
浅井政元……319
浅井七郎……370
浅井日向守……374
浅井オキク……374
浅井長時……456
浅井政堅……684
浅野長政……445,523,554~557,567,568,638
浅野幸長
……549~551,564,567,608,610,633,638
浅野長晟……660,673~675,689
浅野長重……690
浅見貞則……316
浅見景親……367,368
足利尊氏……1~3,6,7,13,72,73,80,126

364,420,531
足利直義……………1~4,6,13,73,420,531
足利義詮………………………7,8,13,74,75
足利義満……………………… 8,10,75,110
足利義持………………………… 10,11
足利義量…………………………………11
足利義教……… 11~17,76,113,126,127,267
足利基氏…………………………………13
足利氏満…………………………………13
足利満兼…………………………………13
足利持氏…………………………13,14,76
足利義勝…………………………………16
足利義政(義成も参照) ……16,17,18,20,21
22,26,27,30~40,48,58,65,69,70,76,77
86~88,90,94,96,119
足利義成(義政も参照) …………………18
足利義視(今出川義視も参照)
…・31,32,34,35,37,40,45,51,69~71,88~90
足利成氏…………………………………76
足利政知……………………… 76,94~96
足利義尚……… 86,88~90,141,142,155,156
足利義材(義尹・義稙も参照) ………… 89~92
94,96~100,104~106,157,178~180
足利茶々丸(政知の子) …………………95
足利義澄(政知の次男で義政の甥)
…………96,157,160,163,164,178,207,208
足利義尹(義材・義稙も参照) …106,157,158
160,163~165,175,177~179,207
足利義稙(義材・義尹も参照)
………………178~180,184,186,207,208
足利義晴………207~210,236,238,245,339
足利義維……………………209,273,339
足利義藤(義輝も参照) ……………… 236
足利義輝(義藤も参照) ………236,238,242
245,251,273,312,340,360
足利義栄……………………273,340,343
足利義秋(義昭も参照) ……………… 274
足利義昭(覚慶・義秋も参照) ……… 273,274
281,282,284,285,287,288,291,292,295
297,340~343,345~350,353,356,359,360
362~368,385,416,417,419,421,422,430
446
足利藤氏……………………………… 282
足利義氏………………………… 282,284
蘆名盛氏……………………………… 282
蘆名義広……………………………… 523
鯵坂長実………… 281,286,289,290,301,384
跡部勝資……………………………… 304
穴山梅雪……………………400,414,427,428
姉小路家綱…………………………… 110
姉小路基綱……………………… 267,268
姉小路済継…………………………… 268
姉小路自綱(頼綱・三木自綱も参照)
………………………………485,494,702
姉小路頼綱(自綱・三木自綱も参照)…・ 494
甘利晴吉……………………………… 270
鮎川盛長……………………………… 281
荒木村重…・364,382,384~386,392,393,417
419
有沢長俊……………………………… 221
有馬持家………………………………20
有馬豊氏……………………………… 608
有馬則頼……………………………… 621
安清院(山名宗全の姉)…………………34
安居景健……………………………… 370
安国寺恵瓊…… 538,575,576,580,619,626
628
安藤職張……………………………… 289
安藤重信……………………688,697,699
安東守就……………………………… 336
安部政吉……………………………… 405
安部正次……………………………… 699
安養寺久政……………………… 332,333

い

飯尾下総守………………………… 22,39
飯川光誠………………………… 259,260
飯島三郎左衛門……………………… 679
生駒八右衛門………………………… 486
生駒一正……………………516,606,620

生駒親正……554
井伊直政……600,604,606,610,620,623
626,629
井伊直孝……651,656,657,679~681,698,699
井上俊清(普門俊清も参照)……5,6
井上時利……676,677
伊木清兵衛……608
伊勢新九郎長氏(北条早雲も参照)
……95,230
伊丹総堅……225
伊東……652,653
依藤備後守……56
伊藤備中守……39
伊藤喜内……279
伊藤盛正……581,600,617
池田恒興……415,433,434,437,440,442,454
455,457~465,485
池田輝政……442,586,600,603~606,608,610
611,633,638,655
池田利隆……655
石川信直……529
石川貞清……610
石川忠総……671
石口広宗……405
石田帯刀……150
石田三成(治部)……448,497,537,540,541
543~545,552,554~557,559~562,564
565,567,571,573~577,579,581~585
588,596,600,601,603,611~613,615~619
621~625,627~629,633,647
石黒光義……134~136,140,141,171
石黒孫左衛門……150
石黒成綱……396
石黒左近……402
石橋……311
石母田大膳……678
石見太郎左衛門……33,127
磯部……144,151,156,198,367,374
磯野員昌……323~326,329,335,356
板倉勝重……641,644,646,648
板倉重昌……663,664,691,669
一色義直……37,46,49,51~53,58
一色範直……63
一色淡路守……241
一色藤長……273
一条兼良……112
市(信長の妹で浅井長政の室)…335,349,372
373,436,439,440~442,444,452
市正(片桐且元も参照)……645
市橋長勝……601,602
稲川半太……147
稲田修理……662
稲葉良通……380,447
稲見七郎右衛門……279
今参局(足利義政の側室)……20
今川範忠……76
今川義元……241,250,308,312~315,325
342,501
今川氏真……250,275,276
今出川義視(足利義視も参照)
……70,71,89,90,97
猪俣範直……510
色部勝長……226
岩井……653
岩成友道……273

う

右衛門佐(畠山義就も参照、義就の官名)
……35
右府(豊臣秀頼も参照)……640,642~644
宇喜多秀家……492,534,536,539,554,564
566,569,576,578,579,587,618,622,623
628,564,574,620,639,685
宇佐美八郎左衛門……150
宇佐美房忠……184,185
宇佐美定行……227,228,240,243,244
宇都宮国綱……509
宇津呂丹波守……388
上坂信光……316
上杉朝定……3

え

お

大友備前守……………………………… 178
大友宗麟（義鎮も参照）
……………………345,500,502,503,511
大友義鎮（宗麟も参照）……………… 500
大友義統………………………………… 539
大野持種………………………… 76~78,83
大野治長…… 543,567,568,642,644,645,647
648,652,655,656,660~664,666~670,674
678,685,690,691,695,696,698
大野治房……… 655,662,666,667,669,671
673~675,681,684,688,689,695,699
大野治徳（治長の子）…………… 663,685
大平宗左衛門…………………………… 505
大森藤頼………………………………… 230
岡嶋喜三郎……………………472,479,489
岡嶋一吉………………………………… 504
岡田重孝………………………………… 456
岡部元信………………………………… 398
岡部長盛………………………………… 671
岡部則綱………………………………… 674
岡村……………………………………… 653
荻原内記………………………………… 279
奥平貞昌………………………………… 377
奥平信昌………………………377,461,628
奥村永福…… 413,473,475,504,519,566,588
奥村栄明（永福の家督）……………… 589
長田三郎左衛門………………………… 153
織田信長……… 250,274,279,281,282,284
285,287,291~293,295,296~300
307~315,330~340,342~376,378~383
385,387~390,392~395,397,399~404
408,413~417,419~422,424~428
430~439,441~443,450,454,455,457
458,461,463,498,501,507,514,532,552
581,600,608,611,618,644,667,706
織田敏定……………………… 307,308
織田敏広……………………… 307,308
織田信秀……………………308,309,314,330
織田三位……………………… 310,311
織田彦五郎……………………………… 311
織田信安………………………………… 312
織田信家………………………………… 312
織田信賢………………………………… 312
織田信康………………………………… 334
織田信治………………………………… 354
織田信興………………………………… 355
織田七郎………………………………… 370
織田信包…………………373,436,440,441
織田信忠（信長の家督）
………………392,402,425,426,435,436
織田信澄………………………………… 422
織田信雄（北畠信雄も参照）…… 437~439
443,446,453~460,465~469,473
484~487,491,494~496,507,511,514
516,517,527
織田信孝（神戸信孝も参照）…436~439,441
443,445,447,449,453,455,468
織田秀勝（羽柴秀勝も参照）…438~440,442
織田秀信（三法師も参照）
………… 581,593,600,608,609,611,613
織田信高………………………………… 618
織田長益……… 621,637,644,660,661,663
667,669
織田尚長（長益の子）………………… 663
越智家栄……………………………21,22,24
越智備中…………………………………24
落合……………………………………… 334
乙部九郎兵衛…………………………… 688
飯富虎昌………………………………… 253

か

ガラシャ（細川忠興の室で明智光秀の娘）
……………………………………… 577
加賀井重宗……………………………… 466
加藤清正…… 449,535,536,537,539,541,542
547~552,556,559,564,566,632,637,638,640
加藤嘉明…… 449,493,512,547,572,606,620
633,688
加藤清兵衛……………………………… 549
香川…………………………………… 46,60

甲斐常治…………………76~78,129,130
甲斐敏光………………………………78,82
蒲生氏郷…… 467,504,514,516,528,529,544
蒲生秀行………………………………544
蒲生郷舎………………………………618
狩野一庵………………………………520
覚信尼……………………………107,108
覚如………………………108,109,120
覚恵……………………………………108
覚慶(足利義昭も参照)………………273
陰山三右衛門…………………………505
柿崎景家…………………………255,264
笠間家次………………………………145
笠松……………………………………154
柏木……………………………………334
梶川三十郎………………………606,607
糟屋武則………………………………449
片桐且元(市正(いちのかみ)、片桐直盛も参照)………………449,458,554,634,635,637
640~649,655,661,662,697
片桐直盛(市正、片桐且元も参照)……525
片桐元重………………………………645
片倉重綱…………………………677,678
片山備前守……………………………56
片山内膳…………………472,479,489,490
勝姫(秀忠の娘で松平忠直の室)………701
勝見与次郎……………………………152
葛西晴信………………………………528
鏑木……………………………297,298
金井大和守……………………………165
金子家重………………………………520
金津……………………………………226
金森長近…… 381,443,446,449,485,494,499
535,620,634,702
金森可重………………………………699
亀田長乗………………………………405
亀田高綱………………………………675
烏丸資任………………………………20
烏丸光廣………………………………635
唐人親房………………………………394
河合宜久………………………………145
河上富信…………………………265,287
河尻左馬丞………………………310,311
河尻与兵衛……………………………400
河田長親…… 264,281,283,286,289,295,391
393,394
願阿弥…………………………………29
桓武帝…………………………………357
韓信……………………………420,532
神戸七郎………………………………153
神戸信孝(織田信孝も参照)………427,434

き

木澤…………………………………101~103
木沢長政…………………………210,211
木下藤吉郎(豊臣秀吉も参照)…337~339
346,350~352,359,361,495,505
木下祐久………………………………370
木曽義昌…………………290,362,399
木造具政…………………………346,467,611
木村日向守……………………………324
木村喜内………………………………372
木村太郎次郎…………………………374
木村興次………………………………374
木村英俊………………………………497
木村勝正………………………………618
木村重成………653,664,666~668,678,679
681,682
喜平次(上杉景勝も参照)…………239,302
喜六郎(寺崎盛永の嫡子)……………396
菊池伊豆守……………………………490
菊池十郎………………………………470
菊池伊予守……………………………475
菊池十六郎……………………………475
菊姫(武田勝頼の妹で上杉景勝の室)…305
岸田忠氏………………………………618
義尋(足利義視も参照、還俗前の院号)
……………………………………31,32
北城丹後守……………………………232
北畠具教…………………………70,346

北畠顕家……………………………2,72
北畠信雄(織田信雄も参照)…………437
北政所(秀吉の正室ねねの号)
……………………………544,553,568
吉川源内……………………………279
吉川広家………………579,614,619,621
624,631,632
吉法師(織田信長の幼名)……………308
久徳左近………………………322,323
京極道誉……………………………7,75
京極持清…………38,40,50,54,267,315
京極高数……………………………267
京極高清……………………316~319
京極高慶……………………316,319
京極高延……………………316,319
京極高次………573,581~583,613,630,634
京極高知………………………606,620,633
経覚…………………………………112
行如…………………………………120
慶信…………………………………206
教芳…………………………………204
教如…………………………………387
刑部卿局(秀頼の室・千姫の乳母)
…………………………………696,698
吉良…………………………………61,311

く

九条政基……………………………158
九鬼嘉隆……………………512,535
九鬼守隆……………………………659
九戸政実…………………529,530,545
楠木正成…………………2,72,73,89
鞍川兵庫介…………………………100
鞍川平兵衛…………………………196
鞍川清房……………………223,224
鞍川清経……………………223,224
黒沢上野介…………………………520
黒田秀忠……………………………226
黒田孝高(如水も参照)
………………431,462,491,525,544
黒田如水(孝高も参照)………………544
黒田長政…462,535~537,539,544,548,551
552,559,564,566,572,606,610,612,620
623,633,688
黒田伊予……………………………583
久世但馬守…………………………483
久世又助……………………………485
桑山重晴……………………447,450
熊谷久重……………………………504
熊谷直棟……………………………618
朽木…………………………………625

け

継母准后……………………………1
見玉…………………………123,124
顕誓………………196,197,202,203,205
顕如……262~265,287,288,292,295,297,298
340,342,345,346,350,351,353,357,360
363,364,372,373,383,384,448

こ

河野政道……………………………51
河野道春……………………………58
小出秀正……………………………554
小島六郎左衛門………………195,219
小島職鎮………219,221,278,289,387,397
小島時秀……………………………269
小杉基久……………………………148
小塚藤十郎…………………………490
小寺籐兵衛…………………………127
小西行長……534~542,545,547~549,551
556,557,579,618,623,628
小間惣之進…………………………279
小早川隆景……………535,538,539,544
小早川秀秋……544,579,580,613,619,624
625,629,633
古河公方(足利成氏も参照)……76,282,284
香西元長……………………………159
香西元近……………………175,176
香西元盛……………………………209

功如……111
呉起(古代中国の兵法家)……243,424
呉子胥(古代中国の軍師)……420
高台院ねね(秀吉の室)……568,613,637
高力忠房……632
後醍醐天皇……1~3,72,73,531
後土御門天皇……30,100
後光厳天皇……109
後小松天皇……111
後奈良天皇……239
後陽成天皇……507
後水尾天皇……637
後藤賢豊……323
後藤基次(通称:又兵衛)…647,654,661,667
671~674,676,677,682
後藤光次……660
光厳上皇……2,3,73
光明天皇……2,3,73
江(浅井長政の娘で徳川秀忠の室)
……642,643
国増丸(北条氏政の子)……283
越野兵衛……279
駒井親直……691
郡良列……695
近衛前嗣……245,251,261
近藤善右衛門……479,489
近衛前久……493
近藤助重……520
近藤秀用……698
誉田三河……24

さ

相良頼房……618
佐々成政(内蔵助も参照)……353,381,390
392,393,395,402,403,406~408,427,457
469,470,473,474,477,478,482~487,489
394~496,498~500,505,506,527
佐々内蔵助(成政も参照)……477,478,483
佐々長穐……390,392
佐々新右衛門……406
佐々政元……470,471,474
佐々與左衛門……475,485
佐々平左衛門……485,488,489
佐々権左衛門……495,496
佐々孫介……695
佐々木道誉(京極道誉も参照)……7,75
佐々木信綱……317
佐久間信盛……351,364,385,417,419
佐久間盛政……381,383,387,388,394
408~411,427,446~449,452
佐治新介……445
佐竹義重……510,529
佐竹義宣……564,566,568,653,654
斎藤妙椿……83,130,308
斎藤藤八郎……150
斎藤藤次郎……191,195,220~222,258,270
斎藤道三(西村勘九郎も参照)
……274,308,330~332,336
斎藤朝信……304,305
斎藤義竜……312,331
斎藤竜興……331,332,336,339,344
斎藤飛驒守……331
斎藤進五……383,392
斎藤利三……434
斎藤利尭……443
斎藤半右衛門……475
坂井大膳……310
坂井與右衛門……592
坂井……592
坂井若狭……592
坂崎成政……696
酒井治胤……275
酒井忠次……461,467
酒井家次……649
酒井忠世……649
榊原康政……464,465,525,586,597,630
榊原康勝……649,651
桜勘助……475
醒ヶ井權守……334
真田昌幸……509,510,519,595~598,632

真田信幸……………………………… 510
真田信繁（幸村も参照）……………… 596
真田信之…………………595,596,632,649
真田幸村（信繁も参照）…647,648,656,657
666,676,678,680,681,684,685,689,691
692,697
真田幸信（幸村の子）…………684,685,687
真田信吉……………………………… 690
真田信就……………………………… 692
誠仁親王……………………347,425,426
猿夜叉丸（浅井長政の幼名）………… 320
沢井彦八郎…………………………… 153
澤……………………………………… 592
三条公頼……………………… 263,348
三条西実條…………………………… 663
三法師（織田秀信も参照、信長の嫡孫）
…………435,436,438~441,445,455,498
681,593,600,608

し

志貴………………………………92,103
始皇帝………………………… 103,532
斯波高経…………………………4,7,73,74
斯波義将…………………… 7~9,75,110
斯波義廉……………… 37,42,46,50,53,55
60,71,78~81,307
斯波義敏……………49,76,77,78,81,307
斯波千代徳丸…………………………75
斯波義郷………………………………75
斯波義重………………………………75
斯波義健………………………………75
斯波義統……………………………… 310
斯波義銀……………………………… 311
椎名慶胤…… 105,157,171,172,174,179,181
188,190,191,193,220
椎名長常……………………… 193,220
椎名康胤…193,218~222,246,247,249,257
258,262,266,278~281,283,286,292~295
391
椎名照康……………………………… 279
椎名小四郎（長尾小四郎も参照）…… 392
塩河吉大夫…………………………… 415
塩屋秋貞……………………… 264,287
敷地…………………………………… 155
七里頼周……………… 289,297,375,376
実如……… 157,160~162,172,186,195~198
実賢…………………………… 161,162
実玄…………………………… 194,204
実顕……………………… 195,199,204
実円…………………………… 196,197
実悟…………………………………… 201
柴田勝家…… 299,300,311,351,356,361,363
364,380,382,383,385~388,393,394
402~406,408~411,427,428,436~443
445~447,450~453,455,566
柴田専斎……………………………… 406
柴田勝豊……………………………… 444
柴田勝政……………………………… 449
渋谷八平……………………………… 279
清水宗治……………………415,423,431
下間蓮崇……………………………… 133
下間頼秀………… 162,196~203,205,213
下間頼盛…………………162,196,197,200
201,202,204,205,213
下間頼玄……………………………… 197
下間頼純……………………… 297,386
下間頼照……………………… 375,376
下間和泉守…………………… 376,380
島勝猛（左近も参照）……………… 615
島左近（勝猛も参照）……615,616,618,623
626
島津義久……………500,502,505,511,535
島津義弘……… 547,556,564,578,579,612
618,623,626,628
綽如……………………110,111,120,136
周覚…………………………… 111,136
従覚…………………………… 108,109
正栄尼（秀頼の乳母）…… 642~644,666,668
670,678,684,695
正珍…………………………… 116,117

証如……………197,200,205,211,213~215
222,236,263,265
証玄…………………………………… 204
順誓…………………………………… 380
上条義春………………………… 299,303
常高院・初（京極高次の室で淀の妹）
………………………………582,670,671
聖武天皇……………………………… 140
城五左衛門…………………………… 279
尋尊………………………………… 112,119
信性…………………………………… 120
真敬…………………………………… 380
新庄駿河守…………………………… 327
神保越中…………………………19,485
神保次郎左衛門………………………19
神保長誠……………19,21,36,40,41,43,67
98~100,105,106,157,179,219
神保慶明…………………105,181,190,192
神保慶宗………… 105,157,171,172,179,181
189~192
神保長職… 195,199,202,219~222,246~250
258,259,261~263,265~277,279,280,287
神保総誠……………………………… 259
神保長住………… 276,278,279,281,284,388
390~395,402
神保覚広………………………… 289,401
神保信包……………………………… 394
神保氏張…………………470,474,489,490
神保清十郎…………………470,474,480
親鸞…107~109,112~114,118,120,130,197

す

須崎慶覚……………145,151,200,202,205
須田…………………………………… 653
須田満親………………………… 394,404
須屋孫二郎……………………………24
菅谷長頼……………………388,395,426
菅沼正定……………………………… 661
杉江堪兵衛…………………………… 612
杉浦玄任……………288,289,291,375,376
杉浦重勝………………………… 606,607
杉原兵庫頭…………………………… 241
杉原源左……………………………… 279
鈴木国重………………………… 174,188
鈴木重則……………………………… 510
薄田兼相………………………… 676,677
諏訪頼重……………………………… 234
崇伝（江戸幕府の黒衣の宰相）………… 641

せ

清韓（方広寺梵鐘銘文の選定者）…… 640,642
石星…………………………………… 540
関盛元……………………………… 49,63
関盛信………………………………… 445
千姫（家康の孫娘で豊臣秀頼の室）
………………………………635,638,696
仙石秀久………………492,493,503,695
仙石宗也………………………… 666,695
善如……………………………… 109,110

そ

十河存保……………………………… 503
宗義智…………………………… 534,541
存覚……………………………… 108~110
存如……………………………… 111~114
孫子（孫子の著者・孫武と孫臏）
……………243,244,253,332,424,622,659
孫武（兵法者）………………………… 243
孫臏（兵法者）………………………… 243
尊鎮…………………………………… 215

た

田原新吾……………………………… 147
田中吉政………… 606,610,612,620,628,632
田野村三郎四郎………………… 472,479
多田源六……………………………… 150
太閤秀吉（豊臣秀吉も参照）…533,534,536
542,546,552,554~556,558,559
大道寺直重…………………………… 519
大道寺政繁……………………519,520,526

平貞親……………………17,21,34,35,77,78
平三郎左衛門……………………92~94
平助左ヱ門……………………………92
平総知……………………………225
滝川一益……370,383,400,403,405,427,437
445,446,453,456
竹田興次……………………………42
竹田永翁……………………687,696
竹中石見守…………………………147
竹中重門……………………………620
竹部豊前……………………136,137
竹俣慶綱……………………………405
武田信賢………………38,49,52,62,142
武田国信……………………………50
武田基綱……………………………62
武田信玄(晴信も参照)…………233~235
241~244,246~248,252~258,261~266
270~272,274~276,279~284,285~293
295,314,315,348,359~363,365~398,513
武田晴信(信玄も参照)……233~235,240
243,255
武田信繁……………………………257
武田氏秀(北条氏秀も参照)…………275
武田四郎(勝頼も参照)………………283
武田勝頼……296,304,305,314,377,398~401
403
武田信勝(勝頼の嫡子)………………400
武部助十郎…………………472,479
高尾若狭守…………………………150
高木帯刀……………………………602
高木正家……………………602,603
高木盛兼……………………602,603
高木貞友……………………………603
喬木正次……………………………691
高橋信重……………………………145
高梨政頼……………………………234
高梨主膳……………………………692
高野瀬越中…………………………330
高宮頼勝………………323~326,328
高宮勝義……………………328,329
高畠……………………………………176
高畠定吉……………………413,588
高畠織部……………………………473
高畠九蔵……………………………490
高山右近…………384~386,415,433,447
589,591,639
高山長房(右近の嗣子)………………570
武隈元員……………………………279
武隈元直……………………………279
谷屋…………………………………153
伊達尚宗……………………………184
伊達実元……………………………226
伊達晴宗……………………………226
伊達稙宗……………………………226
伊達輝宗……………………………282
伊達政宗……508~510,522,528,529,534
561,651
蓼沼泰重……………………………405
珠姫(秀忠の娘で前田利常の室)……570,638
淡輪重政……………………………674
團……………………………………592

ち

茶々(秀頼の生母、淀も参照)…………542
千秋主殿助…………………473,478
千熊丸(三好長慶の幼名)……………214
千代松丸……………………153,154
長続連……224,225,260,276,298~300,382
388,473
長綱連………………………224,473
長連竜…………299,300,382,384,387~389
404,409,504,519,589,591,688
長景連……………………401,403,404,409
長興次………………………………405
長宗我部元親………417,418,422,454,457
458,491,492,503,511,512,547,647
長宗我部信親………………………503
長宗我部盛親………579,619,626,631,666
678~680,700
鎮永(顕如の祖母)……………………263

沈惟敬(明軍の大将)…………540,545,546

つ

津川義冬……………………………… 456
津川左近……………………………… 696
津軽為信……………………………… 508
津田元嘉……………………………… 370
津田信澄……………………430,432,684
津田隼人……………………………… 508
槻橋近江守……………………… 132,153
槻橋弥次郎…………………………… 150
槻橋豊前守…………………………… 153
槻橋三郎左衛門……………………… 153
築山殿(家康の室)…………………… 501
筒井光宜……………………… 22,23,26,41
筒井順昭………………………………89
筒井順慶……………………422,430,432
筒井定次……………………………… 620
筒井定慶……………………………… 673
坪坂伯耆……………………………… 291
鶴童丸(富樫政親も参照)…………… 128

て

寺崎半之進…………………………… 279
寺崎盛永………………289,391,392,397
寺沢広高……………………… 594,608
寺島職定……………………248,278,387
寺島長資……………………………… 400
寺島甚助……………………… 467,477
寺田采女丞…………………………… 349
寺西次兵衛…………………………… 477
寺西兵部……………………………… 588
胎田常陸介…………………… 225~228
天海(江戸幕府初期の黒衣の宰相)
…………………………………… 641,643
天用院………………………………… 282

と

土井利勝……………………… 649,669
土肥平右衛門………………… 220,221
土肥親真……………………………… 386
土肥茂次……………………… 473,475
東条近江守……………………………66
藤堂高虎…… 535,537,547,564,572,606,610
612,620,625,649,651,656,678,679,681
湯王…………………………………… 183
道満丸(謙信の養子の上杉景虎の子)… 306
土岐美濃守(成頼も参照)………………88
土岐成頼…………………………46,51,63
土岐頼芸……………………… 331,362
督姫(家康の娘で北条氏直の室)……… 508
豊島主膳……………………………… 688
富樫幸千代……… 37,128,129,131,143,148
富樫政親(鶴童丸も参照)… 38,50,128~134
138,141~144,146,149,151~154
富樫泰高…………… 126~128,146,154,156
富樫家信………………………………14
富樫家元……………………………… 143
富樫成春…………………………126~128
富樫高家……………………………… 126
富樫満春……………………………… 126
富樫持春……………………………… 126
富樫教家……………………………… 126
富樫康行……………………………… 143
富樫稙泰(泰高の孫)……………… 201,203
富樫泰俊(稙泰の家督)……………… 201
富田長繁……………………………… 375
富田左近将監………………………… 508
富田知信(左近将監)………………… 535
徳川家康………… 250,293,295,313,314,352
362,365,377,397~400,414,415,420,427
456,457,461,462,464~469,473,484~486
491,492,494,500~504,507~509,511
514~516,518,523,525,527,529,532,534
535,553~556,559~579,582,584~591
593~595,598~600,603~605,612~617
619~621,623~643,646,649~651,658~661
663,664,666~672,680~694,696~704
徳川秀康(羽柴秀康、結城秀康も参照)
…………………………………… 468,469

徳川信康…………………………………501
徳川秀忠‥‥570,573,586,595~599,604,614
615,619,621,622,630,636,638,642,643
649~652,657,659,664,666~668,670,671
680~683,689,693,696,697,699,701,703
徳川義直(名古屋城主)…………670,671
徳永寿……………………………601,602
徳姫(信長の娘で信康の室)…………501
徳光次郎…………………………………150
徳山秀現…………………………………446
富子(足利義政の室)…‥22,31,32,34~36,65
69,70,90,94
豊臣秀吉(木下藤吉郎、羽柴秀吉、太閤秀吉も参照)………168,337,507~518,520~538
540~546,548,552~556,558~560,564
568,579,580,586,603,637,640,645
674,677,687,695,701,702
豊臣秀次………533,538,542,543,544,560
豊臣秀頼(幼名は捨丸)…‥547,561,563,564
565,566,572,575,617,621,622,639,652
657,669,678
鳥居元忠……………………573,578~590
虎御前(上杉謙信の生母)……………225
虎千代(上杉謙信の幼名)……………225
頓円………………………………………120

な

名越時有…………………………………4,5
名越有公……………………………………5
名越貞持……………………………………5
菜屋……………………………101,102
奈良与八郎………………………………150
内府(内大臣の通称、徳川家康も参照)
……………………576,585,604,605,613
内藤………………………………………46
内藤貞政…………………………………59
内藤庄助…………………………………333
苗木久兵衛………………………………399
直江景綱…………………………………290
直江兼続…‥303,305,405,497,571,634,654
中川清秀………384~386,415,433,434,447
中川秀政……………………364,514,516
中川清六…………………………………473
中川宗平…………………………………590
中島宗左衛門……………………………324
中島左近…………………………………373
中島新兵衛………………………………374
中島九郎次郎……………………………374
中島氏種…………………………………695
中条藤資…………………………………226
中条景泰……………………………403,405
中村太郎四郎……………………33,127
中村一氏……………………461,462,554
中村一栄…………………………………616
中村忠一(一氏の後継)………………633
中村右近…………………………………662
中坊秀政…………………………………673
中山家範……………………………520,521
長井長弘…………………………………331
長尾能景………157,170~173,182,185,187
長尾為景…179,181~195,217,218,220,225
227,230,234,245
長尾景虎(上杉謙信も参照)………217,225
227~232,251
長尾晴景………217,218,220,225,227,229
長尾房景…………………………………225
長尾俊景……………………………227~229
長尾謙信(上杉謙信も参照)………232,235
239~241,244~251
長尾政景……………………239,258,284,302
長尾顕景(上杉景勝も参照)…………239
長尾景勝(上杉景勝も参照)…………239
長尾景直(椎名景直・小四郎も参照)
…………………………………262,294
長尾喜平次(上杉景勝も参照)………302
長岡是容(監物)…………………………662
長田三郎左衛門…………………………153
長坂光堅…………………………………304
長坂三郎左衛門…………………………700
長野業正……………………233,242,244

長野左衛門…………………………… 275
長束正家…… 511,554,567,575,576,578,579
580,626,628
永井直勝…………………………… 691
永原………………………………… 332
鍋島勝茂…………………………… 547,579
流れ公方(足利義尹も参照)…… 89,106,208
難波田憲次………………………… 520
南部信直…………………………… 508
南部晴継…………………………… 529
南部晴政…………………………… 529
南部左門…………………………… 696
南郷………………………………… 154
南條忠成…………………………… 656,657

に

西尾仁左衛門……………………… 692
西村勘九郎(斎藤道三も参照)………… 331
日蓮………………………………… 213
日乗上人…………………………… 358
新田義貞…………………………… 2,72,73
二宮左近……………………………83
丹羽長秀……… 351,361,363,369,381,383
396,427,432,433,437,440,450,453,498
499,512,580
丹羽源十郎………………………… 474,482
丹羽長重……… 498,499,512,519,569,580
587~589,591,592,594,595,630,653
丹羽五郎助………………………… 592
如信………………………………… 108,109
如円………………………………… 112,113
如乗……………………… 112,113,119,120,135
如光………………………………… 117

ぬ

額…………………………………… 128,131
額丹後守…………………………… 150
額八郎四郎………………………… 150
温井総貞………………… 222~225,259,260
温井慶長…………………………… 224
温井続宗…………………………… 260,277
温井景隆…… 277,300,389,390,409,411,413
温井続光…………………………… 299

ね

ねね(秀吉の正室、高台院も参照)… 544,568
念流左大夫………………………… 688

の

野村五郎…………………………… 136,137
野村肥後…………………………… 352
野々村主水………………………… 470,475
野々村吉安………………………… 695
野入平右衛門……………………… 475
濃姫(織田信長の正室)…………… 330,331

は

羽柴秀吉(豊臣秀吉も参照)…·296,361,370
371,373,374,379,380,383,415,418,419
423,427,428,432~435,437~459,461~463
465~470,473,477,482,484~486,491~507
566
羽柴筑前守(豊臣秀吉も参照)………… 374
羽柴秀勝(織田秀勝も参照)…………… 438
439,440,442
羽柴秀長…………………………… 445,492
羽柴秀次…·463~465,492,514,529,532,533
羽柴秀康(徳川秀康、結城秀康も参照)
…………………………………… 469
羽柴鶴松(秀吉の子・早世)………… 469,533
伯々下部紀伊守……………………96
萩田主馬…………………………… 688
蓮田兵衛……………………………30
長谷川丹波守……………………… 426,439
長谷川秀一………………………… 589
波多野稙道………………………… 209
畠山基国…………………… 8~10,75,110
畠山満家…………………………… 10,84
畠山満則…………………………… 10,33,84
畠山持国(特本も参照)…… 10,12,16,17,127

畠山持永……………………………12,15,16
畠山特本(持国も参照)……………17~22
畠山持富………………………………………17
畠山政長…… 17~27,31,34,36~44,46,47,50
65~68,85~87,90~93,97,98,101,104,105
157,341
畠山義就…… 18~24,26,27,34~39,41,43~46
50,62,63,66,85~88,91,210
畠山義統………… 37,46,50,62,63,79,84,85
87,163
畠山義綱………259,260,261,264,276~278
298,299,382
畠山義忠………………………………………84
畠山義有………………………………………84
畠山義豊…………91,92,98,103~106,159
畠山義元…… 99,163,164,166,167,170,181
畠山尚順(卜山も参照)…………92~94,101
103~105,157
畠山尚慶(卜山も参照)………… 104,105
畠山卜山(尚順・尚慶も参照)…105,106,157
159,160,163~165,170,173,176,178,179
181,185,187,190~193,196,212
畠山慶致……………………………164,166,181
畠山義総…… 66,181,185,187,190,192~195
201,202,204,222~224
畠山勝王……………………………187,189,190
畠山家俊………………………………… 202
畠山義英………………………………… 210
畠山稙長………………………………… 212
畠山義続…………………… 222~225,259
畠山駿河………………………………… 223
畠山晴俊………………………………… 260
畠山義慶…………………277,298,299,382
畠山義隆………………………… 298,382
畠山則高………………………… 299,382
畠山高政………………………………… 341
畠山昭高………………………………… 360
蜂須賀小六(正勝も参照)……………… 338
蜂須賀正勝(小六も参照)………… 492,493
蜂須賀家政…… 462,516,541,547,552,559
561,564,572,633
蜂須賀至鎮……………572,606,652,662
蜂屋頼隆…………………………351,363,364
八屋藤左衛門………………………………… 153
八屋大膳………………………………………… 535
初(市の娘、常光院も参照)……………… 582
初鹿源五郎…………………………………… 257
服部左京………………………………………… 311
花村半左衛門………………………………… 606
林正蔵…………………………………………… 150
速水守久……………645,648,696,698,699
速水傳吉………………………………………… 696
速水守之………………………………………… 696
原虎吉…………………………………………… 256
原彦次郎………………………………………… 381
原政茂…………………………………………… 446
原隠岐…………………………………………… 472
原長頼…………………………………………… 479
原田……………………………………………… 178
般若院快存………………………… 410,411
塙団右衛門(直之も参照)……662,674,682
塙直之(団右衛門)…………662,674,675,682
馬場景政………………………………………… 270

ひ

樋口三郎兵衛………………………………… 374
日置三蔵………………………………………… 460
日野重子…………………………………………17
日野勝光…………………………………………22
日野重政…………………………………………22
日野俊光………………………………………… 108
日野時光………………………………………… 110
稗貫輝家………………………………………… 528
東坊城和長……………………………………… 105
土方雄久……………456,460,567,568,594
一柳直盛………………………………… 608,610
尾藤清兵衛……………………………………… 458
広瀬源左衛門…………………………………… 150
広瀬新兵衛……………………………………… 279
廣橋兼勝………………………………… 635,663

平手政秀……310
平井定武……321~323,328
平野長泰……449

ふ

普門俊清（井上俊清も参照）……5,6
不破光治……332,371,381
不破勝光……443,446,449
不破広綱……466
不破彦三……472,475
不破直光……475,479,480
福島正則……449,516,535,543,561,564
581,585,586,600~607,610,611,620,621
632,637,647,651
福島正勝……651
福島正守……684
福田……155
福富行清……389
福益弥三郎……153
福原長堯……617,627
袋井隼人……470
藤掛三河守……373
藤林勝政……673
藤丸勝俊……405
布施左衛門佐……54
古川済継（姉小路済継も参照）……269
古川済俊……269
古川重継……269
古田五郎兵衛……592
古田重勝……620,623
夫差……420,662
武王……183

へ

臙脂屋……103

ほ

北条高時……2,72
北条時行……2,72
北条早雲（伊勢新九郎長氏も参照）
……95,230,231
北条氏秀（武田氏秀、上杉景虎も参照）
……283,284
北条氏政……282,283,286~288,302~305
401,437,456,457,508~510,512~514,516
520,525,526
北条氏康……230,231,233,241,242,244,245
250~252,261,275,276,280,282~284,286
287
北条氏邦……305,520
北条氏照……305,520,523,526
北条氏直……508,513,525
北条氏忠……514,515
北条氏勝……514,515
北条氏規……514,516,518,523
法住……113,114
細川勝元……17,19,21,22,26,27,31~35
37~40,43~49,51~53,59,61,63~66,70
80~82,84~87,91,127,128,163
細川持之……17,127
細川道賢……40,46
細川教春……40,61
細川成春……49,53,57
細川成之……49,53~57,65,66,158,250
細川勝久……49,53~56,65
細川護政……49
細川勝之……64
細川清氏……74
細川政元……86,87,91,92,94,96,97,99,100
155~166,173,175~177,187,188
細川澄元……158,175~178,207~209
細川澄之……158,175,176
細川高国……175,177~178,195,199
207~210,236~238
細川淡路守……176
細川晴元……199,209~212,214,236~238
245,272
細川尹賢……209,237
細川氏綱……236,237
細川信良……238

細川藤孝……273,361
細川忠興……415,422,430,514,516,535
538,564,566,569,577,606,620,632
堀次郎……374
堀秀政……439,445,451,464,465,499,523
堀秀治……573,701
堀内主水……696
堀江……154
堀江俊真(利真)……78,82
堀江兵庫……165
堀江宗親……306
堀尾吉晴……554,633,638
堀尾忠氏……608,610
堀越公方(足利政知も参照)…77,95,96,230
堀田四郎右衛門……475
堀田盛高……654
堀田正高……695
本光坊了顕……130
本郷修理進……150
本郷興春坊……153
本郷駿河守……153
本庄房長……226
本庄実乃……227
本庄喜次郎……279
本庄繁長……280~282,303
本庄市兵衛……475
本多忠勝……596,600,604,606,610,621
629,632
本多忠政……596,692
本多正信……597
本多忠純……649
本多忠朝……649,681~684,686,687,693
本多政重……656,688
本多正純……660,643,659,660,664,688,690
本多富正……682
本多成重……682
布袋丸(蓮如も参照)……111
芳春院(利家の室まつ)…566,567,570~572
587,594,639
坊坂四郎左衛門……135

ま

まつ(前田利家の室、芳春院も参照)……566
舞野兵庫助……612
前田利家……354,381,388,389,394,403,404
408~413,427,443,444,446,449,451,453
457,469~473,475,476,480~484,487~489
491,493,496,504,506,512,519~521,523
527,532,534,535,542,554,555,558,559
561~563,565,568
前田又左衛門(又左、利家も参照)
……474,484
前田安勝(利家の兄)……404,409,473,476
前田玄以……426,435,436,439,554,556,575
576,578,614
前田右近……474,476~480
前田利長……475,476,482,488,496,504,505
563,565~573,580,587~591,593~595,630
634,638~640,650
前田利久……475
前田孫四郎(利長も参照)……476,488
前田又次郎……479
前田慶次郎……479
前田惣兵衛……490
前田利政……563,572,594,595
前田利常……570,638,639,640,650,651,656
681,683,688,701
前田長種……588
前田肥前守(利長も参照)……590
前波長俊……370,375
前野長康……338,517,518
前野小兵衛……470,471,474,485
前野又五郎……485
前野吉泰……495,496
前原次左衛門……279
増田長盛……505,537,554,565,567,575,576
578,632
松浦……178
松倉重政……67
松下重綱……690

松田次郎左エ門尉……………………63
松田清五……………………………… 279
松田康長……………………… 514,515
松田憲秀……………………… 523,526
松平元康(徳川家康も参照)……… 250,313
松平清康……………………………… 308
松平家忠……………………… 457,461
松平忠吉……………………620,623,626
松平康長……………………………… 627
松平忠輝……………………… 637,702
松平忠実……………………………… 649
松平忠直…651,656,657,682~684,686,687
690,693,700,701
松平忠義……………………………… 660
松平利隆……………………………… 671
松平泰重……………………………… 671
松平忠昌(忠直の弟)……687,688,692,701
松平貞綱……………………………… 691
松平忠明……………………………… 692
松永久秀…238,272~274,340,341,343,360
430
松原彦四郎………………………… 150
松本新五郎………………………… 150
真野助宗……………………………… 695
間宮好高……………………… 514,515
丸毛兼利……………………………… 601
万福丸(浅井長政の子)………… 372,441

み

三木良頼… 264,266,270,271,281,287,290
291
三木重頼……………………… 267,268
三木直頼……………………… 268~270
三木自綱(頼綱、姉小路自綱・頼綱も参照)
………………………290,390,485,494
三木頼綱(自綱、姉小路自綱・頼綱も参照)
…………………………………… 494
三沢秀次……………………………… 370
三沢…………………………………… 375
三田村………………………………… 370
三淵藤英……………………………… 366
三宅……………………………………59,410
三宅綱賢……………………………… 259
三宅長盛………300,389,390,409~411,413
三宅総広……………………………… 225
三好…………… 274,281,357,384,385,458
三好三党………273,274,281,340~345,352
353,357,384,385
三好長秀……………………………… 177
三好長慶…214,237~239,245,272,273,503
三好政康……………………………… 273
三好宗三……………………………… 237
三好元長………………209,210,212,214
三好康長……… 273,418,436,457,458,463
491,514
三好之虎……………………………… 237
三好之長…………… 175~178,207~209
三好義長……………………………… 272
三好義継……………272,341,360,367
御宿政友……………………… 662,692
御園筑前守…………………………… 153
水越職勝……………………… 289,291
水野忠重……………………………… 465
水野勝成……………627,673,677,693
水野忠清……………………………… 691
溝江長道……………………………… 202
溝江…………………………………… 375
溝口知春……………………………… 279
溝口秀勝……………………………… 573
源義経…………………………235,415,520
源九郎判官義経…………………… 235
源頼朝………………………… 420,531
宮内忠雄……………………………… 671
宮永八郎三郎……………………… 152
宮永左京進………………………… 153
宮崎…………………………………… 103

む

向宗熙……………………………… 269
武藤舜秀……………………… 379,381

村上義清……………233,234,239,240,257
村上義明…………………………………573
村井貞勝…………………………………426
村井長頼(又兵衛も参照)…… 470~472,475
476,478~480,487~490,566
村井又兵衛(長頼も参照)……475,478,488
491
村越直吉……………………………604,605
村松………………………………………592

め

目賀田又右衛門………………474,482,488
毛受勝照…………………………………451

も

孟子………………59,224,332,459,504,636
毛利元就…………………………………345
毛利輝元…… 366,415,431,446,504,508,511
535,541,554,566,575,576,578,579,584
587,616,631,632
毛利秀元…………………579,580,614,619
毛利勝永…… 580,647,676,678,681,684,686
687,690,691,697
毛利広盛……………………………606,607
毛利永俊(勝永の子)……………………686
最上義光…………………508,528,573,586
木阿弥……………………………………89
桃井直常……………………………3,6,75
森可成……………………………………354
森長可……… 405,427,458,459,461,464,465
森蘭丸……………………………………425
森右近……………………………………514
森九兵衛…………………………………612
森勝長……………………………………666
森野………………………………………592
護良親王………………………………1,531
諸角昌清…………………………………257

や

屋代……………………………………652,653
薬師寺與一………………………………53
薬師寺元一…………………………158,159
薬師寺三郎左衛門…………………175,176
安江弥八郎………………………………150
安江和泉守………………………………153
安富民部(元綱も参照)…………………40
安富元綱(民部も参照)……………43,63,64
安富……………………………46,60,61,100
安見新七郎………………………………360
安田………………………………………653
安吉家長…………………………………145
山市………………………………………652
山内一豊…………………586,608,610,633
山河高藤……………………………143,144
山河三河守………………………………151
山河又次郎………………………………153
山上郷右衛門……………………………525
山鹿………………………………………170
山県昌景……………………………270,271
山口宗永……………………………580,588~590
山口修弘(宗永の子)……………………590
山崎将兵衛………………………………489
山崎長徳……………504,519,591,656,688
山下甚八…………………………………474
山田弥五郎………………………………150
山名時氏……………………………………4
山名持豊(宗前も参照)…………………15
山名宗全(持豊も参照)……… 15,19,32~35
37~39,41,45~48,50~52,55,57,58,70,79
81,86,87,128
山名政豊………………………………37,42,86
山名是豊……………………………………38
山名教之………………………………46,50,56
山名政清……………………………………46,50
山名護豊……………………………………46,50
山名常陸介…………………………………56
山名孫四郎…………………………………56
山本円正……………………………………145
山本勘助…………………253,254,256,257
山本寺景長………………………………405

大和坊覚笑……411
柳本賢治……209

ゆ

遊佐長直……19,21,27,35
遊佐国助……20,21,24,35
遊佐河内守……35,41
遊佐長滋……92
遊佐慶親……105,157,171,172,179,181
190,192
遊佐続光……222,223,225,259,260,276,277
300,301,384,389,390,409
遊佐宗円……225
遊佐実正……405,411,413
結城秀康（徳川秀康、羽柴秀康も参照）
……469,586,634,637,638,656
662,682,692,700
祐乗……206
祐寿……380

よ

世保政康……273
横山長知……504,570,589,688
吉田……327
吉見吉隆……100
吉江信景……405
吉江宗信……405
与津屋五郎……153
横井伊織……601
横地吉信……520
淀（豊臣秀吉の室）……524,533,542,543,553
558,560,561,567,568,576,582,637
642~644,647,660,661,663,665~670,694
696
米村権右衛門……696

ら

頼山陽……301
頼慶……282
鸞芸……111

り

竜造寺孝信……500,502
劉邦……420,532

れ

蓮如……111~114,116~125,130~133,135
155,156,160~162,167,186,201,211
蓮乗……135
蓮欽……136
蓮能……161,211
蓮悟……167,186,194,196,197,199,200
201,205,206
蓮慶……196,197,200,204,205
蓮淳……196,197
蓮位坊……197
蓮綱……200,204

ろ

六角高頼……37,46,51,63,66,67
87~89,106,141,142,178
六角義賢（承禎も参照）……238,273,274
285,287,320
六角承禎（義賢も参照）……319~324,327
328,332,333,340,342,345~348
六角宗能……320
六角義弼……324,325,327~329,335
呂不韋……103

わ

和田惟政……273
和賀信親……528
和期局……697
若杉籐左衛門……154
若林采女丞……271
若林長門守……375,388
若林家長……405
脇坂左介……374

脇坂安治………449,493,512,525,547,629
渡辺瀬馬平……………………… 279
渡辺糺………………666,678,684,695
渡辺勘兵衛……………………… 680

地名索引

凡例

1．配列は北から順とし、現在の都府県単位にまとめて記した。

2．各都府県内では先ず当時の国名を冠した地名をまとめて記し、その他の郡・郷・字等は一括して50音順に配列した。

3．同一地名のページが連続するときは、その初めと終わりのページを○○～○○と波線で結んで著わした。

4．県境の山・川・峠などは、その場所が存在する都府県の双方に記した。

5．地名を冠した城塞や神社仏閣の多くは登場者の活躍の場所（戦場）であるので、索引にも登載した。

6．本書は年代順に各地方の登場者の活躍を主眼に記したので、登場者が居住地から他国（県）へ出張って活躍する場面も多々存在する。そこで登場者の地名を冠する集団（加賀一揆衆や越後上杉勢など）の地名も登載して、何処の地方の集団が何処の地方に出掛けて活躍したか（戦ったか）の理解に役立つようにした。（多くは越前・加賀・越中・越後など、索引中の国名の中に含まれる）

東北地方

奥羽………… 510,522,523,528,530,544,545
陸奥・奥州…… 2,72,108,123,458,508~510
512,528~530,534,595,634,677
出羽…………4,508~510,512,528,529,702

青　森

南部領…………………………… 529,530

岩　手

九戸………………………………… 530
南部領…………………………… 529,530

宮　城

仙台……………………………… 528,677
三迫………………………………… 530

山　形

羽前……………………………… 184,226
上山………………………………… 702
米沢…………………………282,509,634

福　島

会津……………282,509,523,528,544,566
571~574,579,581,583,585,586,588,591
595~598,601,634,701
黒川………………………………… 528
郡山………………………………… 632
白河……………………………… 528,595
大綱……………………………… 108,345

関東地方

関東…………12~14,76,77,94,108,112,170
177,178,183,184,217,230~233,241,242
244~246,248~252,257,258,261~263
275~277,282~284,287,302,303,305,306
400,401,405,427,437,456,469,508~510
512,519,520,523,526,529,534,545,599
644
関八州………… 231,233,242,244,524,525
東国…………………………114,124,633
北関東………………………………… 528

茨　城

常陸………… 197,509,512,566,568,594,595
太田………………………………… 568
下妻………………………………… 197
古河………………………… 76,261,282
古渡………………………………… 595
結城………………………………… 568

栃　木

下野………… 469,508,512,514,527,528,544
573,583,596
犬伏………………………………… 596
宇都宮・宇都宮城……………… 509,528
小山………… 573,583,584,586,587,595,598
600,614
唐沢山城………………………… 509,514
佐野………………………………… 596

群　馬

上野・上州……183,232,233,242~244,250
283,284,386,400,405,440,456,509,510
512,520,527,604
東上野 ……………………………… 304
碓井峠……………………………… 519
厩橋・厩橋城………250,261,262,275,277
405,427
名胡桃城…………………………… 510
沼田・沼田城…………283,284,510,595
平井・平井城…………230,232,242,244
松井田城………………………… 519,526
三国峠………………………250,262,405
箕輪・箕輪城………… 233,242~244,275

埼　玉

武蔵………… 233,242,261,512,519,520,527

岩槻……………………………… 632
鉢形城……………………………… 520
松山城……………………261,262,519,633

千　葉

安房……………………………… 508,512
上総……………………275,310,512,527
高田……………………………… 108

東　京

江戸・江戸城…… 569~573,575,579~581
587,591,593,600,603,604,613~615,621
634,635,639,641~644,648~653
655~658,660,661,663~666,668,669
672~674,676~678,680,681,685~687
689,690,696~698,700,701
八王子城………………520,521,523,524
八丈島……………………………… 628

神奈川

相模………… 230,239,241,252,275,276,282
284,286,288,302~305,401,437,457,508
512,527
相州……………………………… 241
足柄・足柄城……………… 512,513~515
石垣山……………………………… 523
扇谷……………………………… 183
小田原・小田原城… 230,231,241,251,252
507,512~516,518,520~528,532,595
笠懸山……………………………… 522,523
酒匂川……………………………… 512
鷹ノ巣城……………………………… 515
竹下……………………………… 2
玉縄城……………………………… 515
鶴岡八幡宮…………………… 250,251
箱根・箱根峠・箱根山・箱根湯本
…………………… 2,511~515,521,522
早川……………………………… 512,522
山中城…………………… 513~515,521

中部地方

東海・東海道…… 69,414,512,545,572,580
581,586,599,600,649
東山・東山道…… 69,512,574,580,581,586
595,596,599,604,621,630,649
北陸・北陸道…………3,4,6,28,69,79,81,85
99,100,106,110,113,114,119,120,123
124,143,163,165,167,186,198,206,235
264,265,289,362,380,382,383,385,389
393,402,403,406,408,410,427,440,444
446,457,469,470,484,493,496,512
519~521,526,534,580,581,587,590,630
634,649,700,702

山　梨

甲斐……… 233~235,239,243,247,252~257
260,263,266,270,274,275,280,283,284
288,292,295,296,304,314,348,364,365
377,397~400,402,403,414,428,456,509
511,512,527,568
岩殿城……………………………… 400
笹子峠……………………………… 400
新府城……………………………… 399,400
田野……………………………… 400
天目山栖雲寺……………………………… 400
大和町……………………………… 400
府中……………………………… 633

長　野

信濃・信州…………6,123,234,235,239,240
242~244,247,248,252,257,258,263,266
270,271,279,280,293,365,397,399,400
402~405,414,427,456,509,511,512,519
527,597,598,604,632,633,670,686
信越……………………248,252,280,304
北信濃……………………………… 233,234
安曇野……………………………… 485
雨宮……………………………… 253,255
飯山・飯山城…………………… 280,281

伊那谷……362
上田・上田城…235,509,519,595~598,604
632,647
碓井峠……519
海野平……235
海津・海津城…248,252,253,280,405,427
鴨ガ岳城……234
川中島・川中島八幡原……235,240,244
252~256,271,272,427
木曽・木曽谷……290,362,399,599,614
駒場……365
小諸……595
犀川……252
妻女山……253,254,256
諏訪……234,362,401,402,404
善光寺平……240
高遠城……378
小県郡……235
茶臼山……252
千曲川……253,598
妻籠……599
広瀬の渡し……253,254
深志・深志城……485
矢出沢川……598
和田峠……599

新　潟

佐渡……184,512,519
越後……3,4,99,164,166~168,170~174
181~185,187,188,190~193,217,218
220,225~227,229~234,239,241,242
244~263,265,266,270,271,274
276~278,280~284,286,288,290
293~295,297,299~301,303~306,380
382,384,389,391~395,401~403,405
406,408~413,427,443,482,485,494
497,499,512,519,520,544,545,571,701
南越後……280
阿賀野川……226,280,572
天水越……183
鮎川城……281
上田……239,302
御館城……303~305
落水……497
春日山・春日山城…170,184,227,228,232
232,239,242,281,301,303,304,403
405~407,701
蒲原……227
古志・古志郡……225,227
三条……227
鮫が尾城……306
新発田城……573
上条……184,218,226
信越……248,252,280,304
栖吉……225
関山城……281
高田・高田城……573,687,701
津川口……571
栃尾城……227
長森原……184
府内……183,228
本庄城……226,280,281,573
三国峠……250,262,405
米山……228

富　山

越中……3~9,12,15,16,18,19,21~23,26
29,50,75,79,85,89,96,98~100,104,105
110,113,120,124,125,134,142~144
146~148,157,158,163,165,167~173
178~182,184~196,198,199,202,204
217~220,222,245~249,257,258,262~265
267,270,271,276,278,280,281,283
286~291,293,297,298,301,380,382,387
389~395,397,401~403,408,428,457
471~475,479,482,483,485,487~489,491
493,494,496,497,499,512,519,634,640
650,701
愛本……174
阿尾城……470,490,491

荒山・荒山峠・荒山城…… 409~413,457
470,473,490,491
有沢舘…………………………………… 221
有峰街道………………………………… 287
安居寺…………………………………… 140
安養寺………………… 190,249,332,333,396
安養坊…………………………………… 494
医王山・医王山忽海寺
………………………… 135,136,138~140
生地…………………………………… 188,494
池田城………………………… 221,278,391
石塚…………………………………… 224
射水郡……… 8,36,98,137,147,157,193,195
196,260,264,278,289,391,393,395,496
639
井波・井波城・井波瑞泉寺…… 110,111
124,134,136~138,141,171,249,295,470
今石動…………………………………… 489
今泉…………………………………… 392
井見庄…………………………………… 219
魚津・魚津城……… 5,99,174,188,190,193
281,283,286,289,292,294,295,391~394
401,403~410,427,428,588,639
内山峠…………………………… 470~472
越中七金………………………………… 406
海老江…………………………………… 410
大浦…………………………………… 174,607
大境…………………………………… 410
太田保……………………… 199,219,220,392
小川寺…………………………………… 99
小矢部川………………………………… 488
柿沢…………………………………… 174
隠尾…………………………………… 249
蟹谷庄…………………………………… 189
嘉例沢…………………………………… 174
願海寺・願海寺城………… 289,395,402
木舟・木舟城……… 180,396,402,488,489
熊野川…………………………………… 219
鞍川…………………………………… 100,180
倶利伽羅峠……………………… 147,148
黒部川…………………………………… 188
小出城……………………… 188,191,394
五位庄…………………………………… 289
五箇山・五箇山口
…………………… 8,75,111,137,249,257
国府…………………………………… 488
呉服山……… 191,259,264,278,289,494,496
寒江…………………………………… 171
猿倉山…………………………………… 287
柴峠…………………………………… 411,412
城生……… 180,195,220,221,258,270,271
庄川…………………………………… 5,249
常願寺川………… 189,191,220,392~394
神通川…… 191,219,220,283,289~291,494
関野…………………………………… 639
芹谷野…………………………………… 171,172
忽海寺……………………… 137,139,140
高岡城…………………………………… 639
高木場・高木場勝興寺………… 171,189
滝山城…………………………………… 291
多胡……………………… 192,194,204,260
田屋河原……………………… 134,137,139,171
月岡…………………………………… 392
津毛城…………………………………… 392
天神山城………………………… 294,405
東城…………………………………… 174
砺波郡……… 9,19,98,104,105,134,140,147
157,171,172,190,193,195,289,391,396
488
泊…………………………………… 174
富山・富山城…… 220,249,258,278,283,286
290,402,403,469,470,482,483,485,491
494,496,499,505,588,639,701
土山・土山勝興寺……… 135,140,171,189
中地山…………………………………… 287
長沢……………………… 180,195,219,221,278
奈呉ノ浦…………………………………… 5
新川郡……… 8,98,99,104,105,147,157,174
192~194,199,219,220,245~247,249
266,270,283,392,394,395,408,496,506

楡原……………………191,195,221,222
婦負郡・婦負平野….8,36,98,147,157,171
193,195,199,218,219,257,258,260,264
278,287,391,393,395,496
能登口・能州口………………187,194
蓮沼・蓮沼口………147,187,189,488,489
蓮沼城……………………171,172,181,488
鉢伏山……………………………249
般若野郷……………………………137
飛騨口……………………………191
日宮・日宮城……………278,289,394,401
氷見・氷見郷…100,180,187,192,194~196
204,222~224,410,470,490
福光…………………………134~141,189
福平…………………………………174
二上山………………………………189,191
二塚…………………………………4
舟見…………………………………174
放生津…………………5,98,99,104,106,147,157
172,189,218,277,279
堀江庄………………………………219
増山城………………219,220,249,289,291
松倉・松倉城…………5,8,172,174,188,190
193,278~281,283,286,292~295,393,394
404,406,408,677
宮崎城………………………………188
守山城………189,192,278,279,281,286,384
388,401,402,470,489
聞名寺………………………264,270,271
八尾……180,195,220,221,258,264,270,271
山田川…………………………137,140
山田谷………………………………137
弓之庄………………………180,219,221
蓮台寺………………………………171

石　川

加賀・加州…………33,99,113,124~135
141~145,147~149,154~156,161,162
166~171,186~190,194,196~202
204~206,213,223,260,263,265,286,288
289,291,297,298,300,317,375,376
380~383,386~389,391,397,408~411
452,457,469,470,472~474,481,482,485
488~490,494,512,519,587,590,591,634
640,650,655,681,683,684,688,689,695
701
北加賀…37,38,50,82,127~129,148,387,453
南加賀…………38,50,128,129,132,146,265
453,498,499
能登…………4,9,10,37,51,79,84,85,87,99
124,125,161,163~167,170,181,185,187
190,192,193,195,196,199,201~204,217
222~224,235,257,259~261,264,270
276~278,289,298~301,380,382~384
387~390,397,401,403,404,408~411
413,443,453,457,469,470,472~474,481
490,512,514,519,594,634,640,701
英田・英田光斉寺………………147,148
浅野…………………………………145
朝日山………………………………470~472
安宅・安宅浦…………………203,386
荒山・荒山城・荒山峠…… 401,409~413
457,470,473,490,491
医王山・医王山忽海寺
………………………135,136,138~140
石川郡・石川郡浜手……………145,155
石動山・石動山天平寺
………………………223,289,409~413
磯部・磯部願成寺………144,151,156,198
今井橋………………………………592
今浜…………………………………203,481
宇出津………………………………403,404
内山峠………………………………470~472
江沼郡………………………………120,380
大椙谷………………………………113
大野…………………………………202
押野・押野山王林………………143,145
小原口………………………………472
尾山…………………………201,206,383,453
笠野…………………………………148

鹿島……389
勝山・勝山城……260
金沢・金沢城・金沢堂……206,235,245
246,263~265,270,279,288,297,383
386~388,409,471,474~476,480,483
493,563,566,569,588,590,591,593,594
638,639,650
狩鹿野……202
上久安……145
河北郡・河北郡英田……145,147,148
北川尻……474,479,480
木越・木越光徳寺…144,148,149,151,156
198
木場潟……591~593
倶利伽羅峠……147,148
小松・小松城…111,120,131,186,202,383
386,499,569,580,587~589,591~594
小丸山……410
犀川口……387
柴峠……411,412
末森・末森山・末森城……386,469
473~483,488
諏訪口……146
清沢・清沢願得寺……186,198,201
大聖寺・大聖寺城……120,202,203,384
580,587~590,701
大聖寺川……120
大衆免……145
高尾・高尾城…143,145~147,149,150,154
155,163
鷹の巣……489
高畠……411
竹生野……481
立花……154
津幡・津幡城……474,476,477,480,482
坪山……474,482
鶴来・鶴来城……145,201,588
手取川……200,300,383,438
天神河原……224
鳥越・鳥越弘願寺・鳥越城
……144,156,198,474,482,483,488,489
長坂……481
七尾・七尾城…187,190,195,201,203,204
224,260,299~301,384,389,390,395,404
409~411,453,470,473,476
野田山……563
野々市・野々市馬市
……143,145,146,148,387
能美……186,380
白山・白山山麓
……143,145,186,200,201,387
波佐谷……186,198,200
東谷……413
久安……143,149
広岡山王の森……145
二俣・二俣本泉寺…113,120,135,136,138
139,167
宝達山……474
松根……148
松任・松任城…297,383,475,476,488,499
519
宮越……202
宮腰……387
御幸塚・御幸塚城……383,591,592
本折……386
矢田……202
山内口……387
山内庄……143,200,201,204,387
山代……143
山田・山田光教寺……186,198,202
湯涌谷……138
吉藤・吉藤専光寺……120,144,156,198
蓮台寺城……131
若松・若松本泉寺…167,186,194,196,198
199,201

福　井

越前……3,7,8,37,48~50,72~84,99
119,124,125,127,129,132,133,142~144
146,147,154,155,164,165,169~171,185

186,198~203,235,259,260,265,274,284
285,287,292,296,297,300,307,308,317
318,333,334,340,341,347~349,360
367~370,375,376,378~381,386,388,389
391,393,395,403,408~411,416,440,445
449,453,498,499,512,519,588~590,634
651,655,657,682,683,689~693,700,701
若狭……………6,37,49,50,99,142,150,350,381
427,432,440,453,498,499,512,519,580
587,592,634
足羽郡…………………………………370,376
足羽川…………………………………78,82,451
愛宕山…………………………………451
一乗谷・一乗谷城………80,81,83,106,120
169,368,369,375
犬山……………………………………83
井野……………………………………83
大野・大野郡……83,369,375,376,381,443
485,494,499,701
勝山……………………………………701
金ケ崎城………………………………73,349,350
金津……………………155,202,203,226,375,590
河口荘…………………………………74,119
川俣……………………………………82
北潟湖…………………………………120
北ノ庄…………80,370,375,380,409,442,451
493,580,589,590,594,614,700
木ノ芽峠………………………………379
黒丸館…………………………………81
鯖江……………………………………82
志比……………………………………154
杉津……………………………………379
砂子田…………………………………380
杣山……………………………………74,82
敦賀…………73,78,106,164,165,349,350,369
373,378,379,381,436,449,574,580~582
587,588,590,613,701
手筒山城………………………………349
栃の木峠………………………………449
土橋城…………………………………83
刀根……………………………………369
長崎庄…………………………………82
長畝村…………………………………120
南条……………………………………74,369,381
白山……………………………………375
橋立真宗寺……………………………380
番田……………………………………78
疋田……………………………………349
藤島・藤島超勝寺……73,120,169,198,204
205
府中……82,296,297,369,375,376,379~381
383,392,443,449,451
細呂宜郷………………………………119,120
堀江荘…………………………………78
山田荘…………………………………369
吉崎・吉崎山・吉崎坊…………119~121
123~125,129,130,132~134,160,169
六坊賢松寺……………………………369
若狭街道………………………………350
和田・和田村・和田本覚寺
……………………………………78,120,198,169

静　岡

駿河…………95,153,223,241,275,276,281,284
308,311~314,325,327,342,400,414,501
511,512,527,633
駿府・駿府城………275,517,636,640~643
648~650,664,668~670
伊豆……………77,95,230,512,513,516,527
遠江…………37,48,50,76,80,83,130,307,308
362,397,398,400,414,467,485,511,512
527,633
江尻……………………………………511
掛川…………………………275,398,586,633
蒲原……………………………………511
清水……………………………………511
高天神・高天神城……………………398
韮山・韮山城…512~514,516~518,523,524
沼津……………………………………514
浜松・浜松城…293,362,484~486,501,502

633
富士川……………………400,414,508,511
二俣城……………………………… 362
府中………………………………… 633
堀越…………………………77,95,96,230
三方ヶ原……………………293,359,362
三島……………………………… 511,513
由比………………………………… 511

愛　知

尾張…………… 37,48,50,72,75,80,83,274
281,282,307,308,310,312,315,316,330
334~336,338,342,355,381,392,436,439
440,442,457,459,465,466,484,511,512
527,581,599,600,603,604,615,670
尾張下四郡………………………… 311
尾張上四郡……………………… 308,312
三河………… 49,117,196,201,250,295,308
311,313,314,363,365,381,428,459,462
464,467,485,511,512,527,633
西三河……………………………… 250
奥三河……………………………… 377
犬山・犬山城…334,456,458~463,468,609
610
岩倉・岩倉城………307,308,312,337,467
岩崎山……………………………… 464
岡崎・岡崎城………………250,313,649
小木江城…………………………… 355
桶狭間………………250,310,313,315,425
尾越……………………………… 606,607
小幡城……………………………… 464
楽田…………………… 461,462,465~467
河田………………………………… 468
木曽川……335,337,459~461,466,599,602
603,606~608,610
清洲・清洲城…307,308,310~312,337,426
435~438,441,454,455,457,458,463,467
486,487,495,586,600,604~606,608,612
614,615,632
小牧・小牧山…・334,454,461,462,464,465
467~469,484,491,498,516
設楽が原…………………………… 377
勝幡城……………………………… 308
鳶の巣文殊山……………………… 377
津島………………………………… 356
豊川………………………………… 377
長久手……454,464,465,467~469,491,498
516
長篠・長篠城…………296,376,377,398
那古野…………………………… 308,311
野田城…………………………… 363,365
野間………………………………… 453
白山林……………………………… 465
八幡林……………………………… 461
比良………………………………… 457
古渡………………………………… 308
鳳来寺山…………………………… 377
松ケ根……………………………… 465
水の手口…………………………… 460
吉田・吉田城………………586,604,633
吉田川……………………………… 377
連吾川……………………………… 377

岐　阜

美濃……………49,51,82,83,89,97,130,165
267,274,279,290,308,312,315,317
330~340,342~344,355,362,381,392,399
402,416,439,440,442,443,454,455,459
461,466,485,512,578,581,582,594,599
600,603,604,615,619,677
下美濃…………………………… 88,90
北美濃……………………………… 362
飛騨………… 50,110,123,165,194,199,200
248,257,263~272,281,287,290,295,315
338,339,362,390,391,484,485,494~496
499,512,634,702
飛騨街道………………………… 222,270
飛騨白川…………………………… 194
赤坂……………… 334,612~617,620,621
荒田川……………………………… 609

伊木……………………………………608
井口……………………………………339
伊勢街道………………618,619,622,626
威徳寺…………………………………290
稲葉山・稲葉山城…332,336,339,609,610
揖斐川……………………448,601,602
今尾城…………………………601,602
内島……………………………………199
鵜沼……………………………460,608
大垣・大垣城…447,448,580~582,600,601
603,606,609~620,627
大榑川…………………………………601
大野……………………………………267
岡山………………………612,615,616,620
海津…………………………601,602
加賀井・加賀野井城…………466,607
兼山城…………………………………461
河田……………………………………606
河渡……………………………………612
木曽川……335,337,459~461,466,599,602
603,606~608,610
切通……………………………………609
岐阜・岐阜城…… 49~51,308,336,340,344
346,347,351,352,356,358,360,363,364
366,367,381,426,435,436,441,443,445
447,448,453,581,593,600,601,603~606
608~613,615,624
杭瀬川…………………………………616
小鷹利…………………………………269
小鳥口…………………………………269
駒野城…………………………………602
米野…………………………608,609
権現山…………………………609,610
笹尾山……………………618,622,623
清水城…………………………………447
白川郷……………194,200,268,269,270
瑞竜寺山…………………………609,610
墨俣・墨俣の渡し……336,337,339,612
関ヶ原…… 334,558,574,594,595,598,599
615,617~622,626~630,634,636,646
647,649,656,674,677,695,700~702
曽根城…………………………………627
高須城…………………………………602
高原郷……………………………270,271
高山……………………………………702
竹鼻……………………………466,606
竹鼻城………………………606~608
垂井………………………334,574,612
津屋城…………………………………602
津谷城…………………………602,603
天満山……………………618,619,622,624
中山道……………… 599,612,618~622
長良川…………… 336~339,448,602,612
南宮山……………619,621,624,626,631
西庄……………………………………342
野口……………………………617,620
福束城…………………………………601
古川城…………………………………269
牧田…………………………617,620,626
益田郡…………………………267~269
松尾山……………………619,624,625
松ノ木城………………………………601
桃配山…………………………622,629
山中……………………………………619
吉城郡……………………221,267,268,270

三　重

伊勢………18,37,49,51,63,70,342,346,347
357,381,427,428,434,436,437,446,453
465,467,468,512,527,578,580,581,600
626,628,677,697
紀伊半島………………………………512
伊賀…………… 15,176,177,427,453,512
北伊勢…………………………439,453
南伊勢…………………………439,453
伊勢神宮………………………………346
伊勢湾…………………………………601
一身田…………………………………108
上野・上野城…………………436,440
大河内城………………………………346

亀山城……………………49,445,446,460
北山……………………………………35
木造・木造城………………346,467,611
熊野……………………………… 35,50
桑名………………………446,468,484
白子……………………………… 428
長島・長島城…… 355~357,377,446,456
久居町…………………………… 346
戸木城………………………… 467,468
峰城…………………………… 446,460

近畿地方

近畿………… 28,100,385,417,418,421,431
433,545,578
紀伊半島…………………………… 512

和歌山

紀伊……………… 9,22,23,26,27,50,96,103
104,106,192,196,211,341,353,397,457
511,633,673~675,699
生地ガ館………………………………27
紀伊見峠………………………………26
熊野……………………………………50
雑賀…………… 353,397,457,458,461,462
高野山……… 27,239,526,543,583,611,632
647,682
粉河寺…………………………………47
根来・根来寺…· 341,353,457,458,461,462
和歌山城……………………… 673~675

奈　良

大和……… 3,18,21~24,26,27,33,41,47,50
69,87,89,94,96,104,106,112,127,163,165
187,212,341,360,371,410,411,422,430
651,653,671~674,676~678
斑鳩……………………………… 673
信貴山・信貴山城……………… 341,360
奈良…………………………… 420,673
南都………………………… 74,112,420
法隆寺…………………………… 673
大和郡山…………………………… 673
大和路…………… 673,676~678,683,684
吉野……………… 3,27,33,47,73,94,127,531
吉野奥郡…………………………… 353

滋　賀

近江…………… 7,37,50,51,66,82,89,97,106
114~116,118,119,133,141,176,178,196
197,204,206~210,212,216,236,245,273
287,292,296,315~317,342,344,347,348
351,355,357,360,363,367,373,381,429
445,454,456,512,573,580~581,613
南近江・江南………… 315~317,319~323
325~330,333,335,340,342,350
北近江・江北………… 284,296,315~320
322~324,326~328,330,332,334,335
348,349,356,359,367~370,374,422,430
440,445,447
浅井郡………………………… 316,374
浅妻城……………………………… 327
安土・安土城・安土山……320,342,381
382,385,388,390,395,396,400,402,404
414,415,420,421,427,429,432,435,439
445,455
姉川………… 285,292,351,352,360,361,374
伊香郡……………………………… 374
石山…………………………… 70,363
犬上郡……………………………… 374
伊吹山……………………… 317,360,628
今堅田……………………………… 363
今浜・今浜城………………316,318,374
岩崎山……………………………… 447
宇佐山……………………………… 354
宇曾川……………………………… 329
叡山(比叡山も参照)……… 346,357,358,413
愛知川……………… 317,326,328~330,334
大岩山………………………… 447,448
大津・大津城…· 118,119,161,354,363,415
434,573,580~583,594,599,613,630

大嶽城……………………………363,368
大依山……………………………………352
岡山城……………………………………178
小谷・小谷山・小谷城……296,316~327
330,332,333,335,351,352,357,359,361
363,367,368,370,371,373,374,383,436
尾上城……………………………………316
園城寺……………………………70,583
堅田…………………113,114,118,119,434
海津…………………………447,450,582
蒲生郡……………………………178,328
観音寺城…………………89,320,321,342
木之本……319,357,359,368,445,447~449
628,701
行市山……………………………………447
久徳城……………………………………328
草津………………………………599,630
朽木谷……………………………………350
沓掛………………………………………329
甲賀…………………………89,142,579
坂田郡……………………………374,439
坂本・坂本城……89,106,178,236,320,354
415,416,429,432,434,450
佐和山・佐和山城……323~326,329,330
334,335,356,367,396,564,574~576,579
629
塩津………………………………………582
滋賀・滋賀郡…37,50,51,285,416,440,564
賤ヶ岳……435,446~450,452~454,459,460
466
上平寺・上平寺城…………317,318,374
瀬田…………………………357,581,647
高島・高島郡…359,367,368,374,422,430
440
高宮・高宮城・高宮河原……323~326
328,329,334
多賀………………………………………328
竹生島……………………………………326
竜鼻………………………………………352
田中………………………………………359
地頭山……………………………………319
丁野城……………………………………368
月ヶ瀬……………………………………367
栃の木峠…………………………………449
虎御前山………318,351,359~361,370,373
長浜・長浜城…285,316,318,326,351,352
359,374,383,396,440,444,445,449
長等山……………………………………583
鯰江城……………………………………351
野良田……………………………………329
早崎浦……………………………………326
比叡山(延暦寺を含む)……70,116,118,119
178,215,236,348,355,358,416
日野………………………………………628
琵琶湖…………97,114,317,450,582,630
肥田・肥田城………………329,330,334
太尾城……………………………325,327
古橋村……………………………………628
別所山……………………………………449
北国街道…350,360,447~449,574,618,622
米原………………………………319,327
鈎の里………………………………………89
水口城……………………………579,628
箕作城……………………………………328
茂山………………………………………449
野洲川……………………………………351
矢島………………………………………274
余呉・余呉湖・余呉川……357,359,445
447,449,451
横山・横山城…………318,352,359~361
和田………………………………………273

京　都

山城……4,18,22,23,26,133,155,159,440,442
丹波…………4,49,64,79,106,175~177,209
238,416,432,439,440,454,633
丹後……………………51,59,422,569,632
京師………343,344,346,350,357,426,440
443,504,506,511,666
京都……4,5,9,13,15,16,18,20,21,29,30,32

34,37,44,46,48~52,58,59,61,69,71,79
86,88,90,91,95~98,106,108,115,117,123
125,151,158,159,162,164,165,173,178
180,185186,208,209,214~216,236~238
242,268,269,281,285,317,341~344,346
350,356,357,359,360,364,366~368,374
393,394,408,409,414,416,418,420,421
423,426~428,432~436,440,442,445
454,493,504,508,528,529,534,538,556
558,568,595,617,620,628,633,640,641
643,646~650,667,669,670,700
愛宕山……416
阿弥陀ヶ峯……556
出雲路……63
伊勢因幡……63
一条室町……63
一条大宮……53,55
今出川……32,34,37,40,45,51,57,69,71,88
宇治川……366,562
大舎人……57
大宮猪熊……55
正親町……55
小川……87
小川一条……57
小椋池……366
小栗栖……434
亀山城……416,432
賀茂……29,97
烏丸高倉……63
高台寺……568
御霊……40,41,47,53,57,58,60,66,68
嵯峨……364
三条殿……63
三条河原……364,543
下賀茂……364
下京……60,62
相国寺……41,51,60,62~66,68,647
勝竜寺城……433,434
渋谷……108
千本北野西ノ京……57
醍醐・醍醐寺……354,544,552,553,566
大徳寺……239,442,443
高倉……63
高辻京極……317
丹波口……671
天王山……433,434,442
東寺……343
東福寺……640
鳥羽……670~672
西陣……51,57,88
二条・二条城……36,57,345,346,349,363
364,366,390,425,426,552,635,649~651
660,664,671,699,700
八幡村……700
比叡山・叡山・延暦寺…70,116,118,119
178,215,236,346,348,355,357,358,413
416
東今出川……65
東烏丸……63
東洞院……63,317
東山……77,88,90,107,116~118,125
東山大谷……107,116~118
百万遍……57
伏見向島……562
伏見・伏見城……434,524,542,543,545,552
553,555,557~559,562~566,568,569,573
577~581,584,591,619,634,635,637,638
664,670~672,682,699,700
船岡山……51
方広寺……635,638,640,641
洞が峠……432
本圀寺……216,442
槙島城……366
宮津……569,632
向島……562,564
室町・室町幕府……3,9,13,14,32,37,39
45,51,52,55,58,60,61,64,66,68,72,118
273,296,364,367,416,428,532
山崎・山崎城…430,432~435,437,442,443
453,560

山崎街道…………………………432,442
山科・山科山王林・山科本願寺
……………133,145,160,172,196,198,200
204,207,211,213,215,263,354,442
吉田……………………………………57
六条…………………………………216,628
六角東洞院…………………………317
六波羅…………………………………4

大　阪

摂津…………49,53,59,69,79,158,161,162
177,205,209,211~213,236,341,343,344
352~354,357,385,386,427,431~434,440
454,458,631,646,650,652,667
河内………………9,12,18,20~24,26,27,35
42,50,69,87,91,92,94,96,98,99,103~106
157,159,161,162,188,196,210~212,236
299,344,367,382,433,440,631,651,667
672~674,676,678,682
丹波…………4,49,64,79,106,175~177,209
238,416,432,439,440,454,633
和泉……… 49,56,69,101,206,209,211,212
237,344,492,545,631,675
大坂………… 161,162,646,665,668,686,699
700,702,704
大阪・大阪城…205,210,211,213,353,386
427,454,455,458,461,462,467,492,496
502,545,555,558,559,561~563,565~571
573~580,582~585,587,590,594,614,616
617,620,626,629~632,634~637,640~644
646~661,663~676,678~685,687~689
691~695,697,699
石山・石山坊・石山本願寺……205,211
213,214,344,351,353,354,375,376
384~387,392,397,416,454
蘆島……………………………………655
飯盛・飯盛城……………………210,211
池田城……………………………207,384,433
石川……………………………………676,677
伊丹・伊丹城……………207,384,385,392
茨木・茨木城……………384,385,433,646
今福…………………………650,653,654,686
今宮……………………………………689
エダ崎…………………………………652
江口……………………………………354
岡山・岡山口……650,651,656,664,667,672
680,681,683~685,688~690,693,694
699,701
櫟井……………………………………675,682
交野城…………………………………360
片山…………………………………676,677,682
紀伊街道・紀州街道…………650,651,693
紀伊見峠…………………………………26
岸和田城………………………………462,492
木津川口………………………………386,652
京橋……………………………………654
金胎寺・金胎寺城…………………24,26
久宝寺…………………………………683
桑津……………………………………689,690
国府峠…………………………………676
国分……………………………………677
誉田・誉田城………91,92,159,211,676,678
堺・堺の庄……101,103,206,209,210,212
237,344,414,420,427,492,545
佐野……………………………………675
鴫野…………………………………650,652,654
正覚寺…………………………91,92,96,104,157
住吉…………………………………353,672,689
船場…………………………652,655,660,693
高屋城…………………………………103,212
高槻城…………………………………384,433
嶽山・嶽山城…………………24,26,27,42
茶臼山………650,651,660,664,666,667,681
683~685,687~693,696,697,699,700
千塚……………………………………680,683
天王寺・天王寺口…210,353,650,672,676
678,680~687,689,690,693,694,700
天満……………………………………655
道頓堀…………………………………655
道明寺……………… 676~678,682,683,695

鳥養……652
富田……341,431,433,434
中之島・中之島城……237,353,354
奈良街道……650,651
東成郡大坂……161
弘川……24,25,42
洞が峠……432
毘沙門池……667,685,690,691
備前島……653,655,659,661
枚岡……680,681,683,690
枚方……651
平野・平野城……103,104,676,680,681,683
684,688,694
平野川……650
三宅城……237
八尾……678~680,682,683
八尾堤……679,680
大和川……650,653
淀川……237,354,650,652,658,659
淀城……158,433,434,524,542,558
若江城……23,24,27,31,35,360,367,385

兵　庫

摂津……2,49,53,59,69,79,158,161,162
177,207,209,211,212,236,237,343,344
357,384~386,392,432,434,440,454,458
506,631,650,652,667
但馬……15,50,58,80,454
丹波……49,64,79,106,175~177,209,238
416,432,439,440,454,633
播磨……15,32,47,48,50,59,79,128,206
207,440,454,633
淡路……49,56,196,454,492,493
赤穂……206
朝倉……80
尼崎……210,237,392,506,671
越水城……207,237
坂本城……15
志知城……493
書写山……15
洲本城……493
西宮……237,671
兵庫……207
湊川……2,73

中国地方

山陰……28,69,533,546,671
山陽……69,301,533,546
西国……99,100,106,112,177,207,414~421
423,427,432,442,492,504,512,577,584
632,633,647,671,693

鳥　取

伯耆……50,58,431,633
出雲……50,315,633
隠岐……315,633
因幡……50,58,415,418
石見……50,51,415,418

岡　山

備前……15,50,63,439,492,633
備中……49,415,427,428,431,432,433
美作……15,47,48,50,431,492,633
岡山・岡山城……15,47,49,50,415,427,431
492,534,554,633
高松・高松城……415,423,427,428,431,479
503

広　島

安芸・安芸浦……15,50,51,345,417,446
492,575,632,637
備後……15,50,58,632
鞆の浦……417
三原……492

山　口

周防……51,58,87,106,160,177,207,631
長門……51,58,631

四国地方

香　川

愛　媛

徳　島

高　知

九州地方

福　岡

佐　賀

長　崎

熊　本

大　分

鹿児島

外　国

朝　鮮

全羅・全羅道…………538,541,547,548
忠清道………………………… 547,548
釜山・釜山城………………… 535,536
平壌…………………………… 536~539
龍山……………………………… 539

中　国

明…………533,534,536,538~541,545,546
548~551,553,554,556,557
唐……………………………72,532,629
大梁……………………………… 243
邯鄲…………………………… 243,244
魏………………………………… 243
趙……………………………… 103,243

印　度

天竺……………………………… 532

［著者略歴］
盛永宏太郎（もりなが・こうたろう）
昭和17年（1942年）富山県魚津市生まれ
平成21年（2009年）学校法人富山国際学園富山短期大学退職、
富山短期大学名誉教授（在職中、就職指導室長・学生部長・図書館長・食物栄養学科長・同専攻科長歴任）
現在、富山国際学園評議員

越嵐　―戦国北陸三国志―

発行　2015年8月31日　第1刷
定価　2,800円＋税
著者　盛永宏太郎
発行者　勝山敏一
発行所　桂書房
〒930-0103　富山市北代3683-11
電話　076-434-4600
印刷所　株式会社　すがの印刷
製本所　株式会社　渋谷文泉閣

ISBN978-4-905345-89-3